COLLECTION FOLIO

Louis-Ferdinand Céline

Guignol's band I
Guignol's band II
(Le pont de Londres)

Édition révisée

Gallimard

Louis-Ferdinand Céline

Guignol's band I
Guignol's band II
(Le pont de Londres)

© Éditions Gallimard, 1951, pour Guignol's band I.
© Éditions Gallimard, 1964 et 1988, pour Guignol's band II.

Lecteurs amis, moins amis, ennemis, Critiques! me voilà encore des histoires avec ce Guignol's *livre I! Ne me jugez point de sitôt! Attendez un petit peu la suite! le livre II! le livre III! tout s'éclaire! se développe, s'arrange! Il vous manque tel quel les 3/4! Est-ce une façon? Il a fallu imprimer vite because les circonstances si graves qu'on ne sait ni qui vit qui meurt! Denoël? vous? moi?... J'étais parti pour 1 200 pages! Rendez-vous compte!*

« *Oh! il fait bien de nous prévenir! nous n'achèterons jamais cette suite! Quel voleur! Quel livre raté! Quel raseur! Quel guignol! Quel grossier! Quel traître! Quel Juif!* »

Tout.

Je sais, je sais, j'ai l'habitude... c'est ma musique!

Je fais chier tout le monde.

Et s'ils l'apprennent au bachot, dans deux cents ans et les Chinois? Qu'est-ce que vous direz?

« *Oh, mais là, pardon! l'esprit fort! Et les trois points! ah! vos trois points! encore partout! ah! quel scandale! Il nous mutile la langue française! C'est l'infamie! En prison! Rendez-nous le pognon! Dégueulasse! Il lèse tous nos compléments! Saligot! Ah! que ça va mal!* »

Séance horrible!

« *Pas lisible! Satyre! Jean-foutre! Escroc!* »

Pour le moment.

Voilà Denoël qui s'apporte, hors de lui!...

« Mais dites j'y comprends rien du tout! ah! mais c'est terrible! pas possible! Je ne vois que des bagarres dans votre livre! C'est même pas un livre! nous allons tout droit au désastre! Ni queue ni tête! »

Je lui apporterais le Roi Lear qu'il y verrait que des massacres.

Qu'est-ce qu'il voit lui dans l'existence?

Et puis ça se tasse... tout le monde s'y fait!... et tout s'arrange... A la prochaine!

Chaque fois c'est le même pataquès. Ça vocifère et puis ça se calme. Ils aiment jamais ce qu'on leur présente. Ça leur fait mal!... Oh là youyouye!... ou c'est trop long!... ça les ennuye!... toujours quelque chose!... C'est jamais ça! et puis d'un coup ils en raffolent!... Allez-y voir! Retournez-vous le sang! c'est tout caprices! Je compte moi qu'il faut une bonne année pour que ça mûrisse... que chacun aye dit son fort mot, éjecté sa bile, bien propagé sa petite connerie, dégorgé... Puis le silence... et cent, et deux cent mille l'achètent... catimini... le lisent... se chamaillent... vingt mille l'adulent, l'apprennent par cœur... c'est le Panthéon!

Le même scénario tous les coups.

Mort à Crédit fut accueilli, qu'on s'en rappelle, par un de ces tirs de barrage comme on n'avait pas vu souvent, d'intensité, de hargne et fiel! Tout le ban, le fin fond de la Critique, au sacré complet, calotins, maçons, youtrons, rombiers et rombières, binocleux, chuchoteux, athlètes, gratte-culs, toute la Légion, toute là debout, hagarde, déconnante l'écume!

L'hallali!

Et puis ça se tasse et voyez-vous à l'heure actuelle *Mort à Crédit* est plus en cote que le *Voyage*. Il nous bouffe même tout notre papier! Il fait scandale!

Ainsi les choses...

« Ah! mais y a les " merde "! Grossièretés! C'est ça qu'attire votre clientèle!

— Oh! je vous vois venir! C'est bien vite dit! Faut les placer! Essayez donc! Chie pas juste qui veut! Ça serait trop commode! »

Je vous mets un petit peu au courant, je vous fais passer par la coulisse pour que vous vous fassiez pas d'idées... au début je m'en faisais aussi... maintenant je m'en fais plus... l'expérience.

C'est même drôle ça bavache s'échauffe là tout autour... Ça discute des trois points ou pas... si c'est se foutre du monde... et puis encore et ci et ça... le genre qu'il se donne!... l'affectation... etc. et patati!... et les virgules!... mais personne me demande moi ce que je pense!... et l'on fait des comparaisons... Je suis pas jaloux je vous prie de le croire!... Ah! ce que je m'en fous! Tant mieux pour les autres de livres!... Mais moi n'est-ce pas je peux pas les lire... Je les trouve en projets, pas écrits, mort-nés, ni faits ni à faire, la vie qui manque... c'est pas grand-chose... ou bien alors ils ont vécu tout à la phrase, tout hideux noirs, tout lourds à l'encre, morts phrasibules, morts rhétoreux. Ah! que c'est triste! Chacun son goût.

Au diable l'infirme! vous direz-vous... Je vous passerai mon infirmité, vous pourrez plus lire une seule phrase! Et puisqu'on est dans les secrets je vais encore vous en dire un autre... abominable alors horrible!... vraiment absolument funeste... que j'aime mieux le partager tout de suite!... et qui m'a tout faussé la vie...

Faut que je vous avoue mon grand-père, Auguste Destouches par son nom, qu'en faisait lui de la rhétorique, qu'était même professeur pour ça au lycée du Havre et brillant vers 1855.

C'est dire que je me méfie atroce! Si j'ai l'inclination innée!

Je possède tous ses écrits de grand-père, ses liasses, ses brouillons, des pleins tiroirs! Ah! redoutables! Il faisait les discours du Préfet, je vous assure dans un sacré style! Si il l'avait l'adjectif sûr! s'il la piquait bien la fleurette! Jamais un faux pas! Mousse et pampre! Fils des Gracques! la Sentence et tout! En vers comme en prose! Il remportait toutes les médailles de l'Académie Française.

Je les conserve avec émotion.

C'est mon ancêtre! Si je la connais un peu la langue et pas d'hier comme tant et tant! Je le dis tout de suite! dans les finesses!

J'ai débourré tous mes « effets », mes « litotes » et mes « pertinences » dedans mes couches...

Ah! j'en veux plus! je m'en ferais crever! Mon grand-père Auguste est d'avis. Il me le dit de là-haut, il me l'insuffle, du ciel au fond...

« Enfant, pas de phrases!... »

Il sait ce qu'il faut pour que ça tourne. Je fais tourner!

Ah! je suis intransigeant farouche! Si je retombais dans les « périodes »!... Trois points!... dix! douze points! au secours! Plus rien du tout s'il le fallait! Voilà comme je suis!

Le Jazz a renversé la valse. L'Impressionnisme a tué le « faux-jour », vous écrirez « télégraphique » ou vous écrirez plus du tout!

        L'Émoi c'est tout dans la Vie!
        Faut savoir en profiter!
        L'Émoi c'est tout dans la Vie!
        Quand on est mort c'est fini!

À vous de comprendre ! Émouvez-vous ! « C'est que des bagarres tous vos chapitres ! » Quelle objection ! Quelle tourterie ! Ah ! attention ! La niaise ! En botte ! Volent babillons ! Émouvez bon Dieu ! Ratata ! Sautez ! Vibrochez ! Éclatez dans vos carapaces ! fouillez-vous crabes ! Éventrez ! Trouvez la palpite nom de foutre ! La fête est là ! Enfin ! Quelque chose ! Réveil ! Allez salut ! Robots la crotte ! Merde ! Transposez ou c'est la mort !
Je peux plus rien pour vous !
Embrassez celle que vous voudrez ! S'il est temps encore ! À la bonne vôtre ! Si vous vivez ! Le reste arrivera bien tout seul ! Bonheur, santé, grâce et fredaines ! Vous occupez pas tant de moi-même ! faites-le marcher votre petit cœur !
Ça sera tout ce que vous y mettrez ! l'orage ou la flûte ! comme aux Enfers, comme chez les Anges !

Braoum! Vraoum!... C'est le grand décombre!... Toute la rue qui s'effondre au bord de l'eau!... C'est Orléans qui s'écroule et le tonnerre au *Grand Café*!... Un guéridon vogue et fend l'air!... Oiseau de marbre!... virevolte, crève la fenêtre en face à mille éclats!... Tout un mobilier qui bascule, jaillit des croisées, s'éparpille en pluie de feu!... Le fier pont, douze arches, titube, culbute au limon d'un seul coup! La boue du fleuve tout éclabousse!... brasse, gadouille la cohue qui hurle étouffe déborde au parapet!... Ça va très mal...

Notre bouzine cane, grelotte, engagée traviole au montoir entre trois camions déporte, hoquette, elle est morte! Moulin fourbu! Depuis Colombes qu'elle nous prévient qu'elle en peut plus! de cent malaises asthmatiques... Elle est née pour les petits services... pas pour les chasses à courre d'enfer!... Toute la foule râle à nos trousses qu'on avance pas... Qu'on est calamité pourrie!... C'est une idée!... Les deux cent dix-huit mille camions, chars d'assaut et voitures à bras, dans l'épouvante massés fondus se chevauchant à qui passera le premier cul par-dessus tête... le pont croulant, s'empêtrent s'éventrent s'écrabouillent à tant que ça peut... Seule une bicyclette en réchappe et sans guidon...

Ça va trop mal!... Le monde écroule!...

« Avancez donc charognes freineuses! Et chiez donc malotrus vaseux! »

Tout n'est pas dit! Pas accompli! Il en reste à faire!. Pirouette!

Le commandant du Génie prépare son coup! Encore un autre tonnerre de Brest! Fixe la mèche au petit bout!... C'est un démon!... Mais soudain son engin fulmine et lui fuse net entre les doigts!... toute la cohue lui charge dessus, l'arrose, l'arrache, l'emporte en soubresauts furieux... La colonne démarre, tous les moteurs fulminent, pètent dans un vacarme pas écoutable!... Terrifiants propos et blasphèmes!...

Tout! les viandes! la camelote! les chars! se précipite dans les canons à chenilles broyantes et racleuses qui massacrent tous les empêchements sous la conduite d'un fourrier-chef! C'est la sarabande des frayeurs, la foire par-dessous les tonnerres à la rampette-dislocation! C'est l'homme caoutchouc qui triomphe! Ah! vive le scélérat cosmique, le célibataire sans scrupules à la bicyclette tire-bouchon, le mufle cuirassé!...

Le Fritz mitraille épouvantable, s'apporte là-haut du fond des cieux! La vache! De son brezinzin il nous rase! Il nous asperge des plus hautes cimes, il nous enveloppe, il nous vrombit!... C'est la furie d'assassinat, salves folles et dards enragés! à la ricochette tout autour! Il nous arrose, verse à la mort! Et puis il nous remet en branle, il s'en donne à la farandole! à la rage piquée, ondoyante, tout autour de nous! On est bien maudits! Obus! Trois énormes!... C'est la transe! Et bien trop lourds! Et coup sur coup!... La terre en expire sens dessus dessous!... défaille, grelotte, gémit au loin, à perte d'ouïe... jusqu'aux petits coteaux doux là-bas! Crève l'écho! Crève marmite! Aucune erreur! Tout va plus mal!... On va mourir en presse-bouillies!... fins des punaises!... en sulfurations suffocantes! agglomérés dans les salpêtres, les déflagrations ravageuses! Le fumier délire! Là-haut il s'acharne!... Il en veut à notre détresse! Le terrible avion! Il nous sucre encore! Et trois loopings! Et c'est la grêle!... Dans l'atmosphère une friture! Des rigodons plein les pavés!... La dame qu'en a pris une dans le dos, embrasse un mouton là gisant, va tortiller sous les essieux, avec lui, rampe et convulse... un peu plus loin... grimace, s'affale bascule en croix!... gémit... bouge plus!...

L'ambulance, notre nef de grâce, aux plus gros pavés

cane, déporte, brinqueballe, dingue, perd tous ses boulons, bourre un troupeau, s'affale en pleins bœufs, étalons, volailles... un char en plein cul l'emboutit!... *Brouang!*... Du choc elle fricasse deux tricycles, une bonne sœur, un agent de police... C'est le moment des absoutes... tout ça sur le pont! Voici la pauvre automobile soulevée au vent des torpilles vingt mètres plus loin! Dans l'essor horrible! Et puis deux pas et deux hoquets... La voici qui nous débouline dans les remous du carnage... La cohue nous rattrape... Nous tasse... Nous emballons à sauve qui peut!... On nous soupèse, on nous étreint farouchement!... Notre véhicule sort des gonds!... Nous voici hissés en triomphe!... L'escalade par-dessus les têtes! là-haut tout juchés sur la foule... *Brouang!*... *Valmg!* Un dur brelan! C'est la culbute! Un « douze tonnes » plein de cheminots nous happe au revers!... Ah! C'est gagné!... Bahutés, arrachés au flot! En pleine pagaye tout nous disloque!... L'ambulance perd ses roues avant!... La houle nous disperse en débris!... C'est le tour d'une voiture à bébé qui se trouve emportée sur les têtes!... Un petit soldat prélasse au fond! sa jambe hors pendante en lambeaux... juteux... Il est arsouille ce petit pioupiou! il nous fait des signes tout canailles... On s'amuse bien avec lui! On est ensemble dans l'atmosphère!... tout bouillonnants en plein remous!... Le méchant du ciel nous en veut... Il revient... Il nous repique en tornade!... Il nous rarrive en toboggan, fulminant, giclant de toutes ses foudres... Le sauvage il nous décapite!... le malotru!... Il nous emporte dedans son ventre! dedans son fracas massacreur!... Il remonte tout petit aux nuages!... Il se retourne là-haut, au plafond! une mouche!...

Qui c'est qu'est mort au caniveau? On cogne dedans, on bute, c'est mou!... Y a un ventre là! grand ouvert et le pied, la jambe retournée, repliée à l'intérieur... C'est un acrobate de la Mort!... foudroyé là!

Vloumb! Vloumb! On n'a pas le temps de réfléchir!... deux énormes coups sourds... C'est le grand fleuve qu'écope en aval!... L'eau lisse boit deux torpilles géantes!... Ça lui fait deux furieuses corolles!... Deux fleurs prodiges de volcan d'eau!... Tout rechute... cascades sur le pont... On est écrasés sous la trombe, trempés, roulés, raplatis par le cyclone... revomis... la cohue nous happe, nous rattrape... et puis c'est le feu qui redonne... C'est du canon qui nous arrange... C'est des éclats plein le parapet... Ça doit venir des coins des petits nuages juste au-dessus de l'église!... ça doit être une reconnaissance... D'autres aériens qui cherchent notre perte!... Ils s'en foutent hommes bétail ou choses!... C'est des Français ou des Allemands!... La situation devient critique... Je sens mes hardes trempées qui bouillent... La confusion est suprême!... Une mère en larmes sur le parapet veut tout de suite se jeter aux abîmes avec ses trois petits enfants!... Sept ouvriers T. C. R. P. la retiennent, s'interposent... des courageux sang-froid dévoués... Ils finissent d'abord leur jambon et le fromage de tête!... Qu'ils la touchent! elle pousse de ces cris! des clameurs si stridentes, si effroyables que ça éteint tous les autres bruits!... On est forcé de la regarder!... Un obus!... *Vrang!*... qui rentre dans le pont! la maîtresse arche saute, éclate!... Creuse un gouffre dans la chaussée, une béance énorme... un cratère où tout s'engouffre!... Les personnes fondent, tassent les crevasses!... dégringolent sous les vapeurs âcres... dans un ouragan de poussière!... L'on aperçoit un colonel, des Zouaves je crois, qui se débat dans la cataracte... Il succombe sous le poids des morts!... bascule tout au fond... « Vive la France! » qu'il crie finalement... vaincu sous le tas des cadavres!... Y a d'autres vivants qui se rattrapent aux parois du gouffre, ils sont en loques par l'explosion, ils font des efforts intenses, ils retombent, ils dégueulent, ils sont cuits... Ils ont été brûlés de partout. Surgit un bébé tout nu sur l'avant d'un camion en flammes. Il est rôti, tout cuit à point... « Bon Dieu!... Bon Dieu!... Merde! C'est pas juste!... » C'est le père en sueur qu'est à côté... Il dit ça... Puis il cherche à boire!... Il m'interpelle si j'en ai pas... Bidon? Bidon?

C'est pas terminé la musique, un autre archange nous assaisonne, fonçant du ciel de toutes ses bielles... De son ravage il nous fatigue... On est si tassés qu'on ne bouge plus... Le pont gronde... flageole sur ses arches!... Et puis tic-tac!... *Rraou!*... *Rraou!*... C'est la musique du grand carnage!... le ciel râle de rage contre nous!... L'eau par-dessous... Et c'est l'abîme!... Tout explosionne!...

C'est exact, tout ce que je vous raconte... Y en a encore

bien davantage... Mais j'ai plus de souffle au souvenir! Trop de monde a passé dessus... comme sur le pont... sur les souvenirs... comme sur les jours!... Trop de monde gueulant la bataille! Et puis la fumée encore... Et j'ai replongé sous la voiture... Je vous raconte comme je pense... En descendant vers l'écluse ça gaudriolait fantastique jusqu'à la rampe à l'Orléans! On y dansait pire que sur l'autre, cent mille fois comme sur l'Avigne!... dans la forge du Tonnerre de Dieu!... Et *broum!* et *tzimm!* et sainte Marie! et morte et morte! dans la Musette aux Ouragans!... Tenez!... Tenez!... pas d'importance! Le monde là même s'est retourné, vieux parapluie tout fourbu mou!... Il a vogué dans les cyclones!... Tant pis pour lui!... *Wrroub!*... Et *Bing!*... *Braoum!*... Je l'ai vu passer sur le *Grand Hôtel*! Il filait bien! Je l'ai vu qui voguait... balançait tout là-haut... follet dans les nuages!... Le pébroc et l'archipont! ils virevolaient dans la bourrasque... ensemble! entre les avions massacreurs, purulents, giclant la mitraille... *Vraap!*... *Hua!*... *Wraago!*... *Hua!*... *Wroong!*... Voilà le bruit à peu près que donne une vraie torpille en fusion... la plus énorme!... Au cœur d'un volcan noir et vert!... Que c'est la crevaison du feu!... Une bombe encore qui nous effleure!... va exploser net au courant... Le souffle alors qui nous bascule... Tout le boyau qui vous en décroche... Le cœur qui vous remonte en bouche!... à palpiter tel un lapin... Que c'est la honte, la chiasse d'effroi... à la rampette... sous les caissons à trois... quatre... cinq jambes godilles... Les bras partout entremêlés... brisés, fondus dans la tremblote! dans la bouillie de bouse-panique en limaces d'hommes à sauve-qui-peut!... Affalés, vautrés, hoquetants on se retrouve brandis, extirpés, rabougris, reprojetés à dame! galipette! C'est un moteur qui va prendre feu!... On escalade un mont de blessés... Ils gémissent gras dessous nos pas!... dégueulent... On est vernis! C'est de la faveur!... On émerge! ahuris, souriants... Encore un autre qui nous agresse! Il nous fond dessus tambour à mort! Il crève les nuées à la mitraille. Ses petites langues de feu dardent partout!... Je vois toutes ses flammes pointées vers nous... Il est gris et noir!... et maudit de la tête en queue!... Il nous cherche... Il rejaillit du ciel en fronde égrenant sa rage!... Il nous ensorcelle!... Il nous damne!... Nous nous jetons à genoux... Nous implorons la Vierge Marie!... à grands signes de croix très fervents!... Le Dieu le père... les Aquilons! le Trou du Cul!... Miséricorde! qui nous forfait dans la culotte à glouglous... C'est la débâcle des Esprits!... Il arrête pas de nous fusiller, salve après salve l'autre atroce! suspendu aux anges!... Il se voltige... s'élance... balance... Il se rapproche dans son cyclone... *Ffrrou!*... il glisse encore!... Il tourbillonne dessus dessous... Un bruit de soie!... On le voit plus... Il nous enchante!... Un signe de croix!... et trois... quatre... cinq!... Ça n'empêche pas les horreurs!... les atrocités assassines!... Rien n'est conjuré!... Il nous resucre au vent arrière!... On aura tout vu! tout subi!... Il en est tout à sa passion... Il nous grêle... Il nous foudroye... à la volée!... C'est les ricochets du massacre!... Les tôles tambourinent!... Les suppliants pâment et s'écroulent!... La cohue chavire!... Le convoi s'affaisse... le parapet crève!... La ribambelle des camions chahute... bahute... culbute aux flots!... Ah! je me trouve encore épargné!... Un coup terrible que je réchappe!... C'est ainsi depuis vingt-deux ans!... Ça pourra pas durer toujours!... Je m'arcboute avec Lisette, une petite amie pas peureuse... entre les roues de l'ambulance... de là on voit la cavalcade!... bien tout! bien tout!... Comment ça chavire tous les sens... On voit aussi Largot le coiffeur, il nous quitte plus depuis Bezons, il nous suit avec sa bécane... Il est saoul depuis Juvisy, il a voulu tuer un Allemand, mais il en parle plus depuis Étampes... Il est là contre le parapet... Il serre dans ses bras une grand-mère... Il l'embrasse à chaque explosion... Dans le vrombissement des moteurs... Une vieille qu'a des cheveux blancs partout... en mèches, tresses et papillotes... Elle saigne rouge de toute la tête... Il est tendre Largot avec elle... Il se penche dessus... il boit son sang... Il a perdu le sens des respects... mais il est obstiné goulu...

« Boah!... C'est du rouge! qu'il annonce... Boah! C'est du bon! »... Il se marre en plus!... Elle, pas du tout!... Elle ferme les yeux la grand-mère... Elle dodeline... Elle est bercée par les tonnerres!... par les orages qui nous ébranlent!... Largot m'interpelle encore...

« C'est du rouge! dis donc l'Ambulance!... C'est du rouge! Hé! Macadam!... »

Comme ça qu'il m'appelle. Malgré qu'on se trouve en

catastrophe je suis très gêné par ses façons... J'aime pas la familiarité... Toutes ces viandes saoules autour m'écœurent... Je me sens drôle des idées moi-même... Je suis pas ivre!... Je bois jamais rien... C'est la raison qui me chancelle... sous les à-coups des circonstances! tout simplement! des événements qui sont trop forts!... Et *Vraoum!* ça repart de plus belle!...

Ça retourne brutal, vacarme horrible!... Une fantastique déflagration!... trois torpilles ensemble, un bouquet!... à fracasser le ciel et la terre!... à plus reconnaître les éléments!... à vous décrocher le dessus de tête!... et puis l'âme et les globes des yeux! et les poumons que ça vous saccage d'un vif atroce transpercement!... poignardé d'avant en arrière!... cloué au battant comme une chouette!... et cette pétarade!... les mille moteurs relancés... à l'assaut de la rampe!... les bahuts furieux! à l'abordage!... à la saccade!... broyée cohue!... et la piaillerie des piétinés! des écorchés de la folle colonne!... les carambouillés sous charroi!... et la chenille à cent vingt mille dents concassières!... à mordre l'écho!... à l'arrachement du calvaire! sous son ventre à trois cent mille chaînes farci d'aciers brinqueballants, de tripes à viroles pirouettantes... louchant en plus de la couronne... de toute sa grosse tête à canons du plus loin pour vous raplatir!... Du plus loin qu'elle vous aperçoit, vous guette! vous fou dérapant la chaussée!... fuyant hagard l'infâme spectacle de cette biscornerie toute monstre!... Ah! le char « La Mords-moi d'Horreur »... Parlez-m'en un peu! Modèle Nostradame!... que c'est vraiment pas à survivre de commotion décourageante!... sous les véroleries mécaniques, tribulations pétrolifères!... Mais le branle-monde est en musique... rien ne saurait stopper la danse!... C'est le Musette Tonnerre de Dieu!... Et l'égrènement des cent mille morts, des mille oiseaux piaillants, piaulant au vol autour, tramant les airs...

Et puis c'est une autre guirlande à doux accents et sourds tromblons... ça vient tout du fond... des collines... ça roule aux échos d'artillerie... Vous ne sauriez battre entrechats tellement tout le corps vous accable bâté de vil plomb morfondu!... mais la cadence vous rattrape... le fond du pont plein de grenades trémousse pour vous... Il faut bien trépigner de même sur les débris de gens et bêtes... écartelés par les tractions... puis racornis gros comme un œuf selon les rafales de panique... Ah! Dans ces remous d'hébétude survient le cas de rébellion... D'un élan, voici que Brigitte, la femme du Procureur Sacagne, délaissant d'un trait sa voiture, s'arrache aux exhortes angoissées, relève une bonne grande fois sa jupe et saute sur le parapet, de là dominant la cohue, braille à travers toute la tourmente des mots de colère et d'insultes!...

« Brigitte!... Brigitte!... je vous supplie! de grâce revenez à moi!... votre bon mari! Revenez à la raison!... Je vous intime! Je vous somme!...

— Merde! Merde! Vous existez pas!...

— Messieurs, mesdames! ma femme est folle!... Elle est enceinte! C'est l'émotion! Je suis le Procureur Sacagne de Montargis dans la Côte-d'Or!...

— Merde! Eh, Chinois! Tu nous les casses! Au vent ta morue! Wagon!... »

Voilà comment la foule l'appelle... Voilà qui aigrissait les choses!... Il retombe épuisé sur le monde! Au moment juste tout redevient feu, tonnerre, éclairs!... déchirement du ciel dedans et autour... Une foudre écrase, broye la chaussée... Ah! Il était temps!... éparpille toute la panique, les personnes, les arches, les voitures, le fleuve tout bouillant vaporise... L'enfer est là!... Les flammes nous enveloppent, nous sommes pirouettés dans l'espace!... Je m'emporte avec un tombereau de prunes, le petit fox qui n'aboye plus, une machine à coudre, et je crois bien un piège à tanks tout en fonte crochu barbelé... autant que j'aie pu voir!... On s'est quitté à mi-air! La fonte a giclé plus à droite, vers les écluses, toute la bricole et les prunes!... Moi, le petit fox et le tombereau, on est partis plutôt à gauche... dans une autre salve de grenades... vers les peupliers... l'Entrepôt... à bonne hauteur et pleins d'élan... Je voyais plus haut maintenant que les nuages... là alors c'était du spécial... là en plein ciel!... en plein azur!... la vision féerique... une main coupée je voyais... une main bien pâle sur des flocons... des coussins de nuages à reflet d'or... et qui saignait au goutte à goutte... une main pâle blanche et tout autour des nuées d'oiseaux... tout rouges... voletant jaillis de ces plaies même... les doigts tout scintillant d'étoiles... semés aux marges de l'espace... en longs voiles tendres... clairs et de grâce... berçant les Mondes... et vous effleure... et vos beaux yeux... câlinement... tout vous emporte... tout vogue aux rêves... tout abandonne... aux fêtes du Palais des Nuits...

☆

Très bien dit!... Très bien! Vous dites bien! Beau dire! Beau faire! Hantise est là, grise, demeurée, s'alourdit, bronche à chaque pas d'un nouveau doute... Rien ne s'affirme, rien ne luit!... Un grand amas d'horreur et d'ombre!...
Est-ce là tout?
Simagrées! Traverser l'enfer pour n'y gagner qu'un peu plus soif!
Galipette!
Telle brute ivrogne début juin
De folie au mois d'août s'égare
Sous un canon
Émerge au délire mi-septembre!
En plein bistrot.
Assassine un Fritz au billard.
Revanche des Flandres!
Tout aussitôt tout refulmine.
La guerre est à recommencer.
Vous revoici tout frémissants,
Hennissants, avides aux pirouettes,
Sous les déluges d'artifice.
Piaffants aux challenges! et Tahure!
Et superbe santé!
Torches en mains!
La frime à mourir vous rattend.
Vous avez bu du sortilège!
Vous êtes recuits et redamnés!
Ah! La conjoncture très atroce!
Ah! La charognière philtrerie!
Les astres sont fumiers pour le Siècle!
Tous les almanachs sont à vendre!
Plus un seul honnête occultiste!

Il est fort temps que je m'en occupe! Sacredié!
J'ai les doutes affreux sur Jeanne d'Arc depuis la messe à Orléans!...
C'était un méchant carillon...
Y a du déboire dans tout ce qu'on touche.
J'ai vu à Paris Sainte Geneviève...
J'étais à la messe à Reynaud...
Y avait des Juifs plein les chapelles...
Qu'avaient de l'essence plein leurs bidons...
Et je ne parle jamais sans savoir...
On va poursuivre les Francs-Maçons?
Parfait! Joli pour commencer...
Mais si ils touchent aux petits amis?
Si ils effleurent les mânes du Temple?
Ça sera fini les badinages!...
C'est une poudre qu'on va découvrir au fond d'une pyrette diabolique!...
Je le prédis non sans émoi...
J'alerte! J'alerte! Je sirène!
L'enfer ne cuit pas en un jour...
Il faut de l'huile et du savoir.
Qui sait?
Il faut des collaborations...
Vous avez tout vu sur la route...
Le monde entier qui s'empressait!...
Et que de concours éperdus, furieux, crucifiants, fantastiques!
Inassouvibles au martyre!
Vous avez vu ces véhicules?
L'ésotérique décoration?
Une fois que vous êtes initiés vous ne restez pas là dandinants dessus les abîmes... Pour vous faire sublimer tout vifs, vaporisés, jouets frêles au vent! Pardi! Pardi! Foin des timides! Mort aux berlues! C'est le moment des preux exploits! Des sublimes âpres trafalgueries! La foi qui sauve! Nul à faillir ne concède qui ne se trouve sitôt meurtri! Haché! Saigné! tout blanc de honte!
Quand les vaillants se font connaître, les purs, les durs, les intraitables, les cœurs de lynx, alors on peut dire que ça fume! que ça brasille âcre aux fagots! que tout y passe! fors brins d'amours, muguet, vils doutes! Tels quels! À l'arra-

chement du sortilège! Point de merci! Doucement aux souffreux séjours l'un après l'autre comparoître à queue leu leu... Voilà l'épreuve!... torves et marris... aux souvenirs... Marmonnants et lâches... terribles à mensonges enrobés!...

Je le sais bien!...

Effrontés cachottiers superbes... arrogants ou vils ou muets... l'un après l'autre... tous empuantis maléfiques à dégorger sous la torture fiel de lune et vœux maudits! Poisons, noirs messages... Veaux martyrs!...

Que chacun au démon s'en prenne! s'acharne, l'arrime, l'occisse, révulse, retrouve en son cœur la chanson flétrie... le secret gracieux des mignonnes... ou bien qu'il périsse à mille morts et puis ressuscite à mille peines! À suffocation très atroce, mille écorcheries d'agrément et vertes contorsions de blessures, à poix bouillante tenacé, tenaillé, de muscles en charpie, barbotant ainsi tout un jour et trois mois, une semaine au creux de marmite grasse et chaude, serpents sifflants accolés de crapauds bouffis, de lèpre, juteux, jaunes à venins, suçons goulus de salamandres, vampires repoussants au corps des damnés, gigottiers en vos entrailles à réveiller votre douleur, à lambeaux de chairs froissées, remâchonnées à dards de feu, ainsi de mille à mille ans, n'apaisant à gré votre soif qu'à l'outre pleine de vinaigre, de vitriol de telle ardeur que votre langue pèle, bouffle, éclate! et passez à mort de souffrance tout hurlant d'Enfer déchiqueté! jour après jour! ainsi durant temps éternels...

Voyez que la chose est sérieuse.

☆

On est parti dans la vie avec les conseils des parents. Ils n'ont pas tenu devant l'existence. On est tombé dans les salades qu'étaient plus affreuses l'une que l'autre. On est sorti comme on a pu de ces conflagrations funestes, plutôt de traviole, tout crabe baveux, à reculons, pattes en moins. On s'est bien marré quelques fois, faut être juste, même avec la merde, mais toujours en proie d'inquiétudes que les vacheries recommenceraient... Et toujours elles ont recommencé... Rappelons-nous! On parle souvent des illusions, qu'elles perdent la jeunesse. On l'a perdue sans illusions la jeunesse!... Encore des histoires!...

Comme je dis... Ça s'est fait d'emblée. On était petit, con de naissance, tout paumé de souche.

On serait né fils d'un riche planteur à Cuba Havane par exemple, tout se serait passé bien gentiment, mais on est venu chez des gougnafes, dans un coin pourri sur toutes parts, alors faut pâtir pour la caste et c'est l'injustice qui vous broye, la maladie de la mite baveuse qui fait vantarder les pauvres gens après leurs bévues, leurs cagneries, leurs tares pustulantes d'infernaux, que d'écouter c'est à vomir tellement qu'ils sont bas et tenaces! Mois après mois, c'est sa nature, le paumé gratis il expie, sur le chevalet « Pro Deo », sa naissance infâme, ligoté bien étroitement avec son livret matricule, son bulletin de vote, sa face d'enflure. Tantôt c'est la Guerre! C'est la Paix! C'est la Reguerre! Le Triomphe! C'est le Grand Désastre! Ça change rien au fond des choses! il est marron dans tous les retours. C'est lui le paillasse de l'Univers... Il donnerait sa place à personne, il frétille que pour les bourreaux. Toujours à la disposition de tous les fumiers de la Planète! Tout le monde lui passe sur la guenille, se fait les poignes sur sa détresse, il est gâté. J'ai vu foncer sur nos malheurs toutes les tornades d'une Rose des Vents, raffluer sur nos catastrophes, à la curée de nos résidus, les Chinois, les Moldors, les Smyrnes, les Botriaques, les Marsupians, les Suisses glacieux, les Mascagâts, les Gros Berbères, les Vanutèdes, les Noirs-de-Monde, les Juifs de Lourdes, heureux tout ça, bien régalés, reluis comme des folles! À nous faire des misères abjectes et rien du tout pour nous défendre. François mignon, ludion d'alcool, farci gâteux, blet en discours, à basculer dans les Droits de l'Homme, au torrent d'Oubli, la peau et l'âme tournées bourriques de dégoûtation d'obéir, de se faire secouer son patrimoine, son épargne mignonne, sa chérie, sa fleur des transes, que ça lui sert à rien jamais de s'évertuer froncer sérieux, que c'est plus franc à se mettre charogne et tout fainéant pisser sous lui, que c'est toujours du kif au même, qu'il est marron dans tous les blots, qu'il existe pas dans la course, qu'il est voué à dalle éperdu. De plus qu'en abjection du monde, il a dérouté les caprices, qu'on se fatigue même de le dépecer, de le détruire encore davantage, qu'il est réprouvé de tous les bouts! le Puant à l'Univers! Salut! Encore un peu d'injustice, il s'abomine, dégueule son sort... C'est les protestations atroces.

La Révolution dans les âmes... Faut comprendre un peu les déboires. Tout le monde s'est venu faire la poigne sur lui en position soumise. Tout l'Univers s'est régalé sur Con-le-François-quoi-quoi-pute, jusqu'au moment où tout lui flanche, lui débouline par le fondement! Alors c'est l'infection suprême et les plus acharnés s'éloignent... Il reste béant là sur l'étal... décomposé, vert à lambeaux, plus regardable... Il s'en dégage une odeur telle que les plus dégueulasses se tâtent, se tergiversent pour le finir!

Y a des choses que vous voyez pas! Et qui sont essentielles pourtant! Oh! là là! Minute! Au fond du purin même cachées! des trous du corps! du philtre d'entrailles! se douterait-on? Que c'est seulement les initiés en fermant les yeux qui se chuchotent... qu'elle est pas terminée la Messe!... que tout est pas dit!... Loin de là!... que pour les tarots il en reste! qu'on va pas nous laisser tels quels pourrir en peinards sur le tas! Qu'il nous demeure encore tout plein de pus et bien des gangrènes pavoisantes, des somptueux brocarts rougeoyants à revêtir!... d'écorchements très menus... avant qu'on soye vifs pour la danse, menuets affranchis, allégés, diaphanes! ne pesant plus rien dans les ondes, évaporés, tourbillons d'ailes, fort ravissants de-ci de-là, d'entre Printemps! d'entre les Vogues! tout espiègles et furtifs et joies! gracieux au monde en son secret, tout à la magie renouvelle! à rafales de fleurs et de mousses!... Plus légers encore virevolés... parmi vent de roses! Tous soucis lassés en musique... diffus emportés aux jeux d'air! Zéphirs!...

☆

Bien sûr que je vais pas tout vous dire. Ils furent trop infâmes avec moi. Ce serait trop grand service leur rendre! Je veux qu'ils dégustent encore un peu... C'est pas de la vengeance ni de la crosse, c'est que du prudent sentiment, une précaution ésotérique. On ne joue pas avec les présages, ça coûte la vie d'être indiscret! Je leur en dis un petit peu, ça va! Je fais un petit effort, c'est convenu, j'épuise pas mon charme. Je reste au mieux avec les musiques, les petites bêtes, l'harmonie des songes, le chat, son ronron. Voilà qui est parfait ainsi. Une jouissance, pas davantage, autrement je me tripote, trafique, je m'énerve, je me mets en valeur, je me perds crâneur, c'est fini! Au diable les prestiges! Je descends aux cailloux, je bute partout, je m'affale, je me proclame Empereur, le Parquet me recherche, me trouve, je reste tout con, tout le monde m'agresse, me dépèce, c'est le coup du Napoléon.

Et je fais d'allusion à personne! M'entend qui veut! Pas né sous la bonne étoile! « En Quart » est mon nom de baptême, je connais les oracles moi-disant! Je me trompe pas beaucoup dans les rêves, mais à condition mystifiante que je garde l'oreille bien contre terre et les suspicions plein l'entraille! Ainsi entendu!...

Que je flanche et je bascule au tréfonds! Ah! la conviction pitoyable!... « Te laisse pas tenter! »... Pensez si j'ai vu les sorcières!... Par la lande! les prés et les rives! et puis bien ailleurs encore!... aux rocs! aux abîmes!... avec leurs balais et l'hibou!... C'est l'hibou que je comprends le mieux... Il me fait toujours :

« Pote attention! Tu vas parler trop! »... C'est bien exact dans un sens, le bon cœur m'agite et tracasse! me fait causer tort et travers. Piteuse excuse! La viande à bourrique entre en branle... Et c'est la riposte immédiate! bafouages, brimades, férocités, tractations démones, déversages de torrents de fiente pour que je crève hagard, englouti, sous les opprobres, la répulsion des gens de bien, des Juifs et des concussionnaires, légionnaires! Infamie! Consommée cabale! Je peux plus ouvrir ma plume. Que ça soye en Correctionnelle, sous les coups « d'attendus » farouches, ou dans l'antichambre des patrons, je me trouve à l'instant bouleversé, décapé, racorni infect, au rang des larves empestantes, au dépit des bonnes intentions, abominé, étrillé vif, quelque chose de plus racontable, d'écrabouillable subrepticement entre salpêtres et cendres chaudes, et le fait qu'en est bien la preuve c'est que même les gens de mon bord, qui sont en sorte sur mes galeries, ils ont des pudeurs pour mon cas, ils ont des scrupules d'en causer, ça leur gerce un peu la figure, ils préfèrent se taire... Ça serait pitié qu'ils se compromettent, parce que moi je les emmerde aussi... Ça fait que comme ça on est d'accord... on se saisit sans s'être entendus... sans s'être consultés le moindrement.

C'est la grâce, la discrétion même.

☆

Moi j'ai connu un vrai archange au déclin de son aventure, encore tout de même assez fringant, même resplendissant dans un sens. J'ai jamais su vraiment son nom. Il avait de trop nombreux papiers. Enfin on l'appelait Borokrom à cause de son savoir chimique, des bombes qu'il avait fabriquées, paraît-il, au temps de sa jeunesse. C'était les « on-dit », la légende. Tout d'abord il me faisait sourire, je me croyais ficelle à l'époque, plus tard je me suis rendu compte du poids de l'homme, de sa valeur sous des dehors incongrus, de ma propre connerie. Il jouait à ravir du piano quand il avait plus rien à faire, je parle de nos petits métiers. Il était arrivé à Londres vingt ans avant moi pour occuper un « job » chimiste, il devait travailler chez Wickers au Laboratoire des Nitrates. Il avait eu tous ses diplômes à Sofia puis à Pétersbourg, mais il avait pas le sens de l'heure, ça lui a joué un mauvais tour, il pouvait pas être employé, ensuite il buvait vraiment trop, même pour l'Angleterre. Ils l'avaient pas gardé longtemps à la Wickers National Steel Ltd, trois mois au pair et puis saqué, sans doute aussi pour ses allures qu'étaient vraiment bien discutables, des taches

27

partout, le regard en coin. Il fréquentait du vilain monde, ses amis avaient mauvais genre... encore pire que lui...

Il se trouvait toujours mal marié avec ses logeuses fin de semaine. La police qui le connaissait bien le laissait à peu près tranquille. Il faisait partie des galvaudeux et puis voilà tout.

C'est commode pour ça l'Angleterre, ils vous ennuient jamais vraiment, même mal fringué, même équivoque, à condition d'accord tacite que vous alliez pas faire le Jacques sur les midi devant Drury Lane ou vers cinq heures devant le *Savoy*. Y a des étiquettes voilà tout. Le Pacte des convenances. Le Jacques fait bon c'est la mort. Y a des moments pour le Strand, d'autres pour Trafalgar et partout ailleurs à votre aise!... Faut connaître les roussins anglais, ils aiment pas la force ni le scandale, c'est tout fainéant comme père et mère, il suffit de pas les provoquer, de pas les agacer en plein jour, suffit en somme de leur foutre la paix... Quand même ils auraient des « mandats » avec votre photo plein leurs poches, ils pousseraient pas les choses au pire si vous faites pas l'original, que vous gardez bien vos distances, que vous changez pas trop de costumes pour étourdir la galerie, ni de crèmerie, ni de lieux de perdition. Y a une étiquette, une manière qu'est décente convenable pour les vrais voyous, tout est là! Pas saccager la Tradition! Si vous prenez l'air capricieux, casseur, versatile, tantôt dans un pub, dans un autre, que vous revenez pas au billard à des heures à peu près usuelles, alors vous surprenez de rien, les flics vous déferlent sur les os, ils deviennent d'un coup âpres et retors, vous compliquez la surveillance, ils en ont marre de vos façons, ils piaffent, fument de vous épingler. Toute fantaisie les enrage, question de la vêture spécialement... Ce fut bien le cas pour Borokrom qu'avait l'habitude des melons prune, jamais autre chose sur sa grosse bouille, toujours coiffé de son vert-prune, son uniforme. Il jouait comme ça au piano pour gagner sa vie entre l'*Éléphant* et le *Castle*, les deux extrêmes du Mile-End. Une fois viré de chez Wickers Strong, il avait fallu. Tous les pubs, tout le long de Commercial, tantôt dans celui-ci, dans celui-là... mais toujours du côté rivière. Ils appellent ainsi la Tamise. Il était connu, sympathique, très gai par les doigts, mais très sérieux par la figure, convenable comme un pape. Ça donnait bien surtout le samedi. Il prenait facilement trois livres entre les huit heures et minuit, et la stout, la nourrissante, si épaisse, crémeuse, absolument à volonté, aux bonnes grâces des consommateurs. Et puis la chanson éraillante, le cantique à boire, qu'est la fière coutume, avec reprises des ivrognes tassés au piano.

Youp! oyé di oyé! oyé!
Yop! oyé di oyé!

C'est les premiers mots d'anglais que j'ai sus par cœur « oyé di oyé!... ». Ça faisait des échos énormes dans la rue, dans la nuit dehors où attendaient les petits enfants, ratatinés contre la vitrine à se raplatir les petits tarins, que leurs parents en ayent fini de téter la bière, la joie, le bonheur de vivre, si saouls que les bourres entrent les sortir à grands coups de tiges, qu'ils s'en aillent dégueuler ailleurs. On se retrouvait à *La Vaillance*, le pub des plus gratins du Lane, l'avenue passagère, celui qu'a sept comptoirs massifs avec proues sculptées dans l'ivoire et rambardes en cuivre à torsades. Une œuvre magnifique. Et le portrait du *Conqueror* toute la hauteur, dans un colossal cadre doré, orné de sirènes. C'est donc là qu'on se retrouvait quand l'incident est survenu, que les bagarres ont commencé. C'est le sergent Matthew du Yard qu'est entré, « côté des sandwichs » dans le box des gandins, il s'est annoncé sifflotant comme ça et *Good Dayé Dames*! Il était pas en service, en veston comme vous et moi, il fredonnait avec les autres, il en avait un peu dans le pif, il était aimable par le fait... Tout d'un coup! qu'est-ce qui lui prend?... il s'arrête pile, il demeure figé... devant le Boro... en chapeau de forme! ah! ça le suffoque! ah ce culot!... là affairé dans sa musique, à taper sur son rigodon, à la cadence aigrelette, à la berceuse rémoulette, au charme de brouillard qu'ont les airs de ce côté-là, que ça ramasse bien les soucis, les fait giguer à tirelire!... *ding!*... *dindin!*... *don! don!*... et youp la! prestes! guillerets de trilles et d'arpèges! de ses gros doigts sales boudinés... que c'était vraiment sortilège comme il envoûtait l'atmosphère de voltigeants jaillis lutins du gros piano... Des moindres rengaines rémoulettes... toutes piquantes au chagrin de rire... Le trouble des marmelades d'oranges qu'est doux mais acide à la fois... C'est grêle ainsi les airs anglais... Je me souviens bien... Il en restait interloqué comme ça tout flan le sergent Matthew du nouveau chapeau de son homme. Ça lui coupait net son sifflet... ça lui figeait son sourire. Il en croyait pas ses yeux!...

Il se rapproche... il veut mieux le voir... apprécier. Il se rapproche du piano... Et brûle-pourpoint *vlof!* la colère!... Il se met à injurier l'artiste...

« Où qu'il avait pris la façon de porter un " forme " dans ce sale bar! Que ça s'était jamais vu!... Qu'il était fou en vérité!... Où donc qu'il se croyait? Au Derby? À la Chambre des Lords? Que c'était de l'injure et crâneur pour un étranger si pourri... Un émigrant de la pire sorte! Croque-notes raté vagabond! Que c'était un furieux culot de venir singer les gentlemen!... Que c'était à pas croire de crime! Qu'il allait l'embarquer céans si il enlevait pas ça tout de suite!... » Et encore bien d'autres salades et toutes rouges menaces hors de lui!...

Boro y tenait à son « tube »... C'était un cadeau d'une personne... Le sergent Matthew au moment où il cherchait des noises, il pesait plus ses paroles... D'abord il sortait de ses oignons!... Boro avait parfaitement le droit de se filer un sofa en coiffe, un cerf-volant, un pèse-bébé, un haut-de-forme à plus forte raison! ça regardait personne que césigue!... Mais l'autre l'entendait pas ainsi, il prenait de plus en plus la mouche. Jaillit la vive altercation... Les choses se gâtaient à mesure... le barouf!... la fièvre! ça fumait autour des alcools... Tout le bazar secoue, vogue, sursaute tellement la foule en houle barde, brame, agite, conspue le Matthew!... Serré de près Matthew prend peur, je raconte les choses, il sort son sifflet de sa petite poche... Ah! ça déchaîne tout!... C'est la ruée!... Ah! faut pas qu'il siffle!... Pas de renforts!... Mort à la Police! Basculé, raplati par terre, Matthew se trouve recouvert d'ivrognes, braillants, joyeux, trépignants dessus, en monticule jusqu'au lustre... caracolant d'aise et victoire! La ronde aux godets passe dessus... À sa santé!... *For he is a jolly good fellow!*...

Il disait plus rien lui là-dessous, il avait son compte... Moi j'attendais près de la porte qu'ils aient fini de l'assommer!... J'aurais bien voulu être ailleurs... Si les bourres s'amenaient, raflaient tout?... j'étais coquet avec mes fafs!.. ma réforme, mes tampons gommés! Oh! là là! ma sœur!... Je me trouvais en délicatesse avec les gens du consulat...

« Taille donc! » qu'il me fait d'en dessous le Boro... comme ça sous la pile... et signe vers l'Hosto!... l'autre trottoir!...

London Hospital bien connu, Mile End Road... On se donnait là tous nos rambots, y avait des raisons, l'affluence qu'était agréable, le va-et-vient perpétuel... impossible à surveiller... Surtout vers la porte des *Entrants* où la cohue arrêtait pas... des allées et venues jour et nuit... Tous les Bus passent Mile End. Je vais donc me poster là-bas en face, juste sous le bec de gaz bleu... Il était corpulent le Boro, mais fort agile dans les bagarres... Il avait le joint pour se dépêtrer... leste quand il voulait... sauvette... Hop là là!... il est pas long à me rattraper!... Un gros chat souple... Il se faufile entre les boxeurs, il traverse l'orage, la terrible tornade des horions. Dans toutes les salles de *La Vaillance* ça se tabasse atroce! un ouragan de fous! je me rends compte d'en face!... Ça crève, percute les cloisons, le vitrail éclate! retombe en miettes, parsème la rue!... Quelle trombe! Un vacarme ignoble! de quoi réveiller le Lord-Maire!... Les femmes qui glapissent le pire! et les petits enfants dans le noir! qu'attendent les chefs de famille... « Mammi!... Mammi!... » Ils se voyent déjà orphelins!

Boro qui m'arrive clopinant, il a pris un jeton gros yaye! yaye! en pleine rotule gauche! il saigne... on regarde son genou à la lueur... Ce que c'est de traverser les massacres!... Il avait perdu son chapeau, le « tube » des colères!... C'était bien la peine! On s'est dit qu'on n'y retournerait plus à *La Vaillance*, foutu taudis! bordel à merde! même avec ses acajous, les fameux comptoirs! les torsades! oh! là là l'horreur! que c'était bien l'endroit faisan! pourri criminel! Où on abîmait les amis! où les flics se tenaient comme des porcs!

Notre avis sérieux.

☆

Mettons que vous venez de Piccadilly... Vous descendez à Wapping... Il faut que je vous guide... Vous trouveriez pas... En sortant du « Tub » c'est à gauche... entre les Frigos... C'est étroit comme rue... du mur de briques, des pavillons des deux côtés, la queue leu leu... comme des jours de semaine... ça finit plus... ça recommence... une ribambelle... une éternité de maisons... pas une fantaisie... un étage toutes... une petite porte au trottoir... le marteau en cuivre... ainsi des rues et puis des rues... à la traverse et la suite... Plymouth Street... Blossom Avenue... Orchard Alley... Neptune Commons... des kyrielles de la même famille... Tout ça bien aligné convenable... Certaines gens vous disent que c'est triste... Ça dépend des jours, des saisons... Avec un petit coup de soleil ça devient joujou, ça se met en frais... Y a de la misère... C'est une chose... Y a des géraniums plein les fenêtres... plein les croisées... ça vous égaye... C'est les briques qui font monotone... grasses... poisseuses de fumée partout... des suints de la brume, des coaltars... L'odeur par là vers les docks est insidieuse, au soufre mouillé, au tabac moite, vous rentre au poil, vous habille... au miel aussi... C'est tout des choses qui vous viennent, qui s'expliquent pas d'en parler... et la féerie des enfants?... Voilà qui tient au souvenir!...

Quand on connaît les endroits, au premier sourire du soleil tout s'esclaffe et tourbillonne... Gambade! Sarabande! C'est la kermesse des lutins d'un bout à l'autre de Wapping!... De perrons en porches ça culbute! à la course! à la sauvette!... Fillettes et garçons!... à qui perd gagne!... à qui mieux mieux!... À cent jeux espiègles et pimpants... Les tout petits au beau milieu... main dans la main... dansant en ronde... mignons marmots du brouillard... tellement réjouis d'un jour sans pluie... mieux jouants allègres divins et prestes qu'angelots de rêve!... Et puis tout autour barbouillés, bandits pour rire tourmentent les filles... malmènent passants... les piaillants monstres!...

Policeman! Policeman! don't touch me!
I have a wife and a family!

32

D'autres coquins surgissent à l'assaut! agrippent les filles par les nattes!...

>   *How many children have you got?*
>   *Five and twenty is my lot!*

Sur ce la ronde reprend criarde à voix toutes fausses... d'enroués farouches garnements... Et puis celle-ci bien trépidante et qui se danse à deux par deux...

>   *Dancing Dolly had no sense!*
>   *She bought a fiddle for eighteen pence!*

Et puis tant de jolies chansons fraîches et comiques et galantes qui me dansent au souvenir... toutes à l'essor de la jeunesse... Et tout ainsi au fond de ces ruelles dès que le temps s'arrange un peu... un peu moins froid, un peu moins noir au-dessus du quartier Wapping entre « Poplar » et les « Chinois ». Alors la tristesse s'en va fondre par petits tas gris au soleil... J'en ai vu moi des quantités qui fondaient ainsi des tristesses, plein les trottoirs en vérité, gouttaient au ruisseau...
Mutine fringante fillette aux muscles d'or!... Santé plus vive!... bondis fantasque d'un bout à l'autre de nos peines! Tout au commencement du monde, les fées devaient être assez jeunes pour n'ordonner que des folies... La terre alors tout en merveilles capricieuse et peuplée d'enfants tout à leurs jeux et petits riens et tourbillons et pacotilles! Rires éparpillent!... Danses de joie!... rondes emportent!
Je me souviens tout comme hier de leurs malices... de leurs espiègles farandoles au long de ces rues de détresse en ces jours de peine et de faim.
Grâce soit de leur souvenir! Frimousses mignonnes! Lutins au fragile soleil! Misère! Vous vous élancerez toujours pour moi, gentiment à tourbillons, anges riants au noir de l'âge, telles en vos ruelles autrefois dès que je fermerai les yeux... au moment lâche où tout s'efface... Ainsi sera la Mort par vous dansante encore un petit peu... expirante musique du cœur... Lavender Street!... Daffodil Place!... Grumble Avenue!... suintants passages de détresse... Le temps jamais au bien beau fixe, la ronde et la farandole des puits à brouillard entre Poplar et Leeds Bar

king... Petits lutins du soleil, troupe légère ébouriffée, voltigeante d'une ombre à l'autre!... facettes au cristal de vos rires... étincelantes tout autour... et puis votre audace taquine... d'un péril à l'autre!... Mines d'effroi tout au devant des lourds brasseurs!... Piaffants alezans broyant l'écho!... paturons poilus tout énormes... de la maison « Guiness and Co » d'un effroi vers l'autre!... Fillettes de rêve!... plus vives que fauvettes au vent!... voguez!... virevolez aux venelles!... aux brumes... aux cachous poisses teintes!... Warwick Commons! Caribon Way où l'effarouché truand rôde... reniflant au long des ruisseaux... vêtu de peur!... et le ministrel, le faux nègre, barbouillé de suie, haillons d'arlequin... rôdailleur ici, là, partout... guitare au poing... voix poitrinaire... d'une buée... d'un brouillard à l'autre... gigottant d'un mauvais pied pour un penny, pour deux pences!... le saut périlleux en arrière!... trois quintes coup sur coup!... crache un peu rouge et va plus loin vers le gris des nuages... à perte de rues... et puis encore tant de masures... Hollyborn Street... Falmouth Cottage... Hollander Place... Bread Avenue!... Tout soudain retentit l'alarme, de loin là-bas!... du bout des toits... le cri du navire!... Tout à l'autre bout des choses!... Attention truands à l'écoute!... Attention voyeurs et frimands!... porte-gales, bigleux affreux du mauvais sort!... Rats de soutes! Gueules en piment! Tordues canailles à chicottes!... Fainéants mous des bras!... Puces de grues! Puante espèce à débarder! l'Esprit de l'Eau vous interpelle!... Entendez-vous sa voix exquise?... Debout charognes et que ça fume!... Tous à la corne du ponton!... Tous âges!... provenances!... races infectes! paumés des quatre Univers! noirs, blancs, jaunes et cacaos!... Gredins tous poils! C'est entendu! Tout chancres! Tout vices! Poliment à la révérence!... Je vous prie!... Qui bronche et faille et se dérobe à cet instant... Malheur! Esquive à mater la manœuvre! à pleins calots religieusement... Au châtiment! à la garcette!... tout saoul qu'il soit!... Trêve véhémence!... Hommes à vos postes! Grouillots des câbles! bavoirs calés, férus, esbaudis, transposés, immobiles d'émoi!... prostrés au prodigieux spectacle des fragilités d'accostage, du subtil miracle!... que le gros baluchon d'étoupe tombe poil à temps! au ras du quai! à bout de corde! gémit stop! Grince écrabouille, entre muraille et sabord... Que tous les esprits se recueillent! Ô quel instant! tout petit hic! un fil de trop! Tout le bateau éventre et crève!... Ô Bâtiment!... celui qui n'y perd point le souffle... à regarder... n'est qu'un salope navrant, bouzeux trou du cul de vache! irrémédiable et sans recours! à noyer sans ouf! illico! non dans les ondes qu'il sacrilège mais sous immensités d'ordures, cent mille tombereaux du purin fade! Voilà! Chanson sans paroles!...

« Honte à lui! Honte à ses complices tout malfrins maudits!... La Porte à jamais refermée sur ce dégueulasse! Scandale au Palais des Nautes! Avatar aux chiots! »

Très bien dit! Par ici! Je vous précède...

Allons vite!... Pressons l'allure! Encore deux impasses, un marché parfaitement désert... et puis une ruine d'incendie... et puis une place minuscule, un réverbère au beau milieu, trois maisons croupies, à démolir sans remords, une qui se défend encore, c'est le magasin North Pole où Tom Tackett prenait mes sous, il me les gardait jour après jour, les semaines où je bricolais un petit peu par-ci par-là... aux Docks, aux corvées faciles en raison de mon bras, de ma jambe... Aux jeux forains avec Boro pour me faire des petits rapports pour les choses les plus nécessaires... deux limaces, les ressemelages, un sweater tout laine. Tom Tackett, la prévoyance même, il avait de tout dans sa boutique, il prenait mes ronds en dépôt, moi j'aurais rien gardé tout seul, je me servais à la fin du mois. Ship Chandlers qu'était son blot, tout le matériel du marin, tout ce qu'il faut pour l'équipage, pour le capitaine. Des couteaux, des bottes comme ça, et des lanternes, des falots de toutes les couleurs et puis du dé un peu faisan et de la saumure dont on se rappelle, que j'ai pas encore digérée.

Je me traverse comme un vieux bourdon, je m'empêtre tout batifolant, je raconte pas dans le bon ordre, tant pis! Vous m'excuserez un petit peu, tout folichon sur le retour, digressant de rime à raison, tout jabotant de mes amis au lieu de vous montrer les choses!... En route! et sans désemparer!... Que je vous conduise sagement... ne fourvoyant ni droite, ni gauche!... Appuyons tout de suite Nord-Ouest!... Nous longerons les murs du Temple... « Les Disciples et l'Anabaptiste », le Temple tout ocre entre ses grilles, carillonnant que les dimanches et pas énorme! juste trois quatre coups!... Voici autour le grand terrain tout vert et noir... une plaine de grosse glaise à flaques où les dockers jouent leur rugby le samedi deux heures... moulés jersey blanc et rose... où c'est la beauté de la couleur... Y en a des tout bleus ou tout mauves... l'équipe des Poplar par exemple... qui déchaîne facile les passions... Les supporters chiquant gras glavent l'équipe antipathique, ça va mal et ça s'emporte! S'ensuivent des torchons sanguinaires pour une petite balle perdue!... Comme je le dis!... Ça finit dans des hécatombes pour un envoi contesté... Y a de l'injustice, du sport rageur, surtout avec les Italiens qui tiennent le pavé de tous les pubs de Lime à Poplar... qui jouent en famille à l'équipe, qui bossent aux West Docks par tribus... Une population emportée... Il servait encore à autre chose le terrain gras anabaptiste. On y planquait nos tubes d'opium dans ses remblais, dans les trous de rats, les boîtes en jonc, la came du fleuve, la bonne contrebande, que le Chinois ballotte à volée par le hublot, de jour ou de nuit... *Frrrtt!*... C'est parti!... Le bateau glisse tout doucement... presque à stopper... vire à l'écluse... le pilote trifouille son cadran... *Ding! Dang! Derang! Dong!*... Seconde! Un souffle!... La boîte à l'eau! *Plac!*... Éclabousse! Came à la nage!... Rattrapez!... Je percevais que dalle au début! J'étais passé près bien des fois!... Miraux!... Parfaitement! C'est Boro qui m'a affranchi!... Il m'a montré le fin de la chose... Faut bien mater à la seconde même... le hublot qui crache... *Fluitt!*... jaillit!... *Plouc!* à l'eau!... Courrier des Ondes!... le complice!... le youyou qui fonce!... détache de la berge... et dare-dare!... godille preste!... Et je te connais!... Frôle au flanc! Pêche le paquet... Sauvette!... et va voir!... Grouille!... faufile... aux wharfs... estompe aux ombres... esquive les bourres... frise... passe aux brumes!...

Je vous raconte tous ces détails parce que discrets au souvenir ils pèsent rien sur les années... ils enchantent doucement à la mort, c'est leur avantage. Voilà du travail sortilège, qu'existe, prenant, qu'au bord de l'eau!... Je vous préviens!... Grand bien vous fasse!... N'en parlons plus!...

Après les maisons ribambelles, après les rues toutes analogues où je vous accompagne gentiment, les murailles s'élèvent... les Entrepôts, les géants remparts tout de briques... Falaises à trésors!... magasins monstres!... greniers fantasmagoriques, citadelles de marchandises, peaux de bouc quarries par montagnes, à puer jusqu'au Kamtchatka!... Forêts d'acajou en mille piles, liées telles asperges, en pyramides, des kilomètres de matériaux!... des tapis à recouvrir la Lune, le monde entier... tous les planchers de l'Univers!... Éponges à sécher la Tamise! de telles quantités!... Des laines à étouffer l'Europe sous monceaux de chaleur choyante... Des harengs à combler les mers! Des Himalayas de sucre en poudre... Des allumettes à frire les pôles!... Du poivre par énormes avalanches à faire éternuer Sept Déluges!... Mille bateaux d'oignons déversés, à pleurer pendant cinq cents guerres... Trois mille six cents trains d'haricots à sécher sous hangars couverts plus colossaux que les gares Charing, Nord et Saint-Lazare réunies.. Du café pour toute la Planète!... à soutenir en leurs marches forcées les quatre cent mille conflits vengeurs des plus mordantes armées du monde... plus jamais assoyantes, ronflantes, exemptes de sommeil et bouffer, supertendues, fulminatrices exaltées, crevantes à la charge, le cœur épanoui, emportées dans la super-mort par l'hyperpalpite super-gloire du café en poudre!... Le rêve des trois cent quinze empereurs!...

Encore d'autres bâtiments plus énormes pour les barbaques à foison, les carnes confites par entrepôts, en frigo secs, en rémoulades, en venaisons si prodigieuses, myriades de saucisses à la couenne hachée, la hauteur des Alpes!... Graisse de « corn-beef », de masses géantes que le Parlement se trouverait recouvert et Leicester et Waterloo, qu'on les reverrait plus pris dessous, si ça les engouffrait subit! deux mammouths entièrement truffés, juste transportés du fleuve Amour, préservés, intacts dans ses glaces, frigorifiés depuis douze mille ans!...

Je vous parle maintenant des confitures, vraiment colossales comme douceur, des Forums de pots de mirabelles, des Océans de houles d'oranges, de tous les côtés ascendants, débordants les toits, par flottes complètes d'Afghanistan!... Les loukoums dorés d'Istanbul, pur sucre, tout en feuilles d'acacias... Des myrthes de Smyrne et Karachi... Prunelles de Finlande... Chaos, vallons de fruits précieux entreposés sous portes triples, des choix à pas croire de saveur, des féeries de Mille et Une Nuits en amphores sucrées ravissantes, des joies pour l'enfance éternelle promises du fond des Écritures, si denses, si ardentes qu'elles en crèvent parfois les murailles, tellement qu'elles sont fortes surpressées, éclatent des tôles, déboulinent jusque dans la rue, cascadent à pleins caniveaux! en torrents tout suaves et délices!... La police à cheval alors charge au triple galop, dégage l'abord, la perspective... fouaille les pillards au nerf de bœuf... C'est la fin d'un songe!...

Tout de suite au revers de ces Docks y a le grand courant d'air qui s'engouffre, qu'arrive en trombe des hautes verdures du val à Greenwich... le grand tour du fleuve... Les bouffées de la mer... de l'estuaire là-bas d'aurore pâle... après Barking... étendu juste dessous les nuages... où les cargos montent tout petits... où les vagues brisent contre les digues, mouillent, s'affalent, pâment au limon... Le flot jusant.

Tout dépend du genre que l'on aime!... Je vous le dis sans prétention!... Le ciel... l'eau grise... les rives mauves... tout est caresses... et l'un dans l'autre, ne se commande... doucement entraînés à ronde, à lentes voltes et tourbillons, vous vous charmez toujours plus loin vers d'autres songes... tout à périr à beaux secrets, vers d'autres mondes qui s'apprêtent en voiles et brumes à grands dessins pâles et flous, parmi les mousses à la chuchote... Me suivez-vous?

Au courant plus loin vers Kindall, l'on aperçoit les « barges » en peine, cotres et dundees largués au près, lourdes à verser... Tout le jardinage du matin, tout le cargo des « périssables » carottes, pommes, choux-fleurs, jusqu'aux vergues, rusant au vent, luttant en bordées vers la ville, cap aux ménagères!... Point grand trafic en ce moment, hors les agrumes, à pleines péniches, la marée d'aval vers sept heures!... le flot jusqu'aux arches, jusqu'au chenal du Pont-Major lorsque le tablier soulage, enlève, ferraille, brise en deux!... que la malle d'Australie s'engage à haute et lente majesté, pavanante au fleuve, sa noire étrave tranchant au fil à vif l'écume, sa traîne à mille vagues fripante, cascadante au loin, froissante aux cailloux...

Encore quelques pas vers le môle, je vous prie!... et puis un détour hors d'écluse et nous revoici au halage... la passe poisseuse tout vases, varechs, attention!... Plus bas encore par les cailloux on avance un peu sur des œufs! bien à tâtons!... de bric et broc... Nous voici devant un tunnel... Pour mieux vous dire une sorte d'égoût, on rentre là-dessous, on s'engouffre! on monte les douze marches... nous débouchons en plein bistrot... Pas conséquent mais tout de même ample! un pub qui pourrait vous contenir, tous volets fermés, dans les quarante, cinquante personnes... Il faut connaître les abords... Plutôt arriver marée basse, comme ça ni vu, ni connu, ou la nuit en embarcation, alors marée haute, et molo à la cuiller!... C'est pittoresque!

À la Croisière pour Dingby le pub dont je vous cause, le nom de sa « licence » entre Colonial Docks et Trom.

Il en est pas resté grand-chose, je peux vous le dire tout de suite, il a fini dans un désastre, vous apprendrez en me lisant.

En plus maintenant avec les bombes il doit rien en rester du tout, même les cendres doivent s'être envolées... C'est malheureux! Je suis forcé pour tout de me souvenir! J'y serais retourné pour me rendre compte!

Un débit vraiment assez sage et renommé dans les trois biefs, et pas terrible ni criminel, on a connu des genres bien pires!... Plutôt des dockers comme clients, des habitués, des travailleurs, avec un petit fond d'interlopes, forcément, il s'en trouve toujours. Un petit ban de frappes.

Le tôlier était pas causeur, aimable, serviable, mais réservé, il faisait pas beaucoup de confidences... Il laissait venir... Ses gestes qui m'étonnaient toujours, une adresse d'attraper les verres, des fois quatre ou cinq à la fois, en l'air comme des mouches, jongler avec! jamais cassant une soucoupe, un voltigeur... Artiste autrement c'est certain, danseur de corde, métier à présent interdit en grand spectacle, beau métier perdu... De plus de son pub, à gauche, il prêtait à gages aux ivrognes, et puis il faisait un petit peu de came. Il faut bien le dire. Il prenait les commissions, les rambots les plus délicats et jamais la moindre coupure! une discrétion avec les flics! une tombe aux paroles! C'est rare dans le milieu.

On était habitués de sa tôle, du moins pendant les premiers temps. L'endroit pour nous était pratique, tout près des Bus de Wapping et tout de même au plein centre des Docks... C'était rare comme situation. On pouvait se tirer par la berge quand les bourres du Yard rapprochaient, qu'on entendait leurs pas gracieux... sonner leurs grolles...

39

plein les pavés... Quant aux autres, les « polices » du fleuve, quand ils musaient ras aux pylônes avec leur canot, *ptup! ptup!*... sournois du moteur... pète velours... faufile à la moufte pas... à faire chier l'homme... y en avait pour plus d'une plombe, le temps de leur mic-mac, qu'ils aillent aux écluses et s'en reviennent... Toujours ça de gagné! Des rats je les vois, des rats galeux entre fleuve et berge, j'ai jamais moi pu les sentir... la suprême canaille terres et ondes!... Voilà bien les ordures des flots!... La Police du Fleuve!... Ça sort des bornes de perfidie!... Et je vous raconte pas tout!... Je m'embouillonne de rage d'y penser... je m'enfumante!... je m'égare rien que d'en causer!... au souvenir!... C'est pas poli!... Mille hontes!... Mille excuses!... C'est pas des manières je me rends compte!... ni bien artiste... ni raisonnable... Je vous ramène à table... Je vous reçois!... Je vous offre quelque chose! dans la salle avec tout le monde... Je vais pas monter au premier... En bas donc je vous installe... C'est une longue carrée voilà tout... avec des cloisons pour le pub... obscure, poisseuse, mais chaude au poêle... à la saison on apprécie... le tôlier fait lui-même son ordre... Prosper est pas bancalot... Il a pas besoin d'assommeurs comme dans les Saloons de Mile End... à *La Vaillance* par exemple...

On tousse un peu quand on entre à cause de l'épaisse fumée... aussi because que c'est la manière... c'est opaque jusqu'au fond de la salle... jusqu'à la baie sur la Tamise... les petits carreaux tout en largeur... Pour y voir clair faut se mettre tout contre... Prospero Jim est au comptoir... Il louche mais il voit bien ses gens... C'est un artiste du gafe-éclair... Il m'a pas très à la bonne... Il doit être un peu jaloux...

« La corde tu comprends? il me rappelle... Ça veut tout dire... N'est-ce pas petit homme? La corde! tout est là!... »

D'évoquer son ancien métier ça le fait reluire immédiatement... danseur aux Tournées Bordington, le grand cirque mondial, un mois dans chaque ville, record des places louées, toujours avec le même triomphe, les fleurs, les cigares, et girls à volo... Il avait guère qu'une plaisanterie, toujours la même : sur le Soleil. Quand il pleuvait dehors à trombes, il arrêtait pas de la placer...

« *Lovely weather my Lord! Lovely smile! London Sun!* Sourire de Londres! Soleil! mon cher Lord! *dont you think?* »

Il envoyait ça de son comptoir à chaque bonhomme qui entrait, ça le vengeait comme Italien, qu'il se faisait traiter de ravioli, qu'il zozotait si fortement.

« Izi, vous voyez, il ne plout que deux fois par an!... Mais zix mois chaque fois!... »

Il avait bien appris tout le fleuve, les gens, les us, les trafics, comme ça de son bistrot, de ses clients. Il se méfiait toujours des nouveaux... il avait peur de tout ce qui rôde... C'était pas un homme méchant, mais aigri à cause du climat, il faisait du pognon voilà tout... Il voulait retourner au soleil... Chez lui en Calabre et bourré! c'était son programme... Ça venait pas tout seul... Y avait les coups durs!...

« Du gros? du gras?... » qu'il me demandait.

Il me tâtait ainsi. Je voyais bien ce qu'il insinuait. Si on avait reçu du bateau? Y aurais-je répondu net d'emblée je me faisais du grand tort... Fallait que je lui grogne juste comme ça « Ooh!... Ooh!... » soucieux pas baveux... la bonne impression... toujours sur les gardes... ça nous a fait du tort terrible notre façon de causer pour rien dire... Répondu « hum! hum! » il m'estime... On va s'installer vers le jour à la table longue contre la fenêtre... le temps passe... les clients somnolent un peu... Ils ronflent même certains... c'est la fatigue et puis la fumée et la stout qu'est assoupissante... Une pinte à chacun dans les poignes... C'est plutôt des manœuvres par là... Ils attendent l'heure de la marée, que ça resiffle aux Wharfs Poplar, que le barouf reprenne, détonne, que les bennes culbutent... alors c'est la trombe sur les soutes! et ça déboulline de partout! ça disparaît dans les ferrailles, le grand tintamarre recommence, ça sue là-dedans, hoquette d'efforts, trimarde, racle, dingue plein les bordées à toute vapeur! *Chnouff!!... Chnouff!!... Chnouff!!...* La grue bobine, brinqueballe, trimarde les saloperies!... ça monte! ça descend!... ça poussière! la camelote en ébullition! On a le temps encore de voir venir! Le jusant barbote vers huit heures... Les clients discourent pas beaucoup... ils somnolent plutôt par fatigue... ils attendent... il suffit de gafer de temps à autre, d'avoir l'œil sur la perspective, sur l'étendue lisse loin là-bas... vers les arbres... l'éclaircie au coude... vers Greenwich après Gallions Rock où les navires montent à pilotes, s'apportent avec le flot jusant... nord-oie... nord-oie... petits d'abord en tout premiers... les piaillants aigres, la caravane... les gros après, les mastodontes, les paquebots, les bourdonnants grave, à la sirène à trois échos... l'enrouée... la bassonne, la souffrante... les Indes ensuite... Les « P and O »... ceux-là déchirent!... majesté!... Quels Seigneurs! La malle! De la cantine les clients foncent! La ruée aux amarres!

Le navire borde!... Le pub se vide à la seconde!... toute la clientèle aux échelons!... à la godille! et je te connais!... à l'étrave! aux lisses!

Le Second tout là-haut domine.

« Cinquante à monter! *Fifty!*... »

La gueule du Second porte à l'écho...

« *Two extra!*... Deux de plus!... »

Vas-y canaille! et saute au vent!... Ça s'écrabouille! se tue aux cordes!...

Les dockers grimpent.

La grosse hélice baratte au cul!... *Vlouff!!... Vlouff!!... Vlouff!!...* à dur la soupe! à gros bouillons!...

Du télégraphe... de la passerelle : *Dring! Dring! Dring!*...

« En arrière toute!... »

À va molo! gros tremblement!... À quai se proche!... gémit du flanc!... doucette amène!... Là tout petit énorme borde... accoste!... Il est paré!... Ouf! C'est fini!... Un gros sanglot plein sa bedaine... Ouf! Ouf! fini! fini! gros navigot!... À triste la fin des musiques... Le chagrin qui lui saisit tout!... Retour au port!... Tout pris de partout mille filins... Chagrin monte lui recouvre tout!... anéantit!... Stop!

☆

Cascade on l'a trouvé chez lui dans un état d'énervement que personne osait plus l'ouvrir. Il en tenait après tout son monde et les mômes en particulier. Elles étaient neuf autour de lui, des gentilles, des grosses, des fluettes, et deux alors qu'étaient bien blèches, des hideurs de filles, Martine et la Loupe, je les ai bien connues sur le tard, ses meilleures gagneuses, ses championnes du charme, pas regardables. Les goûts des hommes c'est le bric-à-brac, ils vous foutent leur nez n'importe où, ils ramènent des bigles, des tordues, ils trouvent que c'est des puits d'amour, c'est leur affaire, c'est pas la vôtre, c'est pas demain qu'ils sauront et qu'ils baisent.

Ça faisait une volière en ergots, jacassante, piaillante, quelque chose à bien vous étourdir, la bataille tout près, on s'entendait plus. Cascade voulait que ça finisse, il avait un discours de prêt, des choses importantes. Il s'agitait en bras de chemise, il hurlait pour que ça cesse, qu'on la boucle un peu. Du gilet gris perle fort moulé, le pantalon à la houssarde, l'accroche-cœur plat lisse au front, en beau volute, jusqu'aux sourcils, il faisait encore son bel effet, il se défendait au prestige, il cherchait plus à faire le cœur, juste un peu par la moustache, ses charmeuses, qu'il était aimable autrefois! Mais il grisonnait récemment, il avait changé, surtout depuis les grands soucis, le commencement de la guerre, il pouvait plus entendre crier, surtout les jacassements des filles, ça le foutait tout de suite dans les rognes.

Y avait des décisions à prendre...

« Je peux pas tout de même vous maquer toutes! Merde!... »

Elles rigolaient de son embarras.

« J'en ai quatre rien qu'à moi tout seul! Ça va! C'est ma dose! Je suis-t'y Chabanais? J'en veux plus Angèle! tu m'entends? J'en veux plus une seule! »

Il refusait les femmes.

Angèle elle avait du sourire, elle le trouvait comique son homme avec ses clameurs. Une femme sérieuse son Angèle, sa vraie, qui menait son bazar, elle avait du mal.

« Je suis pas fou Angèle! Je suis pas Pélican! Où que ça va finir? Où que je vais toutes les cacher si ça continue? À quoi que je ressemble? Faut ce qu'il faut! c'est entendu! mais alors dis! ça va tel quel! l'Allumeur lui il se complique pas... Y a deux jours il se taille... la tante il me cherche... il m'endort... Il vient me raisonner : " Prends la mienne Cascade! t'es un pote! J'ai confiance qu'en toi! Je m'en vais à la guerre qu'il m'annonce. Je par au combat!... " Allez-y!

« " T'es pote! Je te connais! C'est ma chance! " Fut dit fut fait!... La valoche! Monsieur brise se retourne pas! Une môme en vrac! à mes poignes! Pauvre Cascade! Une de mieux! Pas le temps de faire ouf! Je suis enflé! " Je pars-za-la-guerre! " tout est dit! Sans gêne et consorts! " Je suis repris bon! qu'il me fait, aux Sapeurs! au 42ᵉ Génie! " Tout est pardonné! Monsieur trisse! Monsieur fait jeune homme! Monsieur se débarrasse des soucis! À moi les ménesses, je pense!... Je me dis : " l'Allumeur il m'a vu! Il profite de la circonstance! Il me nomme gérant au bon cœur! " J'étais pas content de la malice! Je te dis je l'avais sec! Je sors de là, je marche vers le *Regent*... Je me fais... "Tiens je vais réveiller le Book, une idée que je me passe... Quatre heures! C'est l'heure à la *Royale*, la comptée des courses!... je vais passer lui chercher mes ronds! La pincée! Phil-le-Bègue il m'en doit plutôt! Il se presse pas beaucoup. Je vais lui flanquer les chocottes!... " Contre qui que je bute dans le tambour! Contre le Jojo!... Tout de suite il m'attaque celui-là... dans un état l'homme!... Une chaleur!... Je me dis " il est saoul!... " Pas du tout!... Il venait de s'engager! Encore un! Il déconnait à plein tube... " Cascade! qu'il me fait, prends ma Pauline!... " Comme ça il me supplie!... Il me saisit tel quel!... " Tu me rendras service!... et puis Josette et ma Clémence!... " Ah! du coup l'abus, j'étrangle!... " Co? Co? Comment? " que j'y fais... Il me laisse pas finir... " J'embarque cette nuit! Je rejoins le 22ᵉ à Saint-Lô! " Voilà! *pof!*... Pas le temps de souffler ouf!... Il me poisse... il m'étrangle!... À l'estomac! Je peux pas lui refuser!...

« " Tu m'enverras le compte! Tu garderas tes fifty belle pine! " Voilà comme il me cause!... " Mais fais gaffe à la Pauline! qu'il revient sur ses pas pour me dire, elle s'endort un peu sur les blonds!... Casses-y les côtes tu me feras plaisir!... C'est pas le courage qui lui manque, mais faut que tu la raisonnes un peu!... Gi! Je trace pote!... Salut aux hommes... Le train est pour ce minuit! — Te fais pas tuer!... " que je lui réplique... Et voilà de deux!... Je faisais déjà salement la gueule!... La situation empirait... Je m'attable... je commande mon vermouth... Garces! Ils me laissent pas souffler! voici la Poigne qui s'installe le guéridon à côté... Je fais le sourd d'abord un petit peu, elle me secoue, elle m'interpelle... Poigne dis du *Piccadilly!* celle qui fait le bar avec sa fille, elle m'apostrophe, elle me tarabuste... " Cascade, je compte sur toi ... " Encore une!... Elle n'attend pas mon avis... " Prends soin de ma petite et de sa cousine!... elles ont pas de passeport l'une ni l'autre... Je vais retrouver mon homme à Fécamp, il est aux grives depuis trois semaines, il monte une maison en Bretagne, je sais pas encore où, mais c'est beau! " Voilà son début. " C'est pour les Américains! Tu pars pas toi! Rends-moi le service!... — Bien sûr! bien sûr! " que je lui réponds! Encore cézigue le têtard!... Je pouvais pas lui refuser non plus... C'est une femme extraordinaire, Poigne, comme y en a pas beaucoup, comme y en a pas dans l'existence! Un vrai modèle pour les harengs!... régulière et simple et sociale, jamais un paillon! Droite comme un I, serviable et tout!... Vingt et deux ans que je la fréquente... Je lui dis : " Ça va ma chère Goulue, amène tes esclaves!... mais attention pour les mélanges!... Je veux pas qu'elles pourrissent mes souris! J'ai déjà du mal à les tenir!... Le vice c'est la mort du travail!... Un peu gouine ça va!... trop, c'est trop!... " Voilà comme je cause.

« " Je t'approuve, qu'elle me répond, cher Cascade! Passe-les au bâton! Te gêne pas! Tout d'accord! Je connais tes principes!... " Bon! je me dis... bénéfices de guerre!... Maintenant est-ce qu'ils vont me foutre la paix?... Ils doivent tout de même tous être barrés!... rejoints leurs unités farouches! Tambours, trompettes et nom de Dieu!... Rentrés à Berlin l'heure qu'il est! Doit plus y avoir de femmes à la traîne!... Combattants la gomme! Penses-tu Nénette!... La Taupe s'amène!... De qui qu'elle me cause? Devinez? Du Pierrot!... Pierrot-les-Petits-Bras! Il vient de tomber! Trois ans de cage! Voyez-moi trique! Et le chat en plus!... La bonne nouvelle! Pierrot-les-Petits-Bras! Un ange! En boîte à Dartmoor! Ce peu! Depuis vendredi! Oh! là là! C'est encore à moi qu'on pleurniche, qu'il a pas un zig de côté! qu'il faut que j'y fasse l'avocat!... C'est sur moi qu'on compte!... son sauveteur!... son ami!... son frère!... Et patati et patata!... Encore vingt-cinq livres pour ma tronche! et puis j'hérite encore un coup!... deux girls et mignonnes! La Taupe et Raymonde!... deux bêcheuses!... C'est mon étoile!... Chose promise, chose due! Amenez les souris! Le Pierrot, c'est sa première sape!... Poisse que je dis! Ça va pas mieux! Son premier coup sec!... Je le connais moi, le vent du malheur! Les femmes à Pierrot, qu'on se trompe pas, avec tous leurs vices et machins, si elles affurent trois livres par jour! c'est tout le bout du monde!... En douce il me les refile à bon compte! C'est moi qui lui avais vendues. Je les connaissais donc un petit peu!... Elles étaient pas fini de douiller!... J'allais rien dire! l'homme dans le besoin... C'est entendu!... Elles coûtaient tout de même trois cents fafs toutes crues et je parle pas du linge! D'ici qu'elles me les regagnent, les salopes, Petit-Bras il porterait perruque! Il en aura fait des chaussons là-bas à Dartmoor sur la lande!... Je vous demande pardon!... Ses femmes en auront pas plus de miches!... Je pourrais les gaver 25 ans! Je les connais dis, rien leur profite!... Tu dirais qu'elles bouffent du brouillard!... Des pauvres ficelles!... Enfin! il en faut des comme ça!... Ce qu'est emmerdant, c'est de les ravoir! Au fond tout ça c'est de la boniche!... Et Quenotte? encore un beau derge celui qui me les avait fourguées!... Si je m'en rappelle aussi du gnière!... De Bordeaux natif! Avec l'assent et le goût du pive!... Le Quenotte, en voilà un voleur!... Ses femmes elles valaient pas mieux que lui!... En voilà un genre que j'aime pas!... les femmes pickpockets!... Business is business!... Faut pas mélanger les torchons!... Mais attention, je m'embarbouille!... Je me perds, c'est forcé!... Voilà l'autre Max qui se ramène... Il me saute au cou... J'étais juste en train de réfléchir...

« " À moi les soucoupes! qu'il annonce. Écoute-moi, Cascade! Écoute-moi! Je pars ce soir!..." Un autre, je pense. " Où? " que je lui demande... Ça me surprenait plus... " Je rejoins à Pau? "...

« " À Pau? ", je rigole... Tout le monde se bide au guéridon... " À poil! À poil! " Sa gueule en boîte.

« Il ressaute affreux! Il fait scandale... " Tordus! Tordus! qu'il nous appelle... Bandes de lopes! Vous avez rien dans la culotte! Réformés!... n'est-ce pas?... Réformés?... "

« À moi qu'on dirait qu'il s'adresse... Ah! ça c'est un comble!... Mais moi je l'empêche pas de partir!... Pourquoi qu'il m'insulte!... Encore un pour l'Alsace-Lorraine! Il me fait mal au ventre! Salut! Le coup de flingue sur la tête!... Je voulais pas entendre la suite!... Je décampe... je saute de

46

ma banquette! Je fonce dehors!... droit devant moi dis donc!... Je cours guibolles à mon cou!... Je me croyais sauvé!... Tais-toi!... J'entre chez Berlemont... Y avait Bob au bar avec Bise... Je veux pas qu'ils me causent, je fonce par la ruelle aux tailleurs, je sors de l'autre côté, tout de suite au Soho... Dans qui que je me fous? Là, dis-moi?... la chance entre mille?... Dans Picpus et Berthe sa femme!... celle de Douai!... Je la connais celle-là tu penses! c'est un lard! Cadeau! j'en veux pas! Je me dis... " il va me la fourguer!... C'est ma journée, c'est la mode!... " Toc! ça rate pas!... Il m'entreprend... " Ah! lascar, tu me feras pas ça!... " Il veut m'enjôler!... Il me supplie!... " T'es le seul qui reste et les Ritals... ils vont nous arracher notre pain!... T'es plus que notre dernier espoir! Cascade! ils vont nous secouer toutes nos ménesses!... Si tu laisses choir les amis y aura plus qu'eux et les Corses! C'est la curée!... C'est affreux!... C'est la mort!... Ça te remue rien?... Où que t'as ton cœur? " Ça c'était soufflé comme vanne!... Il me suffoquait!... " Et vous, mes vaches? que j'y retourne... Pourquoi que vous taillez?... la panique? — Toi, t'as des varices, qu'il me répond, et puis l'albumine!... Tu peux causer tranquillement!... "

« Je l'avais renseigné.

« " Vous vous êtes saouls tous! que je lui colle, et malades et perdus noirs dingues! Vous avez mangé du clairon! "

« J'étais pas content à la fin.

« Il veut me raisonner quand même.

« " Tu comprends pas alors le buis?... Qu'on a le cafard?... Tu comprends rien?... Tu vois pas ça, toi, dans ta tête?... Le cafard?... T'entends?... Le cafard? Faut te faire un dessin? On s'emmerde quoi! Tu t'emmerdes pas?... Regarde les autres un peu autour!... " Il me cite le Bubu, la Croquette, Grenade, Tartouille, Jean Maison, enfin l'Allumeur... Ils sont partis pour y aller!... En voilà une preuve!...

« " Et mon frangin en permission il a la médaille militaire... Il est du régiment de Cahors!...

« — Et puis alors? Qu'est-ce que ça prouve? Que c'est à qui qu'est le plus frappé?... Vous crèverez tous et par les pompes! C'est par là que vous avez la tête!... Pas du

47

haut!... du bas! que je vous dis!... Et merde pour vos gueules!...

« — Bien, qu'il me dit, va, râle, cher Cascade! ça te fait du bien! je me fâcherai pas!... Mais prends ma Berthe! Foi de Picpus tout ce que je te demande!... Mais alors dis, ferme résolu, tu la connais! je te la confie!... C'est la bannière pour qu'elle se soigne et pourtant elle en a besoin... "

« C'est vrai qu'elle traînait une vérole comme on en voit peu... Ça alors j'étais au courant... qu'elle en avait jamais fini!... Les médecins dis! ils se la repassaient!... Boutons par-ci!... boutons par-là!... Elle y avait coûté le pesant d'or Berthe rien qu'en piqûres, bubons... Enfin, n'est-ce pas, c'était ses oignes!... Des fois des trois mois d'hôpital pour un bobo facilement, et pourrie des moments de partout, des chancres jusque dans les oreilles... Berthe et Picpus c'est un monde!... Faut voir comment qu'il la corrige! quand c'est vraiment la discussion... Il y a cassé un jour trois côtes!... Toujours pour son entêtement qu'elle veut pas aller au docteur... C'est infect les femmes qui se soignent pas!... " Je veux pas y aller à mon novar!... " La jérémiade!... Ouah!... Ouah!... du mou!... Des saloperies!... Moi j'y vais bien au Véto!... et pas depuis hier!... Depuis quinze ans! régulier! Je saute pas une seule fois!... Santé d'abord!... Pourquoi qu'elles y couperaient les tantes? Au caprice?... T'écoutes ça? " Ah!... Je me lave pas le cul!... Je suis belle, on m'aime!... " Ce que c'est de lever des boniches! Pour la vie c'est sale! Ça traîne!... ça crasse!... jamais pressées!... jamais le cul dans l'eau!... Je garde tout et voilà! Vérole et le reste!... Ça verrait jamais un bidet si leurs hommes étaient pas en quart, constants, malpolis, furieux. Ça serait pourri du haut en bas!... Ah! les clients ils se rendent pas compte le mouron que ça représente une femme!... La façon que c'est enragé pour être malade et dégueulasse! À la voilette, au chichi, toujours impeccable! Mais pour la moule! pardon! excuse!... On s'en fout comment!... Berthe elle est pas pire que les autres!... Faut être sérieusement de la classe et encore!... c'est pas chaque hareng! pour la connaître sec sa crapule!... Je dis!... Du coup donc Picpus il insiste... " Prends-moi ma Berthe! " Il me baratine!... Il y tient absolument... " Prends-la en consigne!... Elle gagne ce qu'elle veut à l'*Empire*... T'auras pas de mal! Fifty-

Fifty! " Ah! tout de même ça me fait chier affreux de voir partir comme ça un pote que personne lui demandait rien...

« Je le raisonne quand même.

« " Pourquoi que tu te sauves pauvre cave? Tu veux laisser ta place aux autres? C'est la vraie Cocagne en ce moment! Tu prends au biss tout ce que tu veux !... La grive à la chiée!... Jamais eu tant de travail à Londres! Demande au Rouquin!... Y a trente ans qu'il est des nôtres! L'a jamais vu ça! Tu te plâtres en un jour! de la permission en pagaye! Elles t'en ramènent gros comme elles!... T'auras ta maison à Nogent! Dans six mois tu pourras partir... Juste un brin de patience!... T'as gagné ta chance!... Maintenant tu déhottes! Que c'est du Pactole! T'attrapes la connerie! Le pitre! Tu me fais mal Picpus! Vas-y, tiens, te faire équiper! Tu m'écœures! Voilà! Tu me soulèves!... "

« Je pouvais pas dire mieux! Voilà comment j'y cause!... Il m'écoute même pas!... Il me rentreprend pour sa fille!... Ils étaient là tous les deux Berthe et Picpus sur le trottoir... De quels cons qu'ils avaient l'air!... " Allez! que j'y fais! Barre! Ça va! T'es fou! C'est fini!... Passe-moi ta merlue!... Je veux pas abuser de ta faiblesse!... Seulement attention! Pas de vape ni de gourance! Si elle me double pendant que t'es en l'air je la repasse à Luigi!... Il m'en demande!... "

« Je sais qu'elle peut pas le respirer.

« Luigi le Florentin! lui alors ça c'est un dresseur!... Il les corrige un peu ses femmes!... Picpus à côté c'est du velours... T'as qu'à voir ses lots à Luigi? les deux mains, tous les doigts cassés!... Pflac!... ça y est! Sur le bord du trottoir au premier char!... la fille publique! Pflac! elle y passe!... la pénitence!... pas de murmure! T'as qu'à les voir ses gagneuses... Je t'assure qu'elles font gaffe! qu'elles se tiennent!... Elles quittent plus leurs gants!... Elles font Tottenham. Je t'assure qu'elles ont plus envie de rire!... La Berthe! ce hoquet! dès que tu lui parles de Luigi!... Elle y a failli y être maquée! Alors dis tu penses!... " Non! Non! Non! Cascade! Je serai tranquille!... Je vous jure! Je vous emmerderai jamais!...

« — Très bien! Très bien Berthe! On verra!... " Voilà comme je cause!... Je suis pas rassurant...

« " Toi alors barre, c'est entendu!... Seulement t'es qu'un gland! Retiens bien! mon dernier mot!...

« — Je m'en fous pourvu que tu me la rendes! Je l'aime à la folie! "

« Je vous dis : une morphine!

« " Au retour ça sera du nougat! " qu'il me rebave, il redivague, il me cause comme l'Armée du Salut!... " Ce qu'il nous faut c'est de la vraie Victoire! L'Alsace-Lorraine, mon petit père! Je veux voir Berlin moi, mon ours!... "

« Voilà ses paroles!...

« " Tu verras mon rond et la soupe! Tu les cracheras tes petits boyaux... La France elle se démerde bien sans toi! Y en a déjà sept, huit millions qui sont là-bas à faire les œufs! Il en crève dix mille tous les jours, des aussi cons que toi! C'est pas un petit hareng dans ton genre qui va changer la face des choses! Retiens ce que je te dis!... Tu seras étron dans la luzerne... On te verra même plus!... Ou c'est perdu ou c'est gagné ta guerre de mes couilles... Dans le coup t'es zéro!... La pompe!... T'as besoin de mourir pour ça? Est-ce qu'on te demande ton avis?

« — Tu déconnes Cascade, tu sais rien!... Veux-tu me la garder? Oui ou merde? Ma Berthe? Mon amour?... "

« On allait encore discuter.

« " Vas-y! que j'y fais, t'en trimballes trop! T'auras rien volé! Qu'ils te butent les Fritz bominables!... "

« Encore une autre raie sur les bras!... À moi tout le bonheur! Garagiste je suis! À moi la volaille! À moi la tronche etcétéra!... Où que je vas les mettre?... Ça me fait mal!... »

La grande Angèle qu'écoutait tout, elle était dure au baratin... elle voyait son homme s'énerver... Y avait du pour y avait du contre... Elle aurait pu dire son petit mot... parce qu'après tout elle avait le droit... étant sa femme et pas d'hier... depuis toujours pour ainsi dire... Les autres? rien que des petites doublures, des filles de sous... Elle était revenue d'Amérique juste deux semaines auparavant avec une belle somme en dollars et puis une petite friponne qu'elle avait piquée à Vigo, comme ça à l'escale, une gamine, une petite fleuriste, gentillette, mais encore farouche, qu'était pas encore habituée, que ça l'avait saisie tout de suite, la ville, la cohue, les voitures, que tout était trop noir pour elle, le ciel et l'asphalte, qu'y avait pas assez de soleil! que c'était la croix, la bannière pour la faire sortir... Encore une autre complication... Elle faisait du

spleen, la Portugaise. En fait de fantaisie... Cascade il la regardait même pas!... Il voulait même la rembarquer!..
« Je veux pas des cafardeuses ici!... Je suis assez malchanceux moi-même!... » Et le revoilà au pétard!... Il en revoulait à tout le monde! à la guerre qui chamboulait tout! aux usages! aux flics! aux personnes! à la Portugaise!... La grande Angèle qui disait rien elle retrouve tout d'un coup la parole :

« T'es trop bon Cascade!... T'es trop bon!... »

Ah! Qu'est-ce qu'elle a dit!... Ça alors si ça le fout en rage cette sortie cucute!... Il te lui envoie une de ces beignes! *Pflac!* à abattre un bourricot!... Sonnée elle s'assoit!...

« Je fais ce que je peux Cascade! Je fais ce que je peux!... »

Encore de la jérémiade.

Il hurle lui là-dessus! Il trépigne!

Et comme nous on est là qu'on regarde, on l'agace aussi. Il nous interpelle.

« Voilà! qu'il fait... voilà mes naves!... Ouais, Messieurs! Ouais! Je suis bien bon!... Messieurs trouvent aussi certainement!... Qu'on a bien raison de me courir!... La Romaine n'est-ce pas!... La Romaine!... Cascade au trognon!... Voilà comme je suis! Attendez mes petits garnements! Y en a aussi un peu pour vous! Vous allez voir un peu la Rousse! Vous allez voir un peu Matthew!... Il va revenir lui tout à l'heure!... C'est promis! C'est entendu!... Il a une petite commission!... Monsieur l'Inspecteur du Yard!... Le Sergent Matthew! Ouais! Ouais! C'est joli! C'est propre! Le scandale! Messieurs font l'esclandre en plein Mile End! Ah! ça va chier cinq minutes! Il a pas digéré le chapeau Monsieur l'Inspecteur Matthew!... J'aime autant vous le dire!... Il aime pas les fantaisistes Monsieur le Sergent Matthew! À qui qu'y s'adresse? Bourrique Matthew Sergent du Yard? Monsieur l'Inspecteur?... Mais à moi-même!... Pardi bien sûr!... Il me manquait plus que ça!... On se rencontre à Haymarket... Il passe devant moi au guichet... Il prend une livre sur Chatterton... Et c'était pas le favori!... Ça me surprend un peu de sa part... Je fais pas de remarque!... C'est lui qui m'accroche... je laisse venir...

« "Dites donc, Cascade?... Vous ne savez rien? C'est la guerre mon cher!... *my dear!*... C'est la guerre!..." »

« Une remarque idiote.

« Encore! que je me fais... Ça le reprend! C'est un tic chez lui! Toujours la même vape depuis qu'il a vu mon livret!... réformé classe 87... que j'ai fait mon temps... mes sept berges! que je vais pas encore en reprendre!... que je suis pas louf! comme les autres!... que pour moi baratin c'est mort!... qu'ils me connaissent bien au consulat... au Yard aussi!... En plus que j'ai mon albumine... avec contre-visite et tout... que c'est mort pour me déhotter!... qu'il aura pas ma loque Matthew! qu'il voudrait bien me voir prendre le dur!... que je les débarrasse! Ah! petit!... qu'il me payerait le glass à *Waterloo*!... qu'après ça... à lui les mignonnes!... Caïd et tout et revendeur! La Police ça les gêne pas!... des hypocrites!... Toutes les mômes en bottes pour les Corses!... pour les Belges!... pour n'importe qui!... Ah! cette affaire! Business fameux!... Moi je sais ce qu'il gamberge le futé! Je suis pas d'hier sur le Strand! Pardon! Pardon!... Pas de brouillard!... Il se dit... " il sera saoul comme les autres!... Ils sont tous dingues en ce moment!... Ils sont tous mordus pour la guerre!... Je vais lui faire la honte!... Il barrera!... Zim la Boum!... C'est patriote les grenouilles! " Pardon!... Pardon!... Un os!... Minute!...

« " Les fafs! il me demande... il s'agace... les fafs? Papiers en règle s'il vous plaît!... Monsieur Cascade!... Papiers!... Papiers!...

« — Voilà! Monsieur l'Inspecteur!...

« — Tous les vrais French, ils s'engagent!... qu'il commence comme ça me regardant.

« — Je veux bien!... Je veux bien!... je vous l'accorde, Monsieur l'Inspecteur!... Je suis pas contrariant... Ils laissent leurs places aux clients... C'est la mode paraît!... Mais c'est du pur bourdon n'est-ce pas? de la noire folie! à mon sens!... Vous trouvez aussi n'est-ce pas Monsieur l'Inspecteur?

« — Je ne trouve pas Cascade!... Je ne trouve pas!...

« — Elle se fera sans moi, Monsieur l'Inspecteur, la guerre! la jolie!... Moi je me trouve bien avec vous Monsieur l'Inspecteur! Y a pas de raison que je vous quitte!... "

« Ric et Rac je lui flanque dans les poignes!...

« " Ah! qu'il se dit... C'est la mort du cheval!... "

« Il en reste rêveur!... Il se met à entendre les esprits!...

Il renifle dis donc!... Ah! la postiche!... Je fais l'enfant!. Je le connais mon Yard!... Je le connais Monsieur l'Inspecteur!... cons mais faux derges et entêtés!..

« On cause encore un petit peu... Il me remet ça d'une autre manière...

« " Ah! Oui! elle est terrible cette guerre!... "

« Ça le fait soupirer.

« " C'est bien des vrais sauvages ces boches!... Ce matin le *Mirror*, vous avez vu? Ces photos? Cette atrocité? Comme ils coupent les mains des enfants?...

« — Ah! C'est vrai, Monsieur l'Inspecteur... Tout à fait exact...

« — Faut abattre ces brutes Cascade!...

« — Oh! Oui! Monsieur l'Inspecteur!

« — J'irais moi tenez! si j'étais libre!... Ah! que je voudrais être libre!... comme vous!... Si j'avais pas mon service!... Ah! si j'étais libre!... "

« Et puis une chiée de soupirs là-dessus... la canaille!

« " Ah! moi je suis malade, Monsieur l'Inspecteur! Vous avez vu mon livret? Pas fort! Fragile! Sensible des jambes!...

« — Malade! qu'il me fait... mais turbulent!... "

« Ah! je sens la vape... Je vois que ça se gâte... Je l'ai vexé!

« " Turbulent moi? Monsieur l'Inspecteur!... Ah! je m'en voudrais! Ah! par exemple!... "

« Ah! je proteste.

« " Tout à fait sage alors peut-être?... "

« Il est sceptique.

« " Absolument Monsieur l'Inspecteur!... "

« Qu'est-ce qu'il va me sortir!

« " Aucune violence? Pas de *breach of the Law*?

« — Ah! Pas du tout Monsieur l'Inspecteur!

« — Et votre bande Monsieur Cascade? "

« Ah! il y vient!

« " Ma bande? Ma bande?... " je sursaute... La première nouvelle! Qu'est-ce qu'il m'insinue?...

« " Oh! elle vous en fera des ennuis! Quelle clique! Quelles frappes, Monsieur Cascade!... Quelle bande vous avez!... Quels gens téméraires! Oh! je vous comprends plus... Avec des ravageurs pareils!... Ah! je vous préviens mon cher Cascade en bonne sympathie!... "

« Je voyais pas ce qu'il voulait en venir.

« Il me raconte alors les choses... les détails... les vilaines façons... le truc du chapeau... *La Vaillance*... votre bataille et tout... Oh! que ça pue la bourrique!... Oh! Madame cette vape!... Je ne dis rien... Je l'écoute... Je le vois venir. Il me cherche une salade!... Il a reçu des ordres le sagouin!... Ils veulent me mouiller anarchiste!... Comme ça ils me déportent! Pas un mot de vrai!... Mais ça va!... Ils inventent c'est tout!... Tout est bon quand les poulets te cherchent!... Juste ferme ta gueule!... Je freine!... Je fais Bidasse!... Je plaide *guilty* pas prétentieux... Si je crosse il me saque!... il m'emballe! Il a sûrement mon *Warrant*!... Il m'avertit et pète sec!

« " Je veux plus les voir à *La Vaillance*, vous entendez! Vos amis!

« — Très bien! Très bien! Monsieur l'Inspecteur!... C'est des frappes! Vous avez raison!... Faut rien leur passer!... "

« Je l'approuve.

« " Ni l'un ni l'autre!...

« — Certainement non!...

« — Qui c'est le jeune? le bras comme ça...

« — C'est un mutilé de la guerre! Monsieur l'Inspecteur! Un garçon qu'a souffert assez... Une victime des horreurs actuelles!...

« — Boro aussi c'est une victime des horreurs actuelles?... "

« Il se rend sarcastique.

« " Voilà son douzième attentat!... Et c'est pas fini je suis sûr! Il en a encore des bombes!... Je suis sûr qu'il en fabrique encore!... Vous en savez quelque chose vous Monsieur Cascade? Un homme à pendre Monsieur Cascade! Vous fréquentez des gens terribles! Haut et court!... Un abuseur des libertés!... J'ai honte pour vous Monsieur Cascade!

« — Oh! Inspecteur, si l'on peut dire! L'homme le plus tranquille du Borough!... où y reste des fameuses crapules! Entre nous Monsieur l'Inspecteur! Entre nous soit dit sans malice... "

« Ça c'est une pierre pour son jardin!

« " Je veux plus les voir dans les pubs!... Ni l'un ni l'autre!.. Vous m'entendez?... "

« Il a pas eu l'air de comprendre...
« Il se bute!... Une charogne!...
« Je proteste tout de même, merde alors!...
« " C'est pas tout de même des anarchistes!...
« — *Damn you* Cascade! Qu'est-ce qu'il vous faut!...
« — Le jeune, il est pas anar!... Il sait pas ce que c'est!... "
« Il me révolte! C'est stupide comme accusation.
« " Nous verrons ça, Monsieur Cascade! Nous verrons bien!... "
« Entêté l'ordure! il tournait méchant!... fallait mieux que j'insiste pas!... Une fois buté il est infect... Tout son whisky lui remonte au pif... Même à la fleur on l'aurait plus!... Et pourtant c'est un homme de sous!... Je sais ce qu'il me coûte depuis 14 ans!... Il a pu se bâtir une maison, je vous le dis! et une belle! avec mes fraîcheurs!... Ça fait des payes que je le gâte!... Il m'a en tout en échange embarqué que deux fois!... et pour deux sapes d'entôlement où que j'étais parfaitement indemne!... Juste de l'injustice! l'alibi total! Une honte!... C'étaient les femmes à Tatave qu'avaient secoué le mec!... Pas les miennes! Ah! pas du tout!... Il le savait parfaitement l'ordure! Seulement je lui devais douze affaires! Ça faisait sa balance!... qu'il avait jamais pu me corner!... Fallait que je tombe!... Pour l'honneur!... Je crois qu'il aurait perdu sa place!... Il faisait marrer tout le monde au Yard! C'était l'époque à Bel Œil! Ah! là y avait de la passe foraine!... Les gars ça bougeait!... On faisait un cottage par semaine!... en cheville avec les boniches!... On ramenait des trois quatre cents livres!... Ça alors c'était de la jeunesse!... Tantôt ici! Tantôt là!... La mort des patrons les soubrettes!... Bel Œil t'aurais vu le beau gosse!... Rien que les crèches les plus high life!... On arrivait attendus!... Tu te rends compte un peu!... Le Matthew il bouillait dans son froc!... conifié total!... Mais j'ai bahuté pour Tatave!... Ça pouvait pas durer toujours!... Il m'a même prévenu!... " Faut que tu tombes Cascade! Faut que tu tombes! " Farci onze mois pour le Tatave!... le sept et quatre!... Ça faisait la rue!... Je lui sauvais l'honneur au Matthew. J'en ai perdu seize kilos!... Alors je le connais un peu l'homme!... Ça sera pour plus tard nos comptes... Y a rien de perdu je vous le dis! Pour le moment je suis

aimable! Je veux rien envenimer!... Je dérive la conversation... Je lui fais :

« "Monsieur l'Inspecteur, je vous vois 'placé' sur Chatterton... C'est un bon cheval!... je dis pas le contraire!... mais enfin... enfin...

« — Vous savez mieux Monsieur Cascade?

« — Certes oui!... Enfin il me semble!..." Jamais formel en Angleterre... tu passes pour l'hurluberlu!... "Moi si vous me laissez vous dire, ici je ferais plutôt quelque chose sur Micky Monsieur l'Inspecteur! Tout de même n'est-ce pas c'est une autre monte!... C'est pas un conseil que je vous donne Monsieur l'Inspecteur!... remarquez!... je me permettrais pas!... Là tenez j'en prends six pour vous!... Mais alors gagnant sur Micky! Le tout pour le tout!..."

« Il a pas l'air de m'entendre!... Je sors mes six livres sur le bois!... Sec! Toc! il me rafle tous les jetons! Dis comme ça pas ouf! et salut!... Je vois que je suis compris sans parole!... Total six livres que je me valse!... pour vous mes enflures!... pour vous! pour vos sales extravagances!... Autrement il m'embarquait!... Pas le pli! la reinette! La chanson qu'était dans sa fouille! Du chantage, du pur et simple!... Voilà ce que c'est mes cacas! Et que c'est vous qu'en êtes cause!... Je peux vous le dire là entre quatre zyeux! C'est pas la pitié misérable? C'est pas la parfaite honte que je pivote encore à mon âge pour des trous du cul dans votre genre?... Ma bande?... Ma bande?... Il paraît! Ah! salut! ma bande!... Des artistes qui taraboument dans Mile End à quatre heures de l'après-midi?... Ah! pardon! ma bande!... La vôtre!... Malheur du bon Dieu! Me mouiller pour des ploucs semblables! Ah! si c'est affreux! je vous le dis!... Justice elle est morte! Je le voyais mijoter mon flic!... Il se disait... "Je t'attends mon Cascade! Si tu raques pas, je vais te faire tout vif!... Je t'embarque youp là là!... l'amour!..." Il me cherchait la rafle! »

« T'es trop bon Cascade!... T'es trop bon!... »

Ça la reprend du coup l'Angèle!... une effusion... des grands sanglots!... d'entendre des histoires pareilles, toutes les misères de son pauvre homme!... Elle résiste pas!... Elle y ressaute au cou! Elle l'enlace, folle de baisers!... Elle se fait encore refouler une tarte. Elle va rebouler au sofa...

« Je paume tout ce que je veux!... C'est mon affaire!...

J'étrenne tous les coups! Mais je veux pas que tu viennes me faire chier!... »

Voilà comme il est!... Il annonce! et puis tout de suite maintenant des vers!...

> *Car vois-tu chaque jour*
> *Je t'aime davantage.*
> *Aujourd'hui plus qu'hier*
> *Et bien moins que demain!*

Il récite ça tout d'un seul trait.

« Je l'ai apprise dites à Rio!... » et hop! il refume en colère.

« J'ai une passe cambouis les mecs! que j'ose plus me montrer dehors! Ça va mal les hommes! Ça va mal!... Cascade par-ci!... Cascade par-là!... On me veut!... On me cherche!... Je pue peut-être?... Tous les poulets qui me reniflent!... Celle-là qu'arrête pas de chialer!... À la manoche je perds comme cinquante!... Aux courses mes gayes foncent à reculons... Y a que les souris qui me radinent!... Là je manque de rien!... Je dois convenir!... »

Ça les faisait marrer Berthe, Mimi, qu'étaient là vautrées aux coussins, qu'en pouffaient à étouffer. La Berthe, la maigre, la verdâtre, et Mimi la jambe de bois, en grimaces comme ça sous la lampe, elles en reniflaient de rigolade...

« Ça chiale ou ça cane, ça ne peut pas rester tranquille! »

Elles l'agaçaient fort aussi.

« Va chercher le calva des hommes! Tu m'entends Mimi! »

Il l'envoye en bas, la Mimi... Elles dégringolent toutes les deux... l'Angèle elle sanglote, la tête dans les mains, de la beigne qu'elle a juste reçue, elle fait trembler toute la table... Cascade veut plus la regarder... Il lui tourne le dos exprès à califourchon sur sa chaise, il ronchonne comme ça... Il se balance. Il est en pétard en lui-même...

Au fond, il est fier, je suis tranquille, que Matthew l'a piqué comme caïd... que ça le pose drôlement chez les hommes!... Même comme ça pour ses six livres! Il s'en fout un peu des six livres!... C'est pas une somme actuellement! Nous sa bande! et phénomènes!... Si ça le pose!... Pas n'importe qui!... Installer c'était son petit faible!... Il aurait bien déché cent livres pour prendre comme ça un poids pareil!... Avec ses attelages?... cent livres plus ou moins!... Et dix et douze et cent cinquante? Qu'est-ce que ça foutait?... Il avait le bonjour de Matthew! Surtout avec les renforts!... Je veux bien qu'il y avait du train de vie!... La table grande ouverte!... Le *Leicester* à gogo... des couverts à n'en plus finir!... Frimes, pique-assiettes et pilons!... Un vrai défilé perpétuel!... Un vrai pensionnat... On savait plus qui ni pourquoi... Il en venait toujours!... il s'en amenait d'autres... des potes en voyage... des arrivages de demoiselles... plus des ardoises dans vingt-cinq pubs!... qu'étaient toujours pour son blase... qu'il savait pas d'où ni comment... qu'il effaçait toujours recta... Réputation d'homme! Et puis les courses et le Derby où il misait des jeux d'enfer... et le poker « à la chandelle » et puis les frais des médicaments... Si ça montait un petit peu! Les soins de beauté, les coiffeurs, les mises en plis, toutes les frivolités des dames, qui se refusaient rien, jamais rien, des folies de masseuses, d'Houbigant! et puis des frais plus sévères, le compte noir des flics qu'étaient prétentieux et chanteurs, qui lui dévoraient des fortunes à la six quatre deux, des six, sept livres par ménesse! à la semaine, au mois! juste soi-disant en petites amendes! Aux promenoirs jusqu'à des douze livres! Au week-end pour les grands tapins! Et que c'était jamais assez! Bref un train de pétard de Dieu!... Ça foutait le camp par tous les bouts! Surtout depuis l'année 14-15 où c'était devenu la curée, la ruée, la fringue des bénéfices, que le trèpe déconnait au tonnerre et dans tous les sens! Cascade était positif... Fallait que ça rentre ou que ça croule!

« La guerre! La guerre!... Ça les possède! Regardez-les-moi un petit peu!... Ils savent plus ce qu'ils branlent!... Ils veulent tout le pognon!... Puis ils veulent plus rien! Ils veulent tous partir! La berlue! Ils ont le feu au derge! Ils ont le feu au pèze! Regardez un peu mes maquereaux! Ils ont fait des bassesses, des crimes, pour amener leurs gagneuses à Londres... Tu leur aurais dit il y a un an : " Pote, faut te sauver! Soye héroïque! Retourne au Basto! Business elle est morte! Fini Londres!... " Ils t'auraient buté Roi des folles!... Aujourd'hui trompettes et tata!... Tu leur dis : " Barrez Tourlourous! Un sou les douze balles!

58

Allez youp! " Les voilà qui volent! Ils se connaissent plus d'être au vilain!...

« Ils se tiennent plus de courir! Je te fonce les jambes à mon cou!... Voilà comme ils sont! À quoi dis qu'ils ressemblent?... Tu me le diras!... Ils vous abandonnent femmes enfants!... Ils en veulent plus pour l'or du monde!... La louferie complète!... Et que ça vous retournait des lingots!... avec une deux merlues chose cuite!... En or le biss en ce moment! C'est la gâterie moi qui les tue!... Plaignez le pauvre hareng! Il en peut plus gavé plein de pèze!... J'ai dit!... Je me gratte pas!... " Tatave tu m'écœures! ta femme t'envoie douze livres par jour!... C'est un crime de scier la fleur!...

« — Toi qu'il me fait! T'as pas la parole!... T'es tranquille!... T'as ton albumine!...

« — Albumine ou pas! T'es trop ploum! " Ça me rend dingue moi de les entendre!... Je peux plus les subir!... C'est pas du Verdun, c'est de la Somme!... et patati et patata!... et des citations tiens comme lui!... Tu dirais des mômes!... La classe!... Qu'ils ont bouffé du canon!... et que ça se prétend affranchman! Ah! malheur mes bourses! Je vais te le dire!... Ça lit beaucoup trop les journaux!... Que je te dévore tous les articles! et couac! couac! et perroquets!... Est-ce que je les lis moi? merdazof! les magazines et leurs conneries!... C'est ça qui les sonne!... Les cancans! les cancans!... Tu les lis toi hein les baveux?... Avoue Boro! Avoue sale œuf! D'abord je t'ai vu!... Tu te mouilles!... Tiens là mon penny! le *Mirror*!... le *Sketch*!... le *Star*!... *If you please*!... Leurs saloperies!... Tiens tu peux toujours voir ici! Y en a pas un seul qui traînerait! Même aux chiots que j'en veux pas!... Je leur dis aux mômes : " Que j'en voye un! je vous assomme! " Tu peux regarder tout autour! T'as une gueule toi à être client! Je veux que t'es peut-être moins imbécile! Quand même t'es mordu! t'arrêtes pas!... La guerre par-ci!... La guerre par-là!... Ça te travaille de même... Mais oui madame!... Victoire par-ci!... Victoire par-là!... Les offensives!... La viande!... La viande!... Il en faut!... Renvoyez les os! le bavage! la gueule! c'est pour rien!... Y a pas besoin d'écrire pour ça!... Moi je vois qu'une chose dans la guerre!... ça fait de la grive et du pognon! Y a qu'à se coucher pour en prendre!... C'est le travail des dames!... Je suis pas Victoire! Je suis pas Défaite! Je débarque pas!... Je suis pas offensive!... je suis pas recul!... Je me régale voilà!... Ça fait rien, c'est pas que d'en rire!... y a du malheur dans leur connerie!... La preuve c'est qu'ils se sauvent! et à qui mieux mieux!... C'est une peur qui les prend pour moi!... Tout simplement!... Une peur à l'envers voilà tout!... Gribouille! Moi j'ai pas peur nom de foutre!... Moi j'ai pas besoin de feuille de route! Je marche bien tout seul!... Matthew je l'emmerde! et puis les autres!... et le Maréchal Haig! et le Tzar! et Poincaré! Et donc le Lord-Maire! Tous dans la caisse! Je veux me sucrer du kif! Ah! timide! Régalent!... Régalons! Je veux!... Ils sucent le sang d'hommes! Entendu! Je l'ai toujours dit! Je suis connu! J'ai ma fiche! Faut voir ça aux Bat' dis un peu!... Hareng je suis! Pas général!... Je veux froisser personne! À la vôtre!... Je pourrais me sucrer davantage! Mes femmes me suffisent. Je pourrais faire de la munition! On me l'a proposé!... Y en a de plus cons que moi qui se bourrent!... ou des capotes courant-d'air!... ou des fausses grolles en carton!... " les pompes de la Victoire "! C'est pas difficile... mais moi je suis au frotti-frotta! Bon parfait! J'y reste!... Oui ma Majesté!... Alors qu'est-ce qu'ils me grattent?... J'avais trois femmes qui me suffisaient... plus Angèle comme bien entendu... ils me foutent maintenant la douzaine!... À quoi ça ressemble?... Vous me le direz?... Je lis pas les journaux! Je suis pas louf!... Pierrot-les-Petits-Bras même il se rend compte!... Il est maintenant en prison!... Il sait que moi j'ai pas deux paroles!... pas deux façons dans la gueule!... C'est toute la pièce ou peau de Zébi! Que j'y rendrai telle sa Clémence!... Mais que ça me fait bien chier pour vrai dire! J'y avais rien demandé!... C'est pas un trafic ordinaire!... M'en voilà douze sur l'haricot!... Faudrait que je m'arrange une maison comme Pépé la Bosse! Où c'est que j'irais!... Vous pouvez me dire vous les guirlandes?... Vous les lisez vous les journaux!... Et puis je vois que vous aimez le cognac... Ah! ça me fait plaisir!... Je vois ça!... Vous les fumez bien mes Londrès! Et du Cubain hein, vous remarquez?... Ah! vous vous laissez pas abattre!... Ah! c'est agréable!... Tout pour le bon moral messieurs!... C'est une passe d'andouille! Bien raison! On en sortira!...

Là!... Boum! Le moral c'est tout!... Mon vieux qu'avait fait 70, qu'était ébéniste à Bezons il me disait toujours : " Petit! Prends garde aux omnibus! "... C'est lui qu'est passé sous " Courcelles "!... Voyez comme ça sert la prudence!... Catastrophe!... C'est la vérole sur le pauvre monde! Heureusement qu'il y a des hommes libres!... »

On avait déjà bu trois verres, on commençait d'avoir bien bien chaud.

« Mimi!... Mimi!... Monte le Bourgogne! je veux pas que ces messieurs partent à jeun!... et le saucisson!... et la tête!... Je veux que ces messieurs cassent la croûte!... Ils me coûteront jamais assez cher!... Des farceurs!... Des originaux!... Des fantaisistes par le fait!... Matthew me l'a bien répété!... C'est des artistes véritables! Et il s'y connaît!... Des hommes comme y en a pas beaucoup!... " Des artistes! Monsieur Cascade! " Boro! Boro! chante-moi mon air!... Que je voye vraiment si t'es artiste!... Ou je te cause plus!... pendant dix ans!... Voilà comme je suis!... Tiens *La Valse brune*... et les mômes alors toutes en chœur!... À la victoire des petites têtes et des garçons de bain!... Ah! Ah! Faut de la fantaisie! Guillaume nous écoute!... »

Y avait un petit Gaveau dans le coin il manquait des notes... Boro s'exécute... il s'y met!... Tous en chœur ça part! Ça se lance!... « Les Chevaliers de la Lune-eu!... eu... eu... eu! » On se marre tous tellement que c'est faux!... On criaille du double!... que les vitres en grincent... et du sentiment!... La grande Angèle brame la plus fort... Y a du chagrin dans sa voix... d'être si malheureuse elle sanglote... C'est la détresse que son homme se montre si nerveux...

Il appelle encore la Mimi!

« Bourgogne Mimi!... Bourgogne ma choute!... »

C'est pas fini les libations! y rehurle au fond de l'escalier...

Elle était en bas la Mimi dans la cuisine au sous-sol à faire l'arsouille avec les autres... On les entendait toutes glousser. Elles s'en donnaient!

« Elle se fout de moi cette peau!... Elle se fout de moi!... Mimi! Mimi! tu m'écoutes?... Dis à la Joconde qu'elle monte!... Les hommes faut qu'elle vous fasse les brèmes! Vous allez voir le tableau!... Vous allez vous la mordre un peu!... C'est un numéro ma Joconde! Quelqu'un pardon!...

Les cartes!... Les cartes!... les mains!... Vous allez vous fendre!... Ma doche elle y croyait aux brèmes! " Mon petit! " qu'elle me disait toujours... Moi en tout cas j'y crois pas!... Je suis pas superstitieux un poil!... Mais ça me fait marrer de voir Joconde!... Ça réussit une fois sur mille! La Joconde elle c'est pas du pour!... Elle les connaît jusqu'aux tarots! Depuis sa nourrice!... Toutes les cartes! Vie! Passé... Avenir!... Un caractère à massacre! Vous allez voir cette frimousse!... Elle est pas de Séville pour re rien!... Ils ont ça dans le sang!... Je l'ai ramenée en 1902 de l'Exposition Castillane!... Carmen qu'elle s'appelait... moi je l'appelle Joconde! et hein! elle est toujours là!... Part aujourd'hui! Demain retourne! À la cuisine!... Elle fait un petit tour... elle me rapplique!... Elle me fait : " Au revoir, mon petit Cascade!... Tu me reverras plus!... " Je me frappe pas!... Trois jours après elle est revenue! La fidélité en personne!... Depuis 20 ans, la même chanson!... Romanichelle au fond de la peau!... faucheuse, rouleuse, menteuse, tout quoi!... Ça boit que de la flotte! C'est pas de l'alcool qu'elle est dingue! C'est encore bien pire!... Faut voir aussi ses castagnettes!... Ah! alors pardon le travail!... La grêle!... Tu dirais de la grêle!... Tu vois pas ses doigts!... J'y demande jamais rien... Elle me ramène une livre... deux livres!... Une thune des fois!... Pas d'histoire!... Je prends tout!... elle aussi!... Romanichelle!...

— La Joconde elle est occupée! qu'on répond d'en bas... Elle prépare le lapin pour ce soir!... »

La Mimi qui criait ça fort du fond de l'escalier.

« Merde! Dis qu'elle se magne! Qu'on l'attend! C'est-y pour demain?...

— Voilà! Mon chou!... Trésoré!... »

Quel roucoulement! rouloulou!...

C'est elle qui roucoule comme ça... d'en bas... de tout au fond...

« Et toutes les cartes! Nous oublie rien Trésoré!... Et pas les tocs! Tu m'entends?... Les vraies de vraies!... La Môme la Chance!... »

Il nous renseigne : « C'est sa passion! Elle tricherait avec Deibler. » On pouffe.

La voilà qu'arrive, qu'escalade, Carmen l'annoncée!... ça renifle... ça crache... époumone...

62

« Sacro Mio!... Sacro mio!... Quouelle casa!... craouha!... »

Les deux... les trois... les quatre étages!... Enfin elle émerge! Ah! le tableau sous les dentelles!... Il a pas menti!... Cramponnée, elle râle à la rampe... elle en peut plus!... Poussive! la poupée!... Un plâtre!... des yeux noirs!... des braises!... du Chantilly... des falbalas!... des velours en volants... toute une traîne!... pleine de médailles après ses jupes!... en baldaquins... ça tinte! clochettes!... ça carillonne dès qu'elle remue!... Encore des guipures... la taille fine!... tout ça dans les taches!... encore des taches! graisse! poussière! sauces!... Aux oreilles des pendeloques barbares qui lui tombent aux épaules presque... Elle suffoque après la rampe... D'un coup... elle se requinque!... La voilà!... Elle nous toise!... Elle se campe!... elle gronde!...

« Grandour de ma vie!... »

Elle nous défie!... cacas que nous sommes! C'est de l'indignation! Elle s'enflamme, raccords crépis, fissures de la face grimacent, les lèvres tordues violettes, noires... de la colère de nous regarder... de l'emportement...

« Tou mé veux Cascade? Tou mé veux maquero? »

Elle l'appelle ainsi.

« Aux cartes poupée!... »

C'est un ordre.

« Devant ces ours?...

— Oui! Tais-toi peau!... »

Elle en suffoque... la caisse disloque à plein catarrhe... et tousse!... et tousse!...

Angèle est là qui ne dit rien.

Carmen la voit.

« Et cette morrrue? »

Angèle pousse un cri.

« Cascade! Chasse-moi cette ordure! À la niche horreur!... à la niche! Cascade! Si elle reste une minute!... C'est moi qui prends l'air!... J'arrive pas de Rio me mettre en boîte!... Je trouve déjà sept souris au plume! Faut que je supporte encore la folle? Ah! ça par exemple! Adieu!... je suis pas bonne... Je vous salue!... »

C'est envoyé!... La poupée du coup elle étrangle... elle fait branler toute la cage... Faut qu'elle se repose... qu'elle s'assoye là sur une marche... elle va s'évanouir!...

« Connasse! Connasse! qu'elle suffoque... Connasse!... Et t'as pas tout vu! Attends un peu la treizième! T'en auras treize dans ton pageot!... »

Elle se marre fêlée!... en vertige!... elle s'allonge du coup... elle tient plus assise!... elle tortille révulse à plat ventre!... Les autres mômes si elles sont au ciel!... Comment qu'elles se poêlent!... Y en a partout... plein les coussins!... à même les tapis!... ça glousse... ça gigotte!... la joie les tortille les unes dans les autres!... Les vioques, les jeunes, au grand pelotage!... C'est du cinéma!... la vie de château!... et cochons! On se passe les godets, les bouteilles, le calva d'abord et puis les saucisses... Et ça chie pas!... Tout est permis!... Les doublards s'engueulent.

Boro se remet au clavecin... Là ça repart alors bien en chœur...

« Les chevaliers d'infortu-neu-eu!... eu!... eu!... » Les mômes elles se retroussent... elles se dégrafent pour mieux respirer... Elles se tapent sur les cuisses... au fou rire!... des baffes toutes rouges... Y en a des maigres et des dodues!...

Cascade à ce moment-là il se fâche, il se rebiffe, on le chatouille, on lui tire sa mèche... Y a plus un gramme de respect!...

« Comment mes femmes! Et vous les pelures? Ça m'atige maintenant?... Ah! pardon alors! C'est inouï... le fin du fiel!... Où c'est qu'on va? à l'envers?... Les grand-mères pires que les salées!... C'est le monde qui débourre!... C'est le trottoir du vice!... »

Du coup c'est trop de rigolade!... On en peut plus!... Tout le monde pleure!... Il s'est remis debout l'indigné, il se rassoit à califourchon... il s'éponge...

« Allons c'est que de la plaisanterie? Messieurs! minute! pouce!... la santé!... Et maintenant Mimi le foie gras!... les rillettes, paupiettes!... Ces messieurs ont faim! je vois encore!... Boro!... Boro!... *Les Blés d'Or!*... Je te demande *Les Blés d'Or* Boro! T'entends un petit peu? »

Mais les mômes préféreraient le *Poète*... « Un poète m'a dit! »... En avant sur le *Poète*... « Qu'il était une étoil' eu!... eu!... eu!... » Mais on a pas été plus loin... Tout le monde s'est rengueulé tout de suite!... à propos d'Angèle encore!... Y avait les pour!... y avait des contre!... sur les manières qu'elle prenait... etc. etc. Si elle avait le droit de faire la gueule?... Qu'elle était pas bien polie!... Ça ragotait à toute volière!... Ça donnait du furieux tapage... des jacasseries à plus s'entendre!... On aurait voulu lui reparler au Cascade nous deux!... Sur notre bagarre avec les flics!... lui expliquer les choses un peu... C'était tout de même intéressant!... sur le scandale et les violences... Je tenais pas à ce que ça s'envenime... Si les bourres m'avaient à la merde... c'est que quelqu'un avait dû me salir... me débiner à la « Spéciale »...

Ça tambourinait dur aux vitres, des rafales, des cordes, ça déferlait par bourrasques... L'hiver était plus bien loin... ça faisait quatre mois que j'étais à Londres... quatre mois déjà! C'était pas tous les jours commode à cause des curieux! Ça valait tout de même mieux qu'en face!... beaucoup mieux qu'à faire le guignol au « 16e monté »... à crever mouillé tous les jours d'Artois en Quercy... à compter ses aloyaux au coin de toutes les sapes... toutes ses chances plein les barbelés!... Salut!... J'en avais pris trois ans!... Secoué au riflot ma jeunesse!... Ça c'était terminé trop mal avec l'entreprise Viviani! Salut Déroulède!... Je ramenais les os et l'hypothèque! des trous partout!... le bras tordu! Juste encore un peu de lard après... assez peut-être pour qu'ils me repiquent! C'était pas fini la joujoute!... La guerre ça en croque!... Il faut se méfier!... La guerre qui dure... L'oreille aussi vachement baisée... un bourdon dedans!... du sifflet!... Comme ça une balle... C'est alarmant dans un sens!... ça fauche le sommeil, le sifflet... La jambe à la traîne... Pas beaucoup de quoi rigoler... Les petits macs ils me faisaient sourire... Ils avaient mangé du bobard!... ça leur tournait leurs petites têtes!... Je disais rien!... C'est l'expérience... Je savais moi!... Faut pas se vanter!... C'était des enfants dans un sens!... « affranchis » mon cul!... Ils apprendraient les galipettes là-bas aux Secteurs!... Tout ce qu'était pas dans les journaux!... Ça suffit pas de parler coin de bouche et javatave!... Ils verraient le reste!... Je me trouvais bien moi chez Cascade!... Je bronchais plus!... Je trouvais la condition magique après ce que j'avais connu!... Ils verraient les autres! les bouillants, si ça leur passerait!... Ils avaient beau s'engueuler tous c'était bien de la gâterie tout de même le genre *Leicester*... Trop heureux voilà!... Quitter ça?... C'est fou la jeunesse!...

Aller chercher de la boucherie, des contre-assauts, des trucs de dingues, l'homme boudin! manger la mitraille?... pourrir sous la flotte... la tranchée gadoue... les gaz plein la tronche... À la vôtre Bidoches!... Je vous aime!... Possédés du pour!... Et taratata!... J'allais pas, merde! les affranchir!... Faut jamais affranchir les caves! Au clairon les hommes!... Ils m'auraient buté!... Aï!... Ça sert à rien les renseignements!... Ça veut du changement!... Bon voyage!... Ils seront morts avant que ça me reprenne!... Quand c'était plein de michés dehors... Réfléchissez!... là à deux pas... plein le trafic!... Et ils abandonnaient toutes leurs chances!... Bourrées les rues!... plein du pognon!... Les trottoirs combles!... Le kaki en vrac!... par torrents!... De l'offre et la demande!... Les mômes elles arrêtaient plus... Ça faisait un vrai cirque de michés, à pas ramasser une épingle!... un manège, une foule d'amoureux! plein Shaftsbury! plein Tottenham!... comme on avait jamais rêvé!... Juste côte à côte! pressés, constants! faciles à vivre! heureux de tout, Tommies, Sammies, Boys, mes couilles! suant les whiskys, les petits cadeaux!... Des trottoirs en or on peut le dire!... Y avait qu'à se coucher pour en prendre... Ah! Cascade exagérait rien!... Ce furent des années pâmoisons les fins 14, 16 et 17!... Jamais on avait tant frotté... Les macs ils l'avaient mirifique! et les voilà qui s'évaporent!... Ils filent!... Des loufs! L'oignon leur brûle!... C'est la coqueluche et la panique! Ils se font la musette!... Ils prennent d'assaut les consulats!... On voit plus qu'eux à Bedford Square!... Des enragés!... D'un seul coup piqués!... C'est les journaux qui les déraillent!... Cascade il en démord pas!... Ils ont perdu la nénette!... Dans la frénésie!... le vent cocarde!... Les mômes en l'air!... en perdition!... Voilà ce que ça donne!... Il avait drôlement hérité lui dans la tornade!... Il se plaignait encore!... Douze parts!... Douze ménesses! d'un seul coup! Tout pour le Cascade! Ah! y avait de quoi rire!... C'était peut-être pas encore fini!... Maintenant comment s'arranger?... Les foutre toutes ensemble au *Leicester?*... avec Angèle au commando?... c'était bien sûr le plus pratique!... Au plus près question de tapin... à proximité!... pas cent yards!... On pouvait pas désirer mieux!... placé admirable comme « boarding ». Les six étages d'un seul tenant!... Leicester

Street... Leicester Square W.I... qu'on voyait monter les personnes du sixième depuis la porte... et des locaux vastes et spacieux!... pour bien traiter les amis!... l'hygiène à tous les étages... bidets français... tout galanterie! secousse et honneur!... la devise! Tout le sous-sol qu'une vaste cuisine approvisionnée, un rêve! On chipotait pas chez Cascade!... Une table ouverte et généreuse! des plats chauds à n'importe quelle heure... de jour et de nuit! Pas une femme peut dire le contraire!... Londres c'est l'épreuve pour les tapins... les fragiles arrêtent pas de tousser!... Le trottoir mortel en hiver!... Le brouillard à tuberculose!... Faut des choses qui tiennent au buffet... pas des clarinettes vermicelles!... oh! là là! du tout! du répondant! du premier choix!... Cascade il croyait en personne question gargamelle! Il faisait lui-même son marché trois fois par semaine... Il ramenait ce qu'il trouvait de plus chouette, de plus dodu dans la volaille, des dindes comme ci! poulardes comme ça! des gigots comme on n'en voit plus!... à péter tous les plats au four! des prés-salés super-fins... quand il trouvait de la bécasse à nous la douzaine!... Des paniers tellement surchargés que les boniches croulaient avec le long des boutiques... et que du beurre extra!... et par mottes!... Jamais question d'économies... La Table et d'abord!... C'était l'autre devise du patron!... Pas de bâtard à table!... Du beau fruit!... Les plus belles pêches en toutes saisons! Voilà les raisons du succès!... Y avait encore d'autres avantages à la *Pension Leicester*... Bien centrale pour les rendez-vous, à proximité du *Regent*, à deux minutes de la *Royale*, la Bourse au Business, le coin favori des harengs, mais pas des similis, des pelures!... Ah! ne pas confondre! non! mais de ceux qui tiennent tout leur poids! La classe! les lois du métier! Les vrais souteneurs établis qu'ont des dix, quinze, vingt ans de remonte! les « grossioms » de la profession!...

Honte aux petits farceurs!... aux frimousses!... Ils ramenaient pas longtemps leurs cerises! en trois cinq secs éliminés!... Fallait voir ça au guéridon, au poker terrible!... à la mise massue!... au premier challenge étendus!... rincés!... lavés!... papillotes!... On les revoyait pas!... Là qu'on traitait les choses sérieuses, à la *Royale* de 4 à 6... L'achat, la vente, la discussion, toutes les ristournes... Rien qu'au promenoir de l'*Empire* qu'était le pactole du métier, ça coûtait trois livres pour une femme, rien que pour la fleur au concierge... plus autant pour les poulets... Ça vous rend tout de suite un peu compte... et Cascade en avait cinq à lui, souvent davantage au travail, la Léa, l'Ursule, la Ginette, Mireille et la petite Toinon qui sortait qu'avec sa mère... Elles étaient juste toutes de repos au moment qu'on est arrivés... Elles attendaient l'heure des spectacles pour s'élancer au labeur... les promenoirs de 8 o'clock 30... Et puis on tombait joliment! en pleines papouilles agaceries!... Surtout autour des petites nouvelles que ça se lutinait... celles qui venaient de perdre leurs maris... qu'étaient veuves juste depuis le matin... les nerveux partis à la guerre!... On se préparait des petits ménages à la chatouille-barbouilli... On se consolait à qui mieux mieux... La fine aidait pas mal les choses! ça bichait partout!... Cascade ça lui redonnait du cœur de voir tout le monde s'accommoder... Il se voyait déjà plus tranquille... Cascade il s'accommodait vite, l'Angèle pas! naturellement! qu'était réticente et méfieuse! qui gobait mal les vagabondes. Cascade il était de l'improviste même comme ça... même sur le retard!... la gaieté chez lui l'emportait pour un oui un non. C'est pour ça qu'il oubliait vite les pires saloperies... qu'on le désarmait bien par le rire... aussi bien les femmes que les macs... Des salopes bien sûr comme partout racontaient sur lui des horreurs ! et sur ses filles! et sur sa femme! Il en traînait un nombre au cul de ces saligots fielleux, mais ça lui donnait pas de migraines!... Il leur tirait voir les oreilles une fois de temps en temps!... Des jalousies, des perfidies, mais qu'osaient pas trop la ramener dans son périmètre. De la *Royale* jusqu'au Soho, de l'*Éléphant* à Charing Cross, il avait les droits au respect. Il se trouvait mouillé de temps à autre, les bourres le piquaient pour la forme, comme avec cette tante de Matthew, mais pour dire que c'était normal, que la Loi était pour tout le monde : qu'il fallait que tout caïd y passe, et que même Cascade prenait son tour. C'était le sacrifice voilà tout!... On l'éreintait pas! On lui secouait rarement ses gagneuses, au Yard on le trouvait régulier, on le reconnaissait comme loyal, se tenant au mieux dans ses affaires, ses femmes rentrées aux heures convenables, jamais abusant la patience, jamais s'affichant dans les clubs, jamais indécentes en propos. Le poulet anglais c'était fainéant d'abord, envers contre tout... avec ou sans guerre... Faut pas lui compliquer la vie... sinon c'est la vacherie suprême. Cascade au fait une expérience des choses anglaises alors extra! La connaissant dans tous les coins! Jamais une seule journée d'absence depuis 25 années à Londres, depuis son congé à vrai dire, ses trois ans d'Afrique à Blida, sauf ses deux voyages à Rio toujours sur la brèche... un sédentaire par le fait... et juste baragouinant l'english... vingt, trente mots peut-être... tout au plus... aucune facilité spoken... Il l'avouait lui-même...

Tout le cul provenait de France chez Cascade, sauf la Portugaise!... et Jeanne Jambe-la-Blonde qu'était native du Luxembourg...

Question de la santé, de l'entrain, il grisonnait sur les tempes, il avait son albumine c'était entendu, mais il tenait encore pape à table et au godet et puis ailleurs! il faisait bien sûr plus de cartons mais toujours l'homme d'une drôle de classe! en tout et pour tout! Il te levait encore des fillettes! et des pimpantes, des « Varietys »! des berlingots! Il faisait la sortie des Artistes... comme ça le coup de fredaine! Mine de rien!... et plus souvent qu'à son tour. Et pas en frais de conversation... juste au fou rire et pantomine!... du travail vertige et galant!... Il avait valsé comme un prince au beau temps d'Angèle!... Il dansait plus because varices!... Mais tout de même encore deux, trois tours, pendant les conquêtes!... C'est vrai qu'il était juponnier, sa petite faiblesse, son péché mignon, pas très répandu chez les barbes, plutôt manilleurs-épiciers comme dispositions... plutôt frisquets sur la quéquette...

Et puis je veux vous faire remarquer, toujours chatouilleux au respect, pas familier même en plein boum, même au *Putois* avec les hommes... qu'était une taverne bien infâme, où on lampait du vitriol à pleins brocs et à plein les tables... Ah! il fallait pas qu'on lui manque!... Les jeunes ils se grattaient bien un peu... ils envoyaient leurs petits vannes... Recta ils se faisaient net étendre!... Il tolérait pas l'inconvenance, il était caïd et voilà!... Cordial, gentil, mais susceptible... Un crin sur l'honneur!... Jamais un ragot de gonzesses... Sa parole c'est tout!... Et jamais provocateur!... même noir! même roulant!... toujours prêt à s'arranger!... seulement c'est net, devant l'outrage, un tigre! la foudre!... que ça serait le Fort à Bras des Halles, l'Homme Canon des Ternes, la Terreur du Maquis des Corses, l'avaleur des pythons en flammes, le grand Dionausaure en casquette, il te lui retournait net les naseaux et sec et séance tenante!... et devant la coterie tout entière! et pas au pour et pas d'histoire!... qu'on voye tout de suite où qu'est la loi! les bonnes façons, la politesse! Ça venait souvent propos de ses bagues les impertinences, sur ses « six carats du Brésil » et son « saphir chevalière », deux pierres magnifiques. Elles lui faisaient bien des jaloux. Les lopes le trouvaient trop paré, ils lui demandaient si c'était lourd? Si ça lui retournait pas les poignes? Il tolérait pas la malice, quand ils y revenaient deux trois fois, y avait de la baffe plein l'atmosphère... Pour sa mèche c'était autre chose... là c'était lui l'homme agressif... il prenait les devants... il voulait l'exclusivité... Il voulait pas en voir un autre, lissé accroche-cœur comme lui-même, dans aucun pub de la région. Il se foutait tout de suite dans des rages, fallait qu'on lui sorte son émule, il aurait bouzillé le bistrot et le crochecœur avec!

Mais tout ça c'était pas affreux. Je rappelle qu'il était estimé, même par ses ennemis, même par les pires bourriques du Yard qu'étaient pourtant des bas râleux, disgracieux, cupides et jaloux. J'ai dit qu'il était estimé, l'homme s'imposait bien entendu, mais y avait aussi les cadeaux, c'était le caractère généreux, il répandait l'or d'abondance... Matthew survenait de temps à autre avec son « Constable » de District, question de pas se faire oublier... de voir si tout se passait correct... si le Boarding était bien convenable... si la « Licence » était dans le cadre... que tout le monde était « régistré » avec photos, empreintes et tout!... que c'était la guerre! Attention!... On connaissait la pantomime!... ça se déroulait toujours pareil!... Ils arrivaient tout ce qu'il y a de graves, comme ça juste après le déjeuner... le genre d'en avoir trente-six! d'être au rebord poil! d'un truc affreux! d'un phénoménal pot aux roses!... Et puis troulalaire et lon la!... C'était que de la frime et bidon!... juste que la fleur qu'était en retard! d'où le souci soudain... Ça s'arrangeait comme d'habitude au cadeau joli... Ils repartaient heureux et gâtés, sauf les deux trois fois des coups durs... Ainsi le trantran de l'existence... Mais à présent... voilà pardon!... la musique était plus la même!... Il sentait bien tout ça Cascade, que tout était pas plaisanterie dans la pipe et le départ des barbes... Oh! là là! minute! Il se laissait pas du tout griser!... Il trouvait pas ça mirifique d'hériter de onze mômes d'un coup! Ça le ravissait pas... même qu'y en aurait eu dix fois plus, ça y aurait pas tourné la tête!... Oh! faut pas confondre! Pour les femmes c'est pas la même chose! C'est le moment qui compte avec elles!... Elles avaient qu'à boire et fumer! chialer encore! bâfrer encore! plus rien foutre! la discipline existait plus... ça se pelotait sur tous les plumards pour consolation des chagrins, des sanglots à n'en plus finir! ça s'arrangeait bien entre veuves, y avait rien de terrible finalement, c'était pas tellement cassé que ça! le métier continuait, c'était que le reprendre de bon bout... et puis d'écrire souvent aux hommes et de leur envoyer leurs paquets... les dispositions étaient prises... On écrirait tous les huit jours.

« On est veuves Cascade! On est veuves!... »

Elles venaient s'asseoir sur ses genoux, lui annoncer ça, lui mordre un peu la moustagache... le mouiller lui aussi de larmes!... qu'il prenne sa part au chagrin... Et puis encore une rincette! le calva et les petits gâteaux!... Cascade il voulait pas qu'elles fument... des disputes à n'en plus finir! il trouvait ça de l'affreuse horreur, du genre sales putains...

« Vous aurez les dents comme les gayes! jaunes et dégueulasses! Vous ferez plus reluire un client! Moi je vous baiserai jamais fumeuses! »

Et puis il redemandait les cartes... Il relançait Joconde...

« Eh bien vas-tu me les faire mignonne?... »

Il s'impatientait.

« Bordel de Dieu, vas-tu t'y mettre?...

— Et toi, pourquoi tou m'embrasses plous? Parcé qu'elle té régardé ta salope?... »

Ça alors c'était envoyé! tel quel dans son pif à l'Angèle! et devant toutes les femmes! Si ça se poêlait! Angèle pouvait pas laisser tel! C'était trop d'affront devant tout le monde!...

« Comment? Comment? Toi vieille morue! Tu montes ici m'agonir! Ah! Vieux caca! vieux suçon! vieille chlingue!... Débine ou je te retourne! Je vais pas te causer moi dans tes gogs! Poisson! À l'égout! »

Voilà donc Angèle rouge à vif! elle se connaissait plus!... Les mômes c'était pour, du contre! si ça gueulait dans les deux camps!

« Elle a des droits! » que faisaient les unes...

La Carmen saute entendant ça!...

« Des droits! des droits! des droits la merde! Je vais y faire voir moi ses droits!... »

Et fumante des narines et tout...

« Je vais y retourner les calots!... »

C'était fini net les pleurs!... Une furie l'Angèle! arc-boutée au buffet elle allait sauter sur la vioque! la déplumer séance tenante!

« Un peu!... Un peu!... » qu'elles faisaient les mômes.. Elles attisaient la dispute. Toujours pour les droits!

« Un peu!... Un peu!... Un peu de quoi? Je vais y montrer les droits de mes fesses!... Amenez-vous sorcière! »

Ça c'était de la provocation!

Cascade du coup il se jette entre elles... La Joconde si ça l'excite! elle en reprend encore plus de fureur!

« Je veux qu'il m'embrasse ou j'y ferai pas!... »

Voilà comme elle cause pour les cartes : elle les montrait!... en éventail! elle s'éventait avec! crâneuse!... Cascade il savait plus où se mettre!... ni quoi dire, quoi faire!... À bout de toute patience qu'il se trouvait! Alors l'explosion!

« Messieurs, voilà vingt ans que ça dure!... Que je supporte toutes les chinoiseries! »

Il nous prenait à témoins... Jalousie et têtes de cochon!

« J'en ai assez! *Pflof!* Je fous le camp!... »

C'était décidé.

Du coup alors c'est la grande crise!... Angèle elle convulse, elle écume, et au nerveux rire!... Et que je te glousse! que je te trémousse!... elle peut plus du tout s'empêcher... Elle se débraille, elle piaille, s'arrache, gigote dans les pleurs, par terre! aux pieds de son cruel!... Ce Trafalgar!... Son chignon barre, débine, s'étale... Il marche dans ses cheveux, s'emmêle... Quels cris! Il sait plus où se mettre!... Et qu'elle hurle pire encore!

« Mon bijou! Mon chou! Mon amour! Fais pas ça! Te sauve pas Cascade!... Te sauve pas, dis!... Je suis gentille! Reste avec ta fille! Je te supplie Cascade! Je te supplie! Je veux pas t'emmerder! C'est elle!... Joujou écoute!..

Embrasse-les toutes! Mais pas elle! Pas elle!... Pas la vioque, dis! Pas la vioque! Elle te fout la poisse! Je le sais moi! Je le sais! Tiens les souris toutes!... mets-les! Je veux bien mon Cascade! Je te les donne! Je veux bien! ouah! ouah! ouah! Mais pas la vioque! Ah! pas la vioque! Ah! là mon cœur! mon mignon! Je pourrais pas! Je la tue! Je la tue! Je veux t'en chercher moi de la souris! Dis que je suis jalouse! ouah! ouah! Puisque ça t'amuse! Je t'en ramènerai une tous les jours! Je te les maquerai tiens si tu veux!... Mais pas la morue! dis! pas elle!... J'irai t'en piquer moi dehors! Je te refuse pas le plaisir dis mon homme!... mais pas la morue, dis! pas elle! Tu me pousses à bout! Tu me casses le cœur! Mais tu t'en vas pas mon lapin!...

— Toi mon bijou tu me casses les pieds! là! Tu m'entends?... Là! ma cocotte!... »

Du coup elle se rebiffe et atroce et c'est après lui qu'elle en a!

« Regardez-moi ce foire minable!... Ce grand-papa qui se sent plus!... qui fait des paillons à sa femme! Ah! il est joli! Qui qui l'a sorti de la misère? Qui qui serait pourri en prison? Avec qui maintenant que ça nous charre?... avec du maccab!... Oui Madame! du chtir! parfaitement! C'est pas la pitié dégueulasse! Regardez-moi voir la personne!... »

Elle montre la Joconde...

Du coup les rires de son côté!... Le Cascade il a mauvaise mine!...

« Monsieur veut les cartes avec elle! Avec sa vieille déjeture poufiasse! Monsieur se tient plus dans ses vices! il veut des avenirs à présent!... Il se donne aux mineures! Monsieur du Chou vert!... Je vais vous les faire moi les brèmes!... Ça va être gratin!... Je vous le dis!...

— Ferme donc ta gueule! Arrive Carmen!... Apporte-toi là miniature! Youp la mignonnette sur mes genoux!... »

La vieille elle se fait pas prier!... Elle se précipite!... la voici... Le tableau!... Les deux aux pelotages! Youp là! Youp! dada! Le parfait amour! Le bouquet!...

Quel effet! Quelle transe! Les mômes elles en peuvent plus de pouffer!... elles étranglent! elles bêlent!... elles pissent sous elles! Elles s'en tordent la moule à pleins doigts tellement qu'elles peuvent plus se contenir!

Elles hurlent à tue-tête : « bisque! bisque! » et puis le grand couplet :

> *Que vos grands yeux pleins de douceur!*
> *Ont enchanté mon cœur!*
> *Et que c'est pour la vie!... eu!... eu!... eu!*

Ah! Ce coup de la vie!... eu!... eu!... c'est le désastre! Faut monter là-haut tous ensemble! Ça déraille! cafouille! miaule! décorde! à ébrécher tous les carreaux!... On ramasse les voix, on recommence! Boro reprend tout aux accords... c'est un ange lui pour le piano! jamais un juron d'impatience!... D'abord c'est pour la Victoire!... On le rehurle encore cinq, six fois! C'est tout des toasts au vrai cognac! pas du ginglard de truands! Non! du cacheté signé 6 étoiles de la cave des Lords au *Savoy*... authentique du crû! qu'on le reçoit du sommelier même! « Monsieur Gustave » qu'on l'appelle, Gustave-le-Sec! un grand pâlot, qui vient se faire fouetter par Mireille tous les jeudis ou vendredis... Il a pas son fouet sans le cognac! C'est comme ça la condition, elle lui boude des fois tout un mois quand il est avare! Il se ferait voleur pour sa fessée, Gustave-le-Sec! Elle est cinglante la Mireille! Faut voir ce qu'elle promène comme cravache!... Elle est connue dans tout le *Savoy*. Ça vaut la peine comme nectar le « Cognac des Lords »!... C'est autre chose que le brandy english! cette mixture de marchand de couleurs!... Tout de suite la bouteille à la ronde, ça vous embaume le caractère le brandy des Lords! le cœur, les tripes, tout... La vie tourne suave... les décisions entreprenantes... C'est à qui qui sera le plus galant!... Même Boro qu'était plutôt sage sur la question fille et du cul, qu'était plutôt pour la musique, il prend sa ménesse sur les genoux, il te la papouille! il joue d'une main!... le genre effronté! Cascade le fin cognac dans le nez il veut que tout s'arrange, rabiboche... que ça soye fini les bouderies!... les têtes de cochon!... Il veut qu'Angèle essuie ses larmes, qu'elle rigole et chante de bon cœur!... Qu'on va se dire tous les cartes ensemble!...

« Viens Poupoule! Viens Poupoule! Viens! »

Elle veut pas de ça!... Elle veut de rien!... Elle veut pas rire! Elle est à ressort et puis c'est tout... Elle te l'engueule de n'importe quoi!... « Cocu! Siphon! Tête à nœud! » Elle veut la bataille...

« Boudin! Tiens les hommes comme toi! Treize pour une thune! » Voilà ce qu'elle dit. « Et passe-moi le rouquin Véronique! »

Elle en voulait pas de notre cognac! Une liqueur de lopes!

« Je veux pas boire votre saloperie! Il me faut du rouge moi! Du rouge! Véronique!... »

Véronique c'était le pied bot, la loucheuse, la rousse, elle faisait les gares... une très bonne fille, plutôt discrète, obéissante. Véronique lui passe la bouteille... Cascade sursaute il veut pas ça!... Ah! il se doute du coup! Il la connaît et les bouteilles! Elle va lui filer par la gueule! Il te la saisit hop! au vol... Elle résiste... Elle rattrape, elle griffe! Un coup de pompe dans le nez! elle bascule, elle s'étale, elle braille...

Ah! là! Joconde voyant sa chance, sa rivale à terre! elle se jette dessus de tout son poids! elle veut lui labourer la bouille!... C'est une mordeuse! Faut que ça saigne! Cascade forcé de sauter dans le tas!... C'est Joconde qui braille le plus fort!...

« Pourriture! J'ai pas des faux tifs! Tu peux y aller saloperie! »

Encore des défis!

Montée sur l'Angèle elle lui hurle comme ça dans l'oreille :
« J'ai pas des faux tifs ma pourrie!... Tire dessus! Tire dessus! ah vache!

— Attends les tifs! Attends goyot! »

Que Joconde étrangle!... Comme ça encrochées l'une dans l'autre!... Mais l'Angèle était la plus forte, elle lui retourne le bras à la vieille, elle la plaque sur le dos!... Maintenant c'est elle qui domine!... À coups de crocs qu'elle lui mord les joues, comme ça... *haggn!* et *haggn!*

La vieille gesticule, s'arrache... Angèle la ressaisit pleine de sang!... elle va la retourner tête en bas... lui sonner le trognon...

Cascade veut encore séparer! il se lance pour sauver les bouteilles! il se fout en l'air! culbute la table! toute la verrerie! *Paratatrac!*

La vieille échappe, retrousse sa jupe, la voilà cabriolante, bondissante entre les tables... les filles courent après!... elle se sauve, gigote, trémousse, c'est merveille à voir! bute, stoppe! Elle reste là campée... elle cligne... elle sort ses castagnettes... Ah, c'est le grand défi!... Et talonne!... elle rage!... c'est la danse!... la transe!... les nerfs plein les doigts!... ça lui frémit plein les mains!... grésille, crépite!... menu... menu... minuscule... plus petit encore... grains, grains... moulin... encore plus petit... *trr!... trr!... trr!...* grenu... grenu... *rrr!...* plus rien!... silence!... et... *tzix!...* elle repart!... La queue du diable!... La queue prise!... *trr!...* rebondit!... hop!... toute sa traîne!... et volte! et volute! bonds de panthère! au bout de la pièce!... sa traîne court après!... là-bas!... hop-là!... elle est ici!... Un coup de talon aux falbalas!... hop! balaye au large! Angèle écume... Ah c'est trop fort! Elle en peut plus!

« T'y feras pas, poufiasse! T'y feras pas! » qu'elle hurle!... Elle regarde en plus comme ça toute fixe écarquillée... Hypnotise là... hypnotise!... Et hop! alors! Pas le temps de faire ouf! Elle est en l'air! elle a jailli! le couteau en poigne! Je vois sa lame!... *Pflaf!...* elle dérape!... elle plante traviole!... *pflof* dans la vieille! en plein cul!... Dans le cul de la vieille! Ce cri!... Ça traverse tout! Ça déchire tout!... les murs!... les persiennes!... la rue! On a dû l'entendre du square... Elles retombent l'une sur l'autre!... Je regarde la porte là grande ouverte!... Ah! je gafe encore!... Le Matthew qu'est là!... dans l'encadrure!... Personne l'a vu venir!... Il a eu un vrai spectacle!... Si elle a rebondi la Joconde!... son couteau dans le cul! Elle saute tout autour en gueulant... elle cavale tout autour de nous!... elle crie « au secours! », elle se serre le cul dans les deux mains... Comme ça qu'elle s'envole!... tout autour de la table!... *Mouac!... Mouac!... Mouaac!...* tout autour de nous!... Elle miaule!... On est propre!... On a bonne mine!... Le Matthew il a pas pipé!... Cascade si il poulope alors!... Il court après sa Joconde!...

« Où qu'elle t'a piquée dis? la garce?... Où qu'elle t'a piquée dis Mimine?...

— Là! chouchou chéri!... là!... Ouaah!... ouaah!... Ouaache!... »

Et des sanglots à plus finir!...

Elle s'arrête de courir tout de même!... Elle se retrousse... Elle lui montre son cul... sa fesse toute saignante!... Comme ça coule de la blessure!... comme ça dégouline!...

Toutes les mômes se penchent pour mieux voir... Comment ça lui fait? deux lèvres comme une bouche!... en plein dans la fesse... et que ça saigne!...

On se remet à discuter...

« Pleure pas!... » qu'il la console Cascade... Il l'embrasse... la dorlote... la berce... Du coup elle rebraille tant qu'elle peut! l'Angèle elle reste ahurie... elle renifle... sanglote... elle sait plus! elle lâche son couteau... *ploc!*... le bruit qu'il fait...

Maintenant il faut se décider!... Faut la mener à l'Hôpital! C'est Cascade qu'ordonne... Ah! Patatras! tout recommence!... au mot Hôpital!... Elle en veut pas du tout Joconde!... elle hurle tout de suite de l'Hôpital!...

« Je veux mourir ici!.. qu'elle beugle.

— Tu mourras pas ici charogne! »

Elle insiste pas.

« Je mourrai où tu voudras chéri! Mais embrasse-la! ta malheureuse!... »

Faut qu'il la rembrasse... Elle saigne partout plein le plancher.

Sa plaie s'arrête pas de couler... On regarde un petit peu...

« T'as un beau cul, dis cachottière!... »

C'est lui qui trouve ça... Il essaye de la faire marrer... qu'elle se laisse convaincre gentiment... qu'elle parte sans histoire... qu'elle rugisse pas dans la rue pendant qu'on l'emmène...

« Regarde! Regarde! qu'il fait Cascade... Regarde!... Y a pas que toi qu'as de belles miches!... »

Il se déculotte!... Une idée!... Il baisse tout son froc, qu'on voye bien!... Il nous montre sa lune!... qu'il est tatoué sur les deux fesses!... celle de droite avec une rose... celle de gauche une gueule de loup!... Une gueule des dents longues comme ça!... et puis au-dessus... « Je mords partout! »... écrit tatoué vert... On peut pas dire que c'est pas drôle!... Matthew il a du spectacle là lui debout dans l'embrasure... qui dit toujours rien... Cascade l'a pas aperçu... il est trop occupé par terre comme ça à quatre pattes!... tortillant du pot, gigotant... à sa petite polka...

77

Matthew bronchait pas du tout... Il avait de la vue... J'osais pas bouger non plus... La vioque enfin se met à pouffer... Il y est arrivé!... Ah! il est trop drôle!...

> *C'est la Reine d'Angleterre!*
> *Qui s'est foutue par terre!*
> *En dansant la polka!...*
> *Au bal de l'Opéra!...*

Il chante en même temps!

La bonne humeur est revenue!... La vieille elle chiale encore un peu... Mais dans les sourires... et puis elle veut bien s'en aller...

« Boro! qu'il fait... et toi l'Astuce!... Vous allez l'emmener tous les deux!... »

Il se reculotte.

« Vous demanderez là-bas Clodovitz! London Hospital! Doctor Clodovitz!... Vous vous rappellerez?... Vous lui direz que c'est de ma part! Va chercher le taxi toi Mireille! Tu m'entends Mireille! Et vous deux là! Poulopez! Il me connaît Clodo! Il me connaît! Il sait ce qu'il me faut!... Que ça déconne pas! Que je suis là!... Et puis que j'irai!... Que je passerai bientôt! Dans deux, trois jours!... Allez oust! Il me comprendra!... C'est un ami Clodovitz!... Clovis!... Vas-y la poupée! qu'on t'aime!... Allez du balai!... Youp! là là!... »

Il te l'expédiait!...

Elle se tenait toujours le derrière, elle se le pressait dans les deux mains!... Elle regémissait!...

« Boun Dious! C'est pas ça!... Merde alors! »

Maintenant elle revoulait plus partir! Ah là! la chierie!

Le sang redégoulinait partout... le parquet! les tapis, tout trempés!...

Hop! voilà qu'il gafe l'Inspecteur!... Cascade! Ah! tout de même!... Il l'a aperçu!... Ce hoquet!... Il rambine tout de suite...

« Oh! Pardon! Monsieur l'Inspecteur! Mille excuses! Je ne vous voyais pas! Ne croirait-on pas à un crime?... Qu'est-ce qu'on pourrait imaginer! Oh! là là! Monsieur l'Inspecteur! Oh! regardez-moi ça!... Oh! que je suis vexé!... »

Tout ça bien sûr en plaisanterie... Mais le Matthew il rigolait pas... il restait planté à la porte... pas encore dit un traître mot... même pas « *Well! Well!* », comme d'habitude... Absolument rien... Un piquet!...

« Angèle, va me chercher les serviettes! Et puis la ouate!... Y en a en bas dans mon tiroir!... »

Angèle elle restait là songeuse... *Pflac!*... elle est bouleversée! Une gifle!... soulevée du fauteuil... elle retombe!... *Badaboum!*... tout l'escalier!... elle dégringole les trois étages!... Les mômes du coup ça les réveille!... qu'étaient là fascinées toutes connes. On boudine la vioque dans la nappe... retournée... ficelée... et puis les serviettes... les tampons... ça saigne quand même!... Angèle ramène une toile cirée... on rebascule la vioque sur le ventre... On l'emmaillote comme un poupon!... C'est encore une bonne rigolade...

Matthew figé, il regarde tout ça... un pape!...

Il bouge pas...

« Le cab est là... » Mireille annonce.

Il faut qu'on descende à présent... C'est entendu Boro et moi... Cascade nous file un paquet de livres, comme ça une pleine poigne... C'est pour qu'on s'arrange... Elle gueule encore trop la vioque... Elle réclame son petit vulnéraire!... Sans ça elle part pas! Chantage!... Mireille repoulope en chercher... C'est du caprice et faut qu'on cède!... faut son vulnéraire!... Cascade il sait plus trop quoi dire pour que la gêne passe... pour que l'autre parle tout de même un peu... Monsieur la Conscience! qu'est là depuis une heure, qu'a rien dit... Une bûche!

« Vous me croirez si vous voulez, Monsieur l'Inspecteur! mais je tenais à ce qu'on me fasse les cartes! Eh bien je suis servi!... Je l'ai la question... la réponse!... Voyez catastrophe!... »

Un peu de plaisanterie que ça le déride...

« Ah! Vous voyez Monsieur l'Inspecteur une bien vilaine scène de famille!... Vous entrez là!... comme par hasard!... Sur quoi que vous tombez?... Des folles! Positif!... Des folles! Ah! que je suis désolé Monsieur l'Inspecteur!... Vraiment!... Je vous fais mes excuses!... »

Pas un mot... Du bois... Il le laisse dire...

« Les cartes! Les cartes! c'est entendu!... Mais ma femme

Angèle est horrible!... Vous avez vu Monsieur l'Inspecteur?... Par vous-même!... Ce caractère!... Ah! J'ai pas le dernier mot chez moi!... C'est vraiment pas une existence!... J'exagère rien!... Et puis encore toutes ces jeunes filles!... Cette jeunesse qu'on me fourre là comme ça!... Hop! là! plein les bras!... Moi qui suis un pacifique!... tranquille!... Est-ce une vie?... Vous me connaissez Monsieur l'Inspecteur... On me fourre dans les complications! À quoi ça ressemble?... Je vous le demande?... »

Monsieur l'Inspecteur toujours muet.

« On verra plus tard! On verra! Qui c'est qu'est fautif responsable... On dit que c'est Guillaume! Je veux bien!... En tout cas c'est toujours pas moi!... Ça vous le savez Monsieur l'Inspecteur!... Tous les esprits sont à l'envers!... Les boussoles déconnent c'est affreux! Je vais pas chercher le pour du contre!... J'en perdrais la boule moi aussi!... Je me fais déjà mal à la tête!... rien qu'à les entendre!... Vous aussi Monsieur l'Inspecteur!... Je suis persuadé!... Je suis sûr que ça vous fait du mal!... Avec tout le respect que je vous dois!... Tenez Monsieur l'Inspecteur! Je ne fais aucune comparaison... Entendons-nous bien!... Il va sans dire!... Il va sans dire!... Mais je suis certain que dans votre famille, Monsieur l'Inspecteur! vous avez vous du mal aussi!... Ah! Je parierais!... Les événements sont pour tout le monde!... Avec tout le respect que je vous dois... Il va sans dire! Bien entendu!... Mais les circonstances n'est-ce pas?... touchent toutes les personnes, tout le monde en prend pour son grade... et les plus fortes situations! les soucis, les avatars c'est pas que pour les pauvres gens!... Ah! c'est un fait!... C'est bien un fait!... Ainsi! Tenez! voyez les hommes!... Ah! j'en dirai pas davantage... C'est la guerre Monsieur l'Inspecteur!... C'est la guerre!... C'est un sujet qui me rend trop triste! La voilà la tristesse des choses!... Et que tout le monde est malheureux!... et qu'on vieillit à ce régime!... Qu'on s'en aperçoit!... Je dirai des années à l'heure!... tellement qu'on nous en fait voir!... Ah! C'est pas exagéré!... Vous êtes raisonnable aussi, Monsieur l'Inspecteur!... C'est la vraie fatalité!... Vous ne me direz pas le contraire!... Je ne fais aucune comparaison!... Bien entendu! Il va sans dire!... »

Pendant qu'il jacassait tel quel, qu'il occupait l'attention, nous on avait redressé la vioque, elle tenait presque à peu près debout... soutenue sous les bras... avec sa toile cirée au cul, les serviettes, tout ça dur ficelé... parée pour la route!... « En avant Madame!... » On est passés devant le Matthew... il s'est écarté un petit peu... Il a pas tiqué... Il écoutait l'autre jacasse...

Une fois aux marches... encore des cris!... elle se trouvait mal notre trumeau! à chaque mouvement elle hurlait!... On s'y est repris à dix, quinze fois... Une fois en bas, une autre séance!... Il a fallu la rehisser... la grimper dans le cab... les gens attroupaient... l'arrimer entre les coussins... qu'elle se tienne peinarde... merde alors!... Ça faisait déjà une foule autour... On est partis au tout petit trot!... On avait bien demandé « au pas »! En avant!... Tottenham... Le Strand... et puis les rues East... C'était pas là l'Hospital... Au bout de Mile End... Un voyage! Il faisait déjà nuit heureusement... Elle gueulait plus qu'aux cahots!... L'air dehors lui faisait du bien... elle se tenait presque tranquille... On l'avait très bien calée... « Ça sera rien que je me disais... ça sera rien pour sa blessure... C'est pas bien profond »... Je m'y connaissais moi en blessures... On aurait pu la conduire au Charing Cross à côté, l'autre hôpital bien plus près! Tout ce qu'il y a de pratique... Mais il en voulait pas Cascade... Il nous l'avait bien défendu!... pour lui c'était qu'un repaire de bourres, le Charing Cross Hospital. Il tenait au London... Va pour le London!... Hue dada!... C'était une tirée!... C'était au moins deux heures au trot!... C'est grand Londres... C'est quinze ou vingt villes bout en bout! le même chemin que pour les Docks... Fleet Street, la Banque, Seven Sisters... après l'*Éléphant*, puis le *Port East*... Il se fiait au London le Cascade... London Hospital! Il avait confiance qu'au London... Moi je voulais bien... Joconde aussi! Il paraît que c'était très sérieux... qu'on pouvait compter sur ce pote, ce Clodo médecin... le Doctor Clodovitz en question... qu'ils se connaissaient depuis des payes... Jamais un mic-mac... les blessés passaient à la poste!... pas d'indiscrétion... de bavardages... Aux bons soins du Doctor Clodo... London Hospital... Ça devait bicher parfaitement... Il fallait bien se rappeler du blase... Clovis comme le Vase de Soissons... Ça se passerait peut-être pas si facile!... Il se bluffait peut-être un peu Cascade!... Souvent il était optimiste... On verrait toujours!... Les rues... les petits lampadaires!... Y en a, rien que jusqu'à l'*Elephant*!... que ça vous en fout la berlue rien que de les regarder... ça danse!... des milles... des milles... comme ça défile... brinqueballés comme ça... abrutis... Le trot ça me rappelait le 16ᵉ... les patrouilles... l'escouade... *top! top!... top! top!*... la cadence... les fers... je m'y connaissais moi un petit peu... la nuit *top! top!*... mais fallait pas oublier le blase!... Ah! Clovis... Clodo! Clodovitz!... Clovis comme le Vase de Soissons!... Boro il se rappelait déjà plus!... Moi heureusement j'ai de la mémoire...

☆

Clodovitz en nous voyant venir il a fait un petit peu la gueule... faut bien dire les choses... L'infirmière a été le prévenir qu'on le demandait tout spécialement... Il était au fond de l'hôpital en train de donner des soins d'urgence... d'après cette personne... Moi je crois qu'il dormait plutôt... Il est arrivé assoupi, il voyait pas clair, il se frottait les yeux... Tout de même il a été aimable, on a bien vu qu'il s'expliquait pour que notre vieille passe avant les autres... Deux hommes l'ont mise sur une civière... On a attendu nous dehors... dans le vestibule c'est-à-dire... On était pas seuls... Même comme ça à dix heures du soir, c'est encore plein de familles et de monde... des gens qui se chuchotent...

Ils l'ont tout de suite endormie notre énergumène, ils lui ont recousu sa fesse, ça n'a pas traîné... Ils l'ont placée en salle commune. Nous là toujours en pénitence... Onze heures, puis minuit... On la voyait bien dans son page, toute violette de tête qu'elle était... bavante partout...

Dès qu'elle a eu repris sa conscience, elle s'est remise à faire du boucan, à réclamer son Cascade... Ils lui ont refait une piqûre, elle s'est rendormie, il était une heure du matin. Clodovitz était pas le patron, ni même le médecin important, il était que « médecin à la suite », au London Freeborn Hospital, comme ça presque à l'œil, ils étaient plusieurs dans son genre, qui s'appuyaient surtout la nuit, les gardes, tous les boulots ingrats. Clodovitz presque une nuit sur deux! Surtout les médecins étrangers qu'étaient les Internes au London, ça les aidait dans leurs débuts avant qu'ils s'installent.

Clodo je l'ai bien connu plus tard. C'est vrai qu'il était obligeant, empressé, zélé on peut le dire, seulement un moment il flanchait, il était vague pour la parole, fallait pas mouiller sur son mot, le prendre argent comptant... suffisait de savoir...

C'était pas un riche « Hospital » le London East End à l'époque! On attendait les donateurs, et ils se faisaient plutôt prier!... C'était écrit sur toutes les portes qu'on les attendait, et pas qu'un petit peu... en termes suppliants! Les philanthropes prenaient leur temps. Par contre les couloirs étaient pleins et les vestibules, toutes heures de jour et de nuit, des foules, des cohues, de tous les âges et provenances... qui se chuchotaient des choses affreuses, comment qu'elles se sentaient toutes à bout, et qu'elles préféraient crever là, assises sur les dalles, plutôt que d'être renvoyées chez elles, encore une fois dans les souffrances... Elles voulaient un lit ou mourir! Voilà les phrases qu'on entendait. Sans compter cent petits enfants qui piaillaient partout qui mieux mieux... après leurs biberons, leurs joujoux... leurs coqueluches plein les vestibules... les cacas partout plein les chaises... C'était pas du tout assez grand pour les malades pressés aux portes, y en avait toujours en souffrance, plein les trottoirs, plein la chaussée... Pourtant c'était une énorme tôle, un bazar tout en longueur, des salles et des salles, avec je ne sais combien de fenêtres, jusqu'à Burdget presque l'autre avenue... Les donations affluaient pas, y avait que la misère qui venait bien. Quelle foule! même l'hiver, sous la flotte, pour les admissions!... Des queues des heures et des heures!... Ils attrapaient leur reste de crève à glavioter plaintes et catarrhes! J'ai toujours vu refuser du monde. Il faisait très chaud à l'intérieur, c'était entendu, à partir d'octobre, une fournaise. Les peu nourris ont toujours froid. Le charbon là-bas c'est pas cher, on en met à la place de tout...

Ils pleuraient pour être admis, ils pleuraient encore pour sortir... ils voulaient plus s'en aller... ils se trouvaient bien à l'intérieur, même ils raffolaient de l'ordinaire, les choux rouges à la purée de pois...

C'était dense populeux comme coin, tout Poplar, Lime et Stepney, tous les environs, et Greenwich en face forcément, pour la médecine et chirurgie. Ça faisait tout l'East End en somme, je parle à l'époque, d'Highgate aux Docks, voyez ce trèpe, l'affluence! C'était tellement plein au moment qu'on est arrivés qu'on aurait pas connu Clodo on aurait jamais été reçu avec notre Doudoune! Même comme ça dans la pleine nuit noire, agglomérés grelottants, ils avaient remarqué l'équipage et tout de suite à nous les insultes! Ah! la queue furieuse! Qu'on venait parader, bluffer le monde! Une cohue énorme, ça exact! Des gens qu'étaient là depuis le matin pour se faire admettre, un qu'est venu même nous avertir et nous le beugler en pleine face comme ça de colère, qu'il avait lui une double hernie! qu'il attendait là depuis trois jours, alors que nous avec notre cab, et notre poupée et puis sa fesse, on le faisait chier joliment! on avait beau lui expliquer... Ce fut un chorus général, une agonie épouvantable!... Ils voulaient pas qu'on s'introduise! Il a fallu pour descendre qu'on leur fasse voir à la lanterne le sang, les serviettes, le pansement qu'elle avait au cul, qui dégoulinait, tout partout, que c'était bien des vrais caillots!... Ils se sont écartés un petit peu, mais ils grognaient rauque, prêts à mordre, on est passés sous les insultes, on est parvenus au guichet, on a demandé tout de suite Clodo... Heureusement! Doctor Clodovitz!... Boro c'était encore Soissons!... Un peu plus on se faisait virer.

Par la suite et les années, je suis repassé bien des fois par là, devant le London Hospital... C'est encore presque les mêmes murs, la même couleur framboise et jaune, la même suie partout, la même énorme cage à carreaux de Commercial Road à l'East Port, seulement les gens qu'ont bien changé, le trèpe, les tronches, les dégaines... ils me surprennent, je les reconnais plus... C'est plus les mêmes râleurs grossiers, provoqueurs truands... encore un peu les femmes en cheveux... plus beaucoup les jeunes... C'est plus les mêmes cloches... ça discute maintenant posément, ça a pris du vocabulaire... Ils ragotent toujours infini, dans le fond du brouillard, de leurs varices et de leurs gigites... mais c'est plus du tout si hargneux... Ils vont plus se taper dans la gueule pour un tour qu'ils sautent... ils jurent presque plus... le quartier même se modifie... je veux dire juste avant la guerre... celle de 39 à la « glinglin »...

C'est la population qui mue, si on réfléchit... Y a presque plus de marine à voile, c'est ça qu'amenait les vrais sauvages, c'étaient ceux-là les intraitables, les véritables affreux... des jaunes... des noirs... des chocolats!... des écumants!... Ils venaient souvent pour leurs blessures, ils en avaient à tous les doigts... un pansement, un autre... à leurs pieds aussi et au tronc... pour un rien ils s'en foutaient d'autres, à la porte de l'hosto, une provocation ils se saignaient, s'éventraient comme on se dit bonjour, surtout des Îles et d'Amérique! des véritables canaques, des tropiques, des îles de la Sonde, des colonies de l'Équateur, et du Nord aussi faut être juste... Au fond c'était tout mangeurs d'hommes... tout ça dans la queue des « entrants ». Ça faisait des mélanges d'engueulades, des formidables ouragans de rire... avec les ménagères cockneys et les brutes ivrognes de l'endroit, les pilons, les cirrhoses whisky, les fistules, les tronches avariées, les gastralgiques, les lumbagos coupés en deux qui crient pour tout, les albumines, leurs petites bouteilles, les râleux mièvres, les anti-tout, les trompe-la-mort, les petits retraités, les asthmes qu'étranglent, tout ça embringués, parqués, les uns dans les autres... tassés contre la porte... Souvent il y avait une distraction... l'intermède... le ménestrel... avec ses claquettes, ses bruits de bouche, le barbouillé du *floafl floafl*... et la mandoline!... airs du jour!... Il ramassait ses trois pennies... il foutait le camp... Je l'ai fait plus tard... l'habit à queue cousu boutons, en plaques-myriades, une vraie carapace!... Je crois qu'il en existe encore des artistes pareils... C'est friand de claquettes Whitechapel, ça faisait vite une foule, mais s'ils encombraient la chaussée, stoppaient les tramways, alors les flics fonçaient dans le tas, tout était repoussé contre les murs, rombières, culs de jatte, manchots, cracheurs.... Ça se dégageait vite!

Les jours où y avait trop de brouillard, où le verglas étalait trop le monde, surtout ceux qui boitaient déjà, la queue doublait sur *La Vaillance*... ils faisaient permanence au bistrot... Ils tenaient leur tour à un pour deux... Ils allaient reprendre un peu de chaleur autour des alcools... ils allaient renifler le punch-cherry... Ceux qu'avaient encore un penny ils se payaient un petit bock ensemble, les autres ils faisaient semblant de trinquer, ça créait une allée et venue les jours de froids trop piquants entre le comptoir et le ruisseau...

Ça sentait aussi le phéniqué toujours un peu à *La Vaillance* forcément... l'intérieur du pub...

C'est plus les mêmes hommes aujourd'hui, la même clientèle, je l'ai dit, y a du décorum... le quartier progresse... La misère se met dans ses meubles. Ça recherchait déjà bien le bois blanc, ça se donnera au « cosy-corner », un beau jour ça se fera faire les ongles... Si c'est pas tout écrabouillé à l'heure que je cause, volatilisé sous les bombes, les peccadilles et les caprices ! Je suis plus au courant forcément, les événements nous séparent, dans dix ans je m'y reconnaîtrai plus ! C'était morose alors les rues, les murs, je veux dire les bâtiments. La suie poissait la façade, tout le framboise dégoulinait... Faut voir aussi comme ça rabat, du port, des docks, des usines, les nuages arrêtent pas d'en ramener encore d'autres barbouilles, d'autres coaltars, l'hiver en rafales, en tornades, et puis encore des brumes gluantes, une désolation. À l'intérieur de l'hôpital c'était gluant aussi et sombre, les murs, même les lits, les toiles bises comme ça presque jaunes. L'odeur m'est bien restée au blase, l'urine, l'éther, le coaltar et le tabac au miel. Je les renifle encore. Une fois habitué c'est du charme... Y a que la salle d'opération qu'était nickelée, blanchie, brillante, aveuglante même, venant du dehors.

Aussitôt qu'il y avait un peu de brume on le voyait plus le grand hosto pourtant qu'était un édifice qu'avait de la masse et de l'étendue... Il fondait dans tout l'alentour, fallait se rapprocher, le toucher presque... Il était peint comme du brouillard en plus du jaune et du framboise. C'est une poisse à tout désoler à partir d'octobre qu'entre en tout, trouble tout, la tête, les choses, vous étourdit tout doucettement à plus savoir l'heure qu'il est, le temps qui passe, le jour qui tombe... Du fleuve ça surgit, ça s'engouffre du bout du quartier, ça prend tous les abords, les docks, les personnes et les tramways... Ça passe tout au flou, à l'estompe...

De *La Vaillance*, le pub en face, on le voit plus du tout l'Hospital les jours vraiment où ça rafflue... où les buées déferlent en vapeur, en énormes torrents... Juste on aperçoit les petites lueurs... que ça cligne un peu dans les fenêtres... et le gros fanal jaune à la porte... C'est bien déjà presque effacé... C'est pas mauvais pour les soucis... ça s'en va... ça vous laisse tranquille... Moi je dois dire, je voudrais quand je serai mort qu'on me laisse tel quel sur le trottoir... comme ça tout seul devant le London... que tout le monde s'en aille... on verrait plus rien de ce qui se passe... Je crois que je serais emporté tout doucement... J'ai l'idée ainsi... foi dans l'ombre... Ça ne repose sur rien bien sûr !... Ah ! C'est le cas de le dire... je plaisante, c'est qu'une impression... une vanité brève... une buée de travers... Oh ! là là !...

☆

Une fois sa fesse recousue, la Joconde alors mauvaise ! qu'on pouvait plus du tout la tenir... Tout au fin bout de la salle commune on l'entendait encore beugler des imprécations affreuses contre l'Angèle sa grande vipère, qu'elle voulait tout de suite l'abolir, retourner là-bas la mettre en compote une bonne fois pour toutes. Heureusement qu'elle en pouvait rien ! qu'elle tenait toute raide dans son lit, empaquetée du cou aux talons... dans les bandages, les hydrophiles... Fallait pas qu'elle remue...

Elle empoisonnait l'iodoforme, elle écœurait toute la carrée encore plus d'odeur que de ses cris ! Jamais une seconde de silence. Les infirmières pas bégueules lui répliquaient du tac au tac, lui tenaient tête au dernier mot... Ça faisait des horribles séances... Toujours pensant à cette Angèle, cette bourrique finie, elle en bouillait sur sa litière... « Pétasse ! Pétasse ! qu'elle l'appelait comme ça rumineuse, que ça assassine oune artiste !... La jalousie de cette catin !... Morue !... Oh ! malheur !... »

Les malades dans les souffrances ils protestaient à droite à gauche... qu'ils en avaient marre du vacarme...

Y avait de tout autour comme clientes... mais plutôt des femmes du quartier, des ménagères et des boniches, des filles des bars un peu aussi, et puis des Chinoises... et puis encore deux trois négresses, des femmes en traitement... du ventre la plupart... des seins et puis aussi pour la peau... des plaques, des ulcères, des chroniques... la Joconde ça serait pas très long, mais tout de même au moins 25 jours à rester telle quelle sur le dos, c'était l'avis à Clodovitz, absolument immobile. Il passait dans la journée au moins trois quatre fois, à la visite, contre-visite. Il venait lui regarder son drain, si ça suppurait... Il se montrait des plus attentifs... Recommandée par Cascade c'était pas du courant d'air!... Il était pas vieux le Clodovitz, pourtant il faisait déjà perclus, souffreteux, traviole, et des arthrites plein les jointures... Il faisait même rire les malades avec ses douleurs, il rendait comme des bruits secs, des cordes, des craquements à volonté...

« Ah! Si vous aviez mes genoux, qu'il leur répondait à leurs plaintes, vous verriez alors un petit peu! Et mes épaules donc! Et mes reins! Oh! là là! Qu'est-ce que vous diriez?... Et moi qu'il faut que je galope! Je reste pas étendu!... »

Passant à fond de train dans les salles, les cinq étages, trois fois par jour, il demandait comment ça allait à la cantonade. Question nez alors! à pas croire! un morceau de Polichinelle! que ça l'entraînait en avant! Il penchait partout, sur tout, myope comme trente-six taupes, ses gros yeux en boules roulant dessous ses lunettes. Dès qu'il se mettait à discuter, tout ça lui tremblait en cadence en même temps que les mots, nerveux de nature, ses oreilles aussi elles bougeaient, décollées, évasées, des ailes à supporter sa tête, mais grises alors, des chauves-souris. Il était vraiment bien vilain. Il faisait peur à certaines malades... mais un aimable sourire, ah! il faut reconnaître! un peu un sourire de fille, jamais brusque, jamais impatient, toujours prêt à faire plaisir, à se rendre agréable, à glisser le mot qu'il fallait, à contre-Destin et fatigue!... le réconfort, le compliment, au pire tordu vautré pisseux grabateux pilon, tout délicat aux pires déjetures! aux plus hargneuses rebutantes garces... pourritures et récrimineuses, le fond des salles à chroniques, où les autres les médecins du « staff » entraient pour ainsi dire jamais... Il y en avait des drôles de bouilles, des difficiles d'imaginer comme croulures finies, qui duraient pourtant emmerdeurs des mois et des mois... des années certains, il paraît... qui s'en allaient par portions comme ci comme ça, un jour un œil, le nez, une couille et puis un bout de rate, un petit doigt, que c'est en somme comme une bataille contre la grande mordure, l'horreur qu'est dedans qui ronge, sans fusil, sans sabre, sans canon, comme ça qu'arrache tout au bonhomme, que ça le décarpille bout par bout, que ça vient de nulle part, d'aucun ciel, qu'un beau jour il existe plus, complètement écorché à vif, débité croustillant d'ulcères, comme ça à petits cris, rouges hoquets, grognements et prières, et supplications bominables. Ave Maria! Bon Jésus! Jésous! comme sanglotent les Anglais à cœur, les natures d'élite.

Et que c'était de l'assortiment, un choix, tout un monde, un bazar de calamités, rayons pour tout, pour l'estomac, le cœur, les reins, les entrailles, les cinquante et huit salles communes du London Freeborn Hospital! Surtout pendant les mois d'hiver où ça toussait!... toussait énorme! au moins quatre-vingt-treize salles! où y avait du catarrhe partout, en plus des accidents de la rue qui survenaient par séries... souvent dix ou quinze à la fois... les matins de brouillards trop épais...

Dans les salles mêmes c'était obscur dès la fin septembre, sauf deux trois heures la matinée, et encore au plus près des fenêtres, les hautes guillotines, ça venait du fleuve à grands flots denses, ça pénétrait tous les locaux, ça étouffait les becs de gaz, les papillons dans les couloirs. Ça portait l'odeur du coaltar, les fumées au charbon du port, et puis l'écho des navires, les mouvements des Docks, les appels.

Clovis pour la contre-visite il se munissait d'une grosse lanterne, une énorme à l'huile, un « mailcoach », quand on l'appelait au passage, il voyait mal, entendait bien, il arrivait tout près du lit, il les éclairait en pleine face, ça faisait un rond blanc tout autour, ça se découpait sur la nuit, la figure du bonhomme en peine. Il se penchait alors là tout contre, il leur parlait à voix basse : « Chutt! Chutt qu'il faisait... Chutt! mon ami! Réveillez personne!... Je vais revenir immédiatement! Je vous ferai votre petite piqûre!... *Soon be over!... Soon be over!* Ça va passer!... »

À chaque souffrant les mêmes paroles... et puis de salles en salles... les étages... *Soon be over!* Ça va passer!... C'était comme un tic chez lui.

Il en faisait pas mal dans une nuit des piqûres et des

piqûres!... chez les hommes et chez les femmes... Il était tellement miraux que je lui tenais sa lanterne tout contre... juste contre la fesse... qu'il enfonce net son aiguille... pas à côté ni de travers...

Au bout d'une quinzaine de jours que je revenais voir la Joconde, on était devenus comme copains, c'est moi qui lui faisais ses piqûres, au camphre, la morphine, à l'éther, l'usuel du courant, c'est lui qui me tenait la lanterne. *Soon be over!*... *Soon be over!*... La ritournelle. « Bientôt fini! »

Je les ai tout de suite bien réussies les piqûres avec ma patte folle, c'est automatique une patte folle, le malade sent rien... un souffle...

C'est comme ça que j'ai débuté, un petit peu ainsi clandestin, au London Freeborn Hospital avec le Dr Clodovitz, dans la carrière professionnelle. J'ai appris à dire tout comme lui, tout de suite, partout, *Soon be over!* Ça va passer! C'est devenu comme une habitude, un tic, quelque sorte... Il s'en est passé de mille couleurs depuis le Freeborn Hospital! de-ci, de-là, du bien, du mal, de l'affreux aussi c'est certain. Vous jugerez vous-même. Sans idées aucunes arrêtées... simplement dans le cours des choses... c'est déjà beau!... *Soon be over!*...

☆

On s'est distancés à deux minutes les uns des autres. On faisait bien gaffe le long des rues... Orchard Street, Weberley Common's, Perigham Row... D'abord Boro et puis René le petit « désert » qu'avait que des papiers impossibles, sa photo dans toutes les gazettes, et puis Élise la « folle mercière » qu'était en rupture de « Warrant », pistée par une clique de poulets vu qu'elle fourguait depuis des années des petites boules d'opium pas méchantes dans tout Maida Vale et West End, sans avatar, et qu'elle s'était mise d'un seul coup à faire du haschisch sans prévenir, à cause de la guerre. C'est ça que le Yard pardonnait pas, les variations des habitudes!...

Ça devait se terminer assez mal. On était repérés fâcheusement. À l'hosto même avec Clodo, où j'étais pourtant bien tranquille, où je rendais bien des petits services d'espèce infirmier de renfort aux moments où y avait trop de monde, ça commençait à sentir toc... Joconde nous avait fait du tort... Elle avait bavardé dans le coin... Elle avait raconté des trucs sur ses malheurs personnels et ses avatars du *Leicester*, qu'étaient de la folie pure et simple... Comme elle parlait un peu anglais, qu'autour c'était pourri de pipelettes, ça prenait des vraies proportions... des vautrées qu'avaient rien à foutre qu'à renchérir sur les salades... Ça devenait ingrat et scabreux... On parlait de nous foutre à la porte, purement simplement, et Clodovitz lui le tout premier... médecin étranger suppléant... le juste bon pour les gardes de nuit... La direction l'avait à l'œil... Il était pas très bien piffré, mais comme on le payait pas beaucoup, même pour ce travail éreintant, réveillé dix, quinze fois par nuit, on était pas sûr du tout de retrouver un autre interne aussi parfaitement dévoué, ni exigeant ni buveur, qu'était juste un peu drôle d'allures... La direction hésitait à lui flanquer ses huit jours... Hésitait tout juste... Viré c'était la catastrophe!... Il avait des fafs si bizarres, des tampons dessus si misérables que c'était pas à les montrer... Des diplômes encore plus curieux!... mais la façon qu'il était là, qu'il se trouvait là, bonhomme à Londres, qu'était encore le plus gros mystère!... Ah! fait rat si on l'étrillait!... Il était finish! Tous les jours depuis quelque temps on ramassait de ces « aliens », des étrangers comme ils appellent, qu'étaient beaucoup moins douteux que lui...

Il savait tout ça, le Clodovitz... il m'en causait de temps à autre, ça le faisait pas rire...

Cascade avait bien promis de venir bientôt prendre des nouvelles... Au bout de trois quatre jours, rien du tout... Du coup on a téléphoné... qu'il arrive!... qu'il se presse un petit peu... qu'on avait deux mots à lui dire...

Le rambot était pour six heures *À la Croisière pour Dingby*, le vieux débit-cantine, juste en plein les Docks, un peu à l'ouest de l'Hospital, tout à fait au rebord du fleuve... On pouvait venir par la berge ou par les ruelles tout autour qu'arrivaient là méli-mélo depuis Commercial Road, d'entre les « Stores », les hauts hangars, que c'était vraiment bien discret comme arrivée comme sortie...

Nous voilà donc... On attend l'homme... Y avait le tôlier de *La Vaillance* qu'était venu aussi pour nous voir... Mais il parlait plus beaucoup, il se méfiait, il se tenait sur sa réserve, chat échaudé...

« *I want to speak to Cascade!...* » Il voulait parler qu'à Cascade! Buté, pas aimable... Cascade était pas arrivé. C'était une heure d'affluence, ça se peuplait aux tables, la remonte des équipes, les bordées des treuils, des soutes, ça faisait beaucoup de bruit forcément, surtout à cause de leurs godasses, la maison était tout en bois, tout en croisillons et torchis, ça résonnait fort. La machine à sous et le Zanzi qui donnaient aussi des gueulements... enfin les mêlées tout autour...

Ah! *teuf! teuf!* voilà une voiture! C'est Monsieur tout de même!...

« Salut les hommes!... il se présente.

— Salut! Môsieur!... » on lui répond.

C'était pas trop tôt!

« Comment ça va la Méninge? »

À moi qu'il s'adresse.

« T'as mal encore? »

Il me montre ma tête.

« Toujours! Toujours! Monsieur Cascade!... »

Ça l'ennuie que j'ai mal au cassis, il m'en cause chaque fois. Clodo tout de même l'entreprend, qu'on le fait venir, etc. etc. pour lui parler de la Joconde!... qu'elle se tient pas bien à l'hôsto... qu'elle bavache à tort à travers...

« Et son cul comment que ça s'arrange?...

— Elle va pas mal de ce côté-là!...

— Quand le cul va, tout va!... » qu'il répond.

C'est tout l'effet que ça lui procure...

« Et l'Angèle? qu'on demande alors nous.

— Elle est montée à Édimbourg! Elle est en business les hommes! Placer les deux filles du Biglot!

— Biglot?

— Biglot! oui! comme ça! »

On en revient pas nous...

« Un homme qu'a bientôt ses quarante! Il barre aussi! Le gland! ouais! ouais! il fonce biffin messieurs-dames, biffin! Parfaitement! Ah! je veux plus y penser! Mais dites alors la Joconde? Vous avez vu un peu cette classe! Hein vous avez vu? Je vous ai pas menti? Estocadero! Et *pfuitt!* Ces échappées de la bête! Vous auriez dit un trois-quart! *Fluitt!* Ce nerf! L'éclair! hein? pas?... L'éclair!...

— Vous voulez pas aller la voir? on lui propose gentiment.

— Ah! non! merde! qu'elle crève!... »

Voilà sa réponse... Il en avait assez! Marre!... Il voulait plus s'assombrir!

Un peu égoïste.

« Dites donc les mecs, je vois ce que je vais faire! »

Il repartait sur son dada.

« Je vais m'acheter moi un trombone! Je vais me mettre à la parade aussi! Je passerai vous voir sur les midi!... Vous me verrez les potes! Vous me verrez! Je ferai ma musique moi tout seul! Pour ceux qui veulent pas partir! Je serai l'anti-Recrutingue! voyez ça! Je vais me monter une Société! les Méchants de la Feuille! Je vais apprendre l'anglais les hommes si ça continue!... Je veux comprendre un peu ce qu'ils déconnent, comment qu'ils leur bourrent la tête! puisque ça les rend tous fous!... ça doit être fameux! Je voudrais entendre leur jaspin!... Pourtant hein c'est fainéant les hommes!... Je les connais plutôt!... »

Ah! Il en restait baba!

C'était vraiment oui du prodige!

Sur son glass là en réflexion... la stout épaisse...

Prospero Jim le tôlier du *Dingby* il approche il cause... il voyait aussi comme Cascade... le crime des journaux!... toujours les journaux!... Il en lisait jamais non plus!... Et puis le cinéma!...

« T'as vu dis, les Actualités? Tranchées par-ci!... ces Boches par-là! Et ma médaille! Regarde mon casque! Oh! que je suis brave! Oh! que je suis mort! C'est la comédie! Tiens je te cause! Tiens! *Plouf!* Pour leurs gueules! Chiures de vaches!... »

Ils étaient mauvais tous les deux rien que de penser à ces foutaises!

Ils s'énervaient rien que d'en causer!...

« *I love you! I love you!* qu'il faisait Cascade, imitatif!... T'as raison! C'est des enfants!... des gnières pourris par la bonne crème! des gavés du beurre! trop de nanan! »

Je les écoutais jacasser... Ça me concernait pas toujours... J'aurais pu dire mon petit mot! Mais salut! je ferme ma gueule!... Chacun pour soi l'expérience! J'y avais été moi à l'école! J'en avais encore plein les côtes de la connaissance chère acquise!... et puis dans l'oreille surtout! Un tout petit bout de ferraille encore! mais qui comptait comme sifflements!... à plus dormir!... et des migraines à aboyer tellement que ça m'arrachait en tenailles, me révulsait de force les yeux... que j'en louchais pendant des heures... Enfin des vraies transes... Ah! non! Je ne voulais pas y retourner!... Je pensais à mon père, à ma mère tranquilles là-bas dans leur boutique, Passage des Vérododats, peinards à se faire plaindre des voisins, à cause de leur fils si blessé, pleurnichants... Je pensais à tout ce que j'avais vu d'un hôpital dans un autre... Dunkerque... Le Val... Villemomble... Drancy... et puis encore ma propre personne... Comment que ça passe sur les billards les endommagés... qu'on les rebecte!... reboume d'autor! recoud le principal et hop là!... Saute Bidasse! casquette!... Vous serez du prochain tourbillon!... Parfait à-propos, raide comme balle! À pic pour la grosse offensive! À vous les joies du Bois Brûlé! Vous aurez pas froid cet hiver mon joyeux héros!... Y aura du sport de ce côté-là!... Je vous le garantis!... Pas une minute de gaspillage!... Tâchez d'être prestes vaillants pioupious!... Vous regardez pas tant les morceaux! C'est pas joli de la part d'un homme!...

Je pensais à tout ça... Je disais rien! Cascade lui il causait toujours. Il était heureux qu'on l'écoute... il faisait son effet.

« Le sergent donc l'enrubanné, il arrive sur moi! Il m'accoste, il me baratine! Ah! dis ce fiel! »

L'incident qu'il avait eu.

« Moi! dis les hommes!... Vous voyez ça! Pour qui qu'il m'a pris? Il veut que je suive sa fanfare! Que je parte avec lui au Recruting! Voyez ça un peu!... " French! " que je lui fais... " French voyons! " qu'il s'était gourré! Alors sa tronche! Bouille contre bouille! du coup il suçait sa badine! Dis de son air con!... Les autres alors si ils se fendaient! T'aurais vu la foule ! Top! comme ça alors une basane! que j'y taille tel quel!... Ah! colère! *French rascal! rascal!* qu'il m'appelle. La foule elle est contre moi!... Je demande pas mon reste! Pense un peu! Un contre mille!... Salut!... Mes jambes à mon cou! J'aurais voulu que tu voyes ses miches à leur Recruting! Comme ça dis le mec de moulé! Tunique alors pardon fantoche! Tu parles d'un beau pot pour la guerre! Ils vont rire les Fritz!

Non je t'assure on aura tout vu! À la badine et *proutt! proutt!*... »

Il s'amusait fameux Cascade!... les clients aussi tout autour... Comme il était brillant causeur!... et même le tôlier de *La Vaillance* qu'en oubliait ses déboires...

« C'est Sergent ça! tu te rends compte! Tiens je me tais Prosper! Je me rends fou! Rien que d'y penser!... Passe-moi le poison! Leur jus de punaise! »

Il se verse un grand whisky-fizz... Il offre à la régalade... généreux absolument...

« C'est pour tout le monde! Tu m'écoutes? Je suis pas venu pour rien! Les autres qui me parlent de maladie! De je ne sais quoi!... de la crevarde! eh merde alors! Moi je veux rire! Ça me rappelle la Jeanne-petite-bouche!... Je la pique dis donc à Santos!... Je l'emmène en voiture! Je fais mon gracieux! Je la sors tout l'après-midi dans un landau de millionnaire! Je veux lui faire plaisir, l'amuser... Une chaleur mes potes! tiens comme ça!... Un four à plâtre mes amis! Je veux encore faire mieux... Je nous fais arrêter devant le bistrot, le plus beau saloon de l'endroit! *L'Origone* que ça s'appelait, le club à la mode! Je veux faire les choses jusqu'au bout!... Voilà un torero qui passe, avec sa guitarès dis donc! *flof!* Il me la secoue tiens ma ménesse! Tiens comme ça! *flof!* Le temps de la regarder! Il me l'enveloppe! Elle se vautre dessus! Voilà ce que ça me coûte d'être mimi! Il me l'efface! Il me l'emmène au bras! Ah! je pétarade! Ah! dis-moi donc! Je saute sur ce rastaquouère! je l'encadre!... Toréador j'y casse deux crocs! Total il me file aux poulets!... Ma première gagneuse!... À Santos dis, c'est tout des grilles! La prison qu'est tout en plein air! Ils venaient pour me voir tous les deux! pour se marrer comme ça le dimanche! se foutre de ma fiole! et bras dessus bras dessous!... T'entends les beaux dégueulasses... Moi de l'autre côté des barreaux!... J'en ai fait six mois! Ah! jeunesse!... J'avais vingt ans tout s'explique!... Ça m'a guéri dis des promenades!... T'as qu'à leur casser les côtes... T'es mimi? t'es scié!... À la cuve!... *I love you!*... Je voulais pas montrer ma force! C'est moi qu'elle maquait! Elle m'envoyait à la vaisselle! Retiens petit!... Homme à médailles! Guerrier la cocotte! Tu m'écoutes? Tu connais pas tout! C'est pas dans les journaux tout ça!... »

Prospero était bien d'accord.

Les clients autour, les tatoués, les hommes d'appontement, les gros bras, ils hochaient, ils comprenaient rien... Prospero leur traduit comme ça un peu en anglais ces paroles pratiques... Ça les fait tout pouffer d'alcool... Ils en avaient plein leurs godets, plein les babines, plein les moustaches... Ils en trinquent en étranglant... en secouant toute la verrerie de rauques rigolades à la santé du compère si généreux, si philosophe!... Ils se trouvaient si hébétés par le gin de malt et le stout et les nuages épais de tabac et la chique en plus et la fatigue des transbords, que c'était une peine perdue de leur expliquer le pour du contre... Ils comprenaient rien du tout... Seulement ils ont voulu quand même fêter un peu le joyeux luron qui faisait si splendidement les choses! qui régalait toute la coterie... qui redonnait dur du cœur au ventre, en trois-six-neuf et whisky-fizz et du « vitriol du marin » qu'était un secret à Prosper, qui vous retournait la gueule d'un coup, juste au sursaut de la première goutte, qu'aurait fait fondre tous les brouillards de Barbeley Docks à Greenwich rien qu'à souffler contre, de l'haleine terrible! à travers les trente-six Tamises. Mais fallait se retenir au comptoir! Il faisait tout net chavirer l'homme!

« *For he is a jolly good fellow* »... repris tel quel le fameux chœur, toute la coterie, envoyé boumé contre les vitres! ça rugissait la ménagerie!... Ça tournait à des tabagies à tout découper au couteau... Que tout le monde en pleurnichait ferme les yeux piqués et tout clignants, rouges, brûlants au poivre, à la suie... à bien d'autres fumées encore, plus âcres, qui filtraient de partout du fleuve, au soufre, au charbon, au salpêtre, qui poissaient tout, effaçaient tout, même le gaz, les papillons, que ça vous donnait des grimaces, des figures marrantes, des têtes en mélasse, pâteuses à travers les buées. Tout le caboulot en rugisseurs comme ça qu'on voyait tout trouble... toute la cohue des fantômes hurlants...

For he is a jolly good fellow!...

Ça recommençait... tout le baccanal... et puis un grand coup pour la guerre, le refrain en vogue, le cri du jour, qui faisait la fureur à l'*Empire*...

Hide your trouble! Hide your bag!
And sing! sing! sing!...

Même le Cascade il l'aboyait « Sing! Sing! Sing! » à tout casser! Au moment juste voilà Boro qu'était au fond, à la manille, qui se rapproche de nous.

« D'où que tu sors toi dis la bedaine? qu'il l'attaque Cascade.

— Je sors du lit patron! à votre bonne santé! Pour votre service! Je sors pas de prison comme tant d'autres... qu'il ajoute... l'allusion discrète.

— Ça vous est pourtant arrivé, soyons sincères, monsieur Boro!

— Et pas moins de quatorze fois pour mon honneur! Monsieur Cascade!... Pourr mes Idées!... Je peux le dirre! Et j'en suis fier! J'y compte encore quand il faudra!... »

L'accent terrible et tonnerre d'rrrrr!

« Allez! Allez! Vous vantez pas!...

— Jamais moi, monsieur Cascade! Jamais moi! Vous m'entendez bien! pour le délit maquerrrro!... »

Mouché le Cascade!

« On vous demande pas vos opinions, monsieur Borokrrrrom! C'est vos papiers qu'on voudrait voir puisque vous êtes si distingué!...

— Mais les voici, monsieur Cascade! »

Il se farfouille profond dans les poches, il extirpe toute une paperasse, des carnets, des portefeuilles, des bouts de passeports, tout ça rafistolé, plein de graisse...

Cascade examine, retourne.

« Oh! Oh! Vous êtes pas difficile, cher bandit d'honneur! C'est tout ça vos qualités? Ça va mal Boro! Ça va mal!... Et les vôtres monsieur la Gourance! »

Il s'adresse à moi.

« Montrez-les-moi donc un petit peu vos chers petits fafs! Vous me permettez?... »

Je sors les miens... Il me les déploie, me les retourne... Il fronce les sourcils...

« Mais vous n'êtes pas au velours non plus, monsieur la Gourance! Ils sont venus aussi vous chercher!... Ça va... Je m'explique!... Ils vous réclament au consulat!... Pardi! Pardi!... Ça se comprend bien!

« Vous avez pas vu les affiches?... Vous qui lisez tous les *Mirrors*... Ils causent que de ça chez Berlemont... Tous les hommes de la classe 12... Tout ça c'est rappelé!... réformés ou pas!... Et vous mon cher Clodovitz? Ce cher docteur! ce cher savant!... »

Il l'avise.

« Faites-les-moi donc voir vos chiffons!... Ah! Je les ai déjà vus bien sûr! Ah! Y a trop longtemps voilà tout!... Ils me manquent! ils me manquent!... Ils étaient trop drôles il y a deux ans!... Vous les avez toujours sur vous?... À la bonne heure! Vous les couvez pour ainsi dire!... Ils ont fait des petits! Clodovitz!... »

Clodovitz il plonge, il en avait plein ses doublures, des un peu vrais... des tout faux!... Des raturés par tous les bouts... ses passeports qu'étaient à rugir! des falsifis! des rigolades! Lui-même il l'avouait.

« C'est trop gratté voilà tout!... »

Il expliquait la raison...

« Eh bien mes enflures! Vous allez pas mal! On va vous apprendre le violon! Artistes c'est un fait! Mais pour les faux fafs!... Ah! ma Doué! mon cul ferait mieux! Et pourtant tout de même on vous cherche!... Y a des personnes qui trouvent ça fort! La preuve! des clients! des amateurs et des sérieux!... Tenez le Matthew, il vous réclame! Voilà l'amateur! Il vous demande partout!... Ça l'émoustille vos faux papiers! Il est revenu me voir avant-hier!... exprès!... tout exprès! Je le reçois : " Monsieur l'Inspecteur! " je lui fais comme ça... je me gêne pas : " Je vous trouve l'air préoccupé? " Je me permets de lui dire... je veux bien qu'il est faux comme une vache... et quand il s'annonce à la bonne c'est pire encore!... C'est du piège!... Je vais droit au but... Je sors le calva... Il goûte... il s'assoit... C'est tout!... Toujours pas un mot... Je voudrais qu'il se réchauffe!... Je sors la fine... et puis les gros verres!... Ça va déjà mieux!... Je vois sa tête!... il fait " myam! myaam! " Il se suce la langue!... Merde je suis pressé!... J'ai l'air de chercher le tire-bouchon!... le petit dans ma poche... je me farfouille!... je me fouille!... tout de mes vagues!... La comédie!... je sors une poignée de livres... comme ça *pof!* sur le guéridon!... Je me lève... je me sauve... je fais : " Je vais pisser! "... Je reviens... y en a plus!... Tout de suite on cause beaucoup mieux!... C'est déridé!... C'est confiant!... Y a bien plus d'aisance!... Ah! j'avais bien fait! Il en avait un peu à me dire!... Je pouvais croire qu'il voulait me bluffer!... Mais il me montre alors ses " Warrants "... C'était du sérieux... Ça vous concerne et en détail!... Vous pouvez drôlement m'écouter!... Toi la Gourance il veut te revoir... Le consulat demande ton livret... illico!... presto!... ça chie!... Toi Clodo c'est le " Home Service " ils en ont marre de ta figure... Et voilà de deux!... qu'il faut que tu retournes à Folkestone!... à la " Quarantaine " des Polaks!... que c'est ta place et pas ailleurs!... Et vous monsieur du Boro! qu'êtes si délicat!... c'est les " Scots " qui vous réclament... et du Yard encore et tout de suite!... Ils sont écœurés de vos scandales!... Voilà comme ils causent! Qu'il faut prendre vos clics et vos clacs et disposer dans les cinq jours!... Qu'on vous revoye plus!... Sinon ça sera les castagnettes... et le bourgeron au numéro!... y aurait peut-être aussi un peu de chat!... Voilà les nouvelles!... »

Je veux bien qu'il atigeait Cascade, qu'il envoyait les boniments comme ça pour nous ébaubir... nous faire voir un peu ses relations, tout de même c'était pas tous des mots!... Y avait sûrement du danger... les bourres étaient sûrement nerveux, goulus et retors... Ah! Mais fallait pas qu'on se laisse faire!... Du coup on se monte nous deux aussi!... On regimbe que c'était des abus!... des iniquités sans pareilles!... qu'on en voyait plein les rues de Londres des truands bien plus moches que nous... bien plus suspects et dégueulasses! des voyous alors!... des terreurs!... des apaches fieffés!... que pour nous ça avait pas de nom comme mauvaise foi abjecte injuste!

Et puis on y a cassé le morceau que probable après tout c'est lui qui nous fourguait sec aux bourremans?... qu'il nous liquidait traîtreusement!... On s'est pas grattés!... C'est vrai qu'il avait l'air heureux, débarrassé tout!... Ah! c'était suspect!

« T'es jaloux c'est tout! avoue-le! »

Voilà ce qu'on y dit... et puis alors tout son paquet!... qu'il se faisait reluire de nos malheurs! Qu'il se montrait sacrément cynique! Qu'il avait pas beaucoup d'honneur!...

Oh! peuchère! Comment qu'il rebondit!

« Moi! Oh! les tantes! Oh! entendre ça! »

Ah il étouffe!

« Qu'ils seraient déjà péris au fouet! Crevés en tôle! finis saucisses! si j'avais pas encore hier sucré leur Matthew! Qu'ils arrêtent pas de me ruiner!... J'arrête pas de leur sauver la vie!... C'est gibier de police et consorts! Voilà comme ça me traite!... » D'indignation encore en plus il nous sort tout un paquet de livres, des sterlings, des dix... que des gros fafs, toute une fortune! Il chiffonne empoigne... il nettoye toute la table avec! exprès comme ça en dégoût!... pour nous montrer! Il éponge tout! la vinasse!

« Là! voilà ordures!... C'est ça que vous voulez?... »

Il nous les rejette là en lavette... en chiffe toute rouge...

« Vous êtes contents?... »

Il nous humilie.

« Mais non Cascade!... Mais non!... Mais regarde... Réfléchis un peu!...

— C'est tout réfléchi, nom de foutre! Vous avez des papiers à chiotte! Ils vous racolent, ils vous encagent! C'est bien naturel! C'est tout réfléchi! Et ils en ont bien l'intention!... C'est la guerre!... Faut voir comme ils causent!... Y a pas que moi dites qui les énerve!... Tout qui les court!... Même au pognon!... Tu peux les gaver! tiens comac!... Ils reviennent. Ils ont encore les crocs!... C'est de la folie, y a plus de limites!... " C'est la guerre! " que ça dans la gueule!... La guerre!... Ça vous en fait des beaux châsses! Tout à la déconne! Poulets ou pas!... Macs ou tordus!... La folie jean-foutre! Ceux qui peuvent rester ils restent pas! On les bute? ils sont pas contents! Ils savent pas ce qu'ils veulent!... Merde!... C'est la fin des bonnes manières! La vacherie en bottes! »

Ah! Il se marrait tout de même au fond!... On voyait bien qu'il taquinait... qu'il nous faisait marcher... Croquemitaine! Coquin de nature!...

Malgré tout, j'étais pas certain... je bandais que d'une!... Boro il rigolait vert... Clodo il retrouvait plus ses yeux tellement qu'il roulait des calots derrière ses lunettes! son godet lui sautait des poignes tellement qu'il avait la tremblote!... tout ça de terreur d'être viré de Londres! Merde aussi! C'était pas du rêve!... Qu'on avait tous des bonnes raisons pour rester à Londres! et des sérieuses et personnelles!... Boro il en bégayait!

« Vous!... Vous?... croyez Cascade?...
— Je crois pas... C'est comme si j'y étais!... »
C'était affreux comme plaisanterie...
 Autour de nous les clients ils s'en faisaient pas une petite miette. Ils profitaient de la bonne aubaine, ils trinquaient à l'œil! Cascade régalait!... Ils comprenaient pas les raisons, que nous on s'en fasse tant comme ça!... qu'on s'échauffe pour des affiches!... pour des ragots de flics!... qu'on se trouve dans des petits souliers!... On avait beau leur expliquer... on leur répétait « c'est la " War " ! » Ça les touchait pas eux la « War »! Ils se seraient jamais engagés!... Ils étaient bons eux que pour les Docks! Le reste ça les regardait pas!...
 Charger... décharger!... voilà tout! Un point et c'est marre!... Dockers! Dockers! Voilà tout!... Camelote de commerce ou de guerre... Jamais un autre blot! C'était comme ça leur Destin!... Ils en changeraient pour rien au monde!... Ils faisaient truands merdeux ivrognes piteux ahuris en loques, pourtant c'était nous les vrais cloches n'empêche! Les vrais parias de la circonstance! Bonnards et de tout pour la pipe! Eux autres les English copains, personne leur demandait rien. Pas question de riflette!... Ils avaient eux qu'à continuer sordides et peinards colletiner leur « lourd »! et voilà! Gentlemen aux soutes! Pas d'histoires! Personne leur demandait rien. Nous c'était pas la même chanson! On nous avait sur les listes « French-les-Grenouilles » repérés canailles de partout! Hommes du péché originel! nés entendus pour les batailles! numérotés clowns toute la viande! Bourricots mitraille! Mauvais alors! Mauvais je dis!... C'est que cinq litres de sang un bonhomme!... On s'aperçoit de ça bien trop tard!... On saisit pas la différence au premier coup d'œil! que la terre c'est qu'une roulette!... les bons... les mauvais numéros!... Rien ne va plus!... les nés planqués!... les nés bidasses!... Au premier abord c'est tout comme!... Tous les pougadins dans le même tas! mais va te faire foutre! Et pas du tout!... Le jour et la nuit!... Dans les pires classes de la misère ça tourne un monde! Le meilleur et le pire!... C'est comme les montagnes vues des nuages, de tout en haut, d'un avion! C'est tout sinistre noir et méchant! Mais de tout près en bas trou lon laire! C'est tout plein de planques, de gras ombrages, de jolis chalets!... Faut parcourir pour connaître... ça s'apprend pas à l'école.

Ça rend facilement optimiste les bons numéros!... Que les autres foncent à l'abattoir!... Ça chante bien en chœur les « planqués »!... Ça vous aubade facilement, surtout arrosés libéral!... des potes fastueux comme le Cascade!...

Encore une tournée!... Une autre!... Le maharadjah en folie!... Tout le tas de banknotes sur la table?... Il en voulait plus!... Que ça se liquide!... que ça se rince!... On le fêtait drôlement! *For he is a very jolly good fellow!*

Ça répercutait plein le bastringue, que ça faisait trembler les parois tellement qu'ils hurlaient fort en chœur!... Le lustre à bobèches il voguait, valsait sur les têtes!... Tout le bazar prenait du godant, toute la cambuse, tout le pilotis... Prospero il relançait au refrain... Je crois que c'est lui qui hurlait le plus fort! *For he is a jolly good fellow!*...

Wromb! la porte qui boume! Un paquet qu'arrive de la rue!... En tas comme ça! *Wromb!* en pleine tôle! Elle s'est jetée!... Elle a pas vu!... Y a les trois marches!... Elle dingue!... Croule! étale! C'est la Joconde! en paquet!... dans ses ouates... ses bandes!... elle relève, elle hurle, elle est affreuse!... tout de suite les reproches!... ça y est... elle se rehisse, raccroche au comptoir!... Une furie! Elle étouffe d'effort... elle suffoque... elle a couru par tout le quartier... à notre recherche! elle est verte sous le lustre!... Elle regarde tout autour... une panique! Elle pousse des cris... Il est pas là?

« Où es-tou Loulou? Où es-tou? trésoré couchoune!...

— Voilà Mamour! Voilà emmerdeuse!... »

Tout de suite Cascade lui répond.

« Arrive catastrophe!... Arrive!... »

Ah! l'effet alors!... Les tables! Si ils se poêlent les gniasses! Cette scène de famille! Si ça tombe à pic!... Si il est vexé!... Ah! C'est le docteur qui va prendre!...

« Regardez-moi ça!... Regardez-moi ça un petit peu!... Monsieur le Docteur Clodovitz! Je vous confie une personne blessée! Je la remets à vos bons soins!... Je crois qu'elle va se tenir tranquille!... Je paie l'hôpital! Je paye tout! Je vous bourre de ronds, joli docteur! C'est comme ça votre reconnaissance? Dites-moi un petit peu!... Ça se sauve comme ça veut de chez vous! Ça se promène, ça se vire, ça bringue! De quoi que moi j'ai l'air? Je vous le demande? C'est un boxon alors votre boîte! votre London

Pito monsieur Clodovitz!... C'est pire que le Charing à ce que je vois!... C'est du travail de Gugusse! Comme vos papiers, monsieur le docteur! de la belle ordure! Pas capable de garder vos folles! La chienlit! Visez la cocotte!... »

Elle restait pas à rien faire. Elle se tirait sur ses pansements, elle s'en fourrait partout autour, plein le plancher, cotons, bandes, charpie... Oh! là là les rires dans la crèche!... ces ovations! Clodovitz il savait plus quoi!... Il tournait autour du trumeau... Il voulait arranger ses bandes! elle voulait pas! elle se défendait!... Ils tiraient chacun de son bout!... La salle c'était des rugissements que ça ébranlait tout le plancher! les murs! le vitrail!

« Rentrez Joconde!... Clodo priait, suppliait à genoux... Rentrez! C'est pas prudent de votre part! Votre plaie va rouvrir! »

Tout son bandage en caillots, elle s'arrachait ça! décollait! ça repissait du sang... ça dégoulinait plein le plancher!... ah! elle voulait pas obéir!...

« Taisez-vous voyou! Assassin!... »

C'est elle qu'incendiait... mal embouchée tout...

Maintenant ça hurlait dans la tôle. Ils comprenaient plus les dockers... Y avait du trouble dans les consciences... ils croyaient qu'on se montrait méchants avec la poupée!... Ils nous en voulaient subito... Comme ça une tempête soudaine... Fait et cause pour la miniature! Maintenant ils rugissaient pour elle!... Au moins une douzaine de colosses qui voulaient étriper le Cascade!... Illico presto!... Des terribles bras! Ça va chier!... des tatoués... des muscles de gorilles!...

Ah! quand elle voit le danger qui menace... qu'ils vont sauter sur son chéri, c'est elle qui le protège!... de tout son corps! Elle saute au-devant!... elle le couvre!... Elle râle au péril! rugit lionne!... Tous ses pansements débobinent... elle se prend dedans, elle s'entortille... elle hurle plus fort que toute la meute... *Brrrr! Brrrr!...*

« Chouchou trésoré! Faisez mimine à votre doudou!... »

Mais les tatoués ils sont brûlants!... faut qu'ils assomment le Cascade! Maintenant la pleine furie de colère!... Voilà qu'ils empoignent les bouteilles, les siphons, les chaises! et *pflag!* ça commence à sonner! gicler! rebondir de partout!

Pang! à *bing!* à *boum!* plein les glaces!... la porte!... Un affreux fracas!... Cascade dégage... saute arrière!... la bataille en plein!... les tables sens dessus dessous!... Barricades et hop!... ils se retranchent! Prospero et lui!... La caisse, l'armoire, le portemanteau!... Et hop! tout s'envole!... fétus!... Ça bombarde là-dessus! à coups de chaises!... croule bascule!... Les dockers, tout rouges, foncent en force! à coups de béliers ils rentrent dans le tas... L'assaut! le massacre! Ça hurle de tous les côtés!... *Vrraoum! Dzim! Boum!* C'est l'orgue à la mécanique, l'énorme du fond qui joue subit!... Il s'est mis en train! *Tarraza! zoum!* le monstre à trompettes! flûtes! tambours! Faut l'avoir entendu broyer! saccager sa valse! Boro qu'a mis l'outil en branle! Damné instrument! C'est l'orage! Je l'aperçois qui trifouille au fond... Il me voit!... Il me fait signe... « Fous le camp! » comme ça le grand geste! Je comprends rien con! Il me crie! Il m'hurle!

« Qu'est-ce que c'est? » Je bafouille...

Pas le temps! *Wrroung!*... le tonnerre de Dieu! La tôle qu'explose! Quelque chose alors! et ces flammes!... Ah! merde! J'ai vu! Merde! C'est lui!... Dans les flammes là!... Dans le feu jailli! Il a jeté le truc! Quelque chose alors!... Un caillou! Ça a éclaté... là sous la table... *Vrang! Bang!*... Une autre! Là certain!... Il a jeté l'engin!... Grenade comme ça je connais! Ah! le pourri!... L'ours! Une gerbe!... Une grêle!... la ganache!... Il nous tire!... Oh! la panique! Si ça fout le camp!... Trois étendus! trois bonshommes! Je saute par-dessus! Le plafond croule!... Derrière nous tout crève... débouline!... Les platras!... les tuiles!... L'avalanche!... Cascade est sauf!... Il court devant!... Prosper aussi et la Joconde! C'est la tirette!... Elle court derrière!... elle rame, elle piaille... Elle veut qu'on l'attende! qu'elle a trop de mal!... Et les insultes! Elle nous traite de lâches!... Boro aussi qui rapplique!... n'importe quoi!... pas gêné!... Il court après nous! Sa bedaine l'empêche pas de courir!... Tout secoué il poulope! et content quoi!... Pas de honte!... Il rigole! Il saigne des mains! Il bute! il se ramasse! Il se fout de la vieille par-derrière qui nous court après... à cloche-patte elle!... ban! ban!... hop là! Elle chiale qu'on la tue!... Elle se magne quand même!... On reprend pas par les mêmes impasses...

On fonce par High Way Lambeth... et puis au trot Grave Lane... Ruysdale... et puis des zigzags... on dépiste!... faufile... Cascade qu'est en tête!... La Poupée elle raccroche Boro... Elle y retient la manche... Cascade il en veut plus du tout!... Il veut plus la voir!...

À chaque coup de trottoir elle beugle!... ça y fait mal à sa plaie... elle saute en hurlant!... Heureusement que c'est tout des rues vides!... On dévale là-dedans toute la meute!... Ça serait joli en plein jour!... Prosper il galope aussi... J'y vois pas sa tronche! Je l'entends qui zozote... Il est devant moi. Il a rien!... Sa turne elle a pas pesé lourd! Merde alors! Une flamme!... Du bois! du torchis! ça tenait par lerche! C'est exact!... Boro tout de même c'est un sonné!... Il court avec la Joconde... Il la traîne la vieille... elle l'engueule!... « Pas si vite! Boun Dious! Pas si vite!... » Encore une tirette!... Moorgate Street! de bout en bout! Le feu au derge c'est le cas de le dire!...

Tout de suite après le Square c'est les Docks... Je crois qu'on a perdu Clodovitz... Je gueule après... comme ça courant... aucune réponse... Son hosto c'est là... à côté... On va pas y laisser la vioque?... On passe tout contre... je demande... je le crie en courant! On poulope! On continue!... Un! deux!... Un! deux!... oblique à gauche!... Marylebourne!... tout droit!... puis Mint Place... Alors on va chez Tackett?... Je savais pas... Personne avait dit!... Nous voilà devant!... Stop!

Et yop là! On fonce dans la porte! On rentre tous en trombe!... Toute la cavalcade!... Ah! surprise! Il était juste en plein rangement! *Paratapouf!...* Toute sa camelote! cordages! ferraille! toute sa drouille tout plein son hangar! Il se jette sur la lourde, il referme. Il est plutôt suffoqué!... « D'où que ça vient tout ça? » qu'il demande... Personne lui répond... Tout le monde renifle, râle... poumone... toute la meute éternue glave! s'écroule sur le tas! Ah! là là! quel sport!

Cascade qui recause le premier... que le souffle lui revient...

Il montre le Boro à Tackett...

« Tiens tu veux voir un assassin?... »

Et puis il raconte net les choses... lui aussi l'a vue la grenade!...

« T'en as pas une autre dans ton froc ?... »

Du coup c'est la ruée sur Boro! Ah! le gros hurluberlu!... l'ordure!... l'empaffé... tout le monde y saute sur la panse!... te le retrifouille, farfouille tous les bouts!... s'il en a pas encore une autre?...

« Gros charcutman! Gros toqué!... »

Ils te le rengueulent effroyable!

Il prend bien les choses... il se bile pas pour ça... Il se marre!... il glousse qu'on le chatouille!...

« T'en as pas une autre?... »

Ils le retripatouillent, ils s'acharnent... Tackett lui il veut le foutre dehors!... Il y tient lui à son local!... à sa camelote!... à ses bois!... Prospero sa désolation ça l'empêchait de dire un seul mot. Sûrement qu'il avait du chagrin de sa tôle, sa clientèle, de son bail surtout... Il en parlait toujours de son bail... encore 78 ans!... Il en était fier!... Merde, il avait raison Matthew!... Le Boro c'était qu'un sale lard! un sournois furieux incendieur!... Ah! ça se voyait pas tout d'abord!... J'aurais jamais cru!... Et comment qu'il te l'envoyait! alors pardon sans aucun doute!... Ah le ravageur!... et insolent encore en plus!... pas gêné du tout!... Il avait resoif à présent!... Il voulait retrinquer à la ronde! La pépie! qu'il annonçait! Et puis qu'on lui ouvre une cannette! pas dans une heure! là tout de suite! que c'était assez d'attendre avec sa main si blessée...

C'était vrai qu'il saignait toujours, la Joconde aussi... Ils se comparaient tous les deux... C'était une vraie ambulance... Moi j'avais pas soif, plutôt froid...

La Joconde d'être comme ça en famille ça lui redonnait tout son culot... On lui a refait ses bandages, rafistolé tout son bazar, ses serviettes, sa ouate... Tout lui pendait entre les jambes... On l'a allongée sur des sacs... Cascade s'est couché à côté... qu'elle reste peut-être un peu tranquille... qu'elle se taise à la fin...

Voilà le Clodovitz qui rapplique... Il frappe... Il cogne à la lourde... Il glapit son nom... Comment qu'il nous a retrouvés?... la chassieuse cocotte! Il arrive... Il cligne... Il raconte des trucs... Il sait plus!... Il croit que ça a pas explosé!... Il déconne!... Il se rappelle plus rien! Il a eu un choc, il a pris un truc sur la tête... il a du cuir arraché... il saigne assez fort lui aussi... et puis de la bouche. Faut réchauffer du jus pour lui... Il va se trouver mal... Il a cavalé... Ça lui donne des palpitations... On profite nous qu'on le ranime pour se refaire aussi un grog, deux saladiers!... Tackett il a pas fini!... Ses invités sont goulus!... On se tasse tous ensemble... On se roule dans les sacs! les piles!... Y a pas de lit dans la maison... C'est des hangars voilà tout...

Boro maintenant il se trouve mieux, il décide qu'il va partir... Il annonce :

« Je parrrs!... Je parrrs!... »

Il doit être sur les deux heures...

« Fous le camp!... On t'a assez vu!... »

C'est l'avis de tout le monde.

Prospero il a pas moufté... Il est assis sur les sacs... il s'est même pas allongé... La tête dans les mains comme ça...

« Fous le camp aussi toi! tu m'entends?... »

Cascade qu'est allé le secouer, il voulait pas qu'il reste là... Pourtant il avait rien dit! pas moufté du tout! pas un mot...

« Allez hop! en l'air! »

Brutal!

Je crois qu'il s'en doutait que dans la nuit ils allaient s'en foutre un vieux coup Prosper et Boro, régler la grenade, qu'ils attendaient seulement qu'on dorme!

« Allez vous assassiner!... »

Comme ça qu'il les fout dehors!... Y avait pas de réplique... Tackett était avec lui... Ça alors une brute le Tackett! il se servait d'un piquet de mine pour ses différends... Son arme favorite... Il envoyait ça dans les jambes.

Voilà donc vidé le Prosper et le Boro avec.

À nous le hangar à présent!... On allait pouvoir dormir... Il avait de quoi coucher le Boro! je m'en faisais pas pour lui! j'étais pas en peine. Il irait chez son pote l'Affreux... il y allait toujours... C'était en face de l'autre côté... après Cubitt Docks...

Mais ils gueulaient maintenant de la rue... « Enculés! » qu'ils nous appelaient... ça résonnait fort dans la nuit... « Orrrdurres!... Orrdurrres »!... L'autre aussi quand il l'a eu rejoint il s'y est mis à nous agonir « Enculés! Enculés! »... Ils nous engueulaient tous les deux.

On les a entendus très loin... On a entendu leurs pas... Longtemps longtemps... jusqu'au bout. On s'est endormis.

☆

Au moment où montent les ombres, où bientôt il faudra partir, on se souvient un petit peu des frivolités du séjour... Plaisanteries, courtois devis, frais rigodons, actes aimables... et puis de tout ce qui n'est plus après tant d'épreuves et d'horreurs que lourd et fantasque apparat de catafalques... Draperies à replis de plomb, peines perdues! l'énorme chape des rigueurs, arias, sermons, vertus chagrines, déjà tout le mort écrasant... souqué fagoté sous pitchpin, en crypte vide. Ah! qu'il serait ensorcelant, qu'à l'instant même, au moment juste où tout nous cloue, s'échappe, jaillisse hors du cercueil miraculeux trille de flûte! tout preste, guilleret à ravir! Quelle surprise! quelle fierté! Soupirs au Landerneau des Morts! Ah! quelle leçon pour les familles!... Joyeux compère macchabée gaudrioleur à fantômes! Ménestrel pour tous précipices, lieux envoûtés, abords maudits! Le premier bonhomme Casse-la-Pipe n'ayant pas vécu pour de rien, ayant enfin surpris, compris toutes les grâces du Printemps! le renouveau de l'oisillon! du Pinsonnet au bocage, emportant le tout au-delà! Révolutionnaire des Ombres! Trouvère aux Sépulcres! Baladin faridondant aux Antres du Monde!... Je voudrais être celui-là! Quelle ambition! Nulle autre! Pardi! Bougre! Mille grâces le fûté!... Mieux rigodon d'Éternel qu'Empire humain calamiteux, taupinière mammouth à complots... Croulant mirage à gogos!... Salut aux monarques! Ravigoter les sujets? les faire gigoter en mesures! Quelle histoire!... Fou qui se donne aux Éphémères!... Mille fois mieux périr gentiment emportant la flûte!... Mais encore faut-il le moment d'extase ravissante! Ne part pas qui veut de musique! Le moment choisi!... Il faut durer en attendant... Je le dis toujours!... Le pour... le contre! Sauter ici!... Rebondir là!... raccrocher le pain quotidien... La vie de puce!... On vous épie!... Quel tourment!... Je vous ai montré violemment le genre chez Tackett... Pour se sauver avec la flûte c'est autre chose! Vous le verrez! Foin de branlette!...

Depuis le pétard au *Dingby* quel hallali! Quel exercice! De salles d'attente en louches boardings, de soubassements en greniers, de rats en rats, quelles descentes! quelles escalades! des « Salvations » aux logeuses à deux pences le soir, quel trafic! Il m'avait rempli de frayeur Cascade avec ses ragots que le consulat me courait après... J'avais plus les nerfs bien solides... Je perdais la boule facilement... Je fonçais d'un quartier à l'autre... Jamais deux fois dans le même garni, because les questions soupçonneuses... J'étais sage... j'avais revu personne des uns ni des autres!... bien suivi au poil, à la lettre, les conseils prudents... J'avais évité Leicester et Bedford, le ruban, les trottoirs aux femmes, où j'aurais pu apprendre des choses... Pourtant j'étais sur des charbons!... Y avait de quoi!... Pas une ligne dans les canards. Cascade avait dû arroser!... On devait pas se revoir du tout avant qu'il nous ait fait le signe! J'avais très bien tenu parole Que le plus critique était passé!... que les bourres reniflaient ailleurs... après d'autres crapules... Seulement je touchais le fond de mes vagues!... J'avais emprunté à Cascade avant la tirette, une dizaine de livres. J'avais pas fait l'extravagant, tout de même je voyais le bout... Je pouvais pas coucher sur le dur, ça me donnait des crampes à hurler à cause de mon bras!... J'étais forcé de prendre un lit... Ça revient toujours assez cher... même dans les plus modestes maisons. Je passais mon temps au cinéma... Je me souviens encore des programmes... C'était surtout des « Pearl White » dans *Les Mystères de New York*... J'avais beau y passer des heures, il me restait quand même bien du temps... Je prenais les petites rues dans Soho, les gafouillantes, les mouvementées... où le Populo arrête pas... où c'est une petite foire à demeure... que ça fourmille vers les boutiques, de Shaftesbury à Wigmore Street, plein les étalages, sous les portes, tout ça tout grouillant d'affluence, que ça vous planque bien, vous rassure, en même temps c'est gai, ça distrait... au bout de dix à douze jours quand même, comme ça de va-et-vient par les rues, ça commençait à suffire. J'avais ma claque de pénitence! Après tout merde! j'avais rien fait!... J'osais pas trop relancer Cascade, mais Boro lui je voulais le revoir!... Un dimanche matin je me décide... je me dis : « Petit! On y va! » Je me trouvais vers Barbeley Dock, le Transbord attendait, c'était invitant, le petit boat, ça faisait dix minutes sur le fleuve... Je suis tenté dès que je vois l'eau... La plus petite raison ça va!... je ferais le tour du bassin des Tuileries au moindre prétexte! dans un verre de montre si j'étais mouche un tout petit peu... n'importe quoi pour naviguer! Je traverse tous les ponts pour des riens... Je voudrais que toutes les routes soient des fleuves... C'est l'envoûtement... l'ensorcellerie... c'est le mouvement de l'eau... Là comme ça, sans vouloir, hanté, juste au clapotis de la Tamise... je restais là, berlue... le charme est trop fort pour moi surtout avec les grands navires... tout ce qui glisse autour... faufile, mousse... les youyous... l'abord sud des Docks..., cotres et brigantines au louvoye... amènent... drossent... frisent à la rive... à souple voguent!... C'est la féerie!... on peut le dire!... Du ballet!... ça vous hallucine!... C'est difficile à se détacher... Avec le petit bac le *Dolphin* on entrait un peu dans la danse... deux petits tours... d'un bord à l'autre... j'en ai repris des cinq ou six fois! comme à la Fête!... l'aller le retour!... Barbeley-Greenwich... à toucher presque les gros cargos... les poussahs colosses à la remonte, bouillonnants furieux des hélices... drossés aux remous... rugissants, grognants d'alarme... craintifs aux abords... Quelle beauté!... mouettes au vol! glissez au ciel! assez de rêve! à terre enfant! Plus un penny dans la poche! Allez hop! Greenwich!... quelle tristesse! Allons maintenant! assez flâné! musé... Il faut que je retrouve cette vache! C'était bien entendu, convenu! chez l'autre, l'« Affreux » en question.

C'était dit... Greenwich Alley... Greenwich Park... Van Claben Junior du vrai blase... Il m'avait bien expliqué... pas loin du wharf sud... Qu'est-ce qu'ils diraient en me voyant?... Ils me gaferaient sûrement du dehors... Ils m'ouvriraient peut-être pas la porte?... Tout ça, tout derge et compagnie! Ah! j'étais fixé! Y avait pas de l'indue confiance! J'y allais, voilà tout...

☆

Je regarde un peu les abords... si je renifle pas les poulets... Comment elle se présente la maison?... « Titus Van Claben »... Si je vois pas de mines insolites... C'est tout tranquille... tout rassurant... Trois, quatre quidams sur le perron qui bavardent comme ça... des clients sans doute... ils attendent leur tour... Dans le parc des mômes qui galopent, qui foncent partout, se coursent à travers les allées... Enfin tout ça bien ordinaire... En plus il fait beau... grand soleil, presque chaud... C'est rare à Londres début mai... Des fenêtres grandes ouvertes au premier j'entends Boro qui tapine... à la ritournelle... ça va!... C'est bien son toucher, sa musique, je crois pas me tromper... Il est là le voyou!... Je me dis! « Je suis verni!... Il est au piano... il aurait pu être en prison!... » Je commençais à en être gâteux de me promener d'un quartier dans l'autre... de jour et de nuit! Une sinistre fatigue!... Pas tout de même vidé comme aux grives!... mais presque... enfin bien claqué... et puis alors un mal au bras à force de crécher de bric et de broc... de ronfler sur des pages-noyaux!... et puis des bourdonnements d'oreilles que ça m'en faisait fermer les yeux tellement c'était strident pénible... C'est moche la vie de mutilé... et c'est mauvais la fin des ressources... ça vous donne des vilaines pensées, brutales... Enfin tout valait mieux que la pipe! Si ils m'y faisaient jamais repartir?... C'était bien nom de Dieu possible d'après l'autre enflure!... Si ils me cherchaient du consulat?... Si ils raclaient leurs fonds de tiroir ?... C'était une chance que je courais malgré tout quand même... C'était du rabiot par le fait... Une chance entre mille de me trouver comme ça à Londres... je raconterai comment... Une veine insolente!... Une gâterie!... Un retournement du sort!... Quelle renversée!... Cascade je peux le dire, quelle aubaine!... Tout ça par le petit Raoul... Pauvre mec alors celui-là! Une malchance!... Je raconterai aussi... Faut pas bouder son Destin!... Je me trouvais verni et drôlement!... Tous les autres comme moi c'était frit! Ils faisaient leurs trous dans les Artois... ou ail-

111

leurs !... au 16ᵉ Lourd !... aux « portés »... Ils avaient muté certains... aux biffes dévorantes... sucrés, pilés dans la chaux... Dix heures sur douze sous les marmites ! À la bonne santé ! C'était mieux ici ! Faut savoir !... Des roses !... même dans les moments délicats !... Ah ! pas mollir !... Empoigner tout !... Mille fois gaffe ! Je me ressaisissais ! Je raccrochais ! Ces potes étaient pas distingués, bien sûr, entendu, mais pour moi une fameuse famille à la coule et tout... Vu que j'étais bien recommandé, que je venais du pauvre Raoul, d'emblée bon accueil !... Juste là... deux trois anicroches !... et puis le pétard au *Dingby* !... Ils m'avaient semé un petit peu... C'était fatal !... Fallait que je rambine à présent... Par Boro je les retrouverais sûr !... Me voilà donc devant la porte « Van Claben Titus »... C'était le moment de la décision... Je sonne... je cogne... Personne répond... Je tape encore... J'insiste...

« Boro !... C'est moi !... » que je hurle, comme ça du jardin.

Enfin Monsieur veut bien se montrer... Il se penche à la fenêtre... Le voilà !... Il est ahuri de me voir... Il me fait signe...

« Molo ! Molo !... Reviens tout à l'heure !... »

Je lui montre ma ceinture... que je la saute...

« Chutt ! Chutt ! » qu'il recommence... Il me montre là-bas l'allée des arbres, que je m'éloigne !...

Ah ! pardon non ! c'est pas possible ! Assez des promenades !

Les clients, les gens là autour qui vont viennent, qu'attendent sur le perron, ils se rapprochent, ils se foutent de nos gestes... Au moment juste la porte qui s'ouvre !... Le voilà qu'apparaît le Titus !... Titus Van Claben ! dit l'Affreux !... C'est son surnom !... Je le reconnais tout de suite d'après les récits... Il se présente comme ça sur le seuil en grand costume de pacha, c'est ainsi qu'il tient son commerce... tout paré de soie jaune et mauve avec un turban colossal et puis une canne toute en pierreries et une grosse loupe de bijoutier. Il se tient tel quel dans sa boutique. Il exerce ainsi son commerce en grand travesti oriental... Il veut me chasser immédiatement... son premier instinct... Il me connaît pas... Ça ne fait rien... Je tique pas ! Il me dévisage...

« Ah! c'est vous jeune homme tout ce barouf! »

Il parle français, mais gros d'accent, il fracasse, comme l'autre là-haut... C'est des métèques tous les deux...

« Je t'emmerde! » que j'y fais.

Du coup, si il se poêle le Boro! Il est au-dessus de nous, il pouffe! Il nous contemple... aux premières loges...

Le calife, il clignote... Il renifle... Il veut me bluffer!... Il m'attaque, il est rageur, il trémousse... il sursaute dans ses pantalons, ses énormes bouffantes soieries... Ah! le gros chienlit et méchant!...

« Vas-tu courir petit bandit! Vas-tu te sauver! Oust!... »

Il m'agite déjà son bâton.

Je bouge pas du tout...

« Vas-tu courir! Oust!... » Il recommence... Son turban chavire sur sa tête tellement il s'indigne...

« Sauve-toi! Je veux plus te voir!... Tu vas le débaucher encore plus?... C'est ça que tu viens faire?... Tu le trouves pas assez vicieux?... »

Il me montre l'autre là-haut qu'esclaffe, qu'est cassé sur la croisée tellement qu'il boyaute...

Je le trouvais d'abord marrant, ce chienlit poussah, maintenant il commence à me courir.

« Je vais te chiffonner, toi, guignol!... »

J'aime pas les menaces... Ça se passe en public... c'est grotesque...

« *Go way vilain!* » qu'il me rattaque. À moi? un mutilé de la guerre!... Ah! là là, pardon!

« Je vous fais arrêter tous les deux!... »

Il nous montre là tous les deux...

Encore un jaloux ma parole!...

Voilà l'autre qui cause à présent, il fait un discours de la fenêtre, au plein public, il apostrophe...

« Salut! tout le monde!... Salut *gents!*... Salut la Douleur!... salut pote!... »

Il brandit une grosse bouteille, un whisky « gallon », il s'en jette un coup dans le tube, comme ça à la régalade!... Il se donne en spectacle... Les gens si ils pâment!... Ils brament! Ils attendent la suite!

Le pacha il trépigne, postille, il en peut plus de fureur...

« Voulez-vous rentrer! maudit chien!... Voulez-vous rentrer! qu'il lui fait... Vous êtes pas encore assez ivre?

Et vous petit misérable, vous savez pas ce qui vous attend ?... »

Ah ! ça c'est de la menace et directe !...

Ah ! non ! J'en sais rien... Ah ! C'est bien exact !... Toujours il m'écœure, c'est sûr ! J'ai plus qu'un seul bras, entendu !... mais il outrepasse !... Ah ! je vais le chatouiller... Je traverse l'assistance... ça suffit !... « Attends Kalife de mon cœur !... » Je bondis tout près... Vu en pleine face il m'interloque, il est pas croyable !... Comme ça en plein jour ! maquillé !... Un plâtre comme bouille !... ce travail !... pire encore que la Joconde ! et bajoues madame ! et bourrelets ! à la crème ! et la poudre !... même du rouge à lèvres !... Il me fait un effet fantastique, une terrible berlue, un mirage... il me fascine. Lui aussi il me regarde tout contre... Il me dévisage... il papillote... Il recommence avec sa grosse loupe à me scruter...

« Oh ! Oh ! qu'il s'écrie tout d'un coup... Oh ! là là ! jeune homme ! Mais jeune homme ! Mais vous n'êtes pas bien du tout ! »

Ah ! je l'époustoufle !...

« Mais je vous trouve au plus mal !... Entrez !... Entrez !... Reposez-vous !... »

Il m'invite... Il a changé de ton tout soudain... obséquieux maintenant, attendri... huileux...

« Comme vous devez être fatigué !... Entrez !... Entrez !... Allongez-vous !... »

Il est trop poli !

Je sors de ma stupeur, je fonce dans la porte, je trouve l'escalier... je bondis tout de suite, je grimpe quatre à quatre...

Une pièce... Quel tohu-bohu !... Je bute dans tout !... Je tombe sur le Boro là vautré... ouf ! avachi en plein divan... Il me voit... il se soulève...

« Ah ! Vous voilà vous ! Oh ! mon ami !... Oh ! mon ami !... Oh ! quelle histoire ! Avez-vous rencontré Matthew ?... »

Ses premières paroles ! Matthew !... Y a que ça qui le tracasse !...

« Où qu'il est Matthew ?... »

Il bafouille que ça : « Matthew ! »... Il me demande même pas de mes nouvelles !...

« Non ! que je lui fais, non j'en sais rien où qu'il est le

Matthew!... Gros ivrogne!... Mais je pense qu'il va pas tarder!... à la façon que vous faites scandale!... que vous ameutez les personnes! »

Je lui donne mon avis.

« Scandale moi?... » Ah! il se rebiffe... Tout de suite la violence!... Il me brandit son cul de bouteille! Il veut me l'envoyer par la gueule...

Il bute... Il vogue!... Il se fout en l'air!... *Baradaboum!*... Le vieux d'en bas il hurle alors!... par répercussion!... il piaille après moi... la voix qui perce piaule... une garce folle!...

« Vous avez pas fini, canailles! Vous allez tout casser chez moi! Boro jouez-moi *Jolly Dame Walz*!... »

Y a le piano aussi là dans le coin... Il veut de la musique le pacha!... exigeant comme ça! une envie!... il en crie de désir!

« *Jolly Dame Walz...* T'as entendu? *Jolly Dame!* »

Tout de suite il est à bout de nerfs... Il trémousse! sursaute... une grosse folle!

Il fait rebondir toute la boutique, ébranle le plancher! Si ça résonne! Il cogne en même temps au plafond!... avec la canne!... c'est une rage pour *Jolly Dame Walz!*

« Merde! qu'il répond l'autre... Merde! grosse conne! »

Boro comme ça de son sofa... Il y envoie ça par l'escalier...

« Vous êtes saoul déjà Borokrom... que le vieux lui répond... Vous avez bu comme un trou! »

Ils se prennent à partie...

« Comme un trou?... Ah! alors c'est trop!... Trou de quoi, dites donc? Trou de quoi? Trou du cul, n'est-ce pas?... »

C'est trop indignant!... Il se relève Boro! Il veut entendre ça de tout près... ce que le vieux insinue! il va descendre... merde! Il bute... il vacille... Il arrive aux marches... Sa chemise sortie en blouson son benouze débine... Il retitube... *Broum!*... il bascule verse... débouline... croule dans la boutique... Une masse... Comme ça en plein bazar!... En pleine vaisselle!... La pyramide de compotiers... assiettes! Ah tonnerre!... Une cataracte!... Le vieux il étrangle de furie... La cliente qu'est devant au comptoir elle glapit... elle bêle d'horreur... Elle veut se sauver... elle peut pas!... Tout retombe sur elle !... Le vieux veut l'aider, l'extirper ! il tire dessus, là par les bottes... il s'arc-boute... ho ! hisse ! et hop !... toute la camelote redégringole !...

« Au secours !... » qu'elle appelle la cliente... Le vieux hurle... « *Help !* Boro !... Boro tu m'aides ?...

« Et toi, voyou ? Tu fais rien ?... » Il s'adresse à moi. Je descends... Il me veut !... Je fonce... J'attrape la cliente par les pieds... je la sors du chaos... je la ramène au jour... Tout de suite ça recommence la bagarre entre les deux patapoufs. Les insultes, les menaces, sur le ventre même de la dame... Elle tout en dessous qu'elle hurle à mort !...

Boro attrape le vieux aux tiffes... Ah ! c'est maintenant qu'il va le sonner !... Le turban voltige !... Il le serre au quiqui !... qu'il l'étrangle comme ça, nom de Dieu !... Il prend la cliente à témoin... comment qu'il va étrangler le vieux...

« Et qu'il voulait m'assassiner !... Je vous le dis, Madame, un pirate... *Païrate ! I say Madam !*... »

Et puis pour mieux lui faire comprendre, ils retombent à deux sur la cliente, ils la défoncent énormément... ils roulent dessus au corps à corps... c'était juste une très mince personne... Elle venait emprunter sur son « titre », son obligation mexicaine... Elle la tient encore dans sa main... Ah ! elle la lâche pas !... elle l'agrippe... Elle avait trop peur des voleurs !... et elle arrête pas de glapir...

« *Help ! Help ! The door please !... the door !*... La porte !... » Mais Boro voulait pas qu'elle file... Il se cramponnait après sa jupe !... pendant qu'il serrait l'autre au cou... Il avait peur qu'elle hurle dehors... mais voilà le calife qui s'échappe !... en se raplatissant, en se rendant mou mou sous les prises... d'énorme il s'était comme fondu tout ratatiné sous la force... tout son gros cul, son gros benouze... il glisse... se dissout... il s'échappe... voilà comme il est ! *Vlouf !*... et le revoilà debout !... Tout ballon ! Il a rejailli du combat ! Il saute sur un grand couteau qu'est là sur la table... Heureusement, je suis prompt aux gestes, je l'accroche aux froufrous... aux bouffants... j'y arrache toutes ses soieries... *Parataboum !*... Fesses en l'air !... Du coup Boro lâche sa cliente... il empoigne une carabine dans le porte-parapluie, une Winchester de « grande chasse », une terrible massue... et il court après l'Affreux !... Le combat continue! Il va l'assommer à coups de crosse! Il brandit haut son tromblon! C'est une mêlée dans le fond de la pièce!... C'est tout renfermé... calfeutré... Je vois à peine... juste la lumière d'une lampe à eau... un système baroque sur la table, là près de la cliente... une grosse boule... une bobèche à huile dessous...

Je vois un peu la transe!... la manière qu'ils se sonnent tous les deux!... Je veux sauver au moins la dame!... ma présence d'esprit!... Je la rattrape dans le tas de vaisselle... je l'extirpe encore par son jupon... j'arrache! Oh! hisse! j'amène tout! Je la requinque! d'aplomb! elle chancelle!... elle tient plus du tout en l'air! elle se rassoit... elle souffle...

Dans le fond... dans l'obscurité... les deux continuent atroce! la lutte! des « Han!... Han!... » formidables!... Le vieux, sa sacoche se retourne!... Il l'avait en bandoulière... *dzing!... ding!... ding!* Tout barre!... déboule... cascade!... s'étale... tinte partout!... Tout un flot d'or!... des pièces!... des pièces!... Ils continuent à s'étrangler... ils se roulent l'un dans l'autre... en plein or!... des prises atroces... Ils arrivent tout contre la cliente... Ils la refoutent par terre de sa chaise!... Elle roule encore une fois en dessous... Elle est reprise dessous les lutteurs!... elle est écrasée!...

« Mister! Mister! qu'elle supplie!... *The door please!... the door!* La porte!... » elle recommence...

Je peux plus l'arracher aux furieux, maintenant c'est fini! ils sont arc-boutés sur elle... elle est raplatie totalement!... Je rampe vers la porte... J'abandonne!... de l'air!... de l'air!... j'en peux plus!... Je crève aussi!... Une bouffée là!... Un souffle! Par pitié! J'arrive!... Ouf! hop! je pousse! La porte! Le vent frais! Ah! le vieux suffoque! « Oach! » affreux... En plein pancrace comme ça sur l'autre, dans le fond, dans le noir, à bras-le-corps!... Ça l'a saisi l'air! net suffoqué!... C'était trop frais! « Asthme! Asthme! »... qu'il me râle! qu'il étrangle!... dégueule!... Ah! il va crever positif... ses yeux qui roulent! Et tout s'écroule! cafetan, soieries, bouffants, bonhomme... Il est là au sol... il bave... gronde... On y dégrafe sa casaque, il convulse, écume, saloperie!... il va passer!... Il révulse des calots comme ça!... La cliente elle pirouette de peur... elle s'envole à travers la porte!... elle nous laisse tout là!... ses objets, son sac!... ses obligations!...

À peine dehors qu'elle est sortie, une autre rombière qui

rapplique... Celle-là alors encore bien pire!... Tout de suite des cris... des clameurs! la déchaînée aboyante! à peine qu'elle a vu la chose, le pacha comme ça sur le dos... tout de suite une scène abominable... Boro la connaît.

« Delphine! Delphine! » qu'il l'appelle.

C'est la bonne... Il me dit, c'est la bonne!... D'où qu'elle sort?... Elle se jette tout de suite sur son patron... Elle le couvre de pleurs, de baisers!... Elle l'aime bien son Mr Titus... Elle veut qu'il retrouve tout de suite ses sens!... qu'il rouvre les yeux!... Boro il se donne aussi du mal!... Ah! il veut aussi qu'il se ranime!... Il s'évertue... Il se contorsionne accroupi... Il lui souffle partout... dans les oreilles... dans la bouche... Ah! c'est fini la bataille!... Maintenant c'est tout pour sauver l'homme!... Il lui étend les bras en croix... Il lui relève... rabaisse... des tractions... Tout de suite ça lui fait du bien... il rerespire un petit peu... on l'assoit... on l'adosse au mur... on le borde en coussins... il reflanche... il se raffale encore... il retombe à droite... et puis à gauche!... Il veut respirer des sels... Il murmure... gémit... il veut!... Ils se trouvent dans l'armoire les sels! au premier étage! vite! vite! vite!... Boro lui il peut pas monter! Il faut qu'il tractionne... C'est moi donc qui saute!... je trouve tout de suite... Le flacon est vide! Malheur de malheur!...

Delphine, la bonne, en rugit!... Quelle désolation!...

« *Mister Titus!... Please! Wake up!*... Réveillez-vous! *Be yourself!*... Soyez vous-même! »

Des clameurs atroces!... elle te l'attrape... te le secoue!... Faut qu'il revienne à lui! qu'il revive! Tous les moyens! Tout en œuvre! C'est une bonne extraordinaire! brûlante d'affection et de ferveur!... On peut pas dire le contraire! c'est une personne admirable! Il est pas beau son patron! Il est pas frais son popotame! Il gît là dans ses soieries! plein de ses dégueulages... ses renards... il glougloute encore!... ses yeux pivotent... figent... révulsent... Ah! c'est affreux à regarder!... et puis *plof!*... Il tourne cramoisi!... Lui, si blême juste à la seconde!... Il lui remonte plein de gros gromelots... plein la bouche... Il fait l'effort... C'est le soulagement! Elle lui tient la tête... elle l'aide...

« *Good! Mister Claben! Good! Mister!...* »

Elle est bien contente... À genoux comme ça elle le soutient... elle l'encourage... à chaque hoquet un gentil mot... Enfin il a bien dégueulé!... elle est bien heureuse!... Il dégorge encore tout plein... de la bile... de la verte encore... tout autour... même sur Boro qu'est là... qui regarde... ça l'éclabousse plein... J'en prends aussi un gros hoquet... Il se trouve beaucoup mieux! Il veut qu'on le remette sur son lit... Là derrière le paravent... dans sa boutique même... sur l'énorme lit à colonnes... je regarde... j'aperçois... plein de fourrures dessus en piles, en matelas... en gros amoncellement bien doux... On le hisse là nous, oh! hisse!... Il pèse! On lui rarrange ses oreillers... Faut qu'on lui remette son casaquin, sa soie jaune et mauve, son turban, il y tient beaucoup! La coquetterie qui lui revient! Ah! c'est qu'il se sent mieux!... Il faut lui remettre ses fanfreluches, toute sa pacotille de pacha, ses grelots, ses rubans de moire! et puis à présent sa sacoche! et son mousqueton!... pied en cap! À la bonne heure! Il veut tout comme ça sur son lit!... tout à côté de lui!... Tout de suite! Il est exigeant!... Il a plus confiance... et sa loupe!... et sa canne ciselée!... Il quittera plus rien!... Il a reçu des gnons plein la tronche... il tient un cocard!... bleu et rouge et qui saigne!... et puis son sourcil gauche fendu!... Delphine lui bécote... elle le rattrape à bras-le-corps, l'étreint... le cajole, l'adore!... C'est une servante enflammée!... Ah! elle est rentrée juste à pic!... Elle est pas toute jeune... cette personne... je la vois mal dans cette garce de turne... toutes fenêtres closes... juste cette sale calebombe dégueulasse... qu'éclaire comme étron... Ils ont pas ouvert une persienne! Il refuse, il veut pas en entendre!... Il recommence un peu à geindre... une petite faiblesse encore... Elle se rejette dessus aux caresses!... Il veut pas qu'on demande le médecin... Il refuse absolument... Delphine le berce... le dorlote... Il réclame de la musique... Il a retrouvé toutes ses idées...

« Boro! Boro! qu'il marmonne, comme ça dolent malheureux... Boro! Boro!... *Jolly Dame Walz!...* » Il en veut toujours!... Il y tient...

Boro, il gît là avachi croulé, en plein tas de fourrures à côté de Claben... Il s'est endormi sur le tas... ça y a fait du bien le coup de pancrace... Il avait les nerfs en pelote... Il ronfle à présent ventre en l'air... On le secoue... faut qu'il obéisse!... C'est la volonté du malade...

« Debout! Debout! au piano! gros fainéant!... »

Delphine y a pas de sommeil qui tienne! Tout pour son bonhomme!

« Debout!... » il faut qu'il se lève le salingue! et tout de suite! Allez! Allez! *Jolly Dame Walz!* l'artiste! nom de Dieu!... Voilà comme on le dresse!...

C'est là-haut le piano... faut qu'il grimpe! Il bâille... étire... Il y va tout de même... Allez, hop, bon Dieu! Il se raccroche... titube à la rampe... Delphine le houspille!... Elle a de l'autorité sur lui... Il geint toujours Poussah Claben... Il veut sa musique, il chiale!... Il resuffoque déjà...

Enfin, ça y est!... Ça commence... Voilà sa Walz!... les notes! enfin! les perles!... prélude!... Il s'est décidé!... Tout de même!... Une pluie!... deux trilles!... en route! pédale!... cascades! trois temps!... virevole!... c'est du charme!... la valse enlève!... la nuance... l'arpège!... et puis largo somptueux accords!...

Une fois lancé... tout ce qu'on voulait... jamais une fatigue... en avant!... des soirs... des nuits... si vous vouliez!... ça l'enivrait aussi d'un sens... son gros fias sur le tabouret il arrêtait pas de sautiller... de se trémousser à la cadence... ça l'occupait bien.

☆

Je raconte tout ça comme un manche... faudrait d'abord que je m'arrange... que je vous donne un petit peu l'idée, vous représente un petit peu les choses... l'endroit, le décor... C'est l'émotion qui me bouleverse, me déconcerte, me coupe l'effet. Il faut que je réagisse!... que je vous raconte toute la maison... les entrepôts du « Van Claben », son magasin « Pawnbroker »...

Ça se trouvait situé admirable, un peu en dehors de Greenwich, en plein sur le parc et puis au loin sur la Tamise, tout le panorama du fleuve... une féerie de spectacle... De ses fenêtres au premier étage on apercevait les gréements, tout l'Indian Dock, les premières voiles, les agrès, les clippers d'Avril, les long-courriers d'Australie...

Plus loin encore, passé Poplar, les cheminées ocre, les wharfs des Peninsulars, les paquebots des Straits, blanc éclatant à superponts...

Ah! c'était l'endroit idéal, on peut pas dire le contraire, comme point de vue, coup d'œil et tout pour celui qui gamberge voyages, navigation, escampettes...

Une maison située admirable, tout un théâtre devant ses fenêtres, prodigieux décor de verdure sur le plus grand port du monde... Tout de suite à la belle saison ça devenait une vraie magie... fallait voir un peu les massifs, ce déferlement de fleurs!... toutes les espèces, jaunes, rouges, mauves, éclatantes, toutes essences, de quoi bien vous monter la tête, vous redonner la pleine confiance, la sottise pépère...

Morose brute qui me contredit!... Surtout après l'hiver 15-16, si impitoyable rigoureux... Ce fut un renouveau terrible!... Douceur éperdue de nature, un épanouissement du bocage à faire éclater les cimetières! à faire rigodonner les cierges!... J'ai vu cela! je peux causer!...

L'Affreux, dont je vous raconte l'histoire, toutes ces printaneries ça le disposait plutôt mal... ça le mettait à ressaut, mauvais poil... Il voulait rien en connaître lui des éclosions folichonnes... Il se ratatinait râleux au fond de sa boutique, calfeutré, sournois, il se méfiait de la radieuse saison, il gardait fermées toutes ses fenêtres, persiennes... Il tolérait pas les effluves. Il verrouillait son magasin dès six heures du soir. Il avait peur des clématites, des ensorcelleries pâquerettes, il tolérait que les clients... Il voulait voir que du commerce, des chalands, des emprunteurs, pas des petits oiseaux, non, ni des roses. Il se défendait bien! Il glavait sur la folle nature!... Y avait qu'une seule chose, par exemple, qui le trouvait connard, pâmoisé, ému, mou, c'était la musique... Coriace à se dévorer les mains, pire dégueulasse, maudit usurier youtre fini, on le mouillait qu'à la ritournelle, et pas qu'un petit peu!... Totalement!... Rebelle à la fesse, au cigare, à la mignonne, dur au whisky, pas pédoc non plus, rien du tout, c'était vraiment un insensible, sauf aux petits airs du piano, à la fantaisie mélodieuse. Et il sortait jamais de chez lui... fallait donc qu'on vienne le chercher. Il sortait pas because son asthme que les brouillards de la rivière lui provoquaient pour des riens... Je vous ai montré un peu une crise... Boro il le connaissait son dab, il abusait du sortilège !... Quand il se trouvait passe à zéro, rincé par les flics ou les courses, il rappliquait de Londres improviste, tombait sur l'Affreux, l'attaquait à la digestion, te l'endormait mélodieusement... Fallait voir le travail, le style !... Le vieux aurait jamais avoué que ça lui faisait tant de plaisir. C'était presque sa perdition, surtout après le déjeuner. Fallait le cas exceptionnel, toutes les circonstances de la vie, qu'ils s'étaient connus autrefois, jadis, naguère dans la jeunesse, pour qu'il se laisse comme ça enchanter par un voyou aussi retors, encore pire peut-être que lui-même... J'ai compris tout ça peu à peu... sans confidence... de bribes par bribes. Le Boro il compliquait rien, il traversait droit la boutique, comme ça résolu, pas un mot, il grimpait là-haut malpoli, attaquait le crincrin... Le vieux il sacrait au passage, il lui criait des insultes, il se débattait un bon coup, il le traitait de chacal, de chanteur, d'écœurant puant gras maquereau... Boro qu'avait rien sur la langue lui répliquait tac au tac, ça faisait des jolis déballages !... et puis ça se tassait assez vite... Au fond c'était qu'une coquetterie... Ils étaient bien contents l'un de l'autre...

Au premier étage sous les poutres se trouvait le grand rancart d'instruments, surtout les cordes, les mandolines, harpes en souffrance et violoncelles, toute une armoire de violons, des bouts de guitares et cithares, un fatras terrible... tout un tombereau de clarinettes, hautbois, pistons, flûtes, zifolos, une malle entière d'ocarinas, toutes les rigolades pour le souffle... et des instruments exotiques, deux tambours malgaches, un tamtam, trois balalaïkas japonais, y avait de quoi faire danser tout Londres, accompagner un continent, remonter les trente-six orchestres rien que dans la soupente de l'Affreux... rien qu'avec les laissés-pour-compte des musiciens évaporés... les gages en souffrance, les rossignols à la traîne. Le vieux il devait se débarrasser, fourguer tout ça à Petticoat, le pavé de la brocaille, leurs Puces, se faire de la place ! Mais il remettait de jour en jour... Ça lui était trop pénible, il se décidait pas... Il tenait trop à ses instruments... Il en rachetait même encore d'autres... des pianos surtout... Le dernier un Pleyel, un parfait demi-queue au prix fort, un modèle galbé de chez Maxon, une fantaisie... C'est dire s'il était féru !... Si ça le travaillait la musique... Non qu'il en jouait personnellement, il aurait pas sorti une note, mais y en avait plein son bazar, et ça lui faisait tellement plaisir qu'il pouvait pas se faire une raison de les mettre en vente... Il accumulait des monceaux de harpes et trombones, c'était plus possible sous les combles, tellement c'était chaos bourré, qu'on pouvait plus pousser la porte, que ça bouchait toutes les lucarnes... Il aurait pu faire du pognon, lui pourtant affreux pour l'auber, d'où son sobriquet, le sordide, un monstre à becqueter du rat, avare à peler un penny, il aurait fait commerce d'arêtes s'il avait eu quelque part preneur, mais du côté de la musique, il prenait si tellement son pied qu'il oubliait tous ses penchants...

Boro pour se faire de la place, il repoussait tout, à droite, à gauche... à grands coups de bottes... Il piquait un crincrin dans le tas, un saxo, un piccolo, mandoline... il taquinait le truc un petit peu... comme çi, comme ça... un air prélude... une fantaisie... un petit rien... il laissait tomber... tout caprice!... et puis il dégageait le piano alors en férocité... pour faire crouler toute la camelote... ce qui l'embarrassait... tout le capharnaüm!... *Baraboum!*... enfin installé tabouret, calé tout!... en avant la valse!... Arpèges, trilles, la rémoulade!... et je te connais... à la ritournelle genre des rues... avec les variantes les meilleures qui soient pour le charme... plaintives, clinquantes, sautillées, ça peut ne finir jamais... c'est irrésistible... Ça forcerait un crocodile à la rêvasserie... Seulement il faut la façon... C'est bien le procédé magique... pour charmer n'importe quel séjour, endroit coquin, occasion fade, salon fringant, fête à cocus, lambris moroses, carrefours sinistres, rues sans espoir, Communions, guinguettes, Jour des Morts, beuglants sournois, 14 juillets!... un *Dzim! ban! din!* et c'est lancé... ne rencontre jamais de résistance!... je sais ce que je cause... J'en ai vendu par la suite avec le Boro, après bien des péripéties, de cette bonne rémoulade foraine, de cette bonne gigoterie pianotée... Fallait entendre notre « à trois mains »... Je faisais la « basse du mutilé » ma partie d'octaves... j'ai eu le temps de bien y réfléchir aux façons du charme... par la suite, les jours... Il faut que ça tourne! c'est le grand secret... jamais de ralenti jamais de cesse! que ça s'égrène comme des secondes, chacune avec sa petite malice, sa petite âme dansante, pressée, mais nom de Dieu l'autre qui la pousse!... d'un trille te la bouscule... sursaute!... que ça vous tinte plein les soucis... vous triche le temps, vous tille la peine, lutine, mutine, tinte aux soucis, et *ptemm! ptemm!* vous la tourbillonne!... vous l'emporte... constante à galope! notes en notes!... et puis l'arpège! encore un trille!... frais mutin l'air anglais dévale!... rigodon grêle!... pédale tonne! jamais ne dédit... ne soupire... pose!... C'est ça le triste quand on y songe!... toute cette gentillesse éperdue, toujours filante, de notes en notes... Fallait le voir en train le Boro! ce brio d'artiste! sur la question du bastringue... clinquant... mais cadencé volage!... et le répertoire!... la mémoire!... les variations à l'infini!... Lui plutôt loursingue de nature et franchement brutal et pénible avec sa manie d'explosifs, il devenait là tout voltigeur, tout cascadeur, tout lutin!... Il avait l'esprit dans les doigts... Des mains de fées!... des papillons sur les ivoires... Il virevolait aux harmonies!... piquait l'une et l'autre à l'envol!... songes et toquades!... guirlandes... détours... fredaines prestes... Possédé!... pas autre chose à dire!... par vingt petits diables dans les doigts!... Jamais mauvaise humeur ou las! des heures et des heures je l'ai vu comme ça cabrioler de tierces en quartes et brèves pointées... au sursaut... à la rémoulade... jamais ni distrait, ni soupir... jamais un seul mot... « C'est assez! »... toujours fringant... gai hypnotique dodelinant de sa grosse bouille, cinq, trois doigts, pile!... retombe tonique!... Un coup d'accords! dièse! C'est gagné!... Le charme enchaîne!... C'est la rengaine digne et ficelle... Jamais venue... jamais finie!... tapée, moulue, mouchée, retorse... coquine aux nerfs et cavalière et qui s'impose à tous les cœurs!... et là pour ça!... et pas d'histoire!... et drope lyrique! et pompe pédale!... et que c'est du casse-sentiments!... à la tirette!... à l'escamote!... d'un doigt sur l'autre!... fonce aigrelette... et file et file!... bouzille au *fa!... la!... si!... do! do!* dérape... requinque!... barre à bout de dièses!... La revoilà!... jamais n'expire!... C'est une affaire!... riguedondonne!... Le monde halète!... pâme!... se rend!... farceur d'ivoires!... façon friponne!... rêche et câline!... brute et toucheuse! à *dig! dong!*... débraille notes!... sorcière des mains! conquiert et sonne!... digue dondonne!... emporte tout!... le monde vogue!... tout ensorcelle, dissolve, papille! parpille aux ondes! *dig! dig! dong!* ne flanchez pas!... Tenez au *si!* dièse! dièse! dièse!... *dum!*...

Le truc a fait fureur depuis, mille fois repris, ratatouillé, dégobillé par toutes les mécaniques du monde, par tous les jazz des continents!... par les bougnoules d'un peu partout!... à la rémoulade cafouillette... Mais à l'époque dont je vous cause, c'était encore de la primeur... la salade jamais entendue... le genre à froid sentimental, le sautillé marrant message des temps tout voyous à venir!... tintant coquin au coin des squares... au bord des « pubs », l'aigrelet, nerveux rigodon... à la pédale et hop là sec!... le baise à froid, le bien meilleur!... la mousse et poivre!... que tout le monde voulait plus autre chose! cynique, capital et pressé!... à poil les notes!... le cœur à poil!... *ding!*... *dong!*... *ding!*... gambade à quatre, cinq, trois doigts pile! gigote la tournique et d'arpèges et je te connais!... soudure pédale!... et c'est en l'air!... et de la gauche pas fatiguée... des petits songes plein l'accompagnement... fripons au possible!... Moi-même je peux pas m'en détacher... On a beau dire... ça tourne exquis!... C'est envoûtant, c'est désinvolte! C'est un régal bien envoyé par un pianiste qui connaît *pzum! binch!* et *pzim!* le fond des choses!... qui sait prendre ça impitoyable!... s'imposer cruel au tournant... bourrer au motif!... embarquer!... et *youp!* et *vlom!*... *Vlim!* Circulez trilles et l'accord!... tricotez gammes dièses que veux-tu! viceloque plein les ondes! C'est trapu!... c'est magistral!... soufflant!... l'ivresse technique!...

Le Titus il comprenait ça... On aurait pas dit à sa mine, en le regardant premier abord, poussah, chafouin, popotame, comme ça dans sa crasse et pénombre, et pourtant il était sensible, influencé, ravi aux anges, dès que ça fonctionnait... hypnotisé, figé, pâmant, surtout en séance continue... Il en restait là tout flapi, prostré, dolent sous les charmes. Il osait plus remuer du tout... C'était trop... il fermait les yeux... il se ratatinait dans ses poufs, au fond de sa bergère, il laissait flotter les clients, il répondait plus aux questions... Il les virait même... pas poli... avec leurs gages, leurs soucoupes, leurs colifichets d'occasion... qu'on lui foute la paix!...

Tout lui devenait indifférent pourvu que la musique enchaîne... que ça retombe toujours de là-haut!... les flots d'harmonie!... les jolis airs, les amusettes, les cascadettes, les variations en ribambelles!... égrenées comme ci...

comme ça... tout ce qui passait par les doigts de l'ours... l'ensorcellerie...

Ah! mais fallait pas qu'il s'arrête! Ah! nom de Dieu!... que ça languisse une seule minute!... pas une seconde!... Il devenait tout de suite effrayant! hurlait, sacrait épouvantable!... Il attrapait n'importe quoi... Il se connaissait plus!... Et que je te cogne dans le plafond! à faire tout ressauter!... démolir!... à la fureur!... à la folie!... que l'autre rejoue! Qu'il s'y remette nom de Dieu! la Mort!...

Boro là-haut, il savait ça... il connaissait la comédie!... le charme ou la mort! merde!... merde!... merde!... Il faisait durer le petit supplice... Il annonçait, hurlait son prix... sa taxe!...

« Passez la monnaie!... *One bob Master! One bob!*... Tout de suite ou je rejoue jamais! Un shilling! un shilling! ou rien! La condition catégorique... à prendre... à laisser!... »

L'artiste tenait bon!... son shilling tout de suite!...

« *Have it dirty! Have it rascal!...* »

Il se débattait le vieux... des insultes!... mais fallait qu'il raque!

« Tiens voilà! cochon! bandit!... »

Il les envoyait... carte forcée!... deux, trois shillings à peu près l'heure... deux, trois pauses!... du caractère pour ça le Boro!... Il aurait pas rejoué! jamais!... Fallait que le vioque les monte lui-même les deux shillings!... avec du mal... il peinait dans l'escalier... Boro bougeait pas du piano... il serait jamais descendu... et il le faisait encore attendre un tout petit peu... enrager... comme ça susceptible!... qu'il en avait marre après tout!... que le vieux fume en bas... qu'il s'énerve, qu'il resupplie... Alors il reprenait tout doucement... ramenait tout à la sourdine, d'un sournois détour en pédale, à la ronde plaintive... à songer... donnant toute la basse en arpèges... égrené au chant *si mineur* et toujours sautillé tonique! Ah! attention!... remportant tout à la cadence, au vif rigodon trémoussant. C'est là qu'est l'astuce!... la magie!... la plaintive perdue gentillesse!... *flim!* et *ding! bim!* dansants à l'air des petits morts... trois doigts... cinq doigts... et puis le reste!... et puis l'accord et tout s'emporte!... lutins!... et c'est gagné pimpant pointu!... tous les petits vivants déboulinent!... tout aussi mignons que les autres!... à pas s'en faire... et puis c'est tout!... dandinent d'une gamme à la tierce, enlacent en motifs et clabotent! clapotent tous les doigts!... la preste ronde!... la ritournelle!... et tout bascule!... et tout reprend à la va-vite!... à l'étourdie!... *Dzim! Dim! Pimp!*...

Ainsi de suite jusqu'au dîner, des fois, trois quatre heures à la file!... à la bagotte à la galope! d'octaves en *ré!... ding! dim! brim!* à la moustille!... à la rémoule! cinq! trois! quatre! *Dzim!*... une pluie de dièses!... de triste à liesse! et rigodon!...

Facilement il prenait sa livre comme ça à l'estome le Boro en ses trois quatre heures de crincrin!... d'un pub à l'autre, toujours son genre, « passez la monnaie! »... le coup d'arrêt... la reprise. C'était du clinquant, de la suée, mais pas encore si brutal que son numéro dehors... il aimait pas l'intérieur, il préférait beaucoup la rue, la vie au grand air! le piano monté sur roulettes comme ça à jouer tout debout dehors... Pourtant la rue c'est la chierie, on peut se rendre compte, bien pire que les « pubs » pour les flics... On est dans leurs pattes c'est tout dire!... tout le temps là râleux, houspilleurs, qu'on embouteille leurs ruisseaux!... traités comme des clebs!... Et puis la rue... la concurrence! les ménestrels! les barbouillés!... Faut voir ce genre! ces glapisseurs! tronches au charbon! ils ameutaient la bamboula! leur genre à l'époque dont je parle!... le swing, alors... à grands cris un peu comme Joconde!... leurs vocalises!... Le populo mordait à fond!... Ils remontaient des plages ces voyous, ils étaient permis depuis la guerre. Ils vous finissaient un trottoir en trois coups de gueule. Ils prenaient les ronds pour huit jours! Pour ça que c'était moins con les pubs, Boro était forcé de convenir...

Il a fallu les circonstances, qu'on se trouve obligés nous aussi de tapiner comme ça en forum, de promener l'instrument à roulettes!

Ça a mal fini forcément... je raconterai plus loin...

Ça faisait un prodigieux spectacle les monticules de camelote autour de Titus. Tout demandait qu'à retomber... Ça dégringolait pour des riens, ça s'effondrait par avalanches, par vallons, par trombes de quincailles à travers les voitures d'enfants, les cycles de dames, toutes les vaisselles et les bibelots, les chinoiseries, ça s'écroulait par tonnerres, basculait au loin les matelas, les oreillers, couvertures, de quoi recouvrir les quatorze docks, des tombereaux de paniers à bouteilles, des hécatombes abominables, des pyramides de chapeaux de forme, des éventails pour mille tropiques, à défriser les aquilons, à rebrousser tous les vents du nord, une telle muraille d'édredons que si ça s'écroulait sur vous c'était la mort sûre et certaine par pâmoison doucereuse, le coma sous plumes!... Titus lui se trouvait bien à l'aise au creux de l'énorme cafouillis!... au cœur du négoce... en plein cratère tohu-bohu, c'est là qu'il se sentait en pleine forme, en raison d'être, en plein sanctuaire, derrière son globe, sa lampe à eau... Fallait le voir un peu à l'action, il avait pas son pareil pour navrer le client, pour lui faire perdre toutes ses astuces... rien qu'à lui défaire son paquet, la façon de soupeser la chose sous l'abat-jour... la guipure... le service à thé, la frêle rousselette, le hochet chéri, comment il dépréciait l'article, juste à souffler dessus, que ça valait plus rien du tout... que c'était plus qu'un vil déchet, un pet de lapin... que c'était déjà une merveille que lui le Titus en personne, si difficile, si délicat, il consent à s'intéresser à une si toque minime camelote, un infime crasseux rogaton, que ça valait pas la ficelle!... Il se faisait jouir à la balance... La façon de tapoter le plateau... que ça pesait rien... vraiment rien!... deux pichenettes!... Il écoutait le son de la pauvre chose... la cafetière vermeil... vraiment ça valait rien du tout!... Il interrogeait la personne, sourcilleux comme ça... Combien elle voulait? bien sceptique... Il remontait un peu son turban... Il se grattait la tête... Il entendait pas les réponses... Il était défendu des phrases par son appareil acoustique... Il le sortait à ce moment juste de dessous la table... à la fin de la discussion... au veto final... son cornet de grande surdité... Il clignotait... louchait... sifflait... Il en croyait pas ses gros yeux!... tellement qu'elle exagérait la personne naïve... ce toupet!... Il offrait encore son cornet... Il voulait encore entendre ça!... le chiffre effroyable!... Ah! offusqué!... ah! pas possible! Il en croyait pas son oreille! Il élevait un peu les paupières pour rendre son arrêt... son offre? le dixième!... et encore! Et peut-être!... d'abord une thune et puis voilà! et puis c'est tout! À prendre... à laisser!... Il brusquait le dénouement du drame... Ah! plus un mot! plus un soupir!... C'était pas la peine d'insister... Il se renfonçait dans sa bergère... Il se ramassait dans ses houppelandes... rebaissait son turban sur ses yeux... Il voyait plus rien!... On le voyait plus!...

Il faisait sombre chez lui, presque noir, sauf la lampe à globe sur la table qui donnait une espèce de lueur, un vert d'aquarium... Jamais on ouvrait les persiennes sauf un moment avant le dîner pour le ménage à Delphine, quand la gouvernante arrivait, sa « governess »! elle voulait pas un autre nom.

« *Call me Delphine or governess! but not your maid! I am not your maid!* Appelez-moi Delphine ou votre gouvernante! Mais pas la bonne! Je ne suis pas!... »

Dès que vous arriviez elle vous prévenait illico de son rang dans la maison, qu'il y ait pas de méprise de votre part, dès le premier bonjour, qu'elle était pas *maid*, « governess »!... Et sur le ton sans réplique!... Vingt ans que ça durait!...

Elle se surmenait pas au ménage, c'était impossible chez Claben, elle déblayait le milieu des pièces, elle rempilait les monticules, elle retapait les vallons, qu'on puisse à peu près se faufiler, trouver la sortie...

Claben parlait pas beaucoup, je veux dire avec ses clients, il tenait à son genre de mystère, il se disait des choses à lui-même comme ça en plutôt yiddish, fallait qu'on le comprenne à mi-mots... Il était bluffant au début avec sa casaque de pacha, ses énormes bouffants jaune et mauve, sa tête de pierrot à bajoues, son turban sur les trois hauteurs... Il interloquait... il esbroufait bien les timides... il tenait pas le crachoir... tandis que Delphine l'opposé, c'était des clameurs perpétuelles... du monologue à plus finir!... les circonstances de rien du tout!... ses démêlés aux commissions, dans la rue, dans les boutiques avec les personnes arrogantes... qu'on y avait monté sur les pieds, de-ci, de-là, un peu partout, dans les tramways, dans les bus... La susceptibilité même!... Elle allait faire ses commissions jusque dans le centre... jusqu'à Soho... en même temps qu'elle louait ses places... il lui fallait son théâtre au moins trois fois la semaine... C'est dire qu'elle suivait de près le mouvement! Ah, pas comme une boniche du tout!... comme une véritable lady, comme une « governess »!... Quelquefois... pas très souvent... il lui prenait des coups d'absence... elle restait une semaine dehors... elle revenait zébrée, tuméfiée, des marbrures sur tout son visage, elle s'était colletée, bagarrée avec des voyous... sa toilette en loques... et elle avait bu tout le pognon!... toute sa pension d'ex-professeur, tous ses gages de chez Claben, plus encore un petit bout de pécule qui lui venait d'une tante... Elle avait dû démissionner de l'enseignement par trois fois de suite, on l'a su comme ça peu à peu... à cause des scènes de grande violence qu'elle faisait à ses élèves pour un oui, un non, des sautes terribles de caractère!... beaucoup plus tard encore... elle avait compris sa vraie fibre... sa vraie vocation... son drame!... elle racontait tout ça fort bien... à tous ceux qui voulaient l'entendre... et même aux autres qui y tenaient pas... elle leur faisait voir un petit peu ce qu'elle possédait comme instruction! et puis surtout comme sentiment!... comme émotivité! comme fibre! ah! c'était pas ordinaire!...

Elle intervenait dans le commerce aussi pour un oui un non... elle se permettait tout!... en pleine discussion d'un gage elle plaçait son mot... Claben ça le foutait dans des rognes ces interruptions insolites, mais il se contenait pour l'engueuler, elle se serait vexée, jamais revenue... Et il pouvait pas se passer d'elle... non pas qu'elle était très honnête, elle lui volait maintes petites choses... mais une autre ça aurait été pire!... C'était par trop tentant chez lui... trop bazar toute l'énorme boutique!... Il préférait garder Delphine et l'épier à mort... Ils se disputaient pas très souvent, sauf pour le mot « governess »... là-dessus alors tous les jours. Il détestait le mot « governess »...

« Je suis pas gaga tout de même Delphine!...

— *I am not your maid either!* Je ne suis pas votre bonne!... »

Voilà la réplique... Toujours la même discussion... Ailleurs à faire des ménages, elle se serait pourtant fait appeler « maid »! Elle y coupait pas!...

Plus tard tout à fait confidente elle me le disait... elle avouait tout...

« *You understand?* Vous comprenez?... *Between you and I...* Entre vous et moi... *I played! Yes!* »

Tout à fait secret... chuchoteuse...

« J'ai joué n'est-ce pas? au théâtre!... Ah! *Theater! Yes!*... » Elle jouissait bien de votre surprise... Étiez-vous amateur des fois? Delphine?... Delphine?... Ça ne vous disait rien ce nom?

D'ailleurs toujours en toilette, le chapeau, les mitaines et tout, sur son trente-et-un, sauf quand elle rentrait de ses grandes cuites... dans les états abominables... ses fugues de pocheries...

Elle faisait des heures de queue pour le « pit » le poulailler anglais, en grand tralala, plumes partout, robe de soie à traîne...

Chez Claben elle avait du choix pour ses fantaisies, des armoires et des armoires! un étage entier de robes à traîne, elle était gâtée, de toutes les couleurs et tissus, elle les empruntait, les ramenait, elle pouvait bluffer tout Greenwich avec ses toilettes, et même les rues du centre de Londres et les foyers des grands théâtres!... Elle y manquait pas... Elle ratait pas une seule première! ni le moindre « event » artistique... Elle y allait, en revenait à pied... qu'elle passait pas inaperçue, qu'on la voyait sous toutes coutures... elle pavanait aux entractes, première et dernière au foyer. Comme ça des armoires à Claben elle ressortait toutes les modes des cent années précédentes d'hiver et d'été... Forcément on la remarquait, on lui envoyait des petits vannes, ça faisait parfois des incidents... mais dans l'ensemble tout se passait bien... La dignité!... Une fois seulement à l'Old Vic, emportée par l'enthousiasme elle avait troublé le grand spectacle...

On jouait *Roméo et Juliette*. Elle avait hurlé du balcon... félicité en hurlant Miss Gleamor « Juliet »... Les flics l'avaient expulsée... Elle s'était piquée au vif... Elle avait remis ça à l'entracte... Pas domptée du tout!... Que les deux mille places voyent un petit peu ce que c'était que du vrai théâtre!... de l'âme!... du feu!... du texte vibré!... Elle avait joué elle-même la scène comme ça du plus haut du balcon... bourré de monde!... la grande scène du « Deux »!...

Ce triomphe! Applaudissements à plus finir! Roméo Juliette! On l'avait réexpulsée bien sûr! Toujours la police!... Mais le public s'il était content!... Tous debout hurlant d'enthousiasme!... Elle avait recommencé ailleurs... comme ça d'un théâtre dans un autre... toujours impromptu!... toujours du balcon!... tout le théâtre se retournait vers elle... l'acclamait! et toujours après le second acte...

Elle se faisait connaître des artistes, elle montait les voir dans leurs loges... Souvent elle était déçue de leur contact personnel... « *Excitable... but no soul!* Excitable... mais aucune âme!... » C'était son verdict! Elle voulait pas de photos d'artistes, même paraphées personnellement, elle refusait net, même celle du grand Barrymore...

« *Poor mortal soul!...* Pauvre âme mortelle!... »

Comme ça qu'elle l'appelait.

Elle les prenait en pitié les uns et les autres, aussi fameux qu'ils puissent être, elle les trouvait pygméens, perdus pouilleux sous les chefs-d'œuvre... écrasés du texte... Heureux qu'elle ne se mette pas en colère!... Elle ratait rien dans une « season »! Ponctuelle à tous les classiques... au « pit » à la queue la première... souvent deux trois fois par semaine... bien entendu c'était des frais!... Mais elle se trouvait indépendante, elle le faisait remarquer, sa toute petite rente, sa retraite, mais cependant un peu juste pour tous ses besoins « spiritueux » en plus et de sa vie mondaine!... Elle aurait pas pu s'habiller... Comme ça « governess » chez Titus ça lui faisait joindre les deux bouts... les robes du soir et la bibine, plus encore toutes ses fantaisies, théâtre, grands galas de la Musique, soirées de bienfaisance... On la retrouvait partout... Depuis la guerre encore bien plus, avec les fêtes pour les blessés, les récitals des grands virtuoses...

Elle voulait bien par gentillesse se charger de quelques commissions... rendre quelques services à Titus... Mais seulement à titre personnel, elle lui faisait remarquer... pas du tout comme domestique!... Ah! pas domestique! Elle quittait jamais son chapeau, ni sa voilette, ni ses gants, elle faisait telle quelle son ménage... harnachée de pied en cap! avec ses plumes, son lorgnon, corset, hautes bottines, sac à main...

« Qu'un voyou vienne me toucher!... » Elle l'avait mauvaise en pensant aux impertinents... L'épingle à chapeau brandie là tout de suite!... Une dague!...

Avec toutes ses grandes manières elle fauchait tout de même un petit peu... pas beaucoup!... mais enfin des bouts... qu'elle revendait à Petticoat pour ses petits faux frais... pas grand-chose, juste des petites babioles, des chutes de coupons... Titus il voulait la surprendre... Il se doutait bien sûr!... C'était une comédie comme ça... Il se méfiait d'elle depuis vingt ans... Ils s'entendaient à la méfiance... Du moment qu'elle arrivait il la quittait plus des yeux... jusqu'à son départ! Pour qu'elle y échappe pas un mouvement, le moindre geste, il l'observait à la jumelle de l'autre bout de la pièce, sa « Zeiss » de navigateur. Il voulait les fenêtres grandes ouvertes pendant qu'elle agitait les meubles, c'était le seul moment de la journée qu'il voulait voir clair... qu'elle se sauve pas avec une merveille! un objet de sa grande collection. Il grimpait en haut de l'escalier tout au sommet, il passait trois ou quatre houppelandes pour les courants d'air... par-dessus ses brocarts de pacha. Il enfonçait son turban, accroupi ainsi sur les marches, sa carabine sur les genoux, il lâchait plus la Delphine... des yeux... de la jumelle... Ça aurait pu durer des heures...

« Delphine! Delphine! *Hurry up!*... Delphine! Delphine! Dépêchez-vous!... »

Elle faisait exprès siroco, des trombes, des ouragans de poussière... Ça les enveloppait complètement. Il toussait, crachait, étranglait, il désarmait pas... Il restait tout là-haut perché à l'engueuler tant et plus...

Pour faire un peu de place, elle tapait dans les monticules, provoquant des torrents de camelotes, tout redégringolait!... quand ça s'écroulait sur elle c'était encore une autre histoire! qu'elle se trouvait ensevelie... Fallait qu'on l'extirpe de là-dessous... comme j'avais fait pour la cliente... Ils pouvaient plus s'engueuler, ils asphyxiaient sous les poussières... Le plus terrible pour le poids c'était le lot des armures anciennes, tout le pan de mur à gauche, et puis les fauteuils de dentiste engringués les uns dans les autres... Quand tout ça chavirait!... Malheur!... Un moment c'en était marre de la folle séance... qu'ils avaient assez étouffé, hurlé, déconné!...

« *Stop! Delphine! Stop! I am all in!...* »

C'est lui qui demandait l'armistice!... Alors elle ouvrait l'autre fenêtre, celle de l'autre impasse, le courant d'air déferlait... Toute la camelote là branlante redégringolait en tonnerre!... Et c'était fini pour la semaine!...

Delphine triomphait sur le tas!...

Tout l'effort pour rien!

My name is sweet Jenny!
My Father s'e deafy!
Now I am the Queen!

Le couplet! Bien contente! Voilà pour Titus!... Elle avait gagné!... Les clients qu'attendaient dehors ils commençaient à trouver long... ils ruminaient... grognaient froncés...

Claben aussi qu'était hargneux.

« Dépêchez-vous voyons Delphine! Vous voyez bien que je m'enrhume!... »

Fallait encore qu'elle retape le lit, l'énorme amas des fourrures... le fond de la tanière... Jamais il quittait son local, jamais il se déshabillait, il gardait sur lui toutes ses fripes, ses pèlerines et son turban, il s'ensevelissait tel quel sous l'amoncellement des zibelines, des loutres, des visons... il dormait que d'un œil, toujours inquiet des brigands... Protégé des courants d'air par l'immense portière tapisserie, je la vois toujours, la gigantesque, qui coupait tout le local en deux, l'« Enfant prodigue »...

Il toussait, reniflait, quintait... qu'il allait vraiment s'enrhumer!... Il en voulait à Delphine... C'était à peu près terminé... les deux trois forts vallons de camelote contenus à peu près... remontés branlants contre les murs... Delphine refermait les persiennes, Titus rallumait son globe, sa lampe à eau... tisonnait la cassolette, l'encensoir gréco-byzantin... pendu balançant du plafond... quand ça grésillait fumait fort il le reniflait un profond coup... il se trouvait prêt pour le négoce!... Le client s'assoyait en face... la discussion s'engageait... mais tout de suite interrompue...

134

« Oach!... Roach!... » encore une grosse quinte! L'asthme! Son asthme! d'être resté comme ça là assis au froid! aux poussières!... « Ah! là! nom de Dieu!... » Il essayait de tout pour son asthme, tous les médicaments possibles, tout ce qui se trouvait dans les annonces... et pour l'emphysème... tout ce que lui rapportait Delphine des conversations du quartier avec les autres ménagères qu'étaient prises aussi par de l'asthme!... plus les remèdes à Clodovitz, les onguents, les poudres, les flacons, toutes les tailles et les couleurs... Chaque nouvelle spécialité!... Delphine passait par l'hôpital, revenait jamais sans quelques gouttes, deux trois ampoules, le produit, la merveille du jour!... Il essayait tout!... Toutes les odeurs extraordinaires, toutes les pires poudres « Perlimpimpin »... il avait tout reniflé... les plus capiteux arômes, les pires senteurs fétides atroces... absolument tout contre l'asthme... l'époumonement par les brouillards... Quand ça le prenait! cette panique!... fallait voir alors ses calots!... l'horreur qui le saisissait!... Toutes sortes de plantes dans une assiette qu'il se faisait comme ça calciner au moment critique... Une fois des herbes du Sénégal que c'était à tomber par terre comme puanteur âpre, et puis des petites coquilles moulues qu'il prisait avant de s'endormir... que ça se fumait aussi en pipe... Les clients pour se le concilier, pour qu'il se montre un peu moins charogne sur la question des renouvellements, s'inquiétaient beaucoup de son état, ils lui parlaient de sa maladie, ils lui demandaient bien de ses nouvelles, ils se montraient plein de sollicitude, ils lui apportaient des bonbons, des comprimés d'eucalyptus pour qu'il les inhale sur du sucre en les faisant brûler... Ça c'était pas imaginable de fétide horreur! Il essayait toutes leurs histoires, il essayait tout ce qu'on voulait, mais il se trouvait pas beaucoup mieux... Ça empirait même plutôt... Il raclait du nez de plus en plus... surtout depuis le grand coup de la bombe, depuis la nuit du zeppelin, que c'était tombé sur Mill Wall à pas quinze cents mètres de chez lui!... que ça avait tout ébranlé, que sa tôle avait ressauté, souffert... qu'il avait cru que c'était fini!... qu'il avait rejailli de ses fourrures, giclé en l'air, retombé sur le ventre de tout son poids! Oach! Quelle secousse! le choc catapulte! Il en avait piqué une crise, par réaction, le surlendemain, alors tellement intense aiguë qu'il en était resté râlant, gisant sur ses propres marches, au bas de l'escalier!... la langue après le paillasson... à chercher son souffle!... pendant au moins quarante-huit heures, sans pouvoir monter ni descendre ni remuer du tout, ni appeler au secours, sa boutique complètement bouclée sans pouvoir répondre à personne, que les clients à force d'attendre avaient alerté le voisinage, qu'ils avaient fait venir les pompiers, les voisins et les gardes du parc, qu'ils avaient forcé les serrures, qu'ils avaient cru qu'il était mort. Voilà à peu près le personnage.

On se plaignait pas de lui chez Cascade, on le trouvait pas trop arnaqueur pour un dégueulasse dans son genre, profiteur de mouise, vampire, tout. Il tâtait de la fourgue forcément, comme tous les crapauds de sa partie, toujours recéleurs plus ou moins... il lui en revenait de chez Cascade, mais jamais des grandes quantités, juste des babioles, des pacotilles, que les mômes secouaient aux clients, des petites occasions... à la rigolade plus ou moins... plus ou moins cadeaux... Cascade les encourageait pas... il aimait pas les voleuses... mais c'était ardu d'empêcher... elles étaient obstinées là-dessus, fallait qu'elles trifouillent toutes les poches!... les crayons en or!... les fume-cigarettes!... elles en ramenaient toujours un peu... et même des montres avec les chaînes!... Cascade voulait pas que tout ça traîne!... il montait tout de suite au pétard! Fallait que ça se liquide! illico!... Pour ça Titus! ce voltigeur!... jamais une question!... à la casse!... Et hop! emballé!... Et puis tout de suite il oubliait... Jamais un impair... moindre vape!... Et il se rappelait plus de rien encore bien plus vite!... ni des objets, ni des bonnes femmes!... Il oubliait tout : l'éclair! Il nous faisait à nous-mêmes la blague!... Il se rappelait même plus de nos figures!... Là qu'était son charme! cette façon éclair d'oublier... Il lui passait bien du monde dans son magasin « Pawnbroker »... si ça défilait de cinq à dix! des personnes de toutes conditions... des modestes et des arrogantes!... des tapageurs et des peigne-culs... Le malheur frappe un peu partout... mais son fonds même, ses habitués, c'était plutôt tout des petites gens, le petit trèpe des quartiers d'en face... tâcherons, ouvriers, petit commerce... Surtout de l'autre côté de la Tamise... Eastwall... Wapping... Beckleton... beaucoup aussi de petits retraités, des filles de salle, des marinières, des artisans, un peu de tout... Mais le nombre, des gens d'amour-propre qui ne voulaient pas être observés portant leur sanfrusquin « aux gages »... Et il avait de la concurrence! Il était pas tout seul dans l'East...! Mile End c'était bourré de « Pawn », des prêteurs à toutes les maisons, mais alors les uns sur les autres, boutiques côte à côte, que ça la foutait vraiment mal d'être vu comme ça là attendant. Tandis que là-bas chez Claben, c'était tout de même bien plus discret!... y avait pas de fenêtres tout autour, juste la pleine vue sur le parc... Et puis, c'était un voyage, fallait prendre le penny boat... Ensuite comme ça sur le jardin... si on rencontrait des personnes... qu'on se trouvait un moment gêné... c'était facile de prendre un air... qu'on était venu juste en promenade... tout de suite une contenance...

Claben avec les clients je l'ai dit il parlait pas beaucoup... mais il gafait longuement l'article, il l'examinait en détail... il louchait sur le fin « contrôle »... il se rapprochait d'encore plus près avec sa grosse loupe... ça y appuyait sur les bajoues, la panne lui remontait aux oreilles, tellement qu'il pressait sur sa loupe... si passionnément... Il en oubliait son asthme... Il reprenait encore une autre loupe... une encore plus grosse!... une énorme... pour voir encore au mieux la chose... il examinait si nerveux qu'il en saccadait tout de passion, la table, la lampe à eau, le fauteuil... il en zozotait, cafouillait, qu'il pouvait plus du tout parler... Il lui restait plus beaucoup de dents, il zézéyait dans ses chicots, ça l'empêchait de déglutir... Delphine devait tout lui hacher fin, surtout la viande ses gros biftecks à deux shillings 6!... Il plaisait à la clientèle, tel quel, c'est un fait, peut-être à cause de son chienlit, de son casaquin oriental, de ses allures « Ali Baba », de ses encens, de ses tentures, tout... Ça prend bien sur les Anglais l'étranger qui reste baroque... qui se met pas jouer gentleman, qui demeure tel quel hurluberlu... plutôt le singe... Jamais je l'ai vu se faire engueuler le Claben pour ses performances, ses exactions de commerce, pourtant il se montrait dégueulasse, le pire chacal, abject, râleux question d'usure et mauvaise foi! Question « prêt et bail » un immonde! jamais grâce d'un jour... d'un penny... le pire tyran sur les délais... il les écorchait à zéro!... même les plus décharnés crevards il les achevait sous les chagrins, il les suçait passé l'os!... et encore

par-dessus le marché c'est lui qui les insultait! qui les traitait plus bas que terre pour un petit retard de rien du tout! Fallait entendre son zozotage! Comment qu'il la secouait la misère! Ça lui nuisait pas... au contraire!... Quand il fut pris de ses grandes crises, qu'il en était presque à la mort, ce fut une précipitation, une foule de tous les coins de la ville, pour demander de ses nouvelles, lui porter réconfort, bons vœux, fleurs et fruits... Il avait de ses petits clients qu'il avait dépouillés à vif, auxquels il avait tout soustrait, leurs tables, leurs montres, leurs paillassons, et qui revenaient encore le voir... comme ça sans méchanceté aucune, qui lui ramenaient même d'autres clients, des connaissances de-ci de-là, des personnes aussi dans le besoin... Il leur disait même pas merci... Ils étaient venus souvent de très loin pour lui rendre visite, poulopé, sortis de leur boulot par le froid, le gel, la pluie, la grêle, tout juste pour la satisfaction d'apercevoir leur Affreux au fond de sa tanière en train de râler, renifler, grogner, juste de voir qu'il était pas mort... Ainsi le prodige de son charme. Il leur parlait que de pognon, presque jamais un mot gracieux... C'était comme ça et voilà tout... Les pires arnaquiers de la misère ils jouissent du prestige... adulés souvent, cocotés, que les gentils on les massacre!... Faire crever le pauvre que ça chie pas... bien abuser des pires détresses, qu'ils dégueulent le sang, c'est le fin du fin du sortilège, la vraie magie, le beau de beau!
On peut bavarder pour le reste.
Voilà comment ça se présentait la maison et l'homme Van Claben... *Titus Van Claben and partner...* L'enseigne sur le panonceau zinc *Aux trois boules... Prêteur sur gages et sur parole...* en plein balcon en jaune et or... Le partner je l'ai jamais vu... il devait pas exister... La parole sûr existait pas!
Titus il était pas pressé pour l'ouverture de son commerce, il s'y mettait vers les quatre heures... des fois plus tard... Les clients qui s'impatientaient pouvaient aller se promener dans le parc en attendant... s'intéresser au paysage... traverser les pelouses jusqu'aux arbres, jusqu'aux grands peupliers là-bas... Je veux dire pendant la belle saison.
C'était plein de jeux, de carrousels, des volées d'enfants!... Si ils se trouvaient pris dans leurs rondes les clients d'attente, ils se réfugiaient derrière les kiosques, là c'était tranquille... Ils se tâtaient encore les doublures... Si ils

avaient rien perdu... leur médaillon, leur bricole... Souvent c'était plus important, c'était du ménage... le moulin à café... la théière... ils refaisaient le paquet... le journal... Aussitôt que Titus ouvrait, ils raffluaient tous...
« *Don't hurry! One by one!* Fermez la porte!... »
Un par un!...
Pas de bousculade!

☆

Bon, très bien, donc l'autre il joue, le vieux il se tient un peu tranquille... Enfin il râle moins... On entend sonner Big Ben les onze heures là-bas... *Baoum! Baoum!* Les coups vont rouler dans les nuages...
Voilà en somme le décor...
Maintenant ça risque plus grand-chose... je peux vous raconter tout en somme... toute la comédie... Y a les payes et les distances!... Ah! là là! plutôt!... C'est fini tout ça!... C'est du rêve... c'est plus que des images... imagination!... et puis y a eu la guerre 39... et puis tout ce que vous savez... C'est comme un autre monde à présent... C'est dommage... C'est bien dommage... Je les reverrai jamais sans doute les endroits réels... Ils me laisseront pas retourner là-bas... ça serait ma dernière volonté pourtant je vous le dis. Ils me pendront avant... C'est dommage... c'est pitoyable... Je suis obligé d'imaginer... Je vais vous faire un petit effet d'art... Vous me pardonnerez... j'aurais pas voulu être réduit à du mélodrame... Tout de même n'est-ce pas dans mon cas?... Mettez-vous un peu à ma place... je voudrais pas qu'on vous raconte les choses tout de travers... plus tard... quand y aura plus un seul témoin... personne de vivant... que ça sera plus que des ragots... des contes de bonnes femmes... des déchets de sous-biaises saloperies... Ah! on se régalera sur ma tronche!... On s'en payera sur mon supplice de me salir à tort à travers!... Si je prends pas toutes mes précautions je suis tout déshonoré d'avance, si je raconte pas dès aujourd'hui, dès à présent tous les détails! pas dans une heure!... le tout bien scrupuleux, exact, méticuleux!... Je reprends donc là toute mon histoire, au *Baoum! Baoum!* du

Big Ben... les coups qui roulent dans les nuages... qui grondent dans l'écho... c'était exactement comme ça... j'essaye pas de vous émouvoir... je vous force pas mes effets... La sirène de brume... le bateau qui monte... On entend tout près son gros souffle... C'est vrai il passait là tout contre... La force qu'il respire, qu'il poumone... ses hélices qui broyent à cent tours... tout près de la berge... l'eau qui chuchote... énorme comme ça... *Tcchaou! Tcchaou!*... Il est passé...

Là-haut Boro s'est endormi à force de jouer *Jolly Dame Walz*. Il s'est abattu sur le clavier la tête dans les coudes... Il dort ainsi bien malcommode...

En bas, nous autres avec Delphine, dans la boutique, on somnole. On finirait par s'endormir... Mais le vieux recommence à suffoquer... Il demande qu'on lui recherche ses sels!... Il nous fait la vie... La Delphine elle est à bout... elle étouffe aussi un peu... bouclée comme ça dans la canfouine... c'est terrible comme atmosphère... opaque par les fumigations, toutes les saloperies contre l'asthme... Ah! ça commence à suffire!... assez des caprices du malade!...

« *Hello Mister Claben! Hello please! Now you try a little air!...* »

Elle l'adjure qu'il lui permette... qu'elle ouvre un petit peu la porte... c'est vrai qu'on crève dans cette tôle tellement c'est épais confiné, mais il est hostile, il veut pas!...

« Ouvrir?... Ouvrir?... » qu'il suffoque...

Il reste comme ça la gueule ouverte...

« *Mister Claben! Mister Claben!* » gémit Delphine.

Mais il veut absolument pas qu'elle touche seulement au loquet.

L'infect entêté!...

Je vais chercher la gniole, on lui mouille les lèvres avec...

Je trouve pas les sels... Elle est forte la gniole, il se tord en grimaces... Nous deux Delphine on trinque ensuite... Je suis pas buveur mais c'est utile à certains moments... la Delphine utile ou pas elle enquille toujours... Je lui laisse le goulot, elle se sert... deux... trois... quatre rasades coup sur coup... alors il lui monte une idée...

« J'y vais! qu'elle fait... Me retenez pas!... *Don't hold me! Neither of you!* Je vais chercher le médecin!... »

Voilà une résolution! Elle se rarrange son bada, ses jupes...

« *Doctor Clodovitz!* parfaitement!... *A perfect man! a perfect man!* »

Elle nous l'annonce... C'était pas une mauvaise idée... je dirais même heureuse... mais c'était pas là l'hôpital!... Oh! là là! quelle trotte!... Fallait qu'elle aille jusqu'au Tunnel, d'abord... puis qu'elle retraverse sous la rivière... et puis encore tout le long de Wapping, à pied, dans le noir, comme ça toute seule.

C'était téméraire... les impasses malsaines au possible!... et pas éclairées du tout... enfin presque pas... On attendait des attaques, peut-être encore des zeppelins, et même on disait des avions qui devaient survoler tout Wapping à cause des fabriques, et chargés de bombes formidables... Les rues étaient pas du tout sûres... Pas que par les zeppelins!... Y avait les rôdeurs aussi qui profitaient de l'obscurité... Mais elle insistait, elle voulait sauver son Claben!... Tout de suite!... Tout de suite!... absolument!... C'est vrai qu'il flanchait plutôt... Il était plus rouge à présent comme tout à l'heure mais pâle blafard presque gris... Il gardait toute sa connaissance... Il gémissait tout doucement entre les suffocations... On a fini la bouteille, et puis encore une deuxième comme ça tout en discutant si elle irait ou irait pas chercher le Dr Clodovitz... La seconde fiole c'était du cognac... On s'est animés tellement qu'on a réveillé le Boro... Il grognait là-haut... il descend. Tout de suite il veut tout nous boire!... Le vieux aussi il veut tout boire!... *Mgnam! Mgnam!* qu'il fait... toute la gueule... mais il peut plus bouger... quand même il nous cligne de l'œil pour nous faire comprendre... On lui trempe les lèvres à la gniole mais il peut plus rien avaler... Boro le voyant si malade lui fait des amours, des sourires... il l'embrasse... le berce... Delphine aussi du coup le cajole... Voilà un grand moment de tendresse!... On voit bien qu'elle est jalouse... elle veut pour elle tous les baisers... Finalement ils se tassent ensemble... ils se trifouillent, papouillent, ils s'emmêlent les uns dans les autres comme ça sur le lit du pauvre malade... je savais pas trop quoi dire ni faire devant ces démonstrations, mais je me trouvais bien installé, j'en demandais pas plus, je m'étais fait une sorte de litière avec les tapis d'Orient, les ouatines et les couvre-pieds, coincé entre le mur et l'armoire... Je me trouvais pas mal!... je demandais pas autre chose... Ça me rappelait mes gardes d'écurie, mais plus dans le fumier par exemple! dans les brocarts et les peluches! « Très bien! que je me disais, qu'ils s'amusent! et qu'ils s'amusent! jeunesse se passe! » Je les voyais au gringue... « Moi je vais faire un sérieux dodo! après je monterai à la cuisine... je me trouverai bien un petit morceau... Mais après toutes ces fatigues d'abord écraser!... Ah! ronfler!... la faim passe après! »... Va te faire foutre!... Delphine hurle juste à ce moment! Nous prend à parti!...

« Qu'on est des hontes et des bourreaux! qu'on la laisse pas chercher le médecin! Que c'est effrayant notre conduite!... » Ça la met hors d'elle!...

« *Mister Claben! Mister Claben!* qu'elle glapit... *You need a doctor!... You need a doctor!...* Il vous faut un docteur! »

Le vieux il est bien écroulé, mais il se méfie tout de même là zut!... Il reste pas tout seul avec nous!... Il a pas confiance! Il la raccroche par sa guipure!...

« *Be a lady!... Be a lady!...* qu'il lui pleurniche... *Don't go out by night!...* Ne sortez pas le soir!...

— *But I am a lady, Sir!... Lady I am!...* »

Elle une lady?... Ah! cette question! et comment lady! tout à fait une dame!... et de toute première qualité!... Ah! faudrait pas qu'il en doute! Ça l'offense tout de suite! Elle lui fait bien voir!... Elle reprend tout de suite ses mitaines, elle retape ses mèches, son chapeau, ses fleurs, son autruche, une épingle pour la voilette! et hop! la voilà parée!... absolument prête!... Résolue comment!

Salut Delphine! Salut la belle! Ô salut donc! Personne l'empêchera! Un petit verre alors!... et courage!... Un hourra pour la décidée!... Madame Trompe-la-Nuit!... Et même Claben qui chante, râle rauque! Le franc couplet! l'envoi de l'étrier! Le coup du départ!... tous en chœur alors!... Gloire à la vaillance! Elle n'a peur de rien!... des ténèbres! des gouapes! des voyous! pas plus de beurre que de zeppelins! Qu'elle nous le ramène donc Clodovitz!

Delphine! o! Delphine! o!
For she is a jolly good fellow!

Et en route!

La voilà dehors! à deux heures moins le quart du matin, sapée tralala, grands atours!

Il faisait noir je le dis dans les rues, juste un petit bec camouflé, par-ci par-là vers les carrefours.

Nous on s'endort donc, salut!... On avait ouvert notre fenêtre, que ça dégage bien les odeurs, on s'est plus occupés du vieux, il a suffoqué à son aise!... Le temps a passé... Dormir c'est vite dit... Mon oreille d'abord qui me réveille... des bourdonnements, des jets de vapeur... je me rendors... le cauchemar me reprend... Je suis réveillé quatre cinq fois de suite!

Ah! ça va pas!... je sursaute! je tourne!... tourneboule... deux heures passent ainsi... enfin à peu près... Voilà du boucan à la porte... C'est la Delphine... elle appelle... La revoilà!... de retour!... Ah! la vieille gerce!... Manquait plus qu'elle!... Je voulais me rendormir... Dans tous ses états!... Je raconte exact... Dingue alors!... terrifiée!... grelotte!... à bout de souffle!... hagarde!

« Ah! Messieurs!... Ah! Messieurs!... »

Ça voulait pas lui sortir!...

Elle haletait.

« Si vous aviez vu cette figure!
— Figure de quoi? qu'on lui demande.
— La figure de l'homme!...
— Figure comment? qu'on insiste...
— Celui qui me les a données...
— Données quoi?...
— Les cigarettes!... »

Elle nous ouvre alors sa main... des cigarettes collées, gluantes... poisseuses comme ça en papier vert... Elle souffle encore puis elle explique... elle y arrive tout de même... voilà... Juste à la sortie du Tunnel là, juste au remblai... après Wapping... un homme y était tombé dessus, comme ça!... *Vlam!*... d'en haut! Un petit homme tout noir!... Il avait comme chuté sur elle de tout en haut du réverbère! en plein comme ça sur son chapeau... Ils avaient roulé dans le Tunnel comme ça l'un sur l'autre! Heureusement qu'il pesait pas lourd! pas lourd du tout! Elle s'était pas fait du tout de mal! Heureusement! Quelle chance!... Il était léger ce petit homme!... Comme une espèce de paquet d'os!... léger!... léger!... Ce petit homme un vrai paquet d'os!... Il clinquait même de partout pendant qu'il luttait avec elle!... qu'elle se débattait contre lui!... Une fois relevés tous les deux, ils avaient continué la lutte... Ses bras c'étaient comme des bâtons à ce petit homme!... Elle avait remarqué ça tout de suite... et qu'elle avait poussé des cris! mais ça n'avait servi à rien! Ah! y avait personne là autour! Impasse Wapping! pensez donc!

Et c'était pas tout!... Cet homme lui avait parlé!... Ce freluquet d'os terrible! Elle se souvenait de ses paroles! pas si folle que ça!... Elle l'imitait même!... Comme ça qu'il parlait : nasilleux... dans un drôle d'anglais d'ailleurs... Elle croyait que c'était plutôt scotch... il était pas de Londres certainement...

« N'ayez pas peur jolie Delphine! comme ça qu'il lui avait causé, je serai l'ange de votre grand amour!... *Your big love!*... ses propres mots... Je vous veux tout le bien du monde! *All the good luck in the world!*... Je veux sauver votre cher Claben!... Voulez-vous, ma tendre colombe, lui faire fumer ces feuilles magiques?... Vous les voyez là enroulées précieuses à l'usage en ces belles pétales couleur d'eau!... Qu'il inhale les trois éléments!... Le feu!... le vent!... la fumée!... Ô l'ivresse de respirer!... Courez! Courez!... Courez ma tendre Delphine!... Retournez vite à son chevet!... N'allez pas plus loin! Je suis le Physicien du Ciel!... Le Mage des Âmes!... Je sais rendre le souffle aux mourants!... N'allez pas vous perdre dans la ville! Ne vous laissez pas détourner par les sortilèges du Fourchu!... Le diable est fée aux filles folles! Gardez-vous Delphine! Gardez-vous!... Le charme de l'air!... »

Fumées!... Fumées!... à peine il avait dit ces mots qu'il s'était tout ratatiné, recroquevillé sur le trottoir... là sous ses yeux!... évanoui!... un petit bout de chiffon juste sous le réverbère!... et puis rien du tout!... ça n'avait pas traîné!... Elle s'était élancée tout droit!... les jambes à son cou!... À mesure qu'il lui parlait il se ratatinait... elle nous racontait encore... il se recroquevillait... finalement une toute petite boule!... là sous le bec de gaz!... Un petit tas de chiffon!... puis plus rien du tout!... Ah! elle avait pas tortillé! elle s'était élancée tout droit! ses jupes sous son bras! absolument ventre à terre! retraversé sous la Tamise! repris le Tunnel des profondeurs!... Elle arrivait là bégayante, aux boulets, crevée par la course! C'était un petit homme tout en noir!... Elle ne savait pas davantage... Il était plein d'os soi-disant... pointu de partout...

Ah! alors une sacrée histoire! La façon qu'il s'était jeté dessus! *vromb!* du réverbère!... abattu sur elle!... juste à la sortie du Tunnel!... de tout son poids!... pas lourd! rien qu'en os!... ça alors certain! positif!...

Tout de même il avait de la force malgré qu'il était si léger! elle avait eu beau se débattre, il l'avait maintenue dans ses bras!... dans l'étreinte des os!... couverte de baisers en même temps! et puis tout de suite les cigarettes!... « Prenez Delphine! »... plein sa main... Elles étaient là les cigarettes!... pas d'erreur!... gluantes, poisseuses, vertes... Elle en relevait sa voilette, pour bien les voir, les regarder... là sur la table... et c'était pas de la berlue!... Elle en revenait pas... Y avait même encore un bout d'os avec les mégots!... un tout petit bout jaune! Un osselet!... Ah! c'était bien irréfutable!... et puis les mots qu'il avait dits... « Ô Delphine! *I am your friend! Your friend! The Sky Physician!* » Elle nous le répétait là encore... « Votre ami!... Physicien du Ciel! »... Ses propres paroles!...

On a fait des suppositions... qui ça pouvait être? tous les trois... que c'était peut-être un vampire?... peut-être un curé? Que c'était peut-être un Allemand déguisé en excentrique?... un funambule? un fantôme?... quelque farceur?... Enfin vraiment on savait rien!... On a reniflé ces cigarettes... Elles étaient curieuses comme odeur!... pas du tout l'odeur du tabac... plutôt quelque chose du miel et du soufre... un mélange... vraiment pas ragoûtant d'arôme... Mais le vieux ça lui a dit tout de suite... Forcément! son goût!... Il a voulu les renifler encore et encore!... Ni de fin ni de cesse qu'il s'en barbouille!... qu'il s'en écrase plein la figure... qu'il s'en fourre plein les naseaux!... Là tout de suite un vrai engouement... Puis il a voulu en chiquer... ça a paru lui faire du bien... ça pouvait aller je dois dire... On a essayé tous les deux... avec une goutte de cognac! mais en fumer c'était autre chose!... Ça, il lui avait dit l'homme noir! Ah! il l'avait bien prévenue et réinsisté! que ça guérissait les malades mais que ça tuait net les bien-portants!... Ah! là pas de méprise! tous les bien-portants! Ça nous laissait un peu perplexes... Tout de même à force de chiquer on s'est flanqué une soif ardente... Y avait du gin dans le placard... encore du gin!... avec de l'eau ça rafraîchit... On s'en est jeté tout un flacon! et puis toute une bouteille de cidre avec en même temps! du bouché de choix!... arrosé au kirsch!... voilà le vieux qui trinque!... Ça lui fait encore plus de bien!... Ah, maintenant on devient tout nerveux... On recommence à se disputer! il va falloir que ça se décide!... Si on les fume ou les fume pas ces abracadabrants mégots?... les cibiches du ciel, nom de foutre! C'est bien le cas de le dire!... On restait cafouilleux là devant...

Voilà que Boro en déchire une!... il se l'écrase dans sa pipe... allume... ça brûlait pas mal... C'était une odeur agréable une fois en fumée... J'ai voulu essayer aussi... ça pouvait être bon pour l'Affreux... On pensait toujours qu'à lui... ça ressemblait à de l'eucalyptus d'une certaine manière... il en fumait toujours beaucoup lui de l'eucalyptus... le pauvre malade... Du coup on tire tous une bouffée... puis deux... puis trois... Le vieux il respire à fond toute la fumée... il l'avale... celle des autres aussi... il aspire tout... ça semble bien lui réussir... il respire mieux... ça le dégage!

« *Feeling grand boys! Feeling grand!...* »

Il jubile... il nous annonce... Je suis heureux du coup avec lui.

« Ça me monte à la tête!... ça me trouble!... C'est charmant chez moi!... »

Voilà les mots que j'ai prononcés, après peut-être dix minutes... je me souviens exact!... Et puis j'ai eu envie de vomir... pas beaucoup, une petite idée... je me suis retenu... La nausée en somme... Ça vous montait bien à la tête... ça vous ressortait par les yeux... comme ça pleurnichant... Boro aussi il voyait trouble, il me l'a dit :

« T'es deux! qu'il me fait... T'es deux l'enflure!... »

L'Affreux il s'émoustillait bien!... Il en aspirait plus que nous... il sursautait dans ses fourrures... Il était plus commode aussi... Il était couché... ça lui faisait un effet vicieux... Il s'agitait sur le page... Il devenait tout passionné... même comme ça tout suffoquant... Voilà qu'il attrape la Delphine... Il la serre de toutes ses forces!... Il la culbute sur sa couche! toujours à bout de souffle... Il lui passe une langue... une belle... il lui fait de la déclaration... comme ça toujours toussant fumant... Ça faisait un drôle de numéro!... ça le révolutionnait l'odeur!... Ah! je croyais qu'il allait crever de la façon qu'il s'agitait comme ça tout

146

toussant... la Delphine c'était autre chose... elle gloussait cocotte!... échappait!... revenait!...

« O! glo! O! glo!... please Mister Claben!... please... » comme ça tortillante sur le page... pâmante... bien heureuse...

Ils m'incitaient tous les deux à la cigarette!...

« *Smoke little one!... Smoke!...* »

Moi ça m'écœurait... ça me tournait tout... j'en voyais les trente-six chandelles... pourtant juste commencé la mienne!... C'était sûrement pas du tabac... C'était autrement plus brutal!... C'était de la griserie qui sonnait... le coup de buis!... pas de la risette... Le Boro ça le rend drôle tout de suite... comme ça peut-être en un quart d'heure... peut-être juste deux trois cigarettes... complètement boule!... Il veut monter à l'étage... je le vois qu'essaye... qu'agrippe la rampe... Oh! Hisse! Oh! Hisse!... Marche par marche!... Une fois arrivé au palier... Il se retourne... il roule demi-tour!... *Vlaoum!...* Il s'envoye au vide!... Ça c'est fantastique!... Il a pas eu peur!... pas du tout!... à travers l'espace!... *Brrroum!...* tel quel il croule!... dans les camelotes... Il disparaît dans l'entonnoir!... dans les porcelaines! la vaisselle! Il émerge ravi!... Il s'ébroue... se secoue! Il remonte! Il a pas lâché sa pipe!... elle s'est pas éteinte!... Il saigne un petit peu des mains... Il veut tout de suite recommencer!... Il remonte à l'étage!... en haut de l'escalier... Oh hisse!... et hop! la culbute!... Il se relance!... de plus en plus haut!... Il s'est arraché toute l'oreille!... Il est plein de sang à présent!... Ça fait bien rire le Titus!... assis là comme ça dans son lit... il applaudit! il applaudit! et puis de pouffer ça l'étouffe!... Il étrangle de la rigolade!... Il en peut plus notre malade!... Il se roule, il convulse sur Delphine!... ah! comme on s'amuse!... les petits fous!... Il perd son turban!... On lui repose... Boro il rit bien fort aussi... comme ça tout barbouillé rouge... ah! on peut pas voir plus chlass! Sûrement que c'est du venin ces herbes... voilà ce que je pense de par moi!... fortement en plein mal de cœur!... Mon idée!... Y a qu'à voir ces malheureux!... la façon qu'ils brament!... qu'ils se tortillent!...

« *Poison! Poison!* j'hurle à Delphine... comme ça en anglais!... *Poïsône!...* »

Elle s'en fout pas mal du « poïsône »! elle a pas quitté son chapeau, ni sa voilette, ni ses gants, elle a retroussé seulement ses jupes... la voilà remontée sur Claben! elle te le caracole!... à califourchon! Fouett là! elle chante... elle esclaffe...

> *Hep! Youp horsey!*
> *See me that horse!*
> *Trott! Hi! Galop!*
> *To Burberry Cross!*

La charge des enfants!...

Ah! si ça s'amuse!... Le vieux il bave dans les fourrures... Tellement c'est dense la fumée que je les aperçois plus à peine... on va crever dans l'atmosphère... Je me dis : « Je vais courir tout autour! »... Une idée soudaine... ça va me faire du bien!... autour du grand tas des fourrures... J'étais accroupi. Voilà le Boro qui me rattrape... Il est colosse... Il me soulève, il me porte dans ses bras... je rue, je cabre, je le mords aux poignets... Il m'emporte quand même!... C'est un vrai ours pour la force... Il me balance sur le plumard à côté des deux saligauds... Il se couche aussi lui sur moi... Il m'écrase... il me rote... il me déconne...

« Je t'aime!... je t'aime!... Il me câline... Ferdinand ma tronche!... » qu'il m'appelle...

Et puis à présent les deux autres, l'Affreux et sa bonne, qui s'attaquent à mon pantalon!... ils veulent me déculotter!... ils y tiennent absolument... ils veulent me fumer ma pipe!... Comme ça qu'ils annoncent!... ils me le hurlent!... ils m'accrochent, m'étirent, me roulent dessus... ils me bavent sur la tête... mais l'autre Boro veut pas me lâcher!... il m'agrippe, m'étouffe!... il est bien trop fort... On roule tous les trois... on culbute! *vlaoum! pang!* du pageot! *Brroum!*... au parquet!... on s'étale... je m'arrache à l'étreinte!... je me dépêtre!... je me relève...je vois rouge... Je vais le tuer moi le Boro!... Je vois le yatagan là suspendu au milieu de la pièce!... en l'air comme ça... bien coupant... en plein dans le noir... juste à ma hauteur!... Ah! ça va pas faire un pli! Je l'attrape le sabre!... Il m'échappe!... Quel con... Si je fume!...

« Merde! que je dis... C'est bien ma veine!... C'est une chimère!... »

148

Les autres ils se poêlent de me regarder comme ça leur Guguss!... Ils gigottent... ils se foutent de moi!... Voilà comme ils sont! Ils se pâment aux anges!... Le vieux il suffoque plus du tout!... Il est guéri positif!... Ils se font plein de papouilles... Ils s'envoyent des beignes... Ils s'adorent... et puis plein de baisers tout glaveux... là comme ça au méli-mélo!...

« Viens voir! qu'il m'appelle. Viens voir mon petit lapin!... Mon petit oignon!... »

Comme ça qu'il m'incite l'Affreux!... Je veux pas approcher... Du coup il se penche sur sa table, il me montre son globe, sa lampe à eau... avec la lumière dedans...

« Regarde!... *Look!* qu'il me fait... Regarde... »

On se penche tous dessus... On regarde bien... On regarde à fond... On voit rien d'abord...

« Tu vois pas l'homme?... Tu vois pas l'homme?... » qu'il m'insiste comme ça dans l'oreille...

Je louche encore plus... je m'écrase le pif... ça me force comme une lueur... je vois peut-être quelque chose dans le cristal... comme ça qui gigotte dans la boule... enfin c'est pas sûr... je me penche encore davantage... je me baisse tout à fait... Voilà l'autre Boro qui me rattaque... il profite que je suis penché là... il veut me fesser publiquement... je lui file un grand coup de tige dans l'œil... une véritable forte ruade... il va basculer à reculons!... Il va défoncer le grand sofa! Il reste là croulé! moi alors j'y vas! je monte dessus! là sur son gros corps! je le piétine! je le botte! je lui fous une grande claque!... je vais là-bas exprès!

On est tous fin saouls il faut le dire... Pire que ça!... On bouille!... On fulmine!... C'est pas ce qu'on a bu certainement qui peut faire des effets semblables!... Ça n'existe pas!... J'ai encore quand même ma jugeote... C'est les cigarettes à poison! Voilà! c'est les cigarettes! je l'ai dit tout de suite en les voyant... Je vais leur ouvrir à tous la gorge!... D'abord! envers contre tous! Ça je le sais alors!... je le sens!... pour leur faire sortir leurs mensonges!... tous leurs mensonges!... aux zigotos!... Je vais les sauver malgré eux!... Je vois une grande scène de bataille!... C'est une vision!... un cinéma!... Ah! ça va pas être ordinaire!... dans le noir au-dessus de la tragédie!... Y a un dragon qui les croque tous!... qui leur arrache à tous le derrière... la tripaille... le foie... Je vois tout!... Ah! les pauvres viandes!... que ça tout dégouline saigne! que ça me gicle dans l'œil! arrache leur fondement! Ah! là là!... que c'est un morceau qui jute!... Il a des crocs comme des sabres ce dragon!... la vache!... Il rentre dans la viande... ça fait *Tchouic*... chaque fois!... Le sang gicle partout... éclabousse!... Moi aussi je vais prendre de la force!... Je vais leur fumer tous leur tabac!... Voilà!... Voilà! C'est le grand miracle!... J'en pique à Delphine dans son sac... une, deux, trois, quatre cigarettes!... de ces gluantes-là... minute!... On va voir comment moi je les fume!... Pardon pas d'histoire!... encore une et puis deux!... puis douze!... j'en fume tel quel les neuf ensemble!... là d'un seul coup!... Plein ma gueule... toutes à la fois!... Le gâté!... Je les allume les neuf à la lampe!... Je louche un bon coup!... Du coup alors je vois les choses!... les phénomènes à l'intérieur!... Tout au fond de la boule!... Ah! comme il avait bien raison!... sacré vieil Affreux! Je me fascine!... C'est ma tête qui remue!... Et Boro sa poire qui m'appelle!... Il me cherche le fumier! Il arrive du fond de la boutique, comme ça tâtonnant... à l'aveugle, d'un meuble à l'autre...

« Je te vois!... qu'il me crie!... Je te vois bien!... Je te vois la Douleur!... Ça c'est du travail dis l'enflure! Viens mon mignard! Viens, je vais te le dire!... »

Il me prend par l'oreille... Il me chuchote... Il a une idée! Ah! mais moi j'ai le sabre à la main! Je suis armé terrible! C'est pour ça maintenant qu'il me recrute!... Ça va se passer mal!... Dans la main gauche que je tiens mon sabre!... ma main gauche qu'est puissante et forte!... Invincible! Je vais lui couper les narines à ce malotru!... J'aime pas les pédocs!... Et si je lui coupais les organes!... ah, ça serait inouï! j'y pense!... j'y pense!... mais s'il allait tout raconter?... Ah! là je m'épouvante!... Je palpite!... ah! la vape! le foireux doute!... C'est un poulet au fond le Boro! Une grosse doublure dans l'existence!... Il est de la police voilà tout!... Ah! le pourri pressentiment! Je le vois policeman! je le vois double!... je le vois dix!... avec ses dix casques à la fois! Ah! c'est tout de même drôle!... Je le tue plus!... Je renonce!... L'autre le vieux encore qui réclame!... Il beugle! Il veut du piano!... Il rêve concert!... il rêve du piano joli! La poupée aussi!... Ils insistent!... Ils pleurent tous les deux!... Mais Boro lui c'est autre chose!... Sa livre qu'on lui doit!... Ils se chamaillent... C'est son pognon lui qu'il veut!... Il cède le Titus!... Il est prêt aux grands sacrifices! Il a pas la force!... N'importe quoi pour qu'on lui joue!... qu'on lui rejoue du piano joli! la magie! le charme!... Une livre!... deux trois livres!... dix!... pour *Jolly Dame Walz*! C'est la folie des accords!... Il est en somme bien disposé... Dans le moment il est sous Delphine comme ça pâmoisant, pourléché, elle lui file des baisers voraces... comme ça à califourchon!... Tout d'un coup brutal il se dégrafe... il veut m'attraper... il veut me lutiner moi avec!... Mais Boro se jette entre nous... Il veut pas que ça continue... Il veut son pognon et tout de suite!... Il veut ses vingt livres!... Vingt livres il exige!... Il jure!... Il sacre! C'est la rage!

« Gros cochon! Vingt livres! Tu m'entends!... Vingt livres ou je te crève!... »

Ça offusque pas le vieux... au contraire!... ça lui fait plaisir on dirait... tout de suite il attrape sa sacoche... lui qu'est si retors d'habitude... qui pèlerait un pou... il amène le sac sur son bide, sa grosse gibecière... Il l'ouvre toute grande!... Il plonge dedans... C'est le charme qu'agit!... ah! pas d'erreur!... c'est du miracle!... On en reste flan nous de le voir!... Il se montre tout ce qu'il y a d'aimable... Il a beau tousser renâcler, il sourit quand même! il bave, dégage, il crache son asthme! d'énorme effort! Un grand coup encore... un terrible!... Et puis il retourne toute sa sacoche... là *vlac!* sur le lit!... *ding! ding! ding!*... que c'est un flot d'or qui se déverse!... tout à travers les fourrures... le couvre-pieds!... les tapis!... Si ça cascade!... pépite!... tinte!... Je lui plonge la main dedans à Boro comme ça à l'autorité dans le scintillant frais éboulis... et puis toutes les pièces s'envolent, tout d'un coup là! devant nos yeux!... toute la monnaie!... que ça virevole! paillette! parpille!... toute la féerique papillonnerie! à travers la pièce!... J'en vois cent j'en vois mille des « louis »! des petits, des gros, des « soverings »!... jamais j'ai tant vu de pognon!... Si ça clignote dans l'atmosphère! tout pimpant! frétillant! volage!... ça illumine toute la boutique!... d'or et de reflets... ça tintille!... J'en reste tout hagard!... Les autres se foutent de ma fiole!... Ils se marrent... ils en bêlent...

comme je reste là tout cul!... Le vieux rouvre encore sa sacoche... Il la laisse bâiller en l'air et toutes les pièces voltigent dedans! renfournent dans le trou noir!... raffluent comme les oiselets en cage!... Et puis il reculbute tout encore! Tout redégringole plein la table!... le monceau là tout scintillant!... C'est le moment de se laver les poignes!...

On plonge tous les trois dans le magot, Boro, moi, Delphine...

On se lave bien les mains dans le trésor!... ça alors c'est pas ordinaire... C'est une vraie hallucination!... Du coup on a renvie de fumer!... Et c'est Delphine qui nous stimule... Ah! faut pas faiblir! malgré le mal de cœur!... puisque c'est comme ça les prodiges! La force nom de Dieu du Trésor!... le bonheur dans l'air!... qu'on voit bien!... qu'on est pas craintifs!... qu'on va au pire mal de cœur! Qu'on dégueulera tout!... Voilà les dernières cigarettes!... C'est vraiment des herbes enivrantes!... Le vieux arrête plus de ricaner!... Il en secoue toute la boutique de son ricanage... Surtout qu'en plus il étrangle... que ses graillons collent...

« Stop! chacal! Stop! » que Boro lui hurle.

Ah! ça le redouble d'être engueulé! Quelle joie! il tortille! il glousse!... Il s'arrête plus du fou rire!... Nous aussi on se met à repouffer! et gros glou-gloussements... On fait une musique de ventres à gros gargouillis! que ça fait de l'écho plein le bastringue... Voilà le bruit qu'on fait à présent... La Delphine qu'avait commencé... Ça donne soif atroce de fumer des telles cigarettes! de telle ardeur âcre!... Y a plus rien à boire!... C'est terrible!... On recommence à compter tout l'or!... On s'esclaffe à s'évanouir tellement c'est extraordinaire ce genre de rire qui nous secoue!...

Jamais on avait vu l'Affreux étalant comme ça sur la table tout son or! tout son trésor!... toute la monnaie!... et qu'il jubile aux éclats! Je l'aidais bien à les retenir ces petites espiègles!... Ah! là là!... pardon!... qu'elles foutent pas le camp! se sauvent pas par la porte!... ah! nom de Dieu!... là grande ouverte!... tirelonlaire!... à tire-d'aile!... On se jette dessus tous!... On les pile!... On écrabouille tout!... Comme ça en plein sur le tas!... en plein sur le lit!... à plat ventre!... Là tous les trois!... dans la grosse fourrure!... ainsi bons amis agréables!... comme vous diriez enchantés en train de farfouiller la fortune... de se rouler dedans sur le lit... de vautrer dans le gros tas d'or. C'est Boro qu'est devenu brutal... lui le tout premier!... Ah! c'est exact! Il a voulu manger une pièce!... l'avaler telle quelle!... toute crue!... une demi-guinée! Dix shillings! Six pences! et puis dix!... et puis les quinze à la fois!... par bouchées comme ça plein la gueule... Le vieux il lui dit un petit mot... Le Boro alors tout de suite tout rouge et puis tout vert de colère!...

Ah! là immédiat!...

« Claben! dis donc! qu'il l'attaque, allez hop! toi aussi t'en manges! Grosse saloperie! Fumier! grosse lope... »

Comme ça qu'il l'appelle!...

« Ouvre-moi ta gueule!... »

Le vieux il rigolait tellement qu'il pouvait plus du tout se défendre!... Retombé sur le dos comme ça bouche ouverte... Boro alors se met à le gaver... il lui entonne... il lui pousse!... les pièces par poignées... comme ça de force!... Le vieux avale tout! Une seconde il souffle!... et *vlaouf* il lui rentonne une autre!... encore une poignée!

« Allez oust papa! allez oust! à la croque au sel!... »

Comme ça qu'il lui parle.

Pas de grâce!

Delphine lui soutenait bien la tête à son gros amour pendant que Boro l'entonnait... Elle l'embrassait à gros bécots!... que ça faisait *smack! smack! smack!* sur ses grosses joues... sur sa grosse panne... Le vieux l'appétit était énorme! Il avait beau suffoquer il en voulait encore, toujours!... davantage!... tout il voulait engloutir... encore une petite!... une autre!... toutes les pièces!... toutes les petites pièces là sur la table!... Tout le tas!... il se rassasiait pas!... Il mâchait tout! Il entonnait tout!... le goulu!

« Une autre!... Une autre!... » qu'il réclamait... Il en avait plein la gorge... secoué au fou rire!... ça faisait des bruits plein son bide... ça tintait dans son pantalon!... plus ça tintait, plus il se marrait!... toute sa panse qui faisait du bruit d'or!

« Encore une!... Encore une!... Amour!... »

Delphine l'encourageait ainsi... qu'il en ravale encore deux trois! Y en avait plus sur la table à force de les boulotter... sur le lit non plus... On a retourné la sacoche... on a tapé sur le fond... Plus rien!... Rien du tout! Il nous avait tout gloutonné... tout l'or!... Ah! le gros bâfreux sale ventru!... Et il jubilait tout ravi!... à travers les quintes!... Il se tenait plus de rigolade lui le phénomène!... Toute sa boyasse qui tintait!... Tout l'or là-dedans! une quincaille!... Tintamarrant! Tintabule!... Ah, il se trouvait beaucoup mieux!... Il se remet assis... Il veut se bichonner, se maquiller!... se remettre un peu de rouge aux lèvres!... se refaire les cils!... les sourcils... Coquet! coquet!

« Je veux t'aimer gamin voyou! petit sauvage! » qu'il m'aguiche... Il fume, il bave, il bulle, il grogne... Je peux plus remuer moi... Je suis pas comme lui... je suis tout en plomb!... La tête! les jambes! tout!... Je suis sonné!... Je m'efforce... hi! han!... je roule... je culbute du page... Lui-même il me raccroche... il me rehisse... il me remonte près d'eux...

La Delphine qu'est folle à présent!... elle m'attrape la bouche, elle me pompe!... C'est la vampire!... Ah! ça alors, je me révulse, arrache!... Le suprême sursaut!... En l'air!... je dérape... je suis sauvé!... Je retombe sur la carabine!... la grosse Winchester!... sa « Chasse »!... je l'empoigne... je la lâche plus!... elle me fond dans les mains!... positif!... je le dis juste!... elle me fond!... la crosse s'allonge en mastic, elle me dégouline dans les doigts... la guimauve!... tout ce que je touche ça fond!... et puis tout tourne autour du globe! comme un manège... la lampe à eau... Je vois des choses dedans! Je vois des guirlandes... je vois des fleurs!... Je vois des jonquilles!... Je vois des oiseaux!... un rossignol!... Je l'entends chanter!... Je me rends compte que c'est pas exact... Je le dis à Boro!... Il me rote!... Il est entre Delphine et le vieux!... Ils arrêtent pas leurs saloperies!... là dans le grand page!... Ils m'écœurent à force!... L'autre qu'a bouffé tout son pécule!... il s'écœure pas celui-là!... toute la monnaie de la sacoche!... Il est content... il exulte!... il sursaute sur son gros fias... il pousse des petits cris à la joie!...

Boro, il s'agace, il se fâche... Vingt-cinq livres il exige tout de suite... Vingt-cinq livres là illico... *twenty five!* Gros chienlit, tout de suite!... pas de chichis!... Et il se retourne encore tout colère!... Il bout immédiat!... Il fait comme mon père!... ses yeux lui roulent, exorbitent, des lotos furieux!... voilà comme il est.

« Ma livre! qu'il hurle... Non, mes 25!... Non, 30!... là merde! » Il en veut toujours davantage!...

Il l'attrape par sa houppelande... par son foulard... il le garrotte!...

« Vas-tu tout dégueuler grosse vache?... »

Delphine gisait à la renverse, grognante, abrutie... Elle vagit là, dégueulante... Le vieux il voudrait rendre aussi... Il fait des efforts horribles... il aboye!... Il bat l'air de ses bras... Il rame... On voit plus que son blanc des yeux!... Il veut bien vomir... il peut pas!... pas une seule petite pièce en or!... il convulse, dégorge pourtant!... mais que de la bave!... que des glouglous... pas une seule pièce!... Oouuach!... Oouuuaach!... Il a beau faire des efforts.

« Crève-lui donc le ventre!... Crève-lui, qu'il me fait Boro là furieux malhonnête... Crève-lui! que je me retrouve! tout de suite!... Au voleur!... vide-le!... »

Il s'adresse à moi.

C'est une idée!... C'est superbe!... Ah! je suis enthousiaste illico!

Ah! mais Delphine qu'est-ce qu'elle va dire?... Ah! faut tout de suite que je la réveille!... Que je voye la gueule qu'elle va faire! On va y ouvrir son bonhomme!... Allez! je te secoue la poupée!... je l'attrape par les tiffes, je l'ébranle!... je l'arrache!... Rien y fait! Elle grogne mais elle se réveille pas! Boro alors enfourche l'Affreux, y remonte sur le bide à califourchon!

Il l'écrase de tout son poids!... en même temps qu'il le serre au quiqui... et de plus en plus fort!... Il tourne tout jaune du coup l'Affreux... la langue comme ça là sortie... Il respire plus ça c'est certain!... C'est plus qu'une grosse cire jaune énorme!... Ah! c'est terrible à regarder! Moi j'y tiens plus!... Je le dis tout de suite!... Je veux pas voir ça!...

« Viens par ici! qu'il me fait Boro... il me commande encore!... Arrive ici la Douleur!... Faut soulager ce pauvre malade!... Tu vas voir!... On va lui faire un bien énorme!... »

Ah! Il est temps!... quelle brave idée!... Ah! je suis tout dévoué!... là immédiatement!

Donc on l'attrape par les pompes... on le soulage comme ça toute la masse encore un petit peu!... Oh! hisse!... Il pèse!... Il pèse!... Il pèse lourd!... la tête en bas!... le poids d'un bœuf! Oh! hisse! soulève! Ah! c'est ardu comme effort!... Je sue!... des rigoles!... que ça m'en referme les yeux!... Oh! hisse! encore un grand fort coup!... Oh! hisse!... et *pflof!*... lâchez tout!... *Pfouff!!!* sur la dalle son crâne si dur!... que ça ébranle toute la boutique!... Tout le local sursaute du choc!... le turban qui barre... qui roule!... et on recommence tout! Oh! hisse!... une fois! deux! faut pas caner!... En l'air!... et hop! *Bangg!!*... tout son poids!... il va le dégueuler son bulle!... Midi! midi!... Il dégueule pas! Rien!... Il dégurgite pas une seule pièce!... Ça c'est stupéfiant! Ça nous stupéfie tous les deux!... Ça nous refout en rage!... C'est pas assez haut du plumard!... Faut le soulever d'énorme bien plus haut! d'une énorme hauteur!

Ah! Voilà l'idée!... le rehisser par ses pèlerines la tête en bas!... l'escalier là-haut!... Tout là-haut! Oôô! hisse! toutes les marches!... l'étage! un étage! Oôô! hisse! et *ploumb!* lâchez tout! Ah! ça c'est de l'effort!... du courage! Oh là ça y est! le voilà! Lâchez tout! *Vraoum!* Si ça sonne! *vraoum!* sa grosse tête!... ça secoue tout l'étage du choc!... il a pas poussé un cri!... pas un petit soupir!... pas ouf!... Il s'est écroulé. C'est tout!... On peut pas le laisser tel quel!... On lui saute sur la bedaine... On lui rebondit dessus!... pour voir si il va dégueuler!... Va te faire foutre!... Il fait pas ouf!... pas un petit hoquet!... On se baisse pour lui voir sa figure... on met la lampe à globe tout contre... sa tête qu'est fendue!... Ah! là là!... un trou juste là entre les yeux... Une crevasse!... des gromelots qui coulent lui dégoulinent plein son nez... Il a pas fait ouf!... Comme ça en lui sonnant la tête!... Boro y écarquille les yeux... C'est tout blanc là... tout poisson... ça nous surprend malgré tout... Il a pas fait ouf!... Il a pas dégueulé un rond!... pas un seul petit « sovering »!... Ah! la bourrique! Il est tenace!...

« Ah! dis donc! qu'il me fait Boro!... Ah! dis donc, la tronche! Tu parles dis d'un chiotte!... pas un petit hoquet!... »

Je le regarde... je comprends pas... Et puis je m'assois merde alors!... L'effort c'est quelque chose!... Qu'est-ce qu'il pesait lourd!... On a bien peiné!... Ça j'aurais pas cru!... Ça m'a étourdi!... Même le Boro ça l'a pompé!... Pourtant hein c'est un colosse!... Ah! on s'assoit tous les deux... Ah! on reste cons. On se repose sur les fourrures... Sur la couche de cet enculé! dodo mon petit frère!... là! voilà! une bonne chose de faite!... Je le dis à Boro...

La Delphine s'en fout elle! elle dort! Elle s'est remise à ronfler! Elle est là vautrée contre le vieux... Je ferme l'œil moi pour voir si je dors pas? Je me tâte... Si c'est pas du rêve... Non là merde!... non c'est pas du rêve!... c'est bien ça exact!

« Ah! dis!... que je fais à Boro... j'en reviens pas moi de la séance... »

Lui non plus il en revient pas... Je dis :

« C'est vraiment le coup de l'ivresse!... »

Je parle de l'incident...

Il me répond pas... il dégueule... C'est lui qu'est malade d'abord.

« C'est bien l'alcool!... je lui fais remarquer... Peut-être aussi les cigarettes... »

Ah! j'ai l'idée... j'en démords pas... Les cigarettes!... je l'ai toujours dit!... C'est encore la faute à Delphine!... cette vieille farceuse!... Seulement l'autre qu'est par terre là?... le crâne là!... le trou!... Ah! je vous demande pardon!...

J'essaye un peu de raisonner!...

« Eh dis donc... que je fais... Biture!... T'as pas vu sa poire? »

Il me répond :

« C'est toi enculé!... » comme ça tac au tac... « C'est ton business et tout et tout!... »

Il m'accuse!

Ah! Ça c'est nouveau!... Il se réveille! Il finit de vomir... Maintenant les griefs!...

« Ah! que j'y fais... T'as pas honte, grosse vache? C'est pas toi dis qui l'as sonné?... C'est pas toi qui l'as rebondi comme ça sur le dur?... »

J'y montre...

« C'est toi!... c'est toi! qu'il s'obstine... T'avais qu'à le tenir en l'air... C'est toi qui le tenais!... »

Là alors!... ce vice!... J'en reviens pas de cette fausseté! la pire mauvaise foi!... ah! le cochon!

« C'est toi!... c'est toi!... qu'il insiste...

— Oh! que je lui fais!... abominable!... C'est pas toi dis, qui l'as fendu?... Tu y as pas vu dis sa pauvre tête?...

— Sa pauvre tête!... sa pauvre tête!... Ah! écoutez-le!... sa pauvre tête!... Me parler comme ça à moi-même... »

Il est outré de mon insolence!... Il se rassoit sur le rebord du lit, il en peut plus de mon culot, il étouffe de la colère!... Il peut même plus dire un mot comme il étrangle, graillonne de rage!... il dandine... sursaute... La Delphine elle se réveille, elle pleure... elle sait pas pourquoi elle chiale...

Elle nous regarde... elle est toute secouée de sanglots... Je reviens à la charge, c'est pas fini l'explication!... Je l'ai sur le cœur!...

« Mais c'est toi Boro!... C'est bien toi!... »

Je veux qu'il se rende compte... qu'il déconne plus!...

« Bien moi?... Bien moi?... » qu'il me répète... comme ça abruti...

« Moi quoi d'abord?... Moi quoi d'abord?... »

Il comprend rien.

Dehors il fait un peu de jour... ça commence... on aperçoit par les persiennes... un trouble... du verdâtre... puis du gris... C'est pas du jour ordinaire... ça me fait l'effet... C'est autre chose que le jour d'habitude...

« Faudra te méfier toi dis brute!... » Je le préviens... là entre quatzieux!.. « Faudra te méfier des courants d'air!... tu vois le vieux là?... Il en est mort... » Comme ça que je lui cause. Je trouve moi ça drôle!... Rigodondant! là! tirebouchonnant!... qu'il rigole aussi le sale ours!

« Et la poupée?... Elle bouge pas?... »

Elle est affalée... elle repleure!... Je lui file un coup de botte dans les côtes... histoire qu'elle se redresse!... Elle pousse un grand hurlement... Elle réagit et furax!... Elle a les yeux tout collés... elle se frotte, elle s'arrache les mites... tout de suite les horreurs!... Elle me crache... elle m'insulte... Elle me traite de poubelle!... C'est un monde!... Elle si distinguée d'habitude!... elle oublie toute sa politesse!... juste un petit coup de pied!

« *Little païrâte!* » qu'elle me trouve!... petite hyène!... petit pirate!... choléra!... »

Ah!... ce culot!... Ah! j'y réponds!...

« Saloperie!... que je lui fais!... Salope!... Regarde ton bonhomme!... »

Elle l'a même pas vu!... Elle a rien vu l'abrutie... Je l'attrape par la nuque, je la force, je la fais se baisser qu'elle regarde! Là tout contre!... Là son nez dessus!...

« Qu'est-ce que t'en dis!... Là!... voilà!... cause à présent!... »

Mais il fait trop noir dans la crèche... elle voit rien du tout... J'amène la lampe alors tout contre... le globe à eau... Ah là ça y est!... Elle le voit bien! ah, elle voit tout... elle branle la tronche... elle reste con, elle reste fixe...

« Ah! qu'elle fait, ah! oh! » elle croit pas... comme ça méduse, là... et puis un coup hop! « Aï!... Aï!... » elle se met à regueuler et quels cris! Elle plonge!... elle se jette sur le corps... elle l'attrape... l'enlace... elle y embrasse tout... la bouche! les yeux! elle est couchée dessus!... Elle y embrasse sa tête, le sang... elle s'en fout partout!... et puis elle nous attaque tous deux!

« *Murderers! Murderers!...* » qu'elle nous appelle et qu'elle nous montre du doigt comme ça!... qu'elle nous compte!... « *One!... Two!... One! two murderers!...* Un! deux meurtriers!...

— Va chier morue!... »

Boro ça l'énerve... « chutt! chutt! » qu'il lui fait... elle s'en fout!... elle est remontée! elle est en transe et puis voilà!... Comment qu'elle attaque!...

« *Why murderers! don't you know me?... You don't know whom I am?* Vous ne savez qui je suis?... *Finish your job!...* Assassins!... Achevez votre tâche!... »

Elle s'offre comme ça là en victime... elle aussi!... la martyre! la volontaire! Allez hop! tout de suite!... elle nous provoque!... Elle nous défie!...

« *One more to kill!...* Une encore à tuer!... là! là!... » Elle nous montre sa maigre poitrine... elle se dénude..

« *Finish your job!* Achevez votre tâche!... »

Exaltée alors... haletante!...

« *I am Marie Stuart! Yes!* Je suis Marie Stuart!... *I am just arrived from France!...* »

Elle nous l'annonce... Puis elle se relance sur le corps, elle prie... elle se recueille sur Claben... toute frémissante.. elle relève sa voilette très haut par-dessus ses plumes... son chapeau... elle nous découvre bien son cou... elle nous l'offre!... à trancher... son cou frêle...

« *Cut!... Cut!...* » elle veut qu'on la décapite... C'est son dernier souffle... « *Cut!... Cut!...* »

Elle nous l'ordonne... elle recommence...

« *I am Marie Stuart from France!...* »

C'est la rengaine!... merde! ça va!... Boro il se marre le sale ours!... Ah! j'en ai assez moi à force!... Il voit pas dehors qu'il fait jour!... enfin presque clair... J'y montre.

« Regarde!... que j'y fais... Regarde!... »

Je me rassois... je suis trop fatigué... et l'autre connasse qu'arrête plus!... Je peux pas les tuer tous!... Ah! il fait trop jour!... Il est revenu le yatagan... Il est sur la table... là je le vois!... Je vais le prendre à présent!... je vais le saisir!... Non!... C'est plus la peine... Tout est dit!... D'abord il fait froid!... le jour monte... le froid... On peut pas dire le contraire... Froid et inquiet... Là voilà le froid!... je grelotte... les questions qui me passent!... des masses, des vraies... pas des sottises de gens saouls!... des vraies questions avec le froid!... C'est pas tout de rouler dans l'orgie, il faut encore que ça se termine... et puis qu'on en sorte!... Ça va pas s'arranger tout seul!... On finit tout de même par se rendre compte!... Je dégueule un petit coup... Je me soulage... c'était le moment!... Boro aussi il dégueule... on s'assoit là raisonnables!... ça suffit les extravagances!... On essaye de réfléchir!... Maintenant il fait froid!... Il fait presque jour!... La Delphine nous interrompt!... Ah! la connasse!... elle hurle encore... elle pleurniche de plus en plus fort!... C'est plus Marie Stuart à présent!... C'est le mal à la tête... Comme des tenailles qu'on lui retournent la tête!...

« *What a headache!...* quelle douleur!... quel mal à la tête!... » elle m'apostrophe!... « Vous m'entendez vous la grenouille?... *Froggy?... Froggy?...* »

C'est moi qu'elle insulte comme Français!... Puis elle recommence ses simagrées... elle replonge encore en prière... à genoux sur le corps... à chaudes larmes!... elle recommence à supplier qu'on lui coupe la tête!... qu'elle a trop mal à la tête!... voilà comme elle est!...

« *Go on rascals!... Go on brutes!...* qu'elle nous supplie... *There is Marie Stuart for you!... There is Marie Stuart! The poor little Queen!...* La pauvre petite reine!... En avant brutes! »

Elle nous fait bien chier!... Il va falloir tout de même

partir! arranger un peu le tableau... essayer au moins!... Moi j'avais déjà l'habitude, j'en avais vu déjà des corps et des plus saignants que celui-ci!... bien plus abîmés!... J'en avais vu moi des bien pires!... surtout en Artois!... sous les mortiers... alors vraiment des hachis!... J'étais tranquille dans un sens, c'était Boro le plus mal à l'aise...

« Tu crois que c'est bien lui?... » qu'il me redemande.

Un scrupule comme ça.

Il me pose une drôle de question... de doute même il va le retoucher! il le retripote!... Il lui rappuye sur le ventre!...

« Dis donc!... qu'il lui fait... Dis donc!... »

Il voudrait le faire causer encore!... Il va ramasser son turban... Il lui replace comme ça sur la tête... Il a du mal à se rendre compte... Ça lui paraît pas possible... Il est désaoulé pourtant... il voit clair... Mais il se rend pas encore compte...

Il se rend pas à la raison...

« Tu crois que c'est bien lui?... »

Ah! l'imbécile!

« Bien sûr! que je lui fais, bien sûr!... Et que c'est toi-même qui l'as fendu!...

— Moi? Moi? »

Il me gafe stupéfait.

« Mais certainement!... ah mais bien sûr!... pas un petit peu! »

Je veux plus qu'il ait de doute! J'insiste alors, merde, il le faut!

« Ah! dis donc Delphine! Écoute! Écoute celui-là! »

Il prend Delphine à témoin, il recommence sa mauvaise foi!... Mais Delphine elle l'écoute plus... elle garde la tête comme ça penchée... le cou incliné sur le corps... elle s'offre... elle veut pas autre chose... elle veut qu'on la décapite... elle y tient absolument!

Ah! le Boro il se contient plus de colère, de rage contre moi!... Il fait l'accablé hors de lui!...

« Mais nom de Dieu!... Mais c'est la honte!... »

Ah! le schnoc il veut me bluffer!... Il se monte au pétard!...

« Qui c'est qu'est tombé sur la tête?... qu'il me demande encore, ce culot!

— Le vieux! tiens que j'y réponds... Le vieux!... il est

161

tombé de son escabeau comme ça tout seul! là t'es content?... Là ça te suffit?... Il s'est jeté de lui-même... T'as l'explication?... T'as compris?... »

Je me fous du coup à rigoler... Ma foi c'est trouvé, l'escabeau!...

Ça arrange pas tout?

Ah! je suis fier de moi!...

Je me lève... je veux aller voir dehors!... je veux respirer l'air! Je suis repris par les vertiges... Je me rassois... Je veux me rendre compte tout de même... Mais j'ai trop mal à la caboche!... ma blessure d'oreille qui me bourdonne... mon bras qui m'élance... les cuites, les orgies! les cigarettes!... Je réfléchis à ce qui peut se passer?... Je comprends vraiment plus!... Le vieux c'est exact!... Il est là!... Il s'est bien fendu la tête!... Y a pas eu d'erreur!... Il est là écroulé devant nous!... dans toutes ses broderies!... le turban, les houppelandes... tout y est!...

« Alors faut le sortir!... » c'est l'idée qui me prend... « Faut aller chercher la police!... »

Voilà l'idée lumineuse!...

« Ta gueule!... Laisse-le là!... On va aller chercher Cascade... »

Voilà ce qu'il me répond. Ah! Bien sûr c'est plus raisonnable!... Tout de suite j'en conviens... je le félicite même!... J'aurais pas trouvé ça tout seul!... Je dégueule un grand coup là-dessus!... C'est du soulagement! mais pas trop... J'invite Delphine à sortir... Elle aussi elle a la nausée... mais elle veut plus sortir du tout... elle veut plus prendre l'air.

Elle veut plus jamais quitter le corps!... Voilà comme elle est!

« Allez hop! par ici! mésange!... »

Boro l'attrape par son chignon et youp! hop! il faut qu'elle se relève!... On est pas très frais tous les trois... On a mauvaise mine!... Moi je titube... C'était pas une cuite ordinaire!... Ah! ça là maintenant je suis bien sûr!... On va à la porte finalement... On ouvre... Le jour entre à flots. Ça me foudroye!... là positif dans le fond des yeux! un coup comme ça! Je me raccroche!... Je sais pas ce que c'est!... Je rouvre!... C'est le parc!... Là devant!... Là!... le perron!... je raccroche la rampe... ça se débrouille!... C'est des voiles

qui passent... c'est gris... c'est mauve... devant les yeux...
c'est le petit jour... Quelle heure est-il?... Ça sonne pas!...
Peut-être cinq, six heures?... à mon sens... Delphine elle
geint... qu'elle a toujours mal... qu'elle pourra plus jamais
bouger!... Elle se force quand même... La voilà debout...
Elle minaude maintenant.

« *Gentlemen!* qu'elle nous appelle... *Gentlemen* c'est
une erreur!... Ce sont les fumées de l'ivresse!... *Just a
mistake!*... »

Elle retape son galure, ses plumes, ses mitaines... Elle
reprend du sourire... elle s'amuse... « Ah! quelle erreur!...
What a mistake! »... Mondaine comme ça... moqueuse
maintenant... juste une plaisanterie... Elle se moque de nous
là navrés... déconfits... elle nous trouve plaisants, enfan-
tins... Elle nous traite en petits polissons...

« *Boys! Boys!* qu'elle nous appelle, *you drank too much!*
Vous avez trop bu!... *You'r sick!...* Vous êtes malades!... »

Elle se campe là devant nous!... Elle va nous fouetter garnements!... va nous remettre à la raison!...

Ah! Boro alors il te l'attrape... il te l'enlève! l'emporte
tout au fond!... Il la refout à genoux là par terre! qu'elle
voye bien! qu'elle nous emmerde plus! qu'elle voye bien le
maccab! qu'elle rêve plus!...

« Regarde!... Regarde! qu'il lui fait... C'est pas lui là
non?... C'est pas lui? »

Elle renâcle... elle grogne... elle comprend rien... puis
d'un coup elle repart aux cris!...

« C'est l'homme!... Mais c'est l'homme!... qu'elle
hurle... C'est lui!... C'est le démon!... *The devil!...* *Damned
we are all!* Tous damnés! Gentlemen!... »

Voilà encore une autre salade...

Elle se relance vers le perron... Elle gueule ça à travers le
parc... aux arbres!... au grand air!... aux échos!... Boro la
raccroche... Il la ramène dans l'intérieur... Elle se rejette sur
le maccab... elle se remet à l'embrasser!...

« *Darling! Darling!* » à pleine bouche!... dessus sa plaie...
tout autour... elle suce la crevasse... elle s'éclabousse pleine
de sang!...

Boro la redégage...

« Va te laver! qu'il fait... Va te laver!... *Go wash!...*
merde! »

Il la pousse sous le robinet... il s'en occupe complètement... il la rince.

« Allez hop! fatigue!... Allez oust!... »

Il la cramponne comme ça lui-même... il lui tient sous la flotte!... Elle hurle... elle proteste...

« *But I am Lady Macbeth!*... Mais je suis lady Macbeth! *Never! Never!* Jamais je ne serai plus propre! jamais plus! *Never more!*... »

Elle se débat... mais il la lâche pas!

Maintenant faut savoir ce qu'on décide?... On part?... On part pas?... Ah! je cherche à réfléchir!... Je veux dire mon mot moi aussi! Je dis rien!... C'est le sommeil, les yeux me font trop mal... le sommeil d'abord... J'aurais pas pu dire droite ni gauche!... Ah! c'est malheureux quand même!... Je me force... Je regarde un peu dehors... là sur le perron... Je vois grimper les arbres dans le parc... je les vois pousser à vue d'œil... là devant!... juste devant mes yeux... des branches et des branches!... que ça monte! ça monte!... à des folles hauteurs!... et puis ça redevient tout petit... des tout petits arbres, des toutes petites branches, tout ça ratatine minuscule... ça me rentre dans ma poche! des arbres entiers!... J'y crois pas! Non!... J'y crois pas! Ah! je suis pas dupe! C'est que du vertige! du mirage! Mais je vois que ça bouge! Ah! pas d'erreur! c'est entendu! ça monte haut!... C'est encore la fumée que je vois!... jusqu'à l'Observatoire là-haut! qu'est en pleine verdure... Ça me fait chier toutes ces cimes qui bougent!

Ah! mais Boro nous commande... Ah! mais il profère : « En avant!... »

Nous voilà dehors dans le vent frisquet... Boro nous entraîne... On va pas loin... Jusqu'au banc... Sisite juste devant la pelouse... devant le carré des héliotropes... je me souviens bien... je les vois encore!... de l'autre côté c'est l'eau! la rive!... et puis encore au-delà Poplar... le front des maisons grises... les péniches à l'ancre.

On est là assis tous les trois... sur le banc... on se demande... faudrait savoir!... elle est entre nous deux Delphine... elle a peur qu'on se sauve...

« Qu'est-ce que tu dis toi?... dis la tronche? »

Moi je disais rien.

« Écoute!... Écoute!... » que je lui fais...

Ça sonnait six heures sur London... ah! ça c'était vrai... juste six heures!... J'avais raison! *Braoum! Braoum!*... comme ça énorme au-dessus des wharfs!... de très loin là-bas!...

« Ah! dis donc!... Ah! dis donc alors!... »

C'est tout ce que j'avais à dire!...

« Tu sais rien alors, sale con?... Tu sais rien?... »

Il insiste pour ça, que je sache!... Mais je sais rien moi merde!... Ce qui me plaît bien moi c'est les *Braoum!*... ça me trouble... ça me rend vague... le son des cloches... surtout déjà éberlué, déjà pas bien dans mon assiette... C'est la povoîsie voilà! c'est la povoîsie! Je suis sensible! je vibre!... Il peut pas comprendre cette grosse dalle!... Crasseux, crotteux con!

« Ça vogue!... que je lui fais... Ça vogue!... Ça vogue les cloches t'entends pas?... Écoute un peu mal élevé!... Butor! Assassin!... »

Comme ça *pfloc!* dans les dents, *plof!* Ça me vient à la bouche!...

Tant pis pour lui!

« Comment? qu'il hoquette... Co? Comment? canaille? Attends un petit peu!... »

Il va me bondir à la gorge... Il se ravise... Il reste tranquille...

« Merde!... qu'il grogne... Merde!... » il ronchonne...

« Tu t'en fous toi saloperie!... »

Je m'en fous pas! J'ai froid voilà!... voilà c'est tout!... Je grelotte!... La Delphine aussi... Il a chaud lui?... On le secoue le banc nous deux Delphine... On va le renverser tellement qu'on tremblote... Des gens passent là... des matineux... des dockers du bassin d'en face... Ils nous gafent... Ils se demandent ce que c'est?... Pourquoi on s'engueule comme ça? qu'est-ce qu'on fout là?... On devrait pas parler si fort... Mais c'est lui qui gueule c'est pas moi!... Il est mal élevé!... ça répercute sa voix dans le parc!... son accent bulgare...

« Alors dis, la trrronche? tu t'en fous?... Voilà comme il me cause!... Tu me laisses ça là?...

— Non! je m'en fous pas!...

— C'est pas toi peut-être?... »

Ça y est! il repique!... Il remet ça!... il est acharné! merde!

165

« C'est pas toi qui l'as ballotté?... Dis que c'est pas toi? C'est moi qu'étais saoul peut-être? »

Ce fiel! Il me souffle! Il ose encore!

« Un rêve!... Un rêve!... » que j'y réponds.

Ah! il se contient plus... Il écume!... Cette comédie!... Il se lève du banc pour m'engueuler... pour me faire plus d'effet! Ah! il se trompe bien! Il nous fait rire!... il s'escrime... il exclame!... il gesticule le patapouf!... là tout debout devant nous... Il veut absolument que j'avoue! Il rebondit sursaute dans l'herbe!... de flan! de fureur!...

« Et merde! gros con! Un rêve! Un rêve! » que j'y crie!... Je m'en fais pas du tout!... Je veux voir jusqu'où il sautera!...

« Tu nous réchauffes, Patapouf!... Mais ça serait encore mieux du jus!... »

Voilà ce que j'y envoie!...

Ah! Je m'en fais pas du tout!... Ça me calme moi de le voir hors de lui!...

Ah! alors! ah! alors! ces cris!... le déchaîné! l'hystérique!... pire que Delphine pour un peu! Elle rigole aussi elle maintenant... elle se donne en spectacle... braille!... esclaffe!... pétarde!... toujours que j'avoue!... ça les tient maintenant tous les deux! elle comme ça gloussante et lui qu'en peut plus de fureur! que je reste comme ça indifférent!... que je les nargue peinard!

Il peut bien crever dans sa rage!... Moi je veux plus bouger que pour le jus!... Le jus bien chaud! et la goutte! On bougera plus avec Delphine... C'est résolu... on se serre!... on grelotte ensemble... et on rigole!... Il recommence à nous insulter!... les gens tournent autour de nous...

« Allez hop! que je décide... en route!... »

Ça devient imbécile.

« En route où?... qu'il demande...

— Ben voir Cascade! tu te rappelles pas!... c'est toi qu'as dit! »

C'est vrai c'était son idée...

« Et le vieux alors? tu le laisses comme ça?... ça t'est égal?... la porte ouverte?... »

Il pensait à tout.

C'est vrai qu'on avait rien refermé!... qu'on avait tout

laissé en plan!... Ah! là malheur! quelle ribote!... On la voyait la porte ouverte, de notre banc là on voyait bien... Faudrait retourner fermer cette porte!... La moindre des choses!...

« Bon! Et puis qu'est-ce que tu vas faire?... »

Je voyais qu'il avait un blot...

« On va le descendre!...

— Le descendre où?...

— À la cave!...

— Et puis?...

— On reviendra ce soir avec les hommes...

— Bon! que je lui fais!... t'es pas bête!... »

C'est vrai c'était pas idiot... dans la cave c'était déjà mieux...

« Tu veux que je t'aide alors?...

— Plutôt!... »

Bon! je fais un effort... je me soulève... j'aurais pas dû... encore la même envie de vomir... de dormir aussi... je me ressentais pris par la torpeur...

« Allez! oust! magne!... »

Il me tarabuste.

Me revoilà debout... Je reprends le bras à Delphine... nous revoilà devant la maison... la porte grande ouverte... c'est exact... la boutique telle quelle... On rentre... rien avait bougé... Ça faisait drôle quand même... On était pas saouls... On avance dans le magasin... Le corps était là par terre... bien là sur le ventre... dans les houppelandes... les soieries... le tapis tout trempé, une mare, le turban dans la flaque...

« Allez hop! qu'il me secoue... vas-y!... prends-le toi par la pèlerine... toi Delphine les pieds!... Allez hop! Oh! hisse! »

Il était lourd à pas croire! Encore plus lourd que de l'escalier!... Il pesait au moins dans les cent! C'était du plomb, mais alors mou... Il roulait par tous les coins... Il tenait pas en poigne... tout ça en flasques énormes bourrelets... On l'a descendu à nous trois... l'escalier de la cave... la trappe ouverte heureusement... on l'a fait déraper tout doux... l'escalier large... l'allée de la cave en plein sable... On l'a posé là... ce qu'il était lourd!... On l'a déposé comme ça... dans le milieu de la cave, du sable... si il faisait noir! juste la lampe à eau pour toute la manœuvre!...

C'était grand comme cave... une très vaste voûte... mais alors ce capharnaüm! bien pire encore que la boutique! ce tohu-bohu... Tout le débarras de la brocante! des tonnes, des monceaux de détritus!... des tombereaux de tout!

« Ah! on le laisse là! Merde, ça va!... »

Je m'assois, je souffle, ça m'a éreinté... là sur une marche... sur la descente... dans le noir... je me repose. Delphine elle, à même sur le sable.

« Ah! c'est fait dites donc! que je remarque... C'est fait!... »

On allait donc remonter... Je raconte tout précisément.

« Hep! » qu'il m'interpelle Boro comme ça tout subit, il m'attrape le bras comme si il entendait du bruit... quelque chose là-haut dans la boutique. J'écoute, j'entends rien...

« Chutt!! qu'il nous commande... Bougez plus je vais voir ce que c'est... Y a du monde!... »

Hop, il remonte, il nous laisse tout seuls en plan comme ça... C'était pas marrant... avec la dépouille!... Il fait comme il dit... Il remonte!... Et il referme la grosse trappe sur nous! en plein noir... Ah! ça c'était fort!... Ah! Je comprenais pas! Ah! il nous referme!

« Hep! hep!... » que je le rappelle... Merde! ce souffle!... Il répond pas... Pas un mot!... Je l'entends qui marche, qui remue des meubles, transporte des trucs sur notre tête, là sur la trappe... Ah! ce coup-là je beugle!...

« Boro! Boro! Qu'est-ce que tu fous?... »

Il continue, il transbahute... il culbute... tout un bastringue comme ça sur la trappe... Ah! il nous enferme!... J'entends personne avec lui... il est tout seul dans la boutique!... Ah! ça y est!... le soupçon!... zut! je suis sûr!... Ah! ça y est! il nous referme!... Il nous boucle!...

Je m'agrippe aux marches!... je cogne aux battants!...

« Boro!... que je hurle, Boro!... ouvre!... »

Va te faire foutre!... Je fais des efforts... je m'arc-boute... C'est collé! Merde! Qu'est-ce qu'il a mis?... le foutu traître?... Toute la boutique!... Je pèse encore!... Je force... Ôôô! hisse!... l'ordure!... ça cède!... juste une fissure... je vois le magasin... un éclair!... je m'arc-boute mieux... je suis fort du dos... Ôôô hisse! Oh! hisse... ça y est!... ça vient! j'en ai repoussé!... j'ai une fente!... Au moment

168

pflof!... plein dans la pêche!... je prends un caillou... en pleine gueule! *pflam!!*... je dingue!... je culbute!... à la renverse!... là de la fissure! je lâche tout!... la trappe dingue!... retombe! flanque! C'est l'autre bandit!... *Brrouum!*... Un tonnerre qu'éclate dans le noir!... là en pleine cave!... en même temps!... en plein bazar!... Ah! c'est féerique!... plein la gueule!... Je suis écroulé sous les décombres... C'est lui qu'a jeté le truc! Maudit chien... une explosion formidable!... Encore lui!... C'est ça!... comme au *Dingby*... Je m'en doutais!... J'aurais dû me douter!... je suis tout tournoyé dans les gravats!... comme ça dans le noir!... Je suis embarqué! boulé! plati! toutes les ordures, les madriers me retombent sur la gueule!... J'appelle Delphine... « Delphine! »... Elle me répond!... Elle est enfoncée dans le sable... elle hurle... elle est pas morte, toujours... tout y est retombé sur la tête!... sous un monticule de bouts de bois... je tâte... je vois rien... je l'attrape... je la raccroche!... par les bottines... je l'extirpe... je l'arrache!... Elle crie... mais c'est rien... elle est comme dans une cuve de sable... sous un monceau de débris de caisses... Je tire le paquet... j'amène tout!... tout ça dans le plein noir...

« C'est une bombe!... que je lui explique... C'est Boro!... »

Elle comprend pas... elle suffoque... c'est plein de fumée âcre... plein la cave... mais pas de la cigarette alors... de la vraie! Ça vient du fond, je renifle, ça brûle! c'est de l'incendie!... je vois des flammèches... dans la fumée... Delphine alors si elle gueule... comme si je la tuais!...

« Ça va, Delphine! Vous avez rien!... Aidez-moi! » que je lui crie... qu'elle pousse avec moi comme ça la trappe!...

« *I am blind!*... qu'elle me répond... je suis aveugle!...

— Mais non! c'est la fumée!... la cave!... »

Elle s'épouvante... elle veut se sauver! se jeter dans le fond! au feu! je la repêche... je la rattrape aux marches!...

« Allez hop! salope!... ensemble!... »

Je voulais encore soulever la trappe... Le dernier effort!...

« Pousse chouchou!... Pousse!... *Push!*... »

Ça relevait un tout petit peu... ça redégringolait! basculait!... *Braoum !!* c'était des meubles empilés... toute la camelote!... On y arrivait pas! C'était des bahuts!... positif!... des buffets d'une tonne!...

« *Push!* que je recommence!...
— *But I do!*... Mais je pousse! »

Elle protestait. Il venait de la fumée de la boutique... une autre fumée!... ça s'engouffrait par l'ouverture!... la fumée de partout!... dans le trou!... dans notre fond! du gouffre de cave! du magasin!... On était pris dans les volutes... ça venait... raffluait!... suffoquait tout!... Elle en mettait la jacasse! alors maintenant de toutes ses forces! Allez hop là plus de grimaces! hisse! contre le battant!... Elle voulait plus du tout mourir!... plus de Marie Stuart!... plus de jérémiades!... Mais ça cédait pas nom de Dieu! Oh! hisse! tout retombait... catastrophe! la trappe! *Badaboum!*... ça pesait trop!... Fallait autre chose!... Je perds pas la tête!... malgré que je renifle, râle et rauque... Je suis pas effaré... le sang-froid!... je cherche un dur... là!... un fer!... quelque chose... je tâtonne autour dans le bazar... dans le noir comme ça dans les tessons j'amarre un fer, un montant!... Je le coince dans la trappe comme ça à tâtons... les yeux me font un mal atroce... de la fumée... je coince dans le battant et youp!... Ôôô hisse! tous les deux!... on pèse! on pèse!... on soulève!... ah ça va mieux!... Ôôô hisse!... voilà! hop! ça flanche! dégringole! tout!... tout le bastringue!... culbute! caisses! armoires!... tout le sanfrusquin... tout ce qu'il a empilé sur nous!... La trappe branle, ouvre! Ça y est!... gagné!... Hop! à crever! La boutique brûle! fumée alors!... tout le bazar! tout l'étage! Ça ronfle le feu!... plein la maison... les flammes lèchent, courent, grondent... oh là là! Madame!... C'est des torrents de flammes à présent... On éternue... renifle... égorge... C'est trop fort!... C'est pire que dans le trou!...

« *Do something!* qu'elle me hurle Delphine... Faites quelque chose! cher petit homme!... »

Elle m'attrape les mains!... Elle m'accroche!

« Mais non!... Mais non!... avec moi! allez hop!... »

Faut qu'on repousse encore le battant... qu'on puisse sortir... sortir en plein... prendre notre élan!... et hop! dehors! fendre les flammes! traverser tout! culbuter le truc!... Allez! et oust! Pas de pelotages!... Je vois la porte au fond... le jour là... le cadre blanc... dans la fumée... par là nous qu'il faut bondir!... ah!... en plein dans le blanc!

« Allez Delphine! attention!... ensemble! là! un! deux! trois!... traverser tout!... là hop!... hop!... » on se lance... J'avais pas vu!

Pfloc! je culbute! je suis basculé! soulevé! enlevé! deux mains! dix mains qui m'accrochent! m'attrapent!... m'emballent!... le paquet!... Ah! la fumée!... je voyais rien!... Dehors pourtant! Dehors là! Les pompiers!... les gens!... Y en a partout!... On est dehors! on est sauvés!... C'est la foule!... Ah! les pompiers!... Ah! ces voltiges! avec leurs casques! cuivres! échelles! les jets!... ça jute, éclabousse! gicle partout! On nous rattrape... on nous arrose!... on nous sauce!... Je suis pas brûlé!... Delphine non plus!... Ça fait rien!... On nous douche quand même!... on nous trempe, nous plonge dans l'énorme baquet!... On nous repêche, nous secoue, nous masse, nous roule dans les couvertures... C'est l'émotion!... C'est le sauvetage!... Et puis des questions, des paroles... des salamalecs! on nous félicite! *Shake hands!*... C'est les hourrahs pour notre vaillance!... des embrassements! « Hello! Hello! »... Ils nous ont vus fendre les flammes!... C'était magnifique!... Ah! le sauvetage enthousiasmant! « *Marvellous! Superb! A! ta Boy! What a jump!* Quel saut!... *A! ta good girl!* Bravo Delphine!... » Ils parlent tous ensemble! Et des questions! Ils hurlent! « Claben!... Claben!... » la foule le réclame...

On veut savoir où qu'est Claben! Le vieux Claben!... Ce qu'il est devenu? Ses clients sont bien malheureux!... Ah! qu'ils sont inquiets!... Ils vont jusqu'aux flammes... Ils reviennent!... Tous les étages brûlent à présent!

« Là-dedans! que je leur montre à bout de souffle... expirant d'efforts comme ça... Là-dedans qu'il est!... Làdedans!... *There!*... *There!*... » Je leur montre les flammes... le géant brasier... Cette fournaise qui rugit gronde...

« Oh! Oh! » qu'ils font tous.

C'est trop affreux.

« Oui! il dormait dans la boutique... »

Je répète, je marmonne comme ça... je suis bien pénétré... faut que ça soit sûr... absolument!... bien entendu...

« Vous l'avez vu?...
— Oh! là oui!... *Yes! Yes!*... »

Pas aucun doute... Comme ça y aura plus d'erreur... C'est une chose de faite!...

La maison crépitait terrible... de haut en bas!... les pompiers pouvaient plus y aller... en approcher même à cent yards!... c'était plus qu'une torche... une torche folle énorme... les flammes sortaient par toutes les fenêtres... Il s'amassait de plus en plus de monde... de tous les quartiers ça devait venir... alors un jacassage terrible en plus du crépitement des flammes... tout autour du géant brasier... ils avaient dû apercevoir de très loin... du plus loin du diable!... Ils étaient accourus en foule!... tempête de bavards!... Les sauveteurs de l'Ordre de Saint-John avec leurs petits chapeaux mous gris se sont très bien occupés de nous... Delphine et de moi-même!... tout spécialement... leurs rescapés héroïques!... Ils nous ont bien réconfortés... gavés, chouchoutés... biscuits... brandy... café chaud!... ah! enfin ce jus!... Je l'ai dit à Delphine :

« *Coffi!* »

Elle se retapait son bada, tout de suite la coquette!... Sa robe de faille avait roussi... C'est dire si on avait risqué... elle avait perdu ses mitaines... On regardait la maison flamber... la maison Claben... Je pensais pas à autre chose!...

Rien qui vous fascine comme les flammes, surtout comme ça volantes, dardantes, dansantes au ciel... Ça vous ébaubit... ensorcelle... les formes que ça prend!... comme ça là tout ahuri, tout con gafant... assis dans l'herbe... Delphine aussi là côte à côte.

Quelqu'un qui me saisit... me secoue nom de Dieu! m'attrape, m'étreint à bras-le-corps!... Ah! qu'est-ce que c'est?

« Mon petit!... Mon petit!... »

Je croyais que c'était encore eux! les pompiers!... qu'ils allaient nous refoutre à l'eau! qu'ils recommençaient tout leur sauvetage! Ah! quelle horreur! je crie! je hurle! mais c'était pas eux! je regarde! pas les pompiers! c'était Boro! lui-même la vache! à l'effusion comme ça subit! ah! la tante! à l'étreinte! la larme!

« Ah! mon petit!... Ah! mon petit!... »

Et qu'il nous embrasse... nous bise!... Ah! le brave bonhomme! comme il est heureux de nous revoir!...

172

« Vous êtes pas brûlés tous les deux?... »

Ah! il se tient plus d'émotion... Il en pousse des petits cris de joie!... il pleure... il jappe autour de nous!...

« Oh! mes enfants!... Oh! mes enfants!... »

Ça c'est une scène qui vous bouleverse!...

« Vous êtes sains et saufs mes enfants?... »

Les gens se précipitent... ils veulent tous nous embrasser...

C'est l'effusion unanime... Qu'est-ce que je peux dire?... Je l'embrasse aussi... j'embrasse tout!... j'embrasse un pompier! un Saint-John!...

« Oh! mes enfants!... Oh! mes enfants!... »

Mais il nous laisse pas la réflexion...

« Rentrons chez nous!... Dépêchons-nous!...

— Où ça chez nous?... »

On ne sait plus...

Il attrape Delphine par le bras... les voilà partis ensemble... je vais suivre... je vais les suivre... Je regarde encore la maison... les flammes si ça monte! tourbillonne!... grimpe... valse là-haut!... les panaches jaunes... rouges!... Ah! cette fournaise!... je vais pas rester là! je rebrûlerais!... je me grouille... je me force... je les rattrape... Ah! maintenant à nous deux bonhomme! Une fois passé le kiosque je l'attaque!...

« Dis donc grosse ordure!... dis donc tronche!... »

Il répond pas... il allonge...

Ah! ça c'est du souffle!...

Le bras passé à Delphine et hop! faut qu'elle magne!... se manie! Elle demande une seconde!... elle peut plus!... un point de côté!... puis sa chaussure!... son talon qui tourne! et merde! et merde!... il la laisse pas!... Au trot!... Au trot! elle banquillonne... « Allez hop! » il la pince... ce cri!... Les gens nous regardent... tout le trottoir!... On a été vite... à la Station, l'entrée *Stepham*... ils s'engouffrent... le « Tub »... je radine... il prend les tickets... Voilà enfin! sisite! ouf! le compartiment... ça cahote... Je lui demande où on va?

« Chez Cascade voyons! Tu le sais bien!... »

Je l'agace de demander...

On passe une station... deux... trois...

Cascade, ça me plaît pas... je veux pas... ça suffit!... je

veux pas être traîné comme ça merde... et puis dégueulasse!... c'est affreux!... J'ai beau être là comme ça malade, sonné, pompé, loque et tout... Merde! J'irai pas avec eux!... je les suivrai pas!... Grosse saloperie! et l'autre la mitaine! Carrez donc!... J'en ai assez moi de leurs grimaces!... et de Cascade aussi!... le coup ça m'attrape, ça m'embrase! Ah! quel con je fais! je veux plus les voir de la vie! Ah! j'aurai la force nom de Dieu!... les uns ni les autres! Ça bahute sec ces petits wagons... C'est brusque... c'est nerveux... On passe une station... ça va bientôt être *Clapenham*...

« T'es pas fâché? qu'il me demande...

— Oh! non! non! je suis pas fâché!... »

C'est gentil de sa part...

« Attends!... que je me dis... la prochaine!... Comment que je vais déhotter!... Je vous salue!... Bon vent!... mes amours!... »

Clapenham! voilà!... C'est l'instant!... Sifflet!... la porte! Juste ça referme! Je m'élance! l'entrebâille... Hop!... Ça y est!... Yop là! au quai!... juste! une fleur! Hip! Bravo bouille! La rame repart!... Oh! leurs gueules!... Ils me voient! Je me suis pas fait mal!... verni! jailli! *youff!* avec ma guibolle!...

« Salut!... Salut!... » que je leur crie...

Voilà! c'est fait! Maintenant repos!

Sisite! d'abord! une minute... Faut savoir un peu où on se trouve... les stations pour ça c'est commode.

☆

Me voilà donc libre... je traîne comme ça pendant deux... trois jours... Je couche à droite à gauche... Je fréquente les cinémas... Je me fais pas trop voir... J'évite les quartiers du Centre... Je me méfie des mauvaises rencontres! Je fais bien attention à mes ressources... tout de même ça s'épuise... Quand j'ai peut-être encore deux ou trois shillings, je me dis : faut rester dans les gares... C'est chaud, on dort bien, on attend...

J'avais pas d'idées arrêtées... je me décidais pas... Je

choisis Waterloo... C'est la plus belle comme salle d'attente... C'est sûrement la plus rembourrée... Je connaissais une banquette surtout, de l'autre côté des calorifères, qu'était discrète au possible... en retrait de la sortie... d'où on voyait passer tout le monde... toute l'affluence... toutes les grandes lignes... Un torrent alors à l'époque... tous les effectifs... un fleuve de grivetons continuel... du kaki!... du kaki encore!... au portillon y avait de l'attente... les gagneuses alors par essaims!... ça se croisait là-dedans!... Je te connais!... À tort à travers... les talons bobines!... boas! bas jaunes!... bas rouges!... bas mauves!... les modes de l'époque... à l'attaque... à la chasse ardente!... de jour et de nuit!... elles emportaient bourrer Tommy! Atkins! Mohamed Jouglou! Gorgovitch! tout ce qui passait! soldats la fredaine! les dominions! la métropole! les chers alliés! à la grande vitesse!... le coup tiré à pas cent yards... dans l'impasse à gauche, au premier... « Tudor Commons »... J'aurais pas dû m'asseoir là... C'était pas prudent tout de même!... Mais je m'ennuyais bien faut dire!... C'était mon excuse... Je connaissais personne... Je me suis assoupi un petit peu... sur le coin rembourré... J'ai même dormi assez longtemps... Tout d'un coup... on me secoue... m'agite...

« C'est toi!... Ah! c'est toi la guirlande!... »

Je sursaute, je me redresse...

« Ah! C'est toi Finette?... Ah! très bien!...

— Qu'est-ce que tu fous là?... Elle me questionne... Tout le monde te demande au *Leicester*! »

Je préfère pas lui répondre grand-chose... je me tiens sur mes gardes... je bredouille... que j'ai été faire un petit tour... C'est elle qui me donne des nouvelles... que tout a repris au « Boarding »... que c'est fini les disputes... que tout le monde est raccommodé... rambiné encore pour un temps... Que Cascade a repris toutes ses femmes... que la Joconde est revenue, sortie guérie du « London »... avec son cul à la compote... redescendue à la cuisine... qu'Angèle a retrouvé son ingrat... qu'elle dresse à présent les nouvelles... mais que le Cascade est pas content que je soye barré en vent coulis!... Ah! que ça lui plaît pas du tout!...

« Ça va Finette! ça va! je réplique... Tu m'as pas encore!... Je te vois venir!... »

D'un coup l'inquiétude me ressaisit...

« Qui?... Qui t'envoye?... je lui fais... Crache! vas-y!... Dis-le tout de suite!... Cascade ou Matthew?... »

Ah! pas de chichis!

« Moi? qu'elle sursaute... Ah! ce crime! Parole de fille!... — Alors?... que je lui demande plus bas... C'est pour le *Dingby* certainement!... dis-le un petit peu!... ou Claben? Hein?... pas? Claben? »

Ah! je suis soupçonneux...

Je me gratte pas... j'y annonce... je la presse... Ah! elle me regarde... elle me trouve tout bringue.

« Embrasse-moi! qu'elle me fait... Embrasse-moi!... T'es comme mon frère qu'est mutilé... ça te dérange toi aussi la guerre!... Mais lui il reste maintenant chez nous, à Athis-Mons à la maison... Tu devrais pas toi sortir non plus... Viens prendre un petit jus au *Basket*... Je vois que t'as froid!... C'est moi qui régale! »

Elle fait les gares, la Finette... plutôt les abords en somme... c'est-à-dire tout le large trottoir jusqu'au cinéma... Elle se défendrait bien même pour deux!... Elle serait contente avec Fernande... elles sont maquées, c'est entendu... mais la Fernande c'est qu'une salope... elle veut pas scier elle son Gros Lard!... d'où les jalousies! les complications!... Gros Lard alors, comme fainéant, on peut pas rêver mieux, pire!... C'est lui le mac en pied!... Il veut bien que ses femmes le doublent pourvu qu'on lui saute pas le pognon!... Il veut toucher sur les deux!... sur trois, sur dix si il pouvait! Monsieur l'Exigence!... De ça qu'elle fume la Finette! elle voudrait engraisser que Fernande!... Elle m'a pas secoué pour me rien dire!... Elle veut m'apprendre quelque chose!... une sacrée nouvelle!... Que le Gros Lard il est rappelé!... oui Monsieur! Que le consulat le recherche partout!... Et qu'il en faisait paraît une gueule!... Ah! pas volontaire du tout lui! Le tire-au-cul en personne!...

Elle était jouisseuse la Finette!... Elle avait des grands beaux yeux verts... en chat comme ça... un peu relevés vers les tempes... avec une paillette de malice... et filoute et la peste au fond!...

Ensemble, devant le jus au *Basket*, elle me raconte trois quatre saloperies sur ce gros hareng... Qu'elle peut plus le piffrer... comment qu'il est trop dégueulasse!... que c'est pas trop tôt qu'on le déhotte!... qu'on l'envoye crounir!...

Y a longtemps qu'elle attendait ça !... que c'est pas un luxe !... Elle a brûlé plus d'un cierge !... Il vient de Montauban, ce gros mac !... elle aime pas les gens du Midi !... Il a été autrefois ténor !... il paraît... Il arrête pas de graillonner !... et depuis dix ans qu'il chante plus !... « Il est con ! dis donc un monde !... » Elle comprend pas du tout Fernande !... et qu'elle la Finette les engraisse en plus dis !... et depuis des années ! C'est pas mignon ?... Et que sa Fernande c'est un vrai ange !... Ah ! elle voulait plus être doublard !... Elle personnellement ! Ah ! ça alors, c'était fini !... Si elle était contente qu'il parte !... Avec elle que c'était des roses !... toutes les deux toutes seules !... « Tu vas voir si je vais travailler !... C'est rien ce que je fais à présent !... Et pourtant j'en abats une tranche !... Je veux qu'elle soye heureuse ma petite femme !... Ah ! mon petit père !... Ah ! la musique ! Maintenant c'est de la fainéanterie !... Tu vas voir un peu mon violon !... Les affaires alors !... Les affaires !... C'est un monde là-dedans !... C'est un monde !... »

Elle me montrait la gare... le trottoir !...

« Tu vas voir un peu la toilette !... Et toi ?... qu'elle se ravise. Dis, t'as pas bonne mine !... T'as maigri !... Pourquoi que tu retournes pas chez Cascade ?... C'est une bonne maison chez Cascade !... Il est pas regardant... Puisque t'es en convalescence !... Ils sont pas à un couvert près !... Tu parles d'une smala sa tôle !... T'aurais pu te refaire la santé !... T'es comme les autres tiens ! Tu débloques !... Tu sais plus au juste ce que tu magnes !... Voilà ton malheur !... »

Ils demeuraient en appartement, Finette, le Gros Lard et Fernande, pas très loin de l'*Empire Music Hall*... dans Wardour... Ils se foutaient des tripotées, des coups d'alcoolisme de jaloux, qu'ils en restaient sur le flanc des fois deux, trois jours de suite, à se faire des tisanes, des compresses... Comme ça la passion ! mais maintenant ça allait changer ! Gros Lard enfin la musette !... Ah ! comme elle était heureuse !... jubilante alors !

« Est-ce qu'il sera tué ? toi tu crois ?... »

L'artillerie il avait sa chance !... Ah ! je lui fais remarquer, il pouvait revenir ! je lui dis bien franchement...

« Et toi t'y retournes pas dis alors ?... qu'elle m'attaque du coup ! la carne !

— Dis donc! Molo! que j'y fais, garce!... Dis donc! j'en reviens!... une minute!...

— Mais t'es encore bon, mon chéri!... Il te reste encore des morceaux!... »

Elle en voulait du mal aux hommes!...

« C'est beau la guerre!... C'est beau la guerre!... Regarde-moi ça!... »

Il passait un peloton de kakis juste devant les vitres... et puis derrière toute la fanfare!... La Guard Band vers Buckingham! La relève du château.

« Ils sont beaux dis donc! Je bande!... T'as mal dis toujours à ton bras?... »

Je lui avais parlé de mes blessures...

« Et ta tête? C'est une balle alors que t'as reçue?...

— Oh! une toute petite!...

— Oh! ficelle!... » du coup elle me trouve rigolo!... Elle se fout à se marrer, si aigre, si crispante, de ma balle de tête qu'elle fait retourner tous les buveurs... tous les clients du comptoir.

« Viens que je t'embrasse merlan frit!... T'as pas de veine tiens! T'as du retard!... »

Comme ça qu'elle me trouve!

« Moi, mais je suis terrible en avance! »

Elle me vexait!...

« Tiens t'es aussi cave que Gros Lard! T'as pas coupé le beurre! Tout de même t'es moins prétentieux!... Pourquoi que tu retournes pas chez Cascade?... C'est la bonne maison!... »

Ah! elle y tenait absolument.

« Il t'aurait filé de la ménesse!... » qu'elle continue, elle me fait l'article!... « Tiens, comme ça!... pour toi tout seul!... Tu te serais fait gâter!... Il en a bien de trop de filles chez lui!... Tu te serais défendu... que du chouette! Il t'avait pas à la caille!... Vous vous êtes pas engueulés?... T'as pas voulu lui secouer l'Angèle?... dis des fois en rigolant? Tu parles celle-là d'une grand-mère!... Elle en a pris dis dans l'oignon!... de la Bastoche à Rio! Tu parles d'un trafic! Et puis encore les garnisons!... avec Nougat, son premier homme!... Mon petit ami!... la gigolette!... Je te dis!... Cul d'acier!... C'était son nom à La Réole!... au *Petit Soupir*... y a bientôt douze ans!... J'ai pas été privée non plus! je vais pas te dire! de quoi que je te cause!... je vais pas me plaindre!... Je suis franche! j'admets! bien frottée! l'homme me fait pas peur! Encore que je préfère les gerces ça c'est entendu!... Mais moi tiens le diable c'est les piquouses! Ah là! je suis affreuse! Le Novar moi tiens je les tuerais!... quarante-quatre dis de file dans le fias!... Les pommes à chaque seringue!... Dis donc je croyais que j'allais crever!... Toutes les chocottes dis qui me branlent!... Tu crois que ça guérit la vérole?... »

Les Anglaises devant leur thé, les voyageuses de province, elles fronçaient du nez pimbêches... Elles se doutaient du genre de Française... La Finette elle leur faisait de l'œil, tout de suite elles détournaient la tête... Dans les buffets de gare « tout sur le pouce »... surtout Waterloo, il passe énormément de personnes et de toutes les sortes... en plus bien sûr des militaires... l'aller et retour pour les Flandres!... Le torrent des kakis!... Finette elle repensait à sa femme...

« Ma Fernande non plus elle chôme pas!... Surtout maintenant qu'elle fait l'*Empire*... Dis donc, si on va être heureuses! Toutes les deux là alors toutes seules!... On y enverra au Gros Lard des mandats comacs! Ah! là là, notre homme! ah! le joli trou-trou-badour!... C'est la vie en rose! Ça biche admirable!

« Faut qu'il croque là-haut tu sais! une fourchette Gros Lard!... Je veux qu'il crève, mais pas de la faim... D'abord tu sais elle l'aime toujours... ça c'est entendu! Je me fais pas d'idée!... tu parles d'un citron!... Elle chante avec lui dis voir! tu les entendrais!

Quand vos grands yeux pleins de douceur!

« Je sais pas ce qu'elle y trouve?... Moi, dès qu'il me touche, il me fait mal... Pourtant hein je suis pas bégueule!... Mais lui il me reste en travers!... C'est parce que c'est l'homme à Fernande! C'est la jalousie! Tiens! C'est tout!... C'est bien naturel!... T'es pas jaloux toi?... »

J'avoue que je suis pas beaucoup!... Ah! ça lui plaît pas. Ah! ça la vexe! Ah! quel genre que j'ai alors? Elle me regarde... elle me dévisage... elle peut plus me piffer!...

« Va-t'en!... qu'elle me vire!... Va-t'en con!... »

Elle veut plus me voir!

« Pstt! Pstt! » qu'elle fait de son tabouret... elle a vu quelque chose dehors... elle interpelle par la porte... un soldat rôdeur... elle lui court après... elle saute... Me revoilà tout seul... je fais des sourires comme ci comme ça... aux demoiselles du comptoir... ça ne donne rien... un aviateur les accapare... tout ça ricane glousse... très bien!... je vais m'asseoir à une table... puisque je suis là... Je vais encore un peu réfléchir... Je commande un café... un autre... je reste tel quel... fixe abruti... Quelqu'un me fait des signes du dehors à travers les glaces... Je reconnais pas... je voyais pas bien... Ah! c'est le nabot!... C'est Lou Mille-Pattes... Il m'a repéré.

« Tu fais les gares?... » qu'il m'apostrophe... Il se marre de me voir là...

Sa tête qu'arrive au rebord de table... C'est presque un nain à vrai dire... Il a les jambes en cerceau...

« Dis donc, ça va mal!... T'es pas au courant?... On parle de toi au *Leicester*!... T'as pas lu le *Mirror*?... »

Non, je l'avais pas lu...

« Merde alors!... Donne-moi un penny!... »

Il sort... il me ramène le *Mirror*... Toute la page, la grande photo... Oh! pardon! la maison du vieux!... la tôle!... les décombres!... ça s'appelait « Greenwich Tragedy » en énormes lettres... la fumée... les ruines... les poutres... tout.

« Ah! pardon! Ça la fout mal! »

Et c'est drôle, je comprenais pas bien! je regardais encore... j'avais beau me tâter... Ça me semblait étrange.

« Tu crois toi? je lui demande... Tu crois?...
— Regarde!... C'est écrit!...
— Je sais pas... que je réponds...
— Tu lis pas l'anglais?... »

Il le lisait bien lui l'anglais...

« Ah! va chier, tu comprends rien! » Voilà ce qu'il conclut... On parle d'autre chose... Il était cuisinier chez Barbe lui dans Soho Square, aussi « extra » à la *Royale*... comme ça il jouait les « syndiqués »... la position régulière!... mais surtout adroit le nain aux cartes!... Son vrai afur! sa magie!... Ah, tout ce qu'il voulait aux jeux!... « Syndiqué »! ses entrées partout... Il tutoyait tous les « chefs »... tous les clubs de Londres... Il leur montrait ses passes terribles... au poker! au whist! tric-trac! invincible à tous les mélanges!... Pour ça qu'on l'appelait Mille-Pattes... On le voyait pas entrer sortir... Une petite partie sur le pouce!... En avant messieurs! Pas plus haut que la table!... le nabot... On lui installait des coussins pour qu'il puisse jouer à sa hauteur... Il amusait les entraîneuses... et toujours aimable, complaisant... et puis encore extra aux Courses! ah là tuyauté comme un pape! vraiment comme personne! Toujours trois « placés » au Derby!... pour le moins!... À Londres n'est-ce pas depuis 18 ans! et des ronds de côté!... Réformé à cause de ses jambes, de ses manches de veste... jamais un jour de service!

« Mais j'ai pas les doigts réformés! C'est ça qui compte dans ma partie!... »

Il se cache pas d'être intelligent.

Il est terrible de ses doigts, d'un jeu il en fait dix ou douze comme ça sous vos yeux! tellement il bat à la voltige!... Il joue qu'avec les clients, jamais avec les amis!... Ah ça non! Hors classe!...

Quand il s'amenait au *Leicester,* tout de suite : « Mille-Pattes à la cuisine! »... Ah! pas de chichis! tout de suite! hop là! Mille-Pattes l'as aux frites!... pas son pareil pour les soufflées...

« Allez Mille-Pattes, à la poêle!... » que ça hurlait du haut en bas... toutes les demoiselles!... « T'auras du bécot!... »

En fait, il se les farcissait toutes et à l'œil pour ses pommes soufflées!... On lui permettait, hommes d'accord, c'était trop leur faible les pommes frites!... Alors vraiment chouettes au saindoux, et le petit saumur si possible!... C'était mieux que de l'huître il paraît faites « à la Mille-Pattes »!... Je crois que c'est le seul vice vraiment français, les frites!... à bien réfléchir... juste belles amenées, dorées, salées, pas trop, ni sèches, ni grasses, sur un coup de blanc... On pouvait plus les arracher quand le nabot se mettait à la poêle... C'était des assiettées monstres et des hourras à plus finir... à faire crouler tout le bobinus... Au moins quelques fois 10 et 12 mecs comme ça tassés à la table à se régaler au croustiti... sans compter les dames forcément!...

« Ah! qu'il me fait... » comme ça m'abordant, je reprends mon récit, « mon pauvre animal, te voilà une histoire au cul!... »

Regardant les photographies... On lit ensemble ce charabia... « Le corps de Titus Jérôme Van Claben, le prêteur sur gages bien connu, a été découvert hier à cinq heures de l'après-midi... » Ça je le savais pas du tout qu'il s'appelait Jérôme... en plus de Titus... « dans un état de grande mutilation et de brûlure complète »...

C'était facile comme anglais.

« L'incendie a dévoré tout l'immeuble et encore deux maisons voisines... Aucun incendie d'une telle violence ne s'était déclaré dans Wigmore Alley, la promenade bien connue de notre beau parc de Greenwich, depuis 1768. Le District Officer chargé de l'enquête refuse de nous donner son avis sur l'origine de ce sinistre, qui pourrait être, d'après certains experts, dû à la malveillance. La vie privée de Titus Jérôme Van Claben n'était pas tout à fait ce qu'elle aurait pu être... Titus Van Claben recevait, hormis les personnes de sa clientèle ordinaire, de nombreuses visites d'individus tarés et vagabonds... assez connus d'ailleurs des " officers " de Scotland Yard... Dans le voisinage du sinistre les commentaires vont leur train... On connaissait à Van Claben un certain goût pour les travestis orientaux et la fumée du haschisch, les longues séances de " piano-forte ", et le jeu facile et français du " loto "... Une femme d'un certain âge chargée des soins de sa maison, une ancienne institutrice dénommée Delphine, est activement recherchée... »

« Mais on a pas joué au loto!... On a jamais joué au loto!... C'est du pur mensonge!... »

Je ressaute!

« Oui! Mais enfin t'étais bien là?...
— Comment que tu le sais?... »

C'est vrai après tout, comment qu'il le savait?...

Je relis encore ce sale cancan... la tremblote me remonte... comme ça devant le journal et tout... je peux dire qu'ils me foutaient les grelots ces journalistes farfouilleux... la grelotte comme le matin... comme dans le parc avec Delphine.

« Ah! dis donc!... dis donc! C'est ma veine!... Mais toi saucisse comment que tu sais?...
— Mais au *Leicester* Du Nave!... Ils sont rentrés y a deux jours! Boro et Delphine... Ils se sont tapés drôlement la cloche!... Quelle faim mon empereur!... Tu parles!... Ils avalaient tout!

— Qu'est-ce qu'ils ont dit?... »
Fallait que je sache.
« Cascade il a dit qu'il aurait jamais cru ça de ta part!...
— Ils ont tout raconté alors?...
— Tout absolument!
— Où qu'ils sont repartis?
— Vas-y voir!... Ah! comment qu'ils t'ont arrangé!...
— Arrangé moi?... Ah! pardon! pouce!
— Ils t'ont sonné quoi c'est normal!... T'étais pas là!. Va voir Cascade!... »

Ah! je le sentais venir le Mille-Pattes... Attends un petit peu mon gniass!... Je dis rien!... Je fais l'œuf... Je sors avec lui du bistrot... Je me risque en somme... le tout pour le tout!... Dehors on prend la direction, on marche côte à côte... Lui là tout petit, il tricote... direction palais Buckingham... le chemin... Je regarde un petit peu alentour... je gafe... j'ai mon idée... y a rien devant la porte... Bon!... Plus loin, peut-être deux cents mètres... Hop! je le saisis au colbac... Ah! mon petit mariole!... je l'emporte dans une encoignure comme ça tout vif le poisson!... à mon poing gauche suspendu!

« Dis donc Mille-Pattes! que je le secoue, t'es payé par qui?... Je demande.
— Payé?... Payé?... Mais rien du tout! » il se démène tortille... il braille...
« C'est pas le Cascade qui t'envoye?... »
Je le repose par terre sur ses pieds.
« Cascade il envoye personne!... Apprends ça grand con!... Il règle lui-même!... Seulement voilà comment qu'il cause " Ferdinand est pas ce que je croyais!... Je l'avais reçu à la pleine confiance!... pour un jeune homme des plus sérieux... Ferdinand nous double!... qu'est venu chez moi en ami!... qu'était envoyé par Raoul!... ce pauvre Raoul!... Il s'est conduit comme une ordure!... Surtout envoyé par Raoul!... " C'est ça qui lui reste sur le cœur... " Comme ça de confiance par Raoul!... il s'est conduit comme une ordure!... " »

C'était pas mâché.

« Tu parles Boro si il te chargeait!... T'étais pas là!... Alors vas-y!... " Vous avez bien raison Cascade!... " Oh! l'assaisonnement! un petit criminel!... De toi qu'ils causaient!... " Il a assommé ce pauvre Claben!... Il y a barboté tout le pognon!... Il a foutu le feu à la crèche!... Il s'est sauvé!... C'est un monstre!... " Voilà leurs paroles!...

— Ah! dis donc alors!... »

Je palpite d'entendre ça! Quel crime! ah! ils me suffoquent!

« Comment! Ils ont osé les tantes?... Ah! les pourries maudites vaches!... Ah! que je te les retrouve!... Ils ont dit ça alors exact?...

— Devant tout le monde qu'était là!... »

Aucun doute.

« Et toi petit fumier?... » j'y demande...

Je le rattrape par le quiqui...

« Et toi? qu'est-ce que tu viens bonnir?... »

On était encore dans la porte... Il se débat, il joue l'innocent.

« Ah! hareng je jure!... qu'il étrangle... Je te mens jamais Ferdinand!... »

Il proteste... il geint... jérémiade...

« Je sais que t'es mutilo Ferdinand! je sais que t'es mutilo! Ah! je voudrais pas te faire du mal!... À toi jamais!... ça je te jure!... je voudrais pas qu'il t'arrive rien!... C'est que pour ton bien crois-moi pote!... C'est des méchants au *Leicester*!... Fais attention!... Ils t'en veulent!...

— Attention quoi?...

— Je sais pas... Je sais pas... »

Bon, entendu! je le laisse tranquille... Nous repartons le long des boutiques... Je dis rien... ça va... Je suis en quart... Ah! je me méfie!... le salopiaud... Attends mon petit gnière!... Je pensais... T'emporteras rien au paradis!... Je fais le derge aussi puisque c'est le genre!... à la moufte pas...

« Mille-Pattes j'ai confiance!... que j'y annonce... tout compte fait tout réfléchi... t'as mille fois raison!... Je retourne là-bas!... Je veux tous les revoir!... c'est d'accord!... T'es sûr qu'ils auront pas de rancune?... Tu me le garantis?... Tu sais que je suis franc et correct!... J'aime pas les mensonges!... Regarde-moi là bien dans les yeux!... »

Il était trop petit.

Je le soulève encore de terre... qu'il me regarde là bien dans les yeux... Il me fixe... et je lui cause.

« Mille-Pattes tu peux m'écouter! J'ai rien secoué du

tout! Je te le dis toi maintenant! Tu peux me croire! je l'ai pas sonné le vieux!... Tu me crois là? tu me crois?

— Ah! » qu'il me fait...

Blanc total!

Il doute... il doute... je vois que ça l'ennuie... il m'aurait voulu fautif...

« J'ai juste piqué deux soverings qu'étaient tombés de la sacoche! Je reconnais que ça et puis c'est tout!... Tu leur diras!... C'est tout simple! »

Je le repose par terre.

Il me reprend par le bras... Il biche... je vois qu'il est heureux qu'il m'emmène... tout de même malgré tout... que je veux bien retourner au *Leicester*.

Ah! que je le soupçonne!...

« Dis donc, comment que tu m'as retrouvé?... »

Je lui pose encore cette question.

« Comme ça tu sais... le hasard!... je passais par là!... »

Ah! là là! que je pense en moi-même... attends mon petit bout! mon hasard!

Il est accroché à mon bras, il est tout petit... On avance... Il me raconte un peu les ragots comme ça cheminant... les nouvelles du *Leicester*... que y a encore deux hommes carrés... Philippe et Julien... qu'ils ont rejoint eux à Dunkerque... qu'ils ont laissé encore deux filles... que le pognon radine à gogo... qu'Angèle savait plus où le placer... qu'elle avait déjà acheté quelque chose comme sept renards bleus et deux « trois-quarts » en zibeline... Que lui pour son compte Mille-Pattes il allait pas traîner longtemps comme ça dans les cuisines des clubs!... Ah! non par exemple!... même dans les brèmes à l'astuce!... Ah! à d'autres!... Ah! plus du tout!... qu'il allait lui aussi se lancer... s'y mettre au tapin joli!... que c'était par les temps qui courent la fortune cinq secs! Oh là là! qu'il avait déjà vu Cascade à ce fier propos pour une petite sœur!... qu'il y en avait touché un mot... qu'il avait bien de quoi se la payer... Qu'il avait dit ni non ni oui... Une pas trop blèche qui se défende bien...

« Tu vas être petit comme maquereau!... Tu vas te cacher sous le plumard!... »

Je peux pas m'empêcher de faire la remarque.

« Petit! Petit! qu'il sursaute!... Mais dis donc chnok! Je

peux pas en croquer comme un autre ? Ah ! Saloir ! Salut ! Puisque c'est la guerre ! »

Ah ! là il tenait absolument !

« Le cul c'est le business ! »

Voilà tout ! Et dans l'enthousiasme !... il en gambillait sautillait comme ça tout loustic à mon bras, à la perspective !... à l'avenir joyeux !...

« Cash ! et pas d'histoire !... »

D'ailleurs y allait y avoir des veuves !... C'était aussi bien entendu... Cascade lui en avait parlé... Il comptait là-dessus... Une veuve !... peut-être deux !... des soldes !... Que jamais y avait eu tant de boum !... que c'était bien le parfait business !... le turf à gogo !... du velours !...

Méchant la petite infection !

Comme ça tout en bavardage on est arrivé au « Mall » la grande avenue devant le château... Buckingham Palace... la belle allée cavalière... On s'assoit là sur un banc... sous l'arbre... Je veux laisser passer un peu le monde... regarder les personnes...

« Tu vois ? il me fait... C'est là le roi ! »

Je me rappelle encore sa remarque.

« C'est moins bien que le Louvre ! je lui réponds.

— Ça dépend des goûts Arthur !... Londres c'est pas Paris !... »

Là-dessus on s'engueule un petit peu.

« Les nôtres aussi z'étaient créchés... Moi dis je l'ai vu le Louvre !... » Moi j'y tenais au Louvre ! il me ferait pas démordre ! « Ah ! dis un peu je le connais ! »

J'y énumère.

« Ah ! alors pardon les tableaux ! des millions dis la queue leu leu !

— Comment qu'il s'appelait nous le dernier ? » Il me pose la question. « Je me rappelle jamais !

— Louis XVI ! »

Je me gratte pas.

« T'as de l'instruction, pote ! » qu'il me rétorque mais tout de suite ça le vexe.

« C'est pas tout, retiens, l'instruction ! Ce qui compte tu vois dans la vie c'est l'intelligence naturelle !... Moi j'en ai ! ça je peux me flatter ! Voilà le principal ! Moi j'ai connu tiens des femmes qui savaient cinq et six langues ! j'en aurais pas voulu boniches!... de la prétention! voilà tout!... Ils s'éclatent la tronche!... Regarde un peu les michés... C'est souvent hein qu'ils sont instruits!... T'as rien vu de plus con!... la preuve!... T'as qu'à voir un peu dans les clubs à quoi ils s'amusent!... Je peux te causer!... Ça joue! ça perd! et moi je gagne!... Petit je les emmerde moi je te le dis!... Un roi à quoi que ça s'amuse?... " Je parzala guerre! " qu'il annonce... " Je reviens tout de suite!... Les autres ils se font crever pour moi!... " Il arrive là-bas vers midi!... Il déjeune pépère dans sa tente, bien planqué au tréfonds d'un bois... Le voilà en ligne!... les photographes qui s'amènent! On te le photographie la clape! à cheval! en voiture! et je retourne chez moi!... Petit bonhomme! Bonjour messieurs-dames! Ah! le beau majesté! *Badaboum!* cent trois coups de canon! C'est gagné! Tu le vois dans tous les magazines!... comme toi mon petit pote!... Dis donc! et *God save the King*!... Tu crois qu'il se fait dosser le roi?... J'ai toujours l'idée... C'est fatal! Ils l'ont trop facile à vivre!... J'en serais aussi moi du rond! à sa place!... Toi aussi dis!... Si t'étais gâté comme eux!... Tu travaillerais du violon c'est bien naturel! si t'étais roi!... Tu te blases c'est fatal!... »

Il causait tout seul... Je disais rien... Il me demande un coup :

« Gros Lard? est-ce que tu le connais toi Gros Lard?... Tu l'as pas des fois entendu quand il la pousse chez Cascade?... son *Si j'étais roi*!... Ah! tu peux dire qu'il la chante bien!... »

Je l'écoutais plus... il me fatiguait... j'étais repris par la lassitude... la tête surtout... Quelles émotions depuis quinze jours!... C'était tuant dans mon état...

« Ferdinand, tu restes pas là?... T'as dit que tu venais!... tu viens plus? Allez amène! »

C'était juste en somme...

« Allez hop! en route!... On va prendre le Tub! T'es trop fatigué tu rames!... »

C'était bien exact.

« Tu vois!... » Il me montre au loin les pelouses... « les piafs c'est heureux... Pour eux c'est du resto partout... Partout à la graine!... Voilà la vie de piaf!... Tu vois l'avantage!... Dis tiens moi je les aime les oiseaux!... J'aurais une volière si j'étais bourré! comme au zoo! T'as vu le leur ici ?... Des cacatoès! l'arc-en-ciel! dis toutes les couleurs!... Si c'est beau! Ça c'est plus beau que les tableaux de ton Louvre!... des vrais arcs-en-ciel!... Dépêche-toi!... Ils vont être sortis!... Faudra passer au *Ping-pong*...

— Tu crois? que je lui demande encore... Tu crois vraiment que c'est sérieux... que je retourne comme ça au *Leicester*?... Faudrait peut-être mieux que je les revoye plus?...

— Ah! fais attention Ferdinand!... Tu sais Cascade il est bon zig!... mais si il voit hein que tu le trimballes!... que t'as peur de t'expliquer!... Il va te trouver vraiment drôle! Ah! ça va foirer!... Ah! il va devenir affreux! le Boro et sa frime ils l'auront commode! Ah! dis ils t'assomment plus bas que terre! Puisque t'es pas là! »

Il y tenait à ce que je me décide... à ce qu'on prenne le Tub... tous les deux... il insistait énormément... Ah! il me baratte, il m'abrutit... là encore... devant la station... j'hésitais encore...

« Oh! que je fais... Mille-Pattes j'y vais pas!... »

Je me ravise.

« T'as tort Ferdinand!... T'as tort!... »

Ah! ça l'emmerdait que je dise non!... Je voyais sa petite gueule butée... Je cède un petit peu... Je fais deux trois pas... Je m'arrête... On nous regardait sur le trottoir... lui comme ça nabot tous les deux dans la controverse... J'entre dans la station... Il me laisse pas souffler... Il saute au guichet...

« Allons Ferdinand!... Viens!... Profite!... Ça vaut beaucoup mieux!... Après tu seras bien tranquille!... Te gratte pas!... Magne!... »

Je le suis... je m'amène... je cède par fatigue, c'est le cas de le dire... C'était la station *Baker Street*... Il prend les billets... On se trouve poussés dans l'ascenseur... étouffés entre les remous... tout de suite alors une inquiétude!... que j'avais le cœur au galop déjà depuis la veille... le matin... depuis Greenwich à vrai dire... maintenant c'est la charge! Enfermé comme ça dans cette boîte! je palpite! je palpite! un emballage abominable!

« Dis donc nabot! que je lui fais... Dis donc t'es bien sûr?... »

Ça descend... descend...

« Mais voyons Ferdinand!... Voyons... T'auras qu'à leur

expliquer!... Si t'y vas pas ils vont tout croire!... tu sais pas ce que ça peut devenir!... »

Comme ça tassés dans la cage! On débouche en pleine plate-forme... il me tient toujours par le bras.

« Faut pas se perdre! qu'il remarque... Faut pas se perdre!... »

Nous voilà attendant la rame... comme ça pressés entre les gens. Je sais pas pourquoi?... ils m'étouffent tous!... je peux plus respirer!... Ils sont tous là contre! Je me dégage... Ah! je me dégage!... j'avance de trois pas jusqu'au rebord du rail... Et là en face? qui que je vois? qui c'est qu'est là?... là vis-à-vis?... Ah pardon! Ah! j'écarquille!... Son raglan!... son mou!... sa gueule!... Matthew là! Matthew! là sur l'autre plate-forme!... Le Matthew qui nous gafe en plein!... Mon sang fait qu'un tour!... Je respire plus!... je bouge plus!... je reste hypnotisé... Il me regarde!... Je le regarde! Ah! je pense quand même!... Je pense là net!... « C'est le nabot! là contre moi!... C'est lui!... C'est le jeton!... Bon!... Bon!... Bon!... » Ça se prépare tout seul!... ma réflexion... je concentre... concentre... je pipe pas du tout... au sang-froid... Les gens parlent tout autour de nous... Ils attendent la rame comme nous... On l'entend qui gronde la rame... elle arrive!... là-bas dans le noir... dans le trou... à ma droite... Bon!... Bon!... Bon!... elle se rapproche la rame. Elle gronde énorme, fracasse, enfle... *Brrr! Brrrroum!*... Bon! Bon! Bon!... C'est près... Je regarde le Matthew en face... je sens le nabot là contre moi... il m'a au bras... il veut pas me perdre!... *BRRR!*... la loco débouche et *Pfuuii!*... *PfUUii!* le sifflet... *Plouf!* un coup de cul moi que je l'envoye! le nabot! en l'air!... Le tonnerre déferle, passe dessus! Siffle! Siffle! Siffle!... Ils hurlent tous! partout autour! toute la voûte!... Je m'emporte en arrière moi tel quel! Je suis aimanté! c'est le cas de le dire!... positif!... Je suis soulevé!... J'ai plus de poids! Je pars!... Je suis happé par la sortie!... l'escalier! Je m'aspire!... Je m'envole!... C'est l'instinct! la fuite!... Tout le tire-bouchon!... les quatre étages!... je les rembouline! tourbillon! Je les sens pas!... les jambes à mon cou!... Je suis aspiré!... Je touche plus les marches comme je suis léger!... Je suis oiseau de peur!... Je jaillis de la cage dans la rue!... Je cours!... Je cours!... je galope!... Je traverse une chaussée... deux!...

trois!... Je suis oiseau d'effroi!... Je me sauve à tire-d'aile!... Encore une autre rue... un square... une autre avenue... un jardin... je tourne... je fonce en cercles à présent... j'effleure le sol... juste effleure... vitesse!... bolide!... Je culbute des gens!... un autre square!... je tourne tout autour... je ralentis... ouf!... je m'arrête... Je tire la langue... C'est fini!... Je vais défaillir!... Mais non!... Je m'assois sur le rebord en pierre!... juste sous un arbre!... Je regarde un peu si ça va?... si personne me piste?... Ils m'ont perdu!... Je regarde un peu la plaque en haut!... « Berkeley Square » c'est inscrit... un beau quartier... limousines et landaus se croisent... Il doit être vers les six heures... une heure assez passagère... C'est le chemin vers Regent Street. Le défilé des élégances... Essoufflé je me refais un petit peu... l'inquiétude me reprend... je réfléchis... ça me repince au cœur!... ça me l'attaque... ça me cogne dans les côtes... et la tête alors qui me relance... je peux plus me reposer... je bourdonne... tinte... chauffe... c'est la jugeote qui branle et vogue... Je vois plus rien... et puis je vois tout!... Je suis plus moi!... C'est moi!... Je l'ai ballotté le sale nabot!... en l'air le Mille-Pattes!... en l'air!... Ah! dis donc là-bas!... Dis donc! bouillie qu'il est en ce moment! *Wrouam!* le dur! l'autre Matthew qu'était là en face! qui gafait là! écarquille!... Dis donc je le vois encore ce flic!... pébroc et tout!... Ah! les yeux ronds!... Il était pas venu là tout seul!... Ah! sûr et certain!... Ah! Mille-Pattes petit derge la charogne! manigance ficelle! Chutt! Chutt! Plus un mot! Merde! Cascade maintenant!... Tout à moi! Le Claben aussi! Ah! c'est pas possible! Tout se brouille!... Tout ça c'est du feu!... ça flambe!... ça gronde plein ma tête!... comme là-bas! Je suis au four!... Le cul sur la pierre! ah! glace comme ça je vais me refroidir!... Comme là-bas! Ah! Providence! Ah! je suis sauvé! Ah! ça va mieux! assis sur la pierre! Vive les Saint-John! Vive les pompiers! mais ça va pas durer longtemps!... Je suis mal parti!... Je pense à mes vieux!... ma mère en France dans sa boutique en train de réparer les guipures... Elle me fait mal à la tête maman... comme ça à se crever les yeux sous le gros bec de gaz... et les clientes jamais contentes... Je les sonnerais bien moi ses clientes!... Je leur apprendrais moi les façons!... et mon père à la Coccinelle en train de bien transcrire ses adresses!...

qu'il en finira jamais!... et les potes au rif, les sales cons, en train de tout prendre par la gueule... que c'est l'avalanche, le tonnerre, et moi là comme un assassin! merde!... Je revoyais tout le tremblement... ça me visionnait, brouillait la boule... j'osais plus bouger... « Ferdinand! Ferdinand! je me dis... T'es la victime d'un complot!... y a pas d'erreur on te veut du mal!... mal à la tête!... C'est la preuve! Es-tu régulier?... C'est la question qui me bouleverse... Claben t'avait-il fait du tort?... Tu l'as volé donc que pour boire? Personne n'a la preuve!... Mille-Pattes non plus!... Il est sous le métro à présent!... Il est encore plus petit!... ça y apprendra à faire l'arsouille!... Tout ça est horrible de ta part!... Ferdinand tu vas tout payer!... Matthew a la raison pour lui!... Il est en service!... Pas d'erreur! Il te cherche... il est dans son droit!... Il a la force de la Police!... Il est en quart!... c'est son office! les tribulations criminelles! le châtiment léridéra! Ô garnement! tout est bien fait!... » ma jeunesse qui m'houspille encore! me relance! me misère! tout est là en bouille! qui me secoue! les gens du Passage! les balecs! les voisins du Vérododat! « t'en verras bien d'autres! » Ils m'accusent! ils m'impliquent! Culot! « t'en verras bien d'autres! » L'examen de conscience!... « Tu vas voir un peu les personnes... elles voudront plus regarder ta mère!... si elle va pleurer à chaudes larmes!... " Un déserteur, chère madame! un jeune homme peu intéressant!... Un monstre à vrai dire!... Un bandit!... Et son pauvre père!... Il aurait dû le mettre en prison!... Non! à la Roquette!... en prison avec les voyous! Vous en seriez pas là, madame!... Il a déserté à Londres!... Il était blessé!... Il était fou!... Ivrogne!... Satyre!... Il était menteur!... il se masturbait dans tous les coins!... on l'a surpris bien souvent... Il avait des infâmes instincts! Il a été recalé trois fois à son certificat d'études!... Comme il avait les yeux cernés!... tout le monde s'en rappelle!... Comme il parlait mal à sa mère!... Ils ont été faibles avec lui!... Il a volé quatre petits pains!... Comme ils se sont privés pour lui!... C'était bien la peine!... Il a volé son patron!... Et puis il s'est engagé!... Puis il a eu un peu de courage!... Il était parti en septembre... trois fois cité à l'ordre du jour!... et puis la médaille militaire!... Brave pour commencer... ça n'a pas duré... après il a tout perdu!... le courage et le reste!

toutes ses bonnes résolutions!... Il voulait plus mourir du tout!... C'était plus qu'un petit dévoyé!... Je l'ai toujours dit!... et la médaille militaire!... une tête brûlée!... un fond de nature criminel!... Ils l'ont arrêté à Londres!... Ils l'ont enfermé!... Ils y ont fait subir des tortures!... C'était pas volé! Il avait plus du tout sa tête!... Il est passé aux aveux!... Ils lui ont arraché les yeux!... des hommes qui le connaissaient bien! des personnes qu'en avaient assez de ses instincts criminels!... " » J'entendais les voix monter comme ça tout autour des grilles!... elles me parvenaient aux oreilles!... dans Berkeley Square même! J'entendais plus que ces voix-là... J'entendais même plus les voitures... C'était des voix véritables... et même des voix anglaises parmi... avec l'accent... tout... « *Watch your step! Watch your step! Bloody murder!... Bloody murder!...* » en sourdine... entre les autres voix!... avec un petit peu de musique entre les échos de la rue... Meurtre! Meurtre! Oh! alors faut que j'agisse prompt!... Ça va très mal Ferdinand!... Ils vont te rattraper!... Ils vont te sauter sur le rabe comme sur la Delphine au Tunnel...

Ah! ils ne m'auront pas!... Foutre sang!... Je les connais les embûches, moi! les façons! la guerre meurtrière! les traquenards! Nique aux barbes! Je me lève donc très souplement... comme ça tout doucement... et hop!... je fonce!... Le trottoir en face... j'allonge!... je cours!... je rase les murs!... j'attrape Bond Street!... Maryleborn!... Je sais où je vais!... J'ai le cœur qui redouble!... Tambour!... Rafales!... mais bien placé!... « Haut les cœurs!... » j'entends encore le colonel... « Cavaliers! sabres à la main! » le Colonel des Entrayes!... « Haut les cœurs!... et au galôôôp!... Châârrrge! » Je réponds à son appel!... Je fonce!... Ah! si je fonce!... je m'emporte!... je m'envole à la charge!... Fenchurch Street!... Wardour!... L'avenue!... Straftesbury!... Je sais où je vais!... Haut les cœurs!... Tout pour la Patrie!... Je le connais moi l'itinéraire!... Je me perds pas dans le cœur de Londres!... je dévale! emballe!... Hip! Hip! Hourra! cavalcade!... trombe!... Haut les cœurs!... Vaillance!... Victoire est ma loi!... Victoria!... Tottenham Court Road!... Je change de pied!... bas l'encolure!... sur le mors!... des deux je pique!... Je charge l'autobus!... tout le troupeau! Mastodontes! grognent!

grondent! frémissent! patapoufs! là vingt-cinq moteurs!... stoppés tout rouges là sournois... mufles contre croupes... massés butés... au signal tout trépidants!... renifleurs aux troufignons! *peutt! peutt*... buffles de sang!... Je les affronte!... renifle de même!... *brrrûûû!... brr... rr... ru... ûûû!*... Et je charge tout! éclair! esquive! taille le troupeau!... file à travers!... flèche! échappe!... juste au carrefour!... devant le *Lyon's*, le thé géant de jour et nuit que ça se passait!... « *Night and Day* »... Ah! l'intrépide!... Ah! le héros!... Voyez d'ici! les policemen me sifflent après!... Sifflent!... sifflent!... Futiles! Je caracole encore plus haut!... Ah! sauve qui peut... Je frôle les murs à folle vitesse!... Les jambes à mon cou... Au loin! au bout! c'est Bedford Square! Je renifle!... Je me reconnais!... je fonce!... J'y suis!... j'aperçois les arbres! la Y.M.C.A.!... Le pourtour, les beaux sycomores!... les chênes!... le consulat!... je l'aperçois!... hop! hop! bonhomme!... Bondis... envole!... encore un coup de cul! Yop! Yip! il pleut à flot! il verse! il pisse! Je trempe!... découle! ruisselle au vol! Je fonce sous les parapluies... je bute!... je m'affale!... Hop! debout!... je poulope de plus en plus fort!... Je ne me sens plus!... Bedford Square! le consulat!... le mien?... Non! le russe!... Je me gourre de peu!... encore un tour!... J'ai trop d'élan!... faut que je le perde!... que je l'épuise!... petit galop!... trot à présent!... Ils sont au moins une douzaine de consulats... de tous pays... autour des arbres!... tout le tour du square... comme au manège!... les uns contre les autres!... Celui-là! le russe! le plus énorme! Il fait au moins trois quatre immeubles... La foule s'entasse devant la porte... Je bourre... je laboure!... Je m'acharne... je suis refoulé!... Je succombe!... je croule dans la masse des Russes!... Ils fument... ils crachent!... ils me traitent affreux!... Je suis freiné... navré bolide!... Je m'affaisse tel quel!... Je suis enserré, paqueté, moulu dans la houle des corps!... C'est une cohue qui n'en finit pas!... Ils font trois fois le tour du square depuis des jours et des jours! des semaines!... Ils piétinent comme ça... ils croassent... ils toussent... sous le soleil... sous la pluie... la porte du bureau est fermée... elle s'entrouvre à peine... Ils en prennent que deux à la fois... Ils les gardent des heures... des journées... C'est pour leurs visas!... C'est un trèpe grouillant plein de totos!... et qui s'épouille dur!... je me gratte aussi!... C'est mélangé... ça foisonne... des dessous de bras... des pieds... Ils s'exorbitent tous vers la porte à chaque ouverture... c'est mélangé comme cohue... ça se bouscule entre les grilles... tout ça se racle après les poux... se laboure... chatouille... méli-mélo... et des spécimens de coquettes... des gros négoces et des moujiks!... de tout beaucoup... des prétentieux à pardessus... des professeurs à binocles... les paysannes à mouchoir... tout ça se broye compote les arpions, force, avance au millimètre... Faut que je les traverse!... j'arriverai jamais! Mon consulat de France! là! s'éloigne! je me trouve déporté! entraîné à gauche! je me raidis! dépêtre! je bouleverse des Juifs en casquettes... toute une compagnie!... rouflaquettes à grosses lunettes... deux popes aux croix sur le ventre... Ils sont très épaissement tassés. Je fonce terrible en plein... en plein pâté de viande... je tranche... j'écarte tout!... l'élan!... Faut que j'arrive à mon péristyle... à mon consulat... terre française!... C'est compact aussi là de même!... Ils obstruent l'entrée... un tout piaillant furieux malgame franco-russe-belgo qui que quoi!... tout ça baragouine vocifère... se traite au plus bas... des femmes de chambre aigrelettes... des artistes... un loufiat grec que je reconnais... une petite boulotte qui discourt... une Toulousaine pleine d'accent... Ils attendent l'heure de l'ouverture... ça rouvre encore à huit heures pour les visas du train du soir...

Moi je suis bien plus pressé que tout le monde!... je le hurle à cette populace!... Faut que je m'impose immédiatement! Je suis pas venu moi pour attendre!... je veux voir le consul en personne!... Lui-même!... et tout de suite!... Je le braille au-dessus de cette foule... « Monsieur le consul général!... » C'est la moindre des choses!... J'ai déchiré mon pardessus... c'est plus qu'une loque... à me faire tirailler par ces gens!... Il me pend après en lambeaux!... mon raglan si cher... Je salue le drapeau en haut de la porte!... et l'écusson!... nos trois couleurs!... « Garde à vous! » je commande... « Garde à vous! » d'une voix de stentor au-dessus de la cohue... Je cogne au battant... Je veux pénétrer... Les rombières autour de moi, les préceptrices de français, elles me traitent de galapiat, d'escarpe... Je leur réponds rien... je cogne... je redouble!... Je suis prêt à tout défoncer !... je ramponne terrible !... à coups de bottes !... On m'entrouvre à la fin tout de même !... une fissure... je bouscule tout ! j'emboutis... l'huissier !... le concierge !... je suis dans l'intérieur !... j'ai gagné !... Mais le cœur me flanche ! je flageole !... je m'assois par terre !... C'est trop d'efforts !...

« Monsieur ! Monsieur !... *Mister !* j'annonce... le Devoir m'appelle !... Allons enfants de la Patrie !... » je braille ça !... je me donne !... j'insulte ce larbin !... Il me répond en anglais « *Go away !... Go away ! I am the Commissionar !...* » le genre de laquais en uniforme qui se loue à l'heure, à la semaine, qui défend bien les antichambres, les bureaux, les lieux officiels...

« Le consul de France !... que je réclame... Je veux voir le consul de France !... Monsieur le Consul général !... »

Enfin voilà un employé... Un vrai à lustrine... et puis trois !... dix autres !... tous en lustrine et binocles, à faux col celluloïd... Ah ! je m'arrête pile !... Ô cellulo !... ils m'interloquent ! C'est les premiers que je vois à Londres !... J'en demeure ébaubi ! Ils me fascinent... Ils ont tous le nœud papillon !... avec « système » !... J'y suis !... je me reconnais !... C'est toute ma jeunesse !... J'en reste là tout bigle étourdi... tellement que je louche sur leurs cravates !... Ah ! je peux plus les quitter des yeux !... C'est toute mon enfance !... mon apprentissage !... le passage des Vérododats !... C'est pas Dieu possible ? Ils en ont tous une et la même !... comme mon pauvre père !... toujours des cravates à « système »... rayées à chevrons comme la sienne ! noir et blanc... Ah ! les larmes me montent !...

« Messieurs !... Messieurs !... je les apostrophe... Vous me pardonnerez !... C'est la faiblesse !... C'est la famine !... Un petit rien de défaillance !...

— Vous avez faim ?... » qu'ils me demandent tous d'une seule voix... Ils puent de la gueule... Ils me soufflent dans le nez... Je vois leurs chicots...

« Vous voulez quelque secours jeune homme ?... Secours ?... Le matin vers 10 heures !... Revenez demain matin !... »

Ils me vident.

« Secours ?... Secours ?... »

Ah ! les goujats !... Ah ! ma colère !...

« Je veux m'engager saligauds !... Je veux retourner à la

guerre! Sauver la patrie!... Couilles en bois!... J'ai mes faux papiers! » Tel quel que je leur crie! je leur annonce.

Je vois qu'ils croient que je déménage... Ils se font des signes.

« Suivez-nous jeune homme!... Suivez-nous!... Montez tout doucement... doucement avec nous... »

Ils m'invitent... ils m'escortent... Ils me serrent au plus près... Ils veulent pas que je m'enfuye... Oh! Ils sont futés!... Je vois leur genre!...

On parvient au premier étage... deux... trois... quatre bureaux d'enfilade... tout ça tout rempli de dactylos... des blêches, des pâlottes qui louchent... une bossue...

Tout au fond, le « Bureau Militaire »... écrit sur la porte-capiton... « Médecin-Major »... On déboule là-dedans tous ensemble... on s'engouffre... et toutes les dactylos nous suivent!... elles gloussent les affreuses... Elles m'accompagnent... Elles me quittent plus!...

J'en ai pas vu depuis un moment moi des majors en uniforme... depuis l'hôpital à vrai dire!... Tout de suite ça m'excite!... Depuis Hazebrouck dans les Flandres...

« Garde à vous!... je hurle... Garde à vous!... »

Tout le monde rigole... oûa! oûa! oûa!

« Montrez vos papiers jeune homme!... Montrez vos papiers!... »

J'arrache ma poche intérieure toute cousue dans mon veston... dans le fond de mes loques bien préservée!... Je lui passe mes papiers au major... Mon livret... mes citations!...

« C'est tout faux!... je le préviens tout de suite... C'est tout faux!... »

Je le mets en garde haut et fort!...

« Entièrement faux!... » J'insiste.

Il me fait asseoir. C'est parfait!... Qu'il les examine à son aise!... Je me carre dans le plus gros fauteuil... Il va les voir un tout petit peu... Il va se régaler... Moi je regarde les buées là dehors... les buées qui passent devant la fenêtre... qui dansent... grands falbalas... le ballet des brumes!... pendant qu'il examine mes fafs... J'en fredonne un petit air!... C'est tout venu avec la pluie... le ballet des buées... Ça s'emporte... s'envole vers les hauts... vers Saint-Alban... à la légère!... l'église toute noire!... la flèche au soleil tout en or! Ah! c'est un effet!... Les nuages se dissipent... Ah! moi je rêve facilement!... Je me laisse aller comme ça tout de suite... je déconne pour un rien... je veux qu'il sache l'autre là... je le préviens le major... je l'avertis bien poliment...

« Y a de la féerie dans l'atmosphère... »

Une réflexion.

Le voilà prévenu.

« Approchez jeune homme!... il me répond, courtois mais ferme. Déshabillez-vous!... Les autres là! sortez! »

Tout le monde sort.

Il regarde mon bras... mes cicatrices...

« Garde à vous!... je beugle... Garde à vous!... »

Il me tâte la jambe, la fesse, les bourses... il me tripote tout... il m'ausculte... il me retâte encore!... Il me fait marcher... avancer... reculer...

Il hoche la tête... Je vois qu'il me refuse...

« Je veux repartir, Monsieur le Major!... Je veux repartir!... je le supplie... Me refusez pas!... Il faut que je parte!... Ils me poursuivent!... »

Je lui lâche tout le morceau...

« Je suis l'assassin! Monsieur le Major! j'en ai tué dix!... J'en ai tué cent!... j'en ai tué mille!... Je les tuerai tous la prochaine fois!... Monsieur le Major renvoyez-moi!... ma place est au Front!... za la guerre!...

— Nous allons voir!... Nous allons voir!... qu'il me répond bien paisiblement... Rhabillez-vous!... »

Il m'avait pas dit trois paroles... Je trouvais ça assez insolent... Je renfile donc mon froc, mes bandages, ma limace en bouts de charpie... Il me considère... Il hoche toujours... C'est un major à barbiche, du genre dodu bedonnant, il est rond des joues, il enlève, il remet ses binocles... Il porte des leggins, des éperons, un gros étui revolver... je me demande pourquoi?... Il risque rien dans son bureau!... Il fait venir un autre binoclard... et puis les « Commissionars »... encore les laquais!... ceux qui m'ont reçu à la porte... et puis alors tout le monde rapplique... tous les bureaux... tout le personnel... tout le consulat!... toutes les souris à chignons! ça va être le grand spectacle! Je suis entouré!... Tout ça se remet à jacasser!... chuchoter à propos de mon cas!... à se faire des mimiques!...

« Vous pouvez sortir mon garçon!... Vous pouvez sortir!... »

Voilà sa décision prise!...

Ah! par exemple! quel outrage!...

« À la guerre!... que je crie!... à la guerre!... Je veux pas sortir d'autre façon!... Je veux mon rengagement signé là! à l'instant même!... et sans délai!... J'exige!... C'est à prendre ou laisser!... La vie ou la mort!... »

Ils me répondent rien.

« À la guerre! que je leur répète!... À la guerre! comme Pierrot-Petits-Bras!... comme René-les-Clous!... comme Jojo-Belle-Bise!... comme Lucien Galant!...

— Mais vous en revenez jeune homme!... Vous avez fait tout votre devoir!... Vous aurez bientôt votre pension!... »

Ah! la belle histoire!... Il essayait de m'accommoder!... Ah! le piteux bafouilleur!... Moi la conscience en personne!... Il voulait me calmer mes scrupules!... Ah! le fol jean-foutre!... répugnant!... Alors, que je l'assaisonne!...

« Mais il est pas bien fait mon Devoir!... Mais vous m'avez pas regardé?... Mais il m'en reste des quantités des Devoirs à la traîne!... Et vous les vôtres?... Parlez-m'en donc!... Pension?... Mais j'en ai pas de pension!... Mais j'en aurai jamais de pension!... »

Voilà comment que je discute!...

Il se fâche pas, il me raisonne encore... Il me prend tout à fait en douceur...

« Mais si!... Mais si!... Vous l'aurez!... Vous allez l'avoir mon ami!... Vous êtes un grand mutilé!... Un de nos plus vaillants soldats!... Vous avez 80 pour 100!... Réclamez une augmentation!... 80 pour 100 c'est bien!... 2 000 francs par an!... »

Mais moi je m'échauffe au contraire!...

« Mais je suis assassin moi Messieurs!... Assassin!... M'entendez-vous clair?... »

Je m'adresse à tout le monde... je le beugle!... je le rugis!... On se comprend plus du tout!... Ils font tous des pauvres figures... Ils sont au moins bien une trentaine, en cercle, en lustrine, comme ça tout autour... ébahis... à me considérer! Et puis ils se remettent aux paroles... à la jacasse!... aux ergotages... avec plein de petits rires en dessous...

« J'en ai tué deux!... que je recommence... j'en ai tué dix!... et j'en ai tué bien plus encore!... J'en assommerai bien davantage!... Écoutez-moi, Monsieur le Major!... »

Je le supplie... je me jette à ses genoux!...
Cette fois encore il est formel! Je le mets hors de lui!

« Vous êtes réformé mon garçon!... Vos papiers! vos pièces sont en règle!... Absolument impeccables!... Réformé!... Me comprenez-vous?... 80 pour 100!... Vous avez passé les Conseils! Dunkerque! Béthune! La Rapée!... Vous souvenez-vous?... Attendez donc votre pension! Les formalités s'accomplissent!... Vous êtes à Londres chez vos parents?... »

Il est trop curieux moi je trouve!... Il veut encore m'intimider! Ah! je le vois venir! me détourner de tout mon devoir!... Ah! là là! le misérable!...

« J'en ai tué douze! que je renchéris!... j'en ai tué cent!... C'est pas fini!... Je veux repartir! Je veux en tuer mille! Je veux racheter mes fautes!... Je veux remonter en ligne!... au 16e!... Seizième Cuirassiers! »

Là-dessus on se reparle gentiment... Il veut me faire entendre la raison... Il est plein de sollicitude... Il me fait de la flatterie!... « Héros!... Héros!... » qu'il m'appelle!... Tous les gratte-papier sur ce mot... toutes les demoiselles des bureaux se recroquevillent de rigolade...

« Vous êtes médaillé militaire!...
— J'en ai tué douze, Monsieur le Major!... Si je remonte là-haut, je les tue tous!... Je veux reprendre le peloton!... Cassez-moi!... Cassez-moi! Mais je veux du service!... et tout de suite!... Deuxième cavalier s'il le faut!... »

Ah! je suis acharné!...

« Allons! Allons! mon ami!... Vous êtes nerveux voilà tout!... Vous avez fait votre devoir!... Tout votre devoir!... Voulez-vous retourner en France?... Vous voulez voir le consul?... Vos ressources sont-elles épuisées?... On va vous rapatrier!... Quelle est votre profession?... »

Il m'excède ce radoteux!

« Assez!... je lui fais... Ça suffit... Assez de vos mimiques!... Je veux remonter en ligne!... Entendu?... Je veux refaire tout mon Devoir... C'est net! Tout seul s'il le faut!... Je veux tout tuer!... Attention Monsieur le Major!... ça ne se passera pas comme ça!... Je veux pas retourner à Paris!... Je veux remonter en ligne!... comme Lucien Galant!... Benoît-la-Moustache!...

— Mais vous ne pouvez pas mon ami! Vous avez 80 pour 100!...

— Alors je vais vous assassiner!... que je lui réponds tac au tac.

« Passez-moi un sabre!... »

Et je saute sur le tisonnier que je vois là tout près... dans le seau à charbon... Je vais lui transpercer la paillasse!... à ce barbichou!...

Ils se jettent alors à quatre sur moi!... Ils me terrassent!... ils me brutalisent!... Je lutte à coups de pieds!... Je les mords!... Ils m'emportent... ils me traînent... ils m'éreintent! je rabote le couloir!... comme ça en pleine prise de membres... On passe devant une baie ouverte... l'endroit du grand salon tout sombre!... Qui est-ce que j'aperçois?... là au fond, tout pâles... tout fantômes... absolument sur le noir?... « Pouce! Pouce! »... que je crie à mes brutes... à ces lâches qui me pancracent disloquent...

Ho! là! Garde à vous! Je les vois!... Tous je les vois!... Là-bas! au fond!... Les vieux amis!... debout sur le noir là!... fixes!... Tous en chœur, un... deux... trois... cinq... six!... debout dressés! « Salut! que je leur crie! Salut! Ohé! les hommes! bonjour à tous!... Debout les braves!... » Je les voyais absolument! Ah! pas d'erreur! Fixes là! tels quels! Nestor pas grand dans le fond de la pièce... sa grosse tête coupée dans ses mains!... qu'il la portait sur son ventre!... un mac du *Leicester*!... qu'était parti la semaine d'avant!... Et le Gros Lard à côté!... et Fred-la-Moto!... et Pierrot-Petits-Bras!... Et Jojo-Belle-Bise!... Et René-les-Clous!... celui-là le ventre alors grand ouvert!... Ils saignaient tous de quelque part!... C'était ça le curieux!... Et Lucien Galant et Muguet!... Tue-Mouche en infanterie de marine!... et Lu Carotte en artilleur!... tout ça aligné impeccable dans le fond du salon! au plus sombre... Ils disaient rien!... tous là debout!... en uniforme mais la tête nue... Ils étaient tout pâles de figure!... blancs... blancs... comme d'un reflet blême sous la peau... une lueur...

« Ohé! les hommes, que je les rappelle! ohé! les hommes!... ohé! enflures!... ohé! la classe!... ça boume là-dedans?... »

Ils répondent rien... Ils bougent pas!...

« Ils sont gelés merde!... »

J'entraîne tout le monde après moi!... Je veux aller leur parler moi-même! leur parler de tout près!... comme ça dans la tronche... Ah! ils ont beau m'agripper!... je suis plus fort que tout! Ils me les tordent!... je hurle!... au moins quatorze bureaucrates!... et deux... trois vieilles filles!... qui m'attrapent au vif les parties!... mes forces décuplent!... tout le personnel!... les huissiers!... je les entraîne! Toute la grappe humaine!... vers le fond!... le noir!... Je veux parler moi à ces potes!... où ils se tiennent là tout saignants!... là tout pâles... au garde-à-vous... Je veux les toucher!... Ça y est!... Je les touche!... Ils y sont plus!... Zut!... C'est un monde!... Je le crie tout haut!... l'Imposture!... C'est de la misère de vache encore!... Ils se sont enfuis!... évaporés!... Tant pis pour eux merde!... Ils payeront!... Ils trouveront personne au grand Trou!... C'est tout de la viande de perdition!... Je les avais tous bien reconnus!... Tous les copains du *Leicester*! Ils m'avaient bien vu moi aussi!... Ils étaient disparus tels quels!... Leurs boyaux autour de la taille... dans le fond de la pièce du consulat!...

« Allez! descendez!... descendez!... Sortez-le d'ici!... »

Voilà comme on me traite! Comme les huissiers font leur devoir! Ah! mais c'est la lutte! Moi je veux rester là par terre, songer, réfléchir. Je me jette sous un banc. Ils me rattrapent, m'arrachent, disloquent. Ah! ils sont trop en colère! Je les ai trop poussés à bout! Même le major si bienveillant... Personne n'a plus un brin de patience!... Ils me chargent tous ensemble en même temps!... Tous les employés du consul!... tous furieux alors, hommes, femmes, demoiselles!... Je bascule! je roule! je m'écroule!... je m'abats plomb en bas de l'escalier!... « Vive la France!... que je hurle quand même!... Vive le consul!... Vive Bedford Square!... Vive l'Angleterre!... »

« Dehors!... Dehors!... » qu'ils me rehurlent!... Voilà comme ces gens-là me répondent!... Et par l'acharnement brutal! tout le monde me redéchire!... dépèce!... m'arrache encore des bouts de veston!... les huissiers, les secrétaires, le chancelier, le consul lui même!...

« Je suis le consul! » qu'il m'avertit.

Ah! le bominable!... Il a des binocles comme les autres!... Il vient m'insulter!...

« Foutez-moi le camp d'ici, voyou!... »

On est pas plus cru.

« Vous êtes grossier!... que je lui réponds... Vive l'Armée française!... »

Ah! il veut pas de ça! il regimbe! il trépigne! rage!... tressaute sur place!...

« Sortez-le... Sortez-le!... » qu'il fait aux quatre « Commissionars » de garde... Des costauds vraiment, des hercules qui se décident illico!... Je m'enlève!... La grande porte ouverte!... La rue!... Je pars en trajectoire!... Projectile!... Je domine!... Je surplombe!... Fusée!... Je plane haut par-dessus le trottoir, arme nouvelle, par-dessus la foule!... et *pzoff!!*... je retombe en plein dedans!... en plein dans les Russes... Ah! bouillie!... Ils groument atroce me recevant!... J'en ai assommé cinq d'un coup!... Ils gisent là! les cinq!... Les femmes me labourent!... m'arrachent ce qui me reste!... Je titube dans les ventres... des émigrantes à mouchoirs, des paysannes pour l'Amérique... Je suis agoni par tout un peuple!... Je pouvais plus m'extirper des membres, des corps emmêlés. Je remarque encore sur les gisants... On se piétine les uns dans les autres... Les corps m'engueulaient effroyable, en russe, en italien, en tchèque... Le plus méchant, le plus râleux, qu'était là par terre culbuté, c'était encore un petit Chinois, un petit homme en robe de soie grise avec un gros rouleau de papyrus comme ça pris sous lui, un grand papyrus à cachets!... il ramasse tout ça bien furieux, il se relève... et son parapluie et son grand chapeau d'artiste... sa poêle à marrons... il se refait sa lavallière!... et il me passe tout de suite quelque chose!... Il me prend à partie!... C'était un Français pas d'erreur!... pas le moindre accent... habillé comme ça en Chinois!...

D'abord je reste abasourdi... puis je me ressaisis... et puis alors qu'est-ce que j'y casse!...

« Chienlit!... Taisez-vous!... que je le somme.
— Vandale! Canaque!... qu'il me répond.
— À qui que vous causez?... que je lui demande.
— À une brute!... à un assassin!...
— Vous avez bien raison, monsieur! » et que je l'approuve alors tout de suite du tac au tac! que je renchéris!... Si j'en suis fier d'être assassin!... Ah! c'est à pic!

Si j'en ai tué!... il peut bien le dire!... Ah! un petit peu!... Ah! je suis en verve!... Ah! je lui récite!... J'en ai tué dix!... j'en ai tué mille!... Je tombe du ciel!... Vous l'avez vu! vous le voyez exact, faux Chinois!... Ah! si je me pile!... Sacré numéro!... Chienlit!... j'hurlais comme ça plein Bedford Square!... On s'amusait bien à présent!... pas moi seulement... toute la foule!...

Je le regarde alors de tout près ce petit rageur... Il me paraît moins buse que les autres à la réflexion... Je le saisis! hop! je l'entraîne!... par la manche... C'est moi maintenant l'initiative!... J'avais quelque chose à lui dire!... Nous sommes encore tournoyés!... pressurés... raplatis... roulés... expulsés enfin!... Il se met à retaper son chapeau... ses très grands rebords... Fallait que je lui explique un peu... que je me confesse en détails!... C'était un besoin là subit!... c'était aussi un genre d'excuse!... que je le mette un peu au courant... de tout ce qui m'était arrivé... et que c'était pas ordinaire!... le pourquoi un peu de mes déboires!... que je garde pas tout le paquet pour moi... Il renoue bien sa lavallière!... avec beaucoup de soin... On s'était assis sur le granit là sous le sycomore du square...

« Hum!... Hum!... » qu'il faisait comme ça... à mesure que je lui racontais... sceptique plutôt, je voyais!... Il doutait un peu de mes paroles... « Voilà, il pensait, du jabot! un jeune homme qui se met en valeur... qui veut m'éblouir moi vieillard! » Ah! je voulais tout de même le convaincre! Je m'entête! Je recommence donc tout du début!... Comment qu'à l'hôpital d'Hazebrouck ils étaient prêts à m'amputer tellement ils me trouvaient la jambe toque... et le bras en même temps!... C'est dire si j'étais arrangé... ma tête en plus... la méningite... un petit éclat dans l'oreille gauche... que c'était si grave et fiévreux qu'ils se demandaient d'un jour à l'autre... comme ça là donc tout au rebord du noir, à trou moins deux par le fait, que je m'étais fait un vrai ami, salle d'hôpital d'Hazebrouck... Salle Saint-Eustache!... exactement!... Farcy Raoul, blessé main gauche... Farcy Raoul du 2ᵉ d'Af... Comme moi!... même salle... deux lits plus loin!... Salle Saint Eustache... On l'a opéré pour sa main... Il hurlait aussi la même chose après son opération... Il avait fait un peu de gangrène... ça avait duré quarante jours... On avait eu le temps de se causer... Il m'avait à la sympathie... on avait fait nos beaux projets. On avait tout juste le même âge... « On ira tous les deux à Londres!... » C'était entendu!... Il parlait quand ça serait fini!... Il voyait ça lui pour l'hiver!...

« Tu verras, chez mon oncle Cascade!... Comment ça fonctionne un petit peu!... Tu verras un petit peu la vie!... Tu verras la tôle!... que c'est un homme des Bats aussi! mon cher oncle Cascade! » Il parlait toujours de ce Cascade... Enfin des beaux horizons!... Des vrais projets attrayants!... J'en avais besoin... Je la voyais plutôt à la merde!... Je décollais même de plus en plus!... Salle Saint-Eustache!... Je suppurais de partout!... Ils m'avaient fait trois éburnages de l'humérus, du tibia, j'avais tout ça attaqué... j'avais joui après je peux le dire! et puis les drains, mèches et plâtres... recollé des bouts d'os ensemble... ça me faisait mal que j'en hurlais presque toutes les nuits... Finalement de fil en aiguille comme ça d'un bon projet à l'autre c'est le Raoul qui m'avait requinqué!... par le moral, ça faut reconnaître! J'en avais besoin!

« T'en fais pas pote!... T'en fais pas!... comme ça qu'il me causait. On reviendra jamais par ici!... Tu verras un petit peu London!... ce que ça donne alors comme condé!... Attends que j'aye ma convalescence! » C'était bien aimable de sa part.

Je m'encourageais joliment à travers escarres et sutures... et j'en endurais!... Je vous prie de le croire... Voilà patatrac!... tout bascule!... On vient le demander un matin Farcy Raoul!... Il sortait de la salle des pansements... Les gendarmes l'interpellent, l'embarquent!... les menottes!...

« Où que tu vas ? » Ça me sort... « Mort aux vaches! qu'il me crie... Mort aux vaches! »... comme ça devant tout l'hôpital... Et puis encore il me recommande encore de loin... les flics l'entraînant... « Cascade! t'entends!... Cascade!... Chie pas! Mort aux vaches!... » Voilà ses paroles!... les dernières que j'aie entendues... Le soir même on a appris le reste... tourniqué le Raoul!... Ils l'ont passé deux jours plus tard!... Farcy Raoul... Mutilation volontaire!... 2e d'Af!... C'était vrai ou c'était pas vrai!... Ils font comme ils veulent!... Ils se foulent pas... Un détachement y a été, des convalescents de l'hosto, ils y ont défilé devant son corps... Ils l'ont fusillé à l'aube, dans la cour, la cour Barnabé, du nom de la prison militaire. Il a pas molli... « Mort aux vaches! » qu'il leur a gueulé comme ça au moment du feu. C'est tout.

Ah! ça m'a fait vraiment de la peine!... Pas grand-chose me touche... Moi qu'étais petit cave de naissance, fils de mes parents, employés laborieux, soumis, gentils, bien serviables... il m'avait bien fait l'instruction, ouvert les pupilles le Raoul, il me manquait je dois le dire... Raoul... il savait pas beaucoup écrire... c'est moi qu'écrivais tout pour lui... de ma main gauche... c'est moi qu'écrivais tout à Londres à son oncle Cascade... Farcy Cascade... deux lettres par semaine... Farcy Cascade, Leicester Street... c'était entendu parfaitement... Il nous attendait tous les deux... absolument, pleinement d'accord!... On était pareils soi-disant pour la permission, on était mariés là-bas... tous les deux... avec des Anglaises! au flan!... et avec les papiers, licences, tout!... Tout était prévu!... démerdé!... falsifié pépère!... Et puis patatrac!... Le Raoul! Ce tour!... Moi qu'allais juste un peu mieux... Enfin je crevais pas!... Merde! Tant pis!... Je raccroche... j'écris à l'oncle! Farcy Cascade, Leicester Street...

« Arrive » qu'il me répond immédiat... « Arrive je veux te causer »! Et il me connaissait que par les lettres!... Ah! j'avais la cliche du Raoul... une panique foireuse, il me l'avait filée!... Il m'avait écœuré du rif!... « Retourne pas chez toi!... » Il me l'avait encore crié au dernier moment... « Ils te piqueront!... Regarde un peu!... Ils chassent les morceaux! »... Il voulait parler de lui-même...

« Vaz'à Londres!... Oublie pas Cascade!... » c'était ses propres paroles!... Ah! ça me trottait! ses dernières!...

Je me requinque avec ça... Je m'obstine... « Arrive!... Arrive!... » Je pensais plus qu'à Londres!... Voilà les trois mois de convalo... Ah! je cane pas, j'embarque. On m'invite! Je profite! le moment! la veine!

J'arrive!... Ah! la bonne ambiance!... Ah! des véritables frères... Des potes au sang... c'est le cas de le dire!... Tout de suite on me demande des nouvelles... J'explique le Raoul à Cascade... Je peux dire qu'il a eu du chagrin!... Il me fait comme ça lui expliquer au moins dix fois de suite!... Il y croyait pas... Il y arrivait pas à croire!... Il se lassait jamais de mon récit!... que je lui recommence!... et encore!... il l'aimait vraiment comme un fils!... le Farcy Raoul... ça le chahutait complètement... Voilà mon arrivée à Londres!... les circonstances providentielles... ma chance d'avoir connu Raoul, le pauvre Raoul et son oncle Cascade...

Je raconte mon histoire au Chinois, comme ça sur le rebord de pierre... Je voulais qu'il soye au courant... ça me faisait du bien...

« Voilà ce qui m'arrive vous voyez!... À votre tour maintenant!... Racontez-moi votre aventure!... Je vous raconterai le reste plus tard!... J'en ai encore des quantités!... Je peux pas tout vous dire d'un seul coup!... Moi qui vous tombe sur la tête!... en confiance! »

Ah! là! là! Comme c'était drôle!... Un instant pour rigoler!...

« Vous comprenez, que je lui rajoute, ça lui aurait fait bien plaisir de repasser tout à son Raoul... tout son bobinard... toutes ses affaires... tout le *Leicester*... Il serait parti lui dans le Midi, c'était son projet à Cascade... planter ses œillets... il avait l'idée... C'est quelque chose le *Leicester*! du surmenage de jour et nuit... faut un drôle d'homme pour y tenir!... C'est un commandement... »

Il me répondait rien mon Chinois!...

Ah! il m'agaçait à force...

« Dites donc! que je lui fais... vous êtes pas bavard vous gniasse!... Vous allez pas des fois me doubler?... »

Il m'inquiétait là soudain ce petit chienlit... Est-ce que j'avais pas trop causé?...

« Oh! tranquillisez-vous jeune homme!... Je suis bien trop occupé par mes entreprises personnelles! J'ai d'autres soucis en tête que de vous créer des ennuis!... Je ne suis plus un gamin! Vous l'avez observé peut-être... Le jouet des passions!... la victime des entraînements! Dieu merci! Je n'appartiens plus aux moineaux! Jeune effervescent! aux voltigeurs pirouettant d'effrois en rafales! Oh! là! là! Ouatt!... Attention! Point de méprise! L'habit vaut le moine!... »

Mon faux Chinois se rengorgeait.

« Vous parliez de qualité? Hé! Hé! tout à l'heure!... À propos de ces pauvres gens!... Vous n'avez point la moindre idée... J'ai compris tout de suite!... Vous apprendrez à me connaître!... peut-être!... »

Et le petit sourire supérieur...

« Je ne veux pas vous intimider!... Oh! nulle intention!... Vous éblouir de mes titres! scientifiques, nobiliaires!... Non certes!... Faiblesse! Faiblesse de vieillard pensez-vous?... » Il réfléchissait... « Que ferez-vous de votre chance jeune homme?... Vous êtes un héros, paraît-il... Vous le prétendez!... Hum! Héros de la guerre!... Proie facile!... Jouet héroïque!... Un enfant!... »

Je l'avais vexé.

« À votre âge tout est permis!... Vaillance! Vaillance!... Pour ma part, dites-le vous bien, j'ai d'autres chats à fouetter que d'aller me ruer sous les chars!... J'ai subi toutes les épreuves!... Toutes!... La guerre n'est qu'une pétarade! La vie est brève!... Divertissement!... Qu'en demeure-t-il? » Il me le souffle dans l'oreille...

« Rien! Ah?... »

Il jouit de l'effet... Il époussète tous mes aveux comme ça d'une main...

« En somme vous ne m'apprenez rien!... »

Le prétentieux.

« Écoutez-moi! Vous avez tout à apprendre! Êtes-vous initiable?... »

Initiable?...

« Que suis-je moi là?... Vous le savez?... Je vous attire.. Vous me confiez tous vos secrets? Est-ce ma robe?... Êtes-vous capté par mon fluide?... déjà?... »

J'ai l'air idiot.

« Français! je le suis oui certes! Attention!... Et de bonne souche! Et je m'en flatte! Sans orgueil! Et c'est ainsi! juste fierté!... Mais initié! C'est autre chose!... Ah! tout est là! J'ai beaucoup fait pour ma Patrie! Moi qui vous parle!... Explorateur! mon jeune ami... Explorateur... Dois-je mourir?... Voyez mon costume!... Initié jeune homme!... Initié!... »

Il se rapprochait encore, il me le chuchotait... dans l'ardeur! à mots pressés...

« Le Tibet! Ah le Tibet! J'y ai songé... Oui!... J'ai songé!... je l'avoue... forfait... aux premiers appels du cor!... Chasseur à pied jeune homme... Chasseur à pied!... Officier de réserve!... à reprendre du service!... dans ma cinquante-septième année!... Vous le verrez sur mon état!... courir m'offrir à Gallieni... Je l'ai connu!... Polytechnique!... Et puis n'est-ce pas... la réflexion... J'ai mieux à faire! avec mes dons!... mon œuvre! mes travaux!... périr au moment précis où les ténèbres se déchirent?... Vous saurez plus tard!... Le banal Devoir!... ce serait un suicide!... et quel suicide!... Vous apprendrez un jour peut-être... Attention!... au fait!... me voici!... »

Il me tend sa carte.

HERVÉ SOSTHÈNE DE RODIENCOURT
Prospecteur Agréé des Mines,
Explorateur des Aires Occultes,
Ingénieur Initié.

« Ce nom ne vous dit rien? Évidemment!... »

Je restais coi...

« Je m'en doutais... Jeune et ignorant!... Tout y est!... L'un rejoint l'autre!... Le Tibet, Monsieur, c'est moi!... Les connaissances du Tibet? Toutes les connaissances du Tibet? Là! vous m'entendez!... elles sont là! »

Il se frappe le front.

« Vous n'avez point suivi la mission Bonvallot?... Non?... Vous ignorez tout?... »

Il me toise.

« Bonvallot?... Étrange!... Étrange!... »

Il se ravise.

« Au fond tant mieux!... » À l'oreille : « Quel charlatan ce Bonvallot!... Quelle canaille!... C'est tout!... Entre nous!... Un clown!... Il l'a jamais vu, le Tibet! Quel vantard!... Lui, la Gaourisankar? Oh! là là! » Il s'esclaffe rien que d'y penser! à ce Bonvallot! Il glousse... Il l'aurait pris pour le Mont d'Or! Quel Bonvallot! Quel escroc!... Sacré Bonvallot!... Agent de l'Angleterre!... des trusts!... Le bandit international le plus haut du monde! Gaourisankar! 7 022 mètres!... Tout s'explique! Vendu Bonvallot!... Quel traître!...

Je prends le même ton. J'approuve... je ricane...

« Oh! là là! Quelle frappe! quel écœurant ce Bonvallot!... »

Ah! il l'avait sur la patate le Bonvallot en question, il n'en sortait plus! ça lui en donnait le mauvais œil, le regard assassin, rien que d'en parler!... de ce Bonvallot effroyable!... et je m'y connais moi en regards!...

« Je vous intéresse? Ou je vous ennuie?... Dites-le moi franchement!... Il vous faut des filles, sans doute? Vous n'êtes pas désincarné? le sortilège des fesses vous poigne?... La volupté!... les soupirs! »

Ah! là là! comme je l'écœure! là tout soudain!... Pouah! il en crache!... il me fout avec Bonvallot! Ah! dans le même sac!... deux beaux immondes! et que c'était juste son idée! j'avais rien volupté du tout!

Comme ça à force de tourner rond tout autour du square en causant, on s'est retrouvés devant le consulat... où nous nous étions rencontrés... enfin emboutis!... le consulat du tzar... L'immense drapeau à l'aigle noir flottait haut par-dessus les foules... grouillantes, mugissantes... tout ça attendant les visas. Une vraie armée à présent à se gratter, graillonner, maudire! une énorme rumeur...

« Vous n'avez jamais exploré? qu'il daigne s'enquérir.

— Non... non pas beaucoup... »

J'admets.

« Vous cherchez vraiment du travail?...

— Ah oui alors! sûr et certain!...

— Savez-vous monter à cheval? »

Quelle question!

« Ah! là là! vous pouvez me croire! ah là plutôt! Un petit peu! je sais tout faire moi question cheval!... Je sais les panser! je sais les seller! je sais les faire boire, les faire trotter! galoper! sauter! doubler! valser!... Tout ce que vous voudrez!... Et des références hein! Cinq ans!... j'ai couché moi avec des chevaux! j'ai mangé avec! j'ai mangé leurs crottes de chevaux! que j'en ai encore plein la bouche! C'est vous dire! vous dire! Que je cabre encore! que je rue! que je suis presque cheval! de vous à moi! entre nous! plus qu'à moitié!... Il a bien fallu! Est-ce que ça pourrait vous suffire?

— Bon! Bon! »

Je hennis pour qu'il m'entende bien, qu'il se figure pas que c'est des mensonges.

Ah! forte impression!

« Je crois que ça peut aller... »

Il acquiesce. Et puis il redevient tout soucieux.

« Ah! mais vous êtes de roture... »
Encore un revirement! encore quelque chose qui le chiffonne...
« Vous n'êtes pas né! évidemment! » Il mettait l'accent sur le « né »... « aucune noblesse dans votre sang? »
Roture? Je voyais pas bien... C'était pour une situation...
« Votre père et mère?... du commun?... »
Ce culot!
« Et vous sale ours?...
— Chutt! Chutt! Pas d'insulte!... Vous ignorez toute la portée! »
Je l'écoute.
« Voyez n'est-ce pas les ancêtres... pour moi c'est le culte!... Le Mythe!... Le culte du sang!... le culte des morts! Vous me comprenez?... »
Je veux bien essayer... J'essaye tout...
« Mais attention! Point d'emballement! Gare! Gare! Le Drame de la Chine! Tout admettre! Promiscuités! Tous les ancêtres! Oh! là là!... Tous à la fois! N'importe qui!... Torchons et serviettes!... Discriminons! Discriminez!... Catastrophe! »
Les yeux terribles.
« Vous ne savez pas? »
Je ne sais rien...
« Ils vénèrent n'importe quels morts en Chine! n'importe quels ancêtres! Quelle méprise! Quelle dégoûtation!...
— Ah! qu'ils sont burlesques ces Chinois! quels imbéciles!...
— Foutue la Chine!... foutue! jeune homme! Je sais pourquoi moi! »
Il sait tout.
« N'importe quels morts! Ils les vénèrent tous! C'est bien simple! Tous! Ah! on peut le dire! tenez je vous le dis! leur ciel? un boxon! Voilà ce que ça donne... »
Forcément...
« Une catastrophe! C'est fatal! Imaginez un petit peu!... Ils adorent leurs femmes de ménage, leurs anciennes prêtresses, leurs reines, leurs déesses, leurs catins, tout ça bric-à-brac! leurs lâches! leurs vaillants, leurs trognes de roture comme leurs généraux d'armée! tout ça dans le même méli-

mélo! Leurs faussaires avec les gendarmes, leurs banquiers en même temps que leurs juges! les savants avec leurs pousse-pousse! Le néant! mon ami! le néant! Voilà ce qu'il arrive! »

Ah! ça le mettait hors de lui cette promiscuité horrible! il faisait des grands gestes, les gens nous regardaient...

Il s'en foutait! Rien ne l'arrêtait! Il était lancé!

« Non mon ami! Il faut choisir! Croyez-moi!... les vilains meurent et demeurent morts! Ainsi veut justice!... Il le faut!... Autrement triomphe l'infection!... Vous me comprenez?... Votre grand-mère à vous par exemple! Infime roturière certainement! morte, elle demeure morte!... bien morte!... elle n'encombre plus! Elle n'empuante plus la Cité! la Haute Cité du Souvenir!... tandis que prenez mon grand-père! que je vénère très justement! Il revit en moi! Toute une existence de gloire! de services royaux!... Je le fais revivre par mon sang!... à la bonne heure! Il survit en moi!... Vous me comprenez?... Je le cultifie!... Pieux et Pratique!... Bon sang ne saurait mentir!... Le Culte!... Toutes les dévotions!... Il me sert... je le sers!... Je le prolonge!... Il m'illustre!... Je l'idolâtre!... Je l'emporte partout avec moi! Le culte du mort!... Je vous le montrerai bientôt lui-même!... en personne mystique! Il est chez moi avec ma femme!... Il a fait avec nous trois fois le tour du monde! dans son cénotaphe de voyage!... »

Il regarde vite à droite, à gauche... Ah! il se méfie des passants!

« Il est impeccable momifié! consacré! Vous le verrez de vos yeux!... »

Cela promet.

Il se résume :

« Je prends de la Chine ce qu'il faut!... Pas tout... »

Une chance!...

« Ah! revenons à vous, mon enfant!... Voilà votre affaire!... Vous tombez du ciel!... »

Tout s'arrange...

« Homme de cheval!... Centaure!... À nous deux! Vilain certes! Mais mon Dieu tant pis! Vous vous façonnerez en noblesse! Voilà tout! Pas d'ancêtres valables? Nous aviserons! Vous cultifierez le mien! Je le transmucrai vers vous!

quelque peu!... de ce qu'il faut!... Je vous en prêterai quelques mailles!... la cotte est de taille! Achille Norbert! 26 quartiers!... Une fibre de ma lignée! Je vous prêterai une fibre!... C'est cela! une fibre!... Je vous ferai chevalier! Vous brandirez mon étendard!... mais point avec cette figure!... Oh! quelle grimace!... Tout à la Foi! jeune homme! La Foi!... »

Il clame ces mots très haut... « Tout à la Foi! ».

« Notre devise! " Tout à la Foi! Rodiencourt! " Concile du Poitou! 1114!... Ce n'est pas d'hier!... »

Je suis content pour lui!...

« À Nous deux! » Il me rattrape le bras... « " Tout à la Foi! "... Je veux vous utiliser! Ma prochaine Mission! Ma grande œuvre!... Attention!... Je veux toute une cavalerie!... Comprenez-moi bien! trente porteurs! Cent cinquante chevaux! Le prix qu'il faudra!... Une affaire de 200 000 piastres! au bas mot!... qu'importe!... Nous n'allons pas lésiner!... le but vaut tous les sacrifices!... Certes!... Lorsque vous saurez!... Quelle expédition!... »

Ah! là il y a de l'idée!

« Oh! vous pouvez compter sur moi!... de jour et de nuit!... J'ai la cavalerie dans le sang!... Je peux m'en vanter!... Chevaux de main!... chevaux de trait!... Chevaux d'escorte!... »

Je me fais valoir.

« Chevau-légers!... Chevaux de bride et de remonte!... Chevaux d'artimon! Chevaux de parade!... Dans tous les cas à la hauteur!... Ils ne pourront rien m'apprendre en Chine sur le cheval, la chevalerie, ses pompes, ses fers, ses avatars! Je possède le métier dans la viande, j'ai pris des gadins par milliers!...

— Jeune homme! je vous nomme écuyer! Gonfalon de ma caravane! Ah! Nous n'avons pas fini!... Un dieu existe pour les barbares! Décidément votre sottise vous culbute au cœur de fortune! Dans mes bras jeune homme! dans mes bras! »

Il prenait un petit peu de champ pour me contempler mieux à l'aise...

« Vous êtes coiffé!... »

J'avais pas de chapeau.

« Coiffé! Coiffé du Destin! Parfaitement! Et là! l'Aura! là! je la vois!... Cette bonne surprise! Ne bougez plus! »

Il me la voyait! Il me la décrivait dans l'air! un petit cercle autour de ma tête!...

« Quelle destinée!... quel symbole!... Oh! vous ne sauriez comprendre! Évidemment! Opaque! Opaque! mais rayonnant!... »

Ah, je le déçois encore un coup! Ah, il en était excédé de voir de si beaux dons perdus, gaspillés sur une tête si sotte!...

« Magnifiquement doué! c'est un fait!... »

Il insistait... Il voyait tout!... J'avais pas fini de l'étonner!...

Je résume, fallait qu'on en sorte!

« Alors nous décidons Monsieur? entendu! convenu! mais quel jour? quelle heure? »

J'étais impatient... ça suffisait les salades! à l'action! à la vie la mort! avec mon auréole ou pas!...

« Oh! que vous êtes nerveux jeune homme! Tout beau! Tout ira!... Raison garder! Chutt! Halte-là! Il me semble qu'on nous écoute! qu'on nous épie tout alentour!... Les traîtres à la solde sont partout!...

— La solde de qui?

— Enfant! Enfant! »

Il me prenait en pitié.

« Vous savez qu'il se passe des choses dont vous n'avez même point soupçon?...

— Oh! je vous crois volontiers!... oh! je vous crois!... »

Il me fait signe de me taire.

Nous étions repris par la foule... toute la cohue des consulats... écrabouillés contre les grilles... le trèpe en rage autour de nous... l'attente aux visas!... arc-boutés, forcés les uns dans les autres!... Ils se cherchaient un idiome possible pour mieux s'engueuler en délire, en rage d'être pétris, cartelés... Ils y arrivaient pas!... Ils venaient de trop loin dans l'univers! de pays trop étranges, distants... Ils avaient pas un merde commun... une bien chiante insulte bien bouseuse, grasse, énorme, fumante. Ils ergotaient, baragouinaient, recroquevillés, râlant d'efforts!... Ils trouvaient pas! Tout de même on approchait de la porte nous deux là ensemble à rien dire... soulevés par les houles!... notre tour allait venir vraiment... encore peut-être trois ramponneaux...

« Je me demande comment vous appeler ? »
Une question comme ça qui lui monte.
« Mais Ferdinand ! je vous en prie !...
— Eh bien Ferdinand, mon ami, nous reviendrons un autre jour !...
— Mais nous allons passer Monsieur ! Nous allons perdre notre tour !
— Le perdre ? le perdre ? écoutez-le ! la belle histoire !... Savez-vous jeune caracoleur ce que peut coûter ce visa ? notre visa ?
— Je n'en sais rien !... »
Le fou !
« Madrapour vía Kiev ? Taranrog ? Kaboul ? Mongolie ?...
— Pas du tout !
— Vingt-sept livres ! le moins ! Cette somme ? l'avez-vous ?
— Non Monsieur.
— Moi non plus ! »
Ah tout s'écroule ! Demi-tour !
Nous nous extirpons de la foule ! avec quel mal !
Quelle déception !
Oh ! mais lui pas gêné du tout !... pas déconcerté le moindrement !...
« Jeune homme, nous avons pris contact ! Ah ! prendre contact ! tout est là ! »
Il s'extasie.
« Le commerce des Ondes, Ferdinand ! l'approche ! l'approche ! Tout est dans l'approche !... Ne ressentez-vous point ici même les effluves appelantes du Tibet ? En quelque sorte une caresse ? dès la grille de ce consulat ?... au revers de toutes ces personnes ?... Elles émanent, je vous assure ! Elles émanent ! tournez-vous de leur côté !... »
Il me force à pivoter... il pivote lui-même... Je ne ressentais rien du tout !...
« Vous êtes opaque !... encore opaque !... Cela vous passera !... »
Il soupire... Tout de même je le déçois un peu.
« Tant pis ! Tant pis !... allons-nous-en ! nous reviendrons mieux disposés ! Je vous initierai un peu, un autre tantôt ! Venez par ici !... à l'écart !... que vous sachiez où nous

sommes!... que je vous explique!... Vous ne savez rien!... Il le faut! »

Nous nous éloignions de la foule, nous allions vers Tottenham. Il marchait à petit pas dans son costume de faux magot. Il ouvre grand son parapluie, il le referme un peu plus loin...

« L'ondée sidérale! il remarque... C'est l'heure! Trente-sept minutes exactement après le coucher du soleil! »

À la hauteur de Selfridge la ribambelle des étalages... Il se retournait assez souvent... pas très convenable dans la rue... des petits coups d'œil aux jeunes personnes...

« Gentille enfant!... Gentille enfant!... Sourire de la terre! Et du ciel!... Si j'avais votre âge!... »

Loustic tout d'un coup.

Il avouait cinquante-sept ans... Il se rajeunissait... toutes les plumes au nubian noir, et il portait long à l'artiste, mais vif de l'œil et décidé... Elle l'entravait sa belle robe! il trottait sec! ça le gênait bien pour les ruisseaux... fallait qu'il se retrousse! On a descendu tout Oxford et puis Shaftesbury... tout le long des devantures... Lui bavardant de choses et d'autres... Je comprenais pas tout... Je l'aurais bien lâché, il me gênait avec son chienlit... Les gens se retournaient trop sur nous... Mais je tenais tout de même... J'avais peut-être une petite chance que ça soye pas tout du flan son départ en Chine!... qu'il m'embarque!... que ça se décide!

J'en menais pas trop large aux carrefours... à cause des marchands de journaux... Ils hurlaient toujours le même « Special », celui du matin... la « Tragedy » à Greenwich!... Ils avaient du retard!... J'avais fait mieux depuis là! merde!... Quatre jours de retard qu'ils avaient!... qu'ils en parlaient même plus de la guerre tellement qu'ils s'ébullitionnaient avec la « Greenwich Tragedy »... Ah! c'était du propre! Moi ça me roulait tout dans la tête... À la fin ça roulait trop fort! Je comprenais plus que le mal de tête!... Y en avait trop et puis voilà! je renonçais à suivre l'inquiétude.

Il me parlait toujours l'autre cocasse!... Il faisait son effet dans la foule!... Personne lui demandait ses papiers... C'est ça qu'était extraordinaire!... Les gamins, les filles, les kakis couraient après, tiraient dessus, lui faisaient des niches!... Ils venaient lui toucher son dragon, lui pincer sa robe, son derrière... Il se défendait à coups de pébroc!... en rigolant, il se vexait pas... On avait bien déambulé... comme ça tout Regent, tout Totten... presque tout le quartier des théâtres... Au bout du compte, c'était fatal, on s'est flanqués dans les tapins!... La Nini d'abord devant le *Twiss*, qu'avait son ruban entre Wardour et Marble Arch... Elle m'aperçoit... elle me jette un œil. Berthe-Jambe-de-Bois, qui faisait le promenoir, elle me repère elle devant le *Daisy*...

« Ah! qu'elle se met à braire... T'es du cirque?... Vive Guguss! Ferdine!... eh! Ferdine! »

Je réponds rien.

Elle nous filoche... et *toc* et *toc* son pilon!... Je voulais pas répondre... elle m'engueule!...

« Eh! la chienlit!... la chienlit!... »

Une enragée.

Ça commençait à faire scandale.

« Où que tu l'emmènes? » qu'elle me criait..

Une hystérique.

Je me dépêche, je presse le mouvement, nous faufilons par une ruelle... nous semons Berthe... Lui il se troublait pas pour si peu... Il devait avoir l'habitude d'être poursuivi comme ça chienlit... Il gardait tout son sourire... Il se tenait mal en public en plus de l'accoutrement... œillades aux fillettes, je l'ai dit, il bravait, il provoquait presque, il parlait très haut.

« Que ces gens s'habillent donc mal! Ferdinand!... Voilà ce qui le frappait... des croque-morts!... autant de croque-morts!... regardez-moi ces dégaines! sont-ils sinistres!... Ces gens-là vont gagner la guerre me dites-vous?... ah! parlez-m'en! Vous voulez rire!... Non! Pleurer! Mais ils ne gagneront rien du tout!... Ils s'enterrent déjà d'eux-mêmes!... Tranchées!... tranchées! Ils s'habillent déjà tout en noir! C'est fait! Funèbres! Mais il faudra qu'on les brûle!... Qu'on les incinère! Je vous le dis!... Bombes! Ils puent! Tous! Tronches à charnier! »

Grimace de dégoût!

« Des pauvres gens!... Nuées de cafards!... »

Et moi qu'aime pas qu'on me parle de bombes, de feu, d'incendie! Ah! là pardon! je l'arrête net...

« Vous parlez trop Monsieur Sosthène!... Vous écoutez rien, moi je trouve! Par ici cher Maître! »

Je l'entraîne dans le coin d'une porte, il faut qu'il m'écoute nom de Dieu! le sacré bavard!... Y a pas que lui d'intéressant!

« On me cherche!... Vous m'entendez?... On me cherche!... Monsieur Sosthène!... »

Je lui envoie ça entre quatre yeux...

« Je suis recherché comprenez-vous?... traqué mon cher Maître!... Monsieur de la Chine! Vous me comprenez à présent? Je suis un assassin moi!... Assassin! Il faut que je me sauve!... Ils me cherchent!

— Vous?... Oh! Vous recherché! »

Ah! Il en pouffe! Ah! C'est trop drôle! Ah! elle est bonne!... trop bonne! Il en étouffe de rigolade.

« Mais vous êtes ivre jeune homme! C'est le mot! Ivre et délirant... Poète! poète! vous êtes ivre!... Tant pis pour vous! tant pis pour vous! »

C'est tout ce qu'il trouve.

« Mais je n'ai rien bu!... rien mangé!... »

Je proteste! C'est lui qui délire!

« Raison de plus!... Raison de plus!... Écoutez-moi! »

C'est lui maintenant qui m'entraîne. Il veut pas rester sous la porte. Une fois dehors il accélère... il tricote dans sa soutane... à la poulope!... tout le Strand... Charing... Nous dégringolons Villiers Street, la ruelle en contrebas de la gare... celle qui dévale vers la Tamise... Charing Cross, la gare juste au-dessus... la ribambelle des Public Bars... toute la pente... toute en caboulots... *Ginger... Trois Cygnes... Star... Wellington...* côte à côte, chaque bar une arcade... Il pique lui sur le *Singapore*, le « saloon » juste devant le tunnel... Je le vois encore l'établissement, crème ornementé mosaïque... tout le plafond guirlandes... fleurs artificielles lumineuses... et le gros piano, la mécanique, cyclone tremblement, qu'arrête jamais de jour et nuit, qui se répercute toute la rue du Regent Strand jusqu'à la Rive, que ça trémousse tous les buveurs, les ébranle à tous les comptoirs, qu'ils en dégueulent de secousses cymbales, à grands hoquets, pivotent gambillent déboulent hop! les voilà partis! dérapent, brinqueballent, dinguent jusqu'en bas, d'un trottoir à l'autre! Ça glue tout du long, poisse et suie, toute l'asphalte glisse noire... on voit rien, l'ivrogne disparaît dans la brume. Les buées du fleuve engouffrent, étouffent... même dans le bistrot on y voit goutte, faut des éclairages éclatants... que le comptoir est fait électrique... des dessous de bouteille... il illumine... Faut éclairer tout!... Même les serveuses sont aux ampoules, elles ont des petites lampes dans les cheveux... Sosthène ça se voit qu'il est client... Il envoie des bonjours à tous.

On l'installe à un guéridon juste sous le plus grand lustre... Ah! mais voici qu'il se renfrogne... Quelque chose qui ne va pas...

« Attention! la serveuse!... »

Encore des soupçons.

« Deux sodas Biouty! qu'il commande.

— Two pences! elle répond.

— Prêtez-moi donc ces deux pennies!... »

Heureusement je les ai!

Il change la conversation.

« Je parle anglais tenez comme un porc!... Je vous le concède, vous pouvez le dire! C'est entendu!... j'arrive pas à sortir leur " the " ni leur " thou "... »

Il me rappelait Cascade pour l'anglais, qu'était rétif aussi aux « thou »!

« Et pourtant n'est-ce pas, jeune homme! c'est pas la faute de l'habitude! Voilà bientôt trente et cinq ans que je les fréquente moi les English!... et au pêle-mêle vous pouvez le dire!... Les bons! les affreux! les meilleurs! les riches! les cousus! les hilares! les tristes! les splendides! les nababs! les cloches! tout le sanfrusquin!... sous tous les ciels! les latitudes! Ils font tous leur " the " pour moi!... Je peux vous le garantir! Aux Indes! en Chine! en Malaisie! Ici même!... Va te faire foutre! Pouce et Repouce!... Pas de " thou "!... Pas de " the "!

« Je pense en français, je prononce français! Je cause que français!... Faut qu'on m'aime! Voilà comme je suis! Rien à faire!... J'apprendrai jamais leur langue!... Elle me boude!... Voilà!... Elle me boude!... C'est pas pareil l'hindoustani! Ah! là pardon! Celle-là je l'adule! c'est la langue mère! C'est autre chose! C'est une ancêtre... Je voudrais que vous m'entendiez!... Je suis sanscrit moi par le cœur!... par la fibre!... Là je suis initié!... C'est autre chose! comment que je parle l'hindoustani! Intime! »

Et puis il se penche à mon oreille là tout à fait en confi-

218

dence, mais tout de même gueulant comme un âne à cause du piano... On devait l'entendre de la rue!... Le piano jouait *Jolly Dame Walz*... cymbales et l'orage! tout le tonnerre! C'était vraiment l'air à la mode!... Je comprenais mal sa confidence, il gueulait contre le piano... c'était la lutte...

« L'eau seule est propice jeune homme!... Vous me regardez... Je vous émerveille!... Propice entendez-vous bien!... Propice au grand appel des ondes!... Buvez beaucoup d'eau!... Faites comme moi!... Nous sommes tous nés d'Amphitrite! Poissons donc! Poissons certes! Ah! ah! et voilà! Poissons et cavaliers de même!... Assurément! Dauphins! Monsieur Ferdinand! Dauphins certainement!... »

Il était saoul.

« Dauphins des montagnes!... dauphins des buées mauves!... dauphins du Tibet!... Je vous vois!... tenez! je vous vois! »

Je le rendais rêveur... visionnant...

« Iriez-vous? imaginez! Iriez-vous caracolant dauphin de la bière? Elfe au stout poisseux! Certes non! »

Il s'arrête.

« Stout! il commande. *Maid! Two beers!* Entre nous n'est-ce pas quelle horreur!... »

Il continue...

« Quelle hérésie! aberrant monstre! »

Il s'afflige.

« Ne vous étonnez plus de rien!... Tout s'embourbe, pourrit en ce monde à cause de ce stout épais! Ni plus ni moins!... Vinasse et fange!... Mais voyez partout en revanche galoper tous les buveurs d'eau, tout autour de l'univers! Je peux vous le dire! je vous l'affirme! vous me voyez moi-même Sosthène! Chevalier des Ondes! cinq et six fois le tour du monde! Buveur d'eau! votre serviteur!... »

« *Maid*! une autre! »

La *Maid* n'apportait rien du tout, elle le connaissait... elle le laissait pérorer.

« Trêve de plaisanterie!... Attention! Point de maldonne! L'ablution c'est autre chose! Je me lave rarement... »

Je m'en doutais.

« Je vous expliquerai... Achille Norbert, par exemple, ne

219

s'est lavé lui que deux fois au cours de toute son existence! et il a vécu 102 ans! Vous lirez ceci dans ses lettres! Je les ai fait brocher aux armes! Maître de l'Artillerie du Roi! Je vous expliquerai!... Sans honte! L'eau oh! là là! *intus*? Soit! merveille! *Exit*? Pardon! c'est autre chose! »

Puis un autre souci l'empoigne, une autre marotte! Après la pluie qu'il en a! le temps affreux qu'il fait dehors... qu'il brouillarde et pleut en même temps! on n'y voit pas à trois yards! Il en a assez! il va le clamer au ciel! le maudire! il ouvre la porte toute grande! il s'adresse au ciel!

« Ville chagrine et sulfureuse! Ville du diable mouillé! Ville démone aux faibles! mais je suis fort! Achille! merci! »

Les clients hurlent! Il referme la porte, il revient au guéridon.

« Tous les grands rêves naissent à Londres, jeune homme! Ne l'oubliez pas! vous ne connaissez pas Londres! Du miroir de ses eaux grises!... là tout en bas au gré du fleuve... Ah! c'est un fait! Vous l'ignoriez?... Vous ignorez tout! Véga l'admirable l'annonce expressément! 14ᵉ chant! verset 9... Le Charme!... »

Il se penche à mon oreille.

« Vous ignorez tout?

— Oui.

— Les Indes... »

J'avoue...

« Rien du tout alors! Je me doutais!... Hum! Hum! Vous aurez du mal!... »

Ça s'annonçait toc.

« Oh! bien sûr!...

— Le diable? Vous me comprenez?...

— Je vous crois bien...

— Vous me suivez?

— Certainement!... »

Les ivrognes gueulent dur au comptoir, c'est bien du vacarme en plus du piano mécanique!... Il me hurle alors dans l'oreille... le vrai fin mot de la confidence...

« L'Armadalis du Tibet? La fleur du Tara-Tohé?... Vous ne savez rien de cette fleur?... Absolument rien?... »

Il me dévisage si je bronche... il a des soupçons...

« Ah! ça non, Monsieur! je vous jure!

— La Fleur des Mages?
— Ah vraiment non!...
— Eh bien moi, je la connais! moi je sais où elle se trouve! la voie du sanctuaire!... »

Ah, je reste ébaubi!

« Et ceci n'est rien encore! Écoutez-moi bien! Je me suis approché moi! vous m'entendez! par trois fois de suite de l'Armadalis du Tibet! Oui! la Tara-Tohé!... Elle n'est pas où l'on l'imagine!... Ah! pas du tout! ah! par exemple! Mais non!... Mais non!... »

Quelle plaisanterie!

« Pour fourvoyer les imbéciles! où diriez-vous, vous par exemple? au couvent d'Arthampajar? oh! là là! mon œil! pfutt! pfutt! à d'autres! »

Je le faisais rire.

« Moi je sais où ils la cachent l'Armadalis du Tibet!... Prospectant les quartz mercurés pour les crapules de Calcutta... la Gem Proceeding Company... Ah! vampires ceux-là! Quels vampires! Enfin ils m'ont servi tout de même!... J'ai tout découvert! Le hasard! parfaitement!... Le secret des Choses!... »

Ah! c'est superbe! je l'admire encore. Tout va bien! Du coup c'est les doigts dans le nez maintenant, j'ai confiance. On l'aurait facile puisqu'il avait tout découvert! Je roulais des calots.

« Je vous ferai lire les passages! Versets 25 et 42 du Véga secret!... pour le moment, chutt!... hermétique! Lorsque nous serons sous Mahé... le petit port mousson Mahé!... alors je vous confierai tout!... Mahé! Karikal! bien sûr!

« Miss! Miss! je vous prie! Deux Bass! *two Bass!* »

Il commandait deux autres bières... La tête devait lui tourner... l'œil brillant... les pommettes rouges... imaginairement... Il avait son pompon d'eau de seltz, la bonne n'apportait ni stout ni Bass! nous n'avions bu que du siphon.

« Nous relâcherons donc sous Mahé je vous disais, puis Delhi! Vous voyez n'est-ce pas?... les confins! là le petit lama Rowipidôr!... Ah! attention! Quelle crapule! quel petit futé celui-là! je l'intéresse 50 pour 100!... Cupide!... Cupide!... Je le flouerai plus tard!... Je le flouerai!... »

Ça se dessinait bien.

« Toute la mission! Tout! Vous, le convoi! Les porteurs! En route! À nous la Tara-Tohé! Mon ami! Au nez de l'Univers! C'est bien le cas de le dire!... Au moins vingt missions à ce jour!... Entendez-vous bien?... Sûr et certain!... Très secrètes! Oh impeccables! Comprenez-moi! des initiés les plus austères! en ce moment précis même farfouillent! touillent! trifouillent le Tibet! dans tous les sens du Nord et du Midi! Ils retournent toutes les lamasseries! Bredouilles! Pas un mot de plus! Ce serait tout compromettre! Non! Je ne vous dirai rien de plus!... Chutt! La Gem Proceeding Company me doit, imaginez-vous, 25 000 dollars au bas mot!... Rien que sur mes quartz! et je ne parle pas des émeraudes! ni des ébonites! Une fortune! de mes isocènes mercureux!... Mes seuls déchets de prospections! Si je présentais toute ma note!... Bref!... Une fantastique canaillerie!... D'ailleurs nous en reparlerons!... Les comptes sont là!... »

Il se refarfouille sa soutane... Il me ramène un gros rouleau... Il me le développe là sur la table... colonnes et colonnes de chiffres!... quelles additions!... le vertige!

« Crédit!... Mon crédit! Lisez là! en rouge!... 25 000!... n'est-ce pas? 25 000!... encore! et 75 000 d'autre part!... dollars! dollars! plus! crédit! piastres hindoues!... C'est tout vous dire!... et les Sterlings!... Et mes options!... et ce n'est rien!... pas le dixième! Vétilles! Vous pressentez un petit peu!... Que la Gem Proceeding apprenne mon retour?... alors tout se gâte! Parbleu!... la pauvre victime ressuscite?... Ces messieurs l'apprennent!... les canailles avisent aussitôt!... »

À l'oreille.

« Ils me croient tous mort!... enterré!... Hi! Petit bonhomme!... »

Il se tape sur le thorax... ça résonne...

« Illico! Ils lancent à nos trousses leurs plus alertes assassins!... Ils font empoisonner nos sources!... Toutes nos sources!... Tout notre parcours!... Je les connais! capables de tout! Avant même d'aborder les lieux!... Les cascades du Madruwpoor!... Nous périssons assassinés!... Dans l'embuscade! *Pfouitt!*... C'est fini!... Tout est dit!... Ces gens-là n'hésitent à rien!... Je connais mon monde!... Le vice-roi? *Pfouitt!*... de la bande! Ferme les yeux évidemment! Larrons en foire! Tenez! Tenez! mon ami!... »

Il cherche encore... il hésite... Il veut me donner une vraie preuve... toute l'importance du grand secret!... bien convaincante!...

« Les consistoires brahmaniques m'offriraient, tenez Ferdinand, en ce moment même tout l'or du monde!... Vous m'entendez? Tout l'or du monde! c'est quelque chose! pour que je leur cède mes épures... le tracé du parcours des cimes!... Barca! je les enverrais faire foutre!... Rien à faire!... motus!... Ah! vous voyez où nous en sommes!... »

Évidemment c'était sérieux... Mais là encore une inquiétude... il se renfrogne... tous ces gens là autour de nous... le va-et-vient vers la porte... Ah! que c'est gênant! les voix des buveurs à côté, leurs discussions... Il se tâte une autre poche, une autre doublure... Il se décide... un autre rouleau... Il me le déroule... tout sur la table!... un grand parchemin... Il écarte les verres... C'est un vaste plan... cotes, relevés, stries... tout en montagnes... un large fleuve... de profonds creux... de noirs abîmes...

« Là! il me pointe du doigt... cette croix rouge!... là!... cette croix bleue!... Là! celle-ci!... toutes nos étapes!... autant d'étapes!... »

Ah! tant mieux!... C'est le départ!

« Vous me comprenez?... »

Ah! bien sûr alors que je comprends!... Les cartes ça me connaît! Mais attention! je m'échauffe, je bavarde... Si je déconne trop ça la fout mal... il ne voudra plus! Il refarfouille dans ses doublures... il en sort encore un bout de carton... un carré avec des couleurs...

« Ici le couvent!... Vous m'entendez?... Le couvent!...
— Oh! Oui! Oui! Oui! »

J'approuve tout.

« Le lieu de Magie! »

Je me baisse pour regarder mieux.

« Oh! Parfaitement!... »

J'écarquille.

« Là! Nous y sommes!... »

Aucun doute.

Il me murmure.

« La Tara-Tohé!... »

Si il biche!
« Ah! Ah!...
— La Fleur du Secret!... »
Je suis content aussi.
« Moscou!... Lhassa!... » Il se remémore... Il marmonne tout notre parcours!... comme ça bien pénétré, imbu... « Entendez-moi, Moscou! Lhassa!... cent vingt-sept jours au bas mot!... Lhassa! Mahé!... une autre traite... ici deux semaines... la côte! Rassemblement!... notre charroi!... nos guides!... nos lettres d'accueil!... Réquisition des poneys!... Vous vous occupez des fourrages!... je vous laisse ces soins!... Je m'absente!... Je m'éloigne!... Je passe quelques jours à Swoboly, province de Penwane!... La pagode aux jades lazulis! Juste une purification! Je signe accord avec Gowpur, le lama des brahmes... Oh! quel vampire celui-là!... Je lui porte mes rouleaux-prières... la perfection même... le moulin de mon invention... 37 prières d'un seul coup!... l'automatique!... Je lui signe l'exclusivité!... Oh! qu'il est avide!... Tous les clients des Plateaux!... Il les veut tous! tout pour lui!... pour lui tout seul!... Quelle demande!... Tout le Toit du Monde!... Chaque brahmane devient son client!... Il nous laisse passer!... Il s'occupe de nos provisions!... fifty-fifty!... Moi ses moulins!... Lui nos maniocs!... Nous troquons! nous ne pouvons rien sans lui!... Lorsque vous entendrez son nom! Gowpur Rawpidôr... Trois révérences! Nord! Sud! Sud-est! »

Il me les montre... J'exécute... Je m'incline comme lui... deux... trois fois!...

Il poursuit.

« Vous commandez notre colonne!... C'est entendu!... Vous me retrouvez au passage!... Je suis purifié!... Rawpidôr nous accompagne un petit bout de chemin... Trois étapes!... deux peut-être... Il nous présente à ses brigands... aux ravageurs tchous, à leur bourreau-chef, qu'ils nous laissent passer... Oboles, révérences, cadeaux... nous y voici! encore douze jours d'ascension!... nous sommes à pied d'œuvre!... Nous quittons le terre-plein des mousses!... et puis les bruyères...

« Nous touchons au glacis mystique... aux abrupts du grand Masvanpur!... Nos épreuves commencent!... Aux

Roches Lazulis!... Attention!... Voilà les aires du Grand Parcours... Nous entendons les Vents du Monde!... Notre couvent n'est plus bien loin! Nous sommes à même le Toit du Monde!... Très attention!... Vous me quittez pour trois semaines!... deux peut-être... Vous vous éloignez discrètement... très discrètement! absolument seul!... absolument sans provision! Les esprits vous entretiennent!... vous nourrissent!... Les Esprits des Neiges!... Le cœur des Épreuves!... où soufflent les Vents du Monde! Les bourrasques vous attrapent! vous projettent, vous tarabustent! vous arrachent aux crêtes des rochers! vous relancent plus loin! Vous vous cramponnez! au fil des abîmes!... Vous avancez à quatre pattes!... Vous vous raccrochez aux glacis... C'est la Force! Que les ouragans vous terrassent! ne vous plaignez pas! Tout à la Foi! Tout à la Force!... Plus de Force! au cœur des Ouragans du Monde! Vous palpitez avec le monde! Vous devez parvenir tout seul au Grand Couvent du Grand Linceul! Lamasserie suprême... Vous me comprenez! Mort ou vivant!... »

Ah! pour ça j'étais bien d'accord... « Tout à la Foi! » Je répétais. Je parlais comme lui... Mort ou vivant!

Il m'en promet plus et encore!

« La Tara-Tohé! verset 42! vous la voyez! Enfin! Elle est devant vous!... Puis-je vous dire mieux? Vous l'avez là sous les yeux!... sous vos doigts!... Vous la contemplez!... Vous avez subi les épreuves!... Terrifiantes certes! inexorables! c'est entendu!... mortelles peut-être!... Mais quelle joie!... Vous la touchez!... Vous pénétrez dans le sanctuaire!... là!... Pas plus loin!... Aucun doute!... Vous contemplez le Grand Nid!... le terme même!... " Nid de Vérité sous le Toit du Monde "! sous le Toit des Neiges!... je vous traduis exactement... *Woupagu Sanskut!* " Aux Solives du Toit du Monde! " Nid des Hirondelles aux Neiges!... *Wiwopolgi!*... et dans ce nid? »

Ah! il se ravise! ravale! Ah! qu'allait-il me dire encore? l'imprudence!

« Ne me croyez point si bavard. »

Il me toise méfiant, défiant.

Je ne demandais rien!

Mais tout de suite il repart! Un nuage! plus ardent encore! sûr de tout!

« La Tara-Tohé, Fleur des Songes!... Sept couleurs!... L'arc-en-ciel!... Sept pétales!... Sept couleurs!... exactement sept! Le chiffre Véga 72... Souvenez-vous bien!... la Tara-Tohé magique! La Fleur s'ouvre dans votre main! Toutes les pétales! à votre chaleur! votre foi! quelle preuve! Suffit-elle, croyez-vous? »

J'en demandais pas tant.

« Le secret?... Sept pétales!... Sept couleurs!... Attention! Les sept péchés! Quelle est votre couleur d'âme?... »

Là il m'avait!... J'en savais rien!...

Tout de suite il se fâche.

« Ah! vous ne savez pas!... Et alors?... Quelle pétale allez-vous choisir!... Le vert? Le jaune? Bleu? Indigo?... »

Ah quelle histoire! Il me bouscule, houspille, tarabuste comme les Vents du Monde!

« Ce n'est pas tout! Tara-Tohé! Charme de l'Être!... Le poids s'échappe de votre corps!... Vous avez saisi la Fleur!... Les Ondes vous saisissent, vous entraînent à votre tour! elles vous emportent!... elles vous transposent!... où vous voulez! »

Tiens! tiens!...

« Vous évoluez!... vous voyagez dans l'atmosphère à votre guise des mois... des mois... La pesanteur n'est plus pour vous! Vous êtes entré... »

Ah! là il n'ose pas finir... il est saisi de la terreur... c'est trop grave!... Je le rassure... il me le souffle alors, murmure... alors tout à fait pour moi seul... mais je l'entends pas!... J'entends rien... à cause du piano mécanique! Il est forcé de me le hurler...

« ... dans la quatrième dimension!... »

Ah! Ça c'était chouette!

« Personne ne peut plus toucher!... Vous atteindre!.. Vous mettre en prison!... Vous êtes libre!... le " Libre des Ondes! "... le choyé des accords du monde! Vous êtes tout musique en un mot!... Harmonie!... »

Ah! ça c'est superbe!... Ah! je biche!

« Ah! je ne demande pas mieux!... Mais on n'y est pas dites au Tibet! » je lui fais remarquer... Il s'emballe peut-être?

« Pas encore jeune homme!... pas encore... »

Ah! il me regarde en courroux! qu'est-ce que j'ai que je doute?... Je rambine, je reprends mon enthousiasme!

« Ah! je suis tout prêt à partir!... »

Je lui renouvelle mon assurance! Rien ne me retient! Tout à la Foi!... Je pensais dans le coup au Matthew qui lui sûrement devait être pressé... qui lui se tâterait pas une seconde pour nous foutre au clou! Ah! je voulais bien n'importe quoi pourvu qu'on parte loin et tout de suite!... très loin!... le plus loin possible!... sans un jour de retard!... Qu'on retombe pas sur le Matthew!... pour moi c'était ça le principal!... Avec la Fleur magique ou non... en Chine!... au Diable!... où il voulait!... Mais nom de Dieu qu'on foute le camp!

« On y va alors?... » que je redemande... Je suis bien patient, mais quand même il commençait à m'agacer.

« Chutt! Chutt!... »

Il me tapote la nuque... il me calme comme un chien.

« Tout beau!... Tout beau!... bouillant jeune homme!... ne battez pas la campagne! vous vous énervez!... »

Il était pas encore prêt! Encore du délai! du chichi! il me trouvait impulsif... il s'affairait sur sa cravate... il embrouillait sa lavallière... fallait encore qu'il réfléchisse... ah, une idée tiens pour moi!

« Voilà tenez une bonne chose! Apprenez-moi donc pour demain!... Je vais vous donner une leçon... Ne perdez pas une minute... Préparez-vous aux épreuves... Nous nous reverrons... Apprenez-moi tenez par cœur... répétez cinq ou six cents fois en aspirant le moins possible! Tara-Tohé!... Mawdrapour!... Armantala!... Horpoli!... Horpoli!... le plus usuel!... Et puis évoquez de toutes vos forces... ah! de toutes vos forces! Concentrez! Évoquez en vert! en vert jade! Tant que vous pourrez!... C'est un bon début!... Recommencez surtout la nuit!... Ce sont les prémices!... Si vous voyez quelque forme apparaître en songe... ne vous hâtez pas! aucune brusquerie... Concentrez!... C'est tout! Humez votre première pétale! en fermant les yeux!... Armantala Horpoli!... murmurez ainsi... Horpoli! Horpoli! c'est tout... murmurez le nom d'abord! vous le clamerez plus tard! Concentrez! »

Ah! il se tape sur le front! Ah! il avait oublié!

« Ah! il faut que je vous quitte! Ah! mes visites! Ah!

227

quelle linotte! ne me suivez pas! je disparais! demeurez là quelques minutes! laissez-moi partir! Je disparais! Soyez je vous prie très discret!... »

Il me sourit affectueusement.

« Chutt! »

Deux doigts sur la bouche!... Tout mystère!...

J'allais encore lui demander si c'était vraiment bien la peine, si c'était bien sérieux tout ça...

Il me la coupe!... Il me tend sa carte, l'adresse... tout... pas de discussion!

Il part sur la pointe des pieds... Au comptoir ah! il se ravise! demi-tour! il revient me chuchoter :

« Ne parlez surtout pas d'Achille!... à personne!... Achille Norbert! Vous m'entendez! Ah! à personne! le culte des morts!... Oh! ceci tout à fait secret!... Absolument entre nous... Quelles jalousies! »

Je le rassure.

« Mais dites-moi! où vous reverrai-je?... » Ah! je le questionne. Quel jour? Quelle heure?

En somme il se défile.

« Vous serez conduit par les esprits!... »

Ça c'est du toupet! Il attend pas... Il pivote!... Un petit au revoir à la ronde! Un petit geste!... Il traverse le bar, trottinant... Le dragon au cul... Il passe la porte... Les hommes au comptoir ils rigolent... Ils envoyent des vanes... Je pipe pas... je regarde pas... je reste assis... j'attends qu'il soye loin.

☆

Total je suis resté à la traîne encore comme ça deux trois jours... Je voulais pas aller le relancer... J'avais pourtant son adresse... Rotherhite... le quartier juste après Poplar... Mais j'étais pas emballé... Je voulais encore réfléchir... si y avait pas un autre moyen... Je voulais pas traîner non plus toute la journée... trottoir à l'autre... me refoutre dans les flics... Je trouve un petit boarding Beckton Lane. Je m'allonge... m'endors... je me réveille... Ah! ça va mieux!... je suis décidé!... Je me dis ça va... c'est ma chance!... Je vais le piquer au lit! Je saute dans l'autobus... le 17... Je trouve sa crèche tout de suite... c'était à deux pas de l'arrêt... Rotherhite Mansion, 34. Une maison comme toutes les autres... Je cherche sur la boîte... Je trouve le nom : « Rodiencourt 4 th. floor... » au 4ᵉ!... Je sonne... J'escalade... Me voilà!...

Une tête qui m'entrouvre... une personne...

« Qu'est-ce que c'est!...
— C'est moi! j'annonce, Ferdinand!... Ferdinand pour Monsieur Sosthène!
— Sauvez-vous!... Sauvez-vous!... Monsieur Sosthène est couché! » Ah! mais pas commode!

Et on repousse la porte! violent!... Pardon!... ça va pas!... Je cogne... la tête reparaît... elle parle français cette personne mais en accent... de l'américain...

« Qu'est-ce que vous voulez?
— Je veux voir Sosthène... Monsieur Sosthène!...
— Mais je vous ai dit...
— Je suis le cavalier de M. Sosthène!... j'insiste... Il est mon patron!... je suis son porte-drapeau! »

Quelquefois qu'elle sache!...

On se regarde là face à face... C'est une personne plus toute jeune... Encore tout de même de la frimousse!... Elle a dû être assez pimpante... Y a des restes... mais dans les plâtras!... Quelle poudre de riz! les pommettes au carmin ardent... les cheveux de feu, une grosse tignasse pleine de mèches blanches... jaunes... tout ça lui flotte, rabat dans le nez...

Elle laisse la porte entrouverte.

« D'où venez-vous? » elle m'interroge.

Elle garde son balai à la main. Elle est après son ménage... Je lui explique un petit peu les choses... On entre en conversation... Elle se radoucit... elle défend quand même sa porte. Elle tortille un peu du train... dans l'embrasure tout en me causant... elle me fait la coquette...

Enfin d'un mot comme ça à l'autre elle m'avoue qu'il est pas là... qu'il est sorti de très bonne heure... bien que c'est pas dans ses habitudes...

Elle marmonne comme ça, elle m'assomme... elle parle un peu comme Sosthène... à la confidence chuchoteuse... il lui a appris...

Je lui demande :
« Vous êtes américaine !
— Oui ! Oui ! *Oh Yes !*... Minnesota ! »
Et elle rit.
Je veux des précisions... J'essaye qu'elle me parle des voyages... puisqu'ils ont tant voyagé...
Elle pose son balai.
« Il la connaît vraiment la Chine ? et les Indes comme il raconte ? Moi je crois qu'il me bluffe.
— Oh ! Oui ! Allez, il s'y connaît ! »
Et puis là-dessus un de ces soupirs !... ah ! à fendre l'âme !
Et hop ! elle se jette à mon cou !... C'est subit !... Je l'ai déclenchée ! Je suis pas venu pour ça nom de Dieu !
Je la repousse... elle tortille... elle me raccroche...
« Je vais te dire !... Je vais te dire beau garçon ! Je vais tout te dire ! »
Elle veut que je l'embrasse... elle insiste... Elle va tout me dire...
Elle est traîtresse.
« *Never believe him !* Ne le croyez jamais !... »
Ah ! ça c'est intéressant...
J'écoute.
On s'assoit sur le lit-cage... C'est un grand local en lambris juste sous le toit... des malles... des coffres partout tout autour... en osier... en bois... en ferrures... des énormes... des petites, de tous les genres et dimensions... Encore d'autres malles... ouvertes... fermées... les unes sur les autres... partout encore des étoffes... des robes chinoises... des poteries... des livres partout... des rouleaux... des parchemins... à la traîne... un énorme désordre... comme chez Claben presque... Je me relève du lit... J'aime mieux le fauteuil... brodé chimères, fleurs de lotus... d'autres coffres encore pleins de rouleaux... ça déborde... cascade partout...
Elle se remet à son ménage... Elle va farfouiller dans le placard.
Je lui demande de loin.
« Vous voyagez beaucoup alors ? »
Ça m'intéresse.
« Il arrête pas vous voulez dire ! *Never stops !* »
Elle pousse encore un soupir, ses mèches lui retombent

dans la figure... Elle se remet à balayer... Elle soulève un vraiment gros nuage... elle éternue! ça suffit!... elle est fatiguée... elle se rassoit...

« *You're from Paris?* Vous êtes de Paris?... »
La question.
Elle glousse là-dessus, elle trouve ça drôle que je suis de Paris... Elle me pense cochon...
« Je vous trouve *good looking*! qu'elle remarque... beau garçon! »
Ah! Chaude lapine! Je me gourre, je parle d'autre chose...
« Vous le connaissez depuis longtemps?...
— Depuis que nous sommes mariés!... *What a joke!* ça fera trente-deux ans à Christmas! C'est pas aujourd'hui!... *Not yesterday!*...
— Vous en avez vu des pays!... »
Y a que ça qui me passionne...
« Approchez là! *good looking!*... »
Elle m'invite près d'elle.
« Je vous raconterai tout!... »
Bon très bien!...
« Toi aussi t'es qu'une grosse crapule!... »
Elle passe aux jeux de mains!... Je réponds peu aux caresses... je voudrais seulement des détails sur les Indes, etc.
« Alors, il va repartir bientôt?...
— *Oh! Yes! Yes! Darling!* »
Elle fait clinquer tout le lit-cage... de se trémousser... frotter au rebord!... Elle enlève son tablier... elle le lance en l'air! ah! qu'elle est nerveuse! Elle file se remettre un peu de poudre... Elle revient tout de suite... Elle me fatigue...
Sûrement elle est pas contente que je réponde pas à ses papouilles. Elle me ronfle dans le cou, elle me bécote les yeux... Je la contiens comme je peux... elle me maîtrise... Je suis enlacé... recouvert...
« Ah! qu'il est cochon!... qu'elle s'exclame... Oh! Il est cochon comme Sosthène! Il vient séduire la petite femme et puis n'est-ce pas il l'abandonne!... *drop!*... Oh! la petite canaille!... coquin!... »
C'est déjà de la scène!... Un quart d'heure que je la

connais! Je la calme un petit peu... je la bise en plein dans son fard! sur le carmin pommette...

« Tu t'ennuies donc avec moi? dis mon petit prince cajoleur? »

Je n'avais rien à répondre.

Je me mets aux baisers! je veux pas de scène!

« Alors tu vas me faire des tortures!... »

Elle me chuchote ça passionnément...

J'ai pas envie de la torturer!...

« Vous avez souffert, vous aussi?... Je le vois dans vos yeux!... »

Elle me tire, elle me relève les paupières... pour me regarder le bleu des yeux... elle me fait mal! c'est une passionnée!... ça la remet en transe! elle frétille, se délace, échappe!...

« Je vais vous faire du thé, *my heart*!... mon cœur!... Du thé samovar!... »

Elle disparaît... elle s'agite dans le fond... tripatouille... dans le réduit derrière la cloison... elle branle les casseroles... Je regarde encore le décor... partout du chinois, des Indes... des ibis... encore des papiers, des malles pleines... des coffres... et puis des bouddhas... tout une tapisserie de lotus... et puis des guerriers... des javelots...

« Il va revenir?... je lui crie.

— Vous vous ennuyez?... » elle me répond.

Ah! la revoilà, le samovar en équilibre... Elle repart encore dans sa cuisine... c'est de l'allée et venue! Elle me crie par-dessus la cloison.

« Vous me trouvez encore belle n'est-ce pas?... Il vous a montré mes programmes?... j'ai joué la Fleur merveilleuse!... pendant vingt ans!... Il vous l'a dit?... »

Retour encore... maintenant sur mes genoux! Elle minaude.

« Je fus enlevée mon amour!... enlevée!... *rapped!* vous me comprenez?... *rapped!*...

— Ah? par Sosthène!... je questionne.

— Oui!... »

Soupirs.

J'allais tout savoir.

Je pelote... je pelote...

« Il passait avec sa troupe sur le clipper d'Australie... le paquebot géant *Concordia*... Il revenait en triomphe de la Foire de Chicago!... toutes les passagères étaient folles!... Si tu l'avais vu!... avec sa grande troupe de brahmanes!... Tu ne peux pas t'imaginer comme il était beau!... »

Du coup, elle me recouvre de baisers!... elle me rattrape les joues, les yeux... elle me lape complètement les paupières!... C'est une goulue à pas croire!... elle me mord les narines!...

« Comme toi!... Comme toi!... Tiens comme toi!... »

Beau comme Sosthène c'est pas de trop!... d'après ce que j'ai vu!...

Ça la passionne en tout cas!...

« *Sweetie!... Sweetie!* » Elle me relape...

« Que faisiez-vous sur ce navire?

— J'étais manucure, mon trésor! Faites-moi voir vos mains! Oh! quelles mains!... Comme elles sont belles!... »

Tout de suite l'extase! Elle prend son plaisir avec tout!... elle me les tripote... elle me les retourne...

« Oh! quelle chance!... quelle terrible chance!... »

Elle a vu d'emblée!

« Pas de cœur!... par exemple!... Pas de cœur!... »

Et elle se reblottit palpitante!... elle me réenlace en caresses!

« Prends la Fleur de San Francisco!... »

Je sors plus des fleurs!

C'est une offre.

Elle se couche sur mes genoux, elle se tord, elle se reconvulse! Qu'est-ce que je peux faire?

Elle se relève encore une fois... elle rebondit vers l'autre soupente... Elle me ramène une liasse de photos!... La voilà en maillot collant, c'est elle en 1901!... le programme... l'année! trônante dans un char de roses... « Fée Bioutifoul »! l'attraction!

« *Chicago World Fair!...* » elle m'annonce.

Ah! ça c'est quelque chose! « Fée Bioutifoul »!

Elle repart aux pelotages.

« Tu ne sais pas aimer alors?... »

Je la désole.

Elle me bise, elle me secoue, tourneboule.

« Pas du tout?... »

Vraiment ça me dit rien... moi je suis plutôt le genre

curieux... Je lui demande pourquoi toutes ces malles?... Toute cette quantité de fourniment? toutes ces dragonneries... ces bouddhas?...

« Tu ne connais pas la malle magique? »

Je l'épate!

« C'eſt lui qui a tout découvert! voyons! tu le savais pas?... Le secret de la malle magique?... Oh! c'eſt du prodige tu sais! Tu verras!... le "*Prodigious*"... Rien dedans!... Tu ouvres comme ça... Rien du tout!... Alors il invoque les Esprits!... Tu vois! des brassées!... des brassées de roses! du fond qu'elles montent!... Oui!... et le parfum!... Tu crois rêver!... Merveille!... merveille!... et puis la fée Bioutifoul! C'eſt moi! »

Elle s'extasiait au souvenir.

« C'était une idée à lui! Je l'aimais tant! du premier jour! tout de suite! là tu sais! notre idée!... Là! comme ça!... je ne pouvais plus jamais le quitter!... Il m'enleva pour sa troupe... Il me fit changer de navire... À Brisbane nous nous marions!... Il m'aime... Je l'aime!... Nous prenons un autre navire... Il le faut! Le *Corrigan Tweed*!... quatre-mâts!... Oh! je n'ai rien regretté! Pour l'amour de moi il me fit fleur de la malle!... Soſthène!... quel amour alors!... Quelles années!... Pendant vingt ans ce fut moi la Reine de Magie! j'apparaissais au cœur des roses!... tiens! *Spring out! floff!* comme ça de la malle! Tiens comme ça! *floff!*... au mot de Soſthène! *Floff! The Rose of San Francisco!* Regarde! comme ça! c'eſt imprimé là partout!... *Look!* »

Elle me remontrait les coupures... elle toujours en maillot collant... tout un album! et pas une autre! Toujours elle! et rien qu'elle toujours!... en char!... sans char!... alanguie... triomphale! en palanquin!... en pousse-pousse!... Toujours elle! avec le sourire!...

« Quelle adoration dans la salle! Tu n'as pas idée!... La plus belle des roses, ils disaient!... Au Caire après!... et puis à Nice!... et puis après ça Bornéo!... Sumatra!... La Sonde!... et puis les Indes!... et puis Hambourg!... deux années!... Ici tiens à Londres... l'*Empire*!... regarde 1906!... le *Cryſtal*! et puis Paris!... l'*Olympia!*... et puis on eſt retournés aux Indes... encore une fois! Alors la folie le reprend, Soſthène! Soſthène *dear*! Il veut tout risquer! tout sacrifier! il veut rompre tous nos contrats! Tu sais avec moi des fortunes!... Des engagements tiens comme ça! La folie le reprend!... Nous étions trop fêtés partout avec nos brahmanes!... Et les cadeaux mon chéri!... ça lui tourne la tête!... il voyait rouge! Si tu avais vu!... Si j'en ai refusé des amants! et des diamants!... Ils voulaient tous que je divorce! le rajah de Solawkodi... Il voulait me faire construire pour moi, pour moi toute seule, un petit temple en opaline!... Tu connais l'opaline chéri?... Oh! mon adoré! prends-moi bien! Pourquoi es-tu si fatigué?... »

Je n'avais rien à répondre.

« Un petit temple en opaline!... Tu vois ça?... »

Elle riait aux anges!... toute épanouie au souvenir...

Un bécot pour la jolie! faut qu'elle continue!...

« Alors Sosthène devient fou! je t'ai dit!
— Pourquoi? »

J'écoutais pas bien...

« Jaloux! mon trésor!... Jaloux! Il m'aimait toujours lui tu penses! Une jalousie! mon chéri!... Un fou!... Il ne dormait plus à cause du rajah!... Il ne pouvait plus manger un sandwich!... ni dormir!... Il faisait l'amour dis tout le temps!... Il s'est mis à me faire souffrir!... Exprès!... Les fleurs ne lui suffisaient plus!... Il me mit à la magie morte!... Tu sais ce que c'est la magie morte?... »

Non je ne savais pas!

« Il me plongeait dans le grand sommeil... la catalepsie!... et puis alors tous les outrages!... toutes les misères!... que je souffre!... que je souffre plus! toujours plus! et c'était jamais suffisant!... Il était jamais content!... Il me prêtait à ses brahmanes!... toute une nuit pour leur magie noire!... puis aux Davidés du Bengale!... pour leur grande orgie!... avec les brûlures et tout!... je rentrais le matin morte... Je voyais qu'il était possédé!... Et je l'aimais de plus en plus fort!... Comme toi! Tiens comme toi *sweetie*!... Oh! mon amour sois tendre un peu!... Tu ne connais pas les caresses?...

— Raconte-moi!

— Il m'enfonçait des aiguilles!... Pendant le numéro!... Y me coulait du sang des plaies! Il me suçait tout! Tiens comme ça! *Puuif! Puuif!* Il me marchait sur les pieds! Moi si sensible!... Et puis au moment de la malle il m'enfermait vraiment dedans!... Mais alors vraiment, que j'étouffais!...

Il a encore trouvé mieux!... C'est ça son numéro de génie... Il me sciait la tête tous les soirs... et même encore deux matinées... Alors vraiment je mourais de peur!... Il m'emportait dans sa loge... Il me prenait ainsi! à Rangoon vraiment j'étais morte!... Ah! la scie comme ça!... écoute! *rrr!... rrr!... rrr!...* le sang coulait jusqu'à l'orchestre!... les spectateurs se trouvaient mal!... Il avait les yeux tiens comme ça!... »

Elle me faisait les yeux à Sosthène... comme ils étaient effrayants... pas à regarder extraordinaires! à périr de peur!

« Il me faisait revenir en scène!... Ils me portaient sur un brancard avec ses brahmanes! Quel triomphe! Tu penses!... Et puis en rentrant à l'hôtel alors il m'aimait! là tu ne sais pas! Il me re-étranglait tout doucement!... J'avais peur encore... Il était fou pour le temple! Tiens fais-moi ça toi aussi!... »

Elle avait le cou mou et plein de plis... Je serrais un petit peu.

« Serre mon petit loup!... Serre!... Ta langue!... Ta langue!... »

Fallait que je sorte aussi la langue en même temps!... C'était compliqué...

Je faisais de mon mieux.

« Dis donc alors après?... ensuite?... »

Je voulais connaître les détails!...

« Encore deux fois le tour du monde!... Deux mois à Berlin!... Six mois à New York!... Je le reconnaissais plus moi-même tellement il avait changé!... Il était injurieux, méchant, presque avec tout le monde... Lui toujours avant si aimable, si distingué dans ses paroles... Il gifle une dame à Copenhague... notre chef d'orchestre à Hambourg... et puis le manager... Ces scandales nous font bien du tort!... les impresarios nous annulent... c'est eux maintenant qui nous " black-list "... Personne veut plus de nous!... de notre malle magique... on reste en panne à Singapour... Moi j'avais tellement maigri que j'étais plus possible en maillot!... ça faisait même du bruit terrible chaque fois qu'il me battait!... le squelette!... c'était terrible pour les voisins!... On nous renvoyait des hôtels!... On est retournés encore aux Indes... Alors ce fut le dernier naufrage!... lui qui n'avait jamais joué... je veux dire baccara! Il se met à jouer! il joue d'enfer!... il joue à tout!... Le démon!... Il joue aux courses! au pile ou face! au whist!... aux roulettes!... n'importe quoi! Il perd!... Il gagne!... Il passe les nuits!... Il me fait plus l'amour!... Il m'oublie!... Et puis ça le reprend!... encore plus furieux! féroce! le tigre!... Il m'arrache le bout du sein! Tiens regarde! là!... »

Elle me montre son sein... En effet, coupé du bout!

« Comme ça tiens il me mord!... Il veut plus que je monte en scène!... Il griffe tous nos chefs d'orchestre! il peut plus les voir!... Comme ça on vit dans la misère... »

Ah! elle s'arrête... Ah! c'est trop triste... elle voulait plus raconter... elle voulait que je me déshabille... une lubie d'un coup!... Elle y tenait absolument!... elle voulait voir mon sein à moi!

J'enlève seulement mon veston... je veux qu'elle continue.

« L'argent, la somme qui nous restait, il met tout dans une compagnie! écoute, une Prospection des Mines!... Comme ça allait pas assez vite!... enfin selon lui... puis il avait peur qu'on nous vole!... Vingt ans d'économies de théâtre! Il décide qu'on prospecte nous-mêmes... qu'on va faire une fortune énorme dans les émeraudes... les lapis... je ne sais quoi!... la Gem Proceeding Company ça s'appelait ces gens... »

Ah! ça il m'en avait parlé! Je pouvais pas dire le contraire!...

« Ah! mon chéri! comme j'ai souffert!... Comme j'ai eu froid dans ces montagnes!... On en a cherché des filons!... Toutes nos ressources y ont passé!... Il me faisait des scènes, même là-haut!... sur les plateaux du Tibet!... Encore toujours la jalousie!... toujours le rajah... " Tu l'auras ton temple en opale!" Il me battait devant les porteurs! Il me traitait pire qu'une chienne dans les moments de sa jalousie!... Je voulais pas le quitter!...

« Veux-tu que je te fasse un peu de feu?
— Non! je la remerciais.
— Moi tu sais, habituée au luxe, coucher chez ces sauvages Mongols! des poux tiens par croûtes!... Quand je me plaignais un petit peu!... Tout de suite des insultes!... des coups!... des horreurs!... Il repiquait sa crise... Le temple! Le temple! sa marotte!... Le rajah! il en sortait pas! Il redevenait fou!...

237

« Pour redescendre à Delhi on a emprunté de l'argent, douze piastres, tiens-toi bien, à la Mission catholique!... C'est te dire un peu notre état!... Bon!... Il trouve encore quelque chose! Encore une idée...

« " Pépé! Pépé! Je vois ce que c'est! Je vois ce qui nous manque! " ça l'illumine! " Jamais nous ne réussirons...

« — Que nous manque-t-il? je lui demande.

« — Un ancêtre!... "

« Je voyais pas pourquoi un ancêtre?... pourquoi cette idée?... comme ça d'un couvent dans un autre que c'était venu dans sa tête à réfléchir avec les moines... à parler avec eux le " bélouche " qu'était la langue de ce côté-là. Je me dis ça va être quelque chose!... ah ça a été quelque chose! on l'a eu l'ancêtre!... on est retournés le chercher en France!... on l'a promené... on l'a ramené... encore une fois! puis ici! là-bas! partout!... il est là d'ailleurs! Ils l'ont sorti de son caveau... ça nous a coûté très cher! encore très cher!... »

Elle me montrait au bout de la soupente... à côté de l'armoire... juste sous le toit... une malle en osier de l'ancêtre... une longue plate.

C'est Sosthène qui m'intéressait.

« Il va repartir alors bientôt? »

J'allais à la pêche.

« Avec quel argent mon chéri? Heureusement nous n'avons plus rien! »

Ah! ça c'était un soulagement! une tranquillité! pour elle! ils seraient forcés de rester à Londres! Elle se revoyait pas au Tibet!

« Embrasse-moi bien!... Embrasse-moi bien!... Ah! t'es pas toi parti non plus! Va! t'es pas parti!... Tiens c'est là!... C'est là tu sens?... »

Fallait que je la retâte!... le cou, l'endroit de la torture où y avait encore la balafre... un cercle tout le tour...

En attendant il rentrait pas.

Je me demandais ce qu'il foutait dehors l'autre piaf à la Chine!... Si il restait huit jours? un mois?... faudrait alors que je couche ici? elle me continuait ses aguichades...

« Tu vois chéri, je mets de la poudre pour toi!... J'en ai mis!... Mais tu sais je pourrais m'en passer!... Touche ma peau... Sens comme elle est douce... C'est lui qui voulait que je me poudre!... en blanc!... en blanc!... toujours plus pâle!... C'est comme ça qu'il me préférait!... " Pépé, ma petite morte chérie!... " comme ça qu'il m'appelait!... depuis que j'avais failli y rester le jour de la scie!... Si t'avais vu ce numéro!... Je suis encore jolie hein tu vois!... Mais à Melbourne!... si t'avais vu!... Jamais j'avais été si belle!... Tous les brahmanes du numéro, eux pourtant bien habitués! ils en restaient berlue de me voir!... C'est eux qui me déclouaient le couvercle, les brahmanes... Moi soi-disant morte!... J'apparaissais tiens comme ça!... sous un flot de roses!... C'était des applaudissements!... que ça durait des vingt minutes!... Une fois trois quarts d'heure à Sydney!... Tous les gens debout à hurler tellement ils me trouvaient magnifique!... Dis-moi? J'embrasse bien?... Tu veux pas me prendre toi dans les fleurs?... Tu vois la malle là?... sous le vasistas... elle est encore pleine de roses!... des artificielles... mais tu sais alors des parfaites! T'en as jamais vu des pareilles!... des si belles!... tu me prendras dedans!... T'as jamais vu ça!... Elles viennent de Bongsor Malaisie... Là alors tu peux pas savoir!... ce qu'ils peuvent faire avec des pétales... des petits velours! des vraies fleurs séchées aux moussons!... Tu vas voir un peu!... »

Elle me quitte... elle sautille jusque-là... elle plonge dans la malle!... elle fait envoler toutes les roses!... la nuée de pétales! partout ça retombe! tout autour!... encore une brassée!... une autre!... une pluie de pétales!... tout ça dans un nuage de poussière!... On éternue tous les deux!... et quels rires!... Ah! qu'on s'amuse bien!...

Dong! Dong!... on frappe! on cogne à la porte...

Elle rajuste son cotillon... Elle se dépêche sur ses savates... C'est un petit garçon joufflu avec une bouteille de lait...

« *Thank you!... Thank you!...* »

Et la grosse bise au petit garçon... Encore une autre! une autre grosse bise! *dear little one!...* Et que je te l'empoigne le petit bougre! il est cajolé, trifouillé, pourléché, emmitouflé, en moins de deux! dans les caresses! là sur le paillasson! là tout debout!... le poupon commissionnaire!... Ah! le petit giron!... Il se tortille, il glousse de même!... Ça doit pas être la première fois!... Il doit venir volontiers monter le lait de la dame!... On se gêne pas pour moi!... Je reste en plan moi là sur le lit-cage... Tout de même elle va fort que je trouve!... Si quelqu'un monte ?... Je crois qu'elle est pas bien responsable... Conne en feu la blèche !... Ça va faire encore du grabuge !... quelqu'un qui monte ça sera joli !... je ferais mieux d'aller boucler la lourde... Je suis déjà assez merde! repéré !... Encore dans un coup d'outrage !... que c'est plein partout de bourriques! maintenant la satyre! Ah! faut pas! je me lève! non! assis! flûte! je bouge plus! mes jambes pèsent... qu'ils s'arrangent! et marre! Salut! je suis trop ahuri des trottoirs !... j'ai trop marché depuis la veille... je suis à lape !... elle gigote de plus en plus fort! C'est les nerfs là! Ça c'est les nerfs! Qu'elle s'énerve fricote le poupin !... frotti-frotta! c'est encore peut-être de ma faute? Tout est de ma faute ces temps-ci !... Je vais te les foutre en l'air! tous les deux! ils me bouillent! la rampe !... je te les ballotte! tête la première !... Je vais les faire glousser! Attends!

Je me lève! j'y vais! au moment juste voilà que ça hurle... d'en bas.

« Saligote! Saligote !... » de la rue... « Vas-tu rentrer saloperie! Vas-tu te cacher chienne ?... » de tout en bas... du couloir.

Je sais plus où me foutre !...

« Vas-tu laisser cet enfant ?... »

Le môme débouline !... *Boum!* ses godillots! Il se sauve !... Elle fait demi-tour! se rejette sur moi! dans mes bras !... en sanglots, en folle frayeur !... le Sosthène est là dans la porte... sur le paillasson... Il nous regarde...

« Écoutez !... Écoutez !... » je commence...

Il me coupe la parole.

« J'ai compris !... »

Il s'avance... il est offensé! Il refuse ma poignée de main... Puis il flanche, flageole, il s'abat là sur le rebord du lit... il est éreinté... il grogne... étouffe... crache...

« Oh! là là !... qu'il fait... Oh! là là ! »

Il a toujours une robe chinoise mais c'est plus la même à ramages... c'est une jaune et rouge celle-ci... avec des ibis tout autour... Il ôte pas son grand chapeau... il reste comme ça là songeur... « Oh! là là! qu'il fait... Oh! là là! » Et puis la colère lui remonte... il se redresse furieux... il attaque la doche! Oh! là là! il agite son parapluie au-dessus de la friponne! elle se jette par terre à ses pieds... elle se tord... elle rampe...

« Pépé! Lève-toi!... Tu me fais honte!...
— Je sais! mon adoré!... Je sais!... »
Elle lui baise sa robe, ses chaussures... elle s'abîme... convulse en remords!...
« *My gouf!... my gouf!...* ma vie!... *gouffy!...* »
Comme ça qu'elle l'appelle.
« Lève-toi!... Lève-toi!... malheureuse!...
— Oh! oui, malheureuse! Oh! oui! damnée moi! qu'elle répond, tu peux le dire! » branlante! en sanglots!...
C'est déchirant... c'est atroce...
« Allez tourne-toi!... demande pardon! »
Elle obéit.
Elle se prosterne de l'autre côté...
Il lui retrousse ses loques.
« Regardez ce derrière! cette abomination! jeune homme! »
Il me prend à témoin... Le môme aussi est revenu.
Elle vogue... elle ondule du pot... elle agite sa croupe...
« Oh! le vilain cul!... N'est-ce pas Monsieur qu'il est vilain? »
À moi que ça s'adresse.
Et *pfloc!* et *pfloc!...* à coups de pébroc!... et *hop!* un grand coup de pied dans le fias!... Elle va rebondir dans les roses!... Elle chiale toujours, mais bien moins fort, c'est des petits sanglots à présent...
Il part vite, il court, il farfouille de l'autre côté... derrière la cloison... le robinet... il fait couler...
« *Coming!... Coming!...* » qu'il annonce... et le revoilà!... tout pétulant! Il la retrousse encore... *hop!* et tout le seau de flotte! *Vlaouf!* dans la lune!... Il repart... il revient, il recommence... elle reste étendue là par terre comme ça de tout son long... le cul tout nu...
« *Deary! Deary!* Chéri! qu'elle implore!... *Gouffy! Gouffy!*
— Le feu au train!... Le feu au train!... Tiens là, voilà!... Encore un autre!... »
Il jette! Il éclabousse tout!... c'est une mare par terre!... une gadoue... On patauge... elle tortille là-dedans... il glisse... il trébuche... *Badaboum!...* il se fout en l'air!... le seau!... tout! le chapeau!... il croule sur elle!... Il pique une rage!... elle se refout à rire!... Ah! la garce!... Il veut se relever!... ah! la crise! il reculbute!... il se prend dans sa

robe!... Elle s'esclaffe! Ah! alors!... il en peut plus de rage!... Il arrache tout!... sa robe!... sa veste... sa casaque... à poil qu'il sursaute!... tout nu!... là sur place! hors de lui!

« Elle me rendra fou!... Elle me rendra fou!... »

Voilà comme il crie.

« Va-t'en!... Va-t'en!... » Il la chasse... « Va-t'en!... Ne reviens jamais!... »

Elle se remet debout pleine de rire... elle accroche le môme... elle prend la porte toute requinquée, pouffante!... Voyoue! elle part avec le poupin!

« *Good Daye!*... qu'elle nous crie... *Good Daye!*... »

Il se rassoit, il pleurniche, il peine...

« Ah! jeune homme vous avez vu ça!... Est-ce une existence? Vous avez vu un peu cette folle?... »

Il va passer un pantalon... Il revient... Il soupire toujours... Je voudrais bien savoir un petit peu... C'est pas tout les scènes!... Ça serait bien tout de même d'être fixé...

« Alors c'est fini la Chine? »

Je repose la question.

« La Chine! La Chine! mais pensez-vous! plus que jamais! »

Ah! toute confiance! tout sûr de lui!

Il me toise.

« Pensez-vous que j'aie perdu mon temps? Voyons! »

Vraiment je suis inepte!

« Allons aux chiffres un petit peu!... Mes calculs sont là!... » Il me montre une des malles... sous le vasistas...

« Voyons!... 25 000 livres au bas mot!... À Calcutta nous serons fixés!... Enfin mettons dans les 30 000! sans surprises!... »

Il s'interrompt.

« Pépé! Pépé!... » il la rappelle.

Tout bas il me chuchote :

« Elle écoute aux portes!... Méfiez-vous!... Méfiez-vous des femmes et surtout des étrangères!... » Il me conseille...

« Chutt! Chutt!... N'épousez jamais une Américaine!... »

Il se retrifouille toutes ses loques... toutes ses doublures... sa belle robe toute déchirée... il extirpe une liasse de journaux.. je vois le *Mirror* dans le tas... le *Sketch*... j'étais déjà sûr... je regarde les photos... les titres... je gafe... rien là!... ni là!... rien là non plus!... que des photos sur la guerre... l'attaque de la Somme... les prisonniers, les barbelés, les Guillaume II, les « Taubes » en flammes, etc. Plus un mot sur nous! Ça c'est étonnant!... ça leur a passé... tout subit!... Ils s'occupent plus de nous!... plus du tout! par enchantement! Sosthène lui c'est pas les photos, c'est les annonces lui qu'il regarde... il regarde avec un crayon... il cherche une rubrique... pas celle-ci... pas celle-là... jamais la bonne! il s'agace... je vois qu'il s'énerve... il cafouille... les annonces il sait pas les lire...

« C'est pas du chinois! que je le bêche, je vais vous aider! »

C'est le *Times* qu'il faut lire! le *Times*! Il se retrifouille, il retire le *Times* d'un autre tréfonds, d'une autre robe qui est là sur le divan... Ah... nous y voilà!... Toujours au moins dix pages d'annonces le *Times*! et serrées! et fines! Ah! il y a de quoi faire! mais qu'est-ce qu'il cherche? Il me le dit pas... Colonnes et colonnes... « *Marriages* »... « *Vacations* »... « *Employments* »... « *Demanders* »... Quelle variété!

« Vous cherchez une place? Qu'est-ce que vous voulez?... »

« *Investments* »!... C'est les « *Investments* » qu'il cherche... Les Capitaux... Ah! il coche... chaque ligne il coche... il s'excite... des croix partout... il inscrit les sommes, il se passionne... 25 000 livres!... 40 000!... encore des mille et des mille... « *Partnerships* »... Ah! « Associés » ça c'était encore mieux!... Associés! Ah! Nous y sommes! ah! il biche!... voilà!... voilà!... il s'échauffe! Il essaye de lire ligne par ligne... Il écorche tout!... Moi j'avais plus de facilité... Moi je déchiffre à mesure... Il cherche une certaine annonce dans les « *Partnerships* »... Il sait! quelqu'un lui a dit... il me prévient... Oh! c'est très demandé!... une certaine annonce... « Il faut scruter les colonnes »... et de très près... très minutieux! « *Partnerships!* » « Associés » pour les biberons... pour les automobiles de luxe, pour les matelas élastiques... les meubles légers et de jardin... les jouets d'enfants... le commerce d'export de layettes... les *fountain-pens*... les directions de cinéma, au moins une centaine!... les articles de sport! douze brasseries... Ah! voilà! voilà! ça y est! toute une série : « Masques à gaz »... Ah! masques à gaz! C'est ce qu'il cherche! « *Gaz Masks Engineers. Wanted promptly young engineer...* » Jeune ingénieur pour masques à gaz : voilà! voilà notre affaire!... Il frétille... quelque chose pour nous!... « *For trial perfect gaz masks!...* » pour l'essai de « parfaits » masques à gaz. «...*Very large profits expected... immediat premium 1 500 livres!... Partnership granted...* » Très grands bénéfices en vue!... Association assurée... Prime immédiate! « ...*War Department Order...* » C'est bien notre blot! Commande ministère de la Guerre!... « Colonel J. F. C. O'Collogham, 22 Willesden Mansions W. W. I. » Prime immédiate 1 500 livres...

« Ah! les astres sont pour nous! »

Je le crois! Je le crois bien! Sa confiance me gagne! m'exalte! Ah! illico! Ah! je me rambine! Enfin quelque chose!

Je l'ai encore jamais vu si gai! si allant tout d'un coup! flambard! ça lui fait du bien les annonces! moi aussi! Ah! qu'on est heureux!

« Nous approchons des Gémeaux! »

Voilà ce qu'il découvre!

Loustic siffloteur!

« Mais attention!... Agissons!... Certains solstices durent deux secondes! Il faut agir! »

Je demande pas mieux!

« Chutt! Chutt! »

Encore un mystère!

« Attention aux femmes! Elles embrouillent tout! elles emmêlent nos moindres effluves! Elles affolent notre Destin! Je vais enfermer la mienne! Dès son retour!... Quelle garce!... »

J'étais prévenu!... Ça c'était autre chose!... Mais le Colonel O'Collogham et les masques à gaz?... qu'est-ce qu'on allait foutre chez ce gniasse?... lui prendre son pognon?... Associés? où qu'on allait frayer encore! Il réfléchissait Sosthène... Il s'était renfoncé dans le fauteuil. Il me regardait lointainement...

« Monsieur!... que je risque... C'est fini alors le Tibet!...
— C'est le tout début au contraire... »

Il sursaute.

« Petit sot! Ah! taisez-vous devant ma femme! Que vous êtes bavard!... » Il me recommande encore... « Tenez, allez me chercher mon thé!... servez-le-moi là!... »

C'était moi maintenant la soubrette.

« Il est froid Maître!... Il est froid!... »

Je vais au réchaud... je trifouille... je prépare... Je commençais à être à mon aise dans la soupente du ménage!... Seulement ça cocotait fade depuis qu'il était rentré... Il sentait terrible des chaussures... Ça je l'avais déjà remarqué... C'est l'humidité des rues... C'est terrible les chaussures à Londres!... moi aussi je devais sentir... c'est bien pire même qu'au régiment... Ça tourne éponge en moins de deux!... Y avait du jambon dans le buffet, un petit buffet bas... Je me fais un sandwich... je me sers... d'abord! *Toc!... toc!... toc!...* on frappe...

Je vais ouvrir.

La re-Pépé! Coucou!

« Ah! ma chatte! Mon amour!... Mon ange!... » deux bonds elle est sur Sosthène! les revoilà dans les caresses! Ah! comme on se re-aime!... C'est encore des bises!... et rebises! Ils partent se cajoler sur le divan... Elle a ramené de la nourriture, encore d'autre jambon! un peu de cervelle! des sardines fraîches! juste que je suis prêt!... Ça tombe à pic! je vois la dînette! je vais faire revenir au beurre tout ça! Je regarde que ça cuit... le décor, la carrée, les malles... encore les malles... des coffres dorés... des coffres noirs... L'aïeul est donc dans ce coin-là?... Le culte des morts!... Je moufte pas!... ils s'amusent bien là tous les deux! ah! c'est tout raccommodé! C'est plein de bricoles tout autour... des chinoiseries tout partout... des masques... des grimaces, des bleus, des rouges... des banderoles avec des signes... encore d'autres malles... craquées... crevées... des rouleaux qu'échappent... des livres... y en a plein le parquet... C'était plus petit que chez Claben mais aussi foutoir bric-à-brac, c'est pas peu dire!...

Bon voilà! ça va déjà mieux!... le thé, une petite collation! j'apporte! ça vous rebecte un homme! Je vais servir Monsieur Madame!

Ah! je suis parfait dans mon genre! Je sais rambiner moi les ménages! Maintenant si ça gode! C'est dans la tendresse au possible! Comment qu'ils se jettent sur mes sardines! Ah! je suis expert pour ça au gril! C'est la vraie dînette d'amoureux! Ah! je prends bien part à leur joie! Ça me fait plaisir! À chaque étreinte qu'il la serre elle me cligne, tortille, elle me refait de l'œil! à chaque bécot! elle a le diable au fingue la chouette!

« Allez!... que je le grouille. On s'en va! »

C'est vrai, c'est le moment!

« Oui! Oui!... Vous avez raison!... En avant! jeune homme! je vous suis! »

Ah faut que ça se décide! Ils vont pas peloter éternam!

« Pépé! ma robe verte!... » il commande.

Et que ça saute! Elle va lui chercher cette belle robe... d'une malle encore que ça se trouve... une faille chatoyante à petits semis mimosa... elle farfouille extirpe, elle l'habille, le poudre, pomponne... son chapeau maintenant!... le pébroc!...

Ah nous revoilà!

« Voyons! reprenez-moi l'adresse!... »

Déjà oubliée! je recherche le bout de *Times*. Je copie... il répète lentement... « O'Collogham! Colonel!... Willesden Green 41... Willesden Mansions... »

Ça y est! Il essaye de bien se la rappeler!

« Voilà! Voilà!... »

Et puis il me toise.

« Vos chaussures sont dégoûtantes!... »

C'est bien exact... Il soupire...

« De la tenue voyons! »

Je le désole.

Il me jette une étoffe... que je me reluise... un pan de kimono...

« La présentation! jeune homme! »

Ça y est.

« Ah!... Il se ravise... Vous me laisserez parler n'est-ce pas!... Vous ne me couperez pas la parole... »

Oh! non, pas du tout!... ça je promets!

Pépé veut encore l'embrasser... une dernière bise!

« Allez! oust! en route! »

Il la repousse... C'est plus le moment... Il fonce dévale l'escalier... je poulope... je suis! On se hâte! mais la Pépé veut pas de ça! Ah! elle colle! piaule! miaule! elle veut pas rester là toute seule! elle veut qu'on la prenne!...

« Ah! j'aurais dû l'enfermer!... »

246

Il est trop tard!

Dehors tout de suite les gens se rassemblent... ça nous fait encore un esclandre... on en sort jamais! on parlemente avec Pépé! elle fait exprès que les gens nous regardent! elle veut rien comprendre! on la raisonne, Sosthène l'embrasse... elle comprend rien... que c'est pour l'affaire des masques!... enfin elle comprend un petit peu... elle consent mais faut qu'on la gâte! c'est la condition!... elle veut des chatteries!... Sosthène la connaît... elle vient avec nous un petit bout... là juste au coin... Aldersgate... au « fixe » des tramways. Ah! c'est là!... au tabac-bonbons!... faut qu'on lui achète tout ce qu'elle veut!... des friandises tous ses caprices... à l'étalage puis au comptoir... d'abord une grande boîte de candy, puis deux cigares de La Havane... puis trois sacs de marsmellows, puis un flacon d'eau de Cologne... Ah! ça allait presque à peu près... Non! elle veut encore des toffea... c'est une vampire!... Pour payer il faut qu'on sorte tout! là tous nos ronds! Sosthène et moi! Y a juste tout juste! Elle me prend mes derniers pennies! Ah! enfin elle veut bien « go home »... mais elle est pas contente pour ça... elle part en boudant... elle nous dit même pas au revoir...

Le bus 29! le nôtre! c'est nous! Hop! en l'air! Il se retrousse!... on saute!

Guignol's band II
(Le pont de Londres)
Édition révisée

Cette nouvelle édition donne pour chaque partie du roman le dernier état du texte écrit par Céline. *Guignol's band II* a d'abord été publié en 1964, trois ans après la mort de Céline, sous le titre *Le Pont de Londres*. On ne disposait alors que de la dactylographie d'un état provisoire du texte. Qui plus est, cette dactylographie, réalisée à la hâte en 1943-1944 et non revue, était elle-même très fautive. Quant au titre, qui n'était pas de Céline, il avait été jugé nécessaire pour des raisons éditoriales, cette seconde partie étant publiée vingt ans après la première.

Or en quittant Paris en juin 1944, Céline avait emporté un double de la dactylographie, à partir duquel il écrivit en 1944-1945 une version nouvelle de tout le début du roman (pages 259 à 458 de ce volume) et d'un passage important (pages 533 à 554) de la suite. Quant au reste, qui n'avait pas été retravaillé, il était possible en recourant au premier manuscrit d'en éliminer toutes les erreurs de lecture et toutes les omissions qui l'affaiblissaient et parfois le défiguraient.

Le présent volume reprend le texte renouvelé et révisé établi en 1988 par Henri Godard pour le tome III des *Romans* de Céline dans la Bibliothèque de la Pléiade. Le roman, qui retrouve désormais son véritable titre *Guignol's band II*, y prend une force nouvelle qui devrait le faire découvrir ou redécouvrir à de nombreux lecteurs.

Déjà une foule devant la porte... Pourtant on s'était dépêchés... devant la grille... sur le trottoir... et tous le *Times* grand ouvert... Ils venaient sûrement tous pour l'annonce... Une belle maison d'apparence... du luxe... un grand jardin tout autour... des plates-bandes, des roses, du chouette!... un larbin contenait les personnes... il exhortait à la patience.

« *The Colonel is not ready!*... Le colonel n'est pas prêt! »

Il les rabrouait du perron.

Ah! bougre! ça faisait pas notre affaire! Ah! c'était pas notre genre d'attendre!...

Tout de suite Sosthène glapit aigre, par-dessus les têtes...

« Le Colonel! Le Colonel! *quick! quick! War Office!*... Urgent! Urgent!... »

Il brandissait son gros rouleau, il le déployait au-dessus de la foule... en oriflamme!

« La Chine! La Chine! » qu'il réclamait.

Tout le monde forcément de rigoler... Il profite il passe..

« *The fool! The fool!* »

Ils le trouvent dingue.

Je me précipite avec lui, nous voilà dans la maison, sur la moquette, une vraie magnifique antichambre! On s'essuie posément les pompes... Grands tableaux, tapisseries anciennes... Je suis connaisseur... C'est une belle crèche...

D'autres domestiques arrivent, surgissent... Ils doivent

nous refouler probable!... Sosthène les harangue à brûle-pourpoint...

« *War office!* Ouar Office! *Mask! Mask!* »

Il fait des grimaces, il s'impose, ils le regardent, ils osent pas trop. Ils restent pile devant ce Chinois. Ils font tous le tour de sa robe, pour voir un peu ses broderies, son derrière surtout... Il leur fait voir son dragon... beau bleu et jaune qui crache des flammes! Tout de suite il a du succès!

« *Speak english!* il me fait, *speak english!* »

C'est son idée que je pérore.

Mais y a pas besoin... une toute jeune fille... une fillette... jolie alors, un amour!... une blondinette, une charmeresse... je l'admire tout de suite... ah! ravissante!... ah! je suis baubi!... Ah! c'est la foudre!... Ah! Ces beaux yeux bleus!... Ce sourire!... la poupée je l'adore!...

Je l'écoute plus l'autre Ducon!... J'écoute plus rien, je reste en suspens, je peux plus rien dire...

Si j'avais pas ces horribles fringues!... la honte me saisit... Si j'étais un petit peu rasé... si j'étais pas si emmerdé... je lui dirais tout de suite ce qu'elle me fait... l'effet merveilleux... Non! je lui dirais pas... je resterais tranquille et tel quel... ému... baveux... malheureux... Ah! quelle joie j'éprouve!... je n'ose plus!... Ah! qu'elle est belle!...

Les domestiques sont perplexes... ils devaient attendre leur patron... ils partent, ils nous laissent... on reste là tous les deux devant la fillette... on sait plus quoi faire... Quel âge elle a?... douze... treize ans peut-être... à mon avis... enfin je pense... et ces mollets!... les jupes courtes... quelle grâce... quelles jambes splendides... dorées musclées tout!... elle doit être sportive... ça me fait toujours l'effet terrible... Je vois les fées que comme ça, moi, jupes courtes!... C'est une fée!... L'affreux Sosthène il gafe narquois... il me jette des clins d'œil... Il devrait la regarder lui qu'à genoux! se prosterner, demander pardon!

« *Uncle! Uncle!* Oncle! » elle parle même!... elle appelle son oncle! Quelle voix! quel cristal!... Ah! je suis épris!

Sosthène me recligne, elle s'aperçoit!... Il est impossible!

« Ça va! Ça va!... » qu'il me chuchote.

Le voyou!

« *The Colonel is coming!* »

Il est annoncé.

Voilà le colonel.

« Virginia!... Virginia!... »

Il s'avance vers nous. Il parle à sa nièce.

Ah! elle s'appelle Virginie... Comme c'est joli Virginie!

C'est un replet ce colonel, plutôt bouffi, comme ça tassé, il ressemble pas à mon des Entrayes! il a le gros derrière, la petite tête, il fait boule dans sa robe de chambre, des petits yeux perçants, une grimace, un tic qui lui passe continu, d'une joue à l'autre, à travers le nez, il grignote, un tic de lapin... Il est chauve... une glace... Il a l'œil qui pleure... un seul... Il s'essuie d'un doigt. Il contemple Sosthène. Il regarde sévèrement Virginie.

« Pourquoi sont-ils là? » il lui demande. J'entends en anglais.

Tout de suite j'interviens.

« *The War Office!* » j'annonce très ferme.

L'audace!... Je prends tout sur moi!

J'ajoute :

« *The engeneer speaks only french!...* »

Je désigne Sosthène Rodiencourt.

« *Oh! Oh! but it's a Chinaman* », il est surpris. C'est un Chinois!

Là alors du coup, il s'amuse! il regarde l'oiseau de haut en bas. Sosthène d'autor déploie ses plans... ses rouleaux... il extirpe de sa belle robe jaune encore d'autres paperasses... Ah! ça commence à le distraire ce colonel pas commode... Il laisse Sosthène jacasser, il l'encourage même du geste. Il nous fait passer au salon comme des véritables invités. Il nous précède... J'ose pas m'asseoir... et puis j'ose... Quels fauteuils ma doué! Je m'effondre! Capiteux monstres! colosses d'éponge! fatigue bue!...

Sosthène bonimente toujours, il s'agite au beau milieu, il s'est pas assis reposé rien... il gesticule, harangue, postille... Il brandit son *Times* à présent, la page des annonces...

« Vous me comprenez mon Colonel? Votre offre n'est-ce pas c'est mon affaire! Vous êtes bien d'accord? Moi compétent cent pour cent! Moi! Moi! »

Il parle que de lui. Il se frappe la poitrine et fort. Il a peur de pas être compris! Puis il va regarder à la fenêtre, il montre au colonel ce monde! tous ces gens là-bas qui piétinent... à plein trottoir... Il en veut plus! Ah! ça alors il est formel! Il supporte pas la concurrence!

« Ah! mon Colonel tant pis! Je vous le dis très franchement! Il faut que tous ces gens s'en aillent! Ça ne peut pas durer! »

Ah vraiment il préfère partir!...

« C'est moi ou c'est rien, mon ami! Allons partons!... »

Il m'emmène... La dignité!

Tout le monde rit, même les domestiques... tout le monde le retient par ses basques...

« *No! No! Sit Sir!* »

Il a gagné... Il est trop drôle!...

Le colonel veut rire encore, il le fait aller courir revenir... enlever, remettre son chapeau... Tout ça dans le salon... Une comédie! La petite adorable Virginie s'amuse aussi comme les autres, mais elle veut pas qu'on le rende malade, qu'on le tourne en polichinelle!

« *Sit down Sir! Sit down!* »

Elle l'invitait à s'asseoir.

Ah! mais l'oncle lui voulait pas! il voulait toute la séance avec la robe, le dragon, tout. Sosthène s'apercevait de rien... il racontait toute son histoire chemin faisant, à la galopade, tout en faisant le pitre... ses prouesses aux Indes, ses trésors découverts... perdus... ses déboires avec la Gem Co... et bien d'autres choses... comme ça tout en paradant... ses rénovations techniques, les véritables bouleversements dans les transferts électrofuges... tout ce qu'on lui devait dans les sciences... son oscillatoire à pyrète précisément pour les gaz, son détecteur au millionnième... tout ce qu'il avait pris comme brevet, à Berlin, dès 1902! tout ce qu'on lui avait dérobé...

« *Drinks!* » commande le colonel.

Un larbin s'empresse, arrive à la botte... toute une cave de bouteilles, flacons, whisky, cognac, champagne, cherry...

Il se verse un verre le colonel et puis deux puis trois... Il boit tout seul... Encore un!...

« Boah!! » il fait chaque coup... C'est du raide.

Il se renfonce dans le profond fauteuil, il fait des *Oooh!... Oooh!* tant et plus... il se secoue du bide... il se marre... il approuve Sosthène... il le trouve drôle. Moi j'en périrais, surtout devant la petite! Il m'envoie encore des coups d'œil. Je voudrais qu'il se tienne mieux... Va te faire foutre ! Il est en plein boum !

« Je peux me flatter mon Colonel d'être l'homme exact qu'il vous fallait !... Je ne crains pas de l'affirmer ! Menez-nous au laboratoire !... Vous m'en direz des nouvelles !... »

Ah ! Ah ! que voilà de la vraie gaieté, de la bonne et fameuse ! Le colonel est bien content ! Il se tape sur les cuisses, il exulte. Sosthène au milieu du salon en perd pas un pouce... il recommence sa démonstration... Les larbins doivent rien comprendre... c'est un pitre voilà ! Tout ce qu'il dit est coupé par les rires... il est heureux de son succès... Bonne composition !... Le colonel lui offre un verre... il refuse tout alcool ! Pour lui ce sera du soda ! du simple soda !

Je vais jeter un coup d'œil dans la rue... les candidats piétinent toujours... C'est une foule... et c'est pas fini... il en arrive toujours d'autres... L'annonce a intéressé... Ils ont tous le *Times* sur la tête !... Il pleut à présent, ça ruisselle... il faudrait que quelqu'un les renvoye, il faudrait un peu de décision... et le colonel se décide pas... Il examine encore Sosthène... Je me demande si il comprend le français. Il vide un autre verre de whisky ! *Aoooh !*... il souffle comme ça loin dans la pièce. Ça doit lui brûler fort la gueule... Enfin toujours il nous vire pas ! C'est le principal ! Je pèse pas lourd... C'est malheureux que Sosthène aboye... se montre aussi tapageur... Je voudrais être petite souris... je resterais là planqué toujours !...

Et puis encore la pluie redouble !... c'est de vraies trombes dans les fenêtres... Ils sont rincés les candidats !... Il monte une rumeur de leur foule... À la fin ça devient gênant... Le colonel est pas troublé... Il claque dans ses mains... Les laquais s'empressent, apportent encore d'autres plateaux, toute une table servie... couverte de raviers, de victuailles !... quel déploiement de merveilles !... quelle succulence !... la bave me coule ! Je bulle positif !... Ah ! le vertige me saisit !... Rillettes ! anchois ! jambons variés ! beefs ! gorgonzolas ! en masse ! à gogo !... Ah ! quel choix féerique !... ce que c'est que d'avoir eu si faim ! des floppées de beurre !... des petites vagues, des grosses ! Ah ! je vois trouble ! Ah ! je vois double ! tout triple ! Sosthène devant moi vacille, se hausse, se dresse un moment sur les pointes, entre ciel et terre... et *pflof !* il s'abat sur le plateau !... à quatre pattes! à plat ventre! il bâfre! il engloutit tout!... un dogue! et il grogne!... C'est horrible à voir... Je sais plus où me mettre!... Il se tait toujours... Le colonel est bien content!... Il prend pas ça mal du tout! on a dû lui taper dans l'œil! Jubilant même!... Ah! que ça le fait rire!... Il se baisse pour gaver Sosthène lui-même!... Il lui en fourre des pleins raviers!... du saucisson... de la rillette! encore! et encore! il lui en empile plein la bouche... L'autre il se lasse pas... il en redemande... Ah! c'est propre devant la jeune fille!... Un chien maintenant mon Chinois! goulu, lapant à plein tapis! Quel spectacle!...

Il m'en offre aussi du poulet le colonel O'Collogham, mais je vais pas moi me mettre à quatre pattes!... et pourtant j'ai bien faim de même!... j'ai faim au vertige! j'en tomberais par terre! Mais je cramponne! Je toucherai à rien! ni couché, ni assis, ni debout! Je veux plus manger devant ma merveille! mon irréelle! mon âme! mon rêve!... Je palpite! je tremble!... transi je demeure!... de ferveur!... de joie enivrante!... la foudre m'a frappé. Non je ne mangerai plus jamais! Je l'aime! Je l'aime trop! Mastiquer là devant elle? Goinfrer comme l'autre! Il ose ce cochon!... J'en mourrai tant pis!... je mourrai pour elle!... de faim! mais ma divinité, mon âme! c'est elle qui m'offre un sandwich... deux... trois... puis-je lui dire non? elle me prie... elle me sourit... Je cède... je suis sans force... je cède!... Ah! je suis vaincu!... j'avale!... je bâfre à mon tour!... Le colonel nous félicite... je suis ému, je suis vaincu... On lui dévore ses quatre plateaux!... on s'y met tous de bonne humeur.

« Bravo *boys*! bravo! »

Il est heureux qu'on ne laisse rien... Ah! oui, maintenant c'est un vrai pote! qu'on fasse honneur à ses sandwichs! à son gigot! à son caviar! à ses friandises, à sa bombe glacée! une frutti superbe!... on engouffre!... Sûr c'est le Sosthène qu'est le plus goulu!... Il en prend au moins pour un mois!... Dès qu'il s'arrête de goinfrer, hop! il rebavarde! les hâbleries! en avant les folles histoires!... entre chaque bouchée il en remet... ce battant! cette fanfaronnade!... rien l'arrête sur la façon qu'il est merveilleux! il brode... il se monte en prodige!... Encore un autre épisode!... comment il a inventé ceci ou cela!... son grand miroir spectroscopique qui détecte les effluves gazeuses... brevet Liverpool!

Le colonel ça le berce je pense... il dodeline au fond de son fauteuil... il bâille doucement derrière sa main... Ah! maintenant j'ose jeter les yeux sur cette fillette, ce frais mystère... Grand Dieu qu'elle est belle!... Quel ange!... quelle gracieuse douceur!... Et quelle mignonne malice aussi... Je lui fais un petit signe que Sosthène parle vraiment beaucoup!... ça c'est osé déjà de ma part... Elle me répond par un petit geste... elle est bien aimable... « Laissez-le!... l'oncle s'endort!... » En effet, l'oncle s'assoupit... Moi aussi à force mes yeux clignent... J'en peux plus vraiment!... Sosthène parle toujours... je voudrais rester éveillé... Regarder encore Virginie... la regarder toujours!... l'adorer... mais mes paupières en veulent plus... mes yeux sont lourds, ils me brûlent... Ah! je peux pas être bien aimable... pas même fringant... pas même comique... la faire rire comme l'autre guguss... je peux plus ressentir qu'à l'intérieur... comme mon cœur palpite... je suis lourd... j'ai du plomb partout... sur les yeux, dans le fond de la tête... J'ai du plomb dans l'aile... Ah! je cède... Je suis de plomb tout entier... tout mon corps... J'ai que le cœur léger... il palpite dans tous les sens... Je dors comme ça la tête dans les mains, les coudes sur les genoux... C'est plutôt que je suis trop faible... je voudrais pas devant la fillette... mais je cède... je cède... Ah! je voudrais pas ronfler surtout!... Elle est là devant nous Virginie... Qu'il fait bon dans ce salon!... je dors qu'à moitié!... je somnole... je voudrais pas qu'elle me voye dormir... j'entends toujours l'autre qui bavache...

« Mon Colonel... mon Colonel... »

Il arrêtera pas!... sa sale voix me berce... elle me berce... je sais plus ce qu'il dit.

☆

Le lendemain matin vers six heures on s'est réveillés... au fond des fauteuils... Tout le monde était monté se coucher... On nous avait laissé dormir.

Aux premiers bruits dans la maison Sosthène s'est mis à renifler à droite et à gauche. Il est descendu à l'office nous faire bouillir un peu d'eau. Il a bien trouvé pour du café qu'il voulait... Il est remonté au salon, on a fini la noix de gigot et le pâté en croûte... les restes...

Sosthène se sentait très d'attaque... Il est allé se débarbouiller... encore à l'office... Il est revenu avec un fer... Il s'est mis à repasser sa robe sur la grande table du salon... très soigneusement dans les plis... enfin il trouve un laquais... comme ça circulant dans la tôle...

« Je voudrais revoir votre colonel, Mr Collogham! que ça traîne pas... Je voudrais lui parler!... »

Il a fallu que je traduise. Personne n'est venu.

Du coup on a regardé dehors si y avait toujours des personnes, les candidats en attente... Ils avaient pas été se coucher! ou ils étaient revenus à l'aube... En tout cas ils étaient bien pâles... on les voyait de loin, on voyait leurs pauvres mines, et toujours le *Times* sur la tête... il avait pas cessé de pleuvoir... le valet de pied leur faisait des signes que c'était plus la peine du tout... Ils s'en foutaient, ils bougeaient pas... Nous aussi on leur faisait des signes... qu'ils pouvaient tous foutre le camp! Ils comprenaient rien... Sur ces entrefaites voilà le colonel qui s'annonce... Il vient au breakfast... Tout ce qu'il y a de bonne humeur... heureux...

« *Shake hands! Shake hands!* »

En robe de chambre à ramages... bien dormi... d'excellente humeur...

« *Boys!... Boys!...* » Il nous attrape bras dessus bras dessous... cordial au possible... il nous entraîne... Ah! ça presse!... on court... Nous voilà au fond du jardin... entre deux bosquets... une petite baraque, recouverte, camouflée de lierre... en plus des herbes, des détritus, sur le toit partout des brindilles...

« Chutt! chutt! » qu'il nous fait... puis il tousse, il lui monte une quinte... du coup il suce un gros bonbon, une sucette... il arrête pas, il suce, il suce...

« *Good sleep?* qu'il demande... *Good sleep?*... Bien dormi? »

Enfin il finit de graillonner, on pénètre dans cette cabane. Il referme la porte soigneusement...

« *Do you know the gas?*... encore une question... Connaissez-vous les gaz?... »

« *Oh! yes! yes!...* »

On voulait pas le contrarier... Il se baisse subitement.

260

« *There!... There!...* » il crie...
Il ouvre un fort robinet... et ça fuse! ça fuse!... *fsssssftt!...* violent! On a pas le temps de savoir ouf... On a tout pris dans la figure... Le temps de se rejeter dans la porte... on court plus vite qu'on est venus!... c'est un phénomène!... Pendant qu'on cavale on l'entend... il se poile derrière nous, il s'esclaffe! On fait trois fois le tour de la pelouse dans l'élan de la fuite... en toussant raclant... Ah! la bonne attrape!... On s'affale sur l'herbe. On peut plus... J'osais même pas respirer tellement j'avais la gorge âcre... Ça m'étonnait pas le con qu'il tousse... On toussait aussi tous les deux! Sosthène encore plus que moi!... Voilà un glaviot plein de sang... j'en étrangle... je m'en casse en deux de quintes!... Ah! j'en ai mon sac des espiègles! Celui-là encore! J'en sors plus des rigolos!... Ah! je me sauve... Je le crie à Sosthène...

« Démerde-toi avec ce marrant! Son genre robinet tiens ma claque! Au revoir! Mamours à la blonde!...

— Ah! Tu me fais pas ça! » qu'il me raccroche absolument hors de lui... il se jette à mon cou... il m'embrasse...

« Tu fais ça tu me tues! »

Il me supplie... implore... Il me raconte, il me baratine... que c'était juste une petite nique, un badinage... un genre anglais, une fantaisie d'original... que je comprenais pas l'Angleterre... un rien du tout...

Je me laisse finalement bobiner. Le colonel vient nous reprendre, c'est un Luna Park son domaine... Il nous entraîne un peu plus loin vers une autre case, une autre guitoune aussi toute camouflée en lierre... Ah! je me méfie, nom de Dieu!... Ce coup-là c'est le coup de grâce!... Je rentre pas!... je regarde du dehors... C'est de la bricole à l'intérieur, des courroies, des petites dynamos, plein des tables, encore plein en vrac par terre... des monceaux de marteaux, vilebrequins, toute une camelote mécanique...

« Là! que je travaille gentlemen!... » Il annonce il est tout fier... « *Work! Work! I and my engeneers!* Moi et mes ingénieurs... »

C'est vide en tout cas aujourd'hui... Ingénieurs la peau... personne dans le local...

Il se baisse encore... *Pffftttt!* un jet jaune... il a retrouvé un robinet! *Pfft!* dans nos jambes! on a pas eu le temps de voir!... ah! il est éclair l'abruti pour faire ses bêtises... ça le fout en transe, il en danse! en même temps qu'il tousse! et tousse!... il gigote de folle plaisanterie... C'est son vice! il en dérate! Ah! folichon fier fumier! Je lui ferai bouffer ses robinets!... Je tombe toujours sur des fins fumistes...

« Taisez-vous petit malheureux!... C'est le commencement de nos épreuves!... »

Le Sosthène il me raccroche... il geint, il voit que je vais foutre le camp, il me fait des mines de pitié, que je le laisse pas dans la douleur.

« Ah! Commencement?... t'es bon ma tante!... passe-moi dis la fin!... Je tousse que j'en crève!... »

C'est vrai que je supporte pas. Il me part du jaune et du sang, des trous de partout... du nez des oreilles... Salut!... rigolade!

Le colon lui il s'amuse quand même, il nous laisse même pas reposer, il tousse, il tousse, mais il se marre fort... Il nous entraîne encore plus loin... *Sniff! Sniff! Sniff!*... Il nous indique comme ça tout en plaisantant la façon de se dégager... Y a qu'à renifler à l'envers!... c'est une puanteur une râpe dans la gorge... dans les profondeurs... ça vous brûle au-dedans... vous écorche et de pire en pire... je vais dégueuler mes poumons!... *Smmuufff! Smmuuufff!* J'ai beau faire! merde!... Il suce toujours son gros réglisse... Ah! je serais parti! flûte pour Sosthène!... Ils se seraient arrangés tous les deux... Mais y avait la môme... Si je barrais comme ça en coup de vent... c'était bien fini!... je pouvais plus revenir!... L'oncle m'en voulait de ma mauvaise tête... Ah! je me forçais à rester... je toussais... je toussais... je reniflais... j'essayais son truc des *sniff! sniff!* je suivais, j'étais lâche au fond... Voilà qu'on monte l'escalier... un étage... deux étages... c'est là... Il nous fait rester devant la porte.

« *Wait!* qu'il nous fait... Attendez!... »

Je suis certain qu'il va nous remettre ça! ah! je suis sûr! Je lui dis à mon con.

« Tu vas voir! cette fois il nous tue! »

Ah! j'ai le sursaut, je veux m'en aller.

« Allez Sosthène je te laisse, je barre!... »

J'entends le dingue à travers la porte, il tripote des ustensiles.

« *Wait! Wait!* » qu'il nous crie du fond.

Il avait peur qu'on l'échappe.

« T'entends?... Il prépare les tuyaux!... »
J'étais sûr, bien sûr...
« Non! Non! Attends une seconde! »
Bon! j'attends, je me laisse encore faire... abruti donc je me repose un peu. Voilà le mur qui bouge... une tapisserie qui s'écarte... s'écarte... soulève comme au théâtre... et qui c'est que je vois là-bas... en plein sur la scène?... Notre rigolard!... lui en personne, et sur son trente-et-un! marrant! en grand uniforme! épaulettes! sabretache et tout!... Il vient de se changer. Il veut nous épater de son luxe... Il fait le grand seigneur à présent... Un colonel! shako! grand sabre! magnifique alors!... du gala!... brandebourgs! bottes! éperons!... moulé kaki et rouge revers!... Ah! il est incroyable sa bouille!... shako à plumes s'il vous plaît!... C'est un fantaisiste!... C'est peut-être un uniforme anglais? où qu'il a trouvé tous ces ors?... Ah! Sosthène avec sa robe jaune il fait plutôt mite à côté!... son petit dragon trou du cul!... ses passementeries mimosa! Ah! là là! Que je rigole!... Il reste un instant qu'on l'admire... il pivote il s'en va il revient sur la petite estrade! Le colonel la fantaisie! L'effet!...

Il nous laisse pas le temps de réfléchir... Hop! il ressaute sur nous!... Il nous entraîne encore ailleurs... faut pas qu'on respire une minute!... un petit couloir... un étage... un escalier... encore un autre... Ouf! nous voilà!... devant nous les combles. Il nous présente le local... le « Hall des *experiments* » comme il l'intitule... c'est sous les toits, c'est immense... une sorte de biscornu hangar... J'aperçois les *experiments*... encore un fameux foutoir!... Y a de tout là-dedans, ferrailles, verreries... des monticules comme chez Claben... Je sors pas du désordre, des hommes de tessons, ménages bric et broc... Je suis sûr qu'il va nous enfermer... C'est la manie générale! Qu'est ce qu'il va encore inventer?... où il a mis les robinets?... ah! je suis certain, je les cherche au mur... en l'air... partout... au ras du sol...

« Chutt! Chutt! » Il revient tout mystérieux... toujours les secrets!... Personne ne nous a suivis?... il demande, il s'inquiète... et puis il se penche... il appelle... il crie tout au-dessus de l'escalier.

« Virginia!... Virginia!... »
Deux autres fois encore... Personne lui répond...
Il se retourne vers nous.

263

« *She is shrewd!* Elle est rusée!... »

Nous voilà prévenus...

Il bouffe sa sucette. Il en sait long sur Virginie... Oh! là là! drôlement!... Il écoute... Non! Non! pas un bruit... Il referme tout doucement la porte... Il revient en confidence... presque à l'oreille...

« Moi! Collogham! Colonel! Royal Engeneer! »

Il se salue militairement.

« Voilà! trente-deux ans de service! *India! Here!* Aux Indes! Ici! là-bas!... *The Empire is in danger!* Grave danger! Les gaz! Les gaz! Vous avez senti Gentlemen? »

Pour ça sûrement on a senti!

« *The devil!* Le diable! Gentlemen! Voilà Gentlemen! le Péché! Lucifer! Soufre! Vous avez senti? *Sulfur?* Vous me comprenez? Alors il faut prier Dieu! *Pray God!* Tout de suite! *and now!*... »

Et c'est commandé!

« *Pray God!* Et tout de suite!...
— *Pray God?...* »

Je reste con.

Il me saisit les mains, il me les joint, il va me faire faire ma prière... C'est vraiment sérieux...

« Là! voilà! à genoux!... »

Lui aussi il se met à genoux en grand uniforme... Nous voilà à genoux tous les trois... Il doit être content.

« *Pray God!* qu'il gueule... *Pray God!*... »

Y a qu'à obéir.

Je connais que « Notre Père!... » je le récite... Tout de suite il se rapproche... Il veut être sûr de ma ferveur... il m'étreint... il me baise au front... Il se relève vraiment ravi!...

« Oh! *You understand!...* Oh *you understand!... my dear invicible! in... vin... cibelle! alliés! magnificent allaies!*... La Chine! la Frâonce!... À genoux!... je vous consacre!... »

Ça c'est important. Il s'agit pas de rigoler... Il tire son épée du fourreau... il me frappe... il me tapote à l'épaule... Ça y est!... Nous sommes consacrés!...

« *England rule the World!*... qu'il glapit... England mène le monde!... » Il attend qu'on reprenne en chœur.

« Hip! Hip! Hourra!... »

Ça y est!... on reprend, et puis en plus « Vive la France! » On est dans l'esprit! Il exulte!...

« Gentlemen! qu'il nous embrasse... vous avez compris! Boache *capout! Gas! capout!... Finish!...* » Il pouffe!...

Je me méfie des exubérances...

« Acré!... » que je crie à Sosthène... Ça y est cette fois-ci je l'ai vu!... il a plongé sous l'établi!... Il va rouvrir un robinet! Non!... C'est pas ça! C'est autre chose! Ah! que j'ai eu peur! C'est deux énormes trucs qu'il extirpe, des genres de masques, des genres fantasques avec des lunettes très grosses... et puis des tuyaux tout autour qui s'enroulent, des serpentins... des petits et des gros... un genre de scaphandrier... mais encore plus phénoménal... des fourbis vraiment incroyables... qui doivent peser énormément... on l'aide, il pourrait pas tout seul...

« *Gentlemen! Safety first!* »

Voilà ce qu'il est fier... il nous présente ses raretés.

« Guillaume le Conqueror 1917! À Berlin! À Berlin! *Modern!... Modern!...* » comme ça qu'il annonce. Il ôte son shako du coup... Il va se coiffer d'un appareil... Il doit avoir l'intention de partir avec pour Berlin... Je vais pas le retenir...

Ah! on est gâtés, on est tombés sur un fameux! Il nous explique les ustensiles... ils sont pas pareils... il faut pas confondre... l'un les clapets!... Celui-là!... l'autre pas de clapets!... Celui-là « bonbonne »!... le plus lourd!... avec un gros tuyau en plomb... L'autre, le soi-disant « à clapets », s'entrouve par le haut de la tête... voyez le domino en cuivre qui se rabat, vous obture les yeux, et les lunettes bleu et rouge... Maintenant faut que Sosthène essaye!... allons! qu'il renifle dans les clapets... Il va s'amuser!... Chacun son tour c'est entendu!... Ils se mettent à discuter technique... Je les vois, ils m'agacent... Sosthène et son chienlit chinois... l'autre en opérette... Ils s'échauffent... Moi je réfléchis... je suis pas dans le coup... Ils voudraient quand même m'expliquer le système du reniflage! Ah! ça je refuse formellement! Ils veulent me séduire... Ah! ce que je les enverrais faire foutre! Tout ça c'est infect et c'est tout... Seulement voilà y a Virginie... Je songe... je songe...

Le colonel est en pleine forme, un vrai enthousiaste. Il a encore une autre idée...

« Tous les trois! Nous trois à la guerre! *War!* Ouar! Ouar!... »

Coiffé n'est-ce pas avec son masque...

C'est à ça qu'il voulait en venir?... Il voulait repousser les Allemands avec son groin à clapets... Oh! il était le bienvenu... Merde! à la bonne sienne! Je me doutais!... Je fais signe à Sosthène qu'on file... cette fois adjugé! terminus! Pas du tout, ils se trouvaient copains! ils s'en ressentent au possible... Ils veulent plus se quitter... Ils bandent sur les instruments... Sosthène me regarde même plus. Ils vont faire peur aux Allemands!... Ils se promettent, ils se jurent... Ils charabiatent franco-anglais en plein. Ils doivent se comprendre de travers... Enfin ils s'adorent. C'est pas moi qu'irai toujours... à cloche à gaz ou cloche à merde!... Salut fantasia! Ils pouvaient se marier tous les deux... Je les dispute à personne... Pourquoi qu'il emmenait pas l'ancêtre? Achille Rodiencourt... Il m'en avait assez parlé... D'abord moi je connaissais les casques... j'en avais porté à la guerre... avec forte crinière blaireau tout... Je réfléchissais... Ils pesaient moins lourd que ceux-là... pourtant c'était des casques sérieux ceux du 14e Cuir... Oh! youpi! j'en avais encore dur au crâne... Maintenant avec des yeux de crapauds et contre les gaz soi-disant... où qu'ils allaient prendre leurs bêtises... Oh! là bordel de sort! C'était pas fini... En plus mon phénomène... et ils s'entendaient à ravir!... Ils s'occupaient plus du tout de moi... Ils attaquent le matériel... ils démontent, cassent tout... ils sont bien d'accord... ils éparpillent tous les systèmes... ils déglinguent au marteau!... au tournevis!... ils font sauter les goupilles... ils foncent là-dedans... les minces membranes!... Ils ragent, ils farfouillent c'est affreux... C'est comme une fièvre qui les saisit... Et ils s'esclaffent, ils sont heureux... ils sont comme tout soûls de mécaniques! je dirais un mot ils me feraient du mal... la frénésie destructrice! ils s'occupent pas de moi... ils en veulent à leur bazar... Ils se jettent dessus... c'est des sauvages... chacun d'un côté!... Oh! hisse!... ils attrapent les masques superbes... ils les envoyent contre le mur! et puis ils se jettent sur les débris!... Je vois plus que leurs derrières tous les deux! le chinois brodé, le colonel écarlate... ils éparpillent leurs bricoles... ils lancent tout en l'air!... À pleines poignées!... ça pleut... ça retombe... les clous... les micas!... Ça doit être le gaz qui les soûle... la bonne rigolade!... des petits fous!... Ah! ils m'écœuraient... Salut!

Je serais débiné sans trompette... Ils se seraient même pas aperçus... Bon! En avant!... Je me secoue!... et puis *plof!* encore je flanche! La petite alors! J'hésite, je sais plus, je suis malheureux... Comment je vais lui dire au revoir?... Ça me porterait malheur, c'est sûr, de me sauver comme un pignouf... qu'elle avait été si aimable... si généreuse, surtout avec nous deux... qu'on s'était montrés si goujats, surtout l'autre là oiseau de la Chine... Ah! je voulais la revoir tout de même... lui expliquer avant de partir que j'étais pas rien... un petit mot... pas m'en aller comme ça en mufle, bâfreur idiot malotru... c'est vrai, c'était qu'une fillette, mais déjà sérieuse comme une femme... on voyait, elle donnait des ordres... qu'elle s'imposait dans la maison... qu'elle était l'ange de la maison... ah! je l'attendrais et puis voilà... les deux abrutis mes casseurs ils finiraient bien par caner, par s'endormir sur leurs décombres... Ils tapaient déjà bien moins fort. Ça dure pas toujours les accès.

☆

Ça s'est pas terminé si vite... ils s'amusaient bien trop ensemble... ils sont restés au moins trois heures encore à monter démonter, et puis à se faire des attrapes... ils se cachaient des ustensiles... ils se les refilaient sur la tronche... ils se faisaient des niques comme ça... du cirque! des singes en goguette!

Sosthène avait retroussé sa jupe, remontée avec des « nourrices ».

« *One wealve embryoun gentlemen!* »

Il démontrait tout le colonel... la grande invention, celle qu'il s'accrochait sur le ventre avec un déclic, une astuce! comment qu'il « houmifiait » les gaz, et l'air et l'azote! qu'il les fondait au goutte à goutte! avec les poisons! fallait voir un peu ce système! Sosthène en ouvrait grand la gueule... il perdait pas une parole... il refaisait tous les gestes...

Le colonel d'un coup se redresse sursaute... il reste en suspens le doigt en l'air...

« *Piss! Piss!* qu'il crie... ma prostate!... »

Et les yeux tout fixes comme s'il entendait des voix!...

Voilà encore une histoire! Puis il se fouille dans sa culotte, il s'enfonce le doigt dans le derrière... et il se précipite, il se sauve!...

Par la suite on s'est habitués, ça lui arrivait de temps en temps, surtout après s'être énervé... alors y avait pas de Bon Dieu! Cette fois-là j'étais bien content... J'avais deux mots à ⟨dire⟩ à Sosthène. J'allais régler mes affaires.

« Sosthène! Sosthène! que je le saisis... Sosthène! est-ce que ça va durer? Dites-moi un petit peu! cher maître vous savez? Moi je marche plus!... Salut pour le retour à la guerre!... Ça va pas du tout!... »

Ah! ma parole je le suffoque... Il me regarde, je l'ahuris.

« Comment? Vous parliez de mourir vous! de suicide! de désespoir! Maintenant vous grelottez de frousse? »

Ah! je l'interloque.

« Je croyais que vous alliez être heureux!... que vous sauteriez sur l'occasion!... » qu'il ajoute.

Ah! je prends mal le vane. Il me persifle ma parole!

« Et vous fleur machin! que j'y réponds... la magie de mes roustes! Est-ce que ça vous enchante toujours votre voyage aux Indes? Vous partez ou vous partez pas?... Faudrait peut-être maintenant être fixé?... Vieux faisan arnaqueur cocu!... »

J'y mâche pas mes sentiments...

« Vieille frime!... Vieille salade!... » que j'ajoute.

Je l'avais à la merde.

« Oh! là là! qu'il me fait!... Oh! la mauvaise éducation! »

Il se renfrogne... je l'ai crossé.

« Où prenez-vous ces manières?... qu'il me demande de haut.

— Et vous vieux bluffeur! »

Voilà que ça tournait au vinaigre... J'y répète encore clair et fort.

« J'irai pas crever pour votre gueule!

— Mais comment? Dites-moi comment gentil idiot? Voilà une chance qui nous arrive! Une occasion inespérée! Notre chance en mille! Vous voyez pas les conditions?... Mais nous sommes sur les 1 500 livres! »

Il fait l'hors de lui!

« Où c'est que vous les avez vues vous les 1 500 livres?

— Mais le colonel nous les offre!

— Ah! il nous les offre! où ça? Très bien, je vous prends net au mot, je veux m'habiller alors tout de suite! Je veux un complet et un tout neuf! Voilà ma condition honnête... et c'est pas du luxe!... vous me l'avez remarqué suffisamment... " De la tenue jeune homme de la tenue! " »

C'est vrai qu'il m'avait fait honte...

« Alors! Alors ça va douze livres? »

Je fixais mon prix, je voulais voir le fameux pognon, au moins la couleur... J'en demande pas 1 500 moi! douze!... juste un petit acompte!

« Allez hop! que je me vêtisse! que je vous fasse honneur un petit peu!... J'ai pas de robe chinoise moi, marquis!

— Oh! que vous êtes pressé, brutal!... »

Ça lui va le sagoin!

« Vous allez tout compromettre! Le colonel est disposé! très favorable à notre égard... Mais ainsi de but en blanc! nous allons le buter voilà tout! c'est bien simple!

— Allez hop! une petite avance! Je peux pas rester loqué puant... Regardez un peu ma dégaine! Je fais un effet abominable! C'est même affreux dans la maison!... Vous vous rendez compte? Vous m'avez bien prévenu vous-même! Vous m'avez dit " Les apparences, Ferdinand! les apparences! " Regardez un peu la demoiselle! qu'est-ce qu'elle peut penser?... Les apparences! Des cloches voilà ce qui lui débarque! Vous en chinois, moi en guenilles!... Ah! ça fait pas coquet!... J'ai couché partout, vous le savez! je suis plus présentable!

— Ah! la demoiselle vous intéresse? Je vois! Je vois!

— Ça vous regarde pas saloperie!

— Ah! le petit coquin qui bande!

— Je bande!... Je bande!... C'est à voir! »

De quoi qu'il se mêle!...

« Mais le ministère de la Ouard! *War!* Vous avez pas entendu? »

Il me recommence son baratin.

« La commande est là! je vous affirme! »

Là il était menteur! Il repartait à déconner! Moi c'était mes douze livres qu'il me fallait pour me saper beau!... Je connaissais que mon exigence, et immédiate! Et pas autre chose!...

« Le colonel a des idées!...

— Mais on en a tous des idées! On s'en fout schnok de nom de foutre!... »

Il me mettait en colère!

« Mais le monde est pourri d'idées... Moi c'est pour mes chaussures voilà! et mon complet tweed! »

J'en sortais pas! Douze livres! Douze livres!... Une avance! Une petite avance!

Je serinais comme ça.

« C'est l'amour alors qui vous tient? Vous êtes mordu Roméo? »

Il y revenait, tout fier de lui.

« Amour merde! mes chaussures tiennent plus! J'ai des trous aux fesses! Vous comprenez pas ça vieillard?...

— Qu'allez-vous faire de cet argent?

— Me vêtir Maître!... tout splendide! Vous faire honneur! Vous éblouir!

— C'est la fièvre bien sûr!... C'est la fièvre! »

Il expliquait tout.

« J'en ai assez d'être en haillons!

— Alors, repassez chez moi, demandez à Pépé une belle robe!... Une des miennes!... Une toute belle en fleurs! Je vous la prête!

— Un Chinois suffit!...

— Votre précipitation nous perd! C'est bien simple je vous préviens... C'est une gaffe! une pure folie! Vous gâchez comme ça toutes nos chances! Patientez donc jusqu'à lundi... J'aurai le temps... la semaine prochaine... Tenez! je lui parlerai ce soir!... je peux pas dire mieux... C'est si délicat en français... Je vais le taper comme ça brûle-pourpoint? Oh! là là! »

Il était malade.

« Mais non! Mais non! J'attends pas. Allez vous faire mettre! Je fous le camp! »

Ah! je suis intraitable!

Il me dévisage, ses yeux en roulent... Il en revient pas de ma décision.

« Mais oui! Mais oui! Je suis buté! Six livres!... Six livres tenez tout de suite!... »

J'ai rabattu. Six au comptant.

« Six livres ça va pas? »

Il chipote encore, il renâcle...

« Demain tenez! Demain matin!...

— Mais non! Mais non! Tout de suite ou marre!... »

Il voyait qu'il avait bien tort. Il retourne ses poches... toute sa robe... pas un fifrelin!... ses doublures... rien du tout...

Je faisais mon bilan! Un complet convenable?... Ça serait au moins trois livres... quatre livres... un petit imperméable : douze shillings!... et je cherchais pas l'élégance! juste l'urgent, le présentable... Quant aux tatanes on en reparlerait...

« Vous vous trouviez bien hier!... » Il était surpris... « Vous vous plaigniez de rien du tout!

— Oui, mais aujourd'hui j'ai changé!...

— Ah! là là! voyez cette jeunesse comme c'est capricieux... lunatique... »

Il souffle, il grogne, il se retâte... Il se frappe le front... Il réfléchit... il jette un œil vers le placard... vers l'étagère... les bricoles... les flacons à la ribambelle... Il me fait...

« Passez-moi donc celui-là!... là le gros qui brille!... » Je lui passe. C'est lourd...

« Allez oust! Fous le camp! »

Il me l'enfonce profond dans la poche.

« Voilà! Voilà! Tire-toi vite! Voilà ton affaire!... »

Je le regarde.

« Passe au Lane à Petticoat! Tu sais bien où il est le marché? »

Je savais.

« C'est du mercure pour thermomètre!... ça te fera au moins tes sept huit livres!... qu'ils te volent pas hein!... C'est du pur!... C'est du extra!... fais attention! »

Ah! là il me souffle... il m'expédie! J'y avais pas pensé!...

« Allez rêve pas!... » il me bouscule... « tu veux être nippé oui ou non? Tu le seras, raglan machinchouette! »

Et il me pousse dehors! Ah c'est audacieux tout de même!

« Cheviotte pour Monsieur! Joli cœur! »

Je tâte le flacon, je suis indécis.

« Ah! faut savoir ce que vous voulez?... »

Ça c'est exact! il a raison. C'est moi maintenant qui chipote.

« Allez hop! merde! Il va remonter! »

Ah! il me décide nom de Dieu!

« Salut! que je lui fais... au revoir! Je drope hein t'entends? Je suis pas long!... Je suis là tout de suite!... » J'avais mon idée d'un complet... j'avais regardé aux étalages... au coin Tottenham-Euston... y en avait un chouette... un damier beige, le chic d'alors... je l'avais repéré... je vois l'objet... J'avais peur qu'il y soye plus...

☆

J'ai pas traîné aux achats... J'étais de retour avant six heures, sapé absolument superbe... une véritable occasion... pas où je croyais dans Tottenham... mais chez Süss au Strand, presque neuf... J'avais bien fourgué son mercure... Trois livres fifty exactement... ça valait la peine... J'avais pas fait de mauvaises rencontres... je m'y étais pris en vitesse... poulopé d'un tailleur à l'autre... J'étais pas tranquille dehors, comme ça loin de mes amis... pendant mon absence ils étaient capables de tout!... J'ai acheté le *Mirror* en sauvette... ça parlait plus du tout de Greenwich... on avait l'air de nous oublier... Tout de même ça me rassurait pas... Ah! les inquiétudes!... Je traînais pas dans les coins de rue... tout beau comme un astre c'était vrai... Une livre fifty le complet bordé!... une cheviotte réellement *homespun*!... Voyez ce clubman! Poulope!... je fonce!... Willesden!... Voilà la maison, je l'aperçois... la grille... Plus un concurrent devant la porte... plus un chat... Ils s'étaient tout de même aperçus... Je prends la petite porte du jardin... me voilà dans le grand vestibule... je saute l'escalier... un larbin me stoppe... Il me fait obliquer au salon...

Je me dis : « Catastrophe!... »

À peine je suis assis une autre porte qui s'ouvre... Le colonel et la fillette... Pas besoin de causer... j'étais sûr!...

« *Oh there you are?...* »

Comme s'ils étaient heureux de me revoir... tout à fait aimables tous les deux! Il suce sa sucette... un nougat... Il m'inspecte de haut en bas... Lui il a ôté ses beaux ors, il est habillé comme tout le monde.

« *O isn't he smart?* Quel élégant! Quel jeune homme! »

C'est tout.

Mais il termine brûle-pourpoint.

« Et le *mercury* ? »

Ça y est!... J'étais sûr!... Il m'attaque! Et en même temps il rit... il pouffe... Ah! là là! comme ils s'amusent!... Ah! le bon tour! la petite aussi... Ils sont ravis tous les deux... Pas difficiles!... Ah! tout de suite j'ai pas de doutes!... Sosthène... Ah! le fin fumier! Je voudrais le voir!...

Il est pas là naturellement...

Je rougis... je verdis... je bredouille... Qu'est-ce qu'ils vont faire avec moi?... Je vais pas leur demander pardon?... Me traîner à leurs pieds!... supplier!... merde! Ça va! Tant pis!

« Est-ce que je peux partir? » je demande... « *Go out?* » comme ça...

« *Sit down! Sit down!* Assoyez-vous! »

Cordiaux gentils au possible... Ils veulent pas du tout que je parte... Ils s'amusent trop à me regarder... Ils ont pas l'air fâchés du tout... Mais ça veut rien dire... les Anglais c'est derges et consorts!... ça vous donnerait la bouche en cœur... Pour moi c'était tout fistolé, ça faisait pas un pli... C'était du piège et puis voilà!... J'étais tombé dedans petit cul!... les flics allaient rappliquer... Aux pattes, Madame, flagrant délit! on se divertirait un petit peu... « Passez aux aveux jeune homme! Où avez-vous eu ce complet? Allez oust!... En cage mon garçon! six mois pour ceci! trois mois pour cela! » En plus mes ardoises! Oh là là! j'imaginais facilement! Je l'avais dans le dos jusqu'au cœur!... Ah! c'était pas mal goupillé! Je m'étais fait faire un petit doigt... Un agneau! Onze... douze mois secs!... Où qu'il pouvait être l'autre voyou? Sûrement là-haut au grenier... Si je montais lui dire un petit mot?... Si je leur expliquais à ceux-là?... En civil à présent ce schnock!... Est-ce qu'il l'était colonel? Il était peut-être que bourrique?... Ah merde! Ça me faisait mal partout... Ah! encore baver!... cavaler!... gesticuler!... les boniments!... Ah! ils me saoûlaient voilà tout!... et puis marre! et contre-marre!... Ils penseraient tout ce qu'ils voudraient!... « Renonce! Renonce! Reste assis »... C'était la voix de la Raison... J'allais me laisser faire, et puis j'ai un remords flûte tout de même... Je suis pas plus con qu'eux!...

« C'est Matthew alors qui va venir? »

Je leur demande comme ça bien franchement. Je connais la musique.

« Matthew l'Inspecteur?... *Inspector?*... Hein? le flic du Yard?

— Matthew? Matthew? » ils me comprennent pas... ils savent rien!... C'est un monde!...

« *Tea? Tea?* qu'ils m'offrent à la place.

— Vas-y pour le thé! nom de Dieu!... »

C'est vraiment des sales hypocrites... Ça les amuse de me voir comme ça... pris au piège, ficelé, cafouilleux... Une distraction. C'est bien le genre de tous ces gens-là... C'est riche, c'est Anglais, et c'est vache... pas de distinction d'âge ni de sexe...

« Allez! pour le thé!... Je veux bien... »

Puisqu'on attend la police... le flegme moi aussi... Je veux pas être plus nerveux qu'eux!... Qu'est-ce que ça peut me foutre au fond!... Allez-y... Allez-y toujours!... J'ai plus vraiment grand-chose à perdre!... En avant la danse! La petite elle babille... elle voltige... tout autour de moi! émoustillée au possible... elle saute tout le temps... quels jolis muscles!... Elle mène la conversation! Mais quelle bavarde! Elle est hardie pour son âge... Elle nous parle de cinéma... de cricket... de sport... des *contests*!... tout en faisant des cabrioles... Personne parle plus de mon mercure... Le colonel s'essuie la bouche... il va se lever... Encore sa prostate? Non. Il prévient, c'est autre chose... il va travailler... Il nous laisse en tête-à-tête avec la mignonne... Ah! c'est des manières curieuses... Il part avec sa succette... Ah! il est étonnant quand même... Il s'excuse fort poliment... Il monte là-haut aux Expériences... Il va retrouver Sosthène aux masques... Bien!... Très bien!... Je demande pas mieux!

Moi après tout je me tranquillise... puisque c'est la mode!... Je risque rien d'une façon, d'une autre... Pourquoi me fatiguer? Eux ils s'en font pas... je reste assis... je reprends du thé... ça donne une contenance... la petite me verse... Ah! qu'elle est belle!... qu'elle est admirable! j'en reviens pas... quel sourire!... Tout ça pour moi!... là tous les deux!... Il est drôle l'oncle... je réfléchis... Ah! quelle petite espiègle mutine... elle est malicieuse, sûrement elle sait bien ce qui se passe... Je voudrais lui reparler du mercure..

ça me tracasse... ça me turlupine... Mais non! elle reste pas en place... c'est le mouvement sa nature... elle m'étourdit même je dois le dire... elle rebondit, pirouette en lutin... dans la pièce tout autour de moi... Quels jolis cheveux!... quel or!... quelle gamine!... Si je dis un mot, elle me regarde... elle me prend pas au tragique... je voudrais être tragique... je vois une malice dans ses yeux!... Je voudrais qu'elle sourie toujours!... même de ma bêtise... Je suis idiot avec mon complet!... Que je suis sorti exprès pour ça!... je me rends ridicule... avec le mercure en plus! quel effet tout de même! Voleur! Que j'ai honte... je suis sur des charbons... Je rougis... je pourrais rien dire... je l'écoute elle... son babillage... c'est de l'oiseau anglais... je comprends pas tout... Elle parle un peu vite... c'est capricieux l'anglais, c'est joueur, c'est espiègle, celui des fillettes... ça rebondit aussi... tinte... rit d'un rien... cabriole... palpite... Quelle gaieté!... Quels bleus reflets clairs et puis mauves... ses yeux me prennent tout... C'est vite fait! j'oublie... je ne vois plus rien... elle est trop agréable fleur! oui fleur... je respire... bleuet!... oiseau j'ai dit... j'aime mieux oiseau... tant pis! Je suis ensorcelé... bleuets ses yeux... une fillette... et ces jupes courtes!... Ah! c'est trop d'attirance cochon! les cheveux blonds éparpillés... quand elle bondit, illumine l'air... Ah! c'est trop beau!... je vais défaillir... C'est adorable!... Ah je me tranquillise!... merde tant pis!... Je devrais pas... Il nous laisse seuls l'autre biscornu!... Puisqu'on est là tous les deux!... Ah! je me trouve trop bien dans le fauteuil... ça me fait un bien effrayant... Je palpite! palpite!... Ah! qu'elle est belle cette petite môme... ah! que je l'adore!... Je la croquerais... Quel âge qu'elle a? Je lui demande là voir chiche?... Eh puis non! j'ose plus!... je prends encore du thé... je mange peu... toujours pour la discrétion... je me souviens de l'autre fois. C'est affreux de mâcher sous son regard... là mastiquer, engloutir, sous ses beaux yeux adorables... je pourrais jamais... j'en mourrais ah!... une délicatesse qui me ronge... je ne veux plus, pendu pour pendu j'aurais pas mangé!... je serais mort délicat voilà!... tout par ferveur pour Virginie!... C'est bien son nom Virginie?... Il faut que je lui demande si j'ose?...

« *Virginia?... You Virginia?*

— *Yes! Yes!...* »

Ah! trop belle... tout est trop beau! son regard! son so
rire! ses cuisses! Je les vois quand elle saute ses cuisses
elle se gêne pas... musclées là roses et brunies... sa robe
trop courte... Ah! elle me tient bien compagnie... ou to
simplement elle me surveille... Ça faut pas que j'oub
quand même... c'est des hypocrites... mais j'ai pas envie
m'en aller... je suis pris!... elle m'a pris!... Ah! j'ose pl
bouger du tout... Elle aurait peut-être appelé « au secours
si j'avais bougé?... quel tête-à-tête! Je demeure bien sage.
Je me fais charmer, je l'écoute, c'est des petits mots bie
amusants, ses petites remarques merveilleuses à propos d
tout... de rien... Je refuse les petits gâteaux... elle est pa
contente... elle me gronde... je boufferais tout pour un sou
rire... tous les gâteaux, le plateau, la table... je suis déjà so
prisonnier... dans la plus belle prison du monde!... Ah j
resterais là bien immobile... Je fais :
« Oui! Oui! *Yes!*... *Yes!*... »
Je veux bien tout ce qu'elle veut. Elle veut que je
reprenne du thé... Je me remplis, je me gave... mais c'es
elle qui me fait lever... elle me fait venir à la persienne...
Elle veut me faire voir quelque chose... là dans la persienne... dans le lierre... Ah! oui! je vois dans la lueur...
l'interstice... le tout petit œil du moineau... Ah! il guettait
bien lui aussi!... *couii!*... *coui*... si il la voit! ça c'est vraiment
extraordinaire! un gros moineau ébouriffé et hardi en
somme! comme elle!... il attendait... il épiait... il nous jetait
son petit œil rond à travers la fente... minuscule œil tête
d'épingle... tout noir luisant et *couic! couic! couic!*...

« Il attend aussi... »
Elle me renseigne... Ça c'était pour que je comprenne...
que je soye aussi patient que le piaf. Elle rit.
C'est drôle à tant de payes de distance, de l'autre siècle pour
ainsi dire, j'y pense toujours à ce piaf... C'est elle qui me l'a
fait voir... Quand je vois une persienne, du lierre, j'y pense
toujours à son petit œil... Ah! il vous reste pas grand-chose,
quand on réfléchit, de toute une vie de micmacs, foires et
promesses à se rappeler, je veux dire de choses agréables...
c'est infime en somme... les occasions fourmillent pas...
Chacun peut se rendre compte... Moi ce petit piaf-là c'est
quelque chose que je me souviens toujours heureux... je
voudrais pas qu'il s'envole... il partira quand je serai plus...

Elle était fine fille la fillette... elle m'entreprenait habilement... elle me voyait sensible, attiré... que j'écoute bien son babillage... alors elle ⟨parle⟩ de son gros chien, son épagneul... le voilà... bedonnant... qui tousse, il trotte comme le colonel... comme l'oncle... C'est un animal bien pataud, bien vieux déjà, poussif, baveux, elle pense pour lui, c'est merveilleux comme elle pense, comme elle parle à la place du chien... pour lui... qu'il en est tout content... qu'il remue la queue... c'est bébête mais c'est magique... je voudrais comprendre aussi comme ça l'épagneul, l'oiseau et puis elle... ah! puis tous les animaux... les chevaux aussi nom de Dieu... je voudrais l'emporter avec moi... une fée... Quel pouvoir joyeux. C'est la joie. Je suis ébaubi... je suis heureux là tout près d'elle... je l'adule!... ça m'entortille toute la poitrine qu'elle me fixe... ça m'en chatouille tout l'intérieur... d'écouter son anglais si vif si capricieux, guirlande en l'air de babillage... fripon secret... Ah je ne savais rien... quel coquin ce chien!... Ah! j'en redemande!.... qu'elle me raconte toujours encore sur Slam ce pataud... ah! j'en reveux!... c'est tout délicieux! tout divin!... Mais c'est une fée véritable! c'est plus qu'une enfant!... Le chien il la comprend aussi... ils parlent tous les deux de moi, de mon complet, de mes façons... il lui répond avec sa queue, il bat, il tapote le tapis... C'est vrai... on voit qu'ils sont bien d'accord... Elle doit me comprendre moi aussi... Ah! c'est un autre monde tout à coup!... Elle veut maintenant qu'on se promène... on se promène autour de la table... c'est le jardin des délices... avec le vieil épagneul... tous les trois comme ça bien d'accord... je marche dans un songe... elle me guide par la main... elle nous précède dans les merveilles... d'un petit mot à l'autre... à propos du morceau de sucre... de la pâtée sur son assiette... de l'hirondelle qui doit venir... Ah! la magique comédie... Ah! que j'aime ça!... Ah! comme je l'aime!... nous nous promenons chez les fées!... Ça y est nous y sommes!... Tout le salon tout autour est un monde fées!... je ne savais pas... elle m'apprend... Ah! comme je l'adore!... tout va s'animer... parler... rire... le gros patapouf coussin aussi comme le clebs... le fauteuil aussi!... la théière avec son long cou!... tout le ménage se met en frais!... la mime à tout le monde... chacun danse à sa façon... la comédie du miracle... le gros guéridon à trois

277

pieds... il traverse la pièce bedonnant... presque comme Boro... tout cela d'un petit mot à l'autre, d'un petit mot de ma fée... et je comprends tout! plus besoin de phrases... Un sourire me fait comprendre!... Et l'énorme lustre en l'air... l'immense crinoline à bougies!... Ses larmes de cristal qui coulent... ruissellent partout!... Balance énorme falbabala!... Ah! que c'est donc drôle! Je vois trouble!... je vois toutes les chandelles! les flammèches! Je suis couvert de larmes!... de larmes de lustre! Un gros matou saute sur moi... il arrive tout miaou de la cave... tout velours et tiédeur il est... *Miaou! Miaou!*... il me brroute... brroute... il a sa musique de chambre... et puis à l'oreille, et qu'il est un confident aussi!... Nous nous comprenons tout de suite... Ah! je suis plus moi-même... Ah! je vois dans mon cœur!... dans mon propre cœur... tout rouge... Ah! je ronronne avec miaou... *brrout!... brroute!*.... absorbé alors tout comme lui! Il se fait ses griffes sur mon épaule... Ah! qu'elle est contente Virginie! Ça c'est une façon merveilleuse!... Jolie Virginie!... Je suis au ciel moi! simplement!... ça c'est fait doucement tout seul... juste par son sourire!... elle se montre vraiment tout adorable... mieux mieux... je brroute... brroute! Je suis son cœur!... mon cœur... son cœur!... Ah! je bafouille... Ah je l'adore trop!... C'est parfait en délices comme ça... j'ai plus qu'à dormir... m'endormir... tout doux... *broutt! broutt!... broutt!...* bavant... sans défense ravi sous le charme... c'est pas trop tôt! des mois que j'ai mal partout... à la tête... à la hanche... maintenant je sens plus rien... qu'une douce chaleur... Je m'abandonne... qu'on m'exécute!... Si ils osent! Si ils osent! je suis bercé en somme, je suis bercé... j'oublie... Mais quelqu'un me jette une pierre!... je la reçois dans le côté... je sursaute... je me lève d'une pièce!... Quel réveil!... Les méchants sont là! Je me rassois... S'ils y tiennent tant pis! Je m'abandonne au bourreau... Ses yeux!... ses cheveux!... Fillette! d'abord! Ah je l'embrasserais tout lucide avant l'échafaud... avant d'en finir!... Ah! la merveille enchanteresse! les yeux ouverts... mais attention! eh là mon Dieu!... d'un coup je suffoque... c'est un couteau que j'ai reçu... une jalousie qui me poignarde! Serait-elle la fille du colon? pas du tout sa nièce par hasard?... peut-être sa maîtresse?... sa poupée?... Ah! la question m'importune... Encore des mensonges?... sa maîtresse?... que sais-je?... Un satyre?... Je vois rouge! Je m'embrase tout jaloux! Je flambe! Je lui demande farouche...

« Votre père? le colonel?... *Your father?* »

Ah! tout connaître! Immédiatement!

« *Oh! No! Not father! Uncle!* Mon oncle! »

Quel brutal je suis! Quelles questions!

« *Father no more!*... Père n'est plus! »

Son fragile si gracieux visage... sa petite pointe de menton tremble, tremble de larmes... oh! je lui ai fait de la peine!... Butor! imbécile! Ah! c'est fini la féerie... Ah! je l'ai blessée!... ah! quel chagrin!... Je lui demande pardon! bien pardon!... je suis désolé!... je m'effondre!... je vais mourir si elle pleure... Je lui dis là tout de suite!... Je la menace... Ah! qu'elle me pardonne!... elle hausse un petit peu les épaules... je veux lui faire pitié... Le chien que je suis moi aussi!... un chien! c'est tout! un chien sale!...

« Moi *dog! dog!* »

J'aboye!... j'aboye!... je lui montre que je l'aime... que je l'adore!... elle me trouve tout de même exubérant... Je gesticule... j'aboye, je fais l'animal battu... je cours à quatre pattes sous les meubles si bien que ma tête me fait très mal... c'est pas une gymnastique pour moi... je bourdonne et puis de toute la tête... et puis des sifflets... je palpite... je suis en carillon... en chaudière... je fulmine... bouille... je roule à plat ventre!... je gémis... je tords sur les coussins!... je veux qu'elle me pardonne, je suis indigne, je suis indigne... j'ébouillonne d'amour... positif!... Ah! c'est des transports!... des sincères!... je veux qu'elle me comprenne!... Elle est peut-être encore trop petite?... Peut-être que je vais l'épouvanter?... comme ça par gesticulations?... et je cogne mon malheureux bras... il me lance alors, que j'en hurle et pas pour de rire!... J'esquinte mon complet, mon beau neuf. C'était bien la peine!

« Virginie!... Virginie!... » j'implore... C'est trop... c'est trop de bonheur!...

Je lui demande encore une fois pardon... dix fois... cent fois... je me remonte à ses genoux... je vais lui faire ma plus tendre prière... je veux l'adorer jusqu'à la mort... C'est ça mon cœur!... et davantage!... La mort c'est rien... juste un soupir!... Moi j'en soupire comme trente-six bœufs... adoration et cent fois plus!... voilà comme je suis!... Elle rit de me voir comme je m'agite... que je froisse chiffonne tout mon veston... Elle me gronde... Ah! comme je suis amusant malgré tout quand même... Je suis un cirque à moi tout seul... Elle est là devant mon nez... blottie dans le fauteuil... elle rit... jambes croisées... ses jolies cuisses... ah! j'ai honte!... ah! je l'adore!... elle porte des petites chaussettes bleues... ah! c'est vraiment qu'une fillette... ah! quel risque encore! ah! mais je l'adore!... Pourquoi on nous laisse tout seuls?... Pourquoi l'oncle est pas revenu?... C'est peut-être encore un traquenard!... La méfiance me reprend... le doute me saisit... une vive peur!

« Matthew! Matthew! »

Je suis sûr!... Ah je ne ris plus d'eux... je me redresse... je palpite! Ah! je suis dans les transes à nouveau... hanté par le flic!...

« Pardon! Pardon Mademoiselle! Vous êtes trop belle! trop merveilleuse... Je vais mourir le feu au cœur!... *Fire there!... Fire!...* Feu là!... »

Je lui fais voir mon cœur... Elle touche ma poitrine!... Ah! que je la fais rire cette enfant... Elle me connaît pas encore!... Elle me vexe à la fin!... Je vais la mordre un bon coup!... Ah! je ne sais plus!... je regarde là ses jambes tendues, musclées, merveilleuses, roses là... longues... brunies... ses cuisses, je vais les embrasser!... je n'ose pas! Si elle me chassait?... Si elle appelait l'oncle au secours?... Comme je suis cochon!... Ah! je la mangerais tout entière... ah! je l'adore!... Tout ou rien!...

Elle se trouble pas, elle me prend pas au sérieux... elle veut parler que de cinéma... toujours cinéma à présent... Regent Street, son cinéma!... Est-ce que j'ai pas vu les *Mystères?*... Mystères... Ah! mystères? Ah! elle m'agace... elle me taquine à plaisir... Mystères! Mystères! j'en connais moi des mystères, et qui ne sont pas des films du tout... Est-elle futile cette sale morveuse! avec ses mystères... *Mystères de New York* il paraît... Ah! là là! *Mystères de New York*! J'en connais des mystères, et qui sont bien de par ici! et des horribles et des tragiques comme elle y pense pas... cruelle petite! et que je suis bien malheureux... Moi malheureux?... je l'étonne. Ah! elle se moque!... elle rit aux anges... elle est trop jeune! elle me dégoûte... comme je l'amuse... Je me rebiffe alors!... et c'est vite fait! C'est assez!... de ses agaceries... Je l'engueule cette sale petite pisseuse! Elle me fait passer par toutes les nuances... c'est comme ça que je suis malheureux!... c'est tout de sa faute et pas de mon bras... j'avoue, j'ai la guerre... Elle a vu mon bras peut-être? Dans quel état que je souffre. Je me dépiaute exprès, je lui montre... Elle touche... elle fait un petit « Ah! Ah!... » et puis c'est tout!... ça l'étonne pas trop... Et puis ma tête elle a pas vu?... mon oreille?... Ça l'effraye pas!... elle me croit pas peut-être?... les cicatrices c'est pas du pour... elle croit peut-être que tout est truqué? que c'est comme son oncle? comme Sosthène? qu'on est tous une bande de chienlits... Elle voit tout de même... que c'est de la féerie?... Ah! elle me fout à ressaut! Ah! elle en veut des horreurs?... C'est le cinéma qui la bluffe... il lui faut du sang mademoiselle... Et bien je peux lui en raconter moi des horreurs de batailles!... que le sang dégouline de partout! Alors pardon ma mignonne!... Moi en personne et authentique!... Et alors joujou la mitraille... l'enfer des combats! les ventres qui s'ouvrent! qui se referment! les têtes qu'éclatent! boyaux partout!... glouglous!... Ah! ces massacres six quatre deux! Là elle aurait de quoi frissonner!... Pardon ma fifille!... Des boucheries si rouges, si épaisses que c'est plus par terre qu'une bouillie, plein les sillons de viande et des os broyés, des monticules et des collines! et des pleins ravins pleins de cadavres, même pas encore tout à fait morts, qui poussent encore des soupirs! et que les canons passent dessus! à la charge! mais oui s'il vous plaît!... en trombes parfaitement!... et les autobus! et repasse toute la cavalerie!... encore et encore! étendards flottants déployés... que ça fait tout un bruit énorme... un grondement de la terre au ciel! Dix! vingt! cent tonnerres! Je lui imite les cris du carnage... les râles, les hourras!... ça lui fait rien... ça la laisse froide, ça l'amuse même pas on dirait... Me trouve-t-elle pas le plus grand des héros?... Ah! bien zut je suis déconfit! le plus fantastique des blessés?... Je m'époumone pourtant!... j'en crache, bulle... Que j'ai chargé moi nom de Dieu!... *Taguda... di...* je lui montre! en tête des plus durs escadrons!... des plus farouches!... des plus féroces!... Je me surpasse!... C'est autre chose malgré tout, quand même, que les fadaises du cinéma!... les petites loufoqueries la tremblote!... Ah! salut!... Tremblement de terre sous la ruée des Divisions! Voilà du sérieux! Sus aux Batteries! nom de Bique!... Débouchés!... Mitraille à zéro!... le torrent des cavaleries!... Tombeaux ouverts!...

Tout ça la fait rire alors!... Ah! la bécasse!... elle comprend rien! je m'effondrais positif!... je retombais dans mon fauteuil!... navré vraiment... déplumé!... Peine perdue!... cette méchanceté!... Le charme était mort!... J'en étais tout pour mes frais...

Plus tard on prend son parti... on s'arrange de tout... on se contente, on chante même plus... on radote... puis on chuchote... puis on se tait... Mais quand on est jeune comme c'est dur! Il vous faut du vent!... de la fête!... des fanfares! et yop là! *Badaboum!* Plein de tonnerres!... on est exigeant!... La Vérité c'est la mort!... J'ai lutté gentiment contre elle, tant que j'ai pu la vérité... cotillonnée, l'ai festoyée, rigodondée, ravigotée à tant et plus!... enrubannée, émoustillée à la farandole tirelire... Hélas! je sais bien que tout casse, cède, flanche un moment... Je sais bien qu'un jour la main tombe, retombe le long du corps... J'ai vu ce geste mille et mille fois... l'ombre... le poids du soupir... Et tous les mensonges sont dits! tous les faire-part envoyés, les trois coups vont frapper ailleurs!... d'autres comédies!... Bulleux moutard me comprends-tu? Regarde-moi!... je vais t'entreprendre, te chanter *Tire-lure-lure!*... Non! mieux encore! donne tes trois doigts!... les aventures du quatrième!... le plus futé... le tout petit!... le plus fameux!... le petit didi!... celui qui connaît rien du tout!... J'étais prétentieux en ce temps-là... Je voulais faire des effets superbes, quand ça me prenait ma lunatique!... ça donnait pas à tous les coups!... je dois l'avouer je dois le dire... avec Virginie rien du tout... elle en voulait pas de mes mystères, elle me trouvait drôle à écouter, un peu comique, pas davantage... elle me prenait pas au sérieux... j'étais que français après tout sans doute... elle était anglaise... romantique je voulais être, pas qu'elle me prenne pour un saltimbanque, un farceur de foire comme Sosthène... J'avais beau lui remontrer mon bras, mon trou dans la tête, mes cicatrices, les longues, les petites, lui faire tâter ma cervelle, je l'effrayais pas du tout... Ah! insensible! même je dirais étonnant pour une fillette!... Elle était cynique au fond!... Ah! je me rendais compte peu à peu!... C'est moi qu'étais sous son charme, pâmé! extasié, victime!... Ah! je lui caresse les cheveux! tant pis!... je lui passe la main dans ses boucles, l'épaisseur, la profondeur!... Ah! l'électricité de l'âme! Je lui dis! J'en pâme! Je la sens dans mes doigts tout entière! Je lui mettrais la main dans les jambes... là je lui tiendrais l'âme! Je la préviens de même, je la supplie!... L'âme ça me préoccupe... Une fée pimpante, mignonne, si claire là devant moi et si garce!... Ah! c'est pas à tenir!... Ah! ça ne va plus!... moi j'ai admiré ses magies... je me suis laissé ensorceler... Je veux qu'elle m'admire... qu'elle m'aime à fond!... Je refonce dans mes épopées!... Ah! j'en ai encore de reste!... Comment que j'ai sauvé le capitaine! je veux qu'elle sache tout! ma bravoure extraordinaire!... en le traînant par les cheveux à travers tout le champ de la bataille... pas lui blond bouclé comme elle! non! non! tout noir! tout dru, des crins! entre les nuées de balles, des vrais nuages de poudre et de balles! que le ciel était obscurci tellement ça bombardait épais... par-dessus nous deux le capitaine et moi... Je lui imitais la mitraille, je faisais ses sifflets, des éclats... Elle se moquait quand même! J'étais burlesque! Je parlais pour rien!... Je me démenais pourtant!... gesticulais que je m'en faisais mal!... Pas pathétique voilà tout! Je la touchais pas! Fiasco!... Je la faisais pas trembler, frémir, demander grâce et mille pardons! Au secours! se jeter dans mes bras! Ah! ma belle! ah! pitié! Salope!... C'est vrai qu'elle était narquoise... elle était peut-être flicarde en plus, bourrique et voilà... ça m'expliquerait les aguicheries... les cuisses... cette façon de se tenir... où que j'étais tombé en somme?... mignonne et mignonne... je l'amuse? Chichis! elle me berne! elle me fait du charme pour les poulets!... Ah! vous êtes jolie Mademoiselle! Charmeresse mes couilles! Ah! les petits oiseaux! Je vous retiens! Elle attend que les flics, c'est marre! Elle était dans le coup la gamine! Bien sûr! Petite Nitouche elle me promène! elle doit s'amuser... Gros niguedouille moi qui m'agite!... c'est tout de même au berceau le vice! Ah! je réfléchis! ces poulets sont longs à venir! Voilà ce que je trouve... Ils doivent traîner chez Matthew... Il va rappliquer avec eux... J'ai plus aucun doute... Tout de même je lui demande :

« Matthew ?... Matthew ?... »
Je plaisante plus du tout.
Elle comprend pas...
« Comprend pas ?... Comprend pas ?... ficelle !... »

Ah! ça c'est affreux ce que c'est perfide... c'est des abîmes de sournoiserie... Allons faut que je l'embrasse quand même avant de partir... ça me turlupine depuis une heure... faut que je profite... ce sera fini... Elle valait pas mieux que la Finette... tout réfléchi tout compte fait... Kif-kif morues cafeteuses perfides !... mais celle-ci alors précoce ! Ah! là là! c'était moche tout de même ! J'en aurais brâmé... je voulais malgré tout être certain... un revenez-y... Je voulais poser une question... en avoir le cœur net... C'est elle qui m'attaque.

« Vous êtes comme le cinéma! » voilà ce qu'elle a découvert! « Vous êtes triste! et puis vous êtes gai !... »

Voilà l'effet de ma pantomime... C'était pas flatteur... elle était sûre à présent... J'étais comme le cinéma! Comme le cinéma ou rien !...

Ah! j'avais rien à répondre! Je pouvais m'en aller !... Mais comment je me retrouverais tout seul... maintenant je pourrais plus... Tout de suite j'étais épouvanté... je pourrais plus vivre sans elle... ah! mais ça serait effrayant! zut! tant pis! je reste comme ça je bouge plus... de chagrin je fige... je reste là vissé ahuri... je perds tous mes moyens... ridicule !... je voyais plus que ses yeux... Comment que je ferais dehors? Je me cognerais partout... Et les autres? les deux lustucrus?... ça me relançait tout d'un coup! qu'est-ce qu'ils pouvaient foutre? Ils redescendaient pas !... Quelle catastrophe ils préparaient là-haut dans les combles?... Deux beaux jocrisses encore ceux-là !... J'avais le temps tout de même d'y penser dans mon désarroi... Ah! ça promettait de la surprise !... Y avait du cirque sur la planche. Ah! je me secoue zut! je m'oblige... Tiens! je vais l'engueuler! Elle m'a vexé suffisamment! Je vais la terrifier nom de Dieu!

« Insouciante !... je lui fais... étourdie! *Don't you know?* Vous ne savez pas? Je me suiciderai ce soir !... »

Ça c'était une fine trouvaille.

« *You?... You?... You?...* »

Elle veut pas me croire... je vois ses yeux qui rient... Qu'est-ce que je ferais pour l'abasourdir cette môme frise-poulette? Je cherche encore... je suis forfait... j'arrive à rien avec elle... Comment que je la ferai gémir, tordre, rouler, bramer dans les larmes la petite brute salope? Ah! vous attendez les flics!... J'y repense encore... Je vais leur faire voir quelque chose aux flics! Moi! Je vais abattre Sosthène! Entendez? pitre pourri! forban! cafard! Écraser ça! Ce sera-t-il plus fort que les films? Et l'oncle aussi, en même temps... merde!... pendant qu'on y est!... petit cafouilleux colonel pou! L'Hécatombe! Le sang à gogo! voilà pour la demoiselle! une boucherie en plein salon... je vais les faire venir... des flaques!... des mares!... des ruisseaux!... elle en veut du vrai cinéma! Je lui promets ma mort, elle rigole... eh bien, elle va voir autre chose! elle va en voir trois! dix! douze! les larbins avec nous. Des hécatombes! Comme chez Prosper!... comme chez Claben!... puis je foutrai le feu!... Elle verra bien si j'ai rêvé!... Ils verront tous si je badine! Ah! je vais l'embrasser... avant que ça flambe!... elle s'échappe, elle joue à cache-cache, elle veut plus du tout!... j'arrive à rien!... Le Ciel dans ses yeux!... petite toupie!... Ah! qu'elle est belle miraculeuse!... Ah ! j'oublie tout à la regarder!... Ah! je perds le nord! la mémoire! ah! je retombe à genoux!... Elle veut bien de ma tête sur ses genoux!... Ah! ma chère merveille!... Ah! les mots tout gâteux qui me reviennent!... Je fonds! Je fonds... je lui demande pardon! encore! je me couperai la langue un jour!... Je me roule à ses pieds!... J'en saccage esquinte mon complet... Ah! je me relève... les autres vont venir... Elle rit encore... Ah! quelle est cruelle!... Voilà les maudits domestiques! on est jamais longtemps tranquilles... ils apportent les couverts de table, ça va être l'heure du dîner... ils vont il viennent, ils ouvrent les portes... voilà l'odeur de la cuisine... je repère! Ah! c'est du gigot... c'est net... Je renifle... c'est plus fort que moi... Honte!... Comme j'ai faim!... J'ai faim encore!... oui!... Avant de mourir, avant le suicide! les hécatombes! Oui! Oui! Ah! l'horreur! goret! j'avoue! j'en gargouille de faim... de fringale.

« *You stay with us?* »

Elle m'invite. Elle se moque... Je devrais m'en aller... Et le mercure alors?... Il est oublié... J'oublie tout!... Je vais revoir l'oncle! Sosthène! Toute la famille à table! Comme si rien n'était!... Quelle dégradation!... Mon amour-propre surgit! Elle rit la mâtine!... Elle voit que je souffre... de honte et de faim!... Moi qui ne voulais plus manger!... Je m'étais juré absolument!... Il nous arrive de la cuisine des bouffées encore de gigot... c'est bien du gigot... Je m'étais fait serment de mourir! de m'enfuir au moins!... Mais je suis déjà si fatigué... ma tête bourdonne... C'est la faim!... Je reste là tant pis... crever? bouffer?... J'en sors pas! souiller mon amour si tragique?... Elle me comprendra jamais!... C'est une insensible!... Mignonne... une fée... mais futile, oiselle, capricieuse... je suis incompris!... La supprimer alors? Bon Dieu! qu'elle débarrasse!... l'aimer à la mort?... je divague... je me fais rire!... Je la tuerai une autre fois!... bouffer donc! allons-y bâfrer! L'appétit m'enivre! l'odeur qui nous arrive.. par la porte... envahit... pénètre... je hume!... j'en bave. . Amour fatal!... Comme c'est difficile!... Je me tiens mal!... Le gigot!... Je regarde plus rien... j'attends le rôti... Je me fous des autres... Qu'ils s'amènent!... Les couteaux s'agitent... le couvert... les cristaux... les coupes à présent... le champagne!... tout est préparé!... les hors-d'œuvre... et des gerbes de roses!... Tiens c'est une vraie fête!... C'est pour nous peut-être ces frais?... Ah! mais, ce flacon? au beau milieu? le mercure!... mon mercure! on le fête! on me fête! un flacon comme l'autre! le même flacon exactement!... Je le reconnais!... en ornement!... au beau milieu en surtout entre les roses... on va fêter mon mercure!... en famille entre bons amis! Ah! la plaisanterie est piquante! quelle astuce!... Ah! c'est parfait!... ah! bel à propos! Je comprends que l'on m'invite!... que l'on compte sur moi!... pardi! Ils vont arriver... toute la compagnie... Un peu d'amour-propre! Sauve-toi Ferdinand!... Je regarde la belle enfant... Elle me sourit un petit peu... Je pars? Je pars pas? Je rougis... je bégaye... je lui montre à la petite le flacon!... là sur fleurs au beau milieu.

« *Oh! it's funny!*... Comme c'est drôle!... »

Je trouve pas ça drôle moi du tout... on voit que c'est pas elle... Ils ont des façons de s'amuser...

« *Don't mind!... Don't mind!...* »

Voilà tout ce qu'elle trouve... que c'est une sorte de gaminerie... Je suis lâche abominable!... Je ne demande qu'à céder... Je vais rester là encore un coup... je rougis mais je reste, je bouge pas... gâteux... veule... jusqu'aux policemen!... qu'ils m'emmènent!... Le coup est ourdi bien sûr!... entendu!... Ils sont tous d'accord!... Je suis persuadé au fond... ce truc du mercure, c'est le tableau, le bouquet!... le mercure sur la table! le flacon! le cinéma!... Monsieur est servi!... Sosthène je le retiens celui-là!... Barbaque!... Il était du condé maquereau!... Et l'autre là je la regarde mignonnette! Elle me fait chier à force... J'ai un sursaut d'énergie... Hein? petite allumeuse!... frimousse! à quoi que vous nous jouez au fond?... avec les minets? les oiseaux?... Toute la mimiquerie... la salade?... à quoi que ça rime?... simagrées... farine... stratagèmes?... Si je vous déculottais aussi?... Que je vous file une terrible fessée?... dévergondée... que vous diriez de cette musique?... c'est pas des oiseaux! Il a bien raison votre oncle! faut punir sur place! Ah! j'ai la tête en bourdon! Tout ça que je décide! je ne sais plus!... ni quoi? ni quès!... de la menace!... des menaces partout!... où que je m'entraîne?... la preuve?... et puis le gigot qu'est presque là!... je le sens!... toute l'odeur qu'arrive!... elle monte en tantale!... elle monte de l'office... les larbins s'agitent... ils m'étourdissent à s'agiter... Je me renfonce dans mon fauteuil! Je ferme les yeux...

« Eh bien vous voilà tout de même!... »

Sosthène qui s'amène tout jovial...

« Ah! toi mon chameau!... attends! »

Ah! il me sort de l'hébétude... ah! saloperie je vais le torcher!

« Tu oses charogne? »

Je le harponne.

« Allons! Allons! quel caractère!... »

Il me repousse d'une main.

« Mademoiselle, excusez-le!... »

Il a honte pour moi! C'est lui qui m'excuse!... Les convenances!

« Vieille saloperie! T'entends crapule?... »

Je veux pas laissez ça! Je suis mauvais!

« Je te ferai voir le chien de ma chienne!...

— Allons! Allons! Soyons calmes!... devant cette enfant!... »

Il me prie de respecter les oreilles... il me donne le bras...

287

il m'entraîne... Ah! c'est le même jus que le Boro!... C'est derges et consorts!...

La table est servie! Voilà le colonel! et la croûte! Ils se sont changés tous les deux... en bleu de chauffe, hautes bottes caoutchouc... fini le chinois et l'opérette... sérieux tous les deux... absolument *experiments*! Savants au travail! J'existe plus moi à côté... même avec mon 3 livres 6! J'attaque tout de suite... Je lui fais remarquer!

« Vous êtes joliment beau Sosthène! Vous volez aussi? »

Comme ça toc!

« Pas tant que vous coquet! »

Il s'attendait à ma vape. On se chuchote des choses aimables... On se laisse pas tranquilles... La petite entend rien... Le colonel non plus... il ne dit rien... je l'observe entre les bouchées... il sourit comme ça tout droit devant soi... Il s'occupe pas de nous... C'est un homme dans ses réflexions!... De temps en temps il grogne « Hum! Hum! » puis il se ressert une bonne tranche... jambon, gigot... tout!... C'est un fort mangeur... Y a de quoi... C'est servi faut voir!... Je lui chuchote encore au Sosthène :

« Je te ferai empiffrer saloperie!... Je te ferai manger du gratin, tu m'entends cher Maître?... de la merde!... »

Il m'horripilait.

Et le flacon là au mercure devant nous au milieu des fleurs, il était pas venu pour des prunes!... C'était bien à mes dépens... pour voir un peu la gueule que je ferais... Ah ils avaient du temps à perdre!... Je tenais nom de Dieu, je tenais bon!

« Dis donc, que je le préviens encore comme ça dans le tuyau, dis donc dégueulasse si ils viennent les autres... tes potes... les flics tes amis tu sais?... belle ordure!... eh bien! je partirai pas tout seul!... Moi je te le dis tout de suite hein! poulet! poulet, je te préviens d'avance!...

— Chutt! Chutt! voyons misérable! »

Il s'offusque... il me trouve impossible!...

« Quelles façons! »

Il se plaint... Ah! je l'excède! Je me tiens par trop mal!...

« Attention! voyons! Tenez-vous! Vous êtes pas dans votre corps de garde! Vous faites un bruit avec votre bouche! Pas tout à la fois! Découpez votre viande! »

Je me tenais mal c'était exact, j'étais nerveux... c'était de sa faute... La petite nous voyait chuchoter... l'oncle heureusement regardait rien... Il avait les yeux comme ça fixes... il bouffait en état second... il avalait tout sans regarder... comme dans un songe... le céleri... une grosse sardine... puis du roquefort, tout un gros morceau... Et puis des bonbons... une poignée... il refaisait le repas à l'envers... il recommençait tout par les fruits... et ce bruit alors là pardon! il mastiquait comme un chien!... dix fois plus que moi!...

« Eh bien! tu ris pas Sosthène? »

Non! il riait pas du tout... Pourtant là juste en face à face... C'était pas drôle ça? non? pas drôle? Voilà du lèche-cul!

Ah! j'allais pas encore râler discuter, me refoutre en colère! Pour quoi faire? Ça servait à rien... Je m'écœure, je laisse aller, tant pis merde! J'ai déjà bien trop discuté... allez hop! sourires à tout le monde!... voilà, con comme eux et tranquille, je suis convenable, entendu, je suis tout!... Les flics ils viennent? Ils ont qu'à venir!... Je les attends là, ils vont me trouver convenable! en famille et tout, le mercure au milieu de la table... les fleurs... les sourires...

☆

À peine on avait dormi... enfin somnolé au fond des fauteuils... Personne nous avait chassés... c'était déjà quelque chose... voilà Sosthène qui se réveille.

« Mon ami, maintenant, plus de flâneurs! il va falloir vous rendre utile!... »

C'est ses premiers mots... tyrannique... Tout de suite ça prend du galon! C'est lui qui me mettait au pas... Il me donnait ses « directives »...

« Sautez jusqu'à Rotherhite! Montez voir Pépé! Dites-lui que je me porte pas mal, que je suis content du colonel, qu'elle prenne patience gentiment et qu'elle mange pas trop de chocolat! qu'elle me fasse pas trop de sottises!... qu'elle tripote pas le catafalque! Elle sait ce que je veux dire! »

Il me souffle : « Achille... » Je comprends... La momie...

« Qu'elle vous donne mes pipes!... Ah! et puis dites-lui

fermement que si elle se tient pas tranquille, je reviendrai jamais la voir!... qu'elle achète rien surtout... qu'elle me fasse pas de dettes!... Que j'irai peut-être la voir bientôt... si elle est sage! Là! voilà! c'est entendu!... Tout ce que vous avez à dire... Ah! puis alors le plus grave! Vous passerez au ministère! »

Il me regarde un peu mon costume...

« Vous êtes maintenant vêtu convenable!... Ah! vous surveillerez vos paroles. »

Il me considérait...

« Ça ira... soignez vos manières!... Descendez à Whitehall... c'est le bus 42... vous verrez tout de suite les immeubles... c'est pas difficile... tous les ministères côte à côte... des deux côtés toute l'avenue... faudra trouver le nôtre... Ils se ressemblent tous... Attention!... le *Secretary for war*... Vous vous renseignerez... Département des Inventions!... Vous pénétrerez dans l'immeuble, vous demanderez l'Office " Special " pour le concours des masques à gaz, les conditions du concours, les heures, les dates, vous me rapporterez la notice... Vous la perdrez pas!... Il paraît qu'ils ont tout changé!... qu'ils ont avancé les épreuves... Dépêchez-vous! Soyez de retour avant la nuit!... Ne traînez pas dans Rotherhite... Ne revenez pas ivre! Faites proprement votre commission!... Filez et soyez discret! Ne donnez pas notre adresse!... Ah! pas d'adresse à personne! Ça jamais d'adresse! Surtout à Pépé!...

— Comptez sur moi Monsieur Sosthène! Y a des personnes bien plus bavardes!... »

Il m'agaçait fortement avec ses recommandations...

Le colonel l'écoutait, il l'approuvait en tout et tout... hochait de la tête... Un coup là subit, il se redresse... Garde à vous! comme pour l'envie l'autre fois de pisser...

« *England! England rule the Gas!* »

Ça le reprend, il braille... c'est plus la prostate... Il se rassoit... c'est tout... Il retombe dans son hébétude, le regard comme ça fixe devant lui. Sa nièce le cajole.

« *Uncle!... Uncle!...* » qu'elle lui murmure toute gentille... tout affectueuse...

Mais Sosthène lui il est remonté! Il coupe cette scène de famille! Il veut de l'énergie, de l'action!

« Au travail!... il clame... Au travail!... »

Et il t'attrape l'oncle par le bras, il te l'empoigne, il l'entraîne... Ah! c'est terrible de voir ce genre! Du voyou pareil! Cet aplomb! cette insolence!... C'est lui le caïd à présent! Je peux pas supporter... Je peux tailler bien sûr, laisser tout... C'est tout ce qu'il mérite! J'y pense... ah! j'y repense... c'est une idée qui m'empoigne... Mais la petite alors!... La petite?... Je la plaque dans ce cas, je la laisse à l'oiseau, je l'abandonne pour ce gugusse... c'est pas possible!... Il me ferait foutre le camp ce pourri!... Ah! pardon! Ah! je le tue plutôt!... Mais si je la prenais moi, que je l'enlève! Ah! ça ça serait magnifique!... ça ça serait héroïque et sublime!... Ah! je vais lui demander... je veux son consentement... je m'enthousiasme... ah! je m'enflamme! je vois le bonheur!...

« Mademoiselle!... Mademoiselle!... »

Je m'avance tout de suite pour lui dire... je bredouille... je bégaye... je peux plus... ah! j'aime mieux réfléchir encore...

« Je pars!... que j'annonce... Je pars! Je reviens!... »

Ils sont surpris un peu quand même... comme je m'en vais gentiment... comme je m'exécute sans réplique...

Me voilà dehors, la chaussée... l'avenue... je boite un peu mais je me dépêche, ravi, bouleversé de bonheur... C'est un ange! je jubile! c'est un ange! C'était un vrai talisman une petite fille comme ça du ciel! une idole de beauté radieuse!... que son charme devait bien me sauver!... que j'étais un veinard d'amour!... que si la guerre finissait dans pas trop longtemps, on pourrait peut-être se marier?... s'établir... Ah! j'en battais la campagne... je gambergeais bien plus loin encore... je voyais tout en rose en miracle... amnistié comme ci ou comme ça... d'une façon d'une autre... plein aux as je ne sais pas comment!... le sus en boni... tout s'arrangeait miraculeux... Emporté par mes réflexions, mes mirages tout chauds, tout bouillants, je voyais plus du tout mon parcours, les rues, les passants, l'autobus! tout emporté par la passion! la foi! la joie! Je trouve Rotherhite en somnambule... la rue... la maison... je tombe pile dessus... hop! les escaliers quatre à quatre! une porte!... une autre... je renifle... C'est là!...

« Pépé! Pépé! je l'appelle... Pépé Rodiencourt!... »

Je frappe... je cogne... C'est long!... je refrappe...

J'entends des paroles là-dedans à travers... C'est long pour m'ouvrir! Enfin on arrive... C'est elle!... les cheveux plein le nez... elle crache, elle souffle, toute barbouillée de rouge à lèvres... elle sort d'une bataille!... elle raccroche son cotillon... sa robe de chambre, les pans des loques... Ah! bien c'est du beau!

« Madame, que je lui fais... Madame!... Votre mari vous dit bien des choses!...

— Ah! vous venez de ce garnement? Donnez-moi vite son adresse!... où qu'il est encore caché?... »

Elle retrouve tout de suite ses esprits.

« Madame!... Madame!... C'est impossible!... »

Du coup c'est la crise.

« Je vois ce que c'est! Je vois ce que c'est! Il veut me faire mourir de chagrin! »

Et je te fonds en larmes, en terribles sanglots... Elle se tord de douleur contre la porte... Moi qui suis venu pour concilier...

« Madame! Madame! je vous en prie! ne vous fâchez pas! Seulement n'est-ce pas c'est un secret! »

Ah! malheur! qu'est-ce que j'ai dit là!... Elle rebeugle dix fois plus fort...

« Il veut me faire mourir! Je comprends!... Il veut que je meure encore!... Je le connais le bandit! »

Elle sent fort la gniole par exemple, elle m'en souffle plein le nez...

À ce moment « Poëp! Poëp! Poëp! »... Une voix qui m'appelle. Une voix d'homme du fond derrière elle... Je vois pas ce bonhomme...

Elle fait celle qui n'entend rien... C'est une voix de vinasse... « Poëp! Poëp! »... ça recommence...

Ah! mais pardon... Poëp! Poëp!... ça me dit!... ça me rappelle quelque chose... Je voudrais le voir ce lustucru...

« Qui c'est qu'est là?...

— Oh! un ami!... »

Elle s'arrête pas par exemple de chialer...

« Comment qu'il s'appelle ton ami?

— Nelson...

— Nelson qui? je demande... Nelson les peintures? Nelson Trafalgar?... »

Je vois que ça l'emmerde de me répondre... mais aussi elle

m'intrigue bien... je veux savoir... je répète ma question... elle se place tout en travers... elle barre la porte... Je veux passer... Elle referme la lourde, elle la laisse juste entrouverte... elle se méfie maintenant... Bon! Je reste là... On reste comme ça l'un devant l'autre... elle est sournoise la cocotte...

Le Nelson si je le connaissais! si c'était celui des chromos... l'artiste en plein air... juste aux marches de la « National »... un vilain jacquot à mon sens... contrefait aussi comme Mille-Pattes, pas plus sympathique, infirme de naissance et mauvais, cafard, rancuneux... on s'en méfiait au *Leicester*... Malgré sa patte courte il cavalait pas croyable... il arquait de biais comme un crabe tout autour de ses croquis... une vraie toupie sur l'asphalte... tout le temps agité pirouettant... il arrêtait pas... il expliquait aux croquignolles les Pyramides, le Niagara... et tous les monuments du monde... tout ça pour sa clientèle... la tour Eiffel, le Kremlin, le Crystal Palace! en plus un six-mâts carré et le saut de la rivière d'Epsom... et puis encore une scène d'orgie romaine avec dix-huit femmes en péplum... y avait rien à dire... Il exposait dans tout Londres, dans les trains, au Charing, à Chelsea, mais son salon principal c'était les dalles du Trafalgar juste au-dessous du monument... C'était là qu'on le trouvait d'habitude entre les pigeons et le bassin... pour ça qu'on l'appelait Nelson... Tout de suite il m'avait débecté moi ce fricoteur... Il s'annonçait mutilé de la guerre... c'était qu'un pur bluff! « *Ex-serviceman* » sur sa pancarte... Absolument faux!... Il était qu'infirme de naissance et pas davantage... Ça me révoltait moi forcément qu'avais des titres et des sérieux... Il se défendait pas qu'en artiste, en barbouilleur de trottoir, il avait d'autres cordes à son arc. À la sortie du « Museum », les dames souvent se reposent un peu, elles admirent la belle perspective, elles laissent leurs affaires sur un banc, elles sont étourdies faut voir, les demoiselles surtout... Nelson il s'ennuyait pas, il avait l'œil à la pêche, les pupilles toujours à l'aguet... il faisait un peu les sacs à main... pas qu'il les étouffait pour de bon, il prélevait seulement sa petite dîme, un ou deux shillings, d'un doigt preste, ni vu ni connu... J'aurais pas eu confiance en lui. Où il était drôle par exemple, c'était dans les moments de brouillard, quand ça envahissait tout

Londres d'un seul coup comme ça plein midi... comme un édredon *sur* le trafic... Il avait pas son pareil pour reconduire les personnes jusqu'à leur hôtel... souvent des dix, des vingt la queue leu leu... celles qui se trouvaient saisies pantoises, bloquées en plein fog... Ça faut reconnaître, un virtuose comme dépanneur à touristes... Une tombée de nuages en pleine promenade c'était du nanan pour sa pomme... Tout l'Empire passe à Trafalgar... forcément... soit un jour ou l'autre, tous les dominions en vadrouille, les badauds des trois continents... Que les brumes soufflent de la rivière, que le vent rabatte un grand fort coup, toute la place se trouve étouffée, toute blanche, tout opaque en moins de deux, c'est le désarroi pas ordinaire, les personnes voyent plus leurs chaussures, faut les reconduire comme des aveugles... Par la grande avenue Westminster le brouillard recouvre toute la ville en pas cinq minutes... ça peut survenir dès octobre, l'ensevelissement blanc... Ça alors c'était le grand coup de boum! la fièvre à Nelson sur ses petites guibolles, il dropait après les touristes, les petites miss perdues dans les vapes... il les rattrapait tâtonnantes dans les becs de gaz... il ramassait les vieux hagards, les effarés, les titubants, les clopinclopants droite et gauche qu'allaient caramboler partout... Il rassemblait hélait tout son monde, ralliait, poulopait d'un groupe à l'autre, il te les emmenait tous par la main et puis à son cri « Poëp! Poëp! » comme ça jusqu'au prochain métro et jusqu'à leur domicile si ils avaient encore peur... Du moment où ça devenait blanc, impossible à voir, il envoyait son « Poëp! Poëp! », l'appel de brume tout autour de lui... Il se rendait utile faut convenir, il obligeait bien des personnes, c'est pas drôle quand le trafic s'arrête, qu'on peut tourner sur soi-même des heures et des heures, où ça devient des fois si opaque, que personne ose plus avancer, que tout stoppe, même les petits taxis, même les cabs à cheval, que c'est un désastre sur le Strand, que les coachs remisent, que toute la foule bute aux trottoirs, ramponne dans les murs... C'était un instinct qu'il avait le bosco Poëp! Poëp de se débrouiller dans les brouillards, la façon qu'il se retrouvait dans les épaisseurs de coton, à l'estime, en navigateur, jamais un doute, un zigzag, même dans les moments si épais que ça étouffait les feux de Bengale, les torches à souder, celles qui ronflent à la sortie des théâtres, des fureurs de forge, ça fait rien on les distingue plus, le brouillard est le plus fort! On dirait que toute la vapeur va prendre emporter la ville. Y a plus que Nelson qui se retrouvait par des temps pareils... N'importe quel coin de Londres, n'importe quel bonhomme, quel objet, il se trompait jamais d'une adresse, d'un square, d'une impasse, il aurait retrouvé tel fantôme d'une buée dans une autre... Et pourtant c'est du casse-pattes les rues de Londres, à la va-te-faire-foutre, numérotées rebours traviole... Jamais pourtant il s'empêtrait, il tombait pic tout de suite au but, à la sonnette, voyez Seigneurs! Madame est chez elle! et « Poëp! Poëp! », il fonçait vite s'en chercher d'autres. Il se faisait commode cinq six livres comme ça dans un après-midi... Il ameutait du péristyle tout le paquet des tâtonnants : « Poëp! Poëp! *any direction!* pour toutes directions! Suivez-moi! » Il en avait conduit tels quels de toutes les espèces vers tous les coins de Londres, des longues miss, des gros patapoufs, des de l'Afghanistan, des du Pérou, des de la Chine, du Panama, et puis des provinciaux pas fiers... des collections d'abasourdis, d'effarés dans les brouillards subits. Il profitait un peu du trouble, que les personnes désemparées oubliaient un peu leurs objets... Tout de même il abusait pas... Mais comme guide alors impeccable! il les amenait tous à bon port, à l'exacte adresse! Il s'augmentait bien son casuel les jours de coups de brumes. Il plaquait vite ses chromos aussitôt que ça tournait à l'ouate... Au juste il était bien placé pour son tapin, son genre d'endroit, le square Trafalgar, c'est un cirque, un vrai rendez-vous pour les nuages... les buées y raffluent de partout en épaisseurs, en géantes voltes... Y a de quoi affoler les clients, surtout que ça poisse ça dérape. Il les faisait traverser les rues la main dans la main et puis toujours avec son cri « Poëp! Poëp! » à la ribambelle et puis tout le long des vitrines... « *Lady be careful!* »... Il avait le mot et l'humour... Toujours loustic rassurant... Tout ça et « Poëp! Poëp! ».

Ah! ça me revient d'y penser... ah! c'est lui! j'y suis! sa gueule! je l'avais entendu, je rêvais pas! comme ça devant Pépé je me souvenais... c'était l'ostrogot!

« Pépé je lui fais! Le Nelson est là! Faut que tu me le présentes! »

Je suis sûr que c'est un mouchard... je veux le regarder de face à face...

« Non qu'elle me fait, vous ne rentrerez pas!...
— Mais je le connais votre visiteur! »

Elle geint encore mais pas si haut, elle fait la Nitouche que je la froisse.

« Vous le connaissez? qu'elle me demande.
— Bien sûr! Poëp! Poëp! Eh! bien sûr!... Poëp! Poëp! » je l'appelle comme ça...

« Poëp! Poëp! qu'il me répond de l'intérieur.
— Vous allez pas parler de rien?... »

Maintenant c'est elle qu'est effrayée.

« Non! Non! Je vous promets... Mais comment qu'il est venu ici?...
— Il vous cherchait... » qu'elle me chuchote... Déjà elle le donne...

« Comment qu'il vous a trouvée? »

Ça c'était encore du rébus.

Enfin voilà, j'entre, je pénètre, je le trouve sur le lit.

« Poëp! Poëp! » qu'il me salue le verre à la main, tout content, vautré. Il est à son aise...

« Salut! Poëp! Poëp! T'es saoul, ça va? »

Je l'attaque, il me dégoûte.

« Tu peux voir mézigue!... Tu peux voir! »

Il se fâche pas.

« Qu'est-ce que t'es venu foutre ici? »

Je me renseigne.

« Je m'amuse tiens! Tu vois pas! Je m'amuse! et je te cherche morpion en plus! Poëp! Poëp! Petit pote! Ah! que je suis heureux de te trouver! »

Il veut se lever pour une bise.

« Pourquoi que t'es heureux?
— Que tu vas me donner mes deux livres!
— Deux livres de quoi?
— Que je ferme ma gueule! »

Ça demandait des explications.

Il se rajuste sur le plumard. Il se lance à la sérénade :

Salut ô ma belle inconnue!
Salut! Salut!

Puis il rebascule, il se recouche.

« *Drink! Drink darling!* »

Il commande. Ils sont au mieux je vois tout de suite... Elle revient avec une bouteille... c'est du rhum... elle verse... elle me fait semblant qu'elle est gênée comme ça devant moi... des chichis... il te l'empoigne alors... il te l'assoit... Oh! là! cocotte! la tripote, la retourne sens dessus dessous... elle proteste...

« Poëp! Poëp! voyons! » qu'elle glapit.

Il l'embrasse... ils reculbutent ensemble. Quels éclats de rire!

« *Darling! Darling! I love you!* »

La gêne disparaît... Elle repêche le flacon sous le châlit... Ils se servent et rasades!... Dans le même verre à ma bonne santé!... C'est plein de feuilles de roses tout par terre, des pétales, la pluie des paniers... Elle lui a fait la scène de même! Ah! je connais sa façon! La séduction! le coup des photos!... alors ça biche dur, pas d'erreur! j'arrive pour l'apothéose!... Une Pépé pareille! Il me fait une remarque obscène si je trouve pas qu'il bande comme un cheval? Que son père était palefrenier à Maisons-Laffitte!... Ça c'est drôle alors! Y a de quoi rire! Ils s'en tirebouchonnent tous les deux!... faut qu'elle oublie tous ses chagrins!... et juste que ça la reprend terrible... voilà qu'elle chiale épouvantable...

« Tais-toi! Tais-toi! » il la brusque... Il veut pas de pleurs autour de lui! Il la recajole sur ses genoux! Ils retombent aux caresses!... Ah! zut! ça va! Je voudrais qu'il me cause! Je le tire par les pieds!...

« Qui c'est qui me cherche hé dis Nelson? »

Juste qu'il est maintenant de bon poil... Il va peut-être se montrer bavard!

« Attends poteau! Attends! je vais te dire... »

Il demande pas mieux que de raconter. Il remonte la Pépé sur ses genoux...

« Voilà! Voilà! »

Il rote un coup sec, ça va mieux...

« Voilà! voilà » il me raconte... « Elle arrive donc le *[un mot illisible]* soir Angèle, sa femme! tu la connais! Mme Cascade pour mieux dire!... elle me pique au vif en pleine séance... juste sur mes craies tu peux te rendre compte!... j'avais un monde fou... Elle me cause!... Elle me fait : " Pas une minute à perdre! Nelson! Nelson! Extrême urgent! " ses propres paroles " Cascade vous demande! Vite au *Leicester!* Sautez hop!... " Tu me connais n'est-ce pas, obligeant serviable et rapide, même invalide comme je suis... mais tout de même c'était du désastre... J'avais du monde plein mes barbouilles! des touristes [*un mot illisible*] des gens bien!... Je finissais justement une tour Eiffel... elle insiste... elle me supplie... je cède... je plaque tout... Très bien! Tu connais Cascade! Soupe au lait! Je veux pas de zizanies! Je veux pas le vexer pour rien au monde!... Je lui dois trop de services... Et puis tu sais qu'avec Cascade je perds jamais un sou!... Sa femme c'est autre chose!... Je lui demande bien d'abord à l'Angèle : " C'est pour votre mari n'est-ce pas? c'est pas pour vous? — C'est pour lui et c'est deux livres l'heure! " Ah! j'étais fixé! " C'est une recherche très délicate... " Oh! du coup je fonce! ça m'intéresse toujours les recherches!... Tu vois comme ça s'est passé!... Oh! Oh! Oh!... »

Et il en rigolait encore du souvenir comment c'était venu... comment qu'il avait bondi... et l'Angèle et la foire sur le pont! Et puis ils se repapouillent Pépé et lui-même... j'assiste à tout ça en fleur, aux plus grosses bises et aux petits cris... Ils me regardent plus...

« Allez! Allez!... » Je les décroche... « Allez! raconte donc dégoûtant!

— Voilà! Voilà! Je te disais, elle me fait : " Cascade est de la *fête*! ça vaudra mieux que vos barbouillages... Sautez à la tôle!... " Je cavale... me voilà... tu me comprends bien... Tout de suite il m'attaque : " Mon cher Nelson! le Chinois? Avez-vous vu le Chinois sur votre Trafalgar? Est-ce que vous l'avez aperçu? le Chinois! le Chinois en robe? " Voilà comme il me cause. Je rigole. " Chinois... Chinois... ça dépend!... C'est pas les Chinois qui manquent!... " J'en avais vu des quantités... c'était bien exact... des Chinois de toutes les couleurs! je sais pas si c'était celui-là! des vrais bataillons que j'avais vus devant mes tableaux! des petits des gros des moyens... " Expliquez-vous voir un petit peu!... C'est pas une merveille un Chinois! " Du coup il me donne des détails... Le sien c'était en somme un faux... d'après ce que je comprenais... c'était un Français par le fait, camouflé en robe... un chienlit... en robe verte dragon jaune au cul... quelqu'un qui se cachait... Il me le dépeignait un petit peu... comment qu'il cause... ses manières... sa gueule... Je saisis! Poëp! Poëp! Ah! le phénomène!... Il quittait pas son parapluie... il avait aussi des rouleaux de papiers comme ça plein son froc... il se promenait beaucoup... un peu partout vers le centre mais surtout vers Dover... Bond Street... " Poëp! Poëp! Entendu!... Je serai pas long à vous le rattraper!... — Il rôdaille autour des filles... Il leur fait du mal... il leur pince les miches jusqu'au sang!... " Tiens! ça me dit quelque chose!... un maniaque!... Finette m'en avait causé... Exactement un Chinois... Attends un petit peu je me rappelle!... Ah! puis tout d'un coup ça me remonte!... Elle t'avait même vu avec lui... Tu vois ça d'ici... " Il est pas pédoc? " que je demande... Je voulais parler de toi... Je voyais qu'ils te cherchaient avec... "Non c'est pas le genre, qu'ils me rétorquent... c'est du véreux, du coup qui se monte!... " Ah! ça c'était alors mauvais... je comprenais qu'il était à ressort. Que vous lui montiez une vacherie avec ce Chinois... que vous aviez quitté la tôle avec des idées... " Un moutard qu'on avait recueilli!... qui tenait pas en l'air... qui me double! Rattrape ce chintoc! Œil de lynx! Démerde-toi! il me le faut! et le môme itou! — Très bien! Très bien! Parfait Cascade!... " Pas de conditions avec lui, je connais les manières... Je fonce!... Il aime pas qu'on tergiverse...!

Je trouvais que c'était bien raconté... que ça m'ouvrait des perspectives... il était parfaitement en train. Voilà qu'on nous coupe *encore*!... C'est à la porte qu'on frappe, qu'on sonne... Pépé saute du lit, elle court, c'est le petit laitier, elle nous laisse, elle galope du lit!

« Alors? Alors? que je le stimule, raconte Poëp! Poëp! vas-y maintenant merde! Comment que t'es parvenu ici? que t'as trouvé le logement, la dame?

— Dis donc mon môme un petit peu! Tu crois qu'on connaît personne? »

Ah! je l'offensais.

« Un Chinois petite tête ça se retrouve! Surtout faux! tu m'entends?... Y en a pas tant que ça à la traîne!... Je l'aurais retrouvé moi tiens césigue déguisé en crotte de souris! Chinois pas Chinois! dans les poils du cul du lord-maire!... Ah! là! tu vois c'est te dire! »

Le buté!... voilà... le buté!...

« Ah! tu me connais pas petite *craque*, du moment que je me décide!... »

Il me gafait avec une pitié. Il était terrible prétentieux de retrouver n'importe quelle tronche dans les rues de Londres à volonté. Plus lynx que n'importe qui.

« Tu vois! Pas un jour que j'ai mis!... et Poëp! Poëp! au nid le furet!... Je ramène le beau et la belle! Je veux bien que je l'ai eu commode! il faisait pas une once de brouillard... un temps idéal! entendu! Mais y aurait-y tombé l'étoupe, plein les douze districts tiens comme ça! le brouillard purée plein les mains, je vous les ramenais quand même... Aucune importance! Quand je cherche moi je trouve! Rappelle-toi clampin! voilà ce qu'est sûr indéniable! »

Et il crache un coup sur le poêle de loin! *Vloff!* un gros glaviot... ça crépite et fuse!

« Voilà comme il est ma petite tête!... »

Fier de lui qu'il en rugit! Il me considérait de son haut, du rebord du lit, sale cul-de-jatte, en avantageux! La Pépé sur le palier dehors elle s'occupait plus du tout de nous... elle gloussait en grands papouillages avec le petit commissionnaire, dans l'embrasure... le petit laitier... on entendait leurs bécots! Elle perdait pas une seconde... Nos discussions devaient l'embêter... Tout pour l'ardeur voilà son genre... Je comprenais la dame. Poëp! Poëp! m'en remet encore un coup, il veut me bluffer à toute force, encore du récit de ses prouesses, il me voyait sourire...

« C'est moi! tu m'entends petit cloche! que je suis je peux dire sans me flatter le plus grand pilote de Londres! ceux de la Rivière existent pas! Apprends ça moineau! Moi Nelson, le roi du brouillard! Poëp! Poëp! Je fais peur aux pigeons! Regarde-moi ça d'ici! *Baoum! Baoum!* »

Il faisait semblant d'épauler... de tirer par le vasistas... tous les pigeons imaginaires... Fallait que je l'admire en tout... pour ça aussi!

« Alors qu'est-ce que tu décides? »

J'en avais assez de ses grimaces.

« Eh bien c'est tout! Je t'ai trouvé!

— T'as trouvé quoi peau d'anguille? T'as trouvé un trumeau à noircir, sa Pépé des chiots!... Mais le Chinois il te pisse à la raie... Voilà ce que je te dis moi mon cave! »

J'allais lui rabattre son caquet à ce sale flambard... Il me répugnait à la fin... C'était mon tour de rigoler...

« Dites donc! Dites donc petite andouille! voilà des mots de trop! »

Il s'attendait pas, il se crosse...

« Ça va Poëp! Poëp! je plaisante!... »

Je voulais pas le fâcher tout de suite, j'aurais plus rien su. Du coup il revient à la secousse.

« Alors tu vas le voir dis Cascade? Ah! ça il faut! absolument! Si je lui annonce que je t'ai retrouvé et que tu veux pas venir alors ce barouf! Ah! tu te rends pas compte!...

— Si tu lui dis rien?

— Alors il dira : " Nelson double! C'est pas possible qu'il est bredouille! Une *nouille* le Nelson tout d'un coup! Ça c'est jamais vu! "

— Tu veux pas faire quelque chose pour moi? Tu sais que je suis emmerdé... »

Je le tâte.

« Voyons voyons! pauvre caboche! soye un peu sérieux... Qu'est-ce que tu risques à venir le voir, à t'expliquer entre deux hommes?... C'est pas un avaleur Cascade! Il demande pas mieux que de te comprendre!... Il t'a prouvé! En ami! Voilà, il veut pas qu'on le double... Il connaît Londres un peu mieux que toi!... Il sait où ça peut conduire!

— Oui! Mais dis un peu je veux pas le voir... je suis sur un coup *[un mot illisible]*... je t'expliquerai... une affaire!...

— Ah! Ah! Tu vois que t'es sur un coup! »

Il rupine le lynx! J'ai avoué! Je nie pas du tout! Au contraire!

« Pour sûr! Pour sûr! que je renchéris... une affaire Nelson dis comme ça! »

Je lui montre le sac... je fais le geste... des kilos et encore!

« Ah! Poëp! Poëp! alors tu te rends compte! »

Je veux qu'il en bave.

« Tu peux pas te faire une idée! »

Il hoche la tête... il me regarde drôle... il se demande si je me fous de sa gueule...

« Non! Non! que j'insiste... Tiens! comme ça! »

Je lui refais tous les gestes... les gros sacs... des cinq et des six... Ah! il fait la moue, il croit rien...

« Un coup? Un coup? Excuse morpion! tu l'as pas encore! Moi c'est pas du vent chez Cascade! Je la saute jamais! Rubis sur l'ongle mon ami! Cinq livres! Dix livres! Je présente! Ça va! Envoyez! Jamais une parole! Salut! À la prochaine fois! Voilà du travail! Ce coup-ci tiens c'est au moins dix livres pour la façon que je t'ai retrouvé... »

Ça c'était du marché en main... Y avait une invite...

« Oui mais Poëp! Poëp! tu te précipites, tu regardes rien de ce que je te cause... tu penses qu'au pognon... mais ce que je te parle c'est pas que du pèze... une proposition de sacs comme ça! »

Je lui refais encore les geſtes!...

« Même que tu me fais un peu sourire avec tes dix livres! Misérable... Ah! là là!... je me marre.... si c'était que le bulle je t'en aurais pas même causé... mais y a bien autre chose là-dedans! Écoute un petit peu... »

J'y approche l'oreille...

« C'eſt aussi une affaire d'honneur! »

Là il me gafe il roule des lotos... J'y souffle alors dans le conduit...

« Secret militaire! »

Ah! ça il s'attendait pas. Il reſte sur son cul... c'eſt un choc.

« Je peux pas t'en dire davantage! Fais ce que tu veux à présent! »

Il se balançait sur le rebord, il allait et venait, il pouvait pas croire...

« Tu me bluffes morpion! Tu chines aussi!...

— Mais non! Mais non! pas toi Poëp! Poëp! Toi c'eſt pas la peine! T'es du lynx! Viens avec moi si tu doutes! »

Je pouvais pas dire mieux!...

« Tu me promènes je te dis! »

Il renâclait.

« Mais non! »

Il reſtait sceptique. Je le pique au vif.

« C'eſt un coup à gagner la guerre! Là maintenant eſt-ce que tu saisis? Tu comprends peut-être la gravité? Tu veux-t-y que les Alliés la gagnent? ou que tu t'en fous? que ça t'eſt égal? »

Il reſtait baba.

Et j'étais formel

« Maintenant Poëp! Poëp! t'es renseigné! Fais ce que tu veux! Si tu sabotes c'est ton affaire! Je t'aurais prévenu voilà tout... À ton bon plaisir! »

Voilà comme je cause. Ah! ça l'agaçait mes paroles! Il louchait en bas puis en haut... tellement qu'il était troublé par mes paroles de mystère. Il osait plus me toiser en face... Voilà qu'il se débat et violent.

« Mais idiot! mais c'est déjà fait! Mais elle est toute gagnée la guerre! Qu'est-ce que ça vient foutre! *England win the war!* Et la France aussi nom de Dieu! »

Puis il se ravise :

« Ah bien par exemple! Merde pour la France! »

Il est en colère.

« Ah! tu vois Poëp! Poëp! tu déconnes! tu sais plus du tout ce que tu dis.

— *What idea?* Qu'est-ce que c'est?

— Que tout dépend de toi Poëp! Poëp! c'est bien simple! C'est net!

— Comment que ça dépend? »

Il en revenait pas.

Je lui explique encore.

« Poëp! Poëp! t'as une nature de femme! Tu peux pas tenir de déconner! Je suis sur un coup extraordinaire... je veux te mettre au courant en copain... Tu dégueules partout! Tant pis! l'affaire est perdue!

— Tans pis quoi?

— Mais pour le secret! le secret à gagner la guerre! boxon de nom de Dieu! Je peux pas tout te répéter jusqu'à demain! Tu vas tout baver chez Cascade! À ton aise! Monsieur est servi! on va la perdre... c'est comme ça que ça se perd... un con dans ton genre...

— Ah mais si, morpion, qu'on la gagne! »

Il veut pas du tout!

« Comment qu'on la gagne? Avec ton manche dis l'artiste? »

Je lui taille une basane. Il commence à bien bouillir.

J'y insistais encore.

« Pas comme tu t'y prends catastrophe! »

Ah! il se tenait plus sur le plume... il en tortillait de colère! Ah! si je m'amusais!...

« On la gagnera!... c'est dans la fouille! »

Il hurlait ça buté en rage.

« Ah! mais pas du tout!... »

J'en démordais pas.

« *Long live England! Health for England!* Merde pour les Français! » qu'il gueulait lui encore bien plus fort.

Là-dessus il attrape le rhum, il se jette un coup dans la glotte, comme ça de haut... *glou... glou... glou...* Puis il revient bluffer... il veut me faire voir encore son genre, son tir aux pigeons... ses imaginaires... par le vasistas... *Baoum! Baoum!* Il s'énerve ainsi. Il en voit partout des pigeons tout autour de moi comme sur l'esplanade de son square. Et puis il entonne son grand air. Il veut pas se laisser abattre par mes fariboles!...

« *Health for England! Victori..ou..s! Rious!... and Glori..ous!* »

Il se remet comme ça en confiance... Il recommence encore deux trois fois... Il se sent beaucoup mieux, ragaillardi, en pleine forme!... Allons!... Il va me donner ma chance!... Ça le taquine quand même...

« Morpion! Morpion! je t'écoute!... »

Je lui répète tout encore une fois, comment qu'on va gagner la guerre grâce à l'invention merveilleuse... je lui dis pas laquelle...

Il réfléchit.

« Bon! Bon! Ça va, c'est entendu! T'es sûr alors? Secret militaire?...

— Oui! Oui! »

Je crache. Je suis positif. Il admet.

« Bon! Mais alors tu vas tout me dire? Je répéterai rien, je te le jure! »

Il crache de même.

« Chutt! Chutt! Chutt! »

Là je l'arrête net. Et la Pépé là et le môme!... Il les voit pas sur le palier? Mais ils peuvent entendre!... Quel con et bavard ce Nelson!

« J'en ai trop dit! » que je lui fais.

Ah! ça ça l'emmerde!... Je l'ai intrigué et puis je lui coupe! Il en crevait de bignoler... Il me regarde bien malheureux... il se file encore un coup de gniole, une rasade *à même le* litre... Il exhale à fond... Il me souffle dans le nez... Il me cligne de l'œil... Je l'ai abruti... Il comprend plus rien...

304

« C'est de la connerie ton histoire ! »
Voilà ce qu'il conclut.
« Eh bien viens voir ! on y va !... »
Je peux pas mieux dire.
« On y va quoi ?
— Voir le Kitchener. Tu le connais pas ?
— Qui ça Kitchener ?
— Au War Office !
— Tu vas t'engager ?
— Mais non baudruche ! Voir le ministre ! C'est lui le ministre !
— Tu vas lui dire ?
— Pas tout ! Pas tout !
— Ah ! Ah ! dis donc ! »
Là je m'impose. Il en rote comme je suis discret...
« T'es rusé piaf ! T'es rusé ! T'es un rigolo ! T'es canaille !... »
Il m'ajuste au flanc moi aussi... comme ça là... comme les pigeons... et *Boum ! Boum !* il me vise en plein cœur... Je rigole avec lui.
« Viens au ministère, tu verras ! »
Je le presse, je l'adjure.
« Je peux pas t'offrir mieux ! Je te fais voir Kitchener en personne !
— T'es espion alors ? T'es espion ? Tu m'avais pas dit ! »
Ça le saisit d'un coup que je suis peut-être espion ?... Il me regarde... Ah ! il en revient pas ! Faut que je me disculpe.
« Mais non andouille ! C'est l'invention !... T'as rien compris ? C'est personnel !... C'est pour le ministre !
— T'as pas inventé la poudre ?
— Bien mieux que ça Poëp ! Poëp ! Mille fois mieux !... Ah ! tu m'en diras des nouvelles ! T'as pas une idée !... Viens avec moi !... Je peux pas mieux te dire...
— Ah ! mais après tu me diras tout ?
— Tu verras toi-même ! C'est juré !... »
Il dégringole, bascule du page. Il se replante sur ses torves guibolles. Maintenant il est tout frétillant...
« Eh bien en route !... Je pars avec toi !...
— Bon alors oust ! »
Qu'on se dépêche ! je veux pas qu'il se ravise. La Pépé est

toujours dans la porte avec le môme en papouilles... Elle veut qu'il rentre, il veut pas!... ils se font des reproches...

« Ah! qu'elle fait, vous vous en allez?... »

Elle est toute surprise...

« Allez hop! On va revenir!... »

On l'écarte et vite!... Ah! j'oublie les pipes du vieux! Il m'avait bien recommandé... Tant pis je reviendrai! J'étais trop pressé!... Ah! j'étais content de ma bonne farce! Il se doutait de rien le *zan*... J'avais mon petit plan pour lui... Dehors je le sèmerais... J'avais mon idée... Le temps qu'il nous retrouve ça ferait toujours un petit délai... deux ou trois jours... le temps qu'on souffle... fallait que je le sème par exemple... ah! aucune violence... à l'astuce!... Nous voilà en route. On arrivait à l'Aldgate juste au carrefour des tramways... Il se met à mollir... il s'arrête... et puis il redéconne...

« Allez piaf tu me bourres! qu'il m'attaque! Pas plus de ministère que de réglisse! Tout ça c'est de l'arnaque! Je m'en retourne!

— Ah! dis donc sale con en route! »

Je le tiraille, je le brusque. Faut pas qu'il dérobe nom de foutre!...

« Pas de scandale t'entends dans la rue!... »

Ah! je suis hargneux! Il ronchonne, il repart. On retraverse le Strand... Sur l'asphalte on voit encore ses craies par terre... son Crystal... sa tour Eiffel... Malgré toute la pluie ça a tenu... C'est encore bien vif en couleurs... Il se rengorge du coup.

« Tu vois piaf! tu vois! c'est pas de la camelote! »

C'est exact je le félicite.

Ah! nous voilà devant Whitehall... les longs bâtiments... on cherche... on cherche... on trouve le « War ». Je l'arrête sous le lampadaire...

« Tu m'attends là Poëp! Poëp! T'attends! Tu restes là! tu bouges pas! »

Ah! c'est pas marrant qu'il trouve... Il voudrait venir lui aussi. J'insiste.

« Tu m'attends là, tu demandes rien!... Je suis pas une minute là-haut... Je descends je viens te chercher... Faut que je les prévienne qu'on est deux! T'en vas pas surtout!... »

306

Il veut venir quand même, il proteste... je l'écoute plus, je fonce... je pique dans la porte à tambour... j'enfile les couloirs!... je galope!... Voilà l'escalier!... Six quatre deux! L'huissier qui m'arrête!...

« Les *" Inventions "* *if you please...* »

C'est moi qui questionne...

« *Inventors?* Porte 72! *Seventy-two!* »

Galop! Galop! Je bute dans quelqu'un! Je flanche! Je me rattrape! Hop! 72! *Bing Bang!* Je cogne! « *In!* » que ça répond... J'y suis! Les murs le bureau pleins de pancartes... et des affiches et des couleurs « GAS MASKS TRIALS »... C'est pas ardu à comprendre... C'est bien mon affaire!... L'huissier barbu me passe une notice... les conditions... Je comprends tout de suite... *Gas Masks Trials*... On lira à Willesden... tous les détails...

« *Thank you! Thank you!* »

Maintenant en route! Galop! Salut! Par l'autre côté! Si le Poëp! Poëp! m'a suivi?... Que je me refoute dedans! Oh là là! si je poulope dévale!... je brûle la moquette! Je fonce à l'opposée direction... ça doit aboutir St-James Park... j'aperçois les arbres tout au bout des couloirs.... La façon que je me précipite!... encore des portes et des portes!... encore un galop... deux étages... je redégringole tout... en trombe que j'atteins le péristyle... J'émerge! ça y est! voilà les arbres!... ah! je respire! ouf! personne!... Le saligot! je l'ai bien couillonné cette charogne! Voltige sale tordu! Ah! le lynx! le schnock! je rigole!... Salut papillon!... L'autobus 17! Je saute dedans!... Pour un peu je retournerais au Strand rien que pour voir sa gueule! Ah! le veau! la tronche! j'y pense!... je me marre dans le vent de l'impériale... je respire je souffle!... Ah! le maudit prétentieux!... Ah! le méchant flic... Faudra pas le revoir celui-là... C'est qu'il est rancunieux coriace... S'il a été têtu l'oiseau!

☆

« Maître que je lui dis, ça va mal!... on va pas être long-temps tranquilles... Nelson est sur notre piste... C'est votre robe qui nous fait du tort... on vous repère partout!... faudrait mieux l'enlever...

— Qui ça Nelson? Je connais pas!... »

Je lui explique un peu le genre, le frimand que c'est...

« Ah! vous en connaissez du monde! Ah! elles sont propres vos relations! »

Je lui raconte alors ma visite... comment j'ai retrouvé sa Pépé... pas tous les détails bien sûr... seulement un petit peu... comment qu'elle se portait... très bien à vrai dire... et puis qu'elle avait du monde... le joyeux Poëp! Poëp! en personne!... et puis alors mon aventure! comment je m'étais dépêtré... que je l'avais semé cette engeance!... oh! mais que c'était pas fini!... coriace le mec! une sangsue! qu'on allait le revoir... Ça lui faisait pas beaucoup d'effet à Sosthène mes révélations... Il m'écoutait comme ça dans le vague... Qu'est-ce qu'il avait contre moi?... Il faisait la gueule... J'avais bien fait sa commission... la notice et tout... j'étais rentré juste à l'heure... Il les avait ses détails! le lieu des épreuves... l'usine... tout! Ça devait avoir lieu début de juin... ça nous donnait une sérieuse marge... Il avait le temps de faire le singe!... Ah! j'avais oublié ses pipes!... Enfin il m'en parlait pas... Il me faisait la gueule seulement... À la fin j'en avais assez...

« Dis donc, que je l'attaque, tu m'écoutes? Je cause pas à la Lune! »

Je voulais des nouvelles du contrat. C'est ça qui m'intéressait.

« Il se décide ou il se décide pas, je lui demande, l'excentrique? Qu'est-ce qu'il t'a dit? Il avance ou il avance pas?... »

Toujours dans les nuages. Je le secoue...

« L'a... L'a... L'avance? qu'il bégaye...

— Mais oui cafouilleux! l'avance! »

Je voudrais pas qu'il se régale tout seul!...

« Mais... Mais vous avez besoin de rien!... Vous êtes habillé à ravir! vêtu comme un prince! un Lo... Lord!... »

Ah! sournois la tante! je suis sûr!

Il s'était servi, il me faisait polker!...

Je lui casse le morceau...

« Sosthène je vais vous dire... Ça va pas durer longtemps... Je me tue à vous le répéter!... Poëp! Poëp! est sur notre piste... Vous êtes connu toquard Chinois! tout Londres vous connaît! Attendez que le Nelson rallège et ses rigolards! Vous aurez du remords! Je vous l'annonce!... Je connais un petit peu les personnes! tout puceau que je suis! Ça va mal Maître, c'est un désastre! Ça a l'air de rien... je veux pas vous émotionner, mais vous pourriez ⟨aller⟩ en prison... voilà ce que je reniffle! »

C'est moi le dur.

« Prison?... La prison?... »

Ah! là il suffoque... Ah! j'ai des mots insupportables! Le mot « prison » ça l'a réveillé... ça le fout en crosse, il m'insulte... que je veux le livrer aux pires escarpes! voilà bien mon genre!... que je le compromets à dessein... que je manigance son kidnapping...

« Qu'ai-je à faire avec ces crapules dites-moi? Dites-moi une petit peu! Chenapan! Allons! Expliquez-vous donc!

— Et moi donc, cher Maître! Comment que je les connais? c'est la fatalité des choses! La guerre!... les horreurs... les sauvettes... les circonstances abominables!... Ah! si je pouvais être ailleurs!... Au diable! Oui tenez au diable! »

Après tout, j'y envoie pas dire... j'ai des griefs moi de mon côté! autrement!

« Vous m'aviez promis la Chine Sosthène! le Tibet Monsieur! Les îles de la Sonde!... Les plantes merveilleuses et magiques! Qu'est-ce que c'est devenu? Hein? Je vous le demande... Cham! Cham! Cham! et Tam Cham! Du ballon! du pour! »

Je le mettais devant ses mensonges!... Il faisait caca tout gêné ricaneur le rire en coin... Mais moi je le gafais pas pour rire... j'allais encore faire un malheur... rien que d'une seule main je l'étranglais... avec la main gauche... son quiqui de canard... La mauvaise foi ça vous bouleverse!... d'un Chinois pareil! ça vous sort des gonds... une fois de plus qu'il glousse... je peux plus me retenir! j'y tords!

Ah! prodige! juste à ce moment-là une lueur qui monte, nous inonde, m'arrive dans les yeux, m'éblouit... me remplit la tête... le cœur!... Une lueur... une aurore!... Nous étions dans l'antichambre, juste devant la salle à manger... J'attendais pour passer à table... C'est elle!... Comme ça là!... Oui elle!... son divin sourire!... Elle vient d'entrer dans la pièce... je l'avais pas aperçue... Magie! Je l'adore!... Ah! je palpite! Elle vient d'entrer!... ma Virginie!... Le cœur me bat plus fort! plus fort!... c'est elle... à rompre! Sa petite figure adorable!... Je bredouille, bégaye!... Je ne sais plus!... Je reste là tremblant!... tremblant de peur sous son regard... Quels yeux! le ciel!... les ardoises du ciel... je me perds... Non! le reflet!... Ah! si je la perdais un seul jour!... Je n'ose plus du tout risquer rien... je voudrais embrasser le monde! et Sosthène avec! lui aussi! de joie! du miracle! Toute ma colère est partie, évanouie au charme... toutes les méchancetés!... Je suis guéri, moustillé, aux anges! Je trépigne sautille... je sens plus mon trépan, ma douleur de tête... Que je la regarde encore ma merveille... Ah! heureusement qu'elle est revenue... j'allais commettre encore un crime... Son sourire, sa frimousse me sauvent... Mon ange gardien mon adorée... sa robe à plis écossaise... ses jolies cuisses... ses muscles si mouvants là... dures, roses, mates...

Ah! là là! qu'est-ce que c'est encore?... « À table! À table! » Je regardais ses jambes... C'est trop merveilleux, plus encore... C'est de la statue de lumière, et rose et fraîche et insolente... si elle va se sauver! je la saisis! Ah! là faudrait que je l'attrape... au genou là... que je l'empoigne, que je la morde un tout petit peu... Oh! qu'est-ce que je vais faire!

« Allons! à table! » c'est l'autre qui me pousse! le mal élevé... Il jubile trémousse... Il a eu très peur tout à l'heure! que j'étais mauvais... Maintenant c'est fini! Le gong sonne! Ça y est, ça rempiffre, on va s'en refoutre jusque-là... Quelle désolation! Je devrais plus manger du tout!... Je devrais vivre que de sa lumière, que de la beauté de mon adorable... ça c'est entendu... que de l'auréole de ses cheveux... je l'aimais trop...

« Allons hop! »

Si ils sont pressés! Même la petite qui me trouve lambin... elle veut aussi passer à table... Moi qui adore sa lumière, qu'est là transi d'admiration... Elle me sourit... Je la contemple ma déesse... Elle se dandine...

« Allons! en avant! elle me fait... *Go on!*

— Tu veux manger tout froid alors? Tu veux pas de potage? »

C'est Sosthène, le cri du cœur... Ah! le malfaisant!

Ah! ne vivre que de gentillesses... de ferveur... d'illumination... Peut-être juste un fruit... son baiser... d'un petit mot à l'heure des repas!... C'est tout!... d'une mignonneté délicate!... Qu'elle me dise maintenant « Je vous aime! »... Mais elle est trop jeune, trop sensible!... Ah! le porc, le groin... il me pousse!...

« À table! À table! Le colonel vous attend!... »

Il saute lui, il plonge... Il se jette sur la nappe, sur les plats... Tout de suite il attaque... Il bondit sur les artichauts...

« Je suis végétarien! » qu'il annonce, comme ça bien sûr en plaisanterie...

Il croque à pleines dents comme un âne... Il fait un bruit avec sa bouche... il mâche trois trognons coup sur coup... Et puis il attaque le jambon... comme ça du manche... il mord en plein! Un ogre!... Pourtant c'est pas un gros coffre!... C'est une mauviette, un fluet... Faut voir ses coups de mandibules!... du famélique, de l'ogre privé!... Un ouragan sur les hors-d'œuvre... Il vous ferait rougir comme il mange... J'ose même plus regarder Virginie tellement qu'il me fait honte... Il verse du bourgogne... Le colonel récite les « grâces »... leur genre de prière... Il baisse les yeux le Sosthène... Y se recueille comme quand il mâche mou... « *ever and ever...* » leur Pater...

☆

Tout de même après cette bonne ripaille, au lieu de s'endormir, bien qu'il ait eu son fort sommeil, je l'ai empêché de s'assoupir, je l'ai houspillé tant et plus... il m'a obéi un petit peu... il a attaqué le colonel qu'était lui aussi bien repu, dodelinant, roteur... Que ça pouvait pas durer, qu'il fallait une décision... que nous deux là pour les masques, des travailleurs intimes en sorte, on devait coucher à l'atelier... pas par quatre chemins!... que le coup d'aller pieuter en ville c'était qu'une perte de temps immense!... au détriment des recherches! Que le colonel considère!... Y avait bien sûr le salon, mais c'était pas une méthode... roupiller sur les divans... c'était bon pour deux trois jours... coucher au laboratoire, ça c'était intéressant... à pied d'œuvre en somme! il nous faudrait pas grand-chose... juste quelques coussins, une paillasse... Ah! là je le trouvais astucieux!... effronté quand même... l'autre s'il allait réagir... nous envoyer foutre?... Pas question!... Il prend ça parfait... Oh! la bonne idée!... elle l'enchante... Il biche... « Yes! Yes! certainly!... » et signe aux larbins!... qu'on nous loge... qu'on nous installe... et beaucoup mieux qu'au salon! on se dépêche, on grimpe, nous voilà au second étage... Une magnifique chambre à deux lits... Je vous demande pardon... du luxe!... de la soie!... des rideaux brochés!... des édredons énormes comme ça!... du double tapis... à pas croire!... dans la même maison que mon idole!... ah! c'est gâté! sous son propre toit!... mon cœur!... rêve! Je crois pas!... C'est impossible!... On touche... on palpe tous les deux!... C'est du vrai... c'est pas du décor!... et chauffé cocotté et tout... Eh là! nom de Dieu! et quelle table, quel rata, quel fignolade! Ils se foutent pas de nous!

« Dis donc, que je fais, Sosthène! Tu trouves pas que c'est de la plante magique... qu'on est déjà arrivés?... Je dis ça pas pour rire... »

Il s'assoit... Il me répond rien!... Il se fait rebondir sur le plumard... c'est du ressort parfait... une laine à pas croire de moelleux... c'est le confort total... Ah! vraiment y a de l'émotion! On se trouve enveloppé... Il est attendri je vois bien... Il dodeline, il penche, il est vague... ses yeux se mouillent... il va d'une larme... Il jette des regards vers la fenêtre...

« Qu'est-ce que t'as? je lui fais... Qu'est-ce que t'as? Tu te plais pas ici?... »

Il est accablé... Il peut plus... Ses paroles s'étranglent...

« Mon pauvre petit!... Mon pauvre petit!... »

Il sanglote, il fond.

« Qu'est-ce qu'il y a grand-père? qu'est-ce qu'il y a?... »

Il m'inquiète.

« Je peux pas te dire !... Je peux pas !...
— Mais si !... Mais si ! tu peux ! Essaye !
— C'est une impasse mon pauvre enfant !... C'est une impasse !... »
Une impasse ?... C'est tout ce que j'en tire...
« Pourquoi ?... Pourquoi une impasse ?... »
Je veux des détails !...
Il est effondré, il croule, il a perdu tout son culot, une loque !... Il reste là avachi rêveur... puis il redégouline...
« Mon po... povre enfant !... Nous... Nous ne savons pas où nous allons ! »
Cette bonne blague ! Là-dessus il bafouille, il chiale, il tremble si fort qu'il secoue tout le pajot, les montants et le châssis qui clinque... C'est une crise, une désolation... Ah ! bien c'est du propre !... Et il sait plus où nous allons ! Et bien ! c'est mimi !...
« Mais au Tibet qu'on part grand-père !... Mais au Tibet ! c'est entendu !... On l'a dit cent fois !... Maintenant c'est la bonne !... aussitôt qu'on décroche la prime ! l'avance nom de Dieu ! on fout le camp ! »
J'étais énergique.
« Oh ! Oh ! mon enfant !... Oh ! mon enfant !... Si vous saviez ! » Il peut dire que ça... Si vous saviez !...
« Si je savais quoi ? »
Il recroule en chaudes larmes !... Il tient plus de chagrin. Il se soulève. Il se jette à mon cou... Il m'embrasse... Il me trempe de ses pleurs !... Je me laisse faire...
« Les masques !... les ma... masques mon enfant !... »
Ah ! voilà ! les masques ! C'était le hic ! ah ! je m'en doutais... Il gémit... il renifle... il sanglote...
« Les masques quoi ?...
— Pas au point mon petit !... Pas au point !
— Mais ça va venir !... que je le rassure... Vous avez encore bien du temps !... Plus d'un mois devant vous !... »
Il renifle de plus belle !... Je l'ai pas rassuré... Nous voilà jolis !... Il se dégonfle, il cane !... Fini mon Tibet !... Au jus les plans, les mystères... Il en veut plus... Finie la frime ! Sale pantin il fiasque ! Fini l'envol !... faudra trouver autre chose ! Mais les flics vont radiner en force ! Voilà ce qu'on va voir !... Je sens ! Pas dans un mois ! Illico !
« Alors ? Alors ?... que j'y fais honte... Vous laissez ça là

complètement!... à quoi que ça sert que vous pleurez?... Vous allez voir le colonel! et que je le comprends cet homme! que vous le secouez en plein boulot! en plein effort! et que c'est mauvais un excentrique! c'est capable de tout!... Ah! là là! pardon! en justice!... comment qu'il va se plaindre!... Ah! ça vous l'aurez voulu! Il hésitera pas! »

Je lui fais pas grâce... je le mets devant son infamie...

« Je sais pas si je pourrai Ferdinand!...
— Pourrai quoi?...
— Le mettre!... mais le mettre!... »

Il me montre le masque sur sa tête. Il fait le geste, les énormes choses... Il en pâme de peur, il choque des dents, c'est une musique... une vraie crise là qui le saisit, une chiasse... Il se décompose, ses yeux tournent, fixes blancs... il se rassoit... Ah! c'est pitoyable...

« Be... be... be... » qu'il m'attrape les mains... il se noie, il rend l'âme rien que de parler des essais.

Je le retape sur le lit, je l'étaye, j'y place un gros polochon...

« Là grand-père! faut pas jeter le manche!... Y a encore du temps!... Y a un mois! »

J'essaie qu'il tremble plus...

« Y a encore du temps... » j'insiste... et puis je rigole du masque à plumes... comment que ça va seyant...

« Ils sont pas bons ces attirails... c'est pas de la bonne came? C'est pas une bonne découverte? »

Je vais aux renseignements un petit peu... Je sais pas moi... je questionne.

« Mais si!... Mais si!... Je crois!... Peut-être... »

Il est pas chaud...

La frousse le rattrape... Vraiment il est pas convaincu!... Il me demande aussi moi ce que je pense?... Ça c'est le bouquet!

« Tu le trouves drôle toi aussi le colon?...
— Drôle?... Drôle?... Ça dépend des jours!... Ces inventeurs toujours c'est drôle! Si t'avais connu des Pereires! On est pas drôles nous dis donc? »

Je veux qu'il rigole, qu'il se rende compte... que c'est pas si extraordinaire... qu'il a la berlue... un malaise... que ça va passer... Je lui fais :

« Allons! Tu te détériores!... je te reconnais plus... tu te ronges le foie!... T'as pas en fait aucune raison!... T'as même pas lu la notice... Tu te frappes pour rien... Regarde! renseigne-toi d'abord! regarde! »

Je lui montre le papier, la note... Je lui épèle... on la regarde ensemble... Il comprendrait rien tout seul... L'anglais vraiment il est obtus... C'est bien décrit les conditions... Ça faut admettre c'est du strict!... « Tous les Inventeurs en même temps coiffés de leurs masques respectifs, dans une seule casemate, deux gaz coup sur coup! arsines et puis le gaz inconnu... le 8 juillet au matin à neuf heures très exactement aux usines Wickman, Kers and Strong... Upper Betlam Green. » Le lendemain encore deux autres gaz, toujours les épreuves, dix minutes chacun. Le tout sous le contrôle officiel « casemates hermétiques blindées » souligné même que c'était. Et puis les membres du jury : un amiral, deux généraux, trois ingénieurs, deux médecins, trois chimistes, un vétérinaire. Vraiment tout à fait sérieux...

Tout semblait prévu au programme. La gamme des primes et récompenses. En cas d'asphyxie légère une petite prime de vingt-cinq livres. En cas de malaise assez grave quarante livres fifty. En cas de mort, cent livres pour la veuve, trente par orphelin... mais l'inventeur bichant ferme, le triomphe à toutes les épreuves, alors cette gâterie!... cette gloire, les millions! la chiée!... la commande énorme immédiate!... Cent mille masques par mois!... Plus même besoin de Tibet!... Le gros lot terrible! La timbale de Tonnerre de Dieu!...

J'essayais de l'exciter là-dessus...

« Ah! Tu vois! Regarde! C'est quelque chose!... Prends-en de la graine!... Secoue-toi! »

Ça le ravivait pas... Il restait tout mélancolique, avec des grosses poussées de soupirs... le chien battu...

« Ah! merde!... T'es décourageant!... »

Il me foutait la crotte!... j'avais pas besoin... de chialer comme ça à cœur fendre!... Il me répugnait... Qu'est-ce que je pouvais faire?... Je l'attrape encore par les épaules, je le secoue un peu...

« Alors?... Alors?... T'as pas fini?... »

Ça le berce que je le secoue, ça le dodeline... Il me cha-

vire, il retombe sur le tas, il s'endort... un plomb... tendrement... Tout de suite il ronfle! Je suis fadé!
Je m'assois en face... Je le contemple... La fatigue m'attrape moi aussi... la torpeur... Je sens que je clignote... C'est une chambre trop douce... ça fait des jours qu'on poulope!... qu'on court et qu'on court...
Ah! le schnock! quand même! faut qu'il tienne!... C'est la suprême chance!... Faut pas qu'il dégoûte le colon! Ah! Je vais lui faire la morale! Faut qu'il m'écoute nom de Dieu! Je me raidis, je me relève, je vacille... j'ai plus de force non plus... J'ai trop mal au bras primo!... à la tête secundo, qu'elle est double énorme... de plomb qu'elle est lourde... le lit qu'est trop doux d'abord, trop traître pour s'asseoir... qu'est trop capiteux... capitonné... je compte les fleurs au mur, la cretonne... au plafond... Je me vautre là comme l'autre!... je m'affale finalement, je retombe, je peux plus, je cède... J'ai trop mal aux yeux... aux paupières... au casque... oui! au masque!... au sanfrusquin merde!... à tout!... À la gavotte du dodo!... plein les cretonnes, que ça dansote plein les murs... bergers et bergères... moutons tout autour... moutons que ça danse... les petits bateaux... les petits moutons... le duvet si tendre... la mousse... les vagues et la mousse!... L'autre con là qui ronfle, ah! je l'entends quand même!... ce page un duvet... un nuage!... du nuage pour mes os!... bergères... j'en ai les yeux rouges!... y a une musique c'est certain... nous les yeux c'est la braise... tout bleu c'est Virginie... bergères et fainéantes... à dodo volo... ira pas...

☆

Le lendemain c'était encore bien pire... Il voulait plus se lever du tout... Il faisait la grève... Il voulait plus remonter là-haut dans la soupente aux ustensiles... Il voulait plus du tout les revoir, ni les masques ni le colon ni rien... la panique totale... Je l'ai raisonné, je l'ai entrepris... On a discuté gentiment... Bien sûr qu'il voulait pas mourir! On en est tous là!... Surtout suffoqué par les gaz... « C'est pas une manière humaine... » voilà ses paroles... Moi ça m'aurait rien dit non plus!... Les blessures c'est déjà pas drôle, mais tout de même ça se passe au grand air!... c'est pas des puanteries honteuses, des supplices fumants mort-aux-rats... Y avait bien de quoi réfléchir... on pouvait pas dire le contraire!... que même un homme décidé pouvait se tâter un tout petit peu... je comprenais son hésitation... On pouvait être fort hurluberlu et puis garder des préférences, pas bien pifer certaines prouesses... Ce coup d'avaler les gaz ça semblait pas l'enthousiasmer... Et puis les masques du colonel lui paraissaient pas très au point... Ça faisait encore un risque en plus... Ça faisait beaucoup de choses... Je sais que moi qu'étais bien au courant des dangers de la guerre, qu'avais passé dur au massacre, qui gardais du plomb dans les ailes, qui traînais ma quille et ban-ban, qu'avais souffert à petit feu, les gaz, malgré tout, d'y penser, ça me foutait les grolles!... Je comprenais qu'il tergiverse... Moi jamais j'aurais tenté le coup!... Pas capon pourtant! Les fariboles du Collogham je m'en mêlais pas!... Je l'avais prévenu! J'avais pris personne en traître! Je les connaissais les inventeurs!... D'abord on me demandait rien! J'avais juste à faire leurs démarches, leurs commissions, le trafic en ville... Je toucherais rien non plus!... C'est lui qui se trouvait cousu d'or au moment final!... S'il en réchappait!... C'était entendu clair et net!... S'il en sortait sain et sauf! J'arrivais moi qu'au deuxième acte pour la caravane du Tibet!... la chasse à la fleur en question, le coup de la magie Tara-Tohé!... Jugez du programme... Fallait pas que ça foire par exemple!... Fallait qu'il tienne notre gouspin... En attendant je voyais venir... Je me planquais un peu... C'était bien mon tour!...

« Vous avez coupé au rif cher Sosthène, que je lui faisais remarquer... À vous maintenant les prouesses mon cher Professeur! À vous de sauver l'Angleterre! la France! les États-Unis! Faites donc plaisir à votre colon! Il est gentil avec vous... Il vous traite d'égal à égal!... »

J'y parlais du mien, de mon colon... des Entrayes le fameux centaure... Si moi j'y avais fait plaisir!... au 14ᵉ Cuir sang et âme!... Si je l'avais suivi moi partout!... jusque dans la gueule des canons!... pas hésité une seconde!... qu'il avait qu'à en faire autant!... il faut des héros à la guerre!... il s'était rengagé en somme dans le corps savant des masques à gaz! Il s'en doutait pas! Je lui faisais apprécier bien la chose...

Mais ça le faisait pas rigoler mon genre facétieux, il se renfrognait sombre et sournois, il me yeutait de travers, buté, méchant, marmotteur... Il voulait plus de remue-ménage... Plus rien qui bouge autour de lui... Le cas devenait des plus tragiques... Si il se mettait vraiment en grève!... Je bandais que d'une!... Je le regardais là du pajot, je m'étais installé tout contre... J'avais peut-être été un peu fort?... surtout comme ça dès le réveil!... qu'il était encore tout chassieux... je l'avais peut-être réveillé de travers... Je m'adressais des reproches... Voilà qu'on frappe... le valet de chambre... le breakfast complet... Entrez mon ami!... des piles de gâteaux, à pleines soucoupes, des genres Savoie, des éclairs, des confitures, des sandwichs, des œufs à la coque... Ah! ça le requinque le grand-père, là d'un seul coup ses yeux pétillent!... L'eau qui lui monte à la bouche... même des bulles qu'il bave de voir ça!... des telles abondantes gourmandises!... Il en oublie tout son chagrin!... Il veut tout le plateau sur son lit... Il se précipite sur les tartines... on dirait qu'il a pas dîné... Il s'en façonne des merveilleuses, à triple beurre et marmelade... Il s'en fout partout, forcément, plein les babines et plein les draps, il est dégueulasse de façons!... je lui fais remarquer... Il va nous faire mépriser par les domestiques... Ça le fait rire le goinfre!... Il jubile de bâfrer tel quel... il jouit... il sursaute, trémousse tellement que c'est bon!... délicieux!... Les idées du coup qui lui reviennent!... Il lui en monte plein à la fois... Ah! il s'en palpe la tronche... Ça y est!

« Oyez! Jeune homme!... Jeune homme!... qu'il m'appelle... Une lumineuse!... Une lumineuse!... C'est qu'un éclair! Tenez-moi la main... Voilà! Voilà!... je vois où ça se trouve!...

— Où ça se trouve quoi?... »

Là flûte! Ah! foutre! ah! il ne sait plus!... L'idée est partie... Malheur!...

« Non! Non! Non! Tiens! Si! Si!... Dans la grosse malle!... Non! dans la commode! sous la poudreuse à ma femme!... »

Il se ravise encore... Ah! c'est vaseux son système... Ah! c'est pas fixe comme vision... Il reste ébaubi... Il halète, il souffle... c'est poignant, tragique au possible le mal qu'il se donne... les efforts... Il essaye de revisionner... Il se presse la tronche là tant et plus!... C'est une vraie souffrance... Je saisissais pas ce qu'il cherchait...

« La *Véga* parbleu!... La *Véga des Stances*... » Ah! j'y étais plus!... « Voyons polisson!... Elle est restée à Rotherhite!... Vous vous souvenez pas? Chez Pépé voyons! Le gros livre!... Vous comprenez rien?... Vous l'avez pas vu?... »

Ah! c'était ça le drame?... Flûte alors!... Il recommençait à déconner!... Le voilà reparti en passion à propos de Véga... des Hindous... des chances que ça vous donnait... qu'on était impardonnables... Il me postillonnait plein la tête tellement qu'il était en transport... il bouillait de ravoir sa *Véga*...

« Voyons!... Voyons! réveillez-vous!... » C'est lui maintenant qui m'houspillait... « Le Livre des Signes! Véga jeune homme!... »

En s'exaltant il m'insultait...

« Étourneau! buse! rendez-vous compte!... Nous ne tiendrions pas deux minutes aux gaz asphyxiants!... »

Tiendrions? Nous?... Pourquoi nous?... C'est pour lui les gaz!

« Pas moi! moi pas une seconde! vous m'entendez : pas une seconde eh! grand-père! »

Je le vois pâlir... d'évoquer encore les gaz la peur le ressaisit...

« Vous avez la colique Sosthène!... »

Voilà ce que je suis sûr!

Ah! la colique!... Ah! malheureux!... Qu'est-ce que j'ai dit là!... Il en râle!...

« Et le cyanure qu'est-ce que vous en faites?... et les arsines?... et les arsols?... »

En rage positif le voilà... sur ma petite remarque!... Ah! il connaît les variétés!... toutes les terreurs de l'atmosphère... les cauchemars gazeux...

« Et les pérols!... qu'il continue... et les xylènes!... »

Il poursuit comme ça un quart d'heure!... Il m'énumère les mille supplices... tout ce qu'on peut renifler pour qu'on en crève... C'est vrai que c'est un choix effroyable. Je rigole, je peux pas m'empêcher, je me trouve tout con... Il m'en rajoute... je lui tape sur le système, il me pilerait...

« Vos boyaux comme ça tenez!... » il me les montre... « Tenez! vos damnés boyaux!... »

Il m'en veut à moi personnel... Petit raton!... Sale cancrelat!... Il écrabouille des bouts de rillette là dans le grand ravier...

« Vos yeux!... vos jolis yeux doux!... »

Il me les montre *infectés*... en pruneaux... devenus des crottes par l'effet des gaz...

« Vous serez crevé avec... fumé!... »

Il veut me couper l'appétit... Ah je me marre quand même... Il me fera jamais peur...

« Alors c'est fini cher Sosthène?... Capout? Capout?... »

Je me fous de lui...

« *Finish! Finish?* »

Ah! il se rebecte... Pour qui que je le prends par hasard? lui un capon?... Ah! j'y pense pas! par exemple!... Il se cabre... Assez des larmes!... Assez des jérémiades!... C'est moi le piteux, la colique!... C'est moi la pitié!... Il se regimbe... Il va me le remonter le moral!...

« Ah! bougre jean-foutre! Avez-vous la foi? qu'il me questionne.

— La foi de quoi? »

Qu'est-ce qu'il veut dire? Il soupire, là-dessus il hausse les épaules...

« Ah! si vous étiez venu plus tôt!... Ah! comme il regrette... Vous auriez eu le temps d'apprendre!... d'épeler un petit peu... é!... pe!... ler!...

— Épeler?... Épeler?... » qu'est-ce qu'il invente? Qu'est-ce qu'il va me chercher encore?...

« Avant j'étais à l'hôpital Monsieur de Sosthène!... pour me soigner mes pauvres blessures! Avant la guerre j'étais jeune homme!... si ça vous fait rien!... dans le commerce des soieries... à vingt-cinq, trente-cinq francs par mois... et puis brigadier au 16ᵉ pour votre bon service!... Monsieur Roudoudou!... J'ai jamais eu besoin d'épeler!...

— Allons! Allons!... L'exubérance! »

Je l'agace encore... Il me trouve mal élevé... Il fait la moue... Ah! la moue minute!... cocotte!... Ah j'aime pas la moue là merde! Ce sale chienlit!...

« Vous pouvez la faire votre gueule!... Parfaitement!... Je vais vous dire encore!... Faut pas qu'il vous reste un petit doute!... C'est vous Monsieur Marmelade qu'êtes aux expériences!... C'est pas moi!... Pas moi!... Je vous le répète...

Je suis hors concours souvenez-vous bien!... Pas d'histoire!... Je vous l'ai dit mille fois!... Véga pas Véga, la foi pas la foi!... Crotte! vous m'entendez bien! Je mens à personne!... Vous ignaulez pas!... »

Clair et net!...

« Vous êtes impossible! qu'il me répond, vous êtes amoureux! »

Comme ça qu'il me jette ça là et hop!

« Ah! vieux con! et puis?
— La passion rend l'homme impossible!
— Amoureux la chiotte! lustucru!... C'est pas votre oignon! »

Je le ramène tout de suite au sujet!

« Je suis engagé pour le voyage, la course au trésor chinois! et c'est marre! et pas pour autre chose! et pas pour vos indiscrétions!... Je veux bien monter vos haridelles, paqueter votre bazar, chevaucher courir tous les risques... mais pas renifler vos saloperies!... J'ai été opéré quatre fois, je vais pas me faire rendormir encore!... je suis pas bon pour les expériences... »

Il me toise... vraiment je le désole!... je parle fermement... Je le pousse un peu dans ses mensonges...

« Et votre *Véga*? qu'est-ce qu'on en fout... »

Il m'attrape les mains...

« Êtes-vous mon ami?... »

Ça le repique...

« Mais certainement voyons Sosthène!...
— Puis-je vraiment me confier à vous?..
— Ah! ça vous pouvez y aller!... »

Il me serre les poignes encore plus fort, il me les pétrit, il me les possède, il en tremble...

« Mon enfant!... Pas une minute!... Dépêchez-vous! Sautez vite! »

Ça y est... il m'arrange! il va me faire courir!

« Retournez à Rotherhite, je vous conjure! je vous supplie! Fouillez partout! Secouez Pépé qu'elle la retrouve!... Bouleversez tout s'il le faut!... Revenez pas sans la *Véga*! Sans la *Véga* plus d'espoir! »

Ça lui fauche tellement le souffle qu'il halète... c'est tragique!... Il m'expédie... *Véga* ou la mort! tout croule!

« Je vais pas avec vous qu'il s'excuse, je peux pas quitter le colonel... Vous me comprenez?

— Oh! certainement, cela va de soi... »

Il me regarde profond dans les yeux... Il me fait une passe comme de l'hypnose pour m'envoyer en commission!... Ah! le rastaquouère! Il appuie bien sur ses mots...

« Cherchez-la bien la *Véga*!... Vous! la! trou! ve! rez!... *Véga des Stances*... Surtout celle des Stances! »

Ah! Et puis tout de suite il s'esclaffe! il se moque de lui-même! Oh! là là! il se frappe la poitrine, la tête, sa pauvre tête!...

« Où avais-je l'esprit mon garçon! »

Ah! il se trouve impardonnable!

« Allons! vite! dépêchez-vous! »

Tout poussif il me chuchote encore...

« Ne traînez pas!... Embrassez la Pépé pour moi! Je l'aime!... je l'adore!.. Elle le sait... Ah! mais pas d'adresse! pas d'adresse surtout!... Elle serait ici dans cinq minutes!

— Et le Nelson? Nelson?... »

Ah! je lui tapais sur les nerfs avec mon Nelson...

« Mais débrouillez-vous sacredieu! Vous me soûlez avec votre Nelson!... Chacun ses soucis!... »

Il pouvait causer lui l'enflure, il le connaissait pas le Poëp! Poëp! Il l'avait commode! Tout ça d'abord c'était du flan!... Il était en train de m'arranger M. Marmelade... Je le voyais venir son petit bateau... Causez toujours cher grand-papa!... Pas plus con que vous, saladeur! Le petit chien de ma chienne! Je tiquais pas, je gardais mon sérieux... et empressé même...

« Très bien! Très bien! Je cours! je saute!... Tout sera fait très exactement Monsieur de la Chine! »

Je m'habille six quatre deux! Me voilà! Il me trouve joliment zélé là d'un seul coup! méconnaissable! Ah! faut qu'on se dépêche quatre à quatre... je l'entraîne... On se fout dans le colon, il sortait juste de son breakfast, gai, siffloteur, heureux oiseau... il est bien douillet, emmitouflé, robe de chambre à grands carreaux ramages, un vrai poussin... rondelet, parfumé, ses petits yeux de cochon tout agiles... Il nous toise narquois... on l'amuse toujours... Il est bien lavé, rose, souriant... Son crâne luit...

« *Hello! Hello! Gentlemen! Good day! Glorious weather!* »

En excellente disposition... C'est vrai c'était un temps splendide. Là-dessus il pivote... il nous laisse... il remonte dignement marche à marche...

Sosthène juste s'en ressent terrible.

« Allons! Allons! mon cher enfant!... Dépêchez-vous! je vous prie!...

— Voilà! Voilà! mon cher maître!... »

Ah! je pense à la petite... j'aurais voulu lui dire un mot... juste un petit au revoir... Rien à faire! Ah! il veut pas!... il me brusque... il m'insulte, ça recommence! Surtout que je traîne pas en route!... que je rapporte le livre au galop! Ah! le sacré *Véga*!

« Très bien! Très bien! M. Sosthène! »

Qu'il me foute la paix! Je galope! Je trouve le tramway, il passe juste!... *Blop! Blop! Blop!* Ça secoue!... ça brinqueballe... Me voilà! Rotherhite! Tout le monde descend!... La maison... je grimpe! je sonne! Ça va être encore compliqué? Non! on m'ouvre! C'est elle en personne...

« Ah! Bonjour jeune homme! Ah! c'est encore vous?... »

C'était frais.

« Mais oui c'est moi madame Sosthène. Votre mari vous dit bien des choses, il vous embrasse énormément... il vous dit de rester bien tranquille!... Voilà quinze shillings pour votre semaine... Tâchez de pas les dépenser!... de pas vous conduire étourdie!... Voilà ses recommandations... et puis de pas chahuter Achille, celui qu'est en boîte... Votre mari montera un de ces jours!... Il viendra vous le prendre... Il est occupé au possible... Ah! puis alors la *Véga*, la *Véga des Stances*! C'est surtout pour ça que je suis venu! Faut que je la rapporte tout de suite! »

Je récite tout ça d'un seul trait...

« Ah! voyez-vous le polichinelle?... Ah! le vieux sagouin! »

Je la vois qui change de figure...

« Attendez voir! Ah! la voilà votre commission! Ah! vous êtes un joli coco! vous aussi... sale petite frappe!... Vous pouvez être fier!... Vous venez dépouiller une femme seule!... Voilà votre travail!... aussi lâche que votre scélérat!... et que vous l'aidez galopin! Ah! vous pouvez vous mettre ensemble!... Tous les deux contre une faible

323

femme!... Ah! il m'abandonne le voleur!... Voleur! Voleur! Attends un peu! Bandit! Parfaitement! *Thief!* Escroc! Maniaque! Satyre! Apache! Il m'a tout volé! Charlatan!... Ma jeunesse!... ma vie!... »

Tous ses cheveux en orage dans le nez. Elle m'envoie des postillons comme l'autre, son gugusse. Ils étaient intenses tous les deux quand ils expliquaient... Elle en plus avec l'accent, le coup de fort midi.

« Mais c'est pas fini godelureau!... Il veut me faire " périr " de " misèrre " comme une rate!... de misère dans sa sale cagna! Il veut me voir derrière une malle! Ah! le chienlit malotru!... mais c'est fini qu'il m'étrangle!... Moi je vous l'annonce, vous le savez pas, voilà vingt-cinq ans qu'il m'étrangle!... La bête se révolte à la fin! vous m'entendez, elle se révolte! Assez! Assez!... je suis libre!... »

C'est le grand patatrac!... J'arrive pile... Elle se contorsionne, se retourne les bras... elle m'entreprend que j'abonde... elle secoue sa chevelure de lionne!... J'essaye de la ramener au fait... je voudrais m'en aller.

« C'est pour le *Véga des Stances*... » je risque...

« *Véga*!... *Véga*! *Véga* merde!... »

Voilà ce qu'elle me réplique... Elle est montée au maximum... elle bouille... elle ne me laisse pas partir!

« Ah! il me croit *finish* vieux cocu!... dindon! *turkey!* vieille andouille! Vous lui direz que sa Pépé... sa Pépé elle refait sa vie! et puis ses malles! Voilà Zigomar! *New life!* Elle repart à zéro! Oui! Elle repart!... et sans les cadavres! ni lui! ni Achille! Hein! t'entends? »

Il peut l'emporter Achille! Elle pousse un soupir énorme, les deux bras au ciel! Si elle rit! elle esclaffe! ah! quel débarras! Quelle minute! Comme elle est heureuse! Cette joie! Quel bonheur!... C'est la vie nouvelle! Ça va! Je suis heureux pour elle... « Ah! Ah! Ah! » Je me marre aussi... elle est pas méchante après tout... je la contredis pas... je fais « Oui! Oui!... » ça lui fait plaisir... elle me laisse rentrer dans le bazar... Ah! je vais chercher mon bouquin, vite! vite! et puis je barre!

« Le livre! Le livre! Ah petit poilu ça te returlupine! Écoute-moi d'abord! Écoute-moi! Tyran qu'il est, t'entends bien? Tyran! Tu le diras partout! »

La voilà repartie sur Sosthène!

Ah! mais c'est fini bien fini! ouf! ouf! et ouf! Elle souffle, un phoque, elle reconvulse, elle s'arrache aux liens exécrés!... Elle me mime tout ça, elle me fait bien voir... Je lui fais pas de réflexion, je dis pas un mot... Ça l'agace que je réponde rien.

Ah! elle va me le trouver mon livre puisque j'y tiens tant! Après on pourra causer!... Elle rappelle le môme du fond... qu'il l'aide un petit peu... le voilà qu'arrive... c'est le moutard du lait... celui de l'autre fois, le petit livreur... il est revenu... c'est une dévoreuse la Pépé!... il est gêné plutôt l'amour... il était dans le fond de la cuisine... elle retrousse son peignoir assez haut, elle veut pas se salir... fallait qu'on en touille du bazar!... il était recouvert le *Véga*, le livre magique, qu'elle me dit, sous les plus grosses malles... à peine qu'on touche, qu'on ébranle, c'est un ouragan de saloperies... on se voit plus on remue à tâtons... Voilà du coffre qui culbute et puis des osiers... il faut ouvrir la lucarne... tout débouline éparpille, c'est plein de camelotes, d'accessoires, et puis des pagnes, des robes chinoises comme celle du dab, des superbes pièces, des étoles... toutes les couleurs et toutes sortes... Y en a pour des ronds... Le môme il quinte, il crache, rigole... Du coup c'est de la plaisanterie... il a droit à des grosses bises... La bonne humeur est revenue... Ah! maintenant bien tous ensemble! et Oh! hisse!... Zéro!... C'est pas celui-là? le paquet-là ficelle elle voit?... Non c'est pas non plus! Merde on liquide! « *Fix your price!* faites votre choix c'est les enchères! c'est rien du tout! Toute une vie à l'œil! Petit va ouvrir la fenêtre! » Pépé offre tout! elle le hurle... elle rit hystérique... on liquide messieurs on s'en va!... Faut culbuter encore un coffre... *Vlaouf!* il faille poil nous broyer les jambes! Je me demande si elle se fout pas du monde.

« Madame que je risque, madame, vous êtes sûre que c'est dans ce coin-là?

— Ah! coin! coin! coin-là! Je sais-ty moi-même? Monsieur est pressé?

— C'est pas moi pressé! c'est Sosthène!

— Ah! pressé le sale coyote! ah! que je vas t'en foutre! pressé? pressé? et moi dis donc! trente ans moi que je l'ai

325

attendu! Il fera comme les autres ton enflure! Attends un petit peu! Pressé! »

Je lui ai réveillé sa colère... elle râle dans ses malles, elle siffle... Puis elle en a marre de chercher... Elle se relève d'à genoux pour mieux me le dire tout ce qu'elle pense du Sosthène entre quat' yeux...

« Vous entendez : un vampire! Voilà ce que c'est votre jocrisse! »

L'indignation la ressuffoque... puis elle rattrape le môme au vol, et des *mgnam! mgnam! mgnam!* plein le minois... c'est une nature de fougue et feu... Les voilà en pleins chatouillages...

Je regarde autour, je regarde la turne... y avait plus de fouillis l'autre jour... je vois qu'il en est déjà parti...

« Alors on déménage Madame? »

De quoi que je me mêle?

Elle a tout de suite la réplique.

« Et vous beau zoiseau! Je vous demande votre couleur? Ça veut tout connaître! Où qu'il est vous votre domicile hein! votre petit nid? »

Je pouvais pas répondre.

« Bisque! Bisque! Bisque!... »

Elle me fait enrager...

« Ah! Madame! je vous en prie! Passez-moi le livre et je file! je vous débarrasse!

— Il vous attend hein votre vorace! Il se fait de la bile? Il se ronge? le cannibale... » Elle pouffe... « Ah! le sale cochon! Vous avez pas honte?... À moi que vous racontez ça?... Allons! Allons! C'est pas possible! Vous êtes pas si bête petit homme! Trente-six couches alors? Trente-six couches?... Venez me voir ici un petit peu! »

C'est elle qui se rapproche... Elle vient me frôler, elle me câline...

« Viens avec nous!... » qu'elle m'invite, et de l'œil coquin et du nichon... elle me montre ses gros bouts tout noirs... exprès...

« Ah! les pipes! Madame! » que je réclame! Ça me revient c'est vrai soudain...

« Bourrique! » qu'elle me rétorque brutale.

Je l'ai vexée... je la dégoûte avec mes lenteurs... Elle dodeline, hoche...

« Mais il va t'envoûter moutard! T'as beau revenir de la guerre! T'es con comme un chien! Tu le connais pas encore!... Il te fera tout perdre tu m'entends?... tes années... ta vie!... Il te misera tiens! Il te saccagera!... Voilà ce que c'est que ton professeur! Ah! tu peux y tenir!... »

Elle était jalouse en somme.

« Ah! mais plus moi! plus moi t'entends! Ah! la vie, mes amours! La vie!... »

Du coup elle me raccroche et puis l'autre, le petit môme! elle nous bise, elle nous mignote... elle veut nous cajoler ensemble... et puis elle se remet à gémir...

« Une esclave! tu m'entends! une esclave!... son caprice! il m'a battue, il m'a rouée! »

Elle en revient pas, elle se frotte les yeux stupéfiée qu'elle est encore là... après ces tourments infernaux! comme réchappée d'un autre monde!... d'un cauchemar qu'elle vient!... cauchemar de Sosthène!... ah! c'est trop de penser à tout ça... à tout ce qu'elle a pu supporter!... que c'est encore des pleurs terribles qu'elle s'en rebarbouille toute la figure... que le rimmel coule et son carmin... que c'est une bouillie trop tragique... que j'allais partir, que je peux plus... elle me raccroche, elle me rebise et bise, et le môme avec...

« Allons! puisque t'y tiens tant! »

Elle va s'y remettre à la recherche... Oh! hisse! on s'y colle tous les trois... Il lui reste encore bien des malles! Ils ont pas tout déménagé!

« Qui c'est qui vous déménage? Vous emportez tout? »

Je repose toujours ma question.

« On verra bien! »

Pas confidente!

Faut déblayer... on trouvera mieux... on tire maintenant les plus gros jusqu'au couloir, les coffres sur le grand divan...

« Vous reviendrez plus alors madame?

— Ah! qu'est-ce que vous voudrez vous? qu'on me retrouve derrière une malle? que j'ai pas assez sacrifié? pas assez perdu mes couleurs? que je tourne comme Achille ou momie? Voilà ce qu'il veut! Achille Norbert! ça qu'il lui faut à Sosthène! Bien sûr c'est un monstre! Vous le savez pas peut-être? L'égoïsme! Goujat en personne!... Tout pour son caprice!... Bien sûr qu'il veut m'assassiner!... il en brûle... Ah! mais mon bonhomme il se trompe! Vous lui direz bien... Fini! c'est *finish*!... *Finish!* Pépé part ce soir! elle est libre! la fille de l'air! Pas mon Loulou? *Deary! Deary!...* »

Elle rattrape le môme... Elle l'étreint, le pourlèche, le mordille... les malles restent en plan...

Ah! quelle conne!

« Bon alors! je cherche moi-même!... »

Je fonce dans le tas, je soulève les couvercles... j'agite des volcans de poussière!... j'éternue... j'étouffe...

« Il est pas là!... Il est pas là!... »

Elle m'asticote la ganache! Elle se marre que je farfouille pour rien...

« Il saura pas où que je l'ai mis! Bisque! Bisque! Bisque!...

— Et les pipes morue? que je lui réclame.

— Ah! les pipes!... les pipes! ah! dis donc!... »

C'est encore plus drôle les pipes!... Ils se foutent de moi tous les deux...

Je m'acharne du coup! Je veux le gros bouquin!

Ça lui donne une idée de vacherie...

« Je le garde le livre, tu l'auras pas!... Il veut l'avoir hein ton jésuite! Il veut me dépouiller complètement! Ah! la sangsue! Eh bien! tiens merde! J'aime mieux mourir! Quand je pense à tout ce qu'il m'a gâché! Ah! là là! tu croiras jamais! Le môme! le môme! tiens sur sa tête!... »

Elle me jure sur la tête innocente...

« C'est un voleur d'âme ton outil! c'est un voleur d'âme! Tu pourras y dire de ma part... Que je serais maharadjine aujourd'hui! maharadjine tu m'entends bien? c'était mon avenir... Tu sais pas ce que c'est maharadjine? c'est pire que princesse, c'est comme une reine!... Si j'avais été moins marmite, pas écouté ce sale piniouf! ce gugusse! ce lâche! ce gobeur de mouches! C'est sûr, ça sert à rien les remords!... »

Les bras lui en retombent... elle se rend compte...

« Mais écoute-moi quand même morveux! la colère la reprend... Je l'épousais t'entends officiel! les notaires! le palais! Tout! faut pas qu'il te dise le contraire ton vampire là-bas!... C'est tout vrai! Maharadjine sa femme que je serais! Le maharadjah... Il me faisait mon temple en lapis! en jade si j'avais voulu!... Il me l'avait déjà commandé! Ah! hein ça te la coupe... Sosthène! Sosthène! nom de Dieu! »

Ça lui reflambait sa colère... Elle se reprécipite sur le môme en transe et chagrin!... Elle pleure dessus, elle l'enlace, papouille... Elle avait la furie tendre.

« Qui c'est qu'enlève ton bazar? »

Je repose ma question.

« C'est Nelson là! T'es heureux? »

Elle me tire la langue. C'était pas extraordinaire... Je m'étais douté... Tout de même il avait été vite... comme ça déjà de la famille!...

« Il va pas être long à remonter! Tu peux foutre le camp! »

On me retenait pas.

« Attends! que je fais... attends un peu! que je retrouve d'abord mon bouquin... vous allez l'embarquer je suis sûr! »

Ah! là si elle jouit... elle me laisse farfouiller tout seul... elle veut même pas que le môme m'aide...

« Kss! Kss! Kss! qu'ils me font. »

Elle chante un petit air là-dessus pour se foutre de moi.

« *Buenitas! Buenitas!* Youp! Hi! Hi! »

Et que je te tortille du cul! bamboule tra la la... elle en bouffe ses mèches de se marrer... Je fais pas attention, je fourgonne... je bahute les fardeaux...

« Il est pas là-dedans madame? »

Je parle sérieusement. Faut que je vide maintenant le plus gros coffre...

« Pss! Pss! Pss!... »

Elle me fait enrager.

« Bisque! Bisque! Bisque! »

Faut que je me laisse bander les yeux... alors elle me dira si je brûle... sans ça elle m'aidera pas du tout... c'est du caprice, une fantaisie... Ah! là le môme du coup si je l'amuse... elle est gamine elle aussi... me voilà parti à tâtons... Ah! que je suis cocasse! Je bute... « Celle-là? celle-là? » que je demande... je plonge dans le tas... je bascule tout, farfouille... je m'en fous sur les pieds... « *No! No! No!* » je brûle pas!... Je reretourne à pleins bras la camelote... comme ça à l'aveuglette... je prends des accessoires plein le tromblon... et des feuilles de roses! j'en soulève des nuages!... Si on rit!... J'en ai marre je vais tout massacrer! Trois paniers d'un coup que je culbute!

« Ah! il brûle! il brûle! » qu'elle glapit.

Je tire mon bandeau, je regarde, c'est rien... c'est un panier comme les autres... il est ficelé, j'écarte, je relève... c'est un mannequin dedans...

« C'est ça? »

Ils tortillent, ils esclaffent crétins!

« Ah! que c'est drôle! et alors? c'est pas le livre du tout!... »

Je regarde, je touche, c'est du squelette, des os, les mains, la tête de mort, et habillé cérémonie, en marquis de cour.

« Et alors? que je fais? et alors? »

Ah! les jolis cons! y a de quoi rire! Je me marre comme eux tiens! Ouah! ouah! ouah! Ah! ils sont fins! ah! cette malice! Dans le couvercle c'est écrit quelque chose... en rouge... une pancarte... je me baisse... « Achille Norbert »... Ah! je saisis! Ah! mais voilà! C'était l'astuce! ah! pardon! l'esprit! Je me marre avec eux... Ouah! ouah! ouah! comme eux! ah! comme c'est extraordinaire! Ah! chers escogriffes!

« Alors que je fais, un macchab avec ses bas souliers tout! vous avez jamais vu ça? »

Ah! ils me font de la peine!

« C'est si marrant! si formidable! Il vous en faut pas beaucoup! »

C'est vrai qu'il était soigné, souliers vernis s'il vous plaît, culotte de satin cramoisi, habit à revers d'argent... boucles dorées, pierres fines... sur son trente et un! baudrier bleu, épée de cour... gilet à fleurettes... Ah! ah! elle me regarde, je l'ai vexée, je suis pas tombé sur le cul... j'en ai déjà vu des cadavres ma rombière, ma tronche! D'où que tu crois que je tombe!

« Alors c'est le grand-père à Sosthène? »

Il m'en avait assez causé...

« Il mord pas tu sais! il mord pas! »

Elle voulait refaire sa bêcheuse... une contenance!... Ah! petite fumiste!...

« Non il mord pas! Non il mord pas! La preuve c'est que je vais l'emmener. Il est à Sosthène ce macchab! »

Ah! je la baise là! elle ressaute, elle refuse absolument! elle y tient à son fantoche!

« Tu l'emporteras pas malotru!... elle monte au pétard! tu veux tout alors! Dis donc je l'ai payé assez cher! Regardez-moi ce petit pirate! Il est encore pire que son singe! Allez! barre d'ici!

— Où c'est que tu vas le déménager? »

Je suis curieux exprès, ça l'emmerde.

« Ça te regarde pas malpoli!

— Mais c'est à Sosthène voyons! puisque c'est son dabe! faut que je lui rapporte! ah! absolument! c'est bien entendu! »

Je rigole pas, je suis sûr de moi!

Du coup elle se coince en travers, elle me tire par les basques, elle me raccroche, elle veut plus que je touche à rien... je la rembarre, la balance, je l'envoye à dache... Si elle piaille! Si elle fume! moi justement j'y tiens terrible! Je la veux sa marionnette, la carcasse, la tête et les os! tricorne! et aigrette! ah! tout que je veux! rien qui manque!... Sa canne à la main s'il vous plaît... une effilée haute à pommeau! Tout l'épouvantail! Les doigts d'os ficelés au pommeau tout en l'air! C'est du fignolé!

« Je m'en irai pas sans mon Achille! »

J'y annonce très fort. On va se battre! Elle en est sur le cul la môme, elle aurait pas cru...

« C'est une belle pièce dites donc madame, c'est une sacrée pièce! »

Je m'amuse. Je lui fais remarquer les quenottes...

« Ils sont pas tous comme ça pristi! ah! je m'y connais moi en cadavres! J'en ai vu moi des cents! des mille! Je suis un amateur! C'est quelqu'un vous savez Achille! c'est quelqu'un! Ça se voit tout de suite... c'est un personnage!... Qu'il est beau avec ses grands regards! mordez un petit peu! »

Des trous énormes c'était exact. Des vrais gouffres à la place des yeux... et les ossements pas sales du tout! tout luisants même... sous son tricorne le crâne qui brille... un peu comme celui du colon, mais jaune alors, citron clair... les broderies sont mangées aux mites... mais ça pourrait s'arranger...

« Ah! il était temps que j'arrive! quand je pense que vous alliez le donner!... »

Ah! je me dépêchais... la ficelle... vite... un nœud ici... un nœud là... on me remarquerait pas dans la rue... ça faisait une sorte de grand panier plat... et tout de même encombrant... ce qu'il serait heureux le colonel! je le voyais d'ici! Il y prendrait peut-être sa roupane... il aimait ça les travestis... Il y mettrait peut-être son gros masque?... Ils étaient capables dans leur genre... Ah! ce que j'allais leur faire plaisir! Quel joujou ma mère!

« Au revoir madame. Portez-vous bien! »

Je me hisse le panier sur l'épaule! Hop et en avant!

Elle me saute au cou, elle me supplique.

« *Don't be mean boy! Don't be mean!* »

Elle me pleure en anglais...

« *Don't be so awful! I'll tell you all!* Je vais tout vous dire! Tu l'auras ton livre! »

À la bonne heure! On va se comprendre! Ah! maintenant elle parle raisonnable!

« C'est ça ma tote! Va me le chercher! »

Je lâchais pas ma proie, je voulais faire l'échange, ou alors... Ça valait mieux qu'on s'arrange... Si elle allait me faire un scandale!... qu'elle me poursuive jusqu'à la rue! hystérique! Puisqu'elle y tenait à sa momie!... je remporterais au moins le *Végas*...

Elle court, elle fonce à la cuisine. Je l'entends qu'agite les casseroles... ah! c'était par là sa planque... j'aurais pu chercher longtemps!... Elle rarrive au trot... Oh! morbac c'est une sacrée pièce!... un morceau comme deux grands Bottins... Elle a du mal à le trimballer... Il est plus lourd que l'empaillé, même avec ses armes, sa perruque! Je l'ouvre au milieu le livre mystère... qu'elle m'arnaque pas!... C'est bien les *Végas* pas d'erreur... je reconnais les fioritures... et puis l'étiquette « *Végas des Stances* » en lettres de feu... l'encartage façon crocodile... relié mastodonte... Ça valait sûrement du pognon rien qu'au poids et pour les images... toutes les vignettes à la main... C'était un merveilleux boulot... Elle gafait là-dedans avec moi... comme si elle l'avait jamais vu... guerriers à cheval... chasses au tigre et chasses à l'homme... aquarelles en double page... des éléphants or et bleu... des dragons ailés... un magot en nacre en relief... des chimères en flammes et danseuses!... et encore des danses... des bayadères et des gamins... vifs et pastel en double page... Si c'était fragile!... tout un ballet en miniature... Ça s'envolait!... détails et finesses pine de mouche! vraiment à vous étourdir en grains de poussière et poils de cul... et puis encore des ballerines genre hirondelles... monstres marins crachant le feu... un travail inouï gigantesque... plus tout un texte en hiéroglyphes rehaussé ⟨de⟩ vignettes or et rouge... et puis encore des figurines lézards fleurs de soleil tulipes... sur grand défilé de troupes de diables à queues prenantes tirebouchonneuses... au verso une autre danse de monstres à deux trois têtes et contorsions... des pages des pages encore de masques... toutes les grimaces de la magie...

« Eh! bien ma cocotte dis y en a!
— Je l'avais jamais tant regardé. »

C'est vrai c'était éblouissant... c'était pas beau mais c'était riche... ça vous dansait brouillait la tête, ça vous envoûtait positif!

« Dis môme laisse-le-moi! »

Voilà qu'elle se ravise... ah! ça c'est du crime! Elle me l'empoigne, elle s'accroche après... C'est de la mauvaise foi infecte! C'était bien convenu que je l'emporte! Elle me repropose Achille Norbert...

« Ah! dis! tu sais pas ce que tu veux!
— Prends-le! Prends-le! Laisse-moi le *Véga*! »

Elle me supplie, elle repart en larmes... Voilà ce que c'est que les souris... Je mollis pas, je garde le bouquin... je m'en fous de ses sanglots... Elle veut pas me le vendre? Pour moi elle veut le vendre... Elle doit avoir un amateur...

« Qu'est-ce que vous en ferez » je lui demande.

Elle me répond rien. Et l'autre là l'Achille en culotte, elle veut peut-être le vendre lui aussi? Peut-être que Nelson est dans le coup? Ah! c'est bien possible... Tout qu'ils sont capables...

« Et Achille qu'est-ce que vous en ferez? »

Elle minaude, elle fait la bêcheuse.

« Dis donc morue ce que tu penses! »

S'ils la portent à Petticoat au marché public la momie, ça sera sûrement dans les journaux... et alors de fil en aiguille... Ah! mijaurée garce!

« Dis-moi un peu ce que tu fricotes! »

J'en ai assez! je vais en finir! j'y attrape le quiqui... elle glousse, elle croit que je veux rire...

« Veux-tu causer dis emmerdeuse! »

Ah! ça elle aime ça ces façons... Elle veut que je rigole avec elle...

« Il va lui faire mettre des yeux! des yeux en ampoules électriques! Là maintenant tu sais t'es content! Embrasse-moi petit curieux... »

Je comprends pas bien.

« Des yeux quoi? Achille?

— Des yeux qu'illuminent eh con! pour son numéro! »

Ah! je suis lent de la feuille.

« Où qu'il le fera son numéro?

« Mais ça s'est toujours fait petit lard! D'où c'est que tu tombes? »

Elle me raconte un peu la technique... Y en avait un à Vancouver, il ramassait tout ce qu'il voulait, un squelette comme ça comme Achille, mais travesti en pharaon... seulement alors une frime, un faux... les os en plâtre, faux costume tout!... Il annonçait le présent l'avenir avec un gramophone dans le ventre, ventriloque... et la lumière des yeux : bleu, rouge, suivant la réponse... « Drôleries du Passé » ça s'appelait... *« The Fun of the Past »*... Achille c'était un autre tabac! avec ses papiers, costume, tout, absolument authentiques! irréfutables! noblesse, bijoux... Ils étaient fatigués du toc les Américains... Sosthène aurait mis ça en route s'il avait eu un peu le temps... mais toujours par monts et par vaux... commençant tout finissant rien... juste la pancarte qu'était achevée... Elle va me la prendre à la cuisine...

Hercule Achille de Rodiencourt
Grand Maître des artilleries du Roi
Maréchal de France
Marquis d'Apremont
Sénéchal d'Épône
Commandeur de la Croix de Saint-Louis

C'était en somme du tout cuit. Il tombait pile le Nelson, il ramassait un trésor, ça ferait une splendide attraction ça je me rendais compte, avec les yeux flamboyants, le phono, les paroles de l'au-delà, le rire d'outre-tombe... Elle m'imitait le rire d'outre-tombe... tout était prévu... ils pouvaient être que contents, une affaire superbe... et puis tout de même un doute lui passe à mesure qu'elle me raconte... elle se demande si ça vaudrait pas mieux qu'elle me reprenne le livre tout compte fait! Ah! ce fiel! Ah! zut! Ah! ça va! J'ai toutes les patiences mais quand même! J'ai les *Végas* je les garde!

« Sosthène les réclame, c'est à lui! c'est bien naturel! Et puis tenez, je peux pas mieux dire, il vous fera l'échange si il veut! Moi je fous le camp! Salut! »

J'ai pas été dur ni menteur...

« Allez Pépé! au revoir! Du calme! »

Je redégringole les deux étages mon fardeau sous le bras. Elle a pas eu le temps de faire ouf, j'étais déjà loin! L'autobus, hop! Transfert! Je drope! un bout au galop, me voilà! Ah! j'arrive en nage...

Il me guettait de la fenêtre le lustucru.

« Vous l'avez? Vous l'avez? » Des signes... Il le voyait pas mon colis? il était pas assez gros?

« Montez-le tout de suite! prenez garde! que personne y touche! cachez-le sous le lit. »

Immédiatement ça y est des ordres! Je vais y clore le bec.

« Dites donc gugusse la politesse! Faites donc attention un petit peu à qui que vous causez!... »

Tout le temps faut le remettre à sa place!

« Vous voudriez peut-être des nouvelles? »

Il m'en demandait pas.

« Eh bien monsieur elles sont fraîches! Vous pouvez courir! Sautez la rechercher votre fifille! il est vachement temps! Elle est en train de promener Achille!... Plutôt elle va le faire travailler! avec le Nelson en plus! Nelson que je vous causais l'autre jour... celui que vous avez pas peur! Ils vont l'équiper pour les foires, en automate pour l'avenir... lampes dans l'œil et tout... phonographe dans le ventre... l'avenir les étoiles... vous êtes au courant? C'est votre plan à vous il paraît... et puis la pancarte... Ils ont déjà leur contrat... toutes les grandes foires du Middle West... et puis ils s'adorent! c'est la vie nouvelle! Qu'elle vous le dit avec bien des choses! Je crois qu'ils prennent le petit môme avec... il est compris dans l'attraction... vous savez le petit laitier... »

Ah! voilà, ça c'est du nouveau! J'y regarde sa binette...

« Est-ce que c'est pas intéressant? »

Il tique pas, il se fourre dans le bouquin, il plonge du nez, il toussote... Faut que je recommence nom de Dieu!

« Ils vont le faire chanter que je vous dis... Ils vont y en faire dire des pas mûres... Il va amuser l'Amérique! « *The Fun of the Past* » qu'il s'appelle... Hein! c'est original! »

Il veut pas me répondre toujours.

« Elle va refaire sa vie que je lui hurle, et elle vous dit merde! Pépé! »

Ni chaud ni froid! je le pilerais! ah! j'y ajoute encore des détails, comme ça, j'en invente...

« Pschutt! Pschutt! Gamin ça suffit! Que vous êtes intempestif! »

Comme ça que ça le touche!

« Allez! allez! montez donc le livre!

— Montez-le vous-même roudoudou, ça doit pas être votre fatigue!... »

Si je l'arrête pas, il me ferait faire ses chaussures!

Elle avait raison la Pépé... Un rien il se connaissait plus... c'était le cresson insupportable... je l'avais bien vu depuis l'arrivée, il avait changé tout au tout... De cette ambiance, les domestiques, les tapis, les sonnettes, le flan... Il savait plus comment pisser. Sa paumée l'autre là elle aussi, avec son temple, ses opales, ses maharadjah éperdus, où qu'elle allait chercher sa vape? Faut pas beaucoup à la boussole pour que tout tourne, gode, tirebouchonne... Un petit compliment, trois sous de brise, et hop! là là! elle est partie!

Larguez! Enveloppez! Grelot vole!

☆

On entendait leurs coups de marteau, on aurait dit qu'ils cassaient tout... Ils devaient enrager sur leurs masques, les calibrer de très vive force Sosthène et le colon... un fracassage à pas croire!... le tintamarre du tonnerre!... vraiment un vacarme si affreux que c'était une blague... Tout de même ils me foutaient la frousse... Rhabillé en vitesse je dégringole, j'arrive au salon. La petite était là, tout près du piano, ma chère adorable, plus mignonne encore que la veille... ah! qu'elle est belle! quel amour! je pense plus à rien... j'entends plus le boucan... je vois plus qu'elle... j'entends plus que ses jolis mots... « *Good morning mister!* »... ah! je la vois encore... sa courte robe liberty jaune... une jonquille, une corolle... si courte si courte... ses jambes là ses cuisses... son visage si moqueur... ses yeux... et puis bondissante toujours... insaisissable... jamais en place... ah! la petite friponne!

Je respire!... je respire plus!... de la voir... mon souffle brisé... Ah! c'en est trop!... Je l'aime trop tout de suite... Ce n'est plus moi!... je flanche! Non! Je revis!... j'ai la berlue... Ah! ses cheveux! Une lumière d'or! Une fête! Blonde la fête de ses cheveux... Blondes ses boucles!... Blonde ma joie!... Blonde ma prière!... Blonde qui joue!... Blonde ma fée!... Blonde je veux!... Ah! comme je l'aime!... Ah! je ne sais plus!... Je demeure là devant elle... C'est moi!... Oui c'est moi!... Ah! que je suis si heureux près d'elle!... Ébloui! je me repêche! je me raccroche au piano!... je voudrais l'embrasser, lui toucher ses cuisses... J'oublie le monde entier à la seconde!... rien que ses beaux yeux, son rire... Elle rit bien de moi par exemple... de mon air godiche... que j'en rougis moi le guerrier! que je sais plus où me mettre... Je vais aboyer de bonheur!... le blond! l'or de ses cheveux!... Ses beaux yeux de ciel!... ça recommence!... Son sourire! Ah, soucis, blessures, pensées morfondues, tout s'envole! vogue! vole! au miracle de ses cheveux! à l'instant pâlissent évaporent! blond! blond! miroite... Je ne me connais plus de joie!... de plaisir émerveillé!... Tant pis! Tant pis! je me risque! je voltige tout autour d'elle! je ne pèse plus rien! Je suis plume! tout allégé! virevolant! tout autour de mon idole!... comme je suis heureux! Et puis *vlang!* je m'écroule à ses pieds... tout chien de bonheur!... Je veux la lécher tout partout, je lape! je rebondis encore, caracole! je pousse des petits cris!... je lui mordille un peu les doigts... ses doigts de lumière... *Brrrong!... Brrrong!...* Je grogne!... j'en ronfle de délice!... Elle rit!... Elle rit!... comme elle s'amuse!... tout fou j'en suis, tout cabrioles, bondis, échappe, galope encore entre les meubles, les tapis! tout imbécile comme je l'aime... j'en bute dans le grand fauteuil l'énorme... je rejaillis haut en l'air, je plane! je suis passé oiseau d'un élan! *Baradaboum* je récroule! Je m'étale... écrase tout! Quel fracas! Je l'amuse, elle en tortille mon ange... elle va faire pipi tellement que je suis cocasse!... Je vois son derrière dans son slip... tendu tortillant... Elle rit, elle rit... tant pis je l'adore!... son rire tinte... comme elle est cruelle!... Je l'aime quand même et dix fois plus!... je vois toutes ses cuisses, je me roule par terre... je vois son derrière!... tellement j'ai mal à la rotule... que je me sens touché!... Ça la fait rire la sans-cœur... elle rit de tout! impitoyable! Ris donc! Ris donc! petite garce!... Je vais te manger tes cuisses! J'y tiens plus! je me roule à ses pieds... je lui embrasse ses petits chaussons... les pointes... et puis ses chaussettes... et puis la jambe la chair tendue là si rose et brun... les muscles qui rient aussi, frémissent... le velours de vie... ah! ris, ris petite! ma déesse! je vais te mordre toute crue!... Tu verras bien! Une source de vif bonheur jaillit de son rire... fuse cascade dans l'air tout autour!... Ah! je suis chien maintenant tout à fait!... Ah! comme je l'adore!... Elle me caresse le dessus de la tête!... elle me calme si gentiment!... ses mains passent dans mes cheveux!... Ah! je veux mourir tout de suite pour elle!... Je suis repris par la fièvre!... je ne veux plus la quitter!... Je grogne!... je ronfle encore plus fort... elle me tapote... elle me rebrousse un peu la tignasse!... elle se moque un petit peu... espiègle mignonne!... quel ange! quelle bonté de sa part... Je veux hurler d'adoration... rugir comme un lion plein d'amour!... Je tremble de ferveur!... de frayeur!... de peur qu'elle me quitte un instant... sa douce main me rassure.

« *What is your name?* elle me demande, quel est votre nom?

— Ferdinand. »

Je l'amuse.

Toute ma vie pour elle!... toute ma mort!... tout ce qu'elle veut et davantage!... Je lui embrasse les genoux... l'étoffe de sa robe!... Elle me repousse un petit peu... Ah! quel chagrin!... quel déchirement!... Je lui demande pardon... puis je recommence! Je lui retrousse tout haut toute sa jupe! je lui mords dans les cuisses à même!...

Gnam! Gnam! Gnam!... Je la mangerais toute!... je la dévorerais!... Là tout cru!... Je l'adore de trop!...

Elle se débat... Elle veut bien rire... mais je suis trop brusque. Quel âge au fond elle peut avoir? dans les douze ou treize... Ah! que je suis cochon!

« Alors vous n'avez rien à faire?

— Oh! si j'ai beaucoup à faire! Écoutez-moi!... Je vous en supplie! Ne riez pas!... Je vous aime!...

— Allons! voyons! *If the servants*... si les domestiques... si mon oncle vous apercevait?... Vous le connaissez pas mon oncle! »

Nitouche! Nitouche! Elle a l'habitude d'être pelotée. Elle pousse pas des cris si terribles... Ah mais! ah! mais! ah! j'y pense! y en a d'autres sûrement qui la pelotent! Le soupçon m'empoigne... le doute m'attrape... me bouleverse...

« Il vous fait ça aussi votre oncle? Hein? »

Je lui rattrape les cuisses, je lui tâte fort, je lui pince... Faut qu'elle m'avoue... j'en suis haletant... en colère... je me coupe le souffle, je me fais du mal... Ah! le benêt! l'aveugle! la gourde! et je ne voyais rien!

« Il vous aime n'est-ce pas? Il vous embrasse aussi comme moi? »

Je veux l'embrasser sur la bouche, elle se défend fort, elle gigote... Je veux tout savoir! tous les détails!... je l'empoigne, je la maintiens... elle rit... elle rit... Allons! les détails! et tout de suite!... je m'excite aussi comme ça faut dire... et puis comme je suis malheureux... c'est tout à la fois! à crever!... je deviendrais méchant... je la battrais! Je veux tout connaître, tous les détails!... je l'embrasse... oh! le monstre! c'est un faux jeton l'oncle sûr certain! un satyre, un hypocrite! avec ses masques et patata! c'est un monstre, faut qu'il débarrasse! ce sera lui ou moi! c'est net! voilà tout! Je suis pressé moi! je peux pas attendre! Je suis sincère voilà! et je souffre!

« Je vais le tuer! je veux plus qu'il vous embrasse! »

Je lui dis, je lui annonce, en français et puis en anglais!... et je veux pas qu'elle rie! elle rigole tout de même... elle s'esclaffe... J'invente rien, sûrement c'est sûr... ce vieux salopiaud il la touche... qu'est-ce qu'il lui fait encore en plus? Dis-moi scélérate ficelle? Pas qu'il te fait des choses?

339

Dites-moi tout! Elle veut rien me dire, elle glousse, tortille... ah! petit croupion! un peu tu vas voir! ah! perfide rusée souris! ah! la mâtine! je suis sûr qu'elle l'aime le vieux au fond... elle en raffole de ses papouilles... ah! je tourne jaloux à en bramer...

« Ça vous plaît n'est-ce pas? ça vous plaît? »

Est-ce qu'elle me comprend d'abord? Elle tient pas en place, elle gesticule, elle me fait *Bzz! Bzz! Bzz!* Elle se moque de moi, grotesque, aboyeur, malotru! Voilà sûrement ce qu'elle trouve... Et toi! vicieuse rouée petite garce!... voilà mon avis... si je suis hargneux désagréable c'est bien par sa faute... Elle a qu'à me répondre! Ah! puis je peux plus la gronder... je flanche bafouille déconne repleure... toute ma colère tombe... je n'ose plus... je suis à plat... je m'effondre... je m'abats à ses pieds encore... Ça y est, tout recommence... Je lui redemande mille fois pardon... me voilà propre... je me roule au tapis! Je la supplie de grâce!... je me prosterne!... je l'implore... je ne sais plus à quoi me vouer!

« Mademoiselle je suis infâme!... Vous n'êtes qu'une enfant! Virginie je vous demande pardon... j'ai abusé de votre jeunesse!... ah! je suis à pendre! C'est moi le monstre! Virginie! Pitié! Pitié! Vous allez me comprendre! Vous êtes toute petite toute mignonne... Un secret m'étrangle! je brûle et mes blessures me tuent! »

En avant le grand jeu! Je veux lui faire couler toutes les larmes... Tous mes malheurs faut qu'elle écoute, petits et grands... et toutes les menaces, tout ce qui plane... et tout ce que j'ai trinqué d'affreux... Elle écoute, elle est gentille, mais ça la retourne pas beaucoup... je crois même qu'elle se moque un petit peu... y a de la malice... à cet âge-là c'est insensible... je recommence tout mon récit, tous mes avatars aux combats... je brode forcément... Ça irait pas mal, elle s'intéresserait... mais maintenant c'est les autres qui me coupent... les vulcains la chienlit là-haut... Ils broyent les murailles on dirait la façon qu'ils cognent... c'est effrayant leur bacchanal... ils doivent tout passer à la forge au bruit qu'ils déchaînent... C'est pas possible qu'elle m'écoute...

Tous mes effets sont perdus...

« Sortons un instant voulez-vous? Je vous en prie mademoiselle! Je vous dirai tout... Pas ici... »

340

C'est une gamine mais quand même, quel port déjà! quelle allure, quelle fierté des cuisses! Je vois, elle m'éblouit encore... C'est là qu'on voit l'animal, au diapason d'entre les jambes... la façon qu'il vibre à la terre à chaque foulée... la musique du corps... l'irrésistible...

Elle me précède, elle échappe, je me presse comme je peux... Nous sommes au jardin... une enfant, une gamine, un rêve... quelles foulées gracieuses! quelle espièglerie dans le moindre de ses gestes... Ah! je suis tout ensorcelé! créature entre ciel et terre... Fangeux crotteux je vous adore!... Je rampe, je me vautre! De mon limon je vous chéris!

Où c'est que j'ai la tête à force? comme ça de me monter le bourrichon? Quel tranche que je tourne? Quel client? Ah! je me ressaisis! un éclair! Si elle s'en fout! cette frétilleuse! Attends mon petit sac à vices! Crever pour ça? Ah! pas d'erreur! je veux revivre au contraire! Vivre des dix! des cents! mille fois plus! gnière heureux! Pour tes beaux yeux! sous tes beaux yeux ma troufignole! Dix cent existences, et gâté! pour vous adorer tant et plus créature de charme! Mais je l'épouvante comme je me débats... comme je me monte bouillant soupe au lait...

Ah! je veux périr au supplice!... S'il vous plaît poignardez mon cœur!... qui tressaille!... palpite! ne saigne que pour vous!... Je veux souffrir atrocement!... trépignez-le pour votre joie!... mon martyr!... Je veux périr écartelé, sous vos yeux!... damné!... mendiant et soumis!... Et puis non! à la fin! non zut! C'est trop de bêtises pour une sale môme de ce genre! une môme qui s'en fout je vois bien! elle se moque, voilà tout, elle attise... Quel amour! Pardon mon adorable fée! Qu'elle s'enfuie? qu'elle m'abandonne? alors c'est la fin, je plonge, le cœur me fend, je disparais... Croquant! malotru! butor! tu vas l'affoler! Vas-tu l'adorer plus doucement! Ah! je jure! je l'effrayerai plus!... Et pourtant je dois bien tout lui dire... il faut qu'elle m'écoute!... tous mes secrets... mon pot aux roses... fillette prenez garde!... j'ai des terribles confidences... des mystères à n'en plus finir!... Ah! du coup c'est moi qui grelotte, que je vais tout avouer... Polichinelle! plus affolé bouleversé dans ce jardin des tendresses que dans les bourrasques des Flandres... au barrage des furieux shrapnels... ah! voyez-vous belle comme l'on tremble!... comme danse mon cœur en ma poitrine!... que ça m'en secoue tout, tête jambe yeux... que je sais plus ce que je vois, qu'est-ce que je fous!... je sais plus où me reprendre!... tout cède tout autour, je vacille... mon cœur s'emporte! galope! emballe! le vertige les buées m'enveloppent... les frissons me zigzaguent, j'en gémis... le regard de l'aimée se voile... je ne sais plus rien... ah! mais je la tenais par le bras! Où avais-je la tête! la voilà ma chérie mignonne!... très délicatement... et quel rire!... moi qui l'effleurais à peine... tout balbutiant de dévotion... Nous allions d'une allée vers l'autre, moi tout titubant de bonheur, de ferveur, de crainte... Les petits oiseaux au passage nous étourdissaient de leurs cris... ivres de printemps... toutes les jonquilles du gazon tremblotaient aux sautes de brise... Voilà le frais tableau... Le printemps de Londres est fragile, le soleil mouillé pleure et rit... les pêchers en fleurs flambent rose... un petit lapin là de l'herbe... échappe, file!... Virginie galope après lui, le rattrape, le prend dans ses bras, l'embrasse... l'emporte... ah! je suis jaloux!... subit là horrible! au couteau! et puis jaloux de tout! du ciel! de l'oncle! du gazon! du lapin! de l'air qui joue dans ses cheveux!... elle m'écoute à peine... elle ne m'entend plus... Je voudrais qu'elle m'embrasse moi aussi!... Toutes les gentillesses au lapin! Ah! zut! Elle m'énerve cette môme avec ses chichis! morveuse! Faudrait que je m'assoye tout d'abord... je suis trop fatigué, j'en peux plus... Elle m'éreinte avec ses fredaines! L'oreille me relance, me bourdonne! et quels sifflets! tambours! cuivres! vapeurs fusantes! jeux d'usine! Tout mon bastringue vacarme en tête! Je suis tout orage et j'entends rien... je suis malheureux par mon oreille... et par mon bras donc! et les côtes... Elle comprend rien cette gamine!... lorsque j'ai tenu deux trois heures je suis rompu fini... Je suis à la traîne du reste du monde... je suis à la traîne... je me raccroche autant que je peux... c'est pas des giries, du flan, c'est plus de force du tout et voilà... je m'affale... sisite! j'ai l'air de jérémiader... Ah! je voudrais courir!... Je peux plus lever une patte... Allons... là... le banc sous les arbres!... je pleurniche je bafouille!... Virginie ma choute! Virginie à côté de moi! Ah! je la retiens elle se sauverait!... Il fait un peu froid... le vent mouillé rabat sur nous... je veux la protéger contre la bise, faut pas qu'elle tremblote! je veux lui passer mon veston... il faut qu'elle accepte nom de Dieu!... je veux me découvrir pour elle... trembler pour elle... c'est une traître bise!... je veux la réchauffer de ma chaleur... ah! mais elle refuse! elle veut rien entendre!... elle veut trembler dans sa chemisette... je la réchauffe quand même nom de Dieu! je les empaume ses deux petits nichons, je les tiens là tout durs tout pointus, c'est vrai qu'elle a froid... elle se tortille mais gentiment... son gai frais rire me porte aux nues... me voilà tout ravi radieux... ah! qu'elle est mignonne... un cœur! j'ai pensé des horreurs voilà!... je suis atroce je suis grognon merdeux... maintenant elle me rit... ça va bien! je suis guéri même... plus que costaud!... que je suis au ciel!... je me retiens plus de bonheur... tant pis! tant pis! j'en déconne! je vois que du bleu tout partout... je vois les anges!... je vois le Bon Dieu sur son nuage... un gros nuage énorme... il me veut du bien lui aussi!... Virginie lui moi on est tendres! Je la re-aime, je l'embrasse surtout... je les embrasse fort tous les deux... ah! c'est une fête pas ordinaire... je danse avec elle, avec lui... et maintenant les anges!... ils se courent après d'un nuage à l'autre à la farandole... nous nous aimons tous... je suis saoul moi des mouvements qui tournent... je m'élève toujours, je vais plus loin... c'est comme là-bas à Greenwich... ça y est, tout recommence!... c'est plus Delphine, c'est plus Claben... c'est le gros maintenant là sur son nuage... c'est plus le Boro, c'est le Dieu à barbe... ils vont me rejouer leur tour atroce!... ils m'hallucinent!... faut que je réchappe! plus loin plus loin... que je m'élance!... déguerpis enfant! je me sauve faufile entre les brumes... je suis tout envol tout tire-d'aile... Ah! mais je tourbillonne sur moi-même... je plane à l'envers... je m'emmêle! culbute! coule!... je coule! je me raccroche... gare à la rampe! je crie je suffoque... Virginie! Virginie! à moi! Ah! je l'ai échappé! un fil! j'étais parti sur un vertige...

J'avais perdu connaissance... Heureusement qu'elle était là... elle m'avait pas abandonné... sur le même banc... le même jardin... ah! je revoyais tout!... j'étais sujet à défaillir... elle se rendait compte... Elle m'avait vu fermer les yeux... je lui avais pas lâché la main! ah! par exemple! pas une seconde... Tout de suite j'ai repris mon idée... encore tout malade de vertige... je l'ai rentreprise qu'elle me comprenne... qu'elle connaisse bien tout mon malheur...

« Virginie j'ai commis des crimes... j'ai été forcé!... je devrais pas vous le dire à vous! je vais vous faire peur... C'est aussi de la faute de ma tête... vous avez vu si je me trouve mal?... je peux assassiner tout pareil... vous avez pas peur?... Mes parents eux sont pas comme ça! Ah! c'est pas de famille... c'est la guerre! je lui expliquais... ah! si vous les connaissiez... ma mère surtout! et mon père donc! je leur en ai fait eux du chagrin! Ah! que j'ai des remords!... »

Comme ça bâtons rompus... Elle me regardait gentiment mais elle me comprenait pas du tout... Je lui ai répété toute la sérénade en anglais... tout du début à la fin... c'était tout pareil... elle voyait pas ce que je voulais dire... ça avait pas de sens pour elle pauvre chérie... pour une petite mignonne semblable... Elle comprenait que le cinéma en fait d'aventures, de terrible... moi j'avais pas le genre effrayant... elle pouvait pas me voir au tragique...

« Pourquoi remords? »

Quelle question!

« Et votre oncle donc que j'ai volé! votre bon oncle si bon pour nous! que je lui ai secoué tout son mercure! c'est pas effrayant? Est-ce que c'est pas abominable?... Et puis encore bien d'autres choses... mille fois plus criminelles! *Thousand times!*... »

Je me noircissais à plaisir... ça la troublait pas.

« Qu'avez-vous donc fait? »

Ah! stupide môme! c'est mieux que je me taise. Elle comprend rien décidément. Et si je lui parlais voir des masques... Elle est peut-être plus renseignée?...

« Les masques Virginie?... votre oncle?... est-ce qu'il y croit? lui au fond là entre nous?... ou est-ce que c'est une rigolade?

— *Oh! you know uncle!* Mon oncle n'est-ce pas lui il s'amuse!... il aime toujours les inventions! »

Elle en sait pas plus... c'est son lapin qui l'intéresse... elle l'a sur les genoux, il grignote... il grignote son propre museau, son minuscule nez on dirait... son petit bout de nez tout frémissant... Elle l'imite, elle fait tout pareil... elle veut que je fasse ça moi aussi... Ah! elle est insupportable!... elle écoute rien... faut que je lui pose la grande question... allons nom de Dieu!

« Virginie! Virginie! de grâce! voulez-vous m'épouser! je vous aime! »

J'en reste baba... Ça m'est sorti d'un seul jet... j'ai pas même reconnu ma voix... tellement c'était un flan d'audace... J'en reste là écarquillé... Elle me répond rien... elle continue son manège... Ah! faut que je repique!

« Virginie! Virginie! je vous adore! »

Je lui prends fermement la main... Il se passe alors là juste devant quelque chose d'extraordinaire, toute une merveille devant nous... Plutôt entre les arbres et nous... je m'en souviens bien exactement... comme on dirait sur un théâtre... voilà le Bonheur! il flambe positif, illumine... Ça s'est jamais vu! c'est un énorme buisson de feu! et quelles clartés! rosâtres et vertes, scintillantes... avec quelques fleurs de lumière jaune-bleu piquées dans les branches... Tout ce buisson de feu palpite... je palpite aussi... je palpite en même temps que les roses... et puis voici d'autres parfums... une sorte d'esprit des fleurs qui nous arrive... de douceur, de charme... tout le plus tendre des roses nous frôle par bouffées, nous enivre... quelle extase! ravis... gâteux... éblouis... tout éperdus de bonheur!... Ah! mais le ciel va s'assombrir... je le vois au loin... je grelotte... Non! Non! je me fascine aux lueurs, aux ardeurs du feu... j'en louche!... je veux brûler avant le froid au plein brasier du miracle... je me jette en plein dedans, je m'ébroue, les flammes m'environnent, m'emportent, m'élèvent entre elles tout tendrement, tout tourbillon! Je suis de feu!... Je suis tout lumière!... Je suis miracle!... J'entends plus rien!... Je m'élève!... Je passe dans les airs!... Ah! c'en est trop!... Je suis oiseau!... Je virevole!... Oiseau de feu!... je ne sais plus!... c'est difficile de résister!... J'en hurle de plaisir... J'ai vu le bonheur devant moi dans le jardin du colonel!... ainsi je le jure!... Je l'ai vu buisson tout en flammes!... Je le répète!... Je le sais bien!... de l'émotion surnaturelle!... Et puis je comprends plus rien du tout!... J'avance un petit peu la main droite... J'ose... je me risque... je touche, j'effleure... les doigts de ma fée!... de ma rose, ma merveilleuse!... Virginie!... je la frôle à peine.... je n'ose plus!... Partout tout autour de nous... crépitent à présent... voltigent mille flammèches... gracieuses banderoles de feu tout autour des arbres!... c'est la fête... la tête des airs... d'une branche à l'autre... tremblotantes... joyeuses pâquerettes d'étincelles, corolles à vif... camélias ardents... brûlantes glycines... à balancer par bouquets... entre les souffles de musique... le chœur des fées... l'immense murmure de leurs voix... le secret des charmes et sourires... La fête du feu bat son plein!... au parfait bonheur!... Ah! je m'en trouvais si ébaubi si éberlué, transi d'amour que je n'osais plus même respirer... heureux jusqu'au sang... je l'entendais tourbillonner, me palpiter plein les artères... mon sang tout en fête... palpite... palpite... le cœur me gonfle... je brûle... je suis tout flamme moi aussi!... je danse dans l'espace!... je m'accroche à ma capricieuse, à ma friponne, ma chérie, mon tourment, ma vie! je veux pas qu'elle m'échappe!

« Virginie mon cœur!... je l'implore... Virginie! Virginie! pitié! je vous conjure mon petit cœur!... mon petit cœur!... »

Elle est tout cœur c'est vrai! mon cœur pour nous deux!... elle me palpite là dans mes doigts!... Ah! maintenant je la tiens bien... je la presse toute contre ma poitrine... Comme je l'empoigne! je la lâcherai plus! je suis heureux!... Le jardin est clos pour toujours!... Nous sommes enfermés pour toujours!... prisonniers des lilas, des roses!... les buissons enchantés nous tiennent!... nous retiennent! Ah! le grand bonheur!... Des parfums! encore des parfums!...

« Virginie! Virginie!... ma poupée!... mon rêve!... »

Je veux la bercer qu'elle s'endorme!... qu'elle ferme ses grands yeux!... Gamine, gamine, c'est le bonheur!... il est là!... dodo! dodo! Je la bécote... *Baradaboum!* tout resursaute! c'est un fracas effroyable! là tout soudain! Ça vient d'en haut, de la soupente... cent mille chaudrons! enragés! Ça y est ils s'y remettent! c'est nos ours! le chahut atroce!... ça déferle concasse bourre les vitres! voilà des éclats plein le jardin... ah! mes pauvres oreilles! Broyée ma tête! Ô ferraille! ils redoublent s'acharnent! Virginie a peur! Je l'embrasse! je la cajole! je la masse, je lui tapote ses cuisses, je me rejette à ses genoux... mais ça nous foudroye tout d'en haut l'infernal raffut! c'est pas supportable! du toit, des lucarnes, un bacchanal de démons!... Ils sont là en crise... ils déménagent... ça m'ébranle, ça me communique, ça me retourne les nerfs moi aussi... je me reconnais plus... il m'en fallait pas autant... Ils me refoutent la rage, ils me déchaînent... Je rugis, je regueule double... je retrousse Virginie, je l'attaque! je la force! je lui mords en plein les cuisses! Ah! les merveilleuses divines chairs! lumière! lumière! J'en bave régale! C'est eux! c'est eux qui m'enflamment! ils arrêtent pas! *Pan ban vrang!* Ils me mettent à bout! Ils m'excitent au rouge! Ils dévastent tout! C'est sûr une découverte énorme pour qu'ils fracassent si férocement! une trouvaille à renverser tout... Je lèche Virginie, je la pourlèche! partout! ses jambes... son ventre... c'est la vérité! Elle rit... elle rit! elle se démène, elle gigote... je lui tète les cuisses! c'est trop fort! elle prend peur! elle piaille! elle se crispe! Pourquoi qu'elle a peur? Je le lui demande... Je veux pas qu'elle ait peur!... Tout doux là mignonne... tout doux... Elle a peur de moi, que je grogne... son gros chien d'amour! Mon cœur! Mon petit cœur... je vais te bouffer! je vais t'avaler! vive! je te dévore!

« *What is it devil? What is it?* »

Elle me repousse en riant... le diable qu'elle me trouve... Ça y est!

« Ah! *What is it!* Attends! Attends! *I like you awful much!* »

Je lui explique qu'elle s'épouvante pas... juste que c'est des *mgnam mgnam* pour rire... que je la croque semblant... À croquer qu'elle est voilà tout... je la rassure un peu, je la câline... Braoum! Braoum! leur patatrac! C'est nos brutes encore de là-haut! Ils me coupent la chanson... Tout recommence... tous les chaudrons du tonnerre! à la volée! Ça les a repris! ils redoublent! Ils vont démolir la cagna... Le toit on le voit il chavire... les fenêtres gondolent... Les oiseaux s'enfuient à tire-d'aile... C'est une catastrophe par chahut... Ils se mettent à ratatiner tout!... Ils doivent écrabouiller leurs masques... broyer l'atelier à zéro... C'est trop d'ébranlements... Dieu possible!... on s'entend plus dans ce jardin... Ça nous rafale sur la tête les bouts d'ardoises, les verres pilés, les éclats de zinc... Ah! les vaches cuites! les sinistres! Sûrement qu'ils ont bu comme des papes en catimini... ils sont hypocrites portes closes... Sûr qu'ils sont ronds perdus d'alcool... à moins que ça soye encore leurs gaz?... qu'ils se soyent rendus fous enragés avec leurs bouffées de saloperies... C'était bien leur genre... alors ce bouquet! Ah! chieries de zèbres! Je les vois d'ici... je les imagine... Ils foutent tout en l'air!... Ils détraquent à la cantonade!... Il restera plus rien comme ils cognent!... Ça en répercute jusqu'aux nuages! Ça va être un joli scandale... ça remplit l'espace et la rue... la nature et les flics!... Ils ont fait s'enfuir les anges!... c'est déjà pas mal... étouffé les voix célestes, éteint la féerie des lumières, des girandoles rose et bleu... c'est un beau succès... ils ont de quoi être fiers!... les séraphins ont disparu, leur procession enchantée... qui venaient vers nous directement, je les voyais en somptueux velours, en diadèmes de fête... ils avançaient de notre côté, descendaient pas à pas des nuages pour nous chuchoter leurs secrets... C'était en bonne voie notre bonheur! ça se présentait admirable! Ils avaient fait tout s'évanouir ces sagouins tordus!... Et que c'était pas terminé! Tout le matériel y passerait! sûr! Ça sonnait creux énormément, comme tout un volcan plein de marmites en branle d'explosion! Ah! c'était des bruits tous atroces... j'osais plus remuer de telle honte... j'osais plus regarder Virginie... toutes mes effusions là en panne... Ils se battaient peut-être dans les combles? C'était peut-être pas que sur les chaudrons?... Ils se mesuraient peut-être à mort? Ils étaient capables... Sosthène sûrement qu'avait défié encore l'autre braque... j'étais certain! ah! je le connaissais... j'en serais rentré moi sous terre de honte... moi qu'étais juste en plein murmure... dans la ferveur du tendre accord... des chacals pareils! ah! pas possible de respirer avec de telles charognes... Au large!...

Mais la petite ça l'attristait pas... elle les trouvait drôles au contraire, elle riait de bon cœur.

Sous leurs coups abominables la maison ébranlait fendait... les fenêtres éclataient de partout... le toit s'envolait en morceaux... Impossible de supporter! Ah! j'y tenais plus! je cours! je m'échappe! je plaque la môme! je me sauve tout droit... et puis au galop, à la charge!... deux trois fois le tour de la maison!... je me fais mal comme je me force ma jambe! Tant pis hop! en l'air nom de Dieu! Force! Force!... Je prends le mors aux dents! Je touche plus terre... je jaillis positif d'un buisson à l'autre... je suis pourchassé par leur sabbat... « Ducon! que je m'encourage au galop... t'y retourneras plus dans cette sale turne! T'y retourneras plus, c'est ton malheur! Ils se foutent trop de ta gueule! C'est notoire! Cave et piteux! L'heure! à la course! Et tous en chœur! Sosthène, le dingue et la môme donc! T'y as rien vu bidasse! Quel voyage! Si ils se régalent à ta santé, oh là là! ficelle! Dépêche-toi! Les revois jamais! elle surtout! la môminette! sac à vices que c'est! ensorceleuse miniature! elle te ferait retourner à la guerre, elle t'embobinerait au trépas! elle s'arrangerait avec son oncle que c'est déjà tout boutiqué!... Ah! tu pèses pas lourd roudoudou! » Voilà comme je me cause... que je suis dessaoulé résolu! La fuite! l'escampette! Mais je pouvais pas partir tout de même sans lui dire un petit mot d'abord... un petit peu son fait à cette moutarde garce... assassine en herbe voyez ça!... un petit peu la façon que je cause!... comment qu'elle avait abusé... ça serait trop commode!... J'avais des visions c'est possible, j'étais nerveux par moments... chacun trimballe ses faiblesses... mais pour l'abus c'est une autre paire! qu'elle s'en tire pas à si bon compte!... ah! damnée pisseuse!

Furieux tel quel caracolant je ruminais tout haut ma revanche... oblique enlève! volte au gazon!... les jambes à mon cou... même la percluse la boquillonne! dans l'ardent mouvement de la fureur un vif à droite et hop! pirouette! je peux plus m'arrêter!... Ils sont enragés les deux ouis... Ils me retournent le sang positif! Je suis emporté par leur vacarme... ils crèvent on dirait cent enclumes à tour de bras... C'est le tambour du Dieu, du tonnerre de Dieu! J'emballe, déboule, un bolide! l'allée du milieu! le coup de cul! hop! pigeon vole! J'atteins en plein sur le perron... ouf! me revoilà dans la bâtisse, le grand vestibule... ah! je souffle, poumone, renifle... Je cherche partout ma Virginie... Elle a encore disparu! Où qu'elle est cette petite roulure! effrontée loupiote! ah! que je suis en colère! Je flaire son parfum... l'œillet poivré sa tignasse... je galope à travers les tapis... je bouscule retourne la femme de chambre!... qu'elle pousse un haut cri... Je suis frémissant comme un clebs... que j'ai perdu ma bonne maîtresse!... haletant! j'en bave!... il me vient de la mousse... je fais le fou sur la rampe, j'enfourche, je déboule avec ma patte folle... je m'écrase sur le cul, je tombe à la renverse... ça me sonne à la tête, je m'affale... elle était nulle part ma gamine!... pas au salon! pas au jardin! peut-être dans sa chambre?... « ah mais molo Médor! Regarde un petit peu ton état! Tu vas encore l'épouvanter! Arrive pas comme ça dégueulasse! et puis en plus dans sa chambre! un ignoble goujat! Faudrait que tu fasses un peu de toilette! Déjà esquinté ton complet! » Je m'adresse des reproches, je me morfonds, je me tasse assis... Je la retrouverai bien après tout!... Elle est pas perdue... Faudrait peut-être que je pense un petit peu... que je réfléchisse aux événements... ça me ferait du bien.. que je profite que je suis un peu seul... Ah! *Badaboum!* va te faire foutre! Que ça tonne redouble! ça refracasse là-haut un cyclone! C'est pas terminé leur séance! Ils sont encore en plein labeur nos deux spécialistes!... À toute ferraille qu'ils s'en donnent! la fête bat son plein! Je croyais qu'ils s'étaient déjà tués... Et *bang!* et *plang!* et *rataplan!* Ils ont pas molli, ils reforcent!... Faudra que tout y passe! Ils déferlent à pleins métaux... la transe des cyclopes!... Rien pourra les interrompre... les yeux vous en secouent du fracas... ça vous en frétille les orbites... Tout le bâtiment rebondit tressaute, les meubles avec, l'énorme commode, le lustre balance à décrocher et ses mille cristaux, tout ça tinte, musique! le gros bahut que je suis assis, chambarde, embarde, que ça me soulève, que ça me projette! je me raccroche... Ah! c'est comme un bombardement! Voilà leur violence! Secousses de volcans! Ils enragent encore un grand coup!... les murs en fendillent je vois... Sûrement ils connaissent plus leur force... Ils vont faire crouler la baraque... On dirait un marteau-pilon... Quelque Creusot de force des bras!... Ah! ils m'épouvantent!... je sors sur le perron, je regarde... au moment juste une fusée rouge... une giclée terrible du toit... un flot d'étincelles!... c'est l'enclume qui crève les solives! tout jaillit vole crépite en feu... Ah! c'est terrifiant!... et puis encore bien d'autres flammes! la comète, au cul... jaunes! bleues! orange! tout un panache!... ça tourbillonne dans l'atmosphère l'enclume et sa traîne!... Ah! c'est pas le moment d'admirer... Ça va se terminer effroyable... Quelles expériences qu'ils ont bien pu faire?... C'est pas le moment que je réfléchisse!

« Virginie! Virginie! je l'appelle.
— Hello! Hello!

— En avant môme! »
Je la voyais pas! elle était là... tout près devant moi! Ah! bonheur! elle jouait à cache-cache entre les arbres avec le lapin...

« Allons hop! petite! »

Je l'entraîne! Faut pas rester dans cette turne! Il va se passer des choses horribles... Je commence à avoir l'habitude... je veux pas encore qu'ils me soupçonnent... le petit lapin file de son bord... il pousse un petit cri...

☆

C'est bien ce que je pensais... Ils avaient ouvert une bonbonne d'un gaz absolument spécial qui les avait rendus malades, déchaînés dingues à l'instant même... l'attaque au cerveau... comme des bêtes enfumées en cage à râler et mordre!... et foncer dans n'importe quoi!... à l'action les monstres humains!... le terrible transport!... La première bouffée c'est la pire, et puis après c'est une ivresse, le *Ferocious 92* toute la bonbonne en vérité... et même encore du rabiot, un petit flacon scellé au verre, l'intrait de *Ferocious*... le gaz méthylométhylique surdistillé à quinze intraits, qu'avait point son pareil au monde question toxicité, attaque... un millicron suffisait!... Son découvreur en revenait pas... Il en demeurait tout surpris, il professait dans un lycée à Dorchester, la botanique, il ne se livrait aux expériences que quelques heures par semaine. C'était en somme en désœuvré qu'il avait traité l'ypérol par sels de méthane, puis surcomprimé par filin verre à telles surpressions alors! qu'une tonne rendait un dé à coudre!... C'est dire pour voir l'intensité! Ils avaient reniflé le tout d'un coup nos deux intrépides, une tonne par narine! L'effet illico! Instantanément donc ils s'étaient rués l'un sur l'autre, violets, rouges de rage, sauté dans les plumes, assommés d'abord à coups de poing et puis à coups d'ustensiles, tout ce qui traînait y avait passé, tout le matériel de la baraque, un saccage atroce... Le colon qu'avait eu tellement de doutes, qui voulait pas qu'on l'embobine, qui croyait pas aux rapports, qui doutait tant du *Ferocious*, maintenant il avait eu ses preuves! deux trois cents coups de poing sur la gueule tellement l'autre s'était emporté!... Seulement les deux masques si précieux, à clapets, à plumes, ils avaient plus de formes du tout... ils étaient en miettes... l'atelier en horrible état, le toit effondré sur le parquet, plus un carreau, plus une cornue, tous les appareils en bouillie, moulus, laminés au sol... Un infect spectacle... le complet délire assassin... Ils s'étaient foutu des gnons d'une manière pas imaginable, insensée, vraiment fantastique... sans savoir ni pourquoi ni comme... Ils s'étaient lacérés taillés sur des grandes longueurs de figure du bout du nez à la nuque, la peau, la viande, s'arrachant tout! à coup de cisaille, à la varlope, s'emportant des saignants lambeaux et puis après ça la râpe, des grands bouts d'oreilles. Sortis de leur crise, tout dégueulasses, tout titubants, dégoulinards, les yeux hors de la tête, ils avaient fait peur à tout le monde, des épouvantails!... même leurs chiens qui se sauvaient d'eux et les domestiques encore pire, ils poussaient des cris, la cuisinière s'est trouvée mal... ils se voyaient déjà accusés d'avoir ourdi quelque complot, d'être les assassins de leurs maîtres... Ah! ça allait mal! Ils voulaient prévenir la police, que la lumière soit tout de suite faite, que ça donne pas de commentaires... Le colonel les a empêchés, il avait retrouvé sa raison, tout son sang-froid, sa certitude et même son tic de pisseur, de pousser brusquement son cri, absolument sans prévenir, « *England rule the gases!* », le bras droit levé haut comme ça, raide au garde-à-vous! que ça venait comme cheveux sur la soupe, et puis trois fois de suite « *Hip hurray* »! Le Sosthène qu'était tout bleu de bosses, qu'en avait plein le dessus de la tête en plus de ses estafilades et la bouche toute rouge de caillots, il est pas demeuré en reste... il lui faisait écho et de bon cœur... « *Hip! Hip! Hurray!* » à plein gosier trois fois de même!... Ils s'en voulaient pas du tout de cette furieuse torgnole, au contraire qu'on aurait dit, ça les avait comme rapprochés et des plus copains... Il a fallu qu'ils arrosent, qu'ils fêtent ça tout de suite... Au moins trois fioles de whisky. Sosthène lui qu'était buveur d'eau il s'est complètement dérangé. Le colon a relevé son verre encore cinq ou six fois à la santé du brave Sosthène... *The gallant Frenchman* qu'il l'appelait... et puis au roi George V! et puis au grand *magnificent* Joffre! Voilà comment on s'échauffait... Puis à la *great* Sarah Bernhard! et puis au roi Pierre de Serbie! puis à la Dame aux camélias!... Personne d'oublié! C'était comme ça bien entendu, ils se trouvaient complètement d'accord le Sosthène et lui que tout était à recommencer, toute leur expérience bout en bout!... qu'ils étaient joliment heureux d'avoir ravagé le fourniment, tous les filtres, les micas, les tôles dans l'accès *furious*, que c'était une bonne chose de faite! et en plus nom de Dieu! joliment utile! quel travail purificateur! maintenant ils allaient recommencer, et avec de tout autres méthodes! des procédés méconnaissables, des brevets bien plus astucieux qu'étaient même pas imaginables comme subtilités dans l'astuce! ah là foutre sang, que je pouvais même pas concevoir, pauvre merdeux moi!... qu'ils s'en boyautaient de ma stupeur d'intense perverse rigolade à la perspective des bouleversements, des prodiges... Les gaz homicides *Ferocious* leur avaient appris beaucoup de choses en somme et pour toutes. C'était indéniable finalement... La colossale ratatouille les avait comme réveillés, sortis de leur confiance imbécile... Trempés que ça les avait, brasés d'esprit et de corps! maintenant ils se trouvaient tout d'attaque! Tout était remis en question... leurs masques étaient insuffisants, la preuve était faite, tout le matériel à renouveler à pas quatre semaines du concours!... une véritable gageure! Pas une petite minute à perdre! Ils se bourraient en tapes affectueuses à sonner des bœufs, les tapes du colon surtout qu'étaient incroyables... un petit lustucru comme lui, il envoyait dinguer Sosthène à trois ou quatre mètres dans les murs... valser à chaque coup... C'était en somme extraordinaire qu'ils se soyent pas assassinés pendant qu'ils y étaient... j'y pensais bien en les regardant... Ce qui leur avait sauvé la vie, c'était sûrement les surcharges, tous les bourrelets soudés aux masques, leurs hauts cimiers poils de brosse, tout le pataquès, le haut genre grec, méduses et gorgones, guerriers du Péloponnèse... Ça leur avait bien pris les coups, épargné la tronche faut convenir... mais il fallait tout recommencer! ah! absolument dans le même style! de l'ornement! de l'ornement! Même pour les soupapes d'admission, les valves pneumatiques, rien qui ne soit guilloché, cerné, liséré d'argent pur... De l'ornement! de l'ornement! Le colonel l'exigeait partout... Fallait pas leur supprimer rien, ni une aigrette, ni un panache... Fallait que je retrouve un boa, sa plume magnifique, sept guinées, pour couronner son tromblon, sa petite usine sur sa tête...

« Tout pour la présentation! »

C'était sa devise... la mécanique élégante!

« *Smart! Smart! we will be smart!* » Il démordait pas... « nous serons élégants! *Smart first!* »

Selon lui la présentation c'était la moitié du concours. D'abord impressionner les membres, que le jury en ronfle... et puis ensuite la technique, les merveilles de ses clapets mous, des tubulures réversibles...

« *Smart and efficient!... and different!* »

« *Different* » entendu dans le sens anglais... original... irrésistible... Ça promettait!... Comme ils avaient tout détruit dans leur rage tonique, que tout l'étage était à sec, le laboratoire en morceaux, j'allais pouvoir m'amuser, cavaler un peu dans la ville! Réassortir tout le matériel, foncer après la quincaille, les viroles, les produits cristaux, tout ce qu'ils avaient fracassé, crevé, répandu, c'était mon affaire...

Jusqu'à Soho, Tottenham faudrait que je poulope, jusqu'à Broms pour les tubulures, les clapets, aux usines très spécialisées, plus loin encore que Shislerhurst, où ils calibraient les micas à la minceur des filigranes, pour tout Londres et les dominions! Ah! là je devais faire drôlement gaffe! pas me fourvoyer d'un millicron, d'un quart de poil, d'un souffle, un cil! C'était d'une terrible importance le mica protecteur des yeux!... Fallait que je retrouve des vétilles encore bien plus bracadabrantes, des filtres en tungstène, des aiguilles-aimants, des rubis en poudre, ils avaient tout carbonisé... De me voir revenir à la pêche, les fournisseurs ils allaient mordre!... je pouvais pas leur dire ce qui se passait... faudrait tout de même que je les excite, que je me démerde, que j'oublie rien!... Le colonel était absolu, il voulait que des parures superbes.

« *Gas masks! Gas birds!* Oiseaux des gaz! »

C'était son idée... Surtout depuis le *Ferocious*. Sosthène était pleinement d'avis.

On a réfléchi un petit peu... Ça faisait une fameuse sommette pour renouveler tout le bazar... il allait la sentir passer, surtout que les prix montaient en flèche, que c'était la crise dans les stocks... Ah! je me voyais drôlement courir... on a considéré les choses... deux trois semaines qu'il me faudrait au moins... surtout pour les petits fabricants nichés dans des coins impossibles... à pied en bus que j'irais et je m'amuserais pas... en taxi pour les plaques de tôle et pour les cornues, si fragiles.

Si je fonçais du matin au soir, que je drope comme un zèbre, j'y arriverais peut-être en quinze... vingt jours... on a calculé à peu près, juste pour l'essentiel c'est-à-dire...

Ces perspectives de courses partout ça me faisait penser à Nelson qu'était lui l'as aux commissions!... Celui-là il connaissait son Londres! Sûrement qu'il devait être à nos trousses au moment précis... Depuis que j'y avais chié dans les doigts, il devait penser qu'à me revoir... Faudrait mieux pas que je le rencontre au cours de ma route... Heureusement Londres c'est un chaos, une énormité pas croyable!... à moins que je me refoute en plein dedans... que je rerôde par le Trafalgar... que je m'amuse au risque... On a recausé un peu des ronds, à peu près combien ça coûterait ce réassortiment... tout ce qu'ils avaient massacré pulvérisé dans leur fureur, on pouvait pas savoir exact, mais pas très loin de sept huit cents livres... Ça faisait un beau sac à l'époque... je m'en voyais un peu dans les ongles... Et on s'occuperait pas du toit qu'était crevé sur bien quinze mètres, toutes les tuiles en l'air, éclatées... Ils avaient fait sauter les lattes à coups de moulinets de manche de pioche... Ils avaient fait mieux encore... ils avaient attaqué les murs à coups de piquet de mine... Un peu plus tout déboulinait! C'était pas un gaz plaisantin le *Ferocious 86*... Ça vous apprenait les façons... Sosthène s'appliquait des compresses au vulnéraire, au cognac, sur toutes ses marbrures... il en avait plein la tête... J'y faisais couler le robinet... on a été à l'office... Y avait que ça de vrai l'eau courante... Il geignait quand même...

« Ça va pas dis môme... ça va pas... »

Il se plaignait même fort... et puis à chaudes larmes... il voulait plus revoir le colon...

« Ta gueule! tu remets ça! et comment qu'on mange corniflot? »

C'est vrai, c'était la question... *beef or not beef*...

« Ah! tu l'as commode toi! tu te marres! on voit bien que c'est pas toi qui renifle! »

Là-dessus il graillonne, il suffoque, pour me faire bien honte...

« Si les autres crèvent toi tu t'en moques, t'es pas dans la course ! Je vais te dire deux mots mon petit crabe... Non ! je te parlerai ce soir !... »

Méchant et poison voilà le mec... Ah ! il m'écœurait... On pouvait pas s'engueuler, on était à table, fallait qu'on se dépêche de finir, le colonel avait hâte... Tout de même un mot à Virginie juste en passant... « Je vous adore... *I love you*... » Le repas en cinq secs... la prière... on remonte, ça n'a pas traîné... Sosthène me précède... il boite pitoyable... il chiale à chaque marche... plus blessé que moi cent fois pire !... il arque plus, il rampe... une fois en haut il se jette sur le plume, il s'écroule...

« Non ! mon ami ! Non !... » qu'il m'exclame.

Il sait plus que dire ça ! « Non ! Non ! Non !... » Il refuse le service... Ah ! quelle catastrophe !... quelle loque !...

Je vois ce que c'est ! finie la joujoute ! guignol en peut plus...

« Allez ! que je le secoue ! Youp grand-père ! Vous allez vous rendre malade ! Y a qu'à faire capout ! voilà tout ! Y a qu'à foutre le camp ! Je vous en voudrai pas ! Vous pouvez plus hein ? c'est *finish !* Alors, laissez tout tomber !

— Tomber moi ? Tomber ? où qu'il a pris ça ce galopin ? Ah ! petit menteur ! »

Je l'ai piqué au vif, il ressaute, il trépigne...

« Vipère ! Crapaud ! qu'il m'appelle... Mauvaise foi ! cafard ! »

Il me couvre d'insultes. C'est subit.

« J'ai dit moi que j'en voulais plus ? Écoutez donc cette vermine ! Pour qui qu'il me prend ma parole ? Pour un capon dans son genre ? Ferdinand Pétoche ! »

Il ricane, il est tout bravache... Je le reconnais plus... Il s'en boyaute à ma santé... que je suis trop cocasse avec mes lâches suppositions...

« J'ai peur des gaz moi moujingue ?... Répète-le un peu ! Regardez-moi ! »

Il plastronne, il bombe...

« L'amour du danger galopin ! voilà comme je m'appelle ! »

Il force sa maigre poitrine...

« Je me cherche pas moi des alibis ! Je joue pas moi les mutilés ! S'il faut renifler moi je renifle pour Ferdinand !

Souffrir, moi je souffre! S'il faut mourir pour Ferdinand moi je meurs! Sosthène! Présent! Voilà! Un mot! »

Ça c'est envoyé! J'y avais remonté sa pendule. Il tenait plus en place...

« Pardon! Maître! Pardon! »

Je me ratatinais bredouillant... mais il voulait pas de mes excuses... il insistait sur ma sottise...

« Vous n'avez pas de nuances Ferdinand! Aucune nuance chez vous! lourdaud maladroit balourd... primate Ferdinand! voilà! »

Il m'accablait...

« Affinez-vous bon sang de bois! Prenez de la nuance! Apprenez! Faites donc effort! essayez au moins! essayez! Regardez-moi vivre un petit peu... Essayez de comprendre... Appréciez! Ne saccagez pas! Vous me voyez là en pleine lutte... je lutte! je lutte! voilà tout! Un peu bouleversé c'est un fait... je ne suis pas écroulé pour ça!... Ne sautez pas aux conclusions!... Je suis expansif de nature...Admirez! Prenez-en de la graine! Gardez vos réflexions pour vous! idiotes!... Vous colportez des infamies! mon naufrage! ma déconfiture! Holà! Holà! Quelle trompette! Vous clabaudez ça sur les toits! Fini Sosthène! éponge! rideau! le vieux drôle! Hé là! mon garçon! »

Il s'enfle, il renifle... une chiée de soupirs... un monde de sous-entendus... Ah! la comédie! la vache!... Qu'il est tout vice ce flibuste!... je le laisse causer... Il me travaille à l'amour-propre... que je m'excite voir aux prouesses... je vais le voir venir... du héros encore! que j'en renifle du gaz *Ferocious*... il y tenait terrible! Salut grosse cocotte!... Je vous vois! Immédiatement je le désenchante...

« Les masques monsieur de Sosthène c'est pour votre gueule, pas pour moi!... C'est vous l'ingénieur des Techniques!... c'est pas moi du tout! C'est vous qu'avez toute la confiance, monsieur la Nénette! Le colonel ne voit que par vous! Moi je suis tout déshonoré! Vous le savez fort bien! Faut que je rentre dans votre cuisine, je suis un filou monsieur Sosthène! J'ai secoué le mercure! Souvenez-vous! Rendez-vous compte! Il veut plus me voir votre patron! c'est bien naturel! Toucher à ses masques? Vous y pensez pas! Je suis tout indigne galapiat! Qu'est-ce qu'ils diraient au War Office? »

Ça c'était un vrai argument... j'étais pas du tout présentable... il a bien fallu qu'il convienne... un réprouvé, un escarpe, un coupe-jarret... Voilà ce que j'étais en personne... encore mille fois pire que lui... je l'aurais fait pleurer sur mon cas... J'avais trouvé le ton, les mots justes... Du coup on s'est réconciliés... je m'étais ravalé plus bas que terre... Il est redevenu très raisonnable... et même d'accord finalement qu'on devait s'entendre tout désormais, que les disputes c'était inepte... qu'on devait s'unir nom de Dieu et mordicus et contre tout!... on s'est juré séance tenante le pacte invincible... à la vie au sang!... qu'on allait combattre les périls... n'importe lesquels main dans la main... ah! les siens d'abord les plus graves... ça c'était convenu... Fallait qu'il se prépare aux épreuves... C'était fameux comme prouesse!... les masques, le colon, les gaz, tout!... J'y avais rapporté le prospectus, la date, l'endroit même... dans pas un mois à peu près...

« T'auras juste le temps Sosthène... »

Et j'étais sérieux! je voulais pas qu'il s'éparpille... je voulais qu'il se mette en état... je m'occuperais seul des commissions... lui c'était le savoir, la technique... et la magie aussi bien sûr... si il voulait se préserver, pas crever sous bouffées mortelles... c'était bien ainsi sa méthode... il me l'avait assez vantée... fallait qu'il se rende aimable aux charmes, aux ondes à *Véga*... qu'il s'attire les grâces... sans ça il en crèverait pour sûr... les masques auraient des trous partout... Il périrait de la mort-aux-rats... fallait une magie pour lui! Aucune confiance dans le colonel... ses appareils des sales camelotes réassorties ou en morceaux... C'était des données déprimantes... Ah! mais fallait pas qu'il se défile! Je le connaissais mon flibustier! viceloque arnaqueur sans parole... et puis enjôleur en surplus... il renoncerait pas le sale maquereau... il espérait bien qu'à force je me laisserais fléchir... que je reniflerais un petit peu... que je l'aiderais pour voir... Attends mon mimi! Je le gafais, je tenais mon bon bout...

« Alors la *Véga*? que je le relance... » Ah! je suis indigné... Ça n'existe plus la *Véga*? Faut qu'il me rende des comptes... « Vous m'avez fait assez l'article!... » Que je lui transporte ce sale bouquin! « Moi qui l'ai volé à votre femme! C'était bien la peine! Je vole tout pour

vous! » Je lui fais honte encore... « Vous en voulez plus à présent?
— Si! Si! » qu'il me bredouille...
Il est mou... Je plonge sous le plumard... je ramène l'objet... les douze kilos... Je comprends qu'il m'a donné du mal... Quel poids! Quel volume!
« Et voilà! que je fais... Et voilà! »
Je l'ouvre au beau milieu... on regarde... c'est en plein les danses... il reste ahuri...
« Ça vous excite plus alors, ramolo grand-père?
— Moi ramolo? Moi ramolo? »
Ah! il se requinque immédiatement... le revoilà nerveux... Seulement c'est encore des chichis... il veut pas regambader tel quel... Il faut du décor... qu'on referme d'abord tous les rideaux, les doubles fenêtres, etc., et les persiennes, tout le pataquès... et puis les bourrelets... absolument hermétiques... et que j'aille lui chercher des bougies... des extravagances... mais qu'on garde quand même les ampoules... seulement toutes voilées presque grises... Le maniaque! le pou!... C'est pas encore terminé... maintenant faut qu'il change de costume... faut qu'il se remette en Chinois, il paraît que c'est indispensable... autrement aucun charme possible... je suis dans le coup aussi, il m'explique... enfin je saisis... je comprends un petit peu... moi mon rôle c'est l'accompagnement... lui c'est la danse la magie... moi c'est les baguettes... je frappe le rebord du lit *tac!*... *tac!*... *tac!*... je varie avec ses grimaces... très vif très vif, puis plus doucement... à chaque contorsion... j'ai pas fini de rire!... Tout est à faire!... soi-disant selon les figures, les bariolures du *Véga*... Il regarde, je regarde, on s'embrouille... il veut du *ta*... *ta*... *tap!*... *tap!* C'est le plus difficile!... et que ça grésille! que ça crépite!... enragé en somme... on a pas de baguettes à vrai dire... c'est avec deux manches de couteau... Faut que j'en mette un coup!... et puis avec mon bras je souffre aussitôt que je force... ça lui est bien égal, tant pis! Sec et nerveux, voilà ce qu'il demande... Alors je prends les brosses à dents, c'est tout de même plus vif... je tictaque bien plus sec pas d'erreur! et puis encore plus rapide avec deux cuillers... C'aurait pu être très amusant si j'avais pas eu mal au bras... il m'expliquait pas bien non plus le moment d'attaquer... exactement sur quel rond de

359

jambe?... et puis mollir sur quelle risette? Y avait de la risette dans la *Véga*, la figure bouddhiste... tout ça dans le gros livre tout expliqué en hiérographes... il me commentait chaque image... il me déchiffrait au fur à mesure... en avant les sciences orientales!... Surtout il bafouillait beaucoup... Y avait qu'à regarder en somme... et puis imiter s'il se peut!... Ah! c'était des jolies vignettes! toutes les positions de la danse, le costume, la grimace, le sabre, par figurines, par personnages, les brahmanes dans chaque convulsion... tout ça tortillonnant du pot, des bras, des jambes, des pieds en l'air!... d'un pied sur l'autre... les grimaces et de larges rires, des rictus de monstres... plus tard on se maquillerait tels quels minutieusement... au coloris... de la tête aux pieds... c'était entendu... l'illusion parfaite!... Sosthène voulait pas d'à-peu-près!... buté là-dessus, maniaque... Je me gourais souvent... La *Sacrée du Charme* ça s'appelait... J'avais du mal à saisir... Je devais accompagner finement... en pleine musique des esprits... mon *top! top! tac! tac!* au poil!... au fond c'était fort gamin... Il levait un pied et puis l'autre... *top! top! tac! tac!*... Il retournait son bras ainsi *top! top! tac! tac!*... Il faisait sa gueule d'épouvante, les yeux hors de tête... *Tag! Tag! Pif! Pif!* ma partie... il se contorsionnait les mains paumes à l'envers derrière la nuque... il se forçait les coudes en croix... un effort très dur... tout chaloupant voguant des fesses... et en même temps les grands ronds de cuisses... et moi *tag! tag! da! ga! dag! ga! dam!*... envoyez! Ouf! il s'affalait hors d'haleine... repos! ainsi l'adage prémonitoire... je répète l'expression... Ça devait mettre l'esprit en humeur... soi-disant... selon ses paroles... il s'ébrouait un tout petit peu et youp! à la suite!... tout haletant encore... une autre passe mystique... exactement comme sur le livre... il se brutalisait, se faisait grâce de rien... le balancement du haut du corps d'avant en arrière avec frémissement des épaules jusqu'au bout des doigts... le genre castagnette en phalanges... le tout ponctué par mes *top! top!*... petits crépitements très menus... presque imperceptibles... la finesse filée... *tac! tac! tac!*... le « Skota pour la paix des Âmes »... voilà le terme du texte hindou... et c'était encore qu'une préface, l'initiation aux mystères!... à présent on entrait en scène!... Ah! j'allais voir ce que j'allais voir! la cérémonie! Il me prévenait bien que je me raccroche, que la tête me torneboule pas... on attaquerait l'Incantation! le vif, le cœur du ballet!... C'était lui le célébrant, le mage! Ah! j'allais voir cet exercice! D'abord fallait qu'il retrousse sa robe, que rien entrave l'ardeur des sauts, la ferveur d'essor... Tout ça était bien expliqué dessiné précis... il tricherait pas d'un millipoil... fallait toute la sauce, toute l'extrême tension... l'élan du plus loin, du fin bout de la pièce... il arrivait par cabrioles et rebondissait *pflom!* plein milieu!... un sursaut terrible pour un maigrichon semblable! un choc à décrocher les cadres... je l'aurais jamais cru aussi lourd!... du surnaturel!... un bruit de broiement de plafond... l'eau qui rejaillit du lavabo... du tremblement de terre!... la foudre! Y a pas à dire, il est magique... Sa jupe retroussée... je lui crie de mon plumard...

« T'es magique ma tronche! t'es magique! »

Je veux lui faire plaisir!... c'est plus fort que moi... Ah! puis je me marre... il entend rien... Il rarrive du coin... les mains en anses au-dessus de sa tête... guirlande sacrée... à tout menus pas très gracieux, presque sur les pointes... minaudeur... timide odalisque... il me chaloupe des hanches, il m'œillade... je le regarde drôle... je l'effarouche... il revient tout furieux arrogant... il me fronce, il me menace, il me montre le dessin... il est vexé, c'est bien la mimique très exacte!... le genre du dragon sur la page, je conteste pas... y manque que des flammes plein la gueule... il renifle pour ça, il graillonne... il en crachera sûrement des flammes le jour qu'il voudra!... faut voir s'il se démène, s'il se force... lui qu'a pas d'aspect première vue, qu'est malingre chétif blême pelure, faut le voir à présent tout remonté! un tourbillon! il vous en saoule! et puis tyran encore en plus! je fais jamais mes tacs à temps!... il me houspille, il me tarabuste... il est partout à la fois... j'y arrive pas avec ma main... je rame à la traîne... ma cicatrice au poignet me coupe... il s'en fout, il tient plus en place, faut que j'accélère, pas de question, que je tictaque d'une vitesse terrible... il est en pleine effervescence, il se donne de tous bords... c'est une mimique extraordinaire... il représente deux monstres à la fois comme sur l'illustration du livre... ils se battent maintenant dans tous les sens!... dans son propre corps à lui! il me le hurle que je reste pas con, j'ai pas qu'à regarder!... faut que je tictaque nom de foutre!... c'est la tragédie qui commence! c'est son grand moment!... un dragon au cul il paraît, l'autre en pleine poitrine... ils vont se sauter sur les défenses, c'est le combat à mort!... Ça se passe dans le Sosthène tout entier, dans son corps lui-même... il s'en replie convulse casse en quatre... il se roule au tapis, il pousse des *hix* et des *hoax*, des rugissements de monstres... C'est lui la bataille entièrement, c'est lui les deux monstres à l'assaut... leurs membres s'entremêlent... c'est hideux... dans l'intérieur de son petit corps... il s'en coince retord dans la porte... si elle s'ouvre ça va s'écarteler... c'est la peignée des animaux... il s'extirpe, il rampe sous la table, il râle, il gigote... il geint, il crache, il se recourbe, il se mord les jambes à pleines dents, il se fait saigner, il se bat atroce contre lui-même... il va se dévorer complètement... c'est la mêlée des dragons... c'est encore pire que le *Ferocious*... tous ses os en craquent... il se gloutonne... il est infernal à regarder... ça suffit plus de mes tictacs, faut que j'accompagne en violence... faut que je frappe la barre à coups de paume... à toute volée que je le scande... je vais me démolir le bras qui me reste... la grande tripotée des dragons... faut que j'excite les monstres au carnage... faut que j'hurle en plus des *hoax! hoax!* à chaque fois qu'il se roule au tapis... Il exige, il me tance, il m'enfièvre... je me prends au jeu c'est fatal... je gueule plus fort que lui!... Il veut me dominer quand même... « C'est encore qu'une répétition! » qu'il me crie au vol. Il me tempère... Alors qu'est-ce que ça va être! Il est si ardent, si mordu qu'il a à peine le temps de bondir, s'arrêter au milieu de la pièce, gafer son modèle au gros livre et *pfrrr!* rejaillir entrechats! un autre rigodon! je redouble! « Enchaîne! Enchaîne! » qu'il me tarabuste...

Ah! quel despote! quelle arrogance! La torture l'exalte! il est tout en proie aux dragons! leurs griffes lui labourent les entrailles... ça serait pas possible sans magie... ça y a pas d'erreur... je me tarabuste moi, je m'efforce... je suis en retard toujours quand même... c'est mon bras qui m'handicape... il me passe des décharges à hurler... je me tire trop dur sur mes coutures... c'est pas la mauvaise volonté... je vois plus mes mains tellement que je m'agite... je fais des tictacs si crépitants que le cuivre en fume... toute la barre est rouge... mes os des bras, des mains, des nerfs, sont en feu aussi... des secousses, des foudres qui me broyent l'épaule... ça le stimule que je peine... il aime la souffrance... y a que le martyr qui l'excite!...

« Bravo chérubin! » qu'il me braille...

J'en avais la main tout en flammes à jouer mes bouts de bâtons... encore plus vite! je m'acharne!... j'en bouille, j'en trémousse... je tourne dingue plus encore que lui... La vraie danse sacrée pas d'erreur! On y est! C'est la grande secousse!

« Ça y est! Ça y est! » que je m'exclame... Je jouis déjà...

« On y est Sosthène! que je m'écrie...

— Mais non connard! qu'il me rabroue... C'est au clair de lune! »

Au clair de lune? Ah! le macaque! il me pourfend! Le mal que je me suis donné! Il me le copiera! Il nous tue pour un exercice! Il me crève de fatigue! Ah! l'ordure! Je suffoque, je suis à bout! Ah! le Goâ! le charme la chiotte! J'en sens plus mes membres d'épuisement! Je suis baratiné! Il passera « armoïde » tout seul, vainqueur des Arkiosaures, des monstres! Je veux plus de croupionnage! Je suis pompé! je résiste plus aux cirons! la férocité d'âme et corps! Tout seul qu'il ira se faire foutre! Ah! mais il l'entend pas ainsi!

« Les cirons alors? les cirons? si tu t'arrêtes c'est la mort! en plein déchaînement! L'atome nous foudroye! »

Ah! me voilà joli encore! qu'est-ce qu'il a encore fricoté? Où je me mouille? Dans quelles ondes? « Les dragons te déglutent si tu bâtonnes plus! » En voilà des conditions! C'est du chantage, positif! Je suis réobligé de faire l'andouille...

« T'es dans la quatrième puissance! » qu'il me crie au vol...

Ça me fait une belle cuisse! Fallait que je m'y remette! Je voyais tout double triple quadruple!... Je voyais Sosthène à trente-six têtes avec plein de queues de dragons autour collées juteuses, à larges écailles, que ça faisait méli-mélo, un tourbillon de chairs et d'os dans le milieu de la pièce, une pelote énorme, bouillie furieuse, qu'il en rejaillissait des flots de bave, des jets brûlants jusqu'au plafond... tout ça trémoussait convulsait la masse entière palpitante, tout l'enchevêtrement des nœuds, cognant rebondissant dans les murs... et des injures effrayantes qui en fusaient chaque instant... des rugissements de monstres... et puis la voix aigre à Sosthène qui sortait du visqueux fouillis, des gros enlacements de tentacules... Je restais devant ça atterré... fallait pas que je flanche! il m'avait prévenu... une défaillance de ma part et c'était l'ouragan cosmique! On n'y coupait pas! Que je cesse mes tictacs une seconde et les cirons nous embarquaient! c'était ça l'horreur... on se trouvait crus vaporisés! le risque était formidable... Tout était relaté dans le livre... les rites, les précautions à prendre, la mimique sacrée... Il connaissait tout ça Sosthène sur le bout des ongles... Pour le moment dans tous les cas, je pouvais à peine l'apercevoir au cœur de la mêlée rageante... juste une deux têtes par-ci par-là... un moment ça s'est détendu... effondré d'un bloc... tout s'est écroulé au tapis... toute la viande furieuse... les monstres soufflaient comme des forges... fatigués eux aussi sans doute... puis leurs écailles leur sont tombées, leurs parures, leurs immenses nageoires... leur genre d'ailes de nacre... tout ça a fondu sous mes yeux... évaporé dans un petit nuage... il est plus resté que le Sosthène là du chaos, de la bataille, seul subsistant, nu comme un ver, pâle et grisâtre... Je l'interpelle :

« Alors t'es servi?

— Allons! qu'il me rebèque, au travail! »

Il se recroqueville en tailleur... il se tâtonne la tête... pensif au possible... il médite, marmonne... l'inspiration au trognon... Ce coup-ci c'était avec les diables... c'était plus du tout le même tabac! plus du tout le même rythme, la même vogue... Une autre historiette complètement... Il s'agissait d'une scène de charme, une gigue relevée bondissante, une figure guillerette... fallait allumer les démons... les séduire par très vives œillades... d'abord en premier... les ensorceler mutinement... tortillages bien sûr du croupion... mais alors frétillant gamin, plus du tout visqueux tropical, les sortilèges gras, corridas de monstres... Ah! pas du tout!... une autre affaire!... maintenant c'était tout de la finesse... l'astuce d'après le texte, il me l'a expliqué, c'était d'amuser les maudits, de les étourdir par gaudrioles, et puis de leur faire leur affaire dans l'inattention... profiter... de les posséder par plaisanterie... et puis une fois dans la joie tout secoués d'intense rigolade, qu'ils faisaient plus attention à rien, alors moi j'entrais dans la transe... c'était mon moment! je leur passais par derrière la tête et je les assommais tour à tour... à grands coups de bâton sur la bouche! et *toc!* et *toc!* pigeon vole! je profitais des circonstances qu'ils s'en pissaient de rire, qu'ils faisaient plus attention à rien... je te les écrasais!... Ah! c'était habile! Pour le moment bien entendu je faisais que les mimiques... et *hop!* et *hop!* fallait que je bondisse par exemple!... je me donnais du mal! d'après les écritures du livre je devais massacrer douze démons... là coup sur coup séance tenante... Il m'expliquait bien le geste magique... Comment je devais cogner de haut...

« Je l'ai faite moi pendant quatorze ans la danse des bambous! T'imagines que t'es le prince Gorlor... Tu les sonnes au tour de bras! »

Il me montrait son style ce brio! et prétentieux!

« Moi je m'envolais tu peux me croire!... je me touchais pas dessus! »

Les comparaisons... venimeux!... En attendant il tenait plus debout...

« Tagada! vieux con! »

Je l'assois!... si épuisé qu'il en flageole... il sucre les fraises au coup de bâton... J'y fais voir un peu... Il est tout ruisselant... je m'assoye à côté... rien est ouvert dans cette turne... c'est épais de buée de sueur, on étouffe... faut qu'il cause quand même, il graillonne, il quinte... il me remet ça pour le Prince... la façon que je dois asséner... De causer des choses, des triomphes, ça lui fait remonter les souvenirs... années 98 à 15... le Prodige du Pacifique!... Le voilà parti...

« Pépé la Céleste qu'ils l'appelaient... tu juges un peu!... Dans sa robe blanche lamée d'azur... Je la vois encore! Tu peux pas te faire une idée!... Un orchestre brahmapoutre complet! Tout l'orphéon des Deltas! Trois fakirs birmans à timbales! plus treize fifres nègres du Ceylan! Ensemble jamais vu! C'était plus un numéro c'était de la grande féerie mystique! une orgie des ondes! Tous les journaux de Chypre au Cap! sur quatorze colonnes mon petit crabe! de Suez à Tokyo! T'aurais vu un peu ma Pépé planer par-dessus les démons! Tu la reconnais pas aujourd'hui! elle se trouvait emmenée par les ondes, enveloppée au charme, transportée, elle te traversait l'atmosphère sans aucun effort, un oiseau! tellement que la musique était belle!... les cirons par trombes mon ami! c'est ça qui soulevait! invisibles! c'est te dire un petit peu! Tu y es pas encore pauvre têtard! un orage si prenant des fifres que tu savais plus où que t'étais! Tu t'envolais positif! et les auditeurs! fallait souvent qu'on les rattrape... on les retrouvait de tous les côtés, dans toutes les loges du théâtre... Ça pardon c'était de la féerie... pas du spectacle où qu'on s'emmerde! »

Ça le requinquait à la seconde, ça le repompait à miracle, l'évocation de ces grandes heures...

« Ça se reverra plus!... »

Les souvenirs lui font un effet... Le voilà qui s'ébroue qui piaffe... comme ça tout à poil... il veut m'imiter la Pépé... il veut vraiment que je me rende compte comment qu'elle voguait dans l'espace, la grâce de ses voiles bleu d'azur... le battement des bras à trois temps... la valse « rayon d'âme »!... le grand transfert magnétique... que j'estime la qualité... Tout ceci à onze mètres du sol! que j'oublie pas! Sans filet!... aucun accessoire d'aucune sorte... que les effluves d'incantation! et la musique enchanteresse! Pépé la Céleste!

« Va faire ça maintenant à l'*Empire* où même à l'*Hippodrome-London* avec les crouillats d'aujourd'hui! T'auras la bonne mine! Ils comprennent plus que la va-vite! les ténors sans couilles, les girls culs à ressort... jambes partout! *zim! boum! boum!* pleins projecteurs! je t'envoye les momies! jazzez-moi ça! À quoi que ça ressemble leurs *Varietys*? Ça te soulève le ventre voilà tout! Je te le dis sans histoire! Si ils se mettent à te montrer de l'*Orient*, alors c'est pire que de la honte! La vacherie des souks, la raclure d'ordure éthiopienne qu'ils t'affublent! Un monde que je te dis!... tous les tordus des quais d'Aden fagotés chienlit voilà leurs mirages!... et qu'ils t'amènent ça en gala! À crouler la Fête à Neuneu! Penses-tu! c'est banco! c'est du triomphe! ils s'en dératent!... Tout le monde est content! Ils applaudissent, ils se cassent les poignes! Tu les verrais! Y a plus de spectateurs! Qu'est-ce que j'y peux moi, margoulin? Allons! allons! à mes vignes! Je me suis échigné pour des prunes! Vingt et deux ans de file! t'entends ça poulot? Ils aiment que la merde! C'est des opaques et puis voilà! Je vais pas me périr de chagrin... Ah! non! un petit peu!... Toi aussi en somme t'es opaque!... »

Il me regardait soupçonneux...

« Que t'es opaque hein corniflot! Je me donne tu t'en fous! Tu fais le spectateur... Peut-être aussi que ça te fatigue... »

Il me provoquait positif, effronté maintenant... C'était inouï dans un sens... qu'il était mort y a une minute... Ah! sacré piniouf!

« Allez! Allez! fais voir tes miches!... »

Je l'émoustille du coup, je veux qu'il crève!...

« Allez lustucru gigote! »

Ça y est on remet tout, seulement maintenant d'une autre manière... Tout à mon idée pour les bruits... Je tapotais pas mal à vrai dire... j'obtenais déjà des rafales, des ondées de tictacs très gracieux... Il faisait pas mieux lui-même... Je me défendais avec art... Cresson ce canaque!... et malgré mon bras à coulisse, ma jambe la godille, je sautais de mes tictacs aux démons avec une drôle d'agilité... je te les assommais à la secousse! les dix et youp là! qu'on m'avait pas vu!... Je bourre pas... Où je ramais par exemple c'était pour les cris de la colère... *Tchaoûû! Tchaoûû!* ma partition... la chatte en furie... au même moment qu'il devait me griffer et puis ressauter dans sa gigue... j'étais pas fameux je l'avoue, je crachais tout de travers... D'abord j'étais pompé rendu...

« Au temps! » que je soupire...

On se brutalisait depuis des heures... fallait que ça se termine... Positif le diable au craque ce troufignon macaque là, et malgré l'âge la dérouille et tout... la gueule de travers des horions, le blase truffé, les yeux cocotte, il ramenait quand même malfrin! Fallait que je m'agite!... Il me poussait à bout...

« T'es enragé merde! tais-toi! »

Il m'explique quand même il y tient...

« Regarde donc! Regarde bien moutard! »

Le voilà qui ressort ses images, il rouvre le livre, il me redétaille, il me fait grâce de rien... c'est mirobolant... Que ça lui redonne une idée... ah! et puis pépère!

« Faudrait que tu puisses retenir les mots... tu me les réciterais à mesure... juste une seule phrase... à la cadence... à l'instant que j'attaque.. sur la jambe...

— Ah! tu divagues mironton! »

J'allais apprendre l'hindou au vol!... J'essayais... Rien... Pour prononcer je m'écorchais la langue, je m'étouffais... Je me fâche! il se foutait de moi!

« Chacun son genre monsieur Sosthène... vous votre anglais hein c'est pas fort? Essayez donc voir votre *thou* qu'on rigole ensemble! Moi dites c'est l'hindou qu'est barré! Imaginez ça! »

C'était dit, voilà! J'en parle plus, je bronche plus, je contemple les désastres, notre chambre en décombres du pétard... Heureusement c'était qu'une moquette, toute notre crèche entièrement tapis... Ça amortissait bien les bonds... On se serait déjà cassé les chevilles avec nos sauts de bêtes... Y a que l'armoire qu'avait trinqué... un choc en pleine glace, en miettes un bon tiers...

« Ça porte bonheur dis mongolique? »

Je lui demande... Je voulais qu'on rigole... Ah! mais il rigole pas du tout! Il prend ça de travers...

« C'est facile jeune serin la sottise! Évidemment que j'ai l'air drôle! Vous croyez que je m'aperçois pas? Et votre idiotie vous alors, vous croyez qu'elle est pas tragique? qu'on n'attire pas des catastrophes sur nos innocences avec une pochetée pareille!... »

Grossier d'un seul coup!

« Kss! Kss! que j'y réponds, votre lard?
— Taisez-vous! »

Il me terrorise.

« Vous seriez pas si dissolu, vous auriez pas que vos frasques en tête, vos histoires de rut et satyre, vous m'aideriez peut-être un petit peu... vous n'êtes pas qu'un blessé de la guerre jeune prématuré... vous avez aussi les sens sales!... »

Voilà ce qu'il découvre... Il me fixe pour ça, il me dévisage...

« Les sens sales?... dites donc vous cocotte!... »

Ah! je vais le racornir!... C'était tout de même fort de cézigue!

Je me retiens, je veux souffler un peu...

« C'est une messe que nous célébrons!... » Toujours sa marotte... il y revient... « Vous ne m'avez jamais compris! » Il en souffrait ce fiel... « Vous me contrariez en toutes choses!... » Il y allait d'une larme... « Vous êtes mon saboteur des ondes! Vous ne m'êtes bon à rien!... Vous êtes

368

à mille croûtes de bêtises!... Une messe aux Esprits de Goâ, aux Sars de la troisième épreuve! Je vous l'ai mille fois expliqué! Quelle peine perdue! Que je suis faible! Vous n'avez que la fesse en tête! le libertinage! un étourneau à vices!... Voilà ce que le ciel me donne! »

Ah! je le désespère complètement... il en dodeline au désespoir... Il lui vient encore une parole... un dernier soupir...

« Quand je pense que je l'ai habillé! »

Ah! là je ressaute!... il attige! Ah! quand même le fiel! le voyou! Habillé moi? Ah! j'en étrangle! il a tous les venins! et perfide l'ordure! Il va me reparler du complet?... du mercure? de tout! Il me bluffe en vacherie... je reste con... Il démord pas, il m'accable. Il continue son petit fausset, il me discourt à poil...

« Bien sûr vous ne vous doutez de rien! Vous avalez n'importe qu'elle bourde! pas difficile! légume cuit! Vous êtes comme le public anglais! n'importe quel spectacle vous enchante! la crédulité en personne... tenez! les chichis de cette gamine!... »

Peuh! Peuh! Peuh! Qu'est-ce qu'il va me chercher?... Qu'il va foutre son grouin? Ah! je veux pas l'entendre! Je le coupe court! je pousse des cris de paon!... Il me regarde...

« Allez hop grand-père! Faut pas lambiner! Faut que je fasse des progrès terribles!... Je vous admire! je vous adule! faut pas qu'on perde une seconde... Apprenez-moi vite votre gavotte! »

Je le relance au tapin... Il est moins méchant quand il saute.

Bon! il est d'accord, entendu, mais il faut que je me foute à poil, autrement on peut plus sauter! C'est l'essentiel ésotérique!

« Allons! Allons! pas de manigances! Enlevez-moi ce sale pantalon! Votre attirail est impossible! L'âme à la fleur de peau jeune homme! Vous me la cloisonnez toute votre âme! Votre pantalon nous étouffe tout! Les formes mon ami! Toutes les formes! Dieu est dans les formes! Faites voir toutes vos formes! À poil! Respirons! »

Encore une nouvelle exigence! Il se montrait despote quand même!... D'une manière il avait raison... pour étouffer on étouffait... Pourtant j'étais à peine vêtu... juste ma culotte... je l'ôte... mais c'est pas d'être à poil ou non qui me ferait faire des meilleurs tictacs... j'y rétorque tout de suite... C'est des petites baguettes que je manquais... des vraies fines d'orchestre... pas mes bouts de morceaux de brosse à dents... j'aurais joué des bien meilleurs bruits...

« Ça peut attendre ! qu'il m'observe, vous êtes toujours le dépensier !... »

Alors merde alors, les trois coups ! Il se lance, il prélude... on repasse tout le numéro des diables... la séduction... la sérénade... les ondées de rythme... Ah ! il est vraiment dans sa forme... il vogue il rodouille du croupion... il ensorcelle les maudits... je vois tous ses poils du cul carotte... ses dessous de bras de même... Il repart sur les pointes... bras guirlande... C'est le moment des transes chaloupes... il les hypnotise les démons... Je tricote moi terrible... je redouble du bâton... ma partie... je les fais reluire les lucifériens... je les émoustille je les frissonne... ils entrent dans la splendide humeur... il faut qu'ils soyent parfaitement au point... alors je pénètre dans la danse... c'est le protocole d'Ésotérie... rien que du charme soi-disant... Et j'entre en scène à mon tour... Maintenant je dois me montrer foudroyeur... Gwendor le Superbe ! Le Sar ! Prestesse ! douze pichenettes ! les douze têtes au vol !... profiter des effluves du charme... qu'ils sont envoûtés par Sosthène... qu'ils ont mes tictacs plein l'esprit... hop ! je les assomme subconscient ! ah ! mes lustucrus ! j'ai besoin de les frôler à peine... ils s'évaporent positif ! telle est ma radiance, mon hypnose ! *pfop ! plop ! pfrrrruu !* le môme invincible ! je devais faire éclair par exemple ! et les douze fois de suite ! C'était la timbale ! le clou séduction ! l'assommade des drilles infernaux... et hop ! je ressautais aux baguettes... Pas un soupir de perdu ! En avant pour l'Apothéose ! je faisais vinaigre je vibrais de partout ! Pourtant ça lui suffisait pas !

« Plus chaud môme ! plus chaud ! Tu t'emmêles !... »

Jamais satisfait !

« C'est du triomphe, pas des chaussettes ! »

Encore après mes instruments ! Lui il se trouvait dans un état, une intensité, un feu comme trente-six diables déchaînés... Et que je te talonne tourbillonne ! carcasse emportée d'atmosphère *frrrrrt !* C'était son grand moment faut dire... il devait passer par-dessus les têtes dans l'élan de la fougue, toupie bolide d'os... juste à l'instant que je les assommais!... emporté haut par la vitesse... littéralement aspiré propulsé mi-air par le tourbillon trop intense... C'était quelque chose!... derviche effréné toupie d'onde... Je le stimulais moi par tictacs... mes crépitants grelins de baguette... et puis mes bruits de bouche aussi! *Tchouo! Tchouo!*... la chatte en colère... et l'imitation toupie folle *brrroû!* le tremblotement rotatif ronflant fulmineur *zz! zz! zz! zz!* il échappait du tapis, giclait hors du sol par ferveur, par « déport mystique »... en principe dans la vraie séance il crevait le plafond! l'essor giratoire! il se trouvait rejailli au zénith par la magie tourbillonneuse... le moment inouï... le Grand Passage que ça s'appelait... le saut d'entremondes... Il se forçait dans la dimension... il m'expliquait bien... en toutes lettres hiéroglyphes c'était... Fallait que je le croye... Alors il pouvait tout se permettre une fois domptée la Pesanteur! Il était très sûr... La timbale mystique, le grand mille... Il décrochait tout! Qu'on pouvait même plus le discerner, il s'effaçait comme il voulait... Charmeur au vertige qu'il devenait, passé âme de danse et de chance... un geste il se disparaissait... tu le voyais plus! une fée quoi en somme! C'était quelque chose... Ça valait la peine qu'on essaye... surtout dans notre cas... Et il aurait eu plus rien à craindre! ni les gaz, ni les flics, ni rien... il pouvait se permettre... personne pouvait plus l'atteindre, aucun élément, aucune force... L'immunité en personne, le Sar des effluves... et des pouvoirs extraordinaires... c'est lui qui réglait les boussoles du moment qu'il était « reçu », « agréé d'effluves »... Ah! il m'impressionnait quand même... Je l'aidais de mon mieux c'est un fait... Je lui rafalais tous ses tictacs que j'en cassais mes bouts de brosses... passionnément de tout cœur... je lui trichais rien... mes bruits de bouche qu'étaient pas fameux... je faisais pas la toupie glissante... *zz! zz!*... je la râpais... il avait raison... On a recommencé quatorze fois... Ah! il était têtu par là-dessus... un rien paraît-il tout flanchait... Ça tenait qu'à des nuances... Jamais il pourrait rejaillir, crever sur plafond, surpasser tout, piquer au zénith! avec mes *z! z! z!*... il se métaphysiquerait jamais! fallait pas que ça râpe!... entêté... une mule!... Ah! taratohiste de mes deux! Je lui rappelais le dada... la pluricolore des brahmes! la Tara-Tohé notre emblème...

« On ira tout essayer! la rose aux miracles! grand-père! »

On irait la rechercher ce coup-ci! au fin fond du monde nom de Dieu! au creux du ciel s'il le fallait! On ne reculerait devant rien! C'était entendu! Mais d'abord fallait qu'il gagne!... qu'il passe l'épreuve du Sar fripon! On y était! Youp là! Bon Dieu! C'était pas le moment de languir!...

« Allez youst! en l'air grand-père! »

Fallait qu'il recommence du début.

« Secoue-toi le popotin! La quinzième secousse! »

Je m'énervais aussi moi à force! Il avait qu'à pas commencer! Pas de soupirs! pas de pataquès! Il était possédé c'est vrai... Il s'y remettait pour un rien... sur un coup de baguette... C'était moi le patron à présent!

« Allez grand-père la guibolle! »

Ah! je veux qu'il crève!... C'est terrible de voir ce qu'il transpire! le sang, le jus de crasse... il perd ses poils à la sueur... un pied en l'air il peut plus, il branle, il s'écroule... Ah! ça y est tout de même vieux tacot! il me fera plus chier! Il gît sur le flanc, il halète, il brame comme un phoque...

« Crève grand-père! » que j'y dis mignon!

La langue lui pend hors, il lape, il lèche au tapis.

« Ah! vous voyez bien grand-père! maintenant faut dormir... »

Je voulais pas encore qu'il se requinque. Il était capable... J'y aurais écrasé toute la gueule...

☆

Après des émotions pareilles... des corridas aussi brutales, gaz *Ferocious*, etc... la danse des démons surtout... j'étais bouleversé à un point... dans un état d'effervescence que je voyais plus mes sentiments... j'avais peur de tout... de tout perdre... ah je vous adore je vous aime! ma petite chose sacrée! j'étais halluciné d'amour, hagard de passion... bien trop bouillant pour mes blessures, ma tête déconneuse... ah! je vous adore je vous aime!... que je répétais sans fin ni cesse... ça me reprenait en furie... tout pour le bonheur!... ah! je voulais l'embrasser! plus fort! la mordre un petit peu! lui faire mal bon sang!... je lui aurais tout fait tout tenté pour qu'elle m'adore un peu aussi... « Oui Ferdinand! Oui! c'est vous!... c'est vous tout seul!... rien que vous! » ah! je la violais net! c'est certain! la moindre résistance! pas un petit ouf! Je l'attendais là depuis un moment... elle devait descendre cet escalier... ma patience tiendrait pas des heures!... nous devions justement sortir, courir, sauter aux commissions... le réassortiment : mon affaire! tout ce qu'était passé au massacre!... Seulement je pouvais plus y aller seul, ça c'était fini finibus... fallait que Virginie m'accompagne en tout et partout! ordre et méfiance du bon oncle... Le mercure m'avait coulé dans la confiance générale... ils me voyaient faible irresponsable... c'était Virginie la sérieuse, la responsable... la conscience... c'était à elle de me surveiller... elle devait m'accompagner partout... Hourra pour ma surveillante! Ça me bichait admirablement! C'est moi qui porterais le balluchon! et hue dada! et youp quincaille! elle ferait sa demoiselle... elle m'aiderait quand même un petit peu! je connaissais pas très bien Londres... à deux on pourrait jamais se perdre!... C'était merveilleux en tout cas son nom chéri là Virginie... je l'appellerais tout le temps... qu'elle me quitte plus d'un centimètre! ça serait moi le tyran de la promenade... ah! puis fallait mieux que j'obéisse, j'obéirais à tous ses ordres, exultant ravi... plus une seconde de résistance... je serais plus jamais méchant... mon ange gardien! ma joie! mon âme!... en attendant elle traînait... elle descendait pas du tout... elle se doutait pas de notre cavalcade, ce qu'on avait à pouloper!... Enfin sa voix... son petit pas... La voici! ma merveilleuse! mon incroyable!... plus adorable, plus mignonne, plus joyeuse de lumière, de charme, de sourire, que l'autre soir encore... Quel soir? Hier? Quel matin? je ne sais plus. Je m'éblouis de la voir comme ça... tout se brouille flamboye d'un seul coup... Je suis trop content de son regard... Je l'aime trop voilà! Elle rit. Elle rit... je reste en panne, je la regarde je ne vis plus... elle se moque de moi?... Non. Elle rit pour rire... je revis!... je meurs dix fois à la seconde... Quelle joie! Je vogue! Je suis aux nues!...

« Ferdinand! Ferdinand! »

Voix d'ange je vous suis! me voilà! Le rêve m'emporte...
« Allons Ferdinand! »

Je retombe des nuées... Où avais-je la tête encore? L'escalier est là... la petite m'appelle... et c'est tout... Et mes soucis donc! Et les tracas! ils grouillent, ils tournent dans ma tête, ils m'attrapent au cou, ils m'étouffent, ils sont des tas et des masses... tout un poids là de serpents... Ils me ligotent, ils m'enserrent fort, ils me laisseront jamais sortir... les soucis me tripotent ma tête... c'est du cinéma, c'est du feu... ah mais je vois, je vois des choses!... il faut plus du tout que je bouge... C'est le Mille-Pattes qui sort des rails! Je m'en doutais, je l'aurais dit!... funambule charogne!... il est en bouillie soi-disant!... C'est encore un tour qu'il me joue! il s'est jeté exprès pour m'avoir! il est en bouillie donc tant mieux! Ça sera jamais qu'une sale charogne! moi aussi que je suis en bouillie! en bouillie de tout! la cruauté à tout le bazar moi qui me laboure le fond de la tête! et si dégueulasse là maintenant! qui dégouline plein le ballast! que je vais moi l'embrasser tel quel? que je vais m'en mettre plein la figure! c'est un petit peu fort! et qu'il se rapproche la saloperie! que j'en ai tous les doigts gluants! que je les lui montre à Virginie là qui me regarde de l'escalier! là mes pauvres doigts! le genre de fripon que ça peut faire un charogne semblable!... ah! elle me regarde c'est entendu... qu'elle sourit toujours... c'est pas elle qu'a les doigts gluants! Et puis les autres alors en plus!... elle les voit pas du tout la petite... ils sont pourtant à côté d'elle... elle rit comme une imbécile... c'est de ma figure qu'elle se moque... j'en ai de quoi moi faire des grimaces... et le Nelson elle le connaît pas... il est passé comme un éclair! il franchi sept marches d'un coup! celui-là faut que je lui coure après... et puis les autres et tous les autres! je les reconnais moi je reste lucide... y en a d'horriblement cruels!... le Van Claben là il tousse plus!... il est décidé... c'est un tigre! il va m'ouvrir tout vif en deux... j'en râle du choc! ça se passe juste derrière Virginie... *Hoax* que je fais... Je me vois dans la lutte. C'est un coup comme avec Goâ... mais là le démon c'est mon bonhomme... il me tousse dans le ventre il m'éternue... il me bouleverse les tripes d'intérieur... Ah! j'en avais des pressentiments... dès que j'ai vu arriver Mille-Pattes... mais c'est Boro les oreilles!...

374

j'entends son piano en tonnerre... il joue ça avec dix-huit mains... c'est de la grosse fièvre c'est entendu... le pire c'est que je suis transi debout.... je pourrais plus du tout m'allonger... faut que je reste figé que je ressente... ah! tu peux rire petite friponne... si tu voyais ce que j'entends : les claviers fêlés de *La Vaillance*... la *Valse des Roses*... je vais la chanter moi-même aussi... je fais un effort terrible... je peux pas... j'en étouffe... je flageole je me sens partir... je dois faire des signes à quelqu'un... je ne vois plus rien... Virginie! Virginie ma douce! je sais qu'elle est là... je m'affale... je me rassois je me force... pourvu qu'elle ait pas disparu... c'est un vertige c'est un malaise... les trente-six chandelles... je ferme dur les yeux... je vois quand même... et rouge et sur blanc! le colonel des Entrayes! debout sur ses étriers! là je suis emballé de mon cœur... de mon propre cœur! faut que je me cramponne à ma chaise tellement je palpite d'émotion... je resuis dans la guerre... me voilà! la charge et la force! ah! faut pas mollir! c'est le héros! lui aussi! mais j'aime mieux essayer par terre... je coule de ma chaise... je m'allonge et je galope quand même... je revois mon colonel au feu, mon chef de corps bien-aimé! Il est tout dressé sur sa selle! Sabre au soleil! j'en cligne j'en pleure! Je chiale que c'est beau, je tords au sol! Je rugis avec lui « Haut les cœurs! ». Je reconnais son cri... Le chef des escadrons d'acier... on débouline en tonnerre... j'en ai la bave partout de cheval... je croque dans le tapis mors aux dents... le déferlement des brigades... ah! c'est l'instant des abîmes... toute la horde s'engouffre... je voudrais me relever un petit peu... où qu'il peut bien être le 12ᵉ? c'est les Flandres ça n'en finit plus... où qu'ils peuvent être les camarades? où qu'ils peuvent être engagés? Dans quelle bataille encore furieuse? Ils ont peut-être retrouvé mon bras? Et Raoul qu'est mort fusillé? et les autres donc? et tous les autres? je sais plus du tout... Je suis allongé par terre voilà... la petite est partie sûrement... c'est plutôt Mille-Pattes qui m'inquiète... Lui il a les pires perfidies, les coups félons criminels... il m'achèverait bien lui là par terre... où qu'il peut sauter à présent? avec toute sa malfaisance?... il me hante ce sale pistolet! j'aurais dû l'envoyer plus fort voilà ce que je regrette... Ah! j'ai du mal au souvenir!... je sais plus du tout.. c'est elle qui m'a ébloui... elle m'hallucine cette enfant... elle me trouble elle me bouleverse l'âme... la raison... tout!... et je me rends compte que je suis à terre que je suis étourdi... j'entends les anges! j'entends leurs trompettes! on pourrait dire que je m'amuse! leurs trompettes d'argent! Juste d'un petit vertige... je vois les étoiles... je vois Saturne... je vois les Lactées à des Pereires!... je vois ma divine Virginie... en plein dans les constellations... je vois des étoiles tout autour d'elle! là sur l'escalier! j'en grogne et j'en bave! j'en hurlerais de bonheur... ah! je suis bien content!... et puis tout de suite je me redéchire... je me réveille tout brusque... Toutes les douleurs me rattrapent... c'est fini le songe, le cauchemar me reprend... de part en part les douleurs... comme des trains qu'arrivent de partout... leurs sifflets plein les oreilles... ils me ronflent dans la tête... je veux plus rien savoir chierie foutre! Je flanche! je me raccroche à la rampe... Encore une lueur qui m'éblouit... ah! c'est Virginie elle est là... ah! c'est bien elle ma totote! ah! j'étais pas louf... en chair en sourire! ah! pas morte du tout! ah! j'en ai la tremblote de joie! ah! mais quelle frayeur! quelle émotion! juste pour une petite anicroche... allons petit diable! en route! Faut que je reprenne de l'ascendant... Elle a eu peur un peu aussi... Je me suis évanoui un petit peu... je suis peut-être un peu trop sensible... c'est surtout à cause de ma tête... je lui explique en deux trois mots... comme je bafouille... en anglais... c'est l'expérience, les jetons qui marquent... on va pas à la guerre pour rien... le souvenir des péripéties... Allons! nous partons môminette! Suffit les vapeurs... Je me suis ressaisi complètement... pas encore très dans l'assiette... j'avance dans du mou... je me frotte les yeux... j'ai fait un rêve, une perte de conscience... ils l'avaient dit sur mon bulletin... « troubles lacunaires »... ma pauvre ciboule... faut pas effrayer cette enfant... je plaisante je trottine avec elle... Allez en avant l'autobus! faut plus qu'on lambine, le temps passe... L'autobus toutes les douze minutes... C'est joli de courir mais je trébuche... je vois plus très bien les maisons, ni les trottoirs, ni les personnes... je bute encore, je tombe, je me relève... C'est l'émotion que je l'aime trop... voilà ma folie... je le vois même plus l'autobus, il passe on le laisse passer... hurluberlu étourneau.. Ah! celui-ci on le rate pas!... un saut, deux bonds, on est assis... j'ai marché sur le conducteur... sur ses pieds... il m'interpelle... « Où que vous allez ? » il me demande... Marble Arch! voilà! on verra après... Marble Arch ça mène partout! on passe dessous... Sur le pont d'Avignon qu'on passe! je lui chante à la môme... elle connaît pas la chanson... je me gêne pas pour l'autobus, pour les personnes qui nous écoutent... ils peuvent tous un peu se rendre compte le gaillard que je suis... Faut pas non plus qu'elle s'ignaule la môme môminette! qu'elle me prenne pour un petit dégonflé parce que j'ai eu ce petit vertige! ah! le nom de Dieu! J'y cause là dans l'autobus... c'est loin comme parcours... que moi je me démords jamais... et puis je lui demande qui elle préfère, l'oncle ? moi ? Sosthène ? d'autres connaissances ? si elle a des petits amis! Tout de suite au fait! Je traîne pas... elle comprend pas bien ma question... l'autobus fait trop de vacarme... je veux pas trop hurler non plus. Elle est trop enfant voilà... ça arrange pas ma jalousie... et moi comment que je me bouleverse! Ça sert à rien que je la tracasse... je l'embêterais voilà tout... Je parle d'autre chose... On va passer d'abord chez Stream! Lime Lane Upper! pour les cotillons!... je lui parle dans les cahin-cahots... là on trouvera peut-être nos « autruches »... les cimiers d'Hellènes! la pacotille d'ornement! et puis dare-dare tout de suite Gospel! le numéro 124 ? *Hundred twenty four the bus!* une heure de trajet au moins... à griffe tout le quartier! là c'est les fournitures métal, les petits chaudrons, les valves ventouses... les étoupes aussi... Sûrement il manquera beaucoup de choses... je voyais ça d'ici... je l'avais dit la veille à Sosthène... « T'y retourneras ça te fera une balade! » Il arrangeait ça... La môme elle se frappait pas non plus... Elle voyait ça aussi : promenade d'une boutique à l'autre... du sport!... elle aurait tout rapporté du moment qu'elle était là en route... n'importe quelle bricole quel rébus... pour voir la tête de son bon oncle! L'argent par les fenêtres! Elle prenait rien au sérieux! Tout l'amusait cette effrontée! surtout si on faisait chou blanc, si l'article existait plus!... que je faisais la gueule... alors là y avait du plaisir! elle batifolait de tout... si je l'avais grondée vraiment elle se serait sauvée et voilà... c'était pas possible... cahin-caha de porte en porte on a tout de même réassorti... on a eu plutôt de la chance avec Gospel Co... presque tout de suite deux chaudrons et une burette et un soufflet... et puis deux écheveaux d'étoupe et toutes nos grandes tringles à viroles! tout l'assortiment! des coiffés!... tout ça soldé rubis sur l'ongle! c'est la môme qu'avait la monnaie! mais alors mes os! quel charroi! à m'arrêter tous les vingt mètres! enfin ça faisait rien! les jours ne se ressemblent pas! ce coup-là c'était du travail! le colonel serait régalé! Il aurait plus à me maudire! Je lui rapportais quelque chose! Ils pourraient recommencer le carnage si ils reprenaient un coup de gaz... et puis pas dépensé tellement... Il nous restait au moins cent livres... enfin à peu près... on s'était bien défendu... on allait voir la chimie... Là y avait encore des achats... la liste était encore longue... cap sur Soho pour les droguistes... les petits produits verts, bleus, jaunes, le chlorure de zinc, le blanc d'alumine, les mastics... les « gommes laques » au soufre... ah! mais précautions un petit peu!... Soho, parages délicats!... toutes les demoiselles du *Leicester* y avaient leurs chasses et battues... Mimi... Fauvette... Nanon... Margot... leur district de charme... tout ça bien ragoteur baveux... ah! je courais aux imprudences!... je me rendais compte... j'aurais dû envoyer Sosthène... je m'en mordrais les doigts! j'étais intrigué merde quand même! j'en mourais de revoir les lieux, les tronches surtout, les dégaines, les mômes, les harengs... la binette un peu de tout ça... j'y pensais là cahin-caha... on se trouvait juste sur l'impériale... le 112 Oxford... je gafais le courant de foule, les toilettes... le fil de la rue, les personnes... les gagneuses ça se remarque bien... ça se voit de loin les femmes... je veux dire à l'époque à cause des toilettes, des froufrous d'éclatantes couleurs... les encoignures où ça relaye, où ça papote jacte... à deux trois toujours... on monte donc vers la « Nationale »... l'autobus cahin-caha... devant St. Matthew in the Field... je crois que j'aperçois la Nénette... la môme Yeux-de-Lapin... mais j'ai pas repéré un seul homme pendant tout le parcours, et je les connaissais un petit peu!... c'est extraordinaire... ensuite pas plus par Edgwin Road... Dott Street... Shafestbury... encore des femmes... plein de retourneuses mais pas un seul homme... ça c'est éberluant, je réfléchis... une rafle ça embarque tout le monde... y a un rébus une devinette... je me dis je vais voir un petit peu... ils se sont pas tous assassinés!... on passe juste contre le Trafalgar... je me dis : descendons voir Nelson... c'était téméraire je veux bien... je le connaissais comme bourrique... enfin quand on veut connaître... j'aperçois mon gniasse sur l'asphalte... l'artiste en pleine position... au-dessus de ses chromos il explique... en plein baratin qu'il était... je le montre de loin à Virginie... La tour Eiffel! les Pyramides!... « Messieurs la plus haute du monde... » Il avait colorié tout ça là sur le bitume... j'entendais sa gueule... je voulais pas trop rapprocher... je me tâtais encore... c'était peut-être pas du tout prudent... mais c'était Virginie l'audace, elle voulait tout de suite qu'on lui cause... elle comprenait pas mes chichis... je l'embêtais avec mon cache-cache... J'avais eu beau lui raconter que je courais des risques... un peu plus elle m'engueulait... elle s'en fichait de mes histoires... c'est les chromos qui l'amusaient et puisque je connaissais l'artiste... à ce moment-là j'ai un sursaut... j'aperçois quelqu'un qui nous regarde...

« Allez hop merdeuse en route! demi-tour... »

On se sauve... je crois que c'était un genre de bourgeois... quelqu'un du Scot... un petit temps de trot... on s'arrête... je me fatigue avec mon paquet... sûr que c'était un roussin... il arpentait devant la Gallery... je lui explique à la môme ma crainte... du coup alors si elle frétille! quel amusement merveilleux! elle veut que je lui en montre d'autres... elle veut qu'il y en ait partout... à tous les coins du Square... sous les portes... des détectives à mes trousses... ah je deviens intéressant... et puis des bandits aussi... il lui en faut et des célèbres... que je lui en montre parmi la foule... je dois en connaître des quantités moi avec mes frousses, mes mystères!... Elle se fout de moi en plus... Allez hop le Ferdinand! Elle me met à contribution... Ça m'apprendra à bavacher avec une gamine... Et elle raisonne déjà morveuse... si c'était un jeu des Français de se guetter à tous les coins de rue... Si c'était comme dans *Nick Carter*!... ou dans *Les Mystères de New York*? pas effarouchée du tout... c'était moi la pelure le trembleur... elle filait quand même devant moi... elle rebondissait pour être plus juste... à ma droite ma gauche... sa petite jupe plissée s'envolait... quelles fortes musclées cuisses! petit diable! on s'amusait bien au fond avec mes frayeurs... seulement moi je fatiguais vraiment... c'était moi la mule dans le coup, avec mon cargo énorme, toute la quincaille d'une usine!... et qu'elle me faisait causer en plus, qu'il fallait que je brode j'invente... elle était tyranne cette merdeuse... des péripéties à n'en plus finir... pourquoi que j'étais pisté comme ça? combien que j'avais commis de crimes?... j'en remettais pour l'intéresser... autrement elle serait foutu le camp, elle m'aurait laissé à la traîne... ça c'était sûr... aucun cœur... elle échappait je la revoyais plus... cinéma que je l'intéressais avec mes paniques...

On aurait pu aller s'asseoir dans l'église là près Saint-Martin... ou à la National Gallery... ou remonter au *Leicester*... le square à Bigou... il faisait beau délicieux... là alors c'était l'imprudence... une témérité!... à deux pas de la tôle... et pourtant j'en crevais d'envie d'apercevoir un peu leurs tronches, leurs micmacs de vaches... les entrées sorties des harengs... les sournois abords du bouchon... peut-être qu'ils étaient surveillés!... que ça puait le roussin? Gi! J'y tiens plus, je risque! la curiosité l'emporte! je fonce... je planque à deux pas du trottoir... juste sous l'arbre devant la statue... je fais Chutt! à la môme, qu'elle ne bouge... de l'endroit on gafait extra bien le Shakespeare là en bronze... on apercevait tout le business, pas un pli de trottoir qui m'échappe... le manège des dames en plein boum... et je les reconnaissais une par une... à l'effort, à l'enlevée du client... Petit-Cœur... Gertrude... la Finette... Mireille la femme à Gendremer avec sa robe prune... tout ça en plein boum!... je les reconnaissais toutes... Si elles se défendaient, virevolaient, te piquaient du kaki à la botte, à l'arraché... c'était par armées que ça godait! que ça venait! c'était l'heure! cinq heures! Quartier libre!... des vagues et des vagues de troufions... qu'il en sortait de tous les carrefours... la ruée au bonheur... la fièvre au business!... l'Hortense là qui s'expliquait... Maryse... Réséda... la Ninette aussi bien vaillante... encore deux trois autres... les filles du casuel... Pas du tout inquiet ce petit monde, *jaspinant* babillard... mordant au possible... Question poulets rien à signaler!... Le coin du bar de l'*Empire*, qu'était une niche à mouchard, absolument sain à la vue... Juste Bobby Coq comme on l'appelait, le bourre du district, qu'était en postiche devant le *Lyon's*... un inoffensif... un ami... En somme du business roulant, joli, frais à l'œil... Il devait être heureux Cascade, lui qu'avait la remonte presque toute... à présent combien? vingt-cinq filles? je calculais un peu... forcément ça me rendait rêveur... la petite voyait bien... je pouvais pas lui expliquer le pourquoi... c'était pas de son âge... comme enfant, même éveillée, coquine et tout, précoce entendu mais pas affranchie tout de même... c'était pas possible... comme je disais rien du tout ça l'intriguait d'autant plus... elle voulait savoir ce qui se passait entre les dames et les promeneurs... tous ces militaires *en souffrance* et ça se disputait même un peu... Pourquoi tout ça m'intéressait moi là bouche ouverte?... le nom de ces dames? d'où je les connaissais? je lui ai dit que c'était des Françaises qui rencontraient des filleuls... c'était toujours comme ça la guerre... elles étaient voyantes comme marraines... elles ressortaient bien sur le kaki... ces froufrous de vives couleurs... elles frappaient le regard... des dix, des vingt papillons tout mousseline à virevoler d'un trottoir à l'autre... les flammes du business... surtout la presse... le coup de feu des cinq heures du soir... alors ce brio!... quel sillage! et plein la foule!... sourire partout! Le grand Godard devant le *Pub Queen*, melon gris, guêtres vertes, bel œillet, il *matait* aussi la mêlée... un fameux gourmand le grand Godard... il attelait à ma connaissance au moins douze souris entre Tottenham et le *Cecil*! et il était méfiant!... Il était bien pire que Cascade question sous... il faisait pas grâce d'un pélo... Il devait s'engager, je l'avais entendu, il partait tout de suite à la guerre... alors qu'est-ce qu'il foutait là encore à épier ses punaises? Elle devait être faite sa musette? J'allais traverser lui demander, me payer sa fiole... et puis tout de même c'était hasardé... je réfléchis, je reste en planque... Je me dis que c'était son habitude, qu'il était l'esclave voilà tout... qu'il serait encore à gafouiller, qu'il espionnerait ses ménesses jusque quand son train sifflerait le départ... Ils sont comme ça beaucoup d'harengs... J'avais peur qu'il m'aperçoive, qu'il vienne aussi me faire la causette... c'était pas le moment... je me rencoigne encore... Je veux pas surtout que la petite se montre... À l'instant juste tout un branle-bas... toute une émotion dans la pêche... elles foutent le camp s'éparpillent, elles planquent leurs griffetons... un remue-ménage... je gafe le flic au coin qu'est signalé... je vois de loin son tromblon... un méchant sans doute... Pedro l'accordéon le borgne qu'est en pion à l'angle du *Bragance*, c'est lui qu'a l'alerte... il emballe il mugit son truc, c'est le signe, il cherre son *Tipperary*... les femmes du coup chargent bondissent... elles s'éparpillent partout en musique... elles égaillent de tous les côtés... elles pèsent plus rien, elles s'envolent... le panier pourrait bien venir aux rafles... c'est ça la panique... changement de trottoirs... changement de pieds... Si elles piquent croisent les libellules!... C'est des lanciers plein l'asphalte!... tout le ballet du turf! allez-y! voilà le flic suivant, il arrive... il passe tout placide dans les remous... œil de veau... ça va... il tique pas... c'est un flic d'accord... c'est le rite et voilà... le respect du casque... Virginie veut que je lui raconte... elle se demande ce qui m'interloque... pourquoi que les personnes se sauvent? qu'est-ce qu'elles se disent en criant... leurs noms surtout... celle-ci?... celle-là? J'essaye de me souvenir de toutes... elles sont trop quand même... comme y en a!... la Flora... Raymonde... Ginette Bobichon... Mouche-le-Rêve... Fesse-de-verre... Je les connais c'est vrai plus ou moins... elles passaient toutes à la Pension... Mais il y a quelqu'un qui me suffoque c'est Arnold là par exemple! je le trouve *en promenade*! Belle-Bise en personne... Il était sur le trottoir en face, il causait même avec le bourre... Je le croyais parti depuis des semaines!... qu'il avait dû rejoindre à Dunkerque d'après la gazette... Il faisait canotier lui Belle-Bise... encore un changement des coutumes... les maquereaux alors à l'époque ils se montraient guère qu'en melon gris...

« Allons ça va! que je romps les charmes, maintenant faut pouloper la gosse!... » je m'adresse à la mienne, mon espiègle... « Assez lambiné! *no loafing!* à nous deux enfant! Aux commissions! Ou bien vous allez voir votre oncle! *Pss! Pss!* Martinet! »

Je lui montre...

Ah! mais elle veut pas obéir! elle veut qu'on reste là à regarder... Elle s'amuse de trop!... C'est haut comme deux pommes!... Elle veut pas quitter la postiche... le manège des dames... Que je lui raconte encore d'autres choses... les mystères et tout... où qu'elles demeurent ces personnes... Si Bigou est pas avec elles?... enfin cent questions défendues...

382

« Allons que je fais, à la promenade ! Je vous parlerai plus loin... »

Quelle gamine alors ! une chatte de curiosité !... exaspérante à la fin ! Je veux bien qu'on reste encore assis un petit moment... Il faisait vraiment un temps féerique... C'est assez rare pour l'endroit... faut pas louper tout... Le *Leicester* c'est agréable... c'est pas un paradis terrestre mais c'est tout de même un peu de verdure, en plein trafic pour ainsi dire, juste à l'endroit où ça s'enfourche, où ça s'engringue abominable, où c'est un bruit assourdissant, où les autobus s'entremêlent... et puis la foule, chevaux, bécanes, le tourbillon Piccadilly... on est content d'un petit coin d'herbe avec des oiseaux... Mon adorable Virginie elle était fée elle pour les piafs, elle les charmait presque tout de suite... ils arrivaient par petites foules... un petit bout de pain ils voltigeaient... perchaient sur sa main bécotaient... les écoliers d'à côté, du pensionnat Sainte-Augustine, ils arrivaient aussi piaillant, mais eux c'étaient des ravageurs, ils passaient leur récréation à lancer des pierres, à tirer les nattes des filles... les petites filles du pensionnat, presque aussi mômes que Virginie... peut-être pas aussi dessalées... aussi court vêtues en tout cas !... Tous les bancs autour occupés... l'oasis complète !... la récréation de tous les âges ! les dactylos à la dînette... les mamans avec leurs babys à ballotter la voiture... et des petits vieux gafeurs voyeurs qui faisaient semblant de lire leur journal... Trois quatre griffetons et dactylos endormis contre le kiosque... Virginie me laissait pas tranquille, je l'avais trop émoustillée avec mes mystères... elle me boudait si je lui parlais plus... elle se tortillait sur le banc... ses jolies blondes cuisses si musclées... les gens la regardaient c'est fatal !... elle se faisait remarquer facilement... endiablée que je lui résiste... Y a pas, fallait que j'en raconte ! que j'en invente s'il le fallait ! c'était tout du roman pour elle... exigeante ! un petit tyran ! l'imagination l'emballait... c'était trop me bousculer à force !

« Pouce ! Pouce ! que je fais, Virginie ! »

Je demandais grâce... d'abord elle me croyait pas beaucoup, c'était dérisoire mes efforts... elle se moquait de moi joliment... il valait mieux que je parle d'autre chose... des soucis un peu plus sérieux... pas des imaginaires du tout !... et ça manquait pas... L'oncle il lui disait rien des fois à propos des masques?... J'allais à la pêche voir un peu... Sosthène qu'il était bien brave mais qu'il se faisait des illusions... pour moi qu'il tiendrait pas aux gaz... que ça bicherait peut-être pas du tout... que c'était vraiment bien du risque... j'allais pas lui parler des Stances, des danses à Goâ, de notre quatrième dimension... pauvre mignonne elle aurait eu peur... ou elle se serait sauvée... ou elle serait partie en fou rire!... C'était pas la peine!... j'ai pas insisté pour l'oncle, que je le trouvais lui alors dingue... la sournoise marotte... ses farces avec ses robinets... je tenais plus debout à marcher et puis à causer en même temps... on s'est assis au coin à Lambeth... je gardais pour moi mes réflexions... là sur le banc je marmonnais, je me parlais tout seul... j'étais hébété à vrai dire... ça m'arrivait de plus en plus. *Pstt! Pstt! Pstt!* là en plein dans l'oreille... je sursaute... je tourne la tête... Bigoudi! la femme à Canard!

« Eh bien! qu'elle me fait, dis donc grosse tête! tu lèves les bébés à présent?

— Moi? »

Je comprends rien.

« Et alors? »

Elle me montre ma môme... elle lui relève sa robe... C'était vrai qu'elle était en jupe courte presque aux cuisses... elle avait grandi... roulée, musclée, dorée, tout...

C'était à remarquer forcément... elle avait remarqué... Je lui coupe la conversation.

« Et Canard, que je fais? »

Elle est surprise.

« Il est au rif!... tu le savais pas? Depuis huit jours dis donc l'homme! T'aurais cru ça toi? Et fainéant et tout hein pardon! Qu'il se levait à cinq heures du soir!... pour son zanzi pas davantage... il avait la planque moi je te dis!... bonhomme tranquille tout... une couille comaco là dis donc! comme ça sa varicocèle... trois coups de la réforme!... »

Elle me montrait le paquet à Canard, les deux mains de volume... que ça lui faisait comme un chou-fleur...

« Le major l'a refusé trois fois! " Restez mon ami! Restez donc! attendez votre tour! " Comme ça qu'il disait... " Elle est pas finie la guerre! " Que dalle! que dalle! Monsieur tenait plus!... Il se mourait de voir les autres barrer! Tatave! Gigot! François! la Tronche! C'était trop pour lui!

Il tenait plus en place! Il se la serait mordue sa grosse burne! Je te dis un furieux... il se la tripotait nuit et jour... que ça l'a fait grossir encore... forcément... il pouvait plus mettre son froc... comme un melon ça serait devenu... il me faisait chier moi à la fin... " Barre-toi! que j'y fais... Barre-toi sale tronche! T'es buté tant pis flûte à force!... " Y a pas que moi qu'il emmerdait... Il les a eus au consulat. " Partez qu'ils y ont dit! Partez! et qu'on vous revoye plus! Voilà votre ticket pour Boulogne... Bon vent! Salut! Imbécile! " Moi tu sais je suis pas bien brutale... j'ai eu un père malade et tout... je sais ce que c'est de soigner un homme... je suis pas l'amie du couteau, mais j'y aurais bien coupé sa burne pour qu'il me foute la paix!... Et pas un mot gentil remarque!... pas un mot aimable à la gare... Ah! Rien du tout!... Merde! Comme un cochon qu'il est barré... en grognant tiens comme ça... "*Vrong! Vrong!*" un vrai animal!... à l'abattoir la butée carne! Je pouvais pas lui trouver autre chose! Il nous a même pas dit au revoir... " Je suis en retard Goudi! je suis en retard! " Que ça dans la gueule... sur le quai même hein! Charing Cross... Je veux bien sa folie! le motif! la France! la Patrie et taratata... Gomenol!... mais nous n'est-ce pas l'Angleterre c'est là qu'on la gagne notre vie! et pas au semblant!... Je te cause!... J'en prends dans le caleçon moi dis voir! Il pourrait rester avec moi! J'y ai gagné sa vie moi la vache! et pas d'hier c'est officiel... Je suis placée, je rêve pas... Je les connais pas moi les romstecs? Y a qu'à regarder un peu autour... c'est tout fricote et compagnie! Dis combien qui se foulent? Y en a pas un qui part sur cent! La planque et la planque! Ils attendent quoi? ils attendent... Pourquoi qu'il attendrait pas lui? qu'il irait faire déjà son con?... Personne le dépêche... Ils se dépêchent pas eux les michés! Je les vois tous les jours... Il les connaît pas les clients?... À quoi que ça ressemble? Plus lourd qu'un chtimi merde c'est dur! Faut voir comme ils se caillent les English! T'as qu'à voir leurs cars du samedi! Cricket! Cricket! michtagons! C'est tout bourré croulant d'athlètes!... Ça pense qu'au joujou... Et enragés hein je te cause... Ils sont pas bons eux pour la pipe?... Ça me fait mal au cœur... Ils attendent... Ils se pressent pas bien sûr... Et qu'ont pas eu les burnes comme ça!... J'y montrais chaque coup! j'y montrais! Ils passent tous là... Marble Arch... Et des chiées hein! Faut voir ce monde!... J'y ai-t-y rabâché... " Regarde voir s'ils se caillent!... Quand ils iront dis cave t'iras!... " J'y faisais la honte... Va te faire foutre! Le cinglé fini... Partir à la guerre c'est tout! Il est parti le Bon Dieu de con! Et pas dit au revoir t'entends!... »

Là-dessus elle réfléchissait... Ah! elle digérait pas du tout ce départ goujat...

Elle était marquante Bigoudi... toutes les couleurs de la palette... et les plumes en plus... l'aigrette bleu blanc jaune... j'en louchais!... ça c'était le genre pour Collogham!... et le sac à main tout en or!... du cacatoès!... elle aussi la présentation elle trouvait que c'était l'essentiel... le harnachement d'hystérique... on la voyait de Marble Arch, elle crevait l'œil jusqu'à Soho... on l'apercevait à des milles... elle était pas seule à la retape... Y avait du monde sur son ruban. C'était des discussions sans fin... des mômes et des vioques... au moins cinq six femmes sous chaque porte à s'expliquer à ragoter... et souvent de nuit et de jour... tout ça bien méchant bien baveux... Et moi qui me foutais dans leurs pattes!... où j'avais la tête? Si elles allaient drôlement se marrer, m'arranger aux oignons avec ma mineure!... clabauder partout... Ah! le sale andouille! Je me serais embouti dans les arbres comme j'étais furieux... Si j'allais lui demander de se taire ça serait encore mille fois pire... qu'elle cause à personne... elle cavalerait pour dégueulir!...

« Tu passes pas au *Leicester*? qu'elle me demande nitouche.

— Salut! Tu sais bien que je peux pas!... »

Elle me fait chier à la fin la sournoise! Elle insiste pas... elle parle d'autre chose... Elle s'intéresse à la petite... Elle lui fait du regard, du sourire...

« Alors Miss ça va? » qu'elle lui demande câline enjôleuse.

J'y regarde sa figure à Bigou, c'était que des rides et de la crème... Tout est vioque chez elle sauf l'œil... ah! il est brûlant!... Elle me fait l'effet animal, ça vous fait ça quand on est jeune... La petite ça la gêne pas du tout... C'est des éclats de rire toutes les deux... La vioque lui imite un petit chat... elle lui fait des *miaou miaou*... elle parle pas assez anglais...

c'est la conversation enfant... D'un coup une idée lui passe comme ça, une fringale... Elle regarde Virginie tout fixe, elle m'attrape le bras.

« Dis donc si je prenais une fille ? »

Ça c'est lumineux !... Elle s'assoit du coup tout contre elle... elle me la touche me la frôle... ses yeux noirs dans le plâtre s'ils pétillent... On occupe tout le banc à nous trois... j'ai dit où c'était... sous Shakespeare à droite dans le square...

« *How do you do Miss Darling?* »

La voilà qui se lance en anglais... que ça la fait rire fort elle-même... et quel rire ! je suis gêné... Ça c'est terrible comme elle rit... une vache serait pas pire, elle mugit que c'est drôle... on doit l'entendre jusqu'au *Leicester*... Ah! c'est un vrai monstre... ah! je suis bien tombé !... Elle recommence « *How? How?* »... Elle peut pas du tout faire les *how?*... Quand elle aspire elle s'étrangle... elle recommence quand même... elle est comme Sosthène... elle est fâchée avec l'anglais...

« *How! How! How!* »

Virginie lui montre... alors si on rit ! des folles !

« *I speak english* dis voir ! Tu parles si elle parle bien ! Ah trésor d'amour ! Miss institutrice ! »

Du vrai enthousiasme en voix mélécasse.

Et puis maintenant les privautés. Elle lui prend le bras...

« Qu'elle est belle dis donc ! qu'elle est belle ! »

Comme ça tout émue... elle lui passe la main sur sa robe, elle tâte, elle estime...

« Ah ! dis voir ! dis voir ! »

Une folle d'effronterie comme ça en plein jour sur le banc... elle renifle elle bafouille... Je sais plus où me fourrer...

« Ah ! dis elle est trognon ta miss !... »

Elle tortille elle tient plus en place.

« Tu me la maques alors dis grosse tronche ? »

C'est sérieux, c'est le marché en main, c'est express.

« Elle serait pas plus fumier que Canard !... Ça peut pas être pire !... »

Elle a déjà des projets.

« Je l'enfermerai moi dis ta cocotte !... Je te l'enfermerai qu'elle s'habitue... Pas ma petite chouchoute ! »

387

Encore une grosse bise.

« Je te ferai partir à la guerre moi tiens les belles cuisses ! »

Du coup elle se baisse, elle la mordille. La gosse pousse un cri... pas trop fort... Je peux pas m'opposer c'est de la rage. Elle se roulerait par terre.

« Tu me la maques alors dis Ferdine ? Dis combien que t'en veux ? »

Les gens d'à côté ils entendent, ils comprennent pas, heureusement...

« Ça a des belles cuisses les English hein dis ma cocotte ! »

Elle la pelote la pince... La gosse glousse... Encore quelque chose... toute sa tête avide qui plisse...

« C'est papa qui joue au footbôl ? hein que je te parie ? On ⟨peut⟩ pas leur retirer ça : ils ont de belles jambes ! Regarde voir toi qui comprends rien ! Tu comprendras jamais les femmes ! T'es comme le Gros Lard tiens t'es le plouc ! »

Voilà qu'elle m'insulte... con et lourd qu'elle me trouve comme l'autre Jacques ! opaque tiens pendant qu'elle y est !... Je vais y faire connaître Sosthène... lui aussi il connaît les formes !... c'est un beau cochon. Elle la retrousse la gosse... elle la tâte, ses belles cuisses dorées... La môme se laisse faire, elle prend tout au jeu. C'est du toupet de la Bigoudi comme ça sur le banc devant tout le monde... c'est de l'inconscience... comme ça à la colin-maillard... Toutes ses plumes paradis sursautent, son galure chavire... elle en est toute rouge d'enthousiasme. Elle perd toute sa poudre...

« C'est musclé hein ! c'est musclé !... Et regarde sa jolie petite gueule !... Ah ! Ferdinand je te l'embarque ! »

Elle me demande même plus mon avis... Je lui réponds à la rigolade.

« Allez Bigoudi tu me la casses ! Tu vas pas manger les morceaux !

— La casse ! la casse ! mais non merdeux ! »

Ah ! elle prend ça mal, elle se vexe... elle redresse son galure, elle me toise... Je croyais que la petite allait m'aider, qu'elle allait se dépêtrer se défendre... Ah ! pas du tout, elle se laissait faire, elle gloussait ricanait voilà... L'autre lui passait sous les jupes que c'était dégoûtant à force... Si je l'avais

388

brutalisée, que je la sorte du square, tout de suite elle me faisait un scandale. Elle le savait bien la charogne... Je veux dire Bigoudi... C'était trop comme risque. Elle se gênait donc pas!... elle profitait des circonstances... elles se régalaient positif... c'était pas seulement enfantin... Ah! j'étais baba... la vieille fadait positif comme tripoteuse... la môme et la blèche!... en plein vent!... J'aurais jamais cru! ma poupée! mon cœur!... elles se régalaient!... J'étais jeune j'avais à connaître... je me doutais pas de la nature... elles se chatouillaient toutes les deux... c'étaient des espiègles... De quoi j'avais l'air?... Et le monde là autour plein les bancs!... Quelle séance! Elles s'en faisaient pas pour si peu... des vraies petites filles déchaînées...

« Tu me la files alors dis enflure? »

Elle démordait pas... la vente!... ça la tenait au chou...

« Quel âge qu'elle a?
— Douze ans et demi! »

Je voulais lui faire peur.

« Ah! douze ans et demi! »

Elle est encore plus contente!... Elle se tape sur ses propres cuisses!...

« Ah! dis donc où que tu vas les prendre? »

C'est moi qu'elle accuse bientôt!... Les gens nous regardaient quand même... je savais plus où me foutre... elle était saoule aussi un peu... des relents d'éther... ça lui flottait dans les plumes... je voulais pas la contrarier... elle se serait permis encore d'autres gestes... ça pouvait suffire... Enfin je savais plus... je faisais signe à Virginie, je voulais qu'elle s'en aille... elle comprenait pas... elle faisait l'étonnée?... pourquoi? frétillante coquette... avec cette vieille truie! Elles se foutaient de moi toutes les deux!... même que la vieille me provoquait...

« Ferdinand! Ferdinand! les flics! je biche! mords-moi ça! les poulets s'ils matent! »

Et c'était exact! un monde! les bobbys aux grilles nous reluquaient! Je les avais pas vus! ils nous voyaient bien! Ce crime alors peau! Elle charriait les bourres à présent! Et moi dans ma situation!... La môme aussi ça l'amusait... qu'elles tiraient la langue toutes les deux!... De quoi j'avais l'air? Ah! du défi merde! J'en revenais pas pour la môme... dépravée séance tenante. Je cherchais une coupure pour

389

qu'elles se quittent... qu'on se retrouve quelque part... je bredouille je bafouille je me débrouille je la papouille même la fascineuse. Je promets qu'on la retrouve le soir même à l'*Empire* pas plus tard qu'onze heures... au promenoir d'en bas... Tout bien entendu juré!... Qu'elle me souffle de l'éther plein la gueule. Que c'était un vrai rendez-vous! Entendu parfait!... qu'on irait s'amuser ensemble... J'ai promis tout ce qu'elle a voulu pour me décoller... charogne! J'avais peur qu'elle pousse des hauts cris... je crois qu'elle avait de la came dans le pif en plus de l'éther.

« T'es pure! t'es pure! » qu'elle murmurait. Elle me lâchait pas Virginie... elle la serrait sur son cœur... c'était des bécots des bécots... Enfin ⟨elle⟩ la détache... on se quittait juste... elle me serre la main... elle pâlit... pâlit... toute livide toute blême... un pierrot... ses yeux s'écarquillent... elle se lève, elle part droit devant elle... toute raide comme ça... tout automate... elle nous plaque... elle traverse le square... elle s'en va... Bon vent! bel oiseau!

Toutes ses plumes après lui voguent... ses boas bleu-jaune... elle passe comme ça devant les flics... elle marche en *soldat*... un deux... un deux... elle les salue militaire... ils lui disent rien... la voilà partie. On reste sur le banc nous deux... « Attends que je me dis ma môme! Tu perds rien pour attendre! Je vais te montrer la dévergonderie! mignonne t'as droit au tabac! Maintenant que le tableau est parti, attends voir tes fesses! » Ah! j'étais ressaisi!... J'avais pu rien dire devant elle, mais qu'est-ce que j'y casse! La honte que j'y passe, la leçon! J'y raconte un peu... les points sur les *i*. Comment que cette femme est une ordure, une loque enragée!... une vieille sale droguée dégueulasse! un repoussoir, une cochonne! Que c'est atroce pour une jeune fille de fréquenter des femmes pareilles... Je veux la mortifier qu'elle en crie!... Je veux la faire pleurer... elle pleure pas du tout... elle m'écoute, elle relève son petit nez, elle retape sa robe... pimbêche... elle me boude! cet aplomb! Rien la démonte... elle me trouve ennuyeux brutal... elle me fait la tête... c'est du beau!... et ça vient de naître!... je vais pas rediscuter, j'ai pas le temps... on a perdu au moins deux heures...

« Allez loupiote en route flûte! on n'en finira jamais! Allons ma demoiselle! les courses! »

Oh hisse! j'arrime mon balluchon... je me fourre le tout sur l'épaule! hop! c'est quelque chose! Faut se dépêcher... nous voilà partis... Je l'avais sec... cette petite têtarde quand même! qu'elle me défie, qu'elle me fait la tête... j'y pensais, ça me remontait comme ça en marchant tout du long... elle trottinait à côté de moi... absolument inconsciente... comme si rien n'était... ça me révoltait l'amour-propre la façon qu'elle s'était tenue... tout de même encore une petite fille... que je l'aimais déjà que j'en étais dingue... ma Virginie adorée... ma pure mon trésor mon rêve, et que voilà avec cette peau... ma fillette mon cœur... que j'osais pas l'embrasser moi!... et puis cette fine sale goyau... ah! là j'en secouais tout mon harnais, je cognais dans les vitres... j'en étais retourné je peux le dire... j'en voyais les trente-six mille chandelles... je me serais retenu aux devantures tellement je chavirais... que c'était fort de colère... sale éhontée grue!... la tête m'en tournait, je revoyais partout sa sale gueule, sa peinture ses yeux Bigoudi, ses calots cochons... je voyais aussi des vues salopes, des imaginations terribles comme ça tout le long des devantures... je les voyais ensemble toutes les deux d'un coup là... la môme la vioque... terrible! ça m'empoignait le paf... ah! le feu au cul!...

Je l'attrapais la môme alors, je lui tenais le bras qu'elle me réponde.

« Vous l'avez pas trouvée infecte? horrible? *disgusting?* puante? »

Je voulais savoir... à chaque coin de rue... je la retenais, je voulais pas qu'elle se sauve... je voulais qu'elle me réponde... et des détails que je voulais! J'en avais la bouche toute sèche l'état que je m'étais mis... Ça m'assassinait comme ardeur comme vice comme jalousie... tout... C'était trop fort pour mon état... ma tête en compote... c'était trop... trop cruel... Ces monstres!... je la regardais la môme là tout contre... je pouvais pas m'y faire... elle me regardait elle aussi comme ça trottinant... pas gênée du tout, moqueuse... elle se foutait de moi positif... elle faisait ce qu'elle voulait de ses yeux... ses jolis yeux bleus rieurs... elle faisait la nitouche à présent... elle me comprenait plus... juste une petite fille toute joueuse... elle frétillait de toute sa petite croupe... sa robe à petits plis... elle me poussait à bout réellement!... elle sautillait là tout près de moi... absolument insoucieuse de tout ce qui s'était passé!... moi je bafouillais hoquetais de chagrin... Ah! j'en voyais plein les trottoirs... les lampadaires... les passants... tellement j'étais en confusion en retournement de trop de peine... tout ça à cause de cette vieille gouine!... j'avançais comme à tâtons avec mes bricoles mon barda... je peinais à la traîne... j'y voyais plus clair... je voyais plus que des visions salopes... Bigoudi... la petite devant mes yeux... Ah! c'était atroce comme effet... une jalousie une de ces transes... comment qu'elles se dévoraient à fond!... et moi au-dessous d'elles tout lapant... je leur mordais les cuisses... de visions je pouvais plus arquer... il a fallu que je m'assoye... là sur le rebord du trottoir... je voyais comment qu'elles s'arrachaient... c'était vraiment une boucherie... Elles me bouffaient aussi tellement qu'elles étaient devenues folles... voilà ce que je voyais... je me relève encore... j'arque tout zigzag... Ah! j'étais joli dans la rue!... et que je me rendais un peu compte... il me restait un petit bout de raison... je me forçais d'aller... une jalousie de feu d'enfer qui vous attaque vous ravage vous plante du couteau dans la tête, vous le remue tout chaud... ça tout de même c'était une torture... que j'en bramais comme un âne... Dieu que c'était amusant!... la môme elle me voyait un clown que je m'amusais avec elle... Et moi qui lui demandais pardon...

« Ma petite Virginie, ma petite Virginie!... Ne me quittez pas! Je vous supplie! Je ne vous gronderai plus jamais! Dites-moi que vous m'aimez un petit peu... que c'est pas seulement Bigoudi qui vous intéresse! que je compte aussi un peu pour vous!... »

Ah! je me raccrochais à la rampe, je me faisais mignon, la brutalité ne donnait rien. Je voulais en être aussi de la fête... les visions me possédaient par trop! merde! cette jalousie! j'en tremblais... Ah! je la suppliais bêlant... qu'elle se sauve pas, qu'elle me pardonne! que je lui dirais plus jamais rien!... plus un mot plus un soupir! je l'embêterais plus! je porterais mon paquet gentiment. C'était promis entendu! Et puis flûte ça me reprenait... je recommençais à questionner. Je traînais ma quille aux folles visions... je lui regardais un peu sa frimousse... et hop! je rebouillais positif!... Je voulais en savoir encore plus... encore d'autres détails! Je m'acharnais après les mystères... c'était trop fort pour ma carcasse, pour ma tête sûrement, je me foutais à vif de fièvre avec mes questions salopes... abracadabrantes!... elle me répondait rien... elle m'entendait bredouiller... elle me répondait pas, elle sautillait à côté de moi toute vive tout espiègle... elle devait me trouver dingue... J'osais pas la pousser à bout mon adorable Virginie ma madone ma fée... J'avançais avec mon barda boitillant, vraiment à la rame... poussif... elle me tenait avec des sourires... J'étais le vidé polisson... je me serais couché sur le trottoir. C'était pas le moment... Ah! tout de même ces petites Anglaises!... si pimpantes si puériles si blondes... le ciel dans les yeux... c'est la perversité des anges... du diable là-dedans... du diable c'est sûr... le diable au trognon que c'était... que je l'adorais trop!...

On arrive vers Buckingham Road... Là en passant devant une porte je veux l'entraîner, je veux l'embrasser... c'était un coin noir... je veux la serrer un petit peu, elle se laisse pas faire, elle se tortille comme un poisson... je l'embrasse je la chatouille... je la force dans un recoin... les cris que ça lui fait pousser!... Ah! plaisir! plaisir! si je biche... comme j'avais peur qu'elle m'échappe!... Je lui faisais un peu mal... je la pinçais, je voulais tout savoir... je voulais la punir... pour Bigoudi pour tout ça!... qu'elle m'avoue... elle était perverse comme enfant... fallait être sévère!... Ah! que je l'aimais!... petite garce!... encore bien pire bien plus fort... c'était une torture... un poison que ça brûlait de fond en comble depuis Bigoudi... j'avais tout le froc en feu... tout plein de mouvements qui m'arrivaient, qui me faisaient mal, des crampes aux cuisses à hurler... que j'en aboyais sous la porte... je lui suçotais la figure et puis de ma main gauche la costaude je lui tripotais son petit corps, son ventre, son petit pot là si tendu si dur... un petit animal!... petit cul à rebondir!... frémissant! je la maintenais, je la pressurais, je la pétrissais, j'y en aurais fait sortir tout le jus... tout le jus de sa malice petite voyoue!... tout le sang toute la viande... et puis merde! je venais... je venais... et lâchez tout!... Je titube... j'en brame... je me raccroche!... je la rattrape! *Haggn!* en plein je la mords! en plein dans le cou... et *pfac!* elle me ristourne une claque! un battant! vipère! quelle force! j'en suis étourdi... ça c'est pas minet!... et *pfac!* je t'y en renvoye une autre!... Servi! Je la rattrape à deux bras et fort... je la fixe contre moi... j'y file un de ces baisers goulus comme ça contre le mur... je la lape... voilà qu'elle flanche, je sens qu'elle chavire... sa tête retombe... je la requinque je la retiens debout... je la secoue je lui cause elle bafouille... je la frictionne je l'embrasse... elle revient à elle... elle souffle... ça se passait j'ai dit Birrgham Road... un évanouissement... tout de suite après Wickham Gate après le marché aux primeurs... mais y avait rien à ce moment-là. Je vais pas encore m'appesantir... « Allons mon petit!... » je remets en route... fallait pas que ça dure... qu'il arrive du monde... « Allons mon enfant! » je suis sérieux... elle me suit cette fois-ci... elle saute plus à droite à gauche, elle gambade plus... tout de même je l'avais secouée... y avait de la hargne, y avait du compte, elle me filait de méchants coups d'œil comme ça aux carrefours... je croyais qu'elle allait foutre le camp. Fallait pas qu'on flâne quand même. J'activais l'allure tant pis!... je portais toute une fonte sur l'épaule, tout des morceaux dépareillés... un fardeau affreux... ah! j'en suais lourd au kilomètre... je la regardais même plus la morveuse... arrive que pourra! voilà qu'elle se rapproche elle m'embrasse... c'est elle qui me fait les avances. Elle veut m'aider et tout de suite... elle se montre toute gentille... c'est tout revenu la bonne humeur, c'est fini la brouille!... on porte le sac entre nous deux... chacun son bout... je suis bien content!... Ça balance *Pfloc!* elle lâche son bout... tout me part dans les pompes! je hurle! ça débouline plein la chaussée... maintenant faut que je coure saute après!... toutes les petites virole au ruisseau!... ah! si elle s'amuse Virginie! que je bondisse après le sanfrusquin... que y en a sous tous les pieds!... sous tous les passants! Quelle bonne nique! la voilà vengée!... quel succès!... je dis rien... je ramasse mon fatras... je verrai plus tard... La peste on verra!... je me promets... Par exemple je veux pas qu'elle m'aide... Qu'elle reste fâchée! je préfère... Je m'arrêtais partout pour souffler... presque à chaque coin de rue... on allait moins vite forcément... enfin on arrive vers Wardour... Là entre Wardour et Guilford j'avais repéré, y avait longtemps, dès mes premières semaines à Londres, tout un méli-mélo de boutiques qu'étaient vraiment comme un musée question souvenirs de voyages, curiosités, mappemondes, chromos, antiquités de tous les pays, estampes de voiliers, boussoles, poissons empaillés, albatros... du bric-à-brac d'aventures comme j'avais encore jamais vu... entre Wardour et Guilford Street... Et puis c'était agréable, pas de flotte à recevoir, tout couvert, des passages vitrés, les uns dans les autres... Ça permettait d'attendre au sec que les trombes s'écoulent... de s'épargner un peu les semelles... ça me rappelait le nôtre à Paris comme genre de passage mais alors bien plus amusant, plus pépère aussi, pas une cohue populo, un égout à foule comme le nôtre... rien que des magasins coloniaux, de l'étrangeté, de l'exotique... j'étais passé par là souvent, j'y retournais toujours, d'une raison d'une autre... j'en avais déjà fait des pauses... chaque vitrine ou presque!... ah! là on pouvait gamberger, se faire une idée des pays, enfin d'une certaine façon... seulement ça vous épuise un peu, ça vous fatigue vous décourage... Y en a des endroits par le monde! Y a pas que le Tibet! à la fin la nénette vous trotte... vous en êtes saoul... y a trop à voir! Toute cette pacotille exotique c'est grisant au fond, ça vous présente trop de perspectives... ça vous rend malheureux *du monde*... pauvre misérable cloporte vous irez jamais vous voir rien, avec vos piteuses bouseuses pattes... grêle insecte merdeux... que vous irez jamais nulle part! J'étais trop avide aussi... j'aurais emporté la boutique, tout le magasin la vitrine en plus de mon cargo quincaille, pour qu'il m'explique le sale Sosthène, qu'il m'instruise un peu sérieusement, pas toujours ses bêtises hindouses... Il avait l'occasion là de faire valoir ses connaissances. Il devait en connaître un petit bout lui l'empeigne foireux... c'était pas la peine d'être si frappe, d'avoir tellement roulé sa bosse... et qu'il me bluffait au surplus!... J'y aurais montré les papillons là, les petites boîtes, les cartes du ciel... il aurait séché j'étais sûr... il savait rien d'astronomie, des Pereires en savait bien plus... moi mon certificat d'études ça m'ouvrait pas les horizons... j'aurais voulu prendre des leçons de choses... il m'aurait bluffé encore... tant pis fallait que je me débrouille... je faisais la leçon à Virginie... comme ça d'une vitrine à l'autre... au moins vingt magasins bizarres comme ça côte à côte... des curiosités botaniques de tous les pays... et puis la chauve-souris monstre à quatre yeux seize pattes...

la plante carnivore... l'astrolabe... un « Iguanon tête de plume », le dernier au monde, joli à voir comme la Bigou... Je l'ai fait remarquer à la petite, ça l'a bien fait rire... Ah! j'étais tout content aussi... je faisais mon effet après tout!... les cartes d'exploration d'Afrique... et des cercles polaires avec ours, tout ça me faisait bavarder, les phoques, les mammouths poilus... plein les banquises... Je lui en inventais des histoires! seulement ça me surmenait le trognon, je savais plus beaucoup ce que je disais, je me dépensais trop, j'avais plus la force... Elle me tournait en guignol la môme, elle m'en demandait toujours une autre... je savais plus trop ce que je regardais... tout dansait devant moi, les sauvages des îles, les iguanons, l'astrolabe... ça faisait carrousel dans ma tête... le cœur tout barbouillé battant... encore un vertige... ça me prenait deux trois fois par jour... Je me rattrape à la vitrine... je me trouve assis sur mon paquet là, sur ma quincaille... ça me tourne... tout tourne!... Je me retiens la tête à deux mains... je revois tout... les sauvages grimés à masques... ils dansent ils tournent à la ronde... et puis des Pereires parmi, le pauvre des Pereires écroulé là dans sa brouette... je sais pas pourquoi... c'est les souvenirs qui reviennent avec le malaise... c'est les chagrins voltigeants, les papillons de musique sourde... j'entends un petit peu... c'est mon cœur... et puis maintenant tout rouge je vois! c'est la jalousie qui me relance!... je devrais bouger je ne peux plus... surveiller la petite qu'elle se sauve!... Ah! c'est atroce ce que je suis faible... tout écroulé contre la vitrine... que tout me remémore me ravive... surveiller la petite... qui c'est qui la viole après tout?... c'est l'oncle? c'est colon? c'est Sosthène?... lequel colon? je ne sais plus... j'en ai un moi aussi de colon!... un vrai alors! pas une mazette! des Entrayes! foutre tonnerre Dieu! le 16ᵉ lourd! je mélange tout! je dégueule là tout contre la vitrine! c'est comme ça! Tant pis pour *Véga*! le Nord le Midi j'embarbouille.. et le Nelson alors le futé! et l'astrolabe! et Bigoudi la truie la peinte! où que je vais les mettre! et le Matthew cette bourrique cuite! son œil qui me tournoye... me quitte pas...? où que je vais les mettre? c'est du carrousel, ils me bourdonnent... ils me ronflent plein la tête... ils m'étourdissent que j'en chavire... j'arriverai jamais. C'était des jocrisses!... c'était des jocrisses! sûr qu'ils me l'avaient tripotée... l'oncle en tout cas certainement! là pas d'erreur! qu'elle avait drôlement l'habitude! je l'avais vue avec Bigoudi... si elle avait été enfant, là réellement une innocente, elle se serait sauvée poussant des cris! mais va te faire foutre quel plaisir! ah! si j'avais vu! si elles avaient biché, ravies tourterelles! gredines là en plein square! une petite fille! même pas la honte la pudeur! salopiote morveuse! avec cette pouffiasse qu'elle me charriait! ce trumeau pourri! là d'emblée casserole, pas un pli! Je tiens plus en place! Je me relève. Je veux courir tout droit devant moi! Je bouille d'intérieur! merde ma tête! tant pis! Je me force! Je suis hanté vraiment! Faut que je me sauve! que je réagisse! Allez hop! en l'air Virginie! Faut pas que je la lâche! Je la tire par la main! Polissonne morveuse éhontée! allez hop! en route! fumier de Sosthène! hypocrite! il cherche le diable lui! Moi je l'ai donc! il me tortille au tronc nuit et jour! Il a qu'à le saisir l'embarquer! C'est pas difficile! Il me remonte partout, je l'ai aux boyaux, je l'ai dans la jambe! dans la cervelle! et au cœur! et la môme là qu'en est pleine! on est au diable tous nom de Dieu! Saloperie Sosthène avec ses engeances le magiqué! et Bigoudi donc! en voilà une qu'est aux grimaces comme cent mille *Végas* la toute seule!... qu'elle vous envoûte qu'elle vous suce! Ah! mais ça va pas, je flageole... je plus avance... je suis forcé encore de me rasseoir... ça m'étourdit la colère... je repense à Sosthène ce charogne... et puis à Matthew... deux beaux!... et puis maintenant ma jalousie là, que je la serre dans ma main... petite effrontée maudite garce... la fée de mon cœur... petite merveille râblée perverse... qu'est-ce que vais en faire abruti?... mes idées dérapent filent m'emportent... je m'appartiens plus... je suis mûr pour la camisole... Tout de même je me rends compte... c'est pas raisonnable du tout... la fée de mon cœur si coquine... qu'est qu'une pelote de vices!... avec Bigoudi la crapaude!... ça c'était de la féerie alors... j'en grognais haletais sur mon tas là, mes ustensiles... j'étais abattu comme un clebs là contre la devanture... du propre!... elle voyait bien que j'étais à bout, elle se rendait bien compte la rouée!... elle aurait pu m'aider un peu... Les gens nous regardaient. C'était l'heure des sorties de bureaux... Il passait du monde... Attention aux flics! Qu'ils m'embarquent comme cloche?... avachi sur la voie publique... Debout galapiat! Je me requinque. Le suprême effort! au labeur voyou... Je me force. On n'était plus très loin de Gingolf, couleurs et mastics... là j'avais du réassortiment... Gingolf Cie, je vois bien ce magasin... je m'arrête pas... je passe... j'étais pris par mes réflexions. J'allais somnambule... tout droit... je tenais Virginie par la main... Je voulais plus du tout qu'elle me quitte... Je voulais la garder avec moi une bonne fois pour toutes! Voilà comme j'étais. Que même j'allais l'enfermer... J'y réfléchissais à bon pas... la préserver comme un joyau... faudrait plus qu'elle se trotte!... comme les Joyaux de la Tour de Londres!... Voilà l'idée qui m'emballait!... personne ne la verrait plus!... que je la boirais tout seul des yeux... autant comme autant!... une forteresse imprenable... avec donjons meurtrières... géants ponts-levis!... et l'huile bouillante pour la Bigoudi, sa gueule grouine fumière! au-dessus de la porte là toujours! toujours sur le feu! sa babine! qu'elle y revienne plus! truie!

« *I'll put you in!* » que je lui faisais... Je lui promettais du bonheur... Je vous enfermerai dans ma tour!

« *Where is your tour?* »

Elle s'en faisait pas.

« Dans mon grand château frisepoulette! Vous y serez pas mal! Dans ma forteresse joli cœur! vous aurez pas froid! »

Elle me regardait bien moqueuse... elle trottinait petit cabri... comme ça et puis d'un pied sur l'autre... pas émue du tout... Coucou! qu'elle me faisait, Coucou! le doigt sur ma tempe... elle sautait par-ci... je marchais toujours... le dingue!

« Oui mon trésor... à triple clé! à triple encore tour! voilà!
— *Crr! crr!* » qu'elle partait à rire... Ah! ça promettait... plus j'insistais plus j'étais drôle!... J'en aurais pleuré... La mignonne... la fleur de mon rêve... quelle précoce quand même! Ah! j'étais soufflé!... les petites mômes anglaises comme ça fortes de mollets tout, qui vous feraient des histoires affreuses pour un oui un non... ameuteraient gueuleraient pour des riens... pour une petite privauté... celle-là qui s'affiche en plein air avec un vieux goriot pourri, une grand-mère satyre... Ah! c'était à se mordre... Attends à la niche ma loupiote! Folie trou du cul!

« Coucou! qu'elle me faisait, Coucou! » C'est vrai que j'étais un peu drôle, je marchais en parlant... furieux écartelé cochon... elle me voyait si ému, si tracassé bourrelé de soucis... elle se moquait voilà, elle se moquait. Je l'amusais une fois pour toutes... j'étais son cornichon pleureur. Elle comprenait rien... Allons en avant cocasse! porte tes tourments avec ton sac! allez roule ta bosse! malagaupe! en avant tordu... On avait bien dropé quand même... on se trouvait presque à l'endroit d'où on était partis le matin... juste à la Librairie française... Ah! par exemple j'étais fourbu, fallait que je m'arrête une minute. Là maintenant c'était pas du char... Y avait plus moyen... Je pose mon balluchon... Faut que j'amuse l'enfant... j'ai toujours peur qu'elle se sauve... on regarde la vitrine un petit peu... les images les journaux d'enfant... ça c'est pour son âge... elle lit bien le français Virginie... Y a aussi des livres cochons... ça l'intéresse je dois dire... Elle ça sera la *Semaine de Suzette*... Du coup on entre dans le magasin... C'est des livres et des livres encore... c'est surtout des aventures... le pôle Nord de deux orphelins... et puis des estampes en couleurs, des collections de tous les avions, les motocyclettes à turbines, les voitures de course... Toutes les inventions du pétrole... Ça me remettait en arrière... ça faisait au moins sept ans... huit ans... je comptais... déjà! que ça passe vite! des Pereires... ses inventions... la grande chérie... puis la brouette... c'était le bon temps merde quand même!... vieux carabosse lustucru! et celui-là? Sosthène gavotte? comment qu'on se quitterait?... j'en avais déjà des souvenirs!... la guerre ça vous en accumule... Je regardais la petite là... la môme... Elle se doutait de rien... Je lui commentais les belles images... ça c'était de son âge... je lui racontais les sphériques... là j'en connaissais un petit bout!... Le gérant était bien commode, on pouvait tout lui farfouiller sens dessus dessous, toutes ses collections... S'appesantir pendant des heures pendant que toute la pluie tombait... il râlait jamais... Il sortait pas souvent de sa caisse, il regardait les choses de très haut je le vois encore... les lorgnons!... absolument myope, dans un nuage, le col carcan celluloid, monnaie et sourire... seulement il sentait à l'approche, l'odeur âcre, le goût de l'époque, le ranci de sueur. Il a fallu la guerre 14 pour que les petites gens ne puent plus, je veux dire comme ça naturellement. Je me demande ce qu'ils vont perdre ce coup-ci? peut-être leurs caries, l'haleine forte? encore deux trois cataclysmes on y sera complet! au règne du grand Pan, les péplums! le Beau revenu!... il y était pas encore bésicles! quelle réforme il pouvait avoir tout guindé comme ça? de quoi qu'il était infirme? Il avait pas d'âge après tout... Je lui posais jamais des questions... je voulais pas paraître bourrique... Il avait pas beaucoup de cheveux... les petites moustaches à la greffe... un peu comme Pereires. C'était quelqu'un comme commis... ils pouvaient tout de suite l'empailler, on n'en ferait jamais du modèle, on n'en enverrait jamais d'autres de France ou d'ailleurs... il était loin déjà en somme, entré comme dans une collection, comme figé sur le rebord d'époque... il faisait musée à lui tout seul... quand je passais par là j'entrais le voir... j'avais porté le même col mou que lui, le même cellulo... cravate papillon... mais lui il était encore en place... j'avais tout quitté... c'est moi qui prenais de l'aventure dans ses collections... Alors faut l'avouer quelque chose! les navires à travers les âges... vraiment du grisant comme choix... de tous les siècles et pavillons... des draggars jusqu'aux long-courriers, clippers, paquebots mixtes et frégates, galions et corvettes... tous les bourreurs de l'océan par tous les temps et parages... plats bleu d'azur, mers de plomb, ouragans d'écumes!... C'était tentant comme emplette, autre chose que les courses étoupe... le réassortiment des fontes... Ah! j'en aurais pris des navires, une collection, un vrai choix, j'en aurais mis plein les murs, plein l'escalier du colonel, plein notre chambre avec Sosthène, un caprice une rage tout d'un coup, deux trois beaux trois-mâts par exemple, et puis cinq six mixtes à vapeur?...

« Chiche! qu'elle me défie la gosse.

— Chiche alors! *go*! la douzaine! »

Et les plus beaux en couleurs, et puis encore douze! avec vergues, voiles, nuages, tempêtes! perroquets tendus! les vents d'ouragan plein les drisses! je lésine en rien. Je m'en colle pour quarante-sept livres! Lorgnon il en louche quand même quand je lui allonge quarante-sept fafs... Il m'avait jamais rien vendu... Ça me faisait un très fort rouleau en plus de ma quincaille mes fontes... Et que c'était moi le colletineur!... enfin je m'étais passé l'envie... Il était plus temps de se dédire... Bien sûr c'était peu raisonnable... encore sur le pèze au colon! Y avait plus de limites!... j'y ai fait bien remarquer à la petite... qu'elle était fautive comme moi... qu'elle m'avait dit chiche... ça y était égal inconsciente... c'est des histoires qu'elle voulait... que je commente encore les batailles, les autres tableaux du magasin. J'ai dit où c'était : Wardour Street... deux pas après le *Palladium*... Il en avait bien d'autres Binocle, des cartes anciennes de toute beauté... les batailles célèbres, Lépante, les galères tonnantes... en plus des monstres marins!... baleines poustouflantes des naseaux... furieuses à la lame... en pleine charge contre les frégates! les caravelles d'Armada en pleine bourrasque atlantique debout à crever l'océan, éclatantes de mousse et poudre... des sujets formidables!... et puis tout un rayon d'atlas, tous les grands tracés du long cours... les distances d'émeraude : Pernambouc 3 000 milles... Yokohama 10 100... Tahiti 14... et puis d'autres semis au vent... tout au bout du monde... aux antipodes, plus loin encore... l'embarras du choix...

« Allons Virginie choisissez! »

C'est vrai, c'était l'occasion. Absolument à son désir! mer de Corail! mer Caraïbe! une île là-bas presque rien?... une poussière de mer? pour une petite fille comme elle... Ça m'emballait d'y penser... Je voulais qu'il en rote le Binocle! Qu'il voye un peu ce que j'étais! un globe-trotter à la hauteur! Je lui expose même mes conditions! Je parle tout haut dans sa boutique. Je veux une île avec des arbres, mais abritée par tous les temps! à triple barrière de récifs! je veux pas qu'on s'ennuie! je veux plus aucun souci de table... je veux la nourriture à gogo... Il a peut-être entendu parler? bananes ananas cochons d'Inde... et puis le climat idéal, un vrai éden j'en ai besoin... je reviens moi de la guerre! et puis de la gaieté, de l'agrément... je veux guérir de mes sales migraines, je veux être amusé... je veux des poissons volants partout, des perroquets qui chantent juste. Je veux guérir dans la rigolade avec Virginie mon petit être... Ah! c'est enchantant, pas à dire... alors plus de douleurs de mon bras, dans ma tête non plus surtout... ça c'est le plus ignoble! plus de sifflets dans mes oreilles... plus de concours des gaz, plus de colon! plus de Matthew l'atroce!... plus de cauchemars de jour et de nuit!... Ah! la bonne vie aux Caraïbes! je voyais ça déjà! Plus de jocrisses au cul! Fini les Indes! la Pépé! Ah! je m'en emportais d'enthousiasme. Il comprenait rien Binocle... il me regardait comme un veau... Allons, on part tous les trois! C'était généreux de ma part! Je lui proposais une chance inouïe!... c'était généreux de ma part... que ça lui ferait un drôle de bien... je l'emmenais aux Tropiques... j'étais pas jaloux avec lui... il quitterait sa caisse... Ah! ça il voulait pas... il s'est gendarmé tout de suite... « Pour qui me prenez-vous? » et tout triste... Voilà ce que c'était...

Alors on partira tout seuls! ah, mais je vais pas me faire retarder! Tant pis pour Bésicle! En avant ma petite Virginie! Vous grandirez bien belle là-bas! aux mers Adragantes! j'avais déjà trouvé un nom! aux océans Lazulis! En avant la môme!... et hop! par la main je l'entraîne! mon rouleau! le barda! les bouts de fonte! elle commençait à me connaître, que j'étais vite résolu, enfin quand j'avais pas trop mal... ce coup-ci au diable la douleur! je bouillais positif. Nous voilà partis au galop... j'en hennissais d'enthousiasme. L'antipode au cul! Je la forçais ma jambe! tout mon bacchanal sur l'épaule brinquebalant! un foin! Je fonçais dans tout le monde, la cohue!... ah! comme on sera pépère là-bas! Ah! je voulais pas qu'on me ralentisse! Je me faisais agonir au passage! Au moins vingt personnes que je culbute! renverse comme ça à la course... tout le long d'Oxford Street... Regent... Virginie elle s'amusait fort... elle galopait à côté de moi... *Selfrige's* tout du long... Marble Arch... on en avait secoué des bonshommes! ah! c'est effrayant l'enthousiasme! Si on avait croisé Matthew? ah! ça je me disais... Elle se rendait pas compte la petite... c'est très joli de s'emballer! le danger! l'esclandre! Mais par exemple je cane, je suis forcé de m'asseoir. Pet! Pet! Pet! Je me relève... j'ai peur d'être suivi... Si les flics étaient à nos trousses?... Je me force encore... l'avenue... je traverse... Hyde Park... je fonce... voilà une borne ouf! Les arbres là-bas c'est encore mieux... faut que je réfléchisse... qu'est-ce qui nous a pris? et tout ce sanfrusquin au cul! je vire tout ça! hop par terre... un banc... vraiment faut que je réfléchisse... elle m'aurait pas aidé la môme... l'égoïsme fini... j'avais bien trop cavalé... j'en renifle, j'en râle rauque... ah! c'est le moment de se recueillir... faut profiter d'une

402

accalmie... personne à nos trousses... pas de Nelson pas de Matthew ni rien... c'est une sacrée chance! alors faut bien dresser mes plans... les fugues c'est joli mais ça coûte... il faudra pas emmener le Sosthène! ah! ça d'abord! ah! non! Au diable le sale margouillat! Je veux plus le voir pour tout l'or du monde! le sale vieux empeigne! Il me porte la glu c'est certain! Qu'il aille les retrouver ses démons! et l'ancêtre avec! tout ça c'est de la chinoiserie noire! et l'autre la Pépé la chaude et ses temples de jade! oh! là là que j'en voulais plus! Qu'ils aillent se faire tous embaumer! nous on partait aux antipodes! ma gamine mon cœur mon oiseau! voilà mon totem! mon salut! la mer Adragante à nous deux! tout nous deux tout seuls! Virginie! Hissons nos pavois! Merde aux gafes! Deux ans! dix ans s'il le faut! Larguons nos soucis! Cap au sud! Qu'ils nous reconnaissent plus! Hop là! Attention! je vois un flic! allez oust! en route marjolaine! aux autres arbres là-bas! l'allée courbe... je me reconnais plus pétulant... une ardeur encore!... une autre!... c'est la vitesse c'est l'espoir!... je sens plus mes jambes! on prend à travers au plus court... je frôle les pelouses dans l'élan... j'entraîne ma fée par la main... mon sillon chéri... Et ouf! voilà nous y sommes! quelle peur que j'ai eue!... de quoi? je sais pas trop... enfin repos une seconde!... c'était qu'une alarme... c'est pas les flics qui manquent à Londres... j'ai pas fini de rire!... une pause tout de même flûte! on souffle... plus loin là-bas c'est les meetings, de l'autre côté des bosquets, on entend leurs gueules... on pourrait se rapprocher un peu... les orateurs du plein vent... au moins une douzaine qui glapissent... on entend des morceaux d'harangue... la foule les respecte pas... « Ouah! ouah! » qu'ils leur font... on voit leurs tronches qu'ils se donnent du mal... ils dépassent la foule... ils sont perchés sur quelque chose... Si ça s'égosille! la foule leur répond, les emboîte... ils sont pas pris au sérieux... « Ouah! Ouah! » que ça rigole... c'est comme moi avec Virginie, on les raille, on les ironise... ils font des grands gestes ils se débattent... c'est de la colère de prophète, le vent emporte des gros mots...

« *I say the rich must pay!* » il en est rouge de colère celui-là comme il force, on voit de loin sa couleur... il dépasse en disque les chapeaux... il est écarlate de furie... Il veut faire payer tous les riches... il y tient atroce... il s'étrangle pour ça... la foule se marre... elle en pouffe... « hôa! hôo! hôo! » que ça fait énorme... tous les échos de la rigolade...

« *Chriſtus is at war! We bleed with him!* »

Je vois pas cette personne qui chevrote, elle dépasse pas les chapeaux... c'eſt une autre eſtrade... une voix de vieille... le Chriſt eſt en guerre! elle saigne avec lui! qu'elle prétend... elle glapit aigre qu'il faut prier... et tout de suite encore! pas commode... la foule rit moins qu'avec l'autre... Voilà qu'il pleut! une averse brusque... les parapluies s'ouvrent... Ça la refroidit pas la chrétienne, elle adjure tremblote dans l'eau... faut qu'on lui chante l'hymne 304! elle le chante toute seule... elle supplie elle implore le ciel que la guerre s'arrête... Ça dégringole à torrent... Virginie voudrait qu'on y aille, qu'on s'abrite aussi aux riflards. Je veux pas changer de place... tout ça c'eſt plein de flics... les attroupements c'eſt fatal... elle frissonne dans sa petite robe sa chemisette trempée... Je la serre dans mes bras... je défais le paquet, j'enlève la bâche, je mets sur notre tête... voilà! on eſt mieux! Si ça dégouline! ça empêche pas les discuteurs... Leurs gueules traversent le déluge...

« *Women of Britain win the war!* »

C'eſt une conférencière pointue... elle glapit si aigre que ça vous ferait grincer des dents en plus de la crève du froid... Elle veut faire gagner la guerre par les suffragettes... Ça je suis bien d'accord! c'eſt une bonne idée! Y en a pour tous les goûts, les flans, dans la ribambelle, ça braille de partout... encore des rafales! en voilà! des pleines cataractes de flotte... tout à fait l'autre extrême, presque dans la rue, y a un éraillé qui s'échigne... on l'entend de très loin, il porte... on l'aperçoit bien en chapeau, en tube écarlate, il gesticule contorsionne beugle...

« *Accordeons for the Army!* » voilà sa complainte... Il y tient absolument. Tout pour le loisir du soldat! Y a que l'accordéon! il le hurle... Là-dessus il joue un petit air... une gigue un cake walk... il danse en même temps... un jour sans pain... guizots des flûtes... il chante... il aubade, il engueule... c'eſt un excentrique philanthrope... « *Accordeons for the Army!* » *Tig! gg! ding! dg! dg!* il gigue sur sa caisse à savon... ça y eſt bien égal les cyclones!... il eſt hors de ça! il eſt en marotte il biche! Personne y envoie rien du tout... Accordéons? y a que lui qu'en joue! Il saute avec, il se dépense! l'escogriffe! moi aussi je saute je me donne du mal, personne m'envoie rien! c'est tout kif avec Virginie! je saute! je saute!

« N'est-ce pas Virginie que je vous aime? » J'y demande là pour rire... « *I love you! I love you!* Je vous fais tout et vous vous faites rien! »

Je la regarde dans ses beaux yeux de rêve... mignonne mon amour ma chère âme... elle est pas de très bonne humeur, elle boude un petit peu... je la serre, je la lâche plus, je profite de la circonstance que je la protège sous ma bâche, qu'elle peut pas beaucoup s'envoler avec sa petite robe toute ruisselante... je la couvre de caresses, je lui suce l'eau au bout de son petit nez... je la lèche je la pourliche comme un chien tout son mignon chéri visage... ah! que je suis en chaleur, j'en flambe de passion, de joie de l'avoir comme ça toute blottie... ah! ça m'est bien égal la flotte et les cataractes de déluge et mon bras qui me fait si mal, pourvu qu'elle reste là contre moi si mignonne tremblante et riante... mais les autres gouapes là où ils sont?... Hein gamine du diable, qu'elle y pense?... ah! ça je suis sûr aussi... nitouche et du vice c'est certain!... La terreur me reprend... ça y est je rebats la campagne!... je suis sûr que je divague, je suis pas si fou... c'est une douleur de jalousie. Où qu'il est Nelson un petit peu? et Matthew encore? et Cascade? et la grande Angèle? Ah! je voudrais les voir... Ils vont me l'escamoter c'est sûr... Ils ont déjà leur projet... Je regarde les jardins tout autour... non je vois personne...

« Vous voyez personne Virginie? »

Non, elle voit personne... Voilà comme elle est candide, transie dans mes bras de froid d'averse et d'amour... pauvre petit oiseau!... Non! Non! Non! c'est pas ça petite garce! que je reglande encore moi la tronche! une petite effrontée que c'est! une petite roulure je l'ai vue! avec Bigoudi! Je prends des rafales plein la tête, des cataractes de flotte glacée, ça me calme. C'est une trop damnée effronterie! Je la vois cet ange... je bouillonne, je la vois avec l'autre... ah! c'est incroyable comme culot une gamine pareille... mais des cuisses aussi, des cuisses... je les sens là tout contre moi... faudrait que je la marie! ils me la voleraient plus... faudrait que je la marie tout de suite.

« *You come with me Virginie? You come* sur la mer là-bas? »

Je lui pose la question. C'est l'idée, faut que je l'épouse! Je répète...

« *You come and travel cross the seas?* »

Je l'invite au voyage.

« *Swim! Swim!* » qu'elle me répond... Nagez! Nagez donc! elle me plaisante... j'ai parlé des mers... je veux pas qu'elle se moque. Je suis formel.

« Vous me quitterez jamais! »

Elle me montre la pluie la flotte déluge... Je dois être drôle encore...

« *You come Virginie?* »

J'insiste... Je suis le crampon!... Quelle perspective! Quel idéal! Ensemble pour la vie! D'abord je la tiens bien, je la cajole... bien tendrement sur mon épaule... la flotte arrête pas... c'est un grain... il va faire beau dans une minute... je lui donne confiance, je la caresse... elle grelotte elle est toute trempée... je l'embrasse encore, je lui parle tout près dans ses cheveux... je lui mordille l'oreille... elle pousse des petits cris sauvages... je pourrais la mordre encore plus fort. Elle se gênait pas Bigoudi... et devant tout le monde! en plein trafic... là y avait personne... je lui caresse son petit cou... il est si gracieux si sensible... du velours, du satin, à la pluie... j'aurais qu'à serrer... ma main gauche la forte! je l'étranglais couic!... une grive... je l'aurais là toute palpitante... je lui caresse je lui suce son petit bec... Ah! la vieille barbaque! j'y pense! Bigoudi goyau! saloperie! Je la mangerai toute moi sa cocotte! je l'apprendrai à rire! petite pelote de vices! je la boufferai! Elle en aura rien Bigoudi! Que je les ai vues à pleine bouche! en plein square... midi! c'est pas effrayant? qu'elles se rencontraient y a une minute!... cette sorcière quand même! j'en ai des visions saturnales... toute la flotte me calmera pas... Je la vois cette vampire! cette peinture! la goulue ventouse!... Qu'elle me l'aurait saignée cette fillette! elle était capable!... qu'elle me la tripotait une rage!... tout pour la galerie! Si le Matthew avait vu tout ça au cœur de la ville! que je donnais des tableaux vivants!... Quelle cueillette alors ma mère! Tout ce joli monde au dépôt! Je débandais pas quand même! Périls pas périls je m'en foutais! vraiment des visions diaboliques à plus penser à autre chose... des ardeurs à en hurler bien trop terribles pour mon état... fallait que je l'enlève, pas d'erreur... tortillé torturé d'amour. Pureté? la merde! Libidineux!... le culot voilà! J'avais honte et puis trop envie... je réfléchissais encore un peu... un retour de conscience... c'était peut-être tout qu'une méprise?... un vertige en somme... peut-être qu'elle s'était fait violer?... abuser par cette sale grosse garce? une intimidation affreuse? damnée morue farcie radure... Que fallait rien que j'exagère! que j'étais victime de la fièvre, que je me martelais pauvre malade?... En tout cas fallait pas que ça dure! allez hop! en l'air! à l'action! les grands moyens les grands remèdes! seulement faut pas divaguer... faut pas partir de travers... ah! faut réfléchir!... surtout maintenant responsable... Ça serait mieux une île je pense... mais une toute petite par exemple, bien défendue par des récifs, et puis alors ensoleillée, pas une usine à catarrhe, un marécage à cerveau comme leur pourriture d'Angleterre! ah! je le dis tout de suite... du soleil presque tous les jours, que je me guérisse de mes douleurs... plus d'hiver! rien que du printemps! et puis ça existe! les Tropiques voilà! Je lui crie qu'elle m'entende... elle m'entendait pas tellement la flotte tambourinait, et puis des fleurs qu'il y aura! des volubilis géants que notre guitoune en sera recouverte! et des kyrielles d'oiseaux-lyres et des colibris si menus qu'ils se battent avec les coccinelles... Elle se doutait pas... Je lui en apprends encore des choses... tout ce qui se passe aux climats rêvés... que c'est une féerie perpétuelle... des ravissements à plus finir... du bonbon pour tous... tout ce qu'elle adore y en aura... des papillons comme les deux mains, et si lumineux d'espèce qu'on a pas besoin de lampe la nuit... ils vous illuminent de lueurs douces... et puis des poissons qui volent... des phoques qui vous suivent comme des chiens... pour la rigolade, des nuées de petits nègres acrobates qui peuplent la forêt les branches, cabriolent piaillent dans les hauteurs... des espèces de gnomes et monstres... à propos nos hurleurs là-bas? ça me revient soudain... on les entend plus... le meeting sous la flotte? je vois plus le désossé. Ils ont pas la constance... nous on a tenu ferme... je l'ai bien réchauffée ma mignonne... on a attrapé toute la flotte!... mais quelle heure qu'il est?... où que j'ai la tête?...

« Vous avez pas faim Virginie? »

Mais elle meurt de faim et de froid! Je suis dingue moi, je divague! j'extravague! Mais il est l'heure nom de Dieu! au moins sept heures! huit! Debout chérie oiseau en route! Je me secoue, je me requinque sur mes jambes... je les sens plus de froid... elle reste figée là la môme, toute ratatinée sur le banc...

« Virginie, levez-vous ma mignonne... »

Elle me fait peur comme elle est pâle... elle fixe là-bas tout au loin de l'autre côté des pelouses...

« Vous avez attrapé la mort? que je demande comme ça... pauvre petite frimousse... Qu'est-ce que vous voyez Virginie? tout grand là hagarde... »

Y a rien sur les pelouses... que de la flotte encore... des flaques... des longues brumes qui rôdent... Je regarde moi aussi, je m'efforce... j'aperçois rien... rien du tout... ah! puis là si, y a un bonhomme... une forme qu'avance au bout de l'allée... il vient vers nous... comme un promeneur... il longe la pelouse... il traverse l'herbe... ah! c'est bien vrai, c'est quelqu'un... comme ça tout seul qu'il avance... les buées dansent autour... il se rapproche... figé... puis il remarque... des pas lents comme ça... somnambule... tout posément... encore un pas et puis un autre... je le vois plus... c'est une rafale de pluie qui voile... la flotte reprend qu'on voit plus rien... la petite reste là ébaubie...

« Virginie voyons! Virginie! »

Elle m'entend pas... ses yeux qu'agrandissent agrandissent... et puis « Aaah! aaah! » ce cri qu'elle pousse! dans les pommes *vlouf!* elle évanouit... une seconde... je la rattrape... je la remets assise... elle rouvre les yeux... l'homme est là debout devant nous... je l'avais pas vu... elle le regarde tout fixe... ça c'est quelque chose... un vertige... voilà c'est fini, elle papillote, elle sourit... c'est pas ordinaire... l'autre qu'est là... il a été vite... je le voyais là-bas dans les brumes... maintenant on est trois... je regarde l'homme... il a pas l'air embarrassé... je crois qu'il lui parle à la môme... je suis pas sûr, je bourdonne tout d'un coup, quelque chose qui me passe dans la tête... c'est moi qui flanche presque... d'où qu'il arrive ce saugrenu? il est tout aimable à présent... il parle en français puis anglais... je comprends pas très bien j'essaye pas... je reste hébété je me rends compte, j'ai pas eu peur mais un malaise... je peux pas dire comme effet, c'est

408

drôle... il parle drôle aussi, il chevrote... il reste là planté, il remue plus... la petite qui lui cause, elle est même bavarde je trouve... je comprends pas ce qu'ils se disent... je déconne tout seul abasourdi... je sais pas ce qui m'arrive. J'en marmonne... c'est un foutu client quand même!... qu'est-ce qu'il peut me vouloir?... ah! il m'interloque j'en reviens pas... que ça me tracasse de plus en plus... je voudrais le regarder j'ose pas... la petite au contraire elle s'anime... ils se disent des bêtises, je les écoute... elle arrête plus de rire à présent... ils s'entendent tout de suite à merveille... Bon Dieu qu'il est drôle! c'est pas ordinaire... c'est encore un culotté! comme ça de but en blanc copains... pas une minute de perdue!... ah! c'est effrayant, comme pour Bigoudi en somme... les squares les parcs c'est ma mort!... Je voudrais le voir ce phénomène... lui parler entre les quat' zyeux... Y a pas moyen j'ai pas la force... il me cloue positif... d'emblée là un malaise de plomb... dans la tête les membres... j'entends sa voix désagréable... une chèvre c'est ça, un fausset... un peu comme Sosthène... ah! faut que je le voye! je me force je le regarde... il est bien vilain c'est exact... elle trouve pas la petite certainement, la façon qu'elle lui sourit... elle le quitte presque pas des yeux... elle est fascinée ma parole! ah! je le dévisage... en réfléchissant il me dit quelque chose... je le reconnais... je le reconnais pas... je suis pas certain... il me donne un malaise... c'est lui... c'est pas lui!... il est là debout sous l'averse... il semble pas s'apercevoir, pourtant ça dégringole des trombes... et il est protégé par rien!... nous deux encore on a la bâche... ça déverse sur lui, il ruisselle... je lui regarde encore sa figure... ça pleut dessus dru qu'elle éclabousse...

« Alors? qu'il me demande, tu sais rien alors Ferdinand? »

À moi qu'il s'adresse... Comment qu'il connaît mon nom? Je bégaye, je peux pas lui répondre... d'où qu'il sort lui là? je réfléchis... d'où qu'il arrive ce funambule? avec la môme ça va bien... ils se moquent de moi tous les deux... voilà ce que je comprends... je bredouille je bafouille... c'est vrai tout de même, il m'émotionne... il me tend la main... je pourrais hurler, pas lui prendre... je me force quand même, je lui serre à fond, elle est dure... sa main, du métal... et puis froide... gelée... du fer... Il tremble pas lui il est ferme... je le regarde encore bien en face... et puis son costume sa démise ce polichinelle!... je fais exprès je le toise... il est tout en noir en haillons, effrangé de partout... sa main elle me gèle maintenant tout le bras... je tremble, je sens tout le côté du corps... c'est un drôle de jacques...

« Qu'est-ce que c'est? que j'y fais, qu'est-ce que c'est? »

Comme ça là subit... je peux pas m'empêcher... j'entends ma voix je la reconnais pas... je peux pas me retenir... c'est moche... ma voix sort tout drôle... elle a changé comme la sienne... toute blanche qu'elle est, tout en l'air... qu'est-ce que je fous avec cette voix-là? Je répète bas « Qu'est-ce que c'est? » je me force... ça me sèche dans le gosier, je m'étouffe... me voilà mimi!... la voix de bique!... ah! je bigle bien lui la loque... il reste là planté, il nasonne chevrote... je comprends pas ce qu'il dit... de tête qu'il parle... je le regarde sa tête... et puis tout l'individu, son veston, son gilet, ses franges... et puis sa culotte... c'est qu'une déchirure sa culotte... ça j'avais pas vu... tout le travers du ventre... son gilet recousu de fils blancs... comme ça en haillons... trempé des averses... mais il me fait ⟨pas⟩ peur! tout debout là comme ça moi aussi! je peux dire et tranquille... je lui fais face ce polichinelle! raide absolument comme lui... je souriais aussi j'imagine...

Il recommence encore ses questions.

« Alors Ferdinand? »

Il veut absolument que je cause. Il me retire sa main, il me la redonne... Il fait des manières... Il voudrait peut-être que je m'en aille?... que je lui laisse la petite? c'est la manie qu'ils ont tous...

« Non! non! non! » que je lui fais.... je peux dire que ça...

Il me retend la main.

« Mille-Pattes, qu'il annonce, Mille-Pattes! »

Il se présente... il s'incline!...

« Mille-Pattes n'est-ce pas? vous vous souvenez? Mille-Pattes? »

Il insiste.

« Alors t'es revenu? que je fais, t'es revenu? »

Je me dégonfle pas... je me tiens... je lui fais face... tout de même je bégaye... « T'es! t'es! t'es! » je peux plus m'arrêter... ça le fait rire il grince...

« Tu vois... tu vois... » qu'il me répond...

Je m'en doutais là tout à l'heure... c'est la berlue je m'étais dit.

« Virginie?... Virginie? » Il me la montre du doigt... Comment qu'il peut la connaître?... il l'a jamais rencontrée... ça l'étonne pas elle la môme!... pas interloquée du tout... ils se causent, ils se comprennent il me semble... je les regarde tous les deux... je regarde l'herbe, le sable, les flaques... je disparaîtrais si je pouvais... je me cherche une contenance... y a personne dans le parc tout autour... ah! ça c'est un comble... c'est pour moi!... c'est du phénomène! J'ai beau le regarder c'est exact... son veston ses loques arrachées... ce dépenaillage sa gueule... il est passé sous la rame!... ah! j'en mène pas large!...

« T'es revenu? que je grince, t'es revenu? »

J'ai la voix comme lui... je palpite je peux le dire... moi qu'ai déjà le cœur patraque, maintenant c'est du galop, la charge... maintenant je palpite de partout... *tac! tac! tac! tac!* le cul qui me bat, l'oigne, j'en crierais... ah! ça me paralyse la gorge... j'en étouffe là, un étau... je vais pas lui poser des questions! j'essaye d'avoir l'air de rien, je me contracte sur ma peur, je me force... d'abord on devait s'en aller avant qu'il arrive... c'était entendu... la petite avait froid... on devait chercher un restaurant... ah! faut que je lui dise, que je le secoue... moi aussi je suis secoué flûte alors! maintenant c'est une complication là ce funambule... Ça serait un soulagement qu'on bouge, qu'on sorte de cette étendue, de cette brume, cette flotte... « Polichinelle, que je vais lui dire, tu manges pas des fois?... » Ça il serait embarrassé! peut-être qu'il mange plus comme les autres? le genre funambule qu'il a pris? c'est pas ordinaire... Attends que je l'assoye l'arsouille!

« Tu! tu! tu! » je glousse d'abord... j'ergote... ma voix se prend en haut, rien sort... ils sont forcés de rire... ils profitent... je suis impressionnable, je suis pas bien... c'est Virginie qui rompt la gêne.

« *Shall we go to lunch?* » elle propose.

Elle grelotte aussi mais pas de peur, pas d'effroi c'est sûr, tout de suite il lui a plu Mille-Pattes, tout de suite familière copine... c'est le même tabac qu'avec Bigoudi... il suffit que ça soye de l'étrange, ça y est là voilà charmée...

elle raffole, elle tient plus en place, elle me regarde même plus...

« Allons-y alors! allons-y! »

Je me retrouve un filet de voix, je me force... ils m'imitent ils se moquent...

« Allons-y, qu'ils font éraillés, allons-y! »

Ils chevrotent comme moi à présent... au moment même *Broum! Braoum!* les six heures sonnent à Big Ben... ça bourlingue à travers la brume, faut entendre la répercussion... cet écho! l'air branle... c'est plus le déjeuner bon Dieu! Il est bien plus tard!... on en a perdu des heures... Ah! le Mille-Pattes ça le frappe en plein chaque coup de *broum!* il vogue chancelle... l'écho on dirait lui fait mal, l'embarde le secoue tout entier, toute sa carcasse d'épouvantail... comme s'il allait tomber chaque *braoum*... ah! mais maintenant y a de quoi rire... je suis plus seul de rigolo... il est marrant aussi sa gueule! la grimace qu'il fait! chaque *braoum* il ballotte comme ivre... ça finit plus c'est le carillon!... il en ferme les yeux de malaise... ah! il est joli!... la môme elle s'amuse petite folle... ah! nous on se distrait... les espiègles! ça galope dans le brouillard les coups, c'est loin, c'est la Tour, ça l'attrape en plein, ça le bascule... il se raccroche il se requinque tout droit, il grince il ricane... c'est un jeu... il veut prendre ça en plaisanterie... Ah! j'en ai assez de ce gugusse!... un coup j'en ai plein les nerfs... une impulsion, je l'attaque là net, je peux pas me retenir...

« Alors c'est toi? » que j'y fais... je vais y montrer la manière! ma main j'y touche... j'en dis pas plus... je reste con... je suis figé là net... ah! ce vide... comme aspiré moi... je suis forcé de m'asseoir, je suis tout vague... je me rassois... je le regarde plus... que je me suis encore fait mal!... bien au-dessus de mes forces... beaucoup trop... il peut ricaner le sale fantoche! c'est comme celui à Delphine, celui du soir aux cigarettes que Claben était si malade, qui l'avait enjôlée et tout... j'étais affranchi un petit peu!... qu'était tombé dessus du chemin de fer... qui y avait tenu des propos. Ah! moi il aurait du tabac, il pourrait causer! il me ferait pas l'amour pompes funèbres! ça j'y défendais joliment! j'étais en quart moi des succubes!

Tout de même ça m'avait éreinté rien que mon geste là... j'aurais perdu connaissance... ah! c'était un méchant crabe, redoutable et tout... elle trouvait pas Virginie... émoustillant qu'elle le trouvait, cocasse agréable en personne... ils se faisaient des niques... c'était fini le carillon... il tenait debout tout seul, il oscillait plus... elle y tenait à son déjeuner.

« *Chop! chop! chop!* » qu'elle nous rappelait... une fringale... « À table gentlemen! en avant! »

Tout l'amusait à ravir... la flotte, la terrible averse, et le lustucru donc! quel copain! et moi avec mes mines confites! tout qui la faisait rire aux éclats, surtout moi peut-être avec mes mines... qu'elle nous éclaboussait plein de boue dans les flaques... là hop! en plein dedans!

« Dîner! Dîner! c'est servi! »

En avant puisqu'ils y tenaient! je voulais pas rester en arrière... mais quel restaurant d'abord? où qu'on allait le mener chevrote? elle l'avait pas regardé peut-être? elle se rendait pas compte?... Il me coupait la chique moi toujours... quel effet qu'il ferait en public? j'aurais peut-être eu faim sans lui... mais là avec cette odeur... Je suis sûr qu'il avait une odeur. Je les laisse passer un peu devant moi... elle gambadait dans l'allée, elle faisait voir ses cuisses, elle lui faisait du gringue ma parole! elle te l'aguichait! Lui du coup il est pas en reste... il biche il bavache! du boniment!

« Petite miss! petite corolle! » qu'il l'appelle... il chevrote comme ça... « Vous êtes notre rose sous la pluie... vous avez toutes les fraîcheurs! laissez-nous le froid! le givre! hi! hi! hi! »

Là-dessus il grince crisse affreux... tous ses os ensemble...

« Le froid je le garde tout pour moi! » voilà ce qu'il déclare... « Le froid! le givre! hi! hi! hi! »

Il exulte gambade... la môme arrête pas de sautiller, de danser autour... qu'elle est agaçante! et qu'elle se fait conter fleurette par ce mal pourri!... je le renifle moi, je le renifle!... elle l'adore son déterré! elle en a raffolé tout de suite comme de l'autre vieille truie l'autre jour... c'est la même histoire, suffit que ça soye blet elle gode... je lui en foutrai moi de la garbure! je l'entends bien, j'arrive derrière... il clinque de partout le fier galant... il fait autant de bruit de ses os que moi de tout mon attirail, tout ce que je trimballe dans ma bâche... *Cling! gue! ti! cling!* toute sa carcasse chaque soubresaut... et puis une odeur c'est sûr... je me rapproche encore, je le regarde de profil... c'est lui c'est pas lui... c'est bien sa figure à Mille-Pattes... mais j'en jurerais pas... mais alors une lueur sous la peau... c'est bien ça, une lueur... surtout quand on passe sous les arbres... dans l'ombre il jette une sorte de reflet, il illumine comme jaunâtre... c'est pas ordinaire... de toute sa tête, ses mains aussi... elle remarque pas ça la môme?... ça sort de lui... de sous sa peau... il est ver luisant par la tronche... là je fais pas d'erreur, je suis sûr, je vais pas lui demander... il me répondrait que des sottises, il serait arrogant... c'est commode, il me mortifierait, il voudrait me faire rentrer sous terre... je pense avant de causer... *cling! gue! ting! cling!* arrogant et tout... je lui file le train ça suffit, il me dirait que c'est tout de suite de ma faute ses trous son odeur ses loques... que je l'ai ballotté sous la rame... qu'il est mort de sa blessure écharpé à vif... qu'il parle comme une bique à présent... que j'avais qu'à pas le projeter... qu'il a très froid, que c'est de ma faute... que tout est de ma faute... qu'il finira plus de chevroter, de lancer plein ⟨de⟩ lueur autour de lui... ah! plus j'y pense plus je me fascine... je me sens attiré par son charme... je suis comme la môme après tout... je le renifle, je l'écoute... *cling! gue! ting! cling!* je suis le clebs à la piste... je le regarde encore, j'écoute son bruit d'os... je rame à la traîne avec ma charge, je peine, mon cargo ma brocaille... je boite... ça fait rien je colle! ils s'occupent plus de moi tous les deux... il va la peloter tout à l'heure... ils sont déjà bras dessus bras dessous... on va comme ça vers la grille... ah! c'est lui y a pas d'erreur... c'est tout à fait lui bien exact... ah! ça me palpite de le reconnaître, c'est pas qu'une farce, qu'un cauchemar... ah! je les lâcherai pas quand même... j'en ai un gros poids dans ma bâche, j'en trimbale du réassortiment, je fais pas autant de bruit que cézigue! Je pourrais me plaindre moi, je souffre affreux, moi aussi j'ai des os malades... Je la sens ma jambe mon bras tout... je boite je tangue roule... mais je ferai jamais autant de bruit que lui... ça m'entête son bruit, ça m'entête... mais je jette pas de lueurs... Ils conversent en trottinant, ils badinent, ils flirtent, j'entends ça... ils me distancent un peu, je les rejoins... encore un effort... je me fourre entre eux deux exprès... le culot pour tous! je veux qu'elle me donne le bras moi aussi... je veux qu'elle me soutienne plus que lui...

je pèse dessus exprès... j'éprouve comme un flou là, je titube... tout mon sanfrusquin dégringole... en plein sur les pieds! holà! quelle grimace! faut qu'il me rehisse... je suis tout contre lui, je le hume... il fouette, pas d'histoire! il décompose à relents âcres... joli cœur s'il cogne dans ses loques! je fais la remarque tout haut! « Tu pues! » La môme elle s'aperçoit pas? Je veux qu'elle le renifle, qu'elle se rende compte!... il se laisse renifler complaisant... je veux qu'il la dégoûte... il bouge pas, il reste pile qu'on le renifle à souhait... elle a le nez bouché pas possible! elle sent rien du tout!

« Il pue! il pue! » que j'affirme, je le crie très fort, je le braille au ciel. Je veux que ça fasse scandale! j'en ai marre! mais y a personne autour de nous, c'est absolument désert... y a que nous trois là sous la flotte et puis les pelouses et puis les brumes... j'ai beau l'injurier, il rigole... enfin son genre, son grinçage... ils se moquent de moi tous les deux... c'est pas un pistolet normal, merde j'invente rien!... d'où qu'il arrive? qu'est-ce qu'il fabrique? je me gratte plus, je lui demande... en face là hop! je l'interpelle... y a qu'à le regarder! je lui pose la question... Elle se rend pas compte alors la môme?... elle voit pas le bonhomme! le phénomène le genre que c'est? C'est eux qu'ils s'esclaffent, qui s'amusent! ils me trouvent impayable, trop cocasse! c'est commode ainsi! c'est commode! ils rient comme des canes... j'en tirerai rien bien sûr... ils gloussent!... je me bouleverse je m'assassine pour rien!...

« Allez hop! en route les charognes! »

Voilà ce que je conclus! ils m'écœurent bien autant l'un que l'autre! je les suis abruti, je rouscaille plus là flûte! Tout de même juste devant Bishop Gate, la grille, je suis repris encore par un mouvement, une bouffée de colère... juste à la sortie.

« Dis donc Mille-Pattes, dis donc affreux! »

Je l'accroche comme ça, je me jette devant...

« Faut que ça finisse! Débine-toi! »

Je veux qu'il barre, qu'il nous laisse tranquilles... Il me répond pas, il me regarde, il me pose seulement la main sur le bras, sa main, son genre, des petits bouts d'os... ça y est *flof!* j'existe plus. Je suis comme vidé net... je bégaye. Ah! comme c'est drôle, comme c'est hilare! toujours moi la tronche!... s'ils l'ont à la joie tous les deux... je les foutrai en l'air moi! en l'air! et le barda avec! la camelote! je lui rapporterai rien au daron! il l'aura dans l'oigne! ça sera encore un vol de plus! où qu'ils mènent d'abord ces frivoles? c'est eux qui conduisent à présent... j'ai pas envie de bouffer du tout! j'ai pas d'appétit! ils ont qu'à se manger puisqu'ils se veulent! cette petite pétasse ce chlingueur! allez *vloutt!* ensemble! tout de suite! qu'ils se baisent nom de Dieu! ils ont qu'à se marier bordel sang! ils sont assortis! je suis grossier à force! j'éclate!

« Épousez-vous, que je leur hurle! allez vous faire pendre! »

Je veux faire un éclat effroyable! Je veux ameuter la populace... c'est pas des demi-mots moi que je cause! je veux exposer ça au public! je leur hurle par-derrière... de loin... ils vont vite, ils me sèment à présent... je veux qu'ils se marient ensemble tout de suite! puis je veux les faire pendre!

« Pendre que j'ai dit! pendre nom de foutre! ça c'est quelque chose! pendre! tu m'entends mal pourri?... »

Ça ça va attrouper quand même!... c'est un mot superbe je trouve « pendre »! Ah! il m'a entendu, il (se) retourne!

« Pendre! Pendre! que je lui hurle... T'entends : pendre! »

Ça doit pas lui plaire... il revient sur ses pas... je l'attends là de pied ferme... on est juste devant une boutique... les gens se rassemblent... ils font la gueule... ils doivent se dire : c'est des escarpes, c'est une altercation de milieu... Je vois qu'on est pas sympathiques...

« Pendre! que je leur crie. Pendre! biglouseurs! »

Ils ouvrent grand la bouche... Ils me comprennent pas, c'est des Anglais... Mille-Pattes leur chevrote un petit peu, il leur cause, il les rassure, il leur montre ma tête, que j'ai mal, que c'est le grelot qui digdonne... que y a pas de danger aucun... que c'est pas méchant...

« Pendre! et pendre! je vous pendrai tous! » que je rehurle...

C'est bien mon tour de rigoler... il me prend par le bras, il m'emmène... il veut pas d'histoire... je rehisse ma besace mon fourbi, nous revoilà en route... entre lui et la gamine !... ha ! je suis arrivé ! Je marche entre les deux, je cahote, je les force à aller tout doucement... Ah ! c'est pas ceux-là qui me font peur !... ça je suis certain !... c'est le Matthew ! y a que lui qui me fait peur ! c'est lui ⟨qui⟩ me fera pendre... je leur dis entre nous, je leur raconte... je redoute rien moi du Mille-Pattes, pauvre merdeux macchab bric broc ! Revenant des odeurs ! ah ! salut ! je le traite plus bas que terre... il crinquebale, il grince, il me jette ses fausses lueurs ! je me marre ! C'est le Matthew moi que je redoute ! c'est lui le pire chacal du système ! il les aura tous ! ça sera pas long comme je le connais... il a l'œil la dent le carnage... il te les boulottera du petit-beurre ! il sera pire que la cour martiale, il sera plus infect que la guerre, plus rapace acharné canaille que toute la ménagerie aux armes ! Y a pas besoin qu'ils s'engagent ! Il fera tout le boulot ! Il le récurera bien lui le milieu ! râleur carne vorace ! ah ! je m'ignaulais pas... je l'avais dur le pressentiment... on en retrouvera pas lerche sur le Strand !... c'est leur oignon merde après tout ! Ils narguent la bête ! C'est pas le chlingueur qu'arrangera ça ! Ah ! je lui fais entendre... Il m'écoute là tout en marchant... Ils verraient ce que c'est qu'un vrai flic ! malintentionné anglais fourbe, un champion du Yard... et un roussin qui me connaît pas ! il me connaît pas au fond le Matthew ! je leur raconte aux deux là, je m'épanche... faut pas qu'ils me sèment, qu'ils se sauvent encore !... faut qu'ils écoutent tout !... c'est tout un malentendu, je leur dis bien, je m'explique... je le surprends Matthew, je l'horripile !... je le porte à la colère furieuse, au rouge... il s'explique pas mon attitude, mes façons malades, il me trouve aux chichis, je l'agace... il m'attend numéro un, il m'expédiera aux galères, au balai, à n'importe quoi pour que je débarrasse, il m'échafauderait lui-même pour que ça finisse, il m'a trop en grippe. Voilà où que je suis parvenu en toute loyauté, terme d'efforts !... je l'énerve d'existence... c'est un funeste malentendu, faudrait qu'il connaisse mes parents, la loyauté même, la probité que ça peut être, le travail du bœuf... Il se rendrait compte de ma nature, la manière que j'ai été élevé !... Je le vois là-bas qu'il se rend compte... les belles façons du Passage... la boutique verte de mes parents... là il en roterait le pauvre peigne-cul ! c'est pas des clients comme les siens !... les clientes surtout !

c'est que des baronnes du plus haut monde! des raffinées des hauts parages! cette distinction, le charme et tout! et les parfums et les voilettes et les batistes les chantilly!... il se prendrait là-dedans le pauvre ours! ça le changerait un peu de sa racaille! Je le vois, j'imagine, je marre! je peux pas m'empêcher!... je le vois pris dans les dentelles! c'est une crise de rire c'est nerveux! ah! il serait drôle dans la batiste! sale argousin con je le vois! c'est là qu'il ferait bien rire le monde! Ah! je m'assois, je peux plus, c'est trop fort... je me fais marcher trop la tête... je m'étourdis encore un coup... Là, voilà, je me repose... Je m'assois sur ma grosse besace là en plein trottoir... l'autre ça le gêne, il se baisse, il grince, il me demande ce que j'ai.

« T'as l'air fatigué dis donc! Tu veux pas prendre le métro? »

Métro? Métro? ah! je fais qu'un bond... ah! lui ça encore! métro?... ce fiel qu'il a!

« Tante! assassin! je l'appelle, assassin! » et que je le braille! que je le crie! je veux que les gens se jettent dessus, l'emmènent! Ils y touchent pas, ils restent autour. C'est moi qu'on trouve extraordinaire, ils me tapotent la tête les joues... lui il garde son sourire, il me nargue, tout un rictus de ses mâchoires comme ça l'une dans l'autre... il se fout de moi là en plein public... une grimace à lui... et puis alors il me prend la main, il me la serre ferme, c'est implacable, je me lève gentiment, je le suis, il me sort comme ça doucement de la foule, je fais des pas comme lui tout d'une pièce... la môme sautille nous précède... les gens marchent un petit peu derrière... ça fait une sorte de procession... on passe une rue et puis une autre... je vois où il va!... le restaurant... le *Corridor* ça s'appelle... c'est plein de bobèches, de girandoles, c'est un endroit de luxe... j'aurais jamais osé entrer... il veut me bluffer à son tour... ⟨il⟩ a lu dans mon cerveau... l'extralucide pourriture!...

« Entrons! » qu'il fait, il se rengorge, il rentre là-dedans c'est un seigneur... j'en mène pas large... Ah! rien le démontera lui cocotte! les garçons s'empressent... le maître d'hôtel s'incline bien bas... ils attendent les ordres... ceux qu'en bavent c'est les gens dehors, ils nous voyaient pas si chics... ils s'écrasent s'agglutent aux carreaux, ils voyent notre prestige... on est pas longs d'être installés... les cous-

418

sins les fauteuils et tout, on se case dans les peluches... je crois qu'on a bien la meilleure table... des fleurs, des roses à profusion, un surtout superbe... ils nous attendaient?... mais y a pas que les fleurs qu'embaument, tout de suite assis je renifle extrême... ça vient d'en dessous!... je savais qu'il me couperait l'appétit!... c'est une odeur fade et grasse moite... je demanderais bien qu'ils ouvrent la fenêtre... ça va être terrible renfermé... ça sent comme la cire et autre chose... ça le gêne pas lui évidemment... mais la môme non plus pas du tout... je vais pas recommencer mes bouderies... c'est l'odeur de cire et voilà... la petite môme tout de même elle cherche, elle agite un peu des narines... elle fait petit lapin... elle renifle tout autour... c'est pas les personnes à côté... c'est pas ça du tout! c'est une odeur très spéciale, c'est un relent moi je le connais... Il nous voit qu'on renifle... ça le met en humeur ravissante... il me lance des clins d'œil de complice... ah! c'est le phénomène!... je suis dans l'appétit je peux le dire... je regarde là la carte, tout me remonte!... je renifle encore, c'est bien ignoble, ça se condense là-dessous, il doit remuer des choses sous la nappe, des débris de son corps... enfin je comprends plus... toujours c'est lui son infection! j'en suis persuadé... ah! je vais le prévenir zut qu'il sorte! je me bouche les narines à deux doigts... devant lui là bien, qu'il comprenne... c'est pas très discret... on est vis-à-vis!...

« Non! Non! Non! Non! qu'il proteste, non! non! »

Ah! ça c'est trop fort! je vais lui parler à l'oreille... je me penche par-dessus la table, tout dessus je le vois bien... là plein dans l'oreille... tout vert que c'est dans son cou, et puis arraché des bouts de chair... et puis une sorte d'humeur qui coule... et puis des bouts de peau rose et jaune... ah! si c'est immonde!...

« Charogne! que je lui chuchote, charogne! » Je peux pas m'empêcher... comme ça dans le tuyau...

« Mais oui! mais oui! »

Il se dérange pas, le voilà à rire de plus belle! il me trouve loustic au possible... il crisse c'est son rire... ses mâchoires crispent râpent... entrechoquent... une vieille pendule dans sa bouche... c'est sa rigolade... il est d'accord, il jubile!... il fait son gras bruit d'os exprès... il cherche ⟨plus⟩ à se dissimuler, il est macchab et puis voilà! je me replie bien vite à ma place... vite faut qu'on parle d'autre chose!... je vais commander... lui il commande! il chevrote à la cantonade... faut que tout le monde l'écoute... il y tient... c'est sa façon la joie publique... je l'ai mis en transe avec ma remarque... il exulte littéralement... il demande qu'on rapproche les hors-d'œuvre, le gros guéridon plein de victuailles... une variété à pas croire... du caviar aux olives en sauce, des harengs farcis mayonnaise et l'ananas à la tomate... il me regarde bien, il me dévisage... je vais pas dégueuler? je me retiens, je lutte, je le regarde par-dessus les olives, je le regarde bien ses grands trous d'orbites, je le toise il me toise... il se passe des lueurs au fond des yeux... c'est une sorte de phosphorescence... et puis un petit scintillement, et puis ça s'arrête... il est complet il est inouï... il est comme l'Achille Norbert, celui qu'ils vont mettre à la foire... je veux dire le Nelson et la Pépé! pas celui-là! l'autre lustucru! ah! faut pas que je les confonde tous! ils se tournebourent à force, ils se battent dans ma tête! faut pas que je me brouille! je le dévisage encore un coup par-dessus les raviers... il me fera pas peur, je baisse pas les yeux... c'est lui? et puis alors? puis après? et merde j'en ai marre! je me rassois je cause plus... qu'est-ce que j'étais lui dire massacre? lui faire des excuses peut-être? ah! là bordel non! je le refoutrai plutôt sous le métro! incarné assassin que je suis! qu'on me le récrabouille et voilà! Et puis faut qu'il sache et tout de suite! faut qu'il se rende bien compte! qu'il aille pas croire que je me gratte! pas plus que lui chienlit fumier! Allez! hop! je l'engueule! Tout à l'heure, non... tout à l'heure!... faut mieux que j'attende un petit peu... il profite, il empuantit tout... pépite les prunelles...

« Ver luisant! que j'y dis, ver luisant!... »

Il me montre le caviar...

« T'en veux pas? »

Comme si rien n'était... la môme elle comprend rien du tout... elle a seulement de l'appétit, elle goûte à ceci à cela... elle se lèche les babines... enfant absolument enfant... il lui recommande les crevettes... ils se les disputent presque... ah! quel manège!... il fait le fin, l'étourdi, ne sait plus! il regarde la carte à l'envers... c'est encore une crise de rire... Je vais lui couper ça...

« Vous êtes étrange hein vous Mille-Pattes! »

Comme ça je l'interpelle sérieux dur... je veux l'interloquer saligaud!... Plus de tuyautage!... Je bande mes énergies...

« Ah! qu'il me répond... il roudoudoute... vous trouvez? vous trouvez jeune homme! »

Il prend ça pour un compliment... qu'il est en beauté ce soir... et puis il enchaîne, il passe la commande, ravi! il chevrote très haut exprès! que toutes les tables autour l'écoutent... moi je le renifle, je le renifle, j'arrête pas... son odeur là-dessous si ça cogne!... c'est à tomber raide.

« Mille-Pattes! Mille-Pattes! »

Je fais un effort... je voudrais qu'il se rende compte le charnier... ah! bast! il a la tête ailleurs, il pérore à la cantonade, je vais pas lui couper son effet... c'est au cinéma qu'il en a... aux films à la mode... il parle avec autorité... attire les regards l'attention... il nous fait remarquer c'est terrible... ils restent tous la fourchette en l'air... il va interrompre le service tellement il s'exalte gesticule... et puis il brille du fond des yeux... c'est impressionnant... Il termine ainsi sa tirade sur les acteurs à la mode...

« C'est tous des fantômes! hi! hi! hi! c'est tous des fantômes!... »

Il trouve ça de l'esprit au possible, il veut qu'on rigole des hi! hi! hi! les gens il les esbroufe quand même... ils le trouvent un fameux excentrique... ils en demeurent tout ouïe... ils avalent plus... lui si ça le grise ce succès! il biche il s'anime Phénomène! C'est terrible ses bruits la chevrote, toute sa carcasse qui clinque trémousse... et cette odeur dans le restaurant!... y a plus de limites à sa jactance... il est renseigné comme personne. Il en raconte, il en connaît! il abasourdit l'auditoire... les anecdotes les plus salées... comme il est indiscret cochon! sur toutes les stars les plus fameuses... en anglais en français qu'il cause... l'international!... et sur Max Linder... Pearl White! sur Judex! sur Suzanne Grandais : il sait intriguer son public... et sur les grands théâtres donc! les comédiens les fins diseurs... sur Basil Hallane, sur Ethel... surtout Basil qui l'enthousiasme! le favori du *Strand Review*... Basil le charmant zozoteur... tous ses refrains il les envoie... il les chevrote faut l'entendre... il les zozote même...

It's Gilbert the filbert!
The Prince's of the nuts!

C'est l'imitation parfaite... faut que tout le monde reprenne! il leur bat la mesure au couteau... et puis il passe à Ethel, sa voix comme un homme... là il est marrant, il se force... Ethel Levy, l'opérette...

> *Watch your step! watch your step!*
> *She is an adventure!...*

Ils reprennent aux tables, ils marmonnent... Flûte! ça l'horripile! chutt! assez! faut qu'ils s'arrêtent tous... Silence! Il a quelque chose d'important... il veut me parler confidentiel... non, tous les deux Virginie!... il faut qu'on se rapproche de sa bouche... ça c'est dégueulasse encore... il veut nous parler tout contre.

« Écoute, qu'il me fait. Écoute-moi bien! Gloria Day n'est-ce pas? Gloria Day? Non! non! pas elle! » il se ravise... « Non c'est pas elle! elle du tout! pas elle nom de Dieu! »

Quelle méprise! Il se tape sur le crâne *toc! toc! toc!* avec son manche de couteau, comme moi sur la barre de lit... Elle sonne creux sa tête... ça le remet en train ces choses... les révélations dans l'éloquence...

« Gaby Deslys! messieurs-mesdames! Gaby Deslys! voilà la femme!... »

Il s'adresse à tout le restaurant.

« Écoutez-moi bien! je vous annonce qu'elle est morte! la danseuse d'Harry Pilcer! chère petite âme ravissante... elle est passée ce matin même... hi! hi! hi! vous m'entendez tous? je l'ai vu passer... »

Les gens ils se regardent perplexes... ils savent pas ce que ça vient faire avec les hors-d'œuvre...

« Mais si! mais si! » qu'il insiste... il s'esclaffe, il est tout ravi. « N'est-ce pas Ferdinand? des fantômes! rien que des fantômes Ferdinand! »

Il m'interpelle en plein public, il me prend à témoin... je suis son compère... je peux pas le rebuter il se vexerait... il ferait une rage, ça serait infect... il a le rire macabre voilà tout... C'était quelqu'un Gaby Deslys... Ils en revenaient pas de la nouvelle.

« Fantômes! Fantômes! » Il remettait ça, il était content de les secouer, qu'ils sachent plus ni quoi ni quès...

« N'est-ce pas Ferdinand? n'est-ce pas? rien que des fantômes! »

Ah! j'allais pas le contredire!

« Certainement Mille-Pattes! certainement! vous avez bigrement raison! »

Je voulais changer un peu le disque.

« La soupe! que je réclame. La soupe! »

C'était du courage... comme si j'avais faim!

« Ah! mais au fait, mais oui! »

Sacré étourdi! Il se rappelle... Il se cogne encore très fort le crâne, ça le change net d'idées.

« Garçon! *Oberst! Waiter!* Loufiat! *Kellner schnell! schnell!* »

Il les appelle dans toutes les langues. il les veut tous à la fois... qu'il est farceur! qu'il est jeune!

« Servez-nous d'abord un poulet! un beau poulet à la crème! Surtout n'oubliez pas la crème! »

Il me file un coup d'œil de malice.

« Ah! c'est merveilleux la crème! vous verrez mes petits amis! vous vous en lècherez les babines! Vous avez encore faim mignonne? et vous lustucru?

— Comme ci... comme ça... que je réponds.

— Alors du crabe? du caviar? des quenelles peut-être? »

Il propose de tout...

Il veut m'avoir à l'écœurement, il se connaît avec ses odeurs... Il recommence à bien m'énerver.

« Vous êtes bien riche monsieur Mille-Pattes? que je lui remarque tout haut.

— Oh riche... riche?... c'est une façon de dire! ça va ça vient voilà tout... je fais circuler les espèces!... j'hérite je dépense... j'hérite tous les jours n'est-ce pas? vous me comprenez? »

Jamais il se déconcertera. Il me donne des détails... comme ça sans façon...

« Il m'en arrive chaque minute vous me comprenez? des petits trésors par-ci par-là... hi! hi! hi! de tout un peu! en fin de compte ça fait des sommes! Ça n'arrête jamais! j'ai de quoi! »

Que c'était donc drôle! Il en pouffait d'y penser... la façon que ça lui parvenait... que ça n'en finissait pas... la petite elle comprenait rien, elle riait voilà avec lui... elle devait se croire à Polichinelle... le marrant à se tordre!... l'innocente! Il répétait qu'il comprenait tout...

« Ça vient... ça vient! » il trémousse exalte! « C'est du compte courant! hi! hi! toujours ouvert messieurs-mesdames! Corner House! toujours ouvert! de jour et de nuit. »

Quel loustic quand même! il est impayable! « de jour et de nuit » il répète, il a trouvé ça... comme le grand *Lyon's* Leicester! Sacré polisson quand même! Qui c'est qui l'a laissé sortir?... Il jette des lueurs tout autour de sa tête, ça vient de ses vêtements... ça lui scintille au fond des yeux, c'est sa façon mystifique. Ils feront pas mieux avec Achille! Ça me saisit là en le voyant... la momie pancarte... même avec des ampoules et tout... ils auront beau reconstituer... ça sera pas plus extraordinaire... ils auraient dû prendre celui-là... je leur en aurais fait bien cadeau... Les gens autour quand même ils hument, ils commencent à s'inquiéter. Ils me regardent, j'en mène pas large... ils se demandent d'où ça peut bien venir ce relent vaseux... ils prennent leurs assiettes à deux mains, ils reniflent leurs beefsteacks de près... ah! ils sont marrants tout d'un coup... je suis pris de fou rire, j'arrête plus... on est trois maintenant joyeux drilles... tous ces gens qui reniflent tant et plus... Il s'en fait pas lui funambule. « C'est du compte courant! » qu'il glapit, il trouve ça très fort... La môme ça l'intrigue tout de même.

« *Isn't he funny? dont you think?* N'est-ce pas qu'il est drôle?

— À mourir! » que je lui réponds.

Ça le fait repartir aux éclats. Mais il est vexé que je résiste, que je dégueule pas dans mon assiette. Y a que Virginie qui sent rien, elle perçoit pas l'odeur immonde... c'est extraordinaire... elle est ravie voilà tout... elle adore le restaurant, toutes ces personnes... la musique... c'est une escapade! et l'oncle qui nous attend là-bas!... la fête bat son plein... Son petit nez retroussé frémit, je vois qu'elle va poser une question... la curiosité des petites chattes.

« Vous le connaissez depuis longtemps? »

Comme ça qu'elle demande à Mille-Pattes... effrontée je trouve... de moi qu'il s'agit...

« Depuis toujours chère petite! *Nobody knows him better!* Personne le connaît mieux que moi! »

Et s'il gode là-dessus! Quelle aubaine!

« Hein si on se connaît tous les deux! Vous pouvez pas croire mademoiselle! Demandez-lui voir un petit peu... Il a des colères par exemple! C'est du feu, de la braise, soupe au lait! Hein que je te connais amadou! »

Là-dessus encore des rictus à se rebroyer tous les crocs... des castagnettes plein sa tête... et puis des bouffées par en dessous, du charnier pourri, à tourner un bataillon de l'œil... les autres autour ils reniflent encore, ils s'entêtent sur leurs beefsteacks, ils se rendent compte de rien...

Il veut de l'ovation positif! ce qu'il est cabot ce funambule!

« Je connais des plaisanteries fillette comme vous en voyez pas souvent! je peux le dire sans me flatter! sur les tréteaux les plus comiques! je sais ce que je cause! sur les foires les plus hilarantes! »

Il me cligne de l'œil entendu... Il a vu que je pensais à Achille... il a vu ça sur ma figure... ah! je veux pas qu'on perce mes desseins!...

« Oui! qu'il insiste, sans me flatter! des attractions pas ordinaires! je les ai apprises en d'autres temps! »

Là-dessus il pousse un de ces soupirs, une tristesse à fendre, un énorme sanglot par son nez... comme un gros rot, le bruit que ça fait... et quelle puanteur! c'est atroce... je me rattrape juste, j'allais aux pommes... il m'a eu ce coup-ci! cochon!...

« Dans un autre monde! » qu'il répète... il reste tout rêveur... une mélancolie... il clignote...

« En Amérique? » qu'elle fait la môme... l'Amérique ça lui dit tout de suite.

« Non, non, mademoiselle... à Paris...

— Paris! Paris! » elle tortille... elle veut bien aussi de Paris... d'abord elle veut aller partout... et puis là subit elle s'attriste... elle se met à marmonner... elle connaît Paris il me semble... elle y a été avec son oncle... elle parle maintenant comme dans un songe... c'est pas ordinaire!... elle prend aussi l'air nostalgique... ah! d'où que ça sort?... elle imite Mille-Pattes! « Souvent, souvent à Paris... » elle marmonne comme ça... une tristesse... « avec ma tante, mon oncle, tout... chère petite tante, cher petit oncle!... robes chapeaux dentelles... tout pour ma tante... *dresses! dresses!*

425

moi aussi vous savez! *dresses!* » Déjà des souvenirs de coquette!... elle est toute triste et puis toute gaie... d'une seconde à l'autre... et puis elle sanglote...

« *You didn't know my auntie?* » Si j'ai connue sa tante? comme ça toute naïve toute chagrine, comme si tout le monde se connaissait... Voilà encore son ouvrage à ce macchab crotte! Il me la navre positivement.

Encore plus marle qu'il veut être!

« Je connais tout le monde mademoiselle!

— Tout le monde? et ta mère macchab? »

Comme ça pile je le cloue...

« T'as pas vu mes tripes alors des fois? »

Comme ça qu'il me réplique en colère... Je vois le geste, il trifouille ses guenilles... Il va me sortir sa camelote. Je suis pris d'un haut-le-cœur, je suis vaincu... je ravale ma chique... mais je l'ai vexé, il reluit plus, il grince plus ni rien du tout, il reste terne comme ça sur sa chaise... buté mauvais ours... il envoie plus ses lueurs il boude... la damnée gamine elle y revient... elle veut absolument savoir...

« Mais elle est morte monsieur ma tante... elle était si gentille... gentille... »

En voilà une conversation...

Je lui fais du genou, elle me comprend pas.

« Elle est morte vous savez monsieur... »

Elle répète ça. Du coup il se retourne d'une seule pièce.

« Personne ne l'a tuée votre tante? *Nobody killed her?* »

Ça fait bien pour les gens autour...

La môme elle ouvre tout grands les yeux, elle sait plus ce que ça veut dire... elle répète « *killed her... killed her...* » elle regarde le monde... les personnes...

Il se penche, il la questionne en plein.

« Elle a pas eu un accident? »

Et puis il se met à grincer, à secouer ses os d'une façon que c'est un bruit, un tintamarre de sa carcasse, les verres, assiettes, que je crois qu'il va tout ballotter, tout briser là comme il chahute, la crise qui lui passe de comique...

« Ah! que c'est drôle! ah! voyez ça? » il en chevrote aigu que ça crisse, ça secoue toutes les vitres.

« Un accident! un accident! Moi je crois pas aux accidents! »

C'est vraiment un scandale, une honte, la façon qu'il se

426

tient... qu'il glapit... Je regarde du côté du gérant, il est là en frac... Pourquoi il le fait pas sortir?... Il est sous le charme lui aussi? il sent pas l'odeur? Il a du respect on dirait, il le considère à distance... Ça peut pas durer.

« C'est un squelette! » que je l'apostrophe comme ça haut et fort... je me gêne plus du tout... Il fait celui qui n'entend rien... la pauvre petite môme elle est bien défaite... quel mufle!... son mignon chagrin visage... toute bouleversée elle regarde ce monstre... nous voilà jolis! mais si les flics arrivaient ça serait encore pire... c'est une situation tordue... je me rassois, je l'écoute déconner... il fascine tout le monde ma parole! personne ose rien lui dire... c'est un charme extraordinaire... tout de même il s'est scié le funambule! c'était con sa question de la tante! qu'est-ce que ça venait foutre?... assassinat! assassinat! il a que ça dans la gueule... c'était pour moi la sortie! je l'ai bien vu venir! Il pourra toujours grincer... Si je m'en carrais des allusions! J'étais l'assassin incarné, je m'en cachais nullement! la médaille, les honneurs et tout! alors pauvre osselet! Toujours c'était bien qu'il dérape, qu'il déconne comme ça catastrophe! un peu plus il me l'embarquait, il me l'embobinait avec ses manières mystifiques... elle voyait que par lui finalement... ça a du prestige sur son âge le genre spectral surnaturel, c'était heureux qu'il se gourre en plein, qu'il foute un pavé là bien toc... ah! elle en revenait pas de sa tante, elle était effondrée de chagrin la pauvre petite choute!... si joyeuse y avait une minute!... ah! il avait gagné hachis! squelette mais quelle gaffe! Et il voulait remettre ça encore, il savait plus comment s'y prendre... il se rendait compte un petit peu, il essayait de se rattraper... c'était pas ça, c'était autre chose! il cafouillait à plaisir grinçant saccadant... ah! il s'enfiévrait de plus en plus... piteux pitoyable! du coup il s'illumine du dedans, des lueurs plein la peau... il veut rattraper son prestige... il peut pas rester tranquille... faut qu'il soye intéressant... elle l'écoute plus, elle le regarde plus... elle a plus que des larmes qui coulent... ah! c'est un plaisir... quel fiasco! si je jouis du dedans... mais je jette pas de lueurs... je cogne pas autant non plus j'espère... M. Lustucru d'au-delà! Il a perdu son arrogance... Il sait plus rien commander... les garçons maintenant qui se rattrapent, ils activent drôlement le service... ils apportent de tout... du céleri trois saladiers... et puis un guéridon de volailles... je voudrais qu'ils s'arrêtent un peu, que je reprenne mon souffle... enfin c'est pour dire... je pourrais pas avec son odeur... encore trois grands plateaux de viande froide... ça marche tout par trois... viande froide et du sang... trois saucières... et plus trois bols encore de jus un peu vert et jaune... une nausée qui me monte... il me gafe bien.

« Pour les personnes de la famille ! »

C'est lui qu'envoie ça grinçant... la finesse son genre... il se répète... je ravale, je suis stoïque... le gérant nous regarde... mais c'est le goût moi que j'ai dans la bouche... qu'est extraordinaire effrayant !... j'attrape vite un morceau de mie et je mâche et je mâche... j'arrête pas de mâcher, je veux pas rendre ! la petite elle veut pas bouder trop... me voyant de si bel appétit elle goûte aussi un petit peu, elle picore à droite à gauche... je continue à me bourrer moi de pain... et lui je voudrais voir comme il croque ? il nous regarde à manger c'est tout...

« Vous mangez pas, que je l'apostrophe, monsieur Patchouli ?

— Oh, j'ai pas besoin vous savez... un petit pissenlit... une racine... »

C'est encore dans le genre ironique... il changera jamais... Alors qu'on en sorte, qu'on se saoule ! de l'alcool nom de Dieu ! du vin ! du banyuls d'abord ! La petite faut qu'elle noye sa peine ! il doit réparer ! il lui verse... on se verse... elle *nous* verse... et puis des vins de plus en plus rouges... y a rien de trop coûteux, il l'a dit... elle parle, elle parle, la môme, elle est grise ! Quel caquet !... ç'a pas été long ! Deux verres de chablis quelle bavarde ! deux de muscat encore, elle lâche tout ! qu'est-ce qu'elle lui raconte ! tous nos projets, tous nos secrets c'est bien simple... ça a pas été long... comment qu'on part en Amérique... les prix des voyages, les cartes... les faux passeports qu'on aura... elle cache rien, faut qu'il se régale... que je m'appellerai plus Ferdinand... c'est un vrai rapport de police. Ah ! futée pompette ! je lui fais du genou ça fait rien... et patati et patata !... elle veut se rendre intéressante, elle est idiote tout d'un coup... en plus elle parle pour la galerie... faut que tout le monde l'écoute, elle est comme l'autre chlingue ! ils sont à tuer tous les deux! c'est de la cantonade... des mots anglais des mots français... Il attendait que ça lui cocotte!... c'est une vraie aubaine! si il réjouit! il reprend de l'avantage.

« J'attendais que ça! J'attendais que ça! » Il le grince très fort. « Très bien! Très bien! Ferdinand! » Il m'approuve en tout et pour tout... Les gens ils s'intéressent aussi, ils prennent plaisir à nos propos... l'endiablée gamine rien à présent la fera taire! quelles bêtises elle peut raconter! ah! on fait vraiment sensation... on se rappellera de notre passage... ça serait assez drôle dans un sens si y avait pas l'odeur putride... mais ça semble gêner personne, y a que moi que ça chiffonne... ils papotent eux, ils s'esclaffent... ils nous adressent des quolibets... Ah! rien leur coupe l'appétit... y a que moi qu'ai l'envie dans la bouche... Mille-Pattes il m'en veut pas du tout... Pourtant je l'ai mouché tout à l'heure... on est copains comme jamais...

« Sacré Ferdinand » qu'il m'appelle... et il m'envoye de ces tapes! c'est terrible sa main... encore bien plus dure que la mienne... vraiment que de l'os! J'en crierais de ses baffes... je moufte pas...

Il veut lever son verre en l'honneur...

« *To the young couple! Hip! hip!* » Il convie la salle, ils sont mûrs pour ça!

« *Hip! hip! hourra!* » qu'ils répondent tous.

Ils rebâfrent de plus belle... c'est un grand bruit de mangeoire partout... oh! mais notre arsouille change de mine, je veux dire de lueurs, il jette plus rien... Oh! une question! il se frappe le crâne, l'os résonne une cloche...

« Et votre oncle il est au courant? »

Voilà ce qui l'inquiète tout d'un coup... D'où qu'il le connaît d'abord l'oncle? il l'a jamais vu... Elle s'en fait pas la môme, elle joue, elle lance des mies de pain à la ronde... elle a plus du tout de retenue, c'est le vin, la grisette!...

« *Uncle! uncle! he dont care!* il s'en fiche pas mal! »

Et elle se reverse du mousseux, elle se sert toute seule.

« Il vous faudra beaucoup de sterlings! »

Il revient là-dessus, ça le travaille.

« *Hoards of money! hoards of money!* »

Il grince ça si aigre encore, si aigre pointu que tout le service s'interrompt...

429

« Je tremble pour vous! qu'il glapit, je tremble pour vous deux! »

Et le voilà qui clinque crisse choque comme jamais encore si fort... de toute sa carcasse... c'est un vacarme comme cent bâtons qu'on secouerait ensemble dans une boîte... c'est drôle en même temps... y a des gens autour qui rigolent...

« Je vous vois mal partis mes enfants! »

Il gémit encore pour nous.

Les gens gémissent avec lui, ils imitent ses pleurnicheries aigres... Il pousse des soupirs, ils soupirent...

« C'est loin le Pacifique! c'est loin! c'est exorbitant! au moins cinq cents livres mes mignons! le bateau! les bateaux! la soupe! »

Ah! par exemple il déconne... Je permettrai pas ça! je le coupe.

« C'est moins cher que le Tibet voyons! »

Faudrait pas qu'il me bluffe! j'ai les chiffres en poche!

Le Tibet! Le Tibet! qu'est-ce que j'ai déclenché là! ah! il sursaute! cette clameur!

« Le Tibet! qu'il piaille, le Tibet, le Tibet! Écoutez-moi ça! »

Il branle de tout, gigote trémousse... tous ses joints craquent, sa tête brinquebale, il fait ressort d'un mètre à chaque cri... c'est atroce de voir comme il souffre... ah! qu'est-ce que j'ai dit moi le Tibet!

Et puis quand même il m'attaque, il me pince, il me malmène! il me trouve impayable! trop cocasse! il veut qu'on hurle ensemble et fort! qu'on révolutionne l'assistance! Quel batifoleur! il m'envoye des tapes dans les cuisses à me briser les os! c'est pire que des massues ses mains, je pourrais plus me lever comme il me cogne!... je me tire par les bras, je change de chaise... ah! ça le fait encore bien plus rire... c'est abject la façon qu'il fouette à trémousser pirouetter... c'est effrayant ce qu'il empeste... il m'envoye une grande claque dans le dos... de pure rigolade! je ⟨me⟩ tâte pas, j'y renvoye une beigne... il relève le bras pour me frapper, ça y écarte le trou sous sa manche... le creux, la viande, les bouts pourris... il est tout effiloché dedans... là on peut bien voir... et les côtes!

« Je vais te chatouiller! que j'y fais, pourriture! Je vais te dresser charogne! Je m'en fous des scandales tu m'entends? »

Ah! je suis en colère! C'est de son odeur je crois surtout... et que les autres ne sentent rien!

« Fumier pourriture! je l'attaque, enlève-les donc tes guenilles! Cabotin! Ordure! Qu'ils voyent d'où que tu sors! Je suis pas une fillette moi merdeux! »

Comme ça que j'y cause.

« Tibet! Tibet! que je lui répète! Tibet parfaitement! »

Je veux qu'il sache!

« Ça vous chiffonne hein trou de trou? peau de peau? »

Et puis je le regarde fixe dans les yeux, je le toise en plein dans les orbites... je veux voir si il rebiffe... ah! il che... che... chevrote une seconde... il sait pas ce qu'arrive... il s'attendait pas à l'attaque. Mais il se rebecte vite chiure de tombes! À tue-tête qu'il chante! Allez donc!

> *Et le soleil par les trous*
> *Du toit descendait chez nous...*
> *En passant faisait à tous*
> *Risette... risette... risette!...*

C'est un couplet du second Empire!... il me le souffle ça à l'oreille... encore un couplet! et puis deux!... et puis il retourne à son dada... Toujours notre voyage! notre sacré voyage! ah! ça le turlupine!...

« Les yeux de la tête Ferdinand! les véritables yeux de la tête! voilà ce que ça revient!... »

Il est formel.

« As-tu cinq cents livres Ferdinand? ah! hein? toi petit bougre? »

J'ai rien à répondre. Il me prend dépourvu.

« Alors vous pouvez pas partir! Rien de plus cher que les bateaux! et la vaisselle donc! et le ménage! faut de la vaisselle aux antipodes! un bateau pour aller sur l'eau! »

> *Va petit mousse!*
> *Le vent te pousse!*

Sa voix éraille déraille crisse... c'est épouvantable d'écouter... et il veut que tout le monde l'accompagne... il dirige avec une fourchette...

Un berceau, un bateau
Pour aller sur l'eau !

Ah ! quelle linotte ! il se frappe le crâne, encore il va changer d'idée ? Non, c'est un oubli !

« Quelle étourderie mes amours ! Mais le berceau c'est la vie ! »

Et le voilà en romance, attendri à présent, nourrice.

Fais dodo, câlin mon petit frère !

Un grand coup de mousseux là-dessus !

T'auras du lolo !

C'est l'astuce ! Ah ! qu'il est plaisant gugusse chtir ! Il cocotte aux anges ! c'est un plaisir comme il se gêne plus.

Et qu'il en a encore d'autres des drôles ! une révélation !

« Mais j'ai un berceau moi friponne ! »

À Virginie qu'il s'adresse.

« Berzôt ! Berzôt ! » qu'il lui zozote, et il arrête plus... « Berzôt ! » Le voilà exultant en transe... l'idée du berzôt... J'essaye que ça cesse... il infecte trop quand il se tortille...

« Assez ! assez ! » que je lui commande. Je cherche une raison... « Vous allez vous faire du mal !

— Ah ! du mal ! du mal ! écoutez-moi-le ! » Il me montre du doigt à l'assistance. « Ce toupet messieurs-mesdames ! ce toupet ! »

J'ai plus qu'à rentrer mon discours.

La petite elle est bien consolée, elle se verse des fraises à la crème, et puis du sucre tant et plus... il lui arrose tout au champagne... c'est de la salade enivrante !... qu'elle est déjà bien pompette ! c'est la bamboula ! la gamine terrible !... elle veut du raisin à présent... il faut qu'il en trouve ! il se lève, il traverse toute la salle de son pas automate... les gens rient de le voir marcher... que c'est un numéro fameux... qu'il imite le Buster Keaton... le clown inquiétant à l'époque... Il revient se rasseoir, il est fier... la môme bafouille, elle arrête plus...

« *What is* " ménage " ? » qu'elle lui demande... le mot qu'il a dit tout à l'heure... elle a pas compris « ménage » : « Ménage... ménage ? ménage ? *what is it ?*

— Ménage ? mais voyons ! *sweet home ! darling, deary* Virginie ! »

432

Ah! que c'est plaisant! l'à-propos! Il lui épluche ses raisins... c'est le grand copinage... ils sont aussi gamins l'un que l'autre... c'est le flirt au champagne! ils rient en duo... lui dans l'aigre secoué fêlé, elle dans le roucoulis... elle frétille sur son petit croupion de joie, de folle espièglerie... j'ai l'air fin... il branle chocotte de tout le squelette, il arrête pas de rire de ses propres sottises... je suis encore plus con imbécile moi qui reste là blet ronchonneur, je devrais peut-être frétiller de même, me montrer lubrique spirituel? envoyer des vannes! Mais il me la coupe, il se dresse tout brusque, il lève son verre à notre santé. Ça va être un toast... en même temps il envoye des lueurs tout le tour de sa tête, comme des lucioles de lumière...

« Passez la monnaie! qu'il s'écrie... *Money, money for the kids!* la monnaie pour les amoureux! »

Mais c'était qu'une attrape! une niche! il est plein d'argent, il me souffle, il se baisse pour ça à mon oreille.

« *Money* dis mon pote, tant et plus! ils savent pas ce que c'est là autour! niquedem! niquedem! des cloches! » Il les époussète du geste... « C'est des rien-du-tout! »

Et qu'il se remet à gigoter, il fait frétiller toute la table tellement il s'exalte... il s'amuse que c'est une folie... la môme pas en reste...

« Fraises Ferdinand! Fraises! » qu'elle m'offre... elle sait pas ce qu'elle cause...

Hop! c'est fini, changement d'idée! il veut plus rester une seconde! on se sauve et tout de suite!

« *Bill! Bill!* » qu'il ordonne. La foire est sur le pont! Moi j'avais presque rien touché, j'avais trop l'odeur plein la bouche... la petite qu'avait fait les honneurs... Je regarde la note, elle est énorme!... il se plonge dans le fond de ses guenilles à deux bras comme ça plein son ventre... à même... il en sort toute une liasse de livres, là du creux, du fond... des sterlings... il replonge, il refarfouille... des paquets de dollars à présent à pleines poignées... il jette tout ça sur la table...

« Je suis plein, qu'il glapit, je suis plein! Je suis gras mes enfants j'ai pas l'air! »

Il remplit deux assiettes avec des sterlings, des billets en vrac, et des Banque-de-France... c'est tout humide gras visqueux...

« Et maintenant de l'or! » qu'il annonce.

Ça fait retourner toutes les têtes... il bluffe tout le monde c'est exact... faut voir ce prestige... comme il s'illumine dans les cheveux, enfin de ses espèces de crins... ça foisonne là-dedans, ça grouille, c'est des asticots de lumière... c'est sa phosphorescence pourrie... il m'interloque moi j'avoue... des poignées d'or qu'il s'extirpe... il se farfouille à fond brutalement... plein encore une assiette puis deux... c'est plus fort que de jouer au bouchon! ça fait des petits amonts de louis d'or... les loufiats s'ils louchent! ça c'est du prestigitateur!... du surnaturel de magie! et ces pactoles au pourboire! des vrais louis qui titubent trébuchent... c'est sûrement quelque infâme trafic! il peut se montrer généreux! d'où qu'il a fouraillé ce Klondik? tout de son pantalon? qu'il est malin, qu'il est ficelle!

« *You're more fun than a box of monkeys!* vous êtes plus drôle qu'une cage de singes! »

Voilà ce qu'elle lui déclare l'enfant. Ça c'est du succès! S'il est en verve! Si il gigote! et que ça suffit pas encore! elle te l'houspille : css! css! faut qu'il se sorte encore ⟨des⟩ trésors... qu'il se farfouille à fond... il s'enrage à se creuser comme ça comme un clebs, comme un tréfonds d'arbre... il ramène de tout... encore des espèces, des sterlings... encore des pièces de vingt francs... il balance tout ça au plafond... et puis maintenant un tour de force : il relève sa hideuse face en l'air, il rattrape les louis d'or au vol... il les gobe... puis il les retrouve dans sa culotte... à deux bras qu'il se fourrage là-dedans... il montre qu'il est tout creux du corps... il montre à tout le monde qu'il est à claire-voie... ça c'est un tour extraordinaire! La petite est ivre, elle se rend pas compte, elle est rouge, elle est cramoisie... c'est du beau *travail*! elle se tient au plus mal... ses jupes haut retroussées... elle montre toutes ses cuisses... elle met les pieds sur la banquette... ils sont effrénés tous les deux...

« Je vous appelle Polichinelle!
— *Mr. Gollywoag if you please!*
— Non, Lord Mille-Pattes je vous appelle! »

Voilà les taquineries qu'ils se font. Pluie d'or! pluie d'or! et quels rires! Les gens rampent après les fortunes, je les vois à quatre pattes qui picorent! Maintenant c'est moi qu'on attaque... je veux dire mes deux impudents... Que je boude, que je suis impossible, voilà ce qu'ils me trouvent... jaloux malhonnête.

« *Look at Ferdinand!* »

J'ai pas bonne mine c'est entendu, mais je vais pas me fendre tirebouchonner pour des insanités pareilles, des billevesées de putride escarpe, rescapé des fosses phénomène! ah! trognon d'ordure! En boule qu'il me met... en écœuré! j'en tournerais de l'œil de son odeur, voilà ce que je pense de sa finesse! et je lutte! je lutte! La môme elle sent rien?

« Vous sentez rien alors fillette? Reniflez bon Dieu! »

Ah! ce qu'elle peut me foutre en colère cette dépravée mineure garce! elle m'outre positif... elle comprend rien aux allusions... elle est saoule c'est tout... Rabat-joie que je suis, rabat-joie! Voilà ce qu'ils se répètent... Qu'elle se l'envoye alors charnier, qu'elle se le farcisse Lord Asticot puisqu'elle en raffole! La femme c'est qu'un vice, du biberon.

« On s'en va alors! on se presse! »

Moi qu'en ai marre des fantaisies. J'ai assez ri pour le moment. Je crois que j'ai bu aussi moi en somme... il a fallu, et du champagne... pour l'odeur, la lutte... j'ai pas l'habitude des boissons... je vois bien ses cuisses dans tous les cas... je veux dire Virginie... c'est des cuisses de jeune garçon fortes musclées roses fermes voilà. Je suis saoul peut-être mais réfléchi... je suis pas satyre... je dis des cuisses admirables, des morceaux superbes... mais la fillette est méchante... rouée au berceau tel est son cas... et le vice l'avarie en branche... les copulations monstrueuses... voilà et c'est tout! le hic! j'ai bien tout vu et Bigoudi! la comédie! j'aurai tout vu plein ma journée! voilà l'expérience les abîmes! des cuisses comme ça... dix... douze ans... Bigoudi cinquante... mettons! poils au cul tout gris! Ah! le beau ménage... manège! vicieux et ficelles!

« Je vous appelle Gollywoag! »

J'ai entendu ça! les pires promesses de l'Asticot! Virginie mon cœur c'est l'ange déchirant en personne, c'est Cupidon de sa flèche qui me déchiquète les viscères... c'est pas des blessures de la guerre, c'est des tortures bien plus vivantes... et je veux pas voir le reste nom de Dieu! tout le sanfrusquin de la magie! D'abord allons-nous-en de cette tôle! Il pue bien trop à l'intérieur et il a assez jeté les louis d'or. Rabat-joie moi ? c'est un vrai fiel ! le plus gai tourlourou de la clique ! Attendez mes petits arpètes ! J'ai des mitrailles plein les abats mais je suis encore le plus drôle du lot ! on peut pas rigoler sans boire ! jalousie moi ? je dispute rien ! je la donne à tout le monde ma coquine ! je souffre, je suis à vif c'est entendu ! c'est une torture qui m'ôte la force en plus de mes blessures de membres... mais je rirai bien une autre fois ! une autre girandole ! une autre guerre qui fulminera tout ! qui frivolera des siècles des siècles ! ah ! je me gênerai plus ! je serai général pour commencer ! maintenant je suis sorti de mon assiette, je suis de la drôlerie mais anémique, je pourrais même pas me mettre en colère... je pourrais seulement la mordre un peu mon effrontée gredine friponne là sous sa petite jupe à carreaux... je l'ai bien vue moi la Bigoudi comment qu'elle mordait, qu'elle se gênait pas... que c'était flirt en plein air et en plein square devant tout le monde... qu'elles se tortillaient toutes les deux, bichaient à ravir... qu'un petit peu plus elle me l'embarquait ma môme polissonne... en plein Leicester pas du rêve ! toute retroussée la fillette !... que j'étais cocu au soleil... jupette à carreaux... qu'elles se raffolaient positif... une dévergonderie provoqueuse... que j'en étais comme somnambule ! que ça me reprenait pour un oui... de ces visions crues à en crier ! Ah ! fallait plus que je réfléchisse...

« Allez ! qu'est-ce qu'on fout ? »

Je me lève. Ça suffit ! qu'on sorte ! Je prends la direction du mouvement.

« Qu'est-ce que tu réfléchis milliard ? » Comme ça que je l'appelle... « Infini !... » Je veux me foutre de son genre.

Il veut plus remuer justement. Il sirote doucement son café. Je suis sûr que je sens aussi le cadavre à force d'être comme ça près tout proche... de me frôler tout le temps... Je renifle je renifle, c'est eux qui se moquent... Ils doivent me trouver provincial que je m'effarouche pour des riens... on se regarde, on a un peu de gêne... je m'en fous je suis déterminé. Il se rend compte de mon caractère.

« Alors vous partez tous les deux ? »

Il revient à la charge.

« Au bout du monde frère Jacques ! »

Faut pas qu'il croye que je vais blêmir ! Plus décidé que jamais je suis ! Il veut me morfondre par remords, m'abattre

436

par soupirs! ah! pauvre pissenlit! Il va me connaître au bâton! Il me mésestime ver luisant! tout pour sauver ma gredine! tout pour l'arracher au charme noir, à la menée des catacombes! ah! bluffeur des cryptes! Sors voir dans la rue! à nous deux *fier* d'os! Sors d'ici! Je suis disposé et loyal! Je veux mon idole pour moi tout seul! Je veux la ravir! je l'enlève! je l'emporte! je l'arrache à ses subornements! Qui m'entrave je l'abats! phosphore pas phosphore! trou de trou! Au bout du monde que j'ai dit! Je me connais plus de ferveur chaude! Et c'est pas les vins, c'est l'idée, le cœur, le sang d'indignation, d'amour!

« N'est-ce pas que c'est juré que nous partons? N'est-ce pas Virginie? »

Faut qu'elle se prononce capricieuse! Jeunesse jeunesse, c'est une histoire! Innocence, des flûtes! Y a pas d'âge pour me faire mourir! Je veux qu'elle me promette à l'instant! Je la supplie je l'adjure... Il faut que ça soye entendu net... qu'elle le vire elle-même ce sinistre... et pas dans dix ans mais tout de suite! qu'il aille se faire reluire ailleurs! Qu'il aille donc retrouver Nelson et la Pépé et puis l'Achille! Ça fera un numéro terrible! Ah! le macchab ver luisant! Ici la porte! aucun succès! il nous empoisonne voilà tout, il nous rend malade!

« Dites-lui Virginie! Dites-lui vous! Crochet! crochet! voilà ce qu'on pense! »

Je dis ça fort exprès qu'il m'entende...

« J'écrase, qu'il me répond, j'écrase! »

Il prend des grosses fraises, il les broye dans son assiette... des petites bouillies rouges...

Ah! les allusions il repassera!

« T'es qu'une pourriture! que je lui fais.

— Oh Ferdinand, quelle mouche vous pique? Sang-froid voyons! un peu de tenue!... Sang-froid! Sang-froid! qu'il grince chevrote... Tu veux du sang-froid Ferdinand? »

Et il repart là-dessus, il jubile. Je l'ai pas chiffonné du tout... au contraire, jamais si en verve... il est plein de projets... des sous-entendus ignobles.

« Je vous ai rencontrés mes chéris, je vous lâcherai plus! Vous allez voir ce beau cadeau! Promis! Juré! une veine mes anges! vous me refuserez pas? »

Et là-dessus il envoie des lueurs... de tout qu'il se met à

phosphorer... des guenilles de la tête des mains... et puis il retrémousse gigote... un transport de joie! et l'odeur avec ça âcre grasse...

« Le plus beau voyage de la terre! Voilà mes chouchous mon cadeau! Oui, de la terre, je m'y connais! de la terre en large et en long! ça sera de la gâterie! Plus jamais de métro Ferdinand! plus jamais de métro de l'existence! Je te retirerai tous les métros! »

Ah! là là que c'est fin! Cinq minutes de craquements là-dessus, de castagnettes de tous ses membres.

« Ça sera plus que du bateau mon loup! des cabines en soie! des cabines! La nuit pas de chichis alors! Petite vous irez à l'amour! »

Un petit couplet de rigolade.

J'ai du bon tabac dans ma tabatière...

Dieu! qu'il est futé! il est content de lui au possible... il offre des cigares à la ronde, il tripote maintenant sous la table... la table bouge sursaute... il chatouille Virginie aux cuisses... elle pousse des petits cris, elle se sauve pas... tente même une petite claque pour rire! si il est heureux! J'ai l'air fin moi là bougon... il recommence ses curiosités... il tripote là-dessous au hasard... il m'attrape la jambe... je me baisse je regarde, c'est elle qu'il cherche... elle fait sa coquette, elle glousse, c'est comme au square exactement... c'est une cochonnerie révoltante...

« Allez! on s'en va! je décide.
— S'en va! s'en va! comme t'es pressé!
— Où on s'en va?
— Dehors! dehors! »

Je ne pense qu'à ça.

« Mais Ferdinand soyons sérieux... » Il grince tristement, c'est un reproche... « Je fonds moi dehors, je pâtis! à la chaleur! à la lumière! je me sens déjà plus très bien... à tout que je fonds! Vous n'avez pas de cœur Ferdinand! il me faut de l'humide moi! de la cave! des ténèbres! toujours plus de ténèbres! »

Il appelle un groom.

« Trois bénédictines *waiter*! »

Il veut plus partir à présent, il s'incruste.

438

« Assez de lumières! assez de trafic! militaire sans solde, tenez-vous tranquille! » Comme ça qu'il me traite. « Assis impétueux! Écoutez donc la voix du maître! »

Comme ça qu'il me calme.

Ah! beau rigolard! Je me fâche! non! piano! vaut mieux s'en aller!

« Allez en route! » Je recommence...

« Très bien, à votre guise, c'est parfait! »

Il grince encore bien plus aigre, il tremblote, c'est une colère... Il s'accroche dans sa parole tellement il s'énerve...

« Je je suis le plus grand détenteur des passions extra! »

Il se soulève un peu pour dire ça. Qu'il déconne donc, mais que ça finisse! Voilà qu'il fait un geste en l'air de son long bras sec... Je me dis : C'est encore un discours... il prévient la salle... Mais il abaisse le bras et *Vrroumb!* tonnerre! Je regarde, je veux pas encore être dupe... que c'est encore un coup ma tête, une hallucination d'oreille... pas du tout... ça flambe, ça gronde plein les murs... des gerbes de feu d'un mur à l'autre... Ah! si ils hurlent! Non, y a pas que moi!... le feu dans le bazar... et puis un nuage rouge... tout le restaurant qu'est embrasé... une explosion un orage... et *wroomb!* la vaisselle... les femmes pires que tout... « Les zeppelins! » que ça braille, « les zeppelins! »... Je cherche pas davantage. Je fonce droit devant moi... que j'en oublie ma cocotte... je perds tout sang-froid d'un seul coup... Merde j'ai un sort pour les tonnerres! C'est un avatar comme chez Ben! Ça me traverse la tête... Fuye droit mon âme! fuye droit! Heureusement c'est pas une foule, juste une clientèle de gourmets. « La bombe à zeppelin! la bombe à zeppelin! » Ils foncent dans la porte, ils gueulent... ah! là c'est un pétrin quand même... c'est une presse farouche... Ah! nous revoilà réunis! je me frappe pas là flûte!... Virginie Mille-Pattes... elle est ébouriffée la môme... lui il étincelle de partout... c'est un triomphe de mystification... c'est lui le funambule le farceur, c'est lui qu'a tout provoqué... pour les dîneurs c'est une bombe... ils glapissent ça! ils sont sûrs... « Zeppelin! Zeppelin! » On peut plus avancer du tout, on reste comprimés dans la porte... c'est la faute aux triples battants... ah! mais Mille-Pattes lui il s'anime... une lamelle là devant nos yeux... une feuille d'une espèce de gélatine qu'il devient d'effort... toute sa carcasse... à rien du tout... il glisse comme ça dans l'entre-porte... c'est phénoménal... une gelée luisante... sans douleur qu'il a passé... il est sorti!... il est dans le noir... il est dans la rue... on se fait écrabouiller nous autres... je l'entends rire dehors... enfin on le rejoint... c'est son rire qui me guide... du chacal... ah! si elle est contente la petite!... elle lui saute au cou... je les retrouve à tâtons... elle est émoustillée comme lui...

« En route! en avant! »

Je suis pas bon moi, je claudique, je râle, j'ai perdu mon sanfrusquin... je l'ai oublié sur la banquette... je vais pas le rechercher! Je vois aussi que ça sent la police, qu'on va tomber dans une embûche... Allez hop! en l'air! je voudrais qu'on profite du noir, qu'ils savent pas encore où ils sont... mais lui pas inquiet du tout... il batifole, il tourbillonne, il caracole entre les groupes... il joue à cache-cache... c'est facile avec ses lueurs... la môme le poursuit... Ils me prennent à partie que je ronchonne.

« *Look at Ferdinand! look at him!*

— Tu t'amuses pas alors Ferdinand? Tu t'amuses pas héros de la mort? »

Qu'est-ce que je peux répondre?

« Allez, par ici! » qu'il décide. Tout de suite tyrannique! Et puis son odeur exécrable... Ah! zut! je plaque tout! Non! Je me raccroche...

« Je te suis crécelle! » que j'y fais. J'ai trop enduré de ce charogne!... Faut pas qu'il se croye gagnant toujours! Je le piste dans la nuit... il chevrote le long des boutiques... je l'entends... je l'entends... il arrête pas... Ils me sèmeront pas je peux leur dire! Je file le train je colle... J'entends sa quincaille son rire hyène... comme il batifole...

« Beauté ravissante! ciel! trésor! » Comme ça qu'il annonce... cet artiste! la façon qu'il s'est conduit! pas l'once d'une honte... Il est encore pire que Boro!... plus aucun respect celui-là!... Je sors pas des monstres!... Après ces furieux avatars pas un atome de gêne de rien... il gringue il lutine... et avec une enfant en plus...

« Beauté ravissante! ciel! trésor! » C'est sa roucoulade... il se retourne vers moi un moment...

« Alors pote t'entends? frère la boude!... » il m'apostrophe de loin dans le noir... il veut que je me réjouisse de même... je me dépêche, je les rattrape... je souffle...

« T'auras un cadeau mon petit frère! » Il m'empoigne la main, il me la serre, il me la secoue fort... il me fait un mal avec ses os, un mal à hurler!... j'hurle pas... on puloupe toujours... il me glisse quelque chose dans la main... dans la nuit je vois pas ce que c'est... c'est quelque chose de chaud... c'est dégueulasse je tique pas... ça vient de son corps de sa culotte... je sens qu'il se farfouille... c'est comme un tuyau un boudin... c'est mou c'est rond... il veut me faire pâmoiser peut-être... que je défaille crie grâce? ah! le pauvre piaf! il repassera!

« Revenant! que j'y fais, t'es pourri! c'est ta pourriture! »

Comme ça sans façon... tac au tac... Ah! hi! hi! il peut ricaner! Il est pour ses frais!

« Lustucru vous êtes un sale con! » Voilà comme je le traite, et dans le noir et dans la nuit... dans l'odeur et tout! Il me déconcerte plus. Il a fait tout son numéro! Je le suivrais jusqu'au bout du monde à présent, je l'emmerde...

Il active l'allure... on flâne pas... je cède pas d'un pouce... au moment qu'on traverse les rues il lui sort tout plein de feux follets... de ses nippes partout... c'est bien commode pour le chemin...

« *Touit-Touit Club*! qu'il grince... *Touit-Touit Club*! »

Ça doit être là qu'il nous emmène... un club de nuit, quelque tripot... il va nous gâter! les folies! C'était promis du commencement! c'est la virée des grands ducs!

« *Woopee! Woopee! Touit-Touit Club! Touit-Touit Club!* » il crécelle plus que ça!... Il veut qu'on jubile à l'avance, il veut nous avoir au vertige... Il me sèmera pas toujours l'infect! Je sais qu'il marmitonne dans son tronc... il fait semblant seulement d'être pote... Il veut la petite rien que lui tout seul... c'est encore une ruse de vampire... il m'affure sur un petit turbin, quelque chose de perfide criminel qui sera pas à piquer des vers! ah! sa revanche extra féroce... je pressens, je pressens... mais je suis en quart... l'aura zébi! voilà ce que je pense... et je repense encore... et je pense aussi à mon barda ma quincaillerie folle, elle me portait bonheur sur mon dos, j'aurais pas dû l'abandonner!... c'était con de ma part...

Il arrêtait pas de glapir fripon boute-en-train.

« *Night-club children! night-club!* » Comme ça tout en

caracolant... J'ai du mal à suivre... il me fout la farandole autour... c'est lui encore le plus gamin... La rue est absolument noire... on arrête plus les alertes... c'est l'une dans l'autre depuis un mois... elle devrait bien finir cette guerre... je repense à tout ça... on verrait pas à deux mètres s'il y avait pas ses feux follets et puis son odeur faut être juste... Les passants je me demande ce qu'ils doivent dire... Ils doivent croire qu'on joue à quelque chose, qu'on se frotte des petites allumettes... Nelson lui c'était un autre genre, c'était au cri lui qu'il ralliait, qu'il emmenait son monde... Chaque enchanteur a sa façon... Maintenant c'est pas encore assez, ils sont tellement contents guillerets qu'ils veulent que je saute avec eux! que je gambille aussi bonds de cabri! à quoi que ça ressemble? que j'aille bousculer les personnes... ah! je suis pas d'humeur petit fou! Je colle ça suffit... Eux deux c'est la farandole... Que j'ai oublié mon barda!... moi y a que le devoir qui me préoccupe.

« *Come on children!* »

Il y tient... Je suis plus surpris par grand-chose, tout de même ce déterré d'arsouille il abuse je trouve de son genre... maintenant il crépite de ses doigts... absolument des castagnettes... il me rappelle Carmen la séance... il joue bien faut dire... une grêle!... c'est vraiment un artiste aussi... Rien lui fait défaut en somme... C'est malheureux qu'il soye pas frais... Il prêterait à rire choléra! mais j'aimerais mieux qu'il soye ailleurs... en attendant il nous commande... on avance jamais assez vite...

« *Come on* enfants de la patrie! »

Il faut qu'on se dépêche... il jette ses lueurs tous les dix pas... à peu près... des odeurs presque à chaque secousse... il clinque il brinquebale... un plaisir! j'entends plus que lui dans la rue... ses jointures surtout qui grincent... en plus des chevrotements... des mots... c'est terrible à côté de marcher... un vieux panier qu'on dirait, tout à la secousse, plein de broquille... moi aussi je faisais du tapage quand j'avais encore ma besace! Pourquoi que je l'ai semée? Elle me portait bonheur... Pour être plus léger nom de Dieu!

« Jusqu'au bout du monde la gangrène! » Je m'adresse à lui... c'est sa faute à ce sale putride fade moëte sépulcreux! Il nous a bien entortillés. Y a pas à revenir sur son charme! *Touit-Touit!* et que ça saute! Tout est dit! La résistance est pas égale... il bonimente il arrête pas... j'entends son fausset... *Les Profondeurs de la Terre!* comme ça qu'il cause à la merdeuse... *Les Grottes enchantées!* il lui promet des merveilles... Je veux pas sauter les réjouissances! J'en serai aussi! j'en serai de tout!... je me dépêche j'active... il hâte encore il veut me semer... Il pue il redouble... il me fera pas dégueuler quand même... il me distancera pas... je tiens... je tire la langue je l'avoue... ils m'ont éreinté à courir... j'écoute notre trot le bacchanal, si ça répercute dans les murs... c'est pas possible c'est que nous! on dirait une foule de trotteurs... J'appelle « Virginie! Virginie! » Je m'inquiète à force... Y a un moment qu'elle parle plus, elle me répond rien... elle va, elle va... elle court avec nous c'est tout... elle m'entend même pas on dirait...

« Hello! Hello! » je rappelle encore... C'est très joli comme ça de courir!... on est pas dingues encore tout de même... et puis où c'est qu'il nous conduit?... c'est une lubie pas catholique... Delphine aussi avait couru... j'y crois moi aux séries néfastes... Si on savait lire dans la vie c'est un paysage qui recommence, pour chaque bonhomme y a un secret... Elle se donne le mal de le répéter la vie son rébus, que les étourdis écarquillent, biglousent, mordent la chose... Ah! moi j'étais pas étourdi! je le voyais brouiller le bataclan! tout nous rafaler dans la gueule! que ça serait une séance épique... que ça serait pas volé non plus, bonnards cafouilleux dans notre genre, qu'on méritait tout. C'eût été l'instant de filer, fausser compagnie... plus une petite seconde à perdre... rompre le charme néfaste brutalement! Delphine elle c'était un petit gnome qui y avait sauté sur le rabe du haut du Tunnel... nous c'était là notre sinistre, notre arsouille d'odeurs qui s'en payait de nous ébaubir... il me sortait plus ses bouts de boyaux, on allait trop vite. Standwell Road à une rude allure... on trottait trop pour des éclopes! puis Briars... puis Clapenham... Je reconnaissais les coins de rue... mais à partir d'Acton Vale la bouteille à l'encre! plus que des lacis des détours, il nous perdait qu'on aurait dit... des impasses du labyrinthe... Il nous payait une belle promenade... C'était noir, de plus en plus noir... je quittais pas là-haut le ciel des yeux, les petites cheminées qui se découpent... c'était gris là-haut... la lune... les nuages rabattent de loin, du fleuve... d'où il vient le vent? d'où il vient?... J'ai mal à la jambe... Je rattrape Virginie, je lui serre la main... « Virginie! Virginie! » Je l'appelle, elle me répond pas... elle va elle va et c'est tout... Ils m'auront pas à la fatigue! ça c'est résolu! il peut fouetter tout ce qu'il voudra, une infection dix fois pire! je suis résolu outre la mort! Je lui chuchote ça bien au pas de course! Il s'en fout pas mal!... Il galope et nous avec! *Tig que dig clac!* Quel boucan! Il peut encore puer davantage c'est sûr et certain! on verra! on sentira! Il va nous perdre dans les dédales... c'est pas un quartier ordinaire... Ah! tout de même on entend quelque chose... c'est une sirène de très loin... c'est du fleuve, c'est d'un navire... peut-être que c'est encore l'alerte? quelque zeppelin qui nous survole? je veux pas lui parler la clinqûre! je veux plus entendre sa chevroterie! j'aime mieux pouloper sans rien dire, je sais pas où on va, ça fait rien! c'est lui qui mène et voilà tout!...

Il m'attaque l'ordure.

« Tu t'y retrouveras jamais! » qu'il me grince. Ça c'est de l'effronterie! je l'attendais ce vane!

« Non! que j'y réponds, mon ange! Bien sûr mon poussin! avance! » Comme ça l'arrogance! tac au tac! Il est pas près de m'intimider. C'est le port là sûrement les appels... Il va peut-être nous foutre à l'eau? nous livrer aux rats c'est bien le genre... je les connais moi les berges du port, les limons à crabes... non, il se dirige pas par là... Je prends les choses à la plaisanterie...

« Vas-y toujours Arthémise! »

La petite ça la fait rire du coup...

« Lord Mille-Pattes! Mille-Pattes! qu'elle l'appelle, *where is your Touit-Touit?*

— Par ici *darling!* par ici! »

Toujours tout sucre avec elle... c'est tout de même peut-être plus très loin?... il ralentit, il cherche tâtonne... il frappe aux devantures... c'est une ruelle comme dix, comme vingt... peut-être comme mille comme ça dans le noir... je vois pas ce qu'il fabrique... il s'arrête pile, il heurte il branle... il secoue un marteau... Personne arrive... on poireaute... il nous pleut dessus... une lancée drue... cette porte ouvre toujours pas... ah! voilà ça vient! un flot de lumière, ils entrouvrent... *Youp!* on plonge tous on s'engouffre... la môme par le bras et hop! Ah! je reste pas là moi, je fonce! Je vois rien, tout de suite je suis aveugle... c'est un éclairage terrible, et quelle fanfare, quel bourdon! Et puis ils ont pas froid, quel four! Ça vous estomaque de la rue... Trente-six chandelles de ce barouf! Surtout les cymbales... ils ont une grosse caisse de tonnerre! on déboule là-dedans on roule... c'est en contrebas tout à fait... ah! je vois rien du tout... j'entends seulement ce brouhaha... et puis c'est parfumé en plus, mais alors un extra parfum, quelque chose comme de la forte verveine... c'est même très violent... ah! ça sent plus la charogne... on dégringole toujours plus bas... on est tombés en pleine fête, on arrive en joyeux renfort!

« *Whopee!* » que je m'exclame. Je les verrais tous sans cette lumière... je vois tout jaune encore, tout brouillé... mais je les entends bien par exemple, ce braillement à travers la musique... et puis les rires, des grands coups de gueule... ils doivent se tordre là dans le fond... c'est peut-être nous qu'ils trouvent drôles?... qu'on tombe là nous du trottoir, qu'on culbute sur eux... c'est un renfort de fantaisistes! mais ça doit être une grande fête privée?... je titube dans les marches... je descends... descends... c'est une orgie! voilà ce que je pense... Demi-tour alors! demi-tour! je pense à Virginie! Faut pas que ça tourne au dépiautage! Je les renifle! je les renifle!

« Demi-tour tout de suite! » que je m'exclame... Personne me répond... Je discerne pas encore les visages, c'est qu'une houle une multitude... c'est sûr encore notre funambule, notre mentor pourri qu'a tout fricoté... C'est au sabbat qu'il nous livre!... Il a tout ourdi! Mais *Broum* et *Vrrang!* ça déferle... Pas un instant à réfléchir... C'est les furieux tambours cymbales. Ils cognent là-dedans encore pire que nos deux cinglés mécaniques... Je crois les entendre dans leur soupente! C'est la série j'en étais sûr! la série néfaste! je suis ressaisi par le sentiment... là en plein club bouillon d'orgie... et puis ils hurlent en plus ceux-là... « Touit-Touit! » en refrain en cadence... c'est bien ce qu'il avait annoncé... *Touit-Touit Club!* la joie!

« Au secours! que j'appelle, Virginie! »

Je redégringole encore trois quatre marches... Ils hurlent de plaisir... C'est notre tronche qu'est drôle?... Ah! je discerne un petit peu... C'est une longue cuve tout en lumière... des miroirs tout partout tournant... et puis les gens au fond qui tournent les uns dans les autres, des danseurs mondains je pense... des couples et puis des ribambelles... et tout ça chante braille en refrain... ça criaille plutôt... on tombe à pic nous jolis cœurs! Ah! d'un seul coup j'aperçois le nègre... il est tout noir sous la lumière... je vois sa bouche, son four, ses grandes dents... c'est quelqu'un, il domine la houle!... il m'interpelle moi!

« Tais-toi, que j'y fais, gueule crocodile! »

Ça c'est une repartie cocasse. Il beugle il se déhanche du coup, il convulse positivement. Ah! si Sosthène était témoin, ça lui en ferait un partenaire... c'est autre chose que les transes hindoues! celui-là il sait faire du tic-tac! on ne voit même plus ses baguettes tellement il joue vertigineux! et puis désossé de tous les membres, qu'il les projette au plafond, et qu'ils lui reviennent *pflaf!* élastique!... ça c'est quelque chose... il attrape les mouches à vingt mètres!... et *vlof* les ramène dans sa poigne! Mille-Pattes le regarde il reste con... Ça c'est un numéro terrible, Mille-Pattes en ferait jamais autant! faut que je l'interpelle ce rastaquouère!...

« Eh dis donc os, t'as vu la mouche? » Je veux le vexer en plein public...

Personne ne m'écoute... D'abord je l'aperçois plus Mille-Pattes... il a fondu dans la mêlée avec la môme à son bras. C'est les Touit-Touit qui beuglent exclament... Ils grouillent plein la piste. Y a pas d'erreur c'est une grande fête... Ah! mais revoilà notre squelette! Je l'aperçois dans les miroirs! il fait l'excentrique aussi... il rivalise avec le nègre... il se laissera jamais surpasser...

« Ohé! gras du bide!... »

On voit plus ses lueurs par exemple... ça se perd dans l'éblouissement... on voit que sa tête et ses loques, il est flottant effiloché... sa tête c'est de l'os voilà tout... ils doivent croire que c'est un masque, une fantaisie d'excentrique... et puis ils sont trop occupés... ils se frippefrottent les uns dans les autres, la rumba rouge à chaud du ventre, que toute la cuve en brame hennit... c'est un plaisir pas ordinaire... que ça grogne rugit de délices... ils sont bien trop occupés... ils doivent même pas sentir l'odeur, la schlingue qu'il exhale... le parfum de la cuve domine tout, c'est comme une énorme verveine... ça vous ferait tourner de l'œil aussi tellement ça entête... enfin l'immonde il est couvert... je les vois bien maintenant les danseurs, c'est une énorme cuve de joie... et que ça frétille gigue glapit... je suis plus ébloui du tout... et *Broum!* la grosse caisse, une vigueur que ça sursaute la masse entière, tout le grouillement joyeux... à chaque coup ils rebondissent d'un mètre... toute la cuve couleurs noires et claires... les robes satin les paillettes... si ça saccade hurle... ça bouille là-dedans la danse à trois, à dix, à vingt! et allez donc! à mille nom de Dieu! glapissements, et la grosse caisse qui vous les retourne, et le trombone qu'est enragé! et rauque et qui râle et « Touit-Touit! ». Ils chantent tous en chœur hurlent tous! Le Mille-Pattes s'il peut s'en mettre! Personne le dérange! A-t-il escamoté l'enfant! J'aperçois plus ses blonds cheveux! Ça va être encore une histoire! Il l'a peut-être cachée quelque part?... Ça y est bien égal en ce moment... il frime il épate l'assistance! Il veut effacer l'artiste nègre... Il remonte les marches encore un coup... il va plonger en pleine nouba en plein sur la tête des Touit-Touit! Ça y est! dans la cuve! Il rejaillit entier au plafond! tout entier! pas un membre ou deux! *Beng!* en plein miroir!... c'est autre chose que de piquer les mouches! d'un seul élan tout! c'est très éberluant il faut le dire... même eux les blasés ils en rotent... ils font un *aaaah!* général... C'est une revanche pour notre infect... leur pauvre bougnoule existe plus... oui, mais Virginie?... je vais pas gueuler ça aux échos, ça ferait du rire et puis c'est tout... ils jubilent trop avec Mille-Pattes, ils sont en transe de le regarder... c'est vrai qu'il est extraordinaire, il voltige de partout à la fois... il a plus de poids, plus de pesanteur... il flotte, c'est un paquet de guenilles au-dessus de l'assistance... c'est le vrai phénomène, c'est un flocon comme ça, il plane, il vogue balance comme il veut... il va tâter les personnes, il leur gratte la tête, il se suspend à pic du plafond comme une araignée... il se déroule au-dessus comme un fil... et *froutt!* un coup de brise il échappe! Voilà comme il vogue!... c'est le joyeux drille en loques et os! il dépasse l'entendement faut dire pour l'équilibre, la passe au vide... Plein la vue les bouillants Touit-Touit! ils en râlaient au fond de leur cuve... d'ébahissement, d'exaltation... « More! more! » qu'ils réclamaient hors d'eux...

maintenant ça y est, il était la coqueluche! ils en réclamaient toujours d'autres! des cabrioles des vrais miracles... comme ça en plein vide... il leur mimait des rigodons, des gambades de folle araignée... tout au-dessus de leurs têtes... encore un tourbillon une valse... et puis il revenait balancer frôler d'équilibre juste au-dessus... et tête en bas pieds aux glaces, une vraie mouche en l'air trottinante... ses hardes à flotter autour... l'admiration que ça donnait! oh! ces soupirs!... que des danseuses s'en trouvaient mal... rien qu'on esclaffe du plaisir!... des grandes mares de pipi partout... c'était vraiment prodigieux la façon qu'il adhérait après les murs, grimpait tout droit vertical, gambadait comique et puis la tête à l'envers et aux flonflons! à la musique! trop hilarant même pour les nègres... qu'ils en pouvaient plus jouer du tout... qu'ils s'en égorgeaient de se marrer... débouliinaient par terre en tas, et danseurs et danseuses avec cherchant leur souffle... voilà l'effet du Mille-Pattes!... Tout droit à l'envers au plafond! Jamais vu un pareil artiste! de là il vous dingue dans les murs! il revient balancer sur les têtes!... il est prodigieux comme essor, il tient même pas à un fil! ah! il captive toute l'assistance... le squelette volant!... Je voudrais que le Sosthène le voye! lui avec ses transes la-mord-moi! sa Pépé! son grand-père en boîte! il en prendrait un peu de graine! ah! le pauvre lard et la Chine! il verrait ce travail vertige! ce que c'est que de la magie virtuose, la vraie prouesse d'atmosphère! lui avec ses chienlits rampantes! ah, la pauvre pelure! moi je pouvais bien l'haïr Mille-Pattes, enfin celui-ci, toujours qu'il m'ébaubissait... vraiment un merveilleux artiste... trois fois dix fois à virevole entre les murs et les grands lustres... pirouette, frôle, au tambour relance! frime là-haut tout seul à mi-air! fol insecte! tournoye et volte à la musique! personne danse plus que lui dans le local!... toutes les têtes en l'air... ils bougent plus ils sont fascinés... ah! j'attrape une main... quelqu'un là tout près du mur... c'est ma mignonne! quelle joie! je l'aime!... « C'est vous Virginie?... » là dans la houle des ahuris... Quel miracle! Elle tremble comme une feuille par exemple... elle est si nerveuse qu'elle bégaye... elle me pince elle m'agrippe... c'est Pattes-Folles là-haut qui l'effraye... Elle me le montre du doigt.

« Eh bien, que j'y fais, et alors? C'est un clown voilà! » Je veux qu'elle se rassure... il balance juste au-dessus du jazz, au-dessus les nègres... il va et vient... et suspendu à rien du tout! c'est ça qu'il est le prodige...

« *Isn't he wonderful?* » elle demande, elle se fascine aussi... elle bredouille... Il plane là-haut il pèse rien...

« C'est un pitre hé petit couillon! c'est une illusion qu'il vous donne! »

Elle m'emmerde à bâiller comme ça pour ce sale frimand pourri, farceur *rébus* déchet ordure humaine! humaine c'est encore bien poli, c'est bien énormément dire! Je lui casse le morceau, je l'engueule.

« C'est un jeu de glaces vous voyez pas? »

Elle ouvre la bouche, elle répond rien, elle reste médusée voilà! Ah! je sais pas ce qu'il leur a versé! ils en bavent ils en font sous eux... c'est le prestige d'outre-catacombes... ils regardent cet espèce d'insecte là-haut en convulsion des airs... ça les éberlue, ils dandinent, ils ronronnent comme ça d'étonnement... Le revoilà qu'attaque le tambour... quelques roulades et au piano!... il passe à quatre pattes à travers les touches... une sarabande plein les octaves! que c'est un broyement de sons atroces, que ça vous fait rouler les yeux, vous tordre les lobes des oreilles! ah! le ravageur! le démon! Et ce qu'il est content! il a réveillé l'assistance qu'était abrutie il faut le dire... en sursaut ils l'acclament ils hurlent... l'autre les salue de haut, du lustre... il est perché, il triomphe... ces ovations l'exaltent encore... le voilà reparti dans l'espace... des cabrioles à plus finir entre plafond et parquet... jamais touchant le sol... il se connaît plus de virtuosité... ah! on a un gentil petit pote! on peut être fier de ses allures!... la môme elle en bée c'est bien simple, elle bâille vers là-haut, elle sait plus... c'est l'hypnotisme de dégueulasse... y a plus que lui qu'existe, ce crouillat ce clown la gangrène... elle l'a pas senti tout à l'heure l'infection que c'était dans la rue? et au restau donc! pendant les moules, l'endive, les cailles?... elle a pas senti? et dans la rue, ses boyaux, elle a pas vu ce qu'il me passait? C'était pas immonde quelque chose? ça la soulevait pas de voir ce genre? cette esbroufe de déragoûtant maltrin squeletteux pourri? Je lui criais ça là dans le vacarme, qu'elle m'écoute, qu'elle m'entende bien... qu'elle en sorte de sa stupeur. Il faisait juste maintenant l'homme orchestre, une cacophonie lui tout seul... il frappait sur tous les tambours, tirait toutes les cordes, soufflait dans les cuivres, tous les instruments au passage! au vol! suspendu dans l'air en voltige! trois doigts au piano et *vrrouf!* toute la gamme! un égrènement merveilleux... et tout ça la tête à l'envers... il attrape le tambour au vol! l'emporte! balance avec dans l'atmosphère... ça s'est jamais vu comme adresse... c'est le prodige sur rien du tout!... toujours ainsi balançant il suce de la flûte, il en joue! un vrai petit colibri dans l'air... il envoye la flûte aux cymbales! *Tzimm!* Quel drôle! l'assistance trépigne! La petite ça lui fait un effet qu'elle pleure, qu'elle rit, qu'elle est folle... « Oh! oua ô ô ô » qu'elle fait, elle miaule je la reconnais plus... Il fait le jazz maintenant lui tout seul... il redescend sur l'estrade aux nègres... il se lance tout le paquet, ses os, ses loques, tout, contre le grand tambour!... et *vflam* il rebondit à l'autre coin tout à fait à l'autre extrême... il revient dinguer sur la grosse caisse avec tout un fracas d'osselets... on dirait qu'il s'éparpille, qu'il se répand en miettes... c'est des ovations à n'en plus finir... fanatiquement qu'ils l'adulent... une vraie rage qui les secoue tous, ils se jettent les uns dans les autres... ils veulent attraper Mille-Pattes, il les fascine trop... ils lèvent leurs trois cents bras en l'air... ils attrapent rien du tout!... ils attrapent de la fumée... c'est qu'une toupie au-dessus de leur tête... il tourbillonne si vite si vite si rotatif que ça chante, que l'air piaule au-dessus des têtes... c'est un vertige toupie vivante... voilà comme il est... il devient lui la vitesse, l'élan comme une grosse boule de lueur bleue... et puis plus vite! plus vite encore! et *brang!* un coup de cuivre à l'orchestre! c'est encore de tous ses os, de tout son bassin! il s'est jeté dans la grosse caisse... il en ressort comme d'une nébuleuse... un jet de lumière rose... le voilà... tout beau il rejaille! la grosse boule bleue a stoppé pile... le voilà droit campé, tout lui là tout commandeur sur la caisse... le doigt en l'air au-dessus de tout le monde... son long doigt d'os... il va nous faire à l'impression... sur le tambour il en impose... il s'est étiré qu'on dirait, je veux dire toute sa carcasse, ses os... il fait vraiment l'épouvantail... et puis sa tête alors... de mort... Ça les chiffonne pas là les braques? ils voyent pas le genre de fumiste? et qu'il les interpelle en plus...

« *Ladies!* qu'il nasille... *Ladies Gentlemen! we are here to present you Virginia the virgin beauty! and Ferdinand her jealous!* »

Là-dessus grand roulement de tambour exécuté par lui-même... une grêle de baguettes, de doigts, et ses longs doigts de pied en plus... à quatre pattes déchaussé... un tourbillon sur le tambour... ça crépite! crépite plein la salle... puis il se recampe, il bouge plus, il reste debout droit... il toise l'assistance... il m'a repéré qu'on dirait... de l'autre bout des glaces il m'a vu... J'entends pas très bien ce qu'il raconte... il pérore, il chevrote, son genre... Les gens l'écoutent pas du tout... ils brament, ils veulent plus rien entendre... ils imitent l'âne, le cochon, le chien... ils se ruent vers l'estrade... ils vont accrocher Virginie... c'est lui qui nous a désignés le monstre funambule! moi aussi maintenant ils m'en veulent, ils vont m'agripper droite et gauche... ça y est, ils me tiennent, me secouent, ils me tiraillent mon pantalon... c'est une maladie? qu'est-ce que c'est? des piqués sans cœur? c'est une furie bacchanale? « Touit-Touit! » qu'ils piaillent... c'est leur rengaine... ils chantent ça chaque fois qu'ils se secouent... peut-être que ça va être la chasse?... le sacrifice six-quatre-deux... qu'ils vont nous bouffer à la broche?... ils s'empêtrent bien en attendant, ils s'emberlificotent entre eux-mêmes, c'est peut-être la danse des victimes? la danse par quatre! six! huit! douze! C'est une satanée pagaye... ça houle vocifère de partout. . toute la cohue se remet en branle... nous sommes Virginie et moi-même happés soulevés embarqués... c'est un vertige *de tournoyage*... c'est la farandole pas d'erreur... à la gigote... à la saccade... et ça s'égosille! tout le bastringue, miroirs, piano, lampes, tout brinque brinquebale... et les murs!... c'est trop pour un local pareil... c'est trop d'entrain, trop de frénétiques, ça va s'écrouler tout à l'heure... on va tous s'enterrer vivants... Voilà fors de moi ce que j'en pense... c'est du grand sabbat! je m'en gourrais... la musique piaule, tout l'orchestre... ils se sont remis à leur tintamarre... possédés « Touit-Touit »! quelles clameurs!... ils braillent ils égosillent de partout... entre les trompettes le tambour... une folle frétillerie tant et plus... Mille-Pattes rattrape une flûte au vol, toujours en voltige, puis un saxo, il souffle dedans, il en étire une de ces plaintes! un couac, un viol de chimère... une horreur à écouter... et puis encore un miaou de déluge... ça leur va aux nerfs aux Touit-Touit... ils en brament redoublent... ils souffrent s'étreignent, ils se cajolent, comme ça toujours chaloupant, ils se sucent les bouches avec plein de bruits, je vais dire mieux c'est une saturnale... c'est épouvantable comme ils se tiennent... ils se filent des baisers qu'ils s'en pompent... ils se saignent je les vois, ils en moussent du nez des oreilles... des orbites... c'est des vraies cruautés de vampire... ils s'entendent effroyablement... entièrement qu'ils sont sur les nerfs, collés bide à bide, ils s'enlacent ils s'agglutinent par petits cahots... si la musique s'interrompt, même pour l'intervalle d'une seconde, c'est des clameurs d'écorcherie... ils peuvent pas souffrir!... « Au meurtre! Au vampire! » qu'ils hurlent... ils foutraient tout le local en l'air... Ils veulent leur plaisir avant tout! les nègres veulent plus entendre rien... ils ont peur, ils font des giries... Ça va être du beau!... Je vois approcher une catastrophe... Heureusement c'est qu'une petite boude... ils se remettent à leur brouhaha... à tout cuivres et cordes et trombones!... ah! ce grand ouf de soulagement... ils allaient s'égorger d'aigreur... tout le bal reboume fortissimo... seuls deux trois couples défaillent affalent pâmoisent sous les pieds... toute la sarabande passe dessus, trépigne, foule, aboye de plaisir... Le grand bal touit-touit fume à plein... c'est vraiment la transe générale à la fêtarderie tant et plus... ça bouille là-dedans la cuve entière, surtout dans les bouts ça s'embrase... des vrais démons aux quatre recoins... Et c'est pas fini de rigoler!... ils préparent un assaut final... je veux dire les plus énergumènes... ils reniflent là-bas... je les vois ils se rassemblent... je les guigne en coin... ils nous reniflent moi et Virginie... là c'est spécial, je m'ignaule pas, je ne m'étonne plus, c'est une manœuvre... le déroulement des pires menées... le *train* canaille... je m'attends à tout!... où qu'il est d'abord notre infect? notre suppôt d'os, notre voltigeur? je l'aperçois plus du tout... mais il est là pourtant c'est certain... il est dissimulé, il biaise, mais c'est lui le comploteur en chef... je m'attends à une charge des lubriques... en voilà dix quatre douze qui piaffent, ils vont s'élancer de la cohue... ils s'extirpent, ils se jettent, les voici!... leur choc est *[un mot illisible]* irrésistible... nous sommes Virginie et moi-même

452

happés soulevés emportés pétris par dix... vingt... cent mains douces... pelotés séparés... rejetés... encore haut en l'air... repris engloutis sous caresses... au moins six femmes moi qui m'enlacent, me triturent éhontément... je devrais me raidir me gendarmer... la force est à elles... ma Virginie mon adorable ma gosse ma friponne où es-tu?... Ah! les gredines elles me délabrent... À bientôt Virginie ma fée!... de l'autre côté du cyclone! Mais dans quel état vingt mille larmes! Je devrais me raidir hurler lacérer ces créatures... Effrontées violeuses qui m'oppressent, me sursautent à six sur mes organes... jamais j'ai senti chose pareille! elles me font des horreurs positif!... elles m'étourdissent de baisers, de suçons lourds que j'en étouffe... elles me manipulent sens dessus dessous... elles me basculent elles me mettent à l'envers... elles me retournent ma pauvre culotte... c'est un jeu infâme de faunesses... et des lèvre-à-lèvre que j'en crie!... jamais elles auront mes ardeurs! elles peuvent s'acharner me broyer m'engloutir dans les folles emprises, me larder mironton d'amour, jamais je pâmoiserai pour elles!... ma ferveur fidèle et d'abord! envers contre tout nom de foutre! Elles me déversent dans un petit réduit, elles sont maintenant dix contre moi... Et je les traite de tout! d'enculées! de bourriques! gargouilles! Elles me font sauter sur leurs genoux... rien ne les fâche de mes paroles!... comme ça ma culotte toute défaite. Je me vois par les glaces... mon pauvre visage... je vois leurs têtes aussi les satanes! les cheveux défaits à la tempête! elles sont en rut en rage, toutes rouges de rut! Je me défendrai par la ferveur! par le souvenir à Virginie! tout pour son minois adoré! Elles veulent me faire boire les gouges... c'est encore un piège!... quelque philtre de sorcellerie! « Du poulet d'abord! du poulet! du caviar! » J'écarte leur sale coupe!... manœuvre ultime... suprême sang-froid! Je ne veux boire que la bouche pleine... et tout bien recracher là *vlan!* en pleines gueules *fardées maudites*!

« Virginie! Virginie! au secours! »

Voilà mon cri au supplice.

Ah! va te faire foutre! Personne l'entend, tout le monde rigole. Le boucan est bien trop énorme... mes ravageuses s'en fichent pas mal... elles se retournent sur moi à présent, comme ça leur chair à l'envers... elles me passent leurs entrejambes plein le nez... je suis dans les cuisses tout noyé rose, j'égorge dans les encens, les parfums de cul, les effluves... des chaleurs à tout mordre, à dévorer ça pour des siècles! des culs du ciel, des blondeurs d'ange que c'est du jambon de Paradis, qu'on boulotte chaude l'Éternité... J'attaque... j'attaque... je mordille à plein... la dodue là... les fesses brûlantes... je vais tout avaler engloutir... je bave je bave... l'ogre d'amour! j'ai la fringale... merde pour Virginie! je les veux là toutes mes infernales... je change d'avis c'est tout soudain... Dans l'entrelarderie des viandes, à travers les cuisses je l'aperçois, je la vois dans la glace... c'est elle la garce! ma coquine... tout au bout... là-bas entre le mur et le piano... elle s'empoisonne pas ma colombe... toute recouverte qu'elle est aussi! ah! je discerne!... je bigle parfaitement... toute une cohue d'hommes sur le ventre... des fracs des habits... des cheveux blancs... c'est une mêlée aussi sur elle... elle en a partout qui se trémoussent... ils s'ébattent dessus et dessous, ils la manipulent, ils te la brassent... sa petite jupe en l'air... c'est comme mon pantalon exact... sa jupe par-dessus les moulins! Ah! elle nous fait rire... et qu'elle rit aussi la friponne! par sauts par bonds qu'elle leur échappe! ils la rattrapent la reculbutent... c'est du pelotage enragé... j'entends pas ses cris par exemple... y a trop de tintamarre [un mot illisible]... c'est les Touit-Touit et les trompettes... si ça souffle et hurle! Braille toujours frimousse! crie! Ils vont me la mettre en papillotes! c'est le grand ouragan des passions! ça déferle et ça tourbillonne... au moins trois bacchantes qui me surmontent... je ferais des malheurs malgré tout... je suis emmitouflé dans les caresses, les peaux de satin, baisers fous tendres brûlants, je suis empaqueté dans les ardeurs les saccades de vingt-cinq démons, elles me lâcheront pas... elles me forcent enragées charnelles, bourrelles de plaisir... elles m'évideront l'âme par suçons... elles me reculbutent me forcent à terre, elles me rechevauchent la bouche le nez, faut que je les tète positif!... si je récalcitre elles m'égorgent... d'un effort surhumain je m'arrache... je décolle je respire je revis... j'aperçois encore Virginie! dans les miroirs sa petite binette... son adorable petit minois!... mais j'aperçois pas son cher corps... engloutie ma colombe, mon cœur, mon adorée gamine, sous cet ignoble méli-mélo, cet amas furieux...

ils sont là au moins vingt sur elle, des habits, des noirs, des fracs, grondant grognant pataugeant... c'est pas possible que ça existe! ils vont lui déchirer les chairs ces goulus maniaques! après ses cuisses qu'ils rugissent, trop merveilleux fruits d'or et d'ambre! après ses petits drus trésors, fripons nénés, frétillantes fesses, marbre et chair et rose... Tout est la proie de ces porcs... ils se vautrent ils la couvrent... ils l'adorent parbleu eux aussi! ils la veulent entière et toute chaude... c'est l'extase d'étable à pleins mufles... la pullulation des bonheurs... ils me la souillent effroyablement... j'endure un trop fort martyre, je brame sous mes folles, je brame... elles me coulent du champagne dans la gorge, à pleins flacons... je suffoque j'étrangle... ah! les damnées embobineuses! je me désenlace pourtant, je me requinque, je bascule aussitôt, je m'écroule... c'est leur breuvage qui m'a fini... les maléfiques pouffiasses exultent!... je me recroqueville sous leurs lècheries... elles me veulent à poil complètement... tout autour c'est le grand branle, la crise, tout le sacré bouge en effusion... ça braille ça gigote au refrain maintenant, à la cadence... la faridondaine de partout, le fatras du cul... la fête bat son comble...

Touit-Touit Mister!
Touit-Touit Sister!
Youpi Master!
Couac! Couac! Couac!

C'est pas très varié... mais y a de la furie dans la cuve! La meute touit-touit râle d'enthousiasme... déchaînés qu'ils sont, hors d'eux-mêmes... ils se sautent dessus califourchon, ils s'arrachent des pleines touffes de cheveux... ils se font du mal, ils se font crier, ils retombent tout le tas sur la piste... que ça fait des monceaux d'ivrognes, vociférants, mousseux, rendeurs... c'est la ferveur des culs qui bouille.. des monceaux de mondains chevêtrés à la hue à dia langues sorties... la musique brasse palpite la houle à durs flonflons, que ça fait comme gonfler l'omelette, toute la viande là vautrée grognant... comme un formidable soufflé toute la largeur de la piste, ça dilate enfle, ça monte énorme puis raplatit... tout ça avec la musique... c'est dire l'ivresse l'intensité! la trompette âcre déchire la turne que l'air en crisse et *[un mot illisible]*, toutes les glaces vibrent... voilà comme ça se passe.

C'est la houle des passions partout... ils veulent nous rendre criminels... j'hurle aussi en chœur... je sais pas ce que je vais faire? imiter la vache comme eux, le cochon? le rire d'hyène? L'aigle plutôt que je voudrais être, m'envoler avec ma chérie... je braie comme un âne *[deux mots illisibles]*, je suis emmitouflé sous les caresses, il m'en rapplique de partout, des chaudes des froides des molles des rèches... mille doigts me parcourent la culotte... je suis anéanti d'embrassements... mes sursauts les moustillent ces garces... Je bronche elles m'arrachent les parties... Qu'est-ce que je peux tenter? c'est de la magie irrévocable... Je cède ou elles me dépiautent... Les Touit-Touit hurlent en mon honneur.

« *Damn him! damn him!* » On voit ce qu'ils trouvent... damné qu'ils me trouvent! c'est du fiel!

Je vais leur répliquer net et fort! Ils vont voir un peu ma colère... Ils attendent pas ma repartie... les voilà qui s'extirpent des tas, de leur infect entremêlement, les voilà tout debout en fureur, ils recommencent la bataille, des fous sauvages en curée les uns contre les autres! Je recherche Mille-Pattes dans la tourmente. Je le vois plus... Où qu'il peut être notre fantastique!... sur la piste y a rien à voir... c'est la tripotée générale... même mes bacchantes qui m'abandonnent pour sauter dans cette cohue folle du combat... les bonshommes attaquent tout de suite, les retroussent sens dessus dessous... que ça se donne du furieux bon temps! c'est une exubérance de diables! c'est bien du sabbat je m'en gourrais... S'enfourcher les uns les autres voilà ce qu'ils essayent... des *pirouettes* inouïes à vrai dire, l'un tout debout, l'autre à la cisaille comme ça la tête en bas... je crois qu'ils veulent imiter Mille-Pattes... il leur a frappé la cervelle... où qu'il est notre mort-la-goguette? je l'aperçois plus ce sale os... je suis sûr qu'il réapparaîtra, qu'il prépare un tour fulminant, une sensation, un bouquet... je le vois toujours pas... c'est les furieux là dans la houle qui rugissent s'enragent encore plus... ils sont peu près fous sauvages... ils se détériorent en morsures... Je cherche toujours mon Mille-Pattes... Ah! c'est autre chose que dans le métro... il est servi comme victime! Impossible de l'apercevoir... Les fous furieux râlent tous en chœur, ils achèvent les femmes à présent... ils les bousculent basculent à terre... ils arrachent leurs robes, ils trépignent dessus... Faut que le jus en sorte on dirait... L'écrabouillerie du sexe faible. À pieds joints qu'ils tressautent sursautent... À poil les corps adorables... Tous les instincts sont permis... le dressage à force... voilà comme *ils sont*... mes furies sont happées aussi, ravagées à force, elles passent à tabac comme les autres... Elles hurlent au martyre! Ah! c'est bien leur tour... La beauté jute plein le parquet, dégouline en flaques... c'est la dérouillade formidable... c'est le triomphe des gentlemen... ah! je suis bien content... je respire, l'atmosphère est *toute* lourde. Si je pouvais rattraper ma mie, ma chérie charmante... Elle est là-bas toujours aux prises... « Touit-Touit! » qu'elles hurlent à terre les folles, les biches *décimées*... Ah! nom de Dieu je m'ébroue, je frappe, je hennis d'action moi aussi, je veux pas périr dans la torpeur... allez! que je crève quelque chose moi-même... ces frimeuses ont trop abusé... allez vite, une miche un nichon! que je leur fasse sortir l'effronterie! que je leur crève d'abord un œil! que je leur arrache la perfidie! Y a pas de rigolade! Sûrement qu'elles m'ont versé le philtre! Tout le monde rigole tout autour. Ils voyent que je veux me dépêtrer, m'élancer dans le tournis des corps! que je fais des efforts suprêmes... les femmes du coup se rejettent sur moi... c'est des lionnes rouges *comme* elles me mordent... elles veulent me punir du sursaut... cette fois c'est certain sans espoir... je suis le jouet des messalines... leurs dents m'arrachent des bouts *des* parties... je suis plus de force... le mal incarné triomphe... Je perds un copeau deux puis trois... je gis pâme bulle... je rends toute ma force... encore un spasme, un hoquet encore.. *couic! couic!* que j'expire, je coule... Dans quel enfer on est tombés? dans quel clac il nous a conduits le vampire la gouape? mon bras déjà si souffreteux n'agit plus du tout... je peux même plus me soutenir sur le coude... je peux plus me relever... Je rappelle encore Virginie, je la supplie, je l'implore... ah! la voilà, elle me fait des signes, elle se ravage pas elle la grisette, elle se bilote pas elle la friponne, le cul en l'air qu'elle a tout nu... je la vois dans les glaces... en plein sur les genoux des hommes... comment qu'elle contorsionne frétille! elle prend pas l'orgie tragiquement, juste en acrobatie marrante... c'est une honte! j'en râle aboye... et puis elle embrasse à bonheur et tous les hommes tout autour d'elle! et vas-y cocotte! c'est un défilé sur elle... un tzigane d'abord, puis un nègre, puis un barbu, puis un athlète en *[un mot illisible]*, et puis tiens une petite vieille à bonnet, à binocle et cornet d'oreille... elles se font youp dada toutes les deux pour montrer leur bon accord... et puis sursautent... ils montent dessus *partout* à la ronde *[un mot illisible]* Ah! c'est un beau jeu! Je vois tout, je peux pas faire de méprise, elle les régale tous sans chiner ma pupille... La vieille surtout qu'est râleuse, elle veut lui mordre tout le derrière... elle perd ses lorgnons de *[un mot illisible]*... ah! je suis au supplice je hurle... mon bonheur est là... je grelotte... ma ferveur mon âme... je bégaye de rage... mes bacchantes me reboule-versent... elles me tournent que je voye plus rien... elles se mettent à me masser férocement, elles me tortillent les parties du corps... je peux même plus hurler de douleur... juste je vais viens sous leurs emprises... j'entends quand même la voix, c'est une nature toute spontanée, c'est la jeunesse une jouvence... ils sont aux anges les porcs goulus, la vieille la plus folle... des gens qui la remettent debout... ils la relèvent du sol... ils veulent qu'elle chante à présent... ils la menacent d'une grande tripotée, une fessée de quatre-vingts mains! je vois qu'elle résiste, qu'elle pleure s'agrippe... elle résiste plus, et bas les armes... voilà sa voix qui s'élève... une voix d'ange positivement... douce *[un mot illisible]*, clair à cristal tendre et velours, tout... Mais c'est le refrain canaille.

Touit-Touit that's the way to be

le refrain de feu de cet antre...

Toutes les souillures à ma colombe!... Ah! je ne revivrai jamais!... Un formidable son du cor couaque! tonitrue! râle! il sonne faux la vache!... C'est un signal... Brouhaha... Les couples les groupes se tarabustent...

« Dégagez la piste! » Les nègres rugissent, foncent dans le tas... « Dégagez!... »

Une lance d'incendie fuse, pète, gicle!... Ah! c'est déblayé! Une trombe dans les fesses! Oh! là! là! Le vide!... la cohue fond!... Un roulement de grosse caisse... un groom jaillit de la coulisse... il transporte un gros paquet de cartes, des géantes, bien plus hautes que lui... tout le jeu sur son dos... Il étale toutes les cartes par terre... un autre groom amène une roulette... « Les jeux sont faits !... » Du coup encore c'est la furie !... Tous les Touit-Touit veulent jouer tout de suite ! C'est le pugilat illico... Personne veut attendre une seconde... Ils se sautent dans les plumes... Ils s'assomment pour saisir les cartes... les grooms remportent deux massacrés... le champagne pétarade... inonde... « Les jeux sont faits !... » Mille-Pattes se place... il se carre croupier !... Ah ! le revoilà notre disparu !... Toujours vert et gris !... Tout de suite au boulot ! Il brandit le râteau !... Il m'invite !... que je m'approche !... Il me grince par-dessus la mêlée !...

« Ohé, Ferdinand ! la fortune !... »

Que je vienne un petit peu... Les jeux sont faits !... Ah ! je peux plus remuer du tout !... les folles m'ont rattrapé en force ! je gis affalé sous les caresses !... mes dernières énergies découlent... elles me dépiautent ces parfumées... elles s'enivrent de ma détresse !... elles abusent atrocement de mon corps, de mes cicatrices, de mon bras surtout... qu'elles tortillent... étirent... je hurle et ne me rends pas... je n'aime aucune de ces lubriques... Je les hais toutes... je n'adore que ma Virginie ! Plus elle s'éloigne, plus je l'adule !... Je la revois là-bas enlacée, reniflée, léchée, pourléchée, haletante et câline, elle se tortille, elle se pâme au tapis... là-bas tout au bout des miroirs... Encore tous les mondains dessus... Ils grognent de joie... Je les tuerai tous !... Par convulsions torticolis j'arrive à bouger un petit peu ! Je rampe ! je rampe ! Je vais atteindre ma Virginie... Je veux l'atteindre !... Je vais l'arracher aux pourceaux !... Le groom appelle le gagnant... J'attends un peu... Le 12... le 12... je traverse le parquet, tous les numéros à la craie... je rampe !... je rampe !... le 6... 3... 9... Les jeux sont refaits !... C'est Mille-Pattes qui lance les boules... Je le gafe en plein la saloperie !... Il est tassé sous le piano... recroquevillé dans ses odeurs... il phosphore tout plein à chaque coup !... à chaque envoi de boule... Le 9 !... le 9 !... Il ricane... il fraudule... tout le monde... il leur ramasse tous leurs bijoux... Il couaque... couaque... couaque... Il fait le canard... C'est son genre de joie !... Son râteau passe... il écrème tout, c'est vraiment un horrible tableau... Il ramasse maintenant les âmes... Les âmes aussi jouent tout ce qu'elles ont... les Touit-Touit! Y en a plein le parquet des âmes... ça roule... c'est un peu comme des cœurs... mais tout pâles tout translucides... On voit que c'est fragile comme tout!... Ah! je le gafe dans toute son horreur le Mille-Pattes maudit!.. Il a pas volé son métro!... Ah! Dieu foutre non!... Je le vois travailler... Ah! plus un poil de remords!... Ils s'envolent mes remords! Tous! Ah! je suis guéri!... Je le ferai repasser sous la rame! Ah! je me gênerai pas!... Qu'il y revienne! Je ricane tout comme lui!... Ooah! Ooah!... Je me remets à ramper!... Je traverse encore la guerre des corps!... la houle des lubriques! Je vais hurler... bramer moi aussi!... Je rampe... Lorsque tout à coup le tambour... roule... roule... Le son du tambour... il bat... il bat... ça se rapproche... ça vient d'en haut... de l'escalier... *Brrr... Brrr... Brrr...* tout le bacchanal s'arrête... net... la musique stoppe... les fêtards restent figés... interdits comme ça... Ils bougent plus... le tambourineur descend... Il se presse pas... *Brr... Brr... Brr...* Il vient sur nous marche à marche... Il descend de la rue... On le voit maintenant... c'est un grand maigre... On le voit tout entier à présent... *Brr!... Brr!... Brr!...* Il fait gravement son boulot... à chaque marche qu'il descend *Brr!... Brr!...* Il bat un rappel... Il bouge pas la tête... Il rapproche encore... Il passe là tout près... Je vois sa casquette... *« Cimetry »* écrit dessus argent sur ciré... Il descend encore... C'est un gardien en uniforme... longue redingote baudrier jaune... c'est un préposé... important... barbu qu'il est, toute sa barbe... il descend comme ça... il passe... Il avance vers le piano... à pas mesurés... Mille-Pattes qu'est en dessous il s'écrase!... Il se roule en boule de tous ses os! recroqueville encore!... Il se ratatine en petit tas... C'est infect comme il a peur!... C'est plus qu'un petit clinquement de bouts de bois!... Ah! il fait plus l'acrobate!... là-haut dans l'espace... Il voltige plus dans l'atmosphère!... Il se recroqueville sous le tabouret... Il cherche à rentrer sous le plancher... Il arrache des bouts de parquet... Il creuse, il fouille... il fait le chien!... Il gémit atroce... tout ça devant le gardien au tambour!... Le gardien rapproche encore de lui. Il le touche du bout de sa baguette... Mille-Pattes tressaute, grince effroyable... et puis c'est fini... terminé... Mille-Pattes bondit de dessous le piano, il jappe maintenant gentiment. Il sautille autour de son maître... Il se jette sur ses gros souliers... Il lèche... il pourlèche ses semelles... Il se rend affectueux au possible... Le gardien maintenant remonte marche par marche comme il est venu... sa figure a pas bougé pendant toute la scène... Il a pas dit un seul mot!... Il roule du tambour... c'est tout!... à chaque marche qu'il monte! *Vram!... Vram!...* Il entraîne Mille-Pattes comme ça au son du tambour... *vram!... vram!... vram!...* Mille-Pattes le quitte plus!... pas d'une semelle... charmé après ses talons!... reniflant à quatre pattes!... Il pousse un petit cri à chaque marche... comme un gémissement de douleur. Personne ose plus approcher d'eux... Tous les mondains restent figés!... Ils ont contemplé la scène, comme ça tout babas interdits! .. Mille-Pattes et le gardien du cimetière montent ainsi doucement l'escalier... *brr! brr! brr!...* Ils disparaissent dans la nuit!... par la porte qui s'ouvre toute seule!... Ah! les mondains ils bandaient plus!... Ils restaient là tout penauds... Ah! pas fiers du tout!... Ils savaient plus quoi dire ni faire!... Ah! merde! moi je trouvais ça pas mal un si tant sale ossement funeste, que le barbu l'aye fait circuler!. . si dégueulasse putride et tout!... Ah! merde, je le refouterais sous le dur si je le rattrapais aux malices!... à jouer des tours persécutants aux personnes qui lui demandaient rien... Ah! c'est trop commode! Ah! je le dis tout net!... Il m'en avait fait chier l'immonde! avec ses petites lumières et tout... ses lueurs nébuleuses! Ah! le succube époustouflant... J'espère que le garde allait l'enfouir cette fois-ci, une bonne fois pour toutes... au Trou d'Éternel! pas semblant!... aux larves pour de rire!... Charogne à caprices!... Ah! y aurait du sport de cyclone!... Si jamais je le reprenais mutin à fantomer dans les musettes!... Ah! j'y passerais moi les fredaines... Ah! moi ça m'avait fait du bien le gardien barbu! L'ordre rétabli! Ah! je me ressentais tout invincible! rambiné! frémissant! tout neuf! d'acier je peux le dire!... Ah! chambardement des humeurs!... Je me repompe d'un coup!... d'un bond!... J'envoie chier les papouilleuses! En l'air les obscènes... Je me dépêtre... Je fonce!... Je fais qu'un saut dans l'escalier... Je rattrape Virginie au vol... Elle va bouler au parquet... Ah! je saute dessus... Ah! je vais me payer sur la bête!... Je la rentraîne jusqu'au paillasson... Elle sanglote affreux... elle m'implore!... Le châtiment! Voilà ce que je crie... Le châtiment!... Les Touit-Touit! ça les remet en liesse!... Le « Cimetry » les avait navrés... Je traîne Virginie par les cheveux...

« *Kill her! Kill her!*... qu'ils m'encouragent. Tue-la! Tue-la! » Ils me forcent la main... C'est superflu!... Voilà la volée!... je pense et *hop!*... et *hop!*... une bonne trempe!... Ah! mais alors c'est du délire!... Ça les rend plus heureux que jamais! Ils m'ovationnent... Ils m'attisent!...

« Bravo, *young deer*! Bravo jeune cerf!... » comme ça qu'ils m'appellent... Je piétine la mignonne un peu... je lui saute légèrement sur le ventre... comme ça deux trois fois... Ah! alors c'est la grande furie... Ils se retroussent tous! Ils se convulsionnent... Ils se ruent à l'assaut... Ils se fourragent... les pantalons arrachés volent... C'est terrible de voir ça!... il leur sort plein de sang du derrière... des oreilles... des yeux!... c'est la grande bouillie de rage d'étreintes... Les nègres ont pris peur à la fin... Ils sont grimpés dans le grand lustre... Ils voguent au-dessus de la mêlée... Ils chantent comme ça suspendus...

Touit-Touit! Madam!
I say!
Touit-Touit! Madam!
Weep and play!

Et puis leur grand cri... « Fikediïïï! » qui perce tout. Ah! les fêtards ils rebouillonnent... Ils se relancent les uns dans les autres!... Ils s'emmêlent dans l'horrible chaleur... C'est la fusion des passionnés... la cuve écume des étreintes... On entend leur énorme plaisir... Ils ronronnent et puis ils esclaffent!... Ils s'étouffent dans les trous du cul!... Ils s'occupent plus du tout de moi... ils sont absorbés au possible! Je vais m'échapper... faufiler... voilà ce que je me dis... Je rassemble mes dernières vigueurs... Je me force tout debout! Là sur mes jambes! Ouf! Je rattrape Virginie... je l'entraîne... Je la force à bondir à quatre pattes... L'escalier est libre!... Je force mes guibolles... je force ma douleur... Je force tout!... Je bouscule le groom... Je force la porte! Ouf! Voilà l'air! la rue toute noire!... Il pleut à seaux... des cataractes... Faut pas rester là!... En avant! On saute dans les flaques... À présent à nous deux mignonne!... Ah! c'est pas fini la torgnole! Chose promise... chose due!... J'arrête sous une porte... à l'abri... là c'est beaucoup mieux!... elle est trempée... elle est en loques... elle m'écoute pas... elle dégueule... je la soutiens... je lui tiens la tête...

« *Leave me alone!* qu'elle me fait comme ça, une fois qu'elle a tout dégueulé... Laissez-moi tranquille!... »

Ah! ce petit culot!... Ah! ce crime!... Moi qui l'ai arrachée aux monstres... Moi qu'ai bouleversé ciel et terre!... pour la sauver des démons!... Ah! la petite chipie!... La peau!... *Pfeng!* une beigne!... Je l'envoie dinguer!... Elle s'étale et chiale!... Je la rattrape... je la remonte à ma hauteur... je l'embrasse! Ah! je l'adore!... je la serre!... Ah! je l'aime trop!...

« Pleure pas! je la supplie!... petite mignonne! Je suis un monstre!... Oui je suis le pire monstre!... pire que tout!... pardonne-moi chérie!... *Forgive me darling!...* »

Je bafouille en anglais... je la serre contre moi!... elle grelotte!... je la chauffe, je la frotte, je l'embrasse! Elle est pas tendre... pas gentille!... Elle est fâchée... Je l'ai battue! Oui mais c'est vrai aussi! J'ai vu!... J'ai tout vu!... toutes les horreurs! Comment qu'elle se faisait caresser!... bourrer... farfouiller!... Ah! pardon! par la horde! Nitouche!... Ah! la petite mâtine! Ah! j'en reviens pas!... Ah! là! là! C'est pas possible! Ah! ça me refout en transport! Ah! pardon! un rêve!... Ah! je les revois! tous!... cette cavalcade... cette bamboula!... Ah! je lui mords le cou!... Je la mords!... elle veut se desserrer, elle crie... je lui cramponne les reins, les fesses!... comme ça tout debout contre le mur... Je la retiens bien comme ça... Ah! faut plus qu'elle se sauve!... Il pleut à torrents... toute l'eau de la rigole déverse douche!... sur nous là... nos têtes... Il passe personne... Elle veut partir... Je veux pas... je l'arc-boute... contre la gouttière... je lui parle dans ses boucles, je suce ses cheveux... la pluie... je veux qu'elle me dise... je veux qu'elle me dise tout...

« Mille-Pattes *darling?...* Mille-Pattes... *you love him* Mille-Pattes?... *Little one!...* »

Je veux qu'elle me dise qu'elle l'aime Mille-Pattes!...

« Petite carne... petite doubleuse!... Ah! je saurai tout!... » Je veux pas qu'elle me carotte!...

« Vicieuse !... que je lui fais... Garce !... »
Ah ! ça me torture d'y penser !... comment qu'elle a fait jouir tout le monde... Ah ! c'est trop fou... trop fort !... C'est aigu ! Je la mords... je la mordille... je la recoince contre le mur !
« Bigoudi aussi hein tu l'aimes ?... Hein que tu l'aimes bien plus que moi ?... Hein que tu voudrais qu'elle t'emmène ? Dis-le... Dis-le voir !... »
Je la prie... je la supplie !... je la pétris !... Comme ça sous l'eau de la gouttière !... Ah ! ça me ravage !... qu'elle me réponde pas... Ah ! si ça trempe !... détrempe !... torrents... des cordes !... du déluge qu'arrive !... On est enfermés dans la pluie !... ça déferle au vent sous la voûte !
« Hein ? que je lui fais !... Hein que tu voudrais ? Hein que je te donne à Mille-Pattes ? Hein que tu l'embrasserais aussi ? Bigoudi aussi ? Hein que tu me la mangerais Bigoudi ? Hein tous les deux ?... lequel que t'aimes mieux ? Dis chérie ? Dis ! Dis ! mon amour !... Dis ma petite chérie adorée !... »
Et que je la secoue !... et que je la presse !... que je la mords encore bien fort !...
« Ferdinand !... Ferdinand !... » elle me répond comme ça tout doucement... Elle est toute tendre... toute mignonne !... son souffle... son souffle d'ange dans ma bouche... Elle me donne sa bouche... « Mon trésor !... » C'est elle qui m'embrasse... je prends ses lèvres.... « Ma poupée !... Ma vie !... » Ah ! je l'adore trop ! Je la lève... je la soulève... ma trop adorée !... Ah ! ce si frais mouillé visage !... comme je l'embrasse... je la suce !... « Ma reine ! Mon cœur ! »... Là dans la nuit !... « Ma petite chérie ! Ma petite fée ! »... Ah ! mais la folie tout à l'heure ? Ah ! les Touit-Touit ?... et les rombières ?... Ah ! la rage au cul me relance... Ah ! le feu de la pluie et foutre ! Ah ! je louche dans le noir !... Je voudrais voir ses yeux !... comme elle ment !... sa bouche !... sa figure !... sa mignonne figure si douce !... trempée !... là... rit sous ma bouche... je lèche tout partout ! je m'affole !... Elle est mieux maintenant... elle se retrouve... cruelle... méchante... espiègle... méchanceté assoupie un peu, juste bercée dans mes bras... Oh ! elle va partir !... échapper ! Ah ! elle va se sauver pour de bon !... Dans le noir !... comme ça... rire de moi !... Une gamine... une espiègle !... un ange... « Mon petit ange !... »

« Virginie!... Virginie!... je l'appelle... Virginie!... »
Elle remue un petit peu... elle rit un petit peu... C'est
vrai!... Ah! elle rit!... elle se moque!... Ah! petite
effrontée!... Elle est mauvaise... elle se tortille!... Ah! elle
va mieux!... elle va beaucoup mieux!... Elle veut
m'échapper tout de suite... Je la retiens... je l'embrasse!...
« Petite garce! » elle gigote! Je lui touche son petit sein!...
Je veux le sucer aussi!... elle n'a plus de robe!... tout est
déchiré, en loques... elle se débat!...

« Crêpe! que je lui fais... Crêpe!... Bouge voir!... »
Elle me fout des coups de pied... je suis animal hop!... Y
a personne!... Elle geint d'abord... puis elle miaule... je la
fais sauter tellement je suis fort!... « Saute! Saute! cabri! »
Je sais plus!... je la sens au bout... chaque coup elle
grogne... C'est chaud au bout!... c'est chaud!... « Mon
ange!... » Je l'embrasse... elle me laisse... je secoue... je
secoue!... Je la serre trop fort... elle m'attrape l'oreille...
elle mord! Ah! je hurle! la garce!... Je la plaque au mur!...
Je vais l'assommer petite vipère!... j'enfonce mon genou
entre ses cuisses... là. « Tu bougeras plus! » Je l'arc-
boute... elle se débat encore... elle gigote! elle piaille! je
m'appuie... je la raplatis... je la tiens!... je suis emporté...
plus fort encore!... la viande au bout!... à vif au bout!... à
vif!... Ah! je crie!... je crie! J'entends la rue tout autour...
toute la rue qui crie... c'est personne... c'est moi!... c'est
rien... c'est le noir!... les échos!... C'est bon!... c'est
atroce!... c'est personne! Ah! je la mords encore... je la
tiens bien... je l'adore!... je suce son épaule nue... sa
mignonne épaule toute mouillée... Ah! je saccade!... je saccade!... je suis chien de tout... chien trempé... toute l'eau de
la gouttière!... qui nous trempe... qui dégouline entre
nous... Je charge!... je charge!... de partout!... tout mon
corps contre elle... Ah! je souffre de partout!... je m'arrache
tout... la force me saccade...

« Mignonne chérie! Mignonne chérie!... je l'appelle.
Pardon! Pardon!... » je la secoue... je mords!... je suce!...
Ah! c'est l'ardeur!... le sang!... la foudre!... j'emballe!
j'emballe de force vive!... Je vais la crever!... la broyer
vive!... je peux plus arrêter!... Je pile tout contre!... je la
broie... je suis emporté... je charge! je charge!... Je parle...
faut que je râle... « Tu lui feras tout!... Tu lui feras

465

tout!... » Je sens qu'elle m'embrasse!... qu'elle me tète la bouche... C'est un amour!... Je défonce!... Je charge!... Je la tue!... Je la tue!... C'est vrai!... C'est vrai!... faut que je sache! C'est encore plus fort!... Plus vite!... que ça soye pire!... qu'on s'arrache tout!...

« Virginie!... Virginie!... »

Elle passe... elle flanche!... elle est toute molle!... elle embrasse plus!... je la remonte... je la retiens contre le mur!... je la reprends dans mes bras!... Je vois rien... Je vois pas sa figure!... je lui tâte le nez... sous la pluie!... les yeux!... la bouche!... Je vais la porter!... je l'assois contre le mur!... Ah! c'est atroce!... effrayant!... Qu'est-ce qu'il m'arrive?... Qu'est-ce que j'ai fait?... Je lui jette de l'eau dessus... je l'asperge... tout plein d'eau... du ruisseau...

« Virginie!... Virginie!... » je lui donne des petites claques... Ah! ça dure pas!... Ah! bonheur! miséricorde!... Ah! tant mieux! Elle reparle un peu... quelques mots!...

« Virginie!... Virginie!... » que j'appelle encore... elle est nue!... elle a plus rien... toute sa petite robe déchirée... je lui passe mon veston... je lui passe les manches... je la remets en route... comme ça tout doucement...

« Allons Virginie! Venez!.. »

Il fait noir... elle trébuche!... je ne vois pas son mignon visage... Ah! je voudrais le voir...

« Allons-nous-en! Virginie!... »

Je pense à la maison... au colonel... à Sosthène... Ah! les commissions! les accessoires!... le barda maudit!... où que j'avais laissé tout ça?... Ah! au *Corridor*... Ah! la raison me revenait!... *Corridor*... nom de foutre!... Ah! le pataquès!... Ah! je me souvenais bien à présent!... Ça arrangeait rien!... Plus de berlue du tout!... je cherche à me rendre compte comme ça dans le noir... où on pouvait être?... absolument aucune lumière... sûrement un quartier très tranquille... des petites maisons toutes semblables... des ribambelles... il passait ⟨bien⟩ un autobus? au bout de quelque part...

« Ça serait bien un autobus. » je lui disais à Virginie... ça serait agréable... Ah! mais on pourrait pas le prendre!... J'y pensais pas!... dans notre état de loques et haillons!... surtout la petite comme ça toute nue!... juste mon veston... ça n'irait pas... le contrôleur nous ferait arrêter!... fallait qu'on se dépêche au trot!... qu'on se magne avant le jour!... qu'on retrouve notre chemin!... dans le noir... et rien demander aux policemen... Je retrouvais ma présence d'esprit!... ça dégrise les emmerdements... qu'ils vous rattrapent!... vous êtes sauvé!... vous déconnez plus!... Tout de suite mon plan... la jugeote!...

« Petite! je lui dis!... Écoute Big Ben! »

On arrête pour mieux entendre...

Cinq heures!

« Voilà! je lui dis... pas d'histoires! en avant mignonne!... »

Je savais pas où nous étions... mais je voulais me guider par l'écho... Une fois retrouvé Westminster ça irait tout seul!... Je prends donc la petite par la main et en avant vers la sortie! Fallait se dépêtrer de ce quartier, de ces ruelles dédales et zigzags... les unes dans les autres... On butait partout dans le noir... Enfin une avenue... je reconnais... c'est Acton Road puis Long Avenue... Ah! ça va mieux!... Tant mieux!...

« *Quick! Quick!*... » c'est notre chemin!... on est heureux!... Tout de même un sacré ruban... encore au moins une bonne heure... Heureusement il pleut presque plus!... mais il fait froid... je presse le pas... je pense plus à rien qu'à arriver!... La petite se plaint pas... elle me demande seulement où nous sommes?... si c'est loin encore?... Elle sautille pauvre petit ange!... j'ai des grandes jambes... on flâne pas bien sûr!... Maintenant c'est tout droit!... Edgware Road... puis Orchard Scrubbs... le petit parc... enfin Dwilk Commons... plus loin là-bas c'est Willesden... l'avenue... les grands arbres!... Ah! maintenant faut regarder un peu... Faut pas s'amener comme ça *vlan!*... Là c'est chez nous!... Je vois la maison... je vois la façade... les abords!... Y a rien!... juste le laitier... sa carriole... La porte du jardin est ouverte... *flitt!*... on faufile tous les deux... on rentre par là... c'est encore l'ombre!... personne nous a vus...

☆

« Dis donc! qu'il me fait... Eh! dis donc!... Le vieux est mauvais! »

Il me réveille comme ça.

« Sa nièce lui a dit que t'avais tout perdu! »

Je m'étais écroulé tel quel *plof*! en arrivant... Il me secouait pour me raconter... Il voulait que je lui réponde...

« Qui c'est qu'a dit? Qui c'est qu'a dit?... »

J'y étais pas... je roupillais encore...

« Mais la nièce bon Dieu!... Alors! dis alors!... Ah! dis donc!..

— Il fume?

— Ah! tu peux t'attendre!...

— Il est méchant?

— Il l'a battue!...

— Merde! Avec quoi?

— Avec sa cravache!...

— Ah! alors... »

C'était gentil comme réveil... il m'en apprenait de belles!...

« Je crois qu'il est jaloux...

— De qui?

— De ta gueule parbleu!... pas de moi!... »

Même Sosthène qu'avait remarqué! C'était du propre!...

« On a plus qu'à tailler!... »

Immédiatement ma conclusion.

« Ah! mais pas du tout par exemple! Ah! mais c'était prévu aussi. Il a dit que si on partait, il avertirait la police!... Il nous ferait rafler!... qu'il avait nos engagements... qu'on était payés... nourris... qu'il nous hébergeait... le respect des signatures!... Voilà!... Voilà ce qu'il a dit... Il m'a bien prévenu!... qu'il ferait le nécessaire!... que le concours était pour bientôt... qu'il fallait pas nous défiler!... qu'il pouvait plus nous remplacer!... que c'était trop tard!... qu'il fallait qu'on essaie ses masques... qu'on était engagés exprès. Ah! mais pas pour rire!...

— On! On! On! Tu veux dire toi!... Pas moi du tout!... Je te demande pardon!... Moi j'ai rien promis pour les masques!... J'ai dit que je ferais les commissions, un point c'est tout!... Juste les bricoles!... que c'est déjà assez de fatigue pour un mutilé dans mon genre!... Moi je ne suis pas ingénieur!... C'est vous, monsieur de Rodiencourt!... C'est vous qui touchez tous les ors! C'est vous le grand gâté spécialiste...

— T'appelles ça des commissions toi? Et la nièce tu la commissionnes?

— Ça vous regarde pas.

— Oui, mais l'oncle dis, ça le regarde!

— Et puis après?...

— Eh bien, vous lui direz vous-même... Vous vous expliquerez avec lui...

— Bien, j'y vais tout de suite...

— Il est pas là!... Il est sorti!...

— Où qu'il est?

— Chez les fabricants... rechercher tout ce que t'as perdu!... Tout ce que t'as foutu en l'air!... Il est parti avec sa nièce, il a dit qu'il rapporterait tout... Il a plus confiance en personne...

— C'est rigolo!...

— Où que t'as tout perdu soi-disant? »

Il était curieux.

« Elle a dit que t'étais devenu fou dans l'après-midi vers Wapping... que t'étais descendu dans un Club... que tu l'avais forcée à descendre... que t'avais voulu qu'elle s'amuse... que tu l'avais fait boire du champagne!... que t'avais crevé tous les paquets... que t'avais tout bahuté aux nègres... tout le bazar... tous les ustensiles, les plumes, les bricoles... comme ça d'un coup de fou! que t'étais affreux à voir! »

Je l'écoutais... je répondais rien.

C'était tout ce qu'elle avait dit?

C'était pas grand-chose...

« Qu'est-ce qu'il y a posé alors l'oncle!... Ah! dis donc! Dis la piquette!... Ah! dis j'entendais ça d'en haut!... Ah! m'amour mes fesses! Ah! dis j'aurais voulu voir!... " Oncol! Oncol! " qu'elle criait... et pas au pour!... hein! la vraie trempe... ça claquait! je te dis!... " Au secours! Au secours! " la sérénade!... T'as rien entendu!... Tu ronflais! ça devait s'entendre de l'avenue! »

Ah! j'en revenais pas...

« Il est dur hein, l'oncle? Il est dur?... »

Je pouvais dire que ça.

« Pourtant c'est déjà une grande fille! et forte pour son âge... tu trouves pas?... Elle doit avoir bien quatorze ans! »

Il était pas sûr.

« Alors, qu'est-ce que tu vas foutre? »

Il me demandait.

Il me faisait encore une réflexion.

« Ça t'a pris alors d'un seul coup?... Comme ça de pitanche! Toi qui bois jamais!...

— Va chier!... que je lui réponds. Va chier!... »

J'allais pas lui faire un dessin.

« Où qu'ils sont partis tu dis? »

Je l'avais pas bien entendu.

« Chez les fabricants beau nave!...

Et puis il me raconte... il recommence...

« Tu l'aurais vu alors le colonel!... Il fonce dans sa chambre, dis donc... à la môme!... Il la sort du page! Là toute nue!... Il fait monter les domestiques... tout l'office!... tout le monde!... la cuisine... tout le branle... les *butlers*... les petites bonnes d'en bas... les petites coiffes!... la lingerie!... tout dans sa chambre!... toute la maisonnée... et la fessée devant tout le monde!... Tu parles d'un travail!... Il paraît qu'il l'a déjà fait!... quand elle était petite... qu'elle avait désobéi... c'est le *butler* qui me l'a raconté... celui qu'est en frac... celui qui parle le français... Il fait tout ce qu'elle veut son oncle, mais il faut pas qu'elle se dérange... sans ça la piquette!... et appliquée hein! t'y trompe pas!... C'est sa tournée!... Mais il paraît qu'à présent depuis qu'elle a bien grandi, il en a marre de la nièce... il veut plus la voir! Il va faire venir son petit neveu... celle-là il va la liquider... c'est un gniass comme ça à lubies!... Il va la mettre en pension après les vacances... Le *butler* il connaît la famille... Il est là-dedans depuis vingt ans!... Lui il croit pas que c'est la vraie nièce!... que c'est seulement une fillette qu'ils ont adoptée, enfin pas lui... plutôt sa femme... Enfin des salades!

— Vous en savez des choses Sosthène! Il bavarde drôlement votre *butler*!...

— Il aime ça parler français... Y a dix ans qu'il a pas causé... C'est seulement la femme qui causait... la patronne enfin... C'est drôle aussi comme elle est morte... T'as pas entendu?

— Vous perdez pas votre temps Sosthène!... Qu'est-ce que vous savez encore?...

— Ah! oui! la petite doit hériter.

— Il la gâte dis donc!... Il la gâte!...

— Oui mais enfin c'est pas si sûr, parce qu'il va adopter le neveu... le petit môme!... six ans qu'il a...

— Et toi il va pas t'adopter dis ma bouille? bignolle? Il va pas te donner le martinet? C'est peut-être votre genre maintenant vous deux!... Vous en êtes aux coups déjà! »

Je comprenais pas.

« Ça vient!... ça vient!... »

Histoire de rigoler un peu.

« En tout cas écoute-moi Sosthène! Moi je le piffre pas! Je vais le caresser moi tiens! je te dis! Puisqu'il aime les coups!...

— Lui non plus il te piffre pas!... Te fais pas d'erreur!...

— Alors pourquoi qu'il nous garde?

— Peut-être pour nous faire bien crever! »

Ah! que c'était drôle!...

« Ça serait pas fort étonnant!... ça serait bien son genre!... »

Et puis il reparle de la séance. Ah! c'était tout de même un arsouille!... quel zèbre ce colon! Sa nièce là devant tous les larbins!...

Ah! il y revenait Sosthène... La cravache!... Hardi petit!... Ah! ça le travaillait... Pourquoi qu'il l'avait pas fait venir lui aussi le Sosthène?...

« Ça t'excite aussi dégueulasse!... »

Il s'en foutait de mes sentiments...

« T'es qu'une ordure Chinois!... Vous êtes faits tiens bien pour vous mettre!... Je vais vous maquer moi tous les deux!... »

Rien lui touchait l'amour-propre... c'était pas la peine.

« Alors il t'a rien dit sur moi? »

Je voulais savoir tout de même un peu.

« Ah! rien! ça je te jure! Rien du tout! »

La sincérité.

« Il veut pas me virer?
— Oh! là là! non alors! Oh! non!...
— Tu dois le savoir, vous êtes aux poignes!...
— Non Ferdinand!... Non je te le jure!... " Vous êtes venus ici ensemble... voilà comme il cause... Vous partirez d'ici ensemble... *together!*... Ah! *together!*... Je veux les essais!... tous les essais!... Je vous ai engagés jusqu'au bout!... " voilà ses paroles!... »

Ah! il remettait ça... Je le voyais venir... la perfidie!...

« Ah! attention! hein Sosthène!... Ah! attention, moi des nèfles! Je suis là que pour les commissions!... Oubliez pas monsieur Sosthène!... que les commissions!... Je renifle rien... je l'ai déjà dit... Je suis poussif moi hein! ça me fait mal!... » Ah! je voulais pas qu'il se fasse d'idées!... qu'il se monte la nénette...

« Pas de masque!... Pas de masque monsieur Sosthène!...
— Tu penses qu'à toi... c'est facile... »

Toujours la réponse... Pour un rien aigre et blessant.

☆

Mon adorée le lendemain elle était pâle, ça c'est exact... un pauvre petit air bien battu... À table j'osais pas la regarder!... enfin à peine!...

Tout de même c'était elle... j'étais heureux de sa chère présence... Mais dans quel état!... Ses pauvres yeux!... sa pauvre mine!... Pitié!...

Il était là aussi la brute, le colon, l'oncle dresseur... Ils étaient rentrés à midi... Ils avaient dû drôlement faire vite... d'un quartier dans l'autre... je connaissais le parcours, même en taxi c'était du record!... Mais ils avaient pas ramené tout! Les livraisons devaient les suivre... Il s'impatientait le colonel... Il voulait déjà repartir, retourner aux emplettes... Il se trouvait encore tout nerveux... il m'écœurait... Il sifflotait... il dandinait... il ôtait, remettait son monocle... une pichenette hop!... un coup de sourcil!... Je voulais rien dire, je bisquais rage... mais situation trop tendue!... je bouclais ma lourde!... Il se serait vengé sur la mignonne!... mais si il faisait une réflexion... Ah! j'y rentrais net dans le portrait... pas un pli... on aurait dit qu'il se gourrait... Les larbins présentaient les plats... Je me faisais servir... je pouvais pas à cause de mon bras.. j'en souffrais trop... surtout depuis la veille... Une crise encore... une autre crise... J'avais trop de mal à le remuer!... Je biglais l'oncle en coin... Vraiment un répugnant loustic!.. funeste sournois caractère!... imprévisible hurluberlu!... J'étais positif sur son compte!... Je le respirais pas!... Lui Sosthène s'accommodait bien, il le trouvait plutôt amusant.. intéressant au travail! Chacun son avis.

La roustée à la pauvre fillette je la digérais pas!... Elle non plus sans doute!... Comme elle devait tous nous haïr! Moi compris!... J'étais responsable!... Fautif! Pourquoi je l'avais entraînée?... J'en savais rien!... Personne faisait d'allusion, pas un mot depuis notre retour, sauf Sosthène avec le *butler*... Les larbins qu'avaient eux tout vu, tous assisté à la séance, ils se tenaient très correctement, ils servaient en style impeccable, rien à se douter dans leurs manières... Heureusement... Tout de même, malgré tout, réfléchi, ils se trouvaient peut-être assez gênés... Enfin je savais pas! Peut-être qu'ils y trouvaient plaisir?... Qu'ils étaient tous comme le Sosthène?... férus de vice!... Quand on déroge aux bonnes façons, tout de suite c'est les très grands périls!... On flanche... on trébuche!... *patatrac!*... on nage! Faut pas quitter les bonnes convenances, je le dis toujours et n'importe où!... dès qu'on se permet des latitudes, qu'on s'en fout du tiers comme du quart!... on sait plus!... On sait plus comment ça se déroule... aucune surprise aux pires excès!... Les règles civiles et honnêtes pas faites pour les chiens! bafouées confondues... le malheur!... Ma mère au Passage, ma jeunesse, avait qu'une parole, l'antivice... elle me tinte encore aux oreilles... pas par quatre chemins!... « On vole un œuf, puis un bœuf et puis on assassine sa mère!... » C'était pas mâché... Là je me disais dans le désarroi... c'est l'entraînement... c'est des pervers... Je voyais bien à peu près les choses... mais je me perdais dans les détails!... J'estimais mal le pour du contre!... Il me manquait les usages... un peu l'expérience... la rouerie des lieux distingués... et puis en plus le genre de l'oncle... ses lubies d'Anglais... ça faisait beaucoup... ça faisait énorme... dans un moment aussi terrible, où tout était tourneboulé avec la guerre... les conditions... qu'y avait plus de mœurs... plus d'usages... tout le monde le disait y compris Cascade... Quand on commence à déconner, c'est bien la croix et la bannière pour pas se dissoudre en quiproquos... faut se cramponner!... dans les dédales et les mirages... Je voulais plus rien dire... Le *Touit-Touit* somme toute... réfléchi... c'était peut-être pas si formidable!... C'était peut-être qu'un petit endroit gai! allant avenant émancipé! et puis voilà tout!... un petit caveau des plus burlesques... et pas davantage... O'Collogham en était peut-être?... membre aussi lui ardent d'honneur?... Si je lui posais la question? Je savais pas... je supposais tout!... qu'il descendait aussi les marches pour s'en payer une petite tranche?... qu'il connaissait aussi Mille-Pattes? son odeur... sa voix de crécelle... qu'ils faisaient les cent mille coups ensemble... les petits rigolos... j'étais peut-être grevé fâcheusement de quelque sale mélancolie?... cafard pauvre sot insolite?... rabat-joie chagrin encombrant? misérable bancalot grognon? pleurard empêcheur? triste coco?...

Ah! que j'étais morfondant!

J'allais peut-être à contre-courant?

J'épiais un petit peu le colonel... comme ça de côté... Il lui passait un tic terrible... à s'arracher les dessous des bras... des grands coups d'ongles... *rac!... rac!...* comme ça! et puis une grimace en même temps!... Il en secouait tous les couverts mis, toutes les bricoles là-dessus la nappe... Il envoyait tout dans les sauces, monocle, cuillers, tire-bouchon par la secousse horrible... un accès de singe... et puis il redevenait tout aimable... à l'instant même... souriant à la ronde... la crise passée... Ça lui durait juste une seconde... Je piquais mon fard à chaque coup... je pensais à la petite... je la regardais... j'en devenais tout rouge... c'était vraiment insupportable... avec tout ce qui s'était passé... J'y tenais plus... Je me levais encore... je passais dans le couloir... les cent pas... déambulant à droite... à gauche... j'allais... revenais... je passais la gêne... C'est de là comme ça tout arpentant que je les ai surpris Sosthène et le colon... leur petit manège... ils se filaient des coups d'œil coquins... je les ai surpris dans les glaces... Ils se croyaient futés... salopards!... Ils me préparaient un petit travail... Ah! j'en fus saisi! pas d'erreur!... Je voyais leur complot!... Mais je suis

pas si benêt que j'ai l'air... Dans les suprêmes ultimes impasses je m'accroche au sens animal, rétif à mort, féroce à pas croire... dopé!... je me bute sur l'épreuve... je mords d'attaque affreux!... Faut pas me bafouer!... Guignols je vous ferai pisser du sang!... voilà ce que j'étais résolu!... même si ils seraient venus douze douzaines encore plus fripouilles cent mille fois... Je leur faisais gloutonner toute leur bouse... rampants à genoux!... bien éplorés!... Voilà comme c'est le fond des choses! Le cri du cœur! La loi d'airain!...
À vous de pressentir.

☆

Très bien! Très bien!... J'ai pris mon parti! je me concentre, je me rends hypocrite!... Rira bien le dernier! On m'envoie faire les commissions, j'exécute impeccablement, recta, subito, je voltige entre les autobus, je fonce, je me dérate, je force ma guibolle, pas une seconde de gaspillée... Je me reconnais plus. C'est un autre jeune homme, c'est plus moi, diligent, ponctuel, propret. Rien à redire.

Virginie m'accompagne plus. C'est fini les escapades!

Je la vois juste au moment des repas à l'autre bout de la table, deux trois mots aimables... C'est tout!... Comme si rien n'était. La dignité dans l'existence c'est la gueule de raie. Le colonel il me bigle en coin, on est en quart tous les deux. Le chat la souris. Le Sosthène il est mal à son aise que je veuille plus causer.

Le soir quand on remonte au chlof, il me raconte des trucs, je réponds rien, je ronfle, je l'emmerde... Il en est pour son monologue.

Le tantôt dans mes courses si je passe du côté de Rotherhite, je monte voir la Pépé, je la trouve toujours dans le même état, saoule ou à peu près, toujours amoureuse.

« Où qu'il est Sosthène? »

Ça la ronge.

« Il m'a crucifié la vie! Il me doit le paradis... C'est un monstre, jeune homme!... C'est un monstre!... »

Je lui porte 5 shillings 6 toutes les semaines pour son

475

entretien. Je lui donne pas l'adresse Willesden... ça serait la fin de tout. Je rencontre plus Nelson... ni le petit laitier. Ainsi le temps passe... une semaine... puis deux... puis trois... Je peux pas dire bien sûr agréables... dans la méfiance et l'inquiétude... créchés tout de même... et bien nourris... pas à faire les jacques... au boulot en somme... tous les deux... Sosthène lui aux mécaniques... moi raisonnable aux commissions... plus d'esclandres du tout... plus d'histoires... Lui il restait travailler tard en haut dans les soupentes... Moi je me couchais vers les dix heures... Il soupait avec le colon... il remontait pas avant minuit. Un soir comme ça je roupillais!... Le voilà qui secoue mon pageot tout excité... hors de lui... il faut que je l'écoute!

« Tu sais?... qu'il me fait... Tu sais pas? C'est dans huit jours les épreuves!

— Ah! la bonne nouvelle!... je lui réponds. Eh bien, t'es content?

— Content!... Ah! alors content!... »

Je le suffoque comme ça de culot... Il me trouve net un monstre!

« Tu m'envoies comme ça à la mort? Ça ne te fait rien n'est-ce pas bien sûr?...

— Ah! mais je t'envoie à rien du tout!

— Ah! tu m'envoies à rien du tout!... Monsieur joue en plus les cyniques!... Si je crève alors... c'est un beurre? Tu t'en fous n'est-ce pas?... Tu t'en fous? Depuis que t'es rentré de la débauche, tu m'as pas dit quatre mots!... Là avoue!... pas quatre mots!... Tu me traites pire qu'un clebs!... Je n'existe plus!... C'est pourtant moi qu'ai tous les risques monsieur Roméo!... Pendant que vous vous livrez au vice monsieur le Galant! Vous me verriez crever bien heureux!... ça vous laisserait bien tranquille!... Pas beaucoup de respect humain monsieur Roméo! Laissez-moi vous le dire!... »

Ah! là il attigeait plutôt!...

Tout de suite j'y réplique.

« Mais moi monsieur des Martyrs... Mais moi dites donc j'en reviens de la crève! vilain sale bafouilleux oiseau! Vous y étiez pas vous à ma place! Allez oust! youst! embarquez! Je suis pas l'ingénieur patenté! À vous! Foutez-moi la paix! »

C'était net, franc et catholique... Les points sur les *i*.

« Oui mais qu'il me rétorque, vous êtes bien content du gâteau. Vous laissez votre part à personne! N'est-ce pas petit suçon! et bien régalé la bite tout! et sapé un prince! »

Comme ça qu'il m'insulte!...

« Ah! monsieur Trou du cul Sosthène vous exagérez! Vous dépassez vachement les bornes! Je vais vous corriger!...

— Voyez donc un peu le délicat! et la petite fille, fameux jeune homme? Une enfant! en voilà de la jolie manœuvre! Satyre à tout âge! ou je m'y connais pas! Y a plus besoin d'être ingénieur monsieur de la Migraine! Votre valeur n'attend pas le nombre des années!... »

Voilà comme il me cause...

Je réfléchis si je vais pas le foutre en l'air!... et puis je me calme... j'aime mieux causer... Je voulais bien demander pour la petite... c'était tout de même un peu plus grave!... pourquoi qu'elle parlait plus du tout?... Si l'oncle lui avait défendu?...

« Elle te parle à toi?

— Non mon petit fieu! Non plus un mot! Ah! dis elle sent encore ses fesses! Oh! là là! mon oncle, dis voir!... Elle a pas envie que ça recommence! et des *pzzt! pzzt!* la badine! ce dressage! si ça sifflait! Ah! là là! mon cul! Toi dis qu'es dans la cavalerie!... »

Ça l'émoustillait au possible! de se rappeler les circonstances! Comment qu'ils étaient tous logés aux loges... les larbins... tous les domestiques!...

« Ah! dis les larbins, pardon!... »

Il regrettait de pas avoir pris part!...

« Tais-toi! tiens!... » je l'arrête... « Tais-toi!... »

Il commençait à m'énerver.

« Tais-toi Sosthène... T'es trop mariole! Je vais te dire une bonne chose... T'es trop drôle! pour ta santé!... J'en ai connu moi tiens des drôles! des vrais comiques, des phénomènes! ça finit affreux! Je te parle en pote!... va molo!..

— Moi? qu'il me ricane, moi trop drôle? Ah! là t'exagères, Ferdinand! Tu m'as pas regardé! »

Il s'échauffe là-dessus.

« Mais t'es forcé de rire, nom de Dieu!... Mais c'est la santé! le bon moral! Et dis toi alors! *Pzzt! Pzzt!...* si Oncol t'en faisait autant? comme ça sur tes fesses! ça te ferait pas rire? Comment dis que tu te tortillerais! montre-moi voir un peu!... »

Il imitait avec son cul...

« Vous êtes lourd Sosthène! Vous êtes lourd!... Lourd et imbécile!

— Moi lourd? Moi lourd?... »

Ah! il me regarde... il me dévisage... il en revient pas... que je l'appelle lourd!...

« Moi lourd?... Moi morveux!... »

Ah! il en veut pas de lourd!... Ah! il rebiffe épouvantable!

« Moi qui suis métaphysique!.. Entends-moi bien, métaphysique! »

Ah! il en revient pas!... Je l'ai vexé dans l'âme!...

« C'est ça que vous comprendrez jamais, petit bouseux cafouilleux chiard! Métaphysique!... métaphysique!... »

Il en bégayait de la surprise... c'était trop de colère!

« Si... Si... Si... vous m'écou...couterez!... un pe..petit...peu! au lieu de suivre vos instincts... Voleur! pillard! malotru!... »

Ah! il se voyait pas lourd du tout... Ah! il pouvait pas digérer!

« Métaphysique! Éthérien!... Voilà petit sot! ce que je suis!

— À votre place moi monsieur Sosthène, je me mettrais pas en colère... je donnerais des leçons à personne... je me ferais pas remarquer!...

— Remarquer! Ah! remarquer!... Ah! elle est trop bonne! Écoutez-moi le morveux! Et vous sale petit apache, vous vous êtes peut-être pas fait remarquer? Ah! vous voulez tout savoir! Ah! vous voulez que je vous renseigne! Ah! vous me mettez en colère! Eh bien je vais vous dire une bonne chose! Voilà ce qui va vous arriver! On va vous foutre à la porte! petit ingrat! petit saligaud! à la rue! sale petit cochon!... au ruisseau d'où vous êtes venu!... »

Il était monté contre moi...

« Vous êtes jaloux monsieur Sosthène... Vous n'êtes plus maître de vos paroles!... que je lui réponds bien calmement... Mais puisque vous êtes si bavard... une confidence en vaut une autre! Je vais vous dire aussi quelque chose, monsieur Sosthène de Rodiencourt... si moi vous me faites foutre à la porte... eh bien vous vous serez pendu! Monsieur le marquis de Sosthène! Pourriture fieffée!... »

Ah! là tac au tac!

« Pendu! oui cher Maître! j'insiste... Pendu! parfaitement!... Pendu!... c'est la moindre des choses! Haut et court! et garanti! Mais oui! haut et court! Voilà ce que ça sera!...

— Vous gueulez comme un putois, monsieur le Mouchard!... Nous ne sommes pas chez nous ici!

— Vous me comprenez difficilement, vous êtes lourd monsieur Sosthène! je vous le répète! Je vous l'ai déjà dit... C'est vous qui me forcez à gueuler!...

— Cette maison n'est pas la nôtre... et vous vous tenez comme un porc!... Comme un galvaudeux!... On voit que vous sortez du boxon!... »

Et hop! j'y sautais sur la truffe, c'était pas loin, juste bord à bord...

« Boxon! Boxon! ah! minute! Je vais vous en mettre moi du boxon.

— Ah! qu'il hurle... beugle... l'assassin! Voilà l'assassin!... » comme ça le doigt en l'air... « ATTENTION! ON!! ON!! ON!! »

Ah! il me dégoûte... il me décourage! J'y touche pas! Merde!... Je retombe sur le lit... je pourrais l'abolir à zéro qu'il serait pas moins pire dégueulasse!... Ça pourrait plus servir à rien!... charogne et finie!... je me retourne contre le mur!

« Je veux dormir! que j'y crie!... T'entends! Je veux dormir salaud!... »

Enfin si je peux...

« Tais-toi! Éteins! que j'y commande. »

J'en avais assez!...

Bon! très bien... Un moment passe... Je l'entends qui chiale en sourdine... il sanglote dans son polochon...

« T'as pas fini?... »

Il continue... toujours son idée... je sais... La comédie au trognon!... Je m'en fous... il me somnole... *vouâ... vouâ... vouâ...* comme ça qu'il m'endort!...

☆

J'appréhendais les controverses... Je me débinais pour la journée... Tout de suite après le breakfast... les voiles! Direction la City, Holborn et puis surtout Clerkenwell pour les petits ingrédients de chimie, le chlore, les sulfures. Je repassais par chez la Pépé, c'était encore la plus marrante! Elle m'en racontait sur Sosthène, des vertes des pas mûres... sur leurs voyages en saltimbanques d'Australie au Middle West, ses entourloupes minières au Cap, ses conneries aux Indes, ses soi-disant prospections. D'après ce que je croyais saisir des péripéties et faux bonds, son nom était connu affreux dans tout l'hémisphère austral, ça devait faire au moins vingt mandats qui lui poulopaient au cul!... Il s'agissait plus d'y retourner. Il avait beau dire et beau faire, la Pépé elle déconnait pas sur les questions prisons, écrous, elle avait vu ces choses-là de près!...

« Vous n'avez pas idée chéri!... (elle m'appelait toujours chéri!) du genre des juges de Bombay! Ce sont des vautours! Vautours véritables! Pire encore les juges de Rangoon! Les hyènes de forêt? des petits moutons à côté des juges de Rangoon! Ils vous dépècent tout crus!... vivants!... Et leurs prisons, mon amour! D'y penser tiens! je me trouve mal!... L'odeur!... mon trésor!... L'odeur! Quels charniers! dix, cent détenus pour une fosse! à croupir morts et vivants! tout ça ensemble! Tu n'as pas une idée!... Ah! les juges de Birmanie! »

Elle en frissonnait de peur rien qu'au souvenir!...

« Ah! encore si il m'aimait! »

Ça la reprenait à propos!... Il s'agissait du Sosthène... Ça lui redonnait une tristesse!... Je la quittais sur une bonne parole. Une autre fois l'après-midi, je suis passé devant chez Prospero, enfin l'endroit où ça se trouvait... y avait plus que les débris... les cendres... une palissade à claire-voie... c'est tout ce qui restait de la *Croisière*... Je demande un peu des nouvelles aux environs... aux voisins... l'autre pub plus bas... Ils avaient pas revu Prospero... J'avais affaire de ce côté-là, un peu plus loin dans Wapping, à la fabrique

Gordon Well... les bonbonnes de carbure... C'est par là vraiment le gros trafic, le grand charroi vers les docks... On peut dire que ça n'arrête pas!... le tohu-bohu perpétuel... ça s'engouffre entre les murailles, les pans, les hauteurs de falaises... Ça ronfle... fracasse là-dedans, déboule, cahote... limonniers... fardiers, camions lourds jusqu'aux soutes, jusqu'au bord de l'eau, en plein décor, la scène du fleuve, toute la lumière, où le vent déferle, le songe emporte... Je vois... je fais du sentiment... J'ai demandé à droite à gauche... J'aurais bien voulu revoir Prospero tout de même, malgré tout, la gueule qu'il faisait actuellement!... et sa turne en bois... la nouvelle?... Tout ça c'était un monde mouillé et même brûlé par le fait!... Y avait plus que les pilotis qui restaient de sa tôle, la *Croisière* à deux étages! et puis des bouts de tout dans la vase!... Au jusant le flot remontait là-dessus... sur les débris... ça pourrissait tout ça devant les « Dundee Docks »... je le dis comme je le pense...

Ah! je reviens à mon histoire...

Je flânais plus beaucoup c'est un fait!... juste un petit crochet de temps à autre!... entre deux usines!... Je promenais plus de grosses sommes sur moi... Juste deux trois livres pour mes emplettes et toujours absolument seul!... plus jamais avec Virginie!... J'avais le temps de lire les journaux comme ça d'un banc sur un autre!... Il en traînait énormément... Ils parlaient plus du tout de Greenwich, de notre sale histoire... plus un mot!... plus une allusion, le parfait silence... C'est vrai qu'il se passait bien d'autres choses et des mystères plus passionnants par le vaste monde! même pour Londres... il s'en passait de raides... et y avait de quoi lire!... Un mort trouvé sous un tramway, une nurse au fond d'un égout avec un poignard long comme ça!... un bébé suspendu en l'air... après un fil télégraphique... et puis les très grandes offensives qui se préparaient dans les Flandres!... qui devaient aboutir à Berlin... et puis la prise de Salonique prévue pour un moment à l'autre!... des émois à n'en plus finir!... Au moins huit « *Special* » par jour!... C'est dire si ça bardait un peu... Plus un mot donc de notre catastrophe!... On aurait dit que le Claben il avait jamais existé... la Delphine non plus!... C'était fort!... Un songe!... Ça me donnait du vrai malaise!... J'en avais pas rêvé pourtant!... C'était bien des soucis bien réels!

abominables et menaçants!... la preuve que j'en palpitais... que je grelottais rien que d'y penser!... Sûrement j'avais un petit répit, mais ça voulait pas dire grand-chose!... Les péripéties de la guerre!... ça fascinait un petit peu les gens... mais ça reviendrait bientôt dans notre sens!... C'était reculer pour mieux sauter!... « Boomerang, monsieur... Boomerang!... » Un jour ils en reparleraient de Greenwich... Ah! ça j'étais sûr et certain!... Je portais mon barda et mes soucis d'un quartier dans l'autre... Je cherchais les endroits populeux... les rues de gros trafic... où je pouvais disparaître très vite... me fondre subit dans la foule... Je regardais bien autour de moi... Y avait de plus en plus de blessés, plein les squares, plein les promenades... la guerre commençait à bien rendre... De tous les pays... de toutes les couleurs... ils promenadaient... rôdaient par bandes... par escouades!... à pleins trottoirs, clopinant, pilonnant, tordus, en écharpe, la béquille partout. Surtout les *Zeeland* qui me semblaient les plus amochés, beaucoup parmi en petites voitures!...

À la maison plus d'esclandre... plus un mot du tout!... conduite exemplaire!... Je rentrais à l'heure dite pour les repas, tout de suite après au dodo!... Sosthène travaillait jour et nuit! Je les entendais dans leur soupente là-haut, secouer toute leur ferraille!... limer, cisailler... au réveil ils frappaient encore!... ils cabossaient encore les tôles!... Ils se préparaient fiévreusement pour le jour dit du « Grand Concours »... Je me disais qu'un moment ils allaient encore faire des leurs!... entrer dans une transe terrible... tout refoutre en l'air!... d'un coup de rage!... s'assassiner pile sur le tas!... Suffisait qu'ils rehument une bouffée, qu'ils reniflent encore un coup de leur gaz... leur plus mauvais... leur *Ferocious* et leurs crimes recommenceraient!... Ils ne se calmaient guère qu'au petit jour, ils s'écroulaient tout endormis! à même parmi leurs ustensiles!... Mais ils traînaient pas avachis!... repompés dodo, juste deux heures, hop vite à table!... et là alors c'était délicat... le moment vraiment pénible... Virginie je voyais sa pauvre mine, son pauvre petit air... elle aurait bien voulu me parler. Ah! je me défilais... Elle me faisait trop peur... Oui vraiment! C'était pas juste de la lâcheté... Je regardais l'oncle, Sosthène... la fenêtre... n'importe quoi... n'importe qui...

pour échapper à son regard... elle me donnait comme une épouvante... depuis la soirée du *Touit-Touit*... Peut-être que c'était juste une fièvre?... une lubie de ma part?... un accès?... que j'avais tout imaginé?... que rien avait vraiment eu lieu?... le *Dingby* non plus!... ni le reste?... une berlue furieuse!... que ça m'avait pris comme ça... C'était bien possible!... avec les chocs abominables... tout ce que j'avais subi de la tête!... fracture, commotion, trépan... Que c'était que des vertiges?... Depuis mes opérations ils m'en passaient!... des vagues terribles!... je battais la campagne... déconnais pour un oui un non! Je voulais pas approfondir... C'était trop dangereux!... C'était trop!... Je succombais par la tête!... alors tant pis merde!... Prudence!... Pauvre petite chérie!... Je voulais plus la voir! C'était fini les amours!... elle me foutait le trac et puis c'est tout! et puis voilà!... Elle me fatiguait!

Au dîner *eight o'clock* ponctuel, tout le monde réuni... l'encore plus délicat moment!... Je mangeais pas beaucoup... je maigrissais paraît à vue d'œil... de façon même extraordinaire!...

« On voit vos os Ferdinand! *Eat my friend! Eat!...* Mangez! »

Le colonel voulait que je mange... il y tenait à ma ligne!... Il ajustait son monocle pour me regarder encore mieux...

« *The bones! the bones!* les os!... *fantastic!...* »

De quoi il se mêlait?

J'étais pas du tout fantastique! C'était bien lui l'olibrius!... l'oiseau phénomène! Jamais été si raisonnable!... J'avais vieilli du tout au tout! voilà ce qui m'était arrivé!... J'en voulais plus des aventures!... des avatars... des machinchouettes!... Ah! non! pardon, gardez le tout!... Je leur ai dit tout de suite, tout cru!... Qu'ils se le tiennent pour dit!... Qu'ils pouvaient partir pour la Lune! les Cyclades! les îles de la Sonde!... Bon vent!... Bon voyage! en masque, sans masque! en dirigeable! en métro! à quatre pattes! en tram! en omnibus! que je m'en foutais énormément! que moi j'étais plus de leur voyage!... Fallait plus qu'ils m'escomptent du tout! Repos total raisonnable! Voilà comme j'étais!... « On vous voit les os Ferdinand! » Fallait donc que je me fasse du lard!... Il me l'avait dit!... Plus aucune bile ni de mots de travers!... juste gentillesse...

convalescence... que j'attende venir! la paix, les beaux jours!... Je bichais plus que pour la guerre finie!... Voilà c'est bien simple!... Je me voyais déjà un blot de choix!... une petite représentation... un article à la vente facile!... Ah! plus du lourd! volumineux!... finis les sanfrusquins crevants... Assez les tonnes aux endosses!... Non, que du léger, de l'agréable!... des bracelets-montres par exemple... qui devenaient justement en vogue!... Avec ma pension de mutilé 80 %, économe j'étalais, un pape!... Suffisait de laisser venir doucement... pas casseur! pas effronté, gentil garçon, agréable même... Assez de tribulations... Sûr ou pas j'en avais ma claque... Bonne chance! Bon voyage! Voltigez mignonnes, luſtucrus!... coquins et polichinelles! Assez compliquée la vie! Au vent les morues! les pucelles aussi! Bardez les cyclones! Au diable phénomènes!... *Leicefter!* Van Claben! *Touit-Touit!* Assez d'anarchie!... Balai les guignols! Je voulais plus m'agiter la tête!... ni la carcasse!... ni rien du tout!... Patience!... Patience! et bien du calme!... Fallait crécher en attendant... vivoter... tenir!... Dehors y avait du Matthew... Ah! ça sûrement... ici aussi peut-être?... Sans doute!... L'oncle devait avoir son idée!... plus perfide encore que les autres!... en plus de ses manies de cravache! Je le voyais bien lui nous donner... le chat et la souris... Il nous observait... mijotait... il devait s'amuser dans le moment!... il devait faire durer son plaisir!... Un beau matin il nous fourguerait comme ça toc! aux flics!... Ah! je le voyais venir!... Mais si ils crevaient dans leurs masques là tous les deux... Ah! c'était encore autre chose!... C'est ça qui ferait bien mon affaire!... j'hériterais peut-être un petit peu... je faucherais tout avant de m'en aller!... C'était des projets qui me venaient comme ça pendant les déjeuners en leur parlant de choses et d'autres... Ils étaient pas intéressants!... des égoïstes et puis c'est tout!... Même la môme en somme... chacun pour soi!... L'épreuve rapprochait... ça venait bientôt le fameux concours... ça lui faisait comme un froid dans le dos au Sosthène chinois... Il nous racontait plus grand-chose... juste deux trois mots au colonel... Il avait l'air triste... ça nous faisait deux mélancoliques comme ça à table à chaque repas. Heureusement que le colonel il tenait le coup admirablement... il parlait tout seul, très brillant, des jeux d'esprit perpétuels, des charades à n'en plus finir... des petites histoires sans queue ni tête!... La proximité du péril ça le rendait lui des plus farceurs, loustic au possible, il arrêtait plus de faire des mots, des devinettes... heureusement il oubliait tout... d'un moment à l'autre... Il reprenait les mêmes :

> *Mon premier est un petit oiseau!*
> *Mon secound est oun grand ministrrr*
> *Ministrr! ah! attention! Cure!*
> *Curaite! Attention!...*

Ça voulait rien dire... Fallait tout de même le trouver drôle!... Ah! pas d'histoire!... pas le froisser!... Ah! attention!... rire et de bon cœur!... Sosthène fallait qu'il se force!... qu'il y aille de son grand éclat... sans ça le colonel se vexait. Ah! la gueule tout de suite... Et puis après c'était le céleri... « Céleri mon premier... je croque mon second », etc. Enfin pour terminer, le sérieux : la lecture du *Times*, il l'ouvrait tout grand le gros journal... il marmonnait sur les articles... passait à travers les rubriques... ça l'intéressait pas beaucoup, il tombait vite dans les annonces... les Sports... les Villégiatures... il nous les grommelait... il insistait pas... L'émotionnant... le clou de la chose, c'était son « *Obituary* »... Là il changeait de voix, de ton... tournait solennel... les avis bordés... les décès... il passait la revue... les longues colonnes « Décès militaires... » « Morts au feu... » « *Death in Action...* » il annonçait grave.

« Major John W. Wallory! 214 Riffles Brigade! »

Il cherche un peu, se souvient pas...

« *Don't know him!* »

Salut sec, claquement des talons sous la table.

« Captain Dan Charles Lescot! King's Own Artillery... *Don't know him!* Connais pas... »

Salut. Talons!

« Lt. Lawrence M. Burck, Gibraltar Pioneer D. C. O. Oh! *Known his father at Sanhurst! No! Nigeria! Good man! Good man!* Connu son père à Sanhurst!... »

Ainsi toute la ribambelle... des morts et des morts... tous les anciens camarades, leurs fils, leurs cousins... tous ceux qu'il avait connus... tous ceux qu'il avait pas connus... de-ci de-là par le monde... d'Ascot aux stations Diable au vert!... des fonds de Bermudes aux îles Hébrides!... partout au service et galons du 7ᵉ Royal Engeneer.

Quand c'était fini terminé, épuisé la liste tragique... il adressait un toast au roi... Alors tout debout et pour tout le monde, même pour la môme! le verre en main!...

« *Gentlemen! Ladies! Live the King! and our Gracious Queen Mary! and* vive notre général Haig! *and* vive votre Joffre! Vive la France! *Rule Britannia!*... »

Tout le monde servi... Entente cordiale!...

Ça se terminait par les artistes... Un grand toast encore pour ceux-là!... à la gloire des gloires du théâtre!... à ses souvenirs personnels!

« *Long Live our Helen Terry! our glorious Keats!* Bravo pour Sarah Bernhardt! Vive la Dame aux Camélias!... »

Alors on pouvait disposer.

☆

Je me montrais pas bien curieux. Je demandais pas beaucoup de nouvelles sur les expériences... si ça bichait avec leurs masques? Si tout était rafistolé?... Si ils reniflaient proprement?... En tout cas ils s'injuriaient plus!... C'était déjà quelque chose!... Je les entendais plus s'engueuler!... seulement des terribles coups de marteau... et des jets de vapeur sous pression, ça venait gicler au-dessus des pelouses, souvent très loin jusqu'à la rue... Ils se montaient leurs petits breakfasts... ils goûtaient tout au *Ferocious*!... Pour pas redescendre, perdre une minute! Ils étaient en pleine création, voilà ce que je croyais comprendre... mais je leur demandais pas de détails! pas de confidences!... les journées passaient voilà tout!... Le soir je ronflais... ou je faisais semblant.

Je voulais pas qu'il me cause le Sosthène... quand il redescendait vers les minuit... pas un mot... pas un soupir... j'étais fermement résolu... gagner du temps!... Je pensais qu'à ça!... Assez des projets fantastiques... Arriver à la fin de la guerre sans être arrêté ni pendu!... C'était ma suprême ambition!... Je regardais même plus Virginie!... même à table... Je regardais devant moi... seulement un petit peu par la fenêtre... quand elle traversait les jardins... Elle me voyait pas... J'avais assez de tribulations avec mes oreilles bourdonnantes, mes douleurs de bras, et puis encore ce Matthew! et ce Claben! et le *Leicester*!... et les idées fixes pour tout ça!... et l'obsession de plus dormir, et le consulat, et Mille-Pattes! J'allais pas encore m'abîmer dans les amours dévorantes!... Ah! non là minute! entraîner cette pauvre fillette dans les avatars insensés... Ça serait encore d'autres catastrophes! Assez fait le gland comme ceci!... Je me méfiais de mon ombre à présent!... Chagrin d'amour n'est point mortel!... mais une connerie ça se paie affreux!... les conséquences abominables... rapt de jeune fille... etc.

C'est le coup du bagne en Angleterre!

Gagner du temps... je pensais qu'à ça!... Arriver à la fin de la guerre sans être arrêté, ni pendu... gagner des jours... un de plus!... un de moins!... je me les comptais!... réchapper à cette charognerie!... Le reste ça irait bien tout seul!... Plus de sentiment!... plus d'imprudence!... peinard raisonnable... Les complications j'en voulais plus!... J'avais vraiment plus la force... Enlever encore cette innocente... me foutre à dos le colonel, la vertu, la magistrature!... les petits oiseaux du jardin qui perdaient leur petite amie... j'en réchappais pas!... Sûrement que c'était prémédité... Je retombais dans le piège?... Ah! là là! Non! J'avais vieilli! et vite et vite!... surtout depuis le coup du délire... le soir du *Touit-Touit*... Tout ça me revenait abominable! rien que d'y penser! il m'en remontait des épouvantes!... J'en palpitais au souvenir! Ça pouvait me reprendre... Les autres sûrement qu'ils me gafaient... le vioque et Sosthène... Ils voulaient me piquer sur le vif... C'était bien le genre de la maison... Ah! je me méfiais de plus en plus!... J'avais sûrement la tête drôle... l'intérieur, les idées, la boule... Ah! je me rendais compte... Ça me faisait flou et une douleur... Ils avaient pas dû bien regarder à l'hôpital en m'opérant... Ils avaient dû me laisser quelque chose... un petit éclat... un petit bout de fer... juste derrière l'oreille certainement... C'est là que j'avais surtout mal!... Je le sentais l'éclat en essayant de m'endormir... à coup de volonté... Il me sifflait en me faisant un mal!... C'était pas une illusion, c'était le supplice atroce, je peux le dire comme je le pense... y a pas de nervosité là-dedans!... Faut y tâter un tout petit peu pour connaître le genre de jouissance d'être le malheureux traqué con, martyr dans sa viande, que tout le monde long et large s'en fout... que même Virginie mon idole, avec toutes ses mignonneries elle pensait au fond qu'à son cul, ses petits affriolements autour, c'était pas de sa faute!... C'était la faute de personne, chacun est fou de vivre tant qu'il peut, de tout ce qu'il possède et tout de suite, personne a une seconde à perdre, debout ou couché, c'est la loi du monde... Les canards boiteux ont pas cours... faut pas qu'ils encombrent les délices!... Ils ont qu'à tout s'imaginer, se tailler des rassis tant et plus, se faire tout petits, vivre en coin...

J'étais couché sur le dos, je réfléchissais, je dormais pas... Voilà Sosthène qui irrupte! Il devait être tout près de minuit! Il me secoue... il veut me parler!... Je fais le sourd... le mort!... Il branle mon page, il insiste.

« Piouït! qu'il me fait... T'entends rien? Piouït! »

Il me pince le nez... le derrière...

Alors flûte!...

« Tu dors? qu'il me demande...

— Tu vois bien con! »

Il rallume.

Dans tous ses états!

« Faut que tu m'écoutes!... Faut que tu m'écoutes!... ça peut pas durer!...

— De quoi que ça peut pas durer?...

— Faut que tu m'aides!... Faut que tu m'aides!...

— Qu'est-ce qui te prend?

— Les *Végas* alors t'en veux plus?

— Les *Végas*? »

J'avais oublié!...

« Tu me réveilles pour ça?...

— Mais c'est toute la vie les *Végas*! monsieur Pas de la Bile! et même votre petite vie qu'en est!... Si ça vous fait rien!... Y a pas plus sérieux que les *Végas*!... Ça vaut la peine d'être réveillé!...

— Ah! dis t'exagères!

— Exagère mon cul! Comprends-tu que c'est le 15 de ce mois que nous passons au concours? dans quinze jours!... quinze jours!... c'est tout!... Est-ce que tu te sens prêt?...

— Prêt à quoi?

— Mais prêt pour les gaz nom de Dieu!... Pas pour voir le pape! pour la chasse aux papillons!...
— Ah! vous y revenez vous Sosthène? »
Ah! du coup alors ça me réveille! Ce culot encore!...
« C'est pour vous!... pas pour moi les gaz!... Je vous demande pardon!... »
Je regimbe!...
« Bien sûr! entendu! Monsieur ne s'en fait plus! Monsieur bande! Monsieur conte fleurette...
— Bande! Bande!... Mais pas pour vous!
— Monsieur ravage les foyers!... Monsieur envoûte les pucelles!
— Moi!... Moi!... Ah! alors!... ce souffle! »
Il m'outrait le mufle! Ça allait encore tourner rouge!...
« Mais oui! Monsieur le dégueulasse! » comme ça qu'il m'appelle... « Vous avez même pas le courage!... »
Ah! là alors il me provoque!... Qu'est-ce qu'il me cherchait à la fin?...
« Où que tu veux en venir Sosthène?
— Je veux trouver la fleur!...
— La fleur de qui? »
Il se rapproche... il me chuchote :
« Tu sais bien la Tara-Tohé!... »
Ah! j'y étais plus!... la fleur là... je l'avais oubliée!... Son Tibet!...
« La Tara-Tohé? »
Ah! je m'exclame!...
« Tu me réveilles pour ça ma tante?
— J'ai le droit de me défendre!
— Va la chercher... emmerde personne! »
J'en avais mon compte de ses balivernes!..
Du coup il pleure.
« Mon petit pote!... Il fond en sanglots... Me laisse pas tomber mon petit pote!... Tout seul j'y arriverai jamais!... Si j'ai pas le charme je suis mort!... Tu me feras pas ça!... Tu me feras pas ça!... Pense à ma femme! Pense à Pépé! Je l'aime bien tu sais!... Tu la connais!... C'est une bonne fille!... Elle m'aime aussi!... Me traite pas comme une ordure!... Comme t'es ingrat à ton âge!...
— Mais qu'est-ce que tu veux?
— Je veux pas crever comme une mouche! Je veux me

défendre! Tu comprends? Je veux me défendre!... J'y crois à la Tara-Tohé!
— Tu crois quoi?
— Ce que je t'ai dit tiens!... Ce que t'as lu!... T'as lu avec moi merde quand même!... Tu te rappelles de rien alors?... Ta pauvre tête!... Bien sûr tu connais pas le pays!... Mais tout de même! T'as pas regardé le livre? Les images!... T'es buté quoi?... T'es hostile tiens!... Tu veux pas m'aider? Je vois que t'es hostile!... Tu me l'as caché le livre?... Où tu l'as caché à présent? Où que tu me l'a mis?... »

Tout de suite il gamberge... il déconne! me cherche la chicane. Il recommence une scène...

« Moi j'y crois moi!... Tu m'entends?... Moi j'en suis de la Tara-Tohé!... »

Il me clamait sa foi!... les yeux comme ça tourneboulant!...

« Moi j'y crois!... Où que tu l'as mis le livre?... »

Il était sous le lit son *Véga*!... Je me souvenais tout de même! tout à fait au bout du tapis... Fallait que je plonge... que je l'extirpe... quelle chierie encore!

« T'y tiens?... que je lui demande... T'y tiens?
— Ah! Si j'y tiens? Ah! dis Azor! Ah! si j'y tiens?... »

J'étais à poil!... je me casse en deux, je tâte, je rampe, je le trouve!... Une énormité comme livre!... au moins deux trois téléphones!... Je hisse le morceau... On l'ouvre sur le lit... à la page des incantations... ça me danse tout de suite devant les yeux!... C'est plein de couleurs!... des personnages!... y en a trop!... C'est trop vif!... ça me tourbillonne!... je me frotte les yeux!... Je suis repris par le sommeil!... merde!... je veux dormir!... Au diable! son livre!... Je me rallonge!... Ah! ça va pas! Il me tarabuste!...

« Allez! Où que t'as mis tes baguettes? Allez! Tu t'en rappelles plus?... »

Il veut tout de suite que je m'y remette!... Il tient plus en place...

« Allez! à la danse tout de suite!... »

Ah! le possédé!... Il me saoule!...

« Ah! Qu'est-ce que tu veux? merde! je dors!... »

Il m'entend pas... Il suit son idée la buse!...

« Je te dis que tu vas jouer tout de suite!... »

490

Il me commande en plus.

Il voulait dire de mon couvert... fourchette et couteau... que je me servais le dernier coup pour faire ma batterie... comme ça là *tap! tap! tap!* contre mon lit, les montants en cuivre... ma partie... je les avais planqués dans l'armoire... que la bonne ne les aperçoive pas...

Il a pas une seconde à perdre... il se déshabille... il se met tout nu... comme ça pour danser!... Il était tout velu de partout, mais surtout du ventre en poils rouges...

« Tu les portes pas sur la tête? » que je lui fais espiègle...

C'est vrai qu'il était bien chauve... Une petite remarque...

« Vous êtes pas drôle monsieur la Bise! N'est pas chauve qui veut!... Ça demande des idées d'être chauve!... Ah! c'est pas votre cas!... »

Il tournait les pages... il cherchait son modèle de danse...

« Ah! voilà le Sohukoôl! Tout fait pour nous!... »

Il s'écrie... Il est bien content... Il m'explique!...

« Sohukoôl le démon en cage!... Celui qui ne pense qu'aux voyages... Le " démon bouclé " voilà notre affaire!... Il va falloir le faire sortir!... Notre travail jeune homme! »

Je voyais bien le démon dans sa cage... recroquevillé sous les barreaux... c'était le dessin exactement... Ah! il faisait vilain Sohukoôl... bien dessiné... peinturluré... il se morfondait comme genre de diable... peint jaune, vert et bleu avec une queue qui dépassait... une queue immense, bleu et jaune... jusqu'à l'autre côté de la page... pour bien marquer la tristesse!... une grimace horrible!... la bouche qui lui remontait aux yeux!... tellement tordue... convulsionnée!... que c'était par l'ennui suprême!... Il me l'a fait remarquer!... On pouvait pas s'ennuyer plus que le démon Sohukoôl en cage!... c'était ainsi dans la légende... Et nous on devait le faire sortir par incantations... tortillements... la danse délirante ça s'appelait... Et puis après en reconnaissance à partir de ce moment-là il était pour nous pour la vie!... le démon Sohukoôl!... Il nous accompagnerait partout!... entièrement à notre service!... Il se battrait pour nous pour toujours!... Il foutrait en l'air tous les autres diables... tous ceux qui viendraient nous faire chier sur la route magique du Tibet!... qui voudraient nous ressaisir la fleur! la Tara-Tohé... tous les diables d'abord et puis les bandits!... et que ça pullulait de bandits vers les hauts plateaux tibétains!... Rien de plus frappé que l'Himalaya!... les glacis d'approche... C'était comme ça!... pas autrement!... Sosthène était bien convaincu!... La preuve de sa conviction c'est qu'il m'avait moi réveillé... et qu'il plaisantait pas du tout!...

« Alors maintenant répétons!... »

Pas de gaspillage d'une minute!

« Il est en cage!... Tu te rends bien compte? Les bandits autour!... bandits et démons!... Tu t'es déjà concentré!... Concentré par résolution!... L'effort sur toi-même... T'as déjà l'effluve... T'es bourré... Tu penses à ce que tu vas faire!... au combat que tu vas livrer! Tu reconnais tout de suite Sohukoôl!... Il a la houppe jaune!... Regarde!... »

Fallait que je voye bien ça de près!... le dessin... Je devais en somme m'halluciner!... Pas me tromper de houppe!... Ah! là là! c'était un désastre si j'allais sonner Sohukoôl au lieu d'un autre diable!...

« Ah! attention! pour le reconnaître!... Lui! Pas un autre!... Il a sept doigts à la main gauche... les autres diables en ont que cinq comme tout le monde!... »

Voilà, je pouvais plus me tromper maintenant!... En avant la musique!...

« Tu vois! que des coups secs!... »

Il me montrait avec la fourchette *tic tic toc!*... comme ça sur le cuivre...

« La syncope t'entends? La syncope!... Tu joues pas n'importe comment! T'es accroupi!... Tu te relèves!... Tu t'inclines d'abord! Tu me salues!... tous les vingt *tac! tac!*... C'est l'hommage!... ça s'appelle... l'hommage!... »

En même temps il regarde l'image, qu'on comprenne bien tous les deux!...

« Tu vois? Moi, torsion à droite, le cou, la tête! deux, trois clins d'œil!... Tu saisis? *Tac! Tac! Tac!*... Ça va ensemble!... Je me mets en chaleur! je m'émoustille! et puis en avant l'adage!... Moi je fais les pointes en principe... Toi tu me grêles l'accord!... *tac! tac! tac!*... Je déboule... je déboule alors!... Tu me vois venir!... autour de la cage soi-disant... le démon... l'intérieur... Sohukoôl... faut que je garde bien les bras ainsi... »

492

Il me montrait comment les bras sur la vignette... les bras en anse... au-dessus de la tête... très gracieux...

« Ainsi je déboule... Répétons !... »

Il se met à mimer... Il s'arrête.

« Ah ! la Pépé ! mes amis !... si t'avais vu ses pointes !... Ah ! alors pardon pour le charme... La fée sur les pointes... la sylphide ! Ah ! j'existe pas !... L'atmosphère ! Allons mon ami *tac! tac! tac!...* »

Des souvenirs...

Je tapote... je tapote... Je frappe à la grêle comme il veut ! toute la barre de cuivre !... haut en bas... Il trémousse, gigote... mais sur place... Pas du tout comme sur le dessin... Ah ! pas du tout aussi ardent !...

« Salut ! que je proteste... Vache ! tu triches ! »

Je commence à être assez calé !... Il me fait marrer... Il tortille juste un peu du pot !... C'est pas ça du tout !... Je suis expert !...

« Et l'effort ?... T'as dit l'effort !... »

Je veux qu'il en sue !...

« Tu l'auras jamais ton loustic ! Tu vas l'écœurer ton démon ! Il va se dire : ce fainéant !... ce mac !... »

Je veux qu'il en crève !... qu'il se désosse ! qu'il m aye pas réveillé pour rien !... Du coup il s'énerve... il se malmène ! Il tape des talons... il sursaute... le voilà parti !... Il me fait de l'œil... il cligne... il s'enlève du sol !... des bonds véritables... ça commence à ressembler au livre... Mais pas encore la farandole !... le vrai tourbillon Sohukoôl !... Ah ! là il y est pas !... Il goutte aux pirouettes tellement il transpire... il asperge de tout le corps à poil !... Il souffle un peu... il récidive... Mais faut que je voile la lumière !... que je camoufle avec mon caleçon !... que c'est bien trop cru pour l'Esprit !... beaucoup trop brutal !... Quand même ça vient pas !... Merde ! Il cane !...

« Assez du Sohukoôl !... Dis, marre !... »

Il renonce... il s'arrête... il souffle !...

« Je l'aurai jamais... Il est trop con ! Je le sens plus ! merde ! Je le sens plus !... Carre saligaud ! »

Comme ça qu'il le vire d'un geste brutal !...

Et il s'affale.

C'est un échec... il faut avouer !... Tout de même ça peut pas rester là !... On s'est fourvoyés... voilà tout !...

« Cherche-moi la page au Goâ! Ça c'est un sar!.. un vrai!... un magique! »

Il est repris par l'enthousiasme.

« Je le faisais venir comme je voulais... Sar de la troisième Épreuve! Tu m'entends Frisé? La troisième!... Alors là tu parles d'une puissance! Le Sohukoôl il aime pas Londres!... Je vois bien ce que c'est!... Je veux pas trop dire!... Faut ramener le Goâ voilà tout!... Je l'avais déjà presque... Il peut tenir à Londres lui le Goâ... C'est un humide!... L'autre c'est un sec!... Je l'ai toujours dit!... Je pouvais me douter!...

On refarfouille dans les *Végas*... On retrouve les trois pages... le Rite et puis les Offrandes!... Ça fait des gesticulations pour au moins deux heures!... d'après les vignettes!...

« Tapote!... Tapote!... Tu te souviens?... Moi c'est du talon... *taa! la! la!* et puis toi quatre fois!... *Pfof!* Allez roule! Roupille plus!... Je te suis à la mouche!... *taa! la! la!...* »

Il se remonte en transe... c'est la conviction!...

Le voilà relancé... Il danse en péplum... c'est mon drap... il s'enroule avec... il l'envoie en l'air... il le rattrape... il court après... c'est l'envol!... il dérape... dingue! *Boum!...* s'écrase!... toute la crèche branle!... la glace barre... cent mille éclats... la cataracte!... Ah! sa tronche!... Si il reste con!... Cent mille morceaux!...

« Alors? que je fais... c'est fini?...

— C'est du malheur pour dix ans!... » Voilà sa remarque... Faut pas être malin!...

« Oui! Alors on se couche? »

Je croyais que ça allait suffire!... qu'on avait assez massacré! Ah! mais pas du tout!...

« Terminé comme ça?... dis merde!...

— Alors dis donc tu vas fort!... avec toute la glace en miettes! Ah! pardon! Tu me la copieras!... Ah! toi t'es monstre!... Je t'assure!...

— Allons voyons, être faible!... »

Il me tyrannise positif... Il me prend en gamin!... Despote faut l'entendre!... Il me tarabuste!...

« À la cadence!... et secoue-moi ça!... Contre mauvaise fortune bon cœur!... On t'a jamais dit? »

Et pirouettes et rebonds de chat... le guignol s'en

494

donne!... Le revoilà partout... il déboule des lits à la fenêtre! enjambe le sofa... pirouette! le texte indique un *Vvv! Vvv! Vvv!*... ça veut dire vitesse... c'est noté en petits hiéroglyphes... Je commence à saisir... J'exécute avec ma fourchette... puis à la cuiller... Lui il se démène au beau milieu... ses poils du ventre il les trémousse... c'est la danse... la transe... Puis les petits soupirs... pelotonné... câlin... voluptueux... et puis re-debout!... Il repart!... Il mime l'effroi... je vais le crever à l'essoufflement!... Je lui fais pas grâce d'un *Vvv! Vvv! Vvv!*... Il faut qu'il me tourbillonne tout ça... et qu'il me fasse de l'œil en même temps!... sinon j'arrête, je recommence tout!... C'est dans le texte!... Je suis le plus fort! je suis impitoyable!... je l'agite!... je le bouscule!... pam! pam! pom!... Je le fais sur-sauter encore!... qu'il se donne!... Faut qu'il se surpasse!... et de la paupière et du bassin!... et du frémissement de la tête... Ah! je suis vétilleux... implacable!... « Tout ce qu'est écrit!... Tout ce qu'est écrit!... » Faut qu'il me reproduise toute la page... Faut pas qu'il me triche!... d'une seule vignette!... Je veux tout!... Tout le *Véga*!... Je veux tout!... je veux qu'il en meure!... Il exécute mais il flageole, il bat l'air des bras en sautant! Je l'ai exténué tout de même merde!... Faut qu'il demande pardon!... Il doit être trois heures du matin!... L'écho là-bas répercute! C'est le Big Ben dans la nuit dehors!...

« Allez oust!... je mollis pas... Du nerf!... de la secousse! Ah! il te faut le fouet!... tire au cul!... »

Comme ça que j'y parle... C'est moi maintenant qui le stimule! D'abord y a du fouet plein les pages... plein les dessins... des piques, des crocs!... de quoi larder un régiment. C'est pour l'exemple moi je dis! les verges des *Végas*!... des lanières de toutes les couleurs!... Je le préviens!... Il est en nage... il râle... égorgé... Ah! mais il lâche pas!... Il a du fond le vieux coriot! Mais je lui ferai moi demander pardon!... Je l'aurai au *finish*!...

Je connais la musique à présent... tous les *tip! tac! tac!*... Je les exécute à la pine!... C'est une résille de criquets sur ma barre de cuivre!... du semis piqueté!... Mais il veut me baiser aussi... il veut me compliquer les choses... Il veut maintenant tout un bruit de langue... ah! il raffine!... un glouglou à chaque contretemps!... C'est le goût des esprits de la danse!... Il paraît que ça les émoustille!... que ça les fait reluire au possible!... C'était encore un souci en plus!

« Bon! Bon! Bon!... » Pas de contradiction!... C'est lui qui me fatiguait en somme... Il avait le dessus... le dernier mot... La prochaine fois, je ferais le malade!... Il irait réveiller le colonel pour jouer ses crécelles... voilà ce que je pensais... sa danse du ventre et ses glouglous...

« Ferdinand!... Mords si j'en jette!... »

Il voulait que je m'enthousiasme... que je m'enflamme au rythme! Il se surpassait au tourbillon!... Je le voyais plus de telle vitesse!... Et *vvrroutt* en l'air! C'était lui!... Le typhon à poil!... Ah! j'étais voué aux pires joujoutes!... Maintenant Terpsichore en personne! Que je tombe dessus!... Le Roi des danses transcendantes!...

Je suis fourbu... je bâille... Il m'injurie...

« Tu me saques alors? Tu me sabotes? Monsieur se débarrasse!... Ce que je deviens? Monsieur s'en fout! Ça y est bien égal!... Monsieur se débarrasse!... Monsieur de la gueule et du cul!... Au boulot... personne!... La voltige!... Mais oui, vous aurez ⟨tout⟩ tout seul, et la fifille et la gamelle! Vous aurez tout que je vous prédis!... Il sera crevé votre bienfaiteur! sa poire Sosthène vous gênera plus!... Vous aurez des gigots comme ça!... pour vous tout seul!... »

Ah! c'était lui mon bienfaiteur!... Ah! il me faisait rire!... Il devenait tout harpie injuste... que je le mette en doute!... le maudit crin!...

Il a fallu tout qu'on recommence... ça bichait pas du tout au charme finalement la danse à Goâ!... Il dégoulinait trempant de sueur!... clinquant de ses vieux os!... poumonnant, branlant de tous les bouts!... Ça servait à rien... pas plus de charme que de confiture!... ça le rendait juste fou agressif! C'était raté complètement... Il démordait pas.

« Attends que je regarde... »

Il rempoigne le livre... Je bâille... quatre heures qui sonnaient!

Encore une idée!... Une autre!...

« Tiens... Il me faudrait le rythme 27, celui du Pandah Voûlii. Ah! ça c'est quelque chose!... du temple Korostène!... Ah! là dis alors un petit peu!... J'arrive par le fond... Tu te rends compte?... J'ai la tête à la suie... au noir... Tu me reconnais pas d'abord!... Tu fais la frayeur sur le cuivre... la folle épouvante!... comme ça tout saccadé panique! L'orage de la peur!... Je viens sur toi... Je veux t'étrangler!... Alors du coup tu m'embrasses!... Tu bats des mains! T'es content!... j'exauce ta prière!... Tu réclames ça depuis douze lunes!... Je viens t'estourbir... c'est entendu! Tu demandes pas mieux... Tu crois que je consens!... que je vais exaucer ta prière!... C'est la comédie!... Va te faire foutre Julot!... Regarde c'est là!... » Il me montre encore le livre... « Là dessin 27... On voit les pauses, les grimaces!... les plastiques... les rouéries diverses... Regarde ça bien!... Tu vois... je refuse ton sacrifice!... Je méprise ton corps!... Je veux pas de ta peau!... de ton odeur!... Je veux pas de ton âme non plus!... Regarde un peu si je te dédaigne!... »

C'était exact figure 27... Ça se voyait très bien!...

« C'est là alors que ça devient splendide!... Tu te tortilles... Tu t'acharnes à fond!... Tu veux m'aspirer! Tu veux que je te prenne coûte que coûte!... Je suis l'Esprit du temple Korostène! Je veux que ton bien!... Pas de ton corps! C'est ça la mimique! Je danse tout autour de ton corps!... Je te fascine... mais je te trouve impur!... douze pirouettes dans le sens de la lune de gauche à droite... un manège... jusqu'à la toilette!... tout le tour du temple soi-disant... Tu pleures que je veux pas te sacrifier!... Tu te roules!... Tu me supplies!... Tu m'offres ton cou!... Tiens comme ça... »

Il me montre.

« T'appelles Ouandôr à la rescousse!... le diable-oiseau!... pour me rendre jaloux!... et tu m'accompagnes à six temps!... Ah! oublie jamais ta musique!... Il faut que tu partes sur la fourchette!... *top! top! tip! tip!*... et puis cuiller... *tap! tap! tap!*... et puis trois glouglous... *lou-lou-lou!*... Vas-y! Tu commences nerveux et puis câlin!... câlin pour Ouandôr!... Ouandôr s'amène par l'autre côté!... tu t'y attends pas!... la surprise! »

Sur le *Véga* c'était en rouge toute la description... Tous les caractères du sanscrit... Il me les épelait mot à mot!... Il devait pas savoir lire très bien!... Les enluminures étaient belles!... Le Ouandôr-oiseau il crachait des flammes!... Ses ailes vert et bleu déployées sur deux grandes pages, toute la hauteur... l'oiseau fantastique...

« Je vous apprendrai le sanscrit blanc-bec!... ça sera beaucoup plus commode.

— Vous pouvez le dire monsieur Sosthène! »

Il me traduisait au fur et à mesure!...

C'était assez fignolé les convulsions que je devais faire, et de toute première importance!... Ah! il insistait pour cela, il fallait que je me rende aimable et puis suppliant et puis voluptueux!... En avant baguette!... Il s'amenait par le couloir en catimini... Ouandôr soi-disant... sur la pointe des ailes! à croupetons... sournois... pour l'effet!... enroulé dans la carpette... Il devait me surprendre... Je faisais « Ah! Ah! Ah! » la surprise!... Je déclenchais l'orage aussitôt... toute la cadence plein les barreaux!... sur le sommier... sur la chaise! Et le voilà qui s'emporte!... s'élance!... se déploie tout autour des lits!... que c'est les diables en personne... tout à fait comme sur les gravures!... Il me grimace... On se fait vis-à-vis... Ah! c'est trop marrant!... Je pouffe!... Au temps! Il prend les crosses... faut tout recommencer!... C'est ma faute!... Il repart dans le couloir!... Ce coup-ci il prend un élan! une détente terrible!... Il s'enlève! D'un coup d'aile il franchit les lits... Il retombe *Broumb!*... un plomb!... sur le dos!... quel boucan!... Lui qu'est pas si lourd! toute la crèche tressaute... Il hurle de douleur!... Il râle! Il s'est fait trop mal!... Je crois qu'il s'est cassé les reins!...

« Ah! Ah! qu'il fait!... Je l'ai!... Je l'ai!... Ferdinand! je le tiens!... »

Il exulte!

« Tu l'as quoi?

— Je le sens!... Je le sens!... »

Il se convulse... révulse au tapis!... il saccade des bras... des jambes!... son ventre poilu tout en tremblote!... creux et puis gros!... et puis gonflé... il soupire!... une outre! un biniou!... puis ça le reprend!...

« Je l'ai... je l'ai!... »

C'est une crise...

« Je le sens!... Je le sens!... »

Il bave... il écume... il grogne... il aboie... un chien!... puis il geint encore!...

« Je l'ai... Je le tiens, Ferdinand!... »

Et des efforts... une lutte terrible!... Comme buté là contre lui-même!... arc-bouté à bras-le-corps!... une contorsion surhumaine!... au milieu de la pièce... comme si il étreignait un géant!... Ah! c'est formidable!...

« Je l'ai!... Je le tiens!... »
Il me crie!... Il râle!...
Ah! c'est effrayant!
« Vas-y! vas-y! »
Je l'encourage.
« Couche-toi dans le lit », je lui conseille.
Il me semble que ça sera plus commode pour la lutte atroce...
« Couche-toi donc!... Couche-toi!...
— Non! con... qu'il me répond... C'est Goâ!... » Alors rouge excédé furieux comme ça tout luttant à la mort!... à bras-le-corps autour de lui-même!...
Ah! Goâ! ça c'est de la surprise... Ah! c'est pas lui qu'on attendait! pas lui qu'on avait invoqué!... Goâ le grand féroce! C'était une maldonne formidable!... Je comprenais son ébahissement!... sa fureur redoublée!... C'est le Ouandôr qu'on attendait... Ouandôr-diable-oiseau!... pas Goâ!... Ah! c'était pas la même chose!... Goâ on l'avait attendu à l'autre contorsion... Et c'est lui maintenant qui s'amenait... qu'on attendait plus! Ah! le coup félon! Ah! le fin fumier!... Et alors féroce dans les prises! à vous rompre les os!... Je voyais bien!... ces étreintes tragiques!...
« Je te dis que c'est lui!... Goâ! » qu'il me hurlait comme ça dans la lutte... en ébullition contre le monstre!... qu'il se trouvait reculbuté par terre, roulant au tapis, bavant, malade à mourir... poussant des han! han!... Voilà comme c'était!... Je contemplais baba d'épouvante!... Je pouvais pas l'aider!... C'était la lutte avec la forme, le corps symbolique!... Rien à faire!... « Le Sar de la Troisième Puissance!... » qu'il me bégaye parmi la bave...
« Je l'ai partout!... Je l'ai partout!... Il me rentre Ferdinand!... Il me rentre!... »
C'était horrible de convulsion, de furie mystique au tapis... comme il se révulsait contre lui-même... en pleine étreinte à Goâ!...
« Il me rentre!... Il me rentre!... »
Maintenant il râlait au tapis comme un chien, rompu, fourbu, roué à mort!...
Il pâmait dans les douleurs... tout nu... là gisant...
« Il est lourd, Ferdinand!... Il est lourd!... »
Voilà ce qu'il se plaignait...

499

Goâ était dessus en mystique... l'écrasait d'un poids horrible! Je voulais qu'il se relève... J'avais beau lui donner la main... tirer dessus... oh hisse! tant et plus!... Il était trop lourd soi-disant... écrasé comme ça... sous le démon...

« Ah! bien merde!... Te voilà joli!...

— Te marre pas idiot!... » qu'il m'insulte...

Il étranglait de colère... et puis des hoquets!...

Merde! je pouvais rire!

« Bidonne!... »

J'en brame! *hi-han! hi-han!* comme un âne... Je peux plus m'arrêter!... Il faisait bien lui là tout pantelant! le ventre en l'air! à poil! poils rouges! Oh! là là! Mon Dieu!...

Quelle séance!...

Il pouvait plus du tout bouger... ecrasé du fameux fardeau!...

« Claque!... Je vais me coucher! » que je lui annonce.

J'étais heureux que ça soye fini!... J'en avais ma claque des voltiges!... Il pouvait crever ventre en l'air!...

Ah! mais pas du tout!... Pas fini!... Voilà que toutes les secousses le ressaisissent... Il repart en sursauts de bout en bout... tout le corps!... Il gît!... Il tortille!... il déconne... ses yeux révulsent... il roule sur lui-même... il se débat... c'est le haut mal!... Je me penche dessus...

« D'où que tu souffres? » que je lui demande.

Il me faisait bien chier à la fin.

« Je suis heureux!... qu'il me geint... Je suis heureux!... C'est Goâ!... C'est Goâ!... Je l'ai!... »

La tête de cochon.

« Où que tu l'as cocotte?... Où que tu l'as? »

Je voulais rire.

« Dans le tronc imbécile!... Dans le tronc!... »

Je me rapproche... je me baisse là sur lui, là tout contre ses poils... le nez dessus... Je veux voir le Goâ sous ses os!... Si ça se voit peut-être?... Je vois rien du tout!... Il trémoussait seulement toujours de plus en plus... de plus en plus farouchement...

« Alors ça va? » que je conclus... Je voulais plus du tout discuter... « Très bien!... C'est un succès Sosthène! Bravo! Bravo! mon cher Maître!... »

Il se reconvulse alors horrible... encore dix fois davantage! Je l'ai remis qu'on dirait en ardeur!... juste avec mon petit compliment... Il se convulse... révulse courbé arrière tellement contorsionné de force qu'il forme comme un vrai O de tout le corps!... Il se rattrape les pieds dans la bouche, comme ça par l'arrière... Il se mord les talons!... C'est affreux!... Vous dire l'extraordinaire souplesse, la contorsion qu'il arrive... Je pousse alors un cri d'enthousiasme... je veux l'embrasser... Il se mord les orteils... d'un coup de reins il rejaillit tout debout!... Voilà comme il est!... et la tronche alors!... le sourire!... cette extase!... Comme il est heureux!...

« Mon cher petit!... Mon cher petit!... » qu'il m'appelle... Comme il est content!...

Et puis il me chuchote confidence :

« Il est pas encore habitué!... Chutt! Chutt!... ne me cogne pas surtout!... Je l'ai dans le ventre!... Fais attention!... »

Il me prévient.

« La moindre bêtise!... un mot de travers... un mot de trop! *vlof!*... il s'envole!... le moindre à-coup!... Il reprend l'air et c'est fini!... Nous ne l'avons plus!... »

Ah! comme c'est grave!...

« Je l'ai dans le ventre!... Je l'habitue!... »

Voilà ce qui se passe!... pour ça qu'il marche comme sur des œufs!... Ah! bon très bien!... C'est parfait!... Le mieux alors c'est qu'on se couche... c'est suffisant comme pantomime! Ah! entracte! Repos!

« Au dodo! Goâ!... » que j'y fais.

Il prend ça mal.

« T'y crois pas alors?... T'y crois pas? Dis-le tout de suite!... »

Le revoilà en colère.

Ah! merde alors!

« Non t'y crois pas!... Non tu te moques! »

Ah! il pouvait pas me voir sceptique!... Il voulait la foi!...

« Si! Si! J'y crois!... T'as bien raison!... Mais j'ai sommeil! Tu comprends? »

Ah! il sursaute... Il fulmine... Il se met encore à m'agonir.

« Sommeil! Sommeil!... Écoutez ça!... Ah! ce petit jean-foutre! quand j'ai Goâ là dans le ventre!... C'est pas terrible d'écouter ça!... Tiens je vais te dire!... Tu mérites rien!... Quand je l'ai dans le tronc!... là partout! »

Il se frappait son maigre torse, et puis ses cuisses et son derrière... Il se faisait résonner tout creux!

« Là! Là! tu l'entends?

— Oui! Oui! T'as raison Sosthène!... »

J'allais pas encore discuter... Je dormais assis... Il venait me provoquer, il me déconnait dans la figure...

« Je l'ai déjà eu à Bénarès! Tu m'entends? Je l'ai déjà eu! »

Il me criait ça fort... Fallait que je l'écoute.

« Je l'ai déjà eu pendant quinze jours!... Je sais ce qu'on peut faire avec lui!... Passe-moi le téléphone!... On peut tout faire!... Tu m'entends!... T'es incarné!... T'as la puissance! la Troisième!... T'entends!... La Troisième!... »

Encore une initiative!... Il voulait me prouver son Goâ! Ah! j'y coupais pas! À toute force!

« Je le connais! Je te dis! Je le connais! Il me possède!... Je le possède!... »

Il allait venait tenant son ventre, comme ça à deux mains!... de la porte à la fenêtre... C'était pas fini nom de Dieu!... frémissant tout bouillant d'ardeur!...

Je lui fais :

« Tu vas attraper froid! »

Il était en nage et tout nu.

« Passe-moi l'appareil! Passe-moi l'appareil!... »

Il avait que ça dans la tête. Je lui passe l'appareil.

« Qui c'est qu'est le plus fort à Londres? » qu'il me demande alors à brûle-pourpoint.

Il m'interloque.

« De qui que t'as le plus peur? »

Je reste con.

« Tu vas voir un peu la manière!...

— Qu'est-ce que tu vas faire? je lui demande.

— T'occupe pas!... C'est pas moi qui cause!... C'est Goâ... C'est lui qu'est là-dedans! »

Il se tape sur le front, le ventre, les côtes... Il me montre qu'il est plus lui-même... qu'il est tout Goâ, tout entier! qu'il est possédé... Et puis il s'incline vers la fenêtre... Solennel alors!... Solennel!... encore plus bas!... une très profonde révérence...

« Les Esprits de la Nuit! » qu'il annonce.
Il ouvre grand la fenêtre... Il va attraper du mal!
Encore deux... trois salutations!
« Goâ! Goâ!... » qu'il frémit... il se parle à lui-même... Il se prie!... Il s'aspire! Il se prosterne le derrière relevé...
« Goâ! Goâ!... » qu'il appelle comme ça implorant... Comme il est maigre!... tout en os!... je vois son croupion! son oigne pointu!... il recommence toute sa gymnastique... bien dix... quinze fois!... génuflexions!
L'Hommage à Goâ!...
Ah! ça va... il se remet tout debout! paré! radieux! gonflé à bloc!... Tout vibrant d'effluves et de foi!... La Foi brahmine!
« Au téléphone clampin, vas-y!... Passe-moi le cornet! »
Maintenant il est sûr de lui-même... Ça va barder!
« T'as trouvé l'ours? » qu'il me demande.
Il est impatient.
Je vois pas à qui il peut faire peur?... surtout comme ça par téléphone.
« Que je lui jette le sort Moûrvidiâs!... T'entends bien!... C'est le pire!... ça te trouve n'importe où!... Qui que tu veux que je provoque? Tu n'as pas dit personne encore! Tiens t'iras la voir dans huit jours la gueule de ton gniass! Ah! là mon petit! Tu le connais pas le sort Moûrvidiâs! »

Je vois qu'il veut me bluffer, l'idée qui me saisit.
« Téléphone au consul de France! Tiens en v'là une vache! »
C'est vrai que je l'avais bien à la merde celui-là nom de Dieu! depuis le coup de la visite! qu'il m'avait fait jeter à la rue! Ah! le salopard!... Ah! que j'aurais pris un drôle de pied qu'il y tombe une bûche sur la gueule!... quelque chose alors de molosse!... Ah! que je la voye la magie!... que ça le décarpille nom de foutre! Consul de France!
« Passe-moi l'annuaire polisson! Tu vas voir un peu ton coco, comment que je vais l'arranger! T'iras le voir un peu dans huit jours ton consul de France! T'as pas idée du mauvais sort! que c'est que j'y envoie!... par Goâ! Mais faut profiter! hop! là là! L'effluve à Goâ! Elle boude pour un rien! »

On cherche tous les deux le numéro... on trifouille l'annuaire...

« Bedford!... French Consul!... Bedford Square!... Ah! le voilà! Tottenham 48 486!

« Demande-le toi!... Demande. »

Il y arrivait pas.

« *Four! Eight! Four...* »

Je l'aide.

Voilà le consulat!... je lui repasse le cornet...

« Je veux parler au consul de France! Au consul lui-même! »

Autoritaire, sans réplique.

Ça cafouille au bout du fil... quelqu'un qui bégaie.

« Qu'est-ce que c'est? »

Ah! il enrage immédiatement. Ah! il peut pas supporter! Il empoigne le truc.

« Vous m'entendez, consul de France?

— Monsieur le consul est couché! voilà c'qu'ils répondent.

— Couché!... Couché!... Vite qu'on le réveille! C'est le président au téléphone!... Vous entendez le président! Ici Raymond Poincaré! Allez ouste! Dépêchez-vous! »

Voilà comme il cause.

Ah! ça c'est de la décision! Là y a pas d'erreur!...

Du coup ils se magnent au bout du fil... des bruits de standard, des goupillages... des voix qui se croisent... Ah! là ça y est!... Voilà le consul!

« Allô! Allô! Consul de France!...

— Allô! Allô! C'est vous monsieur le consul? Ici le président Poincaré!... Tu vas voir... il me souffle... Tu vas voir!... »

Il me cligne... il me montre qu'il est sûr!...

« Allô! Allô! C'est vous, monsieur le consul? Ah! très bien merci! Ici le président Poincaré!... Je veux vous dire une chose... Merde! Merde! Merde! Vous êtes qu'un sale con! Et que vous en crèverez par Goâ!... Gi!... »

Et toc! il raccroche!... Ah! si ça l'exalte!... Il jubile! il gambille! il saute de joie, riguedonne... à poil comme ça là tout loustic... autour du tapis... la gigue... de victoire brahmine!

Voilà comme il est!

« T'as entendu? T'as entendu? C'est envoyé!... Trois Merde ça suffit! Tu te rends compte!... Il en a pour quatre-vingts ans! avec Goâ c'est le minimum, quatre-vingts à quatre-vingt-dix ans!... Tu te rends compte si c'est gagné!... Il en sortira jamais!... Voilà le travail Bénarès! »

Ça l'émoustillait au possible! ce succès par téléphone!... Il gambade encore à la ronde... c'est la sarabande du triomphe!... Alors plus une once de fatigue! Le vrai cabri!...

« Trois Merde! trois Merde! qu'il exulte. Ah! mon petit!... Ah! mon petit!... T'en as pas un autre encore? Un autre dégueulasse? qu'on y retourne les sangs! Vas-y dépêche-toi! On a plus un moment à perdre! »

Ça se voit qu'il est en pleine ferveur, en pleine transe du Prince des Effluves!...

« Il me gratte l'os dis donc! Il me gratte l'os! Touche-moi la hanche là! C'est le fin signe! Ah! Ah! ça c'est l'extra! Encore un peu la prière!... Attends! Attends! »

Il se reprosterne... Révérence... encore cinq six fois!... aux Esprits de la Nuit! avec les bêlements rituels Goâ! Goâ!... Ah! ça y est!... Le revoilà tout prêt! Au sursaut! Voilà!...

« Nous y sommes?

— Vas-y! *tic! tic! tac!* Je lui envoie un sort à crever!... »

Il me prévient...

« Une chtourbe qu'il en respire plus!... qu'il se fout lui-même sous un tram! Voilà ce que je lui fluide! Fluide donc avec moi!... »

Il me recommande. Voilà comme il est sûr de lui!... Ah! il m'interloque... après tout c'est peut-être quelque chose? Peut-être qu'il a une influence?... Comme ceux qui font tourner les tables?... Ah! je peux me demander... Il a l'air drôlement convaincu!... C'est faisan la super-magie!... c'est tout charlatan et consorts!... C'est Robert Houdin!... Tout de même, il prestidige peut-être?... les emmerdements à distance?... je pouvais être perplexe! Ah! je cherche quelqu'un! Flûte tout de même!...

« Nelson! tiens Nelson! En voilà une belle vache! »

Puisqu'il voulait une charogne.

« Ah! celui-là dis donc... Ah! celui-là! »

Je l'avais oublié!

Mais le Nelson (a) pas de téléphone!... À un autre alors!...

« Tiens Matthew! le poulet! Tiens voilà quelqu'un... Une belle peau!... Vas-y merde!... Fais-le crever... Ah! celui-là alors si tu peux! Jettes-y un sort!... Tiens comme ça!... »

Ah! là là!... J'y montrais moi-même... un immense!... Je proposais Matthew!... Ah! je l'encaissais pas celui-là!... Ah! ça je pouvais le dire!... Le plus sournois sûr et certain!... le plus reptile de toute la clique!... en long comme en large!...

« Appelle-moi le Yard! Passe-moi le client! Ah! mais fais tout de suite... avant le jour!... Au jour ça se brouille! ça se dissolve! Goâ!... c'est que le noir!... c'est la nuit!... »

Pour Matthew c'était Whitehall!... Whitehall le numéro!... je le connaissais... zéro! un! zéro! zéro! un!...

Tout de suite on l'a...

« *Hello! Hello!* Scotland Yard?... Whitehall!... *O. one. O. O one!* Le voilà.

— *Hello Miss! please! urgent! urgent! Chief inspector Matthew! very urgent! Matthew Donald!* »

C'est encore des brouillaminis!... Il faut qu'on le recherche dans les services!... Ah! il est pas là!... Si, il y est!... Non, il y est pas!... Ils me cassent la tête avec leurs *switch*... le bouzin *twif tracc!*... Ils ont un standard qui broie tout... Ah! les brutes! Faut qu'ils l'appellent alors chez lui si il est pas là!... Si il est couché à son domicile!...

« *Call him up! Special! Special!* Réveillez-le immédiatement! Et que ça saute!... »

Ça se prend bien l'autorité... Je devenais Goâ moi de même!... en moins de deux je prenais le ton magique...

« *Special!... Special!...* »

Ils devaient chercher son domicile.

« *Special! Special! for a crime*... pour un crime!... »

J'insistais bien fort... pas de gibouiboui!...

Ah! son domicile!... *Drrring!... Drrring!...* ça sonne! Le voilà! C'est lui tout de suite!...

« *Hello! Hello!...* »

On écoute chacun de son cornet... C'est bien Matthew!... C'est bien sa voix!...

« À toi! que je fais à Sosthène!... À toi! »

C'était lui le démon après tout!...

« Merde! Merde! Merde!... » qu'il gueule dans le truc... Mais alors vite!... beaucoup trop vite!... Il raccroche sec!... Il escamote!...

« C'est tout alors? que j'y demande.

— Ah! dis donc!... si il est maudit! » qu'il me répond comme ça...

Moi je vois pas ça... mais pas du tout!... Je suis pas de son avis!...

« T'as peur de Matthew, Sosthène?... » Ah! je l'accuse ouvertement. Ah! je lui fais pas grâce de rien!... Il m'a réveillé!...

« Peur?... Ah! peur!... Ah! petite maudite peste!... Goâ a peur de rien du tout!... Apprends ça morveux!... Rien du tout!... »

Il est pas content!

« Allez vite! un autre!... »

Il me tarabuste... que je lui cherche encore une victime... Ah! je cherche... ah! je vois rien!...

« Ah! dis les potes du *Leicester*?... Tu veux pas de ceux-là comme voyous? Tu pourrais les secouer un petit peu!... Ça leur ferait pas de mal!... Leur foutre un peu les grelots!... C'est tout farniente et compagnie!...

— Ah! non! pas de ceux-là!... »

Il en veut pas absolument!... Il veut pas que je réveille Cascade!...

« T'as peur de celui-là aussi? »

Je me doutais assez!...

« Non! Mais c'est pas des gens sérieux... Ils compteraient pas pour les effluves... Faut des répondants... des placés... pas des rastaquouères!...

— Alors cherches-en un toi-même monsieur le Difficile!...

— Tiens le Lord-Maire! »

Voilà ce qui lui pousse... Ça c'est une idée brillante!...

« Tu l'as jamais vu en perruque? Dans le carrosse en or? ça c'est du quelqu'un!... Tiens je le fous en miettes, tu parles! dès que le Goâ s'occupe! Je veux qu'il croule dans son carrosse la première fois qu'il montera dedans! C'est le vœu! Gi! Crac! Allez! avec moi hop! Vas-y!... »

Je crache avec lui.

« Maintenant demande-le au téléphone!...

— À cette heure-ci ? T'es pas fou !

— Vas-y ! Je te dis ! C'est le roi d'Espagne Alphonse ! T'annonces Alfonso ! »

C'est pas idiot dans un sens !...

J'appelle City 7 124, le numéro de l'annuaire... On cherche.

« *Hello ! Hello ! The lord Mayor please. Here the King of Spain !* Alfonso ! »

C'était rigolo à demander !

Ça les surprend au bout du fil... ça fait encore toute une friture !...

« *Hello ! Hello ! King of Spain here ! Esta you Mayor ? Yes ? Yes ? Yes ?*

— *Yes ! Yes ! Yes !* qu'ils répondent.

— Alors, merde !... merde !... et merde !... Goâ te pisse au cul ! Et que vous en creviez bientôt !... »

Là-dessus *toc !* sec ! on raccroche !...

« T'as entendu ? C'est le collectif ! C'est l'anathème ! l'anathème des avalanches ! le Grand Droit majeur ! Y a pas plus terrible au monde !... Comment que j'y ai envoyé ça ?... T'as vu un petit peu ?... Il a son compte !... Je t'en réponds !... » Ah ! fier de lui-même !...

Si il est pervers ce Sosthène de Rodiencourt Poils rouges !... J'aurais jamais cru à ce point-là !... Si il biche de son jetage de sort !... Il caracole de toute-puissance !... une farandole du Bénarès !... tout autour des lits lustucru !...

« Faut que je le réchauffe !... qu'il me crie comme ça bondissant... toujours de Goâ !... Le froid y est contraire !... ça le congèle... ça le désaimante ! Il me perd ses trois quarts !... positif ! Allez oust ! à la fourchette ! » Il me jetait encore au boulot ! À mon couvert et *tip ! tip ! tip !*... Grelé menu... menu... La sarabande et puis pirouette ! glissade ! pirouette ! comme ça tout autour du tapis !... Ah ! le tyran pas d'erreur... comme ça sur la page 81... toute l'aquarelle rouge or et bleu !... Mais lui alors sans accessoires !... sans bouclier ni cuirasse !... Sans masque à grimaces ! juste tout nu et moi la musique... *tic ! tic ! tic ! tac ! tac ! tac !* Il se donne à fond ! Il emballe... il cogne dans l'armoire... Il bute !... C'est trop de brio ! Il s'affale !... *Plaouf !* tout de son long !... il renifle... il se rebecte !... Le voilà reparti !... Il cabre... Il fait le poney de cirque !... Ah ! c'est merveilleux !

Quelle reprise!... C'est du manège!... positif! de la haute école!...

« Vas-y! Vas-y! » qu'il m'incite.

C'est lui qui me stimule... me houspille!... Il est emballé! Il tourbillonne!... Je vois plus ses jambes tellement il tournoie!... il pose plus par terre!...

« Vas-y! Profite! Il est à nous! Je le tiens pire qu'à Bénarès! »

Il me crie ça tout en galopant!... Puis il ralentit... Il stoppe! Il s'allonge sur le tapis!...

« Tâte-moi! Tâte-moi ça!... » qu'il me fait.

C'était son ventre!... son nombril!...

« Là! Tu le sens? le nœud?... »

C'était Goâ sous son nombril!... le creux du ventre!... quelque chose de dur... Il voulait que je lui tâte profond!... que j'y enfonce bien toute la main... ma main gauche, la forte, la ferme... que je palpe.

Avec sa maigreur on arrivait au fond tout de suite, de l'autre côté, à la colonne!...

« Écoute, maintenant, le grand jeu! clampin! Écoute! la crampe à Goâ!... C'est la suprême! Tu peux dire qu'on a de la faveur!... Regarde!... Cherche la page! » Faut encore que je rouvre le *Véga*!

Il reste là par terre tout pantelant!...

« La page quoi?
— La page du Roi! »

Je voyais pas.

« Concentre! Nom de Dieu... Concentre!
— Pour quoi faire?
— Demande Buckingham Palace!
— Mais on l'aura pas. »

Ah! il soupire!... je le décourage... Il restait là sur le dos avec sa crampe dans son ventre!...

« Ah! tiens! tu me gâches tout!... »

C'était mufle comme réflexion! Moi qu'avais fait tout mon possible.

Je voyais pas le miracle voilà tout!... C'était pas de ma faute! Il avait qu'à s'en prendre à lui!

Ça le vexait bien sûr... Il cherchait encore à prétendre!...

« Tu veux que je change la face des choses? »

De plus en plus fort!...

Il voulait se surpasser en transe! me faire baver d'admiration! Il renchérissait.

« Ça te suffit pas les sorts maudits? Il te faut des cataclysmes? Monsieur veut le déluge? »

Ah! il me faisait rire quand même M. Boniment! J'avais beau être si éreinté que je tenais plus debout... Lui là par terre avec son grand nœud!... et maintenant les cataclysmes!

« Ah! dis! que je lui fais... tu déconnes! »

Je peux pas m'empêcher... ça suffit!

« Poils au cul rouges! T'es frais Goâ!... »

Que je me marre... il faut!...

« Attention! gamin... Attention!... »

Ah! il me menace... Je vais voir quelque chose.

Il yeute vers la porte, si vraiment personne peut l'entendre. Il me fait signe encore de me baisser... qu'il veut me parler dans l'oreille... Il m'attrape la tête... il me chuchote...

« Je vais faire battre les dieux! Ils vont se battre ensemble! »

Il me lâche la tête... Je me relève! Ah! je comprends pas!... C'est terrible toujours! J'écarquille... J'attends!

« Alors qu'est-ce qui va se passer?... »

Il me refait signe que je me rebaisse... qu'il va m'expliquer encore mieux!... Je rigole trop!... Il se fâche!... Je lui pouffe dans le nez!... Il me crache dans la gueule... il se dépite... il me trouve trop idiot!

Ah! de quoi qu'il se plaint? J'ai tout fait! Tout téléphoné au Lord-Maire!... au consul!... au pape!... Il veut maintenant appeler le Bon Dieu! Il me fait chier avec son Goâ! Il me tyrannise!... Je suis trop con!... c'est vrai... que je supporte!...

« J'y pisse au cul; tiens ton Goâ! et toi de même!... »

Voilà comme j'y cause brusquement! Je veux qu'il me foute la paix!... qu'on se couche! qu'il me laisse dormir! ça suffit!...

« Mais si! Mais si!... qu'il s'entête... C'est rare que tu tiens Goâ! C'est un miracle sacré sale ours! Tu bouzilles tout! Tu salopes!... »

Il m'accuse encore!... Il se remet debout au tapis... Il va se poster au bout de la pièce.

510

« Je te fais les sept signes? qu'il m'annonce... Je te fais les sept signes!... »

Il est déchaîné.

Ça va encore être quelque chose!...

Les deux bras comme ça qu'il agite... signaux dans l'air!... et puis zigzag... il recommence tout de dos! dans l'autre sens... encore des zigzags...

« Bouge pas qu'il me crie... C'est les Sars de Troisième Puissance!... C'est le Renversement des religions!... »

Il s'égosille!... C'est pas la peine... Je l'entends très bien!

« Bon! Bon! que j'y crie!... Je te comprends!...

— Regarde-moi! qu'il me fait!... Regarde-moi fort!... Bouge pas!... Regarde-moi bien! Tu me vois rien autour de la tête? »

Il continuait à s'agiter là tout debout, tout seul à poil juste devant la fenêtre.

« Regarde-moi bien! »

Je m'écarquillais tant et plus! Je lui voyais rien autour de la tête.

« Concentre! Concentre! Nom de Dieu! Tu vas voir l'auréole je te dis!...

— Ah! que je lui réponds... ça suffit! Allez oust au chiot!

— Y a rien! Y a rien? Tu te fous de ma gueule... »

Voilà comme il est insolent!...

Ah! qu'est-ce que je vais encore lui mettre? Ah! je me sens la moutarde monter!...

« Ah! dis maintenant faut dormir! »

C'est l'ultimatum.

« Comment? Comment?... »

Il veut pas de ça... Il veut concentrer jusqu'au bout!... Il veut que je voye son auréole!... Je me fous en rage abominable!

« Tu veux pas qu'on se couche dis alors?

— Je me crève pour un mufle! un goujat! Je me calcine la vie! »

Voilà ses paroles!...

« Je flotte tu comprends imbécile? Je flotte au fluide! Tu me vois pas flotter? Regarde! »

Ah! je le regarde plus du tout! Ah! qu'il se charpille! qu'il s'acharnouille de la façon qu'il s'échigne le con!... Il poulope autour de la chambre!... C'est la danse des fluides!... Il me brame ça... Je l'écoute plus! Ah! il peut bien s'envoler! le sale louf... la merde! Je m'en fous!... Je le regarde plus!... Je l'entends plus! Je m'en fous! J'en écrase!

☆

Nous voilà donc dans l'atelier. Je voyais ces fameux ustensiles, des masques et des masques... Y en avait partout, des petits, des gros, des incroyables de dimensions et d'aspect. Tous les biscornus, les loupés, les réussis, les camouflés, à clapets, à tuyaux, à cordes, toutes les trouvailles du colonel, pour tous les genres, les dimensions, un carnaval de quincaillerie... Casques et masques de toutes époques, équipés pour la guerre des gaz. En carton, en cuivre, en nickel, tous les dangers. Armes et jouets! toutes les coiffures pour l'enfer, la course au fond des abysses! Trois énormes scaphandriers pour les pressions océanes. Toute une armoire de petits toquets du genre Henri III, emplumés, avec voilettes tamis de tulle, filtre contre les gaz, très coquets. Le colonel pensait à tout. Un nom de Dieu foutu désordre! Je tombais toujours sur des cochons! Les établis disparaissaient sous cinq six épaisseurs d'outils de toutes natures et calibres. Sosthène farfouillait là au fond, provoquait des avalanches à chasser le petit tournevis! Toute la camelote *taradaboum!* croulait jusqu'à l'escalier! des torrents de ferrailles! Alors ces gueulements!

« *Mister Sosthène! You are a skunk! You loose everything!* Monsieur Sosthène vous perdez tout! Vous êtes un *skunk!* »

Ils échangeaient des mots très durs, ils se traitaient abominable à cause du désordre. Il paraît que j'allais mettre moi de l'ordre. Je devais pendre tout aux petits clous, aux solives, tous les instruments à la traîne, dégager les établis, le four, les lucarnes. J'avais le filon!... J'étais l'ordre!... J'allais me rendre utile!

« *You know young man we are lost!* Perdus! Perdus! Monsieur est un porc. »

À la grande porte de l'atelier, tout à fait en l'air c'était écrit en lettres rouges : « *Sniff and die!* Renifle et meurs! » Il me faisait remarquer la devise comme ça tout réjoui, tout marrant le colonel O'Collogham... ça l'amusait bien!... Il se pilait tout seul!... « Hi! Hi!... *Sniff and die!...* » C'était son côté chacal, sa façon de nous effrayer. Puis il retournait à son boulot, il secouait une bonbonne, deux bonbonnes, laissait écouler du liquide, reniflait un peu, rigolait bien... Sosthène lui il rôdait, limait, il ajustait des goupilles après un gros masque tout rouge, cuivre monture nickel, garni d'énormes lunettes mica, plus un bidon en équilibre au sommet de la tête retenu par un jeu de haubans, câbles souples qui vous rattrapaient sous les bras et prenaient la taille en ceinture, vraiment un très gracieux effet, en plus d'une douzaine de tuyaux à minces tubulures du genre serpentins qui se déployaient vers l'arrière en panache à deux trois mètres, l'effet fantastique! En somme une sorte de tour Eiffel endimanchée individuelle à porter comme ça sur sa tête!... Il paraît qu'au point de vue technique c'était miraculeux d'adresse!... l'immunité antigaz presque 100 pour cent... Un progrès considérable, indéniable, d'une immense portée... la « filtration » universelle...

Sosthène qui s'estimait instruit, il avait choisi ce modèle de préférence à tout autre. Il le trouvait lourd à l'usage, accablant même, sans capiton, mais rationnel et sérieux avec sa petite usine de tête, la « barboteuse antigaz » retenue par les douze haubans. Tout de même c'était pas absolu... ça pouvait fuir de quelque part... y avait de l'aléa... ça le troublait Sosthène l'aléa, ça le déprimait même affreux... Il restait sans parler des heures!... que ça se rapprochait les épreuves... Ils se préparaient chez Wickers Strong... « Faites donner les gaz!... » Ça serait dans des sortes de casemates... on avait déjà les détails...

Le colonel avait choisi pour son propre compte un modèle toile « museau d'étoupe » imprégné à trois solutions absolument neutralisantes dont il ne donnerait la formule qu'après les épreuves et seulement au roi en personne... Ce système pour connaisseurs muait les gaz les plus toxiques, les plus pervers foudroyants, en inhalations anodines, ozonigénées voire toniques dès la quinze ou vingtième bouffée, réglable au surplus par virole et automatique selon la densité du nuage et le caractère des efforts, dosé à tant pour le cycliste, tant pour le nageur, tant pour le piéton, le réglage milli-pneumatique, l'idéal évidemment, le rêve de tous les ingénieurs depuis le Congrès pneumatique, Amsterdam mars 1909.

Ils allaient en roter un peu les gentlemen de la Wickers! Le colonel leur apportait non pas une mais vingt solutions au problème du milli-dosage! son protocole en faisait foi! On se rend un peu compte!

Ah! mais attention!... Précautions! il ne débusquerait ses batteries qu'en toute ultime dernière ressource! Son second masque de concours tenait plutôt du domino, armé de lunettes à facettes avec groin proéminent et porte-étoupe en résille... le tout monté sur étamine coiffant et moulant le visage et couronné à trois plumes! panache d'autruche, façon prince de Galles! Toujours le souci d'élégance. La science stylisée!... Cet ustensile était achevé, absolument fini, au point, mais le lourd, celui à Sosthène, le scaphandre en cuivre, donnait encore bien du souci. Il a fallu le remettre en forge pour le rendre un peu plus étanche, le pousser au feu au moins deux bonnes heures encore pour lui coincer les valvules... un tintouin terrible... Et tout par la faute à Sosthène! Encore toujours lui!... Il paraît qu'il respirait mal, on lui avait dit cent mille fois qu'il devait respirer en trois temps et pas d'un seul coup comme une brute! Chaque hoquet il décrochait tout! Il fallait tout lui remettre au point! D'autres raisons pour s'engueuler! Ils l'avaient sec tous les deux!...

« Dis donc! qu'il me faisait, dis donc mords la catastrophe!... » et il poussait un cri terrible, un hurlement comme ça : « Ouah! Ouah! » pour passer sa mauvaise humeur! Que le colonel exagérait! Il comprenait rien le colonel.

« Que dites-vous? monsieur Rodiencourt? *What is it?*
— *Nosing! Nosing!* »

Alors la crise pour le *nothing*! tout de suite les mots aigres.

« Je vous apprendrai monsieur Sosthène! Faites comme moi! Tenez! *thing! thing! thing!*
— Mon général! C'est pas la peine, je me tue la langue, je m'abîme pour rien... Je pourrais peut-être prendre la Tour de Londres, la Tour pointue, la Tour prends garde! mais

votre zig-zig! je le prendrai jamais!... Il faut avoir la langue autrement!... Déjà en 93 à Chandernagor, j'ai perdu 235 livres à parier que j'y arriverais... Je me suis entêté!... C'était à la popote de l'Indian Medical Service... J'ai essayé pendant cinq heures... Ils nous recevaient avec ma femme... Quelle fête!... Les Mille et Une Nuits! Ah! ces gens-là ils savent recevoir!... ça c'est du style mon colonel! L'Indian Medical Service!... Mais votre zig-zig! mon colonel vous pouvez bien vous le foutre au cul!... »

Comme ça tout l'après-midi, ils s'engueulaient à tour de rôle!... sans trop comprendre leurs propres insultes à cause du terrible tintamarre, des coups de marteau plein les tôles, des bonbonnes qui chaviraient, déboulinaient... ferraille en branle!...

Virginie montait vers les cinq heures avec le thé et les sandwiches. Son oncle l'appelait par la lucarne. Fallait qu'elle attende au jardin le moment précis...

Fallait plus du tout qu'elle sorte, c'était fini nos courses en ville. Elle avait plus droit qu'au jardin avec son chien et ses oiseaux!... Elle était cloîtrée par le fait... Tout ça depuis l'histoire du *Touit-Touit*! Ah! pas de quoi rire!... Ah! j'en menais pas large!... Ah! j'avais du remords! Ça me faisait peur qu'elle me parle, même qu'elle me dise bonjour. J'aurais voulu être au diable! J'avais peur de tout!

Je la voyais si triste, si pâlotte la pauvre mignonne. J'aurais voulu l'embrasser mais je pouvais pas... Je me sentais fautif de tout!... coupable au possible! Mais comment la consoler? J'avais pas le pouvoir!... J'avais pas la force ni l'argent!... J'étais malade et déconneur... J'avais perdu le nord! Une transe!... La fièvre m'avait emporté... Ma petite aimée si confiante!... Quel mal je lui avais fait!... Je l'avais embarquée avec moi dans la danse du sens dessus dessous!... Le coup du délire!... Ah! j'étais propre!... je voyais plus le vrai du faux! Pourtant je faisais gaffe!... J'en avais eu des impulsions... C'était pas ma première secousse!... mais jamais aussi brutale!... Depuis Hazebrouck j'avais des secousses... depuis l'hôpital... je battais la breloque... Mais cette fois-ci j'avais cédé! furie la déraille la nénette! Ah! je ne trouvais plus les morceaux! Ah! fol avatar!... Si triste, si gamine, malheureuse ma petite amour!... Ah! je me tourmentais, brûlais le sang... Mais si j'avais été lui dire :

« Mademoiselle! restez donc tranquille! »

Alors du coup le plus pire mufle! suborneur sans cœur! sans boyau! que je me moquais d'elle!...

Voilà ce qui se passait.

Elle était si triste désolée ma pauvre adorée gamine... si pimpante espiègle juste avant!... Ah! ma plaisanterie!.. Ah! je l'avais navrée pour tout!... J'y avais tué l'insouciance!... à peine à table deux trois mots!... une petite enfant toute chagrine... Voilà mon travail!... Et tout ça devant les domestiques, des ignominies bien ceux-là... cauteleux... glissants... toujours *yes!*... fines canailles!... et qu'avaient vu la volée! Elle devait souffrir le martyre de se trouver comme ça sous ces gueules... la mire à tous ces cochons!... Pourquoi aussi qu'elle se sauvait pas?... ça qu'aurait été énergique!... et quelle leçon pour les larbins!... Ah! ça je me le disais!... Vraiment une forte résolution! Quelle gamine alors!... Ah! ça je l'aurais admirée!... Ah! ça m'aurait drôlement souri!... Ça arrangeait tout à vrai dire!... Je l'aimais beaucoup certainement... peut-être encore plus... plus chèrement qu'avant ce soir maudit, mon adorable tendre idole... mais j'osais plus l'approcher, m'occuper d'elle! même un petit peu!... Elle me faisait peur!... Pendant le repas, au moment du dîner surtout, je regardais en l'air, à côté, sous la table, par la fenêtre, n'importe où pas regarder son cher visage!... Je prenais n'importe quelle contenance, je suivais la conversation avec une attention, une fièvre que les yeux m'en sortaient de la tête, que j'en suais à gouttes... des plus pires sottises à Sosthène je m'ébaubissais, tous ses babillages sur les Indes j'avais l'air d'y croire... j'applaudissais même... Le colonel de temps en temps il me jetait un vilain coup d'œil! il me foutait pas à la porte... c'était le principal!... Aussitôt le dessert... les miettes, je m'excusais... la grande fatigue... je filais me coucher... pas d'explications!... Je me méfiais des entraînements, des confidences d'après-dîner... que le pipe aye quelque chose à me dire... ah! et voilà!... Oh! pas du tout!... Oh! aucun risque... Ah! elle me portait la malchance!... C'était encore fâcher son oncle!... ombrageux l'oiseau!... elle se rendait pas compte!... elle était légère!...

trop naïve!... Fallait que je soye prudent pour deux!... pour nous deux!... aucune imprudence!... Je me méfiais de jour et de nuit!... Je sautais au plumard... dormir! faire semblant!... C'était ardu comme sommeil... là j'exagère pas!... Un tourment! à cause des sifflets d'oreilles... des cauchemars aussi... des bruits... des catastrophes... des genres de trappes... je trébuchais, basculais au fond!... Je sursautais!... ça me réveillait! des flammes partout! comme dans la cave au Claben!... ça m'enveloppait, m'emportait... comme ça dans le cauchemar!... Je me raccrochais, j'hurlais horrible!... hop! la bascule!... je redors... je suis repris... des grenouilles maintenant!... des grenouilles de feu!... et puis le dragon qui les avale! un fantastique gluant tout vert, tout grondant les flammes!... comme celui de la robe à Sosthène! mais alors énorme véritable! en pleine furie!... Il gobait les grenouilles au vol!... les grenouilles de feu! et puis un bond il m'attaque!... Il se lance sur moi!... un grand coup *Hangg!...* à pleins crocs!... dans mon bras malade!... Je pousse un gueulement!...

Sosthène alors la colère!...

« Tu vas dormir con?... »

Ah! j'aurais voulu!... Il me traitait terrible... Ça me reprenait des dix fois de suite le même cauchemar avant que l'épouvante me quitte... que je m'endorme tout de même!.. et pas pour longtemps!... une heure ou deux!... au plus!... Vraiment j'étais difficile, ça je veux bien convenir, comme ça compagnon avec mes sursauts, mes cauchemars, mes cris de putois, ça devait pas être drôle pour Sosthène... Et puis la petite qui m'achevait... qui me désespérait de chagrin avec sa pauvre petite mine... Elle se rendait pas compte, naïve bien sûr, mais égoïste... c'était qu'une enfant!... elle comprenait pas mes soucis... elle compliquait tout... il aurait fallu qu'elle parte... qu'elle s'en aille d'elle-même... qu'elle se sauve... Ah! ça j'étais sûr!... ça aurait tout arrangé... je pensais à ça pas dormant!... pas dormir ça rend brutal!... même vindicatif... ça vous rendrait impitoyable... L'homme qui veut dormir c'est un monstre, il veut plus que du ventre et tout chaud, du bonheur d'enfant, toute la terre en tripe pour sa bouille, rentrer tout au fond tout douillet.

☆

Ils ont encore trouvé le moyen de reporter les épreuves... à quinzaine!... qu'ils ont annoncé... Jamais ils se décideront!... Voilà ce que je pensais. Si les autres concurrents aux masques étaient aussi fantasques que nous, ça promettait des perspectives!... Ils devaient se douter Downing Street! Pour ça qu'ils sursoyaient sans cesse!... ils espéraient la lassitude... que les inventeurs s'écœurent... mais personne écœurait le colon... ça j'étais bien sûr... C'était moi la tronche dans l'histoire... comme ça la fantaisie rien à foutre... toutes mes courses terminées... *finish*... plus une raison de promener en ville... j'avais plus qu'à lire les journaux... j'en profitais... je les lisais tous... je cherchais... trouvais un petit écho... un petit rappel... quelque chose... sur notre *Greenwich Tragedy*... Ah! pas un souffle!... pas une syllabe... comme si y avait jamais rien eu!... Ça devait mijoter chez les flics voilà ce que je piffrais... Ah! pas rassuré du tout!... ça couvait... voilà tout!...

En attendant je foutais plus rien et Sosthène me regardait rien foutre... Ça l'emmerdait énormément... Au boulot qu'il voulait lui me voir... Sa marotte!... que je monte là-haut me pincer les doigts... m'efforcer dans les mécaniques, marteler, limer, tréfiler!... que j'apprenne voir la chimie!... que je renifle un peu leurs bonbonnes!... Ah! je l'attendais! Toujours le même! Ah! je prends la mouche!...

« Voyons! rappelle-toi! T'es fou! Tu m'as pas dit que c'était fini? que la guerre était terminée? enfin en somme pour ainsi dire!... que t'avais révolutionné tout!... que c'était juste qu'une question d'heures!... Le retournement du sort?... que Goâ avait tout en poigne?... Ah! Tu vas pas me dire le contraire?... J'ai rien inventé!... ou c'était tout de la chienlit? avoue-le tout de suite!... »

Ah! baisé au piège... Ah! je la lâchais pas la tante!...

« Allez bourreur!... menteur!... canaille!... » je le retournais sur le gril!...

« Tu m'as pas juré sur la tête? caca message et patata?.. Tu te rappelles de rien? sur la Pépé que t'as juré!... que t'avais tout foutu en l'air! La guerre bataclan!... et le téléphone? et mes bâtons? que t'as chié même sur le Bon Dieu?... Tu l'as dit toi-même! que c'était fini les malheurs!... qu'une question de jours que t'as dit!... alors qu'est-ce que je vais apprendre à renifler tes trucs?... Tu me l'as dit comme ça!... les masques c'est un métier perdu!... J'ai déjà reniflé vos cigarettes!... Je sors pas des fumeries!... Je suis poêle!... C'est ça que tu voulais Choubersky? »

Ah! je crois qu'il m'envoûtait à force!... ce nom de Dieu de sorcier de mes fesses!... Il me jetait des sorts d'asphyxie!... Saucisse à fumer! boudin! Ah! je devenais brutal! il me gafait rebiffer... l'œil en coin... ça le défrisait que je me réveille, que je me gourre comme ça tout d'un coup de leurs manigances.

« Je suis pas tuyau que je répétais... Je suis pas tuyau!... »

Il marmonnait dans son bouc... Il osait pas trop réfuter, je lui écrasais la gueule...

« Allez! Vas-y! jacte! dis-le donc!... Je le poussais à bout... Pourquoi que tu me promènes?... Tu me fais passer les nuits blanches! sauter après tes fantômes! Maintenant tu veux que je me suicide!... Dis-le tout de suite... T'es vampire!... Mais merde! je t'attends!... »

Ah! il bouille du coup... il écume... Il rongeait son frein... Il éclate... il hoque... il cafouille!...

« Vo...voyons, Ferdinand! Voyons... Que c'est moi qui te sauve toute la vie! Mais j'arrête pas!... Tu te rends compte!... Mais le colon pense qu'à te faire coffrer!... Tu crois qu'il voit rien? Il dit rien!... C'est pas la même chose!... À moi qu'il s'en prend!... Que t'es ici bon à rien foutre!... qu'à abuser la confiance!... paresseux... fainéant!... voleur!... Je lui dis que t'es à plaindre... Je lui réponds!... Je le calme comme je peux!... que t'es victime de tes blessures... qu'un pauvre détraqué déconneur!... l'invalide à la tête de bois!... ça le retient pas lerche!... Il meurt de te filer aux poulets!... Ah! dis! il faut que je prêche!... que je me donne plutôt!... Je me bagarre!... Tu peux dire que t'es ingrat!... »

Il avait mis le temps à se rendre compte, le colonel chiott O'Collogham, ce que je pensais de lui! sacré sale con cocu merdeux! C'est tout l'effet qu'il me procurait! Sacré sale dégueulasse!... Sosthène aussi celui-là, dans le même sac les deux!... La révélation! Ah! le fumier d'engeance!... Ah! le chien de ma chienne! La confidence!... pourquoi qu'il me parlait pas franchement le colonel!... chiott O'Collogham!... qu'il m'avait là bouille à bouille! qu'il m'attaquait dessous... dégueulasse!... à cause de la nièce fessée tout!... Le pot aux roses? Que j'aille pas causer! Pardi!... raconter aussi des choses!... Voilà mes beaux gniasses!... C'est comme ça qu'ils s'occupaient... là-haut dans le taudis à ferraille... tout à ⟨me⟩ baver sur l'haricot... à me saler ignoble!... au lieu de travailler proprement!... Je voyais ça d'ici!... Faudrait encore que je me rende utile, que j'achève de me broyer les doigts pour leur faire plaisir! entre les marteaux, les enclumes! Ah! y avait du vice!... Et de quoi rire!... Mais de la menace aussi!... Et sérieuse!... Ah! je me rendais compte!... Fallait que je m'affure quelque chose!... un sauve-qui-peut! que je décampe!... que je souille pas une minute de plus les joies familiales par ma présence abominable!... que je me taille et pardon discret!... ma présence fainéante et voyoue!... Ah! les beaux charognes!... Plus d'oisiveté!... « *No loafing!* » les propres termes du colonel!... Et la nièce de même!... Pas de quartier! Ah! la joie clique!... qu'elle grimpe aussi à la soupente! qu'elle se mette sérieusement au ménage!... Tout le monde devait se rendre utile!... les bouchées doubles! triples... Le grand slogan du jour!... Décuplez!... L'ordre de Lord Curzon! Le grand Édit du roi George!... C'était écrit sur tous les murs! en immenses panneaux!... Tout pour le travail de la Victoire! « Décuplez l'effort!... » On voit qu'ils avaient pas mes mains monsieur le George et Lord Curzon!... ma tête non plus!... Ah! y avait plus qu'à foutre le camp, déguerpir de cette maudite tôle. Ils auraient ma peau!... Mais dehors c'était pas gagné... les bourmans au cul!... Partir c'était bien!... Mais la dîne?... J'étais pas d'état à me défendre!... que je marne aux docks? fallait encore mieux que je patiente!... que j'aye l'air du repentir et tout!... que je les traîne comme le War Office!... à la longueur... que je joue les cons!... le « comprend pas »... L'oncle il aurait voulu que je fuye!... Ah! c'était sûr!... que je dérape gentil!... pas bavard!... Il devait pas aimer les scandales!... que j'aille pas raconter du fouet!... Ah! là là! non! que je foute le camp péteux!... furtif!... mes cliques et mes claques!... Et si j'enlevais la mignonne?... Là il aurait eu de quoi tousser!... Mais dehors il faudrait vivre!... à deux ça serait encore bien pire!... L'amour, vouloir... c'est pas tout! Le sensé... le mieux, le moins pire, tenir à la croque, tant pis merde!... Pas mollir nom de Dieu!... faire face!... à nous les déjeuners! Là comme ça!... Là vis-à-vis!... la perfidie même!.. et puis foncer aux camelotes... les étourdir en boulot!... fricoter branler la ferraille!... flatter la berlue!... Au zèle nom de Dieu!... faire plus de bruit!... Il l'avait commode Lloyd George et monsieur Roi et le Curzon!... fameux travail!... triple travail!... C'est pas eux qui se prenaient les poignes!...

☆

Je me disais : restons tranquille, gagnons du temps, de la santé... Passons l'hiver, les froidures... le plus dur sera passé... Sans croire les conneries à Sosthène, ça pouvait peut-être tout de même finir plus tôt qu'on le pensait cette guerre de chierie!... Pourquoi pas?... On déconne rose dans l'espoir... Je mettrai les bouts au printemps... En avant pour l'Australie!... J'avais un œil sur l'Australie... Y avait des affiches gigantesques plein Haymarket... ils demandaient là-bas des hommes jeunes... résolus... entreprenants!... Voilà! Voilà! Entendu!... Je me referais là-bas une carcasse... Je voyais ça bien comme lui le gars là sur la réclame... le magnifique cow-boy tout debout sur ses étriers... il montrait fièrement l'Australie, un paysage qu'on en mangerait d'opulente épanouie verdure... radieuse au soleil!... assaisonnée tulipes et roses!... « *Come and live with us* » qu'était écrit sur la pancarte... « Venez et vivez heureux. » Ça c'était une invitation! Je me proposais d'y obéir! Mais alors seul absolument! « *After the War come with us!* » Tu parles!... Tout de suite! Pourquoi pas? Ah! j'y pensais de plus en plus!... Ah! ça me travaillait la nénette! Je voyais plus que ça comme future chance!... Je me ferais la malle un beau matin... tambour ni trompette!... Ah! c'était mon projet fervent... j'avais plus que ça comme tonique...

que je résiste à l'adversité... Lâche pas la rampe!... cabre au malheur! Face au péril! Fortune bon cœur!... Je montais là-haut dans la soupente, je plantais des clous, tout pour l'ordre! Plus de nonchalance!... L'ordre c'était moi! La petite aussi!... Elle me passait le marteau! Je m'écrasais les pouces!... Encore plus d'ordre!... Système Delphine chez Claben... Une clairière au milieu de la pièce... et puis des vallons tout autour, toute la bricole remontée, les saloperies repoussées en tas... Le vieux il me gafait suspect, il voyait cette métamorphose, le genre, l'ardeur que j'y mettais, méconnaissable! au travail! Ah! il me trouvait drôle!... Il essayait de nous surprendre la petite et moi... Il arrivait dans le cagibi, celui où on rangeait le cristal, les fioles, les pipettes... la petite rinçait, je passais le torchon... Comme ça brusquement à la porte... Il surprenait rien du tout... Il pouvait y venir!... pas le plus petit geste!... pas un mot... à carreaux!... alors pardon!... La vache!... c'est ça qu'il aurait voulu!... Rancuneux jaloux dégueulasse... me saisir pelotant... sur le fait!... Alors ce délice!... Aux anges! il me filait sec aux poulets!... Rien à dire!... Sacripant voyou cornifleur! Satyre de fillettes! Je coupais pas au chat! Ils me rataient pas *Police Court*! Ah! le beau motif! La propre nièce du colonel! Ah! si je m'amenais petite frappe à pic! Ah! la morale! Ah! je payais tout! Ils me dépiautaient! Oh là! moins cinq! moins deux! moins rien!... Ouf! catastrophe!... Ah! garde à tout! Ah! ma méfiance! Le hérisson moi c'est bien simple! Ah! il pouvait toujours y venir! surgir tapinois etc. Voilà comme j'étais!... Pas trois mots... pas deux à la petite!... Je la connaissais plus!... même quand on était seuls, tout au fin bout de l'atelier... je faisais semblant de pas la voir... la défensive tête de lard!... Je l'entendais pousser des soupirs... Ah! pas d'incartades! pas de faiblesses! blindé, buté, résolu!... Comme ça bricolant je pensais plus qu'à mon Australie!... Je faisais « Mùmùm... mùmùm... » quand elle me parlait... juste un grognement... Je comprenais plus rien... C'est dans ma tête que ça marchait... alors là c'était des orages!... bouleversé, ravagé migraine, les tempes me sautaient... que j'en aurais bramé de remords, des reproches, des souvenirs, des paroles... tout ce qui me déferlait en bouille... les bons principes du *Leicester*... que j'avais rien suivi du tout... comment ils causaient les barbeaux... tout ça me revenait par la tronche... tous les bons conseils... la sagesse au poil!... « Va pas piquer dans les familles! t'auras que des ennuis! Chasse dans les pubs! jupons bars! Sors pas de la ribote! Complique pas le malheur! » Prétention la mort de l'homme! c'était ça mon cas! Prétentieux! Ah! j'étais puni! Ah! j'en prenais pour mon grade! où que j'avais été troufigner? Ah! je me le demande! La gamine du monde! Ah! cette astuce! Bien fait pour ma gueule! Ah! ça me revenait leurs paroles! Ah! j'aurais pas dû y tâter!... Ils avaient raison les gravos, que ça m'avait juste plongé encore, sombré davantage ce genre joli cœur!... J'en sortirais plus!... moi surtout qui suis pas la braise, enfin du cul terriblement, je le dis tout de suite. Qu'est-ce qui m'avait pris nom de foutre, arracher la nièce au fouettard! à l'oncle la manie!... Ah! je m'en ballottais!... merde alors!... Sauver mes os moi tout seul! Voilà du programme! Plus me laisser embobiner!... Elle était désolée!... Là zut! C'était une erreur! Ah! J'y reparlerais plus! Elle pouvait soupirer toute seule! J'en avais aussi des malheurs et des mille fois pires!... pas des chagrins à la gnognote!... Assez d'attendrissements funestes!... J'y laisserais ma peau sous le fouet! le fouet des polices! au chat! Salut papillotes! Gaffe redoutable! Au grain malheureux! Je pouvais déjà plus fermer l'œil de soucis tragiques! Encore jérémier petite fille! Ah! je dégueulais tout! ça me foutait le bourdon à force, que je l'aurais giflée avec ses sanglots!... là qui rinçait les ustensiles!... Ah! je pouvais plus la sentir! Elle reniflait ses larmes!... bisque! bisque! boude la sale môme!... J'en avais marre de mon destin!... Je devenais comme Sosthène!... Destin la caille!... Fallait qu'il change mon destin! Destin volé! Un autre nom de Dieu!... Qu'il aille se faire foutre mon tocard! mon destin chierie! Salut! Du destin pépère! choyé gentiment, planqué, du gâteau, voilà ce que je voulais! À force de fréquenter les mages je commençais à connaître un bout! à m'en ressentir moi de la mystique! Ah! je devenais idoine! L'étoile comme on dit c'est tout! l'étoile des Anglais c'est fameux! j'en aurais voulu une idem... J'en voyais beaucoup des Anglais... Je sais pas ce qu'ils faisaient pour leur étoile... qu'elle se montre si pépère... si ils la charmaient comme Sosthène à la danse du ventre!... en tout cas c'était réussi!... J'en voyais partout bagnauder des *english boys*... beaucoup qu'avaient juste mon âge... qu'étaient des planqués à pas croire!... les *english boys*... cricket... *rowing*... football... joujou... et sapés en princes et cocottes, tout pour le teint et le bridge flirté... enfin ça me trottait... jalousie... j'étais peut-être mal luné maniaque!... je voyais que des planqués partout... Y avait des soldats bien sûr!... je m'en foutais! J'aurais voulu tous qu'ils y crèvent!... Je trouve qu'ils avaient la bonne étoile, les soldats aussi!... les destins chouchoux!... Moi ce que j'étais obligé de faire!... de passer par des coupures ignobles! merde! c'était ma claque! le destin ça compte! Sosthène pour ça il voyait d'or! Faudrait que j'arrive à changer de signe zodiacal! Taureau! Porte quoi vite! que je m'arme à l'ésotérique! ça me passionnait là tout d'un coup!... D'en chier comme un rat perpétuel ça me donnait des révélations... comme ça rinçant ma verroterie je pensais qu'à mon sort!... le nez dans le baquet... je plongeais les pipettes, les tubes... j'éclaboussais... je m'y prenais mal!... j'en foutais partout... j'étais pas adroit... mais sérieux alors par exemple!... je levais pas le nez de mon turbin! absorbé buté... pas de fredaines!... Elle tournait autour de moi la petite là nerveuse... elle allait... venait... elle aurait voulu me parler... aucune importance!... « mmùmm... mmùmm!... » moi juste mal léché, grogneux butor à trifouiller mon eau sale... plus une idée polissonne!... La croque... dodo... et c'est tout! Je ruminais mon plan... Je faisais comme des genres de prières pour que mon destin change... Ah! ça me lancinait... La nuit je pensais à ça farouche... en me tortillant dans mon page... que j'avais tant de mal à dormir toujours à cause de mes oreilles, de mes jets de vapeur... Ah! je peux dire que j'ai souffert!... je dansais pas du ventre comme Sosthène, la contorsion brahmane des Grâces!... Je trouvais ça bébête... mais je marmonnais des vœux ardents pour un renversement de fortune... ça existait peut-être?... que ça souffle un peu de mon côté avant que je soye ratatiné, crouni sous tous les tracas affreux... qu'elles se magnent mes étoiles!... C'était pas du grand sortilège, mais ça m'aurait sauvé la mise d'une rude de façon!... J'étais pas si prétentieux, je voulais pas renverser le Christ moi!... Je voulais pas la mort du pape! Je voulais seulement la coupure, le petit chappatoire... que le crique me croque plus corps et os! qu'on me foute la paix... la valoche et hop l'Australie! Semer les fléaux! c'était pas demander la lune!... Ça pouvait bicher sûr certain, mais alors agir très agile... pas aucun colis!... Ah! je me rendais compte! la poupette en l'air!... pouloper... bondir!... pas de cargo au cul!... Vogue!... Semer les engeances!... Claben et sa clique!... Sosthène le gesticulant!... Fatal le Matthew! Ah! je me voyais bien dépêtré!... Petit bonhomme! la vie en rose! Ah! je battais fort la campagne!... Je montais me coucher avant tout le monde!... Je m'échauffais comme ça au sommeil!... Je délirais dans mes bourdonnements. Ah! c'est pas si commode! j'avoue!... Faut prendre de l'élan... Je quittais la table avant le dessert... Je m'excusais... mon mal à la tête... C'était pas seulement une excuse... C'était plus possible, je tenais plus... Ah! je voulais plus être dérangé... Ruminer voilà ce que je voulais... foncer au page... réfléchir... comme ça dans le creux du polochon, absolument seul!... Sosthène il restait tard en bas... il tenait compagnie au dabe... Sosthène l'homme de l'eau soi-disant, chevalier des Ondes!... Il avait oublié ses vœux!... Ils remontaient tard tous les deux, rotant, marrant, ronds comme boules... cherry, whisky, gin fizz... et champagne... Flip!... Flop!... J'entendais sauter les bouchons!... Ils discutaient dans l'optimisme... Sosthène apprenait l'anglais... il apprenait Victory!... Victory!... à gueuler comme ça... je les dérangeais pas... crouler, bouillir dans leur bibine... ça leur passait gentiment le temps... ils s'occupaient pas de ma personne... La petite devait être dans sa chambre... Moi je frémissais pour l'avenir!... j'en branlais tout le page par les nerfs... d'appréhension ardente, intense! Comment que j'allais leur échapper aux deux lustucrus!... je travaillais du polochon et dans les bourdonnements, les vapes, tout ce qui me fusait dans la tête, vrombissait, sifflait... le bacchanal bourdon!... la fêlure!... Ah! ce tintamarre!... Ah! si je ramais pour dormir!...

Un soir... toc! toc! toc!... j'entends la porte... pas du rêve... on frappe!... je réponds pas... Sosthène était pas remonté... J'écoute alors... toc! toc! toc!... je réponds pas du tout... Je voulais qu'ils me croient endormi... c'était peut-être un domestique!... Ils voulaient peut-être que je redescende... une lubie d'ivrognes!...

« Ferdinand!... Ferdinand!... »
C'était Virginie...
Je saute du pageot.
« Voilà!... Voilà!... »
Je bondis à la porte... j'entrebâille.
« Venez au jardin... qu'elle me chuchote... comme ça toute nerveuse... haletante... Tout de suite!... Tout de suite!... Je dois vous parler!... »
Oh! Youyouye! qu'est-ce que c'est encore!... Une calamité!... sûr de sûr!...
« *What?... What?...* »
Je bredouille... cafouille... je veux savoir... je demande.. je demande... quelle histoire!... quoi encore? Elle s'est résolue comme ça... un coup d'audace... elle monte me voir pendant que l'oncle se saoule en bas... Ah! ce toupet les filles! quand on veut plus leur parler c'est elles qui vous relancent! elle veut m'emmener au jardin... décidée là!... pas une seconde!... il faut que je saute... moi qu'étais bien inoffensif... déjà dans les songes... Où qu'elle voulait m'entraîner? me dévoyer encore? Elle profite que l'oncle est ivre!... Ah! c'est traître! le vice au berceau!... Au cinéma?... au dancing?... Ah! j'étais pas ravi du tout!... Gamine délurée hein!... perverse!... Ah! voyez-moi ça!... le diable au corps!... Alors là pardon... monsieur Sosthène... la petite démone... il savait pas... elle était là avec moi!... Ah! pardon les incantations!... Ah! je perdais ma résistance... Ah! je me sentais enchanté... tout veule... Ah! l'entraînement de la jeunesse!... Ah! j'étais proie de la gamine... pourquoi pas retourner au *Touit-Touit*? Ah! sapristi de môme!...
Je m'habille en vitesse... j'obéis... j'irais partout à son caprice!... Tout de même je voulais pas qu'elle entre... qu'elle pénètre comme ça dans la chambre... là moi à poil!...
« *Go down!... Go down!...* Je descends!... »
Elle descend devant moi... Je me dépêche... Voilà!... J'y suis!... Nous voilà ensemble au jardin... Je la vois pas d'abord dans le noir... elle me prend par la main... c'est elle qui me conduit tout au fond... On traverse la pelouse... au lierre près du mur...
« Ferdinand!... Ferdinand!... » comme ça dans

l'oreille... elle me murmure... elle est inquiète... c'est plus sa voix!...

Je la tenais contre moi... je lui voyais pas sa figure.

« Ferdinand!... Ferdinand!... elle répétait... Ferdinand!...

— Ferdinand *what?*... je lui demande tout de même... Ferdinand quoi? »

J'étais à mille lieues.

« Oh Ferdinand!... Oh Ferdinand!... » elle pouvait pas dire davantage... ça s'arrêtait dans sa gorge.

« Alors?... Alors?... » je la secoue un peu.

C'est vrai... je comprenais rien... ses charades... qu'est-ce qu'elle voulait dire finalement?...

« *Well! Well!...* »

J'insiste... Bon Dieu!.. qu'elle s'explique!... Elle m'embrasse, elle dit toujours rien... je vois pas ce qu'elle veut... je l'embrasse aussi...

« Chérie!... que je lui fais... Petite chérie!... » Je la serre contre moi... Je crois que c'est ça qu'elle veut... que je la dorlote comme ça tout debout... mais c'est pas sérieux... je me rends compte... Ah! je devrais pas... si c'était encore une mistoufle?... un piège qu'on me tend?... une ensorcellerie? que je me déchaîne encore satyre?... qu'elle soye pas du tout éplorée?... qu'elle attende c'est tout?... que je fasse des bêtises?... Ah! je voudrais qu'elle parle... elle pleure... elle pleure... elle parle pas... elle sanglote tout contre mon épaule... là tout debout dans le noir... Je suis joli!... elle pas pleurnicheuse d'habitude... ah! elle me déconcerte...

« Virginie!... Virginie!... »

Je la prie... je la câline...

« *Dear what is it?* Qu'est-ce que c'est?... »

Je savais plus. Je supposais des trucs à la fin... que l'oncle l'avait rattrapée... refoutu une trempe... quelque chose qu'elle osait pas me dire.

« L'oncle vous a battue... *whip?... whip Uncle?*

— Oh non!... *No!...* »

Non c'était pas ça!...

« Alors qu'est-ce que c'est? *Then what is it?* »

Ah! elle m'embêtait à chialer. Et puis d'un coup je sais pas comme, l'idée qui me monte!... Ah! bougre foutre!... me traverse!... J'y pensais pas!... Ah! malheur!... merde!..

527

mais!... mais!... mais!... Ah! mais voilà!... Ah! je voudrais lui voir sa figure! Ah! oui alors!... il fait trop noir!...

J'y pose brûle-pourpoint :

« *You have an* enfant?... la question... Enfant?... Virginie? Enfant?... »

Elle fait « Oui! oui! »... comme ça de la tête... contre mon épaule.

Oh! là là! pôôou... Qu'est-ce qu'elle a dit?... Moi qu'ai demandé!... Oh! je sèche!... Je hoque!... je sais plus!... je vacille... branle... quel coup!... J'étrangle... ça me serre le quiqui... si je palpite... bafouille...

« *You... you... you sure?...* sure?

— Oui!... Oui!... »

Positif.

Ah! pas possible!... Possible? Mais si possible!...

Je balance avec elle comme ça debout... je dandine... je sais plus où je suis... la gamine... Oh! là là!... Ah! je peux pas croire!... Ah! c'est trop fort!... Ah! je croule! je me mords la langue... non je dandine... je la berce comme ça tout debout contre moi... je sais plus où je suis!... je crois pas... c'est le choc... je sais plus...

« *You sure?... You sure?...* » je lui répète... comme ça dans le noir... je sais que dire ça... « *You sure???... You sure?...*

— *I think... I think...* Je pense... » Une pauvre petite voix... elle tremble... fluette... c'était pas son genre de trembler... espiègle coquine... pas trembloteuse...

Je voulais que ça soit vraiment sûr!... que c'était pas seulement une peur... elle se rendait peut-être pas encore compte? elle imaginait peut-être seulement!... comme ça d'avoir entendu dire... des choses qu'elle comprenait mal... une frayeur de môme... une gamine!... juste la tête tourneboulée... je pensais à son âge là comme ça... qu'elle était jeune... toute petite... ah! merde! à cet âge!... Comment ça?... quel âge qu'elle avait d'abord?... Ah! alors... c'est vrai!... la cloque comme ça môme!... et si elle mourait?... ça meurt peut-être?... J'en savais rien... j'y avais jamais pensé!... Ah! il me manquait que ça!... Ah! ça me cognait plein la tête tellement ça me montait en terreur des conséquences!... j'en palpitais... dandinant là comme ça avec elle debout!... ça me sonnait les tempes!... Ah! j'aurais pas

528

dû!... pas dû!... avec ses jupes courtes... si courtes... j'aurais dû savoir... ses mollets... ses cuisses... Ah! je savais pas!... Ah! je pensais qu'à ça! sûrement qu'elle était bien trop jeune!... Prison mon lascar!... prison!... échafaud!... prison!... corde au cou!... *couic!*... voilà!... comment ça se passe comme ça si jeune!... Ah! ça me tourmentait comme question... Ah! merde! c'était moi?... c'était elle?... Ah! je savais plus rien!... tout voguait... mêlait dans ma tête!... là dandinant tout debout dans le noir... elle contre moi... je la serrais fort... On nous voyait pas... y avait rien à voir... il faisait trop nuit... c'était bien!... tout barbouillait dans ma tête en plus des sifflets des vapeurs! Ah! j'étais fadé... moi!... moi!...

« *What age are you?*
— *Fourteen...*
— *Fourteen!...* quatorze!... »

Ah! voyez ça!... la musique!... puis vrai en plus!... c'était pas du rêve!... Je la tenais en pleurs... là toujours à me dandiner!... avec elle... il faisait beau... une belle nuit... tout en étoiles!... Ah! je me souviens bien!... là sur la pelouse! Ah! j'étais pas fier!... quelle histoire!... je pouvais pas croire!... elle pleurait... pleurait... elle fondait en larmes, en sanglots... Ah! y en avait plus!... ce désespoir!... elle toujours si en train enjouée, toujours un caprice, un autre!... à sauter... courir... bondir... on la tenait pas... un lutin! Ah! y en avait plus!... Fini polissonne... petit diable!... Ah! là là! fondue en grosses larmes!... poupée toute cassée... toute chagrine!... à gros sanglots!... son tout frais corps là contre moi!... Ah! je l'embrasse!... je l'embrasse!... mais d'abord... comment qu'elle a su?... Ah! voilà! au fait?... Elle croit peut-être seulement?... elle pense?... juste qu'elle s'imagine... juste qu'elle a entendu parler de choses pareilles? Voilà c'est tout?... qu'elle s'émotionne!... qu'elle s'affole!... une épouvante!... croquemitaine?... Ah! ça se comprend à son âge!... et qu'elle me faisait peur aussi... Tout doucement j'essayais comme ça qu'elle me dise un petit peu... mais elle arrêtait pas de pleurer... Ah! c'était la catastrophe!...

« *Who told you darling?* Qui vous a dit?
— *The doctor...*
— *Doctor?... You've been?... when?*
— *Last night...* »

Elle y avait été au docteur, la nuit?... C'était pas encore un mensonge?... Elle était pas très menteuse... elle y avait été toute seule?... c'était bien possible... Ah! c'était complet!... Ah! pas d'erreur!... fadée ma bouille! La timbale!... Ah! rien me loupe!... le bouquet!... Ah! j'en dandine là... sur place... La môme là contre moi chialant... que je savais plus ni quoi ni quès... Il m'arrivait trop de trucs mistoufles! Ah! couille foutre zut!... ça pleut là flûte!... Chiez donc bonne sœur!... j'en pouvais mais!... Déconne bredouille cave! Réponds! C'est trop! C'est trop! dans ma tête! *Broum!*... *Broum!*... et *Broum!* C'est la bombarderie perpétuelle... Tout qui me cataracte par la gueule! Il m'arrive trop de calamités... je l'embrasse... je l'embrasse...

« *Dear!... Dear!... Dear!...* » que je lui fais comme ça... j'étais secoué... ému au possible... j'en aurais pleuré moi aussi... Je pouvais pas être dur avec elle... ça aurait avancé à rien... Tout ça du *Touit-Touit!*... Ah! j'en menais pas large!... Si elle avait vu un médecin... qu'il lui avait dit... alors c'était sûr!... Quel médecin?... je lui demanderais plus tard... quand elle pleurerait plus... Ah! qu'il faisait noir dans le jardin... Il fallait... ça valait mieux... mais j'aurais voulu voir sa tête... sa petite figure là... si c'était bien vrai?... Ah! je pouvais plus rien que dandiner!... je la tenais serrée dans mes bras... Ah! fameux gaillard!... joli schnock! ah! j'imaginais ce qui allait arriver... baiseur de petites filles!... cochon effroyable!... pervers monstre!... baisé une enfant!... cloque monsieur! cloque satyre! Ah! joli coco!... maudit voyou!... petit fou! Satyre! Français! Mais non, pas fou! Messieurs-mesdames! Trente-six chandelles! Bite folle voilà! folle! méchant garçon! escarpe! bandit! pendez-moi ça! Ah! je l'embrassais!... je la consolais... comme ça toujours là sur la pelouse... là tous les deux... nous deux ensemble!...

« Petite chérie! que je lui faisais... comme ça tout doucement... Petit câlin!... »

Ah! les beaux draps!... Ah! j'étais pas fier! youyouye!... elle m'embrassait!... elle m'embrassait!... elle me tenait par le cou comme ça!... Ah! on était frais tous les deux!... Voilà ce qu'était sûr!... tout de même fallait qu'elle comprenne, y avait plus de petite fille là-dedans!... fallait qu'elle écoute... que je lui parle sérieux... qu'elle pleure pas... qu'elle sautille pas... qu'elle se sauve pas... qu'elle soit raisonnable!.. qu'on réfléchisse...

« Virginie!... Virginie mignon... Petite mimine!... »

Je pouvais pas dire tout... je l'embrassais... elle pleurait plus! Ah! on entendait les oiseaux... c'était sûrement du rossignol... Je lui fais remarquer! « *Nightingale!...* » Je savais qu'elle aimait les oiseaux... Je la fais repleurer!... elle me câlinait... elle me berçait ma grosse tête comme ça dans ses bras... elle me parlait tout bas...

« *Dear* Ferdinand!... Ferdinand!... » comme ça sérieux...

Je crois qu'elle avait peur du noir...

« Pauvre petit!... petit!... petit!... *little one!... little one!* » que je répondais... C'est vrai qu'elle était petite... râblée, costaude... mais petite... je veux dire enfin à côté de moi!... grande pour son âge... Ah! merde alors!... Ah! merde alors!... enceinte!... tout ce que je disais... Quel pataquès... poisse guigne infecte!... Qu'est-ce que j'avais comme malchance!... « *Little one!* » je lui disais... je la berçais comme ça moi aussi... on se berçait tous les deux... « *Little one* »... sur la pelouse... dans le noir... je la serrais contre moi, là debout... je la serrais pas trop fort... je me méfie!... son ventre? ça me saisit... si j'allais lui faire du mal...

« Mimine! je lui dis... Assoyons-nous... »

Je m'assois avec elle sur le banc... je l'embrasse... je l'embrasse... je la cajole bien... Ça va mieux maintenant... elle sanglote moins... et puis patatras! ça la reprend!... elle refond en larmes!... C'était dans la nuit tout ça... je savais plus quoi faire ni dire... j'étais à bout de gracieusetés!...

« *Hear the birds!... Hear the birds...* » je lui fais encore entendre l'oiseau... tout ce que je trouvais... « Mimine!... Mimine!... » c'était un mot doux pour elle... ça lui passait pas son chagrin... je cherchais quelque chose... je la comprenais bien... Ah! elle avait vraiment de la peine... Ah! je voulais la consoler... elle voyait bien moi aussi que ça me fendait le cœur... je savais pas le dire en anglais... que ça me fendait le cœur... je l'aimais bien... voilà!... je l'aimais bien... toute petite là sur mon épaule!...

« *You sure?...* Vous êtes sûre?... » Ah! je reposais la question. Ah! flûte!... Ah! pfuui! ah! ça comptait! Ah! c'était pas sûr! tout de même?... Non?... Ah! je palpitais!...

tout qui me déferlait sur la gueule!... au même moment!... c'était pas possible!...

« *You sure?*
— Oui!... Oui!... »

Comme ça elle me faisait oui... oui... avec sa tête... sur mon bras... à gros sanglots!... Ah! elle me démontait!.. Ah! je pouvais plus!...

« *Then I don't go!*... Alors je ne pars pas!... »

Comme ça que je décide... je pouvais pas dire mieux...

« Je partirai jamais!... je lui jure... *I'll never leave you!* Je vous quitterai jamais!... Ah! je le jure... je jure!... » Je voulais qu'elle pleure plus... je jure encore...

Elle me demandait rien...

Toujours!... Jamais!...

Elle pleurait quand même...

Elle arrêtait plus de pleurer... ah! c'était la désolation!... Ah! je me rendais compte! ma turpitude dégueulasse!... Ah! c'était son âge!... Ah! j'y avais pas pensé... j'étais jeune aussi... c'est juste... on pense pas à tout... y a l'emballement, la boisson, les lumières là-bas... le bacchanal *taraboum!* folie!... tout ça du *Touit-Touit!*... ça compte!... Mais maintenant?... Ah! je décide! Ah! c'est sérieux bien décidé... je lui jure encore... et puis faut qu'elle aille se coucher... il est tard!... très tard... là sur le banc... il fait frais... Le rossignol chantait toujours... c'était une nuit claire mais fraîche...

« *Go to bed dear!... go to bed... We'e see tomorrow...* »

Fallait qu'elle attrape pas froid... le lendemain on verrait... elle frissonnait déjà bien... elle avait pas mis de manteau... juste sa petite robe... Je l'ai quittée en bas de l'escalier... fallait pas qu'on nous voye ensemble... Elle était bien raisonnable... elle se rendait bien compte... que je lui commandais que pour son bien...

« *Tomorrow little one!... Tomorrow!...* Demain! mon petit! demain! »

Voilà comme elle a obéi... sérieuse et gentille!... moi je suis resté au jardin, dans le noir... encore un bon moment... et puis je suis remonté, je me suis couché, semblant de dormir... Ah! mais j'ai pas dormi beaucoup!... Il m'en passait trop par la tête... je m'entendais même plus bourdonner...

☆

Ah oui! très bien! certainement! La résolution! Garde à vous! Tonnerre! Caractère... puis on réfléchit... la fermeté... le cœur d'airain... la fierté même!... l'on se demande... tout beau qui ne doute... promis juré... sûr et certain... là dans mes bras... mais cependant... pauvre petit oiseau si confiant... je m'attendris... ah! pas d'histoire! je me bouleverse... tarabuste... je ne sais plus... palpitant tout... d'honneur... ferveur... pauvre courage! Ressaisis-toi!... engagé à fond corps et âme? face aux périls?... ah! tout jurant sur ma médaille!... qu'ils m'assassinent si je flanche... Soit! Plus un petit pas reculons! Buté comme un ours!... et si j'avais disparu malfrin l'escampette! Le joli tour! Quelle aubaine pour les saligots! J'envenimais les choses là tenace, tel quel crotteux malhonnête... l'oncle enrageait rouge de me voir... moi disparu tout s'arrangeait... s'expliquait... petit vaurien trousseur de filles... dévoyé petit scélérat... Pardi! Pardi!... le crime accompli court encore... furet puant piaulant... Roméo la trouille... *French* vermine souilleur de *homes* et respects! morveux du vice capon fumiste! *French* polisson la braguette! souilleur d'Angleterre! et voilà! le drôle est servi! arrangé tel quel bien pourri ça revanchait déjà bien l'oncle... la petite pouvait s'en tirer avec deux trois tournées de cravaches... Youp! pour ses petites fesses!... Que c'était moi le vilain oiseau... Il pardonnerait me voyant plus... Il la garderait sous son toit... c'était le principal... tout serait oublié peu à peu... sauf le lardon bien entendu... il arriverait pour les beaux jours... je comptais à peu près pour avril... moi foutant le camp pas d'erreur c'était la formule... je dégageais la piste... Ils s'arrangeraient en famille... allez hop youst! pas de quatre chemins! faut du courage dans tous les sens... pour l'attaque ou pour le départ... je me disais : t'es pas responsable... et puis quand même je me redévorais... ravagé tremblant... quelle honte!... une hésitation après l'autre... mettons que je tienne que je reste là... affronte le dabe, la loi, les flics... alors un petit peu? fidèle terrible héros d'amour? Qu'est-ce) qui nous arrive?

Rien ne va plus!...

J'éboule bredouille cane... Terreurs me récrasent... Je pourrais jamais!... J'ergote j'imagine... je repense à tout ça... Quelle émotion!... Je bats la campagne d'y repenser... me voilà parti avec elle... dans son état... la cloque et tout... hop là je l'enlève!... secoue le bazar la clape l'oncle tout! La résolution héroïque!... vive la liberté! fille de l'air! à nous la rue les asphaltes! l'amour et l'eau fraîche! famille du ruisseau! Ah! ça serait coquet! surtout telle quelle dans son état!... Qu'elle avait faim et des nausées... et puis faim encore!... la clape qu'est féroce... qui pousse pas d'entre les pavés... Y avait la manche je veux bien... passer le chapeau à la ronde... c'était une ressource... la complainte à deux?... sa voix et la mienne au charme!... voyez la police!... régulier alors travailleur? soutenir ma famille?... j'avais pas des fafs regardables!... à la première un peu question je faisais les flics... c'était affreux par tous les bouts... comment qu'elle allait accoucher?... et puis d'abord dans combien de mois?... je recomptais encore... je m'étais tout mépris... décembre?... non! au printemps... avril!... je déconnais... ça valait mieux... le printemps ça serait plus commode... l'été aussi on déambule... on s'assoit dans un parc un autre... si elle faisait ça dans un jardin?... on peut vivre dehors... mais si c'était pour septembre?... je recomptais encore... alors rien ne va plus... la brume la pluie le froid qui trempent... Aux « Asiles », à leur « Salvation » jamais on serait reçus... son âge et sa cloque et tout... on se ferait repérer immédiatement... relancer aux flics... du moment qu'on regarde sérieusement on est étourdi du malheur... de l'étendue... faut pas réfléchir... j'avais pas la situation voilà le principal... je me foutais une môme sur les bras et en cloque en plus!... sans situation!... l'inconduite voilà le tableau! ma mère avait bien prévu! toutes les conséquences! j'entendais ses propres paroles... « Jeune homme sans situation... l'oisiveté qu'engendre tous les vices... rouleur de ruisseaux... crimes en crimes!... débaucheur satyre de fillettes... Soleilland!... la cour d'assises... » Pauvre mère! pauvre père aussi... pauvre oncle! pauvre tout!... calamité du déshonneur!... Et si je me cassais la tête? qu'est-ce que ça donnerait davantage? que je me mine détruise à zéro? vous vous rendez compte? je raisonne

534

j'évoque le souvenir... je la vois là gamine... toute riante pour un oui un non... toujours en train de gambader... pirouettes!... un cabri!... espiègle tout autour... elle enjambe la rampe... et *fouitt!* la voilà en bas!... je crie! elle se moque... c'est moi l'infirme qui traîne la quille... je ne sais plus jouer... je suis pas en cloque moi nom de Dieu!... je la gronde... elle m'embrasse... voilà comme elle est... en jupes courtes... ses jolis mollets si nerveux... Quels muscles élastiques!... et dorés!... divins insolents!... moi mes cicatrices me tiraillent... au bras... à la cuisse... à l'épaule... je suis rebut c'est vrai... le fier soutien pour famille!... et puis des migraines alors! la balle qui me reste derrière l'oreille... j'ai bien des excuses... je voyais des chandelles pour un oui... un non... et puis même des gens... des choses... le Matthew qui m'arrivait dessus là comme ça d'un coup... une épouvante et je le vois là!... le Matthew mon flic! bourrique et consorts... Il m'oubliait pas une seconde, il s'occupait que de ma santé... Il me laissait pas à la dérive... Je voyais sa tête et ses sourcils... son œil d'acier... son melon perle... Il restait là il me détaillait... ah! la vache cuite... il m'envoûtait positif... Il profitait que j'étais crevard... il m'imposait sa terreur... Je le voyais partout dans les portes... Pas besoin de brahmanes pour cela... de troufignoler dans les transes... gavottes et tonnerres!... Je voyais Matthew dans tous les coins... il s'amenait tout seul... il m'engueulait et plus encore... il me traitait atroce... tous les noms de la dégoûtation... il me promettait les pires supplices... J'en dégoulinais de sueur froide... hypnotisé c'est le cas de le dire par ce bourre affreux... Il s'amenait tout en rouge dans le noir, et puis jaune et vert... c'était ses couleurs... et puis il fondait dans le grand flou... j'en restais pompé jambes et corps de l'émotion qu'il me causait. C'était pire que les transes brahmanes... je m'appuyais pour pas tomber... je vous dis mon état tragique... Tout ça parce que j'étais honnête, que je me butais dans mes scrupules... que je voulais rien en démordre... que j'avais juré à la petite... c'est toujours le cœur qui vous perd... il bat il bat il vous emporte... Pavoisant avec la mineure comme ça en plein monde dans la rue, si je cherchais la bûche!... pas d'explication! où qu'il m'expédiait le Matthew!... Je coupais pas au chat... la caresse! Imaginez cette aubaine!... on me revoyait plus! Pénitencier et le reste! Parlez-moi d'amour! Ah! je me rebouleversais fond et comble... cœur à la breloque... rien que d'encore imaginer... c'était infect pas d'erreur... que je prenne par le pour ou le contre... Insiste pas!... Te rends pas têtu!... c'était une autre cloche... un autre retour de conscience... une autre manière d'envisager... Réchappe et voilà!... Carre tes os! Ce qu'il t'en reste! Complique rien! Ce qu'il t'en reste! Fous le camp débine! la raison! Malheur au buté... Ça c'était bien vil dégueulasse... Seulement tout de même raisonnable... une vraie solution... Que la vaillance m'avait perdu... La tête de cochon cœur fidèle... Courage en arrière damnée tronche!... décati navré indécent dans la fleur de l'âge... C'est du propre!... Sauveteur de filles mères! fendez-vous! ah! je me débobine... j'en veux plus! et puis les scrupules me reétouffent... Vous empestez petit cochon! Décampez ordure! C'était les voix de mon amour-propre... Vaurien rastaquouère! c'était les termes à Sosthène... polisson sournois qu'il m'appelait... Il abusait de son instruction... Encore un faisan celui-là!... Il m'avait saboté mes chances... embarqué dans des guet-apens avec ses transes hindoustanes... Ah! j'en bavais des maléfices... Je l'avais au caca moi le mongol! et les sortilèges... Que j'en sortirais plus jamais... Sûr que je me trouvais envoûté! Il m'avait noué en influences... j'en avais tout autour du corps... de la tête... des mouvements du cœur... je le ressentais parfaitement... je palpitais pas naturel même pour un fiévreux dans mon genre un ébranlé des nerfs comme moi... Irresponsable c'était exact, mais j'irais le dire à Matthew, il m'en donnerait de l'irresponsable! attends mon gamin! La corde! La corde! son idée fixe... Tout ça me passait dans la tête... absolument comme je raconte... avec la potence Matthew tout... franco-anglais et petit java... en furieuses paroles... la voix à Cascade en travers... éraillée et puis aux reproches... ah! j'étais servi!... je prenais du vertige d'entendre ça... je me raccrochais à la table... toute une rumeur du coup qui enfle... des voix de femmes on dirait... toute une clique... et c'est encore des reproches... Pourquoi que tu l'épouses pas?... Comme ça qu'elles me parlent... Ah! mais c'est vrai c'est une idée!... ah! ça m'illumine! Je saute de joie! Ah! que je suis content! C'est exact! c'est un plan fameux! et hop! je l'épouse! Comme c'est amusant! Tout s'arrange! *English* nom de Dieu! Je marie! sur le pouce! hop là! 4 sh. 6! *Registrar!* Signez-là jeune homme! Embrassez-vous donc! *Hurray!* Un quart d'heure en tout! C'est fini! Licence et bécots! L'oncle ce bonheur! mes genoux mon gendre! on s'accole! ah! je voyais la scène! je papillote d'exultation! L'espoir le soleil l'amour! Je revoyais du bonheur encore comme l'autre soir au jardin... tout un buisson toute une féerie!... pour nous deux emportés au ciel! Ardents patata bienheureux! Et patatrac tout croule effondre!... un nuage, tout se brouille ternit... je suis repris par les doutes... Je retergiverse je rebafouille... jamais l'oncle voudra!... Et d'un! Il nous maudira fou de rage! Il nous livrera aux gendarmes... ça sera terminé la folie!... Ah! l'optimisme quelle décevance! miroir à gogos! Les choses en face c'est pas de la rose... Je revenais au noir... je colérais au-dessus de ma vaisselle je me parlais tout seul... je me criais des vérités... je voyais même plus mon boulot tellement que j'étais dans les états... Que j'étais en retard! Que j'aurais dû rincer tout de suite... avancer la tâche... égoutter et hop! autre chose! porter le tout à Sosthène! là-bas au fond de la soupente, échanger mes eaux surtout... un bourbier!... ah! mais j'étais trop abruti... trop absorbé dans le pour et contre... je réfléchissais à plus voir clair... tout d'un coup je suis résolu! je vais leur causer à ces artistes! faut que ça cesse de me persécuter! Il s'agit de la mère et de l'enfant!... Je suis le père! nom de Dieu! Je me ravise... Je reprends mon courage à l'envers! une idée subite! Ils vont en être abasourdis!... Je vais m'arracher à l'affection?... Je me ravise encore!... non! c'est elle que je vais arracher à ces scélérats, ces vieux jaloux maniaques cochons! Trêve de débauche et licence! J'ai le sursaut moral... Et puis merde non! Je ballotte tout! Je cavale aux extrêmes... Je vais me sauver tout seul!... Sauve qui peut! En plan la mère et le lardon! Je fonce droit devant moi! Je me déchire le cœur c'est certain! Tant mieux nom de Dieu! Plus de merci! Voilà comme je me traite! Je vous raconte l'horreur telle quelle, mon bouleversement... Que j'en suis encore même malade rien qu'au souvenir... je me vois encore là-bas tremblant au-dessus de mon baquet... J'en rebégaye du pour du contre... J'en peux plus rien foutre... en pantaine abruti de doutes... je ruminais grognais si fort qu'enfin ils m'ont

entendu... La petite est venue me voir se rendre compte...
« Hello Ferdinand ! » Je la fais rire... je la gronde un peu...
elle s'esclaffe... ah ! c'est spirituel !... Et si j'étais débiné ?
Souris est-ce que ça serait drôle ? J'y demande moi pour rire
à mon tour... son mignon sourire... je l'étonne je la déconcerte... non ! je pourrais jamais m'en aller !... Là tout de
suite alors je me rends compte... Je l'attrape l'embrasse je la
dorlote au-dessus de ma vaisselle... ses beaux yeux surtout
si gais si bleus si moqueurs... le petit reflet gris surtout... on
aurait jamais dit tout de même qu'elle était en cloque... Ses
yeux mauves, un petit peu comme cela dans l'ombre... ils
changeaient de reflets comme la mer... Je la serrais tout dans
mes bras... voilà qu'elle se met à pleurer... elle pleurait souvent par ma faute... je l'avais pas rendue heureuse... Pauvre
gamine merde quand même ! Je faisais un beau dégoûtant !...
Pardon ! Pardon ! mon petit trésor !... Si je m'étais conduit
infect !... au *Touit* quelle séance ! Quel monstre que j'étais
devenu comme ça d'un seul coup ! une fillette une innocente... Et puis maintenant c'était les autres... Elle avait pas
de veine. L'oncle à présent, le travesti ! et puis l'autre frappé
Sosthène, et les domestiques !... tous là du vice à qui mieux
mieux... c'est l'attirance de la jeunesse... la beauté primeur... ils en avaient à mon trésor... je les surprenais dans
tous les coins... épiant reniflant mon ange... c'était leur
jalousie de monstres... mais j'avais rien à dire non plus...
j'étais arrivé là geignant pantelant pathétique... des coutures
partout, et puis déchaîné tout d'un coup !... ah, le pistolet...
qu'avait abusé de la confiance... ah ! le frais oiseau ! je pouvais causer !... de confusion j'en vacillais je voyais les chandelles !... que je palpitais à rompre. Et puis des injures...
« Cochon ! cochon ! » que ça m'appelait... plein les échos...
« *Swine !* » Bande donc pendu ! c'était Cascade... une voix !
deux voix ! cent voix ! douze ! Je savais plus où me mettre...
Quelle panique ! mes jambes dérobaient de frayeur... Les
poignes à la secousse dans l'eau sale j'en foutais partout...
les flocons en mousse, les assiettes !... c'était effrayant
comme menaces tout ce qu'ils m'adressaient... J'en peux
plus ! je râle... ma voix faussette... je l'entends... au secours !
au secours ! je me reconnais plus... Je suis hors de moi de
terreur. Je vous montre un peu mon état... Si je suis perplexe !... Eh bien alors que je l'enlève ! L'audace nom de

Dieu! En avant! C'était l'idée magnifique. Je m'enthousiasme encore un coup... je suis irrévocable! Et patatrac! Je réfléchis. Combien de temps que ça durerait!... Ils seraient pas longs à nous ressaisir... moi bancalot elle en jupes courtes... une petite fille un galvaudeux... d'un garni dans l'autre... Pour la brigade alors quel sport... on serait ramenés par les oreilles... Et rigodon! au bagne ma gueule! La petite elle se tapait les nonnes!... Les Révérentes R. M. C. I. Finette en parlait toujours des Révérentes R. M. C. I., la femme à Gros Lard. Elle en avait tiré deux mois des R. M. C. I., par inadvertance, qu'on l'avait prise pour une Anglaise avec ses faux fafs. C'était un souvenir pour elle, elle y avait tâté du fouet pour un oui un non. La Réformation ça s'appelait avec les psaumes et les prières et la soupe aux pois. Sûrement qu'elle irait Virginie se faire réformer. Par les nonnes ou par son oncle c'était tout de la trique. C'était effrayant d'y penser. Et toujours tout ça par ma faute! Encore aujourd'hui j'en ai honte après tant d'années, et des sérieuses et des féroces, presque à la fin de mon rouleau... je me demande encore je me tergiverse... c'est dire alors au moment si je me tourmentais... l'état de ma pauvre cervelle... Et elle me trouvait ridicule! C'était charitable de sa part! Sans cœur petite garce! ce que ça cache tout de même les sourires! Elle me refoutait en pétard! j'en rechahutais toute ma vaisselle! Si j'avais été raisonnable j'aurais plaqué cette souris! En l'air la môme crotte désastre! Pas d'histoires! Égoïste c'est ça! Alors elle aurait rigolé! Regardez-moi cette façon? Je me tue pour qu'elle glousse! C'est atroce! Bordel il est temps encore! Allez décanille! Je m'en voulais si empoté! allez hop et youst! Réveille-toi! Mais j'osais plus de peine, de honte... ah! j'attrape le goulot de bouteille, j'envoye au plafond! mille éclats! du coup elle me regarde tout drôle... « Ooh! ooh! » qu'elle me fait... mais je l'épouvante pas du tout... elle saute sur place elle s'amuse... elle rit encore plus... je suis le guguss y a pas d'erreur... « *Go way! go way!* petite garce!... J'en ai assez de vos ricanages! » Je suis fâché à force! Je veux qu'elle foute le camp! Je veux ruminer à mon aise... Je veux me tourmenter si ça me plaît... Elle s'agite elle a le diable au corps... Attends polissonne que le Matthew rapplique! il va te calmer l'espièglerie! Tout de suite dès que j'y pense à ce sale roussin il m'apparaît immédiatement! Bourrique là braqué affreux... Juste au-dessus de l'évier c'était... il se balançait ricaneur... hallucinant... c'est illico... toute sa hure en va-et-vient. Il me fait la pendule... tel quel véritable... il me charme pour un oui un non... je peux pas réagir je suis trop éberlué... Je pourrais me marrer je peux pas non plus... je reste anéanti aimable il me parle je lui réponds... il me marmonne... c'est le truc des mirages... il me hante... je l'évoque sans le savoir... il me ferait monter à l'échafaud d'un seul bref coup d'œil... Je me suis ramolli aux séances... Ça je me rends bien compte... Sensibilisé des fakirs... voilà ma hantise... J'ai attrapé ça aux séances... Encore un cadeau!... J'avais besoin avec ma tête... Je crève de ruminations!... c'est encore l'autre salop Sosthène! Mais c'est le Matthew moi mon succube... il m'envoûte hypnose... J'ai attrapé son corps astral... Je ferme les yeux c'est encore pire... il me lâche plus du tout... j'ai beau me tamponner les orbites... faut que je me cramponne... je tombe... c'est le son du canon en plus... ça tonne de partout... je vois que des scènes d'horreur de guerre... maintenant c'est complet... c'est les autres brutes là-bas qui frappent au bout de l'atelier... ils pilonnent l'enclume... je ressens tout ça dans ma tête... je me rends compte du délire que c'est... ils soufflent des flammes, en même temps... je vois les carnages je vois les lanciers... je vois toute une bataille et fumante! je vois la charge des croupes! Comme y en a! Et tout à l'envers pristi! des chevaux par mille sur des hommes! c'est de la folle audace! et puis Claben et son Greenwich, toute la tragédie sur son dos! tout ça galope charge fonce en trombe! Rien est impossible! moi je galope aussi foutre Dieu! Ils vont démolir tout Greenwich! Je les vois s'engouffrer. Je me roule moi par terre je m'embuscade je suis pas si furieux!... ils sont là dans le brasier de fournaise... ils chargent là-dedans... c'est le bruit du cœur... je le vois le cœur énorme qui palpite... Je vais brûler aussi... *Vlaouf!* une trombe qui m'écrase! c'est l'eau! je noye! c'est les pompiers! c'est mon baquet qui culbute... Ils sont deux qui m'enfoncent dedans! ils sont comme là-bas à Greenwich! Je trinque, j'avale, je glougloute... c'est du guet-apens! Ils me tordent ils me pétrissent les parties! dans mon eau infecte! et puis ils me suspendent par les pieds! aux branches! aux platanes! Je suis au cauchemar, la foule m'engueule... c'est positif! Je suis envoûté... je balance j'asperge toute la foule... Ils râlent... l'eau me dégouline... Satyre des familles! Assassin! Vampire!... voilà ce que j'entends... Je voudrais tomber disparaître au profond d'un trou... souris, cafard, n'importe quoi, crotte. Ça ne se peut pas, je suis moi-même... Je bute dans les branches... Je m'aplatis contre l'arbre... dans les murs... ah! je suis victime d'une manœuvre... c'est la fièvre du sang... c'est les fantômes qui m'agressent... ils me tirent par les pieds tout d'en haut... et les Goâs et l'autre arsouille, Sosthène Matthew et la suite... Je rigole quand même c'est trop de toupet! ça me fait du bien ça me désenchante... Je retombe sur le flanc je grelotte... c'était qu'une transe de berlue je recommence à voir clair... je suis pas ivre... je me recroqueville le ventre au mur... J'ai ma décision! Je suis passé par les terreurs! C'est ça je la marie!... j'hésite plus du tout! adjugé! j'en verrai la farce! 4 sh. 6! je lui forcerai la main! voilà l'homme! un coup d'audace! au *Registry*! la pièce est jouée sûre et convenable! ne tergiverse! une fois maridas gaffe au Yard! à nous l'avenir! je planque la petite chez Bigou! pour elle une sœur un dévouement... Elle me la garde pendant l'orage... moi je fais cap nord sur Édimbourg! six mois un an... le temps de souffler... à l'armistice je redescends... le temps qu'ils parlent d'autre chose... Cascade m'arrangera des fafs... alors on s'installe... je bosse... je voyais ça au velours... tout pour Virginie! la famille!... Y avait que Cascade pour m'arranger... faudrait qu'on se raccorde... J'avais plus confiance en Boro... c'était un sournois un brûleur... je faisais comme ça mon examen, là par terre couché contre le mur... Ah! y a pas à dire j'avais traversé une crise, maintenant je voyais clair... Je commence donc à rebicher, à me sentir d'attaque... tout recroule! Je suis repris par la frousse... tout est à recommencer!... tremblements! je saccade je clinque de tous les membres... Dans mon baquet je ragite je remousse!... je suis un martyr des scrupules... je suis en plein supplice... c'est tout à fait comme mon père... je souffre tout pareil... Il me parlait toujours en colère les yeux hors de tête... Lui aussi c'était la conscience qui le rendait marteau... qu'il s'en bouleversait pour des riens... pour une remarque, un mot de travers, pour un coup d'œil des voisins et nous en avions des voisins! cent quarante tout ⟨le⟩ long de notre Passage... c'est dire s'il était ravagé... moi j'étais juste comme lui au poil... et puis en plus quelles aventures!... j'avais de quoi me révolutionner!... et maintenant encore quel pétrin!... ah! j'en sortirais jamais! merde! d'émotion je casse un bocal... Je l'envoye au carrelage!... Je veux le rattraper... Je dérape moi-même je crève la cuvette... *Bagabram!* Je te fais plus de bruit à moi tout seul que les trois là-bas à leur forge... Ils m'excitaient flûte après tout! Ils m'enivraient poussaient au crime... Personne m'écoutait! Tant pis! au massacre voyons! au massacre! En l'air nom de Dieu! sale matériel! cornues! quincaille! *vrac!* et *vrac!* voguez-moi tout ça! en l'air nom de Dieu! Cyclone à l'étage! Je te secoue! Liberté! Bascule! Broyez-moi tout ça! Belle casse! Éparpille! Je vois que du feu! C'est que des flaques de feu tout autour! mon baquet qui flambe! c'est Greenwich! et tout gicle déborde! au rouge que ça brûle et crépite! Je crie, je souffre, j'appelle au secours! qu'on m'éteigne! qu'on me prenne en pincettes!... je voudrais qu'ils accourent tous les deux! ah! ça va être une bataille! qu'ils se rendent compte de l'état des choses! qu'ils voyent la force du cauchemar! dans quelle combustion on va vivre! Je suis sûr qu'ils tripotent la petite!... Ils font les sourds à présent... Ah! je renifle... Ils la dévergondent... Pardi!... Insolence!... Je devrais y bondir!... Les abattre! Je reste là tout con indécis... Matthew! Matthew! C'est lui qui me fige... c'est lui! son regard d'acier! Il me souffle mes moyens... c'est atroce comme il m'hallucine... il monte au mur... il me grimace... il me cligne de l'œil... il recommence toutes ses simagrées... je m'effare... la colique m'attrape... je contorsionne... c'est l'émotion, les boyaux... pas le temps de penser... *Flof!* je chie tout!... une douleur qu'on n'imagine... mon benouze un poids! une gadouille!... il me colle de partout... je peux plus me retourner... je reste planté là dans mon gâteau... Pourvu qu'ils m'attaquent pas tel quel!... J'aurais pas dû crier si fort... je pourrais plus me défendre... heureusement qu'ils sont absorbés... ils en sont à casser leur forge... ils frappent ragent redoublent... ils se donnent bien du mal... ils savent plus rien... ils en sont sourds... ah! ça serait le moment moi d'être vif... de m'élancer d'enlever la petite... je m'en émotionne... j'en refoire encore... c'est une décharge alors un flot... je suis confit sur place... c'est le désarroi de tête et ventre... Ça me révolte je me raidis tant pis!... faut que je me montre! Je m'arc-boute contre l'étagère je vais foncer dans le tas! plus de tractations plus de chichis! Qu'est-ce qu'ils ont tous à m'en vouloir? la fin les moyens! je l'enlève la môme je l'enlève! on va crever sur la paille! c'est l'honneur qui compte! Sous la flotte dehors nom de Dieu! Je suis bien résolu! dans l'état qu'elle est! et son bide! le môme! tout! ah! je sursaute sur place! Ils cognent redoublent ils m'excitent! Je trépigne les débris, je vais prendre mon élan! malheur foutre! je vais en finir! ma culotte me tamponne ligote... j'ai trop fait, trop lourd... ma raie du cul tire, glutine... j'arracherai tout d'un élan!... attends voir la force! Fini la torpeur! Je contracte dans l'emplâtre... attends ma coquette! Qu'ils se trompent pas ni les uns ni les autres!... Que ça va être extraordinaire ma force d'impulsion! ah! chacun son tour! je les aperçois là-bas au fond courbés sur leur forge! Ils sont à péter de rougeur! hideux toussants apoplectiques... Je vais les écraser moi aussi... Ils feront pas long feu... je vais leur arracher la fillette... attendez oiseaux! la furie me monte c'est certain... Plus de tortillages je suis en tempête je vais tout foutre en charpie en poudre... Plus de doutes nom de Dieu! Je vais les ravager moi les forts!... Attendez enclumes! c'est la bataille! je suis effrayant! La petite a bu avec eux! Voilà le sortilège! attends ma friponne, ma façon! l'ardeur me gigote trémousse! des quatre fers! des nerfs en colère! J'en piaffe, ébroue, caracole! J'en décolle tout! arrache mon fond d'ardeur des membres et des cuisses! Toute ma force est revenue! Et bien pire encore tel un cheval! Cheval nom de Dieu! Quatre ferrures! Que j'étincelle plein les parois comme je piaffe, jaillis! Tout le fond qui m'a décollé, tout l'agglutinage! ah! ça me redonne mes effranches, j'étouffais par là! vous avez pas vu toute ma force! Que l'avachi fol ardent boume! blessé du cerveau! C'est la transe!... la guerre la fureur et dada!... Place aux écuyers!... La charge voilà ce qu'il faut voir!... Pas tout le monde remarque... La Finette avait tout de suite vu... « Toi t'es frappé comme mon frangin! t'as reçu quelque chose à la tête!... » Ça c'était bien réel exact. « Il me regarde aussi fixe comme toi! » elle m'imitait moi l'abruti comment que je pendais de la bouche... « Seulement lui il sort pas tout seul il tombe dans la rue... » Elle m'avait pas vu tomber... je faisais pire des fois... Au vrai elle était perspicace la Finette la femme à Gros-Lard... elle avait pas tout vu quand même... Ses paroles me revenaient toutes nettes... Je l'entendais me causer... Attends ma coquine toi aussi! Elle m'avait pas vu rebondir dans ma force de cheval! Elle avait rien vu... L'effet des quatre membres! C'est entendu la même blessure que son frère... mais il avait pas la force! la puissance de charge!... Que j'aurais bondi vingt obstacles avec trois colonels au dos! sur ma housse! Voilà comme je cause! Possédé, voilà, des ardeurs de la force magique! C'est ça qui me brûlait au trognon. Possédé alors quatrième! la dimension du tonnerre! J'aurais pu le crier à Sosthène! Il m'entendait pas le vieux foutre! Je l'aurais hurlé à Matthew c'était encore tout semblable! « À l'ours mon ami! à l'ours! » Ils avaient que ça à la bouche... Garnement! canaille! Voilà les brutes que c'étaient! ah! fallait que je les écrase tous! quel bois que je me chauffe! ah! c'était trop vrai trop cruel! Je réalisais tout et tout... Pas de liberté avec Matthew... Les doutes me reprennent... Je recolique... à plat que je foire. Je m'allonge, j'aurais défailli... Voilà le résultat des scrupules... suffit que j'invoque une seule seconde... et puis l'odeur maintenant qui monte... toute ma mouscaille au fondement... pourvu qu'ils s'aperçoivent de rien... je hume... je hume... je devrais ôter mon pantalon... tant pis! tant pis! ah! liberté!... tout pour sortir de cet état!... je m'arrache tout le morceau tout le fond! j'arrache les lambeaux... mes bretelles!... Ça sent encore! je serai jamais libre!... Je hurle : c'est pas moi! c'est pas moi! Voilà qu'ils accourent à ce cri... je me ratatine, je me fous en boule, je me coince contre la porte à tambours... je veux que personne me voye... « Allez-vous-en! *Go away! Go away!* » Je les somme de partir... Ils me laissent pas tranquille... ils me palpent ils me sentent... surtout Collogham qui me hume... il me cherche ma culotte... il fouille sous le baquet... je l'avais cachée... Je reste là en chien de fusil... Je veux pas me relever indécent... « *Go away! Go away!...* » ils s'en vont pas. Je sens que vais rebouillir furieux... Effrontés cochons sales têtus! Je suis si terrible là dans mon angle... malhonnête recroquevillé... qu'ils reculent bafouillent...

Ah! je les dresserai moi les lascars! Ils vont voir un peu la vengeance!... Je profite du répit... J'attrape un chiffon là par terre... Je me torche avec et ça va mieux... J'entends la petite, au fond, qui chante... ça c'est de l'effronterie!... Je vais l'arracher aux tripoteurs!... Je trépigne fulmine... Sa voix monte dans l'atelier... c'est une ritournelle pour enfants...

Busy... busy... busy bee!...

Ah! je vais pas être patient toujours... attends abeille de mon cœur!... je me plaque au sol je l'épie... elle range les petits ustensiles... elle sautille gambade... je la vois bien... elle voltige d'une armoire à l'autre! partout qu'elle s'envole à la fois! ah! ma *busy bee*!... affairée petite abeille! Elle a plus de malaise plus de vertige!... ah! ça c'était extraordinaire! que je l'avais vue si écœurée... et se trouver mal comme au *Touit-Touit*... maintenant toute vaillante plus en place... Quelle farce? quelle musique? légère trémoussante à l'ouvrage... et espiègle en plus... Voici Sosthène qui l'appelle... un point à son masque... C'est les essais qui continuent... En place pour les gaz! Il en profite il la chatouille... ah! le lubrique chassieux gugusse! Je te vais lutiner!... Il lui passe la main dans les cuisses... il la fesse comme ça pour rire... dans la petite culotte... ah! le saligot!... et qu'elle glousse qu'elle tortille la garce! ah! je suis ébloui je vois du sang! Ils me narguent ma parole! ah! par exemple! que j'éclate... je suis éberlué en vertige... je me soulève... tout tourne!... La fenêtre gode zigzague... je voulais l'ouvrir je bouille je fume... Voilà qu'ils jouent à la vapeur! Ils s'amusent au fond... Ils se parlent... je les vois... ils complotent... Il faut que ça finisse!... Il faut que je remette mon grimpant... Je veux leur causer moi aussi! deux mots à ces finis pervers et j'enlève la môme! je l'escamote! je l'emporte au trot chez la Bigou... au galop encore! ah! je suis résolu! mais mon derrière est trop sale! Ils profitent... ils broyent du fer ils concassent la forge! Faut entendre leur rage!... Ça va pas m'empêcher de passer! Seulement faut que je me nettoye à fond! ah! c'est ça le hic! Je colle je colle épouvantable... je peux pas me présenter tel quel! Je m'accroupis encore je me contracte rassemble... Ils me lancent de leurs jets à vingt mètres... fusées d'agression!... ah! vous allez voir mes artistes!... Ils ajustent à présent leurs masques! C'est la grande séance! Ça y est ils veulent m'asphyxier... La petite leur ajuste sur la tête... ah! ils vont être durs au combat!... Ils graillonnent... c'est le temps que j'intervienne!... Tapi derrière l'autoclave je guette je me contracte... Je vois leur stratagème je vois tout... dans un nuage Sosthène et la petite... Pour lui ajuster son masque pour y arriver mieux elle est montée sur une chaise... ses cuisses... ses jolis forts mollets... Il la renifle bien... tout près de son nez... ah! je mate je mate... il lui met un doigt il s'occupe... voilà comme il est... il palpe... il palpe... et *panpanpan!* sur son derrière!... et ça la fait rire... ils éternuent ils recommencent... ah! c'est un petit monstre elle aussi c'est une diablotine! ah! la saloperie! il faut voir les choses... elle tortille ondule du croupion la petite incendieuse... moi qu'est là qui me ronge!... Ficelle! pourriture!... De voir ce manège! Sac à vices! et moi là merdeux... ah! je me raplatis de chagrin je me croqueville encore... je suis bon à lape impuissant... il l'attire dans l'autre encoignure... je vois plus rien du tout... ils sont cachés par les volutes... c'est épais une vapeur âcre... ils éternuent ils toussent là-dedans... l'oncle frappe l'enclume à tours de bras... *Bang* et *Bang*!... Sosthène doit s'y mettre... c'est un tintamarre effrayant... des à-coups que j'en gigote j'en trémousse de la tête aux pieds... Je rebondis derrière l'autoclave comme ça tel à poil! pas de chichis! « À cheval! nom de fer! que je hurle, vous allez voir un petit peu! au canon! *Bing* et *Boum*! et *Pang*! Vous allez apprendre! à cheval! aux mitrailles! *Bang* et *Boum*! J'y suis! Qu'on me monte! et je m'emporte! un cavalier pour un empire! » Ah! le sang me court aux boyaux! Faut que j'agisse, les quatre pieds me brûlent! Je piaffe de partout! Je secoue de la queue, je harpe, je renifle! Le sang me reflue des parties, c'est un torrent qui me tourbillonne, me gonfle toute la tête bas en haut! Ils vont voir les ours! L'intestin me flip-flope me cingle... Je redresse cabre rue! ah me voilà! quatre fers en l'air! debout! quatre dérobent! c'est la bataille! on me défie! Diantre! Diantre! Les voilà trois! Cent bouches à feu! Debout je me dépêtre! Je colle encore... la raie me poisse... où est ma culotte?... Ils me voyent!... mes naseaux de feu!... Je brame au combat. Ils se retranchent ils me regiclent de leur drue vapeur!... Sus à ces pirates! Ventre à terre!... Tant pis! j'incarne! Maudits drôles! Tournez vos canons! La force que j'incarne! et le colonel sur mon dos!... Il m'est monté sur le gilet... À quatre pattes que je suis... à quatre pattes! et tout à nu sauf le gilet... Sus aux ravisseurs escadrons! L'amour est fidèle!... Les trompettes éclatent... Je palpite... Le grand moment est arrivé! La charge! Lâchez tout! Que je vous casse le bourdon!... La voix tout de suite du colonel... du mien, des Entrayes chef de corps! Il me monte en cuirasse! ah! c'est un fier cavalier! il pèse cent kilos! un cran du tonnerre! Et les escadrons emboîtent! à son commandement! L'organe du tonnerre qu'il a! sa voix traverse la canonnade... Ils nous mitraillent aux jets de vapeur les autres ingénieux... Ah! ils sont possédés eux aussi... Voilà que ça sonne de partout... carillons félons, bourdons brèches!... À vos airains coquins du fer! Que l'énorme voix vibre ébranle du ciel au tréfonds! Que les étoiles me chutent dans l'œil! L'énorme voix qui éteint tout! Tout en gueule et rugit et rauque! Que l'écho m'affole! J'en brame! J'emballe et redouble! Il me laboure aux éperons le canaque! Il me déchire les flancs! « Chaargez! chaargez! » Rien l'interrompt... Faut voir un peu la brigade si ça fonce *traléridéra!*... on dévale dessus ventre à terre... Ils sont planqués les hypocrites tout au tréfonds du logis! tous les deux mes monstres ravisseurs! tous les trois, l'*English* et Sosthène et puis ma perfide! Ils déménagent même il me semble! ah! ça c'est outrant! Ils vont pas fuir devant la charge? Bride abattue ventre à terre on n'avance pas deux... trois... quatre mètres!... c'est leur charme qui nous coupe les cuisses... Pourtant des Entrayes les défie tout debout sur les étriers... les miens par le fait!... cambré sur ma selle... Il est splendide c'est entendu!...

Il tonitrue comme dans les Flandres... Voilà le numéro! « Escadrons en fourrageurs! Chaargez! » Quelle ébranle! Les quatre! faut entendre! les seize! les trente-deux! Je palpite nom de Dieu je pantèle... tellement c'est terrible... ma crinière brasille et mon cul! de fougue et furieuse!... cent mille étincelles!... au triple galop! c'est la trombe! Je m'envole! haut les cœurs! Je sens plus mon colon son gros poids sa cuirasse ni rien! J'envole tout! verres vaisselle avec! tous mes ustensiles! la flotte chaude le baquet répand! toutes les digues crèvent plein la soupente! les quatre escadrons pataugent! *Vlagadaboum!* je dérape culbute. Il me laboure il me reprend au bond comme ça dans l'élan mon féroce! ah! il est ardent effroyable! il me crèverait en l'air au galop! je cabre je débats! Tout m'emporte! on est enlevés par la cohorte! et six! et neuf! treize escadrons! aveugles on déboule écroule... toute la débâcle dans l'escalier... il est devenu immense énorme... l'écho répercute... sa gueule tonne... je prends le mors aux dents... Je veux avaler la perspective... C'est moi le cheval corps et âme! J'envole au feu! positif! Le cyclone me porte... Trompettes fricassent fracassent les vitres... C'est la déboulade corps perdus des quatorze brigades! au grand gouffre noir mors abattus! La « Quatorzième lourde » et la « Quinze »! Des Entrayes me penche sur la nuque, il me chausse à fond, il me taille les flancs... Il a des éperons longs comme ça! Voilà comme il est! il me saccage! Je suis l'orage de force! Je veux crever chaud dans les vengeances! le tombeau ouvert! nom de Diouye! « Ma fée! j'arrive! » je lui hurle! « Charogne me voici! » Je pense à ce qu'elle va prendre! Oh! son petit croupion! Les quatorze mille pagafs vengeurs! mais on avance toujours sur place suspendus dans l'air! on n'a pas bougé! C'est un monde! Et eux trois là-bas qui se tripotent... ils se font des *mgnam-mgnam*!... je les entends... leurs langues... leur rapacité... Et puis ils rebrisent du matériel... Ils sont énervés au possible... Ils fêlent ils sabotent... Toutes nos chances se perdent... on arrivera jamais à temps! Je ruisselle de jus je baigne d'écume... on n'a pas fait vingt cent mètres... La plaine houle roule sous nos sabots... elle fond elle remonte sous la charge... c'est toujours la même... c'est une bataille à rouleaux... c'est du défi cosmogonique... le panorama est hanté... Je suis initié aux sortilèges! Le Sosthène il a rien perdu!... Je vais l'enfoncer avec les autres! Je vais lui souffler ma colombe! ah! je décolle arrache du peloton!... J'ai gagné au moins trois longueurs!... J'effleure le Sosthène positif! je le renifle auprès du museau... *Paratatrac!* tout s'embarbouille! je me prends dans mes rênes! un sabot! les deux pieds! tout passe! Je m'emberlificote barbote!... Je me dépêtre envoye une ruade que je crève le décor!... Je passe dans le couloir!... Tous ils m'emboîtent, ils me suivent, la horde! Tout l'escadron les huit brigades embardent dans les murs!... au triple galop! la trombe! « Chaaargez! » Je tiens plus! Et toujours des Entrayes qui beugle... il me transperce l'atroce! Mordieu! Je mugis encore plus fort moi son dada! moi dans la fougue! ses sales éperons me lardent les couilles! C'est insupportable! Je ramponne dans le peloton d'à côté! Je défonce une muraille... Voilà qu'on m'attrape aux quatre fers, on m'accroche, ligote... ils m'entravent aux pattes... Quels fumiers? Je me demande... *Tag! Tag! Pam!* Je romps tous les liens!... me voilà reparti au galop... je fonce, je fonce!... J'ai effectué trois quatre foulées... je suis en eau, en mousse... en trombe au galop éperdu... j'ai pris au moins cinq six sept mètres... je suis presque au bout de l'atelier, je touche à la porte, à l'enclume! maintenant! maintenant les représailles! les trompettes fracassent plein l'écho... qu'elles vous brisent enivrent frétillent plein les murs!... c'est la folle bataille! je vais démancher tout le bordel! Je veux parvenir à mes fripouilles! Ils se planquent aux bonbonnes!... Le canon les obus nous soufflent déportent au passage! C'est vous dire toute l'intensité! mon des Entrayes hurle toujours! Il arc-boute chausse à fond! Il veut qu'on décuple qu'on se surpasse! Moi je vais le vider le sale outil! C'est plus supportable! Il m'étreigne le féroce... il se doute! ses deux bottes de fer! un coup de ma terrible croupe, je pars, envole, prodige dans l'essor! Je plane au-dessus des explosions! Ah! je suis pas soumis, merde quand même! Je lui fous un écart! il vacille... il me raccroche aux crins! C'est un coriace un vampire! Je rue encore je vais l'expédier! Haut les cœurs! La brute il se rattrape!... C'est lui qui dresse qui me précipite!... Et ventre à terre dans l'ouragan!... *Bagadamdam!* nous dévalons plein la vaisselle... les tabourets... le bazar s'envole!... Heureux bon Dieu j'ai plus de culotte!... Je suis cheval de bataille pas pour rire... la croupe à poil... à poil et nerfs!... et fort monté! Voilà comme je charge! au 17ᵉ lourd botte à botte... trois mille cinq cents cavaliers!... et des masses en plus! écumes cœur au vent la bourrasque!... voilà comme on déboule et fend! *Ta! ga! dam! vromb!* tout s'engouffre! Tombeau ouvert! Tonnerre de terre! au hurlement! des Entrayes en selle d'or et crêpe! voilà comme il est! *Te*

Deum ! Tout ronfle poumone du sol aux cieux! Toute la perspective halète! Quatorze divisions à la trombe! Je vois les étendards!.. flottent au vent! Ah! Sosthène ma gueule sous la table! ah! je l'aperçois! juste l'éclair! Je suis farouche au triple galop! Je vais te le débusquer au grand jour! Qu'il nous fasse voir sa manigance! La horde m'entraîne! Va te faire pendre! La cavalcade gronde au tonnerre! cent mille foulées nous emportent! et le canon si méchant en plus! C'est trop! le sol ondule vogue mollit... le voilà qui monte dégringole... il vous écœure plein l'horizon... c'est des collines tout en mélasse... elles fondent à mesure... elles supportent rien... sous la charge elles ploient elles enfoncent... J'en dégueule! c'est plus à regarder... Les longs murs godaillent plissent crevassent... tout l'atelier disloque écroule, tout va chavirer avec nous! Oh! des Entrayes on verse au gouffre! Il est là! là béant tout noir! Il nous happe en trombe!... on plane dans le rien! dans l'élan maudit! les seize escadrons toute la horde au cul!... Des Entrayes mon colonel écoutez le tonnerre de Dieu! c'est la galopade des perdus! Je bats l'air noir des pieds! Tout dérobe! la charge à l'abîme... les entrailles du noir! des Entrayes! ah! ça me fait rire là en plein gouffre... j'en piaffe j'en tortille esclaffe... voilà comme je suis! cheval ou non! Entrailles! des Entrayes! Quel fort mot de joie! Oh! là nom de Dieu que c'est drôle! Boyau! Quiproquo! J'en pâme! Je me double je me traverse! J'en ris cheval tout droit cambré! J'en piaffe hennis naseaux de feu! Et youp là l'autre qui me renfourche! Il me corrige il me ravage les flancs! Il veut pas que je rie! J'écroule de douleur au galop! ah! le tortionnaire! La horde, les vingt-cinq escadrons me caracolent la tête les côtes... Je suis pétri saboté ouvert!... « Haut les cœurs! » qu'ils crient tous ensemble... Le colon gicle! il me sort du pommeau! il s'envole au gouffre positif! Je l'ai démonté d'un coup de cul monstre! C'était fatal! Le mot qui raille, déraille! entraille! des Boyaux! des Entrayes celui-là nom de Dieu! Ils me feront mourir de rire perdu! les naseaux en flamme!... ah! c'est l'abîme qui nous avale! de trop rigoler! Toute la charge la brigade en vrac et les lustucrus! Et que c'est bientôt la victoire! *Vlaouf!* ouf! le souffle me coupe! je suis aspergé! un flot glacial!... ah! je renâcle dégorge! Trois qui m'empoignent! Douze! vingt et cinq! J'en ai partout... ils

550

me plongent ils me roulent... c'est un baquet! l'attaque félone! c'est la noyade! l'embuscade! le coup de Greenwich qui recommence! Tout des têtus! Voilà les pompiers! Ils me refont tout! Ils m'aveuglent de leurs jets terribles... Ils me récrabouillent de tout leur poids... C'est des forcenés, ils se vengent... ça peut être que l'O'Collogham... C'est lui qu'a tout mijoté avec l'autre fripouille... il a profité de mon mal de tête... de ma faiblesse de blessure... ils m'ont fait respirer leur gaz!... dans la soupente aux mécaniques... ah! ils me rebectent à présent... ils ont peur... ils m'ont loupé! ils avaient voulu me faire mourir!... Ils veulent encore nom de Dieu! la preuve ils me rebaignent! Je vais t'éventrer ça des quatre fers! mon coup fulgurant! Ils me semoncent, ils m'appellent « gamin »... ça c'est misérable! ce culot! Ils s'arc-boutent sur ma poitrine... « Vous auriez pas dû Ferdinand! » voilà comme ils me causent... la morale! Ils s'assoyent sur ma figure!... Ils veulent pas que je les regarde en face! Parbleu! Parbleu! Je réagis... Je me convulse, distords! Ils me pilent ils me trépignent... Je ressens tout... mon charme est parti... Je suis plus cheval!... Je suis viande tout à moi... Je gis là os et loque... J'ai mal que je hurle... ils me rattrapent aux chevilles... ils me pirouettent, ils me pèsent exprès sur le corps... ils enragent de me trouver si flasque... Ils me prennent à présent par les bouts, ils me font balancer en hamac... « Il aurait dû passer son masque... il serait pas malade... » C'était encore leur reproche... « C'est de sa faute à ce sale merdeux!... » Je pouvais rien répondre... Ils me relançaient contre la paroi comme ça en poids mort... La petite les regardait faire. Sosthène a conclu « Il va mourir pour sa connerie! » C'était toujours son idée que j'étais une tête de cochon. « Debout les braves! » que je tonne, et me revoilà debout... d'un coup de cul. Ça c'est la colère! de rage j'ai ressuscité... Je vais assommer ces crapules! Je leur annonce... Si ils font affreux! Ils exorbitent ils louchent ils brament... c'est à leur tour d'avoir peur! « Comprenez-moi brutes! » que je leur hurle, je veux reprendre mon amour, mon idole! Rendez-moi ma fée salopiots! » Ils en mènent pas large!... « Ah! infernals stratagèmes vous profiterez plus de mon état! »

J'étais décidé mordu tout! C'en était marre de mes vertiges! des épouvantails à moineaux... Ça allait changer...

J'allais dresser toute cette fripouille! et la môme bobèche! « Attendez Tibet et consorts! ni de "quatrième" ni de beurre en ondes! Garde à vous coquins! » Ça c'est causé, ils en flageolent... ils voyent mon indignation... ils bégayent ils savent plus quoi quès... ah! c'est pas flambant!... Ils s'empressent ils se mettent aux petits soins... ah! mais attention cannibales! Des soins de marié voilà mon genre! Je veux des précautions de la caresse... Ils ont tous les vices!... « Je suis pas Claben! je les préviens... Quand j'aurai repris toute ma vigueur je vous ferai faire les douze escaliers!... chacals à ma botte! monstres! cochons!... » Ils en rotent... je les domine je les traite caca... Ils ont pas fini!... Je veux qu'ils me massent la région du cœur... C'est par là que ⟨je⟩ souffre davantage... Comme je suis jaloux quand j'y pense! et de cette sale petite punaise! « Où qu'⟨elle⟩ est d'abord? Hein vous autres? » Encore disparue? Je l'aperçois pas aux environs... Je me soulève la tête je fais l'effort... Disparue... « Où que vous l'avez mise?... » Je les corrigerai de bout en bout!... Je leur casserai les os à la file... comme chez Ben Tackett à coups de barre... ils sont tous complices!... Là ils seront dressés! et puis sur l'enclume leur sale hure! Je leur en ferai moi de la mécanique! Des masques au marteau! Je leur promets tout ça! À ma façon! *Tra la la boum!* et *pang!* et *pang!* la môme avec! mijaurée! ma fée d'enjolure! je veux que ça lui passe la friponnerie! Voilà le mot du cœur! Le coup d'Entrayes m'a dégrisé, mon caracoleur phénomène! Je suis sorti de mes gonds! Voilà le principal! Force et sang! Il faut que je guérisse! « Massez-moi coquins mais doucement! » Il faut qu'ils expient leurs forfaits! Je veux voir leurs larmes! Et qu'ils me restituent mon idole! J'en démordrai pas!... Je vais appliquer mes connaissances!... « Attention canailles! je les préviens, je suis honnête... je vais vous assommer coup sur coup!... » Je vois déjà un marteau qui flotte... là-haut à mi-air...

« *Darling! Darling!...* » quelqu'un m'appelle... Mais c'est ma chérie!... mon ange! mon ange! mon cœur! mon souffle!... je veux la voir! je veux la respirer!... J'ouvre grand les yeux, je me force... Quel éblouissement! Je lui réponds « Virginie!... Virginie!... » J'oublie tout! c'est elle! sa main! sa petite main!... Je cligne... quelle lumière! Son cher visage... ses frisettes blondes... ah! ça se brouille de reflets... elle se penche... qu'elle est gentille!... sa petite main frôle mon front...

Ah! je vais beaucoup mieux... je renais... Ils s'aperçoivent tout de suite les autres comment qu'elle me charme, que c'est une résurrection... Ils voyent l'effet qu'elle me produit... que c'est une gentillesse magique... Voilà le sentiment... J'ai tout oublié mes reproches... je l'adore et puis voilà tout. Sa présence ma vie!... Je reste assis je bouge pas trop... Je suis adossé contre le mur... Je reprends mes esprits... Comme elle est attentive à tout... elle veut pas que je remue... c'est un vrai miracle c'est bien simple... Rien que de la revoir je suis guéri... je bouge pas dans l'extase... Tout de même je perds pas mes deux loustics... Ils se rendent eux aussi très courtois... Ils veulent me porter jusqu'en haut, jusqu'au palier jusqu'à ma chambre... Je me laisse aider, pas davantage... je donne le bras à la mignonne... Voilà mes souvenirs... et pourtant j'étais pas tranquille... Je me tâtonnais... réfléchissais... le sang-froid revenu... j'avais pas bu... rien du tout... Je m'étais déchaîné d'un seul coup... absolument comme au *Touit-Touit*... « Voyons! voyons! y pense plus flûte! » Ah! qu'elle est ravissante magique!... Je la revois ma merveille! Je vois qu'elle... Elle m'aveugle encore! J'en bave j'en grognonne qu'elle est belle... Je jouis comme un chien... Elle rit elle sourit elle me laisse m'extasier... Si elle s'en allait je vivrais plus... je mourrais là subit...

« *Darling... Darling* » que je l'appelle comme ça tout doucement... Je me gêne plus moi devant les deux frappes... le sournois oncle et l'autre coquin... Ils en penseront ce qu'ils voudront! Faut qu'ils se rendent compte de l'amour! Ils m'escortent jusqu'à l'étage... Je suis heureux c'est un bonheur... Je me sens porté comme sur un nuage... Je m'allonge sur le lit... « Mimi! Mimi! » que je l'appelle... je veux pas qu'elle me quitte... je voudrais qu'elle couche avec moi... Ça ils veulent pas!... Ils me la retirent... mais pas brutaux ni insolents... juste comme ça que c'est pas sérieux...

« Voyons Ferdinand! Virginie n'est qu'une petite fille!... »

C'est Sosthène qui trouve ça la vache! Enfin tant pis je veux pas me battre... qu'elle reste à côté de mon lit... je ne vois qu'elle, je vois ses yeux bleu pâle... des yeux de couleur de mer... c'est une buée bleue sur son visage... sur son visage rose et blond... Je vois son âme!... je le dis aux autres aux deux infects! Je suis enthousiaste c'est pas à croire!... Je voudrais l'embrasser partout! Voilà comme je crie!

« Je voudrais la manger la boire!

— Ah! il est vraiment impossible! »

Ils s'indignent tout de suite les cochons! Ils vont recommencer les scandales!... Je suis dans les délices quand même merde! Je rêve? Non je rêve pas!... Je lui sens son petit cœur sous sa robe... là je palpe je palpe... et son petit nichon tout pointu... et puis l'autre... ah! que je suis heureux content! L'oncle il peut faire la grimace! Je le regarderai pas ce sagouin!... Il peut crever de jalousie! je suis là moi je pelote... c'est nos deux cœurs je les tiens... je les ai tout chauds dans les poignes... ah! le sien le mien je les tripote!... j'en ai chaud partout! une douce chaleur qui palpite... tout le corps rempli le ventre la gorge... *Plof! plof!* en tendresse et tout... ah! que c'est bon délicieux... je voudrais dormir... il le faut... il le faudrait... mais si elle profitait que je dorme?... qu'elle se sauve?... non son cœur est là! ah! petite oiselle!... dans ma main qu'il est, dans ma main! « *I love you! I love you!...* » j'en ferme les yeux de confiance... je vois chaud et rouge... je voudrais qu'elle me parle encore... qu'elle me dise deux trois mots gentils... elle ne dit rien... elle rit tout doucement... je la chatouille... c'est de la plaisanterie... faudrait pas qu'ils bougent les deux autres...

Tellement j'étais préoccupé j'ai failli demander à Sosthène un petit conseil. Je lui faisais une petite allusion aux difficultés de la vie... que les moments de folie ça se paye... que l'oncle avait pas bonne mine... qu'il avait tort de se fatiguer... que sa nièce était pas bien non plus... Ça m'amenait pas beaucoup de réponse.

Il pensait qu'à lui Sosthène, à ses soucis personnels. Il bouffait bien en attendant et pourtant il grossissait pas. Il était comme moi Sosthène porté sur la confiture... vorace on peut le dire, surtout la marmelade d'orange il s'écœurait à force d'en prendre. On nous servait dans la chambre le breakfast complet, chaque matin. C'était la vie de grands seigneurs! Toasts beurrés, chocolat, tout... et haddock et sardines et fruits. C'était malheureux que ça finisse, ça pouvait pas durer toujours, tout de même ça faisait triste... Sosthène il dépérissait malgré qu'il bouffait tant et plus. Il avait grossi au début, mais à présent il perdait tout. Il partait en cliche des huit dix fois de suite. Il s'arrêtait plus... le jour, la nuit... il me réveillait en sursaut... il fonçait aux cabinets, il laissait la porte ouverte...

Je l'ai engueulé à la fin.

« On crève ici, merde! tu t'en fous!

— T'en fous alors toi dis beau con! »

Il me répond la hargne...

« T'en fous où que je vais! Je chie! oui je chie! Il le faut! J'ai des soucis moi monsieur! Où que je vais jouir moi dans huit jours? hein trésor de bite! Monsieur n'a aucun souci! Monsieur s'occupe de son ménage! Monsieur ne pense qu'à s'établir!...

— T'as la chiasse pour les essais? »

Je pose la question.

Il me répond pas non positif! il se précipite aux lavabos, il revient, il s'assoit, on cause.

« Demain! qu'il me fait. Demain on ira! »

Comme ça résolu.

« On ira quoi?

— On ira essayer la force!

— T'es malade alors pour de vrai?

— Ah! je te supplie petit criminel! sois une fois loyal avec moi... Oublie ⟨pas⟩ dis donc que t'es pas seul! que moi dis je l'ai déniché le colonel, la croûte! »

Il me faisait la scène...

« Que t'as bâfré grâce à moi! Regarde que t'es heureux aujourd'hui et que c'est moi qu'en est la cause, alors dis un petit mouvement!

— Qu'est-ce que tu veux?

— Je veux voir ce que ça donne à présent... Je l'ai au trognon, je le sens toujours...

— T'es sûr?

— Positif!

— Mais t'as peur quand même?

— C'est le trac... ça veut pas dire que j'ai peur. . j'ai une idée même... une bavelle!... Je te la dis pas... tu verras bien!... Tu causes trop... t'irais tout dire à ta souris!... Dis, tout de suite on sort... »

Ah! Il me prenait impromptu... C'était marrant dans un sens... Il m'attaquait à la vadrouille... J'étais faible de ce côté-là... Mais je pensais à Virginie... C'était pas terrible... on serait rentrés dans une heure, juste le temps d'aller revenir... tâter l'expérience... qu'on remire un peu la puissance...

C'était entendu.

« Mais alors tu sais sur le tas! En plein milieu des obstacles! »

Il en frétillait le Sosthène de la perspective.

« Ah! T'en resteras flanc ma bouille de ce que tu vas voir! Ah! je te préviens bien alors!... Faut que t'emportes juste ta cuiller et ton rond de serviette... avec ça tiens comme ça... *tac! tac! tac!* tu te démerdes... tu me fais la cadence... je m'engage dans le trafic... mais tout près alors, que je t'entende!...

— Allez! vas-y! hop! en l'air!... »

On se dépêche de s'habiller, il enroule sa robe de Chinois, un petit paquet sous son bras, nous voilà partis.

Il faisait encore presque nuit. On descend sur la pointe des pieds, dans la rue on se presse... on saute dans le premier tramway... C'était l'aube... une brume alors froide... C'était octobre... on grelottait...

« Où que tu vas? je demande encore...

— Je peux pas te le dire!... C'est la surprise qui fait tout... Tu m'officies!... Faut que ça te saisisse! Pas de surprise, pas de choc! pas de fluide!... Les esprits ne viennent pas!

— Ah! »

Je me doutais un petit peu...

« Tu feras ça aussi pour les gaz!... Tu comprends? la cadence! l'enveloppement des ondes... tout est là!

— T'as le Goâ toujours? »

Je me renseigne.

« Si je l'ai? Ah! alors, enfant! tu vas voir! tu vas te rendre compte! un petit peu! cet afflux cosmique! Ho! Ho! Ho! »

Cette assurance! Le tramway était plein! Des routiniers, des abonnés qui descendaient vers Ludgate, des employés, des « Harrows », des faces pâles, des maigrichonnes qu'en menaient pas large, toute une cargaison empilée, les hommes fumaient un petit peu... ils raclaient dans leur journal les graillons de brouillard. C'est pas drôle le petit matin... La sueur du tramway à Londres ça sent les soutes des bateaux... les voyages aux antipodes! dans les Orients, les passes malaises, à cause des pipes, des tabacs au miel... au santal un peu.

Ils y pensent peut-être aussi les employés du tramway, en boîte, en bottes, cahotant dur, ramponnant les uns dans les autres, aux aiguillages, aux coins des rues, déballant sec, cahin-caha, de High Point à Shepperd, toute la banlieue vallonnée, la ribambelle des bungalows, la queue leu leu des jardinets, enclos géraniums, tout proprets, pièges à fleurs, gais comme mille et mille concessions un jour de Toussaint... C'est la faute du ciel qu'est là-bas toujours sinistre entre l'aurore et midi.

On ramassait du monde partout, à chaque halte accourus, poussifs, déjà éreintés du labeur, avant de commencer, messieurs, mesdames, inquiets de l'heure, tâtonnants fantômes pleins d'excuses...

« *Beg your pardon!* »

Je pensais à Pépé dans le parcours.

« On va pas la voir? » je lui demande.

Y a pas été depuis huit jours... Elle doit se demander un petit peu...

« Tout le monde se demande, jeune homme! tout le monde! C'est la vie! de se demander!... Je me demande aussi... »

J'insiste pas.

Il avait pas beaucoup de cœur. Ça je savais déjà...

On arrive à Shepperd Bush moulus dans les ramponneaux! Tout le monde descend! C'est la ruée, la charge au métro! Le gouffre! Tout disparaît! Tout débouline!

Ah! j'aime pas beaucoup ces ténèbres! J'avais des raisons! Je propose qu'on prenne l'autobus.

« Où que tu veux aller? »

Pas un mot.

C'est le secret en personne. Je fais ma tête de lard. Je me bute.

« Fais à ton idée, je reste là! Je veux plus de métro! »

Il cède, on monte sur l'impériale vers le centre, le 61.

557

C'est un parcours de troufions. Ça roule, ça boule vers Charing Cross, la gare du vilain.

Il faisait jour à présent. C'étaient des griffetons partout, des kakis en chiées, plein la chaussée, tout le Strand, du renfort, du monte en ligne, au dur pour les Flandres, le chemin des combats, et des tapins déjà au bize, tous les carrefours depuis le Bridge, je les voyais de là-haut, de l'impériale, je les reconnaissais l'une après l'autre, celles à Cascade, celles à Gencive, celles à Jérôme, encore la Ginette et puis Bigoudi devant le grand pub *L'Étincelle* au coin de Winham Road.

Il me secoue, il m'avertit, on descendra Villiers Street!

« Je t'expliquerai tout! Gi! ».

Ça me faisait pas de mal.

On retourne au caboulot chinois, celui de notre première rencontre, qui donne sur le tunnel, au milieu de ⟨la⟩ pente. Comme l'autre fois ça joue énorme l'harmonica mécanique, avec trompettes et tambourins et girandoles qui s'illuminent à chaque coup de cymbales. C'est un vrai tonnerre dans la tôle...

Il me crie :

« Je vais passer ma robe... »

Il se précipite vers les chiottes. Il est pas longtemps, il revient complètement attifé Chinois, la tête au safran, maquillé, natté, cothurnes, tout...

Je lui dis :

« T'es sapé! Bravo! Montre-moi ton dragon! »

Il se tourne le fias, il me le montre, rouge et vert crachant du feu, une broderie splendide. Les serveuses venaient l'admirer, tâtaient la soie véritable.

« T'es content alors? »

Il faisait sa petite sensation, tous les titubants du comptoir venaient voir aussi son derrière, lui gratter le dragon. Ça faisait des fameuses plaisanteries...

On a bu trois verres de cognac avec les serveuses en plus du thé et des gâteaux.

« Où que tu l'as eue la monnaie? »

Il me répond :

« Hum! »

On était parti sans un... C'était déjà un miracle.

« Comment que tu vas faire les autres? T'as plus beau-

coup de temps. T'as qu'une heure. Qu'est-ce que tu vas faire?
— T'as du courage? il me répond.
— J'en suis pourri! la tête aux pieds!
— Alors tu vas voir quelque chose.
— Y a longtemps dis que tu me l'as promis, c'est pas trop tôt que tu me régales! Que je voye un peu de la corrida! Où c'est que tu vas m'émerveiller? »

Je me doutais un petit peu qu'il allait faire le con dehors, provoquer la foule, encombrer le trafic, c'était sa façon d'amadouer, de séduire les Esprits et Goâ, contraindre leurs effluves à son charme... Tout un travail extraordinaire. Il s'excitait à vue d'œil, au troisième cognac il bichait, rebondissait sur place. Il trémoussait des épaules, il vibrait de haut en bas. Il tenait plus dans le bar. Les gens ils s'en payaient une tranche. Ils se foutaient ⟨de⟩ nous, j'étais gêné.

Je lui demande :
« Tu te sens fort?
— Vas-y un peu à la fourchette. »

Je lui fais tout de suite *tac tac tac*... l'accompagnement qu'il m'avait dit... système de fortune...
« T'as pas pris le rond en métal? »
Tout de suite le grief.
C'était pas très fort sur du bois, ça faisait tout de même castagnette...
« Tu te rappelleras?
— Je pense bien!... »

Qu'on allait se faire arrêter, moi je prévoyais ça pas d'erreur. Mais si j'étais parti tout de suite, laissé l'autre en plan avec sa robe, mon rond de serviette, son exhibition, sa manie fakir, il serait peut-être pas rentré non plus, jamais retourné à Willesden, c'était l'abandon, la pauvre Virginie toute seule avec l'oncle et ses fantaisies, un drôle de régime alors, de toutes les couleurs, et le martinet familial. Elle y coupait pas.

C'était impossible.

Ah! merde j'irai jusqu'au bout! je me ferai foutre en l'air, tant pis!

« Allez! que je fais, vieux, on essaye! mais dépêche-toi! on a une heure pas davantage! Qu'est-ce que tu vas foutre?

Tu crois qu'on ferait pas mieux de rentrer? Tu te rends compte un petit peu comment qu'on a tout laissé! Pas rien rangé dans la soupente! Tous les uſtensiles à la pêche! Ah! dis donc pétard! Comment qu'il doit fumer le colon! Ah! je l'entends d'ici! La môme alors dis donc la trempe! C'eſt pas une idée!...

— Va la baiser merde, barre-toi... Puisque tu veux pas m'aider!

— Mais si, je veux bien, mais magne plutôt! Tu te grattes! Tu sors? Tu reſtes là?... »

Il considérait les clients et puis le trafic un peu dehors, les badauds dans Villiers Street.

« Y en a pour dix minutes! il annonce enfin, résolu. Ferme ta gueule et fais ce que je te dis.

— Bon! ça va alors, je t'écoute, mais tâche qu'on rentre pour onze heures!

— Y a la foire sur le pont?

— Plutôt! »

Il m'avait toujours pas dit exactement son projet... Il allait danser en public? Ramasser des sous?...

Je lui demande carrément.

Il me regarde, il hoche comme ça...

« Oh! qu'il me fait... T'as pas l'envergure, tu comprends rien aux épreuves... »

Il paie... il sort... je lui file le train... On se fait applaudir au départ... Il devait être dix heures et demie... Y avait déjà pas mal de flics dans le Strand en haut... Je remarque en passant, c'était leur heure à peu près, la relève de la garde Whitehall.

Je lui répète encore :

« Dépêche-toi, je sais pas ce que tu veux faire, mais je voudrais pas être reconnu par les mômes du Square, par toutes les traîneuses à Cascade, ça vaudrait mieux pas. »

Il se dirige par là juſtement, on traverse tout Trafalgar, toute la place, on passe à trois mètres de Nelson, heureusement il lève pas la tête, il eſt en plein dans son croquis... Soſthène pourtant il se remarquait, les gens, les troufions l'escortaient, ils croyaient que c'était un chienlit, un homme poſtiche pour le recrutement, qu'il allait faire un discours, monter sur une caisse à savon, surtout derrière la Gallery où

560

c'était l'endroit à l'époque, avec Hyde Park, des causeries du genre en plein air...

Il continue, il s'arrête pas. On traverse devant l'*Empire*, on passe juste au coin de la rue. Ah! je vis plus, Leicester Street... Je me dis il est fou, il veut entrer chez Cascade montrer sa belle robe. Pas du tout, il continue, nous voilà au bord du Circus au trottoir juste devant le théâtre, là où les voitures font le tour avec bien du mal, où le trafic est comble, où ça avance au quart de roue! Il en rapplique de toutes les voies, de Regent surtout, de Tottenham. Le police est planté sur sa boîte juste à droite du Cupidon. C'est le cœur de l'Empire comme on dit.

Je vois le Sosthène qui s'arrête pile, je le suivais à quatre ou cinq mètres pour pas être trop avec lui.

Il me crie : « C'est là! »

Il se plante là, il oscille, vacille, en sorte d'équilibre au rebord du trafic, au ras...

Je me dis : il en a assez, il va se foutre sous l'autobus! dans sa robe et tout! Je suis gâté! c'est le coup du suicide!... Il m'a fait venir exprès pour ça!... C'est le désespoir et la pétoche! Il veut un témoin.

Je me recule encore du trottoir. Je reste sous la marquise du théâtre entre les marchands de journaux. Il me fait signe de venir...

Salut!

Il me crie :

« Viens! je mords pas!... »

Je rapproche.

« Maintenant, Ferdinand, un peu de cœur! Tu vas voir le grand défi! Fais marcher ton instrument! Prends-moi bien le rythme, suis tout près que je t'entende... Bien claquette et puis des perles... des gouttes... *tu... tu... tu...* Tu me regardes!... Tu me quittes pas des yeux! Je vais te montrer la force à Goâ! le retournement du trafic! Je vais t'abolir la police! Là dis que je chie? »

C'était osé.

« Non tu chies pas! »

C'était le défi pur et simple. Il lâche le trottoir, il descend, il s'avance sur la chaussée. Le flic au milieu du carrefour, il voit venir, il siffle, il fait signe qu'on rebrousse. Les autres au sifflet s'arrêtent pile, les bus, les camions, les charrettes. Sosthène lève la patte et puis l'autre, en figure dansante, il fait encore trois quatre pas, il relève le grand pan de sa robe, il reste planté là devant les autos, il arrête tout. Il se croise les bras. Ça hurle affreux, ça vocifère jusqu'à Oxford. C'est un déchaînement de trompes et de cris. Il bloque tout le Circus, toutes les files, ça lui couaque dessus de tous les bouts. Il reste là fixe héroïque. Puis il se met à les engueuler. « Biftek! qu'il les appelle : Silence! *Chutt up* à l'Angleterre! Goâ qu'est le plus fort! Demi-tour! »

Il veut les faire rebrousser.

« Tu viens me voir! il m'hurle. Tu viens me voir! »

Il est exalté, il se monte, il gueule en transe, il ôte son petit caraco, il va leur placer une vraie danse...

« Joue-moi ton 92!... »

J'y étais plus au 92... Il me le rappelle.

« TAC! tac! tac! tac! TAC!... »

Je remonte au trottoir. Je vais pas lui jouer rien du tout! C'est assez comme scandale! Il gesticule, il se démène... c'est la figure 92... maintenant je la reconnais... il fait les bras... il contorse... la mimique tout... le désossage... C'est ardu... lui qu'est pas gracieux... il se force... tout ça juste dans le petit espace... il a les autos presque dessus... Ça ronfle gronde horrible contre lui... Des beuglements plein Regent Street que j'en vois trouble les maisons, ça me fout du vertige de trottoirs tellement l'air ronfle de colère, des coups de roulettes de tous les flics depuis Marble Arch, un orage de sifflets qui monte, qu'arrache l'écho, qu'emporte les voix, les bruits de moteurs, les yeux, la vue, la tête, tout.

Celui-là il peut toujours hurler du petit mirador, je le vois le flic, tout cramoisi, il sursaute après son signal, il crève de colère. Il beugle sur Sosthène :

« *Go way!... Go way!... Fool! Scrum!* »

Mais Sosthène il l'entend pas... Il jubile, il me fait des signes qu'il est aux anges de puissance. Il me montre les camions, les bus qui tremblotent tous devant lui, tous les moteurs qui suintent, fusent, giclent de plus pouvoir embrayer, grincent, démantibulent, foirent, dégueulent. Tout l'énorme troupeau pagayeux, les monstres fumasses, butés, domptés comme ça sur l'asphalte, péteux. Ah! Ça fait horrible... de l'*Empire* jusqu'à la *Royale*, c'est un embouteillage infect, une anguille se ferait écraser, une puce ne retrouverait pas ses petits. Le flic de circulation il en peut plus de se déhancher sur sa petite estrade, d'essayer de faire partir Sosthène, il lâche tout, sa situation, son petit mât à signaux, ses flèches, son mirador, tout, il descend sur le pavé... Ah! il est à bout des fureurs... C'est un géant pour la foire, la carrure, les épaules, les mains...

Ses gants blancs je les vois en l'air au-dessus de Sosthène, au-dessus de sa tête, il va le résoudre, l'écraser...

L'autre il danse toujours, il dandine d'un pied sur l'autre... la tronche comme ça en extase...

« *Will you stop!* que le flic lui hurle... *Will you stop rascal?* » On entend sa voix tellement il beugle fort... à travers l'orage des tracteurs, il domine tout, les cornes, les cris, les sirènes, les hurlements des passants massés en foule aux trottoirs.

Sosthène courait devant son flic, il échappait en pirouettes, entre les camions, cabrioles, relevés, vive glissade, pirouettes encore! Il se rattrapait... coucou!... tout ça au revers des autobus! là frémissants, au moins trois mille... en plein énorme embouteillage tintamarre, trente-six mille trompettes, cornes, grelots, sirènes, pistons, déchaînés sur l'obstruction de Charing Cross à Tottenham, un vacarme de Jugement dernier. Hallali Sosthène!

Lui alors en grand rigodon, magique à plus savoir qui comme, enlevé de terre avec sa robe, emporté, tourbillonné, elfe en essor, grâce et miracle, espiègle entre les autobus, effacé, reparaissant, mutin, cache-cache, sourire encore, les figures de l'Incantation, le 96 des *Végas*, plus là le flic en transe au cul, galopant, écumant de rage.

J'admirais, je pouvais pas plus, j'allais pas tacter à présent avec ma fourchette! Il m'aurait pas entendu. Je me serais fait écharper c'est tout.

Il butait dans les autobus l'énorme flic, il défonçait tout... Sosthène lui filait dans les doigts... Il avait plus de poids... un souffle!... Si la foule alors s'égayait! c'était une joie! un délire!

Moi j'allais pas m'en mêler, je gueulais seulement avec les autres. J'encourageais la corrida du Sosthène avec son bourre, la chasse qu'il foutait l'autre à travers le grondant chaos, le troupeau des monstres trépidants. Y avait du sport, de l'émotion...

« *Go on! men!... Cut him short fellow!...* » et *pouac! pouac! wooo!...* J'imitais les trompes! je m'en payais! Je gardais mon rond dans ma poche et ma fourchette... et ma cuiller... Je voulais pas me faire remarquer... Les griffetons aussi s'amusaient. Y avait du kaki plein les bus... Ils sont descendus pour mieux suivre la chasse... Ils ⟨se⟩ sont mis à gesticuler comme Sosthène... à la farandole... Ils ont envahi la chaussée... cerné les civils... ils se tenaient tous par la main... c'était la fièvre qui les prenait... Y avait des ivrognes parmi, et des marchands d'allumettes, toute une voiture de violettes dans la bacchanale et deux mouettes et un moineau qui volaient juste au-dessus de Sosthène. Ça je. l'ai remarqué. La foule est sortie des trottoirs, elle a envahi le Circus, tout le Piccadilly, les carrefours, absolument irrésistible, culbutant les flics, le trafic, embourbant, stoppant tout, faisant reculer les autobus, rugissant comme ça... *Brroom!... Brroom!... Brroooo!...*

Sosthène menait la folie, il en avait craqué sa robe, il se donnait à fond! Il me cherchait des yeux! Je me faisais petit... L'énorme flic il nageait empêtré dans les remous de la danse. Il savait plus comment se tourner... Il était repris, soufflé, happé, remporté dans la farandole... ça faisait le tour des bâtiments et jusqu'au milieu des voitures... Ça glissait partout comme du rêve entre les tonnerres d'autobus, les mastodontes en tas furieux... C'était la foire en plein Londres, tout ça par la faute à Sosthène! Ah! ça se payerait j'étais certain... Ah! je voyais venir la contre-secousse, des représailles quelque chose!... Je voulais m'effacer tout doucement, me faufiler vers Tottenham. Mais je pouvais pas reculer d'un pouce, la cohue bien trop épaisse, avancer non plus... j'étais fait.

Le flic il sifflait!... il sifflait! à l'aide! au secours! il pouvait plus! Il rampait sous les autobus, il se jetait des impériales après Sosthène l'insaisissable, partout virevoltant, bondissant d'un capot sur l'autre, comme ça dix douze mètres de hauteur, un cabri, un isard, une fée. Il devenait fou le bourre de se cogner, de s'emboutir la tête, il rugissait sous les roues, il faisait lion! il se lançait de très loin, il se cassait la gueule, il avait arraché son froc, sa tunique, son ceinturon, il galopait comme ça à poil, à quatre pattes après Sosthène...

564

« Il a soif, qu'elle disait une fille, il aboie, il est enragé. »
Je voulais plus voir ça...

Au moment juste, la cloche des pompes, on les entend arriver de loin... « *Fire! Fire!*... » Ça se répercute, ça fait de l'écho dans la foule...

Dong! Dong! Dong!

Sosthène il danse aussi là-dessus... d'un pied sur l'autre... en arabesques... et tous ses joyeux... tous ses loufoques à tout élan!... par la main... la sarabande...

Dong! Dong! Dong!

Ça s'entraîne à vitesse folle, la queue de la danse boume dans les murs, percute, piaille aigre...

Les pompiers s'éloignent... leur cloche faiblit...

Au moment voilà que ça débouche, une grosse bordée de flics qui s'annonce, on voit leur tas, au bout de la place, d'Haymarket, au moins une centaine, des *copper* en bleu... Je perds pas la tête, je me doutais... Alors féroces, je vous le dis! Une trombe! Ils foncent comme une troupe de bœufs! Il a pas sifflé pour rien le flic!...

Ils chargent sur la sarabande, ils déboulent, ils tombent dans le tas, ils écrasent la gigue à coups de poing, ils bousculent, abattent toute la ronde, ils marchent dessus, ils pilent, piétinent. Ça gueule la viande, ça s'écrabouille, ça hoquette là-dessous, les têtes sonnent, choquent, éclatent, y a du sang partout... Une autre bordée de flics se rue. Au poil j'esquive! Ils me loupent! Je cours! Présence d'esprit! Les buffles à pèlerine assomment tout! Je me ressaisis un coup pour Sosthène, je veux pas qu'il crève! Merde ça encore! Un bouquet!... Que je revienne avec son soupir! Qu'est-ce que j'expliquerais? Je le cherche... je l'appelle... Je cours devant la file des autobus... Je le repère par terre, au trottoir, ils sont deux colosses qui le sonnent, en train de le finir, l'un au bâton l'autre à coups de botte...

« *There! There!* » que je hurle... je leur montre l'autre côté de la rue... comme si quelque chose d'extraordinaire... « *Fire! Fire!* » que j'ameute!... Ça détourne l'attention de ces buffles... Ils s'en vont par là grognant avec leurs pèlerines à plombs!

« Ah! Maître, que je fais à Sosthène, à votre tête vous allez mourir... il vous coule du sang partout!... » Il hoquette dans le ruisseau... Sa tête dégouline. Je lui arrache les lambeaux de sa robe... C'est pas la peine qu'on le reconnaisse... les gens se battent encore partout, c'est l'émotion qui continue, les flics matraquent tout devant *Lyon's*. On va pouvoir nous disparaître. J'essaie de le soulever Sosthène, de le remettre d'aplomb.

Il a drôlement dérouillé, il a les yeux marmelade, il a tellement le nez enflé que ça lui fait trois ou quatre narines. Par tout ça il gicle du sang.

Ils l'ont arrangé.

« Vous êtes fadé, mon bon maître! Ça a pas trop marché la Force!... »

Au moment voilà une panique qui nous reculbute sur le trottoir, et puis la foule nous entraîne, on se trouve portés par la cohue. C'est bien heureux dans un sens. Il tiendrait plus debout tout seul! Il a de la bouillie plein la bouche, du sang, des cheveux, des dents, de la bave...

Il crache tout ça peu à peu sur les gens partout autour. Personne s'aperçoit. Il veut me parler, il dégueule. Il me recouvre de chocolat. Il se trouve arraché plus loin... Enfin je le rattrape. Il arrive à me dire dans le chaos :

« Alors ça a pas marché? »

Ça l'étonne il semble.

« Vous allez attraper froid », que je lui lance.

La foule nous entraîne. C'est un torrent vers Shaftesbury... On étrangle et puis on respire, c'est par saccades, c'est selon... C'est la compression des squelettes. Je prends des os partout dans les côtes. Je suis laminé contre une boutique. J'aperçois Sosthène sa tronche le sang qui lui coule des naseaux. Il est plus léger que moi encore, il flotte sur la foule. Heureusement il fait presque beau. Il est en chemise, juste son bénouze, tout ça bien trempé dégueulasse. Il a roulé dans le ruisseau...

Enfin on sort de la panique... Ça hurle toujours, la foule nous dépasse. Je reste sur le côté avec lui, on se planque dans une petite entrée. Il tient debout tout seul à présent. Il est à peu près retapé, sauf le sang, partout il coule, des oreilles aussi.

Il me demande :

« On boit quelque chose? »

Je voulais pas le voir saoul encore.

« Non, que je fais... on rentre! »

Nous montons dans le 114, par Marble Arch c'était pas loin... Ils devaient encore se massacrer sur Piccadilly. J'y pensais. Ça devait pas être encore fini les émeutes, la sarabande!

« Vous avez foutu le boxon que faut dire, mon maître! »

Fallait bien qu'il se rende compte un peu, que j'étais pas miraux non plus...

Il répondait rien... Il se tamponnait les narines... Enfin je voulais pas insister. Le principal c'était qu'on arrive. Il me tardait de revoir Virginie. Savoir ce qui s'était passé. Je lui reparle encore à Sosthène pendant qu'il se bouchait les narines, qu'il se pinçait pour l'hémorragie, comme ça sur le haut de l'autobus, des circonstances du scandale, de ses imprudences, comment qu'il s'était exposé... et que je l'avais sorti de la mort, arraché aux flics ivres de sang...

Du coup il se monte, il m'insulte que c'était entièrement ma faute, que j'avais fait fuir les esprits et Goâ en particulier par ma couardise, que j'avais tout saboté, pas risqué même un seul *tic tac* au moment tragique! Mon rond? Ma fourchette? que je m'étais montré en dessous de tout! que c'était une honte!...

Il m'en voulait absolument d'avoir loupé ses *tic tac*. Mais y avais-je pas sauvé la vie? Ça comptait pas alors des fois?...

Il saignait tellement du tarin, de ses yeux en compote, que ça lui dégoulinait partout, il en avait plein la bouche, il déconnait dans les caillots, il aspergeait les voisins... son veston par-devant tout rouge...

« Allez! que je fais, on descend! »

C'est vrai qu'on était plus loin. Je voulais pas encore d'histoires. On marche un petit peu. On arrive devant la maison. Il saigne toujours du nez, des yeux. Je veux pas qu'on nous voie comme ça. On passe par la petite allée, et puis le jardin, la cuisine...

☆

On a eu de la veine. L'oncle était justement sorti. Il rentrerait que dans la soirée. Il passait la journée aux courses. Il était parti de très bonne heure pour Ascot ou un autre champ de courses.

J'ai appelé d'en bas, du jardin...

« Virginie ! Virginie ! »

Elle m'a répondu tout de suite, elle était joliment contente, mais elle s'était pas inquiétée, elle nous attendait, elle s'était pas dit une seule fois : « Ils reviendront plus. » Elle avait confiance en moi. C'était bien gentil. Ça m'a fait tellement plaisir que je l'ai embrassée devant Sosthène, je me suis pas gêné... Elle m'a demandé d'où nous venions. Elle était tout de même curieuse. Et puis ça se remarquait Sosthène, dans l'état où il se trouvait, sa chemise en loques, du sang partout, ses yeux pochés. Il avait perdu trois dents, ça lui faisait un trou dans la bouche.

« Il est passé sous l'autobus », voilà ce que j'ai dit tout de suite pour couper aux explications. « On est allés voir sa femme, elle était un peu malade, maintenant elle va mieux. »

Il a dit comme moi.

☆

On se fait un petit peu de toilette, on se débarbouille, on se restaure. Enfin ça va mieux. Je rigolais quant à moi.

« Dis donc Goâ tu l'as dans l'oigne ! Ah ! pardon minute ! » Je raconte ! Je veux faire rire un peu Virginie. Je lui raconte toute l'aventure, comment qu'il s'est défendu dans les autobus. Comment qu'il s'est fait dérouiller par les ploums du Yard Sosthène.

« Ah ! là pardon madame ! qu'est-ce qu'ils ont posé ! Ah ! ma tête ! Ah ! l'épreuve magique ! Ah ! minute alors Papillon ! Ah ! copiez-moi *bien* ! Ça c'est du travail ! »

568

Il rigole aussi un petit peu mais plutôt jaune, et puis il avait la réplique que je l'avais bien laissé tomber, que j'avais pas joué du *tac tac* comme c'était promis avec ma fourchette et mon rond... que j'avais eu la frousse des flics... que j'avais tout fait louper... que la force était bien venue... qu'on l'avait entièrement pour nous... que je l'avais fait foutre le camp par mon attitude... autrement qu'on bouleversait Londres... qu'on faisait rentrer toute la police dans les égouts comme des rats... que déjà les autobus étaient complètement en panne... que si je trouvais pas ça une preuve, alors c'est que j'étais hostile et plus bête encore que froussard, que si je m'étais pas désisté, que si j'avais sorti de ma poche mon rond, ma fourchette et que je l'avais accompagné avec les *tac tac* comme c'était bien entendu... on aurait vu un foyer de Force jaillir en plein Piccadilly, un bouleversement d'autobus, une transmutation tellurique comme on avait pas encore vu même à *[nom illisible]* au Bengale où c'était pourtant les prodiges à Goâ Gwentor, où les lamas d'Ofrefonde artificiaient des cataclysmes pour le monde entier, des conflagrations cosmiques qui fendillaient l'Himalaya... que l'Inde tremblait jusqu'à Ceylan, que ça brouillageait dans la lune, que ça se voyait au télescope... On aurait pu voir tout ça à Piccadilly si je m'étais pas trouvé pâle comme ça au moment d'agir... Lui qui s'était donné à fond... que je l'avais trahi en somme...

« Ils sont jolis les combattants! voilà ce qu'il concluait... Ils ont peur des autobus! »

Voilà ce qu'il avait trouvé. C'était pour me vexer devant Virginie.

« Des cyclones! oui, des cyclones! voilà ce que j'avais sous les pieds... je les sentais dans la danse... ils me tourbillonnaient dans les miches... T'aurais fait là juste *tac tac*... je vaporisais le Parlement, les *constables*, le Westminster... c'était enveloppé. Mais t'as regardé les *Végas*! pas de *tac tac*, pas de cadence! pas de cœur! les ondes n'arrivent plus! Je pouvais danser jusqu'à demain, m'user les pieds jusqu'à l'os! Tu t'en fous! »

Il s'en était fallu d'un poil, Sosthène l'avait senti tout le temps, qu'on assiste à quelque chose d'un prodige cosmique, le renversement des religions, en plein Piccadilly Circus, le ciel arrivait sur la terre, avec un message formidable, ça brûlait le pavé il jurait, dessous ses savates le fluide, les tellures Geon! dès qu'il avait esquissé la seizième figure... La preuve tous les autobus qui commençaient à reculer, la foule qui hurlait au miracle il paraît déjà vers la Tamise et Trafalgar.

J'avais rien vu moi de tout ça, j'avais vu une pagaille horrible, une vache corrida et le Sosthène bien dérouillé et les flics dessus... Il avait encore les cocards, mais ça comptait pas il paraît... C'était moi la grande salope, le bouzilleur, saboteur tout... Ça c'était du vice...

« Beau fias que je lui ai répondu, je vais vous dire une bonne petite chose, si j'avais pas été présent, gardé mon sang-froid magnifique, les bourres vous auraient écharpé, je vous ai arraché du ruisseau, les bourres vous auraient écharpé, vous ouvririez plus votre sale gueule! Voilà ce que vous dit le saboteur! C'est malheureux d'entendre tout ça, magicien de mes fesses!... »

Il avait qu'à se tenir pour dit... Il avait plus la parole.

« Soignez vos cocards!... »

Je dorlotais Virginie, allongée sur le canapé. Elle avait eu de l'émotion, comme ça de notre absence tout de même... On s'en faisait pas une minute, le vieux devait revenir que pour le dîner et encore. Il était pas sûr en partant.

« Très bien! Très bien! Repos complet! »

Il se mettait des serviettes mouillées Sosthène le mage un peu partout, il avait des bleus énormes à la tête surtout. Il avait pris un coup de talon juste derrière la nuque, que ça lui avait rebroussé le cuir. Il saignait encore et pas mal, on l'a tamponné avec Virginie...

« Ah! dis donc alors!... Ah! dis donc tu me la copieras! Tu la mettras dans les gros livres! Ah! faut pas que ça se perde! »

Il m'avait vexé.

« Quand est-ce que tu pars à la guerre? Tu vas faire fondre les canons si tu danses devant! »

Il aimait pas mes plaisanteries! On s'est remis d'accord sur la gourmandise. On était portés tous les deux sur la confiture. C'était le moment de s'en payer.

On s'est fait servir un thé tout à fait extraordinaire avec cinq sortes de marmelades et des toasts au sirop d'érable et des sandwiches et des gâteaux à la crème et au caramel, et puis une bombe au chocolat. Rien que pour faire chier les domestiques, qu'ils magnent un peu le pot. On était bien dans le salon, absolument propriétaires. On a fait marcher le phono. Tous les airs aigrelets pimpants les saccades, les *ragtimes*, les refrains qu'arrivaient de New York avec les Sammies, enlevés crâneurs, coquins câlins... Tout le répertoire de l'*Empire*, le vice nouveau, la pleurnicherie gigotante. Il adorait ça Sosthène, il voulait danser tout de suite avec Virginie. Il avait beau être bien sonné, farci de gnons, cassé de courbatures, il bichait quand même comme un fou à la musique alors profane. C'était un vrai enragé.

« T'en as pas marre des gambades? T'es louf ma parole! »

Il voulait que je danse aussi avec Virginie, des fox-trot et des one-step et puis du cake-walk, c'était un souvenir d'Amérique. Il avait dansé ça aussi avec la Pépé...

« Dis donc, moi en Oncle Sam, à San Francisco et puis elle en Liberty comme Française avec le flambeau! c'était pour l'apothéose! ce tabac! alors je te parle! »

On a chahuté un peu, pas la pauvre Virginie qui se sentait pas très vaillante. Elle si enjouée, si espiègle!

« Le chat est parti, les souris dansent! »

C'était le refrain à Sosthène.

Tout de même devant Virginie c'était sans façon. Enfin je trouvais. Les larbins venaient voir un petit peu sous un prétexte de service si on cassait pas le ménage. C'était simplement de la gaieté, qu'on avait la maison à nous, que le colon était pas là, qu'on était les maîtres.

C'était vrai qu'il était rabat-joie avec ses manigances en dessous, ce genre faux loufoque, ses sautes d'humeur comme ça pour rien. Je savais pas sur quel pied danser moi à son égard. Je m'attendais toujours à ce qu'il me reparle du mercure. Je me trouvais mieux en son absence, même pour mes ennuis physiques, mon mal à la tête. Il me portait aux malaises rien que de voir sa gueule avec son monocle, cette espèce de faux sourire, juste une moitié de la figure. Ah! je voulais qu'il revienne jamais. On fait jouer un peu de phono. J'ai fait danser Virginie. Sosthène aussi l'a fait danser, une polka-mazurka.

Tout d'un coup, elle se trouble, elle pâlit, elle s'appuie au meuble. Elle s'assoit, elle se trouve presque mal... Elle a mal au cœur...

« *I don't know...* elle parle tout haut... Je ne sais pas.
— Mimine, je lui fais, ne bouge plus, allonge-toi mignonne, allonge-toi... »
Je l'embrasse... je la fais s'étendre comme ça tout du long... C'est une précaution naturelle. Je la calme, je la rassure.
Pauvre petite Virginie, c'est forcé après toutes ces tribulations, on la fait danser en plus, ça lui fait mal à la tête, et au cœur aussi, tout lui tourne.
« Tu vois, faut prendre des précautions. »
Je la tutoie. Je lui parle en français.
Ah! je me gêne plus devant Sosthène. C'est la familiarité! On est comme ça, on s'en fait pas, on reprend un peu de thé. Tout d'un coup une musique éclate, les durs flonflons, le Barbarie, ça monte de la rue.
« Tiens, que je fais, c'est *La Valse brune*... Les Chevaliers de la Lune... C'est ce qu'ils chantaient chez Cascade, alors du matin au soir!... »
Ça rémoulait dans notre rue, là juste devant le jardin. Je vais à la fenêtre, je regarde un peu...
Ah! j'écarquille... C'est pas ça!... Si c'est ça!... je reviens, j'y retourne... Je suis frappé, merde alors non! Mais si!... mais si!... c'est bien eux!... C'est pas une illusion du tout!... Je me raccroche aux rideaux... mes jambes flanchent!... je m'assois... j'y retourne... mais si c'est eux! pas d'erreur! Ils m'ont même vu... ils me font des signes...
C'est Nelson qu'est dans les brancards, c'est Mille-Pattes qui tourne la chignole... Il se marre Nelson... il me montre du doigt... Je le reconnais bien... et Bigoudi qu'est là aussi... Ah! la méchante plaie... Ils sont là avec l'instrument... Ils se foutent bien de ma gueule. Comment ils sont venus jusqu'ici?... comme ça tous les trois?... Qui c'est qui les a renseignés?... Ça c'est encore un drôle de tour!... Qui c'est qui les a envoyés?... Le Mille-Pattes... Nelson... Bigoudi! Ah! C'est de l'acharnement infect! C'est de la persécution vicieuse... je suis le jouet des machinations... Je vais pas le dire à Sosthène... Il ferait encore des esclandres. Je vais pas le dire à la petite non plus... Je garde mon sang-froid. Je vais prendre une bouffée d'air, je sors... je vais à la porte... je descends le perron... je fonce... j'arrive à la grille... C'est bien eux!... Plantés là... ils se fendent la gueule... Ils me reçoivent comme des sauvages.

« Ah! dis donc l'enflure te voilà! Eh bien Ferdinand, ma grosse tête! T'en as des façons! Tu te cailles pas ma tante! tu te cailles pas! T'es dans la haute à présent! alors dis bel ours! Toujours en gringue dis belle bite! Toujours gavé! Ah! le mac! Ah! tu nous souffles!

— Ah! que je fais, ça ⟨vous⟩ regarde pas! »

Tout de suite c'est les insolences.

« Regarde pas! Regarde pas! Alors dis donc, qu'est-ce qu'il te faut? Ah! bien dis donc merde! Ah! la vache cuite! culotté!... »

Je leur devais tout paraît-il. Ils continuaient à tourner l'orgue, ils arrêtaient pas le boucan... et toujours *La Valse brune*... Ils me bousculaient pour un peu tellement ils faisaient des grands gestes pour m'expliquer comme j'étais vache et ingrat et pas sympathique.

« Qu'est-ce que vous venez foutre ici? » Voilà tout ce que je répondais.

Le Mille-Pattes il était toujours vert comme ça de figure avec sa petite lueur en dessous... c'était donc dans sa nature, mais il sentait plus si fort. Le Nelson toujours bancalot, il arrêtait pas de se marrer. La Bigoudi elle en pouffait de me voir comme ça ahuri... je lui voyais toutes ses dents bouger dans sa grande gueule... et du rouge aux lèvres... qu'elle en avait comme un clown jusqu'au nez, presque jusqu'aux oreilles... C'était comme un masque sur sa figure... de plâtre et de rouge... Les yeux tout en larmes de rire... et puis toutes ses dents qui remuent...

J'essaie qu'ils s'en aillent... Mais pas du tout... ils veulent entrer... Ils veulent visiter la maison... Ils sont effrontés... Ils veulent pas rester sous la flotte... Ils le disent tout de suite...

« T'es créché, t'es bien toi! loustic! Attends un petit peu! Dis donc t'es pas venu au promenoir! Comme ça que tu tiens ta parole! »

Je l'attendais ça... c'était la rogne que je l'avais semée l'autre jour, elle m'en voulait du rambot.

« Ah! qu'elle esclaffe, le beau mac, pas capable d'amener sa fille! Il me fera toujours rigoler... »

Elle était vicieuse Bigoudi, on la connaissait pour ça sur tout le tapin, une enragée, qu'elle avait toujours des scènes à cause de ça avec son homme, que ça lui perdait du temps... Il était pas parti *because*, il était pas du tout jaloux, il faut pas exagérer. Il était parti comme un con, elle le répétait assez fort, pour revenir général! Ça les faisait marrer aussi comme ça sous la flotte ces réflexions intelligentes. Ils étaient trempés tous les trois. Je tâtais comme ça leurs vêtements, je voulais vraiment m'assurer que je rêvais pas... Ils dégoulinaient positif... Ça me faisait plaisir dans un sens qu'ils étaient bien exacts, réels, qu'ils étaient pas du délire, qu'ils étaient bien en chair et en os... J'avais de la méfiance forcément...

« D'où que vous venez? je leur demande.
— De Dache! Et tes miches?
— Foutez le camp au diable! que je réponds.
— On ira pas au diable du tout! qu'ils me font tous les trois bien ensemble! On est trop contents de te voir la tronche! Qu'on va pas s'en aller comme ça! Et tout le mal qu'on s'est donné! Ah! t'as des visions petit père! Tu nous as pas vus? Ah! là alors t'es du fiel! »

Mille-Pattes il en gémit de hargne! Il est presque comme au *Touit-Touit*! Ah! j'en crois pas encore mes yeux. Ah! je l'ai mis en colère. La Bigoudi aussi. Nelson lui il est pas méchant, il s'en fout, tout lui paraît drôle!

« T'es pas régulier Ferdinand! T'as pas pour dix ronds d'honneur! Nous faire cavaler comme ça! Tu nous montres pas ta tôle? Ah! ça c'est affreux! Nous on vient en bonne amitié! Regarde un petit peu l'instrument!... On le trimbale depuis Leicester... Je l'ai emprunté à Jérôme...

« " Je cherche un homme dans Willesden que je lui fais comme ça. Prête-moi ta musique... Je connais pas le numéro... faudra que je fasse toutes les portes... que je demande partout un colon... mais je veux pas faire de scandale, lui porter ombrage, passer pour un flic... en faisant la quête ça va tout seul... "

« Nous voilà partis tous les trois, on a même fait nos 2 shillings 6 de porte en porte tiens-toi bien... on est contents de te retrouver... c'est comme ça que tu nous bahutes!... Dis que t'as pas du crime! Ah! mézigue tu cherres!... »

Bigoudi ça l'attristait pas...

Les Chevaliers de la Lune...
Nous on t'apporte la fortune!

Elle beuglait ça sur le trottoir... Ils ouvraient déjà les fenêtres aux villas d'en face. Ils avaient déjà un peu bu... Ils avaient dû faire des stations...

« Vous êtes partis depuis ce matin ?
— Tu l'as dit, bouffi !
— Entrez ! » que je fais. Il le fallait, c'était un scandale encore. Je les conduis.

Bigoudi elle est harnachée pour le grand tapin... mais il a plu dessus... le boa plumes d'autruche il coule... la voilette chantilly déteint... la robe en liberty violet, l'élégance cacatoès... le grand sac pendant à l'épaule jusque par terre... à la houssard ! tout ça rentre dans la maison... et Mille-Pattes derrière et Nelson. Ça les impressionne l'entrée, le tapis haute laine, les laquais.

Je leur fais :

« Et l'orgue ? Vous le laissez ?
— On t'en jouera tout à l'heure, t'as pas le droit tout de suite ! »

Comme ça espiègles.

Sosthène il comprenait pas. Il les avait jamais vus... Mais eux ils l'ont reconnu tout de suite...

« Ah ! le voilà ton Triboulet ! Dis donc il était en Chinois, on l'a vu avec toi ce matin. Dis donc on était sur le trottoir. Qu'est-ce que tu branlais ? Dis donc lui si il était fou !... »

Bigoudi elle se frappait les cuisses du plaisir qu'elle avait eu ! Comment qu'il était impayable le vieux dab avec sa robe !

« Ah ! Tu l'as pas vu toi Mille-Pattes ! qu'il tenait tout Piccadilly ! tous les autobus en stop ! Comme ça pour sa gueule ! qu'il faisait le papillon ! la danseuse ! Ah ! le panard dans le blair ! et la cabriole ! Ah ! le phénomène ! Les bourres alors la musique ! Ils couraient après dis donc ! Il était beau le Piccadilly ! Il faisait comme l'ange de la fontaine, il faisait comme l'amour. »

Elle l'imitait la Bigoudi ! elle relevait ses jupes. Elle portait des bas à paillettes...

« J'étais au *Lyon's* moi chez le coiffeur... Alors dis comment que je l'ai vu ! Si ça fumait la flicaille ! et les autobus ! Ah ! merde la façon ! Les unes dans les autres les voitures ! Voilà comment que c'était devenu ! Ah ! ce bordel! le vieux crabe! Si il m'a bien fait marrer! Je pissais dans ma culotte. Gaby la coiffeuse elle me dit : "Mimi tu vas te faire du mal!" C'est toi qui grabuges comme ça! Ah! le vieux farceur! Où que t'as appris à danser? Ah! le vieux coquin! Il se dégonfle pas! Dis tu me l'apprendras ta matchiche! Que je fasse peur aux autobus! Ah! le bataclan... »

Ils lui envoyaient des grandes tapes comme ça à travers les épaules! Ils le trouvaient tous les trois un héros pas ordinaire, comment qu'il avait arrêté tout le trafic dans Piccadilly! à se contorsionner en Chinois!

« Ah! le phénomène! »

Il était pas lourd Sosthène, il vacillait aux rampouneaux!

« Montre ta peau un peu pour voir... »

Ils étaient amateurs de coups. Il veut bien, il se déboutonne, il en était assez fier. Il avait beau être fakir, ça marquait quand même... Pas seulement ses deux cocards et son entaille dans la nuque, mais des horions plein les côtes!

« Et puis dis donc il est tatoué! »

Alors ça ils admiraient... Une rose, une charmeuse de serpent et un écureuil... tout ça en bleu et en jaune, de la clavicule au pubis, un grand travail de finesse et cabalistique il paraît, on aurait dit de la dentelle tellement c'était fin. Y avait un sens métaphysique mais il lui était défendu sous peine des plus graves accidents de dévoiler aux profanes. Là alors il nous bluffait... Ils s'en convulsaient les arsouilles de folle rigolade...

« Celui-ci il me fera toujours pisser », qu'elle hoquetait Bigoudi.

Ils avaient pas vu Virginie qu'était allongée dans le divan devant la cheminée. Ils avaient tellement rigolé qu'ils l'avaient pas vue.

« Ah! dis donc!... » elle l'aperçoit Bigoudi.

Elle se précipite... elle l'embrasse.

« Ah! dis donc si ça me fait plaisir. Regardez-la comme elle est mignonne... »

Elle la montrait aux deux malfrins.

« Alors ce qu'elle est jolie! Voilà ce qu'il a dégoté... Dis tu parles d'un as! »

Elle restait en admiration la Bigoudi, comme ça plantée devant le divan... en experte... en connaisseuse.

« Mais qu'est-ce que t'as? T'es pâlotte! Ah! ma pauvre chérie, il t'a pas fait du mal au moins? C'est une brute, il comprend rien. »

Elle se remet à genoux, la rembrasse...

« Ah! T'es toujours belle mon trésor! »

Elle la cajole, la dorlote. La grande effusion.

« Alors puisque vous êtes là, que je demande, qu'est-ce que vous venez foutre? »

Ça alors, ça les fait pouffer! ma réflexion. Je suis pas saoul, c'est eux qu'ont bu, c'est pas moi. Ils puent l'alcool. Nelson surtout il est hébété, il dodeline comme ça devant mon nez. Maintenant ils se tordent tous.

« Ah! qu'elle est bonne! Ah! dis donc! »

Bigoudi elle s'en éraille, elle peut plus parler. Elle se bidonne, elle secoue ses sautoirs, elle en a au moins cinq ou six qui lui baladent sur l'estomac et tous en or s'il vous plaît... avec des petits brillants sertis. Elle est riche, tout le monde le sait, elle s'est pas tuée pour les copains, elle a toujours eu compte en banque depuis sa jeunesse, juste du tant par semaine à son jules et c'est marre, elle s'est engraissée toute seule, c'est une commerçante, elle a même fait travailler deux ou trois gisquettes pour son compte.

« Mon faible tiens moi c'est la jeune fille! ça c'est véritable! je les adore quand elles sont toutes fraîches. Je m'en taperais une tous les matins... Tiens Ferdinand! comme elle! ta fleur! Ah! dis donc t'as bien choisi! je l'aime tiens! je l'aime c'est une merveille! »

Elle lui faisait la cour à genoux. Elle lui faisait sa prière comme ça tout contre le divan, son boa trempé à la traîne, elle avait enlevé ses chaussures qu'étaient trop mouillées.

« Allez! lève-toi Bigoudi, laisse‹-la› tranquille, elle est pas bien...

— Merde! qu'elle fait, je vais chanter quelque chose, tiens rien que pour elle... *Quand on est deux!...* Tu nous fais chier... *Ça n'est pas la même chose!...* »

Elle pouvait pas, trop enrouée...

« Tiens sers-nous un petit cordial! Il en a à ton singe... » Elle va boire un verre avec moi!..

« Il faut pas, elle est souffrante... »

Je m'oppose très fermement.

« Ah! le con alors! »

Elle insiste.

Je la rembarre brutal.

« T'es jaloux vache! T'es jaloux! Moi je suis pas jalouse! Merde regarde! Je vous aime tous les deux! »

Elle l'embrasse encore, elle veut m'embrasser aussi.

Virginie elle sait pas quoi faire. Elle se demande si je vais me fâcher. Je me fâche pas. Je me retourne la navette, je cherche le moyen qu'ils s'en aillent. Si je leur balance la vaisselle, ils vont aller hurler dehors... ça va faire venir la police, attrouper la rue...

Je me trouve si con que je sais plus quoi. Je repose encore la question...

« D'où que vous sortez les affreux?

— Donne-moi un petit peu à boire et puis je te dirai. »

Bigoudi elle est plus sociable, les autres ils sont renfermés. Je sors le whisky du placard. Ils se servent sans siphon. Ils en reprennent encore. Sosthène boit à la santé.

Je lui dis :

« On est pas chez nous, le colonel peut revenir d'une minute à l'autre!... »

C'est vrai, c'est mufle au possible. Depuis le mercure je me méfie...

Ça leur provoque encore le rire. Ils se tordent comme des bossus, je leur fais l'effet le plus comique avec mes recommandations. Ils se marrent comme ça tous les trois... juste au ras, au-dessus du divan, je les ai comme ça devant le nez juste, on dirait trois masques à grimaces. Ils se penchent pour mieux me regarder. Qu'est-ce qu'ils me veulent au fond?

Je presse Virginie contre moi, je la serre dans mes bras. Je vois qu'ils affurent un vilain coup.

« D'où que vous sortez? D'où que ça vous prend la rigolade? »

Ils m'horripilent... Ça suffit.

« C'est pas une heure de venir ici... dans une maison respectable. »

Je voudrais qu'ils s'en aillent d'eux-mêmes.

« Respectacle! Respectable! Oh! là là! Pardon! Monsieur prend des cours de danse. »

C'est Nelson qui grince.

578

« Il est beau dis son beau complet! Ah! il est frais l'amoureux! C'est arrivé à Londres tout nu! avec sa médaille! »

Ils font « Oui oui » tous les trois avec la tête, ils approuvent... Toujours penchés juste au-dessus de nous... Virginie elle tremble, c'est le froid...

Cloche! Cloche! Carillon!

Ils chantent en chœur, ils s'égosillent comme ça d'un coup brusque. Ils sont fous.

Ding! Dang! Dong!
Dong! Ding! Dingue!!!

C'est le carillon!
Elle revide un petit verre... puis un grand... Elle se redresse, elle souffle *Hoooo!* qu'elle fait du feu! Elle est ravie!

« Oui mademoiselle! " Cloche! " »
Elle me montre...

« Des morpions partout! C'est arrivé en grand cracra! par la grandeur d'âme! Ça connaît plus que les colonels! Oui comme je vous dis! Ah! merde! il est mimi l'oiseau! gigolo de mes pertes! C'est pas effrayant? Ça léchait les plats, piteux crevard, " Petit sou messieurs-dames "! Ça tenait que par la charité. Ça chie dans les doigts des potes maintenant! ça reconnaît plus rien! ça salue plus que les colonels! Oui parfaitement! zigoto! Ah! merde! il est intéressant! Ah! le fin faisan! Il est installé, messieurs-dames! Installé! Il berce sa poupée dodo! »

Elle m'imitait...

« Elle a mal au cœur! C'est fatal avec un répugnant pareil! Dis ma prunelle chante avec moi! »

Elle voulait que Virginie se relève, qu'elle se remette debout un petit peu, que c'était assez d'être allongée... qu'elle joue au piano...

« C'est plus joli que le Barbarie! ça gagne moins d'argent par exemple! Dis Nelson combien que t'as fait depuis Trafalgar? Ah! le fin voyage! le répertoire dis comaco! Moi j'ai poussé! rends-moi les comptes!

— Douze *bobs fifty*! Je t'ai déjà dit...

— C'est ma dot mignonne! C'est ma dot! T'es pas heureuse! »

Elle prend la main de Virginie. Elle me plante son chapeau sur la tête avec la voilette et tout.

« Je l'aime ta poupée! dis je l'aime! Je veux pas qu'elle soye malheureuse! »

Elle en pleurniche...

« Bois avec moi dégueulasse! que tu comprennes un peu les choses! Tu comprends rien!... »

Elle se désole pour Virginie.

« Ah! t'es un fameux salingue. »

Mille-Pattes et Sosthène et l'autre ils veulent faire une petite manoche, Bigoudi elle pleure, elle veut pas. Elle se raccroche à Virginie, elle me traite de maquereau sans cœur.

Ça suffit maintenant.

« Bigoudi fais attention, t'es pas ici chez Cascade. »

Elle sursaute. Elle me prend au mot.

« Cascade! Cascade! Laisse-le tranquille! Tu devrais y faire ses chaussures! Voilà un homme qui t'a sauvé. Il te vaut ⟨des⟩ millions de fois, écœurant! »

C'était l'avis aussi de Nelson et de Mille-Pattes qui approuvaient cette sortie.

C'était envoyé, bien exact... Ah! je l'avais mérité!... Je voyais leurs tronches à tous les trois!

« Ah! là là! C'est pas malheureux! » qu'ils faisaient comme ça dégoûtés, tous les trois ensemble. J'avais atteint les limites. Ils en dodelinaient. D'où qu'ils prenaient tous ce culot? Et le Mille-Pattes celui-là, d'où il revenait ce funambule? là comme ça tout ricaneur? J'en avais buté au moins un moi, je me disais, un vrai ou un faux? Je voyais double, triple ou centuple? C'était à savoir finalement? Si j'y attrapais celui-là le quiqui? Il se désopilait rien que de me regarder, il restait au-dessus du divan, comme ça bien goguenard, il se rapprochait encore un peu, pour que je le voye encore plus près, que je me fasse peut-être une idée... Ah! c'était vraiment un vicéloque! et amusé au possible de son petit manège... de la tête que je devais faire.

« Regarde, la Suce, ça va le reprendre. »

Il prévenait comme ça la Bigoudi, que j'allais faire encore l'idiot, le phénomène déchaîné... Ils étaient venus exprès pour ça... Mais moi j'étais drôlement en quart... je lâchais pas Virginie mon amour, tout mon trésor... je la regardais bien... je l'embrassais... elle m'embrassait... je la lâchais plus... mon espoir, ma résolution...

« Mimine... que je lui faisais... Mimine... » Je voulais plus être halluciné... je savais comment ça me prenait... j'avais l'expérience à présent... sur un tout petit peu d'alcool... juste un petit verre suffisait... et puis un coup de discussion... quelqu'un qui me contredisait... je m'emballais... c'était fini... Toujours à cause de ma tête, c'était écrit sur ma réforme!...

« Céphalorée, troubles de mémoire, hébéphrénie comitiale, séquelles de choc et trauma... »

Ça voulait dire que pour des riens je foutais le camp, je battais la campagne... sur une petite contrariété.

Fallait que je fasse gaffe énorme, je me méfiais jamais assez. J'avais payé cher l'expérience, je pouvais être le jouet des taquins. Tout de même je voulais que ça se décide, savoir pourquoi ils étaient venus. Comment ils m'avaient retrouvé. Y avait que Bigoudi qui parlait. Les autres ils disaient pas grand-chose, ils attendaient pour s'amuser, pour s'en payer une bonne tranche, que je me mette à mes prouesses, que je tourne fou furieux... Ils avaient le bonjour, je bougerais pas! Je faisais le petit narquois comme eux. Juste une question comme ci comme ça! Ah! ça sentait fort la vape... Ah! j'aimais pas ce genre ambigu, finasseux, chacal! Ils devaient en savoir assez long...

Ils suçaient sans se faire prier, ils étaient goulus aux liqueurs, elle autant qu'eux... Gin bitter, calva, pippermint... Le colonel O'Collogham il possédait une drôle de cave... y avait de quoi enterrer un pape... au moins dix douze marques de whisky... du brandy comme on en goûte peu... et du cherry et du porto comme on peut pas imaginer... des vraies quintessences! tout un pan de mur en petits fûts les uns sur les autres... y avait qu'à servir... qu'à ouvrir les petits robinets... Ils se gênaient pas...

C'est moi qu'attendais. C'était le chat et la souris... C'est pas moi qu'allais déconner... Ils en avaient dans le tarin... Ils en auraient tant et plus... du whisky, du marc... et toutes les gammes de porto... Sosthène les aidait... lui pourtant pas bien buveur.

Bigoudi elle réfléchissait de voir comme ça tant de variété!

« Dis donc, môme, il boit cet homme-là!
— Ah! C'est pour les invités! que je lui fais, alors vas-y! »

Elle s'en jette encore un autre verre, un vrai cocktail pernod-cherry. C'était le mélange de son homme, son préféré.

« Il mérite pas que je l'aime encore... que je le boive à sa santé! C'est toi que j'aime, ma toutoune! » Elle se lance sur Mille-Pattes, elle l'embrasse...

« Donne-moi ta bise! Fais ton goulu! »

Puis elle se ravise, elle me toise de haut, elle veut encore m'insulter, mais elle peut pas, elle titube, elle vacille, il faut qu'elle se rassoye, c'est du malaise.

« Passe-moi un cigare, ça va me faire du bien... »

Y en a des supérieurs, plein une boîte, des gros tout papillotés d'or, des morceaux énormes.

« Ça c'est du chouette! »

Ils se servent tous! Elle embrasse Nelson.

« Allume-moi mon pote! Allume-moi!

« Tu trouves pas qu'il a du chagrin toi le Ferdinand, regarde comme il est triste, un jeune homme! un jeune homme! Et l'autre con qui m'a fait venir ici, ce sale con! le Mille-Pattes! C'est de sa faute! C'est tout de sa faute! Et puis de Matthew! Viens tu verras comme il est drôle! Jamais que t'as tant marré! Tu l'aurais vu au *Touit-Touit*! C'était à pisser mourir! Comment qu'il nous faisait l'acrobate! que tout le public était fou! qu'il m'appelait son petit fantôme! Ah! mirontaine le phénomène!... Que tu l'aurais vu s'envoler! qu'il sautait de la piste en l'air comme une vraie grenouille! Y avait que lui dans les lustres! Jamais qu'il avait tant ri! Eh bien merde! je lui fous mal au ventre! C'est bien ma veine d'être venue! Jamais j'ai vu un con plus triste! C'est-y tes blessures? T'as la gigite? Je t'ai rien vendu? Ou c'est ta mignonne qui ⟨te⟩ défrise, que t'es jaloux encore une fois?

« Toi t'es pas jalouse hein beauté? Tiens fume mon cigare avec moi... Ça va te faire du bien toi aussi... les femmes faut que ça fume... T'as pas bonne mine... Tu te fais des sangs... C'est lui qui te rend malheureuse? »

J'en ai assez.

Je sens que je peux plus.

« Allez! foutez le camp! que je crie... Vous avez pas assez bu?

— Non! Non! qu'ils font Nelson et l'autre... non! pas assez! Non! pas du tout... »

Ils se vautrent... ils sont allongés... Ils vont dormir dans une minute...

« Le casse-croûte t'as dit!... Le casse-croûte! On s'en ira qu'après manger... Un petit entremets! Il est pas rentré ton singe!... Va! t'en fais pas Mimile! T'en as encore pour des heures! hein! qu'il est pas rentré, Nelson? Hein qu'il est pas prêt de revenir! Il est occupé ton singe! »

Ils semblaient joliment savoir...

« De qui? qui va pas rentrer?

— Mais ton colonel eh pauvre piaf! Ah! qu'il est cave hein! qu'est-ce qu'il traîne! l'enfant d'amour! »

Ils me prenaient en dérision.

Sosthène il savait pas trop, il me faisait : alors? de la tête... ce que ça voulait dire tout ça...

Il s'est fait féliciter pour sa belle démonstration, son éblouissante corrida sur Piccadilly, tout le Circus en ébullition! On n'avait jamais vu ça!... et puis sa robe à dragon d'or!... est-ce que c'était pour la réclame?... Il travaillait pour une maison? pour Selfridge? Pour Harrow Brothers?... ils voulaient savoir! et puis ce style! ce battant! qu'il avait foutu la pagaille dans la cohue des gros du Yard! les beefsteaks de choc! Ah! merde! cette classe! ah! ce dur!

Ils en rotaient.

Il buvait du miel le Sosthène.

« Hourra pour Sosthène! le tigre! le Chinois! »

Ils l'avaient tout de suite baptisé... Encore un coup à sa santé! C'était la foire au salon... On était dans les nuages en plus... tous les cigares y passaient. Il a voulu faire un petit speech Sosthène, remercier gentiment :

« *Gentlemen* il a commencé, *Lady Gentlemen I am most thrilled by your praise magnificent!... thrilled! thrilled!...* »

Il l'a redit trois fois... Ah! là! il en revenait pas! Le plus ardu des *th*... comme ça d'autor! *thrilled! thrilled!* Ah! Ah! Ah! ooooh!... il en rugissait d'orgueil...

« Clampin! Clampin! il m'appelait. Tu vois... je l'ai ton *th*... Ça y est!... ça y est!... »

583

C'était vraiment un miracle...

« Tu vois mieux !... Tu vois andouille ! Hein si ça sert pas !... »

« *Thrilled ! thrilled !* » il fait sonner ça, il en loupait pas un seul !... il arrêtait plus. C'était du triomphe !

Il en peut plus, il se rassoit. Il reste comme ça tout con, tout hébété, il louche.

Bigoudi qu'était bluffée, elle pouvait pas en faire autant, elle essayait, elle se faisait du mal à la bouche, elle en aurait craché ses dents.

« Moi je suis la vache espagnole ! qu'elle avouait pour sa défaite, y a vingt-cinq ans que je suis à Londres, et puis d'abord je suis trop française, plus que je reste et moins que je cause... J'avalade ! Les michetons ils veulent tous causer ! Surtout depuis la guerre ! avec moi ils sont servis ! *Aoh yes*, minette !

C'est la reine d'Angleterre !
Qui s'a foutu par terre !

Mais dis, moi je sais compter en livres ! à la guinée vingt et un ! Là je me gourre pas, t'es tranquille ! C'est le grand truc. *Allô ! yes*, minette !... Tiens, toi poupée, je t'avalerais !... »

Ça lui redonnait des idées ! Elle se relance sur Virginie... qu'était pourtant tout près de moi, que je protégeais des effusions.

« Dis donc ! que je l'arrête, t'as rien dit... Qu'est-ce que tu viens faire ?

— Ah ! petite ficelle il est curieux ! Hein il est curieux ce petit homme ! Il veut tout savoir ! Ah ! elle va l'être malheureuse ! avec un zozo pareil ! Ah ! dis donc ! c'est du gâchis ! Je te ferais reluire tiens moi, ma mignonne ! que ça serait un paradis ! Tu manquerais de rien ma poupée !... »

Elle se blottissait contre elle.

« Tu vas pas lui dire au revoir ? qu'elle me fait au culot...

— Au revoir boudin ? T'es esbroufeuse quand même saloperie ! »

Elle prend ça mal, elle se vexe.

« Tu crois pas que c'est arrivé dis des fois lardon ? que tu vas te les rouler au susuque, comme ça jusqu'à la Saint-

584

Glinglin? Avec ta poupée? Qu'ils vont pas venir te chercher? Te mettre un peu dans tes meubles?

— Pourquoi pas? que j'y fais...

— Attends! T'es pas chez toi à Londres! »

D'où que ça venait cette sortie? D'où qu'elle tenait ces paroles? J'en restais con, j'étais en boîte, elle en savait trop pour moi. Ils s'amusaient méchammant de voir comment que je nageais.

Je voulais pas quitter Virginie, ça c'était bien sûr et certain.

« Je te demande pardon Bigoudi, mais je resterai avec elle... c'est une affaire entre nous... »

Les voilà repartis au fou rire!

« Ah! dis donc, la tronche... le gaye!... il est soufflé le phénomène! Ah! dis! ça se croit pas! L'arrête pas non plus les voitures! Ah! dis au Yard ils vont souffrir! »

Ah! j'y étais pas du tout! Ils me faisaient comme ça aux rébus, ils me jouaient aux devinettes. Ils étaient vicieux dans le fond... Ils avaient bien bu, trinqué, bouffé au possible, ils se trouvaient repus, réjouis, ils voulaient maintenant s'amuser. Ils se gênaient plus au salon, ils étaient chez eux!

« Allez! viens me jouer *Le Beau Danube*, qu'elle réclamait Bigoudi.

Trou lou lou la la!
la! la! la! la!

« Dis ma mésange! Dis ma frimousse!

It is a long way to Tipperary

« Tu joueras celle-là pour sa poire. »

Elle voulait tout un répertoire... elle voulait absolument. Le maître d'hôtel est entré. Il était l'heure de mettre la table.

« Je vais faire les cartes, qu'il fait Nelson, fous le camp loufiat! fous le camp! c'est trop tôt! Ton maître est pas encore rentré! Il rentrera pas de sitôt! Ah! là dis donc! Tiens dis-lui! Dis-lui donc toi là! »

C'était sûrement tout un turbin qu'ils avaient mijoté ensemble... Pourquoi d'abord ils étaient là?

Quand on est deux...
Ça n'est pas la même chose...

« Joue-moi ça petit cœur... Viens je vais te donner le bras... on va la chanter ensemble! »

Elle insiste... Virginie se lève... elles vont au piano. Virginie joue un petit peu... Elle commence *Le Beau Danube*... Mais ça l'étourdit. Il faut encore qu'elle revienne au divan. C'est moi qu'on insulte à propos.

« Qu'est-ce que tu lui as fait grand fumier? C'est toi qui la rends malade.

— Tiens mon ange, un petit cognac... »

Alors ça je veux pas... je le défends... je balance le verre. Ça va mal...

« Merde! qu'elle s'écrie, une fine pareille! Ah! C'est pas trop tôt qu'on l'embarque! l'oiseau qui fait chier tout le monde!...

— Dis donc c'est à moi que ça s'adresse?

— Oui plutôt sale petit chiard! que vous avez la morve au nez! Sale prétentieux! Moi je vous le dis, c'est pas trop tôt que vous allez faire des sacs de lin! que ça servira à quelque chose! avec vos pauvres doigts inutiles! »

Elle était en rage. Une grimace qu'elle en reniflait.

« Poulet! que je l'appelle comme ça en pleine gueule, poulet! poulet! »

Elle a le hoquet... Elle en a trop dit en colère...

« Poulet? Poulet? qu'elle bredouille... C'est pas moi qui donne dis donc... c'est pas moi... »

Les autres aussi ils font la tête... ça les emmerde.

« Fais pas de rébus! dégueule vas-y! » Je la mets en demeure, là au pied du mur... elle rougit elle... elle cafouille...

« Mais non... Mais non!... T'as pas compris.

— J'ai pas compris? Merde! Y a une heure que tu fais des rébus! Ah! vieille saucisse! t'es bien pourrie c'est ça que tu veux dire! Tu te grattes! Tu sais rien! Tu voudrais me donner voilà tout! Tu croques ordure! Tu croques dis-le!... »

Je l'avais prise au vif... Elle était crâneuse, elle rebiffait, surtout devant Virginie. Elle avait l'air con finalement.

« À la pêche! À la pêche! Morue! »

J'avais l'avantage.

« Dis donc Mille-Pattes, elle se rattrapait... dis donc dis-lui voir un petit peu... qui c'est qu'est venu me chercher.. Ah! dis-lui là, je veux tout de suite... Allez dis-lui... Te gratte pas! »

Elle se plante dans le milieu du salon, elle fait aller son boa comme ça comme un cerf-volant...

« Allez dis-lui tant pis merde! »

Elle voulait pas être battue. Mais l'autre il voulait pas causer.

« Eh bien c'est Matthew petit cave! Si tu veux savoir. Maintenant tu sais ce que tu files? Tu vois un petit peu ton coton? Tu te rends un peu compte? Oui? Mille-Pattes, dis que je mens!...

— Non, c'est au poil... c'est exact...

— Tu vois que c'est écrit oui merde! que t'as pas une chance! »

C'était Mille-Pattes qui confirmait... On pouvait avoir pleine confiance...

« Tu bluffes ma poule... Tu bluffes ça va... »

Je la faisais monter...

« Ah! Si t'avais vu le Matthew, comme il était heureux... " Ça va il m'a fait, je comprends, ils sont tous les deux ensemble le Chinois et lui... "

— Comment il savait?

— Ça tu lui demanderas... Il me fait venir dis donc, il m'envoie son clebs Mollesbam le rouquin au *Cinzano*... Je causais un peu avec Belle-Pêche le femme à Jonkind l'Hollandais, tu la connais tout de même Belle-Pêche? Mollesbam aussi le binocle... Il me fait : " Bigoudi! chambre 115!... " Il dit pas pourquoi comment... C'est un chien... faut pas lui demander des manières... Deputy Constable il s'appelle. Tu comprends que moi j'obéis!... avec ma situation... y a vingt ans qu'ils me connaissent au Yard. " Vous avez eu votre piqûre? " voilà comme ils me causent... " Je vais vous faire emballer... — Bien, monsieur le Constable... " Jamais un mot de plus... ma livre... mes deux livres sur la table... ma fleur... " *Good bye!...* Madame Bigoudi! Vous êtes toujours *beautiful*!... " Je les connais c'est leur plaisanterie... Bonjour!... Bonsoir! Salut!... Aux chiottes! Je les aime pas, ils m'aiment pas non plus... Je raque... On est quittes!

« Moi j'aime pas la chambre 115, c'est là qu'ils posent des questions. Moi j'ai jamais eu d'histoires... Tiens-toi bien, j'ai eu trois hommes, et je te dis que c'était des voyous... jamais j'en ai donné un seul... pas plus au Scot qu'à la P. P. et pourtant j'avais des raisons... J'ai changé de maison quatre cinq fois... J'ai changé de trottoir... de patelin... même les toliers j'ai respecté, et pourtant hein c'est tout pourri!... Alors toi qui dégueules pelure tu me fais mal au cul!... tu comprends? J'irais baver moi aux gendarmes!... Alors là merdeux tu débloques! Ça je crois que t'es fou! C'est bien vrai! Mille-Pattes t'as raison!... Ils m'appellent j'y vais bien sûr, je vais pas les faire languir! Ils ont belle eux de me réveiller! " Hop venez morue! " Je cours! Autrement je paume! C'est d'autor! Une femme seule! va voir! Mais j'aime pas la chambre 115! Je sais ce que j'avance! et j'aime pas le Matthew non plus!... Il a l'air bon derge comme ça! J'aime mieux les fumiers! J'aime mieux son constable le chien!... J'entre... Il m'attaque brûle-pourpoint...

« " Vous connaissez le colonel? Bigoudi, ne mentez pas!...

« — J'en connais des colonels et de tous les côtés, je peux bien le dire! Y en a des faux y en a des vrais! J'en ai eu des quantités! et des faiseurs de façons! et des faisans! et des farceurs! Je les ai pas tous dans la mémoire... J'en ai oublié... et des commandants aussi et des lieutenants pour vous servir! et des grives alors que je lui fais, sauf votre respect je les compte plus!... " Il se dit... " Elle se fout de moi... " Je connais ses façons... Il faut lui répondre comme ça... Tu sais qu'il parle bien français... " Oui, mais le colonel... celui qui s'occupe d'inventions... ça vous dit rien Bigoudi? " Il me laisse réfléchir... " Cherchez... celui qu'est avec Ferdinand là-bas du côté de Willesden... " Ça tombe pas dans l'oreille d'une sourde. Moi tu sais, je pose jamais de question. " Non, ça me dit rien, monsieur l'Inspecteur.

« — Et Sosthène de Rodiencourt? Vous le connaissez pas celui-là? Vous étiez là ce matin au bord du trottoir quand il faisait le Chinois sur Piccadilly!... Vous allez pas dire le contraire?

« — Oui j'étais là, monsieur l'Inspecteur, j'ai bien rigolé, je l'avoue, mais je connais pas l'homme...

« — Faites attention Bigoudi ", qu'il me dit alors tout à fait grave comme ça... Il me fait signe que je me rapproche... que c'est tout à fait secret... Là je t'en dis pas davantage... Ah! Tu vois que c'est vrai! Passe-moi le grand cognac! Je parle trop! Toi tu parles pas!... Je connais pas le colon, tu te rends compte! ni le Chinois non plus celui-là. Tu m'appelles menteuse! L'autre là-bas il m'appelle menteuse! Y a que moi qui mens pas! et qui t'aime! Et toi aussi ma fleur d'amour! Toi je t'aime à la folie!... »

Elle revenait aux pelotages.

« Va chier que je lui fais! Ton nez remue. C'est lui qui t'a envoyée!...

— Ah! là, mon veau! tu la sales! là tu m'écœures à plus te sentir!... Comment que moi je t'ai défendu! Que j'y fais, " Monsieur l'Inspecteur, là vous me bluffez complètement... Ferdinand dans les espionnages? Ça c'est un monde que j'en crois rien! Lui qu'est ballot malagaufre, qui déconne avec sa tête, qu'il est trépané il paraît, qu'il se casse la gueule dans les trottoirs, qu'on le ramasse à la cuiller, je le vois pas beaucoup espion. Je dis rien pour le Chinois. Je sais pas ce qu'il fabrique! Mais le Ferdinand c'est un sonné! Il fera pas long feu, c'est un misérable, une cloche... Ils l'ont pris à la pitié chez les barbeaux de chez Cascade... il est arrivé sans un, comme ça de convalescence... tout le monde vous le dira... un pané... un malheureux dingue... le voilà le Fantomas! Croyez une femme d'expérience!... S'il est espion, je suis cardinal... " Tu vois que je t'ai défendu... " Il est baroque... il travaille à cause de sa tête... Il a encore une balle dedans... peut-être deux... que j'ai encore dit. C'est des crises qui le prennent... Tous les hommes pourront vous le dire... et les femmes aussi. . Ils le connaissent au *Leicester*... " J'ai pas bien fait?

— Si! Si! t'as bien fait!...

— Je pouvais pas en dire davantage... il aurait dit . elle est dans le coup!... " Il était à l'hôpital à Hazebrouck en France avec Roger le frère à Cascade celui qu'a été fusillé... " J'ai pas bien fait de lui dire tout ça?

— Si t'as bien fait exactement... »

Ils me regardaient tous les trois. Ils étaient pas si certains. Virginie elle essayait de suivre... elle comprenait pas très bien... C'était trop argot pour elle... Mais elle avait tout à fait peur... Elle se doutait que c'était des horreurs qu'ils étaient en train de comploter comme ça contre nous... Elle tremblait de les voir tout près, comme ça leurs têtes, les trois qui nous regardaient bien fixement...

« Allez ! Barrez ! que je vous dis... Je fais venir la police...

— T'en fais pas, elle viendra toute seule ! Allez ! on s'en va ! Allez ouśt !... »

Ils se lèvent... Ils partent cette fois-ci, ils insistent plus... Il fait nuit dehors à présent. Ils ont vidé les bouteilles, tous les whiskys... Ils ont de la contenance... Ils tiennent debout à peu près !

Ferme tes jolis yeux...
Car les heures sont brèves !.
Ferme tes jolis yeux !...

Bigoudi elle est inlassable... quand elle chante plus, elle déclame...

Je veux ton cœur !... Je veux ton cœur...

Elle sort comme ça sur le perron... Elle brame dans la nuit...

Je veux ton cœur !... Je veux ton cœur...

Ils descendent en bas des marches. Ils disent pas au revoir... Ils s'occupent plus de nous... Ils se disputent... je les entends dans le noir... pour celui qui poussera la voiture, qui la poussera pas... Enfin ça y est, ils démarrent... on entend grincer...

Puis ils s'en foutent, ils retournent le truc...

C'est la valse brune !...

On entend encore au loin... tout à fait bien... et puis c'est fini...

590

☆

Ah! je me dis ça s'arrangera! C'est des mauvaises impressions... du mauvais sang, de la fatigue... ça vous retourne la tête à force... les esprits... on ne sait plus ce qui vous arrive... on déconne et puis voilà tout... Il vaut mieux dormir, c'est sûr et certain... Je me décide... je prends sur moi-même...

« Levons la séance!... Allons nous coucher mes enfants! Oublions tous ces énergumènes! Ils sont venus se saouler voilà tout! Bambocheurs dégueulasses! C'est des voyous sans importance! Allons nous reposer! »

J'embrasse encore Virginie! Je l'aide à monter l'escalier.

« Il rentrera pas », que je fais.

Je voulais parler du colonel...

« Il rentrera que demain matin... »

C'était encore une impression.

Pauvre Virginie elle tenait plus... Ils l'avaient toute bouleversée les autres avec leurs fariboles...

« *Darling!*... elle m'appelait... *Darling!*... »

Pauvre petite colombe... Et pâle, et puis des nausées... Presque à chaque marche mal au cœur...

Sosthène lui fait :

« Sucez de la glace! avec un doigt de menthe!... »

C'était un moyen.

« Oh! *no!* Oh! *no!* »

Elle voulait pas...

Je l'embrasse, je la déshabille, elle était souffrante, sans aucune force... un enfant.

Je lui tâte le ventre un petit peu, si elle avait mal...

« Là! elle me fait... là! »

Sur les côtés... ça la tiraillait. C'était pas gonflé beaucoup, juste un petit peu on aurait dit. Voilà c'était tout. Y avait pas d'erreur il paraît. Le médecin qu'elle avait été voir dans Sternwell Road à côté, il avait pas eu le moindre doute.

« Revenez me voir dans un mois, et ne faites pas d'imprudence, pas de bicyclette, pas de tennis! »

Elle était pas en train de sauter. Elle se trouvait mieux

allongée. Je lui regardais encore le ventre. Ah! quand même je jouais de malheur! Ça me faisait pas rire.

« *Poor* Ferdinand! *Poor* Ferdinand! »

C'est elle qui me plaignait, mais pour rire, de voir ma tête déconfite... Ah! j'étais beau! Ah! ce travail! Je l'embrasse encore deux trois fois. Je la borde, je l'embrasse.

« *Good night! Good night!...* »

Elle me faisait enfant aussi! elle était pas vieille, elle avait encore des poupées dans sa chambre partout, des petits berceaux mimis dans des gros flots de rubans... Ah! c'était une drôle d'impression de voir Virginie comme ça, je la regardais, je la regardais encore... J'aurais pas pu croire avant... Elle me faisait plus le même effet... mais je l'aimais bien fort quand même... je l'aimais presque plus qu'avant... On pouvait pas rester ensemble comme ça toute la nuit. Si le vieux était rentré soudain. Je l'embrasse encore une fois... « Bonsoir! » Et puis je remonte dans notre crèche, celle des lits jumeaux.

L'autre truand, il était couché déjà depuis une heure!... Je m'amène boute-en-train, tout réconfortant, décidé.

« Alors Sosthène! Pas de mauvais rêve? En l'air le cafard! »

Je remettais les choses au point.

« Te fais pas de mouron! Bigoudi c'est qu'une viande saoule! qui vous cafouille n'importe quoi! Aucune valeur cher Sosthène! aucune importance! En l'air! »

J'étais optimiste subitement. Il m'arrivait des charges d'âmes! Il fallait faire face! Que les choses s'arrangent! que je sorte tout le monde du pétrin! un rétablissement pépère et Sosthène avec! Je lui devais une belle chandelle! Enfin soi-disant! Que ça soye fini notre poisse! Qu'on dépatouille tous ensemble! Je voulais plus qu'il soye emmerdé, je voulais qu'il profite de la chance! que c'était fini la douleur! qu'on allait maintenant s'amuser! Jouir fameusement de la bonne vie! Je le voyais l'avenir en rose! L'avenir merveilleux! Tel quel comme ça au flan sans cause, j'avais tout changé d'*humeur* juste parce que c'en était marre, que tout doit bien avoir une fin! On est drôlet quand on est jeune, on voltige comme un piaf gâté, du noir au clair, du rire aux larmes, on voit du bleu de ciel toujours dans les pires tornades.

Bon ! On se couche donc, moi tout jovial, je lui raconte quelques plaisanteries pour qu'il se réjouisse un peu d'avance, qu'il se régale de la chance nouvelle, qu'il prenne un acompte.

Ça va pas. Il demeure renfrogné, il s'enfonce dans son polochon ! Et pourtant je me donne du mal, je me force, je me chatouille. J'écoute même plus mes bourdonnements, tellement je me dépense en coq-à-l'âne, en calembours. Je me dope, je me requinque, j'étouffe la voix du malheur. Il renâcle, il réfute, il veut pas rigoler du tout. Il trouve que c'est un signe funeste que le colonel est pas rentré.

« Mais non ! Mais non ! Je le rassure. Il est au club voilà tout ! Il tire sa virée, c'est son droit... il se fait chier à la maison toujours en famille... à frapper sur ses masques à gaz... Il a changé de disque un petit peu. Il va revenir un jour ou l'autre... une virée hop là ! Je le vois tiens saoul à l'heure actuelle, fin rond au *Kit-Kat*... au *Windmill*... deux trois clubs, un coup de gisquette... cul et poker !... le genre anglais... « Champaigne ! Champaigne !... » Sournois et smoking... Il reviendra en cab. T'as qu'à voir tous les matins... peut-être avec un kaki... *Tommy tops !* Il se fait peut-être mettre... C'est encore possible ! C'est la guerre ! dis donc ! C'est la guerre !... La preuve dis qu'il est vicieux. »

Je pensais à la scène avec la nièce les domestiques...

« Un beau satyre tiens mon avis ! »

Ah ! je l'aimais pas !

Ainsi comme ça on cause de lui et puis finalement on s'endort... On était tout de même fatigués... Il devait être vers les une heure ! *Tic-tac... Tic-tac...* je me réveille... il était pas extraordinaire... juste le tic-tac à la pendule... j'ai supporté bien d'autres bruits. Les nerfs sans doute probablement.

« Hé ! que je râle... ça va pas finir ? »

J'étais pas content du tout, ma propre voix me fait sursauter... Ah ! je suis dingue ma parole ! Mais le Sosthène il dormait pas... Assis sur son séant comme ça, il respirait avec du mal, à petits coups, oppressé !

« T'es malade aussi ? » que je lui demande.

Je disais ça en mauvaise humeur, il m'agaçait avec ses crises, si en plus ça le prenait la nuit ! On avait assez de fil à retordre pendant la journée... je faisais assez l'acrobate pour détourner les catastrophes... fallait au moins qu'on dorme un peu...

Je lui demande :

« Tu veux pas que j'ouvre la fenêtre?

— Ah! si tu veux, j'en peux plus!

— Tu peux plus quoi?

— Quand tu comprendras!... »

Du soupir! Il avait le cafard c'était tout.

« T'es obstiné, qu'il ajoute.

— Obstiné quoi? »

Il se met à pleurer, toute la comédie, la tête dans les mains... C'est la grande séance. Il sanglote.

« Ah! C'est du frais! T'as pas honte? Tu te laisses aller! T'as peur dis-le! Dis-le que t'as peur! »

Je vais tout de suite au fond des choses!...

« Non j'ai pas peur! il proteste.

— Si t'as peur! Tu chies! Avoue-le!...

— Non je chie pas! »

Je le vexais exprès... Je répète :

« Il est beau le lama! Il est beau comme mes couilles! »

Il prend ça mal.

« Tu l'as commode toi petit lard! »

Je le voyais venir.

« Allez ça va, tu laisses tomber? T'en veux plus n'est-ce pas? T'en veux plus? Tu vas pleurer au colonel! Ah! T'es trop dégueulasse tout de même!

— Envoie-moi tout de suite à la mort! »

Je l'indignais. Il tressautait sur son matelas, il tapait dessus à coups de poing!

« Je fais ce que je veux, merde! Je fais ce que je veux!

— Mais je t'envoie à rien du tout!

— Si! Si! C'est toi! T'es rusé! Tu veux que je crève... Tu veux te venger du mercure!

— Ah! ça alors tu me tues salope! moi que je suis suffisamment au pétard sans aller encore tuer du monde!...

— Si! Si! je te vois... je te vois bien venir! »

C'était les insinuations.

Il était buté râleux, il voulait rien comprendre du tout... et de mauvaise foi...

« C'est pas moi qui t'ai réveillé, dis sale baveux! Tu vois

là! Tu vois là bien! C'est toi qui provoques! Tu sais que je suis emmerdé avec Virginie... que c'est possible qu'elle soit enceinte...

— C'est pas une raison... C'est pas une raison... »

Enfin le borné cochon!...

« T'es con... T'es con... tu comprends rien!

— Je comprends rien? »

Il m'interloquait à force avec ses airs mijotiers!

« Alors quoi? Crache... Qu'est-ce que t'as?

— Y a qu'on est faits! qu'il me répond. Ça te suffit pas non mon amour?

— Je vois pas ça moi! Tu jabotes! Tu veux te rendre intéressant! Tu me réveilleras un autre jour!

— Tu vois pas la Lune! Tu vois pas que tout est boutiqué! qu'on est dans le trou! tout cuit! un rêve! Non, ça te dit rien?

— Tu déconnes bille! Tu déconnes! »

J'étais optimiste tant que ça peut, et ça m'arrivait pas souvent... Je le désespérais.

« Je sais pas si elle est enceinte, mais toi t'es bouché à l'émeri! »

Il secouait son page, un vrai macaque de crise de nerfs. Je le poussais à bout.

« Allez! allume! raconte! jacte! que tu me réveilles pas pour rien! Vas-y! Je t'écoute! »

Je voulais tout savoir si c'était si intéressant.

« Regarde l'heure qu'il est! Deux heures! Ça te prend toujours à ce moment-là? Tu peux pas pleurer le tantôt? Tu vas pas danser des fois? Tu veux ta robe? Tu veux que je te fasse les tic-tac! Tu veux encore déconner? Tu veux que je sorte chercher de la glace? »

Je lui cherche une raison.

Il ouvrait pas beaucoup les yeux, ils étaient refermés en cocards bleu et rouge, gonflés du double. Il se les tripotait, ça saignait. Il avait eu des dégâts. Je me lève, je lui trempe une serviette, je lui apporte...

« Allez! vas-y... T'as pas rêvé? »

Je voulais tout de même qu'il se décide, qu'il déconne et que ça soye fini! si ça le gênait pour dormir.

« Ah! Tu sais pas! Ah! tu sais pas! »

Ça le dépassait on aurait dit tout ce qu'il avait sur

la nénette. Il s'en dandinait en tailleur en se tamponnant l'œil.

« Alors?... Alors?... »

Enfin ça vient.

« Je suis certain qu'il nous fourgue aux bourres! »

Voilà ce qui le chiffonnait tellement, qu'il avait tant réfléchi!

« Eh bien! je lui fais... t'es drôlement marle! où que t'as trouvé ça petit futé? »

Moi ça me faisait ni chaud ni froid!

« Tu me réveilles pour ça voyou? Ah! alors dis t'es soufflé! »

Merde, il me faisait rire sur son lit... comme ça si maigre décharné... avec plein de poils sur l'estomac... rouquin brique... et maigre à compter tous ses os... Il faisait Gandhi dans un sens... mais pas du tout le nez busqué, plutôt en trompette...

Ah! il était sûr que le colon, avec tout son genre baroque, il nous bazardait aux poulets... une inspiration de sa part... qui lui était venue dans la nuit comme ça brutalement, qu'il en pouvait plus dormir...

« Il nous fourgue pourquoi? »

Ah! il me trouvait trop pénible de poser des questions si sottes!

« Monsieur la Tourte parle anglais? » Ça l'agaçait que je parle anglais... « Moi je parle pas anglais!... Mais moi je la connais l'Angleterre! depuis 70 Monsieur! et les Indes aussi! et le Béloutchistan! et le Bengale! et l'Égypte! et la Palestine! Moi j'ai voyagé jeune homme! Malacca! et les Falklands! Alors, c'est vous dire si je connais du monde et les crowns colonels de la couronne britannique! Et des artistes considérables! sur la même affiche! et Little Tich! et Barrymore! le père! et des Lords et des Premiers! et Thornicraft! oui Thornicraft! je le prononce! oui l'ingénieur! et le général Both! eh bien, Monsieur, moi je vous le dis : votre colonel est un vampire! Il nous suce en ce moment! Demain il nous liquide aux bourres!

— Mais il est pas à moi dis donc! C'est toi qui l'as levé dans le journal! »

Ah! je me rebiffais! Il me l'acoquinait maintenant!

« Mais tu l'adores, dis pas le contraire, c'est beau-papa!

596

— Chinois t'es pas trop fort! Où que t'as vu qu'il nous donnait? dans la clé des songes?

— C'est possible maquereau! Mais toi qu'es si insolent... dis où qu'il se trouve à l'heure actuelle le colonel O'Collogham? Devine un peu fameux loustic?

— Pour moi il est en goguette, je l'ai déjà dit, il s'amuse cet homme... il se distrait... il se fera ramener en taxi... il est sous la table en ce moment... il jouit de la vie... il reviendra avec le laitier... dans sa petite voiture... Hue! cocotte!...

— Ah! vous êtes futé petit lard! Mais je vais vous dire un peu les choses. Le colonel à l'heure qu'il est, il s'amuse c'est bien entendu! Mais pas de la façon que vous croyez! d'une façon que vous en rirez jaune! Il est à table, c'est entendu! Il se tape la cloche, je veux bien! mais avec M. l'Inspecteur! Il lui raconte les bonnes histoires! Ah! c'est du ragot d'ortolan! Ah! vous en aurez des nouvelles cher intrépide! Vaillant pioupiou! Ah! la bonne histoire! Si il se soulage le cocu! Si il nous en fout un grand coup! Le fiel alors! ce baquet! la décoction qu'il nous attige! C'est la colique moi je vous dis! C'est un renfermé! un funeste! d'un coup vache *floc* il nous jette!... Si vous aviez l'expérience vous verriez les choses comme moi... Y a pas besoin de seconde vue, ni de savoir la langue anglaise... C'est comme ça pas autrement! Il s'ennuie pas M. l'Inspecteur!... »

Moi je voyais les choses autrement. Je voyais le colon en pleine bamboche, qui s'étourdissait, qui se remontait un peu le moral avant les épreuves... qu'était pas si dingue qu'on croyait... qu'avait la pétasse comme tout le monde...

« Non c'est pas ça... c'est du Yard! Les autres ils sont venus nous renifler... c'est du pigeon et compagnie!... T'as pas compris l'apoloche? »

Je l'indignais d'idiotie!

« Tu fais l'amour c'est entendu! Mais te mêle pas des choses sérieuses! Tu bandes! tu sais plus! Ah! c'est la misère d'être à froid! Je les renifle moi les intentions! Je suis pas dans la moule!

— Je vais le dire à la petite alors...

— Tu veux nous foutre le choléra! Garde-toi malheureux! T'y tiens à la catastrophe!...

— Oui, mais pourquoi qu'il nous ballotte?... »

Je voulais savoir à la fin.

« Ah! qu'est-ce que tu traînes, pauvre môme! Ah! dis! t'es mutilé de partout! ça t'a coupé l'intelligence! T'as jamais travaillé pour eux!... Tu connais pas leurs manières! Non! Moi j'ai travaillé pour eux! pas une année mais dix et vingt. J'ai toujours sauté à la corde! "M. Sosthène de Rodiencourt est un escroc!" Voilà comme ça s'appelle si tu veux savoir! Je leur ai ramassé des fortunes! avec mes pieds et ma tête! que j'ai couru des déserts pour les gentlemen, fouillassé des profondeurs à jamais revenir, pour ces gueules de *beef*! Faut avoir travaillé pour eux! J'aurais des trésors à qu'en foutre si ils m'avaient pas détroussé! comme au coin d'un bois! et chaque coup! Aux Indes j'ai laissé des millions! En prospections! au music-hall! Partout même cambouis! T'es englandé sans parole! Ils te fourguent aux bourres! t'es rincé! aussitôt que t'as fait leur profit! Ristourne mes couilles! Pas de confusion! T'es pas du Club! Apporte! Apporte! T'es clebs pour eux! Azor! *Pfing!* Le grand coup de pompe! dans les gencives! voilà ta fleur! à la niche! efface! T'arrive la poire en farine! *Plof!* tu culbutes en prison! "Il est enragé! qu'ils sont sûrs! C'est un *foreigner*! Il est fou!" Voilà comme ils causent sitôt qu'ils te doivent ton pognon! Ils te montent des bisbilles extra, que tu fonces que tu cavales! Tu te retrouves jamais! à la compte tu ballonnes! Tu sautes à la corde! T'es rincé! Tu te réveilles sur la paille humide! avec un casier au derge que t'oses plus te mirer dans la glace tellement que t'es fumier des fruits de ton labeur! T'as droit à la cruche en bois!... C'est la Chacal et compano!... Je me connais! je les connais! Je m'en gourre d'ici à Westminster de les voir venir! Celui-ci il est comme les autres! Ça pense qu'à boulotter le malheur! Ils me l'ont jouée dis la musique! Et rappelle-toi tous au kif! Tu les prends à Pondichéry, à Soho! ou à Plymouth!... *th! th!...* comme tu dis si bien! C'est tout du vampire et perfide! tu sautes gentleman! ils t'enlèvent la peau! C'est ça l'étranger pour eux, une peau pour leurs bottes! J'ai la pratique! j'ai payé! Je vois tout ça venir! C'est désolant!

— Qu'est-ce qu'il veut garder comme pognon? La prime pour les masques? Il est bourré!

— Il veut plus nous voir c'est tout! Toi la folle bite il t'a en blase!... Il est jaloux rappelle-toi! Ça se camoufle, c'est du Fregoli. Tu lui donnerais Notre-Dame! *pflac* tu l'apportes! un lingue comme ça! ça boirait ton sang! C'est des abîmes moi je les connais!... Souviens-toi du martinet! Ce qu'il a passé à la môme! Ça leur forme le caractère! C'est leur goût de famille!

— Qu'est-ce que tu veux dire?

— Faut pas chercher à comprendre! C'est du vice! Fais gaffe! Toi tu t'exposes en plus! Tu bombes! Tu jardines la nièce! Tu vas voir ce retour de médaille! Tu vas te retourner les naseaux! Tu connais pas les sournoiseries! »

Je commençais tout de même à me douter...

« Au moment qu'il en aura marre, il aura les mille occasions pour la galipette! Allez hop! en l'air les voyous! L'embarras du choix! Embarquez-moi ces maraudeurs! Je sais pas d'où ils sortent! Le Yard pose jamais de questions quand il s'agit d'étrangers. Allez! au trou la canaille!...

« " C'est des espions?

« — Mais pensez donc! Mais pour de sûr! Des gens qui s'occupent d'inventions!... Ça rôde autour des brevets! C'est de la racaille infernale! " Ils ont abusé de la confiance du bon colonel! Tu parles, il jouit! Il charge! C'est lui qu'a tout affuré. Comme ça tombe à pic! Tout pour lui, tout pour sa fouille, la gloire et le pognon! " Voyez la guerre! N'est-ce pas affreux! Ça nous amène des scélérats de tous les pays! Débarrassez-nous cher Constable. Je vous les livre en personne! Au nom de la défense de l'Empire! et de la victoire du roi George! Allez! Pendez-moi tout ça! "

« Les poulets si ça les chatouille! Que c'est la vogue et la folie! qui n'a pas son petit espion! son gros! son masqué! son tout noir! Ah! je vous demande! Ils s'en foutent les bourres d'un maquereau! d'un vieux retour de banc! Mais deux espions là d'un seul coup! Ça c'est du bonbon! Ça vous pose drôlement un poulet par les temps qui courent! C'est autre chose qu'un vol à la tire! Tu te rends compte un tout petit peu?... »

Oui je me rendais un peu compte, mais il devait tout de même visionner! Il interprétait tout au pire! C'était son travers... En plus la clique qu'était venue avec Bigoudi ça l'avait complètement retourné. Ils y avait foutu la chocotte avec leurs mystères... Je sais que moi de revoir le Mille-

Pattes ça m'avait aussi bouleversé! Mais moi je savais à quoi m'en tenir... j'étais sujet aux mirages!

« Il faut que je prévienne Virginie! voilà ce que je décide. Si il nous arrive un malheur faut qu'elle soit prévenue. »

Mais Sosthène était opposé :

« Ils sont en cheville je te dis con! »

C'était sa terreur!...

Il m'avait réveillé pour ça, pour me foutre la chiasse!

« Dis-le donc tout de suite tu laisses choir!... Tu cherches des prétextes!... »

Il répondait rien.

« T'iras pas alors chez Wickers? dis ma vache! »

C'était la dégonflade. Il répondait ni oui ni non. Comme ça en tailleur sur son page. Il hochait seulement de la tête en Bouddha, en magot...

« Tu te fous de ma gueule! dis-le tout de suite! »

J'étais outré finalement.

« Où c'est que tu nous as mis! Tu vas voir un peu le colon comment qu'il va prendre la chose!

— Dis donc! dis donc! tu l'as en or! Qu'est-ce que tu risques mon jean-foutre? Si ça fonctionne pas tu t'en fous! T'es planqué! Tu renifles pas! C'est moi qui crève! C'est pas toi! Si ça réussit c'est tant mieux! T'es gagnant à tous les coups! Ah! dis donc t'es drôlement cynique! ça vous arrange pas la guerre! T'as plus qu'à te réjouir! C'est moi la victime! »

Ça le faisait encore repleurer, tout secoué par les sanglots, il trempait son drap.

« Alors les *Végas* t'y crois plus? Tout le truc Goâ c'était du pour? »

Je le cuisinais. Je voulais qu'il se rebecte de chialer, qu'il reprenne un petit peu de courage.

« Alors t'avoues, c'est tout du flan? Tu voulais que je renifle aussi? C'était ça l'astuce? Avoue un petit peu! Vas-y!... »

Il répondait rien.

« Ah! je te retiens comme beau voyou! Tu nous embarques! Tu nous promènes, tu nous jettes au vilain moment! Ah! C'est du comble de dégueulasse! Tu peux être fier! T'as bonne mine! »

C'est vrai qu'en somme c'était lui qu'avait tout manigancé, qu'on avait affuré ce dingue, tout ce matériel, ce boxon, ces masques et la suite, qu'on n'en sortirait plus qu'au bagne tellement c'était compliqué, que ça prenait des allures... il fallait bien avouer les choses... Matthew, la Wickers... les poulets!... Bigoudi... les espions... le consulat... c'était trop ensemble! et puis encore les Revenants!... Y avait plus qu'à succomber! et puis encore la pauvre mignonne qui se trouve en cloque à ce moment-là... Que tout nous partait dans la gueule au même instant! Ah! c'était choisi!... la coïncidence!... on accumulait les guignons! Ah! j'étais fier de mes succès! Roméo la Gaffe! Je me vantais de rien... C'était ma faute et puis pas... J'avais cédé aux impulsions... J'y aurais pas touché dans un moment ordinaire, comme ça de sang-froid... je l'aimais trop dès le début... je l'admirais de beauté... je la respectais émerveillé... J'étais heureux par son charme... par sa gentillesse... sa gaieté... je lui aurais pas fait le moindre mal avec mes façons... Il avait fallu le *Touit-Touit*! la soûlerie! les circonstances, la fatigue... À présent je me rendais bien compte... ma tête surtout qu'avait flanché... un coup de panique qui m'avait pris, je m'étais jeté sur elle comme un chien... je l'aurais mordue... étranglée... je me rendais compte à présent... c'était pas entièrement ma faute... Ça faisait rien j'étais responsable... Je cherchais pas la tangente... Je l'ai dit encore à Sosthène...

« Je suis un peu flou dans mes idées... mais je suis responsable! Pas de discussions! C'est écrit clair dans ma réforme. "Trépané, psychisme heurté, mais responsable". J'en dédirai pas. Honneur et Conscience! C'est comme ça dans la famille. »

Il me regardait bien abruti, les larmes dans les yeux.

« Oui parfaitement je le clame encore! Tu m'as réveillé, sache-le bien! Je l'abandonnerai jamais! Tu m'as réveillé, écoute-moi! Je suis pas un fiasco dans ton genre! Je tiens ma parole! Blessé! Trépané! Mort ou pas! Voilà comme nous sommes classe 14! »

Ça la lui coupait.

« Je suis pas un homme qui abandonne! Je serai le père de l'enfant! Voilà comme je suis! »

Ah! j'étais fier d'y placer ça...

« Pauvre crapaud! Enfant vous-même! de quoi que vous bavez? »

Ah! je l'avais mis en colère.

« Mais je laisse rien nom de Dieu! »

Il en déglinguait le pajot de se secouer de furie.

« Ah! C'est trop fort! Mais je me laisserai pas insulter! Faites attention à vos paroles! Morveux! Galopin! »

Il se redresse, il est hors de lui, il roule des yeux!

« Ah! tu pleures plus! » Ah! je me bidonne! « Bisque! Bisque rage! mangera du cirage! »

Mais ça le faisait pas rigoler.

« Répète! Répète! J'ai rien lâché! Tu mens saloperie! »

Il est hors de lui.

« Monsieur c'est du flan votre *Véga*! Votre robe chinoise! Votre gavotte! Votre nez qui remue! Pas plus de lama que de beurre au cul!... Kss! Kss! Kss! Vous êtes qu'un faisan. Vous m'avez pas eu! à la chienlit. Cafouilleux! Faut en trouver un plus con que vous! »

Ah! je le blessais profondément, il faisait les yeux de poisson mort. Il était coquin!

« Jeune homme! Jeune homme! Vous êtes perdu! Vous déblatérez comme un fou! Je vous écoute! C'est insensé! Le corps chez vous est malade! Vous avez souffert! Ce serait peut-être une excuse! Votre esprit ne vaut pas grand-chose! Mais le mal est plus profond! Vous avez le cœur mal placé!

— Mal placé? Ah! mal placé! »

Je sursaute.

« Retirez ce mot ou je fais un malheur! Ce pot dans la gueule! »

Il y coupe pas, je l'assomme au vase de nuit!

« Grand lâche! embusqué! fumiste! »

Il bondit vers la pendule, il l'attrape, il va se défendre...

« Chiche! qu'il me fait... chiche! »

Je regarde, il la tient en l'air à bout de bras, il est trois heures vingt. Il va me la catapulter. J'attends pas... BROUM! en pleine glace! elle explose! en miettes! Il a rien lui, il ricane.

« Ah! charogne! Je lui saute au quiqui.
— Fumier! Fumier! Tu me payeras tout!
— Ouah! Ouah! » Il beugle, je le serre, il fait le veau!...

« Ouah! Ouah! » Je suis à genoux dessus, je rebondis, il me fait ressort...

« Allez! Allez! hurle charogne! Y a personne! »

Toc! Toc! Toc! on frappe...

« *Please!... Please!* » on appelle... C'est Virginie...

Elle entre, elle est en peignoir.

« Voilà! que je fais... Voilà regardez!... »

J'ai pas autre chose à dire. Il est affreux l'autre dessous. Je l'ai abîmé encore un peu avec mon seul bras, à coups de coude. J'y ai éclaté ses cocards. Ça a saigné, on éponge, y en a plein le tapis.

Virginie descend à l'office, il est quatre heures du matin. Elle va nous faire un peu de café.

Il geint Sosthène, il dégueule, j'y ai trop tapé sur l'estomac. Moi il m'a cogné dans la tête. J'ai un vertige qui finit plus.

Finalement on se couche à la fin. Je demande pardon à Virginie quand elle remonte de la cuisine.

Elle est pas contente.

« *Sleep!...* elle me fait. *Sleep! You are no good!* »

Je veux serrer la main à Sosthène.

Il ronfle déjà, il écrase. Je crois que je l'ai bien vexé. Aucune nouvelle du colonel.

☆

En attendant il revenait pas, voilà ce qu'était sûr... Un jour... deux jours... aucune nouvelle... On parlait plus de lui... C'était tout de même délicat avec Virginie... Elle pouvait être assez inquiète... C'était son oncle son seul parent... même dégueulasse, c'était son soutien malgré tout.

Je regardais un peu le *Mirror* et puis le *Daily Mail*, surtout la rubrique « *Personal* »... Pas le plus petit écho... C'était vraiment extraordinaire. Les domestiques ne savaient rien. Y avait des années il paraît que ça lui était pas arrivé... Il avait déjà eu des fugues... La dernière en 1908... Le maître d'hôtel Shrim se souvenait qu'en 1905 il s'était envolé deux mois absolument de la même façon, sans prévenir ni lui ni personne. Comme ça au flan, *boum!* envolé! On avait jamais su pourquoi, ni ce qu'il avait fait dehors. Il était revenu un beau soir couvert de poux et dégueulasse, son froc en lambeaux. Shrim lui-même l'avait couché. Trois jours de sommeil. Puis il avait repris l'existence comme si rien n'était. Personne y avait posé de questions. C'était peut-être encore le même coup. Il reviendrait peut-être dans deux trois mois, peut-être dans deux trois jours! Peut-être qu'il s'était rengagé! qu'il avait repris du service au *Royal Engeneer Pioneers*? Qu'il allait nous écrire du front? C'était peut-être le vent qui soufflait comme sur les maquereaux à Cascade? Le vent des héros! Il reviendrait merde! quand il voudrait. Il avait pas donné d'ordres. Les fournisseurs livraient tout de même. Ça se réglait par le compte en banque.

Virginie se trouvait un peu mieux. Cependant elle se fatiguait vite. Elle pâlissait pour un rien. Ça l'arrangeait pas la grossesse. Elle souffrait maintenant des reins. Elle qu'était remuante au possible. Une gamine espiègle, bondissante... Ah! j'étais gentil! On est retournés aux petits oiseaux, jouer dans le jardin avec eux... Ils connaissaient bien Virginie, surtout les pinsons, tout curieux leur petit œil, ils venaient becqueter dans sa main. Y a pas plus mignon qu'un oiseau. C'est un petit pompon marrant qui triche pour se faire du volume, il se gonfle dans ses plumes. Un futé. Dans la main c'est rien du tout, c'est un esprit de l'air. *Tuituit!* un petit flocon de vent. Ah! on voudrait être oiseau! Le ciel pur pour existence! Merde c'est pas pareil! Je faisais remarquer à Virginie, bien gentiment, bien entendu... Petite chérie, petite amie... qu'elle était oiseau dans un sens... Et moi alors le sauvage, j'y avais joué un drôle de tour... Même comme ça assise pourtant, il lui passait un petit malaise, elle se fatiguait... Fallait qu'elle s'allonge. J'étais aux petits soins je peux le dire. Je jouais au papa, elle la maman, ça la faisait rire mais pas trop! Il lui venait une petite larme... Je l'embrassais vite... Je pensais à ça : un enfant!... J'en restais baba... Je bougeais plus.

« *It rains dear!* »

Il pleuvait. Fallait rentrer. Elle toussait aussi un petit peu... pourtant elle était solide et bien charpentée comme fillette, musclée, remuante, tout...

Bon, on rentre. Je téléphone deux trois endroits... Je voulais tout de même un peu savoir ce qu'il était devenu ce loustic? Où qu'il pouvait s'être niché? au *Bar Jellicott*? où y avait des *barmaids* spéciales du genre cantinières, qui parlaient cochon aux petits vieux? Ça pouvait lui dire, pistolet. Les birbes de l'armée, son genre, se retrouvaient là bien au poker. Au *Squadron Club*? où on lui adressait ses lettres, où Shrim lui portait sa valise les soirs de théâtre quand il découchait. Ils l'avaient pas vu là non plus. Je me dis : je sais pas ce qui se mijote mais ça doit pas être agréable. Sosthène lui il était fixé. Il se caillait plus le mou. Il voulait plus se remuer pour rien. Il attendait l'accomplissement de la prophétie, que les bourriques viennent nous cueillir. Là tous là en botte. Il le pariait devant les domestiques. C'était entendu.

Virginie elle riait de tout ça, de ses sorties polichinelles, de ses « Oh! là là! » pour des riens... et puis des soupirs qu'il poussait... Quand il parlait un peu vite elle lui faisait tout répéter...

« *Say it again captain!* »

Elle l'avait nommé capitaine. Mais lui voulait apprendre l'anglais, il y tenait mordicus, en plus des *the* et des *thoan*...

« Je vous donnerai tout de suite une leçon si vous remettez tout de suite votre robe! que vous nous dansiez comme l'autre jour! » Qu'il nous refasse le Piccadilly! Et juste lui qu'en voulait plus! du Piccadilly ni de rien! il était plus d'humeur magique, ça l'avait tellement épuisé la transe de Goâ, la bataille, qu'il pouvait même pas prévoir quand ça le reprendrait les effluves. Il s'était déchargé si bas de tout potentiel « Quatrième » pendant la corrida des bourres qu'il se trouvait à plat à présent, et pas pour de rire, sans doute pour plusieurs années. Tout ça bien entendu de ma faute. Que si j'avais joué proprement mon petit rond *tac tac*, que si j'avais pas tout saboté etc. etc. Il me cherchait des noises. C'était que de la mauvaise chicane pour échapper aux conditions... que c'était pas fini les masques... qu'il fallait qu'il retourne aux essais... Il en voulait plus! J'avais fait rater sa chance!... Si j'avais joué des petits bâtons sur Piccadilly... absolument comme convenu... à la cadence *tac tac... tacc tacc...* tout se serait tourné merveilleux... le grand miracle se serait produit... Ça le reprenait les grandeurs. Je répondais rien. C'était futile... de la mauvaise foi voilà tout... J'osais pas penser à l'avenir! Quel pain sur la planche! Je me disais : Tant pis c'est joué, arrivera ce que pourra! en attendant on a le pageot, la dîne et le chauffage... Catastrophe pour catastrophe c'est plus la peine de bouger... La chose magique c'est qu'on se quitte plus, même un instant, Virginie et moi, qu'on se trouve plus jamais séparés, ni dans les bons ni mauvais jours, que ça soye de vrai pour la vie..

Je devenais sérieux dans un sens, enfin pour les sentiments... Tout de même y avait une ardoise, des complications... Le sentiment arrange pas tout... Je réfléchissais avec Sosthène. On se recausait gentiment...

Drrrring! le téléphone...

« Allô! Allô! Qu'est-ce que c'est?
— C'est la cathédrale Saint-Paul... »

Comme ça tel quel...

« Qu'est-ce que vous dites? »

On est surpris...

« Appelez-nous M. Sosthène! On veut lui causer. »

Une voix rêche plutôt.

« M. Sosthène est pas là! »

Ma présence d'esprit.

« Si! Si! il est là. »

On insiste.

« Qui donc vous êtes vous?
— Je suis le bon Dieu. »

Tac! on raccroche... Un farceur.

Qui c'est?

On se demande.

Qui c'est qui peut être au courant?

« Sosthène, je lui fais... T'as causé!... T'as dit des choses aux domestiques! Tu te tiens comme un porc! »

Il me jure sur ma tête. C'est pas une bonne garantie. Ça nous a tout de même déridés, mais j'ai pas envie que ça recommence. Je décroche l'appareil.

Toc! Toc! Toc! maintenant c'est la porte...

Un policeman. Je dis : « Ça y est! » Non.

« Mister Sosthène de Rodiencourt! Miss Virginia O'Collogham! »

Deux cartes il remet, pivote, sort. Deux convocations, la même tous les deux.

« *Will call at Room 912*
Friday 6, 3 p. m.
Scotland Yard 1. »

Je lis d'abord, puis Virginie puis Sosthène.
Je décide :
« Enfants! Faut pas y aller... Je suis sûr que c'est toc. »
Je me gratte pas... J'en fais trembler Virginie de la façon que je lui explique... tellement je suis sûr... que c'est un guet-apens affreux... Elle alors pas du tout craintive, sportive, effrontée au possible... la voilà reprise par une faiblesse, c'est son état... On est obligés de l'allonger, elle claque des dents. Elle me regarde... elle me voit tout trouble... tout autre... c'est un petit malaise... Je lui tapote les mains... elles sont gelées... Je l'embrasse... je l'embrasse... je la vois morte... je la vois plus... je vois plus rien...

Elle reprend son sourire... elle me rend la vie... elle me possède comme un oiseau... je suis dans la cage de son bonheur... elle m'emportera n'importe où... je. veux plus qu'elle s'éloigne... je veux plus la quitter une seconde.. j'oublierai tous mes malheurs, mon bras, ma tête même, le bruit perpétuel dedans, le mal que j'ai de partout, le consul, la convocation, à force de la voir heureuse... Je veux qu'elle soit heureuse tout à fait... Pour le moment c'est compliqué... ça prend pas le chemin. La preuve la convocation... Faut pas y aller, c'est un piège... On est résolus.

Mais si on va pas eux vont venir! Ça arrange rien!
Moralité : faut foutre le camp! à l'escampette! dix quinze jours! Virée! Virée aussi nous autres! Bordée jolie! Il s'était bien barré le colon, si il revenait inopiné ça pourrait pas beaucoup le surprendre qu'on ait pris l'air aussi un peu..

C'était une façon de voir les choses!

« Et puis merde! on a rien à perdre! Allez hop en route! »

Virginie était bien d'accord. La bourse qu'était plate par exemple! Fallait prévoir les petits frais... Une virée à trois ça coûte! Virginie alors qu'a l'idée. Je lui suggère rien. Elle monte au deuxième, au bureau de son oncle. Elle hésite pas une seconde. Elle ouvre deux trois quatre tiroirs... on l'entend qui secoue la commode... elle nous redescend sept livres *fifty*... C'était pas chouia, ça pouvait pas nous mener bien loin... Tout de même quinze jours... deux trois semaines... le temps que les bourres nous croient au diable... à l'étranger... On a pas mal joué le scénario... on a pas donné l'alarme... on s'est comportés naturel absolument, comme le colon... on a annoncé aux larbins... qu'on rentrerait pour le dîner, qu'on allait faire un tour en ville...

C'était peut-être pas très astucieux, ça pouvait peut-être tromper personne. On était pris de court, fallait se décider On devait avoir l'air assez drôle.

Nous voilà dehors.

Ah! gaffe alors! Précautions! Pas se faire revoir dans Tottenham! ni Piccadilly! Fuyez! Fuyez la gueule du loup! Ah! repérés les excentriques!

Je me dis : Vers le populeux on se fera moins remarquer... En avant pour l'East... Poplar!... on saute dans le 116... Et puis c'est toujours plus tentant... le côté Greenwich, le port, les pubs... J'avais des comptes toutefois par là... Ah! mais l'envie est la plus forte... Y a des quartiers qu'on préfère... y avait le *London* aussi, l'Hosto, le long genre bastion framboise et noir où pratiquait Clodovitz, le médecin des amis. C'était effronté d'aller se faire voir encore par là... Tant pis! l'attirance! On saute donc dans l'autobus. Le parcours, les boutiques couleurs, comme ça de l'impériale, brinquebalés, c'est une joie de cahots, tout danse. Elle reprenait confiance Virginie. J'avais emporté sa fourrure. Elle était contente de l'avoir. Je faisais attention. Elle se trouvait mieux au grand air.

J'étais guilleret qu'on s'en aille, qu'on se sauve de cette tôle Willesden... Je faisais des appels aux passants... « Hello! Hello! » de joie subite...

« C'est pas la noce Cascamèche? »

Il comprenait pas Sosthène...

« Salut petit père! on est sauvés! »

Je voyais en rose... J'embrassais ma Virginie dans les petits cahots... aux virages... ça nous chambardait l'un sur l'autre... au grand vent c'est de la griserie... C'est la liberté... Sosthène ça le faisait dormir... la tronche brinquebalée aux sautes... C'est assez long comme parcours de Willesden à l'*Elephant*, une bonne heure... le Strand et puis Cheapside... C'était l'affluence aux voitures... des masses des cohues de tous genres... à la queue leu leu, micmacs, virevoltes, contresens... des embouteillages comme on en a pas vu depuis... Je parle de l'hiver 1916. Fallait voir un peu les artères, les grosses rues de Londres écartelées, disloquées, éclatées par les véhicules. Torrents d'Amérique en victuailles, quincailles, bazar d'armements, canons, fourragères, landaus, trains des équipages, omnibus, les derniers cabs, colonnes en marche, *Tipperary*, locomobiles en pleine rue, pouftouflantes marmites, tout ça les uns sur les autres, pianos mécaniques, pontonniers à la coupe, au joint, l'astuce d'un carrefour à l'autre, l'issue, la chaussée toute branlée, fendante, tout le pavé de bois dans les secousses, bourrant défonçant les bordures à la ruée vers Victoria, le grand embarquement vers les Flandres, le tohu-bohu Continent, le déménagement des Royaumes...

C'était du vrai féerique manège, mille fois plus drôle que les chevaux de bois. Il allait loin notre 116, on en avait pour son pognon... Ah! c'est agréable le trafic, ça console de bien des déboires...

J'étreignais fort ma Virginie, je lui hurlais mes aveux, le vrombrissement de l'autobus m'emportait les mots... la trépidation...

« *You are an angel Virginia!... nice weather soon!... you appear!* Vous êtes un ange Virginie! Vous apparaissez, il fait beau! »

Plus délicate, plus sensible qu'un ange, beaucoup et mille fois! dans l'état où elle se trouvait! Pauvre petite poupée toute fragile! Quelle gentille vaillance!

« Virginie vous êtes un ange! »

Sosthène il savait pas trop si c'était une bonne idée d'avoir quitté Willesden... Il se demandait à présent... des scrupules à chaque cahot... « Si le colonel nous trouve pas? Si la police revient nous voir?... Si les domestiques téléphonent?... au *Club Engeneer*?... » et des si à n'en plus finir!...

Je dis : « Rigole plutôt, il fait beau, voilà le printemps qui s'annonce et les offensives! J'en serai plus! »

Il pleuvait pas depuis deux trois jours, il faisait même un petit soleil de temps en temps. Ça pourrait provoquer des fêtes, des processions de gratitude, un mois de mars qu'est pas trop trempé... À Londres c'est normal que ça fonde, que le printemps amène des déluges.

Il se réjouissait pas Sosthène, il avait pas le cœur en fête, il pensait à Scotland Yard.

« Regarde Sosthène, regarde les soldouilles. » Je lui fais admirer la chaussée, les compagnies sur le pied de guerre, si ça défile vers Victoria, du kaki à n'en plus finir...

« Regarde leurs figures, ils pleurent pas, pourtant ils partent au vilain... ce soir ils seront en ligne! Jeunes et pleins de santé! Sosthène vous êtes qu'un égoïste! Vous pensez qu'à votre bidon! C'est pas bien joli à votre âge! »

Il répondait pas.

« C'est la danse peut-être qui vous manque? »

Je le taquinais.

« Tu vois pas dis qu'on se promène? »

Il cahotait tout abruti.

Le bus râle, fume, hoquette, jute tout le long de Fleet Street, la rue de la Presse, des magazines, les murailles de marbre, à coups de saccades gronde gravit, au sommet pile! bute, s'arrête... *Drrrinng!* Sonnette! Lâchez tout! déboule, saccade, fonce! Gare aux vélos! Pique, cabre, regrimpe! Ludgate Hill! Le grand Dôme là-devant! la géante! l'énorme Saint-Paul! La cathédrale! notre téléphone! On se marre un peu... C'est pas bien avenant comme endroit, mais tout de suite après le petit square c'est le fleuve là tout de suite, New Bridge, l'échappée. En bas sur l'eau le flux des brumes jaunes, rose pâle, qui voguent au soleil.

L'autobus prend le pont, s'engage. Les buées l'enveloppent, l'impériale s'avance en plein ciel. On voit plus rien. C'est trop opaque. Je propose qu'on descende, qu'on regarde un peu du parapet, les bateaux, la rive, le mouvement.

Si Virginie est fatiguée?... Non! Non! elle veut se promener aussi!...

Le quartier est sain dans un sens... ça risque pas de mauvaises rencontres... des genres de Matthew... des curieux... C'est que des boulots par ici... des employés, des hâtifs... ça regarde pas... ça fonce... C'est pas des curieux. On s'accoude... on voit pas grand-chose... les buées voilent tout. On devine les bateaux, on entend leur grosse haleine, on entend leurs clapotis... le courant qui brise contre l'arche... qui tourne au grand trou... fore, creuse, mugit, brasse la mousse, file... *chuuuu.*

Les mouettes nous frôlent, plongent aux remous, planent aux buées, crient, virevolent... Le soleil dégage encore, attrape les deux rives, tout le géant paravent des docks, l'énorme ribambelle des briques, luit dans le jaune, le mauve, flamboie aux vitres, cascade, dégouline aux berges, aux gadoues, repasse au courant, scintille, parsème à mille feux...

Ah! C'est la féerie pure et simple! Personne pourra dire le contraire! Je lui demande son avis à Sosthène. Il voulait pas discuter. Il trouvait trop froid le parapet, et il me trouvait bien énervé, il grelottait lui, le nez tout mauve. Virginie tremblotait aussi... Ah! moi ça m'anime les grands fleuves! Ça m'emporte l'imagination... Je me connais plus de voir l'eau couler...

Tout de même j'avais froid aussi merde!

« Un grog! que je propose... Un grog! »

Je connaissais un petit saloon dans Blackfriars, tout près, deux pas.

« Tu veux me démolir l'estomac? »

La tête de cochon.

On remonte Fenchurch!..., je retrouve mon pub, je le vois encore, en face juste la « Belle Sauvage », la petite courette au panonceau. On voit la « Belle Sauvage » à poil et roulée, dansante avec des bouquets de plumes partout, au cul, sur la tête, aux nichons... Une peinture d'époque. Un peu comme le colonel dans ses excentricités de masques... Ça me redonne des réflexions. Comment ça s'annonce notre avenir?... Y a de la perspective!... Où qu'il peut bien glander ce sale piaf à l'heure que je pense?... quelle manigance?... Pourquoi il est pas rentré? Je pense à tout ça!... Son intention?... Et le téléphone? Et le mot du Yard?... C'était peut-être lui le provocant?... À quoi ça rimait finalement?... un vilain travail... Je me turlupinais d'hypothèses... je pouvais pas les dire tout haut... inquiéter la petite encore... et puis c'était trop délicat, son parent, son oncle... qu'était bien sûr un infect... un vieux à passion... un sale être... Elle pouvait pas dire le contraire, n'est-ce pas mignon fragile trésor. Je l'embrassais encore un petit peu... Je l'embrassais de plus en plus... Ça se fait pas dans les *public bars*. Enfin je demeurais bien perplexe. C'était bien des problèmes pour moi en plus de mes nerfs abîmés, et de mes soucis personnels avec le consulat et autres... Ah! merde alors c'en était trop! J'embrasse encore Virginie... Ah! ça

611

s'arrangeait pas du tout! Tribulations dans tous les sens. Et elle ma pauvre merveille en cloque! ma fée! ma tendresse! Moi le père! Joli père! Pardon! Sosthène il me laissait morfondre dans mes pensées du mauvais sort, lui il se trouvait très bien dans le pub! Il se déversait du thé au rhum, un petit carafon après l'autre... lui pourtant pas ivrogne du tout... il prenait goût aux liqueurs... depuis les terribles émotions.

« Je croyais que t'aimais pas l'alcool!
— Tu me fais de la peine voilà tout! »

Il lui vient une larme à l'œil. Il l'avait facile. C'est moi qui lui faisais du chagrin... Oh! ce culot!... lui le sans-cœur!

Une comédie.

« Tu vas boire tout? que je lui demande, les sept livres *fifty*? »

Il s'indigne. On sort.

On se retrouve sur le trottoir.

L'idée me passe.

« Tiens, Prospero Jim! Voilà celui qu'on devrait revoir! »

Bigoudi qu'en avait reparlé l'autre jour sur le banc devant le *Leicester*... Il avait remonté une autre tôle d'après Bigoudi... de l'autre côté de la Tamise... avec le pognon de l'assurance... un « saloon » pour les ouvriers, le casse-croûte dockers, rien qu'une cantine par exemple... plus du tout une auberge complète... Ça avait été très bien biché le truc de la bombe avec l'assurance... ils avaient pas remboursé tout, seulement un petit peu... Pourtant il était fort causeur, enjôleur le Prospero Jim, et des relations utiles partout, dans tous les docks, les ateliers, dans tous les équipages ou presque, au cabotage comme au long cours, et à la douane un petit caïd! Ah! si il voulait s'occuper! Il pouvait drôlement nous sortir. Ça me redonnait un coup d'espoir cette subite idée.

« Si il avait un petit moyen, par exemple dis donc pour l'Irlande. Tout à fait discret, secret, tout? Quelque chose à fond de cale pour nous trois? Ça vous plairait pas Virginie? »

Bien sûr ça lui disait tout de suite! C'était une idée vagabonde. Elle demandait pas mieux. Ça lui faisait pas peur l'aventure. À Sosthène non plus. Mais comment on allait s'y prendre? Par où on allait commencer? avec quel pognon? quels papiers? Il s'emmerdait sur des riens.

Sitôt dit... En route! Bordel sang! À la poursuite de ce Prospero! à la trace de cet acrobate! Tout le pont à retraverser! D'abord ça pouvait se trouver que par là... après l'usine élévatrice, passé Blackfriars et le Dépôt, le bassin à sec, tout de suite après les réservoirs, où la berge devient plus haute, où commencent les petites rues à coudes, toute la ribambelle des cottages, les mille et mille portes à marteau, les géraniums à perte de vue, tout le fatras des impasses en brique, Holborn Commons, Jelly Gates, gris labyrinthes bourrés de marmaille, que ça vous fonce dans toutes les jambes, remue-ménage, bricoles, cerceaux, casseroles, tintamarre, faufile partout, piaille à cloche-pied, nique, cabriole, *boum!* saute-mouton! filles, garçons, culbutes! *pflouf!* au ruisseau! ça vous emporte de brusquerie! vous éclabousse de joie si vive! le soleil vous attrape partout, vous brûle le cœur de plaisir, des murs gluants, des ruelles magiques, filles retroussées, blondinettes fauves, butors d'étoupe! à grands ramponneaux de jeunesse, délire! délire! gambades pour l'éternité! Mourir ainsi tout emporté de jeunesse, de joie, de marmaille! tout le bonheur! le bouquet de joie d'Angleterre! si frais, si pimpant, divin! pâquerettes et roses moustillantes! Ah! je m'exalte! Ah! je m'enivre! J'oublie mon propos! Je me perds! Prospero! Prospero! Ta cantine! Nous te trouverons! Serais-tu caché sous les berges, ramassé au fond d'un égout, avec les rats, la contrebande! Tu n'échapperas plus! Vite aux questions! Ce passant... cet autre... cette maison... tout le quartier... S'il vous plaît? Personne ne sait! Voici le *Dingby*... les décombres... Tels quels encore... boue, cendre, poutres. Enfin nous trouvons un bavard... trois boutiques plus loin... *Grocer* épicier... il veut tout de même bien se souvenir qu'il a peut-être entendu dire que Prospero était revenu sur la berge en face... encore une autre traversée!... une baraque en planches soi-disant... *The Moor and Cheese* ça s'appelait... « Le Maure et le Fromage »... Nous voilà repartis... Trooley Street... le bac rapide... Nous y voilà... Jamaïca le grand avant-dock... vingt mètres à droite on tombe dessus... C'est un vrai hangar comme taille, immense, vilain, noir, affreux, une énorme baraque, au bout du halage, juste en face de l'eau... C'est bien écrit dessus « *Moor and Cheese, Prospero proprietor* »... Y a pas d'erreur c'est bien ici. Je pousse la lourde. Y a pas de surprise. Il nous a vu venir Il devait gafer de son comptoir.

« Bonjour ça va ? » Pas de détails...

« Alors que je fais, t'es rétabli ?

— Oh ! qu'il répond, comme ci comme ça... »

Sur la prudence.

J'insiste pas.

« Voilà Sosthène, que je lui présente, un vrai ami ! et voici Miss O'Collogham... Tu peux nous servir un peu de chaud ? C'est la glacière ta rivière !... »

Il faisait du zef aussi chez lui, c'était pas bouché, du nord par toutes les cloisons. Juste un hangar rafistolé. Dans le milieu, un énorme coffre bois noir, le comptoir dessus. Des lampes à pétrole sur les tables. Du caillebotis par terre, tout entièrement, comme un bateau. Ça pouvait contenir bien du monde, de quoi asseoir un régiment.

« Dis donc t'es plus vaste qu'au *Dingby* ! Tu t'es agrandi par le fait ! Tu dois drôlement t'amuser ? »

Je me montre aimable.

« Oh ! ça va ça vient ! il admet... On refuse pas le client.. Mais des fois n'est-ce pas y a des bombes !... »

Je me dis : Il fonce !

Je croyais qu'il voulait dire Boro... non, c'était la bombe au zeppelin qu'était tombée sur Cable Street... l'avant-veille au soir... Un zeppelin à petite hauteur... Il passait tout doucement sur Londres... en pleine lueur des phares... C'est le dock Sainte-Catherine qu'il visait... C'était bien décrit sur le *Mirror*...

« Dis donc tu peux t'assurer ! »

Une remarque comme ça sans malice.

Il prend ça de travers.

« C'est contre le crime qu'il faudrait ! Personne assure contre le crime !

— Tu dis ça pour moi, Prosper ?

— Oh ! C'est pour tout le monde... »

Y avait du souvenir.

J'insiste pas, je glisse, je veux pas de pataquès !

On est venus pour autre chose. C'était vacant sa cantine. Deux trois clients dans un bout... Le coup de feu c'était plus tard, il m'explique tout de même, quand tout le trèpe remontait des docks, les débardeurs, toute la main-d'œuvre, au grand entracte quatre heures du soir... Alors ça se comblait tout d'un coup. Au moment c'était le plein boulot, ça trimait, bardait dans les cales, boumait maximum de guerre, les équipes les unes sur les autres! dans tous les sens à pleines bennes, aux grues, aux accostes, à coups de sifflet, à jets fusants, à la grouille, pivotent, pullulent, rampent, coulent aux soutes, hordes de rats, farfouillent, épaulent, crochent aux camelotes, tribordent, basculent, vertiges palans, déboulinent, arriment aux tenders, souquent là-dessus, paré! Servi fort! La locomotive piaule, emporte... Deux trois cargos à débarder sur deux trois rangs et deux trois autres à chaque reflux, deux trois équipes de trente-cinq en six huit heures, c'est du manège, c'est le grand tintouin!... ça fume de jour et de nuit!... Cadence *furious* c'est le mot! Pas un pouce mou! à crève-bonhomme! pas un poil sec de Catherine Dock à London Pier. Personne à glander! que de l'arrache! le trèpe gâté deux pence l'heure. On voyait le quai de chez Prospero, du vasistas on gafait tout, le mouvement, les treuils.

« Ça roupille pas dis sur ton wharf! Tu peux dire que t'as de l'affluence... ça doit te ramener des drôles de soifs!... Tu vas t'acheter un pub comme ça!... je lui montre large comme la Tamise... quand ça sera fini!... »

Jamais j'avais tant vu de bonshommes à bahuter tant de camelotes, caissons, barils, ferrailles, farines, ça caravane de tous les bords, ça déboulline aux gouffres des soutes, choque au ballast, rattrape au treuil, assassins! lui broie atroce! lui casse toutes ses dents! la chaîne pète! vire! tout déboulline! *Brraanng!* le rafiot hoque! sa grosse panse tonne! *Boum!* le coup vache y défonce le creux, toute la carcasse... la tôle y tremble...

Ça vous intéresse peut-être pas... je vous fais mes excuses... Je vous disais donc que je tâtais Prospero...

« Ça rallège! regarde de partout! T'as vu là?... Brisbane? Australie? »

C'était exact sous ses fenêtres le bateau là juste, on voyait le nom : *Brisbane Australie.* Un cargo de laine et frigo. Il soupire, il répond vague.

« Oh! z'est zentil l'Australie! Y a des autruzes! y a des moutons! N'est ce pas mademoiselle?... »

Il zozotait.
Encore soupir...

« Y a des zens qui viennent de partout... Y a des zens qui reviennent zamais... »

Le genre charade.

« Alors! que je fais, il m'agace, toi tu connais rien? »

Je vais au but.

« Rien quoi?
— Le voyage merde! Foutre le camp! »

C'était dit net.

« T'es désert?
— Non! Non! Mais non! réformé!
— T'es mouillé?
— Comme ci comme ça... mais pas pire... »

Il aurait su de toutes les manières.

« Et le vieux et elle? tu les embarques?
— Pas ce que tu penses... »

Je sais ce qu'il pense...

« Où que tu veux partir?...
— Où y a pas de Matthew...
— Tu l'aimes pas?
— Non...
— Moi non plus... »

Au moins quelque chose qu'on a ensemble.

« T'as un passeport? le vioque? la môme?
— Ça peut se trouver...
— Et la môme elle a pas de parents? »

Il me gafait hurluberlu...

« Où que tu vas bonhomme? »

C'est vrai c'était décidé vite, mais y avait pas le temps de se gratter... Il était bath!

« Alors? que je demande.
— Alors t'es tombé sur la tête! »

Ça c'était exact.

« Tu te lances! tu fonces! tu t'en fous! Tu sais pas que c'est la guerre, fêlé? qu'on vadrouille pas ainsi dans le monde? à son bon plaisir! que c'est défendu partout? T'as pas entendu? »

Ah! Je savais! c'était banal! Il se défilait voilà tout.

« Mes compliments mademoiselle! félicitations! Un explorateur! Vous allez voir du pays! Passepartout! le Roi du voyage! »

Il me mettait en boîte, c'était sa façon, crosser devant les dames, cabotin toujours, la vieille habitude...

Je me fâche pas... C'est pas le moment... Je veux le faire causer.

« Ça va, t'aimes pas rendre service !...
— Rendre service moi ? »

Il sursaute. Un paon d'amour-propre...

« Ah ! là dis pardon ! Prosper, apprenez godelureau, a rendu plus de grands services que vous avez de moustache ! Éminentissimes ! Seulement que vous venez le faire foutre avec la marotte ! que z'est oune envie de pizzer ! Départ ! Départ ! oune épilepsie ! *El signor* embarque des mineures ! et puis des grands-pères ! et puis quoi ? »

Je l'agaçais au possible. Il en zézayait de colère.

« Tu voudrais que je t'applaudisse ? »

Il faisait l'andouille.

« Mais non ! Mais non ! Tu sais très bien ! Je te demande un bateau ! pas la lune !... dis par exemple pour l'Australie !... ça existe des bateaux comme ça ?... non ?... C'est si tellement extraordinaire ?

— Voyage ! Voyage ! mais nom de Dieu ! et la pépète ! Tu voyages à l'œil à présent ? »

Ah ! un point ! Là il me la coupe ! J'avais oublié ! L'étourdi ! Complètement sorti de la tête ! Ça manquait ! Exact ! Enfin juste les sept livres *fifty* ! celles que la petite avait piquées ! Ça pesait pas pour l'Australie !...

« Ferdinand ! tou es magnifique ! magnifique ! Triomphe ! *Signor Escampetta ! Clandestina ! nulle peso ! uno mondo !* »

Il en toussait de rire... jouait du cil... de la pupille... applaudissait...

« Inouï !... Inouï !... La bonne amie ! La connaissance ! Le client ! Tout ! hop là ! *Signor ! Pougadinos ! Signor Pougadinos !* »

Il voyait Sosthène comme miché. Il se trompait pas mal...

« Mademoiselle *çou bambino* il a la Fourgniuole ! Fourgniuole ! »

Il se dévissait la tête comme ça...

« Malade mon petit ! Malade ! »

Il me donnait pas le change, ça me bluffait pas ses grimaces... Il disait rien en attendant...

« Sers-nous toujours un petit bouillon si t'as pas de jus

prêt. T'es pas là que pour nous engueuler? Et le pot-au-feu t'en fais plus? »

Je connaissais les goûts de sa cuisine... le casse-croûte client, le bouillon croque au sel, *pickles*, gras double. Y avait de tout dans son arrière-tôle de l'autre côté de la courette. On a été voir sa tambouille, sa charcuterie, sandwiches, *hot-dogs*, l'*irish stew* à la mijote... On a fait tous nos compliments, et sincères, et l'eau à la bouche. On a goûté avec honneur. Fumier mais pas chien Prospero, toute latitude aux amis. C'était habituel à l'époque, largesse, table ouverte. Pot entamé, pot fini. La table aux hommes et mort aux vaches! De la noblesse dans un sens. Jamais de questions. Je serais mort vingt-cinq fois sur le tas de clape et cloche, hors les maquereaux de la Saint-Jean, la poigne à pic! C'est bien la justice que je leur rends à trente ans et mèche de distance, du geste large. J'aurais bu la tasse et lurette, je ferais pas l'écrivain aujourd'hui, sentimental, si je les avais pas trouvés là, cordiaux et tout. Ça serait dommage. Je me serais fait prendre par le brouillard, toussé la suite. C'est à leur crochet que j'ai tenu des passes et des passes. C'était au petit bonheur à la table en ce temps-là, on regardait pas à une assiette, au *Leicester* par exemple, c'était du service perpétuel, du matin au soir. Pas de chichis pour quinze vingt couverts de plus ou moins... Toujours des bonshommes qu'arrivaient, sur les midi, à la franquette, on ne sait d'où, frimands les crocs longs comme ça... des cousins de filles, de la relation, un vague hareng, un rescapé, un book, un cave, la manucure, et puis même la nuit à souper, un amuseur, le marchand de bas, le client de la sœur, deux trois gueules saoules qui s'endormaient à même la nappe, et les tapins entre deux passes, à la sauvette, au saucisson, le coup du pouce. Du haut Soho à Tilbury, de l'Albert Gate au *Leicester*, dans tous les garnos du milieu ça chômait jamais la tambouille. Si ça défilait les gigots, les poulardes, les jambons Chester! Jamais un chichi pour la clape. Tout ce qu'il y a de meilleure qualité! Faut voir aussi ce climat! de la torture comme appétit, des fringales à bouffer du chien. Les femmes des heures comme ça dehors, à circuler dans le gel de brume, elles rentraient pâles, blêmes, mortes de faim. Fallait de la cuisine. Nous rien qu'à promener dans l'humide on avait déjà du vertige. Il a très bien compris

Prosper, on a fait fête à ses saucisses et puis aux rillettes en moutarde.

La gaieté revenait. Virginie avait plus de malaise. On reste un petit peu comme ça, on cause donc de choses et d'autres, on regarde un peu le panorama, ça découvre, on voit pas mal, par la baie, la cage à mouches, les docks en face, l'écluse, le pont, la montée... Après tout de suite les décombres de son ancien pub, le *Dingby*, celui qu'avait fait explosion. Il restait plus que des bouts de poutres, des gravats, des saloperies. Ils avaient rien enlevé encore. C'était sombré comme un bateau, écroulé dans la boue, la flotte. Elle a bien trois ou quatre cents mètres la Tamise à cet endroit-là. Une beauté d'étendue! Je me sens en train de vous raconter encore une fois, encore un coup, ce fastueux spectacle des eaux, à la perspective du trafic, les paquebots, les cargos qui peinent, crachinent, poumonent à la remonte, au juste des rives, à précaution des balises, à friser les bouées, coquets monstres, tout pavoisés, cernés d'envols, mouettes et courlis filant l'âme, mouillant ci, là, pétales du ciel au clapotis. Et toute la marmaille batelière, tout le fretin manœuvrier, doris, bachots, canots majors, bouchons de marine, à souquer, border, frivoler, tourmentés d'un remous à l'autre, claque au cul, foncer à l'amarre, à l'écluse, tout avirons, à sautiller, polker, pirouette! mouille et tourbillon, piafs d'écume! Ondes à vif! Vous pressentez à mon récit que ce n'est point frêle sortilège mais redoutable charme nautique... N'allez point croire, ce serait vil, que je veux vous ensorceler, vous éberluer pour la culbute... vous mijoter le traître vertige... vous cligner... bobiche aux Abysses... vous voir déjà voguer aux Sables... là-bas défiler, tout gonflés, jetées Southend... au point de l'aube... où la mer déferle à rouleaux... à longs monts verts... mugit, houle, pâme... emporte tout!

Ô bien trop poignants souvenirs! grandeurs, misères, charges du large! Dundee Goélettes! Côtres à l'embrun! Morts les alizés! Mort le charme! Évaporée cavalerie mousse! hauts flots grondants à recouvert! Adieu Cardiffs gras et de poisse, pelles à charbon bourrant l'écume! Adieu focs fous et brigantines! Adieu vogues libres et de vent!... Bramons à la mer! Ratatine! grotesque embarras! perclus chien de mots! À la niche! en chambre! tout est bien ainsi!

Chacun sa canaille! Bramons aux volets! au quai Semblant d'Île, au bistrot perdu, où la flotte accoste, au radoub sans hommes, aux vannes rouillées, aux sémaphores borgnes, aux mâts abattus! C'est fini la course! Morts les embarras! Morts les capitaines! Baisons nos livrets! Inscrits revenants! Monsieur le Préfet maritime votre serviteur! Mouette emporte au ciel ces âmes qui rôdent! Nuages effacez!...

Ah! je me perds! Ah! je déprave! Ah! je palpulte aux souvenirs! Narcisse aux penchants! louche vache! touche! touche! débite du cœur! Silence exploitant!

Retournons au fil! au quartier des cartes, pages réservées...

Je vous le disais, pas très bien d'accord, le torchon brûlait avec Prospero...

Il me trouvait énergumène avec mes projets, ma lubie d'embarquement tel quel! en famille! sans fafs! sans bulle! et la mineure! ce cadeau!

« Ah! dis! t'es au crime! »

Voilà ce qu'il trouvait.

« Tu te rends pas compte un tout petit peu? »

C'est vrai que je manquais pas de vaillance.

« Alors tu vois rien? »

Tant pis! Tant pis! J'insistais. Finalement il convenait tout de même...

« Tiens si t'avais trente quarante livres... je te dirais, va voir le Soccer... Jovil... au Cannon... il a des fois un petit transbord... mais pas avec tes quinze thunes! le doche et le bébé! sa pomme! Tu vas mal! T'embarques pas la grand-mère? »

Je me fâche pas. Je vais pas discuter. On devait émigrer tous ensemble. C'était convenu ainsi, voilà... Promis juré entendu. Sosthène il opinait à fond. Ça l'arrangeait absolument qu'on foute le camp le plus loin possible.

Il tenait pas à revoir le colon... ni l'atelier... ni les masques... Seulement il était pas d'accord pour la sauvette en voleurs... Il voulait qu'on repasse par le Yard... corrects polis jusqu'au bout... qu'on se rende à la convocation. Une vraie idée de cave. J'y mâche pas alors mon avis, que c'était de sa part une honte. Quand je l'engueulais violemment, il faisait tout con, il clignait de l'œil...

620

« Tu vois pas clair ma nénette ! »

C'est vrai qu'il avait de la mite... Le jour lui faisait mal c'est certain... Il a voulu remanger du gras, une autre portion, une assiette avec du chou...

Virginie de toute la virée, c'est elle qui s'amusait le mieux. Elle avait repris presque bonne mine, elle riait bien de nos quiproquos.

« *Ferdinand is awful darling! He wants a boat for a penny!* »

Je voulais un bateau pour deux sous ! un équipage de Golliwoags ! Voilà ce qui l'avait frappée !

Vvvvvooooiii ! À ce moment-là ! Sirènes aux docks ! La pause ! Trois heures trente ! La soupe ! Encore dix douze vingt qui déchirent les deux rives... ça hurle ! la soupe ! Les voilà tout de suite ! la foule ! ça fonce ! ça poulope... les jeunes devant... les vieux groument... clochent... ça tousse... ça glave... c'est la ruée... Chinois d'abord... et puis Malais... ils passent la porte, ils vont s'asseoir... dockers english à chapeaux melon... les nonchalants... tout charbonneux... les torses poilus... les gros tatoués qui remontent des houilles, crachent au grand vent... Premiers assis premiers gâtés... L'énorme marmite ! Trois hommes l'épaulent au bâton, la hissent au comptoir. Morceaux du fond tout gras moelleux ! À la farfouille ! Tout de suite ça lape ça glouglloute à travers le grand local, ça se rince la gueule à la soupe, ça suffoque de faim. Les jeunes ils hurlent qu'ils en reveulent... les vieux ils grognent dans leur toux, mauvais, chiqueurs de jurons...

« *Damned Prospero! Rascal! Dog! Men eater! Thief!* »

Il voulait pas ramener le rata : « Voleur ! mangeur d'hommes ! chien ! salop ! » Tout ça pour trois pence *a penny*, avec le thé et le grand confort. Il leur en fallait pas beaucoup. Un rien les mettait en bataille, pas seulement l'appétit féroce, les préséances au rabiot, mais tous les motifs et rien. Le moindre rayon de soleil, la moindre éclaircie leur faisait des effets tragiques, les tournait à ressort criminels. Comme ils se voyaient mal d'habitude au fond des brouillards du charbon, ils se découvraient d'un seul coup... ils se trouvaient au jour cru atroces, gueules horribles... Ils se le hurlaient entre quat' z'yeux...

« *Oh! yé! Look at your face! Golly! what a mess you got!* »

Ils se trouvaient trop dégueulasses. Ils se supportaient plus au soleil . C'était tout de suite des gnions, du sang...

« *Men eater! Men eater! cash!* La monnaie! la note! goulu! » Le sifflet qui repart de tous les bords! Sirènes! Rappel! Tout le monde aux soutes! La trombe! Ça refonce! Rallye aux treuils! *Boum!* Dans la lourde tout s'étrangle! La cohue cède, filtre, broye entre les battants! Les plus tocs, les plus vioques croulent... roulent, gîtent au bas du ballast... rampent à la lisse... dégueulent la soupe... Ça pardonne pas aux échelons! Le Bosco gafe... le dernier qui croche :

« *Shilling!* Bascule! Foutez-moi le camp! cul mou! Rayé des contrôles! »

C'est pas de la risette comme carrière. Il faisait la réflexion Sosthène.

« Je tolérerais jamais! Je pourrais pas moi être docker! Je pourrais pas moi être bousculé! »

Pourtant les flics un peu la veille, ils l'avaient traité encore pire. C'était juste de la prétention.

Prosper rarrive de la cuisine.

« Alors za va? régalés?
— Combien?
— *One and six!* »

Il me montre le garçon :

« Pour lui! »

De nous il accepte rien. Il s'assoit, on cause. Le garçon s'en va. Y a plus personne dans le local. Moi tout de suite je reparle du *Dingby*, des circonstances du *badaboum!* du fameux soir! du sinistre! Comment que ça avait éclaté? Je rappelais les détails. Il s'était pas gratté le Boro! Envoyé ça *toc!* Comment qu'on avait tous couru! Ah! cette sauvette! et la Carmen! ces hurlements! le lingue au cul! Il riait mais jaune le Prosper. Il aimait pas ma plaisanterie.

« Ça s'est pas arrangé bien? »

Je voulais parler de l'assurance.

« Mais si! Mais si! Mais ta gueule!... »

Je faisais l'âne exprès... je quittais plus... toute la rigolade... les circonstances... la charge dans les streets... Ah! je l'amusais pas!... À la poêle! ah! il causerait un peu ma vache!... Où qu'ils étaient planqués les hommes? Encore des questions... Jim Tickett le book?... qu'était blessé si je me souviens... et Beau Jérôme l'Accordéon?... et Cosaquele-Mince? où qu'ils étaient tous envolés? « Ah! ces piafs mon Jules! Ah! dis la poudre au galop! Ils courraient pas plus vite là-bas, trois cent mille fritz à la raie! Je te dis! Vérité! La guerre Prospero! La guerre! »

Je prenais ma supériorité! Je voulais le foutre à bout! Il m'avait refusé les tubards, j'y ferais pisser le sang! Sosthène il ouvrait la gueule. Il comprenait rien. J'y avais pourtant raconté l'affaire du *Dingby*, l'explosion, la bombe... des fois et des fois!... Mais il m'avait pas cru du tout. Il m'avait pris pour un hâbleur!... Maintenant il en restait baba que c'était absolument juste. Si il avait connu Claben, Delphine, les cigarettes maudites, la catastrophe dans la boutique, là alors il se serait trouvé con, là il aurait vu un petit peu ce que c'était qu'un vrai maléfice, un envoûtement effroyable, un vrai drame du tonnerre de Dieu! autre chose que des grimaces Goâ, des contorsions brahamas indoutes. C'était pas si loin de nous Greenwich, c'était pas à deux kilomètres en descendant la rivière. Je dis *river* à l'anglaise! comme y en a d'autres qui se you you tent!... C'est de meilleur ton... Je vous dis vous!... Tout se termine donc dans les flammes, tu, toi, vous, un jour ou l'autre, ça finit cendre ou queue de poisson, à tu à toi, à il et nous... lors les maléfices nous emportent, dans l'eau, dans les trous ou le feu... Tout ça est écrit!

Je lui expliquais à Prosper. Sosthène m'écoutait aussi. Je leur racontais tous les deux la façon des sortilèges. Un patatras!... un pataquès! et tout s'envole! Y a que ça qui compte! Le moindre prétexte! *Baoum!*... Tout saute! La foudre! Les cieux sont chargés! Le maléfice joue! J'avais vu sauter Prosper! J'avais vu sauter Claben! C'était pas fini! Y en aurait d'autres! Aucune fatigue! Ça sautait bien dans les Flandres! et mille et mille fois plus sec! et le jour et la nuit! Alors voilà tout! Sa tôle à Prosper le *Dingby* elle était partie dans les airs avec le comptoir, tous les murs! pour une petite grenade, un œuf! Tout le torchis s'était envolé...

« Ah! dis tu parles d'un comique! Tu t'es pas racheté la vaisselle? »

Je voyais pas de piano.

« T'as pas revu le Borokom?

— Oh! je le cherche pas celui-là! »

Ça le regardait après tout... Il y avait fait sauter sa tôle! En somme il voulait pas causer.

« Alors! que je conclus... On s'en va? Tu nous laisses partir?

— Comme tu veux... »

Pourtant il était au courant... Au moins deux hommes du *Leicester* qu'avaient voyagé grâce à lui... et en clandestin... le Victor avant qu'il s'engage qui me l'avait dit certifié... sur un cargo grec... c'était son blot les cargos grecs... les voiliers aussi... La Plata... ça dépendait des saisons... Mais avec nous il voulait pas... il était buté! Il en faisait même à crédit des départs pour l'Amérique, j'étais renseigné, il avançait les 35 livres, on lui renvoyait la somme une fois démerdé, avec sa fleur, 150 guignes... Jamais une seule fois marron, toujours remboursé recta... C'est dire qu'il connaissait son monde. Mais nous on l'intéressait pas. Une manie à lui voilà tout. On lui faisait mauvaise impression...

« Alors vraiment tu connais rien? »

Je rebiffais, je voulais qu'il me renseigne, là oui ou merde! bien finalement...

« Comme ça tous les trois?

— Bien sûr!

— Tels quels sans pognon? sans passe? Vous êtes folle Ferdine!

— Dis que t'as les jetons!

— T'es tombé? »

Il me montrait ma tête

« Tu te rends pas compte? un tout petit peu?

— Mais non!... Mais non!... T'es un garçonnet voilà! T'as peur des gendarmes! »

Ah! les gendarmes!..

« Moi peur des gendarmes? »

Quelle insulte!

« Petit lard crâneur! héros de la guerre de mes couilles! Zou vous dis! zou vous dis! »

Il zozotait... Il se tenait plus...

« Kss! Kss! Kss!...

— Vous passerez pas Tilboury! pas Tilboury! Ze vous annonce! Ils fouillent partout! Moi zou vous dis! partout! la cale! le tillac! les canotes! tou nézapperas pas! la bouzzole! les ziots! tu me comprends? Les rats ils passent la visite! »

J'y tenais quand même. Ça m'était égal ses raisons.
« Faut qu'on parte je te dis! faut qu'on parte! faut que tu nous adresses!...
— Ah! alors là! Tou! tou guignole! »
Il regarde le cadran.
« Nom de Diou! Nom de Diou! La patrouille! Cinq heures! la patrouille! »
Il sursaute... Une diversion.
« Tou sais pas qu'il faut que je close! Allez tous foutez-moi le camp!
— Ah! dis donc t'es pas poli! T'insultes à présent les demoiselles! En voilà un genre!
— Merde! Merde! Merde! » il répond. En rage, à bout!
« Tant pis que je fais... »
On se rassoit.
Mais Virginie me faisait des signes. Elle aimait pas les disputes. Sosthène il savait pas trop... moi je restais vissé... Je prenais ça tranquille.
« On partira pas! ridéra! on partira pas....Tu nous diras où qu'il se trouve le joli bateau! tirelo! Où qu'ils embarquent tes bonshommes! bonshommes! me! me! me! »
Comme ça bien buse! bien bouché!
« Merde! voilà ce que je dis! Merde! tou me comprends morveux! galvaudeux! pisse au lit...
— On s'en ira pas quand même! même! même! même! »
Je tressaute sur mon cul, je m'amuse, je tamponne le banc, je bougerai pas!... Je m'applaudis moi-même! Kss! Kss! que j'y fais...
« Elle nous bouffera pas ta patrouille! »
Il voyait le défi.
Il mesure. Il nous regarde et puis la flotte là-bas loin à travers les vitres... qui coule... la large Tamise... il nous regarde chacun notre tour... une défiance... il se demande si il bouge. Il regarde par terre!... et puis mes poignes... il est félin je me méfie.
Je me touche les poches... je me tapote... je fais celui qui se fouille... je fais semblant...
« Gare la bombe! » que je cric...
La blague!
Il sursaute arrière... il est fou!
« Fer... Fer... Ferdinand! » qu'il ergote...

Les châsses comme ça... il reste fixe... il étrangle... Je lui montre mes poignes... vides...

« Sisite nave... »

Tout le monde rigole. Je le rassure... Il fait l'effort..

« Foutez le camp!... »

Il se rassoit, il a plus de jambes! La crise alors! l'imbécile! La cliche qu'il a eue! de rien!

« Allez! que je fais, on te débarrasse! mais dis-nous le bateau... on carre!... »

C'est accommodant...

Si il dit rien je recommence, je trouverai un autre truc, je l'empoisonnerai à zéro!...

« Fais pas la mule! un bateau! t'en connais assez merde! arrive! »

Il se gratte! Il hoche!

« Allez! Vas-y! Te touche pas!... Cause! Il est cinq heures.

— Dehors! Dehors! Salopiauds! »

Il nous fout encore à la porte.

« Non! Non! Prosper! Sois pas méchant! J'en jette une vraie! Ça te sert à rien! »

Je fais semblant encore de me refouiller.

Il se connaît plus.

« Dehors! Dehors!

— File-nous un blase! on déhotte!... on te revoit jamais! Là ça va? »

Il cafouille... il renifle... il sait plus...

« Mais vous avez pas un fifre! Où que vous allez?

— Amérique!

— Comme ça?

— Tel quel! »

Rien nous arrête.

« Jujube est pas parti tel quel? Et Lulu Puce? et Ville-mombe? Alors dites pas que c'est impossible! Monsieur Prospero! Vous êtes parfaitement à la page! Vous voulez pas seulement rien dire! Signor Prospero! Vous vous cachotez! »

Je lui parle comme Matthew, je le cuisine. Il sait plus. Il se lève... il se rassoit... il bafouille des trucs... il se cramponne... il se redresse un coup! hagard! il pète alors... une loufe énorme... ça répercute... ça fait l'écho... il reste con... ahuri... sur le banc... il nous regarde tous... fixe...

626

Je suis gêné devant Virginie... le sale cochon...
Sosthène il pouffe. Quelle fantaisie!
Je le ferai parler le dégueulasse!
Il se tasse sur le banc, il bouge plus. C'est un obstiné.
« Taillez! qu'il ronchonne... Taillez! merde!
— On taille pas! cause! »
Je reste là.
Il bouge un peu comme ça assis, des petits coups de cul vers son comptoir. Je veux pas qu'il bouge.
« Bouge pas Prosper! »
Un centimètre! J'y file le siphon dans la gueule.
Bon! il remue plus.
« Alors?
— Alors voilà! tu l'as voulu! Vous viendrez pas pleurer ensuite! »
Il se décide suant.
« Non, on pleure pas nous... on t'écoute!
— Alors c'est Jovil... Cannon Dock... Dites-y de ma part... Cannon Dock...
— T'es sûr? tranquille? Jovil? Cannon? »
Je voulais pas de bide!
« T'occupe pas... Tu viens de chez Prosper... Braille pas à la douane... Passe molo... Il prend peut-être encore...
— Prend pour où?
— La Plata!
— Gi!
— Comme ça tous les trois?
— Vas-y voir! »
Je veux qu'il nous montre par la fenêtre... qu'on retrouve dehors.
« Les mâts qui dépassent! oh! l'emmerdement! »
Je le tannais.
« Là-bas sur Millwall.. les mâts... »
C'était Cannon Dock..
« Qui dépassent... »
J'avais des bons yeux!
« Tu demanderas Jovil! Prosper! Il saura tout de suite.
— Alors dis donc c'est un voilier?
— Tu veux pas le *Lusitania*?
— Qu'est-ce qu'on fera dessus?
— La manille! »

627

Je voulais des détails.

« Comment il s'appelle ton bateau ?
— *Kong Hamsün!*...
— Jovil le Skip... *Kong Hamsün*... »
Je me répétais.

« Dis si on se fait jeter ?
— Tu verras !
— C'est toi qui nous reverras mon loup ! »
Je lâchais pas.

« Ah ! que tu m'emmerdes ! »
Je l'écœurais.

« Bon ! Bon ! Te froisse pas ! On court ! »
Je fais passer la petite devant... Je sors tout doucement en oblique. Je claque la lourde, on est dehors !

« Oust ! Cannon Dock ! »

Faut trouver le canot d'abord, celui qui traverse à l'écluse... on tombe à pic ! *teuf ! teuf ! teuf !*... De l'autre côté, aborde ! On court cinq minutes... au trot !...

Virginie souffle un petit peu... Sosthène il peine des gnions de l'autre jour !... Il maudit tout... il cavale crabe... le cul de travers... les bosses, les bleus, les croûtes partout... l'affreuse volée Piccadilly ! Il râle... Il grogne !...

« Retourne ! que je fais... va te reposer !...
— Les voilà fils ! dis ! les voilà !... »

C'est vrai ! je voyais pas !... On est dessous !

Ah ! je veux ! Ah ! les superbes ! Quelles étraves ! Quels flancs ! Quel prestige ! Ah ! les admirables navires ! Ils sont à quai là deux trois quatre, bien sages, géants, bord à bord !

Ils tiennent presque toute la nappe, tout Cannon Dock de foc en proue, d'amples carrures, à vergues planantes, de ciel en poupe, d'un bord à l'autre, à profiler, tremblantes au miroir du bassin, d'immenses ramures, beauprés lancés, flèches d'aventure, à raser les toits, loin par-dessus les hangars.

Nous passons au long, faufilons d'une amarre à l'autre...

À l'ombre de proue tout incline, fouit en laideur, ratatine, rien ne supporte, racornit, rat d'eau, rat d'homme, rien ne rivale, piteux étonne, faille, disparaît, raton.

L'admirable envol des étraves ! Pitié pour nous !

Nous rôdons encore un peu à toucher les filins, les

ancres, pendeloques, breloques à géant, tampons colosses, dentelles d'algues, vertes, bleues, rouges, à bout de chaîne, parure d'abysses, dieux de terreur, perruques.

On a été lire les noms, en or jaune et rouge aux écus... *Le Draggar*, le *Norodosky*... Ah! le *Kong Hamsün*!... Ah! je l'admire d'emblée. J'extase! Quel meuble! Je le touche! L'ampleur, la force de ce gros flanc! Râpeux! Brun crasse! Bois et sel! Mousses d'embrun! le flanc s'élève... s'élève encore... exaltant! Courons en proue! Quel défi! la proue! Quelle majesté! Creusée au motif! L'énorme barbu couronné domine l'étrave! Cuirassé! Tout! Glaive au poing! Il ordonne, commande! aux flots! C'est lui! le *Kong Hamsün*! frisé! bouclé! barbu! yeux verts! repeint tout frais! Navire superbe prêt à l'élan! Larguez! Larguez! Pas encore? Quelle multitude! Quel labeur! Plein les passerelles! à tous échelons! grimpent, déboulinent! cent... mille suants... Ça se précipite grouille de partout... L'afflux docker... à surcharger postes et coursives... à colporter barils et fûts! cotons, énormes bobines, par trois, par six... bonder les soutes... whisky brandy pour les tropiques... fil de fer pour les antipodes... J'accroche un quinteux sur une borne... Il me regarde vague... Je le secoue...

« Jovil? Jovil le Skip?...

— Jovil? il me fait. *There!* » Il me montre. Il crache. Le rembard de bordée au-dessus de nous... L'homme là qui se penche... la casquette... la gueule toute rouge... le trou qui hurle... c'est lui! Il me montre encore! C'est bien lui! Il râle, il fume au moment même après la grue... que ça grince... que ça décaroche... C'est lui Jovil Skip cette fureur!

« *There! There!* » Le vieux insiste! C'est lui!

Il hurle si fort ce Skip furieux que ça rebondit en écho au fond des hangars... et tout le bassin répercute, tout le Cannon Dock en tremblote! comme il rugit après les hommes... C'est un fauve en rage! Y en a pour tout le monde des insultes! Le Grand Diable! La Terre! le Boxon! le ciel! les chiens!... Ça chie affreux!

Ça voltige pourtant aux abords, ça roupille pas, ça pivote, hausse dans les pavois, à toute ficelle, la camelote cascade de partout, ça bourlingue du tillac en poupe, oh hisse! par-ci! virclo! là! des cataractes de colis qui s'engouffrent aux soutes! Les wagonnets au ras du quai qui s'écrabouillent! de folle hâte! ferraille! bouzille! Encore des manœuvres qui rassemblent, de tous les côtés il en sort, des jaunes, des noirs, des livides, en redingote, à poil, tout nus, à l'embauche, en parapluie, en chapeau de paille, à l'embraye du *one and six*, à la châtaigne, aux échelons! au plus dur qui croche, de toutes les ruelles ça rallège, c'est les clients à Prosper qui se portent au boulot.

Le plus tragique c'est les filins qui retiennent le navire par les bouts, gros comme il est, énorme en panse, il est léger, il s'envolerait, c'est un oiseau, malgré les myrions de camelotes dans son ventre en bois, comble à en crever, le vent qui lui chante dans les hunes l'emporterait par la ramure, même ainsi tout sec, sans toile, il partirait, si les hommes s'acharnaient pas, le retenaient pas par cent mille cordes, souquées à rougir, il sortirait tout nu des docks, par les hauteurs, il irait se promener dans les nuages, il s'élèverait au plus haut du ciel, vive harpe aux océans d'azur, ça serait comme ça le coup d'essor, ça serait l'esprit du voyage, tout indécent, y aurait plus qu'à fermer les yeux, on serait emporté pour longtemps, on serait parti dans les espaces de la magie du sans-souci, passager des rêves du monde!

C'est les filins, c'est les câbles qui le ligotent, le retiennent de partout, qui gênent à quai tout le trafic, qui font que tout le monde se casse la gueule et que Jovil le Skip hurle si fort. On largue qu'au dernier instant, il prend le vent, s'en va tout doux... C'est pas autre chose les miracles!

Ah! je suis heureux que près des bateaux, c'est ma nature, j'en veux pas d'autre.

Je le hurlais tout net à Sosthène, je faisais concurrence au Skip. Je voulais qu'il partage l'enthousiasme. Ça me prend l'enthousiasme, les sautes, au moment que je m'attends le moins, je me surprends, je m'entends déconner. J'en oubliais notre affaire... qu'on était venus pour le départ...

C'est pas résistible comme ivresse, l'odeur d'abord, l'odeur du chanvre et du calfat.

« Appelle-le voyons! »

Il me secouait. Je voyais plus très bien, sous le charme, le lieu, la situation... l'embarquement pour la berlue! Je retrouvais plus mon bon sens, le peu disponible. Je restais là miraux contre la coque, j'y aurais bien embrassé le bordage, tout son gros sabord puant, son coaltar, ses drisses, ses poulies qui crissent, tout son sanfrusquin, sa colosse marmite sur la braise, j'y aurais bu la soupe entière, la tambouille aux rats et le babil dansant clapotis, farandole autour de la coque, accourant vaguelettes, de tous les coins du bassin, après son gros bide bourru, j'y aurais bu aussi! Oh! le gros amour! J'aimais trop sa chanson siffleuse, brises prises aux fibres du haut, aux pointes de plus en plus frêles, aiguilles au gréement, dentelles, de vergue en vergue, à jaillir d'audace, d'azur en azur!...

C'est trop! L'âme file...

Mais Sosthène me rappelle aux choses.

« Ohé vas-y! »

Il m'arrache au charme.

Je beugle à mon tour :

« Jovil! Jovil Skip! »

J'interpelle.

« *Is it you man?*

— *Yea my dear! yea! oua! oua!* »

C'est une réponse comme on rote!

Il se penche du bordage, il plonge tellement que sa tête est là, sa tronche nous arrive en plein.

« *Yea!* »

Il a plus que trois dents dans sa gueule.

Il force encore pour mieux nous voir... il étire son cou d'autruche...

« Jovil? Jovil? »

Je répète.

« *Yea! Yea!* »

C'est tout ce qu'il sait dire. Un autre qui se montre au bordage, une autre bouille rouge juste au-dessus de nous... Mais il l'ouvre pas celui-là... c'est le nôtre qu'a l'autorité... Ils crachent à présent tous les deux... tout autour de nous... des molards énormes... Je m'écarte... c'est la grande rigolade que j'évite le jet. Ils se charabiatent en étranger. Ça leur vient de la glotte comme parler, ça leur remonte en petits hoquets et puis ça chantonne et puis ça leur repasse dans le nez. C'est du suédois d'après Sosthène, de temps en temps ils parlent par bulles, c'est le côté poisson du langage... ça ressemble à l'anglais mais pas si vif, si fringant, plutôt canard que canari...

Roar! Roar! deux coups! Ils rotent ensemble... C'est la réflexion...

« *What you want?* » il demande enfin.

Je lui fais signe qu'on veut embarquer... qu'on veut partir tous les trois... *One! Two! Three!*

Ça le fait repartir en rigolade, et tout le monde autour, l'équipage. Ils s'en foutent des rampponneaux à casser un bœuf de fou rire!

« *Come on!* »

Je les amuse trop! Je trébuche, je bûche, c'est encombré. C'est le tohu-bohu, le grand casse-patte, rien que pour approcher de l'échelle. Je faille basculer quinze vingt fois sous les cataractes de poutrelles, que ça plane, valse par tous les bouts, balance, palanque, hallucine, de flèches en radeaux! beauprés hors, énormes hamacs à camelote, caisses dans les airs, joujoux prodiges, bazar voltige, pianos à queue pour les tropiques, tout le bataclan crisse, vire aux soutes, titube, débouline, bute aux cales. *Boum!* Je me faufile entre les insultes. J'arrive au Jovil.

Je suis là, il s'occupe plus de moi. Il escalade un tonneau, campé là-dessus il domine. Il tonne des ordres, rugit aux mâts, aux cabestans, il vocifère jusqu'aux nuages après les matelots qui ohissent, tendent à plis, suspens aux ficelles, voguent au vide, à poulie, frôlent, poignent au vol, toile embardée! Cargue au soleil!

« O Riss... Oyé!... O Riss! Oyé... O Drisse!... »

La toile flaque! claque! drapeaute! la brise mord! À dix ou douze crochent la vergue, souquent sus, briment d'un fameux han! Le grand Catoès cède, pivote d'aile... bord! l'autre! rabat! Soulagé! croule en vrac au pont, floche... énorme crêpe!... grognent foncent affreux... rumeur féroce... toute la bordée saute en dessus... jette à plat ventre, roule, presse à jute au commandement « Kiop! Kiop! Kiop! Kiop! » Jovil de son tonneau scande « Kiop! Kiop! » Ils sont trente cinquante acharnés à tortiller la dure étoffe... mater les géants replis, pétrir, boudiner...

« O yé! O yé! » un furieux coup! Ils en râlent tous sur le « Kiop! Kiop! » pour qu'elle ratatine, tende pire encore... qu'elle se prenne en moule monstre cigarette... comme ça éclatante sur le pont... blanche... Ah! C'est fait!... Ah! c'est du solide! Jovil il est fier de sa gueule! Il se serre les deux poignes sur la tête, comme ça en champion vainqueur!

« *Come on!* il m'appelle... *Come on!... What you want?* »

Qu'est-ce que je veux?

Il repense à moi.

« *Go to La Plata!* »

Je me gratte pas. J'annonce la couleur. Je voudrais qu'on embarque sans délai, Sosthène, Virginie et moi-même. Pas une petite minute à perdre. Je veux lui expliquer ça de très près. Je me hausse sur la pointe des pieds. Il se baisse, il fait un effort. Je veux lui parler à l'oreille. On se comprend pas très bien à cause du boucan tout autour, et puis de l'anglais qu'on bafouille, surtout lui, je peux dire sans me vanter... il est impossible à comprendre, il hoque à chaque mot, renifle, glave, recommence tout... On en sort plus... Il ôte sa pipe.

De près comme ça tout contre sa tronche, il est encore bien plus vilain, il lui manque toutes les dents du haut, c'est ça qui le fait le plus bafouiller. Deux cicatrices sur la joue gauche, en croix, une croix de vache. Sa manche qui pend c'est un bras de bois, fini en crochet, bout métal. Je lui fais voir ma main moi aussi, comme elle me pend inerte, qu'on est attigés tous les deux. Lui c'est pas la guerre, c'est une vergue, il m'explique, il me mime, que ça lui a écrasé le bras juste au-dessus du coude. Ça nous rapproche ce détail. On peut causer mieux. Il me fait comprendre comme il est fort avec son crochet... qu'il peut soulever n'importe quoi... que je devrais m'en faire poser un... tout à fait semblable... que ça vaudrait mieux qu'un bras mou... que je devrais bien me le faire couper... que ça me serait beaucoup plus commode... Pour me prouver net il se penche, il croche... une balle de bien deux cent vingt livres... il te l'enlève *pluff!* une plume en l'air! Je suis esbrouffé. Quel Hercule! On en échange des bonnes paroles... Je m'émerveille. Je félicite... Mais je voudrais qu'il me dise un petit peu ce qu'il pense de la combinaison... Si il nous prendrait pas extra?...

« Prospero! je susurre... Prospero! »

Ma référence... je lui montre là-bas la cantine... de l'autre côté du fleuve...

« *Prospero he says we can... go... with you!... America!* »

Je lui fais signe, loin! loin! plus loin! toujours! Oh! là là! ça le remet dans l'hilarité ces quelques mots bien naturels. Sosthène il s'énerve du coup...

« Voyage! Voyage!» Il gesticule, il veut m'aider... il crie fausset.

« Croisière maritime!... Long cours!... »

Et puis le bateau sur la mer... les bruits des vagues... des *chuuoit! chuuoit!*... il imite... il roule... il tangue... il lui montre comment c'est le voyage... qu'il comprenne bien nos intentions... « Voyache!... Voyache!... » Il a compris! l'autre fraise! la gapette!... Ça les exalte tous les deux! « Voyache! Voyache! » Ils en braient de rire... Pourquoi?... Juste idiots. Ils me montrent la cale là en bas....à contre-pont... toute vaste ouverte... l'énorme creux... « Voyache!... Voyache!... » Ils se bourrent les côtes de se marrer, telllement qu'on est drôles! Juste il remonte un nuage de farine des grandes profondeurs... un ouragan!... Tout éternue!...

« Voyache! Voyache! » Les brutes aboyent, gloussent, trépignent. C'est une gigue d'esclaffes. Le Jovil surtout qu'en éclate... De l'accès il chante, il bée... bée... Il nous trouve cocasses à crever avec notre marotte « Voyache! »

« *There! There!...* » Il nous montre encore... la soute si profonde. Il danse un coup sur le tonneau, il se tient plus de rigolade. Il fait des claquettes en geignant... il souffre... un peu il éclate... Il appelle tout le monde pour nous voir! les colibris, les fantastiques! Il peut plus tout seul! Il hurle partout, des hauts, des fonds, que ça rallège! qu'on se magne à sa botte! Ça charrie, ça traîne, ça grognasse et puis ça déboule... des câbles, des coursives, ça rafflue, calfats, grouillots, mousses, coolies...

Des filins, des manches, ça chute, culbute, masse aux pieds du gueuleur... le boucan stoppe, le grand vacarme menuisier, l'orage des fonds de coque... maillotins trocards... On s'entendait plus...

Il en dégringole encore d'autres, des Noirs, des Jaunes, des velus, de tous les espars il en pend, par grappes aux misaines, des singes. Du quai par paquets... ô hisse! Du jus par glouglous! ça surnage, croche aux radeaux, hausse au pont, les radoubs calfats... agrippe aux clins, rampe s'amuser, attroupe autour de cette grosse vache... comme il jargonne sur son tonneau, qu'il se fout bien de notre gueule! De la façon qu'il nous imite grotesques en train de quémander, c'est la colique... une pamoison... Ils culbutent les uns sur les autres tellement ils se titubent de pouffer.. C'est trop fort! C'est trop spirituel!... Là le rouquin maigre qu'arrive sur nous... il vacille... il tangue... il suffoque... il se tient les côtes... il dérape... vogue! la flaque l'emporte!.. dingue le sale con! au ras du fût... *Vringg!*... la gueule en miettes... il saigne partout... rougit tout l'huile... Ah! c'est trop drôle! Faut rire aussi... Il a pas fini le gros arsouille... C'est encore de la facétie... Comment qu'on veut faire l'Amérique nous les intrépides! braver la mer et les flots pour deux shillings *fifty*! Il leur fait remarquer notre astuce... Ils brament, ils rebondissent sur leur cul de folle rigolade. Ah! ils s'amusent à nos dépens. Ils m'interpellent, miaulent... aboyent... si on veut descendre dans la soute avec la mignonne?... des imitations... L'autre il pétule sur son baril, un vrai triomphe, il gesticule, il se déploie, il agite son crochet de moignon juste au-dessus de nos têtes à grands moulinets. Je crois que c'est pour nous pendre tous les trois... qu'ils en ont assez de nous voir... *Toc!* Il s'arrête pile. Il chantonne... Il attend la décision. C'est eux les marins les tassés... les accroupis qui décident... le bord qui dit oui ou non... Ils grognent, ils roulent, tanguent sur leur cul... C'est pas décidé. Je comprends que c'est pas pour nous pendre, c'est pour nous emmener ou bien pas... ça crache, ça ronchonne, ça veut rien...

Il se fâche alors le gorille, il saute du baril, il remonte, il les traite atroce tous les noms! Il me croche par la poigne, il m'entraîne, il veut me causer seul à seul...

C'est tout à fait à l'arrière, on fonce après la roue du gouvernail dans cette petite guitoune. Il tient toute la place... il la comble avec son gros corps lui tout seul. Il referme la lourde sur nous deux. Je suis écrasé contre la cloison... Il m'aboye comme ça dans la gueule.

« *Money? Money? How much?* »

Il veut vraiment savoir au juste combien que je dispose. Je veux pas mentir.

« *No money!* »

Mais j'ai de la ressource, un répondant, faut pas l'oublier.

« Prospero! Prospero! *Money!* »
C'est très exact. Il a promis.
Il remue la tête. Il me croit pas.
« *Papers? Papers? You got papers?* »
Ah! les papiers! Certes on en a! de toutes les sortes, les provenances! des petits, des gros, mais pas juste ceux qu'il nous faudrait!... C'est toujours comme ça!... Les vrais passeports, les vrais visas... ça se joujoute pas l'« Émigration »... des bourres c'est les pires rebutants... les tatillons de fafs! surtout nous avec la fifille... Ma petite Virginie si mineure... le pur clandestin... Ah! l'ardu problème!
« *Papers! Papers!*... Ah! »
Je le bonnissais petit peu... je tâchais d'y faire apprécier la délicate situation... qu'on se marierait le plus tôt possible... tout de suite qu'on aura débarqué... que c'était entendu conclu... je veux provoquer la sympathie...
« *Yop! Yop! Yop!* il me rebute, *no females! Body! no females on board!* Pas de femelles à bord! » Il est cru le sagouin! Il me poignarde... Je vais pas laisser ma Virginie! Ah! non par exemple! Il jouit de ma détresse!
Vloaf! Vloaf! qu'il me fait en plein dans le nez... un gros bruit de palais... énorme glouglou... comme ça le poisson... il se fout du monde...
Vloaf! Vloaf!
Ça veut dire que je dois rire aussi. J'ai pas envie...
« *No passport?* » Il se bidonne, il clame, il brame. « *Passport!*... *Vloaf! Vloaf!*... »
Il me gafe tout près... à me toucher avec son gros blase. Il roule des calots. Il me trouve phénomène avec mon voyage en famille.
« *No? No? No money? Impossible!*
— Impossible pourquoi? »
J'insiste merde!
« *Women no! Old gaga no!*... Pas de femme, pas de gaga. »
C'est des conditions bien cruelles. *Vloaf! Vloaf!* Je trouve.
Mais de moi par exemple il veut bien!
« *You!*... Vous...! » Il m'accepte. Il m'enrôle!
« *With other guys! Hop! Crew! Crew!* »
Il veut dire le bord. Je suis gâté. Il en trépide sur la petite

636

table une fringante claquette... il sifflote... ravi... absolument enchanté... mais il cogne la tête dans le couvercle... la petite tôle sursaute, c'est trop bas pour lui... il se vousse en deux, il gigue quand même... *Tig dig pam!*... Je vois qu'il enrôle dans la joie. Il est content, il me possède... il me voit déjà dans la mâture... en train d'amener les misaines... recrue tordue!... C'est mieux que rien... n'importe quoi... il m'embauche. Mais pas de Virginie! pas de Sosthène! Ah! il est formel! Ah! je l'avais sur le cœur. Je lui montre encore une fois mon bras de tout près là sous son nez, avec les cicatrices et tout, qu'il se fasse pas d'illusions, une loque, un moignon pire que lui, sans crochet, débile total.

Tant pis! Tant pis! Ça faisait rien! J'avais qu'à venir! mais tout seul! Il me prenait tel quel! À La Plata d'Amérique, il me ferait poser un crochet. C'était juré entendu! Il me promettait du bon temps.

« *The war!* il me beuglait! *The war!* » en me tripotant ma cicatrice! Comme ça tout debout l'un contre l'autre! La guerre. « *The war! Vloaf! Vloaf!* »

Il me faisait un mal atroce. Je pouvais pas me sortir tout coincé. J'hurlais encore plus fort que lui. Ça l'amusait de plus en plus. Il me pétrissait passionnément. J'en râlais à mort. Il trépignait un petit fou de me voir convulser. J'allais lui mordre la bajoue, tant pis pour sa force! Il veut me refaire le coup éclair. *Pflof!* Il me fout en bas de la petite table... *Pzinc!* Il me raccroche au bénouze! *Ptof!* il m'hisse *toc!* pieds joints là sec!... Je suis éberlué! Je le félicite. Je m'enthousiasme. Je l'embrasse...

« Ça va? que je fais... Ça va bien? »

Je voudrais que ça finisse. Y avait une paye qu'on s'expliquait dans la petite cambuse. Dehors ils devaient se demander un peu ce qu'on tâtait. Il réfléchissait je voyais bien. Il me rotait en pleine figure.

Il songe encore.

« *You are no cook?* Ça lui monte d'un coup. Êtes-vous cuisinier? *All frenchmen are cooks!* Tous les Français sont cuisiniers! »

L'idée lumineuse.

« Oh! *yes!* Oh! *yes!* » que je réponds...

Qu'est-ce que je risque?

« *Good! Ah! Good! fine!* »

Il me fout une tape à me démembrer. Ça devait pas être des œufs mousseline la cuisine du bord, j'y arriverais toujours. Ah! ça m'arrangeait énormément.

« Voyache! Voyache! il réitère...

— Tu parles Henri! Je t'adore!

— Yop! Yop! *Certainly!* » Hourra pour moi-même! n'importe quoi pour la filoche... On se trouvait au mieux! Je me ferais souris sur l'*Hamsün*!... C'était la chance entre mille! Je m'en occuperais moi de l'Amérique une fois transbordé... À moi les *new chances* et les ressources! Ici c'était plus la peine! Y avait trop de méchancetés dans l'air... On trouvait plus le pour du contre... Fallait foutre le camp. Un point, marre. Les voiles! c'était le cas de le dire! Ça se présentait admirable! Ah! J'allais pas hésiter!

« Allez hop là! Gi! *Goddam! Cherry!* ô *Frenchy!*

— *I'll be there! Skip! I'll be there!* »

Promis! craché! on se serre les poignes! Un fier matelot! Je serai là *eight fifteen*! Huit et quart! Départ! C'est juré! *o'clock* et tout! *Hurray!* Vie nouvelle! Maintenant c'est pas tout! Mademoiselle, le vioque, voltige! Au diable les crampons! Rigodon! merde pour le vieux! merde pour la petite! Ils iront se baiser! La vie nouvelle! On liquide! Du nerf! c'est réglé!

J'embarque tout seul! Enrôlé foutre! Je m'embarrasse pas! Suçons en l'air! Pas de compromis! Ils me portaient la poisse tous les deux! Dache les colis! Je comprends mon destin! Salut! Je suis plus victime de mon bon cœur!... Vive l'avenir!... L'effrénée jeunesse! Au revoir! Je file! À ce soir!

Je bondissais... Il me raccroche. Je fonçais m'acheter une chemise. Il me retient par mon moignon... Il me montre tout le monde rassemblé, accroupi là, tout l'équipage, tous les dockers là en cercle autour du tonneau qu'attendent la parole... Des tronches encore qui émergent des cales, des coursives... les voltigeurs dans la mâture... tout le monde qu'attend la décision...

Il beugle alors vers les grands hauts, que tout le bord entende la nouvelle.

« *Froggy on his way! Froggy on the lift.* Grenouille prend le départ! Ooh! Ooh! »

638

Des hourras, des vivats monstres des tréfonds à la pointe des mâts, que le rafiot en secoue loin la nappe, que ça fait des vagues plein le bassin, des rides jusqu'au fleuve.

« Grenouille au rôle navigant ! »

On s'égorge de rire qu'on me trouve drôle, des flèches en plein ciel au ras de flotte, deux qui se foutent à l'eau de convulsions. On a jamais vu si cocasse que ma poire au rôle ! Du noir au jaune, du brun au vert c'est à qui s'esclaffera le plus. Tout le bord pour ma fiole. Ça me gêne pas beaucoup. Y a des circonstances plus affreuses. Ils me font même un petit peu sourire. Ils pensent peut-être m'embarrasser... Ah ! Pardon ! Ah ! Pommes ! Ah ! rire ! Ah ! je veux aussi ! Rira bien qui rira le dernier ! Risette ! Risette ! Pelures ! Fats ! Vous avez rien vu ! Malheureux forçats des tempêtes ! Je vous ferai bâfrer, manger ma cuisine ! Vous m'en direz des nouvelles ! Je vois des rats qui vont vous gâter à la sauce chalote ! Le gaspard boulette ! Attendez mes fils ! J'ai du bon tabac ! Voilà ce que je pensais intérieur, l'effet qu'ils me faisaient ces enflures ! Qu'on se retrouve ! *Booaa!* que je leur beugle... la vache !... mon imitation comme ça à leurs gueules. « Voyous ! Froggy vous emmerde ! et tous ! » C'était pas semblant. Tranquille ! on se retrouvera ce soir ! Y avait de la promesse. Sarcassiers de mes couilles ! Du sport me voici ! Qui qui se prenaient fétides pignoufs ! Le Skip ses durs j'en chiais aussi ! Voilà ce que je pensais !... C'était pas les premiers tatoués que je rencontrais dans la vie ! Ils auraient une petite surprise tout jeune qu'ils me voyaient ! Pas puceau d'un cil ! Ah ! Elle me grimpait la moutarde ! Ça m'éternue un moment ! Oh ! là ! les arsouilles ! Je voudrais les voir dans les barrages ! Qui c'est qu'aurait la colique ? *Boah ! Boah !* je leur beugle encore. À la revoyure ! cafouilleux ! C'est pas eux qu'allaient me bluffer ! Terreurs de pipi ! Je voulais voir ! J'irais parfaitement ! À moi l'Amérique ! La Plata zaussi ! Oui ! La poisse resterait par ici ! C'est pas une botte de petits taquins !...

« Je vous dresserai ! que je leur crie ! Je vous ferai pirouetter dans les airs, tellement qu'elle sera vif ma cuisine ! » Le piment de la Classe ! Je leur montre le braquemart... « Vous en sauterez dans la lune ! La gueule vous emportera goéland ! Salut prétentieux ! »

Là-dessus je me brise. Le Skip il gargouille à mourir... Il

m'a pas vu en colère. C'est encore plus drôle que tout. J'aime pas les défis...

« À ce soir! voyous! Salut! »

Maintenant c'est autre chose! le plus délicat... que je sème la môme et le vieux toc... que je trouve les mots qui expliquent... les raisons sérieuses... mon dévouement... les grands espoirs... les raisons majeures... que moi d'abord matelot... eux après ensuite... plus tard eux... plus tard...

Ils m'attendaient au bas de l'échelle. Ils faisaient des allées et retours... depuis deux heures qu'ils m'attendaient... Ils avaient eu bien du mal avec les matelots. Deux hommes ivres des plus insolents voulaient embrasser Virginie. Il avait fallu qu'ils se sauvent sous les quolibets... Ils s'étaient fait hurler maudire par toutes les mâtures, cracher jaune et vert gros comme ça, des chiques énormes... Ils s'étaient enfuis finalement, ramassés au fond d'un hangar. Ils sortaient juste. Virginie toute bouleversée... ma mignonne!... ma tendre... ma toute belle!... L'ignominie de ces monstres! Elle devenait bien délicate, forcément dans son état, fragile et sensible! Je l'ai consolée comme j'ai pu.

« *Dear! They don't know! Drunken dogs!* Ils sont ivres! Des chiens! »

C'était vrai et non. Les hommes ont pas besoin d'être saouls pour ravager ciel et terre. Ils ont le carnage dans les fibres! C'est la merveille qu'ils subsistent depuis les temps qu'ils essayent de se réduire à rien. Ils pensent qu'au néant, méchants clients, graines à crime! Ils voient rouge partout. Faut pas insister ça serait la fin des poèmes.

Sosthène ça l'attristait un peu ce parti pris à notre égard. Cette haine de l'équipage qui nous glaviotait tant et plus, sans provocation aucune.

« C'est le parti pris des gens de mer! je lui explique tout de suite, le préjugé! Et ça serait rien dab! ça serait rien! si ils voulaient de toi au long cours! mais zébi! ils te saquent! »

Je lui casse le morceau.

« Plus l'âge!
— Ah! plus l'âge! »

Merde! ça le foudroye.

« Y en a dis là-dedans des tordus qu'ont trois fois dis! quatre fois mon âge! »

Il en était sûr.

« La petite non plus ils en veulent pas...
— Et toi alors ?
— Moi ça va... enfin comme extra... aux cuisines.
— Oui ! Tu te barres quoi ! Tu nous chois !... »

C'était bien la chose.

Ça le fait un petit peu changer de mine, il était déjà pas brillant.

« Il s'en va ! » qu'il me montre à la petite.

Ils me regardent... ils croient pas tout de suite... ils regardent le bateau là-bas... les peintres après au calfat..

« Il s'en va... »

Ça les déconfit. Ils avaient pas imaginé...

« T'as raison écoute... t'as raison... c'est un beau navire... Et nous Miss qu'est-ce qu'on va faire ? »

C'était la question.

Elle regardait ailleurs Virginie... au loin là-bas vers l'autre côté... l'autre rive... comme ça tout absente... Pas un mot elle avait dit... pas une petite réflexion... elle se retourne vers moi... mignonne figure pas fâchée... et même un gentil sourire... je la vois encore dans la buée mauve... comme ça toute pâlotte nous regardant... le vent soufflait dans ses mèches... le vent engouffrait pas sautes... il barbouillait tout... le brin de soleil... la buée... la pluie... la fumée mauve... elle en avait sur le bout du nez... petit nez mutin... nez de chat... Ah ! je revois tout ça bien précis... là sur le quai même... tout contre le navire... le petit sourire... je le verrai encore je crois de l'autre côté... sur l'autre bord du bout des choses... c'est la magie même... elle me reprochait rien... prête encore à rire de tout... mais tout de même fatiguée pâlotte... c'était son état forcément...

Je prends sur moi.

« Allez hop en route ! »

Je pensais à quelque chose de chaud.

« Voilà ce qu'il vous faut tous les deux ! Vous tenez plus en l'air ! Du brûlant pour messieurs-mesdames ! Un grog ! Ils sont verts ! »

Je les prends par le bras, je les entraîne. Endiablé mézigue ! Boute-en-train ! Je voulais faire passer le pénible... Leur expliquer affectueusement que si je partais comme ça tout seul à La Plata d'Amérique, c'était que je préparais l'avenir, que ça serait pas long à bicher... que je les ferais venir immédiatement... enfin tout parfait idéal... que c'était tout de même plus adroit que de débarquer trois paumés cloches.. émigrants la crève... à capital trois livres *fifty*!...

Ils répondaient rien.

On allait bras dessus bras dessous, par les impasses entre les docks. Ils étaient pas bien d'accord... Je voyais ça à leur figure... Ils se taisaient bien gentiment, mais y avait de la peine. Je les consolais pas du tout... Pourtant c'était raisonnable, que si on débarquait ensemble comme ça d'un seul coup on ferait pas long feu... que c'était l'absolue folie... Ils discutaient pas... Ils faisaient oui... oui... mais je voyais à leur figure... ils pensaient non... non...

C'était douloureux forcément. Je voulais tout de même qu'ils se rendent compte...

Elle a fini par pleurer, à force que je parle comme ci comme ça... ma pauvre douce petite... c'était trop cruel à comprendre... surtout dans les conditions... rester seule avec son parent dans la grande maison Willesden... avec les masques, les histoires, et puis les lubies martinet... et l'autre encore le Sosthène qu'était venu là-dessus... avec ses dadas magiques... et tout ça en cloque... C'était bien sûr pas régalant! mais tout de même fallait réagir...

« Allons! C'est pas une catastrophe! »

Je réagissais.

Mais supposant que ça tourne pas bien... qu'il m'arrive des vannes imprévues... que je soye un échec... que je plonge... qu'on me revoye jamais?... C'est pas tout de dire l'Amérique! Ils me foutaient le mouron avec comme ça leur petit air que je me décide à mon idée... Je réfléchissais forcément.

On cherchait le chemin... les bouts de rues pour sortir des docks... C'est bric et broc... des labyrinthes... des vraies falaises en hauteur... tout en brique, des fentes, des crevasses... On faufile... Au fond c'est tout ombres... des kilomètres en zigzag... rien que des briques, des entrepôts... tous les docks West jusqu'à Eastham... Y a de quoi méditer... C'est impressionnant comme dédale... J'essayais qu'ils parlent un petit peu... Ils faisaient des oui oui et c'est tout. Ils étaient d'accord... Ils me reprochaient rien... pas un mot... Dans ces impasses comme ça si creuses, si prises dans les murs, le jour arrive entre les buées... il voltige entre le mauve et le bleu... c'est un jour qu'est doux et tentant... il porte à se plaindre on peut le dire... à s'écouter tristement... Je pouvais me plaindre aussi après tout... je pouvais me trouver dans le chagrin... j'avais des raisons douloureuses... Je disais rien, voilà tout... j'étais discret... mais je pouvais me plaindre... De plus j'avais mal à la jambe... autant que le vieux schnock... et bien du mal à bagotter... et puis la tête et l'oreille que je souffrais toujours... Je me mets à boiter pour qu'ils remarquent... ils remarquent rien... des égoïstes... Je le dis tout haut... J'essaye qu'ils me répondent... On tourne sur nous d'une rue à l'autre... Je le dis encore et plus fort... J'ai du mérite tout compte fait de m'en aller comme ça tout seul !

Ils répondent rien...

Pourtant bien exact... matelot à la secousse, au péril horrible ! à la mer furieuse !... Héros une fois de plus ! tout bonnement... Ah ! je m'énervais de leurs piètres gueules... je les trouvais écœurants, ingrats... qu'ils se rendaient pas compte un petit peu comment que je risquais... que je me dévouais pour tout le monde... d'aller faire le clown dans les vergues... avec ma névrite, ma patte folle... mon guizot traînard... ma tête vertidigineuse... que je prenais des risques énormes... tout ça par vaillante gentillesse... Mais puisque c'était pas la peine... que rien touchait leur cœur de marbre... j'avais plus (de) raison d'exister... je me ferais enlever par la tornade... je me foutrais à l'eau voilà tout... je serais emporté par la tempête...

« Vous aurez des remords ! »

C'était dit.

Ils étaient pas quand même émus... Ils allaient comme ça tout piteux d'un trottoir à l'autre... Merde ! Ils me faisaient chier à force !...

De la tête de lard pure et simple !...

Ils pouvaient crever après tout ! boudeurs distingués ! Ils me crispaient les nerfs ! Je pouvais plus les voir ! Égoïstes ! En boule ils me foutaient ! Planqués, mignons, vernis en somme, ils couraient pas les grands dangers ! Ils l'avaient belle eux qu'à m'attendre !... Moi je voltigerais dans les mâtures !... Moi j'affronterais les ouragans ! Moi je cuisinerais dans les tempêtes! C'est eux qu'avaient la gâterie! les épargnés des coups du sort! Ils avaient qu'à amuser le vieux, lui faire joujoute avec ses masques, traîner les épreuves en longueur, lanterner, de petits chichis en faux-fuyants... que le temps passe... que je donne des nouvelles, que je m'établisse dans les pampas... que je les fasse venir, que je sauve tout. C'était un valeureux programme. À moi les triomphes du courage! J'allais drôlement me surpasser! Promis juré ça traînerait pas! Ils me suivraient à très peu de semaines. Deux cabines que je leur réserverais sur un *Plutus Co. Liner* célèbre pour le luxe, directement pour La Plata. Les superconforts bien connus, pas des sous-mouille-cul à torpilles comme le *Kong Hamsün*... Pittoresque baille à drisses et toiles, comme ça amarré tout peinard, mais sûr certain le bagne pire infect une fois largué, souqué toutes, bout au vilain, l'écume au cul. Le maudit du nord et du sud, l'enfer à bord.

Le Skip il devait s'en donner une fois à la mer! Y avait qu'à le voir sur son baril! Tout furieux déjà! Ça devait girouetter une minute, toute la canaille à coups de caveçons, de flèches en proue! Ah! papillons!

En plus il faut réfléchir, je parle du côté de mon courage, que des rafiots comme le *Kong* ça se voit d'un océan dans l'autre, tellement c'est paré tendu blanc, cathédrale aux souffles, étourdi des lames, cible jolie pour tous pirates. Une gargousse, ce gros bouffonnant pirouette aux abysses.

Je leur faisais comprendre un peu le danger à mes acolytes... combien c'est fragile un voilier!...

Ils comprenaient pas beaucoup... Je cherchais un pub, un bar, un thé, n'importe quel coin à l'abri pour leur expliquer encore mieux... J'étais patient à l'époque... Une boisson chaude, un café noir, peut-être un bovril, avec un petit rhum... qu'on s'assoye au moins... pas toujours à déambuler... Et puis le temps passait... la nuit commençait à venir... Il se faisait une passive sévère depuis les zeppelins. Pour un peu on se serait perdus entre Millwall et Romney Dock. Rien qu'aux impasses et détours... des falaises de brique partout... des forteresses de hangars... et pas un pub!... On se retrouvait plus finalement... On se butait dans les fonds de cour... Je voulais pas frapper à une porte... Ils gambergent pour rien les Anglais dès qu'ils vous voient comme ça rôder entre chien et loup, surtout des Français, et puis avec une fillette... en jupe courte... On avait dû bavacher dans les environs certainement, c'était pas loin l'hôpital, le framboise et noir, notre rendez-vous avec Clodo... ça circule bien les histoires... les viols... les conneries... de pubs en impasses... du vrai et du faux... Faut jamais sonner entre chien loup...

« Vire à gauche! que je fais... Vire à gauche! Et Prosper alors? Et Prosper? »

Je l'oubliais celui-là! tout abruti par la promenade! Oh! là pardon! Là y a du jus!

« Allez hop enfants! maniez-vous! »

On retraverse! en route! J'y pensais plus à Prosper. On était en compte et comment! Ah! je vais y en conter un petit bout! Prosper laféquès!

« Je dis! Du chaud et qui bouille! Du jus vrai moka! »

Je les enthousiasme.

Je veux lui faire mon compliment! Deux sous! deux sous! à la casse! Pour la complaisance! le tubard maison! Ah! le fier genre d'embarquement! Je veux qu'il me le copie! Le Jovil sa poire! C'est du distingué!

Le sourire revient.

Ils prennent mieux les choses. C'est vrai, ça m'énervait soudain comme on s'était fait dégueuler par toute cette canaille, traiter plus bas que chiotts, recouverts de ridicule. Je veux qu'il y était pour rien Prosper, c'était clair et net, il m'avait pas abusé, fraudulé, menti... entendu... son renseignement tenait parfait, la preuve que j'allais m'embarquer à huit heures *fifteen*!... et au flan!... au mot!... sans bulle! C'était quelque chose!... une réelle recommandation... un résultat!... Seulement peut-être qu'au baratin... en insistant... tannant mieux... j'arriverais à faire prendre la petite... et puis même le dab... Fallait que je ressaute d'abord, que je joue l'offensé affreux, pas content du tout, qu'on insultait les amis, que c'était là la honte!

Je veux bien que les *Port Authorities* menaient la vie dure aux boscos, traquaient réel les clandestins, qu'on pouvait regarder à deux fois... qu'en plus c'était si bourré... si tassé pour les équipages... leurs postes en sardines... que forcément trois ploucs en plus... ça faisait de la grimace... L'« Armement » badinait pas... Une coupure au rôle.. capitaine à terre... saisie du rafiot! Aucun fau filant.

Ça suffisait l'équipage avec ses patentés voyous... Pas compliqués pour les sinistres. Une coque qui craque, un trou dans l'eau, une croix au Lloyds, fermez le ban!

Ah! je m'apitoyais sur moi-même! ma viande à voguer! Je réfléchissais! J'étais vraiment au sacrifice, aux pervers caprices du destin!... Ah! mon propre sort! ces amis quels mufles! ils me voyaient aux roses! Les monstres! Jamais vu plus sourds! plus aveugles! Je me ronchonnais à moi-même tout en tâtonnant notre chemin le long d'Alberts Bank... le quai en face chez Prosper... Ah! mon propre sort! Ah! pardon! Douleurs! Sacrifices! De qui? De moi! bordel Dieu!...

Je pouvais plus supporter les larmes! Ah! C'était trop d'injustice! Ah! J'en avais marre des figures! Ah! les cafards! Je leur ai dit là tout en marchant... que ça suffisait les soupirs!...

« C'est moi qui vais faire l'acrobate dans les haubans du *Kong Hamsün* ! C'est ma gueule! mes os! C'est moi qui vais cabrioler à cinquante mètres dans l'atmosphère, dessus les éléments furieux! À votre bonne santé! Tirelire! C'est moi le con dans tous les coups! Ah! vous avez peu d'amour-propre de vous plaindre etcetera! C'est moi qu'est à plaindre effroyable! Moi qui fais face aux circonstances! Ah! Vous avez l'aplomb infect! »

Ça les émouvait pas du tout!

C'était traître la berge un endroit... On pouvait déraper au jus d'une pièce comme ça... *Vloff!*... du tablier de la passerelle... y avait aussi des cordages qui prenaient aux pattes... Sosthène accroche, bute, étale!... s'assoye sur une ancre!... il hurle... il s'est fait mal... Bien embouti... Heureusement c'était un bon signe... tomber sur une ancre!... ça porte bonheur immédiat... Faut admettre c'est tout. Le hasard commande. Il l'a dit lui-même...

« Grouille clampin! grouille! Regarde où ça se trouve! »

Ça allait rouvrir chez Prosper... On apercevait la petite lueur au bout des cailloux... la cantine... le vasistas... On approche. On entre. C'était déjà plein de clientèle. Une fumée, une telle épaisseur que ça faisait mauve aquarium! ça voguait sous les suspensions, les bonshommes tout glauques! Les guirlandes de petits feux rouges autour des tables, les pipes. Je bouscule deux mauvais coucheurs... on se menace... je passe, je me dépêche... je veux annoncer à Prospero... le brave ami!... la nature d'or!... que je barre.. qu'il me verra plus!... que c'est conclu pour l'Amérique!

Ils font un barouf au comptoir que je suis forcé de dominer. Je beugle à l'extrême.

« Haï! Prosper! Ça va! *Boum! Dié!...* »

Le cri de ralliement. Il me voit venir que je fends le mauve des pipes... la ouate à couper... Je crois que je le surprends... Pas du tout. Il rince des verres... Il continue... Il cause avec un rital, un chauffeur du *Majorio*.

Il me présente :

« José de Majorque.

— Alors! tu sais, j'annonce, Départ!

— Départ quoi?

— Mais sur ta baille!

— Ma baille quoi?

— Mais l'*Hamsün* gugusse! »

Ça le fait ricaner.

« T'as rêvé ma tronche, qu'il me fait...

— Rêvé? Comment? C'est entendu!

— Mais non voyons!

— Je t'emmerde Prosper et voilà! J'embarque à huit heures ça te suffit? »

Il était à tuer avec ses haussements.

« Ce soir mais crétin c'est ta fête! »

Voilà ce qu'il me répond!

« Ma fête? Ma fête de quoi?

— La Saint-Ferdinand mon cœur!

— Ferdinand? »

Je voyais pas ça

« Mais oui! il renforce... Tu savais rien? »

Qu'est-ce que ça venait foutre ma fête?

« Mais tout le monde veut te la fêter! On part pas le jour de sa fête! Ça s'est jamais vu! »

Son pote bien sûr il abondait, José de Majorque.

Ils roulaient des châsses tous les deux d'horreur que je parte un jour pareil! le jour de ma fête! Pas possible!

J'avais pas de calendrier, lui non plus bien sûr!

Tout à l'estomac.

Il me parle alors de Cascade, des filles, des amis, qui voulaient tous me la souhaiter, qu'ils en seraient outragés à mort si je leur brûlais la politesse, qu'ils s'étaient tous bien préparés à une nouba formidable, que ça devait être l'occasion de noyer d'un coup tous les cafards dans des flots de champagne, que tout le monde soye débarrassé, que ça fêterait la victoire d'une drôle de manière! et le retour bientôt des petits hommes! Que je pouvais pas me dérober. Tonnerre de Dieu comme ribouldingue, sauterie, trou du cul et tout! Vacances du tapin toute la crèche! Tout ça pour la Saint-Ferdinand! On part pas le jour de sa fête!... Ça m'interloquait quand même... Je voulais pas être trop malappris... Si c'était vrai.. je verrais venir... qu'ils aient eu l'intention aimable...

Je voulais offrir quelque chose... Il me devance.

« C'est ma tournée! »

Il s'impose.

« Mademoiselle? Un petit banyuls? Et vous grand-père? »

Pour tout le monde.

Il me coupait l'herbe.

Ah! je me demandais ce qui se passait... Personne encore j'avais vu s'occuper de ma fête... la Saint-Ferdinand...

Ils se mettent tous à m'embrasser... la tournée les émoustille... Prospero... le chauffeur... Sosthène... et la petite... C'est la joie tout de suite... On me souhaite mille bonheurs... Je demande des nouvelles de tout le monde... de la pension... des engagés... Y a déjà des morts...

« Ah! Cascade a téléphoné. » Il se rappelle d'un coup!

Il me donne encore d'autres nouvelles... de celui-ci... de celui-là... de la Carmen au cul recousu... Il devenait bavard... À quoi ça ressemblait ma fête? Je voulais lui demander, c'était une idée bisquencoin. Elle tombait drôlement ma fête... Je voyais pas beaucoup... À quoi ça rimait brusquement toute cette amitié? Je les avais pas vus depuis des mois... J'étais foutu le camp... Qu'est-ce qu'ils revenaient m'emmerder? C'était de la faute à Bigoudi. Elle avait colporté des choses, excité la clique... Ça leur plaisait pas que je décarre... Ils avaient une arrière-pensée... À ma fête!... les souhaits?... que... que... que... Comme c'était louche!... Je verrais venir!... ou rompre tout de suite?...

foncer?... Mais si c'était du flan là-bas? Pas plus d'enrôlage que de nèfles!... que c'était du comique aussi?... que j'avais fait l'œuf partout?... Ah! et puis merde!... ça suffisait... Repos! Crosses! Assis! Prenons le choc! Cavaler encore?... Ils m'avaleraient pas... Ils me faisaient rire tous à force! Terreurs de mes guêtres! Voilà ma raison! Je me saoule! Je dis à Sosthène :

« Fais-en autant! la petite aussi! Assis!... »

On accepte l'offre à Prosper! Qu'il verse! Qu'il régale! Puisque c'est ma fête! à la bonne santé! et tous les bavards du comptoir! et tous les bavards du monde! que ça crache, jacasse, juronne, *God be damned!* rote et brûle la langue! *Boah!* souffle des flammes tellement c'est fort! emportant d'alcool. À ma fête! La Saint-Ferdinand! La vraie rigolade! Réjouissons-nous! Je l'ébaubis du coup le Prosper, il croyait que j'allais caner! enfuir péteux sous les vannes! Pas du tout! D'attaque et voilà! C'est la maison qui régale! Il me présente un autre ami, un marchand de sorbets du Soho, qui cherchait de même un transit, un petit moyen pour l'Argentine... J'ai compris d'un mot à l'autre qu'il était désert celui-là, depuis déjà un an et demi... de la *Regina Marina*...

Il jouait pas mal de la guitare... il possédait même une licence pour concerter dans le Soho... Ça se trouve pas sous le pied d'un bourre une licence musique.. c'est même extrêmement ardu à se procurer... ça se refile toujours en famille... ça se troque pour ainsi dire jamais tellement c'était avantageux... De là on cause des licences... des mille façons de les maquiller... d'en faire trois ou quatre avec une... enfin les vices de la chose...

On s'est mis à causer de Boro, comment il avait eu la sienne d'un marchand forain, pour jouer du piano dans les pubs, qu'il l'avait revendue à Guédon pour deux livres *fifty* pour payer l'amende de tapage qu'il avait au cul... Mais Guédon pas sérieux du tout, quelques jours de là, se fait attirer dans une rafle au bar *La Reale*... Pour réchapper, voilà qu'il fonce, fuyant devant les flics, d'effort il voit trouble, il se fout à l'eau en bas du pont, à l'*Embankment*, il coule à pic, la congestion, les crabes le dévorent en pas une semaine, la licence avec, voilà le genre de crabes que c'est en bas de Victoria, on retrouve plus rien, les plus voraces de toute la berge, les crabes « port-égouts », une espèce, aux marées en telle profusion, en tel amas d'épaisseurs, si denses, si compacts qu'on les prend pour de la vraie berge, qu'on marche dessus sans savoir... Voilà le genre de crabes que c'était.

Virginie elle fermait les yeux, elle était vraiment fatiguée par tant de paroles autour d'elle... tant d'allées et venues aussi... elle s'est endormie tout à fait...

« Dodo!... je la berce ma mignonne... Dodo!... »

C'est vrai qu'elle était toute petite, surtout comme ça dans mes bras, une toute petite môme qu'avait trop sauté.

« Elle est pas aimable ta cocotte! »

Il remarque le Prosper.

« Elle dort le soir de ta fête! »

Pour me vexer.

« Ah! Tu nous casses tiens ma fête! »

J'étais trop patient.

« Salut! »

Je me lève... Ils m'assomment avec ma fête!

« Tu vas voir si c'est pas ta fête! »

Têtus alors!

« Merde! que je leur dis tous, merde! Et merde! »

Ils me poussaient à bout.

« Faut que je coure, je te l'ai dit non? Faut que je soye là-bas à huit heures! À huit heures il sort! à huit heures.

— Tu sais pas ce que c'est qu'un bateau! »

Le Napo et puis l'autre Majorque ils s'esclaffent, des folles!

« Il sait pas ce que c'est! Huit jours je te dis tu tiendras!... Et huit jours c'est beaucoup! Tu crèves! Ça sera la soupe de tes os! Ça sera comme ça ta cuisine! »

Oh! Oh! là là! comme c'était fort!

« La soupe haricots! Vous êtes heureux paysans! »

Ils me faisaient pitié...

« On en recausera môme! »

Des zoulous! j'aimais mieux me taire!

Le Napolitain la musique il voulait me punir au zanzi. Je risquais pas beaucoup, deux pennies trois sets. Toutefois je préférais le brelan, j'en avais vu deux dans le fond, mais fingue d'éclairage! juste la petite calebombe au mur. D'abord je voulais reposer la petite, l'installer bien sur deux chaises, ou une banquette si je trouvais. À ce moment-là on demande Prosper, deux hommes à la porte, et puis toute une petite bande. Je vois ce que c'est, des colporteurs, des commissions, des bricoliers maltais, chinois, ritals, papous... ça rôde aux docks catimini, en refile, aux échanges, pacotilles, entre chien et loup, la menue fourgue. Ça parle doucement, ça traite dans le noir, ça regarde pas la clientèle, ça va ça vient comme c'est venu... Ça tient pas de place un coupon de soie, la vraie, un nuage dans la poigne, le jus de pavot, quelques gouttes, un extrait de rose... C'est du nanan d'entrepôt. Ça se prestididige. Au *Dingby* en face avant l'incendie, ça se passait de kif toujours à la tombée de la nuit, un moment de manège, de sourd trafic sur le pas de la porte. Sur ce bord-ci mêmes habitudes.

« Prosper!... » on chuchote...

Encore trois quatre fois on le dérange, qu'il vienne lui-même à la lourde!

J'étais pas brillant au billard, les points venaient pas fort. Ils me donnaient une dizaine d'avance à cause de mon bras, le temps passait, fallait que je me dépêche!

« Je m'en vais Prosper! Salut ami! Bonne et heureuse! » Résolu.

Il se met devant moi.

« Mais non!... Mais non!... Voyons! regarde! Y a plus personne! »

Exact! Un fait! Je suis surpris moi-même... Plus personne! Il se campe devant moi, il m'empêche absolument.

« Voyons mon gros! tes idées! où que tu vas? C'est ta fête! »

Vide maintenant la tôle, aux tables plus rien, plus un chat, tous les clients disparus, plus que la fumée qui tournoyait, voguait sous les lumignons et l'odeur du chou, la rance, la chique et l'alcool.

Ça puait écœurant. Je me rassois.

« Il remue, que je lui fais, ton falot! Il remue! »

Ils balançaient tous au plafond, tous les falots, la ribambelle... pas un seul.. tous... comme ça aux travées, que la tête me voguait aussi... bien désagréable...

Il arrêtait pas de jacasser, tannant le Prosper.

« Tu partiras pas Ferdinand! Tu partiras pas!...

— Merde! que je lui réponds... Merde et merde! »
Je pouvais pas me lever... un malaise...
« Tu partiras pas aujourd'hui! »
C'était l'idée de ce bourri-là!
J'étais obstiné moi de même.
« Mais si! Mais si! petite tête!
— Regarde un peu! qu'il me fait... Regarde bien!... T'as pas vu le plus beau... T'as pas bien regardé... »
Dans le coin il me pointe là-bas, dans le sombre tout au fond... Je voyais que pouic.
« Mais si!... Mais si!... Cherche! »
J'écarquille... Ah! voilà!... Ça là!... le chapeau... les plumes... bras croisés... c'est quelqu'un qui dort... sur la table...
« Alors? » je demande.
Il appelle :
« Delphine! Hé!... Delphine!.. »
Le paquet bouge... le bada... C'est elle! C'est elle! La coiffure! Elle se frotte les yeux. Elle cherche d'où ça vient...
« Delphine! Delphine! C'est nous! la bise! »
Je suis affectueux. J'ai pas de raison de jouer à cache-cache.
« *Ah! darling! Ah! Treasure!* »
Elle fonce... ses jupes, sa traîne, elle retrousse tout. La voilà!... Elle me saute au cou...
« *I knew darling! I knew!* Je savais que tu viendrais! »
Ça c'est étonnant...
« *How did you know?* »
Je me renseigne... Comment vous savez?
« Oh! comme ci! comme ça!
— Bêcheuse alors dis cocotte! »
Décidément c'était la rage... Ni figue ni raisin... Même ce vieux goyot! À la devinette... au chichi!...
Ils m'entreprennent tous les deux. Ils s'y mettent ensemble.
« Reste voyons! Tu vas bien te marrer! Ta petite môme aussi! et ton beau dab! ton phénomène! Il nous quitte? »
Ils sont d'accord que c'est un crime. Elle me prend en pitié, solennelle...
« *Worried young man!* inquiet jeune homme! Oh! là là! »

Elle veut me câliner la bique. Je suis son vertige. Elle me le clame... « *My fancy! My fancy!...* » Elle me ressaute au cou. Virginie est pas trop jalouse, heureusement mon Dieu!... C'est ma fête d'abord! Quelle joie dans les cœurs! Ça la possède aussi Delphine que je soye de la Saint-Ferdinand.

« *Long life to* Ferdinand! Longue vie! Long bonheur! »
Je jouis. Félicité! Santé! Fortune! Tout ça pour moi!
J'en rigolais aussi à force.
Je prenais bien la blague.
Elle était remontée la Delphine maintenant qu'on l'avait secouée de son somme. Elle glapissait strident, fêlée. On devait l'entendre loin dehors... Elle a voulu trinquer tout de suite, lever son verre à la Victoire! Il a fallu la servir et pas petitement. Elle s'est campée devant le bahut, tournée vers nous, chapeau bataille, jupons, la traîne, tout retroussé, c'est la séance...

Pour nous! Pour nous! On est prévenus. En notre honneur! Spectateurs d'honneur! Elle se dispose...

« *Honourable Company!* »

Attention! chanson choisie! Préparation! Quelques stances avec la mimique des *Merry Wives of Windsor*. Et le verre haut! Tout de suite la passion la saisit, elle en a la bouche toute tordue, l'œil gauche qui lui remonte dans les cheveux, tellement elle se donne au complet.

Tye on sinful Fantasy!
Tye on lust and luxury!
Lust is but a bloody fire!

D'un cri elle se lance... elle pique trop haut... elle se casse, déraille, quinte... elle tousse qu'elle peut plus s'arrêter... Son verre lui regicle par les naseaux tellement elle se boyaute... elle se vexe pas... On la fait se rasseoir... elle veut repiquer... Ah! ça non!... Je la félicite... On recause un peu... Je voulais pas lui poser de questions... J'avais bien envie... sur comment ça s'était passé depuis Van Claben... si elle avait lu les journaux... si elle avait eu des ennuis... comment qu'elle s'était disparue... qu'on l'avait pas revue nulle part? et puis maintenant là ici? Ah! je m'y faisais pas de la revoir subit... ça me palpitait de la regarder... elle s'amenait d'un songe là pile... voilette mitaines tout... comme si rien était... aussi excitée, dingue, jacasse... Ça pouvait pas être fini... Voilà ce qui me semblait... Je me trouvais rêveur éveillé... et puis tout de même c'était bien elle... Delphine en fards et en os, écarquillée, glapissante, tout... c'était pas une autre!... J'étais pas ivre à présent, j'avais rien fumé... Et puis Greenwich c'était pas loin... en face... non!... du même côté! deux minutes... merde!...

Je la regarde encore cette figure... blanc là! tout plâtrée fardée... merde j'en sue...

« Frimousse! que je lui fais... Frimousse! »

Je vais hurler! merde... Je me ressaisis... C'est un effort.. Elle me demande qui c'est Virginie?... elle connaissait pas... Faut que je lui présente... Pourtant elle vient de chanter devant elle les *Merry Wives*!... Ah! dis donc!... cette étourderie!

« *Darling! Darling pet!* »

Je présente... On s'entendait plus dans le local... Y avait du monde, des arrivées... ça gueulait comme mille .. Il a fallu que je m'égosille pour présenter mieux...

« *Mistress Delphine!*... » On m'entendait pas... « *Mistress Delphine!* »

Grande révérence de l'artiste à la compagnie... au comptoir! Une présentation dans les règles.. Que je loupe rien, que je détaille... la parure... les jolies plumes... le face-à-main, les classiques! L'artiste qu'elle avait été... qu'elle était encore! *God dam!* que je dise bien tout! que j'explique, que je traduise pour Sosthène.. Il comprenait pas, abruti.

« Delphine Vane! Sosthène! *Artist!* »

Elle me reprend, elle se vexe :

« *Yes you said bubble... Artist... certainly! comedian! Many parts young man! Many souls! and some!* »

Elle me trouve froid.

« Nombreux rôles jeune homme! nombreuses âmes et quelques autres! »

Du coup c'est la boîte! Ça rugit!... à toutes les tables jusqu'au fond!...

Rien que le bada, les deux voilettes, les plumes d'autruche jaunes et rouges, le face-à-main, y avait de quoi rire, même à Londres!...

En plus elle défie, te les engueule...
« *Asses! Asses! despisable asses!* méprisables bourriques! »
Rang!... Bamg!... Banf!... Voilà que ça explose dehors! Au moment pile! Plein le ciel il semble... le sol tremble... *Bang! Bang!* Dessus Poplar ça bombarde... Tout sursaute, la case, les tables, tout... Des furieuses rafales... les zeppelins?... On voit pas encore... ça miroite rouge tout le ciel et l'eau... le clapotis... la nuit s'allume... les projecteurs... on entend la cloche des pompiers au triple galop... leur marmite à feu qui passe... ils foncent dans la nuit... toute la rive en face mire rouge...
Patapoum!... Pflac!... Une autre dégelée... plein les nuages ça tonne... C'est pas effarant sinistre c'est plutôt foire et *patapoum!...* du feu d'artifice!...
« *Hurray! Hurray!* »
Ça crépite sec... ça éclate lourd, c'est le bacchanal des tonnerres... Delphine s'enthousiasme :
« *Hurray!... Hurray!... Celebration!... Long live Mary!... Long live the King!* »
Elle saute, elle gambade, elle prend son bada, les voilettes, elle veut ameuter... Elle porte trois santés au roi George...
Acré! le commissaire du fleuve! celui de la police d'Amont. On l'a pas vu rapprocher, trop occupés par les chandelles... Il nous interpelle... Il sort d'un canot
« *Gentlemen! Gentleman! a child is lost!...* Un enfant perdu!... »
Il le recherche.
Il nous balaie avec sa torche...
« *No Sir!... No Sir!...* tous ensemble.
— *Good!...* Bon!...
— *Good night!* »
Il disparaît.
Vraiment ça chiait admirable au zénith, au grand badaboum dans tous les sens de l'atmosphère!... des corbeilles de fleurs de feu tout au-dessus de la ville, avec tiges de vertige, feuillages bleus, jaunes, rouges...
Ah! ils savaient faire ça splendide! Ah! c'était autre chose qu'au vilain! Ici ça pétait aux étoiles, zébrait, fulminait dans les cieux! Ça vous fusait pas dans les miches! Ça se regardait avec plaisir! On voyait même pas assez bien par les petits

carreaux de la turne. Ils sont ressortis tous encore pour mieux admirer les effets.

J'attrape Sosthène, c'était le moment... Je fonce...

« Dis! loufe! je suis en retard... le bateau quitte! *Eight fifteen*.

— Ah! salopiaud! » Il a qu'un cri. « Tu vas pas plaquer la petite?... Tu vas pas faire ça?

— Et toi? je réponds. T'es pas là, moche? Tu peux pas t'en occuper? Te donner du mal par hasard? Pendant que moi je me défends pour vous!... que je prépare là-bas? Tu peux pas amuser l'oncle? Tu peux pas aider?... Fainéant alors dis tu cherres!... »

La bouille, la moue, il dandinait.

« Ah! dis donc alors!... Ah! dis donc!... »

Buté! Il me trouvait infect de partir, lâcheur, dégueulasse! Il voulait pas rester à Londres. Il voulait partir en même temps, tout de suite... pas attendre... Il la connaissait l'Amérique... Il se débrouillerait encore mieux que moi... C'était son avis. .

« T'es trop vieux, crabe... t'es trop vieux... »

Il m'envoyait foutre.

« Reste avec elle toi! C'est ton rôle! Elle est enceinte! Tu l'as dit!... »

Des reproches à présent... Fallait que je hurle. Ça bombardait si fort dehors qu'on s'entendait plus. Ça fusait, pétaradait par-dessus Kingway, Bromp, Millbridge... plus loin encore... vers Newport... tout le ciel en fusées, rafales, des bouquets piaulants partout, tous les échos craqués grondants, des reflets de feu plein les carreaux.

C'était la chasse aux zeppelins, tout le monde en rotait devant la porte, ils s'engueulaient tous sur la berge, que c'était plutôt des avions, des « taubes » à l'époque. Les Allemands avaient annoncé qu'ils allaient pulvériser Londres! Ça restait à voir. La clientèle avait pas peur, elle voulait être aux premières loges.

Je suis sorti avec la petite. Spectacle passionnant il faut dire... Les paris étaient engagés... Ça joue à tout les débardeurs... Le premier qui verrait le zeppelin! La tournée au premier voyant! Les projecteurs cafouillaient... Ça faisait des *Ah! Aha* qu'ils accrochaient rien... la foule dépitée... des bordées de sifflets... Conspuez la chandelle!... Ils entortillaient leurs pinceaux, c'était pas sérieux... Tout d'un coup on pousse des *Oah! Oah!...* Je croyais qu'ils avaient repéré... et puis pas du tout!... C'était encore des personnes, des gens sur la berge... qui s'amenaient du fond... des appels!

Prospero qui criait le plus fort :

« Par ici!... Ohé! ohé! Par ici!... »

Et puis après moi :

« Ferdinand! Ferdine!

— Qu'est-ce que c'est?

— Ohé! Ohé! » Plein de clameurs comme ça entre les coups de canon. Ils répondaient les arrivants *Ooah! Ooah!* Des joyeux drilles!... Concours de boucan... à qui qui se fera le plus entendre... *Baoum! Baoum! Ooah! Ooah!* de la terre au ciel. La grosse rigolade. J'aurais voulu voir les têtes de ces nouveaux venus... qui s'amenaient si tard... Qu'on gueulait tous si fort pour eux...

« Ohé! Ohé! les potes!... *Here! Here!* Venez qu'on vous embrasse!... »

Ça glousse, ça trébuche, tâtonne... ça se raccroche partout... ça juronne... des bises... Je veux bien... je tâte aussi... on m'appelle... mon nom... Je questionne à la fin... Je reconnais pas les figures aux éclairs d'en haut... Merde!

« Vive Ferdinand! Vive Ferdinand! »

Un qui hurle...

« Voilà! Voilà!... »

C'est une pagaille... je fais attention... Je cherche Virginie... je la rattrape... je veux pas la quitter...

« Voilà! Voilà! Ohep! Ohep! »

C'est l'affluence plein la rive... tous les clients sont sortis, on s'assoit au petit bonheur, les uns sur les autres... Je tâte les personnes... Tout le monde rigole... Ah! mais je reconnais...

« C'est Renée!... Ah! dis et là?... C'est Finette!... Ah! mais tout le boxon!... »

Toutes les femmes! et la grande Angèle! Si elles s'amusent le cul par terre comme ça à se pousser aux cailloux, elles sont mômes, elles se marrent, des folles... Je patauge dedans... je me retrouve plus... Où qu'est Cascade? Tout le *Leicester!* C'est la sortie! la goguette! Les folles sont lâchées! Je suis fêté je peux le dire!

657

Eux ils me repèrent à l'aveuglette !

« Te voilà petit pet ! vilain chiard ! Pisse au nid ! Coucou ! »

Je suis tripatouillé, culbuté... Elles me montent toutes dessus, elles me piétinent, comme ça pour rire, à pleins cailloux... Je beugle, je demande grâce !

« Ta fête Ferdinand ! Ta fête ! »

Faut pas que je résiste, elles me boufferaient, des furies marrantes.

« Ta fête ! Ta fête !... »

Ça les possède... Elles sont venues exprès de tout là-bas, du centre, pour me la souhaiter, en chœur, tout le boxon, les mômes et les blèches. Une tirée en bus puis trotte à pince, en talons bobines et par les cailloux !

Tout exprès pour moi !...

Le bombardement les amuse, elles s'esclaffent fort aux bouquets, mais tout de même il y a des éclats... c'est de la vraie grêle autour de nous... ça ricoche plein les galets...

« J'en ai dans l'œil ! » que Bigoudi crie.

C'est pas vrai !... Tout de même ça fait peur... Tout le monde rentre... Là aux falots de la cantine je leur vois les figures, je les reconnais pas tous... Le petit Nestor papille des yeux, il est ébloui... Bigoudi est pas contente, elle s'est tordu complètement le pied... Tue-la-mouche veut pas l'aider, il l'engueule plutôt. Ils se bousculent tous dans la porte, les filles elles se papouillent, elles se rendent dingues, le bombardement les énerve... Elles veulent tout de suite jouer à maillard avec les matelots, elles leur bandent les yeux... C'est le pelotage tout de suite... Elles sont venues à pied par la berge, du métro de Wapping un ruban... Elles se déchaussent, les pieds leur brûlent. Je présente Virginie.

« C'est pas la peine, on me répond. On la connaît ta mignonne. »

Bigoudi a tout jacassé avec mille détails de la rencontre de l'autre fois. Comment qu'elle est belle ma fillette. . les beaux mollets, les beaux yeux, tout... que je suis un veau... c'est unanime... une brute... un goujat...

Badaboum !... ça reprend dehors... ça repart énorme... on retourne sur le seuil, faut rien perdre... C'est l'allée et venue... les fous rires...

« Poëp ! Poëp ! Hou ! Hou ! »

658

Bigoudi ulule... Elle appelle dans le noir... Y en a d'autres qui viennent encore du fond... de vers l'écluse... le reste de la bande... Tout le *Leicester* qu'est annoncé... encore Gertrude, Girouette, Carmen... Elles ont pris par Tower Bridge... Elles ont voulu voir l'incendie... elles sont arrivées finalement. Cascade était pas avec elles... Il allait venir un peu plus tard... Il se promenait pas avec les femmes. Il les retrouvait dans un endroit... au bar ou aux courses... mais jamais dans la rue ensemble. Y avait les usages... On a causé de lui forcément, de ce qu'il pensait de ma conduite...

« Il me manque ce môme-là! Il me manque! Je suis sûr qu'il fait des conneries!... » Ses propres paroles.

« Ah! ça tu peux dire qu'il te piffre! Un autre qui y aurait fait le centième, cette sérénade alors! tes os! »

Comment ça s'était passé depuis mon départ? la flicaille? Matthew? Ils m'avaient demandé peut-être?

Oui ça semblait... un petit peu... Et les hommes au rif?.. Y avait de leur nouvelles? Oui, trois morts.. Les autres bonne santé... Et les dames?... Rirette et la suite?.. sérieuses? fanfreluches?... Que de la paresse... têtes de cochon... les kakis les faisaient bien trop boire... elles se saoulaient c'était une honte... pour les faire sortir du page la croix la bannière... à quatre heures de l'après-midi... Plus de Jules plus de conscience... au dîner elles ronflaient encore... Ça faisait pourriture finalement... Angèle avait beau sacrer, menacer, fumer... l'insubordination voyoue... Plus de Jules plus de respect... Cascade faisait son possible mais il voulait pas taper dessus... elles étaient à lui qu'en dépôt! elles abusaient de sa parole... Elles étaient si cuites le samedi qu'elles dégueulaient plein les couloirs... Elles existaient plus qu'au whisky, à l'éther même la Ninette... Elle en faisait même boire à son chien... Le vice même leur était passé... elles se laissaient dormir... Tout ça paraît-il par chagrin, de l'ennui d'attendre les nouvelles...

La guerre! La guerre! toujours la guerre! Y avait plus que le badaboum qui les réveillait un petit peu... fallait que ça tonne et terrible, que ça secoue le ciel et la terre pour leur rouvrir un peu les châsses... C'est flasque une putain sans homme.

Ça serait une grosse bombarderie celle-ci comme alerte..
C'était annoncé...

Ils devaient être au moins douze zeppelins d'après les on-dit... mais on les voyait toujours pas... juste de la pluie de grêle d'éclats... qui ricochait plein la toiture, toute la cabane branlait tremblait...

Tout le monde trinquait à ma santé, et puis aux absents, aux présents, aux dames, à Miss Virginie, au Chinois... J'ai appris le détail des nouvelles d'un mot à l'autre... ceux qu'étaient tombés dans les Flandres, Raymond-la-Comptée... Boby Drogue... et puis Lulu Brême dans les Vosges... Carmen qu'était la vraie commère, moins saoule, moins conne que les autres, elle prenait plaisir aux ragots...

Un moment voilà que ça retamponne... ça secoue encore un coup la porte... des gueulards... un autre arrivage... Des échevelées, des filles à Mario, cinq ou six qui s'amenaient aussi pour ma fête... Une bordée... Rondes alors vraiment, des boules... Je vois Bigoudi qui se lance dessus, qui t'embrasse tout ça à pleine bouche... des effusions à plus finir. Dédé aussi l'Accordéon qu'est de la virée, il monte tout de suite sur la table, il s'installe, il nous joue *La Marseillaise* au son du canon... et puis tout de suite *Le Danube*... la valse... la jolie... la bouche en cœur!...

« Bouche en cœur! Bouche en cœur! Valsez! Bouche en cœur! »

Il invite...

Moi je voulais pas valser ni rien... je voulais me barrer... Bouche en cœur mes couilles! D'abord comment qu'ils étaient venus? qu'ils m'avaient retrouvé? Je le demande encore à la Joconde, elle veut pas me répondre.

« Mystère! Mystère! Allez chier! Je m'en vais mes amis! Je cours! J'emmène Virginie regardez bien! Virginie que j'aime! »

Ça c'était catégorique.

Du coup ils se soulèvent, ce pétard! ce vacarme affreux! Ils veulent pas du tout!... Un chahut que ça couvre la musique, l'accordéon, le canon dehors, les sirènes, l'alarme du dock. Ils veulent pas! absolument pas! Ils me raccrochent... Ils me rassoyent de force... Ah! je rentre dans le tas... je les uppercute, du gauche qui me reste, ils me cravatent, je suis abattu. Ils me maintiennent au sol à trois quatre... Tout ça pour la joie de se retrouver... Je suis outré devant Virginie... Je me dégage... je les traite de tout...

« Mais on t'avait perdu grosse tronche ! »

Je dois comprendre que c'est l'affection. Je voulais plus parler ! Dédé l'Accord, qu'était loustic, il veut se foutre un peu des matelots, il grimpe sur leur table, il gigue . Ça plaît pas du tout...

« *Froggy jump !* Grenouille fous le camp ! »

Ils admiraient la canonnade, ils voulaient pas être distraits ! Mais un d'eux, le grand sec, il s'excite..

« *Go on Dédé !... Go on me love ! Love with you Dédé ! Boum ! Boum ! Love with you !* »

Il se lève de son banc... Il titube... Il veut l'attraper par le froc... Il veut l'embrasser le Dédé... C'est un grand pédoc c'est sûr...

Ping ! Bing ! Bang !... Plein la pêche alors ! ça y arrive en grêle ! Ses potes le sonnent ! Il s'écroule. Il saigne. Il se rassoit, il pleure, il s'éponge, il dégouline plein la table, il dégueule tout rouge, on l'emmène...

Le drame continue dehors... Toute l'atmosphère est en feu... les pompiers sonnent, galopent fond de train... on entend leur cavalcade sur la rive en face... ils foncent après les incendies... Ça doit fort brûler dans Wapping... Vraiment c'est une sérieuse attaque, pas que du bruit, de l'exercice...

Une voix qui me réclame encore... du fond de la tôle...

« Où qu'est l'artiche... où qu'est l'amour ? »

Bigoudi qui me veut. Elle s'éraille. Une voix râpeuse, malade des cordes ! « Je suis malade des cordes ! » C'était sa fierté. « Depuis ma première communion ! » Elles se tambourinait la poitrine... *Aaarh ! Aaarh !* en toussant... un bruit de chien qu'étrangle... Elle prouvait...

« La caisse en a ! Depuis ma première communion !... J'ai attrapé froid à l'église ! Au Sacré-Cœur de Montmartre ! Jamais guéri !

« Artiche ! Artiche ! Où que t'es ? »

Elle tâtonne dans le noir. Elle bute. Je veux l'éviter... Je me fous dessus..

« Te voilà amour ! »

Elle avait tourné trois fois autour du local... Elle veut qu'on retourne dans le bistrot, la petite aussi...

« *You are pretty Miss Virginia ! You are pretty darling wonder !* »

Elle admirait Virginie sous la suspension. Elle la tenait par les épaules, devant elle comme ça bien tendrement.

Tous les clients et les filles étaient dehors à brailler à chaque coup de tonnerre.

« *Hello Boys! Hit him! Bang!* »

Ils encourageaient. Ils suivaient la lutte dans les nuages.. La tôle elle secouait aux rafales, tremblait de tous les joints tellement ça bombardait dur, que la berge dansait. Bigoudi elle prenait son pied à regarder comme ça Virginie de tout près, la dévisager... Elle s'en foutait du dehors...

« Vous êtes jolie qu'elle répétait... et puis câlinement Chérie, chérie!... *you are* souffrante?... *Suffering?...* »

Elle me demandait, une inquiétude.

« Qu'est-ce que tu lui fais? Elle est pâlotte la petite choute! Chameau va toi! Tu la bats?

— Mais non je le bats pas! »

Ça s'arrête dehors le canon, c'est peut-être fini l'alerte? Les spectateurs discutent, jacassent et puis tout se calme. La berge se vide, il est tard, trois heures et demie dinguent à Big Ben. Juste le clapotis de la flotte et les rumeurs de loin, du port, le vent de Tilbury, les bateaux qui déhalent, s'appellent... Ah! Je partirais bien aussi... J'avais peut-être encore une minute?... Peut-être qu'ils étaient encore là?... Mais je m'étais trop fatigué, en plus de mon bourdonnement... la lutte aussi avec ces folles... ça m'avait moulu... et l'autre la Delphine ses bobards... Qu'est-ce que je devais faire? J'attends encore une demi-heure, voilà ce que je décide. Je m'assois, Virginie, Bigoudi, le Napo en face vis-à-vis, Dédé de mon côté avec deux trois femmes. Faut attendre, on cause... Toujours ça revient sur les bagarres et les agressions. Elles en savent un bout les femmes à propos d'agresseurs. Qu'elles sont victimes les malheureuses, depuis déjà plusieurs semaines, d'agressions extraordinaires, par des voyous incroyables, des pickpockets d'un culot qu'on a jamais vu... Voilà ce qu'on écoute. Que de Bond Street à Tottenham, ils emportent tout au galop, toute la recette, le sac, les papiers, ils vous frôlent, ils filent comme des flèches, on a pas le temps de s'apercevoir. Ils se fondent dans la nuit. Ça explique le malheur des dames, que tout est perdu, raclé, qu'elles rentrent fleur du tapin, après des huit dix heures d'efforts, désolées, malades, dégueulasses. Ces vampires du sac... la faute à l'obscurité.

Elle mordait pas dans le truc Angèle.

« Salades mes belles! Votre gueule qu'est noire! Il est bu le pognon voilà tout! »

Ah! si ça proteste! Quelle horreur! Supposer des pareils crimes! Quelle injure! Quels soupçons infects! Ah! elles pouvaient pas supporter! La révolte des innocentes! Elles chialent, elles étranglent de sanglots! Que c'est si sûr positif! les cavaleurs de la nuit! Elles sont toutes d'accord! Que c'est bien connu! Les vampires les fantomas! que c'est la bande à Consuelo le mac des *Madrid Follies*, le mac des machines à sous... Y a pas besoin de se gratter, chercher midi à quatorze heures. C'est lui l'auteur de ces crimes! Déjà qu'il s'était fait punir pour ce genre spécial... Ça y avait coûté une oreille vers 1909... C'est Jean-Jean qui y avait tranché un soir de Noël... Jean-Jean le Parisien réglait tous ses comptes le soir de Noël...

Bigoudi qu'avait vu tout ça. Elle pouvait elle parler de souvenirs... Vingt-deux ans qu'elle était à Londres... « mon premier avortement... » elle les égrenait... « je pourrais avoir une fille anglaise dis! plus vieille que la tienne!... » Un baiser à Virginie!... « *Pretty Miss!* »

C'était décousu ses souvenirs... ça venait en hoquets...

« En ce temps-là!... *ouaq!*... les hommes étaient respectés!... *ouaq!*... leurs femmes aussi... *ouaq!*... sur le pavé de Londres! et le travail je pense! *ouaq!* Ils partaient pas à la guerre se faire enculer! *ouaq!* »

Mais Angèle était pas d'accord, elle avalait pas ces bêtises, fantômes, vampires, etc. C'était tout que du bourrage pour elle... des inventions de malhonnêtes, de filles menteuses dépravées, qu'avaient perdu la conscience, qui lampaient le sac au bistrot!

Ah! Alors pardon l'agonie... « Grosse morue! saloperie! affreuse! » elle pouvait causer cette tordue! menteuse! Ah! pardon! ce fiel! que du mensonge plein la gueule!

On en pouffe! étrangle!

« Ah! la grosse putain! Ton cul!... »

Virginie comprenait pas tout... C'était trop argot pour elle... Mais elle s'amusait tout de même... au possible!... elle pensait plus à dormir... Ça faisait du nouveau toute cette volière en pétard... C'était plus drôle que che l'oncle...

Ça reprend Bigoudi :

« Elle est pâlotte dis donc ta môme...

— Ça te regarde ?

— Mais oui voyou ! Mais oui bien sûr !... Comme elle est fine ta joujoute !... Allez tu me la laisses ?... Allez oust !... en Amérique !... »

Elle me foutait dehors.

Ah ! que c'était spirituel ! Les putains elles en pissaient de me voir aussi tranche ! que j'allais marier ma fille avec Bigoudi ! partir petit mousse !... tout seul !...

Le vent te pousse...
Va petit mousse...

En chœur tout le monde !... tout le café, les tables, le comptoir ! même Sosthène ! même la grande Angèle !...

C'est facile à désopiler les pouffiasses en tas... ça rit pour un pet... une mouche qui noie c'est la crise... ce qui tournait affreux par exemple c'est que ma toute tendre si fine mine, elle s'amusait tout autant... une petite folle comme les autres... des pires facéties buses idiotes. Jamais je l'avais vu s'amuser de si grand bon cœur... des pires jeux de mots cons... de tout et de rien... de moi aussi finalement... la bouille de massacre avec ma manie de voyager, ma crise de cuisinier Long Cours !

Là alors y avait de quoi mourir tellement on me trouvait drôle gugusse... Impayable ! une maladie ! Le marrant des filles !

« T'as le feu au cul ! trinque ! Te noye pas ! T'es bien ici bouille !... »

Voilà ce qu'elles trouvaient... Ils en ont après Virginie.

« Tu la ramènes pas à l'école ? Ils te la reprendront ! Vise les socquettes !... »

Elles viennent lui tâter les mollets...

« Donne-la ta poupée... Donne-nous-la ! Tu t'en sers pas... Tu filoches ! »

Du coup elles fondent sur Virginie, la bécotent sur toutes les coutures.

Bigoudi veut pas, elle fume.

« Barrez ! Barrez ! satyres !...

— Oûû! Oûû! Grand-mère! Aux chiotts barbue! C'est à nous! à nous la pépé! Petit chaperon rouge! »

C'est encore des effusions, des bises à n'en plus finir! Tout le monde embrasse ma mimine! Prospero aussi il bécote, c'est sa petite cousine il prétend.

Sosthène envoie des baisers par-dessus la table. Il peut plus bouger du tout. Il a pas refusé un seul verre, il a trinqué à chaque fois. Lui des plus sobres il est saisi, il est assommé sur place... Il peut juste élever son verre, qu'on lui reverse à boire... et puis des sourires à la ronde... Prosper ouvre encore un brandy... verse tout dans le vin chaud, la bassine, du gin en plus et puis un zeste... « C'est le punch extra du *Moor and Cheese* ». Il nous annonce... De quoi crouler un régiment. Moi j'ai l'air de boire... je bois pas... Ça me fait bien trop mal à la tête... j'ai pas trop de raison... je déconne bien suffisamment... Toujours est-il que ça glougloute... Ça me vient la question... la note? ça me fout le trac subit... Je préviens Prosper...

« Attention! pote pas un pence!...

— Ça s'arrangera! qu'il me répond...

— Très bien! Très bien!... »

J'insiste pas.

Après tout c'est légitime... J'ai payé moi merde! ils peuvent! Ils me font les honneurs! ça se comprend! ma fête ou pas merde! Je suis mutilo à 80! Ils se rendent peut-être compte! Ça serait pas trop tard!

Une fierté.

Mais ma fête? Je comprends plus!..

Ça se brouille... Je redemande...

« Et ma fête Prosper?

— Vide ton gode! Tu parles la bouche pleine... »

C'est pas la peine que j'insiste. Ils se marrent tout de suite comme des perdus.

« Une chanson! qu'ils me cavalent! Chanson! *Sing! Sing!* Bis! Bis! Bis! Chante Ferdine! ou paie! Nom de Dieu!... »

C'est méchant!

Vite je me débarrasse... Je leur envoie...

Tes jolis yeux!

de mon répertoire au 12e...

Car les heures sont brè...è...ves!

etc... et puis tout de suite

Fairy Queen...

à la demande générale, en anglais... le succès de Gaby Deslys, l'étoile de l'*Empire* au moment...

Je fus applaudi à tout rompre, surtout à cause de mon accent, j'étais bon aux imitations.

Virginie maintenant! à son tour!

« Allons Miss! *in french! in french!* »

Elle riait tellement Virginie qu'elle pouvait pas du tout chanter... Elle s'amusait énormément avec ces personnes. Le vin chaud l'émoustillait. Elle avait pas l'habitude. Après un moment tout de même la voix est revenue.

« *In french! In french!...* »

Une chanson à voix s'il vous plaît!..

L'Hirondelle!

avec tout le plein de nuances, de détours, de jolis retours, d'envols et cascades de trilles... aussi gracieuse en chanson que de sourires et de rires... perlé tout ceci...

Ah! Revenez-nous Hirondelle!

Quel triomphe! Les dames la buvaient des yeux! « Dieu qu'elle est mignonne! — Je crois bien! un ange... »

Bigou la plus folle...

« Un ange!... Une voix du ciel!... »

L'extase!

Y a que Delphine qui mordait pas, elle aimait pas la chanson, ni la mignonne, ni rien du tout... Elle se fout en crosse, elle râle, elle hurle, elle grimpe sur une table, elle entonne :

It's a long way to Tipperary...

Elle l'interruptrice... on la rattrape, on la vire... À ce moment-là juste ça raffute, ça reboume à la porte... des quidams qui cognent... Prospero saute au guichet... Des gens qui demandent :

« Ils sont là? »

Je reconnais une voix... Cascade!

Alors des cris plein le local... Toutes les mômes qui piaillent après! « Par ici! Par ici! Allô! » La joie dans le bastringue! Comme on est contents de se retrouver!

« Il est là! Il est là! » qu'elles crient...

C'est de moi qu'il s'agit...

« Ah! tant mieux! Ah! tant mieux! l'artiche... »

Je comprends là sec... je me doutais... C'est le coup... c'est l'embûche... Aux pattes et toutous! Pour moi tout ce flan! Quelle histoire! La Saint-Ferdinand! et le reste! Que de mal ils se sont donné! De l'amusette pour moi con! On aurait dû foutre le camp! à l'aube! foncer!... La première idée la bonne!... On s'est fait prendre à la caresse... Ils ont dû ramener les poulets... Je les vois pas encore... Voilà ce que je renifle... C'est la danse du scalp!... « Vengeance!... qu'ils se sont dit!... Ferdinand nous double! » Et voilà! On s'apporte nous fleurs! Boulot cuit! Cueillez pâquerettes! Ah! merde! Je sursaute, je fais face!...

« Te voilà Ferdine? »

Je le vois venir... son bloum gris... sa mèche gomina.

« Allez! Qu'est-ce que tu veux? Je questionne...

— Mais rien mon petit, rien du tout!... »

Il a l'air bien étonné que je soye comme ça inquiet, brutal!

« T'es malade?... il demande... T'es malade? T'es pas content qu'on se retrouve?... assois-toi toujours... assois-toi!... »

Il est calme.

Je flanche à l'engueuler.

« Monsieur visite Londres il paraît? »

C'est lui qui attaque... Il jette un regard vers le banc... vers Sosthène... un petit sourire à Virginie...

Les filles elles gloussent, elles sont aux anges... de la façon qu'il me traite en môme... en énervé...

Prosper du coup il en rajoute... il donne des détails.

« Cascade malheur tu sais pas tout! Monsieur s'en va! Monsieur voyage!... Monsieur nous a tous assez vus!... Voilà la nouvelle! Ah! Il était temps! Oltramare! America! avec la poulette! et M. Sosthène que voici! oune expédition!...

— Oh! là là! Ferdinand, si vite! Comme ça sans bagage? Sans adieux? »

Je l'étonnais Cascade. Il repousse son bloum, une pichenette... il se recoiffe, me considérant...

Je le regarde aussi...

Ça devait faire quatre mois à peu près que j'avais quitté le *Leicester*... Il avait marqué Cascade, il avait vieilli, sa mèche avait grisonné, son accroche-cœur, la gomina... Toute sa figure qu'avait bistré... les pattes des yeux... il s'était tapé comme ça *toc!* un grand coup de fatigue!... Même sa croix des Bat', son tatouage au coin de la paupière, elle avait foncé...

Il branle un peu comme ça la tronche... il se marre tout seul puis il s'arrête... il se passe la main sur la figure comme pour s'enlever tout un souci... il redevient songeur...

« Alors enfant c'est la valoche? »

Il traîne sur l'accent.

« T'en fais des belles! »

Il regarde Virginie...

« La poupée? »

Il considère...

« Hein! Hein! dis donc, petit homme!.. Voyez-moi ça... Mignonne... Mignonne!... »

Il apprécie.

« Pourquoi tu la montres pas? Moi je les montre mes dames! »

Il se marre... Ah! ça c'est exact...

Ces dames elles pouffent, elles étranglent, gémissent... elles savent plus...

Ah! je suis trop drôle!... Ah! ma parole! Ah! je suis inouï!...

Je sais pas pourquoi...

Y a que Delphine qui s'amuse pas, elle suçote son grog tout doucement, butée comme ça, grognante en dessous, larmoyeuse... Encore un coup de rhum elle se jette... Elle est encore plus peinte fardée que la Bigoudi... Comme elle pleure ça fond... ça bariole... les joues en rigoles bleues et rouges... Elle se lève, elle part à une autre table... elle peut plus entendre ces gens-là... elle se plonge la tête dans les mitaines... elle se ratatine... elle sanglote... des sanglots énormes... elle emmerde tout le monde... elle chiale c'est affreux...

La bouderie...

« Qu'est-ce qu'il y a Delphine? »
Répond rien.
On me demande moi que je chante encore.
Je veux bien mais ça sera *Petit Mousse*!...
Ils m'engueulent du coup, ils veulent pas... Je me fâche alors! Ils veulent sur l'amour... Je refuse...
C'est Cascade qui s'exécute... Le voilà rebecté. C'était qu'un moment de fatigue...

> *Poum! Pou! Pou! Poum!*
> *Voici Monsieur le Maire!*
> *Trois pas en avant!*
> *Trois pas en arrière!*

Une rigolade... Il est plus gai assis que debout... C'était le cœur, plus tard j'ai appris, l'âge. Ça lui donnait mauvaise mine...
Ça commençait par le refrain :

> *Trois pas en avant!...*

Et l'imitation de trombone!... Celui qui se gourrait à l'amende... Trois godets de file... Ça faisait des joyeux quiproquos! Je partais ou je partais pas? Un ivrogne voulait savoir... Il est venu me renifler sous le nez...
« *Going? Going lad?* »
La Bigoudi s'y est mise aussi... une chanson à elle...

> *Donnez-moi votre fille*
> *Pétronille!...*

Et puis le refrain bien à tue-tête...

> *Donnez-moi! Donnez-moi!*
> *Votre fille...*
> *J'en suis fou...*
> *Madame Cantaloup!..*
> *Ooû! Ooû! Ooû!*

Ça se scandait fort avec les pieds.
« Il est bien là! Il reste là! »

Voilà ce qu'était décidé! Mon sort à la cantonade... Cascade qu'était le plus formel...

« Il s'en ira pas!... »

C'était du culot dans un sens... mais l'intention était aimable...

« M. Sosthène aussi nous reste! N'est-ce pas que ça boume monsieur Sosthène? »

M. Sosthène dans le moment, il voyait double il bafouillait... Il jouait à se croiser les mains avec la Joconde... Ils s'en trouvaient dix ou douze!... Et puis ils se foutaient des bonnes claques... l'un après l'autre, histoire de rire... *Pflac! Pflac! Pflac!* Ils se plaisaient énormément! Le mariniero de *La Reale* il s'en ressentait pour une matchiche... il enlace donc la Mimi, il la fait sauter aux papouilles. Mais Prosper voulait que ça finisse... fermer son débit... l'heure était passée soi-disant. Hector fait marcher le phonographe malgré sa défense... un volubilis, un crincrin atroce!... Prosper voulait plus qu'on guinche... que ça cesse tout de suite!

Bram! Bra! les volets qui sonnent... Encore les polices! Heureux c'était pas les vrais!... c'était seulement les « vigiles », ceux d'à côté, du dock Poplar...

On les fait rentrer... Ils étaient pas méchants ceux-là... seulement toujours assoiffés, des éponges finies!... C'était leur tour de faction, ils venaient voir pourquoi ça chantait... ils se sont assis entre les dames... Cascade a raconté l'histoire de Jérôme-la-Flûte! qu'avait parié une de ses filles comme ça pour l'esbrouffe qu'il traverserait le *Crystal Palace* par la toiture sans rien casser... Ça faisait une prouesse prodigieuse, qu'on se rende un peu compte! à quarante-sept mètres de hauteur... traverser comme ça tout le vitrail juste en équilibre sur les petits bouts de fer... autant dire marcher dans l'air... un truc à la Tara-Tohé!... en somme du miracle!... Tout le monde était venu pour voir ça le jour annoncé, tout le *Leicester*, toute la *Royale*... Au moment tout là-haut! les grolles! Ça l'avait saisi *fflof!* Une loque! Il cane!... Il fait signe qu'il redescend!... qu'il insiste pas... Ah! pardon alors ce chahut!... « Enculé! Pelure! Fauxfoutre! Lâche-tout rastaquouère! » Ils voulaient sa mort! Ça résonnait sous les vitrails! ça vociférait plein le *Crystal*! Il avait sauvé sa peau que de justesse du lynchage! Au galop qu'il s'était sauvé, qu'il avait repassé le tourniquet...

Jamais on l'avait revu, de honte, nulle part... Directo pour l'Amérique! Perdu!... effacé!... Telle était l'histoire à Jérôme...

« Toi c'est pas pareil Loupiot, toi t'as pas de raison toi de te briser! »

Les femmes rigolaient encore de la trombine qu'il faisait là-haut le Jérôme du *Crystal Palace*! *Oh! Oh! Oh!*

De fil en aiguille bonne humeur, on me donne enfin des nouvelles un peu de tout le monde... du *Monico*... de chez Victor... de chez *L'Aztèque*... au Soho!... enfin de tous les endroits d'amis... de la *Tour Eiffel*... y avait eu partout des départs, des femmes à la traîne... le consulat lançait des appels... « Tout le monde te réclame! » C'était le mot. Je le voyais venir...

« Regarde tu vois c'est l'harmonie!... »

Il se marre!... Il me montre Angèle et la Joconde qui boivent au même verre...

« Tu vois... plus un mot méchant... C'est raccommodé!.. Si elles se peignent encore je leur ai dit "Je m'engage tout de suite! Ma musette!". Tu vois l'effet?... des colombes! J'hésiterais pas!... J'ai prévenu! La Guerre ou la Paix! Je veux qu'on me foute la paix!... Tu connais mes sentiments?... Le bruit me fait chier... T'en as du bruit toi dans la tête? Tu m'as dit, pas? Tu m'as dit?...

— Ah! un peu bien sûr!... Un petit peu... »

Je voulais pas me plaindre...

Il me reparle alors de la guerre... de mes blessures... et puis encore de ma tête... Si elle me faisait toujours mal? Il était gentil avec moi... On recause des femmes... C'est rambiné par le fait... plus un mot de traviole...

« Si elles se peignent encore c'est prévenu!... Je déhotte, j'enrôle! je fais comme les autres!... la musette! au premier mot!... Ah! alors loupiot c'est l'amour!... Et j'hésiterais pas tu me connais... Je suis pas l'homme à deux paroles! Pourtant tu sais mes sentiments... ça me coûterait tiens! ça me coûterait... »

Il me regardait attentif...

« Ça te brouille toi l'alcool? »

Lui ça lui faisait rien du tout. Il déconnait jamais pour ça... D'ailleurs il abusait pas... Le tronc en fer... On reparle encore de la guerre... des mes blessures... de ma tête... si je souffrais autant?...

671

« Ah! dis donc! Ah! dis donc les tantes!.. »

Ça lui sortait pas de l'idée à propos des militaires.. Il l'avait sec rien que d'y penser. Ça passait pas...

Un coup de la paume sur sa mèche et sa gomina...

Il avait les mains lourdes et dures, le pouce épais d'étrangleur. Il était terrible par les mains, plus dur que moi, même de la gauche! qu'étais pourtant bien gaucher... Il était pas méchant de visage, toujours plutôt prêt à se marrer, toujours en besoin de rigolade... le mot pour rire. Londres l'avait pas attristé lui... C'est la guerre qui lui revenait pas... Et puis de la foutre tant pis là hop!... Le voilà reparti! Il se rabattait le bloum sur la mèche et *hop boum dié!* en avant!... La première danse! la vioque ou jeune! au tourbillon... la folle jeunesse! Tout de même il avait vieilli en pas trois mois qu'on s'était vus. Les mômes faisaient rien pour l'aider, elles pesaient lourd de leurs conneries... c'était des soucis perpétuels, des trafalgars d'un jour à l'autre, à propos de rien et de tout! Il en avait onze sur les os... les filles à René! à Jojo! à Tatave-la-Boule, à Jean Chiotte, etc. et les doublards à Périgot, celles à Vison, à Gendremer... toute une tôle... et même deux ou trois... Tout ce qu'était barré, pris au rif, enrôlé trompette! les petits hommes mordus, les coincés, il avait tout repris leurs femmes, en consigne, en frère de confiance, au rapide retour! Salut! C'était une chierie formidable! Il tenait, mais une ménagerie! Aucun cœur! aucun sentiment! Angèle me le disait. La croix la bannière pour qu'elles envoyent le saf aux Jules... Elles pleuraient... Elles oubliaient tout... Négligentes, crasseuses, mouchardes, bavaches à s'en faire crever, ivrognes avec ça, plus que tout... Le climat sûr y était pour pas mal... Elles s'ennuyaient sûr et certain. La question du médecin aussi... Des drames chaque fois pour les piqûres... elles s'en foutaient de leurs culs pourris... pourvu qu'elles se filent des nouvelles pelures, des boas, des chapeaux fantasques... et puis du pernod... rien que des achats de saloperies, en dette partout, même chez le bouif! Elles buvaient les sous des ressemelages, elles marchaient dans l'eau, elles arrêtaient plus de tousser... Voilà ce que c'était comme scène et la jalousie, qu'elles se boudaient pendant des jours, qu'elles voulaient plus se lever du tout.

Il est revenu s'asseoir Cascade, fatigué, suant. Il regardait danser les fifilles, toutes gaies rigolantes.

« Elles ont l'air gentilles comme ça môme! j'en assommerais qu'une par jour!... »

Seulement il était pas brutal, il répugnait aux corrections...

« Je veux les rendre telles quelles. Je les tuerais! »

C'était une lutte pour sa parole. Elles le narguaient à plaisir. Exprès elles se tenaient mal dehors... elles payaient le glas aux ritals, des gringues de canailles, y avait pas que les fantômes vampires!... Fallait qu'il règle encore par là... qu'il se peigne avec des morveux pour un oui un non... et même des sidis qui venaient renifler la basse-cour... Y avait de quoi vieillir... Ça finissait pas la guerre...

« Moi dis qu'allais passer la main!... Combien que tu crois que ça peut durer?... »

Moi je croyais encore deux trois ans!...

« Alors dis donc on sera tous crounes! »

Là-dessus on s'est mis à causer encore du business... de la qualité des clients... et puis de choses et d'autres... Autour c'était la ribote, ça discutait sans queue ni tête, vociférait, cassait tout... Ils se jetaient des verres piles!...

Fallait s'hurler dans l'oreille. Angèle elle s'égosillait pour donner aussi son avis. Jacasse celle-là alors, une rage, une maladie, un bourdon... elle vous massacrait l'oreille...

Cascade voulait plus l'entendre...

« Tais-toi nom de Dieu! »

Ce qui l'intéressait Cascade c'était l'histoire à Raoul, celle-là seulement pas une autre...

Il y revenait encore un coup. Ça lui sortait pas du tronc. Je voyais ce qu'il voulait.

« Ah! dis donc alors!... Ah! dis donc!... »

Que je lui raconte encore une fois... il se dandinait comme ça assis... il me gafait bien... que je le bluffe pas... que j'avais rien inventé... que ça s'était passé tel quel...

« T'es sûr!... Tu te trompes pas? Quand ils sont venus il dormait? T'es sûr? C'est comme ça?

— Voyons... voyons j'étais là!... » Je pouvais pas dire mieux... « J'étais le lit en face... le 14!... »

Ça pardonne pas les détails. Je voyais que ça le touchait... Il se cramponnait à un petit doute...

« Ils l'ont emmené à quatre heures? Il faisait jour tu dis?
— Pas encore.
— Il boitait?
— Je te dis! »
Le peloton qu'il voulait savoir... Combien qu'ils étaient? Ça j'avais pas vu!...
« Ah! tu vois! tu vois!... »
Il gardait son doute... Pas beaucoup... Il me croyait pas complètement... Pourtant c'était vrai.
« Il t'a donné mon adresse?
— Je l'ai dit voyons! La veille au soir! Comment que je serais venu? »
J'y avais cent fois répété... Je pouvais pas dire mieux... Le coup du doute ça le minait... Fallait que je raconte encore... les derniers mots du Raoul... quand il m'avait dit : « Y va pas! Carre-toi! » et d'autres mots... Je me rappelais pas de tout. Enfin j'avais retenu l'adresse. Je me taisais à force. J'étais fatigué de raconter toujours la même chose...
Je pouvais pas dire mieux...
Il se rendait malade positif. Il se faisait du mal pour rien. Il se rongeait du doute... qu'ils l'avaient vraiment fusillé... Il me croyait pas complètement... Pourtant c'était vrai...
Il restait là dandinant... à califourchon... Le coup de bourdon l'attrapait... Il restait comme ça abruti... sur le banc là... il parlait plus... Il regardait plus rien ni personne... il entendait plus le bacchanal... les gueulements tout autour de nous... il grognassait toujours pareil...
« Merde alors! Merde ça c'est dur... »
Il finissait pas... Il retapait sa mèche... il lissait... le coup de paume... buté ronchonnant... il suivait pour lui son idée... il s'occupait pas des autres...
La fête faut dire battait son plein... les mômes avaient forcé Prosper à reprendre l'ocarina... ou elles cassaient tous ses verres!... Elles se mettent à se traiter d'hystériques à cause du tango... C'est la danse qui les affole! les unes dans les autres!... Voilà Angèle qui prend la mouche, qui veut sauter sur Carmen... C'était fini l'armistice!... « Kss! Kss! Ks! » Ça reflambe! ça fulmine! Y a les pour, les contre... On fait le cercle pour qu'elles s'assomment... Cascade il regarde il voit pas... il regarde droit devant lui... songeur... il remet son bloum... il l'enlève... il suit son idée...

674

Il me prend par la manche, il m'entraîne, il laisse les femmes se torcher...

« Tu comprends! qu'il me fait... tu comprends... sa mère... enfin ça te regarde pas... c'est moi n'est-ce pas qui l'ai élevé... Alors hein?... C'est ça l'important! »

Il me prenait à témoin... Je le voyais maniaque... Il se rendait malade d'idée fixe...

On est hâtif quand on est jeune, même les épreuves vous éduquent pas, il faut l'âge, il faut la bouteille pour rapprocher un peu des choses... pas tout bouziller dès qu'on se mêle... La jeunesse c'est chien... Il m'ennuyait au fond Cascade avec cette histoire de Raoul. Je l'avais oublié moi le Raoul... Il oubliait pas. Y a bien des raisons d'être triste. Y en a bien aussi de rigoler! C'était mon avis à l'époque!...

Je lui dis :

« Et allez donc Cascade! Faut prendre son parti! Pensez à autre chose! Regardez Bigoudi, elle se frappe pas! »

Elle se déshabillait justement. Elle se préparait à se coucher là devant tout le monde, sur le billard... elle avait ôté son corsage, sa camisole, son jupon. Elle couchait dessus. C'était l'idée... Les vigiles la chatouillaient, elle gloussait, elle était aux anges... Ça l'intéressait pas Cascade...

« Loupiot! qu'il me demande... Tu nous restes? Où que tu voulais t'en aller?...

— À La Plata sur le *Hamsün*!... Le *Kong Hamsün*... avec Jovil maître d'équipage...

— Qui c'est qui t'a trouvé ça? Prosper? »

Il le bigle alors, et mauvais...

J'arrange un petit peu... j'explique... je rattrape...

« C'est moi tout seul qu'ai insisté... »

Je veux pas de pétard avec Prosper...

« Il voulait absolument pas! »

J'affirme... Je certifie... Je voudrais pas qu'il trinque *because*... Je suis régulier...

« Bon alors ça va!... ça vaut mieux... »

Il se rassure... ça devait pas être dans le programme que ⟨je⟩ prenne des libertés pareilles... que j'embarque sur des voiliers. Il allait se faire causer le Prosper! Fallait que je reste voilà tout.

Je le regardais encore le Cascade... sa cloche enfoncée sur les yeux... son mégot à l'aller et retour... d'agacerie de la bouche... Il était pas bon tout d'un coup... Il gafait les mômes... Elles s'en donnaient du bon temps!...

Cake-walk à présent!... Ronds de jambes!... branlantes... vacillantes... Cascade ça lui plaisait pas... Je voyais qu'il allait sauter dedans, en tartiner trois ou quatre... elles faisaient exprès de faire du bruit... Il se contenait... Il mâchait sa chique... Je voyais ses mâchoires...

« Regardez-moi ces pantomimes!... »

Elles étaient rondes à crouler... Elles avaient bu plus que les hommes, plus que les marins...

« Pourquoi que tu les as fait venir?... »

Je lui demande après tout.

« Tu sais bien voyons que c'est ta fête!... »

Ça y est! ça le reprend!... Pas plus de fête que de suzettes au cul!... Il me mettait à bout à force!...

« Mais si! Mais si! Tu verras! »

Il insistait absolument. Il tenait aux devinettes...

« Bon ça va!... »

Il recommence à ronchonner... Il se tasse, il se rassoit... *Bang! Bang! Bang!* On cogne dans la porte, et fort cette fois-ci...

« Musique stop! »

Prosper commande... Les filles éteignent, soufflent les lampes, Cascade veut pas, on rallume...

Prosper entrouvre. Deux hommes poussent, passent C'est le Nelson (du Square) et Mille-Pattes... Tout époumonés suants. Ils voient Cascade, ils foncent vers lui...

« Ils arrivent! qu'ils soufflent, ils arrivent!...
— Alors? Alors? Laisse-les venir!... »

Il aime pas les cris.

« Où qu'ils sont?
— Au cab!...
— Où ils sont je te demande...
— Jermyn Road...
— Et alors?
— Ils viennent par le quai...
— Ils le portent? comme ça? »

Il fait signe... C'est lourd?...

Ils font oui

« Va leur montrer toi Mille-Pattes... Ils vont pas

savoir... Tu leur diras que c'est O. K... Toi Nelson gafe à la lourde! Bouge pas surtout! Ils s'amènent! »

Tout de suite y a du remue-ménage... des appels... encore Pii-ouit! Pii-ouit!...

Des cailloux qui crissent... des pas...

« Prosper! Prosper! le rosbeef! »

Cascade met en train.

« Les mômes à table! il commande.

— Y en a plus qu'il renâcle le Prosper...

— Y en a plus? Oh! maquereau! Malheur! Vas-tu te dépêcher? et du jus! du chaud! T'as compris!... »

Prosper sort, laisse la porte ouverte...

Ça remue plus dehors... plus de paroles... plus rien... que le clapotis à la berge... le moulin de Prosper en train de moudre... du fond... de la cuisine... le *ding... ding... ding* du tram très loin... de l'autre côté... l'autre bord!... Wapping...

Sosthène il se rapproche... Il me demande :

« Qu'est-ce que c'est?... T'as entendu? »

Il est pas si saoul...

Cascade l'entend...

« Ton cul! » il coupe.

C'est pas le moment de l'agacer... Je me demandais aussi... Du tabac?... une fourgue?... un sac de pavot?... du lourd?... du tapis alors?... des armes?... un transport discret en tout cas... sûrement du micmac... Je demande à Cascade...

« C'est gros?... »

J'avais vu son geste...

« Tu verras! Tu verras! Bouge pas!...

— Ah! puis merde je barre! Dis donc ils m'attendent au rafiot!

— Mais non! Mais non! Ils t'attendent pas. »

Je l'agace.

« Mais si que je fais, ils m'attendent... »

Ils me tapaient sur le système là tout d'un coup tous ensemble... comme ça retrouvés chez Prosper!... À pic! par miracle... À quoi ça ressemblait?... la petite saloperie Nelson, le Mille-Pattes pourri!... et toutes ces ivrognes?... et l'autre la gouine?... et le Cascade?... et le Jovil peut-être avec?... que tout ça s'était entendu!... Du guet-apens pas difficile!

« Dis donc! que je lui demande tout net, vous vous êtes donné rendez-vous?

— Encore une louche! il me répond... le vin chaud pour la poitrine. Tu vas attraper le choléra! C'est terrible tu sais le courant d'air! le choléra! »

La porte restait grande ouverte... les mômes toussaient, ricanaient, se poussaient du coude...

Les cailloux bougent... il vient du monde... enfin ça se rapproche... Cascade attrape la lampe, souffle... ça rouspète les mômes...

« Vos gueules! »

Il sort. Il parle. Il revient. Ils sont trois... ils portent... je vois leur ombre dans le carré, le cadre noir... C'est lourd ce qu'ils amènent...

Virginie me chuchote :

« *They carry some one*... Ils portent quelqu'un... »

Je voulais pas le dire. Ils referment le battant. Prosper rallume. On voit. Je vois les porteurs. C'est le Clodovitz et Boro. J'avais le sentiment... Ils posent leur colis sur le sol... C'est lourd, c'est gros, ça pue infect... Tout de suite ça surprend... ça se répand... Tout le monde renifle... Personne dit rien... Ils me regardent tous... la créosote... le goudron... c'est âcre...

Le Clodo... ses grandes bananes... il est là devant la gueule de rat... il transpire, il goutte... il est content d'être arrivé...

« Bonjour Docteur! que je lui fais...

— Ça va bedit?... ça va zanté?... »

Ils ont dû faire du parcours... Il ôte ses lunettes... il s'assoit... ils ont peiné... Je vois qu'il est en redingote... Tout en noir et cravate blanche... Il s'est mis en cérémonie...

« Docteur! que je lui demande... Docteur! qu'est-ce que vous nous apportez?... »

J'aime mieux lui parler qu'à Boro... Celui-là je l'encaisse plus du tout... saladier, faisan, brutal... je peux plus le piffrer... tandis que Clodovitz ça va... on peut encore lui causer...

Le Boro il est pas rassuré... il tourne tout autour du colis... il va, vient, dandine... il est comme un ours... il a encore grossi il me semble depuis qu'on s'est vus... des épaules... du cul... des mains... il est boudiné dans sa veste...

C'est lui qui répond pour Clodo...

« *Oooh! Ooh!* tu verras moudjingue! .. »

Il rigole tout seul de toute sa grosse tronche, du poitrail, un tonneau!... *Ooh!... Ooh!... Ooh!...*

« Tu verras enfant prodige! »

Prrôôdigê! il prononce.

« À boirrre! nom de Dieu! à boirre!... »

Toujours soif!...

Sosthène renifle, éternue... y a de quoi... c'est le grésyl il me semble... Tout le monde éternue d'un coup... Et puis on se marre... c'est l'entrain! Mais oui, c'est ma fête! Y a de l'humour! du rigodon! tant et plus! de la fantaisie! Tirelo! Youp! diè! Les filles en veulent absolument! Faut pas que ça s'arrête une minute! Elles grimpent sur Boro, elles le bisent, trifouillent, papouillent dans tous les sens! Petits cris! c'est la ribouldingue! Le Clodo aussi biche, esclaffe, tout cafard en arrivant, le voilà qui frise l'insolence, il veut téter la Nénette! Ils se battent un petit peu...

« Vous êtes pas sérieux Docteur! »

Tout l'échevelée fantaisie!... On se tripatouille, folie de bécots! Les marins se permettent des choses... Les vigiles ils en voient plus clair... tellement ils ont célébré, godet sur godet! trinqué à ma fête! Ils croient plus leurs yeux!... Ils se les frottent, ils se les tiraillent...

« *Long life! Happy* Ferdinand! Vive la France! Vivent les *sailors!...* »

L'odeur par exemple qu'est ignoble... Ils sentent pas eux?... Ils s'en foutent... Ça vient du paquet... dans le fond... Je voudrais regarder... C'est des relents... une infection... Ça gêne personne on dirait... Ils reniflent... mais c'est tout...

Je voudrais y aller voir... La Carmen elle me guette... elle a pas bu elle... Je demande à Boro... Il comprend rien... trop absorbé... Il a quatre filles qui hurlent après... qui veulent le déculotter... D'un coup hop! il se dégage... il saute... il est léger quand il s'y met... elle pèse rien sa grosse bedaine... il attrape la petite Élise, les voilà lancés sur la piste... C'est le tourbillon... Tout le monde s'envole.. on rallume trois lampes... Tout reboume de plus belle! Quelle gaieté! les

mômes à celle qui tourne plus vite! plus vite encore!...
toupie! vinaigre! tourbillon! *Bzing! Bing!* culbute! cul...
Pang! en miettes! Bigoudi la plus déchaînée, elle toupille
avec Lulu Mouche... elles s'empêtrent... tourneboulent...
couronnent... étalées elles chialent toutes les deux... Y a
l'orchestre maintenant... tous les fifres... les marins aux ocarinas... Prosper en guitare et le Napo... Dédé est trop
saoul!... Mille-Pattes invite Virginie... il insiste absolument... Cascade est bien ravigoté... il se trouve tout
ardent... il mène la matchiche... il fait voltiger Carmen d'un
bout à l'autre du local... Belle-Bise a retroussé sa jupe par-
dessus sa tête... elle met ses peignes dans la bouche pour se
faire des longues dents... toutes vertes... elle veut qu'on
voye sa danse du ventre... Elle hurle qu'elle a la plus belle
motte... Ça fait qu'Angèle pique une colère... va lui montrer un peu ce qu'elle pense... si c'est une tenue pour un
bal! Elles vont se torcher... Mais y a plus de grog dans la
bassine... Le combat stoppe... Faut refaire flamber le
punch... C'est toute une histoire... Pas de flammes pas de
gaieté!... Enfin ça y est!... tout recommence!... C'est une
vraie fête!... Pas d'erreur! Je le dis moi-même à Boro...
Seulement y a le paquet là-bas qu'ils ont apporté... Dans
une bâche... Je lui demande encore... il répond pas...
l'odeur vraiment abominable... Ça gêne personne on
dirait... ils reniflent et c'est tout... Ils guinchent, gesticul-
ent, aboyent... comme si rien était... Le refrain fait fureur :

Watch your step!
Watch your step!

Les mômes braillent, reprennent... savent pas quoi... une
qui hurle *La Paimpolaise*... La vinasse est chaude à présent...

Vouache your step!
Vouache your step!

à la française...

« Ah! bath! Ah! bath!... » elles s'admiraient personnellement de savoir si bien chanter.

Sosthène qu'avait tant dérouillé, moulu dans tous les
sens, qu'avait tant pris des gnons affreux, qui pouvait plus
arquer du tout, que les flics avaient si puni, rempli de gros

cocards, il s'en ressentait subito, un gamin avec la Mireille, il attrape la suspension, à saute-mouton... On s'amusait de plus en plus... Moi je boudais un petit peu... Cascade m'envoie sa femme Angèle...

« Ferdinand s'ennuie!... »

Elle m'invite... je peux pas refuser... Nous voilà partis!... J'aime pas beaucoup la matchiche... C'est trop compliqué pour moi... je m'embarrasse... Je voudrais qu'ils changent de rigodon...

« Polka! je réclame... Polka!...

— Ça va! »

Prosper change d'air... non! c'est une valse... Tant pis!.. Bon!...

Iiiââââ!... au moment juste... un gueulement atroce!... Du fond... du noir!... une bête qu'on égorge

Tout stoppe...

Iiiôôô!... ça recommence!...

C'est Delphine voyons...

Je l'appelle

« Delphine!... Delphine... »

J'ai reconnu sa voix... On lui fait du mal?... Je vois rien... Les mômes hurlent autour... une pagaille!... un tohu-bohu!... Ça les a comme déchaînées ce cri-là sauvage... Elles savent plus ce qu'elles font... Elles braillent éperdues, une panique, elles se blottissent les unes dans les autres... Je lâche l'Angèle, elle retombe à genoux... Elle reste hagarde, elle glapit là, comme ça yeux en l'air, elle récite toute trem-blotante...

Sainte Barbe! Sainte Fleur!
Espoir de notre Sauveur!
Ceux qui te prieront!
Jamais ne périront!

Trois quatre fois de suite ainsi. Elle se relève, elle se jette dans Carmen, dans ses bras... Elles sanglotent, elles bre-douillent ensemble, gémissent...

« Virginie! Virginie!... » j'appelle.

Elle accourt... je l'embrasse...

Alors?... Alors?... La catastrophe?

« Cascade! Cascade! » Je hurle après... Quelles manières

tout ça! Il est dans le fond, il s'occupe... Il a pris la lampe... Il est penché avec les autres. Ils sont absorbés. Delphine est à genoux... on la repousse... elle veut pas... elle veut rester là... On tire dessus, on la tiraille... qu'elle débarrasse!... Une clameur alors! on l'égorge!... Ça recommence le cri!... Ils veulent pas qu'elle tripote le sac, ils veulent l'empêcher.

Elle se débat, elle mord, elle se raccroche...

Ils cognent dedans, elle hurle infect, elle se dépêtre, elle s'échappe, elle court, elle se redresse au fond, elle nous menace...

« *Hear Macbeth! Hear! Impotence of purpose!...* »

Elle est relancée, elle nous accuse, le doigt menaçant, les yeux loto, l'horreur, tout.

Dressée contre la cloison...

« *Give me the Dagger! The sleep of the dead!* »

Elle nous ordonne. Le poignard elle veut! Le sommeil de mort! Elle râle, elle étouffe, halète! Elle refonce sur le tas, le paquet, elle se rejette dessus, agrippe tout.

« *Darling! Darling!* qu'elle appelle. *Forget me not!* Ne m'oublie pas! »

Tout le bastringue hurle, s'agrafe, s'engueule. Faut qu'on la sorte! ça suffit! L'odeur qu'est atroce de tout près... La viande avariée, la barbaque, et puis en plus comme du grésyl... un mélange qui vous soulève bien... Je connais bien sûr... je connais...

Pendant qu'ils se battent avec Delphine, qu'ils la décrochent, qu'elle se défend, je me penche... je regarde... y a la lampe... je vois tout près... je vois la tête d'abord... une tête en bouillie... qui trempe là-dedans... Et si ça cogne! une bouillabaisse! C'est pas du rêve!... La tête!... la tête!... c'est bien une tête! enfin le morceau! c'est Claben... c'est bien sa tronche... mais plus d'yeux!... et puis que de la bouillie après... des lambeaux de cou... tout ça bien brûlé... dans la bâche... dans le jus... C'est ça qu'ils ont trimbalé?... avec toutes ces grandes manières?... la bâche... la barbaque... Ah! je voyais!... du fameux labeur... merde!... D'où qu'ils avaient été le prendre?... Je pensais à tout ça tout de suite... Ça m'émouvait pas moi le macchab, j'en avais vu un tout petit peu!... Ah! une histoire!... Je vois... je vois... je regarde encore bien... Ils s'occupent pas de moi... Ils s'engueulent à propos de Delphine. Prosper veut pas qu'on la sorte... qu'elle fasse du raffut dehors! Ils vont se bagarrer pour elle...

« Pas de scandale! Je veux pas de scandale! »

Il s'égosille le Prosper...

Sosthène regarde avec moi... Il se penche de même... Il me tient la lampe... Je veux pas que Virginie s'approche... Je la fais s'asseoir... Je me baisse moi... je regarde de plus près... je cherche le trou... le trou du crâne... quand Boro l'a pris comme ça... l'a sonné les pieds en l'air... Et *Bang!* et *Peng!*... J'étais là... moi je veux regarder!... Mais Delphine qu'est avec les autres, elle m'aperçoit que je regarde, que je touche son macchab... Ah! elle repart... elle refonce sur moi... elle me saute dessus... c'est un tigre!...

« *You witch! you devil!* qu'elle crie... *You killed that angel!* Vous sorcier! vous diable! vous avez tué l'ange! »

Je vais pas discuter, c'est une situation tragique.

« Saloperie! que je fais, c'est un comble! »

Ah! je me défends merde! Ah! je veux!

« J'ai rien tué du tout! barbouillarde! T'es soufflée menteuse!

— *Yes! Yes! You did!* elle insiste : Vous! oui! oui¹ vous!... »

Ils se bidonnent tous les autres les cons... ils savent plus quoi, ils sont trop saouls!... Elle vient près, elle me fascine comme ça... elle me rote dans le nez! *Bouah!* Je me trouble pas...

« *Bouah!*... » que j'y réponds... Et puis je te l'envoie bouler!... le cul dans la bouillie... *Pflac!...* les jambes en l'air!... Elle peut plus se relever... elle se marre... elle nous a tout éclaboussés... Les mômes si elles poussent des cris... Carmen en a plein son corsage... une dégueulasserie... Tout le monde la renifle... Quelle marrance!

Moi je l'engueule là par terre Delphine... j'y suis après.. j'y tiens qu'elle sache... faut pas qu'elle se croye!...

« C'est les cigarettes! tu te rappelles? c'est les cigarettes!... »

Je me rappelle moi! Je me souviens!... C'est elle qui les a rapportées... cherchées exprès de je ne sais où! Ah! ça c'est pas des bêtises!... ça existe! c'est la vérité!... Je le dis devant les autres... Faut convenir un peu! Qu'elle dise tout! Sa faute! Oui! Sa faute! C'est pas la peine de m'accuser!...

Je le braille, je le hurle! Elle est là le cul dans la bouillie. Je le crie à tout le monde que c'est elle! Qu'on le sache! qu'on n'en parle plus! Que tout le monde m'entende!

Personne m'écoute... Ils se roulent sur les bancs de rigolade... Ils comprennent rien. Les vigiles ils se boyautent aussi. Ils ont plus de tunique, plus de chaussures. Ils sont presque nus de l'ivresse, juste leur ceinturon, ils marchent à quatre pattes sous les femmes. Ils aboyent comme ça de plaisir.

« Grande chiffonnière! Grande saloperie!... » que je réfléchissais!... Je pensais à Delphine! Elle serait capable de m'accuser!... Et le Boro là qui disait rien...

« Y a un assassin parmi nous! »

Voilà ce que je crie haut et fort! Tout le monde s'en foutait.

« Bois petit, qu'il me raisonne Cascade. Bois petit, tu te fais mal au tronc! »

Les autres me regardent réfléchir... Ils en pouffent ces dégueulasses!

« Grosse hypocrite! que je l'insulte... Vieille carabosse! Ganache! Crapaud!... »

J'y apprendrai moi les manières! assassine dix fois comme moi! J'y dis! j'y dis à Delphine! J'y répète même... Je me cache pas!... J'y hurle dans le tohu-bohu...

Voilà Bigoudi qui s'en mêle... J'y demandais rien à celle-là! Elle se ramène, elle me prend par le cou, elle me crie fort aussi pour tout le monde.

« Dis donc, il a passé sous le train! »

Elle se boyaute pour ça.

« Qui? j'y fais...

— Mais l'oiseau! bille! »

Elle me montre le paquet là qui schlingue.

« Mais non! C'est la foudre! »

Je me retourne. Prosper qu'a lancé ça. De l'esprit...

J'y demandais rien non plus ce con-là! Un vanne! deux rires! et puis tout le monde! C'est la gaudriole générale! Jamais n'avaient rien vu de plus drôle!

« La foudre! La foudre! ils répétaient...

— Ben merde alors! Et puis merde! »

Ils me suffoquaient de la connerie.

Voilà Delphine qui se rebecte, qu'était le cul dans la

bouillabaisse, elle se refout debout pour m'engueuler... toute pourrie... toute dégoulinante... en charogne plein ses jupons...

« *Wash your hands!* Lavez vos mains! *To bed! to bed!* »

Elle m'envoie au lit!... elle me maudit...

« *Damned you! Damned you!* » Elle déclame...

Prosper nous emporte la lampe...

« Allez! Allez! ça suffit! »

Les femmes l'empêchent... On veut voir clair...

« Chutt! Chutt! » Delphine a pas fini! « *Hear!* attention! *There is a Knight on the gate!* Chutt! *Child!* On frappe!... »

Elle fait celle qu'écoute.

« Un volet! »

Elle renifle :

« *A smell of blood!* Une odeur de sang! »

Salut!

Elle titube... elle rattrape sa jupe... elle pousse des soupirs... elle va, elle vient, elle se prépare...

Tout le monde fait : « Chutt! Chutt!... »

Elle va nous en envoyer une.

« *A smell of blood! A smell of blood!* »

Elle déclame comme ça inspirée... elle reste en suspens... le doigt en l'air.

C'est sa marotte.

Elle regarde l'assistance. Si elle me prend encore à partie, j'y envoie la chaise dans la gueule.

D'abord c'est pas l'odeur de sang... C'est idiot ce qu'elle dit... Je la connais moi l'odeur de sang! C'est l'odeur de brûlé, de pourri... Y a une différence! et puis un genre de créosote... Y a qu'à voir la viande, la tête... j'en ai vu moi des viandes, des têtes... ça va pas me bluffer... Pardon!...

Je voulais pas parler à Boro, mais je l'attaque quand même... je lui redemande :

« Dis donc, d'où que tu l'as ramené?... »

Ils l'avaient pas encore sorti? je voulais dire fouillé les décombres. Je le voyais encore dans la cave... je l'avais pas rêvé non plus. Comment qu'on l'avait ballotté!... et le feu qu'avait pris tout de suite... la camelote... le capharnaüm!...

Il répond pas à ma question.

« Vas-y que j'y fais... T'es pas sourd! D'où que ça vient? »

Il grogne, c'est tout.

« Alors merde! *couac! couac!*... je gueule.

— De l'hôpital!... » il se décide.

Il se montre vexé avec moi. Je me demande de quoi? foutre!... C'est moi qu'aurais des raisons! Il me semble un petit peu! Je lui dis. Il renfonce son bloum... il reste renfrogné...

« J'ai mal au ventre, il me grognasse, c'est les haricots!...

— Vous le portez d'où? que je récidive... de l'hosto? de loin?...

— Du London! » il me fait.

Je comprends pas.

Ils l'avaient ressorti alors? Il était exhumé déjà?

« De la morgue qu'il vient gros petit con!... Tu le vois pas comme ça dans un lit! Non?... De la morgue du London! Voilà! Monsieur est satisfait?... »

Il est nerveux avec moi.

« Mais j'en savais rien!

— Tu sais jamais rien jean-foutre! Monsieur décarre c'est fini... Monsieur chie, s'en va! Monsieur aime pas les ennuis! que les copains se dépétrrrouillent!... »

Il faisait *jean-foutrrre!* et *dépétrrrouillent* avec son accent...

Je comprenais un peu...

C'est Clodo qui l'avait sorti... qu'avait profité de son service... de ses fonctions à l'hosto... Ça devait être un joli micmac.

« Comment que vous avez fait ça?

— T'avais qu'à venir!... T'aurrrais vu!... »

La Delphine elle beuglait à plein... elle était remontée haut en fièvre... elle avait repris tout son souffle... elle beuglait devant la cloison... La tragédie la secouait de partout... des bras... de la tête... des yeux... du pot... elle agitait convulsif... elle en déchirait ses volants!... sa traîne... *vracc!*... encore un coup!... *vrrac!* des bonds farouches sur sa scène!...

Elle se campe là!... Elle nous apostrophe :

« *Macbeth! Macbeth! what's the business? Such a hideous trumpet calls to parley!* »

Elle faisait semblant d'écouter loin!...
Elle imitait :
Taïl!... Taïl!.. le son du cor... que ça l'appelait.. strident aigre!... *Taïl!... Taïl!...*
« Ohé Macbeth!... Ohé!... »
La tôle alors ce raffut! Des cris tous en chœur! *Taïï... Taïï...* Une foire!...

Mais c'était vrai qu'à la porte y avait encore de la visite...
Deux trois bonshommes qui secouaient le battant...
Mille-Pattes y va...
Des coups en force... Elle est repoussée... C'est deux polices... Ils braquent leurs torches...
« *And you scoundrels? What your light?* »
Ils trouvent qu'on est trop allumé. Ils ressortent... Ils ramènent un nègre... Ils le traînent... un gueulard... un maraudeur. . un nègre de soute... Ils l'ont surpris en train de voler... il vrillait un tonneau de rhum... pour sucer tel quel au trou... avec leur lippe c'est facile... la méthode *kiss* c'est connu... Ils le tiraillent par les oreilles... il jérémiade... il proteste... Ça fait encore trois de plus qu'ont soif . Ils ont toujours soif...

Ils vont s'asseoir avec les autres. Ils voient le grog qui fume. Ils parlent plus... Ils vont se tasser entre les filles... On devrait être fermé c'est exact, ils sont fatigués, ils reniflent... Le nègre il pleure plus, il veut boire, il veut qu'on le traite en invité... Il va être trois heures du matin, de fil en aiguille... Cascade offre des cigares... Ils refusent.. puis ils prennent, pas le nègre, les polices...

Delphine somnole un peu comme ça assise contre la cloison, elle a trop joué la comédie. Moi j'ai quelque chose à lui dire. Je lui dirai tout à l'heure. Je me mets à fumer. C'est du sérieux, pas du ninas, c'est de la bague et de l'origine, du *Coronaro*... C'est ma fête! Moins le quart qui sonne à Big Ben... Ça résonne long au-dessus du fleuve... ça porte aux nuages... du doux canon... Pourquoi on fait la nouba? Je voudrais qu'on m'explique...

Ah! voilà encore la question... « Pourquoi on est pas fermé?... » Les flics ça les turlupine... Ils demandent ça sans brusquerie...

« C'est la fête à Ferdinand! »
Tout le monde leur répond unanime... Je vais pas leur

montrer le tas par terre... Ils verraient un peu comme fête !... Delphine roupille presque dessus... Ça les ferait peut-être un peu tiquer !... Oh ! là là ! je veux !... Y a tellement de tabac à présent... c'en est opaque dans tout le local... ça cache un peu l'odeur barbaque... Ils peuvent croire qu'il y a des chiotts partout... une cuisine au fond...

Je réfléchis...

Beng !... Peng !... au moment voilà que ça retremble... tous les canons partent ensemble...

Une bordée d'alerte... Pas fini !... C'était qu'un entracte... *Taraboum !...* Ça pète énorme au-dessus de Poplar... Ce coup-ci ça doit être un zeppelin... Ils se précipitent tous à la lourde... Je bouge pas, je bourdonne trop des oreilles... je répercute à chaque coup de canon... J'en secoue de toute la tête... Je vois des chandelles... J'en ai marre moi de ces fracasseries... Y en a qui ressortent encore pour voir... Je veux du calme moi !... Je veux aller dans le fond ! Je bute dans Boro... Il est à genoux... Je l'avais pas vu... il est dans le noir... il refait le paquet... il boucle la bâche... Là alors ça renifle âpre et âcre !... ça fait rien... il souque le sac... Mille-Pattes tient le bout... « Heum !... oyé !... » deux... trois cordes... et puis des nœuds... Ô ! Hisse !... Ils lèvent. Pattes charge à dos... ils sortent... ils faufilent... la porte du fond... pas celle du quai... par la courette. . Personne a vu... L'air qu'entre froid réveille Delphine, le courant d'air... Elle a rien vu... elle se frotte un peu... elle se rebecte... Tout de suite elle beugle... elle harangue... Personne s'en occupe... C'est au-dehors qu'on s'intéresse... Les zeppelins qu'on guette...

« *There !... There !...* »

Y en a qui les voient !... Ils prétendent !... Bravo pour les projecteurs !...

Delphine se remet debout !...

« *Infectious minds !* qu'elle clame... tout de suite les insultes... Esprits infectieux !... *To their deaf pillows !* À l'oreiller sourd confient leurs secrets !... »

Ça l'agace affreux que personne l'écoute... Elle se démanche dans le fond de la baraque... elle beugle de plus en plus fort... elle veut ramener le monde... elle veut son effet... Cascade arrive par derrière, lui file un coup de botte au cul qu'elle est enlevée à trois mètres. Elle rebondit, elle te pousse un cri que ça couvre tout, le bruit du canon!

« *Out damned spot!* qu'elle vocifère... Foutez le camp d'ici! »

Elle se rebiffe affreux, elle est mauvaise. C'est nous qu'elle veut foutre à la porte... Il te la prend, il la roule sous le bras et hop! il l'emporte. Il est fort. Elle l'agriffe, griffe, arrache, hurle atroce!... Les autres ils rentrent justement... Ça tonne trop.. ça éclate fuse au ras du sol à présent... y a du ricochet plein la berge... les toitures secouent... C'est le grand moment pour Delphine... ça l'excite encore davantage. Elle sursaute à chaque coup de *boum! boum!* Dehors qu'elle se donne!

« *Lady Macbeth!* qu'elle appelle... *Lady Macbeth! there we are!* »

Lady Macbeth! c'est bien elle!...

Toute seule qu'elle est à présent. Elle gueule dans la grêle d'éclats. Ça tourne juste au-dessus du hangar... ça en ricoche plein les tôles! Y a plus à sortir.

C'est pas la peur, c'est la marrance. Tout le monde retrinque à ma bonne fête... À Delphine aussi qu'est dehors! « *Hurray* Delphine! *Hurray good girl!* » Les policemen ferment la porte, ils veulent pas qu'on sorte nous autres. Le règlement est formel! Tout de même c'est un boucan affreux. La cabane sursaute. Même les vigiles ça les réveille, qu'étaient endormis sous les tables. Les femmes les tirent par les pieds...

« *No! No!* C'est la Saint-Patrick! »

Ça leur plaît pas Saint-Ferdinand!... Ils sont irlandais tous les deux. Ça veut rien dire en irlandais... Tout le monde se bécote!

Dehors *Boum! Boum!* de plus en plus... La force du canon!... Le nègre il aime ça faire *boum! boum!* il se terrifie à plaisir! à genoux qu'il se prosterne... il roule des calots... *Boum! Boum!* Il fait peur aux filles avec sa grosse bouche... *Boum! Boum!*...

Y a que ma pauvre petite Virginie qui dort gentiment... toute pelotonnée sur la banquette... un petit ange... profondément... depuis une heure... je veille sur son sommeil... les brutes l'ont pas réveillée... le canon non plus... Il faut qu'elle dorme dans son état... Je l'aime bien moi, je l'aime bien... Je le dis à Gertrude qu'est là...

689

« Moi aussi je t'aime bien », qu'elle me répond.

Tout le monde s'aime d'abord dans la tôle... C'est la chaleur de ma fête... C'est malheureux qu'il y ait l'odeur... « *In love! in love!* » qu'elles brament comme ça, toutes en caresses aux policemen et puis entre elles... ça tortille un peu... ça danse plus, c'est trop saoul, trop fatigué, ça flotte tout de suite, ça s'écroule, par deux... par quatre... en tas... ça ronfle... Il manque un peu de gniole, une secousse!... Ça s'est assoupi! On en recherche... les bouteilles... *Bing! Bing! Bong!*... tout rebiffe... C'est venu éclater en pleine eau! Un souffle... une violence... une trombe... la flotte éclabousse... tout déménage dans la tôle... choque, bascule, les verres... les flacons... tiroirs... les parois de la case gondolent craquent... Les mômes elles tournent folles du *boumboum!* Elles se foutent des claques plein les fesses! elles imitent la force, la violence... *Blang! Plaf! Plaf!*... à se casser le derrière! Elles sautent à trois sur la Renée, elles la retournent, elles la fessent toute rouge... Il faut que je la fesse moi aussi... ça me portera bonheur il paraît. Ça alors du coup c'est farceur! Les polices ils s'amusent tellement, rampants, tortillants de rigolade, que deux en étranglent, dégueulent, ils tournent cramoisis, ils peuvent plus...

« Oh! *my! my!* » qu'ils expirent...

La Renée sous la fessée, que tout le monde la claque, elle gesticule, hurle, démène, hoque de fou plaisir *croar! croar!* comme un chat qui crève chaque coup sur son cul. C'est tellement hilare qu'on sait plus, que c'est tire-bouchon pisse partout, roule dégorge rote plein le bocal les unes sur les autres!

Je vais pas dégueuler sur ma petite qu'est là qui dort comme un ange... Ah! ça non! Ah! l'infamie!...

Mais tout d'un coup là hop! je sursaute. Où qu'ils sont? Je vois plus Boro ni Clodovitz? C'est vrai! C'est exact! Je suis transi net! là! l'effroi!... Je suis persuadé!... J'y tiens plus.

Ils sont partis faire des traîtrises! « *Traitors here! traitors!* » Je le crie, je l'affirme... Personne m'empêchera! « Des traîtres ici! des traîtres partout! »

Ah! je veux rechercher la Delphine... Je veux déclamer avec elle. Ah! je suis pas pourri! Je veux qu'elle sache! Je tombe dedans là sur les cailloux. Elle m'insulte, elle veut pas se relever... Elle veut dormir telle quelle tranquille... comme ça sous les obus affreux!... Elle est brave! qu'elle me nargue!... moi je suis lâche! Je parlemente, je renonce merde! Tant pis!...

Les mômes du pub elles sont si saoules, elles ont tellement fessé la Renée, que celle-ci saigne abondamment, des grosses rigoles qui lui coulent... Le nègre il vient lécher tout ça... encore une bonne transe de rire... Maintenant c'est à moi. Elles vont me fesser, elles insistent, c'est mon tour... Elles me courent après... Je les boxe, je les calme un petit peu... Elles vont alors secouer Virginie, elles sont enragées de la chose... Elles veulent lui apprendre la matchiche!... Je leur apprends moi les coups de talon... *Bzing!* sur le pied!... Elles ont toutes des cors! elles sursautent... *iiiii!*

Elles retombent sur les flics!... *Aïe!... You you yé!*

Je parle à Cascade encore un coup, je lui demande à l'oreille :

« Où qu'ils sont?... »

Ça me turlupine où qu'ils se trouvent?... où qu'ils ont porté la bouillie?...

Si c'était pour rigoler, ça me faisait pas rire, si c'était une grosse astuce je les trouvais balourds tout cons, dégueulasses funestes! Les cadavres ça se promène pas, ça peut amuser que les enfants, des faux dessalés dans leur genre, les gens qui vont pas à la guerre, pauvres petits marlous la praline! loustics de mes deux! Je lui explique un peu dans l'oreille, qu'ils croient pas qu'ils m'ont épaté!... pauvres petits poisses abrutis!...

En plus la technique! Ah! pardon!...

Ils le sortent juste pendant l'alerte! Ça c'était choisi! Que tous les flics gafent la berge! Ah! ils avaient de l'àpropos!...

Je les félicite!...

« Ils pouvaient pas le laisser ici?... »

Ça me semblait moins bête...

« Tu veux en faire des rillettes? qu'il me demande, sarcasse!

— Qu'est-ce qu'ils vont en foutre? je redemande, à part les rillettes?... »

C'était la question.

« Ils vont le foutre au jus jolie bille! Si tu veux savoir! Les crabes le boufferont voilà tout!... Vous êtes satisfait jeune homme?... Si tu veux connaître! On peut pas le brûler encore plus! Non? T'as pas vu sa tête? Tu veux pas le manger toi des fois?... Il faut que quelqu'un s'en occupe! Si ça vous fait rien!... Monsieur la Belle Bise!... Monsieur finit pas son travail! Monsieur a d'autres idées!... Faut qu'on se magne, qu'on se démerde pour lui! Faut faire disparaître ses ordures! Faut arranger ses petites choses! Voilà Monsieur beau jeune homme! Héros magnifique et tout! Monsieur ne pense qu'à l'amour! »

Maintenant j'avais une réponse... de quoi méditer... Eux aussi me chablaient en somme... J'en avais des comptes en retard avec des personnes... ceux-là ou des autres!... Avec tout le monde en vérité... À commencer par la famille... avec mon père... avec ma mère... puis avec les flics... avec Mille-Pattes... etc. avec les macs à présent... avec le consul de France... avec le 16ᵉ cuirassiers?... j'étais pas très sûr... avec Totor, avec Titine, avec Bigoudi, la Girouette, le colonel, et Tartempion... J'en avais trop sur la nénette pour qu'un compte de plus change rien! Qu'ils aillent tous se foutre! Voilà la manière de penser!... Ils me rappelaient juste des choses méchantes!... C'était que de la pure jalousie!... c'est tout!...

Ah! j'oubliais ma fille enceinte, mon ange, mon chérubin, ma vie... Ah! je voudrais pas qu'ils y touchent!... je les tuerais tous merde!... Ils pouvaient tous s'entreprendre, s'aller chier à la queue leu leu de la terre au ciel... ça changerait rien à rien du tout, et m'assassiner pour finir! puisque c'était les usages! Je démordrais pas là d'un pouce, je périrais au sang là sur place dans la défense de mon idole.

Voilà comme j'étais! C'était du parler militaire! Je lui cassais tout cru carrément! Ah! je l'assois! Il bronche!... Il me considère une seconde... Il se dit : « Ce petit ours-là quand même!... »

Du coup je profite, je ferre. Je l'ai saisi, je veux de l'avantage. Je veux qu'il se dise : « Vraiment c'est quelqu'un! »

« Ils me pendront! que je proclame... Je veux! Ils me pendront! Soit! C'est entendu! C'est pas les raisons qui manquent... »

Mais j'en ai le pouet! Je joue plus cache-cache! J'ai gagné! Soit! J'abuse pas. Je veux du respect. Voilà tout. J'entraîne Virginie! je veux qu'elle danse... On s'en fout nous des *boumdaboum!* On en a vu d'autres chienlits pâles! C'est pas deux trois petits pets en feu!

Cascade me rattrape par la manche :

« Dis donc t'as pas revu Matthew?

— Non pas encore.

— Parce que l'enquête continue... peut-être que t'es pas au courant?...

— Tu sais bien que j'étais occupé, qu'on était chez le colonel... à Willesden... Tu sais bien!...

— Oui, mais elle continue quand même... Willesden ou pas... »

Dans le pif. Il me renvoyait la monnaie.

« Voilà la musique belle bite! Vous êtes renseigné à présent. Qu'est-ce que vous en dites? Vous partez toujours ce soir?

— Non! Non! bien sûr!... »

Ils me regardent tous.

« Alors tu restes?

— Évidemment! »

Je tique pas, je fais face.

« Bravo petit pote! Voilà du nerf! »

On me congratule.

« Et ta petite femme? »

Il me montre mon petit ange là qui dort.

« C'est une Anglaise... je t'ai dit pour l'oncle... »

Je voulais qu'il sache bien... pas une peau...

« Ben tu vas la faire travailler, pourquoi que tu veux partir si loin?... elle est pas bien avec nous?

— C'est pas ça tu sais... faudrait voir... »

Il comprenait mal.

Elle se réveillait tout doucement.

« Bonjour Mademoiselle! »

Il la regarde. Il l'avait pas vue de près très bien. Maintenant il la regarde là tout contre.

« Dis donc elle a des beaux yeux! »

Il se montrait galant, c'était pas beaucoup l'habitude. Il souriait pas souvent aux femmes.

« *Good bye Miss!*

— *Good bye Sir!* »

Pas effarouchée mon petit cœur.

Il réfléchit.

« Faudra que tu l'habilles plus long.. Elle fait trop mineure... »

Il pensait déjà au promenoir...

« Ah! mais tu sais elle est mignonne!... »

Il avait confiance.

« Seulement dis, gaffe aux ritals! un conseil. Ils mordent là-dedans ils sont dingues... C'est de la maladie eux les blondes! Ils te les embarquent! Un souffle! Un vertige! Des sauvages je te dis. Italgos! Fumiero! N'est-ce pas Prospero?... On les dresse aussi! N'est-ce pas Signor Prospero?... »

Il glave un fort coup. Du souvenir... Il fait encore un peu des frais... Il dit comme ça encore une fois... « Bonjour Mademoiselle. » Clin d'œil. Puis il regarde d'un autre côté, il s'occupe d'autre chose...

Les filles elles se trémoussent justement, elles grimpent, elles escaladent les flics! degringolent, les cajolent, les bisent et tant que ça peut!... Faut pas que ça s'arrête une seconde, faut pas qu'ils s'occupent de rien, ils sont bien là, faut qu'ils y restent... *Kiss!... Kiss!... Kiss!...* cajolerie furieuse. Les mômes leur font sauter les casques, elles font mine de pisser dedans. Je rigole pas du tout. Pour moi ils se doutent les « vigiles », ils sont venus exprès mine de rien, ils ont l'air comme ça ahuris, perdus saouls croulants, en vrai ils se régalent, ils gafent... ils nous afurent un petit boulot... C'est nous les billes dans le tournant!... Ça m'illumine là tout soudain... ça me retourne bouleverse!... J'y pense! j'en tremble... j'en cafouille!... j'en grelotte du haut en bas... Virginie me voit, me prend les mains, je pâlis, je rougis, je sais plus... C'est encore une terreur qui me passe... une illusion... Pas d'illusion! Je me tâtonne... C'est moi!... c'est moi-même!... Aucune erreur!... Je rêve pas du tout! J'y pensais plus! Je l'avais oublié voilà tout! Merde! Marrant! Étourdi par le mal de tête! Sa tête à lui alors bigre! Pot-au-feu! Pas la mienne! La sienne! Oh! You youye! « Tremble! Tremble!... » C'est toujours ça! Je pique un autre fard! la confusion!...

« Merde! Merde! Il est revenu! »

Je l'interpelle moi la Delphine!

« Tu m'entends Lady? » Je veux la voir! « Machtagouine? Il est reparti! Il est revenu! »

Elle m'entend pas, elle est dehors!

« En bouillie qu'il est, tu comprends? En fromage! Il est repoussant! Lui tout seul il pue plus que vous trois cent mille! »

Voilà ce que j'annonce.

« Ça c'est un homme! un saucisson!... »

Je m'en fous qu'ils m'écoutent! Je m'en fous de leurs chichis! Je me fous de tout! Je suis emporté par la terreur! Je suis sans rival! Je suis le tonnerre! *Boum! Boum!* Je me le fais tout seul comme le nègre! Je me bombarde! J'en ai vu moi des canonnades... Cinq et cent mille fois plus que vous tous! Et je vous emmerde à la cuiller!

Ça me fait du bien! Je m'impose!... Je suis fier... Je suis quelqu'un. J'embrasse Virginie. J'ai vaincu la peur. Ils se rendent compte. Je suis ovationné.

La Delphine ça la réveille, elle me crie de dehors, elle me provoque dans le vent...

« *Little man! Little man stupid!* Petit homme stupide! » qu'elle m'appelle...

Elle ose dans le noir.

Ah! je rigole merde à la fin!... La frayeur et puis ça va... Faut se faire une raison! Macabres loustics! petits tranches, je vais vous dire une chose, attention!

> *Sois bonne ô ma belle inconnue!*
> *Pour qui j'ai si souvent chanté!*

Je la pousse là d'autor sans un couac! Ça les assoit énormément. Ils me savaient pas si artiste. J'emporte un triomphe. J'insiste pas.

« Dis donc! que je rattaque Cascade, et l'enquête alors? T'en parles plus?

— Vas-y! Vas-y! Chante toujours! On en reparlera! »

C'est pas une réponse.

Ça bombarde encore un petit peu, pas sur Wapping, plus loin vers l'est, vers Chelsea... la mer...

La petite Renée, la grande Angèle, elles sont en furie l'une contre l'autre à propos des casques... que ça leur va mieux l'une qu'à l'autre... Elles se les essayent tout plein de pisse... elles s'en foutent partout... Et puis elles retournent au cake-walk... qu'est plutôt vaseux titubant... Ça se passe sous la suspension rose. Tout le monde est là entassé entre les quatre tables... Faut pas qu'un poulet sorte... c'est la rue Michel c'est l'astuce... faut pas qu'y en ait un qui renifle dans les alentours... faut que les loustics reviennent... qu'ils se rencontrent devant la porte... Ah! pardon malheur!... Les cognes ils glougloutent je veux bien, mais quand même ils peuvent se douter... y avait l'odeur tout à l'heure... Faut les amuser encore plus... toujours davantage... Pour moi c'est pas gagné du tout... les filles se retroussent jusqu'aux oreilles... ça c'est de la vraie faridon!... Cascade, Prosper tapent des mains... Ils ravivent la bamboula... En avant les dames! Jambes en l'air... Le grand cancan de la *Boum Dié*! *Taradaboum! dié*... Puis la farandole... Les flics ont de quoi se divertir... Ils voient plus que des pantalons... des mottes tout poils dans la dentelle... la craquouse là qui sautille... *Tara-Boum-Dié!* Juste au ras des châsses!... Avec la fumée d'alcool c'est brouillant éberluant... tout de même ils ont les yeux qui papillotent... ils dodelinent fort... ils voient goutte... ils retombent sur la table la tête dans les coudes, ils rotent, ils demandent plus de détails...

Je veux bien que c'est des bourres pourris de gin, tout de même ça me trottine... je crois qu'ils ont vu douté quelque chose... ils font mine seulement d'être si poivre... Ils sentent la vape, ça serait trop beau...

Je polke un peu avec Virginie. Et puis on se rassoit. Je veux encore parler à Cascade... ce qui me turlupine...

« Comment c'est arrivé l'histoire qu'on l'a fait sortir de la morgue?... en morceaux bouillie pareille?... à dos?... en cab?... en voiture?... Il était pas bien à la morgue?... »

Je lui pose la question. Je lui demande... C'est la dixième fois au moins...

« Pourquoi l'emmener promener en ville?... le foutre au jus?... Pour quoi faire?.. »

Il repique son bloum... une pichenette... Il me toise... Je le dégoûte.

« Tu connais rien alors ici? Tu sais pas comment ça fonctionne? »

Une pitié...

Je l'excède, positif!

« Ça parle anglais! ça connaît tout! ça connaît dalle! ça connaît pas la *conviçtchioûn!*... CONVICTCHIOÛN! »

Il s'en foutait plein la bouche... Il prononçait majuscule... comme ça! CONVICTCHIOÛN!

« Ça te dit rien? C'est pas du vent pourtant tu sais!... Ça existe! Je te le dis!... »

Il faisait alors marcher sa tête, navré de ma comprenette si lente.

« T'as la CONVICTCHIOÛN! t'es pendu! Voilà ce que ça donne! comme ça marche ici! Tu me comprends un peu oui ou merde?... T'as pas appris au régiment? CONVICTCHIOÛN? Y a que ça qu'existe! Toi tu fais un mort, tu t'en fous! galope! galope! Joli jeune homme court s'amuser! Il se croit encore à la guerre! Mais oui madame! Il laisse en plan sa CONVICTCHIOÛN! Les autres ont qu'à se démerder!... Ah! vous êtes mimi freluquet! On vous retiendra pour la prochaine! »

Il était heureux de m'agonir...

« La CONVICTCHIOÛN fils d'amour voilà comme ça marche! C'est la barbaque vous comprenez? Ils travaillent pour vous les amis! Ça vous dit rien bien entendu! Ils se dévouent ces garçons-là! ils se donnent! Vous êtes pas capable! Ils effacent vos crimes! Ils vous couvrent monsieur la Bizouille! Gougnafier des cœurs! Ferdinand la Honte! »

C'était une sortie de la colère.

« Pendu? Vous vous demandez? Pendu? Certainement oui! Vous grattez pas! CONVICTCHIOÛN! Vous savez l'anglais! Dites-lui à votre Miss *Good bye*! mon gros Récamier!.. »

Il était content de sa tirade.

Récamier pourquoi par exemple? Un mot qui voulait rien dire... un effet comme ça!...

Mais la viande où qu'elle se trouvait? à la flotte? en bâche? tout le paquet?.. Ça devait y être à l'heure actuelle... je voyais le canot... le trafic... la flotte... CONVICTCHIOÛN! Ah! Il me repassait une transe! Ah! ça s'embobinait affreux... Ah! ça finirait catastrophe!... Ah! Je tremblais, j'embrassais la petite... elle comprenait pas... elle avait rien vu... c'était pendant son sommeil... Je demande encore à Cascade ·

697

« Alors c'est fini? Ils l'ont ballotté? Merde ça va! On en reparlera plus!... »

Je voulais que ça se termine finalement.

« Reparlera plus?... Reparlera plus?... à voir! »

Il restait douteux.

« Mignon tu causes... c'est commode... Ça prolonge voilà! ça prolonge... je peux pas t'en dire plus...

— Ah! merde dis donc j'y suis pour rien!... »

Je m'irrite à force moi aussi. Il m'attise.

« Vous me faites marrer! Moi c'est ma fête! »

Je fais comme eux, je fais l'hurluberlu. J'attrape Virginie, je l'emporte, on s'élance dans la farandole, la cloque l'empêche pas de danser! Je bois toute une bouteille au goulot comme ça de champagne... tout en valsant... *glou-glou! glou-glou!*

Voici la Parisienne.

Ça me bouille toutes les idées tout de suite moi le champagne... toute ma tête enfle... je double de volume... ouf! J'éclate! Bon Dieu c'est le tonnerre!... C'est l'amour!... J'ai la tête en bruit!... *Boum! Boum!* et *Boum! Boum!* C'est autre chose que du Claben merde alors! « Trou crevé! Pourri! » Je hurle à tout le monde! Ils rigolent tous les chacals! « Sans cœur! Sans cœur! » je les apostrophe! même les bourmans ils me trouvent cocasse! même Virginie qui frétille de me voir ridicule! Tout le monde danse ensemble, ribambelle, sur deux pieds, sur quatre, à quatre pattes, accroupi, crapauds à la russe, tout gigotant... Gisèle elle danse bien à la russe, Madame Gisèle qu'on l'appelle. Elle y a été en Russie, dix-huit ans, putain. C'est quelque chose.

Yop! Yop! faut la voir bondir, jaillir, glapir, tout autour. Une vraie sorcière à tourbillon une fois qu'elle se lance... Elle peut souffler par la bouche des flammes aussi, longues comme ça, au pétrole, c'est son autre talent.

« Pépé aussi peut faire de même et danser de même à la russe. »

Sosthène me le fait bien remarquer.

« C'est triste qu'elle est pas là maintenant. On s'amuserait bien. »

C'est pas des talents répandus. Sosthène en pleure de sa

Pépé qu'on lui fait souvenir là soudain, de sa chère absente. Il lui remonte du cœur des sanglots, des gros... Ah! on le secoue... Il faut pas de ça... on le rentraîne dans la matchiche... Faut pas de tristesse à ma fête! Virginie se sent beaucoup mieux... elle est réveillée, elle a plus du tout de nausées. Les femmes viennent lui faire des papouilles, elle les amuse si court vêtue... la jupe d'écolière... Voilà Sosthène qui s'en ressent, il m'entraîne mon ange dans la se, les voilà partis tous les deux...

C'est Virginie la plus gracieuse, sans aucun doute... une enchanteresse... Elle pèse rien dans la musique... Tout le monde l'admire... elle est exquise... c'est l'esprit du tourbillon... l'essor l'emporte c'est un rêve... aux flonflons... vire glisse câline... s'envole un deux trois la valse... poupée...

Y avait de l'admiration autour et de la jalousie forcément... Surtout Carmen qu'était pimbêche, elle trouvait la petite trop osée, qu'elle faisait des yeux à Cascade.

« Cocu! Cocu! Regarde! » qu'elle me sort...

Juste l'orchestre qui couaquait affreux, en plus de l'ocarina... C'est Bigou qui jouait du piston. Fallait qu'elle s'occupe... Les ivrognes choralent vinasse chacun sa chanson différente. Ça doit faire affreux sur le quai. Si la ronde entre, pousse pour voir, on va se faire emmener... C'est pas des rigolos la ronde comme nos vigiles là, nos licheurs, bizarres mais commodes. C'est de l'ours la ronde, juste bas butés, connaît personne.

Je préviens Cascade.

« Gaffe! ils gueulent trop! »

Il me répond rien.

« Et les canotiers qu'est-ce qu'ils branlent ! »

Ils tardent je trouve.

« T'avais qu'à y aller t'aurais su.

— Ils l'envoient loin?

— Un petit peu! »

La plaisanterie.

« Tu sais, pas dans le sens de la mer pas devant la Chambre des Communes!... Autant que possible... Tu sais pas ramer des fois? »

Il me demande.

Oh! là pardon les bobards! Je les envoie aussi! Je le renseigne tout de suite.

« Les macchabs moi cher monsieur, des chiées que j'en ai vu!... Comme vous en verrez jamais!... et des lutteurs, des braves! des mérites! pas des sagoins! peaux d'enfiotes! des pourris Claben! À la bonne vôtre! Pardon! Salut! »

Je le remets en place.

Je me montais, je l'aurais giflé tellement il me tapait sur les nerfs! soulagé *pflac!* Marlou l'entendu!...

Il me voit en colère... Il admet!... Il se rend compte un peu... Il veut bien que j'aie des raisons...

« Discute sans te fâcher... T'es pas en prison encore! Pourtant hein! Fais gaffe! Y a la CONVICTCHIOÛN! »

Ça recommence la CONVICTCHIOÛN.

« Je t'ai dit! T'es sourd!... T'es pas aux Épinettes ici! T'es à Londres t'entends? À London! »

Moi je l'énervais alors pépère.

« À London c'est la CONVICTCHIOÛN! Voilà t'as saisi? Pas de CONVICTCHIOÛN pas de *guilty!* Tu comprends : *Guilty!* Coupable! Coupable! Qui c'est qui la trempe en ce moment ta CONVICTCHIOÛN! pas celle à dache! Ta CONVICTCHIOÛN! C'est pas toi causeur! C'est pas dache! C'est les potes! Oui m'amour les potes! C'est pas le pape! Tu réalises pas? Non? Ça se dit comme ça *ri-a-laïse!*... ça c'est *english* dis! *spoken! Ri-a-laïse!* » Il était buté là-dessus, que j'aurais dû partir avec, donner aussi moi de ma personne, que je devais avoir drôlement honte!

« T'es verni! Voilà! T'es verni!... »

Ça l'écœurait.

Dehors, ça retonnait encore, c'était sur l'ouest de la cité. Par la fenêtre, les carreaux, on voyait les bouquets de shrapnels éclater aux nuages... et plus loin encore vers Chelsea... et puis les pinceaux des phares qui couraient après les flocons... Y avait de la joujoute.

Les dames en dansant entre elles, elles se foutaient des baffes sur le cul, à chaque coup de canon des claques... Elles poussaient des terribles clameurs mais personne vraiment avait peur. Ça se passait trop loin.

La Delphine beuglait sur la berge... elle faisait sa séance... elle voulait pas être dérangée...

« *Knights! Knights!* » qu'elle appelait... que les chevaliers accourent...

À l'intérieur pas d'entracte! Ça débouchait de plus en

plus... *Pam! Bang! Pam!* la valse des bouchons! ça coulait à flots! La polka scottish en faveur, moustillante avec petits cris...

Je regardais Virginie danser avec Petit-Cœur. J'aimais pas beaucoup Petit-Cœur, sournoise, mielleuse, grimacière... mais j'allais pas faire de chichis! Cascade sort de sa réflexion. Il regarde aussi les danseuses...

« Dis donc, il me demande, elle le garde?
— Elle le garde quoi? » Je comprenais rien...
« Le môme!
— On verra... »

C'était pas son pied.

On se tait encore un instant, puis il me fait comme ça brûle-pourpoint :

« De quoi que vous tenez en ce moment? T'es raide? Où que tu crèches?... »

Il se fouille, il sort de sa poche une liasse de *pounds*, des gros, des Cinq!

« Prends! » qu'il me fait... il me donne.

C'est brusque.

Je voudrais pas les prendre. Je prends.

« Je te rendrai! je fais digne...
— Ça va! »

Faudra que je paye tout à l'heure j'y pense... même comme ça soi-disant ma fête... le champagne et tout... Je veux rien devoir à Prosper, je préfère emprunter à Cascade.

« Je te rendrai! je répète...
— Si tu veux! mais dis ton chinetoc il est raide? »

Il faut qu'il me crie ça dans l'oreille, le bruit des canons couvre tout.

« Oui, mais dis il est inventeur! explorateur! il vient des Indes! »

Sosthène c'est quelqu'un, je veux qu'il le sache, qu'il se trompe pas à son sujet, que c'est un homme de grande classe. Je lui explique.

Il se marre, il croit pas.

Il regarde Virginie, comme elle danse si jeunette si gaie...

« Dis donc ta petite cloque, elle va pas travailler ballon?... puisque tu lui fais garder... il va falloir qu'elle se repose... »

Il pensait à ça...

Je le regarde, c'était gentil dans un sens...

« T'en veux une autre qu'il me propose. Pendant qu'elle fait rien ? »

Une offre de bon cœur.

« T'en veux deux ? »

Il me montrait les femmes. J'avais qu'à choisir. Elles se tortillaient sous les lampions. Il pensait tout de suite à l'urgence, il me voyait sans ressources, il pensait tapin. Pas méchamment ni brutal, juste serviable et sachant la vie, que la matérielle c'est sérieux, que la croûte vous tombe pas du ciel...

« Comme tu voudras tu sais... Tu me dis... »

Ça restait à voir bien sûr... J'avais pas à faire la petite bouche. Il attelait bien à dix ou douze lui Cascade *Leicester*... J'en aurais pris une en famille... même deux ou trois... que Virginie était bien tranquille, que ça roulait comme du gazon, qu'on s'organisait fameusement... Ah ! ça me tentait... je l'écoutais... Ça me simplifiait tout...

Il me voyait perplexe.

Et puis *vlan !* je repense à Matthew ! Oh ! là ! panique ! Assez de rêveries ! Petite mémoire courte ! Je me ressaisis ! Ah ! ça me la coupe !

« Assez de flan vieux dis.. Vite on se sauve ! Oh ! là ! là ! Où que j'avais la tête ! »

Il me yeute, je le vexe !

Baoum ! Beng ! Bing ! Là-haut ça redouble... c'est de la fureur plein les cieux ! Ça chie horrible sur Wapping ! *Ping ! Bang ! Vlof !* Ça éclate partout !

Il me redemande, il est buté...

« T'en veux pas une autre ? t'es sûr ? »

Il me gueule ça fort dans l'oreille.

« Non ! Non ! que je fais... ça ira !

— Tu veux pas Petit-Cœur ?

— Ah ! non dis ! »

Il se marre, il sait que je peux pas la piffrer..

Broum !... Braoum !... Des marmites !

Voilà le nègre, celui des flics, qui recommence à faire le con, le maraudeur qu'ils ont rentré.

Il se jette à plat ventre.

« *Broum ! Broum !* » il imite... à quatre pattes comme ça... chaque obus, chaque coup... il sursaute haut sur place... il fait rebondir tout le bastringue, il est fort, il fout tout en l'air... les tables, les bancs... les bouteilles... tout autour de lui... c'est un furieux... il veut prier Dieu qu'il annonce... il hurle pour ça... il l'engueule... il le menace... il gueule plus fort que Delphine... le bras levé il menace le *God!*... « *God! God! You are no good!* Vous êtes pas bon! » qu'il lui crie... Il rebondit, il se jette sur les femmes, il accroche Carmen puis Tue-mouches... il bute... ils roulent tous les trois... par terre c'est la lutte... il retrousse la Carmen... il veut l'embrasser de force...

« Maman! Maman!... » qu'il l'appelle...

Elle hurle qu'on la viole. Toutes les mômes raffluent, c'est trop beau... Elles se retroussent toutes, qu'il voye leur fente... Comme ça tous les dessous pantalons... les frous-frous... les soieries volantes... Ah! il pâme... il fait le Mahomet... il se baisse... il se prosterne, il se redresse comme ça vite vite vite tout à coup... bras en l'air!... « Zou! Zou! Zou! » il crie chaque fois... Alors ça c'est du phénomène! On lui verse dessus toute la bière, les demis, toutes les canettes... les grogs... il enquille tout tête à l'envers... *Glou! Glou! Glou!...* Et puis ça repart de plus belle! La farandole bat son plein, on bascule le nègre, on le roule, on le trépigne. Il râle là-dessous, il étouffe... tout de même il hurle à la santé du tôlier, des demoiselles, des hommes! et du bon Dieu! nom de Dieu! Il lui pardonne tout d'un coup! « *I forgive you!* » qu'il rugit... Il se remet à genoux. Il se recueille, il se concentre encore... La bouille en eau, les calots hors, il rugit :

« *I forgive you Daddy God!* Papa Dieu!... »

Tout est pardonné!

Faut qu'on relaye les musiciens, ils sont exténués. Dédé est fainéant. Léonie qui prend la guitare, la bonne à Prosper, une Bretonne, elle a appris à Rio. Les mômes en transe elles se culbutent les unes sur les autres, c'est l'absinthe avec le champagne qui les pousse aux cris... Elles font voir toutes leurs batistes et leurs grands écarts... *Youp la la!* C'est une sarabande de fous rires... La cabane elle craque, elle tremble dans l'écho, elle bourdonne comme un tambour.

« À la santé du roi George! À la victoire des harengs! »

Voilà comme l'on pousse! C'est Cascade qui porte les toasts!

Par l'enthousiasme, les hourras, les marins tombent leur tour la veste, ils tournent aussi voyous que les flics. À poil on voit tous leurs tatouages. Le plus gros bide qu'est le plus tatoué. « *Rule Victoria* » qu'il est inscrit en lettres vertes, avec la reine mère chevauchant un dauphin splendide. Les mômes admirent, tout s'interrompt, c'est pas tous les jours qu'on trouve un tatouage semblable...

Ça provoque tout de suite des disputes. Poils de poitrine contre poils de cul. Les avis sont partagés. Chacun montre ses ornements. Y en a beaucoup des tatouages, les femmes en ont autant que les hommes, surtout aux nichons. Le concours s'organise. Le plus c'est des cœurs à couteaux. Mais le plus beau c'est sûrement le flic avec sa reine et son dauphin... un vrai monument. Ses plis du bide lui font les vagues, il nous montre comment. Tout le monde est jaloux. Cascade lui offre le champagne, il est consacré vainqueur. La petite Renée passe les bouteilles. Elle a la tremblote, elle renverse. Le canon qui la terrifie...

« Tu l'as dans le cul ? qu'on lui demande.

— Je... Je... sais pas... je... je... sais pas... » qu'elle bégaie...

Elle est affolée... Y a qu'elle en panique et puis le nègre... Il fait l'écho, il roule des châsses, sa grosse gueule tonne. *Boum!... Boum!... Boum!...* Il arrête plus...

« Vivent les Russes!... Vive le Tibet!... »

Sosthène qui s'échauffe... Il veut qu'on l'écoute.

« Vive le Tibet!... »

Personne lui demandait rien...

Ça finit pas cette alerte... ça repart encore... vers Lambeth... Les autres reviennent pas... rien va... J'ai beau m'étourdir... je me rends compte...

Ils se sont peut-être noyés aussi?... Ça vaudrait mieux qu'ils reviennent jamais... Et si ils étaient tous d'accord?... Ça me recavale ce soupçon... Le cœur me palpite d'y penser... je m'assois.

« Vous croyez vous, Virginie?... »

Je lui demande, elle peut pas me comprendre. Elle peut pas se douter. Tout de même je suis sûr et certain. C'est un piège, une combinaison. Pour ça qu'il me cajole l'autre fripouille, qu'il me berce aux filles etc... foutu marloupin! je te vois venir! ma fête et tout! je te connais! Ah! ça me scie les pattes! Pour sûr c'est du bel ouvrage! Voyez-moi ça la fête qui tombe! Ils la guignent dur ma perdition! Voilà ce que ça couve! C'est irrésistible je me rends compte! À désespérer! Ils vont jamais revenir les autres! C'est du serre! Ils friment! C'est les flics qui vont rappliquer! Pas ceux d'ici! Les autres du Scot, ceux à Matthew, les ardents à l'ouvrage. Je les vois sortir là-bas du noir... non c'est pas eux! C'est des *sailors*... ça allait être un coup de filet absolument mirifique... Hop! là là! lapins! Sautez frits! à la cocotte! je vois plus que ça!... à pic! là boum! Servez croustis! Ah! l'imbécile! Ah! ma fête! Oh! le joli tour! De mèche tous!

Je me sauve! Cette fois-ci de bon! J'attrape Virginie! Je tire dessus!

« Allez hop! En route mademoiselle!... »

Un bond! Deux bonds! stop! Cascade est là! il me barre la porte! Il s'attendait!

Arrière! Je me rassois. Tout le monde boyaute, je suis trop drôle! Le gugusse! sa fête! ma fête! hop là! pardon! « Chantes-en une encore! » Je veux pas. Ils m'insultent! Le flic le maigre qui veut chanter, il amuse personne, on le siffle, il croit que c'est du rappel, il repique. Alors éclate le scandale, le bousin ignoble, on y gicle la tête au siphon. « Manières s'il vous plaît! » Je m'interpose. « Respectez la Loi! » Je suis sifflé, honni, pourchassé. Je me ratatine dans un recoin avec Virginie, je moufte plus, je me concentre. Je tiens Virginie par le bras. Je me parle à moi-même. « Attention petit! Escampette!... » Je suis résolu!.. Faut profiter du brouhaha... Sur la pointe des pieds. Acré! Tout doucement! Biche!... Biche!... Que personne se doute! C'est pas encore bien franco... Y a un flic là qui nous épie... Je vois qu'il nous bigle mine en douce.. Ah! je suis pas tranquille... Attendons encore un petit peu... Mais les autres vont rappliquer... Ça fait pas un pli... les brutes à Matthew... fiers comme Artaban.. un beau brelan de vaches... Ah! Si elle va repartir l'enquête!... Je vous demande un petit peu!... J'y coupe pas du chat... mon cul!... on en reparlera dans le *Mirror*... Je vois ma photo! l'affaire de Greenwich rebondit!... Oh! là là! ma doué! Je croyais que c'était oublié! Malheureux balourd! Je voyais ça en rêve! l'Étourdi!... Ah! le cœur qui me repart, rebondit,

705

redouble, du tambour jusque dans la gorge, le ventre qui me palpite, toute la tripe... les jambes qui me flageolent, débinent, je suis beau !... les oreilles qui me font des sifflets, des roulements, des trompes, que j'entends plus rien du dehors. C'est un vertige qui me tourne tout... Je m'allonge... j'oserais plus remuer... Ils en reparleront ! j'en postille... j'en ba...bave... Ils en reparleront... Une de ces rafles !.. Ah ! les menottes... menottes partout !... aux bras... aux jambes !... Faut s'en aller !... Voilà c'est simple !... Et courir vite !... Cloué palpitant que je déconne... Ah !... *brr... brr... brr !...* je grelotte !... j'entends les ocarinas... elles grondent comme des orgues... Je veux pas quitter Virginie... Je la presse contre mon cœur... Je lui parlote... très affectueusement...

« Virginie *I don't feel well*... Je suis pas très bien ! »

Elle le voit... c'est pas des histoires...

« Sortons voulez-vous ? un instant ?...

— Mais c'est défendu... L'alerte !...

— Oui mais je peux plus tenir, j'étouffe... »

Sosthène non plus il est pas bien... il me fait des petits signes... il voudrait aussi respirer... Faudrait une coupure...

Faut chercher Delphine ! J'ai trouvé ! Je crie bien fort...

« Écoutez un peu comme elle hurle ! C'est pas possible comme ça dehors ! Elle va ameuter tous les flics ! Ça peut pas durer ! Faut qu'elle rentre absolument ! Il faut la chercher ! »

Ma présence d'esprit.

« Va la chercher ! qu'on me répond. *Go fetch the bitch !* la bique ! »

Nous voilà dehors. Ça va mieux ! Ouf ! On respire ! L'air est frisquet ! La nuit nous prend, c'est agréable. Ça tonne au-dessus par exemple... Des ricochets plein les cailloux, les petits éclats de la défense... C'est pas terrible...

On s'assoit, on réfléchit, on retrouve un peu la jugeote, comme ça sorti du taraboum ! et puis de la fumée, des odeurs d'alcool, mais le pire c'est encore la façon qu'ils vous beuglent dans les oreilles, qu'ils vous touillent la tête, je préfère le canon. Mais c'est pas la philosophie. Je secoue Sosthène. « Faut courir !

— Tu crois ? »

Il est pas si sûr. Il voudrait se reposer encore... comme ça le dos contre la cambuse... profiter du noir...

« Oui mais alors dis une minute! pas davantage... Tu vas pas dormir. »

Ça serait pas prudent.

Je regarde un peu le va-et-vient... l'eau... ça continue... ça glisse dans le noir... y a des falots dans tous les sens... le trafic... ça se croise... s'efface... rouge... jaune... vert... un écho de sirène... puis des lourds coups de poumon tout près... là comme ça *pfoo... pfoo!...* de la machine... un cargo qui pousse... frôle... nous borde... on voit son gros flanc... ombre sur ombre... passe... Ça brûle là-bas dans la Cité... C'est tombé tout de même... et pas qu'un petit peu... trois... quatre foyers... et des énormes... les flammes lèchent les nuages... la fumée rabat en panaches... des volutes si longues si immenses que ça couvre tout Londres, l'étendue, tous le rebord nord... jusqu'à Big Ben que ça voltige, entoure l'Heure, le Beffroi, les Communes, le Palais, tout... Ah! c'est du spectacle! gigantesque! Je croyais pas si beau!... On voyait rien nous dans le local, dans cette castafouine! Ah! on avait bien fait de sortir...

« Allez oust! Fini l'amusette! Escouade en avant! Fondre en ville! se reperdre dans les rues!... »

Voilà la consigne... Profiter de la nuit encore... faire gaffe au halage... le sentier des cloches et des flics... éviter par le petit lacet et puis l'écluse et puis Millford... Sauter dans le ferry-transport... De l'autre côté c'est franco... Poplar c'est que des petites ruelles... que des zigzags jusqu'au « Tub »... pas trois cents yards à découvert... le « Tub » c'est la chance... à moins qu'ils aient pensé à tout... parsemé des flics aux stations... mais fallait pas exagérer...

J'étais bon moi aux reconnaissances, aux travaux d'approche... J'avais bien appris militaire... La preuve c'est que le mage Sosthène il m'avait retenu rien que pour ça, il m'avait engagé tout de suite pour sa caravane, son Tibet, sa Tara-Tohé, ses mirages! Misère! Foin des songes! Au travail!...

Je guidais Virginie par le bras, je me méfiais qu'elle se tourne les pieds, c'étaient des cailloux terribles, il lui avait pris un vertige en sortant de la tôle, de la tabagie, des gueulements, elle avait aussi trop dansé, et puis trop bu pour faire plaisir, pour trinquer avec toutes les dames... et sauté, dansé au surplus! j'étais pas tranquille! Et toute la soirée, toute la nuit! Où avais-je la tête? J'étais fou vraiment!

M'étais-je rendu compte? Peut-être s'était-elle fait mal? heurtée quelque part? son ventre? Pour ça qu'elle était pas bien!... qu'elle avait flanché deux trois fois... presque des évanouissements... Elle était pas sage toute sautante... ça se comprenait à son âge... Mais j'aurais dû moi y penser! Elle voulait jouer, un petit lutin, envers contre tout!... C'était naturel... Mais moi j'étais plus vieux qu'elle... Moi je devais prévoir... J'avais vingt-deux ans... elle juste quinze... enfin tout juste... Je lui adressais des petits reproches... ah! pas des sévérités... gentiment... que c'était pas sérieux...

Sosthène peinait derrière nous... il geignait à cause de ses cors... Petit-Cœur y avait monté dessus pendant deux trois danses... Il allait enlever ses chaussures, continuer à pied... il nous a prévenus :

« Comme à Bénarès!... il annonce... comme à Bénarès... »

À Bénarès c'était sacré la marche aux pieds nus... il nous explique... la mode des fakirs...

On s'arrête donc pour Bénarès, qu'il se mette dans les rites...

« Tu vas nous refaire le ballet? »

Il y tenait pas.

Le petit jour monte au-dessus des docks, il est pas brillant, il est dans la buée... il pâlit notre berge...

Le grand *Tower Bridge* au loin sort doucement des brumes, il ouvre tout lentement son donjon, hausse tout haut ses géants bras d'arches, en plein fleuve comme ça, que les navires entrent... Les gros vapeurs vaporants, *pouf! pouf! pouf!* en grands falbalas... branlent, s'avancent... en fumées noires... à grands panaches buées bleues, mauves, roses... Pavane au fleuve... au grand matin... Pavois d'atours... Les berges là-bas à l'est scintillent à mille falots, agitent, tremblotent... les corvées agglutinent... attroupent... attaquent aux échelons... noir sur gris... C'est le grand branle-bas des abords... les équipes qui rallient à l'aube déboulinent aux docks... l'échange des bras... la nuit, les nuiteux qui débrayent... deux trois treuils qui hoquent, broyent horrible... jusqu'aux cieux que ça cogne... grince.. et puis tout rengrène, *tchutt! tchutt! tchutt!* à la petite vapeur... La colosse *Portland* la grue beugle un farouche coup... Le réveil est là.

Le fleuve qu'est frétillé, croisé, fouetté dans tous les sens... Cent petits canots précipitent, foncent au trafic... à la godille... à *teufl teufl teufl*... à souquer... raffluent de partout... aux sillages... aux étraves... aux poupes... à faufiler clampins d'étraves... bouchons d'écume... à frôler tout. arches... hélices... brassantes furieuses!... ardentes drisses au vol saisies... de bord à bord... poussahs cargos... écrasants monstres... fretins pilotes au petit jour de mousses en mousses prestes échappent... giclent plus loin... plus vifs encore... toupillent dandinent de vague en vague... éclaboussent...

Je vous décris un petit peu la farandole aux clapotis... Mais c'est pas tout les spectacles! Il faut se dépêcher... c'est pas bon pour nous la sisite... Sosthène était prêt. Il se dédit! il veut plus pieds nus... il remet ses godasses, c'est un esprit contrariant...

« Allons! Allons Bénarès! »

Je le houspille.

Virginie se reposerait je vois... Elle peine un peu la mignonne... Et c'est pas son genre les langueurs.

« *I could sleep!*... elle avoue... je pourrais dormir...

— Mais vous avez dormi déjà!... »

Ça la prend... ça lui referme les yeux...

« Virginie nous devons aller!... *We must go!*... »

On était trop près de la cantine... si la rafle s'amenait... j'étais sûr d'un moment à l'autre... c'était cuit gagné... là sur le cul au frais bien sages... Oh! là là! Clair comme deux et deux. Je voyais venir hallucinant! Ah! les vauriens! les cannibales!... Ah! J'y tiens plus! Ah! ça me reflambe! Toute la colère! Ah! fins fumiers! Ah! je m'écrie :

« Charrieurs vos miches! »

Je les préviens, je suis en colère... Sûrement qu'ils nous ont fourgués! vendus bobichés tels aux bourres! Ah! pourris consorts! Je me malmène! je m'insurge! je me révolutionne! je vois de l'affront partout! du défi! des sournois qu'arrivent du décor... là dans le brouillard je les aperçois... attention! j'alerte les amis... je veux qu'ils voyent les ombres... l'émotion m'étreint... je vois des phénomènes dans le brouillard... des personnes et c'est exact... des gens légers voilà tout... sur la péniche... sur le capot... autour du petit mât, des agrès... qui dansent et gavottent et voltigent... à la ribambelle entre elles... on peut pas dire... une farandole... elles voltent filent... au ras des vagues... puis s'enlèvent... des personnes dans l'air... disparaissent... La danse à la ronde de Tamise!... Je lui dis tout de suite à lui le mage, je lui chuchote. Il faut qu'il sache...

« Gafe malheureux! Très grand péril!... »

Ah! j'étais sûr!...

« T'es halluciné? qu'il me répond.

— Halluciné? Sale pauvre tronche! Tu n'entends pas la musique? »

Il entendait rien.

Épais, une honte.

« Alors comment que tu veux voir la ronde subtile ensorcelante? Tu vois rien t'entends rien! C'est tout! »

Il me faisait pitié...

« Allez vieux rata! en avant! Je vois des personnes et c'est tout! Je peux pas t'en dire davantage! On nous regarde! On nous épie! Voilà ce que je t'annonce! nom de Dieu! »

Je les admoneste encore une fois... que je ferai tout pour les sauver! l'effort ultime! qu'ils m'écoutent! j'insiste!

« Le grand péril! Traîtrise des buées du fleuve glauque! enlacent, lovent, *love! love!* » je m'énerve! « Flocons! Flocons! vous m'entendez?... Elles avancent! Dansent! Demi-tour nous! Esquive! Rive! Chutt! *Pfuitt!* Demi-tour! Plus de Millway! Traîtrise floue! Plus de transbord! Brouille! Brouillons! Brouillards m'amours! Brouillons nos voies! Brouille bien brouille le dernier! *Pfouitt!* Je me comprends! »

Ils sont saisis... me dévisagent... C'est encore moi! Toute l'énergie!

« Dames de brouillard ma révérence! Passez je vous prie! Rêverie! Votre servant! Votre page! »

Je les attire, môme et Sosthène, leur glisse tout bas..

« Direction Lime! Poplar! Ferveur! je vous sauve!... »

Présence d'esprit!

Ça nous donnait un long détour. Tant mieux! Tant pis!..

« Allons hop! En route! Rentrons en ville par le travers bulleux crapauds! »

Plan bien conçu! Par le chemin petit gluant... celui des bouzeux, en bas du halage. qui dérape de vases à varechs..

marée gisante... je connaissais un peu heureusement... j'avais été au « Samarland », au dock des fruitiers... avec Petit Paul... pour une jeune fille espagnole... C'était par là notre sauvette... Ah! ne pas retomber sur la cantine!... Encore un zigzag... tout de suite après c'est le sémaphore... grisaille et mauve... la même couleur ciel, fleuve, maisons... Contre la palissade... du plus loin j'aperçois deux formes, deux gens accroupis... je gafe... c'est pas net... le brouillard qu'arrive enveloppe dense... Du fleuve ça fonce... cavalcade... d'énormes flocons... étouffe tout...

Ah! faut savoir!... Traquenard!... Les flics! ça y est! Non! C'est pas! Ouf! Oh! là là! Delphine par terre, le nègre à côté...

« Delphine! Delphine!... »

Je suis content. Je l'appelle... Ils sont enlacés, ils se bisent, ils se font des caresses, ils se réchauffent, patins repatins... C'est des affections. Ils se sont retrouvés dans la nuit le froid...

Elle m'aperçoit. Tout de suite des cris :

« Ah! C'est toi mon petit vampire! »

Et je te trémousse, gesticule!... Son chapeau barre... la voilette folle... le vent emporte... les cheveux plein le nez..

La revoilà debout.

Elle déconne. C'est mon effet. Le nègre, de jetons, il se fout à plat ventre... il demande pardon... Il me croit de la police...

« Police! qu'il implore... Police! *not me! not me!* » Pas lui! il demande...

Il est comme moi il hallucine... Il voit de la police partout. Il me fait marrer c'est bien mon tour.

« Dis donc, que je demande à la belle, dis donc cocotte, c'est ton homme noir? »

Je voulais parler, une plaisanterie, de celui de l'autre fois, celui de Greenwich, celui du soir des cigarettes, qu'était soi-disant tombé dessus, l'homme noir du pont du chemin de fer, quand elle allait chercher le médecin, la soirée fatale..

Enfin tout le pastis. Je me foutais d'elle!

« Ah! le voyou! Le malappris! »

Elle ressaute, une lionne! elle m'injurie! elle se dresse hagarde! Ah! j'ose! Ignoble! elle en bégaye de rage... d'horreur!

« Oh! Oh! *Go! Gosh!* ô! *ye!... you!... Wretch!...* elle en peut plus. *You!... dare recall!...* Vous osez rappeler, voyou! ô loque! Silence Souvenirs! *Saï! lence!* »

Pluff!... elle me crache dans le nez...

« *Murder! Murder!* qu'elle égosille.. Assassin! Barbare! »

Elle s'en fout de faire du scandale... que les bourres radinent... Je vais lui apprendre! Le nègre du coup il prend si peur qu'il tourne à quatre pattes autour d'elle... il sait plus de tremblote... « *Be! be! be! be!...* » il cafouille... il se roule... il veut se cacher sous Delphine... il veut rentrer sous ses jupons... il fonce... il farfouille là-dessous...

« Jésus! il brame!... *Pity! Pity!* »

Elle est mauvaise, elle te cogne en vache, coups de pied, coups de manche, plein la tétère... *pang! pang! pang! pang!* casse le pébroc!... Oh! là là! la trempe!

« *Little mother!* qu'il crie chaque coup... Petite mère! *I love you!* »

Et puis *Oôôôh!* Il se fout à rire... un creux énorme! *Oôôôh! Oôôôôh!* tout le fleuve répercute, tout l'écho.

Elle cogne... elle cogne... plus il rigole... *Oôôôh!* étalé, croulant, le bide aux cailloux... le crâne qui prend tout! *pang! pang! pang! pang!...*

Elle grimpe dessus... C'est l'assaut final!... Hue cocotte! Elle rit pas Delphine, elle bisque, elle est hors d'elle-même en crise rouge... Elle veut me battre aussi, elle fonce qu'elle me voit la hilare tout con. J'y croche son pébroc. Désarmée elle beugle redouble...

« *Kill me! Kill me then!* Tue-moi donc alors! »

Elle repique son bada, elle se recoiffe, et la voilette et les mitaines. La revoilà campée que je la tue! Elle insiste absolument :

« *There! There!...* »

Elle me montre son cœur l'endroit juste! là pas ailleurs! elle déchire tout! *vrrac!* où je dois la frapper!...

Si les flics rappliquent ça va être coquet... Elle m'hurle exprès à tue-tête... Ça doit s'entendre la rive en face...

« *Lady Macbeth speaks to you!*
— Ta gueule! Ta gueule! »

J'en ai assez!

Si j'y touche elle va hurler pire.

« Puante belette ! qu'elle attaque.. *Take your face away!* Cachez ce visage !... »

Elle me vire.

« *No! No!* elle se ravise, confidente. Écoute ! » elle me chuchote...

« *Seyton!* Je dois disparaître !... *Kill me!... Seyton! kill me!... Wretch! as you killed so well the others!* »

Maintenant je suis Seyton, c'est comme ça, c'est un autre blase, c'est plus ma fête. Ça l'affriole que je la tue comme j'ai si bien tué tous les autres !...

Elle me regarde, elle me roule des calots, faut que je me décide.

« *Seyton! Seyton!* » elle en sort pas. Je suis Seyton ! Voilà ce qu'elle trouve, ça l'exorbite.

« Macbeth ! Macbeth ! » elle hurle au vent... elle l'appelle celui-là aussi... Elle a quelque chose à lui dire. Elle me prend moi, elle bise, elle me sorcelle. Je suis aux caresses. C'est la passion. Elle m'explique tout. Elle me souffle dans le nez. Elle me désire. Elle doit me ravager soi-disant... Elle me papouille, elle me charme... je suis étreint... C'est du tortillage... Puis brusque un coup, elle se détache... elle repart... elle regrimpe au talus tout là-haut contre la palissade. Ça va être encore une tirade... Je bondis après, je veux raisonner :

« Voyons Delphine ça suffit ! vous êtes pas si folle ! Écoutez ! Ils vont venir les flics !...

— Va te faire foutre ! » Ça l'intéresse pas.

« *What have you done with poor Claben?* »

C'est sa furie. Qu'est-ce que j'ai fait avec Claben ?

« Au jus qu'il est, conne ! »

Voilà de la réponse ! Elle comprend pas... C'est l'idée fixe... Le nègre il hurle en même temps qu'elle, il veut que je l'assassine de même... Il rebondit à plein les cailloux... il est impatient à quatre pattes :

« *Kill me! Kill me!* » Il aboie. Il fait le chien au bord de l'eau... Il est possédé. C'est du propre.

« Allez ! On s'en va ! »

Je pars.

Elle se jette sur moi, elle me raccroche.

« *The dawn!* qu'elle exclame !... *the dawn! Boys* l'aube ! Saluez l'aube ! Quelle joie ! » Elle se sent plus ! Elle lance les bras dans les hauteurs, elle pousse des cris.

Je la buterais!

Une péniche qui vient par là... qui sort des brumes.. manœuvre à nous... longe les galets...

Elle apostrophe le marinier...

« *Once the benefits of sleep! And the effects of watching!* » L'affaire étrange... Oh! la clameur! Tous les effets du sommeil! Et cependant les yeux lucides! « *Watch boys! watch!* » Prenez garde!

Les manœuvres cavalent sur le *deck*... agitent les perches... passent dans les nuages... le bateau frôle... glisse... disparaît...

Elle crie après eux, elle les prévient des pires périls!

« *Don't be deceived young men!* Ne vous laissez pas égarer!... »

Ils l'ont pas remarquée du tout. Pourtant elle criait assez fort! Elle est pas vexée! Ah! pardon! pardon! Elle sait ce qu'il en retourne!

« *They know me there!* Ils me connaissent là. »

Elle me montre l'infini, l'étendue des brumes!... J'y pensais pas... Ce sont des potes! Oh! là! le niais! Elle jubile.

« *Oh! boy! boys!...* »

Je me rends compte. Tout s'explique! Tous les sortilèges yeux ouverts!... Elle me fait remarquer... Ah! jeux splendides! je m'extasie... Je vais pas la contredire...

Elle me rattaque... faut que je sache tout... y en a encore des autres merveilles!...

« Tous les bonds périlleux du chat! de l'elfe! couché! *understand? young man!* comprenez jeune homme? miracle! dodo! *understand? in bed! Dream! Dream!* Rêve petit homme! »

C'est un ordre.

Je rêve pas du tout. C'est une question de rompre, filer sans qu'elle hurle au meurtre... Je voulais éviter... Marde! Tant pis!

Je fais signe à Sosthène... à la petite... qu'ils filent devant... que je les rejoins... qu'ils m'attendent plus, que je les suis...

« À droite!... à droite!... »

À droite c'est encore les cailloux... et puis l'écluse et puis le dock « Peninsular »... je les laisse partir... et *zioufl...* je me sauve!..

Je boite, je cours quand même. Ah! alors pardon la musique! Elle me rugit après littéral jusqu'aux cieux!... Ça porte l'eau... ça porte immense... Y en a partout de sa tonnante gueule... tout l'écho... tout le vent... les sautes... les bourrasques... tout ça gronde d'insultes!...

« Ferdinand! *Beast! Froggy! Monkey!* » Tous les noms elle me donne...

« Ferdinand! *Dog! Hartless dog!* Chien sans cœur!.. »

J'enfile le parapet de l'écluse... C'est plein de monde là-dessus... les ouvriers qui passent le chenal... Ils se demandent pourquoi ces clameurs...

« Elle est toquée! » je leur explique.

J'essaie encore qu'elle se taise... Je lui fais des signes de là-haut.

« Chutt! Chutt! Chutt! »

Va te faire foutre c'est encore bien pire! Elle pousse strident, elle me couvre dix fois!

« *Give me the dagger! Coward! Macbeth has murdered sleep!* Passez-moi le poignard scélérat! Macbeth a tué le sommeil! »

Elle y tient absolument. Elle se taira jamais!

La chiotte! Salut!

« Larguez toutes! Au trot mes enfants!... »

Mais elle est pas fringante ma troupe! Surtout la petite, elle tient plus debout!... Il lui passe encore un vertige.. mais faut avancer quand même!... C'est pas des parages à glander... Tout de suite les ruelles... du quai à droite. l'intérieur... les ombres... après les silos de l'« Insulinde »... et puis encore les petits passages... astuces et zigzags... Dungow... Bermond... Hercule Commons... à toute allure... presque au pont Lambeth... Là une bouffée d'air, une pause... Entracte s'il vous plaît!... Ça faisait déjà une distance... On pouvait souffler. Ma mine Virginie elle papillotait... ses beaux yeux au sable... je lui faisais le petit reproche :

« Vous avez trop dansé mimine!...

— *O but it was so amusing!* Tellement amusée!... »

Elle regrettait rien... Son petit nez l'impertinence... toujours palpitant pour un rien, un sourire, un rire, une petite idée, il mouillait à présent de bruine et ses beaux cheveux, ses divines boucles, aux sautes de pluie...

715

Ah! je l'embrassais encore une fois... deux fois... trois fois... tout en courant... comme ça la sauvette!... chérie mignonne!... On s'occupait plus du Sosthène... Il se parlait derrière tout seul...

« Où allons-nous? il me crie un coup!...

— Arrive! Tu verras! »

C'est vrai qu'il fallait se décider..

« Alors? »

Moi je penchais pour l'oncle. Fallait vite rambiner les choses puisque je partais pas... Peut-être attendre encore un peu?... Peut-être d'abord téléphoner?... Ça c'était prudent raisonnable.. Je regardais Sosthène, la petite... Ils attendaient que je décide...

Le temps s'arrangeait un peu... ça flottait moins fort... ça serait peut-être une belle journée... on pourrait peut-être attendre le soir?... Balader encore un petit peu... Profiter du reste?...

« Vous avez pas froid Virginie?

— *Chilly! Chilly!* Frais... » elle me rit.

C'était pas son genre les plaintes... même sous les averses... Y avait la question de la jupe courte... Il avait tiqué Cascade... Elle était peut-être encore plus courte comme ça détrempée...

Des jambes qu'on remarquait déjà, fines et fortes, musclées, dorées, félines... ô l'arc admirable de cuisse en cheville!... tendues de fraîcheur, de joie!... ardentes bondissantes de lumière!

Ah! j'avais la berlue chaque coup! Oh! merde Oh! là là! Je vois encore cette petite jupette... charmante amusante à plis... une écossaise...

Oh! C'est exact, ça faisait court, même pour l'Angleterre!... Et puis en plus... là enceinte... enfin y a que moi qui savais... Tout de même! Tout de même! Oh! pardon! c'est pas la berlue faut agir! On retourne?... On retourne pas?... Ah! je cafouille, drifouille, trafouille... je palpite... je sais plus rien... Je vois terminer tout ça affreux...

« Voilà! que je fais... Voilà! »

C'est tout.

Je faisais pas encore des romans. Je savais pas tirer sept cents pages comme ça en dentelles quiproquos... L'émoi m'étouffait...

Sosthène il renonce, il s'assoit, à même le trottoir, il peut plus... Il attend que je me décide...

« Quand tu seras prêt!... »

Il gèle, il tremble. Je le vois toc...

Je lui demande :

« T'as mal?

— Oh! ça va passer!... il me rassure... c'est le cœur... je saute un peu... »

Je le laisse qu'il se repose... Ça vaut mieux l'autobus que le « Tub »... j'ai réfléchi... Le « Tub » c'est plein de police... J'y annonce à Sosthène :

« Le bus!

— Vas-y! Vas-y! Tu commandes!... »

Alors voilà! je suis résolu!...

« London Bridge, dis, qu'on traverse... le bus du "Monument"... le 113... York Square, stop! Tu téléphones!...

— Non! pas moi, toi!

— Si tu veux...

— Comme ça Monsieur à votre tête!... Allez on vous suit... »

Je lui tends les poignes, il se relève, on repart tout doucement. London Bridge c'est pas là tout de suite, c'est encore un bout de chemin, on s'est tués avec nos zigzags, nos brouillages de piste, ruelle en ruelle... on n'en peut plus... Enfin le voilà... Il est haut... de la Trooley Street je veux dire... C'est une escalade... Mais de la rampe alors on découvre! On voit presque jusqu'à Woolwich, tout le panorama, tout le fleuve jusqu'à Manor Way... les Docks King... C'est une admirable perspective...

Je leur dis : « C'est le moment de respirer! Humez-moi ce souffle... » C'est vrai, c'est de la bouffée marine... ça vous déferle au parapet... ça vous arrive en sautes rafales.. vous débarbouille...

Là alors on voit les bateaux... tout le jeu des *wharfs*.. tout le grand travail... les mouillages... les bordées... le tintouin... tout le carrousel des cargos... les gros... les minces... les effilés... les camouflés... les plates palanques... tout ça hâle barre entre les remous... un coup de sifflet! branle-bas aux *decks!*... souque file amarres... croche aux amers... les bouées dandinent... effrontés canots ô partout... doublent, pivotent, claboussent... moussent... dix, cent, mille... tout éberlue... il faut aimer... Moi ça me fascine... je ne le cache pas... je m'émerveille... je veux qu'ils éprouvent... qu'ils s'emballent mes deux totos... Je leur fais remarquer Sosthène, la petite, l'adresse, la câline façon que les navires amènent, dérivent, bordent... tout au fil lisse... Ça va les fasciner aussi, mais ils ont froid, ils me font remarquer... Les mouettes quadrillent, sillonnent, planent, piquent aux balises... tendrement posent...

Le grand courant gronde sous les arches là tout en bas, creuse, ravine, mousse... méchant faut dire... chahute, bahute les petits canots... renvoie au vent! le gros *Cardiff* chargé croulant bourre, laboure, peine, drosse aux pylônes... *pflof! pflof! pflof!*... toute la machine... pales battant folles... renonce, amarre... ancre chute au flot... tout le paquet de chaînes... *tarrag Broup!*... l'énorme ferraille... tout un tonnerre!... navire mouillé!...

Ça me défascine... ouf!... « Voyez ça, je leur fais remarquer... Si c'est superbe! l'adresse de manœuvre... les périls... »

Ils comprennent bien, mais ils ont froid. Ils ont froid c'est tout.

« Très bien! Alors bon! en route!... »

Je vais pas insister.

Il fait pas encore tellement jour... la « Wrigley » l'annonce électrique, la géante, elle est pas éteinte, on la voit qu'à peine dans la brume, là tout de suite, à droite au-dessus de la fabrique « Orpington »... Ça va être une journée couverte, j'en ai peur maintenant. Je croyais que ça serait beau.

Aux coups de vent il refoule de la suie, on reste encore au parapet, que je me décide là bien vraiment, pour le colonel ou pas, et puis de la fumée toute jaune, âcre, d'un incendie qu'on voit encore, là-bas vers East Ham, des lueurs qui s'agitent, des grandes giclées par instants.

Ils sont vraiment venus les zeppelins. Sa tronche il voit goutte, mais Virginie elle a de bons yeux. Elle peut voir là-bas loin... je lui montre... tout près de Cannon Dock... c'est là qu'on était tout à l'heure...

« Ils sont partis dis donc! je remarque... Sosthène! je le réveille.

— Partis quoi?

— Le *Kong Hamsün*! lard! »

C'était exact, plus une mâture, ça se voit au diable un voilier... Ça dépasse tous les bâtiments.

Il conteste pas.

« Oui!... Oui!... d'accord!... »

Il en prenait son parti.

Des bouffées de bise, des coupantes, qui nous arrivaient en plein. Il en trémoussait le Sosthène des gigotements de la grelotte.

« T'es malade dis donc? T'es malade?
— Tu... tu... tu vois... bien!
— Alors en avant! »

Encore au moins trois quatre cents yards à traverser le reste du pont. Je les agrafe comme ça Virginie... lui de l'autre bras...

« Hop! mes garnements! Au trot!... Vous entendez tous les deux?... »

Je répète la consigne.

« Alors au " Monument ", le 113! À York Square tout le monde descend! C'est pas difficile! *You Miss*, téléphone! »

Voilà c'est superbe!

« Oui mais dis peut-être tout de même un jus! »

Il avait l'idée.

« Un jus où? C'est dit vite un jus! C'est pas encore l'heure...
— Un moka Monsieur! »

Il insiste.

« Où que tu le trouves?
— Là tout près là! Il me montre l'autre rive... »

Je le savais friand.

« Au *Calabar* tu connais pas? »

Je connaissais pas.

« Dans Twickenham ours! moi je vous dis! Après la station.. Saloon Victor!...
— À cette heure-ci?
— Absolument!
— D'où que tu connais?
— Mon petit doigt... »

Ah! je vois ce filtre! Il nous tente...

Pour la petite aussi c'était bon! C'était tout juste ce qu'il lui fallait un café chaud

Tout de même c'était une faiblesse... on aurait dû partir tout droit directement tels quels chez l'oncle, pas vadrouiller traîner encore... d'un café dans l'autre... c'était des prétextes... c'était pas convenu ni sérieux. Je me rendais compte... mais ils me dévoyaient tous les deux...

« Le moka c'est la vie ! »

Il se sent du coup tout requinqué à la perspective... tout fripon loustic...

Au milieu du pont c'est une force les jours où ça souffle, des rafales qui vous retournent emportent... Faut forcer contre...

Ça les amusait au possible, tout farceurs maintenant, des démons, ils faisaient semblant de s'envoler, d'être soulevés au vide, que je coure après, que je les raccroche...

Deux petits fous...

« Allez ! que je me fâche... ça suffit ! »

Ils faisaient semblant de lâcher la rampe. C'est le vieux qu'était le plus turbulent.

Je rattrape la môme, bras dessus bras dessous... maintenant avançons ! en chœur !

Je lutte avec elle contre les rafales. Ah ! c'est la tempête pas d'erreur ! Elle rit ! Elle rit ! Elle est contente !...

« Ah ! c'est joli ! je fais, la jeunesse !... »

Il arrive derrière le Sosthène. Il fait l'aguicheur, le coquin...

Est-ce vous la petite dame?
Qu'étiez l'autre tantôt?

Il chante tout fausset...

Tout près de moi dans le métro...

Il gambille, il s'émoustille... Les sautes de vent l'attrapent... l'embarquent. Il va boumer dans le parapet... Il s'en fout, il rigole de trop ! Ils sont aux éclats tous les deux...

Encore une bourrasque, une violence... on vague... zigzague... on est stoppés, on recule, on refonce... on repousse à trois !...

Ça y est ! C'est le bout ! On arrive ! Le pont franchi ! Ouf !... Ah ! l'amusement !... Ils sont aux anges, ils esclaffent, ils savent plus comme c'est rigolo !

Je tire sur la jupe, elle était retroussée au menton dans les coups de bourrasque. Ils seraient rentrés tels quels en ville... Ils faisaient plus attention à rien... Ils veulent maintenant jouer à cache-cache... ils sont impossibles!... Y a que moi là-dedans qui glousse pas... Ils sont plus du tout fatigués... J'ai le don du comique. Ils veulent que je ronchonne pour voir. Ils veulent plus bouger du tout avant que je fasse ma figure, que je fronce les sourcils...

« Ferdinand *dear! make your face!...* Ferdinand! fais-nous ta figure!

— Allez hop! en route! »

Je veux plus.

C'est moi le pitre maintenant. C'est un monde!

Moi qu'ai le souci, la discrétion!

DU MÊME AUTEUR

Aux Éditions Gallimard

VOYAGE AU BOUT DE LA NUIT, *roman*, 1952 (Folio n° 28; Folioplus classiques n° 60, *dossier et notes réalisés par Stéfan Ferrari, lecture d'image par Agnès Verlet*)

L'ÉGLISE, *théâtre*, 1952

MORT À CRÉDIT, *roman*, 1952 (Folio n° 1692)

SEMMELWEIS 1818-1865, *essai*, 1952 (L'Imaginaire n° 406. *Textes réunis par Jean-Pierre Dauphin et Henri Godard, préface inédite de Philippe Sollers*, 1999)

GUIGNOL'S BAND, *roman*, 1952 (repris avec LE PONT DE LONDRES (GUIGNOL'S BAND, II) en Folio n° 2112)

FÉERIE POUR UNE AUTRE FOIS (FÉERIE POUR UNE AUTRE FOIS, I, et NORMANCE/FÉERIE POUR UNE AUTRE FOIS, II), *roman*, 1952 (Folio n° 2737)

ENTRETIENS AVEC LE PROFESSEUR Y, *essai*, 1955 (Folio n° 2786, édition revue et corrigée)

D'UN CHÂTEAU L'AUTRE, *roman*, 1957 (Folio n° 776)

BALLETS SANS MUSIQUE, SANS PERSONNE, SANS RIEN, *illustrations d'Éliane Bonabel*, 1959

LE PONT DE LONDRES (GUIGNOL'S BAND, II), *roman*, 1964 (repris avec GUIGNOL'S BAND en Folio n° 2112)

NORD, *roman*, édition définitive en 1964 (Folio n° 851)

RIGODON, *roman*, 1969 (Folio n° 481)

CASSE-PIPE *suivi de* CARNET DU CUIRASSIER DESTOUCHES, *roman*, 1970 (Folio n° 666)

BALLETS SANS MUSIQUE, SANS PERSONNE, SANS RIEN, *précédé de* SECRETS DANS L'ÎLE *et suivi de* PROGRÈS (L'Imaginaire n° 442)

MAUDITS SOUPIRS POUR UNE AUTRE FOIS, *une version primitive de* FÉERIE POUR UNE AUTRE FOIS, *roman*,

1985. *Nouvelle édition établie et présentée par Henri Godard, roman,* 2007 (L'Imaginaire n° 547)

LETTRES À LA N.R.F. (1931-1961), *correspondance*, 1991

LETTRES DE PRISON À LUCETTE DESTOUCHES ET À MAÎTRE MIKKELSEN (1945-1947), *correspondance*, 1998

DEVENIR CÉLINE. Lettres inédites de Louis Destouches et de quelques autres (1912-1919). *Édition et postface de Véronique Robert-Chovin*, 2009

Bibliothèque de la Pléiade

ROMANS. *Nouvelle édition présentée, établie et annotée par Henri Godard*

   I. VOYAGE AU BOUT DE LA NUIT - MORT À CRÉDIT

   II. D'UN CHÂTEAU L'AUTRE - NORD - RIGODON - APPENDICES : LOUIS-FERDINAND CÉLINE VOUS PARLE - ENTRETIEN AVEC ALBERT ZBINDEN

   III CASSE-PIPE - GUIGNOL'S BAND, I - GUIGNOL'S BAND, II

   IV. FÉERIE POUR UNE AUTRE FOIS, I - FÉERIE POUR UNE AUTRE FOIS, II [NORMANCE] - ENTRETIENS AVEC LE PROFESSEUR Y

LETTRES. Choix de lettres de Céline et de quelques correspondants (1907-1961). *Édition d'Henri Godard et Jean Paul Louis, préface d'Henri Godard*

Cahiers Céline

   I. CÉLINE ET L'ACTUALITÉ LITTÉRAIRE, I. 1932-1957. *Repris dans « Les Cahiers de la N.R.F. »*

   II. CÉLINE ET L'ACTUALITÉ LITTÉRAIRE, II. 1957-1961. *Repris dans « Les Cahiers de la N.R.F. »*

   III. SEMMELWEIS ET AUTRES ÉCRITS MÉDICAUX. *Repris dans « Les Cahiers de la N.R.F »*

- IV. LETTRES ET PREMIERS ÉCRITS D'AFRIQUE (1916-1917)
- V. LETTRES À DES AMIES
- VI. LETTRES À ALBERT PARAZ (1947-1957). *Repris dans « Les Cahiers de la N.R.F. »*
- VII. CÉLINE ET L'ACTUALITÉ (1933-1961)
- VIII. PROGRÈS *suivi de* ŒUVRES POUR LA SCÈNE ET L'ÉCRAN
- IX. LETTRES À MARIE CANAVAGGIA (1936-1960)

Futuropolis

VOYAGE AU BOUT DE LA NUIT. *Illustrations de Tardi*
CASSE-PIPE. *Illustrations de Tardi*
MORT À CRÉDIT. *Illustrations de Tardi*

COLLECTION FOLIO

Dernières parutions

6933. Nelly Alard — *La vie que tu t'étais imaginée*
6934. Sophie Chauveau — *La fabrique des pervers*
6935. Cecil Scott Forester — *L'heureux retour*
6936. Cecil Scott Forester — *Un vaisseau de ligne*
6937. Cecil Scott Forester — *Pavillon haut*
6938. Pam Jenoff — *La parade des enfants perdus*
6939. Maylis de Kerangal — *Ni fleurs ni couronnes* suivi de *Sous la cendre*
6940. Michèle Lesbre — *Rendez-vous à Parme*
6941. Akira Mizubayashi — *Âme brisée*
6942. Arto Paasilinna — *Adam & Eve*
6943. Leïla Slimani — *Le pays des autres*
6944. Zadie Smith — *Indices*
6945. Cesare Pavese — *La plage*
6946. Rabindranath Tagore — *À quatre voix*
6947. Jean de La Fontaine — *Les Amours de Psyché et de Cupidon* précédé d'*Adonis* et du *Songe de Vaux*
6948. Bartabas — *D'un cheval l'autre*
6949. Tonino Benacquista — *Toutes les histoires d'amour ont été racontées, sauf une*
6950. François Cavanna — *Crève, Ducon !*
6951. René Frégni — *Dernier arrêt avant l'automne*
6952. Violaine Huisman — *Rose désert*
6953. Alexandre Labruffe — *Chroniques d'une station-service*
6954. Franck Maubert — *Avec Bacon*
6955. Claire Messud — *Avant le bouleversement du monde*
6956. Olivier Rolin — *Extérieur monde*
6957. Karina Sainz Borgo — *La fille de l'Espagnole*
6958. Julie Wolkenstein — *Et toujours en été*

6959.	James Fenimore Cooper	*Le Corsaire Rouge*
6960.	Jean-Baptiste Andrea	*Cent millions d'années et un jour*
6961.	Nino Haratischwili	*La huitième vie*
6962.	Fabrice Humbert	*Le monde n'existe pas*
6963.	Karl Ove Knausgaard	*Fin de combat. Mon combat - Livre VI*
6964.	Rebecca Lighieri	*Il est des hommes qui se perdront toujours*
6965.	Ian McEwan	*Une machine comme moi*
6966.	Alexandre Postel	*Un automne de Flaubert*
6967.	Anne Serre	*Au cœur d'un été tout en or*
6968.	Sylvain Tesson	*La panthère des neiges*
6969.	Maurice Leblanc	*Arsène Lupin, gentleman-cambrioleur*
6970.	Nathacha Appanah	*Le ciel par-dessus le toit*
6971.	Pierre Assouline	*Tu seras un homme, mon fils*
6972.	Maylis Besserie	*Le tiers temps*
6973.	Marie Darrieussecq	*La mer à l'envers*
6974.	Marie Gauthier	*Court vêtue*
6975.	Iegor Gran	*Les services compétents*
6976.	Patrick Modiano	*Encre sympathique*
6977.	Christophe Ono-dit-Biot et Adel Abdessemed	*Nuit espagnole*
6978.	Regina Porter	*Ce que l'on sème*
6979.	Yasmina Reza	*Anne-Marie la beauté*
6980.	Anne Sinclair	*La rafle des notables*
6981.	Maurice Leblanc	*Arsène Lupin contre Herlock Sholmès*
6982.	George Orwell	*La Ferme des animaux*
6983.	Jean-Pierre Siméon	*Petit éloge de la poésie*
6984.	Amos Oz	*Ne dis pas la nuit*
6985.	Belinda Cannone	*Petit éloge de l'embrassement*
6986.	Christian Bobin	*Pierre,*
6987.	Claire Castillon	*Marche blanche*
6988.	Christelle Dabos	*La Passe-miroir, Livre IV. La tempête des échos*
6989.	Hans Fallada	*Le cauchemar*

6990. Pauline Guéna	*18.3. Une année à la PJ*
6991. Anna Hope	*Nos espérances*
6992. Elizabeth Jane Howard	*Étés anglais. La saga des Cazalet I*
6993. J.M.G. Le Clézio	*Alma*
6994. Irène Némirovsky	*L'ennemie*
6995. Marc Pautrel	*L'éternel printemps*
6996. Lucie Rico	*Le chant du poulet sous vide*
6997. Abdourahman A. Waberi	*Pourquoi tu danses quand tu marches ?*
6998. Sei Shônagon	*Choses qui rendent heureux* et autres notes de chevet
6999. Paul Valéry	*L'homme et la coquille* et autres textes
7000. Tracy Chevalier	*La brodeuse de Winchester*
7001. Collectif	*Contes du Chat noir*
7002. Edmond et Jules de Goncourt	*Journal*
7003. Collectif	*À nous la Terre !*
7004. Dave Eggers	*Le moine de Moka*
7005. Alain Finkielkraut	*À la première personne*
7007. C. E. Morgan	*Tous les vivants*
7008. Jean d'Ormesson	*Un hosanna sans fin*
7009. Amos Oz	*Connaître une femme*
7010. Olivia Rosenthal	*Éloge des bâtards*
7011. Collectif	*Écrire Marseille*. 15 grands auteurs célèbrent la cité phocéenne
7012. Fédor Dostoïevski	*Les Nuits blanches*
7013. Marguerite Abouet et Clément Oubrerie	*Aya de Yopougon 5*
7014. Marguerite Abouet et Clément Oubrerie	*Aya de Yopougon 6*
7015. Élisa Shua Dusapin	*Vladivostok Circus*
7016. David Foenkinos	*La famille Martin*
7017. Pierre Jourde	*Pays perdu*
7018. Patrick Lapeyre	*Paula ou personne*

7019.	Albane Linÿer	*J'ai des idées pour détruire ton ego*
7020.	Marie Nimier	*Le Palais des Orties*
7021.	Daniel Pennac	*La loi du rêveur*
7022.	Philip Pullman	*La Communauté des esprits. La trilogie de la Poussière II*
7023.	Robert Seethaler	*Le Champ*
7024.	Jón Kalman Stefánsson	*Lumière d'été, puis vient la nuit*
7025.	Gabrielle Filteau-Chiba	*Encabanée*
7026.	George Orwell	*Pourquoi j'écris et autres textes politiques*
7027.	Ivan Tourguéniev	*Le Journal d'un homme de trop*
7028.	Henry Céard	*Une belle journée*
7029.	Mohammed Aïssaoui	*Les funambules*
7030.	Julian Barnes	*L'homme en rouge*
7031.	Gaëlle Bélem	*Un monstre est là, derrière la porte*
7032.	Olivier Chantraine	*De beaux restes*
7033.	Elena Ferrante	*La vie mensongère des adultes*
7034.	Marie-Hélène Lafon	*Histoire du fils*
7035.	Marie-Hélène Lafon	*Mo*
7036.	Carole Martinez	*Les roses fauves*
7037.	Laurine Roux	*Le Sanctuaire*
7038.	Dai Sijie	*Les caves du Potala*
7039.	Adèle Van Reeth	*La vie ordinaire*
7040.	Antoine Wauters	*Nos mères*
7041.	Alain	*Connais-toi et autres fragments*
7042.	Françoise de Graffigny	*Lettres d'une Péruvienne*
7043.	Antoine de Saint-Exupéry	*Lettres à l'inconnue* suivi de *Choix de lettres dessinées*
7044.	Pauline Baer de Perignon	*La collection disparue*
7045.	Collectif	*Le Cantique des cantiques. L'Ecclésiaste*
7046.	Jessie Burton	*Les secrets de ma mère*

7047.	Stéphanie Coste	*Le passeur*
7048.	Carole Fives	*Térébenthine*
7049.	Luc-Michel Fouassier	*Les pantoufles*
7050.	Franz-Olivier Giesbert	*Dernier été*
7051.	Julia Kerninon	*Liv Maria*
7052.	Bruno Le Maire	*L'ange et la bête. Mémoires provisoires*
7053.	Philippe Sollers	*Légende*
7054.	Mamen Sánchez	*La gitane aux yeux bleus*
7055.	Jean-Marie Rouart	*La construction d'un coupable. À paraître*
7056.	Laurence Sterne	*Voyage sentimental en France et en Italie*
7057.	Nicolas de Condorcet	*Conseils à sa fille et autres textes*
7058.	Jack Kerouac	*La grande traversée de l'Ouest en bus et autres textes beat*
7059.	Albert Camus	*« Cher Monsieur Germain,... » Lettres et extraits*
7060.	Philippe Sollers	*Agent secret*
7061.	Jacky Durand	*Marguerite*
7062.	Gianfranco Calligarich	*Le dernier été en ville*
7063.	Iliana Holguín Teodorescu	*Aller avec la chance*
7064.	Tommaso Melilli	*L'écume des pâtes*
7065.	John Muir	*Un été dans la Sierra*
7066.	Patrice Jean	*La poursuite de l'idéal*
7067.	Laura Kasischke	*Un oiseau blanc dans le blizzard*
7068.	Scholastique Mukasonga	*Kibogo est monté au ciel*
7069.	Éric Reinhardt	*Comédies françaises*
7070.	Jean Rolin	*Le pont de Bezons*
7071.	Jean-Christophe Rufin	*Le flambeur de la Caspienne. Les énigmes d'Aurel le Consul*
7072.	Agathe Saint-Maur	*De sel et de fumée*
7073.	Leïla Slimani	*Le parfum des fleurs la nuit*

7074.	Bénédicte Belpois	*Saint Jacques*
7075.	Jean-Philippe Blondel	*Un si petit monde*
7076.	Caterina Bonvicini	*Les femmes de*
7077.	Olivier Bourdeaut	*Florida*
7078.	Anna Burns	*Milkman*
7079.	Fabrice Caro	*Broadway*
7080.	Cecil Scott Forester	*Le seigneur de la mer. Capitaine Hornblower*
7081.	Cecil Scott Forester	*Lord Hornblower. Capitaine Hornblower*
7082.	Camille Laurens	*Fille*
7083.	Étienne de Montety	*La grande épreuve*
7084.	Thomas Snégaroff	*Putzi. Le pianiste d'Hitler*
7085.	Gilbert Sinoué	*L'île du Couchant*
7086.	Federico García Lorca	*Aube d'été* et autres impressions et paysages
7087.	Franz Kafka	*Blumfeld, un célibataire plus très jeune* et autres textes
7088.	Georges Navel	*En faisant les foins* et autres travaux
7089.	Robert Louis Stevenson	*Voyage avec un âne dans les Cévennes*
7090.	H. G. Wells	*L'Homme invisible*
7091.	Simone de Beauvoir	*La longue marche*
7092.	Tahar Ben Jelloun	*Le miel et l'amertume*
7093.	Shane Haddad	*Toni tout court*
7094.	Jean Hatzfeld	*Là où tout se tait*
7095.	Nathalie Kuperman	*On était des poissons*
7096.	Hervé Le Tellier	*L'anomalie*
7097.	Pascal Quignard	*L'homme aux trois lettres*
7098.	Marie Sizun	*La maison de Bretagne*
7099.	Bruno de Stabenrath	*L'ami impossible. Une jeunesse avec Xavier Dupont de Ligonnès*
7100.	Pajtim Statovci	*La traversée*
7101.	Graham Swift	*Le grand jeu*
7102.	Charles Dickens	*L'Ami commun*
7103.	Pierric Bailly	*Le roman de Jim*

7104.	François Bégaudeau	*Un enlèvement*
7105.	Rachel Cusk	*Contour. Contour – Transit – Kudos*
7106.	Éric Fottorino	*Marina A*
7107.	Roy Jacobsen	*Les yeux du Rigel*
7108.	Maria Pourchet	*Avancer*
7109.	Sylvain Prudhomme	*Les orages*
7110.	Ruta Sepetys	*Hôtel Castellana*
7111.	Delphine de Vigan	*Les enfants sont rois*
7112.	Ocean Vuong	*Un bref instant de splendeur*
7113.	Huysmans	*À Rebours*
7114.	Abigail Assor	*Aussi riche que le roi*
7115.	Aurélien Bellanger	*Téléréalité*
7116.	Emmanuel Carrère	*Yoga*
7117.	Thierry Laget	*Proust, prix Goncourt. Une émeute littéraire*
7118.	Marie NDiaye	*La vengeance m'appartient*
7119.	Pierre Nora	*Jeunesse*
7120.	Julie Otsuka	*Certaines n'avaient jamais vu la mer*
7121.	Yasmina Reza	*Serge*
7122.	Zadie Smith	*Grand Union*
7123.	Chantal Thomas	*De sable et de neige*
7124.	Pef	*Petit éloge de l'aéroplane*
7125.	Grégoire Polet	*Petit éloge de la Belgique*
7126.	Collectif	*Proust-Monde. Quand les écrivains étrangers lisent Proust*
7127.	Victor Hugo	*Carnets d'amour à Juliette Drouet*
7128.	Blaise Cendrars	*Trop c'est trop*
7129.	Jonathan Coe	*Mr Wilder et moi*
7130.	Jean-Paul Didierlaurent	*Malamute*
7131.	Shilpi Somaya Gowda	*« La famille »*
7132.	Elizabeth Jane Howard	*À rude épreuve. La saga des Cazalet II*
7133.	Hédi Kaddour	*La nuit des orateurs*
7134.	Jean-Marie Laclavetine	*La vie des morts*

7135.	Camille Laurens	*La trilogie des mots*
7136.	J.M.G. Le Clézio	*Le flot de la poésie continuera de couler*
7137.	Ryoko Sekiguchi	*961 heures à Beyrouth (et 321 plats qui les accompagnent)*
7138.	Patti Smith	*L'année du singe*
7139.	George R. Stewart	*La Terre demeure*
7140.	Mario Vargas Llosa	*L'appel de la tribu*
7141.	Louis Guilloux	*O.K., Joe !*
7142.	Virginia Woolf	*Flush*
7143.	Sénèque	*Tragédies complètes*
7144.	François Garde	*Roi par effraction*
7145.	Dominique Bona	*Divine Jacqueline*
7146.	Collectif	*SOS Méditerranée*
7147.	Régis Debray	*D'un siècle l'autre*
7148.	Erri De Luca	*Impossible*
7149.	Philippe Labro	*J'irais nager dans plus de rivières*
7150.	Mathieu Lindon	*Hervelino*
7151.	Amos Oz	*Les terres du chacal*
7152.	Philip Roth	*Les faits. Autobiographie d'un romancier*
7153.	Roberto Saviano	*Le contraire de la mort*
7154.	Kerwin Spire	*Monsieur Romain Gary. Consul général de France*
7155.	Graham Swift	*La dernière tournée*
7156.	Ferdinand von Schirach	*Sanction*
7157.	Sempé	*Garder le cap*
7158.	Rabindranath Tagore	*Par les nuées de Shrâvana* et autres poèmes
7159.	Urabe Kenkô et Kamo no Chômei	*Cahiers de l'ermitage*
7160.	David Foenkinos	*Numéro deux*
7161.	Geneviève Damas	*Bluebird*
7162.	Josephine Hart	*Dangereuse*
7163.	Lilia Hassaine	*Soleil amer*
7164.	Hervé Le Tellier	*Moi et François Mitterrand*
7165.	Ludmila Oulitskaïa	*Ce n'était que la peste*
7166.	Daniel Pennac	*Le cas Malaussène I Ils m'ont menti*

7167.	Giuseppe Santoliquido	*L'été sans retour*
7168.	Isabelle Sorente	*La femme et l'oiseau*
7169.	Jón Kalman Stefánsson	*Ton absence n'est que ténèbres*
7170.	Delphine de Vigan	*Jours sans faim*
7171.	Ralph Waldo Emerson	*La Nature*
7172.	Henry David Thoreau	*Sept jours sur le fleuve*
7173.	Honoré de Balzac	*Pierrette*
7174.	Karen Blixen	*Ehrengarde*
7175.	Paul Éluard	*L'amour la poésie*
7176.	Franz Kafka	*Lettre au père*
7177.	Jules Verne	*Le Rayon vert*
7178.	George Eliot	*Silas Marner. Le tisserand de Raveloe*
7179.	Gerbrand Bakker	*Parce que les fleurs sont blanches*
7180.	Christophe Boltanski	*Les vies de Jacob*
7181.	Benoît Duteurtre	*Ma vie extraordinaire*
7182.	Akwaeke Emezi	*Eau douce*
7183.	Kazuo Ishiguro	*Klara et le Soleil*
7184.	Nadeije Laneyrie-Dagen	*L'étoile brisée*
7185.	Karine Tuil	*La décision*
7186.	Bernhard Schlink	*Couleurs de l'adieu*
7187.	Gabrielle Filteau-Chiba	*Sauvagines*
7188.	Antoine Wauters	*Mahmoud ou la montée des eaux*
7189.	Guillaume Aubin	*L'arbre de colère*
7190.	Isabelle Aupy	*L'homme qui n'aimait plus les chats*
7191.	Jean-Baptiste Del Amo	*Le fils de l'homme*
7192.	Astrid Eliard	*Les bourgeoises*
7193.	Camille Goudeau	*Les chats éraflés*
7194.	Alexis Jenni	*La beauté dure toujours*
7195.	Edgar Morin	*Réveillons-nous !*
7196.	Marie Richeux	*Sages femmes*
7197.	Kawai Strong Washburn	*Au temps des requins et des sauveurs*
7198.	Christèle Wurmser	*Même les anges*
7199.	Alix de Saint-André	*57 rue de Babylone, Paris 7ᵉ*
7200.	Nathacha Appanah	*Rien ne t'appartient*

*Tous les papiers utilisés pour les ouvrages
des collections Folio sont certifiés
et proviennent de forêts gérées durablement.*

*Composition Darantière.
Impression Grafica Veneta
à Trebaseleghe, le 6 juin 2023
Dépôt légal : juin 2023
1ᵉʳ dépôt légal dans la collection: mars 1989*

ISBN : 978-2-07-038148-7./*Imprimé en Italie*

612151